A VERDADEIRA
HISTÓRIA DA
FICÇÃO
CIENTÍFICA

Adam Roberts

A VERDADEIRA HISTÓRIA DA FICÇÃO CIENTÍFICA

– Do Preconceito à Conquista das Massas –

Tradução
Mário Molina

Título do original: *The History of Science Fiction*.

Copyright © 2016 Adam Roberts.

Publicado pela primeira vez em inglês por Palgrave Macmillan, uma divisão da Macmillan Publishers Ltd. Esta edição foi traduzida e publicada sob a licença da Palgrave Macmillan. O autor tem o direito de ser identificado como autor da obra.

Copyright da edição brasileira © 2018 Editora Pensamento-Cultrix Ltda.

Texto de acordo com as novas regras ortográficas da língua portuguesa.

1ª edição 2018.

A Editora Seoman não se responsabiliza por eventuais mudanças ocorridas nos endereços convencionais ou eletrônicos citados neste livro.

Editor: Adilson Silva Ramachandra
Editora de texto: Denise de Carvalho Rocha
Gerente editorial: Roseli de S. Ferraz
Preparação de originais: Alessandra Miranda de Sá
Revisão técnica: Adilson Silva Ramachandra
Produção editorial: Indiara Faria Kayo
Editoração eletrônica: Join Bureau

Dados Internacionais de Catalogação na Publicação (CIP)
(Câmara Brasileira do Livro, SP, Brasil)

Roberts, Adam
  A Verdadeira história da ficção científica: do preconceito à conquista das massas/Adam Roberts; tradução Mário Molina. – São Paulo: Seoman, 2018.

  Título original: The history of science fiction
  ISBN 978-85-5503-068-0

  1. Ficção científica – História e crítica 2. Literatura – História e crítica I. Título.

18-14473   CDD-809.3876

Índices para catálogo sistemático:
1. Ficção científica: História e crítica   809.3876

Direitos de tradução para a língua portuguesa adquiridos com exclusividade pela
EDITORA PENSAMENTO-CULTRIX LTDA., que se reserva a
propriedade literária desta tradução.
Rua Dr. Mário Vicente, 368 — 04270-000 — São Paulo, SP
Fone: (11) 2066-9000 — Fax: (11) 2066-9008
http://www.editoraseoman.com.br
E-mail: atendimento@editoraseoman.com.br
Foi feito o depósito legal.

Nota do Editor sobre a Origem do Termo Ficção Científica

E m vários momentos deste livro surgem, pela escrita brilhante do autor, algumas citações sobre o trabalho de Hugo Gernsback, inventor, editor e autor de ficção científica luxemburguês radicado nos Estados Unidos. Criador de diversas publicações sobre eletroeletrônica e ficção científica, Gernsback é conhecido por ter cunhado o termo. Entretanto, a expressão *science fiction*, na realidade, surge bem antes, em meados do século XIX.

Quando, em 1929, Hugo Gernsback abriu falência, além de perder a revista *Amazing Stories*, sua principal publicação, para o editor Bernard Macfadden, foi destituído também dos direitos de uso da palavra "cientificção" (*scientifiction*, ou SFT, que ele havia criado em 1926 para definir o gênero literário da *Amazing Stories*). Dessa forma, sem ter tido aparentemente contato com o trabalho de William Wilson, poeta, editor e autor do Reino Unido do século XIX, Gernsback "criou" o termo ficção científica (*science fiction*, ou SF), que surgiu pela primeira vez em outra publicação sua, na edição inicial de junho de 1929: a *Science Wonder Stories*. Entretanto, Wilson, em sua obra de crítica literária chamada *A Little Earnest Book upon a Great Old Subject: With the Story of the Poet-Lover* (1851), cita, no capítulo 10, um comentário do poeta Thomas Campbell sobre o poema "Deserted Village", do poeta irlandês Oliver Goldsmith (1728-1774), no qual Campbell se refere a uma união de ficção e ciência, e no comentário, Wilson menciona, pela primeira vez, o termo "ficção científica", bem como sua definição: "Campbell diz que 'ficção na poesia não é o inverso da verdade, mas suave e encantada semelhança'. **Portanto, isso se aplica especialmente à *Ficção Científica*, em que as verdades reveladas pela ciência podem ser entrelaçadas com uma história agradável**, que pode ser poética e verdadeira em si mesma – divulgando dessa forma um conhecimento da Poesia da Ciência, revestido com um traje da Poesia da Vida" (WILSON, 1851, pp. 138-40; grifos nossos).

Portanto, foi Wilson quem criou a expressão *science fiction*, inspirado em um livro de Robert Hunt chamado *The Poetry of Science*, publicado pela primeira vez em 1848, deixando então para Hugo Gernsback apenas uma coincidência histórica sobre o uso do termo. Contudo, coube a Gernsback a popularização da expressão que utilizamos até hoje para definir um dos subgêneros mais instigantes da literatura fantástica: Ficção Científica, ou simplesmente FC, como Adam Roberts utiliza ao longo do livro.

Adilson Silva Ramachandra

Sumário

Apresentação

Você já deu uma busca na Netflix, a plataforma mais popular para assistir a filmes e séries de TV *on-line*, usando o termo "ficção científica"? As opções são inúmeras! E, a cada ano, mais e mais séries sobre o assunto estão sendo produzidas, além de filmes, é claro.

Fazendo um rápido levantamento em sites especializados, encontramos informações sobre a produção, em 2017, de mais de trinta séries de ficção científica (FC). Para 2018, estão programadas outras tantas (sem mencionar os filmes). Ou seja, a FC é um gênero cada vez mais popular em diversas mídias e formatos, como HQs e *graphic novels*, livros, revistas mensais, fanzines digitais, blogues, sites, filmes, games etc. *Star Wars*, agora sob a tutela da Disney, tende a se tornar algo ainda maior por meio de suas futuras produções. Temos ainda *Strange Things*, a série com pegada oitentista que conquistou o coração de milhões de pessoas; reedição de obras clássicas do gênero em edições luxuosas; o cinema em seu retorno aos filmes de ficção científica para as massas (*Avatar* [2009], *Interestelar* [2014], *Lucy* [2014], *Ex-Machina* [2015], *A Chegada* [2016]), as retomadas de *Blade Runner, o Caçador de Androides* e *Alien*, de Ridley Scott, séries como *Westworld* e *Black Mirror*, além do retorno de *Arquivo X* e *Star Trek*. Estamos rodeados em nosso cotidiano pela ficção científica.

E, com este livro de Adam Roberts, que agora temos em mãos, descobrimos novos caminhos para entender essa popularização, crescimento e valorização da FC. Além de uma abrangente história crítica das origens e do desenvolvimento do gênero, o autor trata com cuidado das mais diversas plataformas: cinema, televisão, artes gráficas, quadrinhos, *videogames*, jogos *on-line* e até mesmo música, ao lado de obras literárias de todos os tipos.

A FC deixou de ser uma literatura de nicho, concentrada em um pequeno grupo, para tornar-se uma literatura que atinge também o *mainstream*, a tendência principal da literatura, ampliando-se para outros meios. Esse fenômeno do aumento de interesse pela FC é bem perceptível, seja aqui no Brasil, seja no exterior. Basta olhar as listas de livros mais vendidos ou os números da bilheteria dos cinemas, que mostram que as produções mais bem-sucedidas da atualidade são de FC e fantasia; que os quadrinhos com histórias dedicadas ao gênero não param de ganhar as telas; e que a indústria de *games* tornou-se uma modalidade esportiva com milhares de competidores e empresas que faturam milhões nessa área.

No que diz respeito à crítica e ao debate cultural, o início da divulgação e produção editorial com autores estrangeiros de FC no Brasil foi marcado pela publicação da primeira antologia do gênero: *Maravilhas da Ficção Científica* (Cultrix, 1958), organizada por Fernando Correia da Silva, com seleção de Wilma Pupo Nogueira Brito, contendo quinze contos de nomes como Ray Bradbury, Robert Heinlein, Fredric Brown, A. E. van Vogt, Alfred Bester, H. G. Wells, Isaac Asimov, Clifford D. Simak, entre outros. Naquela época, em nosso país, ainda que de forma incipiente, já havia uma produção de autores nacionais relacionada ao gênero desde o final do século XIX, além de uma coleção lançada pela Francisco Alves Editora com as obras de Júlio Verne. Mas o livro *Maravilhas da Ficção Científica* foi a primeira antologia a ser lançada, mostrando o pioneirismo da Editora Cultrix nesse gênero literário.

A primeira introdução à história do gênero foi feita por André Carneiro, em *Introdução ao Estudo da* Science-Fiction (Conselho Estadual de Cultura, 1967). Ainda que essa obra tenha enfoque nas produções literárias norte-americana e europeia, podem-se encontrar diversas referências à FC no Brasil.

No início da década de 1980, influenciados pela produção de qualidade e divulgação do gênero em anos anteriores, vários estudiosos começaram a escrever e publicar suas pesquisas sobre o gênero. Como exemplo dessa produção, podemos citar: *Ficção Científica: Ficção, Ciência ou uma Épica da Época* (L&PM, 1985), de Raul Fiker, que situou a FC no interior da teoria dos gêneros, acompanhando suas raízes e tentando mostrar como elas se relacionavam, utilizando para tanto o conceito de fabulação – narrativa que não se propõe a descrever de maneira natural a realidade, mas sim criar um mundo próprio; *O Que É Ficção Científica* (Brasiliense, 1986), de Braulio Tavares, que apresentou um estudo mais focado em obras estrangeiras, explicando de modo didático o que vinha a ser a FC; *Ficção Científica* (Francisco Alves, 1986), de Gilberto Schoederer, com uma introdução histórica e discussões referentes à FC como gênero literário, e suas possibilidades de relação com o universo cinematográfico. Essa obra abordou também temas específicos por meio de capítulos temáticos, como seres alienígenas, robôs, viagens no tempo e aos fantásticos universos paralelos, além de temas ligados à parapsicologia; *Introdução a uma História da Ficção Científica* (Lua Nova, 1987), de Léo Godoy Otero, que fez uma análise da publicação de FC desde o século XIX até a década de 1980.

Um estudo à parte nos chama a atenção. A primeira manifestação significativa na área acadêmica foi o livro *A Ficção do Tempo: Análise da Narrativa de Science Fiction* (Vozes, 1973), de Muniz Sodré, que relacionou as estruturas narrativas da FC com as da narrativa fantástica em geral, a literatura de massas contemporânea e os mitos e lendas.

O primeiro estudo acadêmico em todo o mundo voltado para o entendimento da produção da FC brasileira foi *Unique Motifs in Brazilian Science Fiction* (Department of Romance Languages, 1976), tese de doutorado de David Lincoln Dunbar, defendida na Universidade do Arizona (EUA). Ele detectou pouca influência da FC norte-americana do tipo tecnófila e aventuresca, e mais características da chamada New Wave [Nova Onda] inglesa: o humor, a rejeição à tecnologia, uma postura mais engajada e satírica em relação às questões sociais e políticas, além de um experimentalismo estilístico na linguagem e na narrativa.

Na contemporaneidade, a percepção do mercado editorial em relação à literatura de gênero tem passado por grandes mudanças nos últimos anos. Isso fica muito claro ao vermos sua presença cada vez maior na programação dos mais recentes eventos literários por todo o Brasil.

No início do século XX, a incipiente ficção científica como gênero literário era vista como inferior e subliteratura: suas narrativas eram consideradas de compreensão imediata, e seus temas, identificados por ícones e significados predeterminados e repetitivos. De lá pra cá, muita coisa mudou. Hoje em dia, temos acompanhado o crescimento de várias editoras focadas nesse segmento e selos editoriais sendo criados pelas grandes editoras para atender esse público.

Nesse aspecto, Adam Roberts nos apresenta fortes argumentos sobre a natureza da FC e seu papel na cultura ocidental, com uma longa história e raízes profundas que se espalharam amplamente, tornando-se influentes em outros gêneros literários. O autor faz perguntas cruciais e procura sacudir toda a bagagem do discurso crítico da FC com questões e respostas controversas. Seu livro não é apenas uma excelente fonte de pesquisa histórica, mas também uma narrativa de leitura deliciosa, mostrando de maneira convincente como a FC moderna tem raízes nos contos da Antiguidade que envolvem temas fantásticos e até religiosos, tendo sido moldada por uma dialética dupla que remonta à Reforma Protestante, em um conflito entre o racionalismo católico e o empirismo protestante, muitas vezes assumindo a forma de uma divisão entre magia e ciência.

Vivemos um momento caracterizado pela expansão da tecnologia e pela queda de fronteiras; temos as condições para o surgimento de novos espaços (ciberespaço e realidade virtual), que tornarão indistinta a fronteira entre os fatos científicos e a ficção científica já em um futuro bem próximo.

Como a FC nos mostra uma tensão permanente entre o conhecido e o desconhecido, as situações apresentadas conduzem os personagens (e o leitor) a se depararem com situações "além da imaginação". Em termos de enredo, por exemplo, isso se manifesta muitas vezes por meio da chegada de um personagem estranho em nosso mundo, ou da viagem de um de nós a um espaço (ou tempo) diferente do nosso. E é essa sensação de estranhamento, de encanto com o novo, o desconhecido e o fantástico que Adam Roberts nos traz – porque, além de escrever, sem sombra de dúvida, a mais completa história sobre a ficção científica, disponibilizada agora em língua portuguesa, Roberts também é um prolífico escritor de ficção científica e fantasia, com mais de trinta títulos publicados entre romances, novelas, contos e paródias, além de outras obras de não ficção sobre o tema. Ou seja, o livro que o leitor brasileiro tem agora em mãos será uma grande aventura literária e uma viagem no tempo que lhe contará, de forma profunda e cativante, a história do gênero literário mais subversivo de todos os tempos: a ficção científica.

Boa leitura.

Silvio Alexandre, verão de 2018

Prefácio à Edição Brasileira

Desde sua popularização em meados da década de 1950, a literatura de ficção científica (FC), que com rapidez se espalhou pelo cinema, pelas histórias em quadrinhos e pela televisão, alcançando até os *videogames*, é o gênero narrativo mais característico de nossa época. Em parte porque é o único que acompanhou (e em muitos casos influenciou, chegando a prever) as conquistas tecnológicas e científicas do século XX e deste início de século XXI. Vou ainda mais longe. Além de inspirar muitas invenções tecnológicas e incentivar o progresso científico da humanidade, a FC promoveu uma inédita expansão dos horizontes mentais do seu público leitor como um todo.

Vista com certo preconceito durante muito tempo por setores da crítica literária e do mundo acadêmico, a FC foi, nas últimas décadas, reavaliada positivamente nesses ambientes. Já se reconhece sem hesitações seu papel como laboratório de novas ideias, de novas concepções a respeito da tecnologia e da sociedade humana, bem como de expressão artística dos mesmos mitos milenares que inspiraram a literatura erudita.

O subtítulo deste livro – *Do Preconceito à Conquista das Massas* – indica esse caminho cumprido pela FC ao longo dos últimos cem anos, pelo menos. De um gueto frequentado apenas por *nerds* e visionários, a FC se tornou um banco de dados gigantesco a que recorrem quaisquer sistemas de ideias desejosos de interpretar a espantosa velocidade das transformações tecnológicas do nosso tempo – e as consequências sempre imprevisíveis que elas acarretam.

A FC é um gênero literário subversivo por excelência, inclusive por abrigar visões conflitantes e ser palco de debates essenciais do nosso tempo – debates esses que há meio século questionavam: Podemos, e devemos, viajar para outros planetas? E nos dias de hoje nos perguntamos: Podemos, e devemos, fazer *upload* de nossa mente para um ambiente/realidade virtual?

A FC é um banco de dados. Contudo, nunca foi apenas um depositário estático e passivo de elucubrações sem sentido. Na realidade, ela é uma usina de ideias funcionando a toda potência, moldando nossa consciência sempre que a absorvemos de maneira direta (contos, romances, filmes, quadrinhos) ou indireta (imprensa, publicidade, moda, comportamento e tecnologias que experienciamos na vida cotidiana).

O texto típico de FC não se prende ao aqui e agora, no imediatismo da maioria das formas de ficção literária. Sua moldura abrange todo o Universo, indo além da totalidade do tempo humano sobre a Terra. É nesse quadro mais geral que suas histórias individuais são narradas. O leitor de FC tem a possibilidade de obter uma percepção da existência do Universo como um todo, e dentro dele o planeta Terra, as civilizações que nele existem, e por fim as histórias pessoais de seus habitantes. Sua visão vai do geral ao particular – maneira completamente diversa da experiência que se tem com os gêneros literários tradicionais.

Essa maneira peculiar de ver o mundo abre a imaginação para se considerar todas as possibilidades sugeridas ou estimuladas pelas descobertas da ciência. Sem esquecer, é claro, que se trata de ficção, de literatura imaginativa, em que o autor não tem a obrigação de se manter cem por cento fiel à possibilidade científica de seu tempo, mas a usa como um trampolim para saltos especulativos mais ousados.

Um livro que se propõe a contar a história da ficção científica – com visão panorâmica –, tal como este de Adam Roberts, mostra-nos de que maneira a FC se construiu como gênero literário, com base em um conjunto de textos assemelhados que, de modo gradual, foram se aproximando, por identificação tanto de estilo quanto de pensamento, relacionados à forma de ver o mundo, em particular nas décadas mais recentes, a partir da visão dos autores e de suas influências literárias, como também por estratégias do próprio mercado editorial. Esses textos definiram as linhas básicas de uma literatura heterogênea, a tal ponto que um dos exercícios mais frequentes entre os críticos e aficionados é a tentativa de uma definição unificada para a expressão "ficção científica".

Não é fácil encontrar essa fórmula, até porque a FC não segue uma linha evolutiva única. Não se trata de um gênero literário que se desenvolveu de modo linear. A FC não avança como um todo harmônico, em conjunto, seguindo o mesmo rumo. Se precisarmos de uma imagem para visualizar seu crescimento, esta não seria a de uma seta apontando para uma só direção, e sim a de um asterisco, a partir do qual irradiam-se linhas que têm como ponto comum apenas um núcleo central de origem, avançando cada qual de acordo com a própria dinâmica interna, afastando-se umas das outras.

Além dos estilos clássicos da ficção científica que foram identificados até meados da década de 1970, são muitas as novas linhas evolutivas e seus desdobramentos literários na FC contemporânea: *new space opera*, FC humanista, *steampunk, biopunk, new weird...* Os rótulos são variados, bem como a fusão (e muitas vezes confusão) com gêneros próximos, como o horror e a fantasia. Algumas dessas tendências não apenas são diferentes entre si, mas dão a impressão, em certos momentos, de desconhecerem umas às outras, pois em nenhum momento parecem se esbarrar.

Adam Roberts encara a difícil tarefa de fazer coexistir, dentro de um mesmo círculo conceitual, literaturas tão diferentes entre si. E o consegue em virtude da ênfase que dá, desde o início, ao fato de que a FC, por mais delirante ou fantasiosa que pareça, parte sempre da existência de uma visão secular, materialista, a respeito do Universo. Não importa que em cada história essa visão possa ser questionada, problematizada, posta em xeque: ela é o ponto de partida obrigatório, a razão da existência dessa literatura, contraposta a outra visão que podemos chamar de mágica, mística, sobrenatural ou fantástica.

※ ※ ※

Um dos méritos principais deste livro é o cuidadoso levantamento que Adam Roberts faz, na primeira metade da obra, das raízes clássicas da literatura de ficção científica, desde a Antiguidade até meados do século XIX, o qual foi por ele construído com fluência, cuidado e erudição, como poucas vezes visto em obras que se propõem a contar uma história completa do gênero, revelando, dessa maneira, narrativas repletas de especulações fascinantes feitas por autores de trezentos ou quatrocentos anos atrás.

Roberts não apenas desenterra uma grande quantidade de obras obscuras, como também resume o enredo delas, fazendo citações diretas e relacionando-as a outras mais conhecidas. Além disso, o autor analisa o modo como elas produzem, nas respectivas épocas, e dentro de suas limitações técnicas, o discurso visionário, especulativo, científico-fantástico que nos acostumamos a encontrar na FC moderna.

A maioria das obras que se propõem a contar a história da ficção científica começa com um capítulo dedicado ao século XIX, lembrando autores cuja importância ninguém vai questionar: Mary Shelley, Edgar Allan Poe, Júlio Verne, Edgar Rice Burroughs, Conan Doyle e H. G. Wells. Em seguida, começa a história propriamente dita, já no século XX, tendo como ponto de partida o ano de 1926, quando Hugo Gernsback criou, nos Estados Unidos, a revista *Amazing Stories* e, um pouco mais tarde, o termo *science fiction*.

Esse é o modelo adotado pelos livros que retratam a história do gênero produzida nos Estados Unidos, os quais, compreensivelmente, consideram que a FC foi criada em revistas populares (*pulp magazines*) das décadas de 1920, 1930 e 1940, e que tudo que veio antes foi um conteúdo "precursor". É uma teoria aceitável, mas não é a única.

As obras que aderem a essa tese dedicam em geral algumas páginas, no máximo, às narrativas futuristas, especulativas, utópicas ou fantasiosas que precederam a obra de Poe, Verne, Wells etc. Os nomes citados são em geral os de Tommaso Campanella (*A Cidade do Sol*), Platão (*A República*), Luciano de Samosata (*História Verdadeira*), Jonathan Swift (*As Viagens de Gulliver*), Voltaire (*Micrômegas*), Johannes Kepler (*Somnium*), Cyrano de Bergerac (*História Cômica dos Impérios da Lua e do Sol*), Thomas More (*Utopia*) e alguns outros.

Roberts vai bem mais longe e enumera uma quantidade muito maior de autores e importantes textos dos precursores da ficção científica. No início do Capítulo 3, ele aponta uma das raízes conceituais mais interessantes como influência, ainda que indireta: a obra de Giordano Bruno (1548-1600), um ponto de inflexão em que a concepção religiosa do Universo, retratada nesse período pela Igreja Católica como uma esfera celestial impregnada de Deus, e tendo a Terra ao centro, foi substituída pela noção, subversiva à época, da pluralidade dos mundos habitados, uma noção essencial à FC, diz Roberts, possibilitando a "livre especulação imaginativa", que ele equipara ao próprio conceito de "ficção científica".

※ ※ ※

No aspecto histórico mais contemporâneo, Roberts não apenas procura fazer um balanço dos autores e temas mais importantes da FC do século XX e início do XXI, como estende sua análise ao cinema e a outras formas de expressão. Observamos aqui a reafirmação de uma tendência comum à maioria das histórias da FC, que é a importância cada vez maior dada às obras de natureza visual: o cinema, as histórias em quadrinhos (HQs e *graphic novels*), a televisão, os *videogames* e as séries de TV. Nenhuma dessas mídias abre mão da narrativa, do enredo, esse elemento que é (mais do que o estilo ou a pesquisa formal) o ponto central da FC literária. Mas potencializam um dos recursos mais eficazes do gênero, que é a invenção e a representação detalhadas de realidades alternativas (ambientes, criaturas, objetos), além das infinitas possibilidades que isso abre para a imaginação de elementos que possam ser visualizados.

Na FC, não basta imaginar um planeta remoto ou um mundo futuro onde vigoram leis diferentes das que regem nosso planeta. É preciso projetar essas leis em formas concretas. Não importa que se trate de novas relações sociais, novos contextos e conceitos tecnológicos, naturezas diferentes, civilizações diversas: na FC, essas coisas não existem "em abstrato"; é preciso recriá-las visualmente. Ambientes extraordinários, criaturas bizarras, objetos inesperados – é necessário descrever tudo isso de maneira concreta.

Essa potencialidade inicial da FC, a de descrever em termos visuais algo que nunca existiu, foi um dos maiores obstáculos à imaginação dos autores que precederam os anos 1800, mas ganhou impulso com as poderosas obras de Júlio Verne, de H. G. Wells e de outros gigantes do século XIX, para enfim explodir com toda a força na *pulp fiction* da década de 1920 em diante. Essa popularização foi quase simultânea à do cinema e das histórias em quadrinhos como veículos para a narrativa de consumo popular. Na segunda metade do século XX, surgiu a televisão e, logo depois, os *videogames* – por volta do fim da década de 1970 – como beneficiários dessa exuberância imaginativa.

A valiosa pesquisa histórica do passado e a ampla cobertura dada à FC no presente tornam esta obra uma referência fundamental para o leitor brasileiro, dada a escassez de traduções disponíveis das histórias de FC. Ela fornece, sem sombra de dúvida, o que se pode e deve esperar de uma história do gênero: uma concepção pessoal e bem argumentada a respeito de seu surgimento e das razões que a mantêm popular até os dias de hoje.

Boa leitura.

Braulio Tavares, outono de 2017

Prefácio à Segunda Edição (2016)

A primeira edição de *A Verdadeira História da Ficção Científica* da Palgrave continha 14 capítulos. Esta segunda edição tem 16. A partir daí poderíamos deduzir que esta versão é mais extensa que a primeira, e de fato é. Na verdade, a adição de novos capítulos foi a menor das alterações praticadas aqui. Desde que comecei a escrever esta história, minha ignorância sobre a ficção científica diminuiu e, em decorrência disso, minhas visões do campo se alteraram sob muitos aspectos e em vários graus, alguns menos intensos e outros mais. Encarei isso como uma oportunidade para rever essa *História* de maneira mais abrangente. Na verdade, acabei reescrevendo grandes trechos desde o início. Nenhum capítulo está exatamente como era na primeira edição. Um novo capítulo sobre "a ficção científica do século XXI" substitui o que foi, em 2006, uma conclusão apenas indicativa e um breve "interlúdio" sobre a FC pré-1600 foi desdobrado num capítulo inteiramente novo a respeito dos períodos medieval e do início da Renascença. Acrescentei muitas seções novas, expandindo discussões (para só mencionar algumas) das fantasias neolatinas dos séculos XVII e XVIII, de história alternativa, *videogames* e histórias em quadrinhos. Houve também desenvolvimentos no que poderia ser chamado (embora o termo seja uma provocação para alguns leitores) escoras "teóricas" do estudo. Na primeira edição, procurei identificar o que me parece ser a natureza *sistemática* da imaginação da ficção científica: o modo como muitos textos não só postulam um *novum*, ou "coisa nova", mas fazem, de maneira sistemática, conjecturas sobre as diferenças que tal *novum* provocaria na sociedade e cultura como um todo. Ainda considero que a sistematização é útil para o modo como o gênero funciona e, nesta segunda edição, recorri às ideias singulares de Charles Taylor que se referem à "mobilização" como meio de concentrar, de forma mais precisa, as estratégias e os determinantes socioculturais desse modo de pensar e escrever. Incluí uma percepção mais sutil da lógica cultural da Reforma, dos parâmetros dos discursos do protestantismo e do modo como eles se fazem sentir na FC. Nem todos consideram a sutileza um bem sem defeito.[1] Não acho, porém, que eu pudesse justificar uma iniciativa de rever para maior crueza e, portanto, foi na sutileza que me segurei. Dito isso, a sutileza só pode ir tão longe quando o assunto é muito amplo e a discussão de imagens individuais fica com muita frequência comprimida pelo espaço. O máximo que posso afirmar é: fiz o melhor que pude.

Quando assumi, muitos anos atrás, a tarefa de escrever a primeira edição deste estudo, presumi, sem pensar muito no assunto, que começaria no início do século XIX e seguiria a trajetória da FC até os dias atuais de uma maneira bastante simples. Pensei assim porque quase todas as histórias críticas da ficção científica tratavam-na dessa forma. Mas na verdade a pesquisa para aquela versão do livro descobriu um apanhado tão gigantesco de textos claramente de FC dos séculos XVIII e XVII que fui obrigado a rever de forma radical minhas ideias. Acabei escrevendo um estudo que afirmava que a FC começa por volta de 1600, como um tipo nitidamente protestante de escrita "fantástica" surgido das antigas tradições católicas (em sentido amplo) de romances e histórias mágicas e fantásticas; era uma resposta às novas ciências, cujos avanços estavam também entrelaçados, em formas complexas, à cultura da Reforma. Sem dúvida, a FC foi um domínio em pequena escala até o final do século XX, quando ela irrompe na grande festa da cultura *pop*; mas isso, afinal, também ocorreu com a maioria dos movimentos culturais literários. Acho que poucos aficionados da FC têm consciência disso, mas há uma razão que explica por que a FC moderna retorna com tanta frequência a um modo do sublime materialista, que os aficionados chamam sentimento de espanto (de transcendência, de infinito), e por que a moderna FC está tão fascinada, não raro de forma indireta, com questões de expiação e o *status* de figuras do salvador. A FC, argumento eu, é a descendente direta da Reforma. Assim, acredito, como a fantasia; embora esse argumento seja para outro livro.

Quando essa *História* foi lançada pela primeira vez, meu argumento de que a FC teria origem na Reforma protestante na Europa – uma tese que considero ao mesmo tempo original e verdadeira – não recebeu grande aceitação. O livro ganhou algumas resenhas, às vezes positivas, outras vezes não tão simpáticas, mas até o momento seu argumento central persuadiu poucos estudiosos da área. Isso acontece, é claro, porque ele pode estar errado. A maioria dos estudiosos da história da FC, e também a maioria dos aficionados, "acredita" em uma história do gênero em menor escala, datando o início da ficção científica no começo do século XIX, no período mais tardio de Verne e

Wells ou, talvez, nos anos 1920. Em certos casos, tais argumentos são o resultado de teorias elaboradas de modo convincente. Com frequência, no entanto,, tenho a impressão de que os aficionados simplesmente preferem a FC escrita por Wells, E. E. "Doc" Smith ou Ursula Le Guin à FC escrita por Kepler e Cyrano. Talvez a achem melhor. Talvez tenham preferido ler essas obras a avançar, de forma penosa, pelo tédio das viagens interplanetárias neolatinas do século XVII. Quem poderia censurá-los? Essas questões de gosto, no entanto, me parecem ter pouca relação com o real desenvolvimento e história do gênero. Sendo mais preciso, acho que reduções da narrativa histórica a um "catálogo básico" de obras ainda legíveis, palatáveis para fãs modernos, cometem uma violência contra o modo. Meu argumento central não é apenas que a FC tem origem na Reforma; é também que o clima cultural febril dessa época *moldou* a FC, escreveu seu DNA em formas que se manifestam, com força substantiva, mesmo no século XXI. Trabalhei nessa segunda edição do início ao fim de 2015, ano em que os fãs da FC brigaram entre si com algum rancor e sem nenhum motivo real. Uma das coisas que os aficionados discutiam tem relação com as tradições do gênero, com a herança da ficção científica. Alguns aficionados creem que a comunidade reunida em torno do gênero esqueceu os valores da FC tradicional. Eu de fato tendo a achar que isso seja verdade. Mas porque considero que a "tradição" da FC se estende para muito antes de um punhado de homens brancos que escreveram na América do Norte dos anos 1950.

Uma faceta do gênero que tende a ser ignorada – tende, inclusive, a ser ativamente enterrada sob essa avalanche discursiva chamada imperialismo cultural anglo-americano – é que, durante os séculos XVII e XVIII, e entrando no XIX, a ficção científica foi dominada por escritores franceses, com escritores britânicos, neolatinos e alemães também contribuindo de forma substancial, mesmo que secundária. Júlio Verne é às vezes encarado como ponto de partida da FC; a verdade, por mais irônico que seja, é que ele se parece mais com o ponto final, pelo menos de uma tradição francófona dominante de FC. Muita FC francesa foi escrita durante o século XX, é claro, e continua a ser escrita no XXI, mas o centro de gravidade do gênero se deslocou de maneira acentuada para a América do Norte, com a predominância do *pulp*. Não está claro para mim por que a França escorrega de sua posição de proeminência no gênero para um *status* de segunda opção, mas eu diria que, ao falar sobre o início da FC com Gernsback nos anos 1920, as pessoas estariam falando sobre o início de uma FC hegemonicamente norte-americana. Uma segunda reorientação do gênero, de igual importância, teve lugar nas últimas décadas do século XX, quando a FC se tornou menos um meio de comunicação escrito e, mais universalmente, um meio visual.

Um grande número de pessoas me ajudou a trabalhar nesta revisão, bem mais do que foram capazes de me ajudar na primeira – em função, creio, da maior facilidade de contato proporcionada pela interação *on-line* e pelas redes sociais. Não posso mencionar todos, mas gostaria de agradecer a Mark Bould, Andrew M. Butler, Kim Curran, Susan Gray, Robert Eaglestone, Caroline Edwards, Niall Harrison, Maureen Kincaid-Speller, Paul Kincaid, Alan Jacobs, Jessica Langer, Scott Eric Kaufman, Camille Lofters, Ben Markovits, Rob Maslen, Glen Mehn, David Moles, Glyn Morgan, Abigail Nussbaum, Chuckie Palmer-Patel, Anne Perry, Tom Pollock, Paul March-Russell, Jared Shurin, Simon Spanton, James Smythe, Francis Spufford, Neal Tringham e Sheryl Vint. Gostaria de agradecer a John Clute, que escreveu uma resenha rigorosamente crítica da primeira edição – ela se mostrou de genuína utilidade para mim na elaboração da segunda. Da mesma forma, gostaria de agradecer ao leitor anônimo que forneceu à Palgrave um extenso e detalhado parecer sobre um primeiro rascunho dessa segunda edição; quem quer que seja ele ou ela, deu uma ajuda imensa no meu trabalho e estou muito grato. Obrigado também aos colegas e alunos do Royal Holloway, na Universidade de Londres, e a gratidão mais sincera à minha família, em particular à minha esposa Rachel. Pessoas que são objeto de discussão no corpo do livro não são mencionadas aqui, embora várias delas tenham se mostrado muito úteis no desenvolvimento desta revisão.

Títulos estrangeiros são citados em sua forma original. Todas as traduções do grego, latim e francês são minhas, a não ser que se declare expressamente que assim não é. Não tenho aptidão linguística para tentar traduzir de outras línguas e confiei aqui no trabalho de outros, que sem dúvida são citados. Fiz diretamente a transliteração das palavras gregas, exceto quando uma palavra era tão comum numa forma anglicizada que a transliteração direta tenderia a confundir (assim, Lucian [Luciano], não Loukianos). Quando as obras têm variação de títulos, algo comum em FC, cito o que considero o título pelo qual ela é mais conhecida.

Nota

1. Ver, por exemplo, "Fuck Nuance", *Crooked Timber*, de Kieran Healy (agosto de 2015): http://crookedtimber.org/2015/08/31/fuck-nuance/

Prefácio à primeira edição (2006)

A ficção científica (FC) é um assunto demasiado vasto para ser apresentado de forma exaustiva em uma história crítica, mesmo em uma tão longa quanto esta. A presente obra não é um relatório completo do gênero, mas uma tentativa de traçar uma linha que conecte um modo específico de literatura "fantástica" – que hoje chamamos de ficção científica – desde seus primórdios mais remotos até os dias atuais. A maioria dos textos examinados são novelas, curtas ou longas, que continuam sendo a forma predominante de FC, embora o conto (algo um tanto diferente da novela curta), o cinema, a televisão, as histórias em quadrinhos e outros tipos de produção cultural desempenhem um papel cada vez maior nos últimos estágios. Como história crítica, este trabalho tem também certa tese a defender. Espero evitar o viés tendencioso, mas meu argumento não é neutro – se é que pode existir de fato um argumento crítico puramente neutro –, e eu o esboço aqui, para que os leitores possam ser avisados de antemão e se preparem para ler o que se segue com o estado de espírito, simpático ou hostil, que melhor se ajuste a cada um.

Sustento que as raízes do que hoje chamamos de ficção científica são encontradas nas viagens fantásticas da novela grega antiga; e uso a expressão de Júlio Verne, *voyages extraordinaires* [viagens extraordinárias], que considero a forma mais flexível e útil de descrever esse tipo de texto. Narrativas de viagens e aventuras, não raro com interlúdios fantásticos (isto é, impossíveis ou imaginários), estavam entre as manifestações mais populares da cultura antiga: a epopeia fornece muitos exemplos, como o encontro de Ulisses com o Ciclope ou com a feiticeira Circe, que transformava seus homens em porcos. E este não é um desenvolvimento cultural surpreendente, já que os gregos possuíam uma cultura em que a viagem e a exploração reais desempenhavam papéis importantes. Sustento que entre esses muitos relatos de demoradas e divitidas expedições marítimas ou jornadas por terra há uma categoria de um tipo diferente de *voyages extraordinaires*: viagens para o céu e, em especial, viagens para outros planetas. Em teoria, era possível que um grego fretasse um barco e viajasse para a Sicília, para ver os Portões de Héracles, ou mesmo (podemos levantar a hipótese, embora não haja evidência de que tais viagens tenham ocorrido) para além de onde o Sol se põe, para as Ilhas Afortunadas, a América ou para as vastidões árticas. Isto é dizer tão somente que as tecnologias de viagem disponíveis para os gregos permitiriam essas expedições. Mas, é evidente, *não* era possível para essas pessoas viajarem para a Lua, como fazem os protagonistas de Antônio Diógenes. Ou deslocar a jornada para adiante no tempo representa uma ruptura radical na forma dos relatos de viagem.

Em outras palavras: a forma original do texto de FC é de uma viagem extraordinária, com a presença muito forte de narrativas de viagem interplanetária. Parece-me ainda que histórias de jornadas pelo espaço constituem a alma do gênero, embora muitos críticos possam discordar. Viagens através do espaço ou, às vezes, rumo ao mundo subterrâneo, para maravilhas da Terra oca (distintas das viagens normais, mais convencionais, sobre a superfície do globo), são o tronco, por assim dizer, do qual se ramificam as várias outras modalidades de FC. Falando em termos gerais, esses outros ramos são de dois tipos. Primeiro temos as viagens pelo tempo, como um corolário de viagens pelo espaço. Não é por acaso, creio eu, que esse subgênero passe a existir e se torne rapidamente vigoroso em fins do século XIX e durante o século XX – o que significa dizer: na época em que a ciência definia as profundas inter-relações entre quantidades de tempo e espaço. Um segundo ramo, na realidade um galho fundamental (para continuar com a metáfora), são as histórias sobre tecnologia. Como a viagem de longa distância já envolve uma série de tecnologias complexas – (por exemplo) navios à vela, tecnologias de apoio à vida para longos períodos longe de terra, navegação, equipamento militar e várias outras –, não é também de admirar que as histórias de tecnologia surjam com elementos que remetam às *voyages extraordinaires*. A mulher androide, fluente em todas as línguas do mundo, encontrada em *Gazettes et nouvelles ordinaires de divers pays lointains* [Boletins e Notícias Regulares de Países Distantes] (1632), de Charles Sorel, representa, talvez, o primeiro exemplo desse tipo de FC; embora no decorrer do século XIX essa modalidade possa ser vista se separando da viagem para tornar-se um subgênero muito mais específico. Júlio Verne é o primeiro gênio da ficção tecnológica e, no século XX, é bem possível que a tecnoficção tivesse se tornado a forma predominante de FC. Em meu primeiro capítulo, discuto ficção científica e ficção tecnológica como merecedoras de equivalente atenção teórica.

Essas três formas, concebidas de maneira ampla, definem minha primeira ideia do que é FC: histórias de viagem pelo espaço (para outros mundos, planetas, estrelas), histórias de viagem pelo tempo (para o passado ou para o futuro) e histórias de tecnologias imaginárias (maquinários estranhos, robôs, computadores, ciborgues e cibercultura). Há uma quarta forma, a ficção utópica, que os críticos de ficção científica com frequência incluem em qualquer definição razoável da forma. Minha premissa neste estudo é que a ficção utópica seja na verdade ficção científica, embora tome como ponto de partida a filosofia e a teoria social em vez de itens de uma hipotética tecnologia ou destinos inteiramente novos. Alguns críticos preferem excluir utopias de uma discussão da FC sob o argumento de que a extrapolação utópica tende para a sátira; o que significa dizer: a utopia tem de ser satírica na medida em que tira sua força do contraste implícito entre a sociedade ideal, que está sendo descrita, e o mundo imperfeito no qual o autor/autora e os leitores de fato vivem. Nutro certa simpatia por esse ponto de vista, pois me apego, talvez ingenuamente, à crença de que os mundos encontrados nos melhores textos do gênero são mais do que simples manifestações modificadas do *nosso* mundo – quero dizer: a FC incorpora uma genuína e radical abertura para a alteridade, um fascínio com as extensões mais remotas da possibilidade imaginativa. Nem todas as utopias participam dessa alteridade, mas ainda assim elas devem ser discutidas. Por um lado, muitos praticantes de FC têm encarado a ficção utópica como parte de sua prática, e eles próprios têm escrito utopias. Por outro, à medida que se desenvolveu, a FC ficou cada vez mais preocupada com as complexidades da construção de mundos, em que escritores criam sociedades alternativas, mas consistentes. O impulso satírico da utopia consegue seus efeitos atualizando um *novum* construtor-de-mundo e tal construtor de mundo tornou-se agora uma das coisas mais valiosas que a FC fornece a seus leitores; não são apenas *novums*, mas *novums* sistematicamente extrapolados e integrados a uma visão completa. A "corrente principal" da FC está cheia de construtores de mundo detalhados, envolventes e grande parte da gramática dessas construções deriva da ficção utópica.[1]

Este esboço compacto já sugere uma das questões fundamentais a ser enfrentada por qualquer historiador de ficção científica. Podemos ver a forma começando com as *voyages extraordinaires* interplanetárias da novela grega antiga; podemos então acompanhar o desenvolvimento dessas ideias através de obras do século XVII, como *Somnium* (1634), de Johannes Kepler; *The Man in the Moone, or a Discourse of a Voyage Thither by Domingo Gonsales, the Speedy Messenger* [O Homem na Lua ou um Discurso de uma Expedição Para Lá por Domingo Gonsales, o Mensageiro Veloz] (1638), de Godwin; e *O Outro Mundo ou os Estados e Impérios da Lua* (*L'autre monde ou les états et empires de la lune*) (1657), de Cyrano de Bergerac. A partir desse período até o presente dia, é possível identificar uma efetiva linha sem rompimento, de contínua produção textual, na modalidade ficção científica. A questão, então, é: por que há uma lacuna tão pronunciada e tão extensa no registro entre os gregos e a Renascença? Entre esses dois períodos se passaram mais de mil anos em que a ficção científica não foi escrita. Por quê?

Várias possibilidades de resposta se insinuam. Na presente obra, defendo determinada hipótese que tem, inclusive, importantes consequências para minha definição de ficção científica. Em função disso, vale a pena esclarecê-la aqui. Para ir direto ao ponto, sustento que o ressurgimento da ficção científica é correlato à reforma protestante. Durante o final do século XVI e início do XVII, a balança da investigação científica se deslocou para os países protestantes, onde o tipo de especulação que pudesse ser considerada contrária à revelação bíblica poderia ser empreendida com mais (embora não total) liberdade. Descartes, por exemplo, estabeleceu-se na Holanda em 1629, em parte porque sua nativa cultura francesa católica estava se mostrando hostil a suas pesquisas científicas. Na mente de Descartes encontrava-se a recente condenação do trabalho astronômico de Galileu pela Igreja Católica, um desdobramento chocante para muitos pensadores científicos da época. Por certo existiram desdobramentos mais perturbadores que este, em particular para os pensadores de mente mais imaginativa (o que significa dizer: de ficção científica).

Um desdobramento pouco conhecido, mas não obstante fundamental na história do gênero, diria eu, ocorreu em 1600, quando Giordano Bruno, natural de Nola, foi queimado na fogueira pela Inquisição Católica no Campo de Fiore, em Roma. O crime de Bruno fora afirmar que o universo era infinito e continha inumeráveis mundos – um exemplo de ciência antes especulativa que empírica e, em função disso, ficcional para época. Bruno foi condenado à morte por contradizer o ensinamento da Igreja Católica, mas é preciso um momento de reflexão para entendermos por que a ideia de inúmeros mundos habitados foi considerada tão chocante. Dante, por exemplo, postulou habitantes nos diversos mundos de seu cosmos (embora, naturalmente, o poema esteja situado em um sistema solar ptolomaico, não copernicano), e sua obra foi considerada devota antes que qualquer outra coisa.

O problema, identificado e discutido de modo brilhante (embora excêntrico) por William Empson nos *Essays on Renaissance Literature* [Ensaios sobre a Literatura da Renascença] (1993), publicados após sua morte, pode ser colocado nos seguintes termos: o fato de haver muitos mundos, com diversas populações de seres vivendo neles, tende a negar a singularidade da crucificação e, portanto, desvaloriza o próprio cristianismo, talvez de maneira fatal. A Igreja ensina que Deus mandou Cristo à Terra para salvar a humanidade, uma raça criada à Sua imagem. Foi um acontecimento único, milagroso, um sacramento que conecta a humanidade a Deus ou, pelo menos, que proporciona à humanidade a possibilidade dessa conexão. Mas e se a humanidade for apenas uma dentre muitas populações de seres no cosmos? Como ficam as outras? Foram também redimidas pelos seus próprios Cristos? Se sim, isso fatalmente não degradaria a singularidade do sacrifício de Cristo *neste* mundo? Ou Deus apenas se omitiu em lhes fornecer a salvação (o que colocaria Deus sob um enfoque muito cruel)? Sob a lógica do sistema ptolomaico, o sistema solar é uma espécie de extensão da Terra, habitado por almas humanas ou anjos criados por Deus, e as estrelas são uma esfera fixa, formando um imenso, e apenas decorativo pano de fundo. Nesse cosmos, um único Cristo pode redimir tudo. Mas, se o cosmos for infinito, tal crença se torna difícil de sustentar.

O dado revolucionário do cosmos copernicano é um foco integralmente reconfigurado para longe da Terra e da humanidade. Ou Cristo morreu uma só vez e Deus ignorou o restante dessa vasta criação, ou morreu em todos os mundos possíveis. Como diz Empson: "ou o Pai fora injusto por completo com os marcianos ou Cristo foi crucificado também em Marte; na realidade, em todos os planetas habitados, de modo que sua identidade, sob qualquer aparência única, se tornava precária" (Empson, v. 1, p. 130). Meio século mais tarde, essa ideia era ainda tão chocante e desestabilizadora para a ortodoxia católica, que Bruno foi queimado na fogueira apenas por tê-la deixado implícita.[2]

Isso pode parecer um ponto obscuro de algum jogo de palavras teológico, mas acredito que marca um ponto crucial de clivagem no desenvolvimento da ficção científica ocidental. Para uma imaginação católica ortodoxa, a pluralidade de mundos habitados se torna uma suposição intolerável; outras estrelas e planetas tornam-se uma realidade antes *teológica* que material, como foram para Dante – uma espécie de ornamentação espiritual da criação de Deus, feita, em essência, na medida humana. Mas, para uma imaginação protestante (ou para uma imaginação católica cética e humanista, como a de Descartes ou a de Voltaire), o cosmos se expande diante das sondagens investigatórias da ciência empírica durante os séculos XVII e XVIII; e a exploração imaginativa e especulativa desse universo se expande com ele. Trata-se da imaginação da ficção científica, que se torna cada vez mais uma função da cultura protestante ocidental. A partir desta FC se desenvolve, em termos imaginativos, um modo expansivo e materialista de literatura, oposto ao modo mágico-fantástico, fundamentalmente religioso, que passa a ser conhecido como fantasia. Ao dizer isso, não pretendo sugerir uma prioridade de valor ou mérito de um modo sobre o outro. Leio fantasia tão avidamente quanto leio ficção científica.

Isso, por sua vez, relaciona-se a outra forma de definição aplicada com frequência ao modo: a ficção científica, na prática contemporânea de edição e vendagem de livros, é diferenciada da fantasia, esta última envolvendo narrativas de formato fantástico ou não realista, em que o facilitador narrativo é antes magia que tecnologia. O texto-chave no desenvolvimento da fantasia do século XX (um gênero de espantosa e contínua fertilidade) é *O Senhor dos Anéis* (*The Lord of the Rings*) (1952-1953), de Tolkien; elfos, homens, anões e *hobbits*, auxiliados por um mago, combatem *orcs* malignos e monstros como parte de uma guerra cósmica entre as forças do bem e as do mal. Há pouquíssimas máquinas em *O Senhor dos Anéis*, e a maioria das que aparecem estão alinhadas com as forças do mal. Na realidade, é a magia que opera no mundo, para bons ou maus resultados. A ação gira em torno de um anel dourado imbuído de poderes mágicos, um dispositivo que, além de tornar invisível quem o usa, também lhe concede enorme poder de comando.

O Senhor dos Anéis é um livro profundamente católico, não tanto em termos de alegoria consciente (Tolkien sempre expressou uma "cordial antipatia" pela alegoria), mas mais em sua detalhada execução; um drama de queda e redenção, em que um salvador retorna para fazer sucumbir o mal. O uso de um símbolo sacramental – o anel de ouro simbolizando casamento no serviço cristão – como elemento central da fantasia também é significativo. De uma perspectiva católica, há algo mágico envolvido em casamento – mágico no sentido incisivo de que os milagres de Jesus também podem ser descritos como mágicos. Para um católico, a hóstia da comunhão se transforma de fato no corpo de Cristo durante a missa – a transubstanciação é um processo real, outro sacramento mágico. Para um devoto protestante, o pão *simboliza* o Cristo, sendo no entanto inteiramente material, puro pão.

Isso vem ao encontro do fundamento lógico da própria reforma protestante. Norman Davies, por exemplo, resume o movimento nos seguintes termos:

> O movimento protestante continha um impulso muito forte para "tirar a magia da religião" [...] não obstante a Europa, nos séculos XV, XVI e XVII, continuasse se devotando a cada forma de crença mágica. Era um panorama repleto de alquimistas, astrólogos, adivinhos, feiticeiros, curandeiros e bruxas [...]. A magia se manteve firme durante todo o período da reforma. A esse respeito, portanto, a ofensiva protestante contra a magia só obteve sucesso parcial, mesmo nos países onde o protestantismo seria formalmente triunfante. Mas as intenções dos radicais eram inequívocas. Depois de Wyclif veio o ataque de Lutero às indulgências (1517) e a rejeição da transubstanciação por Calvino como "conjuro" (1536) [...]. Pelo que se supunha, o cristianismo protestante estava livre da magia (Davies, p. 405).

Davies continua salientando que a magia persistiu, obstinada, mesmo nesta supostamente purificada religião de crença racional e consciente ("mostrou-se quase impossível abandonar a consagração de construções da igreja, de estandartes de batalha, de alimentos, de navios e de locais de sepultamento"). Mas começa aqui uma separação na ampla corrente de ficção fantástica ou não realista. O imaginário católico tolera a magia e produz o romance tradicional, gótico-mágico, de horror, de fantasia tolkieniana e do realismo mágico de García Márquez. O imaginário protestante vai cada vez mais substituindo a função instrumental da magia por dispositivos tecnológicos e produz ficção científica. O presente livro se apoia, portanto, em uma definição historicizada de FC como forma de romance fantástico em que a magia foi substituída pelos discursos materialistas da ciência.

Dizer isto não é negar a vertente especificamente católica na ficção científica; na verdade, ao contrário, defendo que essa vertente está presente na maior parte da boa FC, tenha sido ou não escrita por autores católicos. Se me pedissem para condensar minha tese em uma única frase, eu diria que a ficção científica é determinada com exatidão pela *dialética* entre os imaginários protestante e católico, que emergiu do particular contexto cultural-ideológico do século XVII. Os textos de FC são mediadores desses determinantes culturais com diferentes ênfases, algumas mais estritamente materialistas, outras mais místicas ou mágicas. Muitas das obras mais celebradas do que é às vezes chamado FC católica estão inscritas com profundidade nessa visão sacramental, mágica – eu diria que é isto, mais que o fascínio pelas questões teológicas como tal, que distingue a FC católica. Assim, por exemplo, *Um Cântico para Leibowitz* (*A Canticle for Leibowitz*) (1960), de Walter M. Miller, estende sua narrativa por muitos séculos – dos resultados de uma guerra nuclear em que a sociedade é reduzida ao primitivismo ao renascimento gradual da civilização com um novo desenvolvimento da tecnologia e, daí, ao ponto em que a humanidade mais uma vez planeja viajar em foguetes rumo às estrelas e, mais uma vez, ameaça se destruir com armas nucleares. A coerência dessa longa narrativa é proporcionada pelo foco em um grupo de monges no deserto norte-americano, e Miller fornece, em grande parte, uma descrição detalhada, à maneira realista, de sua vida cotidiana. Mas o livro também se apoia em inúmeros aspectos mágicos dos acontecimentos; um deles é o próprio personagem de Leibowitz, um eremita no deserto pós-nuclear que parece imortal (o mesmo personagem aparece em cada capítulo, embora eles estejam separados por séculos), na verdade identificando-se, de modo específico, com o Judeu Errante. Quando as bombas caem por uma segunda vez, um mutante, que cresce como uma cabeça no ombro de uma mulher, parece ganhar vida. O elemento mágico não é meramente jogado no livro pela afinidade ao bizarro; funciona antes como um endosso do sobrenatural, da presença de Deus em um mundo que fora arruinado pela bomba atômica, por sociedades bem seculares e racionais.

A tetralogia *Long Sun* (1993-1996), de Gene Wolfe – uma das obras-primas da FC do século XX –, apresenta como seu herói um padre humilde com muitas armadilhas católicas ao estilo Graham Greene, embora a religião da qual é adepto não seja o catolicismo: a história se passa em uma gigantesca espaçonave tubular, em rotação para fornecer gravidade aos que vivem em sua superfície interior. A nave está em uma jornada de gerações para um novo mundo – na verdade, a jornada tem sido tão demorada que os passageiros se esqueceram por completo de que habitam uma espaçonave. Na religião a que Silk, o padre-herói de Wolfe, pertence há janelas (avançadas telas de TV) que exibem figuras dos próprios deuses, mas, no decorrer das novelas, é revelado que esses supostos deuses nada mais são que o *download* de arquivos de personalidade de antigos indivíduos, tendo vários deles enlouquecido em seu ambiente eletrônico. A trajetória completa da série apresenta o desmascaramento de traços do mundo que tinham sido encarados como naturais e sobrenaturais, revelando-os como apenas tecnológicos – um enredo que poderíamos denominar, utilizando aquela crua oposição, de protestante. No entanto, o católico Wolfe não consegue abandonar a magia; um ser divino, misterioso e não tecnológico, "o Forasteiro", esconde-se atrás das ações de Silk do início ao fim dos livros, e o primeiro volume se inicia com uma revelação vivenciada por Silk em que – de forma mágica – o Forasteiro penetra o mundo do longo Sol e proporciona discernimento. A mais famosa tetralogia de Wolfe, *The Book of the New Sun* [O Livro do Novo Sol] (1980-1983), é também ficção científica que figura como fantasia. Severian progride de torturador-aprendiz a Torturador propriamente dito e, enfim, a imperador do mundo, viajando por um mundo tão distante no futuro que seus bizarros rituais e sua parafernália parecem mágicos. Os elementos mágico-fantásticos predominam, e os aspectos tecnológicos do futuro distante nunca podem ser reduzidos por completo a uma explicação materialista: o que é muito compreensível, porque, de certo modo, o protagonista, Severian, o Torturador, é Jesus Cristo.

A narrativa histórica da ficção científica que desenvolvo aqui, em outras palavras, vê uma forma nascente de FC na Grécia Antiga, que desaparece ou é sufocada com o advento da dominação cultural da Igreja Católica e que torna a emergir quando a nova cosmologia do século XVI inspira a teologia de pensadores protestantes no XVII. A morte de Bruno em 1600 é uma espécie de divisor de águas deste momento crítico, e a doutrina da pluralidade dos mundos que anima pensadores do século XVII serve de base a quase todos os textos interplanetários incluídos na FC do período. Isto significa que, quando os romances de viagens interplanetárias retornam à cultura ocidental nos séculos XVII e XVIII, todos estão vitalmente preocupados com as implicações *teológicas* dos alienígenas que descrevem. Quando um astronauta dos dias atuais poderia saudar extraterrestres com algum amistoso clichê liberal ("Viemos em paz"), todos os viajantes estelares nas histórias daquele período estão ávidos para ouvir a resposta a uma pergunta crucial: "Você acredita em Jesus Cristo?" Quando o herói de Francis Godwin viaja para a Lua e lá encontra alienígenas, suas primeiras palavras são "Jesus Maria":

> Assim que o nome de Jesus saiu de minha boca, jovens e velhos caíram todos de joelhos, o que não me deixou pouco contente. Mantinham as duas mãos erguidas e repetiam certas palavras que eu não compreendia (Godwin, *The Man in the Moone*, p. 96).

Isso é importante porque, para Godwin e seu público, alienígenas espaciais não são curiosidades esotéricas, mas provas ou refutações cruciais da verdade divina. Na obra de Godwin, seus lunitas estão associados o bastante com a Terra para serem capazes de compartilhar o poder redentor do Cristo terreno. *The Discovery of a World in the Moone* [Descoberta de um Mundo na Lua] (1638), de Wilkins, por exemplo, postula habitantes lunares, logo se preocupando com o fato de se tais seres "são a semente de Adão, se estão em um estado abençoado ou que meios pode haver para sua salvação". Wilkins cita Tommasso Campanella para assinalar que os lunarianos devem estar, "como nós, sujeitos ao mesmo infortúnio [do pecado original], do qual, talvez, foram resgatados pelo mesmo meio que nós: a morte de Cristo" (Wilkins, pp. 186-92). O tópico torna a emergir com regularidade na FC durante todo o século XIX e século XX. A trilogia de novelas de ficção científica (1938-1945) de C. S. Lewis está muito preocupada com essas questões teológicas e sua solução para o problema é argumentar que o Cristo é específico da Terra, porque só a Terra caiu nas garras do Diabo. O padre-protagonista de *Um Caso de Consciência* (*A Case of Conscience*) (1958), de James Blish, está imerso em dúvidas porque os alienígenas do planeta Lithia, que levam vidas sem pecado em um paraíso terrestre, não têm ideia de Deus nem da alma. Num prefácio a uma reedição do livro, Blish comenta que recebeu cartas de "teólogos que conheciam a posição da Igreja naquele momento [isto é, 1958] sobre o problema da "pluralidade dos mundos" e cita a opinião de Gerald Head:

> Se há muitos planetas habitados por criaturas sencientes, como a maioria dos astrônomos (entre eles jesuítas) agora suspeitam [...] [uma suspeita,

sugiro eu, só relativamente recente] [...] então cada um desses planetas [...] tem de cair "em uma das três categorias":

a) Habitado por criaturas sencientes, mas sem alma; a serem, portanto, tratadas com compaixão, mas extraevangelicamente;

b) Habitado por criaturas sencientes com alma caída, graças a um ancestral original, mas não inevitável: a serem evangelizadas com urgente caridade missionária;

c) Habitado por criaturas sencientes dotadas de alma que não caiu, que portanto [...]

    (i) habitam um paradisíaco mundo sem pecado;

    (ii) que, portanto, temos de contatar não por arrogância, mas para que possamos aprender com elas as condições... de criaturas vivendo em perpétua graça (Blish, p. 9).

Blish acrescenta o seguinte comentário à avaliação de Head: "O leitor observará [...] que os lithianos não se encaixam em nenhuma dessas categorias. Ruiz-Sanchez, o protagonista jesuíta da novela, passa a acreditar que os lithianos racionais, civilizados, foram de fato criados pelo Demônio para tentar a Terra, levando-a ao desastre. No final do livro (em um trecho em que um não crente tenderá a ler como uma monstruosa celebração de genocídio), Ruiz-Sanchez exorciza o mundo inteiro literalmente para fora da existência, coincidindo seu rito de exorcismo com uma reação nuclear em cadeia efetuada por trabalhadores terráqueos que exploravam recursos naturais lithianos. A real violência dessa conclusão reconhece uma pressão subterrânea de hostilidade para com a noção mesma de uma "pluralidade de mundos habitados".

A adição de Blish à análise teológica feita por Gerard Head da vida alienígena (que poderia dizer algo como "d) Habitado por criaturas sencientes sem alma que foram produzidas por Satã para tentar e prejudicar a criação de Deus"), ao apontar outras "omissões" da análise católica ortodoxa, sugere necessariamente ainda outra categoria – que outros mundos possam ser habitados por criaturas que nada têm a ver com o Deus da Bíblia terrena e que não foram criadas por Ele. Como essa mesma lógica também pode ser aplicada à Terra, ela corrói a certeza teológica; o que, é de presumir, explica por que a Igreja achou que tinha de matar Bruno. O fato é que ler *Um Caso de Consciência* – ganhador do prêmio Hugo e exemplo extremamente respeitável de ficção científica – de uma perspectiva católica é uma experiência diferente de lê-lo com base em uma visão não católica. Sob a lógica da primeira, o livro é uma interessante exploração de um enigma teológico; sob a lógica da segunda, é uma história pungente de arrogância e miopia humanas, com lithianos transformados de um modo terrível em vítimas inocentes.

Mais recente, o premiado *Hyperion* (1989), de Dan Simmons, inicia-se com a história de um padre assombrado exatamente por essa questão: se Cristo é um salvador universal ou uma mera figura paroquiana, presa à Terra. O padre viaja para uma região distante da galáxia, onde encontra uma raça de alienígenas que parecem ser idiotas, trazendo todos uma cruz brilhante no torso. Extasiado, o padre considera isso uma prova da universalidade de Cristo. Na realidade, o formato de cruz se revela um parasita alienígena pernicioso, cruciforme por mera coincidência, e o padre tem uma desilusão. Mas essa abertura teológica para a sequência de novelas *Hyperion* é adequada. *Hyperion* revela que uma criatura sádica chamada picanço vem sequestrando e submetendo a terrível sofrimento inúmeros habitantes do planeta Hyperion; na sequência da novela, *The Fall of Hyperion* [A Queda de Hyperion] (1990), torna-se evidente que malignas inteligências mecânicas usam o picanço para fazer um espírito de compaixão numinoso sair de seu esconderijo (a isca sendo uma quantidade cada vez maior de seres humanos sofrendo), a fim de que possam destruí-lo. O fato de haver, por trás dos eventos do cosmos, um princípio místico de compaixão em conflito com um cruel princípio oposto desencadeia uma batalha pseudocristã entre (é realmente disso que se trata) Cristo e Satã em um palco galáctico.

Ao afirmar que esta oposição de tecnologia protestante/humanista e magia católica é radicalmente constitutiva da ficção científica (e em decorrência, portanto, distinguindo os aspectos contrastantes entre FC e fantasia), posso estar trazendo à memória dos leitores a famosa máxima de Arthur C. Clarke: "Qualquer tecnologia avançada o bastante é indistinguível da magia" (Clarke, *Profiles of the Future*, 1969). Mas nem precisa ser lembrado que, longe de cooptar a magia para a FC, a declaração de Clarke reduz toda magia a realidade tecnológica; o que à primeira vista parece miraculoso se torna, quando analisado da devida maneira, apenas tecnológico, ainda que tecnologia de um tipo esplendidamente avançado. Na verdade, Clarke nega por completo a FC católica; para ele, FC católica é sempre e inevitavelmente FC protestante-humanista disfarçada; algo manifestado na coleção de FC do próprio Clarke, na qual o que parece transcendente (por exemplo, o final de *2001: Uma Odisseia no Espaço* [*2001: A Space Odyssey*]) é mais tarde racionalizado em termos materialistas, tecnológicos (nas três sequências dessa obra).

Em outras palavras, sugiro aqui uma modificação na distinção crua entre fantasia mágica e ficção científica. Não é o fato *em si* de a fantasia ser mágica que a distingue da FC. É o fato de ser *sacramental*. A fantasia é sobrenatural; a FC, extraordinária, e há um universo de diferença entre esses dois termos. Uma vez que aceitamos ser um mago uma forma de sacerdote, vemos que há sempre um padre na fantasia. Esse papel sacerdotal é quase sempre assumido (na prática) por um artefato tecnológico na FC.

A tese da presente história crítica que apresento neste livro é que a FC pós-1600 foi intimamente moldada pela dialética entre magia e tecnologia. Na verdade, as subdivisões de campo populares entre os aficionados mapeiam posições em uma trajetória que vai de mágico a tecnológico, com uma Ficção Científica *Hard* (FC *hard*) se alinhando mais próximo do segundo termo e uma FC *soft* mais perto do primeiro.* Os últimos capítulos deste livro defendem a tese de que a dialética entre ciência e magia (ou "fato e misticismo", "racionalismo e religião") integra todos os grandes clássicos da FC do século XX; que *Metropolis* (*Metrópolis*) ou *Duna* (Dune) ou *Star Wars*, a série de livros *Mars* (Marte) de Kim Stanley Robinson ou os filmes *Matrix* articulam precisamente essa dinâmica e o fazem por razões profundas relacionadas à história determinante do gênero.

Eu gostaria, neste prefácio, de dizer mais uma única coisa em parcial defesa das premissas desta história crítica. Brian Aldiss fez as origens da FC remontarem a *Frankenstein*, de Mary Shelley; Thomas Disch, a Edgar Allan Poe; Patrick Parrinder, a H. G. Wells e Júlio Verne; Samuel Delany acha que "não há razão para buscar a origem da FC muito antes de 1926, quando Hugo Gernsback cunhou o [...] termo" *scientifiction* e, em 1929, *science fiction* – todos críticos vigorosos, que julgam o tipo de protoficção científica digna de tanta atenção neste trabalho incompatível com suas definições da forma. Delany, por exemplo, argumentou que: "Além disso, Kepler, Cyrano [...] ficariam bastante perdidos diante das convenções de código pelas quais interpretamos as sentenças em um texto contemporâneo de FC", tendo rotulado "essas genealogias ilógicas e descabidas do ponto de vista histórico, com Mary Shelley como nossa avó ou Luciano de Samósata como nosso tataravô", de "mero esnobismo (ou insegurança) pedagógico" (Delany, pp. 25-6). Fui, em minha época, persuadido por esses argumentos; não sou mais. Parece-me agora que o fato de Fídias ser desafiado pela obra de Henry Moore não significa que possamos tirar algum proveito da negação de que ambos fossem praticantes da escultura. Dizer ser provável que Luciano ficaria aturdido com *Dhalgren*, de Delany, é apenas dizer que as formas evoluem e mudam, e que a plena compreensão requer certa atenção a essas mudanças e evoluções. A ficção científica por certo evoluiu, mas o fato não priva suas manifestações mais antigas de um lugar na tradição da FC, e é essa tradição que meu estudo procura investigar, conforme os parâmetros esboçados no parágrafo anterior.

---

* FC *hard*, ficção científica "dura", rigorosa; FC *soft*, ficção científica leve, *light*. (N. do T.)

Parece-me, depois de ler muitos trabalhos histórico-críticos sobre FC na preparação da presente obra, que os críticos excluem a FC escrita antes de 1926 (ou, conforme o caso, antes de 1870 ou 1818) não porque haja um argumento coerente para limitar a FC a obras escritas após essa data, mas porque os críticos preferem os últimos escritos e não gostam muito da chamada protoficção científica. Não há, é claro, por que discutir *gustibus** nesses assuntos, mas vale a pena salientar que o fato de determinado indivíduo na verdade não gostar de ler *Somnium*, de Kepler, ou *La découverte Australe par un homme volant, ou le Dédale français* [A Descoberta da Austrália por um Homem Voador, ou o Dédalo Francês] (1781), de Rétif, não é *por si só* uma razão para excluir tais obras da história abrangente da FC.

Notas

1. Ver Darko Suvin, *Science Fiction and Utopian Fiction: Degrees of Kinship' in Positions and Presuppositions in Science Fiction* (Macmillan, 1988). *Narrating Utopia: Ideology, Gender, Form in Utopian Literature* (Liverpool University Press, 1999) é um estudo detalhado e perceptivo que cobre grande parte do assunto.

2. Umberto Eco dramatiza com habilidade essa inquietação no que é, com certeza, seu melhor livro, *A Ilha do Dia Anterior* (*L'isola del giorno prima*) (1994). O personagem Saint-Savin está falando sobre o embaraço teológico de um universo de infinitos mundos habitados:

   "Foi Cristo feito carne só uma vez? Foi o Pecado Original cometido só uma vez e neste globo? Que injustiça! Tanto para os outros mundos, privados da Encarnação, quanto para o nosso, pois nesse caso as pessoas de todos os outros mundos seriam perfeitas, como nossos progenitores antes da Queda [...]. Ou então infinitos Adões cometeram infinitamente o primeiro erro, tentados por infinitas Evas com infinitas maçãs, e Cristo foi obrigado a se tornar encarnado, pregar e sofrer o Calvário infinitas vezes. Talvez ainda esteja fazendo isso e, se os mundos são infinitos, Sua tarefa também será infinita. Infinita sua tarefa, então infinitas as formas de Seu sofrimento: se além da Galáxia houvesse uma terra onde os homens tivessem seis braços [...] o Filho de Deus seria pregado não numa cruz, mas numa construção de madeira com a forma de uma estrela – o que me parece digno de um autor de comédias."

   Nesse ponto, seu interlocutor grita enfurecido com a blasfêmia e tenta feri-lo com uma espada (Eco, pp. 139-40).

---

* Em latim no original: *De gustibus non est disputandum* [Gosto não se discute]. (N. do T.)

Referências

Davies, Norman. *Europe. A History*. Oxford: Oxford University Press, 1996.

Delany, Samuel. *Silent Interviews on Language, Race, Sex, Science Fiction, and Some Comics: A Collection of Written Interviews*. Hanover, NH e Londres: Wesleyan University Press, 1994.

Eco, Umberto. *The Island of the Day Before* [1994]; trad. William Weaver. Londres: Minerva, 1996.

Empson, William. *Essays on Renaissance Literature*, org. John Haffenden, 2 vols. Cambridge: Cambridge University Press, 1993.

CAPÍTULO 1

Definições

Três definições

O modo óbvio de começar uma história crítica da ficção científica é com uma definição de seu tema. Isso, no entanto, não é coisa fácil. Muitos críticos têm apresentado definições de FC, e o discurso crítico que delas resulta é um campo divergente e questionável. Uma abordagem que tem se mostrado influente entre os críticos do gênero é a de Darko Suvin, que chama a FC

> [...] um gênero literário ou construto verbal cujas condições necessárias e suficientes são a *presença e interação de distanciamento e cognição, e cujo dispositivo principal é uma moldura imaginativa alternativa ao ambiente empírico do autor* (Suvin, p. 37).

Suvin continua, de forma proveitosa, a especificar o que chama "o *novum*": o dispositivo, artefato ou premissa ficcionais que põem em foco a diferença entre o mundo que o leitor habita e o mundo ficcional do texto de FC. Esse *novum* pode ser algo material, como uma espaçonave, uma máquina do tempo ou um dispositivo de comunicação mais-rápido-que-a-luz; ou pode ser algo conceitual, como uma nova versão de gênero ou consciência. O distanciamento cognitivo de Suvin equilibra alteridade radical e certo grau de semelhança familiar, de modo que (nas palavras de Patrick Parrinder), "ao imaginar mundos estranhos, acabamos vendo nossas próprias condições de vida em uma perspectiva nova e potencialmente revolucionária" (Parrinder, p. 4).

O crítico e romancista Damien Broderick desenvolveu e refinou as ideias de Suvin. Ele observa que o florescimento da FC nos séculos XIX e XX refletiu em grandes revoluções culturais, científicas e tecnológicas (ele as chama de "mudanças epistêmicas") nesse período, e procura expor com linguagem mais precisa as estratégias empregadas pela maior parte dos textos de FC:

> A FC é uma espécie de narração nativa de uma cultura que passa por mudanças epistêmicas implicadas no surgimento e superoferta de modos de produção, distribuição, consumo e descarte técnico-industriais. É marcada por (i) estratégias metafóricas e táticas metonímicas, (ii) a colocação em primeiro plano de ícones e esquemas interpretativos de um "megatexto" genérico constituído em coletividade [isto é, *toda a FC previamente publicada*] e a concomitante falta de ênfase no "bem escrever", bem como na caracterização, e (iii) certas prioridades encontradas com mais frequência em textos científicos e pós-modernos que em modelos literários: de modo específico, preferência pela atenção ao objeto em detrimento do sujeito (Broderick, p. 155; ênfase minha).

Ambas as definições concentram-se, em essência, no conteúdo dos textos de FC. O escritor e crítico Samuel Delany tem, por outro lado, questionado a validade de definir a FC em termos dos temas a ela relativos, propondo, em vez disso, que a FC é "um vasto jogo de convenções codificadas", um jogo de significados a ser compartilhado, que os leitores podem aplicar aos textos tanto em nível de *sentença* quanto em nível de texto, para desempenho social e engajamento semiótico. Propõe ainda que sentenças como "o mundo dela explodiu" ou "ele girou para o lado esquerdo" têm diferentes *significados* em função de o leitor abordá-las como FC ou ficção comum; em um texto realista, a primeira seria uma metáfora, e a última, uma referência à postura, enquanto na FC a primeira poderia ter sentido literal e a última envolveria um movimento de ativação do lado esquerdo do corpo, como se fosse algum tipo de máquina*. Sugere também: "A maioria de nossas expectativas específicas acerca da FC será organizada em torno da questão: o que no mundo que a história retrata, por declaração ou implicação, tem de ser diferente do nosso para que tal sentença seja normalmente proferida?" (Delany, pp. 27-8, 31). Para Delany, em outras palavras, a FC é muito mais uma *estratégia de leitura* que qualquer outra coisa.

Vários outros críticos vêm tentando chegar a uma definição. Brian Stableford, John Clute e Peter Nicholls, no extenso verbete "Definições de FC" da *Encyclopedia of Science Fiction* [Enciclopédia de Ficção Científica] (3ª ed., 2011), de Clute e Nicholls, citam 16 diferentes definições, da de Hugo Gernsback em 1926 ("um romance cativante entremeado de fatos científicos

---

* Nesse sentido, a frase *he turned on his left side* significaria "ele acionou o lado esquerdo". (N. do T.)

e visão profética") à mais recente, de Norman Spinrad: "Ficção científica é qualquer coisa publicada como ficção científica" (Clute e Nicholls, pp. 311-14). Não há entre esses diversos pensadores um consenso simples sobre o que é FC, além do acordo de que é uma forma de discurso cultural (em essência literário, mas nos últimos tempos cada vez mais cinematográfico, televisual, de quadrinhos e relacionado a jogos, eletrônicos ou não) que envolve a concepção de um mundo, de um modo ou de outro, diferenciado do mundo real em que os leitores vivem. O grau de diferenciação – a estranheza do *novum*, para usar a terminologia Suvin – varia de um texto para o outro, mas na maioria das vezes envolve exemplos de *hardware* tecnológico que se tornaram, até certo ponto, reificados pelo uso: a espaçonave, o alienígena, o robô, a máquina do tempo e assim por diante. A *natureza* da diferenciação, contudo, continua em debate. Alguns críticos definem ficção científica como o ramo da ficção fantástica ou não realista em que a diferença se encontra em um discurso *materialista, científico*, quer a ciência evocada esteja ou não em acordo estrito com a ciência como a compreendemos hoje. Isto significa que a viagem mais-rápida-que-a-luz (impossível, segundo a ortodoxia científica contemporânea) é um insumo básico da ficção científica, desde que tal viagem seja racionalizada no interior do texto através de algum dispositivo ou tecnologia. Uma história em que um personagem viajasse da Terra a Marte apenas desejando ou imaginando a viagem poderia ser definida antes como fantástica ou de realismo mágico do que estritamente de ficção científica. Por outro lado, poucos textos de FC aderem com verdadeira consistência à lógica científica, ou pseudocientífica, de sua concepção. Sem dúvida seria impertinente negar que *Uma Princesa de Marte* (*A Princess of Mars*) (1912), de Edgar Rice Burroughs, seja uma obra de ficção científica e, no entanto, o protagonista viaja da Terra a Marte exatamente ao desejar empreender essa jornada.

Certos críticos se sentem à vontade em definir FC como um conjunto de textos classificados de modo mais comum como fantásticos ou próprios do realismo mágico. Em parte tem havido uma reação ao que se percebe como "guetização" da FC, pela qual o *establishment* literário na América e Europa rejeita textos por categoria, privilegiando a chamada ficção literária em detrimento da chamada ficção de gênero (como se a categoria ficção literária não fosse um gênero!) e, em muitos casos, classificando a ficção científica como essencialmente juvenil e sem valor, aquém da ficção histórica e da ficção policial, em uma imaginária linha hierárquica. Esse preconceito perene na verdade é prejudicial, pois cria um ambiente que torna mais difícil o trabalho do escritor, bem como a conquista de seu reconhecimento, prejudicando assim a literatura em geral. Como é bem provável que essa polêmica se torne deslocada em uma história crítica, limitemo-nos a observar como essas noções são perniciosamente ridículas e (talvez) a deplorar a atitude míope de editores literários, resenhistas e da *intelligentsia* literária, que têm sido influenciados por elas.[1]

A presente obra não conseguiu evitar os debates não raro entediantes relativos à definição, embora meu objetivo seja apresentar uma narrativa da evolução do gênero determinada em termos históricos, antes de oferecer uma versão apoftegmática da sentença "FC é isso ou aquilo". Tal narrativa se esboça nos capítulos que se seguem, vendo a FC como uma versão específica – e aliás dominante – de literatura *fantástica* (em vez da *realista*); textos que apresentam elementos descritivos que não serão encontrados no mundo real, de modo a engendrar certos efeitos nesse mundo. A especificidade dessa fantasia é determinada pelas circunstâncias culturais e históricas do nascimento do gênero: a reforma protestante e uma contínua dialética cultural entre ciência racionalista pós-copernicana protestante por um lado, e teologia, magia e misticismo católicos por outro. Os textos em que o segundo caso predomina são, com frequência, chamados fantasia; aqueles em grande parte ou inteiramente sob a égide do primeiro são chamados de FC *hard*. No meio deles – a maioria dos textos com que teremos de lidar – encontramos a FC como é concebida. Mas é uma das teses desta obra que quase todos os textos clássicos de FC articulam essa dialética fundamentalmente religiosa. Ao mencionar isso, não quero dizer, como têm feito alguns críticos, que a FC incorpora o mito religioso ou seculariza temas religiosos. A FC pode, é claro, fazer uma dessas coisas, ou ambas, mas meu argumento não é esse. Minha tese é de que o gênero como um todo ainda carrega a marca do conflito cultural que lhe deu origem, e apenas por acaso esse conflito foi uma crise religiosa europeia. A FC começa como um tipo nitidamente protestante de escrita fantástica que brota das antigas tradições (em geral) católicas de romances e histórias fantásticas, mas responde às novas ciências, cujos avanços estavam também entrelaçados de modo complexo à cultura da Reforma. Como parece evidente, a FC foi um domínio em pequena escala até o século XX, quando irrompeu de modo decisivo na cultura *pop* na virada do milênio. Mas ainda assim este estudo procura mostrar que ideias filosóficas e teológicas que emergiram meio milênio atrás são vitais para a compreensão do que está acontecendo na FC. Poucos aficionados da FC têm consciência disso, acredito, mas há uma razão que explica por que a moderna FC retorna com tanta frequência a um modo do sublime materialista, que os aficionados denominam "sentimento de espanto": a moderna FC está sempre muito fascinada, não raro de forma indireta, com questões de expiação e adequação, e com a categoria de representações da figura do redentor. Vale a pena, eu acho, que isto seja declarado sem ambiguidades no início do estudo, para que o leitor ou a leitora (que podem, com perfeição e proveito, discordar das ênfases que vêm a seguir) possam se posicionar com relação ao argumento. Nenhuma história crítica da ficção científica poderia ser consensual por inteiro e nada que eu afirme aqui agradará a todos, talvez nem sequer a muitos críticos da área.

A Reforma não foi uma nota dissonante aguda, separando com clareza um mágico passado medieval católico de uma modernidade científica quase protestante. Aconteceu em ritmos diferentes em diferentes zonas, e em muitos lugares do mundo não ocorreu de modo algum ou foi anulada por eficientes estratégias da Contrarreforma. Muitos católicos estavam (e continuam a estar) envolvidos de forma proveitosa com a ciência e a modernidade; muitos protestantes estavam (e estão) comprometidos com manifestações culturais mais antigas, mágicas e medievais. Além disso, a própria Reforma ocorreu contra um pano de fundo de inércia e resistência cultural. A avaliação feita por J. J. Scarisbrick sobre as atitudes em relação à Reforma protestante na Inglaterra pode ser aplicada à Europa como um todo: "No geral, homens e mulheres ingleses não queriam a Reforma e a maioria deles relutou em aceitá-la quando ela veio". Não obstante, e de maneira apropriada, Scarisbrick chama a Reforma de "o acontecimento supremo na história inglesa".[2]

Uma razão pela qual a Reforma teve tamanho efeito formador sobre a ciência e, portanto, sobre a ficção científica foi o que o filósofo canadense Charles Taylor descreve como alteração dos *advérbios* que se referem ao divino. Os mais antigos reformadores protestantes argumentavam que os seres humanos deviam aceitar "com humildade a natureza que Deus lhes dera"; mas as consequências da Reforma no longo prazo geravam, por meio de pessoas como Francis Bacon e John Locke (ambos discutidos a seguir), "uma nova transposição da teologia da vida comum".

> Nesta versão, chegamos a Deus através da razão. Isto é, o exercício de racionalidade é o modo como tomamos parte no plano de Deus [...]. Na nova transposição da ética feita por Locke, os *advérbios* cruciais estão se alterando. O que na pura variante da Reforma era uma questão de viver reverentemente para Deus está agora se tornando uma questão de viver de modo racional (Taylor [1989], p. 242).

O argumento maior de Taylor tem relação, como deixa claro o título de seu livro, com "as fontes do eu, a produção da identidade moderna". E é a ênfase sobre a natureza adverbial dessa "produção", assim como seu foco em um novo modo que passa a existir, que é de particular relevância para o desenvolvimento da ficção científica. A FC é adverbial a respeito da ciência, modificando e qualificando em formas expressivas a facticidade substantiva da

41

própria ciência. Terei mais a dizer sobre a importância da Reforma, mas, como invoquei mais de uma vez a ciência, pode valer a pena efetuar uma pausa para examinar o que essa palavra significa. O senso comum sugere que extrair um sentido disso será importante para qualquer exposição do gênero de literatura chamado ficção científica.

O Científico e o Tecnológico 1: O Científico

Para alguns críticos, a identidade da ciência, visto que ela modifica a parte ficção da FC, é a questão crucial quando se trata de definir o gênero. O influente argumento de Brian Aldiss, de que a FC começa com o *Frankenstein* de Mary Shelley, de 1818 (embora o próprio Aldiss relacione numerosos e importantes antecessores), conta com o pressuposto de que a FC não poderia ter se originado antes do século XIX precisamente porque foi apenas no século XIX que a ciência, como agora compreendemos o termo, obteve curso cultural generalizado. Para citar Peter Nicholls: "A FC em si requer consciência do enfoque científico [...]. Um modo cognitivo, científico de ver o mundo só emergiu no século XVII e só penetrou de modo efetivo na sociedade nos séculos XVIII (de forma parcial) e XIX (em grande extensão)" (Clute e Nicholls, pp. 567-68).

Ciência, como o termo é em geral compreendido, significa, *grosso modo*, uma disciplina que procura compreender e explicar o cosmos em termos materialistas, em vez de espirituais ou sobrenaturais. Isto não é negar que considerações espirituais e sobrenaturais do universo possam ter validade afetiva, e mesmo explicativa, mas é insistir que essas considerações não podem ser avaliadas significativamente de acordo com os protocolos da ciência – um discurso dedutivo, experimental, caracterizado pelo que Karl Popper chamou de "refutabilidade", pela qual o acúmulo de dados empíricos pode refutar, mas nunca provar, de forma ativa, as teorias. Como é instrumental, essa versão de ciência alinha de modo estreito o discurso à tecnologia, em especial aos enormes avanços tecnológicos associados à Revolução Industrial. Essa noção de ciência pode explicar por que a FC dos séculos XIX e XX tem um fascínio muito maior por itens tecnológicos que por formas menos aplicadas do discurso científico (matemática, biologia, geografia, química, psicologia, geologia e outras). Naturalmente, há exemplos de FC que encaram o termo em seu sentido rigoroso: *Planolândia: Um Romance de Muitas Dimensões* (*Flatland: A Romance of Many Dimensions*) (1884), de Edwin Abbot, por exemplo, exemplifica uma pequena, mas vigorosa tradição de FC baseada em premissas matemáticas. Mas a maior parte da FC escrita nos séculos XIX e XX é de fato menos ficção científica e mais extrapolação tecnológica.

Portanto, *algo* aconteceu à ciência na era vitoriana. Para ser preciso, com a concepção de ciência do século XIX veio uma divisão cultural nas artes e nas ciências, uma nítida separação entre o que C. P. Snow, em influentes palestras de 1959, chamou "as duas culturas". Stefan Collini, em introdução a uma reedição recente da obra de Snow, assinala que o termo cientista foi proposto pela primeira vez em 1834, seguindo o esquema do artista:

> [...] a falta de um termo único para descrever "estudantes do conheci-
> mento do mundo material" tinha sido um incômodo em reuniões da
> Associação Britânica para o Progresso da Ciência no início dos anos 1830,
> numa das quais "um cavalheiro engenhoso propôs que, por analogia com
> artista, poderiam falar cientista" (Snow, p. xii).

Trata-se de um indício do sentimento, em desenvolvimento na cultura pelos meados do século XIX, de que arte e ciência formavam um composto binário, cujo vínculo é inevitável com as palavras de Caroline Jones e Peter Galison sobre "a economia do binário":

> Como todos os binários, arte e ciência precisavam estar casadas (e no
> entanto mantidas à parte) para aumentar as energias de sua posição polar:
> *soft versus hard*, intuitivo *versus* analítico, indicativo *versus* dedutivo, visual
> *versus* lógico, casual *versus* sistemático [...] duas coisas pareciam claras
> [em meados do século XIX]: a arte ocupava o domínio da mente criativa,
> de intervenção, e o *ethos* científico parecia requerer com exatidão a su-
> pressão desses impulsos (Jones e Galison, pp. 2-3).

A corrente de opinião moderna, integrada a essa tradição cultural, define ciência *em oposição* a arte, de modo que a ciência se torna hostil à estética – um estado de coisas lamentável para uma arte como a FC, que busca explorar com exatidão a estética das premissas científicas. Tirar a FC do gueto se torna parte do projeto maior de fazer sucumbir essa sinistra pseudodistinção. Ela nos pare-ce natural; está inscrita em nossos programas educacionais desde os primeiros anos escolares, sendo reforçada por muitos aspectos da cultura. Mas é antes uma construção cultural do século XIX que um estado "natural" das coisas.

Uma noção mais completa das possibilidades do gênero é encontrada se retomarmos a ficção científica anterior ao século XIX e investigarmos os meios pelos quais noções mais antigas de ciência faziam parte da ficção – para desconstruir, em outras palavras, a lógica do binarismo cultural, que quer transformar ciência e ficção em termos mutuamente excludentes. Na verdade, pode-se afirmar que a ficção científica em si, como ampla manifestação de estratégia estética, sempre procurou resistir à noção das duas culturas. A FC é o lugar onde arte e ciência se conectam. É a prova empírica de que artes e ciência não constituem uma economia binária.

Para trabalhar com as implicações disso, a compreensão de como as noções de ciência se alteraram por volta do século passado pode ajudar. Teorias mais antigas da ciência tendiam a presumir, com desenvoltura, que a ciência proporcionava generalizações sistemáticas, explicando assim a verdade do mundo material. Para Bertrand Russell, em 1931, por exemplo, o método científico envolve uma passagem sem desvios da observação à generalização, com "uma escolha cuidadosa de fatos significativos por um lado e, por outro, o emprego de diferentes meios para chegar a leis que não se limitem à mera generalização" (Russell, p. 3). O fato de essa definição depender de um consenso um tanto arbitrário sobre o que distingue generalização científica de mera generalização é um de seus problemas. Outra é a crença de que os dados levam, por acumulação, a generalizações seguras ou verdades. Mas essa noção um tanto vaga de ciência foi desafiada na década de 1930 pelo filósofo austríaco Karl Popper.

Segundo as ideias de Popper, a ciência não produz teorias que expliquem ou definam o mundo, porque toda teorização científica é contingente em termos empíricos. Uma teoria jamais pode ser provada; pode apenas ser refutada. Observar mil pinguins de duas pernas não *prova* que pinguins tenham duas pernas, embora a observação de um único pinguim de três pernas *refute* a teoria. O que se segue disso é a noção de que uma teoria científica (por exemplo, que pinguins têm duas pernas) não é "a verdade", mas, em vez disso, uma explicação contingente dos dados que se apresentam. O filósofo norte-americano Robert Nozick sintetizou com elegância essa escola de pensamento, que chamou de "modelo padrão da ciência" em nossa cultura pós-popperiana, embora depois passasse a contestá-lo em uma série de pontos:

> Karl Popper apresenta uma instigante imagem da ciência como formuladora de vigorosas teorias que estão abertas a comprovação e refutação empíricas. Teorias científicas não são formuladas com base em dados; são criações imaginativas concebidas para explicar os dados (Nozick, *Invariances*, p. 103).

Uma das mais instigantes consequências dessa posição de Popper é a implicação não declarada de que a FC é *um modo de fazer ciência* (ou filosofia, se concebida em termos mais gerais), assim como um modo de fazer ficção. Um importante aspecto disso é manter a certa distância a noção de que a ciência, pelo fato de lidar com fatos, é um discurso necessariamente neutro. Em uma das vertentes de como a ciência foi cada vez mais teorizada nos séculos XX e XXI enfatizou-se como a ciência manifesta preconceitos ideológicos e alguns dos cientistas que a elaboram. O influente sociólogo francês Pierre Bourdieu ganhou sua influência, em parte, pelo modo rigoroso e persuasivo como demonstrou que a ciência não é um edifício de desinteressada objetividade, mas traz, inevitavelmente, a marca da classe social e dos preconceitos ideológicos das pessoas que fazem a ciência.[3]

Nem todos os filósofos da ciência, ou mesmo todos os cientistas, achariam essa ideia aceitável. O próprio Popper não conseguia ver lugar para a criação imaginativa – pelo menos no sentido do "salto imaginativo inovador, engenhoso", que é o conceito corrente da FC – em sua versão de ciência:

> A questão de como uma nova ideia pode ocorrer a um homem – seja um tema musical, um conflito dramático ou uma teoria científica – pode ser de interesse da psicologia empírica, mas é irrelevante para a análise lógica do conhecimento científico (Popper, p. 31).

Uma objeção à ideia de que a FC possa figurar de modo apropriado como ciência, assim como se constituir literatura, é que a ficção e outros discursos artístico-culturais semelhantes (como o cinema, a TV, a história em quadrinhos e outros) se dão mais de acordo com a estética do que com processos lógico-dedutivos. A força dessa objeção depende da crença de que o *processo* de ficção, leitura e escrita, embora dedutivo de forma ocasional, é com mais frequência intuitivo, metafórico, metonímico, sugestivo, psicológico e imagístico. Mesmo a mais rigorosa FC *hard* compartilhará esses elementos leves ou estéticos. Mas há filósofos da ciência que acreditam ser um erro reduzir o processo científico puramente à lógica. Ernest Nagel, por exemplo, destaca a importância da analogia para a prática científica; seu exemplo é "a teoria cinética dos gases", com frequência teorizada como se as partículas agissem "como bolas de bilhar" (Nagel, p. 110). Para Nagel, analogias e hipóteses, embora tendo óbvias limitações, ainda assim "podem servir como instrumentos frutíferos de pesquisa sistemática" (Nagel, p. 108). Esse tipo de pensamento modular, por meio do qual um modelo é construído de um sistema particular, "pode ser intrinsecamente valioso, pois sugere meios de expandir a teoria implícita nele" (Nagel, p. 117). Diversos críticos têm considerado a FC um sistema modular, com mundos fictícios modelando a realidade em uma série de diferentes níveis, do prático ao simbólico. Gwyneth Jones, autora e crítica de FC, coloca de modo plausível toda a FC sob a rubrica do experimento: "O trabalho do escritor [de FC] é instalar um equipamento no laboratório da mente, de modo que o 'e se' em questão seja de imediato colocado à parte e provido dos nutrientes de que necessita. Essa visão da FC", ela acrescenta, "não é nova para os escritores e críticos de ficção científica, mas vale a pena declarar de novo: a essência da FC é o experimento" (Jones, p. 4).

Uma perspectiva mais completa sobre o papel da ciência na FC pode ser obtida por meio do trabalho do filósofo norte-americano Paul Feyerabend. Seu livro *Contra o Método* (*Against Method*) (1975) é uma persuasiva polêmica contra o método científico. O melhor meio de fazer ciência, diz Feyerabend, é agindo de maneira anárquica – "o anarquismo, embora talvez não a mais atraente filosofia *política*, é por certo um excelente remédio para a *filosofia da ciência*", completa ele. Regras científicas limitam possíveis avanços na ciência: "o único princípio que não inibe o progresso é: *tudo é válido*". Feyerabend propõe uma proliferação aberta-a-tudo de teorias científicas, mesmo que algumas – ou talvez muitas – possam ser excêntricas, místicas, tolas ou inaceitáveis. Por mais estranhas que sejam as teorias, Feyerabend está certo de que, de sua interação, surgirão modelos cada vez melhores, e cada vez se praticará melhor a ciência. A alternativa, diz ele, é propor a uniformidade, uma situação em que os poderes constituídos impelem o consenso pela força. Isso, de modo um tanto desconfortável, beira a situação que hoje em dia prevalece na ciência: cientistas que defendem a telepatia, a abdução alienígena, o poder dos cristais e outros semelhantes são excluídos da comunidade científica por um misto de escárnio, frieza e penalidades financeiras, ao serem privados da possibilidade de conseguir verbas para prosseguir com suas pesquisas. Cada vez mais, o único meio de obter financiamento é trabalhar dentro dos parâmetros aceitos. Feyerabend argumenta que a "proliferação de teorias é benéfica para a ciência, enquanto a uniformidade prejudica seu poder crítico. A uniformidade também põe em risco o livre desenvolvimento do indivíduo" (Feyerabend, p. 5). Assim, por exemplo, a ciência convencional não se deu conta dos riscos ambientais do avanço tecnológico. A percepção desses problemas foi promovida por grupos externos à área da ciência, militantes políticos "verdes", entusiastas da New Age e todo tipo de gente excêntrica. E no entanto essas pessoas foram vitais ao ampliar um debate útil sobre aquecimento global, impacto ambiental da tecnologia, economia do carbono; coisas que agora a ciência encara com seriedade. Feyerabend diz:

> Procedimentos não científicos não podem ser postos de lado por uma argumentação. Dizer: "O procedimento que você usou não é científico, portanto não podemos confiar em seus resultados e não podemos lhe dar dinheiro para a pesquisa" faz presumir que a "ciência" é bem-sucedida,

e que é bem-sucedida porque utiliza procedimentos uniformes. A primeira parte dessa afirmação não é verdadeira, se por "ciência" entendemos coisas feitas por cientistas – há também muitos fracassos. A segunda parte – que os êxitos se devem a procedimentos uniformes – não é verdadeira, porque tais procedimentos não existem. Os cientistas são como arquitetos que constroem prédios de diferentes tamanhos e diferentes formas, e que só podem ser julgados após o evento, isto é, após terem concluído a estrutura. Ela pode resistir, pode sucumbir, sem ninguém saber (Feyerabend, p. 2).

Contra o Método é mais um escrito polêmico que um manifesto por mudanças na ciência, sendo talvez difícil ver como essas ideias poderiam ser postas em prática em termos reais. Afinal, os órgãos que concedem subvenções precisam mesmo de *alguns* critérios para julgar quem recebe ou não o dinheiro para pesquisa, pois há muito mais pedidos que dinheiro para bancá-los. E no entanto a verdade é que existe um espaço em que o tipo de ciência que Feyerabend propõe já acontece; no qual pensadores brilhantemente heterodoxos disseminam suas ideias, apesar do quanto pareçam estranhas a princípio; no qual são conduzidos experimentos e empreendidas pesquisas não convencionais. Esse espaço se chama ficção científica. Embora ele não faça menção à literatura, a perspectiva de Feyerabend inclui, de modo implícito, a noção de que a FC é um componente crucial da ciência assim como da cultura. Quase nunca os conselhos de pesquisa podem dar dinheiro para o estudo de colonização interestelar, viagem no tempo, percepção extrassensorial (PES), cactos mutantes ou realidade virtual, mas os editores *o farão* se a "pesquisa" (isto é, a romantização) for boa o suficiente. *Uma Breve História do Tempo: Do Big Bang aos Buracos Negros** (*A Brief History of Time: From the Big Bang to Black Holes*) (1988), de Steven Hawking, é um enfadonho relato histórico de coisas que já aconteceram na ciência com um pouco de cautelosa especulação sobre coisas para as quais Hawking não dispõe de dados empíricos. Por outro lado, a novela *The Collapsium* [O Colapso] (2000), de Wil McCarthy, é um instigante relato de como a ciência poderia ser, será ou deveria ser. McCarthy imagina os buracos negros não como estrelas extremamente comprimidas, mas como partículas elementares muito pesadas. Seu protagonista consegue reunir essas partículas no material que dá nome ao livro, e desse

---

* A obra com edição brasileira é citada pelo título em português acompanhado do título original. Se houver outras menções, ela será citada apenas em português. A obra sem edição brasileira é citada pelo título original acompanhado de uma tradução. Se houver outras menções, ela será citada apenas com o título original. (N. do T.)

maravilhoso experimento científico feyerabendiano surgem coisas fascinantes de toda espécie, entre elas – mas não limitada a ela –, uma plausível viagem mais-rápida-que-a-luz.

O senso feyerabendiano do gênero ficção científica estaria animado de fluidas possibilidades de uma maneira que a noção mais antiga (ainda generalizada) de ciência como discurso, detentora de uma relação especial com "a verdade", não está. Voltemos por um momento ao livro de Bertrand Russell, de 1931, sobre *A Perspectiva Científica* (*The Scientific Outlook*). Após se estender sobre as muitas vantagens da perspectiva científica, Russell passa a propor um "governo mundial científico" como solução radical para os males da época. Tal governo, diz ele, "incluirá todos os homens eminentes da ciência, exceto alguns excêntricos equivocados e anárquicos" (Russell, p. 193) (qualificação que apela, embora inadvertidamente, à natureza conformista e coercitiva do "discurso científico", como Russell o compreende). Esse governo científico, ele continua,

> possuirá os únicos armamentos modernos e será o repositório de todos os novos segredos na arte da guerra. Não haverá, portanto, mais guerra, já que a resistência dos não científicos estará condenada a um evidente fracasso. A sociedade de peritos controlará a propaganda e a educação. Ensinará lealdade ao governo mundial e transformará o nacionalismo em alta traição. O governo, sendo uma oligarquia, incutirá a submissão na maioria da população, limitando a seus membros a iniciativa e o hábito de comando (Russell, p. 193).

Esse quadro nitidamente desagradável é, embora Russell não o admita, ficção científica. Deve muito a H. G. Wells e antecipa o *Admirável Mundo Novo* (*Brave New World*) (1932), de Aldous Huxley, publicado no ano seguinte ("uma vida de prazer frívolo e despreocupado pode ser proporcionada aos trabalhadores manuais" [Russell, p. 211]). O livro de Russell, em outras palavras, é um exemplo de filosofia *como FC*. Russell está muito consciente de que, em sua visão, "aspectos que todos considerariam desejáveis estão misturados a aspectos que são repulsivos" (Russell, p. 214). Na realidade, o sentido desse trabalho, para nossos objetivos, é que ele continua sendo um exemplo da extrapolação daquela lógica mais antiga, científica, para suas conclusões ideológicas. É uma visão da ciência como dogma opressivo, um modo de dominação social, que com frequência encontra expressão na ficção científica. A versão de ciência de Feyerabend, que privilegia em particular os próprios "excêntricos e anarquistas" que Russell rejeita, tem de longe maior potencial.

O Científico e o Tecnológico II:
O Tecnológico

Segundo o autor e crítico de FC Theodore Sturgeon: "a palavra 'ciência' deriva do latim *scientia*, que não significa método ou sistema, mas *conhecimento*. O conceito de FC como 'ficção de conhecimento' me satisfez por completo" (Sturgeon, p. 73). Sturgeon prefere essa expressão, porque ela lhe permite incluir, por exemplo, *O Senhor das Moscas* (*The Lord of the Flies*) na categoria de FC "devido à profunda investigação das origens da religião e do poder secular em uma sociedade humana". O esnobismo indireto dessa redefinição se apoia em um sentimento velado de que as definições convencionais de FC excluem a "boa" literatura (*Admirável Mundo Novo, 1984* [*Nineteen Eighty-Four*], *O Arco-Íris da Gravidade* [*Gravity's Rainbow*] e outros), deixando o gênero com a baixaria de pior qualidade, a *pulp fiction* e intermináveis histórias de aventura – um esnobismo comum a muitos acadêmicos e intelectuais ligados à FC, e não sem fundamento lógico por completo. Mas as raízes disso como preconceito são, em âmbito filosófico, por certo reveladoras. E a filosofia é o contexto-chave aqui: a filosofia (do grego, cujo significado é "amor pela sabedoria") teve sua vez como palavra, em particular como filosofia natural, para indicar o que hoje em dia chamamos ciência.

A distinção crucial aqui não é entre ciência e conhecimento, mas entre ciência e tecnologia. Essas duas palavras são com frequência relacionadas, com a segunda sendo vista como exemplo específico da primeira. Segundo o *Chambers Dictionary of Science and Technology*, tecnologia é "a prática, descrição e terminologia de qualquer uma das ciências aplicadas que têm valor prático e/ou uso industrial" (Walker, p. 1150). Na realidade, essa distinção revela uma fenda na própria raiz do discurso dentro do qual a ficção científica (entre muitas outras coisas) precisa ser orientada. A definição de ciência evocada na obra de referência específica de Walker ("o arranjo ordenado de conhecimento verificado, incluindo os métodos pelos quais tal conhecimento é ampliado e os critérios pelos quais sua verdade é testada" [Walker, p. 1021]) insiste na ênfase à verdade, ao conhecimento e à ordem. O que significa dizer: a ciência se torna uma moldura filosófica idealista mais ou menos restritiva – restritiva (como a maioria dos cientistas afirma) não pela falta de qualidade ou pressão ideológica, mas pela simples natureza das coisas "lá fora". A tecnologia, por outro lado, é o discurso de ferramentas e máquinas, sendo as ferramentas extensões do trabalhador humano, como martelo e serras, e as máquinas, dispositivos que se mantêm à parte do trabalhador humano. Friedrich Engels foi um dos primeiros a fazer essa distinção entre ferramenta e máquina, ao sistematizar o que via como a natureza da máquina industrial, que tende a "alienar" a humanidade do próprio trabalho. Mas, consideradas em termos conceituais, encontramos ferramentas e máquinas no centro da maior parte da ficção científica: a tal ponto que espaçonaves, robôs, máquinas do tempo e tecnologias digitais (por exemplo, computadores e realidade virtual) são os quatro tropos que ocorrem com mais frequência na área: o que significa dizer que o *novum* de Suvin tem quase sempre uma manifestação tecnológica. Existem *novums* de natureza mais conceitual ou científica, é evidente, mas é raro não terem nenhum envolvimento com a tecnologia. O *novum* conceitual de Ursula K. Le Guin em *A Mão Esquerda da Escuridão* (*The Left Hand of Darkness*) (1969) postula um povo alienígena sem gênero fixo, mas sua novela também inclui uma série de *novums* tecnológicos, entre eles, o *ansible* (um dispositivo de comunicação mais-rápido-que-a-luz) e uma espaçonave. *Inverted World* [Um Mundo Invertido] (1974), de Christopher Priest, apresenta-nos uma impressionante história de ficção científica, um caso de lógica científica subvertida, uma cidade cujos habitantes não vivem (como nós) em um mundo finito situado dentro de um universo infinito, mas, ao contrário, em um mundo infinito dentro de um universo finito. Não obstante, a narrativa acaba se resolvendo como ficção tecnológica, sendo a natureza aparente do mundo revelada como função de tecnologias energéticas específicas que colocam uma cidade móvel na parte principal do livro. Um clichê da ficção científica é o cientista louco, com um riso maníaco e ameaçando destruir o mundo com seu raio da morte se suas exigências não forem atendidas. Mas, como tais figuras nunca estabelecem modelos experimentais que atendam à pesquisa com um controle neutro, e como não estão abertas à refutabilidade de seus pressupostos, não se trata na verdade de cientistas loucos. A máquina do raio da morte é reveladora. Eles são engenheiros loucos.

A predileção do gênero pela tecnologia tem gerado diversos efeitos ofuscantes dentro da moldura estética da FC. No entanto, continua havendo um preconceito grosseiramente hierarquizado contra esse trabalho. A novela de ideias tem sido tradicionalmente privilegiada diante da novela instrumental da máquina, do mesmo modo que a ficção real (indicando um subgênero particular da ficção tradicional, literária) é privilegiada em face da ficção científica pelo *establishment* literário. Só há pouco tempo, em termos filosóficos, têm sido desenvolvidos discursos que nos permitem desafiar esse preconceito.

Uma influente intervenção filosófica em particular na questão da tecnologia é o ensaio de 1953, "The Question of Technology" [A Questão da Tecnologia], do filósofo alemão Martin Heidegger. Heidegger leva a palavra de volta a suas raízes gregas: "Desde os primeiros tempos até Platão a palavra *technê* está ligada à palavra *episteme*, mas de Platão e Aristóteles para a frente começa a ser feita uma distinção entre elas (Heidegger, pp. 318-19). ἐπιστήμη (*episteme*) é a palavra grega para conhecimento (é a raiz de nossa palavra epistemologia) e, por extensão, significa descobrir coisas sobre o universo de maneira franca, dialética; isto é, significa ciência. τέχνη (*technê*), por outro lado, raiz da palavra tecnologia, significa uma habilidade ou capacidade específica, o conhecimento de como fazer uma coisa, e é usada, por extensão, para nomear dispositivos, artes, macetes engenhosos. O inglês tem um complexo semelhante de implicações para a palavra *artificial*, que significa tanto o trabalho de um artífice ou artista (em que arte tem implicação positiva) quanto uma coisa suspeita, *ersatz*, menos-que-real. Nos séculos V e IV, pensadores gregos dividiram essas duas formas de conhecimento: Platão e Aristóteles reservaram *episteme* para si mesmos e descartaram *technê* como o truque dos sofistas antiéticos, voltados antes-para-a-retórica-que-para-a-verdade. Segundo Bernard Stiegler:

> [...] a separação é determinada por um contexto político, um contexto em que o filósofo acusa o sofista de instrumentalizar o *logos* [verdade, ordem fundamental das coisas; *logos* também significa palavra] como retórica e logografia, isto é, como instrumento de poder e renúncia ao conhecimento [...]. É na herança desse conflito – em que a *episteme* filosófica é atirada contra a *technê* sofista, por meio do que todo conhecimento técnico é desvalorizado – que se concebe a essência dos seres técnicos em geral (Stiegler, p. 1; ênfase minha).

Por "instrumentalizar o *logos*", Stiegler se refere ao fato de os sofistas terem sido acusados de transformar a verdade em um instrumento; de estarem preocupados, de modo amoral, antes com os meios que com os fins. Como essa distinção atravessa séculos de tradição filosófica, podemos ver que *technê* se torna associada a um esvaziamento do sentido e da validade. Por exemplo, Stiegler cita a avaliação de Edmund Husserl de que a "álgebra" é o "esvaziamento de sentido" das "idealizações espaçotemporais" da geometria, constituindo "mera arte de alcançar resultados por meio de uma técnica de cálculo segundo normas técnicas" (Husserl, *A Crise das Ciências Universais e a Fenomenologia Transcendental* [*The Crisis of the Universal Sciences and Transcendental Phenomenology*], 1970, em Stiegler, p. 3).

O ensaio de Heidegger desafia, e na realidade anula essa compreensão das técnicas. Para ele, a tecnologia não é um instrumento, mas um modo de conhecer, "um modo de revelar [...] em que a *alêtheia*, a verdade, acontece" (Heidegger, p. 319). Longe de ver a tecnologia como mera "prática da ciência", Heidegger argumenta que a ciência é, de fato, uma função da tecnologia. Pretende dizer isto não apenas no sentido de que "a física moderna, como experimental, depende do aparato técnico" (Heidegger, pp. 319-20), embora isto seja verdadeiro. Ele quer dizer antes, pelas palavras de Timothy Clark, que a tecnologia "não é a aplicação da ciência. Não existe a teoria de um lado e sua implementação prática do outro. Na realidade, a ciência é uma manifestação da postura tecnológica com relação aos entes" (Clark, p. 37). Heidegger pensa que a tecnologia, dos moinhos de vento às usinas hidrelétricas, "enquadra" o mundo de certa maneira, possibilitando ou moldando os modos pelos quais "conhecemos" o mundo ao redor.

Pode ser que a tecnologia nos encoraje a só pensar no mundo com o que Heidegger chama "reserva permanente", uma quantidade de matéria-prima a ser aproveitada; e na verdade é possível tomar o ensaio de Heidegger como uma declaração de hostilidade ao ritmo crescente de mudança tecnológica (Heidegger era, para colocar em termos brandos, um político conservador, tendo declarado sua preferência por moinhos de vento em vez de usinas hidrelétricas, e de fato se sentia fisicamente mal em cidades modernas, "cercado por todos os lados pela mecanização e espaços controlados", Clark, p. 36). Mas não é isto que "A Questão da Tecnologia" diz na verdade. Como forma de conhecimento, de enquadrar o mundo, a tecnologia "não é algo fundamentalmente novo ou mesmo moderno. De fato, ela satisfaz a mais antiga vontade de conhecer o que é real da filosofia ocidental" (Scharff e Dusek, p. 247). A indubitável hostilidade de Heidegger a tanta tecnologia moderna estava baseada não no fato de se tratar de tecnologia como tal, mas na questão heideggeriana de saber se ela seria capaz de nos fazer sentir "em casa" ou não.

Não obstante, é a percepção de Heidegger sobre o modo como a tecnologia enquadra o mundo para a humanidade que faz dele uma figura crucial (ainda que improvável) a ser trazida à discussão sobre a definição de ficção científica. Em outro ensaio, "What Calls for Thinking?" [O Que Significa Pensar?] (1954), é famosa, mesmo notória, a declaração feita por Heidegger de que "a ciência não pensa" (Heidegger, p. 373). O que ele quis dizer com isto (e admitiu no ensaio que "a declaração era chocante") foi que a ciência não enquadra do modo como faz a tecnologia. A ficção científica, por outro lado, *realmente* pensa: não apenas no sentido de exercitar numerosos conceitos, possibilidades, dramas intelectuais e coisas semelhantes, mas no sentido mais profundo de enquadrar o mundo em termos textuais, apresentando as alternativas dele. Poderíamos dizer, para adotar a linguagem de Heidegger, que a ciência não pensa, *exceto na ficção científica*; mas isto é realmente apenas um meio de dizer algo mais simples: que a FC é de fato ficção tecnológica nesse sentido heideggeriano.

Parece descabido dizer isto, mas talvez seja Heidegger quem represente o melhor ponto de partida para a teorização completa da ficção científica. A mais famosa obra filosófica de Heidegger estava centrada não em questões de tecnologia, mas no problema do "Ser", da condição ontológica da humanidade. Bernard Stiegler, em seu complexo estudo teórico *La Technique et le Temps* [A Técnica e o Tempo], propôs-se a rever a filosofia de Heidegger do *Dasein*, ou Ser, para permitir a certos objetos tecnológicos (ele é um tanto obscuro quanto a quais de modo mais específico) acesso ao mesmo autêntico Ser-no-Mundo que caracteriza os seres humanos. Heidegger distingue entre a existência de uma criatura como o homem (*Dasein*) e a existência de um objeto que classificamos apenas em termos de seu uso (*Zuhandenheit*). Contudo, de acordo com Stiegler, essa depreciação do "objeto técnico" se torna cada vez menos sustentável em um mundo em que o tecnológico não só interpenetra a vida humana em quase todos os níveis, mas em que tais objetos também se distanciam do tipo de instrumentalidade obtusa que caracteriza uma pá ou um par de óculos, aproximando-se da máquina pensante e do objeto autoconsciente. Por outro lado, nenhuma máquina no mundo atual é verdadeiramente autoconsciente. Para falar de modo mais preciso, o lugar onde o *Dasein* tecnológico de Stiegler predomina de fato é a própria ficção científica. Um dos temas fundamentais da FC no último meio século tem sido exatamente definir e explorar o lugar onde o objeto técnico atinge o nível de *Dasein*, um ser-no-mundo e um ser-para-a-morte. Nem uma cadeira, nem uma máquina de escrever, tampouco um termostato podem ter um Ser autêntico, no sentido em que os heideggerianos ou os filósofos existenciais usam a palavra, mas todos os robôs de Asimov possuem essa qualidade.

Posso argumentar, e com certa razão, que a FC quase nunca aproveitou as possibilidades que esse estado de coisas filosófico lhe proporcionou: quando o técnico foi introduzido, foi na maioria das vezes para denegri-lo. Stiegler leva em conta as tecnologias mais novas de manipulação genética, concluindo que

> [...] elas tornam imaginável e possível a fabricação de uma "nova humanidade" [...] sem ter de mergulhar em pesadelos de ficção científica, podemos ver que mesmo suas simples aplicações correntes destroem as ideias mais antigas que a humanidade tem de si mesma – e no momento mesmo em que a psicanálise e a antropologia estão exumando a dimensão constitutiva dessas ideias, tanto para a psique quanto para o corpo social [...] [a tecnologia está] pela primeira vez confrontando de modo direto a forma mesma desta questão: qual é a natureza do humano? (Stiegler, p. 87).

A crítica cultural Donna Harraway tem celebrado com excelência as possibilidades da reinvenção tecnológica da categoria "humano" em termos de sua diversidade e possibilidade, assim como insistido na crescente relevância de falar em termos "da trama inextricável dos fios orgânicos, técnicos, textuais, míticos, econômicos e políticos que constituem a carne do mundo" (Harraway, em Gray, p. xii). Assim como Harraway, Stiegler argumenta que "o ser humano é um ser técnico que não pode [meramente] ser caracterizado fisiológica e especificamente (no sentido zoológico)" (Stiegler, p. 50), embora, ao contrário de Harraway, a ênfase de Stiegler seja antes na ontologia que nas muitas próteses técnicas que ampliam a vida contemporânea como tal. De modo similar, com relação à cultura e à sociedade, Stiegler está convicto de que "a dinâmica técnica *precede* a dinâmica social e, a partir dela, impõe-se" (Stiegler, p. 67). Em ambos os casos, trata-se mais de uma ficção *técnica* que de ficção científica concebida de maneira mais geral, que é capaz de penetrar na raiz das coisas.

Hoje as máquinas estão em processo radical de redefinição do humano; e no entanto o fio narrativo dominante da corrente principal da FC no século XX foi, com exatidão, como as máquinas *retornam* à humanidade; como sua trajetória de desenvolvimento as leva de volta a discursos de conteúdo humanitário. *O Homem Bicentenário* (*The Bicentennial Man*) (1976), de Asimov, é, a esse respeito, uma fábula crucial. Após décadas de histórias de robôs em que usava o tropo o robô como meio de explorar aspectos da humanidade, Asimov enfim escreveu uma história sobre a transformação literal de um robô em um ser humano (sua própria avaliação da história foi que "de todas as histórias de robô que escrevi até hoje, é a minha favorita e, acho eu, a melhor" (Asimov, *The Complete Robot*, p. 603).

O protagonista Andrew Martin começa a história como uma criatura de metal com um cérebro positrônico, cuja existência é determinada por completo pelas "três leis da robótica" pelas quais Asimov é famoso. Uma falha em seu programa o torna criativo (falha suprimida pelos fabricantes em todos os robôs subsequentes) e, durante a vida, ele acumula dinheiro graças a proventos obtidos em seu ofício, o que lhe possibilita primeiro comprar a liberdade, depois fazer com que partes de metal de seu corpo sejam substituídas por componentes orgânicos para, enfim, encaminhar uma petição ao Sistema Legislativo para ser reconhecido como humano em termos legais. A opinião pública torna isso impossível, apesar do notório mérito de Martin, até que ele instrui um cirurgião a fazer um último ajuste: "Décadas atrás, meu cérebro positrônico foi conectado a nervos orgânicos. Agora, uma última operação arranjou de tal forma essa conexão que devagar – bem devagar – o potencial está sendo drenado de meus circuitos" (Asimov, *The Complete Robot*, p. 680). Ao morrer, o robô agita a opinião pública; em seu aniversário de 200 anos, ele é declarado humano e morre.

Ao assumir fraquezas humanas, a máquina é capaz de se colocar como um ser-para-a-morte, o que desarma o medo humano da máquina. Vemos essa mesma estrutura narrativa arquetípica em grande parte da ficção científica: o personagem do androide Data em *Jornada nas Estrelas: A Nova Geração* (*Star Trek: The Next Generation*), que anseia, como Pinóquio, tornar-se humano, nunca é questionado em seu estranho desejo. Podemos fazer as histórias de robôs remontarem a fábulas em que autômatos são confundidos com seres humanos, como *O Homem da Areia* (*Der Sandmann*) (1816), de E. T. A. Hoffman, ou *Button Brains* [Cérebro de Botões] (1933), de J. Storer Clouston, sendo o argumento desses contos a transferência de uma ética e lógica maquínicas para uma ética e lógica humanitárias.

A satanização da máquina é uma permanente estratégia estética da FC: a série de histórias Oceano, de Gregory Benford, começando com *In the Ocean of Night* [No Oceano da Noite] (1976), postula um conflito galáctico entre a vida orgânica e uma embrutecedora raça-máquina inorgânica. A narrativa circular dos primeiros cem livros de *Perry Rhodan* (1961-1971) opõe o "senhor da paz do universo" ao maligno "regente robô" do planeta Arkon. A franquia *Jornada nas Estrelas* retornou muitas vezes aos vilões maquínicos chamados Os Borgs. Os filmes da trilogia *Matrix*, bastante populares, põem a vida orgânica em uma guerra gigantesca e violenta contra as máquinas. E assim por diante, através de mil e um exemplos, com apenas alguns poucos autores de mérito de FC sustentando a linha oposta (destes, o mais eminente talvez seja Greg Egan).

Por que esse preconceito? Em termos filosóficos, as máquinas são vistas como intrinsecamente menos autênticas que a vida orgânica porque caem sob a rubrica de *technê* em vez de *epistêmê*. Bom significa suscetível à humanização, como o santo Homem Bicentenário de Asimov; mau significa resistente a esse processo. A FC mais recente tem sido mais corajosa em desconstruir essa noção, com uma gama do *cyberpunk* e outros textos explorando a validade da perspectiva tecnológica, mas o grosso do gênero reproduz o antigo preconceito.

"Na Vida Real" e "na Ficção Científica"

Minha própria formação e propensões como crítico me fizeram alguém desconfiado de binários, mas receio que tal modelo binário tenha emergido deste capítulo de definições. Qualquer distinção entre realista e próprio da ficção científica ocorre, é evidente, sob o signo, por assim dizer, do provisório; e a leitura de textos entre essas categorias nocionais acontece sempre com a percepção do modo como os dois termos se interpenetram. A maneira como escritores de FC utilizam estratégias realistas, e o próprio realismo, estão sempre condicionados pelo tipo de construção imaginativo-especulativa que caracteriza a FC. O mesmo se aplica aos obscuros binários arte/ciência, romance/novela e ciência/tecnologia; em cada caso, não há termo anterior, e a interação entre as categorias deve ser compreendida como plenamente dialética e *en train de* [em vias de]. Mas neste capítulo, admito, não sacudi por completo a poeira de um desses binários e quero encerrar reconhecendo minha parcialidade. Isso tem relação com as diferentes compreensões da "ciência" que escoram a ficção científica e os tipos de ficção que resultam delas.

Um sinalizador desse binário, embora não muito satisfatório, poderia ser FC *hard versus* FC *soft* – uma distinção feita com frequência pelos próprios fãs da FC. Sendo mais exato, poderíamos dizer que ela indica a diferença entre a ciência na ficção científica que se deriva da noção rígida, russelliana (com as correlações de verdade e precisão), e a ciência na ficção científica derivada do anárquico sentido feyerabendiano do termo (com as correlações de jogo intelectual imaginativo e extrapolação). Minha preferência como leitor e escritor é pela segunda. Contudo, muitos escritores e aficionados de FC obtêm um prazer particular com a precisão da ciência da ficção científica – precisão sendo aqui compreendida como não transgressão às leis da ciência como são compreendidas hoje em dia. Gwyneth Jones pergunta: "Tem importância se a ciência é sólida? Os entusiastas da fantasia dirão que não, os fiéis da FC dirão que sim". Ela continua e lembra que *Ringworld* [O Mundo Anel] (1970), de Larry Niven, ganhador dos prêmios Hugo e Nebula, "uma das grandes, clássicas novelas de FC sobre 'façanhas de engenharia', foi editado pela primeira vez com erros terríveis em sua ciência", e que Niven, "livre, como qualquer autor vivo de FC, de escrúpulos morais quanto à verossimilhança social ou relatividade cultural, recebeu de bom grado o útil conselho de aficionados pela Esfera Dyson e corrigiu, de modo obediente, sua fantasia para as edições posteriores" (Jones, p. 16).

A pedra de toque aqui é coerência, e um problema com sua manutenção é que os aficionados tendem a ignorar transgressões substantivas da ortodoxia científica (espaçonave que pode viajar mais-rápido-que-a-luz) enquanto ficam alvoroçados com aspectos de menor importância (o mecanismo pelo qual o *Ringworld* de Niven, um anel maciço de terra habitável que gira em torno de uma estrela, é mantido com justeza em sua órbita). Essa incoerência ao tentar aplicar, de forma precisa, critérios de coerência revela uma motivação ideológica, pois só uma crença ideológica na ciência como verdade pode sancionar o tipo de omissão perpetuado por esse tipo de análise. Outro exemplo: Robert Lambourne, Michael Shallis e Michael Shortland analisam vários textos de ficção científica que lidam com forças centrífugas. *Habitats* espaciais ou espaçonaves que estão girando para dar a ilusão de gravidade em um ambiente de queda livre são um recurso popular do texto de FC, em parte porque tais ambientes centrífugos eliminam a necessidade da pseudociência de uma gravidade artificial. Lambourne *et al.* discutem o modo como o efeito Coriolis, criado pela rotação constante, determinaria a vida dentro de tal ambiente:

> No conto *Small World* [Pequeno Mundo] (1978), de Bob Shaw, por exemplo, descreve-se a viagem de um projétil por um *habitat* espacial cilíndrico em uma trajetória em forma de S. De fato, a reversão da força Coriolis, depois que o projétil ultrapassa o ponto central de seu curso e começa sua descida, indica que a trajetória é em forma de C quando observada do tambor, como mostrado na figura 5(b) (Lambourne *et al.*, p. 55).

A categoria erro aqui é o "de fato". Uma história não é fato; nem a entrada ficcional em um ou outro discurso da ciência a transforma nisso. A aplicação da ortodoxia científica tradicional como critério de julgamento para um objeto estético é fundamentalmente tola, mesmo quando aplicada com absoluta coerência; e, se for aplicada de modo incoerente, como acontece com frequência (quando alguém engole o camelo da viagem mais-rápida-que-a-luz e se engasga, por exemplo, com o mosquito das trajetórias balísticas em forma de S dentro de ambientes em rotação), o mau se combina ao pior. Nossa opção é entre um universo textual desenvolvido dentro das linhas opressivas do governo mundial científico de Russell ou uma ficção científica que brinque de maneira anárquica com a "ciência" ao longo das linhas que Feyerabend sugere. Para mim, a escolha é bastante óbvia.

E no entanto há *alguma coisa* no "de fato" de Lambourne. Um caso pessoal: estava na plateia de um cinema, como costuma acontecer, em Aberdeen, quando o filme *Jornada nas Estrelas III: À Procura de Spock* (*Star Trek III: The Search for Spock*) foi exibido pela primeira vez naquela cidade, em 1984. No filme, a nave estelar *Enterprise* da Federação foi roubada por seu ex-comandante, Kirk, para que ele e alguns amigos pudessem levar a cabo uma busca não autorizada do colega Spock, que se acreditava estar morto. Essa tripulação de coroas barrigudos encontra o corpo rejuvenescido de Spock em um planeta, artificialmente criado, chamado Gênesis. Mas eles foram seguidos pelo espaço por um bando de guerreiros klingons, violentos e saqueadores, que desafiam a nave para um duelo espacial, embora a nave dos klingons seja um minúsculo caça, e a *Enterprise*, uma gigantesca espaçonave. Acontece que, como está sem seu habitual complemento de tripulação, a *Enterprise* se acha bastante vulnerável (embora os klingons não percebam isso). Os klingons atiram e, com um só tiro, põem a *Enterprise* fora de combate. Neste momento do filme, com a imagem na tela da nave klingon posicionada no espaço à frente da *Enterprise*, escuto alguém atrás de mim no cinema cochichar em um tom audível para seu companheiro: "Não, meu caro, claro que é um falso caça klingon D7; ele não lança raios desintegradores assim. Na vida real, nunca esse confronto poderia acontecer".

Na vida real. Estamos familiarizados com a ideia de que os filmes refletem a "vida real" de modo precário. Na tela, vemos sempre o bom sujeito conquistar a garota, a ameaça de desastre ser contida na hora H, o bandido ter o castigo que merece, e, em todos esses casos, estamos cientes de que no mundo onde de fato vivemos não é assim que as coisas costumam acontecer. O consenso de que "a vida real não é assim" em geral se aplica a filmes que imitam nossa verdadeira existência. Contudo, frases como "na vida real não é como em *Duro de Matar* (*Die Hard*) ou *Harry & Sally: Feitos um para o Outro* (*When Harry Met Sally*)" são uma forma de expressão; a frase "a vida real não é como esta cena de *Jornada nas Estrelas III: À Procura de Spock*" é outra completamente diferente, e a diferença entre elas é bastante instrutiva.

Como declaração reafirmando que a vida real não tem semelhança com os efeitos especiais e a batalha espacial no mundo futuro deste filme em particular, a frase é rigorosamente precisa: "Na vida real, o primitivismo da tecnologia espacial contemporânea e a não existência de raças alienígenas indicam que uma batalha espacial como essa é impossível". Mas é evidente que quem falou não tomou as palavras nesse sentido. Ele se referia ao fato de "essa representação cinematográfica de uma batalha entre um cruzador da Federação e um falso caça klingon não mapear de forma adequada a *realidade* de tal batalha". Como então, no que diz respeito a esse indivíduo, tal realidade poderia se dar?

Responder a essa pergunta é escavar um pouco o fenômeno cultural de *Jornada nas Estrelas* e, de modo mais geral, do universo dos fãs. Os fãs são parte integrante do modo como opera a FC contemporânea: numerosas revistas criadas por aficionados, sites e encontros geram grande parte da energia da qual depende a contínua vitalidade do gênero. Contudo, o fã, e em particular o fã de ficção científica, tem hoje uma avaliação cultural muito aquém do que merece. Ele existe em um clima cultural de ridículo de baixo nível e rejeição; é considerado um adepto obsessivo, incompetente para a interação social, sem atrativos no tocante ao físico e de hábitos anti-higiênicos, um forasteiro, um *nerd*; é identificado, por exemplo, com um ícone cultural com o qual muita gente estará familiarizada: o dono da loja de revistas em quadrinhos no seriado *Os Simpsons* (*The Simpsons*). Por trás de toda essa construção social negativa (que, como acontece com qualquer estereótipo depreciativo, relaciona-se menos à realidade e mais às fascinações e inquietações ideológicas correntes) está o duplo padrão de percepção: os fãs são *fanáticos* (o primeiro termo, é claro, derivou-se do segundo) em um sentido um tanto perigoso; e os fãs são receptáculos *passivos* da cultura consumidora.

O crítico norte-americano Henry Jenkins fez mais que qualquer outro para derrubar esse estereótipo cultural. Seu estudo pioneiro, *Textual Poachers: Television Fans and Participatory Culture* [Penetras Textuais: Fãs de Televisão e Cultura Participativa] (1992), que trabalha em especial com o exemplo dos fãs de *Jornada nas Estrelas*, demonstrou que esses fãs, longe de serem passivos, são na verdade, e com frequência, extremamente ativos, não só em fazer proselitismo para seus programas favoritos como também em termos de produção textual – reapropriando-se do material dos programas, escrevendo a própria ficção e produzindo a própria arte (não raro em *slash zines*, em que dois personagens favoritos são colocados em congruência erótica, sendo os nomes separados por uma barra [*slash*]: "Kirk/Spock", por exemplo). Jenkins mostra até que ponto os fãs são *criativos*, participantes ativos do universo textual de seus programas favoritos.[4] A análise libertadora de Jenkins não se limita a criticar as rudimentares tendências criadoras de estereótipos da sociedade moderna; ela apresenta o fã como uma categoria crucial para qualquer análise de FC. O importante acerca dos fãs é que eles cuidam, e cuidam de modo ativo, comprometido e criativo. Cuidam (como no exemplo de *Jornada nas Estrelas III: À Procura de Spock*) da consistência, dos valores em produção, da qualidade e alcance dos textos que lhes são disponíveis. Defendem as obras que admiram e, ainda além, trabalham de maneira vigorosa para nelas se envolver. Claro, esse entusiasmo pode degenerar na formação de uma clique em que jargões de pátio de escola sejam usados para determinar quem somos *nós* e quem *não somos nós*. Desconfio que poucas pessoas que investiram tempo com fãs em encontros e outras situações vão discordar por completo de mim quando descrevo esse tipo de mentalidade de sítio. Mas o ponto fundamental é que os fãs amam a FC, e o amor não é uma emoção a ser tratada com superficialidade. A maior parte dos autores de FC em serviço hoje (estou tentado a dizer *todos*) começou como fãs, e muitos continuam fãs. A ficção científica é uma comunidade, e não uma elite. Na maioria das vezes, os fãs absorvem um enorme, detalhado e útil conhecimento do gênero, podendo localizar textos novos dentro de uma moldura de referência e conexão intertextuais com impressionante facilidade. E o tropo do fã incorpora não só humanos reais que acompanham a FC, mas a posição do novo texto de FC (novela, filme) com relação à totalidade do gênero, e – como venho argumentando –, em termos ideais, a relação (ativa, engajada, criativa) entre FC e ciência, que escora a definição do gênero que este capítulo procurou esboçar.

Conclusão

O fato de serem tão frequentemente invocadas sugere que as três definições de FC citadas no início deste capítulo continuam sendo úteis para os estudiosos da área, apesar da tendência que têm certos críticos de torcerem o nariz para elas. O capítulo não procurou substituir as definições de Suvin, Delany e Broderick, mas se aprofundar um pouco mais em alguns pressupostos subjacentes à ficção científica como peça de terminologia. A distorção acontece antes mesmo de escolhermos os elementos de nossa definição; acontece quando decidimos nos concentrar no conteúdo das histórias – espaçonaves, máquinas do tempo, pistolas de raios – e não em sua forma ou, de maneira mais específica, não no modo como determinantes histórico-culturais em grande escala moldaram uma forma particular de expressão cultural. Não que os marcadores de conteúdo sejam inteiramente fortuitos, é evidente (embora muitos deles sejam ícones mais ou menos vazios, McGuffins permutáveis e versões de não *novums* com o mínimo de ornamento, como naves, carros e pistolas). É que a ficção científica de modo algum gira apenas em torno de seus brinquedos e engenhocas.

Tenho argumentado nesta introdução que a FC é mais bem definida como ficção tecnológica, desde que não encaremos tecnologia como sinônimo de engenhocas, mas, em sentido heideggeriano, como um modo de enquadrar o mundo, manifestação de uma perspectiva fundamentalmente filosófica. Como gênero, portanto, a FC incorpora, em termos textuais, esse enquadrar, tomando como sua reserva permanente não apenas os discursos da ciência e tecnologia, mas todo o cabedal da própria FC, a tradição intertextual que esse estudo passará a examinar. Até onde essa FC entra no discurso da ciência (como acontece com muita frequência), o melhor meio de teorizá-la é antes como uma proliferação feyerabendiana de teorias do que como uniformidade especulativa ou verdade. Esse pluralismo e diversidade de possibilidade especulativa livram a FC do que Heidegger via como perigo no enquadrar tecnológico, no modo como "ele arrasta o homem para o tipo de revelação que é um ordenamento. Onde domina, este ordenamento expulsa toda e qualquer outra possibilidade de revelação" (Heidegger, p. 332). Nesse sentido filosófico, a FC deve ser uma ficção desordenadamente tecnológica.

Talvez eu devesse acrescentar que muitos leitores de FC não reconhecerão o gênero com base na descrição que faço aqui. A ficção tecnológica é com extrema frequência encarada precisamente como a narrativa insossa, centrada em engenhocas, que eu digo aqui que ela não deveria ser: histórias de FC *hard* – ficção mecânica ou cosmológica sobre espaçonaves, armas, próteses ou o universo como a física hoje em dia o entende, onde se aplica uma regra férrea da verdade cosmológica. A FC *soft*, por outro lado, ganha mais liberdade de movimento dos leitores. O que não fica evidente de imediato é porque, por uma estranha lógica, a ficção *techno* vai cedendo a essa verdade absoluta não testada e, em essência, platônica, enquanto a ficção científica se vê capaz de explorar as possibilidades imaginativas do pensamento humano sem os entraves dessa preocupação. Minha crença, embora não seja uma crença que eu sustente em âmbito dogmático, é que a divisão é explicável no contexto do desenvolvimento histórico da própria ficção científica. Como esboçado no prefácio, e elaborado com muito mais detalhes na totalidade do livro, vejo a FC moderna surgir na clivagem, falando de modo geral, de visões de mundo fictícias católicas e protestantes – uma separação que dato de cerca da entrada do século XVII.

Não estou dizendo, de modo algum, que a ficção científica seja exclusivamente uma literatura protestante e a fantasia exclusivamente uma literatura católica. Há, de fato, vários grandes escritores católicos de ficção científica, diversos grandes fantasistas protestantes e, cada vez mais (embora apenas desde o final do século XX), muitíssimos excelentes escritores de FC e fantasia que não vieram de nenhum dos dois meios culturais. Na realidade, sugiro que, falando em termos históricos, a FC expressa uma dialética particular determinada a princípio pela separação de visões de mundo protestante e católica (ou, se preferirmos termos mais destituídos de sectarismo, entre deísmo e panteísmo mágico) que emergiu no século XVII. Os textos de FC são mediadores desses determinantes culturais com diferentes ênfases, algumas mais materialistas, outras mais místicas ou mágicas. Mas, sem uma compreensão do contexto histórico mais amplo, muitos aspectos da tradição da FC são incompreensíveis.

Penso que isso explica por que um escritor católico como Júlio Verne limita sua ficção científica a engenhos tecnológicos, enquanto um escritor protestante como H. G. Wells expande sua visão em direções especulativas e universais. Parece-me – para mencionar três eminentes escritores católicos do gênero – que a virada mística em FC, a introdução de magia (como em *Black Easter*, de James Blish), de Deus (como O Forasteiro na tetralogia *O Livro do Novo Sol*, de Gene Wolfe) ou de milagres (em *Um Cântico para Leibowitz*, de Walter M. Miller Jr.) indica um impulso para demarcar o local onde a tecnologia termina especificamente como uma área mágica, mística; do Deus das Brechas do qual os filósofos às vezes falam. Tradições protestantes, como as que produziram escritores como Olaf Stapledon, Robert Heinlein ou Kim Stanley Robinson, mostram menos respeito pelo véu do templo e produzem uma ficção diferente, mais plenamente científica ou voltada para o conhecimento.

Imediatamente, porém, me vejo querendo qualificar meu argumento. A FC é muito menos hostil ao irracional e ao religioso do que às vezes se pensa (e, acho eu, a fantasia é um pouco menos receptiva a essas coisas do que se tem presumido). Em uma era em que as categorias do crente religioso e do ateu tornaram-se com frequência polarizadas de forma beligerante (em ambos os lados, embora o segundo campo seja, de maneira geral, mais beligerante do ponto de vista retórico que o primeiro), a FC *hard* tornou-se, para alguns, um nicho de não crentes. O melhor sentimento de espanto da ficção científica pode revelar deslumbramento, magnamidade e esplendor do universo sem nenhuma necessidade de Deus, de um espírito ou de qualquer coisa desse tipo. Isto, é claro, não é absolutamente verdadeiro, mesmo para aficionados da FC *hard*, e, encarada como um todo, a ficção científica está no mínimo equidistante dos polos geminados da crença absoluta e da descrença absoluta.

Deixem-me tentar um último ajuste da definição, antes de passarmos ao relato histórico mais detalhado do desenvolvimento do gênero. O axioma aqui, com o qual os leitores podem concordar ou não, é que a vida humana tem se deslocado de uma compreensão essencialmente religiosa do universo e do lugar que ocupamos nele para um entendimento secular em essência. Esse movimento não tem sido uma evolução cultural uniforme; tem acontecido com ritmos diferentes e em diferentes graus pelo mundo afora. A ficção científica é um importante indicador cultural dessa mudança. Dizer isso não restringe a FC a uma literatura genuinamente secular; e, de fato, afirmar que vivemos hoje em uma era dominada por uma lógica secular (como Charles Taylor defende de forma persuasiva em sua *magnum opus* de 2007, *A Era Secular* [*A Secular Age*]) não significa que a crença em Deus tenha se evaporado, mas que passamos meramente "de uma sociedade em que é quase impossível não acreditar em Deus, para uma em que a fé, mesmo para o crente mais convicto, é uma possibilidade entre outras" (Taylor, *A Secular Age*, p. 3).

Uma consequência, que talvez nos pareça um contrassenso, dessa mudança tem sido mover o susbstancial da crença religiosa de uma esfera mítica ou metafórica estreitamente literal para outra muito mais ampla e, portanto, mais potente – uma área com relação à qual a ficção científica está em boa e singular posição para falar. Essa mudança acarretou uma diluição da intensidade fideísta. Na verdade, a modernidade chega a se orgulhar disso: nós nos tranquilizamos achando que hoje em dia somos menos supersticiosos, menos crédulos e mais racionais. A ciência desconstruiu as visões religiosas literalistas de culturas antigas, substituindo a crença literal pelo envolvimento mítico e metafórico. Em certa época, o Satã de Milton assustava devidamente os leitores, como elemento de uma verdadeira biografia, um relato de um indivíduo real e aterrador. Agora ele ocupa o mesmo espaço cultural-imaginativo que o Sauron de Tolkien. Em dias atuais, ninguém fica assustado com *O Paraíso Perdido* (*Paradise Lost*). De fato, também não ficamos assustados com Tolkien, mas a diferença é que a obra mais tardia não pretendia causar isso.

O fato, claro, é que o terror desapareceu. Os panoramas imponentes e apavorantes do espaço profundo são apenas um aspecto da ansiedade existencial que esse idioma tecnologicamente mediado tenta, de certo modo, amenizar em benefício das sensibilidades modernas. Enfrentamos as questões de extinção, individual e coletiva; do caráter irrevogável de nossas opções e crimes, e do que poderíamos fazer a esse respeito; dos encantamentos e terrores de sermos consciência materializada, ou encarnada, em um cosmos como este. Para compreender por que a FC continua voltando a essas questões e por que a melhor FC é tão eloquente acerca delas, precisamos ter uma compreensão do quanto as raízes, em termos culturais, são profundas e como o longo período de mudança histórica moldou o crescimento do gênero. Nesse sentido de Charles Taylor, como reação cultural de larga escala a uma participação com desencantamento, uma anatomização da porosidade restante do moderno ser humano, a ficção científica é a grande cultura secular de nosso tempo.

Notas

1. *Critical Theory and Science Fiction*, de Freedman (Hanover, NH e Londres: Wesleyan University Press, 2000), pp. 24-30, discute a questão da canonização literária e a perturbada relação da FC com "o cânone literário" de um modo lucidamente convicente e não paranoico.
2. J. J. Scarisbrick. *The Reformation and the English People*. Oxford: Blackwell, 1984, p. xii.
3. Em *Science de la science et réflexivité* (2001), Bourdieu se distancia de modo explícito do que chama "uma visão ingenuamente maquiavélica das estratégias dos cientistas", em que "as ações simbólicas que realizam para conquistar reconhecimento por suas 'ficções' são ao mesmo tempo estratégias de busca de influência e busca de poder através das quais perseguem a própria glorificação". Não obstante, ele insiste em uma explicação do mundo científico como "um universo de competição para o 'monopólio do legítimo manejo' de bens científicos" (Bourdieu, p. 120).
4. Ver Jenkins (1992).

Referências

Asimov, Isaac. The Bicentennial Man [1976]. *In: The Complete Robot*. Londres: Grafton, 1982.

Bourdieu, Pierre. *Science of Science and Reflexivity*. Trad. Richard Nice (2002). Cambridge: Polity, 2004.

Clark, Timothy. *Martin Heidegger*. Londres: Routledge, 2002.

Clute, John e Peter Nicholls. *Encyclopedia of Science Fiction*, 2ª ed. Londres: Orbit, 1993.

Delany, Samuel. *Silent Interviews on Language, Race, Sex, Science Fiction, and Some Comics: A Collection of Written Interviews*. Hanover, NH e Londres: Wesleyan University Press, 1994.

Doody, Margaret Anne. *The True Story of the Novel*. New Brunswick, NJ: Rutgers University Press, 1996.

Feyerabend, Paul. *Against Method* [1975], 3ª ed., Londres: Verso, 1993.

Frye, Northrop. *The Secular Scripture: A Study of the Structure of Romance*. Cambridge, MA: Harvard University Press, 1976.

Gray, Chris Hables (org.). *The Cyborg Handbook*. Londres e Nova York: Routledge, 1995.

Heidegger, Martin. The Question of Technology (1953). *In: Martin Heidegger: Basic Writings*, org. e trad. David Farrell Krell. Londres: Routledge, 1993, pp. 311-41.

Jones, Caroline A. e Peter Gallison, com Amy Slaton (orgs.). *Picturing Science and Producing Art*. Nova York e Londres: Routledge, 1998.

Jones, Gwyneth. *Deconstructing the Starships: Science, Fiction and Reality*. Liverpool: Liverpool University Press, 1999.

Lambourne, Robert, Michael Shallis e Michael Shortland. *Close Encounters? Science and Science Fiction*. Bristol e Nova York: Adam Hilger, 1990.

Nagel, Ernest. *The Structure of Science: Problems in the Logic of Scientific Explanation*. Indianapolis: Hackett, 1979.

Nozick, Robert. *Invariances: The Structure of the Objective World*. Cambridge, MA: Belknap Press, 2001.

Parrinder, Patrick. Revisiting Suvin's Poetics of Science Fiction. *In: Learning from Other Worlds: Estrangement, Cognition and the Politics of Science Fiction and Utopia*. Liverpool: Liverpool University Press, 2000, pp. 6-50.

Popper, Karl. *The Logic of Scientific Discovery* (em alemão, 1934, em inglês, 1959). Londres: Routledge, 1999.

Russell, Bertrand. *The Scientific Outlook* [1931]. Londres: Routledge, 2001.

Scharff, Robert C. e Val Dusek (orgs.). *Philosophy of Technology: the Technological Condition*. Oxford: Blackwell, 2003.

Snow, Charles Percy. *The Two Cultures* (1959; com introdução de Stefan Collini). Cambridge: Cambridge University Press, 1993.

Stiegler, Bernard. *Technics and Time, 1: the Fault of Epimetheus*, trads. Richard Beardsworth e George Collins. Stanford, CA: Stanford University Press, 1998.

Sturgeon, Theodore. Bookshelf. *Galaxy* 34 (1973), 3: pp. 69-73.

Suvin, Darko. *Positions and Suppositions in Science Fiction*. Londres: Macmillan 1988.

Tayor, Charles. *Sources of the Self: The Making of the Modern Identity*. Cambridge: Cambridge University Press, 1989.

Taylor, Charles. *A Secular Age*. Cambridge, MA: Harvard University Press, 2007.

Walker, Peter (org.). *Chambers Dictionary of Science and Technology*. Edimburgo: Chambers Harrap, 1999.

CAPÍTULO 2

Ficção Científica e a Novela Antiga

O capítulo anterior argumentou que a tarefa de descrever a ficção científica não se resolve em qualquer tipo de definição do gênero árdua e rígida, "detentora da verdade" ou baseada em conteúdo, mas sim num esboço do *continuum* pelo qual a FC pode ser significativamente identificada como aquela forma do Fantástico que incorpora um enfoque técnico (materialista), como oposto à abordagem religiosa (sobrenatural) que associaríamos hoje ao gênero Fantasia. Histórias fantásticas são o modo padrão das histórias contadas pelos humanos, remontando às mais antigas evidências de que dispomos. As narrativas humanas têm quase sempre incluído elementos que não refletem a lógica do mundo real: magia, fantasmas, deuses, prodígios, milagres e assim por diante. Uma história da Fantasia em sentido mais amplo, não superficial, seria uma história da contação de histórias por humanos desde seus primeiros momentos até os dias atuais, excluindo apenas alguns desvios dos séculos XIX e XX (que seriam rotulados de realismo). Um exame das origens da novela – a forma central da FC por boa parte de sua vida como gênero – traz essa questão à tona de modo categórico. Margaret Anne Doody observa que a "história da novela", apresentada pela crítica tradicional como datada de fins do século XVII ou do século XVIII, ignora o fato de que "a novela, como forma de literatura no Ocidente, tem uma história contínua de cerca de dois mil anos" (Doody, p. 1). Como a própria Doody observa, isto não é segredo; os clássicos empreenderam muitos estudos da "novela antiga", uma forma muito popular nos primeiros séculos depois de Cristo. Sobreviveram entre cinco e oito novelas completas (dependendo da extensão que se requeira de uma novela), dois resumos detalhados e um grande número de fragmentos; mas estes são uma pequena fração do número total de novelas escritas em grego e latim durante o período clássico.

Doody sugere algumas das razões pelas quais quase todos os críticos da novela inglesa e continental têm ignorado essa vigorosa cultura novelista. Para resumir, desde o século XVIII tem havido uma tendência a separar a novela do romance, reservando séria atenção crítica para a primeira (concebida como, em essência, realista) e denegrindo o segundo como fantástico, escapista ou vulgar. A análise feita por Doody da reputação do romance vai tanger cordas de identificação com o aficionado de FC: como gênero, "é desprezível, um termo reservado para certa seção inferior da livraria [...] transmitindo um prazer literário sem o qual o crítico acha que os leitores estariam melhores. Representa o trabalho que falta para atender às exigências do realismo" (Doody, pp. 15-6). Hoje em dia, é claro, nas palavras de Doody: "o realismo desbotou como o gato de Cheshire, deixando seu sorriso de razão para trás". Está na hora, ela insiste, "de nos livrarmos da presunção de que a primeira exigência de uma extensa obra de ficção em prosa é que ela seja 'realista'"; um grito de guerra convincente que os leitores de ficção científica, explícita ou implicitamente, há décadas vêm soltando. De maneira polêmica, Doody insiste:

> Romance e novela são uma coisa só. A separação entre eles é parte de um problema, não parte de uma solução [...]. Como a ênfase nessa suposta distinção tem causado com frequência mais prejuízo que bem, proponho abrirmos mão dela por completo. Chamarei todos os livros de que estou tratando de "novelas", pois é o termo cujo uso nos parece mais positivo (Doody, pp. 15-6).

Esta será a norma seguida também pela presente obra.

Todas as novelas antigas que sobreviveram envolvem, em maior ou menor grau, elementos fantásticos, e a tarefa de um historiador de ficção científica é esboçar as fronteiras mais nítidas em que a FC possa ser distinguida, de modo útil, de um fantástico mais sobrenatural. Os autores antigos estavam acostumados às expressões literárias do que hoje chamaríamos fantasia, realismo mágico, sátira e mesmo, em certo sentido, surrealismo. Por exemplo, o autor latino do século II d.C., Apuleio, escreveu um romance cômico chamado *Metamorfoses* (*Metamorphoses*) (*c.* 170 d.C., mais conhecido como *O Asno de Ouro* [*The Golden Ass*]), em que o protagonista, Lúcio, é transformado, por meio de magia negra, em um asno, passando por diversas aventuras e sendo, enfim, devolvido à forma humana pela deusa Ísis. Embora o livro seja prazeroso, por certo não seria lido como FC; no que tem de fundamental, é uma fábula mágico-religiosa e, na verdade, devocional. As ciências que integravam mais amiúde a FC antiga eram práticas e técnicas, como as ciências associadas à navegação naval e à guerra, ou filosóficas.

Outro elemento-chave é o tropo da odisseia, ou *voyage extraordinaire* [viagem extraordinária], que tem ocupado um lugar tão central em discursos de ficção científica, encontrando-se sua origem na literatura grega antiga. Desde a *Odisseia* de Homero (século VII a.C.), passando por épicos, peças teatrais, histórias, diálogos e, mais tarde, romances em prosa, a cultura grega produziu muitas centenas de exemplos de viagens fantásticas. Algumas eram relatos de viajantes com base em experiência real ou de base real, por exemplo, viagens à África, Índia ou através do Atlântico. Outras eram puramente fantásticas e imaginárias, como jornadas às terras dos mortos ou aos céus. Alguns críticos "liberais" de FC classificam com prazer todas essas *voyages extraordinaires* como os primeiros exemplos do gênero. Uma estratégia mais comum é concentrar a atenção crítica em um pequeno grupo dessas narrativas, que detalham jornadas pela atmosfera ou jornadas para a Lua e o sistema solar.

O Antigo Cosmos

A observação mais importante a ser feita sobre a antiga FC grega é que seu domínio próprio se situa entre os estilos mundano, ou terrestre, e divino, ou teológico. Para ficar com uma noção mais clara a esse respeito, precisamos compreender a versão do cosmos que a ciência grega oferecia aos escritores imaginativos. Isso se alterou com o tempo, mas, sob certo aspecto, manteve-se constante: os corpos celestiais eram considerados perfeitos, eternos e divinos, sendo de fato cultuados por muita gente como deuses. Isso podia tornar complicado, para as perspectivas da época, separar a abordagem científica da abordagem teológica do espaço cósmico, uma dificuldade que se torna ainda mais aguda pelo fato de que, para muitos gregos (assim como para muitos europeus medievais), não havia, para início de conversa, distinção significativa entre essas categorias.

As primeiras cosmologias gregas postulavam que as estrelas eram cintilações de fogo, vistas através de buracos em uma esfera de névoa que cercava a Terra. Em algum momento, por volta de 530 a.C., o pensamento pitagórico substituiu esse modelo por outro, em que uma massa de fogo ocupava a posição central, e a Terra, a Lua, o Sol e outros corpos celestes giravam em torno desse ponto em intervalos determinados pela harmonia de escalas musicais, sendo todos esses corpos celestes considerados divinos. Modelos mais tardios colocavam a Terra no centro do cosmos. Assim, por exemplo, no século IV a.C., Aristóteles postulou que o universo era composto de 59 esferas concêntricas, com a Terra no meio. As quatro esferas terrestres interiores constituíam os quatro elementos (Fogo, Ar, Terra e Água), que Platão e

Aristóteles acreditavam ser os ingredientes fundamentais de toda a matéria terrena. As 55 esferas restantes, compostas de um misterioso quinto elemento não encontrado na Terra, transportavam os corpos celestes em uma série de revoluções circulares ao redor da Terra estacionária. Esse sistema é conhecido hoje como modelo ptolomaico, embora Ptolomeu (com mais exatidão: Claudius Ptolemaeus, geógrafo e astrônomo que realizou suas pesquisas no século II d.C.) tenha sido apenas um dos muitos astrônomos subsequentes que aprimoraram essa versão de estrutura cosmológica. Ainda que satisfatória do âmbito teológico, a versão geocêntrica do cosmos não explica todos os movimentos observáveis no céu noturno – em particular, o dos planetas que parecem se desviar (o grego πλανήτης, *planētēs*, significa errante ou, para ser mais enfático, nômade ou andarilho) da trajetória que seria esperada se se movessem em um círculo exato ao redor da Terra. Hiparco (*c.* 190-120 a.C.) propôs que os planetas se deslocavam de maneira excêntrica, mas *dentro* de suas esferas de rotação regular. Ptolomeu sugeriu epiciclos, órbitas circulares em volta de um ponto que orbita, ele próprio, como um círculo ao redor da Terra, para resolver o problema. Essa teoria foi preferida por muitos porque preservava a circularidade das órbitas celestes. O círculo era considerado uma trajetória mais perfeita e, portanto, mais apropriada a seres divinos, embora, tenho de confessar, pessoalmente jamais tenha entendido por quê. O modelo sobreviveu por quase 1.500 anos sem ser contestado.

O que é importante ter em mente sobre esse arranjo conceitual é que ele distinguiu, por assim dizer, entre céus profanos e divinos. O tratado de Aristóteles sobre *Meteorologia* (μετεωρολογικά, *c.* 330 a.C.) discute não apenas aspectos do tempo, como trovão e relâmpago, chuva e vento, mas também uma série de fenômenos que consideraríamos astronômicos – cometas, por exemplo, e a Via Láctea – *como se fossem* meteorológicos. A razão disso é que, como tais fenômenos não podiam ser reduzidos à pureza ou simplicidade requeridas pelo modelo teológico do cosmos, presumia-se que pertencessem antes ao *firmamento* que aos céus divinos. Nem mesmo o advento da era espacial purgou a FC de seu nostálgico apego ao firmamento como arena onde ela se dá. Por exemplo: os guerreiros X-Wing de *Star Wars* (1977), berram no vácuo silencioso e explodem com grande alarido quando atingidos. Sem dúvida, nosso intelecto sabe que o vácuo é o local de ausência completa de som, mas de alguma forma temos a sensação de que essas batalhas espaciais estão de fato acontecendo no firmamento – como a Batalha da Grã-Bretanha, só que um pouco mais no alto – e requeremos, portanto, efeitos sonoros aéreos para que possamos acreditar na cena.

O interessante aqui é a fluidez relativa com que firmamento e espaço cósmico se relacionam na mente antiga. Ela faz com que esse tipo de proto-FC encare as viagens à Lua como parte de uma categoria específica de viagens pelo ar, concebidas de modo mais geral. A Lua é vista por muitos escritores como pertencente "ao ar", estando no mesmo reino que o sol, as estrelas, as nuvens e os pássaros, nem mais nem menos acessível que qualquer um desses elementos. Em função disso, o conjunto muito mais amplo de histórias fantásticas da Antiguidade grega acerca de voo e explorações aéreas de terras desconhecidas tem a mesma relação com a FC subsequente que as aventuras lunares de Antônio Diógenes ou Luciano. O diferencial significativo é religioso, não científico. O firmamento e os fenômenos aéreos são considerados comparáveis a fenômenos terrestres, e, para alguns escritores, mesmo a Lua e o Sol entram nessa categoria. Mas as estrelas (por exemplo) são consideradas divinas. Nas palavras de Benjamin Farrington:

> [...] era assim, nas concepções pitagóricas, platônicas, estoicas e nas primeiras concepções aristotélicas, a natureza do universo. Os céus estrelados eram a imagem visível do divino. Como tal, compartilhavam a sorte dos deuses e se transformavam no domínio do teólogo [...]. Sustentar outros pontos de vista não era um erro científico, mas uma heresia (Farrington, 2, pp. 87-8).

A FC antiga, que inclui jornadas pelo ar e jornadas para a Lua, é distinta, em termos conceituais, de expedições às estrelas; ela se conecta antes com discursos materiais, práticos, como a ciência da navegação, que com linguagens estritamente teológicas.

A *voyage extraordinaire* para o céu tem uma extensa linhagem. A tragédia de Eurípides Βελλεροφῶν (*Bellerophōn*), da qual hoje só conhecemos fragmentos, foi produzida talvez em 430 a.C. Dramatiza a tentativa feita por Belerofonte de voar até o Céu no lombo de Pégaso, o cavalo alado, para interpelar os deuses por suas várias injustiças. Pégaso o derruba em pleno ar, e ele cai de novo na Terra; aparece no final da peça aleijado pela queda. Aristófanes, o poeta cômico, satiriza Eurípides em muitas peças, e Εἰρήνη (*Eirēnē* [*Paz*], 421 a.C.) ridiculariza essa peça em particular. O protagonista de Aristófanes é um lavrador chamado Trugaios, um homem tão cansado da longa guerra de Atenas com Esparta que voa para o Céu nas costas de um enorme escaravelho para reclamar com Zeus. Uma peça mais tardia de Aristófanes, Ὄρνιθες (*Ornithes* [*As Aves*], 414 a.C.), dá continuidade ao tema aéreo. Nela, dois atenienses, Euelpidēs e Pisthetairos, desgostosos com a degeneração de seus compatriotas, fazem diligências junto ao Rei dos Pássaros, Epops. Convencem-no, e a seus seguidores aviários, a construir uma nova e utópica cidade em pleno ar, chamada Nephelokokkugia, ou cidade do Cuco-Nuvem.

O mais antigo texto sobrevivente que adota antes uma visão estritamente cósmica que meramente aérea é o *O Sonho de Cipião* (*Somnium Scipionis*), 51 a.C.), de Marco Túlio Cícero; uma breve fábula em prosa colocada por Cícero no final de seu tratado político *Da República* (*De Republica*). Nesse texto, o jovem Cipião sonha com o avô eminente e falecido, o velho Cipião. É mostrada a ele a habitação entre as estrelas destinada aos que seguem a trilha da virtude na vida e, em particular, aos patriotas que defendem seu país. O texto abre o *zoom*, por assim dizer, de Cartago à impressionante perspectiva de todo o "Orbe Láicteo" galáctico, onde o sonhador vê "estrelas que nunca vemos da Terra". O senso-de-espanto da fábula (estrelas "maiores que todas que imaginamos [...] a Terra me pareceu tão pequena que senti desprezo por nosso império romano, que cobre apenas um simples ponto, digamos assim, de sua superfície") domina a moral ética do todo e um senso de espanto, comum à FC mais recente, se sobrepuja a um tratado de piedade familiar.

Primeiras Novelas

As obras citadas até agora representam uma variedade de formas literárias: poesia, drama, discurso filosófico. De particular interesse para o desenvolvimento da FC, porém, é a novela. A FC foi – até as muito recentes intervenções significativas em filmes e na TV –, em essência, manifestação de arte novelística. É talvez por essa razão que Luciano de Samósata é com tanta frequência citado como o primeiro autor de FC. Ele de fato escreveu uma novela de proto-FC envolvendo uma expedição à Lua, mas na verdade narrativas desse tipo vinham sendo escritas cem anos antes de Luciano, embora a dele seja a primeira a sobreviver em sua totalidade nos tempos modernos. Todavia, uma série de novelas de FC pré-Luciano ainda podem ser identificadas. Interessantes em particular para nossos propósitos são os textos em que um discurso científico e um discurso fantástico-especulativo se juntam. Um autor com interesse em ambas as áreas foi Plutarco (Mestrius Plutarchus, *c.* 45 d.C.-*c.* 125 d.C.), ensaísta e historiador de Queroneia, na Beócia, Grécia. Autor prolífico e de interesses muito variados, escreveu cerca de 227 livros, grande parte dos quais sobreviveu até os dias de hoje, entre eles, 50 biografias de figuras famosas e 78 obras diversas. Estas últimas, reunidas sob o título um tanto enganoso de *Obras Morais* (*Moralia*), incluem trabalhos sobre filosofia, religião, retórica, biologia, física e cosmologia.

Περί τοῦ ἐμφαινόμενου προσώπου τω κύκλω τῆς σελήνης (*Peri tou emphainomenou prosópou to kuklô tês selénês* [*Sobre a Face Visível no Orbe da Lua*], de Plutarco, data de cerca de 80 d.C. A maior parte dele é uma discussão sobre possíveis explicações para as marcas que se veem na superfície da Lua.

As teorias procuraram refletir a investigação científica da época: por um lado, a crença de que a Lua era feita de uma substância flamejante e brilhante, que agia como um espelho, com as marcas visíveis sendo reflexos de oceanos terrestres; por outro, que a Lua era feita de Terra ou de uma substância terrosa, sendo as marcas impurezas, ou sombras lançadas pela luz do Sol. A partir daí, a discussão avança para a questão de saber se a Lua é habitada. Um dos interlocutores, Sila, recorda ter encontrado um estrangeiro, proveniente de um continente do outro lado do Atlântico, que tinha lhe revelado a natureza dos céus, isto é: os seres humanos nascem com três elementos (corpo, mente e alma), e a morte terrena destrói apenas o corpo, após o que a mente-alma migra para a Lua, onde viverá até que uma segunda morte liberte a alma. "Uma morte reduz um homem de três a dois e outra o reduz de dois a um [...]. Onde a deusa aqui na Terra corta rápida e violentamente a alma do corpo, Perséfone [na Lua] separa de modo lento e gentil a mente da alma" (943b). Essa deusa julga os habitantes de seu reino, "repelindo alguns quando se agarram à Lua", embora aqueles "que conseguiram firmar os pés caminhem triunfantes por lá, coroados com plumas" (943d).

> Assim como nossa terra contém abismos profundos [...], a Lua também apresenta essas características. O maior deles é chamado "Lugar mais Profundo de Hécate", onde as almas sofrem e são punidas pelas coisas que fizeram depois de terem se tornado seres espirituais, e outros dois compridos são chamados "os Portões", porque as almas os atravessam desde o lado da Lua que se volta para os céus até o lado que se volta para a terra. O lado da Lua que se volta para os céus é chamado "Planície Elísia"; o outro lado, "Casa da Antictônica Perséfone" (Plutarco, *Peri tou prosôpou*, 944c).

Por si só, essa fantasia escatológica poderia ser considerada, pela maioria, antes uma obra de religião especulativa que de FC, mas a justaposição de ciência e ficção cria um todo que trabalha nas fronteiras da ciência estabelecida de maneira especulativa. Tampouco é desconfortável essa mescla de investigação científica e extrapolação fantástica. Como D. A. Russell assinala:

> A passagem da ciência à fantasia não deve ser mal interpretada. É perder o tom e o propósito do diálogo detectar um conflito entre a clareza e a sagacidade dos argumentos precedentes sobre astrofísica e mitologia lunar [...]. Tanto a ciência quanto o mito religioso pertencem à mesma série de assuntos "cósmicos" elevados. Demandam elaboração e magnificência, e não crua declaração factual (Russell, p. 72).

Em outras palavras, a fantasia de Plutarco é um modo de fazer ciência via elaboração e invenção, o que significa dizer: é FC. Algo similar acontece em outro diálogo plutarquiano, Περί του Σωκράτους δαιμονίου (*Peri tou Sôkratous daimoniou* [*Sobre o* Daimon *de Sócrates*], escrito *c*. 90 d.C.). Como acontece com *Peri tou prosôpou*, aqui o elemento de ficção científica é só uma pequena porção do todo – um todo que é, neste caso, um conto histórico ambientado em 379 a.C. sobre um grupo de conspiradores que planejam derrotar os tiranos de Tebas. Um dos personagens relata uma experiência fora do corpo:

> Quando olhou em volta, a Terra não podia ser vista em parte alguma, mas ele via ilhas brilhando como fogo, uma delicadamente sobre a outra, primeiro de uma cor, depois de outra, como ferro incandescente mergulhado em água fria [*ou* como pano mergulhado em corante], já que a luz multicolorida continuava mudando. Pareciam infinitas em número, enormes e, embora não fossem iguais, eram todas, porém, de forma circular [...]. No meio delas havia um mar ou um lago, através de cuja transparência cinza-azulada as cores viajavam; e das ilhas, algumas navegando através da corrente e outras deslizando com ela, se arrastava em círculo o mar [...]. (Plutarco, *Sôkratous daimoniou*, 590c-d).

Esse tropo de espaço interplanetário como "mar" e corpos celestes como "ilhas" era comum no mundo antigo, um modo de expressão que se equilibrava entre o literal e o metafórico. Sob alguns aspectos, ainda o é; ainda lançamos veículos espaciais de cabos e os chamamos de naves e espaçonaves, afinal de contas.

Τα υπέρ Θούλην άπιστα (*Ta huper Thulên apista* [As Maravilhas de Além Thule]), de Antônio Diógenes, data de cerca de 100 d.C. Hoje só está disponível para nós em forma condensada, como um dos livros resumidos, no século IX, pelo estudioso bizantino Fócio em seu Βιβλιοθήκη (*Bibliothêkê* [Biblioteca]). Assim como acontecia nas obras de Plutarco mencionadas, a visita à Lua nesta antiga novela é só uma pequena parte de uma série mais ampla de aventuras românticas. Os protagonistas viajam de modo intenso, da Sicília a Thule (termo grego para uma ilha muito setentrional, possivelmente a Islândia ou a Escandinávia) e para o Círculo Ártico, de onde é possível subir para a Lua (Fócio, 111a). O mundo lunar é descrito como um γην καθαρώτατην, uma terra limpa, pura, imaculada (a expressão também pode ser traduzida como terra aberta ou livre). Voltando à Terra, os personagens vivem muitas outras aventuras, que no fim das contas acabam bem. Muita coisa na história tem estilo fantástico-romântico: os heróis, capturados pelos celtas "cruéis e estúpidos", escapam em cavalos que mudam de cor; na Espanha, encontram uma aldeia onde as pessoas veem à noite, mas são cegas durante o dia; um homem desse grupo, Astraios, tem olhos cujas pupilas se dilatam e se contraem de acordo com as fases da Lua; os personagens morrem e são trazidos de volta à vida. Mas o que torna a obra particularmente interessante é até que ponto esse romance dialoga com a ciência de seu tempo. Reyhl, por exemplo, argumenta que Antônio tenha dramatizado a filosofia pitagórica no romance, "seguindo a crença pitagórica de que as colinas e vales da Lua eram habitados por criaturas fantásticas" (Georgiadou e Larmour, p. 39).

O autor clássico citado com mais consistência como pai da ficção científica é Luciano (*c.* 120-190 d.C.), chamado às vezes Luciano de Samósata devido a seu local de nascimento: Samos. Sua reivindicação de paternidade genérica repousa em duas dentre suas muitas obras: a Ικαρομένιππος (*Ikaromenippos* [Icaromenipo]) e Ἀληθῆ διηγήματα (*Alēthē Diēgēmata* [A História Verdadeira]), ambas escritas entre 160 e 180 d.C. A primeira é um diálogo entre Menipo e um amigo, em que o primeiro relata como atou uma asa de águia ao braço direito, uma asa de abutre ao esquerdo e usou-as para voar até os céus (à maneira do mito de Ikaros, ou Ícaro; daí o título). Menipo, frustrado com as desavenças contraditórias dos filósofos terrenos, cada qual reivindicando uma verdade única, decide interrogar Zeus sobre o verdadeiro estado de coisas. Voa primeiro para a Lua, onde consegue um ponto bastante vantajoso para observar a Terra lá embaixo. Depois, passa pelo Sol e chega ao próprio Céu para consultar Zeus. A narrativa, em outras palavras, move-se da ficção científica para a ficção teológica.

A *Alēthē Diēgēmata* é ainda mais famosa e pode ter sido uma sátira sobre as aventuras mais extravagantes registradas em *Ta huper Thulén apista*, de Antônio Diógenes. A história envolve uma jornada marítima repleta de percalços, que cruza o Atlântico rumo ao oeste. No primeiro episódio da peripatética narrativa, os viajantes param em uma ilha onde fluem rios de vinho e onde Mulheres-Vinho – mulheres na parte superior do corpo, mas troncos enraizados de videira na parte inferior – enganam vários membros da tripulação do narrador. O segundo episódio vê o navio dos viajantes ser levado de roldão para o céu por um gigantesco redemoinho:

> Enquanto nossa embarcação estava pendurada no céu, o vento inflou suas velas e a impeliu para a frente. Durante sete dias e noites navegamos pelo ar e, no oitavo dia, avistamos, como uma ilha, um grande país no céu, brilhante, circular, irradiando luz (Luciano, *Alēthē Diēgēmata*, v. 1, p. 10).

Ao desembarcar nessa "ilha celeste", que, é evidente, trata-se da Lua, os viajantes são capturados por soldados que montam "cavalos-abutres" voadores de três cabeças e levados ao rei lunar, Endymion. Depois disso, acabam se envolvendo em uma guerra entre os povos da Lua e os povos do Sol. O rei Endymion mobiliza seus cavalos-abutres, uma tropa de pássaros vegetais, e recebe o reforço de aliados: "30 mil pulgas arqueiras e 50 mil atletas do vento*". O rei Féton, senhor do Sol, põe em campo sua anticavalaria ("enormes animais com asas, lembrando as formigas que temos, mas muito maiores") e mosquitos celestes. A guerra é ganha pelo Sol e um tratado de paz, assinado. Luciano detalha algumas das "coisas estranhas e maravilhosas" acerca da vida na Lua e depois segue com seu navio pelo céu e de novo pelo oceano (é significativo o fato de não avançar mais pelo espaço sideral; presumia-se que o Sol e a Lua estivessem dentro do alcance terrestre; viajar para mais longe traria o risco de impiedade). Quando ele toca de novo a água, estamos talvez a um quarto do caminho da *Alēthē Diēgēmata*; há ainda muitas aventuras estranhas pela frente.

Uma análise adequada desses dois textos precisa interpretá-los no contexto dos cerca de 80 títulos de Luciano, muitos dos quais detalham aventuras fantásticas, parodísticas ou extraordinárias, embora só esses dois incluam jornadas à Lua. Como sugere o resumo da *Alēthē Diēgēmata*, o interlúdio na Lua é apenas um episódio de uma obra peripatética maior. Voltando à Terra, os viajantes são devorados por uma enorme baleia e vivem dois anos dentro de sua barriga; visitam ilhas onde o leite flui como água; veem nações de homens que vivem na superfície do oceano sustentados por pés feitos de cortiça em vez de carne; passam uma temporada com mortos famosos na Ilha dos Bem-Aventurados; visitam a Ilha dos Sonhos e encontram marinheiros que navegam em carapaças de abóboras, além de outros que navegam de costas, com os pênis (presume-se que de tamanho considerável) eretos como mastros, dos quais é içada uma vela, e mantêm-se "segurando os testículos nas mãos" (Luciano, *Alēthēs Diēgēmata*, v. 2, p. 45). Este último detalhe em particular dá uma ideia do tom do conjunto: escandaloso, criativo, bizarro e muito engraçado. É também uma obra bastante intertextual, recheada de citações, alusões, pastiche e paródia de uma grande gama de outras – de Homero, passando por obras de filosofia, história e geografia gregas, até os romances fantásticos e populares do século I d.C. O título irônico indica os meios pelos quais o livro explora a exuberância zombeteira de mentiras e do hábito de mentir. Se quisermos determinar até onde podemos chamar *Alēthē Diēgēmata* de ficção científica, precisamos ter uma noção de como a falsidade inspira a

---

* Atiradores que voam. (N. do T.)

interação entre ciência e ficção. Isso talvez dê munição a quem afirma, como faz (entre muitos) John Griffiths, que "*História Verdadeira* de Luciano não se qualifica como ficção científica", porque "é levada, de forma um tanto deliberada, a ser ridícula e implausível para defender suas ideias" (Griffiths, p. 33). Mas podemos pelos menos sugerir que, para Luciano, uma visita à Lua não é uma possibilidade séria exatamente porque o conjunto da *Alēthē Diēgēmata* refuta o discurso da seriedade.

Muitos críticos, porém, acham válido falar da *Alēthē Diēgēmata* (para citar o título do estudo detalhado de Georgiadou e Larmour) como "A Novela de Ficção Científica de Luciano":

> O conhecimento científico nos campos de geografia, astronomia, zoologia e antropologia permeia a narrativa, mesmo que seja visível principalmente através da lente da paródia: o leitor recebe de modo contínuo informações sobre ilhas e rios; o Sol, a Lua e as estrelas; plantas, pássaros, peixes e animais; e costumes e aparência de outros seres (Georgiadou e Larmour, pp. 45-6).

Para outros críticos, a ficcionalidade científica da obra de Luciano reside menos no discurso-paródia da ciência e mais no vigoroso estranhamento cognitivo que ela realiza. Segundo Fredericks, Luciano é "como um moderno escritor de FC", pois "toma a ciência e outras disciplinas cognitivas que lhe estão disponíveis e concebe mundos alternativos que possam mexer com o intelecto dos leitores a ponto de deixá-los conscientes de como muitas de suas convicções normais sobre as coisas tinham como base clichês de pensamento e reações estereotipadas" (Fredericks, p. 54). Mas é provável ser mais exato descrever Luciano como um escritor alegórico ou mítico. Quando Menipo deixa a Lua para voar até o Céu, a própria Lua se dirige a ele como personificação de uma figura feminina. Pede a Menipo requerer a Zeus, em nome dela, que destrua os filósofos que "despejam fraudes surpreendentes" a seu respeito: "Alguns dizem que sou inabitada, outros que estou suspensa sobre o mar como um espelho, e outros, ainda, dizem qualquer coisa que lhes sugira a imaginação. Há pouco chegaram a declarar que minha luz é roubada e ilegal, vinda do sol". O que aborrece em particular essa divindade lunar é que ela vê esses mesmos filósofos cometendo feitos "vergonhosos, assustadores" durante a noite, "cometendo adultério, assaltos ou qualquer outra coisa mais pertinente ao período noturno [...]. Contudo, embora eu veja tudo isso, fico calada, não acho que seja adequado expor essas atividades noturnas [...]. Ponho meu manto de nuvem ao meu redor e escondo minha face para que as pessoas comuns não possam ver esses homens velhos atraindo vergonha a si mesmos e à virtude" (*Ikaromenippos*, pp. 20-1). Luciano tem simpatia pelo modelo mítico, não pelo científico. Mas a concepção da Lua como deusa que observa a Terra do céu, envolvendo-se em nuvens como em um manto, sem dúvida nada fica a dever à compreensão científica do cosmos no século II; de fato, tal compreensão (representada pelos "filósofos" que Luciano ataca com firmeza) é especificamente repudiada. Da mesma forma, em *Alēthē Diēgēmata*, a viagem à Lua encontra um mundo presidido pelo lendário Endymion (que, no mito, era amante mortal da divindade lunar). Luciano encontra harmonia e força imaginativa nos discursos religiosos, míticos, do cosmos, e só tende a ridicularizar os discursos filosóficos ou "científicos". Como dizem Georgiadou e Larmour:

> Na aventura lunar de [*Alēthē Diēgēmata*] e *Ikaromenippos*, o tema princi-pal é a discordância entre os *vários grupos de filósofos* [...]. Em *Alēthē Diēgēmata*, a disputa é apresentada como batalha literal entre forças fan-tásticas que, pelo menos em certo nível, representam as bizarras noções e teorias dos filósofos, ou os próprios filósofos em discussão (Georgiadou e Larmour, p. 16).

Seria mais exato considerar Luciano antes como anti-FC que como pro-to-FC; mas anti-FC envolve, ainda assim, um compromisso com os termos da FC. A FC antiga, em outras palavras, não é uma linguagem definida ou pura; situa-se, de um lado, entre a especulação científica e as *voyages imaginaires*, e, de outro, entre estas e a fábula concebida em termos religiosos.

Conclusão

Há uma ironia curiosa na crença tradicional de que Luciano é o primeiro au-tor de ficção científica. De fato, ele aparece no final, e não no começo de uma vigorosa tradição de jornadas fantásticas rumo ao céu e aos planetas no mun-do clássico. As diversas brechas em nosso registro da literatura antiga faz com que aquilo que foi, com toda a probabilidade, um gênero mais ou menos contínuo de histórias de aventuras imaginativas e especulativas surja de modo parcial e fragmentado do ponto de vista cronológico. Os textos perdidos en-tre as engenhosas fantasias da comédia ática no século V a.C. e os especulati-vos romances científicos do século V d.C. passam uma ideia enganosa de descontinuidade; mas o intervalo que se segue, quando a cultura helenística e romana entra em colapso no que os historiadores ainda chamam Idade Média, é muito real. Durante mais de mil anos, a FC ficou suspensa como manifestação literária. Seu desaparecimento esteve relacionado, de forma muito óbvia, ao colapso mais geral da cultura literária e da própria alfabetização. Mas o atraso em seu ressurgimento nos apresenta um problema mais interessante. Uma variada e rica tradição literária reaparece cedo na cultura medieval, mas foi só muitas centenas de anos depois que a ficção científica voltou a ser escrita. As razões desse hiato são discutidas no capítulo seguinte.

Referências

Antonius Diogenes. The Wonders Beyond Thule. *In:* Photius, *βιβλιοθήκη*, org. e trad. René Henry, 11 vols. Paris: Société d'Édition "Les Belles Lettres", 1960); Antoine Diogène, *Les merveilles incroyables d'au delà de Thule*, 2: 108b-111b.

Aristophanes. *In: Comoediae*, orgs. F. W. Hall e W. M. Geldart. Oxford: Clarendon Press, 1900.

Cicero, Marcus Tullius. Somnium Scipionis. *In: On Friendship and The Dream of Scipio*, org. J. G. F. Powell. Warminster: Aris and Phillips, 1990, pp. 136-46.

Doody, Margaret Anne. *The True Story of the Novel.* New Brunswick, NJ: Rutgers University Press, 1996.

Euripides. *In: Selected Fragmentary Plays*, org. C. Collard, M. J. Cropp e K. H. Lee, 2 vols. Warminster: Aris and Phillips, 1995.

Farrington, Benjamin. *Greek Science*, 2 vols. Harmondsworth: Penguin, 1944.

Fredericks, S. C. Lucian's *True History* as SF, *Science Fiction Studies* 3, 1976, pp. 49-60.

Georgiadou, Aristoula e David H. J. Larmour. *Lucian's Science Fiction Novel True Histories: Interpretation and Commentary.* Leiden: Brill, 1998.

Griffiths, John. *Three Tomorrows: American, British and Soviet Science Fiction.* Londres: Macmillan, 1980.

Hammond, N. G. L. e H. H. Scullard. *The Oxford Classical Dictionary*, 2ª ed. Oxford: Clarendon, 1970.

Lucian. *Works*, trad. A. M. Harmon, 8 vols. Londres e Nova York: Heinemann-Macmillan "Loeb Classical Library", 1913-1967; "A True Story" 1: 247-357, "Icaromennipus, or the Sky-Man" 2: pp. 267-323.

Jones, C. P. *Culture and Society in Lucian.* Cambridge, MA: Harvard University Press, 1986.

Photius. *βιβλιοθήκη*, org. e trad. René Henry, 4 vols. Paris: Société d'Édition "Les Belles Lettres", 1960; "Antoine Diogène, *Les merveilles incroyables d'au delà de Thule*", 2: 108b-111b.

Plutarch. *Moralia*, trad. Harold Cherniss e William C. Helmbold, 15 vols. Londres e Nova York: Heinemann-Macmillan "Loeb Classical Library", 1913-69; "On the Sign of Socrates" 7: 361-509, "Concerning the Face which Appears in the Orb of the Moon" 12:1-223.

Russell, D. A. *Plutarch.* Londres: Duckworth, 1973.

Swanson, R. A. The True, the False, and the Truly False: Lucian's Philosophical Science Fiction. *In: Science Fiction Studies* 3 (1976), pp. 228-39.

CAPÍTULO 3

Do Romance Medieval à Utopia do Século XVI

xistiu, então, um vigoroso tipo de ficção científica no mundo clássico. O grosso da presente obra investiga o florescimento da FC do início do século XVII para a frente, impelido pelos ímpetos geminados da Reforma protestante e do Renascimento do aprendizado e da cultura que lhe estava associado. Isso nos faz lidar com um hiato muito significativo – de mais ou menos 1200 anos – e o leitor é levado a se perguntar: o que aconteceu à FC de cerca de 400 d.C. até o início do século XVII?

Não houve por certo escassez de contos e romances fantásticos durante esses doze séculos. Muitas viagens fantásticas foram narradas. A maior parte delas são buscas e aventuras limitadas a uma arena de época, terrena, embora alguns autores detalhassem expedições para longe da Terra utilizando uma linguagem inteiramente religiosa, teológica e sobrenatural. Dessas, o exemplo mais proeminente é o épico *A Divina Comédia* (*Divina Commedia*) do poeta italiano Dante Alighieri, escrito, é bem provável, entre 1307 e a morte do poeta, em 1321. Na primeira parte desse poema repleto de devoção católica, *Inferno*, o narrador viaja pelo Inferno, concebido em âmbito geográfico como um mundo dentro da Terra (oca). A segunda parte, *Purgatório* (*Purgatorio*), traça uma jornada por uma montanha imponderavelmente elevada nos antípodas; e, na terceira, *Paraíso* (*Paradiso*), a viagem é pelo sistema solar. Mas cada linha desse poema muito influente é inspirada por um profundo propósito espiritual e teológico. Em um sentido profundo, o universo de Dante não é material, mas sacramental, conectado em todos os pontos com a Graça de Deus.

Há mais que um mero instinto classificatório em ação quando se excluem essas obras religiosas da história da ficção científica. Tome-se, por exemplo, o Grupo Katherine, um conjunto de obras em prosa do *Middle-English* compostas por volta de 1200 d.C. e que contam a vida de várias mulheres santas com fins devocionais e religiosos. Alexandra Barratt observa, acerca de uma dessas lendas em prosa (*Katherine of Alexandria* [Catarina de Alexandria]), ser "uma história alegre com muitos elementos de contos de fadas e romance":

> [...] uma catedral magnífica aparece e desaparece; portas se abrem sozinhas; um ermitão idoso, com cabelos muito longos, materializa-se de forma misteriosa na cela de Katherine; um fantasma toma o lugar dela em Alexandria enquanto ela assiste a uma missa nupcial mística no deserto; seu corpo martirizado é transportado por anjos para o Monte Sinai (Barratt, p. 234).

Essas ocorrências extraordinárias podem ser imaginadas como *novums* suvinianos e, portanto, como abordagem do "estranhamento cognitivo" da FC; e, de fato, equivalentes podem ser encontrados na FC canônica (as portas se abrindo sozinhas e o misterioso dispositivo de materialização em *Jornada nas Estrelas*, a réplica "fantasmática" de Maria no filme *Metropolis* e assim por diante). Mas, de modo crucial, esses eventos maravilhosos, como irupções miraculosas e não materiais no mundo concreto, não são *novums* no sentido suviniano.

Havia também uma extensa e vigorosa tradição de romance secular durante o período 400-1600, mas até mesmo nessa linguagem não miraculosa a religião moldava a literatura inventiva. Como salienta Margaret Ann Doody: "a grande mudança religiosa no Ocidente, visto que o cristianismo se implantava no centro ético da vida de milhões de homens e mulheres, e o comandava, com certeza teve um grande e vigoroso efeito permanente sobre a literatura, incluindo a ficção narrativa" (Doody, p. 181). Ela passa a citar Jean Bodel de Arras, um poeta francês do século XII, cuja declaração foi:

> *Ne sont que trois matières à nul homme attendant*
> *De France, et de Bretaigne e de Rome la grant.*
> [Só existem três matérias de que um homem pode tratar/As matérias da França, da Grã-Bretanha e de Roma.]

Por matéria, Bodel se referia a um conjunto de histórias e mitos que forneciam tópicos apropriados para o romance medieval. A matéria da França dizia respeito a histórias do imperador Carlos Magno, ao grande cavaleiro Rolando e vultos associados; a matéria da Grã-Bretanha era a lenda do rei Artur e seus cavaleiros. Ambas as matérias inspiravam romances centrados na cavalaria, que, embora contivessem muitos elementos mágicos e sobrenaturais, tinham muito pouco a ver com FC. A matéria de Roma abrangia tudo,

80

desde os mitos de Troia até os césares romanos, tendendo a ser abordada em textos medievais (como o *Roman de Troie*, em 1160, de Benoît de Sainte-Maure) à maneira cavalheiresca dos contos arturianos e dos que giravam em torno de Carlos Magno. Além dessas obras poéticas mais elevadas, a cultura medieval europeia produziu um grande número de narrativas cômicas mais curtas (conhecidas como *fabliaux*) e muitas histórias que eram de procedência e circulação oral e, em função disso, sobreviveram apenas de forma precária até os dias de hoje (como as histórias de Robin Hood, o fora da lei). Tudo isso deve, por sua vez, ser colocado em um contexto cultural em que a maioria dos livros produzidos, em uma era pré-impressão, eram devocionais e práticos. Quando um proprietário de terras anônimo da Ásia Menor morre em 1059 e doa sua biblioteca a um monastério, o material nos dá uma ideia do leque de tópicos sobre os quais versavam os livros do período: 57 bíblias, liturgias ou obras patrísticas; 5 vidas de santos; e 17 obras seculares, entre elas um livro sobre interpretação de sonhos, uma edição das fábulas de Esopo e uma única e solitária novela grega.

Em outras palavras, a literatura do final da Idade Média à Renascença consistia de textos ainda explicitamente religiosos ou romances de cavalaria com inspiração religiosa. Surge, como Doody observa, antes a forma de poesia que a de prosa: "os escritores da Idade Média, do século X ao XIV, tendem a produzir a maior parte da ficção em versos". Os estudiosos não chegaram a um consenso sobre uma explicação simples para isto, embora "possamos supor que a narrativa em prosa quase desapareceu" nesse período, "porque a vida urbana é essencial para a produção de novelas" (Doody, p. 183).

É evidente que a literatura não deixou de ser religiosa em 1600. Sob muitos aspectos, continua sendo religiosa no século XXI, na FC assim como em qualquer outro lugar. Porém, só no século XVII, uma mudança crucial de ênfase conceitual abriu possibilidades para a ficção científica, ou, de modo mais apropriado, tecnológica. O romance medieval era terreno. Além do universo, na significativa expressão de Ladina Bezzola Lambert, havia um "cosmos finito e geocêntrico [...] em grande parte um amálgama da filosofia (neo) platônica com a cosmologia aristotélica e a teologia cristã. Sua característica mais evidente era a distinção entre um reino terrestre oposto a um metafísico-transcendental nos céus". Acreditava-se que o reino celeste "consistisse de uma essência tão pura e superior que desafiava de forma radical qualquer comparação com a matéria terrestre" (Lambert, p. 2). Como acontecia com a novela grega, a trasladação para os céus era antes o translado para um reino divino que para um reino material, mas, ao contrário dos gregos, as expedições interplanetárias medievais partilhavam uma unidade monoteísta anexada a uma autoridade religiosa totalitária, que negava as possibilidades imaginativas que a FC requer. Essa cultura pode produzir um Dante, mas não um Asimov.

Um exemplo é a viagem à Lua (às vezes citada pelos críticos como ponto de origem da FC) que pode ser encontrada no romance épico *Orlando Furioso* (1532), do poeta italiano Ludovico Ariosto. Esse poema relata as aventuras do grande cavaleiro Orlando, súdito de Carlos Magno (e, portanto, parte da matéria da França), que perde o juízo e corre nu pela floresta, destruindo tudo o que encontra. Como o reino de Carlos Magno está sob ameaça dos sarracenos, é indispensável que Orlando, o maior guerreiro da França, seja curado. Para levar isso a cabo, o cavaleiro inglês Astolfo monta no lombo de um hipogrifo, uma fabulosa criatura alada, e voa primeiro para o paraíso terrestre, no topo de uma alta montanha, onde encontra João, o Evangelista. De lá São João acompanha Astolfo em um voo para a Lua – pois é para a Lua que vão todas as coisas perdidas na Terra, como o juízo de Orlando. Para ser mais exato, as coisas perdidas na Terra reaparecem na Lua de forma metafórica: a poesia elaborada para bajular grandes senhores aparece como grilos saltadores; ações de caridade que chegam tarde demais aparecem como uma sopa derramada; a beleza perdida pelas damas que envelhecem, como uma multidão de armadilhas cobertas com excremento de pássaros e assim por diante. Tendo São João para interpretar, Astolfo toma consciência do verdadeiro significado de toda sorte de trastes que encontra na Lua. Juízos perdidos, como o de Roland, tomam a forma de garrafas cheias de um delicioso licor trazendo o nome de seus antigos donos. Astolfo recupera o juízo de Orlando e volta à Terra. Como uma das principais estratégias da FC é literalizar metáforas, pode parecer que a Lua de Ariosto é um lugar caracteristicamente científico-ficcional. Mas não há nada sistemático em torno da literalização imaginativa das metáforas de Ariosto. Existem no texto por razões puramente locais (neste caso, razões de sátira e verossimilhança). Se um poeta arrojado quisesse reescrever esse poema, construindo seu mundo ao redor de uma estratégia pela qual a consciência humana pudesse ser liquefeita e ser transportada para a Lua, ele se pareceria mais com FC, em particular se o poema explorasse as consequências para a sociedade como um todo de uma tecnologia tão bizarra.

O épico de Ariosto, no entanto, está na vertente de alguma coisa, começando a se distanciar da magia mais óbvia do romance medieval e a se aproximar dos tipos de fabulação estrutural que surgiam no século XVII. Quando Astolfo se aproxima pela primeira vez da Lua, ela lhe parece "*come un acciar che non ha macchia alcuna*" [como lâmina polida sem nenhuma mancha], Ariosto, 34:70), mas ao voar mais perto, ele repara que a Lua tem uma paisagem como a da Terra, com "*altro fiumi, altri laghi, altre campagne*

[...] *c'han le cittadi, hanno I castelli suoi"* [outros rios, outros lagos, outros campos [...] eles têm suas cidades, seus castelos], Ariosto, 34:72). Como Constance Lambert observa, essa dupla apreensão reflete as "duas leituras simbólicas diametralmente opostas, embora igualmente correntes, da Lua": um símbolo de pureza associado à Virgem Maria, e um símbolo de corrupção e inconstância (Lambert, p. 24n). De fato, essa ambiguidade simbólica se reflete com precisão no *status* da Lua: uma linha divisória entre o mundo sublunar corruptível, material, e o puro, eterno, divino reino celestial acima. Astolfo não viaja efetivamente para outro astro: faz uma jornada (com sanção divina e sob a supervisão de São João) rumo ao limiar do reino material. Apesar das semelhanças com as expedições lunares do século XVII, Ariosto não dá início a uma nova forma de ficção científica em *Orlando Furioso*. Na realidade, aceita o Homem material tanto quanto lhe é permitido dentro dos constrangimentos teológicos do cosmos pré-copernicano. A FC não pode ocorrer nesse lugar.

Sem dúvida, não é preciso se deduzir daí que a separação entre ciência e magia informe nítida e diretamente qualquer distinção entre FC e Fantasia. Muito da ficção científica lança sobre sua ciência especulativa uma nuvem de desconhecimento que a torna mágica em termos funcionais. Por exemplo, quando o quarto filme de *Star Wars*, de George Lucas – o ainda sem força total *A Ameaça Fantasma* (*The Phanton Menace*), de 1999 –, introduziu sob a rubrica dos "Midi-chlorians" uma explicação quase científica para os poderes mágicos possuídos por seus cavaleiros-magos Jedi, a "explicação" foi bastante ridicularizada. Com razão. Os Midi-chlorians são uma bobagem, nada acrescentando aos mundos imaginados dos filmes em termos de vigor ou eloquência, embora diluam a sublimidade "da Força", transformando-a apenas numa forma de energia inteligente que é percebida pela senciência de seres microscópicos dentro das células dos seres vivos. Como afirmou o capítulo de abertura, o gênero só alcança uma estrita plausibilidade científica naquela subcultura conhecida como FC *hard*. A maior parte da FC assume uma atitude mais liberal, permissiva com suas extrapolações. Dito isso, a ficção científica acompanha a ciência ao tratar seus mundos como fundamentalmente materiais, fundamentalmente manejáveis e fundamentalmente diversos – isto é, como objetivos para a subjetividade do indivíduo. O cosmos de Dante é formado por diferentes lógicas, sendo fundamentalmente espiritual e divino, fundamentalmente fixado (no caso dele pela Lei e o Amor de Deus) e, em um sentido subjetivo fundamental, uma verdadeira exteriorização das energias e transgressões da alma. Como é sempre localizada e lida com intensidades, a subjetividade humana resiste aos tipos de sistematização em grande escala que têm caracterizado a ciência. Poderíamos acrescentar que, para muita gente, é precisamente esse fato que desvaloriza a ciência ou, pelo menos, leva a uma sensação mais ampla de que tem havido alienação entre ciência e humanidades.

Utopias do Século XVI

Uma forma de extrapolação imaginativa importante para o desenvolvimento da ficção científica é a escrita utópica. Essas histórias de sociedades ideais tiram seu nome, é claro, de *sir* Thomas More, cuja *Utopia* foi publicada em latim, em 1516. Esse pequeno livro relata uma excursão a uma ilha imaginária chamada Utopia (o nome é um trocadilho em três níveis, sugerindo *ou-topos* ou "em lugar nenhum", *eu-topos* ou "um bom-lugar" e *u-topos* ou "terra em forma de U", que descreve a disposição geográfica da ilha imaginária de More). A sociedade em Utopia é organizada conforme parâmetros mais aperfeiçoados: os bens são possuídos em comum; a instrução é generalizada; a população é bem organizada, produtiva e feliz; e assim por diante. Esta *História* trata a utopia como uma modalidade de ficção científica, uma posição com a qual muitos críticos, talvez a maioria deles, não concordariam. Darko Suvin, por exemplo, define utopia como "a construção de uma comunidade particular onde instituições sociopolíticas, normas e relacionamentos entre pessoas são organizados de acordo com um princípio radicalmente diferente que na comunidade do autor". Ele só considera a utopia ficção científica quando "não está baseada em essência no sociopolítico, mas em outros princípios, digamos biológicos ou geológicos, radicalmente diferentes" (embora ele admita que "a compreensão de que a sociopolítica não pode mudar sem que todos os outros aspectos da vida também mudem levou a FC a se tornar o local privilegiado da ficção utópica no século XX" (Suvin, p. 383). Raymond Williams identifica quatro modos de escrita utópica: paraíso; mundo externamente alterado ("em que uma nova espécie de vida foi tornada possível por um descaso pelo evento natural"); transformação desejada; e transformação tecnológica. Contudo, a despeito do que ele chamou "íntimas e evidentes conexões entre ficção científica e ficção utópica", nenhuma é o que ele chama "um modo simples". Na verdade, ele pensa que "as relações entre elas são excepcionalmente complexas" (Williams, p. 196). Sua intenção é distinguir uma "simplicidade cooperativa" moreana de um (como ele interpreta) "domínio da natureza" baconiano, mais propriamente científico-ficcional. Na verdade, ele diz que "poderíamos escrever uma história do moderno pensamento socialista em termos de alternância entre esses dois modos".

O que faz o "bom-lugar" de More parecer atraente está se preparando para voltar *à novela*. Como sublinha Peter Ackroyd, os utópicos de More, além de seus vários melhoramentos na prática social, também "encorajam a eutanásia, aceitam o divórcio e abrigam uma multiplicidade de crenças religiosas – condutas que eram consideradas péssimas pelo próprio More e pela Europa católica". Ackroyd por certo tem razão ao argumentar que esses "erros" são uma função do fato de os utópicos de More "não terem recebido, durante toda a sua história de 1760 anos, as verdades da lei divina [...]. [Utopia], afinal, pode não ser uma comunidade ideal, mas um modelo de lei natural e razão natural levado a seu extremo antinatural" (Ackroyd, pp. 168-69). Em todos os pontos do texto essa terra imaginária é vinculada de forma dêitica ao próprio país de More e às crenças católicas sustentadas com devoção por More. As dimensões dessa terra são as mesmas que as da Inglaterra, com o mesmo número de cidades-Estados quanto a Inglaterra tem de condados. A cidade principal de Utopia, Amaurotum, tem o mesmo tamanho que a cidade de Londres, com um rio central de maré, como o Tâmisa, uma grande ponte de pedra como a Ponte de Londres e muitos outros pequenos pontos de identificação. Trata-se, em suma, de Londres redesenhada pela imaginação visionária do autor" (Ackroyd, p. 167). Mas o didatismo dessa imaginação visionária é informado em todos os pontos por um catolicismo tradicional; Utopia é um modelo de sociedade bastante restritivo, autoritário.

Um meio de articular a diferença entre utopia e ficção científica como modo poderia ser dizermos que a primeira tem sua origem na obra estática, católica, de More, e a segunda na *voyage extraordinaire*, móvel e protestante, do *Somnium* (1634), de Kepler, discutido no capítulo seguinte. Há uma viagem para a *Utopia* de More (1516), mas o essencial do livro é notavelmente enraizado e caseiro. Os próprios utópicos não são viajantes ou exploradores (têm de obter uma licença até mesmo para visitar uma das cidades utópicas) e, nas palavras de Tony Davies, "o que é interessante" sobre o livro "é como tudo isso parece não futurista, uma comunidade pacífica, igualitária, combinando uma simplicidade monástica de vida com a imaginada tranquilidade de uma era dourada há muito esquecida" (Davies, p. 73).

Não obstante, o presente estudo reserva um lugar importante para a novela de More e seus imitadores na história da ficção científica. O importante na *Utopia* de More não é que ela imagine um mundo melhor. A literatura, a cultura e o discurso humano cotidiano vêm imaginando mundos melhores há milhares de anos – uma colheita melhor, caça melhor, maior glória em batalha. O que torna More diferente é que ele tentou imaginar uma sociedade melhor de forma sistemática; é ter abordado a pergunta "como as coisas podem melhorar?" por uma, para usar a expressão anacrônica, construção de mundo. Não basta que este ou aquele elemento individual seja melhor. Toda a estrutura da sociedade deve ser reimaginada. Embora isso manifeste uma lógica muito diferente do iconicismo particular que trata a FC como definida por seus *novums* individuais, a importância desse raciocínio para a ficção científica dificilmente poderia ser exagerada.

Nem todas as utopias escritas durante o século XVI seguiram essa lógica sistematizante de forma tão completa quanto a de More. O estudioso humanista Ortensio Lando traduziu o livro de More para o italiano e publicou sua própria obra como *Anonimo di Utopia* [Um Utópico Anônimo]. A fantasia utópica *A Cidade Feliz* (*La Città Felice*) (1553) do estudioso veneziano Francesco Patrizi da Cherso deve muito a More, embora seja menos uma ficção que uma proposta direta – na verdade, um manifesto. O resultado, embora muito desinteressante, é sem dúvida metódico.

Um meio mais seguro de esclarecer o assunto seria dizer que, quando começou a se desenvolver como modalidade de escrita em fins do século XVI e (em particular) durante o século XVII, a utopia influenciou, numa fertilização cruzada, sob aspectos importantes, a tradição em desenvolvimento da FC. Por certo, na medida em que permitiam aos pensadores ultrapassar os impedimentos imaginativos aplicados pela Igreja Católica, as utopias proporcionavam possibilidades conceituais similares às da ficção científica propriamente dita. O estudioso e clérigo inglês John Case escreveu vários comentários, de estilo convencional, sobre Aristóteles; mas com relação a seu comentário sobre a *Política*, de Aristóteles, *Sphaera Civitatis* (1588), Case o apresenta de modo explícito como um exercício de escrita utópica: explorando *ideas in animo cum Platone, eutopias cum Moro* [formação de ideias com Platão, utopias com More]. Na verdade, Case se esforça para separar coisas "não factuais" de impossibilidades. As últimas marcam os limites divinos estabelecidos para a indagação humana; as primeiras são cartografias de fracasso moral necessárias para ajudar os homens a viajar em trilhas melhores. Tratando da acusação de que escrever utopias era extravagante ao nível da blasfêmia, diz:

> *Platonum, Morum, Aristotelem de optima republica philosophantes audio, et quamviseas describant civitates quae non apparent, inanis tamen non est eorum disputatio. Nam si attentius rem considderes, causa cur non appareant non est in defectu virtutis, sed in appetitu hominis, qui magis affectum quam mentem et rationem sequitur. Impossibile ergo dicitur duobus modis, aut absolute quod fi eri non potest, exempli causa ut Deus seipsum neget, aut comparate, quod fi eri quidem potest, actu tamen non fit, verbi gratia ut homines solum ad nutum virtutis viverent suasque civitates secundum normam rectae rationis gubernarent. Haec inquam non fiunt, non*

quod fieri non possint, sed quod mortales appetitus magis quam intellectus, affectus magis quam virtutis.
[Quando Platão, More e Aristóteles filosofam sobre a melhor república... eu escuto; pois embora as cidades que descrevem não existam, eles por certo não estão perdendo tempo. Basta examinar com cuidado o assunto: a causa dessa não existência não reside em um fracasso da virtude, mas sim nos apetites dos homens, movidos antes pela emoção que pelo intelecto e a racionalidade. O impossível, portanto, pode ser descrito por uma dentre duas maneiras: uma coisa é absolutamente impossível porque não pode acontecer (por exemplo: Deus negando a Si Mesmo) ou é relativamente impossível, quando descreve algo que pode de fato acontecer, mas agora não o faz (por exemplo: os homens vivendo segundo as leis da virtude e governando sua comunidade segundo os princípios da justa razão). Essas últimas coisas, digo eu, deixam de acontecer não porque não possam acontecer, mas porque homens mortais são antes escravos de suas paixões que da virtude e governam pelo desejo em vez do intelecto] (Case, p. 326).

Isso abre, quase como uma questão de imperativo moral, o espaço vital para a especulação que, por sua vez, se alimenta do ramo principal da ficção científica.

De modo algum todos os peritos concordam com tal licença imaginativa. *Mundi Catholica* [Mundo Católico] (1580), de Franz Hildesheim, adverte que *hinc conspicatus eutopiae fines corda gravi* [tal corrida atrás de eutopias leva apenas a sobrecarregar o coração]. O católico alemão Kaspar Stiblin tentou em seus *Commentariolus de eudaemonensium republica* (1555) imaginar a utopia como, na realidade, um papado idealizado. Nem foi a pressão sobre a ortodoxia toda de um lado. Em seu antipapal *Pappus Elenchomenos* [O Papa Repreendido] (1581), Johann Sturm declara que, sem a ajuda de "Lutero e Zwinglio" *ego adhuc superstes improbo* [ele estaria em maus lençóis], não importa onde estivesse domiciliado, *sive in Europa, sive in Eutopia, sive in Utopia* [fosse na Europa, na Eutopia ou Utopia] (Sturm, p. 113). Esse deslocamento de um continente real, através de um "lugar ideal," para o pleno More, como os degraus num jogo verbal de uma escada de palavras, indica que os riscos envolviam um *continuum* tácito do mundo real para o sistematicamente imaginado ideal.

Em parte por essa razão, a liberdade intelectual e originalidade da escrita utópica tenderam a alinhar esse modo com os discursos radicais e protestantes do século XVI. Só alguns anos após o texto original (católico) de More, o pregador e agitador protestante alemão Johann Eberlin von Günzburghas publicou sua *Wolfaria* (1521), uma utopia detalhada e luterana em particular.

Divulging Utopia: Radical Humanism in Sixteenth-century English [Divulgando Utopia: Humanismo Radical em Inglês do Século XVI] (1999), de Daniel Weil Baker, investiga em detalhe a relação entre pensamento utópico e radicalismo político. Em obras como *A Pleasant Dialogue between a Lady called Listra and a Pilgrim, Concerning the gouernment and common weale of the great prouince of Crangalor* [Um Diálogo Agradável entre uma Senhora chamada Listra e um Peregrino, relativo ao governo e bem-estar comum da grande província de Crangalor] (1579), de Thomas Nicholls, e *Sivqila, Too Good to be True* [Sivqila, Bom Demais para ser Verdade] (1580), de Thomas Lupton, o protestantismo se torna o padrão para a melhoria social nas terras ideais das obras (ver Houston, pp. 41-60).

O clérigo italiano Tommaso Campanella (1568-1639) escreveu sua utopia, *A Cidade do Sol* (*La Cittá del Sole*) (1602), publicando-a mais tarde em latim como *Civitas Solis* (1623). Embora fosse um frade dominicano e um teólogo, Campanella era um pensador demasiado original para a ortodoxia católica e passou a maior parte da vida adulta na prisão, acusado de heresia. Seu reino utópico é uma cidade ideal, construída com sete muralhas circulares concêntricas, governada por um rei-filósofo benevolente chamado Hoh, que é também sumo sacerdote. Como na Utopia de More, a propriedade é mantida em comum, embora a visão de Campanella seja mais inventiva em termos tecnológicos: carrinhos terrestres impulsionados por grandes velas, navios com autopropulsão e máquinas voadoras são mencionados de passagem; elementos de ciência e cultura são escritos nos muros para edificação pública. Na verdade, a harmonia utópica é tão avançada que ninguém entre a população sofre de catarro ou solta gases.

Mark Riley chama *Civitas Solis* de "modelo de um terrível Estado totalitário", "uma bizarra combinação de astrologia, tecnologia e futurologia" e (o que é pior) "escrito em latim ruim" (Riley, p. 188). Isso é talvez injusto, pois a novela está muito mais interessada em fazer metáforas com a individualidade que em prever uma autocracia futura. Como o de More, o latim de Campanella contém um jogo de palavras (isto é mais óbvio no título italiano original); sua cidade é ao mesmo tempo *Solis*, do Sol, e *Solus*, do eu; o modelo circular nela inscrito transforma-a na figura perfeita para representar o emergente sujeito burguês, centrado num ego-razão e em perfeita harmonia consigo mesmo. E aqui há mais alguma coisa: a tensão entre modelos mais antigos de estase sociopolítica e ordem e modelos mais novos de mobilidade e liberdade, que por sua vez se alimentam de pequenas visões conservadoras de fantasia heroica por um lado e, por outro, de visões mais radicais de ficção científica com a *voyage extraordinaire*.

O círculo é também inclusivo e isso por sua vez fala ao modo de sistematização em que a utopia investe. Como qualquer outra coisa, essa é uma questão formal. Do início ao fim deste século, a forma mais popular de texto utópico foi o colóquio. Com extrema frequência, um viajante retorna da terra ideal e se envolve numa conversa com um ou mais interlocutores sobre suas descobertas. Nas palavras de Timothy Hampton, "enquanto a epopeia favorece uma ideologia de conquista, o colóquio promove a inclusão da comunidade cristã e o discurso utópico fornece uma teologia que é também uma política" (Hampton, p. 74). Ele podia ter acrescentado: a política teológica desse espaço, ao abrir-se para o *novum* da alteridade social, foi profundamente corrosiva das antigas devoções ortodoxas.

A Sistematização e o Material: Ciência do Século XVI

Autorizando o envolvimento imaginativo com a alteridade, a imaginação utópica está conectada com ambos os contextos, social e religioso, da Reforma e com as novas lógicas da ciência. Foi reagindo contra os pressupostos inerciais do pensamento aristotélico que uma nova ciência passou a existir e foi essa nova ciência que, por sua vez, determinou o novo tipo de ficção baseada nela. Isso parece quase tautológico, posto dessa maneira, mas resolve-se num surpreendente conjunto de particularidades. Estou tentando aqui chegar a um esboço do fundamento social e cultural do qual a ficção científica ia emergir no século XVII, construída com as possibilidades especulativas da nova ciência, a nova *technê* e a lógica estética sistemática da escrita utópica. A escrita utópica, a práxis política e o modo emergente da FC se conectam intimamente com o humanismo. O humanismo, na verdade, fornece uma das respostas à questão colocada no primeiro parágrafo deste capítulo – se não explicando por que a FC caiu em desuso cultural durante um milênio e meio, pelo menos explicando uma das razões pelas quais ela "voltou" em determinado momento. Não importa o que mais tenha sido (e ele continua sendo uma das noções mais complexas e contestadas da história cultural), o humanismo foi uma tentativa de reconexão com o passado clássico.

> O termo "humanismo" é uma leitura do século XIX da atitude expressa por homens que, como parte da Renascença italiana, pareciam centralizar seu pensamento na dignidade do homem e em sua posição privilegiada no mundo. Mas na realidade os primeiros humanistas não tinham uma determinada filosofia ou atitude coerentes com relação à vida. O que lhes dava uma aparência de unidade era seu entusiasmo pela redescoberta dos clássicos latinos e gregos (Koenigsberger *et al.*, p. 145).

O tipo de narrativa fantástica discutido no segundo capítulo representava apenas uma pequena parte desse projeto "humanista" mais amplo; mas foi parte de tudo isso e uma parte – como, por exemplo, com o envolvimento de Erasmo com Luciano – que teve consequências diretas para a cultura literária europeia. E embora estivesse sempre entrelaçado com o discurso religioso da Reforma, David Norbrook argumentou que o humanismo se afastou cada vez mais do protestantismo e, de fato, da religião organizada como um todo, encaminhando-se para o estabelecimento do que ele chama uma "visão de mundo secular e individualista", que antecipa os desdobramentos do Iluminismo (Norbrook, p. 23). Nesse sentido, e apesar da hostilidade de muitos humanistas com relação às ciências mais novas, ele pavimenta o caminho para a ficção científica. Há de fato um sentido em que podemos descrever a FC como um humanismo.

Ao mesmo tempo, a ciência do século XVI visou pela primeira vez uma lógica de sistematização materialista, antes que espiritual e aristotélica. Uma figura chave aqui é um protestante francês, Pierre de la Ramée (1515-1572), mais conhecido por seu nome latino Petrus Ramus, um humanista e sistematizador de muita influência. Hoje ele é tão contestado quanto celebrado. Walter Ong caracterizou seu conhecimento "metodologicamente" humano como "a obra amadorista de um homem desesperado que não é um pensador, mas apenas um pedagogo erudito" (Ong, p. 80; para uma avaliação mais simpática do ramismo, ver Wilson e Reid). Não obstante, o ramismo, o movimento inspirado por seu ensinamento, varreu a Europa e a tentativa de estruturar o conhecimento de forma sistemática representa um componente vital da vindoura lógica estética da FC. Ong também conecta o ramismo com uma contribuição muito mais duradoura para a ciência – Copérnico. O ramista destaca que método e sistematização, combinados com o que Ong chama "a maré visualista correndo forte" (algo a que teremos motivo para retornar), impulsionaram "uma mudança importante... em toda a noção de espaço, sinalizada, senão provocada, pela publicação de *As Revoluções dos Orbes Celestes* (*De revolutionibus orbium coelestium*), de Nicolau Copérnico".

Nikolaj Koppernik (em geral mencionado por seu nome latinizado, Nicolau Copérnico) foi um clérigo e astrônomo do século XVI que viveu em Ermland, região que se encontra entre a Pomerânia e a Masúria, no nordeste da Polônia. Seu nome é associado em particular a uma revolução na cosmologia que, ao invalidar a autoridade científica da Igreja Católica, iria excercer o efeito mais profundo sobre o desenvolvimento do pensamento e, portanto necessariamente, sobre a ficção científica. Os que viviam no mundo medieval e se importavam com essas coisas acreditavam em um modelo do cosmos em geral chamado ptolomaico: um sistema solar centrado numa Terra estacionária, com o Sol, Lua, cinco planetas e uma esfera de estrelas fixas girando cotidianamente em volta de nosso mundo. O mundo medieval acreditava que esse modelo estava de acordo com as (poucas) menções do cosmos encontradas na Bíblia e ampliava o texto científico de Ptolomeu com o modelo geocêntrico, mais "espiritualizado", elaborado em *O Sonho de Cipião* (*Somnium Scipionis*), de Cícero (51 a.C.). As observações de Copérnico, no entanto, sugeriram-lhe que a Terra e outros planetas de fato giravam em torno do Sol. Católico devoto, ele relutou em publicar suas novas e revolucionárias teorias em seu próprio nome. Em função disso, um jovem seguidor chamado Georg Joachim von Lauchen, conhecido pela alcunha latina Rheticus, publicou um relato em primeira mão das teorias de Copérnico como As Revoluções dos Orbes Celestes em 1543. A intervenção de Rheticus não apenas levou as ideias copernicanas a uma audiência mais ampla, mas deslocou suas teorias do contexto católico para o contexto humanista e, na verdade, ramista – Dennis Danielson, por exemplo, desenvolve uma convincente argumentação sobre a existência de vínculos intelectuais entre Ramus, Rheticus e Copérnico (Danielson, pp. 153-70). É verdade que as teorias de Copérnico só se difundiram devagar, entravadas pela hostilidade da Igreja, o pequeno número de exemplares publicados do livro e a inércia das tradições escolásticas das pessoas instruídas. Ainda assim, no final do século XVI a maioria dos estudiosos, aceitassem ou rejeitassem a teoria, tinha conhecimento dela. A avaliação copernicana é um evento crucial no desenvolvimento (ou desdobramento) da ficção científica. Antes do novo mapa dos céus de Copérnico, qualquer viagem fantástica além da Terra dava-se sempre em um reino entendido como divino em vez de material e, portanto, dentro de um contexto teológico. Após Copérnico, o cosmos não apenas se expande de modo formidável em escala e como área de ação, mas se torna necessariamente materializado. Abre-se uma clivagem entre as narrativas cosmológicas de ciência e religião. À tautologia de que a ficção científica moderna só é possível quando a ciência moderna foi estabelecida, podemos acrescentar esta observação mais precisa: a ficção científica moderna é *a fortiori* pós-copernicana.

No final do século XVI ainda não chegamos a um ponto em que possamos identificar a ficção científica em qualquer sentido significativo. Mas em um sentido europeu, as bases das quais a ficção científica brotaria no século XVII tinham sido inteiramente lançadas: o modelo católico e (em um sentido forte) mágico do cosmos fora desafiado; o ramismo, por mais decrépito que estivesse no que tinha de específico, havia criado um clima intelectual hospitaleiro à metodização e sistematização materialistas; Copérnico (filtrando-se lentamente pelo ambiente intelectual do século) havia redefinido por completo o lugar do homem no cosmos e, ao fazê-lo, tinha expandido de maneira prodigiosa a escala espacial do cosmos – seguir-se-ia uma expansão temporal similar, embora não durante mais de duzentos anos. E a escrita de um novo tipo de novela utópica, baseada na elaboração sistemática da alteridade social, forneceu um dos dois protótipos fundamentais para as novelas de ficção científica que iriam se seguir.

O outro protótipo fundamental era também uma função da nova lógica tecnológica e imperial. O século XVI foi o início do que podemos chamar, com um viés eurocêntrico, a era da exploração. Novas tecnologias e um espírito náutico, informado menos pela curiosidade geográfica que pela ambição de riqueza e conquista, inspiraram os europeus a cruzar os grandes oceanos. A descoberta de "novos mundos", em especial nos continentes da América do Norte e do Sul, resultou na escrita de um número muito grande de narrativas de viagens. Essas narrativas, uma rica combinação de relato factual e especulação, foram as *voyages extraordinaires* originais e a lógica textual de tais obras informou diretamente seus descendentes fantásticos.

Muitos dos mais influentes desses livros foram escritos por indivíduos que não viajaram. Luterano convertido, Sebastian Münster publicou um relato sintético de terras distantes em sua *Cosmographia* [Cosmografia] (1544), lugares a que ele próprio nunca tinha se aventurado a ir. A obra se mostrou um dos livros mais populares do século, traduzido em todas as principais línguas europeias e reeditado dezenas de vezes, em parte porque suas xilogravuras (de notáveis artistas alemães, incluindo Holbein) apresentavam terras distantes de uma forma convincente e exótica em termos estruturais. O persistente tropo de ficção científica de que a vida alienígena teria o aspecto de uma forma humanoide mais ou menos modificada para se tornar monstruosa tira daí sua base (Figura 3.1).

O padre inglês Richard Hakluyt também não foi um explorador; fora uma única viagem à França, nunca saiu da terra natal. Mas seus relatos das explorações feitas por outros foram amplamente lidas e muito influentes, em particular *Divers Voyages Touching the Discoverie of America* [Viagens Variadas Relacionadas com a Descoberta da América] (1582) e *The Principall Navigations, Voiages, Traffiques e Discoueries of the English Nation* [As Principais Navegações, Viagens, Contatos e Descobertas da Nação Inglesa] (1589-1600). Shakespeare é apenas o mais famoso dos muitos escritores que tiraram inspiração desses livros. Nem a viagem precisava levar muito longe a imaginação para entrar no extraordinário. *Monstrum in Oceano* [Monstro no Oceano] (1537), do italiano Antonio Blado, relata a captura, no Mar do Norte, de um improvável animal que parecia um "porco marinho". O livro de Blado é sem dúvida uma alegoria teológica, interpretando todos os elementos peculiares de sua fantástica criatura em termos da Bíblia e concluindo: "*Tu ut pius es, quid*

Figura 3.1 Formas de vida alienígenas; uma ilustração do livro 6 da *Cosmographia,* de Münster (1544).

omnia haec simuliuncta portendant, propietate tua, ac religione interpretabere" [Como você é piedoso, rogo-lhe que interprete segundo sua piedade religiosa todas essas advertências] (Blado, p. 4). Contudo, o relato de Blado e especialmente sua vigorosa ilustração da criatura mostraram-se tão populares que a ilustração reapareceu em outros livros e inclusive em mapas, reportada agora, sem o verniz teológico, como uma verdadeira criatura alienígena (Figura 3.2).

Isso depõe menos sobre a credulidade das pessoas no século XVI que sobre sua avidez pelo estranho e o monstruoso, e, de modo mais específico, sobre a preferência por uma sublimidade estranha e monstruosa, concebível dentro da lógica da *possibilidade* antes que pelo mito ou uma fábula antiga. A literatura do século XVII estava prestes a se estabelecer e atender a essa avidez.

Há outro ponto que vale a pena destacar aqui: durante o século XVI e entrando no XVII, tudo isso só interessava a uma minoria. Pouquíssimas pessoas sabiam ler e a esmagadora maioria das que sabiam consumiam uma produção cultural dentro dos parâmetros tradicionalmente orientados da Igreja: escrita com sermões e patrística, alegoria religiosa e ortodoxia. O significado do novo modo que aparecia estava, com bastante propriedade, em sua futuridade. Alguma coisa nova estava entrando no mundo cultural.

Figura 3.2 Detalhe da *Carta Marina* [Carta Marítima] (1539) de Olaus Magnus, reproduzindo o "porco marinho" da alegoria religiosa de Blado. A legenda em latim diz: "Este monstro foi observado em 1537".

Nota

1. C. S. Lewis lembra que a teoria de Copérnico só foi verificada pela obra de Kepler e Galileu no início do século XVII e que "a aceitação geral [veio] ainda mais tarde. O humanismo, dominante na Inglaterra de meados do século XVI, tendia a ser, no geral, indiferente, se não hostil, à ciência". Ele argumenta ainda que, embora a revolução copernicana esvaziasse o mundo de "suas simpatias ocultas", o resultado era "antes o dualismo que o materialismo". O presente estudo não compartilha essas conclusões.

Referências

Ariosto, Ludovico. *In: Orlando Furioso* (1532), org. Cesare Segre. Milão: Mondadori, 1976.

Baker, Daniel Weil. *Divulging Utopia: Radical Humanism in Sixteenth-century English*. Amherst: University of Massachusetts Press, 1999.

Barratt, Alexandra. St Katherine of Alexandria: The Late Middle English Prose Legend in Southwell Minster MS 7. *Notes and Queries* 240, junho 1995, p. 234.

Bladus, Antonio. *Monstrum in Oceano Germanico a piscatoribus nuper captum, & eius partium omnium subtilis, ac Theolgica interpretation* [Um monstro recentemente capturado no Mar do Norte por pescadores, uma interpretação extremamente sutil de todas as suas partes segundo a teologia], p. 1537.

Case, John. *Sphaera Civitatis* (1588).

Danielson, Dennis. Ramus, Rheticus and the Copernican Connection. *In: Ramus, Pedagogy and the Liberal Arts: Ramism in Britain and the Wider World*, orgs. Emma Wilson e Steven Reid. Farnham: Ashgate, 2011, pp. 153-70.

Davies, Tony. *Humanism*. Londres: Routledge, 1997.

Doody, Margaret Anne. *The True Story of the Novel*. New Brunswick: Rutgers University Press, 1996.

Hampton, Timothy. *Literature and Nation in the Sixteenth Century: Inventing Renaissance France*. Ithaca: Cornell University Press, 2001.

Houston, Chloë. *The Renaissance Utopia: Dialogue, Science and the Ideal Society*. Farnham: Ashgate, 2014.

Koenigsberger, Helmut Georg, George Mosse e Gerry Bowler. *Europe in the Sixteenth Century*, 2ª ed. Abingdon: Routledge, 1989.

Lambert, Ladina Bezzola. *Imagining the Unimaginable: The Poetics of Early Modern Astronomy*. Amsterdã/Nova York: Rodopi, 2002.

Norbrook, David. *Poetry and Politics in the English Renaissance*. Londres: Routledge, 1984.

Ong, Walter. *The Barbarian Within: And Other Fugitive Essays and Studies*. Nova York: Macmillan, 1962.

Riley, Mark T. Fiction. *In: The Oxford Handbook of Neo-Latin*, orgs. Sarah Knight e Stefan Tilg. Oxford: OUP, 2015, pp. 183-98.

Sturm, Johann. *Pappus Elenchomenos*. (1581).

Suvin, Darko. *Defined by a Hollow: Essays on Utopia, Science Fiction and Political Epistemology*. Berna: Peter Lang AG, 2010.

Williams, Raymond. Utopia and Science Fiction [1978]. *In: Culture and Materialism: Selected Essays*. Londres: Verso, 1986, pp. 196-212.

CAPÍTULO 4

Ficção Científica do Século XVII

Três indivíduos que nunca se encontraram se mantêm, como por encanto, nos portões do novo modo de escrita que chamamos ficção científica: Nicolau Copérnico, Giordano Bruno e Johannes Kepler. Na verdade, a tese central do presente estudo poderia ser articulada numa forma taquigráfica pela declaração de que a ficção científica moderna "começa" no ano 1600. Foi uma época em que as ideias de Copérnico tinham se infiltrado, em grande escala, para a cultura europeia; foi o ano em que a inquisição católica queimou na fogueira Giordano Bruno, o ex-monge nolano, por argumentar a favor da noção de que o universo era infinito e continha inumeráveis mundos; e ano (é provável) em que Kepler escreveu *Somnium*, a primeira novela inequivocamente de ficção científica. Confiamos que o leitor não vai encarar de forma muito literal esses marcos fixados no horizonte dos anos.

Em sua discussão desse período (mas sem relação com a FC), Howard Margolis afirmou que 1600 é o mais importante ponto de reviravolta no desenvolvimento da ciência moderna. Recorrendo a evidências, ele relaciona nove "descobertas científicas fundamentais" feitas em torno do ano 1600, entre elas as leis do movimento planetário, o magnetismo da Terra e a distinção entre magnetismo e eletricidade. Segundo Margolis, se procurarmos as descobertas científicas notáveis dos catorze séculos anteriores não descobriremos absolutamente nada. O título do livro de Margolis sintetiza sua visão de todo o discurso da ciência moderna: *It Started with Copernicus* [Tudo Começou com Copérnico].

É declarar o óbvio observar que a FC moderna seria impossível sem Copérnico. Ainda assim, quero sugerir que Bruno é o mais apropriado ponto de partida simbólico para uma história da ficção científica. Alfred North Whitehead, um grande físico do século XX, reconheceu a importância crucial de

Copérnico, mas identificou "as origens da ciência moderna" em Bruno: "Sua morte no ano 1600 introduziu o primeiro século da ciência moderna", embora "a causa pela qual sofreu não fosse a da ciência, mas a da livre especulação imaginativa" (Tauber, p. 53). "Livre especulação imaginativa" é a mesma coisa a que me refiro neste capítulo como ficção científica (FC).

Bruno foi um pensador especulativo napolitano, da província de Nola que, inspirado em parte pelo modelo copernicano do cosmos, difundiu um novo conhecimento pela Europa, em particular pelos países protestantes do norte. Retornando a Veneza em 1591, foi detido pela Inquisição, interrogado, encarcerado, condenado à morte na fogueira e enfim morto em 1600. É verdade que a magia e o hermetismo desempenhavam um papel tão importante na filosofia de Bruno quanto a ciência (como a compreendemos hoje), mas ainda assim suas especulações imaginativas referentes à natureza do universo são em essência FC. Em *Acerca do Infinito, do Universo e dos Mundos* (*On the Infinite Universe and Worlds*) (1584), imagina o cosmos como infinito, contendo uma infinita pluralidade de mundos, cada qual podendo ser equiparado a um organismo e todos contribuindo para a totalidade do cosmos. Tal visão era uma expansão e atualização imaginativas do recém-revelado cosmos copernicano e, como excluía Deus (Bruno acreditava que a Alma Cósmica total do universo era uma entidade diferente de Deus) e desafiava o ensinamento da Igreja, talvez não cause surpresa o fato de Bruno ter sido executado como herege.

De uma ponta à outra dos séculos XVI e XVII, o combate à versão copernicana do cosmos foi vigorosa e prolongada. Em 1616, o astrônomo italiano Galileu Galilei foi proibido pela Igreja de endossar o cosmos de Copérnico. Não obstante, Galileu publicou em 1632 um trabalho científico com argumentos a favor de Copérnico e a Inquisição o condenou em 1633. Galileu então abjurou sua "heresia", negando que a Terra se movesse em torno do Sol e afirmando que a Terra era o centro estacionário do cosmos. Bruno também fora excomungado por isso. Mesmo em meados do século XVIII, o filósofo jesuíta Joseph Falck, em seu *Mundus aspectabilis philosophice consideratus* [O Mundo Filosoficamente Considerado] (1743), ainda negava a pluralidade de mundos de Bruno ao responder à sua própria pergunta "*quid, quotuplex ad qualis sit mundus?*" [ora, de que natureza é o mundo e quantos deles há?] com um firme "*igitur mundus est unum quoddam totum* [o mundo em sua totalidade é singular]. Seu raciocínio era comum em círculos católicos da época: "*fundatur in Dei potentia quae potest producere non tot quin plura*" [embora Deus tivesse por certo o poder de criar outros mundos], optara por não fazê-lo e "*omnium simul relate ad Deum*" [a singularidade do mundo reflete a singularidade de Deus].

Em seus primeiros anos também o protestantismo ficou alarmado com o novo pensamento. Já em 1549 o pensador protestante Philip Melanchthon contestava o que via como perigosas implicações da descoberta de Copérnico. Grant McColley resume:

> O argumento mais vital para Melanchthon é seu último, onde ele declara que existe apenas um filho de Deus, nosso Senhor Jesus Cristo, que foi enviado para este mundo, foi morto e foi ressuscitado. Ele não aparece em outros mundos, nem foi morto e ressuscitado neles. Nem se pode pensar que, se existissem outros mundos, algo a não ser imaginado, Cristo seria morto e ressuscitado com frequência. Nem se deve considerar que, em qualquer outro mundo, sem o sacrifício do Filho do Homem, os homens pudessem ser levados para a vida eterna. Segundo o raciocínio de Melanchthon, aceitar a pluralidade dos mundos é negar a Expiação ou fazer dela uma paródia (McColley, pp. 412-13).

Não obstante, os países protestantes da Europa (Grã-Bretanha, Holanda, partes da Alemanha) não foram tão repressivos em sua hostilidade para com a exploração científica e (fundamental para nossos objetivos aqui) imaginativa da nova cosmologia.

Um traço notável da ficção científica escrita durante esse século é a insistência ansiosa com que indaga sem cessar sobre a questão da primazia do sacrifício de Cristo. Vejamos, por exemplo, a obra de Francis Godwin, bispo anglicano de Llandaff. Sua aventura de jornada espacial, publicada postumamente, *The Man in the Moone: or, A Discourse of a Voyage Thither by Domingo Gonsales, the Speedy Messenger* (1638) ilustra a interpenetração de discursos religiosos e científicos. A primeira ação do protagonista de Godwin, ao chegar à Lua e ver seus habitantes, é gritar "Jesus Maria". Isso faz com que os lunarianos "[caiam] todos de joelhos, diante do que minha alegria não foi pequena" (Godwin, *The Man in the Moone*, p. 96). Esse júbilo reflete a confirmação da singularidade da encarnação de Cristo. Em um estilo semelhante, *Discovery of a World in the Moone* (1638), de Wilkins, por exemplo, postula habitantes lunares, mas em seguida se pergunta se tais seres "são a semente de Adão, se estão em uma condição abençoada ou então que meios pode haver para sua salvação". Wilkins cita Tommaso Campanella para assinalar que os lunarianos devem estar, "como nós, sujeitos ao mesmo infortúnio [do pecado original], do qual, talvez, tenham sido resgatados pelo mesmo meio que nós: a morte de Cristo" (Wilkins, pp. 186-92). Quando o protagonista da viagem cômica de Cyrano à Lua, *L'Autre monde ou les états et empires de la Lune* (1657), chega pela primeira vez ao outro mundo seu primeiro encontro é com a figura bíblica de Elias, que diz: "*Cette terre-ci est la lune que vous voyez de votre globe; et ce lieu-ci où vous marchez est le paradis, mais c'est le paradis terrestre*" [Esta terra é a Lua que você vê de seu globo e este lugar por onde você está andando é o Paraíso, mas é o Paraíso Terrestre] (Cyrano, p. 44). Descobrimos que o Jardim do Éden foi removido por Deus da Terra para a Lua após a expulsão de Adão e Eva, "refletindo uma crença popular de que o paraíso deve ter se localizado na Lua, porque assim a torrente das águas [do dilúvio de Noé] não teria atingido os justos que lá habitassem" (Harth, p. 13). Wilkins defende uma ideia semelhante em *Discovery of a World in the Moone*, descrevendo a Lua como uma "terra celestial, correspondente, creio eu, ao paraíso dos sábios... Esse lugar não foi alagado pela enchente, pois lá não existem pecadores que pudessem atrair a praga sobre si" (Wilkins, pp. 203-05). Cyrano tem uma atitude irônica ante o piedoso Elias, introduzindo suas próprias interpretações libidinosas das histórias bíblicas que o profeta está recontando (sugerindo, por exemplo, que a serpente que tentou Eva era uma forma de pênis). Elias o expulsa com repugnância do "paraíso terrestre" e nosso herói parte para aventuras ainda mais estranhas entre os demais habitantes da Lua. Esses elementos mais surreais são as partes mais famosas da viagem lunar de Cyrano. Na verdade, um editor do século XX, Remy de Gourmont, chegou a ponto de cortar todo o extenso episódio de Elias de sua edição de *Les états et empires de la Lune*, chamando-o de "*une longue digression incompréhensible*" [uma longa digressão incompreensível], expressando "*une théologie bizarre*" [uma teologia bizarra] (De Gourmont, pp. 154-55s). Mas dar essa sugestão é interpretar mal o contexto cultural em que o livro foi produzido. O livro de Cyrano é na verdade cômico, grotesco, uma intervenção teológica mais burlesca do que séria. Ainda assim, a "teologia bizarra" da seção, mesmo em um livro tão conscientemente absurdo como esse, sugere até que ponto as inquietações ocultas da antiga FC têm uma forma religiosa. Jean de la Bruyère pode ter insistido em que "*la lune est habitée*" em 1688, mas ele logo acrescentou: "*si nous sommes convaincus l'un et l'autre que des hommes habitent la lune, examinons alors s'ils sont chrétiens*" [se estamos todos convencidos de que vivem homens na Lua, examinemos então se são cristãos] (La Bruyère, p. 474).

À medida que o século avançava, uma observação mais detalhada destruía a ideia de que a Lua fosse de alguma forma como a Terra, reduzindo assim a probabilidade de habitantes como os humanos. *Geoscopia Selenitarum* (1654) mapeou a Lua em grande detalhe e não encontrou evidência de vida. A esse respeito, *Somnium*, de Kepler, estava décadas à frente de seu tempo. *Selenitas et luna proscriptos divini numinis gratia* [Os Selenitas da Lua Proscritos por Graça Divina] (1679), de Johann Andreas Schmidt e J. C. Layritiz, argumenta à exaustão em favor da diferença radical entre as condições lunares e terrestres. Se houvesse seres vivendo em tal mundo, "*ut monstro quam homini similiores viderentur*" [deveriam ser mais parecidos com monstros que com homen]. Um argumento que Schmidt e Layritiz desenvolvem contra a existência de selenitas é a impossibilidade de cultivar vinhas na Lua, já que isso privaria os selenitas da possibilidade de produzir vinho, o que lhes negaria a necessária comunhão do Sagrado Sacramento; criaturas, portanto, da mesma condição dos seres humanos não poderiam morar naquele lugar.[1]

Além disso, essa preocupação – que a nova cosmologia minasse a revelação cristã tradicional – nunca deixou por completo a FC. Sob vários aspectos, como este estudo passará a demonstrar, a tensão entre perspectivas humanistas ou protestantes (que se desviam para o materialismo e a instintiva exploração individual do cosmos) e perspectivas sacramentais ou católicas (que evidenciam um universo espiritual, transcendental, divinamente mediado e fundamentalmente mágico) molda intimamente o desenvolvimento do gênero.

O Cosmos Copernicano e o Sentimento de Espanto

A nova cosmologia, em particular a perigosa noção de uma infinidade de mundos associada a uma série de pensadores de fins do século XVI (e do século XVII) fez duas coisas cruciais para o desenvolvimento da ficção científica como compreendemos essa forma. Primeiro, criou um espaço imaginativo no qual a humanidade pode se defrontar com seres radicalmente diferentes – alienígenas, encarnações materiais da alteridade que impulsiona o método de criação dessa nova forma de perceber o universo. Dante atravessa o cosmos inteiro e só descobre outros seres humanos, ou anjos que se parecem muito com seres humanos, porque todo o cosmos foi (acreditava ele) criado por Deus e povoado por criaturas feitas à Sua imagem. Mas depois que o ovo ptolomaico estala e abre, uma infinidade de possibilidades se apresentam ao explorador imaginativo e, assim, a alteridade radical pode se tornar um tópico de especulação. A segunda coisa que a nova cosmologia revela é a escala muito mais grandiosa do universo, o que por sua vez permite, na verdade exige, uma correspondente estética do sublime. Esse apego à sublimidade (ou, para invocar a expressão comum da FC do século XX, ao sentimento de espanto), provocado por escala gigantesca, equipamentos enormes ou longuíssimas extensões de tempo, pode não definir todo o gênero da FC, mas continua integrando a avaliação da forma feita por muitos aficionados. É possível que o sublime seja essencial à FC interplanetária ou interestelar, e central para a maioria dos aspectos do gênero. Mais que isso, tal sublimidade depende de modo fundamental de um infinito, o cosmos copernicano. O inglês Thomas

Digges publicou um relato da "infinitude do universo" em 1576 (escondendo com cuidado sua obra ao inseri-la como apêndice da edição de um livro muito menos provocador, escrito pelo pai, chamado *A Prognostication Everlasting* [Um Prognóstico Perpétuo]). William Empson comenta o "esplendor apavorante" da visão de Digges e o cita longamente:

> Esta bola em que nos movemos e a que chamamos de Terra, à pessoa comum parece grande e, contudo, com relação à Orbe das Luas é muito pequena, mas, comparada à *Orbis magnus* [a Grande Orbe] em que é carregada, mal retém qualquer proporção sensível, tão maravilhosamente é essa Orbe de movimento Anual maior que a pequena estrela escura em que vivemos. Mas como essa *Orbus magnus* [...] também não passa de um ponto ante a imensidão do céu estático, podemos facilmente considerar que pequena porção do molde de Deus é este nosso mundo corruptível e elementar, mesmo se nunca formos capazes o bastante de admirar a imensidão do Resto ("Thomas Digges, seu universo infinito", Empson, v. 1, p. 219).

Artistas do sublime ou do "sentimento de espanto" realçam a insignificância da "pequena estrela escura" em que vivemos quando comparada à imensidão do universo; a concepção do século XX, de Douglas Adams, do "vórtice de perspectiva total", máquina que compele a mente dos indivíduos a compreender exatamente como são pequenos em comparação a tudo, assim os destruindo, é uma versão cômica dessa mesma ideia – cômica porque a realidade que escora a noção é de fato tão perturbadora, tão aterradora que, de forma bastante conveniente, preferimos não contemplá-la de forma direta.

É inegável, é claro, que esse "sentimento de espanto" está conectado a tradições discursivas de assombro religioso e a um senso do Sublime, concebido como divino, mesmo quando expressa o novo cosmos que a ciência abre no espaço e no tempo. Cem anos após Digges, Thomas Burnet (1635-1715), um doutor em teologia que já se candidatara a arcebispo de Canterbury, publicou *Telluris Theoria Sacra* [Teoria Sagrada da Terra] (1681), traduzida para o inglês como *The Theory of the Earth* [A Teoria da Terra], em 1684. Popular ainda em pleno século XVIII, esse livro elabora uma geologia teológica vagamente baseada no Gênesis. Burnet acreditava que Deus tinha criado o mundo como um esferoide perfeitamente regular; todas as depressões e elevações, fossos e montanhas tinham sido talhados pelo pecado de Adão e o subsequente dilúvio. O que faz com que a obra não seja apenas mais um exemplo de excêntrica exegese bíblica é o entusiasmo radical com que a imaginação de Burnet entra na narrativa fantástica que ele está promovendo. Há um inequívoco sentimento de espantosa grandeza em suas nítidas descrições da catástrofe global:

> A pressão de uma grande massa de água caindo no abismo [...] faria com que ela chegasse a uma grande altitude no ar e ao topo de qualquer coisa que se encontrasse em seu caminho, qualquer saliência, alto fragmento ou nova montanha. E depois, rolando de novo para baixo, varreria tudo por onde quer que se precipitasse, bosques, prédios, criaturas vivas, carregando-as todas, às pressas, para o grande abismo. Às vezes uma massa de água seria isolada por completo, separada do resto e arremessada pelo ar como um rio voador [...] (citado em Sutherland, p. 390).

O que vale a pena destacar é o modo como o material correspondente a essa sublimidade, o verdadeiro universo em que existimos, que é por sua vez receptivo à exploração física, não existe para os escritores e artistas pré-século XVII (A. J. Meadows assinala que Burnet foi atacado por seus contemporâneos "ainda desacostumados, ou em certos casos bastante contrários, a qualquer tentativa de explicar o miraculoso em termos do natural" (Meadows, p. 123). Mas é precisamente essa a arena conceitual em que germina a FC moderna.

Romances em Prosa de Ficção Científica no Século XVII

Uma compreensão mais completa do renascimento da FC precisa ser colocada no contexto literário em que ocorreu. A típica ficção em prosa dos séculos XVI e XVII (usando com cuidado aqui o termo "típica") tinha a forma do que críticos mais tradicionais tendem a chamar de "romance clássico". Foi publicado um número muito grande de livros que contavam histórias de amor cortesão e de cavaleiros e nobres vivendo aventuras, cumprindo missões e se apaixonando. É um equívoco descrever tais textos como "realistas" ou mesmo "de tendência realista", embora muitos deles tivessem relações circunstanciais ou satíricas com o mundo em que os leitores viviam. Mas a maioria das convenções que aparecem repetidas vezes nessas histórias foi tirada maciçamente da antiga novela grega (e muitas novelas antigas foi traduzida pela primeira vez para o inglês durante esse período). Os recursos da trama incluem crianças separadas das famílias após serem sequestradas por piratas, crescendo e retornando à terra natal sem ter conhecimento de seu parentesco; um amante que, segundo se supõe, morre deixando seu par em desespero até que, mais para o final da história, a suposta morte é revelada como uma farsa montada ou um improvável equívoco.

Uma ideia da relativa popularidade das histórias de ficção científica na Inglaterra durante esse período é dada pelo estudo de Paul Salzman, em 1985, *English Prose Fiction 1558-1700: A Critical History* [Ficção Inglesa em Prosa 1558-1700: Uma História Crítica]. Salzman "relaciona todas as obras de ficção, cuja existência é conhecida, publicadas" entre suas duas datas – um total de 582 títulos: 105 ficções elisabetanas e 477 obras do século XVII. Salzman as decompõe em vários gêneros e subgêneros e 21 desses títulos são, é possível, ficção científica (todos publicados no século XVII; Salzman coloca a maioria deles sob as rubricas "Viagem Imaginária/Utopia/Sátira"). Esse número rivaliza com 24 novelas picarescas, 26 romances populares de cavalaria e 15 histórias orientais. Em outras palavras, a ficção científica era tão popular nesse período quanto a maioria dos outros gêneros, embora a grande variedade de gêneros e modalidades de escritos novelescos do período indique que apenas uma pequena proporção de todas as novelas produzidas eram FC.[2] O gênero cresceria demais em tamanho e influência durante os dois séculos seguintes.

Esse florescimento da novela no século XVII é, evidentemente, algo também moldado pela contínua reforma religiosa. Como diz Margaret Anne Doody, de um modo um tanto coloquial: "O protestantismo pôs o gato entre os pombos em termos de leitura" (Doody, p. 233). Se isso é verdade com relação à leitura concebida de um modo mais geral, é verdade *a fortiori* para as ficções especulativas cosmológicas e epistemológicas de FC. Em poucas palavras: a FC é o gênero que media os discursos de ciência (ou fato) e magia (ou, por consequência, imaginação, ficção); e passa a existir de forma genérica precisamente no momento histórico em que discursos cósmicos concorrentes estavam em vias de se separar em linguagens religiosas racionalista protestante e mágico-ritualista católica. Eu acrescentaria que, ao dizer isso, estou seguindo a compreensão que Norman Davies tem da Reforma (que alguns historiadores contestariam) como uma tentativa deliberada de "tirar a magia da religião" e que, embora "o ataque protestante à magia só tenha obtido um sucesso parcial", "o cristianismo protestante estava, em tese, livre da magia" (Davies, p. 405). Ao atacar a "magia", o protestantismo estava mexendo com crenças enraizadas muito profundamente na cultura humana e em muitas psiques humanas, e com muita ansiedade cultural e pessoal; a "FC" em seu sentido mais amplo pode ser compreendida como uma estratégia textual para mediar essa clivagem dialética. Os textos de FC do início do século XVII marcam com extrema clareza essa disjunção e nenhum de forma mais evidente que *Somnium*, de Kepler (escrito *c.* 1600, publicado em 1634), que tem uma boa chance de ser a primeira obra de FC moderna e que merece ser tratada em maiores detalhes.

Somnium de Kepler

O *Somnium*, embora pouco lido hoje em dia, é um texto essencial no desenvolvimento da ficção científica. Ele articula com precisão a dialética entre ciência racional protestante e expansão imaginativa mágica/demoníaca católica que molda o gênero emergente.

Johannes Kepler foi um astrônomo alemão protestante que estabeleceu três leis importantes do movimento planetário que ainda levam seu nome. Mas além dos estudos científicos, escreveu uma obra de ficção científica, *Somnium, sive Astronomia Lunaris* [Um Sonho, ou Astronomia Lunar]. A cronologia exata da redação é incerta; ele pode ter escrito um esboço inicial na década de 1590, revisitando-o em décadas subsequentes sem publicá-lo. O livro estava no prelo quando Kepler morreu em 1630, embora só em 1634 uma edição completa tenha sido enfim publicada por um de seus filhos.

Somnium é uma obra curta. Uma breve narrativa de uma viagem à Lua e das condições que lá existem é seguida por uma série de detalhadas notas científicas e explicativas. O livro utiliza um conjunto de narrativas encaixadas umas nas outras. O quadro geral é relatado por um narrador anônimo que nos conta que, certa noite, tendo observado as estrelas e a Lua, adormeceu e teve um sonho. No sonho ele está lendo outro livro: a história da vida de Duracotus, um homem nascido na Islândia, filho de uma feiticeira chamada Fiolxhilda. Depois de passar algum tempo na Europa trabalhando com o famoso astrônomo dinamarquês Tycho Brahe (1546-1601; na juventude, Kepler fora assistente de Brahe), Duracotus retorna à Islândia para aprender o que a mãe sabe de certos demônios (ela os chama de "*sapientissimi spiritus*" [espíritos de grande sabedoria]) que viajam entre a Terra e Levânia (a Lua). Vez por outra, esses demônios transportam seres humanos entre os dois mundos. Ela evoca um desses espíritos e os dois humanos cobrem a cabeça com um lençol, como exige o pacto mágico, enquanto o "*daemon ex Levania*" fala sobe a verdadeira natureza da Lua. Quase todo o restante dessa primeira parte de *Somnium* é dedicada a esta fala demoníaca.

A segunda narrativa incrustada é mais expositiva que a primeira. O demônio revela como os de sua espécie viajam para a Lua durante um eclipse lunar ou solar, quando o cone de sombra encosta tanto na Terra quanto na Lua e serve de trilha. Ficamos sabendo que os demônios podem levar consigo seres humanos, embora a jornada seja "*durissima*" [muito difícil] para mortais, já que o espaço entre os mundos é caracterizado por um frio extremo e grande dificuldade para respirar. Os demônios remediam o primeiro problema irradiando calor de dentro de seus próprios corpos e o segundo pressionando "*spongiis humectis*" [esponjas úmidas] contra a boca de seus passageiros.

Segue-se um relato da história natural da Lua. De um ponto de vista baseado na Lua, o objeto dominante no céu é a Terra ou Volva, como a chamam os levanianos. A rotação da Lua sobre seu eixo, que dura um mês, e a órbita mensal em torno da Terra significa, é claro, que um hemisfério lunar está sempre virado para a Terra e um sempre do outro lado. O primeiro desses hemisférios de Levânia é chamado por seus habitantes de Subvolva, ou Sob-a--Terra e o segundo, Privolva ou Desprovido-da-Terra. Kepler intui, com razão, que as decorrentes mudanças da temperatura lunar são extremas, do grande frio da noite levaniana, que dura uma quinzena, ao grande calor do dia que também dura uma quinzena – tão quente, de fato, é o dia lunar que os habitantes desse mundo retiram-se para grutas e cavernas profundas a fim de escapar dele. Em Privolva, a falta da Terra faz uma grande diferença e a vida é descrita em termos de pesadelo:

> Levam uma vida sem pontos fixos, sem habitação permanente. Vagam em grandes turbas sobre todo o globo durante um de seus dias, alguns sobre pernas mais compridas que as de nossos camelos, outros voando pelo ar, outros ainda em botes, seguindo a água que escapa (Kepler, *Somnium*, p. 46).

A maioria dos privolvanos são "*urinatores*" [mergulhadores], que podem procurar alívio no fundo das águas. Sua pele é grossa, porosa e, sob o sol feroz, pode ter as camadas mais externas chamuscadas; essas camadas descamam como uma casca quando chega a noite. Em geral, suas formas lembram uma cobra ("*natura uiperina in uniuersum praevalet*"). Algumas dessas criaturas se refestelam o sol do meio-dia; outras param de respirar no calor e só retornam à vida à noite. A vida no hemisfério subvolvano é menos frenética. Um certo alívio é fornecido pela presença da própria Volva e essa porção do mundo é quase toda coberta por nuvens de chuva. Nessa altura, o sonhador acorda, a cabeça embaixo de um pano (como a de Duracotus) – na realidade sua roupa de cama – e uma tempestade (como na descrição levaniana do demônio) batendo contra a janela. *Somnium* termina com essa nota abrupta. Esse pequeno romance fantástico, grotesco, consegue ganhar maior relevo pelo substancial número de notas que inclui. Um apêndice contém 223 notas de rodapé, algumas muito extensas, seguidas por um "apêndice selenográfico", que por sua vez é seguido por 34 notas em número e 31 em letras. Às vezes, essas notas explicam a inspiração de Kepler para detalhes específicos do *Somnium*, mas a maioria contém dados detalhados sobre a Lua, astronomia e temas científicos gerais.

Um dos principais problemas com que se defronta o intérprete de *Somnium* é conciliar essas duas linguagens: uma fantasiosa e grotesca, a outra soberbamente científica. Mas no contexto é mais fácil ver que a dinâmica entre o mágico (feitiçaria, demônios e as visões que os acompanham) e o científico incorpora com precisão a problemática da qual se desenvolve a FC. A eficácia de *Somnium* se deriva da interação de jogo imaginativo fantástico--grotesco e sólido embasamento científico. Essa associação de opostos evidentes, este (para usar o termo retórico) oxímoro é exatamente o princípio estético implícito em *Somnium*. Kepler trabalha esse princípio em seu texto em vários níveis, sem esquecer do *nível formal*. Sua nota 206 calcula que "*paulo maior diameter lunaris parte Quarta terrestres*" [a Lua tem um quarto do tamanho da Terra]. Essa dimensão é então incorporada de modo formal ao próprio texto, contendo a primeira parte de *Somnium* 3.800 palavras e as notas mais de 15.000 (isto é, o texto de *Somnium* tem um quarto do tamanho das notas ao *Somnium*). Em outras palavras, a maior, mais pesada porção científica do todo funciona como elemento fundamentado, do tipo terreno; e a porção menor, mais fantasiosa, funciona como um arrebatamento mais descuidado, mais lunático.

A feiticeira Fiolxhilda, que convoca o demônio de Levânia, era um toque muito moderno no início dos anos 1600. O próprio Kepler viveu perto do centro, em termos geográficos e cronológicos, da infame mania europeia de bruxas e, a certa altura, teve de defender a própria mãe da acusação de ser uma feiticeira. Olwen Hufton registra que, "entre 1560 e 1660 [...] cerca de 100 mil bruxas foram condenadas, das quais cerca de 30 mil eram da Alemanha, com uma ênfase particular em pequenos estados com uma história religiosa conturbada" (Hufton, p. 340). Embora pensemos com frequência nesse fascínio pela magia demoníaca, que caracterizou o período, como anticientífico e irracional, esse não era o caso. Stuart Clark demonstrou à exaustão que, em vez de serem discursos opostos, magia e ciência eram encaradas, pela maioria dos pensadores do período, como complementares e até mesmo como aspectos da mesma verdade. Questões sobre as capacidades de demônios e o poder da feitiçaria "eram de caráter essencialmente científico e [...] aqui a demonologia ficava envolvida por completo com algumas das urgentes preocupações da filosofia natural do final do Renascimento" (Clark, p. 315). O próprio Kepler, recordamos, trabalhava como astrônomo e astrólogo, e embora encarasse a arte oculta da astrologia como filha às vezes estúpida da astronomia (Thorndike, p. 17), ambas tinham sua parte na compreensão dos céus.

Todos os que escreviam sobre assuntos demonológicos concordavam que era possível para os demônios transportar pessoas fisicamente de um lugar para o outro, prática conhecida como "transvecção". O pensador do século XV

Marsílio Ficino escreveu de modo um tanto longo sobre as habilidades demoníacas em seu *De vita coelitus comparanda* (1489), empregando o termo "demônio" para significar tanto anjo da guarda/bom demônio quanto demônio satânico ou mau. Demônios, ele afirmou, "são basicamente planetários, embora haja os supercelestiais e os elementais. Têm alma e corpo etérico ou aéreo segundo sua categoria (os supercelestiais não têm corpo)... Há maus demônios, de uma categoria baixa e com corpo aéreo que perturbam os espíritos e a imaginação dos homens" (Walker, p. 47). *De rerum varietate*, escrito em meados do século XVI por Gerolamo Cardano, "restringia a atividade demoníaca às regiões aéreas" (Clark, p. 237). Os planetas superiores (no modelo ptolomaico) são puros, imutáveis e participam do divino, mas a Lua e as áreas abaixo dela são mutáveis e corruptíveis, sendo nesta arena que operam os maus demônios. Kepler parece ter restringido seus demônios às regiões aéreas e ter limitado seu intercurso com a humanidade (talvez seguindo Cardano, que "falava de forma um tanto depreciativa que os espíritos tinham poucos contatos significativos com homens e mulheres" [Clark, p. 237]). Em geral, sua perspectiva barganha com precisão o espaço entre o mágico e o estritamente científico, distinguindo uma ficção propriamente científica de uma fantasia mais ampla, mágico-teológica.

Viagem Interplanetária

É íntima a relação entre a narrativa de FC de viagem interplanetária e a narrativa do romance de cavalaria de viagem terrestre exótica. Tanto Dante, em seu *Paraíso* (*c.* 1320), quanto Ludovico Ariosto, no *Orlando Furioso* (1532), imaginavam personagens viajando para a Lua. Por essa razão, Ariosto é às vezes chamado de pai da ficção científica, embora Dante quase nunca o seja. Em ambos os casos a descrição é bastante inexata. Tanto para Dante quanto para Ariosto, os céus não são materiais à maneira do mundo sublunar. Na visão ptolomaica do sistema solar que os dois compartilham, os céus são imutáveis, perfeitos, divinos: um espaço sobrenatural. Pode ser feita uma comparação com Giambattista Marino, outrora "o poeta mais importante da Itália e a figura ilustre da cena literária europeia" (Mirollo, p. vii) (embora hoje quase esquecido), cuja epopeia barroca de vinte cantos, *L'Adone* [Adônis] (1622), aproxima-se da ficção científica. Essa nova narrativa do amor entre a divina Vênus e o belo mortal Adônis inclui um interlúdio interplanetário; nos cantos 10 e 11, Adônis é conduzido aos céus para viajar pelo sistema solar, passando pela Lua, e visitar Mercúrio e Vênus. Em certo sentido, essa jornada aos planetas é antes fantástica e mitológica que de ficção científica; conduzido por um deus, o Adônis de Marino passa da Terra à Lua, e daí a Mercúrio e Vênus, como se estivesse se deslocando pelas esferas ptolomaicas. Mas num importante sentido, o poema ultrapassa as fantasias pré-copernicanas de Ariosto (a quem muito deve o poema de Marino). Assim, por exemplo, um dos heróis do épico é Galileu, cujo telescópio recém-inventado é elogiado como revelador da verdade dos céus: "*[te] Galileo* [...] *potrai senza che vel nulla ne chiuda,/Novello Endimion, mirarla ignuda*" [você Galileu conseguirá fitar a nudez de Endimion, isto é, a Lua, sem a intervenção de nenhum véu] (Marino, *L'Adone*, 10:43). À medida que se aproxima da Lua, Adônis pergunta a Mercúrio se os céus são compostos do mesmo material que a Terra ou se sua têmpera é bem diferente, "*incorrottibili* [incorruptível!]" como ele ouviu dizer. Em um momento semelhante do *Paraíso* de Dante, é feita essa mesma pergunta e Dante responde com a explicação teologicamente ortodoxa de que o céu é composto por um material incorruptível e perfeito, mais puro e fundamentalmente diferente da matéria corruptível da Terra. Mas o poema de Marino inverte a explicação de Dante com uma descrição do espaço antes materialista que espiritualista:

> La material del ciel, seben sublima
> sovra l'altre il suo grado in eminenza,
> non pero dala vostra altra si stima:
> nulla tra gl'individui ha differenza.
>
> [O material do céu, embora de forma sublime/soberano sobre outros no grau de sua eminência/não é ainda assim diferente do seu (isto é, não diferente da Terra)/não é qualitativamente diferente] (Marino, *L'Adone*, 10:18).

As explorações que Adônis faz da Lua, Mercúrio e Vênus têm lugar antes numa dimensão material que espiritual. Fica claro que a Lua, em vez de ser um trampolim religioso no tema de uma jornada simbólica para Deus, é apenas um mundo como a Terra, com "*altri mari, altri fiumi ed altri fonti/citta, regni, province e piani e monti*" [outros mares, outros rios, outras fontes/cidades, reinos, províncias, e planíces e montanhas] (Marino, *L'Adone*, 10:40; o eco de Ariosto de fato enfatiza a diferença radical entre os dois poemas). É essa insistência na *realidade material* da Lua como outro mundo habitado que faz da jornada alegórica do Adônis de Marino ficção científica, em vez de meramente uma fantasia mitológica. Pode ter sido seu arrojo intelectual galileano que levou o poema a ser censurado pela Igreja Católica (ele foi colocado no *Index Librorum Prohibitorum* em 1624).

Marino ilustra uma das duas principais estratégias para mover protagonistas em termos extraterrestres. O estudo de 1948 de Marjorie Hope Nicolson,

Voyages to the Moon [Viagens à Lua], compara viagens sobrenaturais com viagens que, em um ou outro nível de plausibilidade, utilizam formas materiais. O primeiro tipo é mais raro: Nicolson descreve apenas *Somnium*, de Kepler, e uma derivação inglesa dessa obra, *Conclave Ignatii* [O Conclave de Inácio] (1611), do poeta metafísico John Donne (ela também poderia, mas não o faz, mencionar Marino). Nicolson comenta que "a jornada do Satã de Milton" voando pelo cosmos no Livro 2 de *O Paraíso Perdido* (1667) "é a última viagem cósmica de fato 'sobrenatural' escrita na Inglaterra" (Nicolson, p. 56).

Mas do segundo tipo, o do método material, Nicolson menciona um grande número de exemplos. O voo no espaço "com a ajuda de aves", como em *The Man in the Moone* (1638), de Francis Godwin; o voo para a Lua ajudado por asas mecanicamente construídas ou outro mecanismo voador, como em *Discovery of a World in the Moone* (1638), de Wilkins, antecipavam colônias lunares "assim que a arte de voar for descoberta" (Wilkins, p. 208). A coleção de versos latinos do poeta menor Francis Harding, *In Artem Volandi* [Sobre as Artes de Voar] (1692), imagina, como uma bênção, a invenção futura de máquinas voadoras: os ricos partirão da Terra para os outros planetas, deixando suas propriedades para os pobres, e uma nova marinha britânica aérea estabelecerá a paz na Lua. Os vários equipamentos engenhosos de Cyrano para viagem interplanetária deslocam o tema do voo do fantástico para a linguagem científica ou mais estritamente técnica. A obra de prosa anônima *Selenographia* (1690) tem como subtítulo *The Lunarian, or Newes from the World in the Moon to the Lunaticks of This World* [Os Lunarianos ou Notícias do Mundo da Lua para os Lunáticos deste Mundo] e diz respeito a um voo da Terra à Lua por meio de uma grande pipa.

Um método ainda mais peculiar de viagem interplanetária ocorre em *The Blazing World* [O Mundo Fulgurante] (1666), de Margaret Cavendish. Nessa história excêntrica, um comerciante foge com uma bela e jovem mulher de "um país estrangeiro", mas seu navio é soprado por uma tempestade para o Polo Norte, onde ele e a tripulação masculina morrem de frio. Ao sobreviver, a mulher, como Antônio Diógenes, passa para "o mundo fulgurante" do título – nosso Polo Norte teria "outro Polo, de outro mundo [...] fortemente unido a ele". A lógica cosmológica desses dois planetas conectados é relatada apenas de modo obscuro:

> É impossível rodear o globo deste mundo de polo a polo, assim como fazemos de leste para oeste, porque os polos do outro mundo, unindo-se aos polos deste, não permitem a existência de qualquer caminho para rodear o mundo dessa maneira. Se alguém chega a um ou outro desses polos é forçado a retornar ou a entrar em outro mundo; e para que a

pessoa não tenha escrúpulos em fazê-lo e pense que aqueles que vivem nos polos ou veriam dois sóis de uma vez ou então nunca alcançariam [isto é, lhes faltaria] a luz do sol por seis meses inteiros, como se costuma acreditar, devemos saber que cada um desses mundos tem seu próprio Sol a iluminá-lo, movendo-se cada Sol em círculos peculiares, cujo movimento é tão exato e regular que nenhum dos dois pode prejudicar ou obstruir o outro (Cavendish, "The Blazing World", p. 254).

Novas tentativas de esclarecer só engrossam a nuvem de desconhecimento ("pois eles não ultrapassam seus trópicos e embora devam se encontrar, nós, neste mundo, não podemos percebê-los tão bem em virtude do brilho de nosso Sol que, estando mais próximo de nós, obstrui o esplendor dos sóis dos outros mundos, que estão demasiado distantes"). O título joga com "estrela fulgurante", um sinônimo comum para cometa no século XVII: fulgurante, isto é, muito mais luz do que fogo. O reino imaginário da novela de Cavendish é como um cometa em seu caráter ao mesmo tempo auspicioso e fortuito. A dama anônima encontra a imperatriz desse mundo fulgurante, as maravilhas do novo planeta lhe são mostradas, ela discute ciência, metafísica e encontra vários humanos alienígenas, de homens-minhocas a homens-moscas e criaturas-espírito, embora seja desconcertante como Cavendish é vaga acerca de muitos detalhes ("em que contornos de formas", diz ela a certa altura, "não posso contar com exatidão" [Cavendish, p. 291]). Ao saber que pessoas vivas podem incorporar as almas de outros, como "Galileu, Gassendus, Descartes, Helmont, Hobbes, H. More etc." [Cavendish, p. 306], a imperatriz faz entrar em si mesma a alma da autora, "a duquesa de Newcastle", a própria Margaret Cavendish, que mais tarde vai liderar um exército daquele mundo para conquistar a Terra, de modo a estabelecer uma utopia terrestre. A cabal excentricidade desse texto levou alguns a ridicularizá-lo, embora críticos recentes tenham visto mais méritos nele. Geraldine Wagner, por exemplo, sustenta que "se dá um testemunho não da incoerência do texto, mas de sua abrangência e complexidade que, como sua autora, não podem ser reduzidas à simplicidade. Consideremos antes de tudo como o texto é ao mesmo tempo um experimento utópico, um romance de aventuras, uma autografia não convencional e uma exposição filosófica/científica" (Wagner, p. 5). Sem dúvida, Cavendish está articulando um sentido da dialética dos sexos por meio de sua fábula de dois mundos separados e poderia ser sustentado que a cabal estranheza de suas relações cosmológicas é engenhosamente indicativa de um metafórico deslocamento cultural. Além disso, ela é a primeira mulher identificável como autora de FC, criadora de uma arrojada visão de FC.

111

Cyrano de Bergerac e a Pluralidade dos Mundos

É provável que Savinien de Cyrano de Bergerac tenha escrito suas duas histórias de viagem cósmica na década de 1630, embora só tenham sido publicadas após sua morte. A primeira a aparecer foi *Histoire Comique par Monsieur Cyrano de Bergerac, contenant les États et Empires de la Lune* [História Cômica dos Estados e Impérios da Lua] (1657). Nela Cyrano decide viajar à Lua para descobrir por si mesmo se aquele mundo é habitado. Tenta duas invenções para realizar a expedição. Primeiro amarra em seu corpo *"de fioles pleines de rosée"* [inúmeras garrafas de orvalho] (Cyrano, *Histoire Comunique contenant les Estats et Empires de la Lune*, p. 32), que são puxadas para cima pelo calor do Sol, içando Cyrano com elas; mas em vez de voar para a Lua, ele só chega ao Canadá. Lá constrói uma espécie de foguete, acionado por *"fusées volantes"* [rojões] (Cyrano, *op. cit.*, p. 40), que o lançam no espaço sideral. Ao pousar na Lua, ele encontra o profeta Elias, do Antigo Testamento, deparando-se mais tarde com seus nativos – gigantescos homens-animais, que pareciam grandes cavalos. Conversa com um alienígena mais humanoide nascido no Sol, mas agora residente na Lua. Uma classe social de lunarianos usa música em vez de linguagem; a comida é antes inalada que ingerida; as cidades são móveis. Mantido pelos lunarianos como um animal de estimação numa espécie de zoológico, Cyrano encontra Domingo Gonsales (o herói ficcional de *The Man in the Moone*, de Francis Godwin). Cyrano é então submetido a um tribunal que vai decidir se sua afirmação de que a Terra é habitada dá margem a um processo ou não, embora seja mais tarde posto em liberdade. Após uma demorada refeição e discussão com uma criatura lunar relativa a religiões e cosmologia, Cyrano conclui que seu interlocutor está possuído pelo demônio e se agarra a ele quando ele começa a voar. É assim transportado de volta à Terra, pousando na Itália.

Uma segunda fantasia foi publicada em forma fragmentária: *Les Nouvelles Oeuvres de Monsieur Cyrano de Bergerac, contenant l'Histoire Comique des États et Empires du Soleil* [Novas Obras de Cyrano de Bergerac, incluindo a História Cômica dos Estados e Impérios do Sol] (1662). Nessa obra, o relato que faz Cyrano de seu período na Lua lhe causa problemas com autoridades europeias conservadoras; ele escapa da prisão e consegue voltar ao espaço sideral por meio de um terceiro dispositivo voador, uma nave acionada por espelhos que refletem os raios do Sol para proporcionar levitação. Voando pelo espaço, Cyrano enfim pousa no Sol, que ele descobre ser povoado por uma sociedade utópica de pássaros inteligentes, um *"Parlement des oiseaux"* [Parlamento dos *Pássaros*]. Essas criaturas o levam a julgamento pelo crime de ser ele uma criatura humana e o sentenciam à morte, embora a intercessão de um papagaio (que um dia Cyrano libertara de uma gaiola) lhe consiga um indulto.

As aventuras de Cyrano misturam especulação humanista fantástica sobre a natureza material da existência com longas, para sensibilidades modernas, e um tanto tediosas indagações sobre questões teológicas. O fundamental na FC do século XVII é que, como modo emergente, ela negocia com exatidão essas duas quantidades: o científico e o religioso, as possibilidades imaginativas do primeiro dialeticamente envolvidas com as inquietações humanas sobre a erosão do último. Sendo mais específico, Cyrano retorna repetidas vezes à questão da pluralidade dos mundos, problema segundo o qual Bruno perdeu a vida e que continuou, durante todo o século, a ser uma questão candente. Antes mesmo de deixar a Terra, o protagonista de Cyrano está tendo sérias discussões com um oficial militar francês quanto a se *"les étoiles fixes sont autant de soleils [...] [ou] que le monde serait infini"* [se as estrelas fixas são igualmente sóis [...] [ou] se o mundo seria infinito], concluindo os dois que *"comme Dieu a pu faire l'âme immortelle, il a pu faire le monde infini"* [assim como fez a alma imortal, Deus fez o universo infinito] (Cyrano, *op. cit.*, pp. 37-8). Os lunarianos também procuram demonstrar ao protagonista de Cyrano que *"Il me reste à prouver qu'il y a des mondes infinis dans um monde infini"* [há um número infinito de mundos dentro de um universo infinito], um deles anuncia antes de elaborar um prolongado argumento por analogia microcósmica (Cyrano, *op. cit.*, p. 92). Essa noção particular ganha o centro não apenas das histórias de FC de Cyrano, mas do desenvolvimento do próprio gênero.

Mais para o final do século, a ideia de uma pluralidade de mundos tinha se livrado de parte do ferrão teológico e um conjunto mais livre de especulações começou a ser publicado. O filósofo inglês James Howell podia assegurar confidencialmente, ainda em 1647, "que não apenas a Esfera da Lua está povoada de selenitas ou homens lunares, mas cada estrela do Céu é em si mesma um mundo peculiar, que está colonizado e ocupado por habitantes astrais" (Howell, 2:411). O protestante Edward Sherburne, em sua edição versificada de 1675 do *Astronomicon*, do século I a.C., de Marcus Manlius, adiciona extensos apêndices onde afirma sua crença "de que a Lua é habitada... e por Criaturas Vivas quinze vezes maiores que as que convivem conosco" (Sherburne, p. 179). Do outro lado da vertente religiosa, *Philosophia Universa Speculativa Peripatetica* [Filosofia Especulativa e Peripatética Universal] (1686), de Gaetano Felice Verani, responde a uma dúvida – *"An Luna sit habitabilis, habeat que suo incolas?"* [Se a Lua é habitada, como pode ser a aparência de seus habitantes?] – com uma negativa (Verani, p. 336). Seu argumento é o mesmo de sempre: todos os homens pecaram com Adão e foram redimidos em Cristo, portanto *"ergo non dantur alij homines exceptis ijs que in hac inferior terra degunt"* [não pode haver outros homens além dos que vivem neste nosso mundo inferior] (Verani, p. 338). Mas o espírito da extrapolação imaginativa científica cutuca a ortodoxia católica de Verani. Se tais seres existissem, ele continua (*"si essent homines in orbe Lunari"* [se existem homens no orbe lunar]), como nosso mundo lhes pareceria estranho! Ele então elabora, com alguma minúcia, a posição mesma que acabou de negar, olhando para nosso mundo de terra e água (*"nostre terraqueum globum"* [nosso globo terráqueo]) com um espírito não satírico, mas científico.

Mais influentes foram obras como *Discours nouveau prouvant la pluralité des mondes* [Novo Discurso Provando a Pluralidade dos Mundos] (1657), de Pierre Borel, e o muito popular *Diálogos sobre a Pluralidade dos Mundos* (*Entretiens sur la pluralité des mondes*) (1686), de Bernard le Bovier de Fontenelle. Essa última obra toma a forma de uma conversa espirituosa entre o autor e uma mulher nobre, dividida entre cinco noites de conversa. A discussão da segunda e terceira noites explora a noção de que *"la lune est une terre habitée"* [a Lua é uma terra habitada], com *"d'autres fleuves, d'autres lacs, d'autres montagnes, d'autres villes, d'autres forêts, et ce qui m'auroit bien surpris aussi, des nimphes qui chassoient dans ces forêts"* [outros rios, outros lagos, outras montanhas, outras cidades, outras florestas e, o que também me surpreenderia bastante, ninfas que caçam nessas florestas] (Fontenelle, p. 87). Como os levanianos de Kepler, esses lunarianos, *"incommodez par l'ardeur perpetuelle du soleil"* [incomodados pelo ardor perpétuo do Sol], têm de fazer suas casas subterrâneas (Fontenelle, p. 135). A quarta noite considera as *"particularitez des mondes de Venus, Mercure, Mars, Jupiter et Saturne"* [as particularidades dos mundos de Vênus, Mercúrio, Marte, Júpiter e Saturno] (Fontenelle, p. 95) e a quinta e última noite sugere *"que les étoiles fixes sont autant de soleils, dont chacun éclaire un monde* [as estrelas fixas são também sóis, cada um deles iluminando um mundo] (Fontenelle, p. 129), embora o narrador mais tarde se retrate da crença na Lua habitada.

A obra apreende alguma coisa do verdadeiro tamanho do cosmos copernicano. A interlocutora de Fontenelle se declara estupefata (*"mon imagination est accablée"*) pela ideia de *"la multitude infinie des habitans de toutes ces planetes* [a multidão infinita de habitantes de todos esses mundos] (Fontenelle, p. 150). Ainda mais importante, e a despeito de ocasionais interjeições piedosas louvando *"à Dieu... que fixât les gons dans les places que leur sont naturellement convenables!* [a Deus... que fixou os padrões nos locais que lhe são naturalmente convenientes!] (Fontenelle, p. 184), a obra é notavelmente secular em suas especulações. A Lua e outros planetas são comparados à Austrália e às Américas, mundos povoados à espera de serem descobertos pela humanidade. Todo o livro é explicado em termos científicos; na verdade, "a promoção feita por Fontenelle das ideias copernicanas levou-o a ser colocado no Índex Papal" (Hawley, v. 1, p. 29).

O holandês Christaan Huygens, versado em muitas ciências, elaborou seu relato do sistema solar, *Cosmotheoros* (publicado três anos após a morte de Huygens, em 1698), conforme o princípio de uma refutabilidade rigorosamente científica: "Devo reconhecer que o que tento tratar aqui não é daquela natureza que admite um conhecimento certo; não posso apresentar coisa alguma como positivamente verdadeira (pois isto é impossível), mas apenas adiantar uma Suposição provável, cuja Verdade cada qual tem liberdade de examinar" (Huygens, v. 1, pp. 9-10). Ele deduz, de premissas teológicas, um sistema solar habitado: Deus não poderia ter feito todos esses planetas para nada; *ergo* eles têm de ser habitados por criaturas racionais. As realizações científicas de Huygens incluíram avanços matemáticos no campo do cálculo, a descoberta do sistema de anéis de Saturno, trabalhos sobre relógios e lentes e muito mais. Marjorie Hope Nicolson vê o livro repleto da crença de Huygens de que "Justiça, Honestidade, Generosidade e Gratidão" têm de estar onipresentes na criação cósmica de Deus, o que faz de Huygens, com efeito, um escritor utópico: "Prosseguimos a jornada encontrando por todo lado 'tropas solenes e sociedades amáveis' de homens bastante civilizados que [...] curvam suas mentes à invenção científica". Nicolson acha que falta vigor a essa forma de *voyage extraordinaire*: "A viagem sobrenatural tinha perdido a vitalidade que um dia tivera nas mãos de Luciano e Kepler. Kepler tinha vivido numa era de superstição, quando bruxas eram mais comuns que cientistas. Seus descendentes do século XVIII viveram na luz calma e clara da razão" (Nicolson, p. 62). Mas isso é uma simplificação. É verdade que o *Cosmotheoros* pode ser visto como enfadonho pelo leitor moderno, mas Huygens baseia suas *conjecturae* em um princípio racional-científico de que, embora as coisas num universo infinito possam ser infinitamente diferentes das coisas observáveis na Terra, o simples fato de existir essa possibilidade não as tornam "*neque idcirco necesse esse*" [necessariamente assim]. As conjecturas de Huygens procedem de um princípio de uniformidade na Natureza que tempera as posturas mais extravagantes de grande parte da primitiva FC com uma contenção científica, atenuada com ponderação, que tem a própria força imaginativa.

Enfatizando a natureza materialista do cosmos, Huygens descreve um espaço em que a humanidade pode se propagar; e, de fato, contempla planos futuros para colonizar as várias luas do sistema solar. Setenta anos antes, o herói ficcional de Charles Sorel, Fancion, tinha também visto a Lua habitada em termos de uma ameaça à Terra e se perguntado se "*il y aura là un prince comme Alexandre qui voudra venir compter ce monde-ci. Il fera provision d'engins pour y descendre...*" [existirá lá um príncipe como Alexandre, planejando subjugar este nosso mundo. Ele providenciará máquinas para descer aqui...] (Sorel, *La Vraie Histoire Comique de Francion*, p. 425).

Charles Sorel foi um escritor esplendidamente inventivo, menos conhecido que Cyrano, mas de particular importância para o desenvolvimento da FC. Sua densa novela, cômica e picaresca, *La Vraie Histoire Comique de Francion* [A Verdadeira História Cômica de Francion] (1626) inclui especulação lunar: "*Vous savez que quelques sages ont tenu qu'il y avait plusieurs mondes* [...] *moi, je crois qu'il y en a un dans la lune*" [sabeis que alguns alguns sábios sustentaram que existiam vários mundos [...] quanto a mim, creio que existe um na Lua] (Sorel, *La Vraie Histoire Comique de Francion*, p. 425). Uma novela mais tardia, *Gazettes et Nouvelles ordinaires de divers pays lointains* (1632), inclui entre suas inúmeras maravilhas uma mulher metálica, artificialmente construída, que possui o conhecimento de todas as línguas do mundo: a criatura mais bem cotada para ser o primeiro robô humanoide da literatura. Sorel insiste nessa ideia com *Recueils de pièces en prose* [Coleções de Peças em Prosa] (1644 e 1658), em que um serralheiro inventa um conjunto de seres de metal para atuarem como servos. Uma obra anterior, a divertida história antipastoral *Le berger extravagant* [O Pastor Extravagante] (1627), inclui entre suas maravilhas "*une peau transparent comme du papier huilé*" [uma raça de homens com pele transparente como papel engordurado], (Sorel, *La Vraie Histoire Comique de Francion*, p. 382), através da qual os ossos e órgãos podem ser vistos. O que mais fascina é a vigorosa inventividade imaginativa de Sorel. Em *Le courier véritable* [O Verdadeiro Correio] (1632), uma narrativa utópica ambientada na Austrália, descobrimos um engenhoso mecanismo para comunicação de longa distância: "*certaines éponges qui retiennent le son e la voix articulée, comme les nôtres font des liqueurs*" [algumas esponjas que absorvem ruído e vozes e que podem cobrir grandes distâncias antes de serem espremidas, liberando de novo o som]. Outras ideias fantasiosas para comunicação a longa distância na obra de Sorel incluem certos "*miroirs magiques*" [espelhos mágicos] funcionando como telas em *Le berger extravagant*.

Escrita Neolatina

Um aspecto da ficção científica dessa época, basicamente ausente de narrativas convencionais, é seu componente neolatino. Os historiadores de FC não estão sozinhos nessa negligência: muitos estudiosos de literaturas vernáculas europeias, desconfiados da latinidade, omitem as vigorosas tradições da escrita latina durante os séculos XVII e XVIII. Essa omissão é mais lamentável quando diz respeito à ficção científica.

Para começar, na medida em que a ficção científica é determinada, como podemos esperar que seja, pelos desenvolvimentos da ciência durante esse período, devemos observar que, em sua maior parte, todos os desenvolvimentos importantes em ciência eram escritos em latim. Uma lista meramente indicativa inclui *As Revoluções dos Orbes Celestes* (1543), de Copérnico; o estudo precursor de William Gilbert sobre o magnetismo, *De Magnete* [O Magneto] (1600); *Astronomia nova*, de Kepler (1609) – seu *Somnium* [Sonho] (1634) foi discutido antes; *Sidereus Nuncius* [O Mensageiro das Estrelas], de Galileu (1610); *Novum Organum* [O Novo Método], de Bacon (1620); a obra de William Harvey sobre a circulação do sangue, *Exercitatio Anatomica de Motu Cordis et Sanguinis in Animalibus* [Estudo Anatômico sobre o Movimento do Coração e do Sangue nos Animais] (1628); relatos astronômicos de Christiaan Huygens, *Systema Saturnium* [O Sistema de Saturno] (1659) e *Horologium Oscillatorium* [Relógio de Pêndulo] (1673); *Principia Mathematica* [Princípios da Matemática], de Newton (1687), talvez a mais importante obra científica publicada; o trabalho médico *Hortus Malabaricus* [Jardim de Malabar], de Hendrik van Rheede (1703); a sistematização de Lineu, *Systema Naturae* [Sistema da Natureza] (1735); *Mechanica* [Mecânica], de Euler (1737); *Hydrodynamica* [Hidrodinâmica], de Bernoulli (1738) e *De viribus electricitatis in motu musculari* [Sobre o Efeito da Eletricidade no Movimento Muscular], de Galvani (1791).

Vamos tirar um nome dessa lista: Newton. Houve numerosas revisões literárias da ciência de Newton (algumas são discutidas no capítulo seguinte) e muitas delas em neolatim. Por exemplo, todo o objetivo do poema épico em dez livros *Philosophiae Recentioris* [Da Filosofia mais Recente] (1755-1760), do poeta dálmata Benedicto Stay, é articular a física newtoniana em hexâmetros latinos. Por mais árido que esse projeto soe para sensibilidades modernas, Stay enriqueceu sua narração com a inserção de uma série de fábulas e histórias. Por exemplo, no meio de uma explicação detalhada do problema dos três corpos em mecânica orbital, Stay insere uma extensa narrativa sobre uma sociedade utópica. Um homem sábio adverte as pessoas que certas nuvens envenenadas estão se aproximando e a chuva que cair delas destruirá sua sanidade. As pessoas o ignoram e o filósofo se retira para uma caverna onde fica à espera da tempestade (*"Ecce tonante ruit Caelo pluvial unda profuse* [...] *jam mortale genus novoque correptum partier morbo"* [os céus trovejantes derramam um vasto temporal e então a espécie humana foi atacada por uma estranha e nova doença] [Stay, v. 2, p. 196]). Quando o homem sábio reaparece, a chuva deixou as pessoas insanas e a utopia tornou-se distopia. Ele observa durante algum tempo, mas logo é impelido pela solidão a se atirar em uma das poças da água envenenada da chuva, juntando-se assim às criaturas suas companheiras na insanidade. Essa pequena história desfrutou de uma vida própria (Samuel Taylor Coleridge traduziu-a como "The Fable of the Madning Rain" [A Fábula da Chuva que Enlouquecia] para o primeiro número de sua revista *The Friend*, 1809). É uma das várias histórias do poema de Stay.

O neolatim tinha a vantagem, nesse período, de ser uma língua franca genuinamente funcional. Novelas escritas em latim podiam alcançar maiores audiência que as escritas nas línguas locais. É provável, por exemplo, que a novela mais vendida do século XVII tenha sido *Argenis* (1621), escrita em latim pelo escocês John Barclay. Bastante reeditada (pelo menos trinta vezes só em latim), tem como modelo a antiga novela grega e conta a história do rei da França, Poliarco, e da bela Argenis, uma princesa siciliana. Há intriga política, dois interlúdios com piratas, muita aventura e, conforme o modelo, há também vários elementos sobrenaturais e assombrosos. A questão é até que ponto lemos esses aspectos como magia em uma moldura mítica ou como manifestações de uma lógica cultural mais nova, antecipando desenvolvimentos em ciência e tecnologia. Em *Psyche Cretica* [Psiquê de Creta] (1865), de Ludovicus Praschius, uma turbulenta história de amor e aventura, nossa heroína Psiquê é raptada pelo maligno Philotimus e voa pelo céu numa carruagem aérea. Seu horror em ser separada de seu amado e o medo do que acontecerá com ela é superado por um momento pelo cabal espanto de ser capaz de voar: "*Laeta ac spe tumens, cum per auras, velut diva curru, inveheretur, cum nubilia divideret*" [seu formidável sentimento de júbilo quando cruza o ar, viajando num carro tão divino e cortando as nuvens] (Praschius, p. 134). Há uma carruagem transportada pelo ar em Ovídio (*Metamorfoses*, 6:6) e podemos interpretar esse trecho como uma indicação de sua origem mitológica. Mas a narrativa dificilmente pode evitar compartilhar algo mais especificamente sublime em termos tecnológicos.

Embora não explore de modo explícito sua dimensão temporal, *Eudemia* (1637-1645), de Ianus Nicius Erythraeus (pseudônimo de Giovanni Vittorio Rossi), poderia ser considerada a primeira novela de "história alternativa", pelo menos no sentido de que intervém em um conhecido período histórico para propagar possibilidades de construção de um mundo novo. Ambientada no século I d.C., a novela apresenta um grupo de romanos fugindo da corrupção da corte de Tibério para estabelecer uma utopia romana numa ilha do Atlântico, a Eudemia do título. O objetivo de Rossi é inequivocamente satírico: "Contemplem a verdadeira natureza da sática", ele se gaba no prefácio, acrescentando: "Devemos contar com a verdade, "*veritas autnulla, at obvelata*" [mesmo que apenas a verdade velada] (Erythraeus, p. 10); não uma má definição da estratégia central da FC. Como fica evidente, o "verdadeiro" tema da novela é a corrupção da Roma de Rossi e versões dos Barberini*, apresentadas de modo satírico, que habitam a novela sob vários pseudônimos. Mas a criação sistemática de um mundo alternativo em um contexto histórico abre novas possibilidades para a ficção.

Outras obras neolatinas navegam entre a modalidade da quase-ciência e a *voyage extraordinaire*. Um exemplo influente é encontrado na devoção francamente nauseante do padre jesuíta Athanasius Kircher que, em 1660, publicou uma excursão sobrenatural pelo cosmos: "*Iter exstaticum coeleste, quo mundi opificium, id est, coelestis expansi siderumque tam errantium*" [uma jornada na forma de um arrebatamento para os céus ou como o universo de vastos céus e estrelas errantes é feito]; uma anterior edição romana do livro, de 1656, foi chamada *Itinerarium exstaticum*... [Itinerário Extático]. Sob o acompanhamento da música das esferas, os dois protagonistas, Theodidactus (cujo nome significa "ensinado por Deus") e Cosmiel (um anjo), viajam de planeta em planeta, conversando com as formas de vida inteligentes que encontram pelo caminho. A velocidade de escape é fornecida por uma bela música e Kircher começa a obra recordando um concerto real que tinha assistido, cuja beleza o afetara com tanta profundidade que ele afirmava ter sido de fato projetado a outro mundo: "*vidi enim vero me a genio meo tutleari aurae illatum aethereae deduci ad Lunam, ad Solem, ad Venerem, ad Planetas reliquos, ad sidera ipsa fixa*" [eu vi essas coisas, conduzido por meu gênio guardião numa brisa etérea para a Lua e o Sol, para Vênus e outros planetas e para as próprias estrelas fixas] (Kircher, pp. 3-4).

Kircher rejeitava a cosmologia copernicana, preferindo o modelo proposto por Tycho Brahe, que acreditava que o Sol orbita a Terra e é por sua vez orbitado pelos planetas e pelas estrelas fixas. Esse modelo permitia que Kircher mantivesse a ortodoxia geocêntrica, exigida por sua fé, enquanto explorava o sistema solar como ele estava sendo revelado pela ciência contemporânea. De fato, toda a jornada tem lugar dentro de uma moldura cristã estritamente católica. A ilustração do frontispício mostra, à direita, os mundos em suas órbitas brahenianas, mas também retrata, além do horizonte cósmico, o misterioso nome hebraico de Deus em uma turbulenta massa de nuvens (Figura 4.1).

E no entanto mesmo esse transporte místico-religioso adquire algo da solidez e sistemático esplendor construtor de mundos do modo emergente da ficção científica.

---

* Família que predominou na Roma do século XVII. Em 1623, um de seus membros, Maffeo Barberini foi consagrado papa com o nome de Urbano VIII. (N. do T.)

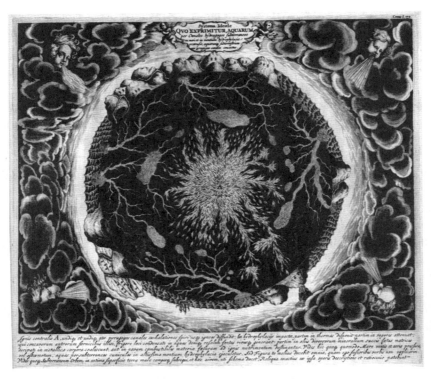

Figura 4.1 "Mundo Subterrâneo", de *Iter exstaticum coeleste*, de Kircher (1660).

Assim como Kepler tirou o protótipo para seu conto de FC de *O Sonho de Cipião*, de Cícero, o mesmo fizeram vários outros escritores de Fantasia do século XVII. Quando o teólogo holandês Anthony Bynaeus se lança em seu sonho para o espaço sideral – *Somnium* (1674) – encontra um lugar onde a *Diva Sophia* [Deusa da Sabedoria], promete reunir todas as diferentes facções intelectuais e religiosas da Terra: "*dum ascendimus Mercurium rogavi unde acres istae pugnae ac contentions ad quarum specyaculum me vocaverat, orate essent*" [quando ascendemos para Mercúrio, deixamos para trás perguntas sobre por que há tanta discórdia e confronto entre os sábios e testemunhamos a unidade da prece] (Bynaeus, p. 4). O estudioso clássico Pieter Burman teve um tipo diferente de sonho – uma utopia terrestre. Seu *Somnium, sive Iter in Arcadiam novam* [Um Sonho, ou Viajando para a Nova Arcádia] (1710) é um engenhoso e longo poema em que Arcádia é uma terra de perfeição bibliófila, um mundo em que todos os melhores livros estão disponíveis de

120

imediato. Como imagem, isto me parece tão capaz de apelar aos amantes dos livros do século XXI quanto aos do século XVII.

Utopias Terrestres

Voltamos, assim, à questão da escrita utópica. Embora muitas obras dessa modalidade tenham seguido o precedente linguístico do texto originário moreano, algumas utopias do século XVII fizeram avançar os limites de suas construções de mundo não apenas para terras distantes, mas para o próprio romance interplanetário. Na realidade, a escrita utópica continuou sendo para muitos uma modalidade controversa. O padre jesuíta alemão Jacob Bidermann, quando o ensino da "nova matemática" do cálculo foi banido pela direção das escolas jesuítas, publicou sua refutação cômica da modalidade utópica como *Utopia Didaci Bernardini* [Utopia de Didacus Bernardini] (1621). Ambientado no reino sem luz de Cimmeria e de sua capital ironicamente chamada Utopia, o livro relata as diversas histórias de viagens, entrelaçadas de forma irônica, do narrador ficcional, cujo nome se relaciona, como anagrama, com o de Bidermann. Essas histórias dão ênfase à insanidade: um homem acredita que a cabeça está cheia de moscas, outro não se atreve a urinar com medo de inundar a cidade, um terceiro acha sua cabeça monstruosamente enorme, e assim por diante. Isolada do ambiente saudável da Igreja Católica, Bidermann insiste, satírico, em que a utopia é um reino louco, apavorante.

Era mais provável a forma ser encarada como positiva por escritores protestantes. Francis Bacon, mais tarde barão de Verulam, é apontado com frequência como defensor da causa do que hoje chamaríamos ciência. Sua novela utópica inacabada foi escrita, como o protótipo de More, em latim (*Nova Atlantis*) (1627) e depois traduzida para o inglês como *New Atlantis: A Work Unfinished* [Nova Atlântida: Uma Obra Inacabada], descrita de forma imprecisa por alguns como "a primeira novela de ficção científica" (Carey, p. 63). Obra truncada (em uma edição moderna, ocupa pouco mais de trinta páginas), *Nova Atlântida* contém certa soma de ciência especulativa, incluindo alusões muito breves a submarinos e autômatos. Mas lhe falta narrativa e, na verdade, sua segunda parte se reduz a mera listagem, pelo fato de o manuscrito estar incompleto quando da morte de Bacon ("O prolongamento da vida. A restituição até certo ponto da juventude. O retardamento da idade. A cura de doenças consideradas incuráveis" e assim por diante através de 33 itens). Como ficção, há algo de evasivo em torno de *Nova Atlântida*.

Dizer isso não é acusar Bacon de imprecisão. Pelo contrário, suas especulações são muito deliberadamente voltadas, por assim dizer, a áreas pouco trabalhadas desse "perigoso" novo modo de escrita. Por um lado, elas antecipam um futuro radicalmente reimaginado por (nas palavras de Robert Appelbaum) uma "consciência antecipatória":

> Cada sugestão teórica que Bacon fez sobre o tema de ciência e sociedade em seus escritos transmite uma esperança de nada menos que uma total revolução na condição humana, em que não apenas novas descobertas terão sido feitas, mas em que uma nova relação entre a humanidade e o mundo que ela habita terá sido cumprida (Appelbaum, 2004, p. 51).

Por outro lado, Appelbaum também registra o paradoxo fundamental de Bacon: "Apesar de toda a sua linguagem revolucionária, Bacon não deixa uma só vez de prestar homenagem ao sublime poder do monarca que sempre tivera o seu apoio". Bacon tinha sido criticado como um conservador absolutista por alguns e, por outros, como um precoce revolucionário futurista, arrebatado pelas possibilidades da ciência e tecnologia. Essa clivagem não indica falta de clareza por parte de Bacon (por mais elípticos que sejam seus escritos, todos eles se mantêm fiéis a uma convincente visão universal), mas falta de clareza da própria lógica da nova ficção científica ou extrapolação científica especulativa. Surge ao mesmo tempo como manifestação de poder centralizador e desestabilizante prenúncio de dissolução social.

Numerosas novelas do século XVII exploraram essa mesma tradição de sociedade como *novum*. Em *Christianopolis* [Cristianópolis] (1619), novela latina do clérigo luterano Johann Valentin Andreae, um viajante que naufragou nas costas da ilha Caphar Salama descobre uma utopia cuja perfeição é função da perfeita prática cristã de seus habitantes. *Nova Solyma, the Ideal City; or Jerusalem Regained* [Nova Solyma, a Cidade Ideal; ou Jerusalém Recuperada] (1648), do puritano inglês Samuel Gott, compartilha com a mais antiga *Eudemia*, de Rossi (discutida antes), um sabor de história alternativa. Em algum momento em torno do ano 1600, sustenta a novela, os judeus do mundo receberam uma visão divina que os converteu *tout court* [prontamente] ao cristianismo. Esses judeus redimidos se apoderaram então de Jerusalém e a recriaram como uma utopia cristã. A novela, embora seja um relato detalhado dessa sociedade, é também uma resposta às convulsões da Guerra Civil Inglesa e, em particular, ao espaço imaginativo que os discursos em torno da guerra abriam para que as possibilidades sociais fossem repensadas.

Outras utopias desse período são ambientadas de forma mais convencional em ilhas distantes como a de More. *Gerania* (1675), de Joshua Barnes, descreve um reino imaginário, "nas mais remotas fronteiras da Índia", de humanos em miniatura que alguns críticos viram como precursores dos liliputianos de Jonathan Swift. Richard Head compôs uma série de fábulas sobre terras imaginárias, incluindo *The Floating Island* [A Ilha Flutuante] (1673) e a viagem sobrenatural de *O'Brazeel, An Inchanted Island Discovered*: [O'Brazeel, ou A Ilha Encantada] (1675). *The Isle of Pines* [A Ilha dos Pines] (1668), de Henry Neville, relata como um marinheiro inglês, George Pine, descobre e povoa uma nova terra perto da costa da Austrália, produzindo 12 mil descendentes em menos de um século. Esse reino imaginário se destaca por um caráter bastante explícito de sua sexualidade; um crítico moderno lista os episódios eróticos ("poligamia, voyeurismo, intercurso entre classes sociais... miscigenação e orgiástica indulgência sexual") e observa que "'pines' é um anagrama de 'pênis'" (Bruce, pp. xxxvii-viii). É discutível até que ponto é útil descrever essa "pornotopia" como ficção científica, mas a fantasia de Neville de gratificação sexual como *novum* social não foi um caso isolado.

No folheto de Nicholas Goodman, *Hollands Leaguer, or an Historical Discourse of the Lie and Actions of Dona Britanica Hollandia, the Arch-Mistris of the wicked women of Eutopia* [A Casa de Holanda, ou um Discurso Histórico da Falsidade e Ações de Dona Britanica Hollandia, Arquimestra das Depravadas de Eutopia] (1632), *Eutopia*, de forma devidamente satírica, é um famoso bordel no Bankside, em Londres. A peça teatral *The Six Days' Adventure, or the New Utopia* [A Aventura de Seis Dias, ou A Nova Utopia] (1671), de Edward Howard, envolve política de gênero de um modo menos insolente; ambientada na ilha de More, a peça se inicia quando o governo de homens está prestes a ser substituído por um governo só de mulheres. Embora Howard insira essa premissa por razões essencialmente cômicas, com o humor do torcer de panos de pratos molhados de maridos dominados e cornos, há também certa especulação mais séria sobre se tal governo contradiz a "ordem natural" ou mesmo se pode ser o presságio de uma sociedade melhor.

O escritor francês Gabriel de Foigny passou algum tempo de sua juventude como monge franciscano, mas fugiu mais tarde para a Suíça e se converteu ao protestantismo. Seu *La Terre Australe Connue: c'est-à-dire une description de ce pays inconnu jusqu'ici et de ses moeurs & de ses coutûmes* [A Terra Austral Conhecida: isto é, uma Descrição deste País até aqui Desconhecido e de seus Hábitos & Costumes] (1676) imagina a Austrália povoada por uma espécie hermafrodita.[3] Essas criaturas de pele vermelha *"d'une couleur que tire plus sur le rouge que sur le vermeil"* [de uma cor que está mais para o vermelho que para o bronzeado] (Foigny, p. 83) levam vidas pacíficas e utópicas; nus, assexuados, racionais e harmoniosos, *"les Australiens sont exempts de toutes passions"* [os australianos estão livres de todas as paixões] (Foigny, p. 140). O herói, Sadeur, é por acaso ele próprio um hermafrodita. Vítima de um naufrágio na costa australiana, é de bom grado aceito pelos australianos. Transpira que os habitantes dessa utopia não podem tolerar qualquer tipo de imperfeição. Os australianos de pele vermelha de Foigny asfixiam no berço qualquer criança que nasça com apenas um sexo e levam a cabo uma vigorosa guerra de extermínio contra nativos de gêneros convencionais ("*les fondins*" ou "semi-homens"). Sadeur se apaixona por uma mulher *fondin* e acaba deixando aquela terra supostamente ideal.

Essa estranha utopia reflete uma série de inquietações do autor acerca dos constrangimentos sexuais e sociais de fins do século XVII na Europa. O texto foi depurado numa edição posterior. James Burns comenta que

> No capítulo cinco, que foi quase todo cortado da edição de 1692, Sadeur discute temas como a nudez pública como meio de livrar as pessoas de preocupações perigosas, a tirania masculina sobre as mulheres e a igualdade sexual. Apesar de suas nobres pretensões neste capítulo e em toda a obra, é claro que Foigny, que foi expulso de várias cidades francesas por bigamia e outros crimes sexuais, usou a paisagem e a sociedade de seu mundo austral para condescender imaginativamente com práticas pouco saudáveis. Vislumbramos o apetite sexual que trouxe problemas para o autor quando Sadeur discute sua participação em uma batalha contra os fundianos e sua tentativa de estuprar duas prisioneiras de guerra (Burns, p. 5).

Mas embora o interesse moderno pela obra de Foigny tenha revelado, por razões compreensíveis, uma tendência a insistir nos aspectos sexuais, a importância do livro para o desenvolvimento da FC é um tanto diferente. Na época de Foigny, seus australianos hermafroditas foram vistos como uma afronta não tanto devido ao erotismo anticonvencional, mas porque ele os representava como nascidos sem pecado original. "Foigny foi perseguido", observa Geoffroy Atkinson, "porque os australianos de sua novela não pecaram em Adão" (Atkinson, v. 2, p. 17). Em outras palavras, o livro de Foigny apresenta uma alteridade teológica, uma terra alienígena fora do esquema conceitual da Igreja.

O huguenote francês Denis Vairasse fugiu para a Inglaterra, onde viveu durante décadas. Sua *History of the Sevarambians, a People of the South-Continent* [História dos Severambos, um Povo do Continente Sul] (1675-1680) foi escrita em inglês e logo traduzida por toda a Europa; tanto Rousseau quanto Kant a aprovaram. O reino australiano de Vairasse está dividido em uma distopia governada por um tirano chamado Stroukaras, uma sátira exagerada de Luís XIV, da França, e a utopia avançada dos severambos, tolerantes e avançados do ponto de vista tecnológico – o nome deles sugere tanto uma imparcialidade que vê "ambos" os lados quanto as várias [*several*] possibilidades de práxis religiosa e social aberta a seus cidadãos. Uma série de outras utopias australianas tiveram sucesso. *Miscellanea Aurea: The Fortunate Shipwreck, or a Description of New Athens in Terra Australis incognita* [Miscelânea Áurea: *O* Afortunado Naufrágio ou uma Descrição de Nova Atenas na Terra Australis Incognita*] (1720), de Thomas Killigrew, narra a descoberta, feita graças a um naufrágio, de Nova Atenas, na Austrália, onde descendentes dos antigos gregos e australianos nativos vivem em harmonia. Nicolas Edme Rétif de la Bretonne publicou o relato de uma viagem à Austrália em uma máquina voadora, *La Decouverte Australe par un homme-volant* [A Descoberta Austral por um Homem-Voador] (1781), discutida no capítulo seguinte. No século XVIII, porém, o número de verdadeiras *terrae incognitae* da Terra estava diminuindo com rapidez. Escritores de utopias e escritores interessados em criar viagens de exploração inteiramente novas foram forçados a deslocar suas imaginações para outras direções.

Uma alternativa, utilizada de tempos em tempos por autores de literatura fantástica, é que podiam ser descobertos novos mundos *embaixo* da superfície da Terra, não sobre ela. A novela picaresca alemã *Simplicissimus* (1668; uma versão bem ampliada foi publicada em 1671), de Hans Jakob Christoffel von Grimmelshausen, segue seu herói pela superfície do globo de um modo bastante satírico-realista, mas inclui vários interlúdios mais fantásticos. Um deles é um episódio utópico de FC em que Simplicissimus visita a feliz sociedade *"den Sylphis in das Centrum terrae"* [dos silfos que habitam o meio da Terra] (Grimmelshausen, p. 427). Mas esse episódio é breve e está um tanto em choque com a verossimilhança cômica e sombria das desventuras dos protagonistas através da Europa devastada pela guerra, que constituem a parte maior da novela. Outra estratégia era conceber a utopia num reino espiritual. *Le Grand Empire de l'un et l'autre monde, divisé en trois royaumes: le royaume des aveugles, des borgnes et des clair-voyants* [O Grande Império Deste e de Outro Mundo, Dividido em Três Reinos: o Reino dos Cegos, dos Caolhos e dos Clarividentes] (1630), de Jean de la Pierre, trata, como sugere o título, de um Grande Império dividido em três reinos: dos cegos, dos que veem com apenas um olho e dos que "veem claro".

Robert Appelbaum argumenta que a distopia australiana satírica de Joseph Hall, em *Mundus alter et idem* [Um Mundo Outro e o Mesmo] (1605); traduzido para o inglês por John Heaney, em 1610, como *The Discovery of a New World or A Description of the South Indies* [A Descoberta de um Mundo Novo ou Uma Descrição das Índias Meridionais], caracteriza de fato uma ficção limite para viagens imaginárias terrestres. Os viajantes de Hall visitam

---

*   A Terra Australis Incognita é um continente fictício que constou de vários mapas elaborados entre os séculos XV e XVIII. (N. do T.)

as ilhas Crapúlia, Viragínia, Morônia e Lavérnia e as encontram dedicadas a *novums* sociais antinaturais: na primeira, todos são comilões; na segunda, antes governam mulheres que homens a terceira está repleta de idiotas e a quarta está estruturada sobre o princípio de que todos são ladrões. Appelbaum se concentra no que chama de "argumento mais vigoroso, ainda que sutil, de Hall [...] de que aquilo que um dia acreditamos ter estado lá, no mundo fora da experiência europeia, estruturando nossas esperanças e desejos, nosso senso ontológico de quem somos e onde estamos, nunca passou de uma projeção absurda, ilusória, do que já somos *aqui*".

> O que descobrimos graças à nova geografia, em outras palavras, não é um mundo concreto de fenômenos encantados ou úteis, uma terra de riquezas prontas para serem apropriadas e exploradas, mas antes nós mesmos, nossos eus desencantados, confrontando a futilidade de nossos desejos mundanos. Viragínia, Crapúlia, Lavérnia, Morônia [...] é o que está lá fora e esses países pecadores obviamente não passam de projeções de nossos piores apetites e falhas [...]. A Terra Australis é, com efeito, a própria Inglaterra, separada de si mesma, invertida, distorcida e ampliada de ponto de espacial, mas ainda assim *ela mesma, idêntica* (Appelbaum, 1989, p. 11).

Isso leva a *Utopia* moreana, com seus nítidos e múltiplos pontos de aplicação à própria Inglaterra de More, a uma lógica extrema (na Alemanha, a obra de Halls foi inclusive traduzida sob o título *Utopiae Pars* [Algumas Utopias] e seu frontispício enfeitado com epigramas no alfabeto utópico). Podemos pensar que só fora do mundo o espaço conceitual da possibilidade e da alteridade radical pode ser preservado. Há, podemos dizer, um beco sem saída no projeto mesmo da utopia.

Relatos Futuros e História Alternativa

Na Grã-Bretanha, a especulação utópica extravasou em política prática durante as sublevações da década de 1640, uma época em que muita gente se empenhou de um modo franco para reconstruir a Inglaterra como uma terra nova e perfeita. Assim, por exemplo, folhetos escritos pelo revolucionário agrário inglês Gerrard Winstanley têm um sabor bastante utópico, embora fossem concebidos em termos práticos em vez de serem meramente especulativos ou idealizados. Seus seguidores eram uma pequena parte dos grupos que se autodenominavam "niveladores", "escavadores", "raivosos" e muitos outros nomes e a principal consequência prática de seu entusiasmo utópico foi uma eficiente repressão estatal de ideias tão perigosas.

126

Em função disso, à medida que naquela época a utopia se tornava cada vez mais contestada e bloqueada neste mundo, alguns escritores aproveitaram a oportunidade para deslocar suas utopias para outros mundo ou, então, imaginar como as coisas poderiam ser melhores em outra época. Uma das mais importantes invenções literárias do século XVII foi a narrativa futurística. Só no século XX, porém, "o futuro" se tornaria o cenário padrão, por assim dizer, da narrativa de FC; e a maior parte da ficção científica nos séculos XVIII e XIX foi alojada em versões de seu próprio tempo. As poucas exceções despertam interesse basicamente como precursoras do culto do futuro no século XX, mas os primeiros exemplos de ficção futurológica sem dúvida ilustram as formas em que a FC no geral se separava do discurso religioso.

Um mestre-escola alemão do século XVI chamado Paul Grebner adquiriu certa fama local como profeta, prevendo, de acordo com informações bíblicas, o final dos tempos, sendo ele precedido por um "grande monarca do norte", que uniria a Europa e derrubaria o papa. Grebner, como Nostradamus, logo se tornou um nome a quem várias profecias, com frequência contraditórias, eram atribuídas. O turbilhão da Guerra Civil Inglesa incitou o interesse em Grebner e foram publicados diversos livros que se faziam passar por manuscritos recém-descobertos por ele, mas na realidade difundiam programas políticos específicos, relevantes para seus autores. *A Brief Description of the Future History of Europe from Anno 1650 to 1710* [Uma Breve Descrição da História Futura da Europa do Ano 1650 a 1710] (1650) é um deles, uma obra pseudogrebneriana escrita por um anônimo "quinto monarquista inglês", cujo grupo, inspirado por uma leitura do Livro de Daniel, propagava uma quinta monarquia para suceder a assíria, a persa, a grega e a romana, durante a qual Cristo reinaria na Terra por mil anos. A procedência teológica emerge amplamente na *Future History of Europe* [História Futura da Europa], como quando se descreve a derrocada do papa durante o ano significativo em termos numerológicos: 1666. Contudo, outros aspectos do livro lembram mais a antiga FC, por exemplo, quando o Quinto Monarca se apodera do poder na América.

A sátira política de seis páginas *Aulicus: His Dream of the King's Sudden Coming to London* [Aulicus: Seu Sonho da Chegada Repentina do Rei a Londres] (1644), de Francis Cheynell, é às vezes descrita como a primeira ficção futura publicada. Isto a supervaloriza, visto que há muitos exemplos anteriores dessa modalidade de escrita. Além disso, o texto de Cheynell não deixa de ser uma sátira. Aulicus – latim para "cortesão" – é um idiota, incapaz de compreender o que aconteceu a seu país ou os defeitos do rei a quem ele serve de modo submisso. Cheynell torna a contar seu sonho da vitória de Stuart apenas para zombar de seu caráter absurdo. Um volume interligado,

Aulicus, His Hue and Cry Sent Forth After Britanicus, Who Is Generally Reported to be a Lost Man [Aulicus, sua Chuva de Críticas Atiradas contra Britanicus, Que É em Geral Apresentado como um Homem Perdido] (1645), torna a fazer uma reflexão sobre a Guerra Civil e acha muito exagerados os rumores da "perda" da Grã-Bretanha. Na verdade, Aulicus é uma figura trivial na sátira do século XVII, um meio de criticar políticas da corte invocando um cortesão estúpido sem satirizar traiçoeira, e perigosamente, o próprio monarca.[4]

Epigone, histoire du siècle futur [Epígone, História do Século Futuro] (1659), de Jacques Guttin, é uma tentativa mais refletida de retratar uma sociedade futura, embora o sabor do todo fique muito longe do que poderíamos considerar futurista. O livro de Guttin, ao contrário, combina tropos de romance e de epopeia de modo bastante nostálgico. A moldura narrativa descreve como Epígone (cujo nome significa "posteridade" ou "sucessor") e seus amigos, apanhados por uma enorme tempestade no mar, naufragam na costa aparentemente africana de Agnotie (o próprio glossário de Guttin a define como *terre inconnue* [terra desconhecida]). Eles são levados para o interior até uma pujante cidade, onde, graças a um artefato-tradutor de cristal, são capazes de se comunicar com os estranhos nativos, a quem o monarca Epígone relata suas várias aventuras. Apesar de situado sem sombra de dúvida na era futura, o texto se aproxima com nitidez da *Eneida*, de Virgílio. As aventuras em si, incluindo um interlúdio num reino amazônico governado por mulheres e devotado ao prazer sensual, ecoam a *Odisseia*, de Homero. As reviravoltas, peripécias, elementos de histórias de amor, lutas de espadas, fugas e toda a bagagem habitual do "romance" convencional diluem a futuridade imaginária. Paul K. Alkon argumenta que "o 'século futuro' de Guttin sem a menor dúvida não é, absolutamente, um futuro" (Alkon, *Origins of Fantastic Fiction*, p. 37).

Na verdade, é um dos axiomas da crítica de FC que esse elemento antifactual e temporal entra no quadro muito mais tarde. Alkon insiste em que "a impossibilidade de escrever histórias sobre o futuro" foi "dada como certa até o século XVIII", já que "o futuro estava reservado como um tópico para profetas, astrólogos e praticantes de retórica legislativa" (Alkon, *Origins of Fantastic Fiction*, p. 4). Darko Suvin localiza o "principal divisor de águas" no desenvolvimento da FC como ficção especificamente futurista "por volta de 1800, quando o espaço perde seu monopólio de localização do estranhamento e os horizontes alternativos se deslocam do espaço para o tempo" (Suvin, p. 89). Em sua história da antiga FC, Alkon vai mais longe: "Escritores da antiguidade à Renascença nunca trabalharam com cenários futuros" (Alkon, *Science Fiction Before 1900*, p. 21).

Mas eles o fizeram. Especular sobre futuros (seculares) possíveis é uma função tão necessária da aptidão humana para planejar e desenvolver estratégias que seria na verdade surpreendente que estivesse ausente por completo de literaturas mais antigas. E de fato não é difícil encontrar outros exemplos de escrita futurística desse período, alguns inclusive anteriores ao *Aulicus*, de Cheynell. Por exemplo, Andreas ab Habernfeld (médico da rainha da Boêmia) publicou seu *Hierosolima restituta ad Annum Futurum 1624* [Restauração de Hierosolima no Ano Futuro 1624] em 1622, prevendo a retomada iminente de Jerusalém dos turcos. E para recuarmos mais, a anônima peça teatral inglesa *A Larum for London* [Um Alarme para Londres] (1602) dramatiza o então recente saque espanhol de Antuérpia visando, de modo explícito, passar a Londres uma possível narrativa futura de invasão espanhola. O próprio tempo aparece no palco como personagem, exortando a audiência a considerar como o futuro poderia ocorrer e insistindo que "não deseja ver/ Pesado ou desastroso acaso seguir-se/Aos Cuidados dos homens, se eles forem avisados" (*A Larum for London*, [Anon], p. 51). Ainda mais para trás está a obra anônima *Neue Zeitung von einer tapsern Kriegsrüstung in Utopie im Jar 1544* [Novo Diário de Meritório e Novo Armamento de Utopia no Ano 1544] (1543), que consiste de um itinerário do novo material bélico imaginário prestes a ser distribuído *"Das spielist aber noch nicht aus"* [o jogo ainda está para ser jogado] no campo de batalha da Reforma. E já discutimos *Nova Solyma* [Nova Jerusalém] (1648), de Gott, uma detalhada história alternativa da Palestina do século XVII com um *Jonbar point** localizado em torno de 1600.

Há, no entanto, um ponto mais importante a ser levantado aqui. As revoluções copernicana e pós-copernicana em ciência desacorrentaram a imaginação criativa da retidão bíblica, tanto em termos temporais quanto espaciais. Ao revelar escalas *espaciais* cosmológicas realistas, esses novos discursos desafiavam os pressupostos cronológicos da cultura europeia. O Antigo Testamento bíblico situa a criação do mundo alguns milhares de anos atrás. Após muito trabalho com a Bíblia, James Ussher (arcebispo de Armagh e primaz protestante de toda a Irlanda) datou a criação "na entrada da noite precedendo o vigésimo terceiro dia de outubro no ano de 4004 antes de Cristo". O Novo Testamento declara que o fim do mundo é iminente. Nenhuma dessas afirmações é correta em termos factuais. Foi no século XVII (e em maior grau no XVIII) que a compreensão do "tempo longo" sofreu uma mudança

---

*   A expressão *Jonbar point* vem de *The Legion of Time* [A Legião do Tempo] (1938), de Jack Williamson. É o ponto essencial de divergência entre dois resultados. (N. do T.)

radical. *Caractères* [Personagens] (1688), de Jean de La Bruyère, se interessa por enormes fossos de tempo.

> *Si le monde dure seulement cent millions d'années, il est encore dans toute sa fraîcheur, et ne fait presque que commencer; nous-mêmes nous touchons aux premiers hommes et aux patriarches, et qui pourra ne nous pas confondre avec eux dans des siècles si reculés? Mais si l'on juge par le passé de l'avenir, quelles choses nouvelles nous sont inconnues dans les arts, dans les sciences, dans la nature, et j'ose dire dans l'histoire! Quelles découvertes ne fera-t-on point! Quelles différentes révolutions ne doivent pas arriver sur toute la face de la terre, dans les États et dans les empires!*
>
> [Se o mundo existe apenas há 100 milhões de anos, ele ainda está em todo o seu frescor e praticamente no seu início; nós mesmos estamos próximos dos homens primitivos e dos patriarcas, e é provável que devamos ser confundidos com eles no futuro remoto. Mas se julgamos o futuro em termos do passado, quantas coisas novas ainda desconhecemos nas artes, nas ciências, na natureza e, me atrevo a dizer, na história! Quantas descobertas ainda estão para ser feitas! Que diferentes revoluções não devem ter lugar sobre toda a face da Terra, nos Estados e nos impérios!] (La Bruyère, p. 107).

Um otimismo como este não era sem precedentes. O longo poema *Annus Mirabilis* [Ano de Milagres] (1667), de John Dryden, descreve em detalhe o Grande Incêndio de Londres, mas termina com uma prolongada visão da brilhante cidade futura que, ele tinha certeza, se ergueria das cinzas. O mais provável, no entanto, é que essas novas perspectivas do tempo provocassem pessimismo. *Three Physico-theological Discourses* [Três Discursos Físico-Teológicos] (1693), de John Ray, povoa a *longue durée* do novo futuro de previsões, presságios de erosão, chuva e enchente e "o nivelamento de Montanhas" pelos "Cursos e Cataratas dos rios subterrâneos lavando a Terra sem cessar e enfraquecendo suas fundações, fazendo aos poucos com que se desmanchem, escorram e desabem" (Ray, pp. 294-95). Sua conclusão:

> A superfície de toda a Terra que é agora acidentada e irregular em virtude das Montanhas e Vales e, portanto, apenas rudemente Esférica está diariamente, desde o começo mesmo do Mundo, sendo reduzida a uma perfeita redondeza, com tanta intensidade que necessariamente vai ocorrer, de um modo natural, que seja um dia inundada pelo Mar e tornada inabitável (Ray, p. 297).

Nem mesmo essa catástrofe oceânica é o fim da coisa. Ray acreditava que as manchas do Sol constituem uma oclusão progressiva, de modo que...

> [...] após alguns vastos Períodos de Tempo o Sol pode estar tão inextricavelmente envolvido pelas *Maculae* [Manchas] que pode perder por completo sua Luz; e então podemos facilmente imaginar o que aconteceria com os habitantes da Terra. Pois sem esse vivificante calor, nem a Terra poderia oferecer quaisquer vegetais para o sustento deles, nem eles, se pudessem tentar, seriam capazes de suportar os extremos do Frio, que por necessidade tem de ser mais rigoroso, e isso perpetuamente, do que é agora nos Polos no período do Inverno (Ray, pp. 315-16).

O sublime pessimismo dessa imaginada história futura impressiona ao especular além das possibilidades de escalas de tempo sancionadas em termos bíblicos.

Desenvolvimentos da Ciência

No início deste capítulo, coloquei certa ênfase no componente religioso particular da lógica cultural do período: a separação de uma estética mágico-teológica "católica" de uma estética imaginativo-expansiva "protestante", com a FC começando a emergir sob o segundo guarda-chuva ideológico. Seu rápido desenvolvimento durante o século XVII estava ligado a um determinado discurso emergente da ciência. A revolução de Copérnico, embora pareça limitada a modelos cosmológicos, deu de fato (em última análise) um estímulo irreprimível a novas ciências graças à amplitude da indagação humana. Passa a operar uma distinção entre os pensadores escolásticos tradicionais, que acreditavam que a ciência consistia na interpretação precisa de autoridades tradicionais, e os pensadores humanistas mais novos, que queriam expandir a ciência em direções originais.

Muitos cientistas (ou, mais propriamente, filósofos naturais) dos séculos XVI e XVII trabalharam dentro de uma tradição escolástica herdada, que era de raiz neoplatônica. Ela dependia, como assinala Desmond M. Clarke, de uma crença na "certeza da necessidade de genuínas pretensões ao conhecimento e em sua universalidade", da "pretensão de que nosso conhecimento da natureza física se apoia, em última análise, na confiabilidade de nossas observações e julgamentos diários" e da "distinção bastante empregada" entre *matéria* e *forma*, uma distinção que remonta a modelos platônicos e aristotélicos (Clarke, pp. 259-60). As formas eram pensadas como essências ideais, a matéria como aparência contingente. Assim (por exemplo), insetos surgem numa abundante variedade de formatos, tamanhos, cores e comportamentos, mas continuam sendo reconhecíveis como insetos. Segundo o modelo platônico, a essência comum que une todos os insetos seria considerada a *forma*, com os aspectos não essenciais, variáveis, dos exemplos concretos da vida de inseto no mundo sendo a *matéria*. Grande parte da ciência pré-iluminista envolvia definição e afirmação sobre a forma das coisas.

René Descartes contestou de forma efetiva essa tradição escolástica, redefinindo no processo a ciência. Argumentou que falar sobre forma era "ao mesmo tempo redundante e falsamente esclarecedor" (Clarke, p. 266). Dizer, por exemplo, que um ímã atrai metal porque possui forma magnética não vai além da tautologia, embora tal explicação possa dar ao investigador uma falsa impressão de ter resolvido a questão do magnetismo. Os escritos de Descartes encorajaram uma mudança do especulativo para o prático em ciência, do pensamento essencialista sobre formas para o pensamento sobre os mecanismos que operavam no mundo físico, embora ele "continuasse a aceitar as suposições escolásticas de que devíamos primeiro construir nossa metafísica" (Clarke, p. 281), construí-la antes de continuarmos a fazer ciência. Como ele diz em seus *Principia Philosophiae* [Princípios de Filosofia] (1644):

> O conjunto da filosofia [hoje diríamos, do "conhecimento"] é como uma árvore. As raízes são a metafísica [diríamos, a "filosofia"], o tronco é a física ["ciência material geral"] e os galhos emergindo do tronco são todas as outras ciências, que podem ser reduzidas a três principais, a saber, medicina, mecânica e ciência moral ["biologia", "física" e "ética"]. (Cottingham *et al.*, v. 1, p. 187; comentários meus).

Quanto mais a ciência em si se tornava um discurso empírico, experimental, e, portanto, menos lugar tinha o impulso especulativo na prática da ciência, mais importante se tornava a ficção científica.

Descartes exerceu uma influência imediata e direta sobre a ficção científica. O jesuíta francês Gabriel Daniel publicou *Voyage au Monde de Descartes* [Viagem ao Mundo de Descartes] (1690) com a intenção específica de criticar ideias cartesianas. O livro logo foi traduzido para o inglês por Thomas Taylor, em 1692, como *Voyage to the World of Cartesius* [Viagem ao Mundo de Cartesius]. Daniel faz menção às aventuras fantásticas de Luciano, que seria um precursor, mas usa a referência não para um livre jogo imaginativo, mas para contestar "*l'hypothêse de tourbillons [de Descartes], qui est cependant le fondement de tout ce qu'il enseigne touchant le mouvement des planettes, [et] le flux et le reflux de la mer*" [a hipótese dos vórtices de Descartes, que é o fundamento de tudo que ele ensina sobre os movimentos dos planetas e as marés] (Daniel, p. 8). A maior parte do volume é uma discussão árida das particularidades da filosofia cartesiana e dos modos como elas confirmam ou negam a ortodoxia religiosa. Os protagonistas enfim viajam para um terceiro céu postulado por Descartes, embora a maneira como fazem isso não seja descrita: "*Je ne vous dirai rien du détail de ce voiage. J'espere dans quelques jours vous le faire à vous-même* [Não lhe falarei de qualquer detalhe dessa viagem. Espero que, daqui a alguns dias, você mesmo venha a empreendê-la] (Daniel, p. 56). Eles caminham um longo tempo nos "*grands déserts de l'autre monde*" [grandes desertos do outro mundo], que representam (somos informados) o caos do pensamento cartesiano, têm demoradas conversas sobre ciência cartesiana e, por fim, convencem Descartes de que seus "*tourbillons*" [turbilhões] teóricos não são a verdadeira explicação da atividade cósmica. Em lugar de uma explicação materialista do cosmos, Daniel recua para uma explicação doutrinária católica: por exemplo, a translação física do narrador para esse mundo distante é, insiste ele, semelhante à translação de substância divina no lugar de pão no sacramento católico (Daniel, p. 70). O importante aqui (nas palavras de James Sutherland) é que "Descartes ficou exposto à crítica" de muitos pensadores, precisamente "porque se considerava que sua teoria dos vórtices sustentasse uma concepção meramente mecânica de lei física, não dando margem para a vontade divina operar" (Sutherland, p. 377). Mesmo em fins do século XVII, as inquietações religiosas da revolução de Copérnico ainda assombravam a exploração científica e da ficção científica. Continuariam a fazê-lo à medida que o gênero se desenvolvesse.

Notas

1. "*Si in hoc globo vites provenirent, an vinum quod ex illis producitur, an vinum quod ex illis producitur, in usum S Eucharistiae adhiberi posset?*"
2. Esses números são citados para dar uma ideia de proporções relativas, não de números absolutos: o montante de 21 textos só inclui obras publicadas em outras línguas se elas foram traduzidas para o inglês nesse período; se incluirmos obras publicadas no continente, o número dobra. O detalhamento completo de Salzman é o seguinte: 1. Ficção Elizabetana (105 títulos); 2. Romance Sidneiano e Adições à Arcádia, de Sidney (16 títulos); 3. Romance Curto "Atenuado" (6 títulos); 4. Romance Continental, incluindo romance de aventura e romance pastoral (15 títulos); 5. Romance Didático (10 títulos); 6. Romance Político/Alegórico e Alegoria Religiosa (23 títulos); 7. Ficção Didática (21 títulos); 8. Ficção Heroica Francesa (15 títulos); 9. Livros de Troça (15 títulos); 10. Biografia Criminal (23 títulos); 11. Viagem Imaginária/Utopia/Sátira (20 títulos); 12. Ficção Picaresca (24 títulos); 13. Romance Popular de Cavalaria (26 títulos); 14. Compilações Populares de História (9 títulos); 15. Antirromance e Romance "Impuro" (18 títulos); 16. A Novella (17 títulos); 17. Memórias (11 títulos); 18. Crônicas

de Escândalos/Histórias Secretas (17 títulos); 19. Nouvelle Historique e Nouvelle Galante (72 títulos); 20. Novela Política/Alegórica (9 títulos); 21. Contos Orientais (15 títulos); 22. Novela de Restauração (58 títulos); 23. Ficção Popular fora da história de cavalaria (34 títulos).

3. Um antecedente dessa obra pode ter sido *Les Hermaphrodites* (1605), uma distopia satírica de Thomas Artus em que uma sociedade hermafrodita está localizada numa ilha flutuante. *Hermaphrodites in Renaissance Europe* (2006), de Kathleen P. Long, acompanha o desenvolvimento de fábulas e utopias hermafroditas saídas do fascínio da Renascença com a alquimia, em que indivíduos com os dois sexos simbolizavam a conjunção de forças elementais e químicas.

4. O jornal mais importante da Guerra Civil Inglesa era o *Mercurius Aulicus* (criado em janeiro de 1643). Dezenas de livros foram publicados no século XVII sob o selo *Aulicus*, do *Aulicus Politicus* (1615), de Eberhard von Weyhe, ao *Aulicus Coquinariae* (1650), de William Sanderson além de vários outros.

Referências

Ackroyd, Peter. *The Life and Times of Thomas More*. Londres: Chatto, 1998.

Alkon, Paul K. *Origins of Fantastic Fiction*. Athens: University of Georgia Press, 1987.

_____. *Science Fiction Before 1900: Imagination Discovers Technology* [1994]. Londres: Routledge, 2002.

[Anônimo]. *A Larum for London, or the siedge of Antwerpe with the virtuous actes and valorous deedes of the lame soldier*, org. W W Greg. Londres: Malone Society, 1913.

Appelbaum, Robert. Anti-geography, em *Early Modern Literary Studies* 4(2): 12.1-12.17 (1998).

_____. *Literature and Utopian Politics in 17th-century England*. Cambridge: CUP, 2004.

Atkinson, Geoffroy. *The Extraordinary Voyage in French literature*, 2 vols. Paris: É. Champion, 1922.

Bruce, Susan (org.). *Three Early Modern Utopias: Thomas More, Utopia; Francis Bacon, New Atlantis; Henry Neville, The Isle of Pines*. Oxford: Oxford University Press, 1999.

Burman, Pieter. *Somnium, sive Iter in Arcadiam novam*, 1710.

Burns, James R. Review of Writing the New World: Imaginary Voyages and Utopias of the Great Southern Land and the Southern Land, Known. *In: Early Modern Literary Studies* 2(2): 11.1-11.7, 1996.

Bynaeus, Antonius. *Somnium*, 1674.

Carey, John (org.). *The Faber Book of Utopias*. Londres: Faber, 1999.

Cavendish, Margaret. The Description of a New World, Called the Blazing World ["The Blazing World"] (1666). *In: An Anthology of 17th-century Fiction*, org. Paul Salzman. Oxford: Oxford University Press, 1991, pp. 249-348.

Cervantes, Miguel de. *Don Quixote* (primeira parte publicada em 1604, segunda parte em 1614), trad. J. M. Cohen. Harmondsworth: Penguin, 1950.

Claeys, Gregory (org.). *Modern British Utopias* 1700-1850, 8 vols. Londres: Pickering and Chatto, 1997.

Clark, Stuart. *Thinking with Demons: The Idea of Witchcraft in Early Modern Europe*. Oxford: Oxford University Press, 1997.

Clarke, Desmond M. Descartes'philosophy of Science and the Scientific Revolution. *In: The Cambridge Companion to Descartes*, org. John Cottingham. Cambridge: Cambridge University Press, 1992, pp. 258-85.

Cottingham, John, R. Stoothoff e D. Murdoch (orgs.). *The Philosophical Writings of Descartes*, 2 vols. Cambridge: Cambridge University Press, 1985.

Cyrano de Bergerac, Savinien de. *Histoire Comique contenant les Estats et Empires de la lune*, Paris 1657; como *Voyage dans la Lune*, org. Maurice Laugaa. Paris: Garnier-Flammarion, 1970.

Cyrano de Bergerac, Savinien de. *Les oeuvres libertines de Cyrano de Bergerac* [Oeuvres] (1921), org. Frédéric Lachèvre. Genebra: Slatkine Reprints, 1968.

Daneau, Lambert. *The Wonderfull Woorkmanship of the World: Wherin is Contained an Excellent Discourse of Christian Natural Philosophie, Concerning the Fourme, Knowledge, and Life of all Thinges Created*. Londres, 1578.

Daniel, P. Gabriel. Voyage au Monde de Descartes (1690) [Documento eletrônico: http://gallica.bnf.fr/scripts/ConsultationTout.exe?E=0&O=N088113].

Davies, Norman. *Europe. A History*. Oxford: Oxford University Press, 1996.

Davies, Tony. *Humanism*. Londres: Routledge, 1997.

De Gourmont, Remy (org.). *Cyrano de Bergerac, L'Autre Monde, et Physique, ou Science des Choses Naturelles*. Paris: Mercure de France, 1926.

Ducos, Michèle. *Johann Kepler: Le Songe, ou Astronomie Lunaire*. Nancy: Presses Universitaires de Nancy, 1984.

Empson, William. *Essays on renaissance literature*, org. John Haffenden, 2 vols. Cambridge: Cambridge University Press, 1993.

Erythraeus, Ianus Nicius (Giovanni Vittorio Rossi). *Eudemia*. Leiden, 1637-1645.

Ferns, Chris. *Narrating Utopia: Ideology, Gender, Form in Utopian Literature*. Liverpool: Liverpool University Press, 1999.

Foigny, Gabriel de. *La Terre Australe Connue: C'est-à-dire une description de ce pays inconnu jusqu'ici et de ses moeurs & de ses coutûmes par Mr Sadeur, Avec les aventures qui le conduisirent en ce Continent, & les particularitez du sejour qu'il y fit durant trente-cinq ans & plus, & son retour* (1676), org. Pierre Ronzeaud. Société des Textes Français Modernes, 1990.

_____. *The Southern Land, Known*, trad. e org. David Fausett. Syracuse, Nova York: Syracuse University Press, 1993.

Fontenelle, Bernard de. *Entretiens sur la pluralité des mondes* (1686) [Documento eletrônico: http://gallica.bnf.fr/scripts/ConsultationTout.exe?E=0&O=N088383].

Godwin, William, *The Man in the Moone: or, a Discourse of a Voyage Thither by Domingo Gonsales, the Speedy Messenger* (1638), org. John Anthony Butler. "Publications of the Barnaby Riche Society nº 3", Ottawa: Dovehouse Editions, 1995.

Grimmelshausen, Hans Jacob Christoffel von. *Simplicissimus (1668/71)*. Munique: Winkler-Verlag, 1967.

Habernfeld, Andreas (abade). *Hierosolima restituta ad Annum Futurum 1624*, 1622.

Harth, Erica. *Cyrano de Bergerac and the Polemics of Modernity*. Nova York/Londres: Columbia University Press, 1970.

Hawley, Judith (org.). *Literature and Science, 1660-1834*, 8 vols. Londres: Pickering and Chatto, 2003.

Howell, James. *Epistolae Ho-elianae, or familiar letters, domestic and foreign*, 4 vols. Londres, 1655.

Hufton, Olwen. *The Prospect Before Her: A History of Women in Western Europe. Volume One 1500–1800*. Londres: HarperCollins, 1995.

Huygens, Christaan. *The Celestial World's Discover'd* [*Cosmotheoros de Wereldbeschouwer*], 2ª ed. Londres, 1722.

Kepler, Johannes. [*Somnium*] *Mathematici Olim Imperatorii Somnium, Seu Opus Posthumum De Astronomia Lunari*, org. M. Ludovico Kepler. Frankfurt, 1634.

Kircher, Athanasius. *Iter extaticum coeleste: quo mundi opifi cium, id est coelestis expansi siderumque tam errantium*. Würzburg, 1660.

La Bruyère, Jean de. *In: Oeuvres Complètes*, org. Julien Benda. Paris: Gallimard, Bibliothèque de la Pléiade, 1962.

Lambert, Ladina Bezzola. *Imagining the Unimaginable: The Poetics of Early Modern Astronomy*. Amsterdã/Nova York: Rodopi, 2002.

Long, Kathleen P. *Hermaphrodites in Renaissance Europe*. Aldershot: Ashgate, 2006.

Margolis, Howard. *It started with Copernicus*. Nova York: McGraw-Hill, 2002.

Marino, Giovan Battista. *L'Adone* (1622); vol. 2 de Giovanni Pozzi (org.). *Tutte le Opere di Giovan Battista Marino*, 5 vols. Milão: Arnoldo Mondadori, 1976.

McColley, Grant. The 17th-century Doctrine of a Plurality of Worlds. *In: Annals of Science* 1(4), pp. 409-420, 1936.

Meadows, A. J. *The High Firmament: A Survey of Astronomy in English Literature*. Leicester: Leicester University Press, 1969.

Mirollo, James V. *The Poet of the Marvellous: Giambattista Marino*. Nova York: Columbia University Press, 1963.

More, Thomas. *De Optimo Reipublicae Statu Deque Nova Insula Utopia*, org. Edward Surtz e J. H. Hexter, trad. G. C. Richards; *The Yale Edition of the complete works of St. Thomas More*, vol 4. New Haven: Yale University Press, 1965.

More, Thomas. *Utopia*, org. George M. Logan e Robert Adams, trad. Robert Adams. Cambridge: Cambridge University Press, 1989.

Nicolson, Marjorie Hope. *Voyages to the Moon* (1948). Nova York: Macmillan, 1960.

Olin, John C. (org.). *Interpreting Thomas More's Utopia*. Nova York: Fordham University Press, 1989.

Partington, Angela (org.). *The Oxford Dictionary of Quotations*, 4ª ed. Oxford: OUP, 1992.

Praschius, Johannes Ludovicus. *Psyche Cretica*. Regensberg, 1685.

Ray, John. *Three Physico-theological Discourses: Concerning i. The primitive chaos, ii. The General deluge, iii. The dissolution of the world and future conflagration*. Londres, 1693.

Rosen, Edward (org. e trad.). *Kepler's Somnium or Posthumous Work on Lunar Astronomy*. Madison: University of Wisconsin Press, 1967.

Salzman, Paul. *English Prose Fiction 1558-1700: A Critical History*. Oxford: Clarendon Press, 1985.

Schmidt, Johann Andreas e J. C. Layritz. *Selenitas e luna proscriptos divini numinis gratia*, 1679.

Sherburne, Edward. *The Sphere of Marcus Manilius Made an English Poem: With Annotations and an Astronomical Appendix by Edward Sherburne*. Londres, 1675.

Slawinski, Maurice. The Poet's Senses: G. B. Marino's Epic Poem *L'Adone* and the New Science. *Comparative Criticism: an Annual Journal*, 13: 51-81, 1991.

Sorel, Charles. *La Vraie Histoire Comique de Francion* (1626), org. Emile Colombey. Paris: Garnier, 1909.

_____. *Le berger extravagant: où parmi des fantaisies amoureuses on void les impertinences des romans & de poésie. Remarques sur les XIV livres du Berger extravagant, où les plus extraordinaires choses qui s'y voyent sont appuyées de diverses authoritez, et où l'on treuve des recueils de tout ce qu'il y a de remarquable dans les romans...* Toussainct de Bray, 1627.

Stay, Benedicto. *Philosophiae Recentioris*, 2 vols. Roma, 1755-1760.

Sutherland, James. *English Literature of the Late 17th-century*. Oxford: Clarendon Press, 1969.

Tauber, Alfred I. *Science and the Quest for Reality*. Nova York: New York University Press, 1997.

Thorndike, Lynn. *A History of Magic and Experimental Science: Volume VII, The 17th Century.* Nova York: Columbia University Press, 1958.

Verani, Felice Gaetano. *Philosophia Universa Speculativa Peripatetica.* Mônaco, 1686.

Wagner, Geraldine. Romancing Multiplicity: Female Subjectivity and the Body Divisible in Margaret Cavendish's *Blazing World. In: Early Modern Literary Studies,* 9(1): 1.1-1.59, 2003.

Walker, D. P. *Spiritual and Demonic Magic from Ficino to Campanella.* Londres: Warburg Institute, 1958.

Wilkins, John. *The Discovery of a World in the Moone, or, a Discourse Tending to Prove that 'tis Probable There May be Another Habitable World in that Planet* (1638), introd. Barbara Shapiro. Delmar: Scholar's Facsimiles and Reprints, 1973.

CAPÍTULO **5**

Ficção Científica do Século XVIII:
o Grande, o Pequeno

No século XVIII, a ficção científica se expandiu de uma subcultura literária em pequena escala de especulação científica e utópico-social para algo mais substancial e impositivo. Ela chegaria enfim a dominar as culturas europeia e americana que a fizeram nascer, mas isso é olhar para a frente. O que temos neste século é um gênero começando a se articular como o correlativo do discurso cultural do Iluminismo. A grandeza e sua razão inversa, a pequenez, provam ser os elementos determinantes. Por Iluminismo, críticos e historiadores de ideias entendem um consenso filosófico, principalmente do século XVIII, em torno do primado da razão e da importância da ciência experimental submetida a prova, o que desafiava antigos mitos e superstições religiosas. O movimento ganhou grande parte de seu ímpeto inicial com os avanços científicos associados a figuras como Newton e Leibniz; em 1784 – quando Immanuel Kant publicou o ensaio *Beantwortung der Frage: Was ist Aufklärung?* [Respondendo à Pergunta: O que é o Iluminismo?] – sua denominação já estava bem estabelecida o bastante para ter se tornado uma noção contestada. A resposta de Kant à sua própria pergunta, aliás, era: é *maturidade intelectual* – "a emancipação da consciência humana de um estado imaturo de ignorância e erro" (Roy Porter; ver também Deligiorgi). Outros pensadores viram *die Aufklärung* [o Iluminismo] em termos ideológicos menos neutros. Segundo Jonathan Israel, ele era função de uma ampla radicalização de debates políticos durante o período, enquanto Isaiah Berlin o considera um "tipo fundamental de abordagem de problemas sociais e políticos", sendo a abordagem em questão "racional e sentimental" (Berlin, p. 183). Jonathan Rée sintetiza de forma eficaz:

> Pode haver dezenas de histórias alternativas da época atual, mas todas se cruzam em um ponto do século XVIII conhecido como a Idade da Razão

ou, mais vigorosamente, o Iluminismo (ou *le siècle des lumières* [século das luzes], *die Aufklärung, l'illuminismo*). Em essência, o Iluminismo foi encarado como o esforço concertado da Europa para se purgar dos últimos resquícios da barbárie e da superstição medieval, substituindo-os pelo liberalismo, a ciência e a filosofia secular (Rée, p. 21).

Todas essas qualidades recém-nomeadas, podemos notar, são eminentemente científico-ficcionais – mesmo que a maioria dos críticos contemporâneos argumentem que superstição e mito são antes reprimidos e reconfigurados que expurgados, tanto no pensamento iluminista quanto na FC.

Por mais complexos que possam ser os argumentos sobre a natureza do Iluminismo, vale a pena isolar um termo-chave, razão, agora concebida como conhecimento ou totalização sistemáticos. Esse é o ideal mais indicativo de uma visão de mundo iluminista, que por sua vez molda uma determinada lógica de ficção científica como elaboração sistemática ou quase-sistemática do *novum*. A razão é de repente tanto muito grande (isto é, universalmente totalizante) quanto muito pequena (o que significa dizer, estreita). A influente monografia *Dialética do Iluminismo* (*Dialektik der Aufklärung*) (1947), de Max Horkheimer e Theodor Adorno, classifica o "programa do Iluminismo" como "o desencantamento do mundo", um movimento "para dissipar mitos, para derrubar a fantasia por meio do conhecimento" (1). Eles acrescentam que "a tecnologia é a essência desse conhecimento" (2), o que por sua vez significa que a literatura imaginativa do período pode antecipar, às vezes com incrível capacidade de previsão, as saturações de inovação tecnológica dos séculos XX e XXI: "As 'muitas coisas' que, de acordo com Bacon, o conhecimento ainda mantém em estoque são em si meros instrumentos: o rádio como uma prensa tipográfica sublimada, o caça de mergulho como forma mais eficiente de artilharia, o controle remoto como bússola mais confiável" (2). Poderíamos substituir rádio, caça de mergulho e controle remoto por versões mais científico-ficcionais como ansível, caça X-Wing e ciborgue *wetware*. Em um nível puramente imaginativo, os acessórios técnicos articulam a mesma euforia (e ansiedade) original ao cerne da cultura iluminista.

Às vezes refere-se a Horkheimer e Adorno como responsáveis pelo argumento de que a visão de mundo iluminista pode ser traçada em uma linha direta do século XVIII a Auschwitz (como eles dizem: "O Iluminismo é totalitário" [4]); mas a tese é um pouco mais complicada que isso. Na verdade, não apesar, mas *devido* a seu impulso ideológico totalizante, Horkheimer e Adorno veem o Iluminismo como bastante conflituoso e contraditório. A dialética do título do livro não é mera decoração de vitrine; eles afirmam: "O mito já é iluminismo e o iluminismo reverte à mitologia" (xviii). E embora a *Dialética do Iluminismo* não esteja interessada de modo específico em FC, podemos extrapolar meticulosamente sua percepção para uma crítica da ficção científica – um modo que, mesmo hoje, é ao mesmo tempo a articulação de valores iluministas de razão, ciência e conhecimento, *e é impulsionado* por um subconsciente cultural imanente e quase mítico. A FC fica eufórica com o avanço tecnológico, vida alienígena ou a escala do cosmos e tem um medo supersticioso deles. *Scientia*, a palavra latina por trás do segundo termo no nome de marca do gênero, significa conhecimento, mas a ficção científica é de fato apenas uma ficção de conhecimento num sentido mitológico. Horkheimer e Adorno observam que "os humanos se acreditam livres do medo quando não há mais nada desconhecido. Isso tem determinado a trilha da demitologização"; mas "o Iluminismo é medo mítico radicalizado" (Horkheimer e Adorno, p. 11).

No século XVIII, como hoje, esse medo do desconhecido se manifesta com muita frequência como um medo não só de topografias inexploradas, mas de povos antes não encontrados – para usar a terminologia da FC: do alienígena. Sem dúvida não ficaremos surpresos que a extrapolação imaginativa dos escritores do Iluminismo tenda ao mesmo tempo a celebrar e a satirizar a expansão imperial, a ficar ao mesmo tempo empolgada com as possibilidades da tecnologia e sua implementação no mundo e desconfiada delas. Mais importante ainda, há um fascínio com mudanças de escala muito arraigado em grande parte da FC do século XVIII, de que possivelmente as duas obras mais importantes são *As Viagens de Gulliver* (1726), de Swift, e *Micrômegas* (1752), de Voltaire. Não é coincidência que ambas estejam baseadas no universo visto de outra forma, em termos do muito grande e do muito pequeno.

Mesmo elas não estão sozinhas nisto. Numerosas obras do Iluminismo veem o macroscópico e o microscópico como novos recursos imaginativos de incrível potencial, inclusive para uma eficácia satírica. Isso tem relação, acho eu, com duas coisas. Primeiro, várias novas descobertas científicas e invenções tinham revelado que o universo é incomparavelmente maior do que antes se pensara. Também revelaram que existiam ecossistemas completos que eram, de modo decisivo, pequenos demais para serem vistos a olho nu. Mas há tanto uma dimensão metafórica quanto uma dimensão empírica nesse novo fascínio com escala; o próprio conhecimento, pedra angular da práxis do Iluminismo, fora reconceitualizado como algo tanto muito grande quanto muito pequeno – o vasto projeto global de total conhecimento se combinava à interminável minúcia de dados acumulados. Como Kant afirmou em seu ensaio sobre o Iluminismo, a racionalidade consiste em "processos de ascender aos gêneros mais elevados e de descer às espécies mais baixas, [pelos quais] obtemos a ideia de conexão sistemática em sua completude", encontrando-se a resultante sistematização do conhecimento na "conexão de suas partes em conformidade com um princípio único" (Horkheimer e Adorno, p. 63).

Eis dois exemplos contemporâneos para ilustrar esses dois novos modos de escala. O primeiro é a obra *The Religious Philosopher: or the Right Use of Contemplating the Works of the Creator* [O Filósofo Religioso: ou a Correta Utilidade de Contemplar as Obras do Criador] (1715), do cientista holandês Bernard Nieuwentyt. Nieuwentyt calcula que "uma bala de canhão precisará de 26 anos para ir daqui até o Sol [e], com a mesma velocidade com que foi lançada, precisaria, para chegar às Estrelas fixas [...] de quase 700 mil Anos; uma Nave que possa navegar 50 milhas num Dia e numa Noite vai requerer 30.430.400 Anos" (Nieuwentyt, p. 819). A cifra de 700 mil anos foi bastante citada por outros pensadores do século XVIII, enfatizando a imensa escala do novo cosmos copernicano.[1] Essa sensação de panoramas astronômicos ilimitados desempenhou um papel fundamental no ressurgimento do interesse pelo sublime ou, para dar o nome que recebe na FC, pelo sentimento de espanto. O segundo exemplo, um texto essencial do Iluminismo, é a *Encyclopédie, ou dictionnaire raisonné des sciences, des arts et de métiers* [Enciclopédia ou Dicionário Racional das Ciências, das Artes e das Profissões] (1751-1772), organizada por Denis Diderot e Jean le Rond d'Alembert. Foi uma tentativa genuinamente ambiciosa de sintetizar e sumariar tudo que era conhecido. Como afirma Isaiah Berlin, "o século XVIII foi talvez o último período na história da Europa Ocidental em que a onisciência humana foi considerada uma meta atingível" e quase todos os pensadores, apesar de seus desacordos, concordavam que "a verdade era um corpo único, harmonioso de conhecimento", cuja aquisição resolveria os problemas da humanidade (Berlin, p. 14). Esse *Systematic Dictionary of the Sciences, Arts and Crafts* [Dicionário Sistemático das Ciências, Artes e Ofícios] não hesita em declarar a ambição totalizadora da obra; ele acabou se estendendo por 28 volumes, superando dificuldades criadas por seu reconhecido radicalismo e impiedade (ver Blom, pp. 283-302).

Podemos querer argumentar que, em termos conceituais e formais, a ficção científica possui uma lógica enciclopédica – ou, mais precisamente, que seu impulso enciclopédico sincrônico existe em tensão dinâmica com seu impulso narrativo diacrônico. Uma das principais atividades da FC é a construção de mundos, um projeto totalizante que é, com frequência, materializado em apêndices, mapas, glossários e até mesmo – em muitas das obras mais populares da FC dos séculos XX e XXI – numa completa subcultura paratextual de guias, manuais, enciclopédias e *wikis*. Mas a FC *concretiza* sua construção-de-mundo, com variados graus de elegância estética, em termos de narrativa, personagens, forma e estilo. Não sem razão Isaac Asimov fez da compilação de uma imensa *Encyclopedia Galactica* [Enciclopédia Galáctica] o conceito por trás de sua obra mais influente, a série *Fundação* (*Foundation*) (1942-1993); o acúmulo de conhecimento nessa história é tanto um desinteressado projeto de pesquisa e síntese *quanto* a velada elaboração de uma estratégia de reforma social em escala galáctica – como acontecia com os *encyclopédistes* originais.

O fascínio da FC com outros mundos, com alienígenas e com a fantástica viagem interplanetária se articula com mais plenitude durante o período do Iluminismo. O verbete da *Encyclopédie* sobre "mundo" levanta a questão de saber se planetas extraterrestres poderiam ser habitados e cita o livro de Bernard Le Bovier de Fontenelle, de 1686, sobre a pluralidade dos mundos, que tinha suscitado, como vimos no capítulo anterior, tanto debate e controvérsia.

> *M. de Fontenelle a le premier prétendu que chaque planete depuis la lune, jusqu'à saturne, étoit un monde habité, comme notre terre* [...]. *L'auteur se met à couvert des objections des Théologiens, en assurant qu'il ne met point des hommes dans les autres planetes, mais des habitans qui ne sont point du tout des hommes* [...]. *Après tout, pourquoi cette opinion seroit-elle contraire à la foi? L'Ecriture nous apprend, sans doute, que tous les hommes viennent d'Adam, mais elle ne veut parler que des hommes qui habitent notre terre. D'autres hommes peuvent habiter les autres planetes, & venir d'ailleurs que d'Adam.*
>
> [M. de Fontenelle foi o primeiro a sugerir que cada planeta, da Lua a Saturno, é um mundo habitado, como nossa Terra (...). Ele tentou responder às objeções dos teólogos assinalando que não estava afirmando que havia homens nesses outros mundos, mas seres bastante diferentes dos homens (...). Afinal, por que essa opinião deveria ser considerada contrária à religião? A escritura deixa claro que todos os homens são descendentes de Adão, mas só está falando dos homens que habitam nosso mundo. Outras espécies de homens poderiam habitar os demais planetas e descenderem de pontos de origem diferentes de Adão.] ("Monde", *L' Encyclopédie*, (1ª reédition/Volume 10).

Um certo grau de atitude defensiva é detectável aqui (o verbete termina numa nota quase de abdicação da responsabilidade intelectual: *"Que faut-il donc répondre à ceux qui demandent si les planètes sont habitées? Qu'on n'en sait rien"* [O que então responder aos que perguntam se os planetas são habitados? Simplesmente que nada sabemos]. É verdade, como observa A. J. Meadows, que "o início do século XVIII" na Europa "viu uma aceitação quase universal da crença numa pluralidade de mundos" (Meadows, p. 126), mas aceitar a pluralidade não é o mesmo que aceitar uma pluralidade habitada. Seja como for, o século XVIII foi surpreendido por uma enxurrada de narrativas que exploravam de forma imaginativa o novo cosmos – Bonamy Dobrée descreve como a nova astronomia estava liberando "uma incrível maré de descrição imaginativa, fosforescente de espanto" (Dobrée, p. 80) – mas também é verdade que, em quase todas essas obras, os autores se empenham ao máximo para descobrir uma harmonia entre espanto e devoção. Por exemplo, *Creation: A Philosophical Poem Demonstrating the Existence and Providence of a God* [Criação: um Poema Filosófico Demonstrando a Existência e Providência de um Deus] (1712), de Richard Blackmore, é um poema épico em sete volumes destinado a refutar os ateus, mas suas seções mais vigorosas olham para longe, rumo ao cosmos que a ciência descobria e não para trás, rumo a Milton e ao Gênesis:

> As Esferas expandidas surpreendentes à Visão,
> Imponentes de Estrelas e Globos de Luz;
> Os Gloriosos Orbes, que o radiante Anfitrião do Céu compõe (Blackmore, p. 5)

Curiosamente, Blackmore toma a situação da órbita da Terra no que agora chamamos "zona habitável" (isto é, a distância ideal do Sol para sustentar um clima e atmosfera condizentes com a vida) como prova da providência divina – sendo, pelo que sei, a primeira pessoa a discutir essa questão. Tivesse a Terra, diz ele, ocupado as órbitas de Júpiter ou Saturno... "Um inverno insuportável teria desfeito/os florescentes Encantos da Terra e criado um Ermo estéril"; essa visão de uma Terra plutoniana, nas garras da "Nevada Eterna, com gelo que nunca corre" (Blackmore, p. 40), tem em torno dela o genuíno calafrio de um sentimento-de-espanto.

Deity: a Poem [Divindade: Um Poema] (1739), de Samuel Boyse, recorre ao tom imperativo ("Vá!... por todos os cegos domínios de reconhecimento do espaço,/Seguindo na volta a Trilha Planetária!" (Boyse, p. 23), confiante de que a contemplação de uma perspectiva tão vasta alimentará nosso assombro religioso. *Astro-Theology, or a Demonstration of the Being and Attributes of God from a Survey of the Heavens* [Astroteologia, ou uma Demonstração da Existência e Atributos de Deus a partir de um Exame dos Céus] (1714), de William Derham, levanta o argumento de que a economia divina tem de indicar que os planetas são habitados: "Qual seria a utilidade de tantos Planetas que vemos em torno do Sol e tantos que se imagina existirem em torno das Estrelas Fixas... [se não] fossem *Mundos* ou Locais de *Habitação?*" (p. xlvii; grifos do original). Esse julgamento, como o mau humor um tanto inflamável do autor deixa claro ("esta Conclusão é tão natural, tão imperiosa, que quem não fosse um cabeça-dura preconceituoso e estúpido... teria natural e facilmente chegado a ela" [Derham, p. 75]), manifesta um certo e excessivo grau de otimismo. Ao contrário do sistema ptolomaico, povoado com tanto conforto por Dante, esse novo universo é francamente grande *demais*, ontologicamente hostil à escala da existência humana. Por um lado, é certo que Deus criou a profusão de corpos estelares por alguma razão; por outro, a ciência mostra que a maior parte desse vasto cosmos é flagrantemente inóspita para a vida humana. *The Universe: A Philosophical Poem* [O Universo: Um Poema Filosófico] (1729), de Henry Baker, especula sobre saturnianos vivendo em um mundo onde "nossos Polos" são mais quentes que "a Zona tórrida":

> Quem habita lá deve ter Poderes,
> Humores, Veias, Juízo e Vida diferentes dos Nossos.
> Um Momento de Frio como o deles nos furaria os Ossos,
> Congelaria o Sangue do Coração e transformaria todos nós em Pedra
> (Baker, p. 18)

Essa forma de analisar como funcionaria o tato para alienígenas é sem dúvida estranho, e é para o conteúdo da moderna FC um dado completamente novo, ausente em jornadas fantásticas mais antigas.

The Excursion [A Expedição] (1728), de David Mallet, impele o narrador para um cosmos fervilhante de vida alienígena:

> Dez mil sóis resplandecem; cada qual com seu Séquito
> De Mundos povoados; todos sob as Vistas,
> E Governo soberano de um eterno Senhor (Mallet, pp. 49-50).

Na verdade, "dez mil" é tão patentemente uma subestimativa que um pouco mais tarde ele se corrige:

> Estupendo Anfitrião!
> Inflamando Milhões por entre a Vaga suspensão,
> Sol atrás de Sol, com Abismos de Céu entre eles (Mallet, p. 62).

Não obstante, a impressão que o poema de Mallet deixa do espaço sideral é fria. Viajando para a extremidade das coisas ("o último, o exterior Saturno cruza o Arco de sua Fronteira/o Limite dos Mundos; com suas Luas pálidas,/Fraco vislumbre por entre a escuridão" [Mallet, p. 57], ele torna a olhar para o Sol, outrora um "Oceano de Fogo" que agora só "cintila a distância,/

Uma bruxuleante Estrela entre o Cortejo da Noite!" (Mallet, p. 64). Aqui a beleza supera o terror, mas quando Mallet se desloca para o modo sublime, o timbre de sua obra se torna ainda menos confortável:

> Enquanto nesses profundos Abismos do Céu,
> Espaços incompreensíveis, novos Sóis,
> Coroados de Faróis que lhes são próprios, reluzem brilhantes...
> Miríades além, com Raios misturados inflamam
> A Via Láctea, cuja torrente de Luz azul-celeste,
> Circula derramada de inumeráveis Fontes,
> Fluxos trêmulos, de Onda sobre Onda, de Sol a Sol (Mallet, p. 64).

O narrador está impressionado pela inimaginável vastidão desses processos cósmicos, na qual mundos nascem e morrem sem cessar:

> Deslumbrando a visão; aqui Mundos anônimos a distância,
> Ainda não descobertos: ali um Sol agonizante,
> Embaçado pela Idade, o Orbe de Chamas extinto,
> Incrível de se ver!...
> Milhões de Vidas, que só vivem em sua Luz,
> Veem com Horror, de distantes Esferas ao redor,
> A Fonte do Dia expirar, e todos os seus Mundos
> Envolvidos sem demora em Noite eterna! (Mallet, p. 66).

Esse retrato esplêndido e apavorante de formas de vida inteiramente alienígenas enfrentando o aniquilamento de seu mundo tira muito da força de um frio distanciamento das convenções religiosas mais familiares do Apocalipse.

A eminência de Newton como cientista e a novidade na visão de mundo que ele elaborou serviram de inspiração para uma escola, repleta de seguidores, de poetas científicos que se manteve no limiar do desenvolvimento da FC. James Thomson – principal poeta de sua época, depois de Alexander Pope – escreveu um poema que estava, nas palavras de Bonamy Dobrée, "a serviço da física newtoniana" (Dobrée, p. 482). O anterior panegírico de Thomson, *A Poem Sacred to the Memory of* sir *Isaac Newton* [Poema Consagrado à Memória de *sir* Isaac Newton] (1727), publicado um ano após a morte do cientista, foi a primeira de numerosas versificações newtonianas. Richard Glover (1712-1785), comerciante e membro do parlamento, escreveu *A Poem on Newton* [Um Poema sobre Newton] (1728), no qual afirma que "Newton demanda a Musa [...] [ele] a elevará até o pico heliconiano,/Onde em seu elevado topo entronizada, sua cabeça/misturar-se-á com as estrelas".[2] Essa antecipação de possibilidades sublimes na associação entre ciência e literatura só se confirmou, de modo intermitente, nas décadas que se seguiram. Com frequência a poesia-ciência newtoniana se perdia em sentimentalismos ao tentar recriar, em termos imaginativos, o conhecimento científico. Este viria de *Universe* [Universo] (1752), de Moses Browne:

> Forma conveniente, que ronda seu *Sol central*
> O Planeta em rotação pode completar seu período;
> As *Marés* de purificação podem sem resistência fluir,
> E as estações mudam, enquanto Brisas amenas sopram; [...].

Uma nota de rodapé do autor explica que as estações e brisas dependem do desvio do eixo da Terra do plano angular. Esse tipo de apreensão opressiva da ciência contemporânea também integra a poesia de John Reynolds (1667-1727), que estava profundamente impressionado com o fato de os planetas se manterem "nessa Corrida elíptica,/Sem galope nos Campos do Espaço Vizinho" (*A View of Death, Represented in a Philosophical Poem*) [Uma Visão da Morte, representada em um Poema Filosófico] (1725).

Mas Newton – um homem de uma devoção religiosa feroz –, além de ser o ícone da Nova Ciência racionalista, foi também fascinado durante toda a vida pela alquimia. A mesma dialética da FC entre razão e magia filtra-se por parte da poesia newtoniana da época. O poema "The Copernican System" [O Sistema Copernicano] (1728), de Samuel Edwards, tenta misturar física newtoniana com misticismo astrológico. No mesmo ano, John Theophilus Desaguliers (1683-1744) deixou claro no título a agenda política hierárquica de seu épico *The Newtonian System of the World, the Best Model for Government. An Allegorical Poem* [O Sistema Newtoniano do Mundo, o Melhor Modelo de Governo. Um Poema Alegórico] (1728). *A Poem Sacred to the Memory of* sir *Isaac Newton* [Poema Consagrado à Memória de *sir* Isaac Newton] (1735), de Bowden, imagina a alma agora defunta do cientista viajando pelo sistema solar, detendo-se no caminho para observar maravilhas.

> Marca onde para em Saturno, coberto de neve,
> E satisfeito examina sua teoria à frente;
> Vê as cinco luas, que se alternam ao seu redor, brilharem,
> Erguendo-se por suas leis e por suas leis declinando,
> Então parte pelo vazio em sua corrida imortal,
> Entre o vasto infinito do espaço (Meadows, p. 117).

Esse tropo místico-religioso de almas excursionando pelo sistema solar *material* ("Saturno, coberto de neve") ia se tornar bastante popular no final do século XVIII e no século XIX.

As *Viagens* de Swift

Os dois textos de FC fundamentais da época foram ambos escritos antes que um terço do século tivesse passado: *Viagens para Várias Nações Remotas do Mundo em Quatro Partes* (*Travels into Several Remote Nations of the World in Four Parts*) (mais conhecidas como *As Viagens de Gulliver*, 1726), de Jonathan Swift, e *Micrômegas*, de Voltaire (escrito em 1730 e publicado em 1750). O que essas duas obras expressam é algo crucial acerca da própria FC. As muitas outras *voyages extraordinaires* publicadas durante o século (discutidas a seguir), embora com frequência interessantes, pouco mais fazem que adicionar maravilhas a uma moldura narrativa tradicional. Swift e Voltaire, contudo, reescrevem as regras da especulação imaginativa, libertando-a tanto do asfixiante caráter literal da poesia-ciência quanto dos opressivos constrangimentos do pensamento religioso convencional.

As Viagens de Gulliver, de Jonathan Swift, continuam sendo uma das novelas mais famosas do século XVIII. O narrador do livro, Lemuel Gulliver, contagiado pela mania de viajar, deixa a Inglaterra e navega pelo mundo. Ao naufragar na ilha de Liliput, Gulliver descobre um reino de pessoas "que não chegam a 15 centímetros de altura" (*Travels into Several Remote Nations of the World*, pp. 55-6). Ele toma o partido liliputiano na guerra que eles travam com os igualmente diminutos blefuscunos. Apaga o fogo nos aposentos reais urinando sobre ele e, ao fazê-lo, apesar de salvar o palácio e muitas vidas, cai em desgraça na corte por ter se adiantado à urina da pessoa real. O rei decide que sua punição deve ser arrancar os próprios olhos e, para evitar esse destino, ele deixa a ilha, voltando enfim à Inglaterra. No segundo volume, Gulliver viaja de novo, dessa vez para a terra dos brobdingnaguianos, onde tudo, incluindo os habitantes, é doze vezes maior que a humanidade convencional. No terceiro volume, Gulliver parte para uma nova expedição e encontra uma série de novas terras, como Balnibarbi, sobre a qual paira uma ilha voadora, acionada de modo automático, chamada Laputa. O quarto e último volume apresenta Gulliver encontrando uma raça utópica de cavalos inteligentes, os houyhnhnms.

Hoje os críticos estão divididos sobre se é adequado chamar *As Viagens de Gulliver* de ficção científica. Para Brian Aldiss, a obra "não se inclui como ficção científica, sendo mais de intenção satírica e/ou moral que especulativa" (Aldiss, p. 81) – uma estranha razão para excluí-la, poderíamos pensar, já que

148

há muita coisa especulativa em torno do livro, e sátira e especulação de modo algum são mutuamente excludentes. Kingsley Amis achava que a dificuldade em chamar a novela de Swift de ficção científica era que "não há ciência (ou tecnologia) como tal nas primeiras duas partes". Ele sugere meios para que esse "problema" seja remediado:

> Talvez apresentando os liliputianos como frutos de um experimento de microcirurgia genética, os brobdingnaguianos como frutos de mutação – embora, quando se comece a pensar nisso, os nascimentos da primeira geração de bebês brobdingnaguianos de mães de tamanho normal levantem sérias dificuldades (Amis, pp. 12-3).

A atitude de Amis reflete uma incompreensão crítica generalizada que toma o livro como não científico ("não há ciência [ou tecnologia] como tal") ou mesmo *anti*científico. A segunda leitura é bastante comum, sendo empreendida por críticos que contrapõem o absurdo da vida a bordo da ilha voadora de Laputa (na parte 3), onde os habitantes se devotam à filosofia natural, à pureza da vida em meio aos houyhnhnms (os utópicos equinos da parte 4), que se acham tão distantes da ciência que sequer descobriram a metalurgia ainda. Mas é preciso salientar que, além de a grande novela de Swift ser *intrinsecamente* uma peça de ficção científica, suas quatro partes também estão bastante imersas em ciência, e a tal ponto que se torna difícil deixar de ler a obra como um livro *sobre* ciência ou, mais em particular, sobre a relação entre ciência e representação. A última frase poderia funcionar como uma breve definição da própria ficção científica.

Tal interpretação, devo acrescentar, entra em choque com as análises mais críticas do livro. A interpretação mais comum de *As Viagens de Gulliver* considera-o tratando "de dificuldades de identidade e problemas de julgamento" (Erskine-Hill, p. 3). É quase lugar-comum entre os críticos que as viagens em grande escala de Gulliver pelo mundo externo são de fato explorações internas da psique individual e dos códigos de subjetividade do século XVIII. Na opinião de Terry Eagleton, o mundo explorado por Gulliver é na verdade o próprio Gulliver, e suas viagens revelam-no a si mesmo como "área perpassada e devastada por intolerável contradição" (Eagleton, p. 58). Essa interpretação de *As Viagens de Gulliver* como texto ideológico tem muito a recomendá-la. Os liliputianos, por exemplo, são interpretados como uma sátira da mentalidade tacanha na política das cortes ocidentais, com guerras travadas sobre que ponta do ovo quebrar para comê-lo e cargos políticos conquistados por quem consegue dar o salto mais alto.

Mas esse não é o panorama completo. Gulliver não tem senão elogios para a maior parte dos assuntos de Liliput: admira o modo como "encaram a fraude como um crime maior que o roubo"; o modo como a lei não só pune a delinquência, mas recompensa ativamente a virtude (qualquer um que obedeça a todas as leis durante "73 luas" pode reivindicar certos privilégios e recebe dinheiro do erário público); e o modo como as crianças são criadas "com princípios de honra, justiça, coragem, modéstia, clemência, religião e amor pelo seu país" (Swift, pp. 94-7). Em outras palavras, o retrato que Swift faz de Liliput dá vida *em um só e mesmo momento* a uma zombaria irônica e a uma celebração quase utópica. O mesmo se aplica aos brobdingnaguianos, um povo de quem Gulliver recebe sabedoria e discernimento a tal ponto, que, no final do livro, ele os julga "os menos corrompidos" dos humanos-yahoos* que encontrou (Swift, p. 341); embora na terra deles também sofra com intriga da corte, seja um participante forçado de libertinagens e viva como prisioneiro e uma aberração a ser exibida.

Apesar da afirmação de Amis de que "não há ciência" nas primeiras duas partes da novela, Swift revisita uma série de discursos científicos e técnicos. Os liliputianos, por exemplo:

> [...] são matemáticos de fato excelentes, chegando a uma grande perfeição em mecânica, por aprovação e encorajamento do imperador, este um renomado patrono da instrução. Esse príncipe tem várias máquinas fixadas em rodas para o transporte de árvores e outras coisas de grande peso. Ele constrói com frequência, nos bosques onde cresce a madeira, seus maiores homens-de-guerra, graças ao que alguns têm nove pés de comprimento, e faz com que sejam carregados nesses mecanismos por 300 ou 400 jardas até o mar (Swift, p. 61).

As primeiras duas partes da novela de Swift não só apresentam a matemática, como também *incorporam* e envolvem o leitor em um processo contínuo de multiplicação e divisão que funciona por meio desse método científico particular. Assim que o arqueiro de 15 centímetros aparece no peito de Gulliver, isto é, assim que nós, leitores, compreendemos que Liliput tem as dimensões de um modelo em escala de um doze avos de um reino de tamanho convencional, e que Brobdingnag tem uma escala doze vezes maior que tal reino, a matemática torna-se central para nossa apreciação da narrativa.

---

* Criaturas originárias do país dos houyhnhnms. Pareciam-se com humanos, mas eram consideradas irracionais. (N. do T.)

Apesar de serem excelentes matemáticos e muito habilidosos com a mecânica, os liliputianos nunca viram um mecanismo de relógio e reagem com grande espanto à descoberta do relógio de bolso de Gulliver. Os brobdingnaguianos possuem, claro, o próprio mecanismo de relógio, cuja tecnologia parece ser levada à "mais extrema perfeição" (Swift, p. 142), mas não têm artilharia, e Gulliver tenta, sem êxito, fazer o rei se interessar por um canhão de metal alimentado com pólvora. Em outras palavras, essas várias ciências, incorporadas por Swift em sua ficção, relacionam-se a uma ciência em particular: a navegação naval. Os liliputianos, por exemplo, são apresentados como peritos em certas ciências, mas também como ignorantes de uma série de outras, todas essas relacionadas em específico ao universo da navegação. De modo similar, as analogias que Gulliver usa para descrever brobdingnaguianos são extraídas principalmente do mundo do transporte marítimo – o que, talvez, não cause surpresa, tendo em vista que um escritor do início do século XVIII em busca de correlativos para coisas enormes olharia com naturalidade para a natureza, a arquitetura e o transporte marítimo, sendo que só a última dessas categorias combinaria coisas enormes com mobilidade.[3] Os brobdingnaguianos possuem mapas excelentes, além de serem mestres na matemática e em "todas as artes mecânicas" (Swift, p. 176), mas lhes falta até mesmo o conhecimento básico do tipo de armamento que um navio britânico em serviço regular carregaria como rotina. Isso nos encoraja a ler *Viagens para Várias Nações Remotas do Mundo* seguindo os parâmetros que o título sugere; não (como a vulgarização desse mesmo título, "As Viagens de Gulliver", nos incita) como uma narrativa sobre o próprio Gulliver, quer como subjetividade burguesa ou simbologia criada por Swift, mas como uma narrativa sobre *viagens* para partes *remotas* do mundo. A ciência nesta ficção científica do século XVIII é a ciência da navegação oceânica, que capacita os contemporâneos de Swift a viajar para lugares, na prática, mais distantes e bem menos conhecidos do que foi efetivamente o caso dos norte-americanos dos anos 1960, que viajaram para a Lua.

A terceira parte das *Viagens*, "Expedição a Laputa", está mais preocupada com a ciência. Gulliver é levado a bordo de uma ilha flutuante e descobre estar ela povoada por uma civilização de cientistas tão envolvidos em astronomia especulativa, que perderam o contato com a realidade. Só conseguem conversar quando servos, "mata-moscas", batem na boca deles com pequenas bexigas, e só prestam atenção ao que lhes é dito quando esses mesmos mata-moscas batem em suas orelhas. Os estudos científicos criaram neles uma enorme inquietação:

> As apreensões surgem de várias mudanças que temem acontecer nos corpos celestes. Por exemplo, que a Terra, pela contínua aproximação do Sol

em sua direção, acabe no decurso do tempo por ser absorvida ou engolida. Que a superfície do Sol fique aos poucos incrustada das próprias emanações e não dê mais luz ao mundo. Que a Terra tenha escapado por um triz da cauda do último cometa, que infalivelmente a teria reduzido a cinzas (Swift, p. 206).

Enquanto isso, suas casas são construídas de maneira precária e as esposas fazem sexo com estranhos. Como sátira sobre determinada casta de intelectuais, materializando a tendência dos pensadores a "ter a cabeça nas nuvens" ao imaginar uma cidade inteira que está literalmente no céu, ela é bastante eficaz, se não sutil. Mas Swift tem certa dificuldade em racionalizar sua ilha da fantasia. Seu mecanismo de voo é uma "magnetita [...] em um formato que lembra uma lançadeira de tear [...] com 5,5 metros de comprimento, tendo a parte mais grossa de quase, pelo menos, 3 metros". A ilha de Balnibarbi sobre a qual Laputa voa é feita de uma pedra particular que essa magnetita forçosamente atrai ou repele, dependendo de sua orientação – uma extrapolação razoável da então nova ciência do magnetismo. Esse *novum* de FC, mais descrito em termos técnicos, relaciona-se, não obstante, ao fator ideológico fundamental da novela. Funciona como versão imaginativa da nave que avança pelo oceano, o "mundo em madeira" que transporta uma sociedade inteira consigo enquanto avança. Traduzida em termos alegóricos, a ilha voadora é uma extrapolação fantástica da frota britânica, um esboço dispendioso do mesmo exército permanente que contava com a desaprovação do conservador Swift.

Isso é verdadeiro em termos das aspirações científicas totalizantes da época e de seu florescente imperialismo totalitário. Swift termina sua novela com a advertência um tanto melancólica de que "esses países que descrevi não parecem ter nenhuma vontade de serem conquistados, escravizados, destruídos ou expulsos por colônias" (Swift, p. 344), mas o fundamento lógico para querer que suas descobertas se mantivessem invioláveis não é convincente, podemos presumir que de modo proposital. Ele afirma, por exemplo, que os países visitados por ele não têm abundância de ouro, embora os brobdingnaguianos usem uma grande quantidade de moedas de ouro, "tendo cada peça cerca do tamanho de 800 moidores*" (Swift, p. 140). Para ser mais exato, é preciso ter uma espécie de cegueira ante a lógica ideológica imperial para argumentar, como Swift, de forma irônica, leva Gulliver a fazer, que "os liliputianos, acredito, dificilmente valem o custo de uma esquadra e um exército para ganharem a submissão deles"; ou para sugerir que os brobdingnaguianos e os houyhnhnms seriam oponentes de fato formidáveis, apesar de já se ter

---

* Moeda portuguesa de dez cruzados, em circulação na Inglaterra no século XVIII. (N. do T.)

152

demonstrado que nenhum dos dois povos possui as destrutivas tecnologias de artilharia ou explosivos (Swift, pp. 342-43). Depois que chegamos ao fim da novela, seguindo sua própria lógica e aplicando nossa percepção das condições ideológicas na Europa do início do século XVIII, nos deparamos com colonização, exploração, expropriação, escravidão e morte impostas de modo equivalente a liliputianos, brobdingnaguianos e houyhnhnms. Trata-se, é evidente, de uma das facetas fundamentais do racionalismo científico da época de Swift. A visão iluminista do mundo é, com devastadora franqueza, uma visão do mundo inteiro aberto à conquista, à colonização e ao empobrecimento – em nome da razão, da liberdade e da perfeição da humanidade. Com relação a isso, a ficção científica continua sendo uma de suas principais herdeiras (ver Csicsery-Ronay e Rieder). Em ambos os discursos, o universo tem se tornado ao mesmo tempo muito maior e muito menor, e a vertigem imaginativa desse estado de coisas é tão relevante hoje como era então.

A novela de Swift foi muito bem-sucedida e influente. Pope escreveu cinco poemas com base em seus episódios; edições não autorizadas, traduções e continuações proliferaram na Europa. Muitas dessas últimas se mostraram descartáveis, embora *Le Nouveau Gulliver, ou voyage de Jean Gulliver, fils du capitaine Gulliver* [O Novo Gulliver ou Viagem de Jean Gulliver, Filho do Capitão Gulliver] (1730), de Pierre Guyot-Desfontaines, esteja um degrau acima. Desfontaines, um abade, levou a viagem de Swift a terras onde as pessoas, a despeito de nascerem velhas e morrerem "*de bonne heure*" [na hora certa], vivem com mais intensidade e vigor e "*vivent néanmoins en quelque sort plus longtemps que nous*" [não deixam de viver um tempo maior que nós] (Desfontaines, p. 14), levou-a também às terras do imperador Dossogroboskow, onde a feiura é recompensada e a beleza menosprezada, e às pessoas da ilha de Letalispons, que alcançam a imortalidade por meio de repetidos tratamentos de rejuvenescimento. Inventivo, absorvente e bastante integrado ao espírito de Swift, um tema repetido de *Le Nouveau Gulliver* é o tipo de micro ou macroexpansão do *tempo* humano que a novela original adota acerca da corporalidade humana.

Pequeno e Grande: Os Alienígenas de Voltaire

Os primeiros microscópios começaram a aparecer em fins do século XVI, embora a microscopia só tenha se tornado um aspecto do discurso científico nos anos 1640, quando obras como a suntuosamente ilustrada *Micrographia* (1642), de Robert Hooke, criaram sensação. Mas as possibilidades discursivas e imaginativas da alteração miniaturizante da escala começaram a moldar a ficção científica muito antes disso. Um ponto de partida poderia ser *Gerania*

(1675), de Joshua Barnes, uma história de aventuras que se passa em um até agora oculto "grande lago nas fronteiras mais distantes da Índia" (Barnes, p. 1), que apresenta a ideia de uma população miniaturizada da qual Swift e Voltaire continuaram a fazer um potente uso imaginativo. No reino do título de Barnes, o narrador encontra pessoas minúsculas que não são apenas "habilitadas em todas as ciências", mas também falam inglês – na verdade, são "competentes" em 54 línguas, algo que pode parecer incrível para os europeus (Barnes, p. 48). As inclinações ideológicas de Barnes, um conservador britânico, são o cabedal de sua imaginação. As miniaturas gerânias são, de forma improvável, não só cristãs, mas protestantes, com uma profunda animosidade contra os jesuítas; os gerânios não têm impostos, pois a população abastece de modo espontâneo o erário público com doações. Mas a minúcia com que Barnes elabora seu mundo imaginário o faz viver com mais do que uma nitidez meramente satírica. Outro exemplo é *Description of Formosa* [Descrição de Formosa] (1704), de George Psalmanazar. Muitos acreditaram que esse relato ficcional de uma estranha sociedade numa longínqua ilha oriental fosse verdade, fato capitalizado por seu misterioso autor (ver Keevak).

É importante salientar até que ponto tais extrapolações satírico-fantásticas foram interpenetradas por discursos contemporâneos da ciência. Na verdade, o Iluminismo é possivelmente a última época em que textos científicos e literários podiam ser, em essência, a mesma coisa. O longo poema de John Armstrong, *The Art of Preserving Health* [A Arte de Preservar a Saúde] (1728), reeditado com frequência, foi muito bem considerado, tanto por especialistas médicos quanto por críticos literários. O que ele tem de interessante para nossos propósitos é o modo como torna o corpo humano em si motivo de um fascínio iluminista com a miniaturização. A percepção imaginativa pós-Harvey de Armstrong acerca do fluxo de sangue transforma uma dinâmica simples, sem dúvida universal – o funcionamento do corpo humano –, em uma narrativa do colapso de uma paisagem alienígena belamente reconhecida:

> O sangue, a fonte de onde flui o ânimo vital,
> A generosa corrente que rega todas as partes,
> E movimento, vigor e vida calorosa transporta
> Para cada partícula que se move ou vive;
> Esse fluido vital, através de inumeráveis tubos
> Despejado pelo coração, e de novo ao coração
> Restituído: fustigado para circular e circular eternamente;
> Enfurecido de calor e labuta, por fim esquece
> Sua natureza amena; virulento e tênue

Ele engrossa; e agora, a não ser que mil portões
Estejam abertos para sua fuga, ele destruiria
As partes que antes nutriu e reparou.
E também os tubos flexíveis e delicados
Amolecidos no curso mais suave, mais cheio de néctar
Que a natureza em maturação faz rolar, como na corrente
Suas farelentas margens; mas o que a força vital
De fluidos plásticos deita hora a hora abaixo,
Essa mesma força, essas partículas plásticas
Reconstroem: tão mutável é a condição do homem (Armstrong, p. 4).

Essa descrição não só antecipa as tentativas feitas por Erasmus Darwin de combinar poesia épica com instrução biológica; é também uma precursora de obras como o filme *Viagem Fantástica* (*Fantastic Voyage*) (1966), em que um grupo de médicos miniaturizados é injetado na corrente sanguínea de um paciente. Assim como em *As Viagens de Gulliver*, de Swift, o próprio corpo humano é contraído ou expandido para se tornar um mundo completo.

O fato é que, nas melhores ficções fantásticas da época, a sátira não sobrepuja as possibilidades imaginativas do modo. *Micrômegas*, de Voltaire (escrito em 1730 publicado em 1750), é um exemplo perfeito. Por um lado, é uma apresentação satírica das coisas que consideramos importantes para mostrar como essas coisas são triviais em uma escala cósmica. Mas não é só isso; assim como *As Viagens de Gulliver*, pelas quais foi diretamente inspirado, gera um memorável excesso imaginativo, alçando voo para as esferas de espanto que animam a melhor FC.

Micrômegas, o protagonista, é um alienígena gigantesco da estrela Sírius, com 8 léguas (5 quilômetros) de altura. Ele viaja através da galáxia, criando laços de amizade com um nativo do planeta Saturno que tem uma estatura de apenas mil braças (1.830 metros), um mero pigmeu ao lado do protagonista. Juntos os dois viajam para a Terra, onde encontram um navio repleto de filósofos em retorno de uma expedição exploratória ao Círculo Ártico. Micrômegas levanta o navio do oceano e examina as pessoas a bordo. Assim que superam o espanto diante da possibilidade de aqueles "*insetos invisíveis*" possuírem inteligência e alma, os dois extraterrestres travam uma conversa com eles. Os alienígenas questionam os filósofos sobre assuntos da física – a distância da Terra à Lua, o peso da atmosfera da Terra –, ficando impressionados pelo conhecimento que tem a humanidade dessas questões. Mas, quando Micrômegas leva as indagações para o campo íntimo ("*dites-moi ce que c'est que votre âme, et comment vous formez vos idées*" [fale-me sobre a natureza de sua alma e como vocês formam suas ideias] [Voltaire, *Micrômegas*, p. 111]), os filósofos revelam um universo de teorias conflitantes, *"de Descartes* [...] *de Malebranche* [...] *de Leibniz* [...] *de Locke"*. Um novo questionamento revela a ignorância essencial do homem. *"Mais qu'entends-tu par espirit?"* [O que você entende por espírito?], pergunta Micrômegas ao cartesiano, e o humano responde: *"Que me demandez-vous là* [...] *je n'en ai point d'idée"* [Por que está me perguntando isso? Não faço a menor ideia] (Voltaire, *Micromégas*, p. 111). Outro pensador promete que tudo que se relacione a almas há de ser encontrado na *Suma Teológica*, de Tomás de Aquino, assegurando aos dois gigantes extraterrestres que eles, bem como seu mundo e suas estrelas, eram todos feitos *"uniquement pour l'homme"* [unicamente em benefício da humanidade]. Diante disso, Micrômegas e o saturnino *"se laissèrent aller l'un sur l'autre en étouffant de ce rire inextinguible"* [caíram rindo um sobre o outro, um riso que parecia inesgotável] (Voltaire, *Micromégas*, pp. 112-13). Antes de partir, Micrômegas dá à humanidade um livro de filosofia que ele afirma conter toda a verdade sobre as coisas; esse livro é doado à Academia de Paris, mas, ao ser aberto, suas páginas revelam ser um livro em branco. A simpatia lockeana de Voltaire é evidente ao longo de toda a obra, e não em dose menor nesse presente de uma *tabula rasa* no final da história.

Os críticos têm observado como a fábula de Voltaire apropria-se do tropo de gigantes e anões de *As Viagens de Gulliver*. O que não é mencionado com tanta frequência é a grande inovação proposta por ele ao inverter a premissa predominante da FC no século XVII: em vez de viajantes da Terra encontrando alienígenas e interrogando-os sobre sua ortodoxa religião cristã, ele imagina alienígenas chegando à Terra – foi a primeira história desse tipo. Os terráqueos agem de acordo com a típica FC e tentam convencer os alienígenas da aplicabilidade universal da revelação cristã; mas Micrômegas duvida dessas certezas. A obra é ficção científica não apenas em sua premissa de visitantes alienígenas ao globo terrestre, mas na conexão ubíqua com os discursos científicos do momento e ao transformar esses discursos em ficção. Como Roger Pearson observa:

> As jornadas celestes de Micrômegas para Saturno e depois de Micrômegas e do saturnino para a Terra têm base real nos últimos avanços cosmológicos. Estes, além dos *Principia*, de Newton, incluíam o trabalho de Christiaan Huygens – em especial seu *Systema saturnium* (1659), mas também o *Cosmotheoros* (1698) – assim como a obra de Kircher, Keill e Wolff. Não há nada intrinsecamente fantástico nessas jornadas, pois Micrômegas tem um conhecimento seguro de *"les lois de la gravitation et toutes les forces attractives et répulsives"* [das leis da gravitação e de todas

as forças de atração e repulsão], e é tão bem organizado que nunca tem de parar por causa de um cometa (Pearson, p. 59).

A premissa de Voltaire permite-lhe ir além da revolução cosmológica copernicana para assuntos humanos. Assim como a Terra não é mais o centro físico do sistema solar, a humanidade não pode ser considerada o foco filosófico ou teológico do universo. Micrômegas fica fascinado com a insignificância física dos habitantes microscópicos de nosso planeta, e sua perspectiva é ampla o bastante para revelar os absurdos das iniciativas humanas, que por sua vez concentram-se na sátira de Voltaire. Assim, vemos o ridículo no fato de que, como um dos filósofos explica: *"il y a cent mille fous de notre espèce, couverts de chapeaux, qui tuent cent mille autres animaux couverts d'un turban"* [cem mil idiotas de nossa espécie, que usam chapéus, estão matando cem mil semelhantes que usam turbantes] (Voltaire, *Micromégas*, p. 110) no interesse de uma minúscula porção do, para Micrômegas, insignificante globo.

A chave para o texto pode ser encontrada em sua restrição à própria noção de comparação. Micrômegas e o saturnino, antes de chegarem à Terra, discutem a Natureza:

> – *Oui, dit le Saturnien; la nature est comme un parterre dont les fleurs...* [– Sim – disse o saturnino. – A natureza é como um canteiro em que as flores...]
> – *Ah! dit l'autre, laissez là votre parterre.* [– Ah! – disse o outro. – Esqueça o seu canteiro!]
> – *Elle est, reprit le secrétaire, comme une assemblée de blondes e de brunes, dont les parures...* [– Ela é – continuou o secretário – como uma reunião de louras e morenas, cujos trajes...]
> – *Eh! qu'ai-je à faire de vos brunes? dit l'autre.* [– Ei! O que tenho a ver com suas morenas? – disse o outro.]
> – *Elle est donc comme une galerie de peintures dont les traits...* [– Ela é, então, como uma galeria de pinturas em que os traços individuais...]
> – *Eh non! dit le voyageur; encore une fois, la nature est comme la nature. Pourquoi lui chercher des comparaisons?* [– Não! – disse o viajante. – Vou repetir: a natureza é como a natureza. Por que ficar procurando comparações?]
> – *Pour vous plaire, répondit le secrétaire.* [– Para agradá-lo – respondeu o secretário.]
> – *Je ne veux point qu'on me plaise, répondit le voyageur; je veux qu'on m'instruise.* [– Não quero ser agradado – disse o viajante. – Quero ser instruído.] (Voltaire, *Micromégas*, pp. 98-9).

Essa hostilidade à ideia mesma de algo similar é essencial à abordagem que Micrômegas faz do universo; como acontece com os mal orientados filósofos humanos no final da história, compreendemos que é um equívoco tentar traduzir o universo em metafóricos *outros* termos. Isso por sua vez apresenta uma explicação das várias grandezas dentro da narrativa. Voltaire não usa mudanças de escala para propósitos metafóricos; está destacando a *verdadeira* grandeza do cosmos, a decisiva imensidão do universo que a astronomia do século XVIII começava a revelar. Micrômegas tem a altura que tem e o saturnino tem a altura que tem porque essas – Voltaire diz – são as escalas do universo em que vivemos. *Micrômegas* não é, nesse sentido, um texto metafórico. É, precisamente, um texto instrutivo.

Viagens Extraordinárias do Século XVIII

Tanto as *Viagens*, de Swift, quanto *Micrômegas*, de Voltaire, são exemplos de *voyage extraordinaire*; uma de um sujeito burguês ocidental que viaja para lugares fabulosos, a outra de alienígenas fabulosos que viajam para nos visitar. Em conjunto, impelidas pelas relativas similaridades ideológicas e religiosas de seus determinantes swiftiano-voltairianos, conservador-protestantes/católico-liberais (ou mágico-materialistas), essas duas obras definem os eixos da futura produção textual de ficção científica.

A emergente cultura ocidental de exploração e expansão quase imperiais fornece os contornos de ambas as obras, é claro; e nada há de surpreendente quando encontramos diversas extrapolações fantásticas do início das viagens de descoberta e mesmo de conquista. A história do escritor sueco Olof von Dalin sobre extraterrestres que visitam a Terra, *Saga om Erik hin Götske* [A História de Erik e os Godos] (1734), poderia ter tido mais impacto se tivesse sido escrita em latim ou em uma das principais línguas europeias. Eliza Haywood publicou *The Invisible Spy* [Espião Invisível] (1755) sob o pseudônimo Exploralibus. Essa novela informe, mas divertida, tem como base dois *novums* específicos pseudotecnológicos: um "cinto" que torna o usuário invisível; e uma "Tabuinha maravilhosa", estilo ditafone, que registra "cada palavra dita com a clareza de um entalhe" (Haywood, p. 5). Isso permite que Exploralibus espione quem quer que lhe passe pela cabeça e transmita seu relatório a nós, os leitores. Embora esses mediadores técnicos sejam tratados de maneira parcial na tradição do mágico-fantástico (o narrador herdou-os de "certa pessoa venerável [...] descendente dos antigos magos dos caldeus" [Haywood, p. 3]), são ainda assim verdadeiros objetos materiais, sujeitos a problemas materiais – o livro termina quando o narrador perde a capacidade de deletar o que está escrito na tabuinha mágica; ela fica lotada, e ele é obrigado a publicá-la. Nisso reside sua importância: a secularização de um tropo que tinha sido previamente o domínio de uma tradição de romance mágico. Haywood adaptou o esquema de *Le diable boiteux* [O Diabo Coxo] (1707), reeditada com frequência em inglês, no século XVIII, como *The Devil upon Two Sticks* [O Diabo em Duas Bengalas], do escritor francês Alain-René Lesage. Na novela de Lesage, o protagonista se arrisca a libertar um diabo coxo de um jarro de vidro; o demônio começa a levantar as telhas das casas da Madri adormecida para revelar histórias secretas das pessoas que moram embaixo. Substituindo essa premissa inteiramente mágica por outra quase técnica, Haywood mostra como meio século alterou a inflexão da aventura fantástica.

Uma novela anterior de Haywood é *The Adventures of Eovaai, Princess of Ijaveo* (1736; reeditada como *The Unfortunate Princess* [A Princesa Infeliz] em 1741). A bela heroína dessa novela utópica, ambientada em uma terra de clima temperado, apesar de estar localizada perto do Polo Sul, é raptada e levada ao céu por um mago perverso, que voa com ela em um monstro híbrido, "parte ave, parte peixe". Embora o livro seja um tanto sufocado por sua intenção satírica anti-Walpole*, não deixa de ilustrar uma preocupação persistente da FC do século XVIII: o voo, fosse na forma de criaturas alienígenas com capacidade inata para voar ou na de humanos auxiliados por uma máquina.

Homens voadores são também o *novum* da novela *The Life and Adventures of Peter Wilkins* [A Vida e Aventuras de Peter Wilkins] (1751), de Robert Paltock. A espinha dorsal do enredo da novela de Paltock é transmitida no extenso subtítulo que encontramos no frontispício, que diz respeito ao protagonista (Wilkins, um marinheiro da Cornualha) e "seu naufrágio perto do Polo Sul; sua maravilhosa Passagem por uma Caverna subterrânea para uma espécie de Mundo novo; o encontro que teve lá com uma *gawry*, ou Mulher voadora, cuja vida ele preservou, casando-se depois com ela; seu extraordinário Transporte para o País dos *glums* e *gawrys*, homens e mulheres que voam". Esses *glums* e *gawrys* são alienígenas terrestres humanoides cujas extensas asas (ilustradas com quatro belas xilogravuras na primeira edição) são usadas como uma espécie de roupa quando andam no solo, sendo desenroladas – e deixando-os nus – quando desejam alçar voo. Transportado pelo ar por um grupo desses humanoides voadores, Wilkins se instrui sobre o país deles, seus costumes, e intervém ao lado da nação da esposa em uma guerra civil, assegurando a vitória e reconciliando as duas nações. Após a morte da esposa, certo de que os filhos serão bem cuidados, Wilkins se rende à saudade e volta para casa. Claramente influenciado pelas *Viagens de Gulliver*, embora

---

* Referência a Robert Walpole (1676-1745), considerado o primeiro político britânico a agir, de fato, como primeiro-ministro. (N. do T.)

com uma ingenuidade de tom e invenção em choque completo com a genialidade aguçada de Swift, *Peter Wilkins* é uma pequena, mas impressionante, *voyage extraordinaire*, com criaturas alienígenas bem concebidas e uma aptidão convincente para a verossimilhança narrativa. É uma história de alteridade radical que, não obstante, é racionalizada de forma cognitiva. Na realidade, a história expressa mais a dialética essencial do gênero em desenvolvimento que muitas outras obras do século XVIII.

Isso se dá porque o desenvolvimento óbvio da história de Paltock funciona com exatidão como racionalização material de fábulas de anjos. O frenesi do século XVIII por narrativas de duelos angélicos e a própria natureza do ser angélico atingiam o ponto de ebulição. O nome cristão de Peter Wilkins poderia fazer o leitor se lembrar do primeiro papa católico e, embora fosse também um nome protestante bastante comum no período, parece haver algo significativo na terminologia de Paltock. Peter ("pedra") começa sua aventura com um abrupto naufrágio em uma "Pedra de extraordinária Altura" (Paltock, p. 62), mencionada muitas vezes depois na narrativa como "a Pedra". É por meio dessa exteriorização de seu nome cristão que Wilkins passa, sugado por uma catarata, para a terra das *gawrys* mais além. O primeiro encontro de Wilkins com Youwarkee, a *gawry* com quem mais tarde vai se casar, é precedido por um sonho com a esposa inglesa morta e transformada em um anjo. No momento exato em que ele desperta, Youwarkee cai do céu, como no sonho de Adão. Sua beleza, pureza e nudez ("sem [outra] Roupa além daquela com que nasciam", ou seja, as asas [Paltock, p. 117]) colocam-na no nível de uma representação angélica. As *gawrys* levam uma vida mais ou menos paradisíaca, comendo frutos de árvores – quando Wilkins lhes traz peixe e aves para comer, elas acreditam que sejam estranhas espécies de frutos – e habitando cidades dispostas em um padrão que lembra, em um diagrama incluído no texto, nada menos que uma cruz cristã (Paltock, p. 315). A *gawry* imagina que Wilkins seja um salvador, conforme uma antiga profecia proferida por um eminente *ragam*, ou sacerdote, que havia tentado reformar a religião *gawry*, subvertendo o Culto Nacional da Grande Imagem, de origem papista, mas tendo sua ação entravada "pelo restante dos *ragans* que a ele se opunham". Ele declara no leito de morte que, por terem "rejeitado a Alteração em [sua] Religião", as pessoas enfrentariam guerras civis entre Ocidente e Oriente ao longo de gerações, às quais apenas o vindouro salvador, Wilkins, seria capaz de pôr fim (Paltock, p. 243). Mas a intenção dessa novela não é apresentar uma alegoria satírica do catolicismo ou do cristianismo, mas sim reinventar motivos sobrenaturais em termos seculares e materiais. Em âmbito simbólico, *Peter Wilkins* explora questões de pecado, de alteridade.

Wilkins chega como missionário, bane a superstição *gawry* e, como ele diz: "põe em ordem a Religião" (Paltock, p. 276), mas faz isso de maneira notavelmente não doutrinária, apenas informando às *gawrys* que há um "Ser Supremo, Criador do Céu e da Terra, de nós e de todas as coisas" (Paltock, pp. 280-81) (embora mais tarde traduza a Bíblia para a língua nativa delas). Em vez de teologia, Wilkins apresenta um amplo conjunto de técnicas e equipamentos tecnológicos para aquele novo mundo e trabalha em um plano sem dúvida material, por exemplo, abolindo a escravidão, levando seu povo à vitória na guerra civil e assim por diante. Paul Baines mostrou quanto a novela contém, de modo completo, uma linguagem tecnológica. A narrativa de Wilkins é um detalhado inventário de ferramentas, mecanismos, domesticação de animais, racionalização e domínio individual do ambiente, mas seus vários equipamentos, de flautas doces a fuzis e canhões, são encarados pela inocente *gawry* como manifestações de magia. Segundo Baines, é a "justaposição de poder tecnológico e fantasia imaginativa" da novela, "o encontro dramático entre mecânica e superstição" (Baines, p. 21) que mais caracterizam *Peter Wilkins*. No contexto mais amplo do desenvolvimento da FC, podemos ver que é, de fato, o exato equilíbrio entre sóbrio materialismo tecnológico protestante e o nível simbólico de associação espiritual transcendente que a novela media; o conflito textual entre discursos religioso e técnico expressa essa inquietação cultural ainda potente que determinava, sobretudo, as origens do gênero. Outra interessante fantasia de "homem voador", *La découverte Australe par un homme volant, ou le Dédale français* [A Descoberta Austral por um Homem Voador, ou o Dédalo Francês] (1781), de Rétif de la Bretonne, será discutida a seguir.

Aventuras Subterrâneas e Interplanetárias

Em 1741, o escritor norueguês-dinamarquês Ludvig Holberg (nessa época, Noruega e Dinamarca eram países associados em termos políticos; Holberg nasceu na Noruega, mas foi educado e viveu na Dinamarca) publicou sua fantasia sobre a Terra oca, *Nicolai Klimii iter subterraneum* [Jornada de Nikolai Klim sob a Terra]. A obra tornou-se um grande sucesso, tendo sido traduzida para a maioria das línguas europeias, permanecendo popular por boa parte do século XIX. Não é difícil entender por quê, já que se trata de uma narrativa elegante, divertida e inventiva. Klim, um ex-estudante sem nenhum vintém, narra como caiu em um precipício aberto na superfície da Terra e chegou a um cosmos interior, iluminado por um Sol que está no centro da Terra e ao redor do qual orbitam vários mundos. O próprio Klim entra em órbita em volta de um dos planetas desse sistema interno. Um biscoito que sai de seu próprio bolso entra em órbita em torno dele, transformando-o, como ele diz, em um verdadeiro corpo planetário – um símbolo eloquente da mudança que ia se materializando na ênfase da *voyage extraordinaire*. Volte à *Planetomachia* [Batalha dos Planetas] (1585), de Greene, e os planetas são imaginados, de forma sobrenatural, como indivíduos; um século e meio mais tarde, de modo bastante adequado, isso é revertido por Holberg, que transforma uma pessoa em um planeta, apontando com astúcia para a verdade de que, em um cosmos newtoniano, qualquer corpo material poderia se tornar um planeta.

Desembarcando no mundo de Nazar, Klim descobre uma sociedade quase utópica povoada por árvores que caminham, falam e têm inteligência. Brian Aldiss não tem em grande conta os alienígenas arbóreos de Holberg ("árvores", ele opina, "não atendem com eficácia a objetivos didáticos. Fecham-se em uma casca" [Aldiss, p. 79]); contudo, a poderosa estranheza imaginativa da viagem subterrânea de Klim, a sucessão um tanto frenética de sociedades e detalhes alienígenas em tom de sátira, emprestam ao mundo um sabor distinto e impressionante. Para ficar apenas com as árvores sencientes: o que é muito interessante a respeito delas é o modo como Holberg preenche e materializa uma convenção mítico-religiosa da imaginação literária pré-FC: a floresta dos suicidas do *Inferno* de Dante; ou as transformações mágicas de humanos em árvores dispersas pelas *Metamorfoses*, de Ovídio. Além de tudo, a novela é genuinamente divertida (Figura 5.1).

Depois de conseguir trabalho como mensageiro com os potuani, graças às suas pernas compridas (para os padrões arbóreos), Klim ofende os anfitriões ao sugerir que aprovem uma lei para tornar suas mulheres cidadãs de segunda classe, como nas sociedades humanas supraterrenas – a sátira de Holberg na novela é em geral menos óbvia. Eles o banem para o *firmamentum*, o céu deles, a parte de baixo da crosta terrestre. É onde ele cai com marcianos simiescos e o bárbaro humano Quamese. Klim vende as perucas usadas pelos primeiros, ensina o segundo a fabricar a pólvora, reúne um exército e conquista o firmamento inteiro. Por fim, rola pelo buraco através do qual originalmente chegara ali, é reduzido à penúria em nosso mundo, mas acaba se casando e vivendo feliz para sempre.

Voyages extraordinaires para mundos no interior da Terra como *Nicolai* gozaram de considerável popularidade durante todo o século XVIII. Muitas delas engendravam imaginativas aventuras inspiradas pela popularidade da desinteressante obra de ciência especulativa *Mundus Subterraneus* [Mundo Subterrâneo] (1678), de Athanasius Kircher. A obra anônima francesa *Relation d'un voyage du pole arctique au pole antarctique par le centre du monde* [Relato de uma Viagem do Polo Ártico ao Antártico] (1722) é um exemplo.

Figura 5.1 Ilustração que apresenta Nicolai com o povo-árvore de Potu, da edição inglesa de 1845, sobre a jornada de Nicolai sob o solo.

A maior parte da novela detalha as explorações árticas dos protagonistas, incluindo duelos empolgantes com ursos-polares e peixes monstruosos em mares aquecidos por vulcões. A verdadeira passagem intermundial é descrita apenas no final e traz um risco de anticlímax: "*De quelques minutes trois ou quatre mouvemens précipitez du Nord au Sud* [...] *à tomber en ligne perpendicular"* [Em alguns minutos três ou quatro movimentos acelerados do Norte ao Sul (...) nos fez cair em linha perpendicular] (Anon., 1721, p. 169), embora no caminho para baixo o narrador veja *"Il offrit à mes yeux un feu très-brilliant de figure circulaire, comme le Soleil* [...] *[et] une longue suite de nuages"* [uma forma muito brilhante parecida com o Sol (...) (e) uma longa fileira de nuvens].

Um texto inglês anônimo, *A Voyage to the World in the Centre of the Earth* [Viagem ao Mundo no Centro da Terra] (1755), situa uma sociedade utópica de vegetarianos que respeitam muito os animais no interior do globo terrestre. "Nesse mundo", somos informados, "não há coisas como Servos." De fato percebe-se que o trabalho dos servos é realizado por crianças: "Como é costume as pessoas se casarem muito cedo, logo estão com um bom número de Crianças e sempre sobra uma quantidade suficiente de crianças para fazer o Trabalho da Família" (Anon., 1755, pp. 59-60). Substituir o emprego adulto por trabalho forçado infantil pode chocar o leitor moderno como menos iluminista do que talvez fosse a intenção do autor. Charles de Fieux, de Mouhy, combinou os gêneros populares de conto oriental e aventura subterrânea com um herói egípcio em *Lamekis, ou les voyages extraordinaires d'un Égyptien dans la terre intérieure* [Lamekis, ou Viagens Extraordinárias de um Egípcio no Interior da Terra] (1787) (8 volumes, 1735-1738). Essa longa e variada narrativa vê Lamekis, filho de um antigo alto sacerdote egípcio, deparar-se com estranhos homens-minhocas no interior de nossa Terra oca, assim como viajar para a ilha celestial dos silfos, de onde as criaturas podem ascender aos Céus. Ludicamente metatextual, a certa altura o próprio autor é trazido para a narrativa. Repreendido pela extravagância de sua imaginação, ele mostra a novela – a que estamos lendo – como uma série de baixos-relevos (cada baixo-relevo é descrito e uma nota de rodapé nos dirige para a seção relevante da novela). A parte final da história, somos informados, será escrita por uma força misteriosa.

Uma das mais interessantes dessas histórias subterrâneas foi escrita pelo famoso aventureiro sexual Giacomo Casanova De Seingalt (mais conhecido como Casanova), que, perto do fim da vida, publicou uma longa excursão imaginária subterrânea: *Icosameron, ou Histoire d'Édouard et d'Élizabeth Qui Passèrent Quatre-Vingt-Un Ans chez les Mégamicres Habitans Aborigènes du Protocosme dans l'Intérieur de Notre Globe* [Icosameron: ou a História de Edward e Elizabeth, que Passaram 81 Anos com os Megamicres, Habitantes Originais do Protocosmos no Interior de Nosso Mundo] (5 volumes, 1788). Megamicres [Megamicros], de Casanova, está em débito evidente com Voltaire, mas a concepção desses alienígenas do interior do globo tem relação direta com as inquietações teológicas mais comuns na FC do século XVII.

A vida idílica dos Megamicres revela-se como resultado de seu mundo ser anterior ao pecado original de Adão e não ter sido contaminado por ele; mas, ao mesmo tempo, e como se para não abusar da teologia convencional, os Megamicres apresentam-se desprovidos de alma. Seu nome se deriva da baixa estatura, mas grande espírito. A contiguidade conceitual do Megamicro como o supraterreno Micrômega de Voltaire também acentua o raciocínio estruturante pequeno-grande de histórias de Terra oca como esta. O mundo, ele próprio contido no sistema solar, revela-se como contendo dentro de si mesmo outro sistema solar; a lógica microcósmica simboliza o modo como o século XVIII cristalizava de modo conceitual o emergente senso burguês do eu.

A exploração pela paixão da descoberta dava lugar à viagem internacional para os objetivos de comércio, conquista e acumulação, ou apropriação, de riqueza. O retrato satírico de Holberg do anti-herói europeu reunindo um exército alienígena, dando-lhe armas e conquistando o novo mundo não era mera caricatura. Por sua vez, como fortunas europeias estavam sendo feitas graças aos novos mundos, certo grau de nostalgia começou a penetrar no relato da *voyage extraordinaire*. O século viu mais de uma dúzia de poemas épicos só sobre o tema da jornada de Colombo para o novo mundo, a maioria escrita em latim. A América começava a pôr em foco o desejo de novos mundos e novas civilizações aos quais os escritores podiam, com coragem, recorrer.

Tomemos um exemplo como caso indicativo. O poema épico em latim *Columbus Carmen Epicum* (1715), de Ubertino Carrara, narra a viagem de Colombo à América em doze volumes grossos de hexâmetros latinos, repletos de maquinaria mitológica e equipamentos mágicos. É um poema que relembra o século XV, mas lança um olhar ainda mais para trás, rumo à Antiga Roma, abrangendo cada brecha com alusões próprias de Virgílio. Algumas partes, no entanto, libertam-se do classicismo um tanto asfixiante de seu autor jesuíta e começam a criar fábulas insólitas que funcionam segundo os próprios termos. Assim, no livro 10, o filho de Colombo, Fernando, cai ao mar e é resgatado pelos habitantes submarinos de uma gigantesca "árvore marinha", cujas raízes estão no leito do oceano e cujo topo encosta nas ondas. Uma ninfa chamada Alétia concede a Fernando uma excursão a esse reino submarino, um episódio que, à medida que avança, torna-se mais científico-ficcional e menos mitológico. O clímax ocorre em uma câmara especial adornada com muitos espelhos e lentes, através dos quais Alétia mostra a Fernando os céus e revela que a jornada da humanidade para as estrelas será realizada "não nas condenadas asas de cera de Dédalo", mas por meio de novas tecnologias que farão as pessoas deslizarem pelos ares nas difíceis extensões do espaço (*"aëriosque perambulat ardua tractus"*) com tanta facilidade quanto o olho é conduzido por um dos telescópios de Galileu.

Latiùs extendens famam terraeque, polique.
Utraque pars Mundi posthac jactantior ibit,
Luce planetarum quod creverit amplior Æther,
Terraque Mediceis quod nomina fecerit astris.
[Sua fama abarcará a Terra, e também o céu;
Ambos farão parte do mundo no qual você é empurrado
Rumo a planetas já tornados maiores, para o éter,
Para o território nessas estrelas ao qual os Médici deram seu nome]
(Carrara, p. 217).

Isto é, para Saturno, cujas luas foram batizadas em homenagem a membros da família Médici por Galileu, no *Sidereus Nuncius* [O Mensageiro das Estrelas] (como meio de adular seus patronos), e que na época se acreditava ser o planeta mais distante do sistema solar. À medida que o Ocidente colonizava o mundo real, escritores ocidentais extrapolavam sua imaginação para metas coloniais mais amplas. A novela *Die Geschwinde Reise auf dem Lufft-Schiff nach der obern Welt, welche jüngstlich fünff Personen angestellt* [Rápida Jornada em uma Aeronave para o Mundo Superior, Empreendida Recentemente por Cinco Pessoas] (1744), do autor alemão Eberhard Christian Kindermann, leva seus cinco protagonistas – representativos dos cinco sentidos – para Marte em uma nave voadora feita de sândalo.

O didatismo não domina *Relation du Monde de Mercure* [Relato do Planeta Mercúrio] (1750), de Le Chevalier de Béthune, uma obra original da antiga FC, pois não usa a descrição de uma imaginária sociedade mercuriana como veículo de sátira política ou fantasia utópica. Os alienígenas de Béthune são diminutas criaturas aladas governadas por seres misteriosos, mas benevolentes, que moram no Sol. Béthune insiste, em um prefácio, que o livro era meramente *"une fable, dans laquelle on a essayé de joindre à des idées amusantes par leur nouveauté, quelques observations utiles"* [uma fábula em que se tentou associar ideias divertidas por sua novidade a algumas observações úteis]; mas o charme e a força do livro contradizem a ausência de ênfase dessa declaração. Ambientada mais perto do Sol, uma fonte tanto de iluminação espiritual quanto física para Béthune, a novela aponta sua sátira para aqueles que só conseguem ver futilidades, a epiderme mais superficial das coisas, jamais captando o cerne e essencial (*"qu'il ne voit que la superficie, l'enveloppe des choses, ne touche qu'a l'epiderme, et n'en prend que l'élixir et la quintessence"*) (Béthune, v. 2, p. 137). A insistência em penetrar além da mera superfície, materializada nas inúmeras aventuras subterrâneas desse período, é um imperativo espiritual, sendo apresentado como tal; mas é também a concretização das novas percepções da ciência.

O polimata sueco Emmanuel Swedenborg seguiu os passos entediantes e místico-religiosos do *Iter exstaticum* (1656), de Kircher, com seu supostamente visionário *De Telluribis* [Sobre Terras] (1758; traduzido para o inglês por John Clowes, em 1787, como *Concerning the Earths in Our Solar System, which are Called Planets, and Concerning the Earths in the Starry Heavens; Together with an Account of their Inhabitants* [Relativo às Terras em Nosso Sistema Solar, que são Chamadas Planetas, e Relativo às Terras nos Céus Estrelados; Junto com uma Descrição de seus Habitantes]). Essa obra envolve expedições imaginárias a uma série de planetas, mas o todo está impregnado de um dogmático, se não insípido, misticismo mágico; os planetas e alienígenas encontrados só são diferenciados em sentido espiritual, e o conjunto funciona para justificar o culto religioso que Swedenborg estava estabelecendo. O fato de a obra ter pouco mérito não significa que não tenha tido influência; muito pelo contrário, alguns talentos literários expressivos foram inspirados pela visão de Swedenborg, de modo mais notável o poeta romântico William Blake. Quando jovem, Blake foi provavelmente um franco swedenborguiano, embora a maior parte de sua poesia tenha sido escrita em uma enfurecida reação contra a influência de Swedenborg. *O Casamento do Céu e do Inferno* (*The Marriage of Heaven and Hell*) (1790) é uma paródia escrita como poema em prosa dos escritos de Swedenborg, que ultrapassa o original a um ponto tão estratosférico, que é capaz de tornar o primeiro irrelevante. É também, em parte, uma fantasia sobre o subterrâneo em que o protagonista, através de uma entrada atrás do altar de uma igreja, desce a um imenso reino subterrâneo habitado por criaturas bastante assustadoras. Seu anterior *An Island in this Moon* [Uma Ilha na Lua] (escrito em 1774-1775, embora só tenha sido publicado muito depois da morte de Blake) pertence ao subgênero de visitas satíricas à Lua (ver a seção seguinte deste capítulo) e expressa a profunda hostilidade de Blake em relação às tendências de sistematização dos cientistas ocidentais.

Les voyages de Milord Céton dans les sept planètes [As Viagens de Lorde Céton pelos Sete Planetas] (1765), da francesa Marie-Anne de Roumier, são mais astrológicas que científicas. Um lorde inglês e sua irmã fogem da corte de Charles I e, transportados por um anjo chamado Zaquiel, excursionam pelo sistema solar, onde descobrem que Marte é um planeta de guerra; Vênus, um planeta de amor; e assim por diante. Mas, embora se desvie para o pré--científico (o que não é diferente do que faz *Planetomachia*, de Robert Greene, que talvez o tenha inspirado), o livro é ainda assim parte de uma linguagem "científica" mais ampla. Isso se aplica em grau ainda maior a *Le Philosophe sans prétention ou l'homme rare* [O Filósofo Despretensioso ou o Homem Raro] (1775), do cientista francês Louis-Guillaume de Lafolie. Essa obra estranha, mas que não deixa de ser maravilhosa, diz respeito a um visitante do planeta

Mercúrio, chamado Ormisais, que voa para a Terra em uma carruagem celeste movida a eletricidade. A carruagem será danificada devido a um pouso acidentado. Auxiliado por um terráqueo chamado Nadir, Ormisais procura materiais para consertar sua nave. O russo *Новейшее путешествие* [A Mais Recente Jornada] (1784), de Vasily Levshin, é outra fantasia materialista de exploração interplanetária – nesse caso em uma viagem à Lua –, racionalizada segundo os últimos discursos da ciência do século XVIII. O que nos leva à questão da aventura lunar.

A Lua do Século XVIII

Como um local longínquo, sem dúvida, e no entanto próximo o bastante para ser alcançado pelo homem, a Lua é a locação principal da FC. Mas a plausibilidade da Lua como verdadeiro local de habitação ou exploração foi corroída pelos avanços em astronomia do século XVIII. No início do século, em 1701, Nehemiah Grew podia admitir como inteiramente certo que a Lua "é outro Orbe Terráqueo, tendo sua Atmosfera, Ventos, Mares e Maré; e portanto um adequado, embora talvez diferente, Suprimento de Animais, Plantas e Minas" (Grew, p. 10). No final do século, contudo, verificações mais precisas, em especial de estrelas observadas próximo à Lua, revelaram que o satélite não tinha uma atmosfera e, portanto, estaria desprovido de "ventos, mares e marés". Samuel Taylor Coleridge anotou em seu caderno, em 1794:

> Lua no presente inabitada devido à sua pouca ou nenhuma atmosfera, mas pode ter, com o Tempo – um romance ateu pode ser criado – um teísta também. – Água! (Coleridge, *Notebooks*, p. 1).

Embora nunca tenha escrito esse romance em particular, o equilíbrio feito por Coleridge de perspectivas "ateístas" (materialistas) e "teístas" (espirituais) nessa história de futura colonização lunar se aproxima muito do cerne da questão. Nos anos 1830, a visão de Coleridge sobre uma possível vida alienígena no sistema solar era igualmente negativa; enquanto a maioria dos que comentavam o assunto estavam certos de que alguns, se não todos os planetas, eram ocupados, Coleridge se queixava: "Todos os Planetas possíveis são malfeitos? Não há nenhum isento do *Morbus pedicularis* [doença do piolho] de nossa verminosa Terra, onde o homem rasteja?" (Coleridge, *Marginalia*, v. 2, p. 887). É um comentário que carrega em si um travo do modo como um reino antes espiritual fora contaminado pelas observações materialistas dos cientistas.

Em algum lugar entre essa Lua ideal habitável e o deserto sem ar há de ser encontrado o poema em latim *"Luna habitabilis"* [A Lua Habitável]

(1737), do poeta inglês Thomas Gray, que povoa o satélite com bizarros alienígenas dignos de Kepler. O poema antecipa a época em que a Grã-Bretanha imperial transformará a Lua em uma colônia, conquistando os aborígenes aterradores, que parecem ciborgues: "*acies ferro, turmasque biformes, monstraque feta armis, et non imitabile fulmen*" [o exército de ferro, regimentos de monstros biformes, grandes animais cheios de homens armados e seu inimitável raio]. Gray estiliza essa guerra como um ataque necessário e preventivo contra uma "*Lunae in orbe tyrannus, se dominum vocat*" [um tirano na órbita da Lua que diz que é nosso mestre]; e há um triunfalismo sem ambiguidades em seu retrato dos primeiros colonizadores britânicos (*primosque colonos*), que cruzam o espaço em "*classem volantem*" [barcos voadores] para estabelecer o pacífico novo mundo (Gray, p. 301).

Mas de longe as manifestações mais comuns da Lua na literatura do século XVIII são de um local de cômico-satírico absurdo. Uma obra como *The Emperor of the Moon: A Farce As It Is Acted by Their Majesties Servantes, at the Queens Theatre* [O Imperador da Lua: uma Farsa tal como Representada pelos Servos de Suas Majestades no Queens Theatre] (1687), de Aphra Behn, não faz tentativas de racionalizar a ciência de sua sátira. *The Consolidator, or Memoirs of Sundry Transactions from the World of the Moon* [O Consolidador, ou Memórias de Transações Diversas do Mundo da Lua] (1705), de Daniel Defoe, é uma proposta atípica desse escritor em geral divertido – atípica no sentido de que está tão abarrotada de referências satíricas e alegórico-contemporâneas, que se aproxima de um caráter absolutamente ilegível. Mais legível, em sentido bruto, é o meio esbaforido *A Voyage to Cacklogallinia* [Viagem a Cacklogallinia] (1727), do "capitão Samuel Brunt", que logo ultrapassa seu propósito inicial – satirizar a catástrofe econômica que foi a Bolha do Mar do Sul – para tentar ser estranhamente plausível com um protagonista que viaja para a Lua levado pelos cacklogallinianos, humanoides alados que povoam a utopia cômica do livro. Murtagh McDermot (o nome é um pseudônimo) publicou, em 1728, *Trip to the Moon... Containing Some Observations, Made by Him during His Stay in That Planet, upon the Manners of the Inhabitants* [Viagem à Lua... Contendo Algumas Observações, Feitas por Ele durante sua Estada naquele Planeta, sobre os Hábitos de seus Habitantes]. Segundo Pythagorolunister (John Kirkby), em seu *A Journey to the World in the Moon* [Uma Jornada para o Mundo da Lua] (1740): "nenhum Mecanismo material, nenhuma Invenção possível poderá jamais transportar nossos Corpos ao Mundo na Lua" e, portanto, só é possível "visitar essas Regiões por Analogia espiritual" (em Claeys, v. 2, p. 5). *A Trip to the Moon: Containing an Account of the Island of Noibla* [Viagem à Lua: Contendo um Relato da Ilha de Noibla] (1764), de *sir* Humphrey Lunatic (é evidente tratar-se também de um pseudônimo), é outra obra desse tipo. *The Life and Astonishing Transactions of John Daniel* [A Vida e Assombrosas Transações de John Daniel] (1751), de Ralph Morris (sobre quem pouco se sabe; é provável que o nome seja um pseudônimo), também envolve uma jornada para a Lua. O subtítulo do livro faz a promessa um tanto imprudente de narrar "as aventuras mais surpreendentes que nenhum outro Homem do Universo jamais viveu", uma promessa que a narrativa se mostra incapaz de cumprir. *The Man in the Moon; or, Travels into the Lunar Regions by the Man of the People* [O Homem na Lua; ou Viagens para as Regiões Lunares do Homem do Povo] (2 volumes, 1783), de William Thomson, assiste a "o Homem na Lua" descer para pegar o político radical inglês Charles Fox (a descrição dele como "homem do povo" feita por Thomson é sarcástica) e levá-lo em uma excursão por uma Lua alegórico-satírica.

Muito do senso de localização lunar dessas sátiras é sua incontestável distância da Grã-Bretanha, uma característica que também servia para ambientar sátiras em partes muito distantes do globo. A estranha e escatológica alegoria *The History and Adventures of an Atom* [História e Aventuras de um Átomo] (1769), de Tobias Smollett, usa o Japão para esse fim. O personagem do título é um átomo senciente que, alojando-se na glândula pineal de um certo Nathaniel Peacock, é capaz de lhe comunicar suas aventuras. O átomo havia sido, em suas origens, parte do traseiro do primeiro-ministro japonês Faika-kaka ("Faiquei-queiquei"), de onde passou através de um pato e de um marinheiro para Peacock. Ele relata os acontecimentos agitados, repletos de pancadaria, da corte japonesa, evocando uma série de nomes com uma comicidade pueril (Sti-phi--rumpoo ("sti-fi-rumpu"), Nin-kom-poo-po ("Nin-com-pu-pu") e assim por diante), de modo a reapresentar a vida política inglesa de 1757-1767. Fantasias lunares desse tipo também eram populares em toda a Europa. *Le char volant; ou, Voyage dans la lune* [A Carruagem Voadora; ou, Viagem à Lua] (1783) de Cornelie Wouters, baronesa de Wasse, é uma delas.

Alguns exemplos um pouco mais interessantes podem ser extraídos dessa massa satírico-fantástica de *jeux-d'esprits*. *Wojciech Zdarzyński życie i przypadki swoje opisujący* [A Vida e Aventuras de Wojciech Zdarzyński] (1785), narradas por ele próprio, do clérigo polonês Michal Dymitr Krajewski, leva o protagonista do título para a Lua, em um balão de ar quente, para investigar os habitantes e as civilizações de lá. E o anônimo *A Journey Lately Performed through the Air in an Aerostatic Globe* [Uma Jornada Recém-empreendida pelo Ar em um Globo Aerostático] (1784) faz o narrador voar, uma vez mais, em um balão de ar quente, de modo bastante improvável, até Urano (ou até "o recém-descoberto planeta Georgium Sidus", como era então conhecido) – os astrônomos, ele diz, que o descreveram como grande e distante estão errados, pois é pequeno e próximo. Mesmo sendo uma sátira ligeira, esta pode ser a primeira viagem interplanetária por balão em inglês, pois quase certamente a história de Krajewski, que não tinha relação com esta, estava em polonês. Esse se tornaria um subgênero que iria demonstrar surpreendente longevidade. O progatonista do anônimo *A Voyage to the Moon, Strongly Recommended to All Lovers of Real Freedom* [Uma Viagem à Lua, Bastante Recomendada para Todos os Amantes da Verdadeira Liberdade] (1793) também viaja para o espaço por meio "dessa curiosa máquina, um balão de ar" (Claeys, v. 4, p. 281), voando até a Lua, aqui chamada Barsilia, que se encontra povoada por alienígenas em forma de serpente. Essas criaturas trabalhadoras são, em uma paródia da Inglaterra conservadora, oprimidas pela "Grande Serpente", que arrecada seis sétimos de todos os ganhos, usando a maior parte do dinheiro para manter em movimento uma "grande roda" inútil na cidade que serve de capital. A sátira é do tipo rolo compressor ("'Quanto à verdade e justiça', respondi, 'elas parecem ser tratadas aqui como coisas imaginárias ou desprezíveis'" [Claeys, v. 4, p. 1997]), mas os detalhes são trabalhados com habilidade, e o conjunto alcança um surpreendente grau de liberdade, indo além do meramente polêmico.

Ficção Científica e Ficção Gótica

Embora a FC estivesse sendo escrita por toda a Europa durante o século XVIII, duas nações emergiram como produtoras básicas: a Inglaterra protestante e a França católica. Isso, por sua vez, reflete contextos culturais e históricos. Inglaterra e França desfrutavam de uma cultura mais textualmente nutritiva que as pré-unificadas Itália e Alemanha, ou outras nações menores da Europa, em parte porque ambos os países estavam sempre envolvidos, não sem certa espécie de violência, nos primórdios da expansão tecnológica e imperial. Eram também dois dos países com a mais pronunciada história de reforma religiosa católica/protestante e, portanto, culturas determinadas pela dialética que se encontrava no cerne da FC.

Mas um gráfico da produção textual de FC durante todo esse século demonstraria um traço curioso; lá para o final do século, o número de textos de FC escritos na Inglaterra caiu – situação que não se refletiu na França. O fato se torna ainda mais notável quando levamos em conta que foi nesse exato período que a Inglaterra assistiu ao grande frenesi da ficção gótica; uma curiosa reflexão, dado que a maioria dos historiadores de FC associam o nascimento do gênero com a obra gótica. Brian Aldiss, com um influente argumento, chega a ponto de definir a FC como uma ramificação do gótico – ele começa sua história crítica com "o mundo de sonho da novela gótica, do qual brota a ficção científica", e define o gênero como "tipicamente moldado pelo modo gótico ou pós-gótico" (Aldiss, p. 25). Em vista da ampla aceitação desse argumento, vale a pena checar se ele é correto.

A ficção gótica é uma categoria popular de didática e pesquisa acadêmicas; um subgênero convenientemente delimitado de literatura fantástica, do qual muitas obras continuam sendo ainda hoje muito legíveis (e que são, portanto, populares entre estudantes e entre os planejadores de programas universitários contemporâneos). Em geral, uma novela gótica inclui desdobramentos misteriosos e sinistros, não raro envolvendo entidades sobrenaturais, como fantasmas ou demônios, embora às vezes tais eventos sejam explicados em termos racionais. Muitas novelas góticas estão ambientadas em locais distantes, ermos, castelos ou monastérios em áreas inacessíveis da Europa central, onde jovens inocentes são aterrorizadas, homens têm pacto com o demônio e o enredo tem muita relação com cemitérios, ruínas e loucura, tudo isso temperado por uma atmosfera característica de suspense erotizado, choque e terror.

Tais novelas estavam em voga na Grã-Bretanha, nas últimas décadas do século. O início desse subgênero é em geral situado em 1764, com a publicação de uma novela de casa assombrada, enfática ao ponto da histeria: *O Castelo de Otranto* (*The Castle of Otranto*), de Horace Walpole. Escritores como Ann Radcliffe, Matthew Lewis (cuja novela *O Monge* [*The Monk*], de 1796, é uma história exacerbada de impostura demoníaca e corrupção sacerdotal) e Charles Maturin conheceram tremendo sucesso. No momento em que a longa história de alma-vendida-ao-demônio de Maturin, *Melmoth, the Wanderer* [Melmoth, o Andarilho] foi publicada (1820), a febre por esse tipo de narrativa estava em declínio; contudo, a influência gótica continuou sem dúvida em outros gêneros, em obras tão diversas quanto a poesia de Coleridge, *O Morro dos Ventos Uivantes* (*Wuthering Heights*) (1847) de Charlotte Brontë, *Drácula* (*Dracula*) (1897), a história de vampiro de Bram Stoker, e os livros e filmes de terror de nossos dias.

Isso posto, há algo hostil à FC na escrita gótica. Não digo isso com vontade de revisitar os entendiantes conjuntos de regras promovidos por tantos críticos que buscam uma definição para a ficção científica (ver Capítulo 1), mas para reafirmar a tese básica desta história crítica da FC. O gótico é uma outra iteração do romance mágico, modelado explicitamente sobre os protocolos textuais desse modo de longa data, embora detentor de uma recente atmosfera *dark* e generalizada popularidade. Nas poucas ocasiões em que acontecimentos aparentemente sobrenaturais são revelados como não sobrenaturais (o caso mais famoso é *Os Mistérios de Udolpho* [*The Mysteries of Udolpho*] (1794), de Ann Radcliffe), as novelas retrocedem à história de amor burguesa (os eventos em *Os Mistérios de Udolpho* revelam-se como impedimentos destinados a tornar o desenrolar do verdadeiro amor entre a heroína e o herói de Radcliffe uma leitura mais interessante). Em geral, a ficção gótica é irracional e mágica em um sentido pseudocatólico (ou, para ser um pouco mais específico, de certo modo inspirada pela paranoia protestante inglesa acerca dos aspectos supostamente monstruosos do catolicismo continental). A FC, como vinha se desenvolvendo havia 200 anos, foi modulada por discursos de racionalidade e deísmo protestante: sistemáticos, mobilizados e filtrados por interesses porosos. Talvez o mais próximo que as centenas de novelas góticas publicadas entre 1764 e 1820 chegaram da ficção científica se encontra no pouco conhecido *The Balloon, or Aerostatic Spy* [O Balão, ou Espião Aerostático] (1786, autor desconhecido), que se mantém dentro da lógica do balonismo estabelecida pelos Montgolfiers; e no ainda mais obscuro *The Invisible Man, or Duncam Castle* [O Homem Invisível, ou O Castelo Duncan] (1800, autor desconhecido), que recicla o "cinto de invisibilidade" de *The Invisible Spy* (1755; ver menção anterior), de Eliza Haywood. Fora isso, a ficção gótica era uma linguagem de não FC.[4]

Mas o leitor apto a receber minha afirmação de que a FC não começa com o gótico pode ainda assim estar curioso sobre por que a FC declinou na Inglaterra nas últimas décadas do século XVIII, enquanto continuou a florescer na França. De fato, o gótico é parte dessa resposta. O contexto cultural formador da vida europeia foi abalado de maneira radical pela Revolução Francesa de 1789. Surgiu uma abrupta mudança social como realidade premente, e os artistas reagiram, como era de esperar, tentando mediar essas novas circunstâncias sociais através de sua arte. Escritores franceses e continentais, muitos tomados de entusiasmo com os novos desdobramentos políticos, escreveram (entre outras coisas) algumas obras de ficção científica inovadora, racionalista e fundamentalmente revolucionária. Vários escritores ingleses, trabalhando em um clima em geral hostil a esses desdobramentos, recolheram-se em narrativas góticas de medos e terrores. É inevitável que, ao fazer uma colocação tão crua, se distorça um conjunto real e mais complexo de problemáticas textuais, mas isso representa um passo à frente, acredito, na explicação do motivo de apenas alguns dos escritores restantes mencionados no atual capítulo serem ingleses.

Ficção Científica Pré-Revolucionária e Revolucionária

Robert Darnton, em sua persuasiva história literária *The Forbidden Best-Sellers of Pre-Revolutionary France* [Os *Best-Sellers* Proibidos da França Pré-Revolucionária] (1997), mostrou até que ponto os instintos repressivos do *ancien régime* francês foram entravados por uma rede oculta de escritores, livreiros e leitores, que fizeram circular obras clandestinas que desafiavam as ortodoxias ideológicas dominantes. Muitas delas eram ficção científica, com frequência obras utópicas insinuando uma crítica às imperfeições da vida contemporânea, ao compará-la com um ideal alternativo e com frequência futuro.

De fato, romances ambientados no futuro formaram a espinha dorsal da FC continental de fins do século XVIII. Após vários exemplos esparsos no século XVII (por exemplo, *Epigone* [Epígone] (1659), de Guttin), a ficção futurística tornou-se cada vez mais coerente como subgênero e popular no início do século XVIII. O clérigo irlandês Samuel Madden publicou, em 1733, *Memoirs of the Twentieth Century, Being Original Letters of State under George the Sixth ... from the Middle of the 18th, to the End of the Twentieth Century, and the World* [Memórias do Século XX, Sendo Cartas Originais do Estado sob George VI... de Meados do Século XVIII até Final do Século XX, e o Mundo]. Trata-se de uma obra parcialmente satírica, mas de leitura enfadonha e longa – seis volumes –, embora seja interessante por dois aspectos: a hostilidade do autor protestante ao papa e também sua mediação ambígua entre FC e fantasia. Por um lado, Madden está muito interessado nos avanços da ciência. Por outro, como com Kircher (que Madden menciona), é um anjo portador de documentos que fornece o tema das *Memórias*. Na década de 1990 de Madden, o mundo não britânico foi tomado pelos jesuítas, e o livro, mais de advertência que de premonição, existe em grande parte para promover uma ação política anticatólica. A anônima paródia histórica inglesa, *The Reign of George VI: 1900-1925* [O Reinado de George VI: 1900-1925] (1763), narra uma desejada vitória inglesa sobre a França liderada pelo herói-monarca do título da obra, embora o mundo supostamente futuro só em pouquíssimos detalhes seja diferente do século XVIII, no qual o livro foi composto. Outra obra anônima, *Private Letters from an American to His Friends in America* [Cartas Particulares de um Americano a seus Amigos na América] (1769), idealiza um mundo só algumas décadas à frente de sua data de redação, dramatizando mudanças importantes, entre elas, uma Grã-Bretanha muito despovoada governada pela América (em vez de, como era o caso em 1769, ser o contrário). Considerações literárias mais sérias de "tempo" estavam também sendo escritas. O maior poeta da Rússia do século XVIII, Gavrila Derzhavin, publicou seu poema "На смерть князя Мещерского" [Sobre a Morte do Príncipe Meshchersky] em 1779. Nele ("sua melhor obra poética", segundo Ilya Serman), Derzhavin medita sobre "a relação entre tempo e eternidade" e "a irreversibilidade do fluxo do tempo" (Moser, p. 88), antecipando o fim de todo o universo, em que a morte *"И звезды ею сокрушатся,/Исолнцы ею потушатся,/И всем мирам она грозит"* [vai despedaçar as estrelas, extinguir todos os sóis, ameaçar cada mundo].

Mas coube à Revolução Francesa e a seu clima ideológico pré-revolucionário transformar ficções futuras em uma modalidade importante da FC de fins do século XVIII. De longe, o mais influente praticante desse tipo de obra foi Louis Sébastien Mercier, radical político, escritor e ativo jornalista durante a Revolução Francesa. Uma década mais cedo, sua simpatia política já era evidente em uma fantasia futurística: *L'An deux mille quatre cent quarante: Rêve s'il en fut jamais* [Ano 2440: Um Sonho, se É que Sonhos já Existiram] (1771). Esse foi um trabalho bastante popular. Darnton se dá conta de que ultrapassou 25 edições e a chama de "supremo *best-seller* das clandestinas novelas pré-revolucionárias francesas (Darnton, p. 115). Seu narrador, insatisfeito com a vida contemporânea, adormece e acorda na futura Paris da data indicada no título, encontrando uma cidade utópica governada em bases racionalistas e republicanas: os cidadãos coabitam de modo pacífico; a Igreja Católica foi abolida (substituída por um deísmo universal e racional), como também a escravidão e o colonialismo; a educação escolar tem base não em disciplinas obsoletas, como grego e latim, mas em álgebra e física. Tudo está imensamente melhor que na França do *ancien régime* de fins do século XVIII.

L'An 2440 teve ampla circulação, apesar de ser considerada uma obra perigosa e incendiária pelas autoridades pré-revolucionárias francesas. De fato, essa relíquia política contemporânea exige de nós certo esforço para explicar sua popularidade, pois é uma leitura bastante monótona quando examinada por outros critérios. Robert Darnton, de modo muito preciso, descreve seu "pesado e bombástico" senso moralizador, "sempre buscando um efeito sentimental, nunca revelando o menor senso de humor" (Darnton, p. 115). Mas, ainda assim, é um texto significativo. Como Paul Alkon observa de forma perceptiva, a data é bem escolhida: "o que Mercier evita de forma clara é uma data futura, como o ano 2000 ou 2666, que tenha um possível significado milenarista ou qualquer outro sentido religioso" (Alkon, p. 122). A própria especificidade e banalidade de um ano como "2440" abre um precedente interessante para subsequentes visões de futuro da FC. A substituição de impressões mágico-católicas não pelo ateísmo (John Carey observa que "não há um único ateu em todo o reino" e que, "se algum fosse encontrado, seria desprezado como alguém estúpido e infeliz" [Carey, p. 159]), mas por um deísmo mais familiar, proveniente de escritores ligados à tradição da Alta Igreja protestante, aponta para o que se tornaria a corrente principal da FC dos séculos XIX e XX. E *L'An 2440* forneceu inegável liberação inventiva para muitos escritores.

A influência de Mercier é inconfundível na obra do escritor alemão Johann Albrecht. Seu *Dreyerley Wirkungen: Ein Geschichte aus der Planetenwelt* [Efeitos dos Três Modos: uma História do Planeta-mundo] – oito volumes lançados entre 1789 e 1792 – capta o clima revolucionário francês de seu tempo, criticando o rei Friedrich Wilhelm II através de um romance que parece ser ambientado no planeta Hidalschin. A simpatia política democrática de Albrecht também faz parte de *Uranie: Königin von Sardanopalien in Planeten Sirius* [Uranie: Rainha de Sardanópolis no Planeta Sírius] (1790), em que a referência de FC é usada como meio de codificar simpatias políticas subversivas. A personagem-título de *Uranie* é uma versão óbvia de Maria Antonieta transferida para a monarquia de um planeta distante. Os três volumes de *Die Schwarzen Brüder* [A Irmandade Negra] (1791-1795), do escritor suíço Heinrich Zschokke, também expressam as opiniões democráticas radicais de seu autor, o terceiro volume sendo ambientado em uma distopia do século XXIV. Outro texto influenciado por Mercier é a peça ambientada no futuro *Anno 7603* [Ano 7603] (1781), do norueguês John Hermann Wessel, que, de maneira espirituosa, põe em vigorosa questão pressupostos sobre os papéis dos gêneros.

O prolífico escritor francês Nicolas-Edme Rétif de la Bretonne também lançou mão da FC como meio de explorar reavaliações radicais de costumes sociais convencionais. Na verdade, ele foi de tal maneira uma pessoa de seu tempo, que "tomou a seu cargo nada menos que a reforma total da sociedade" (Poster, p. 4). Talvez seu livro mais famoso seja *La découverte Australe par un homme volant, ou le Dédale français* (1781). O jovem protagonista, Victorin, inventa um dispositivo voador mecânico do qual fazem parte asas que lembram um manto e um aparelho tipo guarda-chuva usado na cabeça. Utilizando esse equipamento, carrega a namorada para o "Mont-Inaccessible", um cume alpino de outra forma inatingível, onde os dois vivem felizes e dão início a uma família. De lá voam para a Austrália, onde Victorin estabelece uma colônia, casa o filho com uma gigante nativa da ilha da Patagônia e encontra diversos híbridos animalescos – desde homens-macacos, homens-ursos, homens-cachorros até homens-carneiros, homens-bodes e homens-pássaros. A novela é concluída com uma descrição da terra de Mégapatagonie, um antípoda antieuropeu cuja capital, Sirap, ocupa o ponto do globo exatamente oposto a Paris, tendo nativos que (como já deveríamos desconfiar, tendo em vista o nome da cidade) falam francês de trás para frente e usam sapatos na cabeça bem como chapéus nos pés.

Rétif teve, em sua época, certa reputação de licencioso, mas ela refletia antes a crença no amor livre que em algum excesso sadeano (na verdade, Rétif nutria um "ódio extremo por Sade", tendo escrito um antídoto para *Justine*, a novela de Sade que contém violência sexual e estupro, substituindo a crueldade do livro por "erotismo" [Porter, pp. 385-86]). Na realidade, parte do objetivo de *La découverte Australe par un homme volant, ou le Dédale français* é articular a cosmologia idiossincrática de Rétif. Ele conceitualiza o sistema solar em termos de uma "cópula entre Sol e os planetas. Toda a matéria estava viva e emitia fluido seminal; o Sol produziu luz, que fertilizou os planetas [...]. Havia um Deus no universo de Rétif que lembrava o Deus do deísta, pois era uma força remota a impulsionar toda a matéria. Mas na estranha visão de Rétif esse Deus era composto de pura paixão [...] era fluido seminal" (Porter, p. 38). Os homens-feras são, em parte, uma sátira, a exemplo de uma paródia de Rabelais, da vida europeia contemporânea, embora também representem um incipiente, contudo interessante, empenho por parte de Rétif em favor de certo tipo de teoria evolucionária, uma descrição de *"l'origine de l'homme et des animaux"* [a origem do homem e dos animais] que vê as diferentes espécies como associadas em sua origem.

Outras obras de ficção científica de Rétif participam de um clima igualmente radical de reavaliação moral e política. Sua coleção de 49 contos, *Les Contemporaines, ou Aventures des plus jolies Femmes* [As Contemporâneas, ou Aventuras das Mulheres mais Belas] (1781) tece variações eróticas sobre o amor heterossexual como um desafio para os costumes sexuais contemporâneos. Algumas histórias voltam-se para a ficção científica, como o conto número 27, *"La Femme au Mari Invisible"*, a mulher com o marido invisível. Mais substancial é sua última novela *Les Posthumes* [Os Póstumos] (1802), que tem o subtítulo *"Lettres du tombeau"* [Cartas do Túmulo]. Trata-se de um compêndio de várias histórias supostamente contidas em cartas escritas por um homem, o *président* Fontlhète, que, tomando conhecimento de que deve morrer no prazo de um ano, escreve à esposa Hortense para, com delicadeza e a tempo, transmitir-lhe a notícia. Sua estratégia é encorajá-la a acreditar na vida após a morte e, assim, abrandar o choque de seu falecimento. Grande parte do primeiro volume concentra-se na história dos amantes Yfflasie e Clarendon, que morrem em um terremoto no momento de consumar seu casamento, e cujas almas passam então a vagar enquanto aprendem os segredos da reencarnação. O volume dois serve mais aos nossos propósitos: Fontlhète inventou asas mecânicas e com elas sobrevoa o globo. Encontra, em suas viagens, o Duc Multipliandre, um homem com vários milhares de anos que é capaz de inserir a própria consciência em outras pessoas, deslocando a alma delas. Usando as asas de Fontlhète e a própria aptidão psíquica, Multipliandre se torna senhor da Terra e estabelece uma Utopia (com base, é claro, na própria obra utópica de Rétif). Viaja então ao redor do sistema solar, encontrando vários humanoides alienígenas, a cujos pensamentos íntimos tem acesso graças à capacidade de deslocar a alma deles. Multipliandre descobre que os cometas são criaturas vivas e os planetas, meramente cadáveres (*"ne sont que des cadavers flottants dans le fluide solaire"* [são apenas cadáveres flutuando no fluido solar]) de cometas mortos. Quanto mais perto chega do Sol, cruzando com um planeta desconhecido na órbita de Mercúrio chamado Argus, mais sabedoria obtém. Com os habitantes de Argus, Multipliandre descobre a verdadeira natureza do cosmos (*"la vie est le produit de la copulation ineffable de Dieu"* [a vida é o produto da inefável cópula divina]).

Conclusão

A ficção científica é uma ciência modular porque a ciência, tal como desenvolvida durante o século XVIII, é modular. Os cientistas desenvolveram modelos para explicar fenômenos físicos, químicos e biológicos. Uma revolução é também um experimento, e um experimento que impõe, de modo quase científico, um senso modular de práxis social a uma nação. É evidente que os experimentos, não raro, deixam de seguir a trajetória antecipada pelo experimentador. O século XVIII está cheio de viagens imaginadas, visto que era uma época de viagens reais de comércio e guerra, mas com a diferença de que as primeiras se projetam para fora ou (no caso de histórias de Terra oca) para dentro, de modo a manifestar o senso discursivamente aglutinante do individualismo burguês. De modo semelhante, a *voyage extraordinaire* leva a imaginação para lugares que forçam uma revisão radical da grandeza do cosmos, da insignificância do indivíduo. Está na natureza dos modelos forçar a comparação de escala. O sistema solar é muito maior que um planetário e a ficção científica pode, com demasiada facilidade, tornar-se apenas um planetário da imaginação. Se for construído de forma astuta o bastante, um planetário pode funcionar como uma espécie de "Vórtice de Perspectiva Total" invertido, com um efeito igualmente desestabilizante sobre a subjetividade. No final do século, um poeta inglês de menor expressão, Capel Lofft, publicou seu poema épico *Eudosia, or a Poem on the Universe* [Eudosia, ou um Poema sobre o Universo] (1781). A maior parte dele consiste em apinhar o conhecimento científico astronômico do dia em um verso branco um tanto inerte ("Recebe a grande regra KEPLERIANA!/Tal como o Cubo de números que expressam/A distância de cada Esfera planetária,/Tal é o Quadrado do tempo periódico" e assim por diante [Lofft, p. 39]. Quando considera a diáspora final da humanidade no cosmos, de que ele está convicto, a imaginação de Lofft se esforça para articular a imensa amplitude desses novos horizontes:

> Pois esse arrojado Comércio propaga a vela inquieta,
> E para novos pontos estende o olho dolorido;
> Ilhas e continentes ideais. Oh, massa,
> Grande e estupenda, se a alma servil
> Agarra-se como formiga ao morrinho! Mas quão pequena
> Se comparada ao Universo estrelado!

Um Ponto mesmo; um Átomo! Multiplique
A força agregada de terra e mar
Dez mil por dez mil vezes; prossiga
Até a Computação desmaiar sob a labuta,
E a própria atividade gritar "já basta!" (Lofft, p. 26).

Para uma ordem social baseada com exatidão no comércio, na indústria e na computação racional, um ambiente tão gigantesco dificilmente deixaria de ser desestabilizante. O século XIX dava os primeiros acenos.

Notas

1. "A estrela Sírius (que é a maior e consequentemente a mais próxima de nós) parece 27.650 vezes menos [brilhante] que o Sol e, portanto, deve estar a mais de três milhões de milhões de quilômetros de nós! Distância estupenda! Tão grande que uma bala de canhão gastaria quase 700 mil anos para voar até lá com a mesma velocidade com que sai da boca do canhão" (Anon, *A Succinct Description of that Elaborate and Matchless Pile of Art Called the Microcosm. Interspersed with Poetical Sentiments on the Planets*) (1773), p. 20. Na realidade, esses números subestimam seriamente a distância para a estrela Sírius, que fica 25 mil vezes mais distante (a 8,6 anos-luz ou 8.046.720.000.000.000.000.000 quilômetros).

2. Marjorie Hope Nicolson encontrou nesta passagem o título de seu estudo da poética influenciada por Newton, *Newton Demands the Muse*. Princeton: Princeton University Press, 1946.

3. Daí que o primeiro-ministro de Brobdingnag carregue "um bastão branco, quase tão alto quanto o mastro principal do *Royal Sovereign*"; que Gulliver, sendo carregado por terra em sua caixa experimente uma "agitação […] semelhante ao subir e descer de um navio numa grande tempestade"; que Gulliver durma sob um "lenço muito branco" que é "maior e mais grosso que a vela mestra de um navio de guerra" e assim por diante. Swift, *Travels Into Several Remote Nations of the World*, pp. 146, 136, 131.

4. A insistência de Aldiss na FC como uma modalidade do gótico é determinada, ao menos em parte, por sua escolha da novela gótica *Frankenstein*, de Mary Shelley (discutida no capítulo seguinte), como ponto de partida de todo o gênero. Mas *Frankenstein* é, sob muitos aspectos, uma novela gótica atípica. Aparecendo muito tarde na temporada gótica, pode ser interpretada com igual justiça como uma novela baseada em uma ocorrência sobrenatural (o que significa dizer, como horror gótico) ou como uma extravagância puramente materialista baseada em ciência (e, portanto, como FC). Há uma discussão bem equilibrada da "FC gótica" feita por Peter Nicholls em Clute e Nicholls, pp. 510-12.

Referências

Aldiss, Brian e David Wingrove. *Trillion Year Spree: The History of Science Fiction*. Londres: Gollancz, 1986.

Alkon, Paul K. *Origins of Futuristic Fiction*. Athens: University of Georgia Press, 1987.

Amis, Kingsley (org.). *The Golden Age of Science Fiction*. Harmondsworth: Penguin, 1981.

Anon. *Relation d'un voyage du pole arctique au pole antarctique par le centre du monde*, Amsterdã, 1721.

_____. *A Voyage to the World in the Centre of the Earth. Giving an Account of the Manners, Customs, Laws, Government and Religion. Into Which is Introduced the History of an Inhabitant of the Air Written by Himself with Some Account of the Planetary Worlds*. Londres, 1755.

Armstrong, John. *The Art of Preserving Health: A Poem*. Londres, 1728.

Baker, Henry. *The Universe: A Philosophical Poem. Intended to Restrain the Pride of Man*. Londres, 1729.

Backscheider, Paula R. (org.). *Selected Fiction and Drama of Eliza Haywood*. Oxford: Oxford University Press, 1999.

Baines, Paul. "Able Mechanick": *The Life and Adventures of Peter Wilkins* and the Eighteenth-Century Fantastic Voyage. *In: Anticipations: Essays on Early Science Fiction and its Precursors*, org. David Seed. Liverpool: Liverpool University Press, 1995, pp. 1-25.

Barnes, Joshua. *Gerania: A New Discovery of a Little Sort of People, Anciently Discoursed of, Called Pygmies*. Londres, 1675.

Berlin, Isaiah. *The Age of Enlightenment* (1956). Oxford: Oxford University Press, 1979.

Béthune, Le Chevalier de. *Relation du Monde de Mercure*, vol 2. Genebra: Chez Barillot & fils, 1750.

Blackmore, Richard. *Creation: A Philosophical Poem Demonstrating the Existence and Providence of a God*, 3ª ed. Londres, 1712.

Blom, Philipp. *Enlightening the World: Encyclopédie, the Book that Changed the Course of History*. Nova York: Palgrave Macmillan, 2005.

Boyse, Samuel. *Deity: A Poem*. Londres, 1739.

Carrara, Ubertino. *Columbus, Carmen Epicum*. Roma, 1739.

Claeys, Gregory (org.). *Modern British Utopias 1700-1850*, vol. 8. Londres: Pickering and Chatto, 1997.

Clute, John e Peter Nicholls. *Encyclopedia of Science Fiction*, 2ª ed. Londres: Orbit, 1993.

Coleridge, Samuel Taylor. *Marginalia*, vols. 1-2, org. George Whalley. Princeton, NJ: Princeton University Press, 1980-1984; vols. 3-5, org. H. J. Jackson e George Whalley. Princeton, NJ: Princeton University Press, 1992-2000.

Coleridge, Samuel Taylor. *Notebooks: A Selection*, org. Seamus Perry. Oxford: Oxford University Press, 2002.

Crowe, Michael J. *The Extraterrestrial Life Debate, 1750-1900*. Cambridge: CUP, 1999.

Csicsery-Ronay, Jr. Istvan. Science Fiction and Empire. *Science Fiction Studies*, 30(2), 2003, pp. 231-45.

Darnton, Robert. *The Forbidden Best-Sellers of Pre-Revolutionary France*. Londres: HarperCollins, 1996.

Deligiorgi, Katerina. *Kant and the Culture of Enlightenment*. Nova York: SUNY P, 2005.

Derham, William. *Astro-theology, or a Demonstration of the Being and Attributes of God from a Survey of the Heavens [1714]*, 6ª ed. Londres, 1731.

Desfontaines, Pierre François Guyot. *Le nouveau Gulliver, ou voyage de Jean Gulliver, fils du capitaine Gulliver*. Amsterdã, 1730.

Diderot *et al. L'Encyclopédie: 1ʳᵉ édition* (1751). Disponível na íntegra em: https://fr.wiki-source.org/wiki/L%E2%80%99Encyclop%C3%A9die/1re_%C3%A9dition.

Dobrée, Bonamy. *The Broken Cistern*. Londres: Cohen and West, 1953.

_____. *English Literature in the Early Eighteenth-Century 1700-1740*. Oxford: Clarendon Press, 1959.

Eagleton, Terry. Écriture and 18th-century fiction. *In: Literature, Society and the Sociology of Literature: Proceedings of the Conference Held at the University of Essex, July 1976*, orgs. Francis Barker, John Coombes, Peter Hulme, David Musselwhite e Richard Osborne. Colchester: University of Essex Press, 1977, pp. 55-8.

Erskine-Hill, Howard. *Jonathan Swift: Gulliver's Travels*. Cambridge: Cambridge University Press, 1993.

Fitting, Peter (org.). *Subterranean Worlds: A Critical Anthology*. Middletown: Wesleyan University Press, 2004.

Gray, Thomas. Luna habitabilis (1737). *In: Gray and Goldsmith Poems*, org. Roger Lonsdale. Londres: Longman, 1969.

Grew, Nehemiah. *Cosmologia Sacra: or A Discourse of the Universe as it is the Creature and Kingdom of God*. Londres, 1701.

Hawley, Judith (org. geral). *Literature and Science, 1660-1834*, 8 vols. Londres: Pickering and Chatto, 2003.

Haywood, Eliza. *The Invisible Spy* (1755; *Novelists Magazine*, 1788).

Holbert, Ludvig. *Niels Klim's Journey Under the Ground* (1741), trad. John Gierlow. Boston: Saxton, Pierce, & Co., 1845.

Horkheimer, Max, e Theodor Adorno. *Dialectic of Enlightenment: Philosophical Fragments* [1947], org. Gunzelin Schmid Noerr, trad. Edmund Jephcott. Stanford: Stanford University Press, 2002.

Israel, Jonathan. *Democratic Enlightenment: Philosophy, Revolution, and Human Rights, 1750-1790*. Oxford: OUP, 2011.

Keevak, Michael. *The Pretended Asian: George Psalmanazar's 18th-century Formosan Hoax.* Detroit, MI: Wayne State University Press, 2004.

Lofft, Capel. *Eudosia, or a Poem on the Universe.* Londres: William Nicholson, 1781.

Mallet, David. *The Excursion: A Poem in Two Parts.* Londres, 1728.

Meadows, A. J. *The High Firmament: A Survey of Astronomy in English Literature.* Leicester: Leicester University Press, 1969.

Moser, Charles A. *The Cambridge History of Russian Literature.* Edição revista. Cambridge: Cambridge University Press, 1992.

Nicolson, Marjorie Hope. *Science and Imagination.* Ithaca, NY: Cornell University Press, 1956.

Nieuwentyt, Bernard. *The Religious Philosopher: Or The Right Use of Contemplating the Works of the Creator* [1715], trad. John Chamberlayne. Londres, 1719.

Paltock, Robert. *The Life and Adventures of Peter Wilkins* (1750); org. Christopher Bentley, introd. James Grantham Turner. Oxford: Oxford University Press, 1990.

Patey, Douglas Lane. Swift's Satire on "Science" and the Structure of Gulliver's travels, *ELH,* 58(4): 809-39, 1991.

Pearson, Roger. *The Fables of Reason: a Study of Voltaire's "Contes Philosophiques".* Oxford: Clarendon Press, 1993.

Porter, Charles. *Restif's Novels, or an Autobiography in Search of an Author.* New Haven, CT: Yale University Press, 1967.

Porter, Roy. *The Enlightenment [1990],* 2ª ed. Nova York: Palgrave, 2001.

Poster, Mark. *The Utopian Thought of Restif de la Bretonne.* Nova York: New York University Press, 1971.

Rée, Jonathan. The Brothers Koerbagh. *London Review of Books,* 24 (2002), 2: 21-4.

Ross, Angus e David Woolley (orgs.). *Jonathan Swift.* Oxford: Oxford University Press, 1984.

Swift, Jonathan. *Travels into Several Remote Nations of the World (Gulliver's Travels),* org. Peter Dixon e John Chalker, introd. Michael Foot. Harmondsworth: Penguin, 1967.

Voltaire. *Romans et Contes,* org. Henri Bénac. Paris: Editions Garnier, 1960; *Micromégas,* pp. 96-113.

_____. *Candide and Other Stories,* trad. com uma introdução e notas de Roger Pearson. Oxford: Oxford University Press, 1990.

Whicher, George Frisbie. *Mrs Eliza Haywood.* Tese de doutorado. Columbia University, 1915; publicada *on-line* em www.gutenberg.net/1/0/8/8/10889/10889.txt (EBook #10889).

CAPÍTULO 6

Ficção Científica do Início do Século XIX

Considerando o atribulado século XIX como um todo, podemos observar um grande fascínio abrindo caminho pelas obras de FC: um maior interesse no conteúdo místico e teológico de romances interplanetários ou interestelares; reflexos, em uma imaginativa expressão literária, dos avanços do século XIX em ciência, tecnologia e indústria; em certos casos, um levantamento franco de preocupações imperialistas ou políticas na FC ou na fantasia utópica; e, sobretudo, uma ênfase muito maior no *futuro* como arena da narrativa de ficção científica. Mais, no entanto, que tudo isso, há um novo foco na subjetividade individual ou, talvez fosse melhor dizer, a elaboração de um novo tipo de subjetividade, que tem relação com a lógica cultural mais ampla do romantismo e que, para o bem ou para o mal, passaria a dominar a FC europeia e norte-americana. Sabe-se que Keats desaprovou a obra mais tardia de Wordsworth por ser constituída por um tipo de "sublimidade egoísta" e, embora ele não pensasse na ficção científica quando disse isso, essa frase bem articulada sintetiza a direção fundamental em que o gênero se movia. Em poucas palavras, isto é o que acontecia durante o século XIX com a nova categoria do sublime (o sentimento de espanto de nosso gênero) que foi inaugurada pela ciência do século XVIII: acaba individualizada.

Isso é evidente em grande parte da ficção científica escrita durante essas décadas, mas fica claro em particular nos escritores que fornecem os três focos principais deste capítulo, dois anglófonos e um de língua francesa, todos figuras que, de diferentes maneiras, mostram-se significativamente impactantes para o contínuo desenvolvimento do gênero: Mary Shelley, Edgar Allan Poe e Louis-Napoléon Geoffroy-Château.

Visões do Futuro e Ficções do "Último Homem"

As convulsões revolucionárias do final do século XVIII e suas consequências culturais se completaram no século XIX, em especial com relação às fantasias futurísticas. Para muitos, a característica distintiva da FC é seu gosto por representar possíveis futuros. Além disso, tem havido o que equivale a um consenso crítico de que essa sistemática imaginação de futuridade só começa a acontecer no século XIX – uma teoria às vezes apresentada como apoio do argumento de que a FC "começa" nessa época. Segundo Darko Suvin, a "vertente central" do desenvolvimento da FC como ficção especificamente futurista pode ser localizada "por volta de 1800, quando o espaço perde seu monopólio sobre a localização de estranhamento e os horizontes alternativos se deslocam do espaço para o tempo" (Suvin, *Metamorphoses of Science Fiction* p. 89). Como temos visto, romances futurísticos já estavam sendo escritos muito antes disso e a ideia de que a humanidade só adquiriu o hábito de especular sobre desenvolvimentos futuros a partir desse ponto é, à primeira vista, bem difícil de engolir. Talvez seja melhor pensar em um novo campo de hipóteses penetrando o gênero mais ou menos nessa época: o futuro como desejo ou condição insatisfeita que, por sua vez, requeria um modo de dramatização imaginativa com mais nuances do que a profecia divinamente sancionada ou os rígidos protocolos de tropas, engenharia ou planejamento social avançados. Seja como for, o futuro por certo tornou-se um tropo comum nas literaturas românticas do início do século XIX. Não está claro por que o período que vai do final do século XVIII ao início do XIX marcou tamanha expansão de interesse por esse tópico. O próprio Suvin observa que "essa guinada, que atravessa de maneira decisiva todas as outras tradições nacionais, políticas e formais da cultura, não foi até agora explicada de modo adequado" (Suvin, *Victorian Science Fiction in the UK*, p. 73).

A consideração importante nesse caso não é tanto que a FC tenha se tornado uma ficção predominantemente futurista, mas que – no início do século – tantas dessas visões do futuro olhassem para o próprio fim do tempo e para a figura do último humano vivo.

Um exemplo influente em particular desse tipo de obra foi *Le dernier homme* [O Último Homem] (1805), de Jean-Baptiste François Xavier Cousin de Grainville. Ridicularizado de modo tão brutal quando de sua publicação original, Grainville, atormentado, teria se afogado no Somme, embora o livro passasse a ser mais tarde encarado em seu país como uma grande epopeia em prosa. Na realidade, para ressaltar suas qualidades épicas, ele foi reescrito em versos por Auguste-François Creuzé de Lesser, em 1831, como *Le dernier homme, poeme imité de Grainville* [O Último Homem, baseado no poema de

Grainville] (foi ainda mais tarde, em 1859, reescrito em versos pela segunda vez, por Elise Gagne, como *Omégar ou le dernier homme* [Omégar ou O Último Homem]. A ideia original não era de Grainville; o conceito de um solitário "último homem" contemplando à sua volta o fim do mundo remonta pelo menos a *Les Caractères* [Os Personagens] (1688), de La Bruyère. Mas foi a obra de Grainville que teve o maior impacto, não de modo exclusivo, mas bastante significativo, em seu país natal. De fato, é bem provável que o fascínio póstumo de Grainville diante das criações literárias francesas do início do século XIX tenha tido grande relação com suas empolgantes intercalações de religião e secularismo. O extenso capítulo de Alkon discutindo a novela é intitulado: "A Secularização do Apocalipse".

Grainville, um padre, havia se despojado do hábito durante a Revolução Francesa e se casado. Seu livro se equilibra entre visões de um apocalipse religioso e uma visão racional, materialista, do fim do mundo. Parte da narrativa é explicitamente bíblica (Adão observando uma procissão de almas condenadas ao Inferno), mas os personagens principais, Omegarus e Syderia, o último casal humano, fértil, mas sem filhos, vivem, como Alkon assinala: "em um mundo sem nenhum traço de cristianismo. Remanescentes de uma tecnologia avançada", como aeronaves e ruínas de cidades avançadas, "proporcionam atraentes lampejos do que a civilização humana poderia alcançar se sua reversão à barbárie pudesse ser detida" (Alkon, *Origins of Futuristic Fiction*, pp. 165-66). A complicada trama articula-se em torno de saber se Omegarus e Syderia se tornarão uma nova versão de Adão e Eva, repovoando o mundo, mas a história se interpõe em meio a uma linguagem explicitamente religiosa e materialista, a tal ponto, que se torna impossível separar uma da outra. A novela termina com um apocalipse geral, algo de certa maneira familiar ao apocalipse bíblico de São João, mas também descrito de formas incompatíveis com a escritura: esse final de mundo é, de maneira um tanto niilista, o fim e um ponto-final.

Visões sombrias de um futuro apocalipse secular tornam-se um elemento básico da poesia romântica inglesa. O poema "Beachy Head" [Cabeça de Praia], de Charlotte Smith (1806), imagina uma Grã-Bretanha em ruínas, um (nas palavras de Penny Bradshaw) "quase mundo pós-apocalíptico em que os habitantes humanos que restam são forçados a retornar à existência pré-civilização e a habitar as ruínas de prédios outrora impressionantes" (Bradshaw, p. 6). Anna Barbauld apresenta sua simpatia política radical nos dísticos bastante heroicos de *Eighteen Hundred and Eleven* [Mil Oitocentos e Onze] (1812), um poema que imagina o fim do "sonho de Midas" de prosperidade da Grã-Bretanha, apresentando ricos turistas norte-americanos ("das Montanhas Azuis ou do Lago Ontário", [Bradshaw, I. 130] em excursão pela Londres arruinada, "o arco fraturado, a torre em ruínas,/Os membros de gigantesco poder desarticulados" (Bradshaw, II. 153-54). Uma evocação mais completa do apocalipse foi "Darkness" [Trevas] (1817), um vigoroso poema repleto de reflexões, escrito por George Gordon, Lorde Byron, no qual o Sol é extinto e os habitantes da Terra sobrevivem o breve restante de seus dias em estado de desesperança e desespero:

> Tive um sonho que não foi de todo um sonho.
> O Sol brilhante estava extinto e as estrelas
> Perambulavam, obscuras, no espaço eterno,
> Opaca, intransitável e glacial a Terra
> Oscilava cega e enegrecida pelo ar sem Lua (Byron, p. 40)

O amigo de Byron, Thomas Campbell, escreveu um poema inspirado em Grainville intitulado "The Last Man" [O Último Homem] (1812), que era ambientado "dez mil milhares de anos" no futuro, embora seu solitário protagonista declare, piedosa e não "byronicamente", que, mesmo a extinção da humanidade não pode "abalar sua confiança em Deus" (Campbell, pp. 232-34). A novela de Mary Shelley, *The Last Man* (1826) – discutida adiante –, e o poema até certo ponto tolo de Thomas Hood, "The Last Man" (1829), são exemplos mais tardios do mesmo subgênero. O poeta norte-americano Charles Ives imagina a morte olhando com desprezo para o túmulo do último homem, embora essa vinheta não seja o fim de sua história. O que aconteceria, ele se pergunta, se a humanidade estivesse para ser substituída por uma nova forma de vida?

> E aqueles que habitam onde habitava o homem antes deles,
> Podem julgar que a Terra foi feita apenas para eles;
> Mas alguns podem sentir, como eu tenho frequentemente sentido,
> Que miríades floresceram e se foram,
> Cujos destinos e naturezas, agora desconhecidos,
> Vastos ciclos da Eternidade podem revelar;
> E alguns, inclinados à pesquisa das antiguidades,
> Empenhando-se em quebrar o escuro selo da eternidade,
> Podem organizar o minério forjado e espalhado que sua história conta
> (Ives, p. 98)

Em todos esses textos, e para um efeito intensificado e melodramático, a ação do tempo, de *longue durée* [longa duração] ou truncado por catástrofe, é reduzir o "homem" como um grande grupo ao "homem" como indivíduo.

Em outras palavras, é literalizar o senso de importância individual que trata a cristalização do sujeito romântico burguês como referência existencial. Essas visões de tempo final tocam no sublime e, de modo muito específico, filtram--no por meio de um egoísta representativo. É isso que um último homem, por padrão, deve ser.

Vale a pena adicionar que nem todas as fantasias futurísticas estavam limitadas a esse idioma apocalíptico do último homem, assim como nem todos os poetas românticos escreveram no modo wordsworthiano ou byrônico da sublimidade egoísta. O impulso iluminista do século XVIII para imaginar possíveis mundos futuros racionais continuou a inspirar escritores. Mais equilibrado, nem abertamente pessimista nem embotado pela devoção, um detalhado mundo futuro foi retratado pelo escritor alemão Julius von Voss em *Ini: ein Roman aus dem ein und zwanzigsten Jahrhundert* [Ini: Um Romance do Século XXI] (1810), texto ambientado em um século XXI em que avanços tecnológicos (aeronaves puxadas por águias, navios motorizados pintados com tinta à prova d'água) são combinados à sofisticação sociopolítica de uma população feliz e livre. Em 1834, Félix Bodin publicou *Le Roman de l'avenir* [O Romance do Futuro], uma novela cujo perfil contemporâneo relativamente baixo foi louvado, na convincente interpretação que lhe foi dada por Paul K. Alkon, em *Origins of Futuristic Fiction* [Origens da Ficção Futurista] (1987), por fornecer, pela primeira vez no gênero, uma "poética da ficção futurista". A novela inclui um detalhado prefácio em que Bodin argumenta que *l'épopée de l'avenir* [a epopeia do futuro] deveria ser concebida por meio de estratégias textuais antes com a estrutura da novela que da fábula, da sátira ou da mera utopia, já que a novela é mais adequada à apreensão de como a ciência e a tecnologia transformam a sociedade. Ainda assim, é possível que algum leitor ache o livro mais monótono e menos inspirador que Alkon, é evidente, achou. Interposto em algum lugar entre "*un burlesquement sérieuse et sérieusement burlesque*", *Le Roman de l'avenir* é tanto uma novela quanto uma dissertação sobre se imaginar o futuro é algo a ser mais bem-feito em um estado de espírito otimista ou pessimista. Bastante substancial, com dedicatória, prefácio e introdução elaborados e extensos, a narrativa episódica da novela se interrompe antes de ser concluída; no entanto, como Alkon percebe: "nenhum escritor de ficção futurista antes de Bodin criou de fato uma novela cujos elementos funcionassem todos de modo coerente para engendrar um sentido do maravilhoso dentro de uma estrutura plausível de cenário e ação realistas" (Alkon, p. 246). Essa, na verdade, tornou-se uma estética normativa para a longa tradição da subsequente ficção futurística.

Entre as estratégias para mediar a estranheza de futuros possíveis encontrava-se a comédia. *Le Monde tel sera qu'il sera* [O Mundo como Ele Será]

(1846), de Emile Souvestre, assume uma perspectiva menos otimista que várias outras, com um Taiti futurista enfrentando as pragas da industrialização e da mecanização, embora sua visão seja temperada por um humor bem aplicado. Uma distopia inglesa de alguns anos depois, *The Last Peer* [O Último Nobre] (1851), de autor anônimo, é ambientada em uma Grã-Bretanha sombriamente superindustrializada do século XX, embora o tema seja tratado com elegância e certa leveza. Na novela ambientada na Arábia *Noureddin, or the Talisman of Futuritiy* [Noureddin, ou o Talismã do Mundo Futuro] (1836), da autora inglesa Catharine Irene Finch, uma espécie de "visor do tempo" cai na posse do personagem titular, um pequeno "porta-joias" contendo doze componentes de marfim que o habilitam a conhecer o futuro. Essa presciência não lhe traz alegria, circunstância que a novela trata com uma simpática leveza de tom.

Viagens Extraordinárias e Autômatos

As tradições das *voyages extraordinaires* do século XVIII se mantiveram no início do século XIX. O fabulista norte-americano Washington Irving recriou uma versão irônica da colonização europeia da América em termos de uma invasão da Terra por lunarianos em *A History of New York from the Beginning of the World to the End of the Dutch Dinasty by Diedrich Knickerbocker* [História de Nova York do Início do Mundo ao Fim da Dinastia Holandesa por Diedrich Knickerbocker] (1809). Os homens da Lua, "cavalgando hipogrifos [como em *Orlando Furioso* (1532)] – protegidos por uma armadura impenetrável –, armados com raios de sol concentrados e equipados com máquinas imensas para lançar enormes pedras lunares" (Franklin, p. 252), invadem a Terra, tratando seus habitantes como primitivos inúteis. Os lunarianos até certo ponto charmosos de Irving têm a distinção, a mais remota de que tenho notícia, de serem os primeiros alienígenas de pele *verde* na literatura (têm também cabeças sob os braços, caudas espalhafatosas, equilibram-se sobre muitas pernas, além de possuírem um único olho). O poeta inglês Percy Bysshe Shelley (marido da mais famosa Mary) apresenta uma jornada ao redor do sistema solar em seu vigoroso poema alegórico "Queen Mab" [Rainha Mab] (1813). Mais interessante que a poética um tanto convencionalmente sublimada dessa obra (A distante órbita da Terra apareceu/A menor luz que cintila no céu; [...]/Inumeráveis sistemas giravam,/E incontáveis esferas) é a extensa anotação em prosa que Shelley colocou em apêndices. A Nota 2, por exemplo, usa a vastidão do cosmos e a pluralidade de mundos como argumento a favor do ateísmo do próprio Shelley: "A pluralidade de mundos – a indefinida imensidão do universo é um objeto de contemplação dos mais terríveis. Aquele que percebe do modo certo seu mistério e grandiosidade não corre mais o risco de ser seduzido pelas falsidades de sistemas religiosos ou de endeusar o princípio do universo" (Percy Shelley, p. 296). Shelley leva as ideias brunianas da pluralidade dos mundos, desestabilizadoras em termos teológicos, a uma conclusão materialista mais rigorosa que a maioria dos antigos praticantes da escrita de FC, embora deva se acrescentar que, apesar de professar o ateísmo, Shelley de fato acreditava em um "princípio de Necessidade" universal, que se aproxima de maneira mais íntima do deísmo.

A escrita utópica inglesa durante esse período foi um pouco menos numerosa; a reação cultural contra as ambições continentais de Napoleão (até a Batalha de Waterloo em 1815) criava um clima em que só radicais estavam preparados para seguir os ideais racionalistas franceses até uma conclusão lógica, ou pelo menos induzida pela imaginação. Os quatro grossos volumes de *The Empire of the Nairs; or the Rights of Women, A Utopian Romance* [O Império das Nairs; ou os Direitos das Mulheres, um Romance Utópico] (1811), de James Henry Lawrence, deixam o que podia ter sido uma premissa interessante – uma sociedade com direitos concedidos a mulheres – morrer devagar em uma pastosa degeneração da imaginação. Quanto mais o livro se estende, mais enfadonho se torna. Na verdade, embora novelas utópicas continuassem a ser publicadas durante todo o século, foi só nas décadas de 1880 e 1890 que desfrutaram de novo de ampla popularidade – um fato que se explica pela mudança na amplitude de gostos, ou pelas utopias ruins publicadas, ou, é bem possível, por ambos os motivos.

O escritor holandês Willem Bilderdijk foi basicamente um poeta com inclinações religiosas, mas sua novela *Kort verhaal van eene aanmerklijke luchtreis en nieuwe planeetontdekking* [Breve Relato de uma Incrível Viagem Aérea e Descoberta de um Novo Planeta] (1813) conduziu a tradição das voyages extraordinárias dos séculos XVII e XVIII a uma nova direção. O protagonista balonista de Bilderdijk voa para um planetoide que orbita a Terra dentro da atmosfera. Esse mundo é descrito em termos plausíveis (possui flora e fauna, mas não uma civilização nativa), e o livro, embora breve, tem um fascínio considerável. Mas sua publicação em holandês e a falta de tradução para outras línguas europeias – até o final do século XX – parecem ter limitado de forma severa o possível impacto no desenvolvimento do gênero.

Muito mais influente no desenvolvimento posterior do gênero foi *Der Sandmann* [O Homem da Areia] (1816), do escritor e músico alemão Ernst Theodor Amadeus Hoffmann. Essa história de fantasmas relata como um rapaz supersensível e poético, Nathanael, apaixona-se pela bela Olímpia, mas não consegue ver, até o final, o que é evidente para todas as outras pessoas da trama: que Olímpia é um autômato, construído pelo sinistro Doktor Coppelius.

Essa história, que a princípio parece tão simples, teve uma vida assombrosamente longa, tanto na forma original quanto em interpretações, como a do balé *Coppélia* (1870), de Léo Delibes, e na mais famosa ópera popular *Os Contos de Hoffmann* (*Tales of Hoffman*) (1881), de Jacques Offenbach. Continua sendo uma pequena obra muito vigorosa. A história de Hoffmann foi também o tema de um dos textos mais importantes de crítica literária de Sigmund Freud: *Die Unheimlich* [O Inquietante] (1919). O mais caracteristicamente romântico nessa história é a profunda compreensão do modo como a infância, em particular a primeira infância, molda a sensibilidade adulta. Nathanael foi aterrorizado em sua infância pelas histórias do lendário *Sandman*, que traz sonhos para as crianças; e Doktor Coppelius reacende esse terror, o que em parte explica por que é tão suscetível ao apelo de Olímpia. Nesse sentido a infância – como um substrato psíquico para a vida adulta, terreno de neurose e terror mais tardios (em oposição à infância como simples fase cronológica de imaturidade humana) – é uma invenção do romantismo. As teorias de Freud brotaram do clima legado ao mundo pela insistência de Wordsworth de que "a criança é o pai do homem". E, se há algo de infantil no amor cego de Nathanael por Olímpia, isso também expressa uma verdade sobre o amor. Como Birgit Röder destaca, todos nós "vemos mais no objeto de nossos afetos que o resto do mundo". A fábula de Hoffmann posiciona Nathanael como um amante paradigmático ("*Nur mir ging ihr Liebesblick auf und durchstrahlte Sinn und Gedanken*" [Só eu compreendia seu olhar de amor, que cruzava brilhando minha mente e meus pensamentos], diz ele). "O artista romântico", Röder argumenta, "está numa situação semelhante à do amante, pois ambos estão distanciados do mundo da razão instrumental" (Röder, p. 60). A estranheza de *Der Sandmann* reside em seu sentido de que a intensidade subjetiva pode ser traída por novas objetividades tecnológicas precisamente porque nossa capacidade para a razão instrumental foi comprometida – uma tese muito ficcional-científica.

Autômatos reais, a maioria deles mecanismos de relógio relativamente simples, foram populares nos séculos XVIII e XIX, aparecendo com frequência na literatura como meio de comentar de modo cômico ou satírico a arregimentação da sociedade humana. Um dos primeiros artigos jornalísticos de Dickens, por exemplo, imagina as risíveis possibilidades de policiais automatizados (Figura 6.1).[2]

Mas o que dá ao robô de Hoffmann um enorme apelo sobre a imaginação europeia é a exata recusa de possibilidades cômicas de sua premissa. Como Freud observa, o robô de Hoffmann é "inquietante"; de forma perturbadora, nem humano nem não humano – uma criação limítrofe de tecnologia que obriga o leitor a reavaliar sua própria relação com noções de "humanidade" e

Figura 6.1 "Delegacia Policial Autômata"; ilustração de George Cruikshank para *Mudfog Papers* [Os Artigos de Mudfog], de Dickens (1838).

"natureza". Sob esse aspecto, ele antecipa, por apenas dois anos, uma história de FC ainda mais influente (embora não haja evidência de influência direta) em que uma criação tecnológica "inquietante" abala nossas suposições sobre a identidade do humano. Esse livro tem sido chamado com frequência, e de forma persuasiva, de ponto de origem da ficção científica: *Frankenstein, or The Modern Prometheus* [Frankenstein, ou O Prometeu Moderno] (1818), de Mary Shelley.

Frankenstein, de Mary Shelley (1818)

A presente obra, como é evidente, não concorda com a crença – manifestada tão amiúde por críticos que quase se aproxima de um dogma – de que (nas palavras de Paul Alkon) "a ficção científica começa com *Frankenstein* de Mary Shelley" (Alkon, *Science Fiction Before 1900*, p. 1). Isso não significa negar que essa novela se provou uma grande influência sobre a subsequente FC. O aclamado estudo de Chris Baldick, *In Frankenstein's Shadow* [À sombra do Frankenstein] (1987), registra sua presença em uma miríade de outros textos, passando por Carlyle, Dickens, Marx, e entrando no século XX por intermédio do cinema, de desenhos animados, histórias em quadrinhos e muitos outros exemplos de disseminação cultural relevante. Na verdade, tão famosas

191

são essas versões não raro distorcidas da mitologia central da história de Shelley, que o leitor pode ter um certo choque ao se voltar para o texto original. O narrador, Robert Walton, é um irrequieto cavalheiro inglês que embarca em um navio rumo a regiões polares para "cumprir um grande propósito" pelo qual sua alma anseia, embora não especifique do que se trata (Shelley, p. 15). No Ártico, encontra o cientista Victor Frankenstein, que está à beira da morte e lhe conta sua história, uma longa narrativa embutida no que é contado por Walton. Frankenstein, quando jovem, estava "entregue à sede de conhecimento" e, depois de longas pesquisas em textos alquímicos e científicos, se decidiu "pela criação de um ser como ele" (Shelley, pp. 6 e 52). Frankenstein é deliberadamente pouco comunicativo sobre como fez a coisa: "Fiz uma incursão", diz ele, "à profana umidade do túmulo, ou torturei o animal vivo para animar o barro sem vida [...]. Reuni ossos de capelas mortuárias" (Shelley, p. 53); embora não se esclareça se para se servir de matéria-prima ou meramente em busca de um modelo para copiar. Tampouco se explica como ele conseguiu "infundir uma centelha de existência na coisa sem vida" (Shelley, p. 56). Alguns críticos viram nessa imprecisão uma falha da novela e é tentador acreditar que Mary Shelley não tinha ideia de como isso foi feito, portanto, lançou uma nuvem de desconhecimento sobre sua narrativa. Mas além de *não* afetar negativamente a popularidade do livro, essa falta de especificidade trabalhou a seu favor. Talvez a "centelha" mencionada seja apenas uma força de expressão metafórica. Pelo menos, não há menção da eletricidade na novela de 1818, embora uma segunda edição, de 1831, incluísse um prefácio em que Shelley sugere formas capazes de preencher sua lacuna conceitual ("talvez um cadáver tivesse sido reanimado; o galvanismo dera prova dessas coisas: talvez as partes que compusessem a criatura pudessem ser manufaturadas" [Shelley, p. 8]). Essa sugestão evasiva foi aproveitada por adaptações mais tardias da novela, a mais famosa das quais, o filme de 1931 *Frankenstein*, de James Whale, recriando a melancólica cena de criação descrita por Shelley com uma tempestade elétrica progressiva em que um monstro não "manufaturado", mas antes composto por partes de corpos mortos, é trazido a uma vida instável.[3]

Trata-se de um ponto importante, porque a estudada ambiguidade de criação de Shelley autorizou alguns críticos a interpretar a novela no contexto dos discursos de ciência ou tecnologia que lhe eram contemporâneos. Frankenstein se recusa a contar a Walton o segredo de sua criação: "Não vou atraí-lo, desprotegido e febril como eu então estava, para a destruição e uma infalível desgraça. Aprenda comigo [...] [como é desgraçado] aquele que aspira se tornar maior do que sua natureza lhe permitirá" (Shelley, p. 52). A ênfase da novela, em outras palavras, volta-se para a arrogância do próprio Frankenstein e sua ambição de usurpar a condição de Deus:

> Uma nova espécie me abençoaria como seu criador e sua causa; espécies excelentes e muito felizes deveriam sua existência a mim. Nenhum pai poderia reclamar a gratidão de seu filho de modo tão completo como eu mereceria a deles (Shelley, pp. 52-3).

O autômato (talvez mais robótico que zumbi, construído como que de "matéria sem vida", e não de corpos "destinados [...] à corrupção" [Shelley, p. 53]) estarrece Frankenstein quando ganha vida. No primeiro de uma série de desdobramentos implausíveis, o cientista foge do laboratório e, ao que parece, esquece que, antes de tudo, foi ele mesmo quem criou a criatura. O monstro, cuja própria história é a segunda narrativa inserida na de Frankenstein (por sua vez inserida na de Walton), desperta como um ser inteligente, mas vazio, uma *tabula rasa* lockiana. Na falta de um professor – papel que o irresponsável Frankenstein abandonou –, absorve experiência de seu ambiente imediato. Mas, de aparência hedionda, só encontrando hostilidade e sendo perseguido, foge para áreas isoladas. Em um desdobramento muito implausível, aprende a falar *e a ler* apenas escutando, pelo buraco na parede de uma casa, as conversas de uma família do campo. Com o temperamento agora formado pelas reações que as pessoas tiveram a ele e pela identificação textual com os três livros que leu (*O Paraíso Perdido*, de Milton, *Os Sofrimentos do Jovem Werther*, de Goethe, e *Vidas*, de Plutarco), adotou uma *persona* antissocial, beirando o melodrama, e trágica ao ponto do constrangimento. Bom em essência, torna-se, ao contrário, maligno, violento e mesmo homicida. Capturando seu criador, exige que Frankenstein lhe crie uma companhia. Temendo pela vida dos amigos e da noiva, Frankenstein a princípio concorda, mas, depois de construir um monstro feminino, muda de ideia, chocado com a possibilidade de aquela noiva monstruosa resultar em "filhos, e uma raça de demônios se propagasse na Terra" (Shelley, p. 160). Dilacera, então, com as próprias mãos o corpo inanimado do monstro-mulher. Como vingança, o monstro assassina a noiva de Frankenstein na noite de núpcias e, por sua vez, Frankenstein o persegue por toda a Europa, até as vastidões árticas. A novela termina com a morte de Frankenstein e o encontro do próprio Walton com o monstro, que carrega o cadáver de seu criador e declara: "Devo morrer [...] Contaminado por crimes e dilacerado pelo remorso mais amargo, onde posso encontrar descanso a não ser na morte?" (Shelley, p. 214).

Apesar de momentos de uma prolixidade um tanto pueril, *Frankenstein* continua sendo uma peça de ficção bastante vigorosa. Brian Aldiss coloca bem a questão: "apesar de sua juventude, Shelley realiza algo notável nessa novela: a criação de uma nova figura arquetípica" (Aldiss, p. 145). Na realidade, o arquétipo tendeu a sobrepujar a novela em si. As diversas versões da obra (como, nas palavras de Emma Clery, "ícone cinematográfico, cereal para café da manhã, figura de linguagem" [Clery, p. 126]) desbancaram de fato o texto original. Uma vítima dessa disseminação cultural, segundo observa Clery, é a verborragia do monstro; o eloquente narrador da fundamental terça parte do livro é reduzido a grunhidos e fala incoerente nas versões cinematográficas mais tardias. Em sentido crucial, o objetivo desse texto é precisamente *dar voz* ao monstruoso *outsider*; e adaptações posteriores, ao remover essa voz, têm subvertido um modelo cultural mais antigo.[4]

Deixando de lado a ênfase na ciência nebulosa dessa história de ficção científica, Franco Moretti propôs a leitura da história como ficção ideológica – algo não tão distante da ficção científica quanto possa parecer (a ideologia, afinal, é uma tecnologia, no sentido heideggeriano, de enquadramento do mundo como algo "de fácil alcance"). A interpretação persuasiva de Moretti sobre a obra vê o monstro como um emblema da figura "alienada" ou "monstruosa", cada vez mais ubíqua, do proletariado industrial. A razão de a novela ter sido tão bem-sucedida, Moretti sugere, é que ela toca um acorde da cultura do início do século XIX que continua a ressoar. Sem raízes, apartado de seu trabalho, isolado e caracterizado como "monstruoso" pelas classes dominantes, o trabalhador industrial sofria a maioria das consequências da retração econômica do século XIX. Moretti sugere que "entre Frankenstein e o monstro há uma relação ambivalente, dialética, a mesma que, segundo Marx, associa capital com trabalho assalariado" (Moretti, p. 83). O que não pode se negar, como mostra o estudo de Baldick, é como era comum um icônico monstro de Frankenstein vir a se tornar uma espécie de signo visual da ameaçadora multidão da classe trabalhadora, dos irlandeses fenianos ou de qualquer tipo de grupo extraburguês. Segundo essa interpretação, o "monstruoso" no monstro (uma criatura, como o proletariado, com enorme potencial para o bem que sofre um entrave e se volta para fins destrutivos) é exatamente o conjunto de sua natureza, de sua força bruta, o fato de se encontrar fora dos discursos da sociedade civilizada.

Outra novela de FC de Shelley, *O Último Homem* (1826), é uma obra muito menos envolvente. A longa e sem dúvida monótona primeira parte diz respeito a uma Inglaterra do século XXI pós-abolição da monarquia, concentrando-se na carreira política de Raymond (inspirado em Lorde Byron), que pretende se tornar presidente. As coisas se tornam mais interessantes com a morte de Raymond devido à peste em Constantinopla, doença que despovoa todo o globo, fazendo de Verney, o protagonista titular e narrador, em Roma, o último humano do planeta. Como vimos, esse tipo de apocalipse secular foi um tropo comum na FC de fins do século XVIII e início do XIX. Na realidade, *O Último Homem*, de Shelley, falha com exatidão onde *Frankenstein* é tão bem-sucedido – não consegue gerar uma ressonância arquetípica com base em sua premissa. Mais uma vez, em outro sentido, é válido ver ambas as novelas como versões uma da outra. Tanto Verney quanto o Monstro devem enfrentar o cosmos sozinhos, como o homem solitário no topo da montanha na celebrada pintura feita em 1818 por Caspar David Friedrich, *Der Wanderer über dem Nebelmeer* [Andarilho sobre um Mar de Neblina].

Todos nós enfrentamos a fria hostilidade e esmagadora escala do cosmos revelada pela ciência pós-iluminista com a mesma subjetividade *tabula rasa* do perseguido Monstro de Frankenstein. Esse ambiente recém-revelado transforma todos nós em últimos homens ou mulheres.

Isto, penso eu, é o detalhe crítico no que diz respeito à memorável novela de Shelley. O livro teve comprovadamente uma vasta e duradoura influência sobre o desenvolvimento da ficção científica, sendo lugar-comum tratá-lo como uma fábula sobre a ciência e suas consequências não previstas ou como uma intervenção na ciência em seu sentido mais amplo (ver, por exemplo, Knellwolf e Goodall, 2008). A decisão sobre se devemos ler isso como articulação simbólica de política social, cultural e (na verdade) revolucionária ou como expressão da consciência isolada do *novum* senciente terá consequências sobre como interpretamos o desenvolvimento do gênero durante e além do século XIX.

Um exemplo do que pretendo dizer seria uma determinanda cena no volume 2, capítulo 3, em que o monstro, em fuga, se esconde em um anexo de uma remota casa de campo. Na casa mora um honrado idoso e cego com seus filhos Felix, Agatha e Safie, além de uma moça árabe, amada por Felix, que está aprendendo o inglês. Essa dependência é ligada aos fundos da construção como um anexo e, ao escutar o que as pessoas dizem, o monstro aprende não só a falar, mas a ler... passando inteiramente despercebido pelos ocupantes do chalé. A cena toda é inacreditável e seria cômica se Shelley não a trabalhasse com muita habilidade.

Um modo de explicá-la seria argumentar que ela só é ridícula se a lermos em nível de conteúdo manifesto do texto. Tomemos, no entanto, o monstro, como faz Chris Baldick, como revolução (o mosaico de uma miríade de corpos comuns, trazendo em si mesmo as marcas de sua violenta história, potencialmente benigno, mas voltado para o terror e horror pela incompreensão e reação extrema da sociedade) – isto é, tomemos a novela como uma fábula específica do pós-1789 ou pós-1793 – e a cena se torna muito menos absurda. O que importa na revolução é quanto ela é enorme, óbvia e inevitável, agigantando-se diante de nós; e no entanto as pessoas conseguem dar um jeito de continuar vivendo como se o *ancien régime* [antigo regime] nunca fosse acabar. Pobreza e injustiça existem no mundo com muita nitidez, mas pessoas morando em um chalé, que não deixam de ser amáveis nem cultas, simplesmente não as veem. A revolução está bem ali; você deve achar que as pessoas não poderiam deixar de percebê-la. Mas deixam, pelo menos até que comece a cortar a cabeça delas.

Outro meio ainda de explicar seria encarar o Monstro como um poderoso símbolo de solidão existencial. Ninguém de fato vê nem ouve o Monstro – por certo não, como sugeri, as muitas pessoas que adaptaram sua história a outras mídias reduzindo-o ao silêncio. Apenas dão conta do que o Monstro faz e, mesmo assim, só quando ele age com violência. A condição-padrão dessa criatura sensível, inteligente, é o isolamento e é esta solidão que acaba refletida sobre o mundo indiferente como terror. Temos aqui a novela menos como sátira política e mais como sonho – Shelley, afinal, afirmava que a novela lhe ocorreu em um sonho – e, portanto, poderosa e obsessiva como um sonho de um modo que Freud aproveitaria para teorizar, com pouca relação com os contextos históricos de política revolucionária. Segundo essa leitura, o monstro de Frankenstein tem mais em comum com os estranhos autômatos de E. T. A. Hoffmann: vivos, porém não vivos; humanos, porém não humanos; uma exteriorização psicológica da aterrorizada euforia ou do eufórico terror do próprio subconsciente.

É difícil negar que a novela de Shelley evoca o terror com brilhantismo, como mal-estar existencial e pavor, assim como choque e medo. Talvez seja essa a maneira de colocar essas duas leituras principais, aparentemente opostas, em conjunção. O que, para começar, deduzimos do nome do criador, Frankenstein? É um nome germânico bastante comum e, embora a própria Shelley insistisse em que havia aparecido em sua visão onírica que ocasionou a criação da novela, os críticos especularam se tinha alguma conexão com o Castelo Frankenstein (*Burg Frankenstein*) em Hesse ou o Castelo Frankenstein em Frankenstein, no Palatinado. Dificilmente essa especificidade direta combinaria com a novela. De modo alternativo, poderíamos considerar a primeira sílaba, Frank, como referência à França, como meio de codificar ou apenas registrar, em nível subconsciente, a Revolução Francesa. O restante do nome convida a uma interpretação mais extravagante. Tenho às vezes me perguntado se o elo com pedra (*Stein* em alemão) não poderia estar conectado a pedra em francês, *pierre*, como uma espécie de guinada para Robespierre, arquiteto do Terror revolucionário francês. Como Frankenstein, um homem bem-criado, bem-educado, impaciente com velhas formas, que queria dar um fim às injustiças do mundo mas que acabou criando apenas um monstro de

Terror. Isto pode lhe parecer mais tortuoso e implausível que a mim, pois tendo a ver neste ideograma (Frankenstein = Frankish "stone" French [robes]-pierre um exemplo do modo como o subconsciente criativo trabalha. Assim como a revolução, o monstro é uma criatura de poder e excepcional originalidade, trazida à existência com a melhor das intenções, mas abandonada por seu arquiteto e tomando rumos sangrentos de implacável violência e terror. O que significa dizer: o monstro simboliza a revolução porque concentra o *terror*. Para um inglês liberal nas primeiras décadas do século XIX havia duas revoluções principais na história recente: a francesa e a norte-americana. Pode não ser coincidência que, após criar seu monstro europeu, o franco-suíço Frankenstein seja persuadido a criar um segundo monstro*, acreditando que o casal emigrará para a América. Mas ele muda de ideia:

> Mesmo que deixassem a Europa e fossem viver nos desertos do novo mundo, um dos primeiros resultados dessas afinidades pelas quais o demônio estava sedento seria haver filhos e uma raça de demônios seria propagada sobre a Terra, o que poderia tornar a própria existência da espécie humana uma condição precária e repleta de terror (Shelley, p. 142).

A última palavra – terror – faz soar a nota fundamental. Que repica como um sino por todo o texto. O terror, é evidente, era a pedra de toque de Robespierre. Eis aqui, por exemplo, seu *Discours sur les principes de morale politique* [Sobre os Princípios de Moralidade Política] (1794):

> *Si le ressort du gouvernement populaire dans la paix est la vertu, le ressort du gouvernement populaire en révolution est à la fois la vertu et la terreur: la vertu, sans laquelle la terreur est funeste ; la terreur, sans laquelle la vertu est impuissante. La terreur n'est autre chose que la justice prompte, sévère, inflexible ; elle est donc une émanation de la vertu ; elle est moins un principe particulier, qu'une conséquence du principe général de la démocratie, appliqué aux plus pressants besoins de la patrie.*
> [Se a força motivadora do governo popular em tempos de paz é a virtude, a força motivadora desse governo durante uma revolução é a virtude combinada com o terror: virtude, sem a qual o terror é destrutivo; terror, sem o qual a virtude é impotente. O terror não é outra coisa que a justiça rápida, severa, inflexível; ele é, portanto, uma emanação da virtude; é

---

* Isto é, um monstro fêmea. (N. do T.)

menos um princípio particular que uma consequência do princípio geral da democracia aplicado às mais urgentes necessidades da pátria.]

O terror é uma emanação da virtude porque é a forma mais pura de justiça; e o peso e potência míticos de Frankenstein derivam por certo, em grande parte, do sentimento de que há uma justiça cruel, implacável, por trás da violência do monstro. Se as pessoas o tivessem tratado bem e visto além de seu horrendo exterior, ele teria retribuído a confiança delas. Como elas o trataram com violência e asco, são esses os atributos humanos que reproduz. Eu digo "elas", mas a mestria da novela consiste em converter isso em um "nós". Assim se chega perto da secreta eloquência do livro: nossos criadores vão nos punir, vão nos perseguir (como nós os perseguimos, procurando puni-los); e isso acontecerá porque, em um sentido crucial, eles são nós. *Frankenstein* é uma novela que diz: de fora de nós mesmos e contra nós mesmos vem o mais febril e mais inexorável impulso para punir, para aplicar a justiça, o mais agudo terror. Willian Hazlitt um dia escreveu: "É a ferida infligida ao nosso amor-próprio, não a mancha no caráter do transgressor descuidado, que pede uma punição condigna. Não são os erros dos outros, mas nossos próprios erros de cálculo sobre os quais descarregamos nossa duradoura vingança. É a nós mesmos que não conseguimos perdoar". Não consigo pensar em um livro tão eloquente na apreensão da amarga verdade implícita nessa última frase quanto *Frankenstein*.

O que, então, é o monstro de *Frankenstein*? É a revolução (e sua sangrenta consequência) *como mito*. É a escavação da culpa da criação e ação iluministas ganhando forma na alma individual. É, em suma, uma descida ao Inferno. Na verdade, eu sugeriria, podemos interpretar a novela como uma peça, estruturada com cuidado, de intertextualidade mítica sobre esse grande tema. Penso nas muitas narrativas da cultura ocidental sobre descida aos infernos; penso, em particular, na grande *A Divina Comédia*, de Dante. O Inferno de Dante é uma caverna em forma de funil localizada dentro da Terra – algo que a própria estrutura narrativa em forma de funil de Shelley imita, com a narrativa de referência de Walton contendo o relato menor, porém mais profundo do próprio Frankenstein e essa esfera da história contendo de novo a menor, porém mais profunda narrativa do monstro. Pensar nesses termos talvez explique alguns dos momentos mais estranhos do texto de Shelley. Por exemplo, um obstáculo para muitos leitores é a bizarra amnésia histérica de Frankenstein – tendo passado meses trabalhando em sua criação, fica tão horrorizado pelo resultado que foge aos tropeços e esquece tudo sobre aquilo até quatro meses mais tarde, quando os assassinatos do monstro lhe trazem tudo de volta. Um leitor que julgue por padrões de verossimilhança psicológica achará isto difícil de engolir; mas ler a história com noção de sua proveniência mítica leva a uma reação mais condescendente – pois, é claro, a entrada no inferno só acontece depois que as sombras da morte beberam das águas do Lete, ou esquecimento. Da mesma maneira, as cenas finais da novela na vastidão polar congelante podem ter como modelo o duelo final de Dante com Satã na conclusão do *Inferno*: Satã capturado para sempre não em fogo, mas incrustado em um imenso campo de gelo. A autoidentificação do monstro com o demônio (provocada por sua intensa leitura de *O Paraíso Perdido*, de Milton) só reforça esse tropo infernal. O inferno do liberalismo iluminista é você ou seu hediondo, monstruoso duplo, sua criação, seu filho.

Ficção Científica das Décadas de 1820 e 1830

A influência de Shelley, embora grandiosa, não foi imediata. Ao longo das décadas de 1820 e 1830, a maior parte da FC acompanhou o rastro familiar das aventuras subterrâneas, da fantasia do futuro e das jornadas além do mundo. A brisa do excêntrico e do tedioso se associa a muitas delas. *Armata* (1817), de Thomas Erskine, interessa-se por um planeta irmão da Terra, como na obra de Margaret Cavendish. Um navio *en route* de Nova York para a China, devido a temporais, é conduzido pelos ventos ao Polo Sul e, de lá, para o mundo de Armata, ligado à Terra por uma trilha bizarra e aparentemente líquida. O narrador acredita a princípio que esse novo mundo prova que a Terra tem "um anel como o de Saturno, que, em razão de nossa atmosfera, não podia ser visto" e "que só era acessível por uma via tão estreita e tão guardada por rochas e redemoinhos à sua volta que mesmo o perambular dos navegadores modernos nunca deparara antes com ela" (Claeys, v. 6, p. 6). Mais tarde, ele conclui que, em vez de ser um anel, esse outro mundo devia ser um globo conectado: "à Terra e seu homólogo [...] como uma corrente dupla entrelaçada, podendo ambos girar em conjunto em torno do Sol, e a Lua em volta dos dois" (Claeys, v. 6, p. 7). (Embora de maneira um tanto implausível, o viajante observa que "os céus no alto apresentavam novas estrelas", em uma quantidade maior do que poderia ser visto de um ou outro de nossos hemisférios" [Claeys, v. 6, p. 13].) Armata é um país sobre esse mundo, uma espécie de anti-Inglaterra, em guerra com Capetia (seria o mesmo que dizer: a "França depois de Hugo Capeto [938-996], fundador da dinastia dos capetos que reinou na França até a revolução" [Claeys, n. 28]). O narrador faz uma excursão por essa versão melhorada da Inglaterra e fica impressionado com o que vê.

Em certo sentido, *Armata* é uma obra na grande tradição da ficção científica. O narrador, tendo descrito a sociedade e a cultura dos armatanos, comenta com certa satisfação: "Descobri que tinham um Apocalipse como nós temos – simples, eloquente, trazendo do início ao fim o selo da verdade divina, comunicando, como o nosso, uma condição de derrocada e uma redenção mediadora" (Claeys, v. 6, p. 141). Suficientemente próxima da Terra para ser, na prática, uma extensão dela, Armata não precisa perturbar a fé cristã de seu autor introduzindo a ideia de uma pluralidade de mundos.

Travels in Phrenologasto [Viagens em Phrenologasto] (1829), de John Trotter, leva seu herói à Lua de balão, onde ele descobre que os lunarianos são humanos, e não alienígenas, descendendo dos antigos egípcios. A resposta ao mistério reside no entusiasmo de Trotter pela frenologia. Revela-se que "foi tão grande o progresso que nossos ancestrais fizeram em craniologia [...] que acabaram levando o desenvolvimento de todas as faculdades da mente à mais alta perfeição" (Claeys, v. 7, p. 167). Eles inventaram um balão e colonizaram a Lua – uma utopia fundada na "importante verdade [...] de que a base de todo o conhecimento está situada, em essência, no formato do crânio" (Claeys, v. 7, p. 168). A frenologia leva a um perfeito estado utópico porque, como diz Trotter: "o fato de todos nesse estado serem obrigados por lei a andar com a cabeça descoberta exclui, de modo muito saudável, toda espécie de fraude e permite que todos distingam de imediato um patife de um homem honesto" (Claeys, v. 7, p. 218).

Adam Seaborn (é bem provável ser um pseudônimo, embora a identidade do autor não tenha sido descoberta) publicou sua *Symzonia: A Voyage of Discovery* [Symzonia: Uma Viagem de Descoberta] em 1820. O título alude às teorias do norte-americano John Symmes, que lançou, em 1818, um breve manifesto com sua crença de que a Terra é oca, podendo ser ele também o autor da ficção. Seaborn explora imaginativamente essa ideia – uma noção com uma longa história em ficção científica (remontando, como temos visto, pelo menos a Kircher no século XVII e a Holberg e Casanova no XVIII) –, relatando a própria viagem ao Polo Norte, que descreve como uma concavidade. A viagem pela passagem polar leva Seaborn a uma terra ideal de "montes de ondulação suave em uma costa pouco íngreme, cobertos de vegetação, marcados por um xadrez de pequenos bosques e arbustos, salpicados de numerosas construções brancas [...] nada faltava aqui para uma paisagem perfeita" (Seaborn, cap. 7). Os nativos o saúdam esticando o nariz e lhe proporcionam um passeio por seu ambiente utópico em uma máquina voadora. Todo o mundo interior é iluminado pelo mesmo Sol que ilumina o mundo exterior, sendo os raios refratados pelos buracos polares, conforme as teorias de Symmes (Figura 6.2).

Symmes foi considerado por muita gente um maníaco (a expressão *Symmes' hole* [buraco de Symmes], tornou-se, nas décadas de 1820 e 1830, uma gíria para algo que fosse charlatanesco ou falso). O congresso norte-americano,

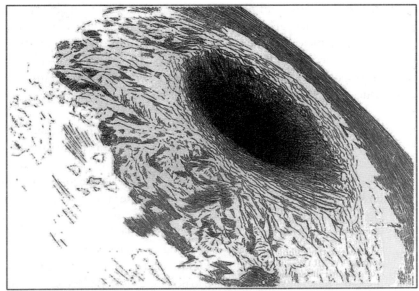

BURACO DE SYMMES, COMO ELE APARECERIA PARA UM LUNARIANO COM UM TELESCÓPIO.

Figura 6.2 Visualização do Buraco de Symmes, de *Harper's New Monthly Magazine*, 1882.

no entanto, examinou suas teorias com seriedade suficiente para levantar fundos a uma expedição ao Polo Sul em busca do suposto buraco (a Expedição Wilkes, de 1838-1842, malsucedida em encontrá-lo). *Symzonia*, antes uma novela curiosa que satisfatória, está excessivamente voltada para exposições áridas sobre geografia e estruturas sociais. Mas aventuras na Terra oca continuaram a ser uma manifestação popular de escrita. Por exemplo, *The Fountain of Arethusa* [A Fonte de Arethusa] (1848), de Robert Eyres Landor, fala de uma jornada rumo a uma utopia localizada no centro da Terra, alcançável por um rio subterrâneo que passa por baixo de Derbyshire. Esse território tem o próprio sol, tendo como base a idealização de um antigo modelo greco-romano.

Uma novela relatada pelos críticos com mais frequência como obra significativa de FC no século XIX é *The Mummy! A Tale of the Twenty-Second Century* [A Múmia! Uma História do Século XXII] (1827), da autora Jane Wells Webb Loudon. Um espírito dá à narradora um pergaminho que é "a crônica de uma era futura", instigando-a a transformar aquilo em uma novela. A história que se segue inclui, em retrospecto (a partir da perspectiva do século XXI), especulações interessantes sobre sociedade futura, mas é dominada por uma trama gótica extravagante e um tanto disparatada. No século XXII, a Grã-Bretanha é de novo um país católico; um túnel liga a Inglaterra e à Irlanda; e o avanço tecnológico resultou em transporte por dirigíveis e advogados operados por meio eletrônico. A tônica de Loudon é bastante satírica, evidenciando a incompetência dos advogados e a poluição causada pelos meios de transporte do futuro. No Egito, dois personagens penetram a Pirâmide de Quéops e reanimam com eletricidade a múmia que havia lá:

> Outro assustador estrondo de trovão rolou agora em prolongadas vibrações sobre sua cabeça e a múmia se ergueu lentamente da tumba de mármore, os olhos ainda fixos nos de Edric. O trovão ressoou cada vez mais alto. Gritos e gemidos pareceram se misturar ao ronco – a lamparina do sepulcro se avivou com redobrada intensidade, atirando raios ao redor em rápida sucessão e com vigoroso brilho; nesse momento, entre seu hediondo e incerto clarão, Eric viu a múmia estender a mão seca como se quisesse pegá-lo. Viu a mão subir aos poucos – ouviu os dedos ressecados, ossudos, chocalharem ao serem atirados para a frente – sentiu a tremenda pressão – uma natureza humana não poderia suportar mais – seus sentidos rapidamente o abandonavam; sentia, no entanto, os inabaláveis olhos fixos de Quéops ainda brilhando sobre os globos que falhavam quando a lamparina emitiu um súbito relâmpago e, de repente, tudo foi escuridão! (Loudon, v. 1, p. 220.)

Esse trecho nos faz experimentar o gosto da prosa um tanto ruidosa de Loudon, de que o ponto de exclamação no título da novela já nos alertava. Quéops foge para a Inglaterra, onde se envolve em um complô para controlar a escolha da próxima rainha da Inglaterra. No final da novela, vem a se conhecer que a múmia é na realidade uma força do bem, reanimada não pela eletricidade, mas pela "vontade de Deus". De maneira ainda mais explícita que o texto mais antigo de Mary Shelley, a novela de Loudon dramatiza a dialética entre tecnologia e religião, que continua a determinar o desenvolvimento do gênero.

O príncipe Vladimir Odoyevsky, um autor russo, é com frequência comparado pelos críticos a Hoffmann, que por certo parece ter sido a inspiração por trás da história *Fairy Tale about the Danger of Young Ladies Walking along Nevsky Prospect* [Conto de Fadas sobre o Perigo de Jovens Senhoras Caminharem pela Nevsky Prospect] (1833), em que uma bela moça é raptada por um dono de loja, transformada em um manequim e vendida a um rapaz. No momento em que este percebe que ela está viva, já é tarde demais. O mais tardio *"4338-й год"* [O Ano 4338] (1840), de Odoyevsky, é uma fantasia tecnológica liberal sobre o relativamente distante futuro, embora nunca tenha sido finalizada.

Outra fantasia futurística foi *Eureka: A Prophesy of the Future* [Eureka: Uma Profecia do Futuro] (1837), do escritor britânico R. F. Williams, que antecipa uma época em que a África é o poder mundial dominante e a supremacia da Grã-Bretanha, é tratada apenas como águas passadas. Alfred Tennyson apresenta uma breve e compacta narrativa do futuro que abrange o comércio e a guerra aéreos e um Estado Mundial em seu poema "Locksley Hall" [Salão Locksley] (1841):

> Pois mergulhei no futuro, tão longe quanto o olho humano poderia ver,
> Tive a Visão do mundo e de toda a maravilha que haveria;
>
> Vi os céus repletos de comércio, galeões de velas mágicas,
> Pilotos no crepúsculo púrpura desembarcando com valiosos fardos;
>
> Ouvi os céus cheios de gritaria e choveu um sinistro orvalho
> Das frotas aéreas das nações se atracando no azul central;
>
> [...]
>
> Até que o tambor da guerra não mais vibrou e as bandeiras de batalha foram enroladas
> No Parlamento do homem, a Federação do mundo (Tennyson, p. 123)

A própria compressão dessas imagens lhes dá uma força compacta que vai além da prosa não raro prolixa das figuras de futuro de contemporâneos de Tennyson, como a fantasia de cinco mil anos no futuro *The Air Battle. A Vision of the Future* [A Batalha Aérea. Uma Visão do Futuro] (1859), de Herrmann Lang (um pseudônimo não identificado), em que as "frotas aéreas" de Tennyson e suas batalhas são dramatizadas em detalhe – embora nessa novela sejam conduzidas não pela Grã-Bretanha, mas pelos impérios de Brazilia, Madeira e Sahara. A Grã-Bretanha foi sobrepujada como poder imperial.

Na cômica "Christmas Story" [História de Natal], de Charles Rowcroft, em *The Triumph of Woman* [O Triunfo da Mulher] (1848), um meteoro cai na casa de um astrônomo alemão. Sai dele um alienígena humanoide que aprende de imediato o alemão, absorvendo a linguagem por telepatia ao pressionar o dedo contra a cabeça do astrônomo. Ele também possui a capacidade de transformar metal em ouro; mas deixou seu planeta porque lá não existem mulheres, circunstância que leva a um diálogo um tanto perturbador : "'Mas como vocês mantêm a população?', perguntou um boticário. 'Por magnetismo', respondeu o planetariano" (Claeys, v. 8, p. 291). O livro muda o tom para uma história de amor, pois o visitante, chamado Zarah, apaixona-se pela filha do astrônomo, e caímos nos domínios da ficção familiar vitoriana.

Do outro lado do Atlântico, o jornalista Richard Adams Locke forjou uma brincadeira um tanto extravagante; *Great Astronomical Discoveries Lately Made by Sir John Herschel... at the Cape of Good Hope* [Grandes Descobertas Astronômicas Feitas Há Pouco por *sir* John Herschel... no Cabo da Boa Esperança], no *The Sun* de Nova York, em 1835. Quando de sua publicação, muita gente acreditou que aquilo fosse real, embora em retrospecto seja difícil entender por que engoliram a pílula. O relato fala de um telescópio de reflexão de eficiência implausível com o qual Herschel teria observado a vegetação lunar, variedades de vacas e ovelhas, além de várias espécies de alienígenas lunarianos, alguns com asas. O *jeu d'esprit* [o enigma] de Locke só é mencionado aqui porque irritou um dos grandes fabulistas de FC da época, que o atacou na imprensa e escreveu sua própria fantasia lunar para sobrepujar a dele: Edgar Allan Poe.

Edgar Allan Poe

O escritor e jornalista norte-americano Edgar Allan Poe exerceu uma influência particularmente poderosa sobre gerações subsequentes de leitores e escritores norte-americanos. Escreveu em um estilo um tanto "elevado", do tipo que pessoas que não conhecem nada melhor descrevem às vezes como "refinado", ocupando assim uma posição respeitada no cânone da literatura norte-americana. Sua eminência, contudo, pode nos confundir, pela propensão que tem à prolixidade; pelas frequentes tentativas de humor, que são pesadas e desagradáveis; e pela descrição superficial de seus personagens – embora o vigor e o brilho de sua imaginação, em especial nos contos de FC, possam enraizar seus escritos na mente do leitor de um modo que escritores melhores com frequência não conseguiram fazer. A maioria de suas histórias são góticas, histórias de fantasma e comunicação com espíritos de além-túmulo, ou então sobre acontecimentos estranhos e mistérios ligados a homicídios bizarros, mas uma parte significativa (talvez um quinto) de sua produção foi FC, e isso inclui na verdade algumas de suas melhores obras.

Assim como alguns críticos descrevem Mary Shelley como ponto de partida da moderna FC, Edgar Allan Poe tem seus defensores entusiásticos como tendo sido ele o fundador do gênero. Thomas Disch diz sem rodeios: "Poe é a fonte" (Disch, p. 34). Brian Aldiss, que acha que Mary Shelley é "a fonte", não deixa de encontrar a origem da ideia de que Poe é "o pai da ficção científica" em uma resenha anônima de 1905. "Desde então essa ideia tem cambaleado por aí", Aldiss comenta com certa acidez, "como os mortos-vivos."

Aldiss acredita que "as melhores histórias de Poe não são ficção científica, tampouco suas histórias de ficção científica são as melhores [...]. Longe de ser o 'Pai da Ficção Científica', esse gênio a corrompia ao enfrentar seus temas de maneira direta" (Aldiss, pp. 58-9, 63). Ele detecta uma falta de articulação fundamental em sua obra que é mais debilitante em termos artísticos que a imaturidade e a precariedade que outros críticos têm, às vezes, identificado como falhas fatais. Disch admite a imaturidade e a precariedade, argumentando que a FC como um todo tem, com frequência, revelado as mesmas fraquezas e afirmando, sem dúvida com razão, que, apesar de seu excesso de "faltas", existe *alguma coisa* em Poe, alguma aptidão poderosamente imaginativa para alcançar o leitor. Esse instinto e essa exatidão encontram sua expressão na ficção científica, sobretudo em um equilíbrio dialético entre ciência e magia, entre racionalismo e fantasia mística, que é (como esta obra vem argumentando), com exatidão, o determinante da FC como expressão histórica de escrita. Um antigo e longo poema, "Al Aaraaf" (1829; o título, como a própria nota de Poe deixa claro, é o nome de uma estrela "descoberta por Tycho Brahe, que apareceu de repente nos céus" e depois, "não menos de repente, desapareceu"), tem quase o mesmo clima do século XVII em seu pressuposto de uma galáxia proibida à humanidade para salvar a vida alienígena do pecado de Adão. Deus dirige o espírito dessa nova estrela, instruindo-a a...

> Divulgar os segredos de tua embaixada
> Às orgulhosas orbes que cintilam – e ser assim
> Para cada coração uma barreira e uma interdição
> Para as estrelas não titubearem na culpa do homem! (Poe, p. 43)

Uma sensibilidade religiosa similarmente arcaica tempera as narrativas de outras histórias que, sob outros aspectos, são FC *hard*. "The Conversation of Eiros and Charmion" [A Conversa de Eiros e Charmion] (1839) diz respeito à destruição do mundo por um cometa, não por simples colisão (embora seja isso que os habitantes do globo temem), mas porque sua passagem próxima impregna de tanto oxigênio a atmosfera da Terra, que incêndios apocalípticos tornam-se inevitáveis. É uma pequena história de catástrofe muito persuasiva, mas Poe a emoldura com a conversa das figuras mencionadas no título do conto; dois espíritos desencarnados que habitam Aidenn após o fim do mundo, recordando o desastre como um exemplo prático teológico ("Vamos curvar a cabeça, Charmion, diante da excessiva majestade do grande Deus!" [Poe, p. 363]). Um conto semelhante, "The Colloquy of Monos and Una" [O Colóquio de Monos e Una] (1841), abrange com eficiência o futuro abuso que faz a humanidade de seu mundo: "Surgiram enormes cidades enfumaçadas, inumeráveis. A boa face da Natureza deformou-se" (Poe, p. 451). O narrador recorda sua vida e depois sua morte e renascimento para a "Vida Eterna". Em "The Facts in the Case of M. Valdemar" [A Verdade sobre o Caso do Senhor Valdemar] (1845), um homem doente é hipnotizado até ficar à beira da morte, o que o transforma em uma espécie de zumbi.

Isso atinge uma espécie de clímax na última obra importante de Poe, *Eureka: A Prose Poem* (1849), com o subtítulo "Um Ensaio sobre o Universo Material e Espiritual". Essa longa dissertação em prosa tenta unir conhecimento científico e astronômico contemporâneo com uma sensibilidade religiosa quase idealista segundo a qual todo o cosmos seria governado por uma "Identidade" divina. *Eureka* relata as teorias de Laplace sobre a origem do sistema solar e a teoria de Mädler de que a Via Láctea tem em seu centro um objeto maciço que atrai todas as estrelas. Também postula a versão da origem proveniente de um Big Bang, insistindo em que tudo tenderá para um Big Crunch ("grande trituração"), não porque Poe tenha quaisquer dados de observação para prever esse efeito (a obra começa com uma elaborada rejeição da ciência empírica em favor do raciocínio "instintivo" ou "intuitivo"), mas porque acredita que o cosmos, ou Deus, seja uma unidade que trabalha de acordo com princípios dialéticos de "atração" e "repulsão". Alguns críticos recentes têm tentado ressuscitar *Eureka* como uma obra legítima de cosmologia filosófica. Ela não o é, porém. O Esquema de Poe é confuso em termos metafísicos e, para cada suposição feliz (por exemplo, o Big Bang), há uma dezena de erros que são repreensíveis mesmo pelos padrões da ciência de meados do século XIX: a eletricidade é um "princípio de repulsão"; o planeta Vênus "tem luz própria extremamente forte"; a evolução de novas espécies sobre a Terra foi provocada pela criação sucessiva de planetas derivados da nebulosa solar; por fim a velha anedota kepleriana de que uma harmoniosa relação matemática governa as respectivas distâncias entre os planetas e o Sol (Poe acredita que seria a lei do quadrado inverso, que ele considera uma ubíqua verdade matemática do universo).[5] Mas, em certo sentido, isso não importa, visto que Poe coloca toda a sua leitura científica e especulação astronômica no mesmo moinho para extrair a conclusão de que o Big Crunch, no fim dos tempos, vai unir matéria e espírito, e transformar todos em Deus:

> Quando as estrelas brilhantes se misturarem [...] [o homem,] cessando, de modo imperceptível, de se sentir Homem, alcançará por fim aquela época terrivelmente triunfante em que reconhecerá sua existência como a de Jeová. Enquanto isso, tenha em mente que tudo é Vida – Vida – Vida dentro de Vida – a menor dentro da maior e todas dentro do *Spirit Divine* [Espírito Divino] (Poe, pp. 1358-359).

Hoje há cientistas cosmológicos respeitáveis (estou pensando no trabalho de ciência especulativa de Frank Tipler, *The Physics of Immortality: Modern Cosmology, God and the Resurrection of the Dead* [A Física da Imortalidade: Cosmologia Moderna, Deus e a Ressurreição dos Mortos] [1995]) que concordam com o bombástico misticismo que Poe revela aqui, mas isso representa antes uma fantasia que uma visão de FC.

Os melhores contos de FC de Poe são aqueles em que essa religiosidade de olhos embaçados é abandonada em prol de uma sublimidade gótica ou mesmo de uma leveza satírica, uma e outra fermentando com mais efetividade as premissas de base científica de Poe que o teísmo convencional. *Mellonta Tauta* (1849; o título é o greco-sofocliano para "coisas que devem ser") é ambientado no ano 2848 e usa o formato de uma viagem de balão através do Atlântico para fazer comentários satíricos sobre os Estados Unidos de mil anos atrás. Esse conto usa um material de rascunho que foi mais tarde incorporado à piedosamente imperturbável *Eureka*, mas funciona com muito mais eficiência, com seus lampejos de tecnologia e um mundo futuro – seu imperador, sua ideologia de que "algo como o indivíduo não deveria existir", além de seus prósperos habitantes que observam o cosmos através de potentes telescópios:

> Observei com muito interesse a instalação do enorme suporte de uma coluna em um par de vergas no novo templo de Dafne, na Lua. Era divertido pensar que criaturas tão diminutas quanto os lunarianos e mostrando tão pouca semelhança com a humanidade revelavam uma engenhosidade mecânica tão superior à nossa (Poe, p. 882).

A mais famosa realização literária de Poe, a curta novela *A Narrativa de Arthur Gordon Pym* (The Narrative of Arthur Gordon Pym) (1838), passa de uma história convencional de aventura no mar (embora bastante sanguinária e escrita de modo inabitualmente agradável) a algo muito mais estranho no final, em que o narrador descobre terras e culturas bizarras em direção ao Polo Sul. Na verdade essa novela compartilha com o conto mais antigo *MS Found in a Bottle* [Manuscrito Encontrado numa Garrafa] (1833) um tema implícito sobre a terra oca. Neste, uma história muito bem-sucedida de Poe, um marinheiro é arrastado para bordo de um navio enorme e com uma tecnologia avançada, tripulado apenas por indivíduos muito velhos que o ignoram e, incansáveis, mantêm seu curso através de mares tempestuosos rumo ao Polo Sul. Arthur Gordon Pym também narra uma viagem para o extremo sul. Em ambos os casos, os detalhes incidentais lembram *Symzonia* (que Poe quase por certo deve ter lido) e, também em ambos os casos, as histórias terminam de maneira abrupta, dando a entender que os dois protagonistas tomarão a trilha de um mundo interior.

O ápice da ficção científica de Poe, no entanto, é a magnífica *Hans Pfaall – Uma Aventura sem Paralelo* (*The Unparalleled Adventure of One Hans Pfaall*) (1835), uma narrativa quase científica que relata uma viagem de balão à Lua. Aqui, com efeito, Poe reescreve *Somnium*, de Kepler (*Eureka*, de Poe, tece elogios a Kepler – "esse velho divino" – como um gênio mais expressivo que Newton [Poe, p. 1270]), substituindo o *fantasioso* pela mais sombria magia negra do original de Kepler, mas, exceto por esse detalhe, mantendo, do início ao fim, uma íntima relação entre ciência e ficção. O texto é dividido em três partes. Uma síntese, a seção de abertura de quatro páginas descreve o "incrível clima de entusiasmo filosófico" da cidade holandesa de Roterdã ocasionado pelo aparecimento de um balão feito de jornais velhos e guiado por uma figura muito estranha: "sessenta centímetros de altura", com um nariz enorme e sem orelhas (Poe, *The Unparalleled Adventure of One Hans Pfaall*, p. 953). Esse alienígena aparentemente lunar conduz o balão até 30 metros do solo, deixa cair pelo lado da barquinha "uma carta enorme selada com lacre vermelho" e depois sobe com rapidez. A segunda parte da história, que constitui o grosso da narrativa, fornece-nos o conteúdo da carta, um relato feito pelo próprio Hans Pfaall de suas inusitadas aventuras. Ele se apresenta como um reparador de foles de Roterdã, com uma família para sustentar, alguém que vem enfrentando tempos difíceis. Endividado, elaborou um esquema para construir um balão e (inspirado por "um folheto que trazia um pequeno tratado sobre astronomia especulativa [...] do professor Encke, de Berlim") guiá-lo até a Lua. O balão não é a ar, mas movido a algo muito mais leve, sobre a natureza do qual Pfaall é um tanto reticente: "Só posso me arriscar a dizer aqui que é um *componente do nitrogênio*, por tanto tempo considerado irredutível, e que tem uma densidade cerca de 37,4 vezes *menor que a do hidrogênio*" (Poe, *The Unparalleled Adventure of One Hans Pfaall*, p. 958). A espaçonave é lançada em primeiro de abril. As trinta páginas seguintes são dedicadas a um relato detalhado de sua viagem à Lua, sobrevoando uma atmosfera rarefeita, mas não um vácuo interplanetário. No décimo nono dia de viagem, ele se vê caindo a prumo para a superfície da Lua, sendo forçado a se livrar de todo o seu lastro, incluindo, enfim, a própria barquinha:

> E assim, me agarrando com as duas mãos à rede, mal tive tempo de observar que toda a área, até onde o olho podia alcançar, estava densamente entremeada de diminutas habitações antes de rolar de cabeça para o centro de uma cidade de aparência fantástica e cair no meio de uma grande

multidão de pessoazinhas feias (Poe, *The Unparalleled Adventure of One Hans Pfaall*, p. 993).

Mas aqui Pfaall interrompe a narração, com a promessa de revelações futuras mais interessantes, se os burgueses de Roterdã estiverem preparados para lhe conceder "perdão pelo crime do qual fui acusado quando da morte de meus credores na ocasião de minha partida" (Poe, *The Unparalleled Adventure of One Hans Pfaall*, p. 995). Na página que encerra o livro, Poe relata o "espanto e a admiração" do povo de Roterdã e, então, destrói de imediato a veracidade da narrativa elencando certos fatos de destaque: "um estranho anãozinho trapaceiro, cujas orelhas, em virtude de algum delito, foram cortadas rente à cabeça, andou desaparecido durante vários dias da vizinha cidade de Bruges"; "os jornais que estavam colados por todo o balãozinho eram jornais da Holanda e este, portanto, não poderia ter sido feito na Lua"; e o próprio Pfaall, "o vilão embriagado", foi visto bebendo "em uma taberna nos subúrbios" com os "três cavalheiros ociosos intitulados seus credores" (Poe, *The Unparalleled Adventure of One Hans Pfaall*, p. 996).

O apetite de Poe por pregar peças é um aspecto de sua genialidade pelo qual hoje os críticos têm pouca simpatia, e a "peça" meio canhestra desse final teve talvez mais influência que qualquer outra coisa para rebaixar *Hans Pfaall – Uma Aventura sem Paralelo* na avaliação crítica atual. Hoje em dia a crítica não tem grande apreço pela brincadeira como expressão literária. Assim que o crítico se livrou do receio de "ser enganado" e tão logo tenha se dado o reconhecimento de que as brincadeiras devem ser *engraçadas*, não há muito mais a dizer a não ser explicar a piada de modo laborioso – e uma piada que é explicada deixa de ser engraçada.

Assim, esquadrinhando os variados pontos suspeitos do texto, Harold Beaver lembra que Pfaall decola em primeiro de abril, que seu balão tem a forma do barrete de um "bobo da corte" e que todos os *burgermeisters* têm nomes ridículos (professor Rubadub, Mynheer Superbus von Underduk e assim por diante). Pfaall na realidade voa para a Lua utilizando o princípio da imponderabilidade, e imponderabilidade metafórica é o que Poe tem em vista com seus jogos de palavras e piadas. Sua brincadeira subverte as expectativas normais e vira o mundo lógico de cabeça para baixo. "Invertendo *phaal*", comenta Beaver (referindo-se a uma das variantes de Poe para o nome "Pfaall"), "que som escutamos a não ser *laugh* [riso]?" (Beaver, p. 339).

Mas Poe faz muito mais com suas estratégias textuais divertidas do que apenas provocar riso. Ele usa algumas das convenções da piada de primeiro de abril, contrapondo-as aos códigos da investigação científica, precisamente para explorar a relação dialética entre o lúdico e a seriedade científica. Essa mesma dialética é também o alicerce estético da ficção científica: a interação entre o imaginativo e o científico. A técnica de Poe está no equilíbrio desses dois elementos. Apresenta-se a nós a narrativa de uma viagem à Lua em um balão; é bem mais "plausível" que seja uma brincadeira, uma história fantástica, do que Pfaall ter *de fato* viajado para a Lua dessa maneira. No mundo real, tal jornada é impossível. Mas, quando Poe divide a narrativa entre, de um lado, o mundo real da Holanda na década de 1830 e, de outro, a jornada do balão pelo espaço rumo à Lua, é o mundo real que é apresentado de modo fantástico, e é a implausível jornada no balão que é tratada com precisão pseudocientífica. Roterdã, uma cidade real, é povoada de pessoas chamadas Rubadub e Underduk, com anões sem orelhas e balões feitos de jornal. Quando detalha a realidade, Poe adota um tom maliciosamente satírico; Pfaall queixa-se de que foi a marcha geral dos tempos para a "liberdade, longos discursos, radicalismo e todo esse tipo de coisa" que o arruinou como reparador de foles: "Se for preciso atiçar um fogo, ele pode ser atiçado com facilidade por um jornal" (Poe, *The Unparalleled Adventure of One Hans Pfaall*, p. 955). Isso, aliado ao "balão inteiramente manufaturado de jornal velho" em que o anão/o lunático desce no início da história, aponta para uma sátira autorreferencial por parte de Poe, ele próprio um jornalista. Jornais, surge a implicação, enchem a cabeça das pessoas de noções ridículas, como liberdade e radicalismo, coisas que o conservador Poe em geral desaprovava. Ao mesmo tempo, como recompensando-o e lhe dando um escoadouro para a imaginação, jornais como o *Southern Literary Messenger* e o *The Sun* de Nova York faziam seus crédulos leitores flutuarem, em termos metafóricos, da Terra sólida para a especulação etérea, lunática.

O verdadeiro golpe de gênio de Poe foi registrar a jornada do balão em si com uma escrupulosa exatidão estilística, que tira o conjunto do atoleiro historicamente específico da sátira dos anos 1830 e o leva a um domínio de expansão da mente da FC. Há, nesse aspecto da concepção de Poe, maior gravidade e apelo imaginativos, maior impacto literário do que na pomposa ridicularia do mundo "real" descrito. O protagonista nos proporciona numerosas observações pseudocientíficas, faz experimentos com os pássaros e gatos que levou consigo e impregna o relato com diversos números que parecem precisos. Em 4 de abril, declara que o balão chegou a "7.254 milhas sobre a superfície do mar", uma altitude impressionante, mas fração minúscula das "231.920 milhas" ou "59,9643 dos raios equatoriais da Terra" que calculou como a distância que tinha de alcançar. Quando redige os elementos fantásticos de *Frankenstein*, Mary Shelley adota um tom de voz sublime, tenso, de um gótico elevado; quando escreve sobre o fantástico em sua história, Poe o faz da maneira mais prosaica possível.

Essa, em última análise, pode ser a mais importante contribuição de Poe ao gênero. Faz parte de suas convicções, expressas em *Eureka*, que a imaginação intuitiva (em vez do raciocínio dedutivo ou indutivo) deveria ser a força propulsora dos avanços na ciência. Em outras palavras, sua filosofia era feyerabendiana *avant la lettre*, e era quando concedia à sua imaginação espantosa o reinado mais livre; quando menos a subjugava à piedade religiosa convencional que ele de fato escrevia sua melhor FC, abrindo assim uma trilha para posteriores escritores do gênero.

Geoffroy e a Invenção da História Alternativa

Menos bem conhecido que Shelley ou Poe, Louis-Napoléon Geoffroy (um sobrenome mais tarde alterado para "Geoffroy-Château") deu uma grande contribuição para a tradição em desenvolvimento da FC. Não foi o primeiro a escrever uma história alternativa, mas ao desdobrar a história alternativa através da lógica do último homem do período romântico e ao trabalhar de modo sistemático em sua premissa, Geoffrey produziu o modelo que este importante subgênero continuou a seguir. A novela de Geoffroy foi originalmente publicada como *Napoléon et la conquête du monde* [Napoleão e a Conquista do Mundo] em 1836 e revisada, em 1841, como *Napoléon Apocryphe* [Napoleão Apócrifo]. Seu *Jonbar point* – para usar o termo que assinala o momento em que uma história-alternativa se desvia da história "real" – é uma invasão bem-sucedida da Rússia por Napoleão em 1812. Depois disso, e com muita rapidez, o imperador francês derrota os ingleses em 1814 e então o resto do mundo, que conduz a uma nova era dourada de avanço tecnológico, paz e prosperidade.

Vários episódios da novela sintetizam de forma particular alguma coisa importante, mesmo que implícita, no modo como Geoffroy concebe a história como tal. Primeiro é a facilidade com que Napoleão conquista os Estados Unidos. A revolução enfraqueceu de tal forma essa nação que ela simplesmente vem abaixo.

> *Depuis plus de vingt années, L'Amérique, cette terre sans passé, sans races, sans patries, qui, pour remplacer ses enfants égorgés, avait mendié à L'Europe son trop plein de peuples et à L'Afrique le marché de ses douleurs; cette terre qui, sans avoir eu de jeunesse, était arrivée à la décrépitude au milieu de révolutions innombrables, l'Amérique se dissolvait, et tendait à une ruine complète.*
> [Por mais de duas décadas, a América, essa terra sem passado, sem raças, sem pátrias teve de substituir suas crianças massacradas mendigando à

Europa seu excesso de população e negociando com a África no mercado de suas misérias; essa terra que, sem jamais ter sido jovem, chegara à decrepitude por entre intermináveis revoluções – a América estava se dissolvendo, enfrentando uma completa ruína] (Geoffroy, p. 415).

O que pode ser feito para ajudar esse lugar incivilizado? Só Napoleão pode salvá-lo; os norte-americanos não têm futuro fora do domínio napoleônico ("*Napoléon seul pouvait sauver l'Amérique* [...] *dans tous les cas, il n'y'avait plus de salut pour elle en dehors de la monarchie napoléonienne*" [Só Napoleão podia salvar a América (…) de um modo ou de outro, não havia mais salvação para ela fora da monarquia napoleônica]). Dificilmente a América está no centro da novela de Geoffroy. É invocada, penso eu, como um exemplo da própria história, como um tipo de curto-circuito; país sem história própria, que passou diretamente de "*la jeunesse*" [da juventude] para "*la décrépitude*" [a senilidade] sem nenhuma narrativa histórica mediadora. Subsiste, como vampiro, devorando as crianças da Europa e o trabalho escravo da África. Não há esperança para um lugar tão catastroficamente extra-histórico a não ser através do próprio Napoleão. Em outras palavras, o Napoleão de Geoffroy encarna um tipo de solução para a própria história.

Essa concepção inicial da América como, de fato, um lugar onde a história foi precária ou foi caoticamente driblada é intrigante. Poderíamos dizer que os Estados Unidos "têm" história em simultaneidade com dois modos contraditórios: têm pouca história para ser estabelecida de maneira adequada, pois são uma nação nova ou apenas potencial; e têm história em demasia, visto que o entulho do Velho Mundo é conduzido por seus povoadores. Há também uma terceira história, é claro, uma história perfeitamente invisível para Geoffroy na década de 1830, a história dos habitantes nativos. Mas essa é uma história não assimilável ao modelo do Velho Mundo: não é livresca, nem linear, nem aquela dos liberais, dos discípulos de Heródoto ou Tucídides. São estes últimos modos de história que a novela deixa inteiramente ao largo, trazendo a alternativa a eles (Napoleão) a única estabilidade possível. Em grande parte, essa problemática histórica tem se alimentado do gênero de história alternativa escrito hoje. Os Estados Unidos (poderíamos dizer) "têm" mais história agora do que tinham antes e grande parte da história alternativa escrita tem explorado cenários americanos – o *Jonbar point* da vitória confederada na Guerra Civil é quase um clichê do gênero. Contudo, no celebrado conto "Sidewise in Time" [Atalho no Tempo] (1934), de Murray Leinster, a história alternativa extrai dos Estados Unidos uma espécie de caos pavimentado com pé-de-moleque e não a um milhão de quilômetros de distância do Estado fracassado de Geoffroy. Mesmo na esplêndida *Bring the Jubilee* [Traga a Festa] (1953), a América do Norte alternativa, imaginada com exuberância (em que vence a Confederação), existe apenas para o protagonista historiador da novela, que viaja no tempo, reverter a história à nossa linha do tempo.

Na linha do tempo de *Napoléon Apocryphe*, 1827 é o ano em que a conquista global é completada e a "monarquia universal" finalmente instituída:

> *La monarchie universelle! Combien ont prononcé ces mots qui ne comprenaient pas l'idée qu'ils renferment. Combien le sont balbutiées et répétées froidement ces paroles: enfants, hommes, pédants et rois, qui ne savaient ce que c'était que la monarchie universelle, pas plus que l'infi ni et que Dieu, dont à chaque instant leurs bouches murmurent les noms.*
>
> [Monarquia universal! Quantos têm pronunciado essas palavras sem compreendê-las? Quantas vezes são balbuciadas, repetidas friamente por crianças, assim como por homens, por pedantes e reis, que compreendem tão pouco seu significado quanto compreendem o infinito ou Deus, palavras que suas bocas estão constantemente murmurando] (Geoffroy, p. 412).

Geoffrey pensa de Napoleão o que Napoleão pensava de si mesmo, um homem elevado sobre o rebanho comum, tratando com superioridade as névoas ideológicas e políticas do mundo, como a figura naquela pintura de Friedrich. Os artigos da nova ordem do mundo napoleônico incluem: *"Art.1. Les continents, les îles et les mers qui couvrent la surface du globe composent la monarchie universelle"* [Todos os continentes, as ilhas e os mares que cobrem a superfície do globo são parte da Monarquia Universal]; e *"Art.3. La monarchie universelle réside en moi et dans ma race à perpétuité* [A Monarquia Universal reside em mim e em meus descendentes para todo o sempre]. Paris é transformada em capital do mundo e o cristianismo na única religião mundial. A essência destilada de totalitarismo torna alguns dos outros artigos (por exemplo, a abolição da escravatura: *"Art.9. L'esclavage est détruit* [Art. 9. A escravidão é extinta]) um tanto irônicos.

Geoffrey se apropria do dia da Independência Americana para insistir, com sua visão de meta-história francesa, na excepcionalidade dos Estados Unidos. Todos parecem aceitar despreocupadamente que o cristianismo seja a única religião global, incluindo todos os judeus. Há uma única exceção, um único homem a repudiar o domínio napoleônico e a cristianização:

> *Samuel Manassès, rabbin de Strasbourg, protesta avec la plus grande violence contre la décision de ses frères, et, dans un moment d'exaltation, il s'écria: "a que le Christ signale donc sa vérité et sa puissance! Pour moi, fi dèle à la loi de mes pères, je le blasphème hautement, et je défi e le dieu des chrétiens!"*

[Samuel Manassas, um rabino de Estrasburgo, protestou violentamente contra a decisão de seus irmãos e, num momento de exaltação, gritou: "Oh, que Cristo dê então um sinal de sua verdade e poder! Quanto a mim, fiel à lei de meus pais, blasfemo fortemente contra ele e desafio o Deus cristão!] (Geoffroy, p. 435).

Mas esse protesto não dura muito tempo: o teimoso Manassás é tocado por *"le doigt de Dieu"* [pelo "dedo de Deus"], tem um ataque, cai no chão e morre ali mesmo. Fora demais para ele! *"Cette circonstance extraordinaire"*, Geoffrey acrescenta em um tom brando, *"porta le dernier coup à la religion juive, elle expira cette année avec le culte et les constitutions de Moïse"* [Esse evento extraordinário aplicou o golpe final à religião judaica, que se extinguiu nesse mesmo ano, juntamente com o culto e as disposições de Moisés]. Os judeus (*"cette nation-mystére"* [essa nação-mistério], diz Geoffroy acerca deles) representam, é evidente, o tipo oposto de força histórica que os norte-americanos. Encarnam não pouca história, mas história *demais*; a antiga lei que deve ser superada para a utopia napoleônica anti-histórica, histórico-alternativa, passar a existir. Mas se ultrapassar uma história exígua é simples questão de conquista militar, superar um excesso requer essa extraordinária (em vários sentidos) intervenção divina.

O francês é transformado na língua universal; todos estão felizes e em paz. Como é evidente, *"l'empereur conserva son immense armée"* [o imperador manteve seu imenso exército], mas dificilmente, é claro, esperaríamos que abrisse mão dele agora. Napoleão esboça um plano para eliminar todas as outras raças por reprodução seletiva durante sete gerações (*"arriver à la suite de quelques générations à une unité de race et de couleur"* [chegar depois de algumas gerações a uma unidade de raça e cor]) e dá grandes passos em ciência, entre eles, a invenção de trens superrápidos (*"des voitures que volaient avec la rapidité de la foudre sur les routes en fer"* [veículos que voavam com a rapidez do relâmpago sobre os caminhos de ferro]) e de uma frota de *"ballons aérostatiques"* [balões aerostáticos] impulsionados pelas *"forces magnétiques avec l'électricité"* [forças magnéticas com a eletricidade]. Há também invenções mais estranhas, incluindo copos maleáveis (*"le verre, si résistant et si friable, s'amollit sous les doigts de la chimie, il se plia comme une cire assouplie"* [o vidro, tão resistente e tão friável, amolece sob os dedos da química, dobra-se como uma cera amaciada]). Impossibilidades matemáticas reais são realizadas, incluindo a quadratura do círculo: *"Une merveilleuse inutilité, long-temps crue impossible, la quadrature du cercle, fut découverte dans des circonstances singulières"* [Uma inutilidade maravilhosa, vista há muito tempo como impossível, a quadratura do círculo, foi descoberta em condições especiais].

Enfim, é descoberto um novo planeta (*"la planète de Vulcain"* [o planeta Vulcano]). O livro não diz isso, mas talvez Napoleão parta para conquistá-lo em seguida. Essas impossibilidades literais, misturadas com as variadas meras impossibilidades, falam das contradições que a novela reconhece sem deixá-las explícitas. Napoleão se torna uma espécie de significante transcendental, um dedo mágico capaz de alterar tanto os fatos materiais quanto os fatos *espirituais* da história.

O contraste que vem com mais força à nossa mente, é claro, é outra representação literária de Napoleão, um tanto mais famosa, do século XIX, *Guerra e Paz* (*Война и миръ*) (1869), de Tolstoi. Toda a dramatização de Napoleão nesse romance – como um homem que se deixou iludir sobre seu poder de moldar acontecimentos – é bastante acentuada pela segunda parte do epílogo do livro, um longo ensaio sobre a história que expõe as objeções de Tolstoi à "teoria do grande homem" na mudança histórica. Para Tolstoi, todos os eventos históricos são resultado de milhões de eventos menores impulsionados pela enorme quantidade de indivíduos comuns que constituem a humanidade. A comparação que ele faz é com o cálculo e a capacidade, recém-descoberta, de os matemáticos somarem infinitesimais. Isso, por sua vez, expressa uma lógica fundamental da vida humana individual, que é determinada por uma relação inversa entre necessidade e livre-arbítrio, sendo a necessidade para Tolstoi definida pela razão e, portanto, explicável pela análise histórica, em que o livre-arbítrio é consciência e, portanto, inerentemente imprevisível. Em outras palavras, Tolstoi é o grande historiador *anti*alternativo. Pensa ele que não importa o que algum indivíduo faz, por mais poderoso que ele/ela possam ser no esquema convencional das coisas. A história é "como uma pessoa surda que tem o hábito de responder a perguntas que ninguém lhe fez", segundo o famoso dito de Tolstoi. "Se o objetivo da história for dar uma descrição do movimento da humanidade e dos povos, a primeira pergunta – na ausência de uma resposta para a qual todo o resto será incompreensível – é: qual é o poder que move os povos? A isso a história moderna responde com diligência que Napoleão foi um grande gênio ou que Luís XIV era muito orgulhoso ou que certos autores escreveram certos livros. Tudo pode ser assim e a humanidade está pronta para concordar com isso, mas não é o que foi questionado."

A história alternativa como modo é geoffroyana nesse sentido. É o subgênero surdo que só pode pensar na história como uma sucessão de grandes (isto é, significativos) indivíduos, de momentos ao redor dos quais tudo poderia se articular. Talvez queiramos argumentar que a história alternativa apresenta necessariamente a história como fundamentalmente frágil; ou podemos preferir ver a coisa pelo outro lado e argumentar que a história alternativa apresenta o homem como detentor do poder sublime de flexionar a história e a sociedade à sua volta. Para Tolstoi, um homem, mesmo uma batalha em que morrem centenas de milhares, como a de Borodino, não é suficiente para superar a imensa inércia da história como tal. Napoleão acha que venceu a batalha de Borodino e, portanto, já pode ocupar Moscou, conquistando assim a Rússia. Mas está enganado. É o mesmo erro que Geoffroy comete em sua novela. A história não funciona assim. A ficção científica, no entanto, quase sempre acompanha Geoffroy e de modo bem raro mostra-se tolstoiana.

E este, de modo um pouco mais abrangente, é o impulso que o romantismo deu ao modo nascente que agora chamamos ficção científica, deslocando seu sublime de uma epifania coletivista para uma individualista, apresentando o cosmos como pano de fundo para o drama do eu exemplar. O último homem, a trágica ou exaltada figura no topo da montanha, o monstro brilhante rejeitado pela sociedade, o herói de Poe divertindo-se com suas energias um tanto sinistras, Napoleão voltando-se para uma história alternativa a fim de manifestar seu destino global; estes se tornam os novos ícones do gênero.

Notas

1. Suvin discute essa possibilidade e também apresenta a teoria de que a crescente fascinação com o futuro corresponde ao crescente controle ideológico da economia capitalista burguesa, "com seus salários, lucros e ideais progressistas sempre esperados num futuro tempo linear" (Suvin, p. 73). Alkon, que discute com inteligência e certo detalhe as teorias de Suvin, também salienta as possibilidades formais da ficção experimental como um dispositivo de apoio ao futurismo. Nenhum dos dois críticos discute a publicação em 1798, por Thomas Malthus, de *An Essay on the Principle of Population, as it Affects the Future Improvement of Society*. A teoria de Malthus era que uma população crescente ultrapassaria os recursos necessários para suportá-la com resultados como fome, miséria e mortalidade em massa; sua obra foi bastante influente e pode ter desempenhado um papel para fazer com que as mentalidades europeias se concentrassem no futuro como uma entidade real, não meramente teórica.

2. Brian Stableford observa como é comum o uso cômico-satírico do "autômato" ou da figura do "robô" na ficção científica: "*A Round Trip to the Year 2000* (1903), de William Wallace Cook, que apresenta 'chefões' robóticos e o esquete anônimo *Mechanical Jane* (1903) são ambos comédias, assim como *Button Brains* (1933), de J. Storer Clouston, uma novela em que o robô é sempre confundido com seu modelo humano" (Clute e Nicholls, p. 1018). Em tempos mais recentes, robôs como o comicamente irritadiço C-3PO, de *Star Wars*, e "Marvin, o Androide Paranoico", do *Guia do Mochileiro das Galáxias*, deram continuidade a essa tradição.

3. *Is Heathcliff a Murderer? Puzzles in 19ᵗʰCentury Fiction*, de John Sutherland (OUP, 1996), inspirado pela análise "Female Gothic", de Ellen Moers (em G. Levine e U. Knoepflmacher [orgs.], *The Endurance of Frankenstein*, Berkeley, 1979), sugere que

216

"a repugnância física, evitando o contato visual" implicada na descrição que Mary faz do processo "é um reflexo e uma retórica tradicionalmente associados, no discurso cultural anglo-saxão, ao [...] ato sexual (e sua variante, a masturbação) e parto (e sua variante, aborto)" (p. 31). Ele passa a sugerir que Mary, cuja mãe morrera dez anos depois de seu nascimento e cujo primeiro filho nascera morto não muito tempo antes de ela escrever *Frankenstein*, fez Victor criar o monstro "por um processo análogo à fertilização e cultura *in vitro*. O trabalho inicial 'de suas mãos' a que Victor se refere é, como se presume, masturbatório. O sêmen resultante é misturado com um tecido ou caldo composto de vários tecidos. A mistura é desenvolvida fora do útero até [...] ser liberada como vida. Victor Frankenstein [...] é menos o cientista louco que o relutante pai ou doador do sêmen. Não cria seu monstro como se poderia manufaturar um robô – ele o faz nascer, como alguém poderia fazer com um filho indesejado, cuja visão faz a pessoa sentir repugnância" (p. 33).

4. Dramatizações da novela de Shelley começaram cedo a aparecer e foram muito numerosas. *Presumption; or the Fate of Frankenstein*, de Richard Brinsley Peake, estreou em Londres, em 28 de julho de 1823. Nos dois anos seguintes, foram encenadas cerca de quinze outras versões teatrais, incluindo a burlesca *Humgumption; ou Dr Frankenstein and the Hobgoblin de Hoxton* (1823), *Presumption and the Blue Demon* (1823), *The Man and the Monster; or the Fate of Frankenstein* (1826), de Henry Milner – que conclui com o monstro apunhalando e matando Frankenstein e pulando depois na cratera do Monte Etna – e *The Monster and Magician; or, the Fate of Frankenstein* (1826), de John Atkinson Kerr, cujo desenlace vê Frankenstein e seu monstro lutando em um barco que é atingido por um relâmpago. Como William St. Clair observa: "Cada noite em que uma das peças sobre Frankenstein era encenada, uma versão da história do monstro feito pelo homem era levada a um número maior de homens e mulheres que os que leram o livro em dez ou vinte anos. Os teatros de Londres podiam receber algo entre 1.500 a 3.800 pessoas e os assentos dos teatros estavam disponíveis por apenas um xelim; as primeiras duas edições de Frankenstein custaram respectivamente 16 xelins e 6 *pence* e 14 xelins" (St Clair, p. 369).

5. Para considerações muito mais simpáticas sobre as ambições epistemológicas de *Eureka*, ver *Between Literature and Science: Poe, Lem, and Explorations in Aesthetics, Cognitive Science, and Literary Knowledge* (Liverpool: University Press, 2000).

Referências

Aldiss, Brian, com David Wingrove. *Trillion Year Spree: the History of Science Fiction*. Londres: Gollancz, 1986.

Alkon, Paul K. *Origins of Futuristic Fiction*. Athens, GA: University of Georgia Press, 1987.

_____. *Science Fiction Before 1900: Imagination Discovers Technology* (1994). Londres: Routledge, 2002.

Baldick, Chris. *In Frankenstein's Shadow: Myth, Monstrosity and Nineteenth-Century Writing*. Oxford: Oxford University Press, 1987.

Barley, Tony. Prediction, Programme and Fantasy in Jack London's *The Iron Heel*. *In: Anticipations: Essays on Early Science Fiction and its Precursors*, org. David Seed. Liverpool: Liverpool University Press, 1995, pp. 153-71.

Beaver, Harold (org.). *The Science Fiction of Edgar Allan Poe*. Harmondsworth: Penguin, 1976.

Bradshaw, Penny. Dystopian Futures: Time-Travel and Millenarian Visions in the Poetry of Anna Barbauld and Charlotte Smith. *In: Romanticism on the Net*, 21 de fevereiro de 2001; disponível em: http://users.ox.ac.uk/~scat0385/21bradshaw.html.

Byron, George Gordon. Darkness. *In: Complete Poetical Works*, org. J. J. McGann, 5 vols. Oxford: Clarendon, 1980-1986, IV: 40-3.

Campbell, Thomas. *Complete Poetical Works of Thomas Campbell*, org. Walter Jerrold. Londres: Oxford University Press, 1906.

Carey, John (org.). *The Faber Book of Utopias*. Londres: Faber, 1999.

Claeys, Gregory (org.). *Modern British Utopias 1700-1850*, 8 vols. Londres: Pickering and Chatto, 1997.

Clery, E. J. *Women's Gothic from Clara Reeve to Mary Shelley*. Tavistock: Northcote House/ British Council, 2000.

Clute, John e Peter Nicholls. *Encyclopedia of Science Fiction*, 2ª ed. Londres: Orbit, 1993.

Davy, Humphrey. *Consolations in Travel; or, The Last Days of a Philosopher*, 1830.

Disch, Thomas. *The Dreams Our Stuff is Made of: How Science Fiction Conquered the World*. Nova York: Simon and Schuster, 1998.

Franklin, H. Bruce (org.). *Future Perfect: American Science Fiction of the Nineteenth-Century: An Anthology*. Ed. rev. e ampliada. New Brunswick, NJ: Rutgers University Press, 1995.

Geoffroy, Louis-Napoléon. *Napoléon Apocryphe: Histoire de la conquete du monde et de la monarchie universelle 1812-1832*. Paris, 1841. A primeira versão desta novela foi *Napoléon et la conquête du monde*. Paris, 1836.

Grainville, Jean-Baptiste François Xavier Cousin de. *The Last Man* (1805); trad. I. F. Clarke e M. Clarke. Wesleyan Early Classics of Science Fiction Series, org. Arthur B. Evans. Middletown, CT: Wesleyan University Press, 2002.

Hood, Thomas. *Complete Poetical Works of Thomas Hood*, org. J. Logie Robertson. Londres: Oxford University Press, 1907.

Ives, Charles. *Chips from the Workshop. Parnassus, the Outlaw's dream, or the Old Man's Counsel, and Other Poems*. New Haven, 1843.

James, Edward. Science Fiction by Gaslight: An Introduction to English-Language Science Fiction of the Nineteenth-Century. *In: Anticipations: Essays on Early Science Fiction and its Precursors*, org. David Seed. Liverpool: Liverpool University Press, 1995, pp. 26-45.

Loudon, Jane. *The Mummy! A Tale of Twenty-second Century,* 3 vols. Londres: Henry Colburn, 1827.

Moretti, Franco. *Signs Taken for Wonders.* Londres: Verso, 1983.

Neff, D. S. The "Paradise of the Mothersons": *Frankenstein* and *The Empire of the Nairs, Journal of German and English Philology,* 95.2 (1996), pp. 204-22.

Philmus, Robert. Science Fiction: From its Beginnings to 1870. *In: Anatomy of Wonder: Science Fiction,* org. Neil Barron. Nova York: R. R. Bowker 1976, pp. 3-32.

Poe, Edgar Allan. *Poetry and Tales,* org. Patrick F. Quinn. Nova York: Library of America, 1984.

Röder, Birgit. *A Study of the Major Novellas of E.T.A. Hoffmann.* Rochester: Boydell and Brewer, 2003.

Shelley, Mary. *Frankenstein, or The Modern Prometheus* (1818), org. Maurice Hindle. Harmondsworth: Penguin, 1992.

Shelley, Percy. *The Complete Poetical Works of Percy Bysshe Shelley,* 2 vols., org. Neville Rogers. Oxford: Clarendon Press, 1972.

Suvin, Darko. *Metamorphoses of Science Fiction: On the Poetics and History of a Literary Genre.* New Haven, CT: Yale University Press, 1979.

_____ . *Victorian Science Fiction in the UK: The Discourses of Knowledge and of Power.* Boston: G. K. Hall, 1983.

CAPÍTULO **7**

Ficção Científica no Período 1850-1900: Mobilidade e Mobilização

Os Anos 1850

Se a típica história romântica sobre o isolamento tende para o trágico, uma diferente avaliação da solidão mítica do ego toma a frente na segunda metade do século. Fantasias do homem puro, desaparelhado (a coisa em si) falam à crescente dominação do capitalismo burguês que subscreve a literatura ocidental durante o século XIX e, em particular, em sua segunda metade. É uma fantasia de não ser incomodado pela história, classe ou localização, de tornar-se tão livre para circular quanto o dinheiro que definiu essa nova cultura, o que significa, é claro, tornar-se radicalmente fungível. O romance "hegemônico" dava forma a essa fantasia de um modo sempre constrangido pela âncora-mestra da família, havendo limitações cruciais à perfeita libertação do sujeito. Encontramos personagens que viajam, mas sempre retornam ao romance familiar, que é o verdadeiro núcleo da novela europeia "realista". Encontramos o *passeador* percorrendo a cidade (em obras dos *Sketches* by Boz,* passando por Baudelaire e entrando nos modernismos de Joyce e Woolf). A ficção científica proporciona uma dimensão diferente a esse perambular, um solo mais radical – isto é, mais sistematicamente concebido – para a liberdade existencial. A liberação do constrangimento físico se torna a literalização da metáfora que estrutura a vida ocidental. Essa é a razão crucial que explica por que, nesse período, a FC começa a se transplantar, com tanta energia, para o território que dominaria sua produção cultural do início ao fim do século XX: os Estados Unidos.

---

* Crônicas e pequenas peças teatrais (*sketches*) escritas por Charles Dickens e publicadas em jornais e revistas entre 1833 e 1836. (N. do T.)

Uma figura ofusca grande parte da obra descrita neste capítulo, Júlio Verne, cujo imenso sucesso internacional muitos escritores tentaram obter. As exigências de estruturar o presente estudo justificam que a discussão da obra de Verne esteja reservada ao Capítulo 8, em que ele faz dupla, como a venerável ainda que ilógica tradição crítica exige, com H. G. Wells, um homem uma geração mais jovem, que ele nunca conheceu e com quem tinha pouco em comum. Não me senti motivado o suficiente para interferir em uma associação santificada pelas tradições da FC. Contudo, vale a pena nos determos por um momento na condição particular materializada pelos êxitos de Verne e, mais precisamente, em como ela dá uma forma e uma ênfase específicas à lógica cultural do final do século XIX. Verne se inspirava nos avanços tecnológicos de sua época, não só em elementos específicos de novo maquinário – em especial o maquinário de transporte mais rápido –, mas também, e de modo crucial, nas formas mais amplas que moldavam o ambiente criado pela Revolução Industrial. O apelo maior de Verne para os leitores tinha relação com o sonho que ele lhes vendia de mobilidade, imaginativamente extrapolado do presente para um quase futuro, no qual restrições e incapacidades poderiam ser removidas e coisas novas se tornariam possíveis. Poderíamos, por dizer assim, afixar o lema do capitão Nemo em tudo que Verne escreveu: "*mobilis in mobile*" [móvel no elemento móvel]. E há nisso uma ressonância mais profunda que tem relação com a visão de mobilização de Verne em outro sentido; o modo como seus livros retratam repetidamente personagens peritos em mobilizar trabalho, material e recursos para algum empreendimento grandioso, até mesmo sublime: alterar a inclinação orbital da Terra, viajar para a Lua; conquistar os oceanos. A mobilização era o espírito tutelar da época, a força motriz da Revolução Industrial; tecnologias de utilização da força do vapor, do transporte de massa, da manufatura e assim por diante, que havia muitos anos já eram conhecidas, ganhavam nova força e alcance global ao serem mobilizadas.

Ao abordar o assunto desse modo, tenho o que poderia ser chamado de segundas intenções; pois a mobilização há muito vem me soando como um dos fetiches secretos da FC. Muito da FC dramatiza os processos de mobilizar energia e recursos sociais em grande escala; uma quantidade ainda maior de obras toma essa mobilização como certa ao ornamentar seus mundos imaginados com vastos projetos de engenharia, artefatos colossais e ambientes sociais reprojetados de forma radical. Quando Charles Taylor descreve a era moderna, do século XIX em diante, como a "Era da Mobilização", está falando sobre as lógicas mais amplas da secularização que são também cruciais para o desenvolvimento da FC. Mobilização no sentido de Taylor é "o processo pelo qual as pessoas são persuadidas, empurradas, intimidadas ou coagidas a participar de novas formas de sociedade, de igreja e de associação [...] e são induzidas por meio dessas novas formas de sociedade, igreja e associação não só a adotar novas estruturas, mas também, até certo ponto, a alterar seu imaginário social" (Taylor, p. 445). Taylor observa que as pessoas têm sido mobilizadas durante toda a história e, com frequência, em grande escala (seu exemplo são as Cruzadas), mas insiste em que tais "mudanças se devam dentro de um contexto social mais amplo, aquele do Reino e da Igreja, que em si não era visto como produto de mobilização, mas, ao contrário, já estava lá, sendo o pano de fundo inalterado e inalterável de toda a legitimidade. Mas, Taylor conclui, "em uma 'era de mobilização' esse pano de fundo não está mais lá".

A metáfora militar de Taylor não deve limitar nossa noção do alcance de sua ideia. É verdade que a carreira política de Napoleão (para pegar um exemplo) se apoiou, em um sentido literal, em sua capacidade de mobilizar a população numa escala sem precedentes. Mas Taylor está falando de algo de alcance maior até mesmo que a invasão da Rússia; de um novo conceito tal como o da mobilidade real como constitutiva da vida social e, portanto, cultural. Novas tecnologias – extrapoladas e, em certos casos, antecipadas pela ficção científica – são apenas uma materialização disso. Um modo de pensar no assunto seria definir mobilização, nesse sentido, como a lógica da mobilidade vista sob a égide da sistematização. Ambos os termos, mobilidade em seu sentido mais pleno e a aplicação sistemática ou rigorosa da extrapolação imaginativa determinam a ficção científica. Por certo, o cosmos de fins do século XIX era um lugar imensamente maior, em termos físicos e temporais, que aquele conceitualizado até mesmo por pensadores iluministas. A ciência, poderíamos dizer, tinha mobilizado seus recursos em uma escala mais ampla que nunca, e o resultante ambiente conceitual dava aos escritores mais espaço para serem móveis.

O modo como o tempo foi conceitualmente mobilizado era mais discursivamente revolucionário que as novas observações cosmológicas relacionadas ao espaço. Alguns indicadores básicos a esse respeito: o geólogo Charles Lyell desafiou a noção, inspirada pela Bíblia, de que a Terra tinha menos de 6 mil anos em *Princípios de Geologia* (*Principles of Geology*) (1830-1833), introduzindo a ideia do "tempo profundo" para uma grande audiência; alguns anos depois, Charles Darwin, talvez o cientista mais famoso entre Newton e Einstein, publicou seu revolucionário *A Origem das Espécies e a Seleção Natural* (*On the Origin of Species by Means of Natural Selection*) (1859), que confirmava essa escala de tempo vertiginosamente longa em sua descrição da objetiva proliferação e evolução da vida. A obra postumamente publicada *Death's Jest Book, or the Fool's Tragedy* [Livro de Pilhéria da Morte, ou a Tragédia do Idiota] (1850), de William Beddoes, dá uma ideia do modo como essa nova compreensão do tempo, em seu aspecto de "Sublime", modulou a imaginação do futuro distante. Em lugar das personalizadas narrativas de apocalipse secular do início do século, com a figura do "último homem", Beddoes faz ressoar uma melodia mais impessoal e impressionante:

> Isso quase passou, pois começo a ouvir
> Sons estranhos mas doces e o alto precipitar rochoso
> De ondas, onde o tempo para a Eternidade
> Cai sobre mundos arruinados (Beddoes, *Death's Jest Book*, IV.iii.,
> pp. 107-10).

O mesmo senso de impetuosa liberdade existencial, ou talvez de extensão, de decadência global informou cada vez mais a ficção futurística no final do século.

O cientista alemão Rudolph Clausius cunhou o termo *entropia* na descrição que fez em 1865 da tendência para reunir energia não disponível a fim de convertê-la em aumento de trabalho. Popularizada por John Clerk Maxwell e outros, a entropia penetrou na consciência popular como crença de que a ordem inevitavelmente se desintegra e a ordem caótica inevitavelmente aumenta, até que o universo pereça em uma morte pelo calor. Não era isso que Clausius dizia em termos exatos, mas é sob essa forma que um fascínio com a *degeneração* penetra a ficção científica do final do século como um corolário à *evolução* proposta por Darwin – o cientista e médico francês Bénédict Augustin Morel foi o primeiro a elaborar uma abrangente teoria física e social da degeneração. Essas várias teorias não eram apenas ciência; estavam e estão pinceladas com vigor por dramas filosóficos e éticos. O darwinismo pode só descrever, de modo adequadamente desapaixonado, a hipótese mais plausível para o desenvolvimento de diferentes espécies, mas na verdade foi recebido com muita paixão, como se defendesse uma deplorável erosão de valores religiosos ou, sob outro ângulo, como uma narrativa progressista e meritória de contínuo aprimoramento materialista. De modo similar, a degeneração, embora em essência uma premissa puramente científica, nunca foi discutida de forma neutra em termos morais.

Não seria certo sugerir que toda a FC na segunda metade do século poderia, em uma escala imaginária, estar situada em algum ponto entre o otimismo positivista e o pessimismo da degeneração. Mas essas duas maneiras de responder às mudanças no presente e às direções possíveis que o futuro poderia tomar sem dúvida determinaram grande parte da especulação ficcional criada durante o período. Positivismo e degeneração são antes, na verdade, peças sobredeterminadas de nomenclatura teórica. Aqui pode servir ao nosso objetivo interpretá-los como casos limitados das novas liberdades dos indivíduos, em toda a sua euforia e terror.

Muita gente encontrava-se com certeza entre os confiantes quanto às possibilidades inquietantes do futuro. O poeta norte-americano Walt Whitman continuava "Encarando o Ocidente da Costa Californiana" (como diz o título de seu poema de 1860: "Facing West from California's Shores'), ponderando que o "círculo" da exploração global estava "quase fechado". Onze anos depois, em "Passage to India" [Passagem para a Índia] (1871), olha além da exploração da Terra, para novas fronteiras, o "Sol, a Lua e todas vocês, estrelas! Sírius e Júpiter!", embora não dê o salto de imaginação para se perguntar o que novas "travessias" poderiam envolver. *Annals of the Twenty-Ninth Century, or The Autobiography of the Tenth President of the World-Republic* [Anais do Século XXIX, ou Autobiografia do Décimo Presidente da República Mundial] (1874), de Andrew Blair, antecipa o futuro de um Estado global e a viagem interplanetária. Brian Stableford diz, com certa razão, que essa obra afunda "sob [seu próprio] peso excessivo" (James e Mendlesohn, p. 23), mas que, no seu otimismo e fervorosa expansividade, é bastante representativa de sua época. *By and By, An Historical Romance of the Future* [Dentro em Breve: Um Romance Histórico do Futuro] (1873), de Edward Maitland, é uma utopia ambientada em uma África futura. Sua ênfase está muito mais nas dimensões místicas e psíquicas (e vegetarianas) da vida futura ideal, e o livro deve ser examinado no contexto das muitas histórias místicas que estavam sendo escritas no século XIX (ver adiante mais a respeito delas).

Outros, em especial no final do século, encontravam uma cadência lúgubre nas possibilidades imaginativas da FC. O grande poeta húngaro Mihály Vörösmarty publicou uma série de épicos cósmicos pessimistas perto do final de sua vida, entre eles, *Az emberek* (1848), no qual a totalidade da história humana é revelada como ciclos de tragédia, e *Előszó* (1850), que projeta a tragédia da história húngara em escala cósmica.

Se a FC se manifestará como linguagem otimista ou pessimista vai depender muito de atitudes culturais mais amplas com relação à ciência e à tecnologia. Escritores persuadidos pelo projeto iluminista estavam propensos a escrever extrapolações positivas em que a sociedade e a vida humana aprimoravam-se pelo progresso nessas áreas. Havia outros, contudo, que eram mais agressivos acerca desses projetos, muitos dois quais integrantes da reação anti-iluminista que inspirou, em parte, o frenesi pelos fenômenos espíritas no final do século. Essa dialética se manifesta por meio de uma importante dicotomia cultural no início do século XX (ver adiante Capítulos 9 e 10), mas é também evidente nas obras produzidas em meados e fins do século.

O escritor norte-americano, irlandês de nascimento, Fitz-James O'Brien escreveu uma série de contos de FC importantes não só pelo impacto que tiveram na forma então emergente da história curta, mas também pela fama que alcançaram na FC em termos gerais (a expressão *short story* [história curta, conto] só foi cunhada em 1884). Inventivo em suas premissas e brilhante na execução, o que mais impressiona o leitor das obras curtas de O'Brien é a atmosfera ou ambiente característicos que ele cria: certo tom pesaroso, inquietante e prodigioso. "The Diamond Lens" [A Lente de Diamante], publicado no *Atlantic Monthly* em 1858, alçava o princípio dos diminutos liliputianos de Swift a um novo patamar. Um cientista, usando um microscópio equipado com a lente descrita no título, observa um universo inteiro dentro de uma gota d'água e apaixona-se por uma bela – embora nesse sentido infinitesimal – humanoide, que batiza de Animula: "O perfeito contorno de seus membros prescrevia sinuosidades suaves e encantadoras. Era como ouvir a mais espiritual sinfonia de Beethoven" (O'Brien, p. 302). Quando a gota d'água evapora, ela murcha e morre; e a dor do cientista o leva à loucura. Parte da técnica de O'Brien, tanto nesta quanto em suas outras histórias de FC, é estabelecer o que H. Bruce Franklin chama de "realismo de superfície" (Clute e Nicholls, p. 884), contra o qual a estranheza poética dos temas de O'Brien pode ser contraposta com mais vigor. Trata-se de uma estratégia que passa a ser tão comum na ficção científica do século XX, que se torna genericamente normativa. Grande parte de "The Diamond Lens" volta-se para os desafios técnicos de construir o instrumento, mas a essência do conto é sua inflexão mística do tema de amantes condenados a viverem separados um do outro. O narrador de O'Brien lamenta sobre Animula em sua minúscula gotícula de água, afirmando que "o planeta Netuno não estava mais distante de mim que ela" (O'Brien, p. 302). Mas ele só é capaz de construir o telescópio graças à ajuda que recebe do falecido e famoso microscopista Leeuwenhoek por meio da médium espírita Madame Vulpes. Essa mescla de linguagens técnico-científicas e místicas não é apenas característica da ficção científica do século XIX; é também uma penetrante interpretação do tema da história em si, pois, embora se apresente como uma história de amor, "The Diamond Lens" é, de fato, uma narrativa sobre a morte, cujo véu (conforme muitos acreditavam na década de 1850) logo seria levantado pela ciência.

Em *Star ou psi de Cassiopée: Histoire merveilleuse de l'un des mondes de l'espace* [Estrela ou Psi de Cassiopeia: a História Maravilhosa de Um dos Mundos do Espaço] (1854), do esplêndido escritor francês Charlemagne Ischir Defontenay, descobre-se uma caixa no Himalaia que contém uma grande riqueza de informações sobre os habitantes alienígenas do planeta Psi, que orbita três sóis de diferentes cores na constelação de Cassiopeia. Defontenay inclui detalhes da fisionomia e da sociedade alienígenas, além de amostras de sua literatura, na verdade tendendo a deixar os leitores exaustos com sua inventividade, o que torna *Star* um livro um tanto extenuante.

Antigravidade: Correlato Objetivo da Mobilidade

A solução de Poe em *Hans Pfaall – Uma Aventura sem Paralelo* (1835) ao problema de como livrar uma tripulação humana do campo gravitacional da Terra (em um balão) era implausível, mesmo para a década de 1830. Outras abordagens do problema pela FC enfrentavam certas dificuldades científicas. Apesar da fama que alcançou o lançamento no espaço dos astronautas de Júlio Verne, cuja nave foi disparada de um canhão gigantesco em 1865, era crença generalizada que uma aceleração tão repentina assim mataria passageiros humanos. Na verdade, esse perigo era mais superestimado do que subestimado; nos primeiros anos do século, algumas pessoas acreditavam que trens a vapor que viajassem a uma velocidade de 30 km por hora poderiam ser fatais aos seus passageiros. Em função disso, embora os princípios de balística fossem bem compreendidos, poucos autores de FC antes de (ou desde) Verne propuseram lançamentos de canhão ou ascensão por foguete. Com isso surgiu o problema de escapar da atração gravitacional da Terra. Um modo de contornar essa dificuldade era a utilização de dispositivos antigravidade.

O primeiro desses dispositivos pode ser creditado a Joseph Atterley, pseudônimo do autor norte-americano George Tucker, cuja *A Voyage to the Moon* [Viagem à Lua] (1827) se dá em uma nave revestida de metal antigravitacional (Poe plagiou várias páginas dessa novela, que, de outro modo, permaneceria na obscuridade). J. L. Riddell foi autor de um pouco conhecido romance sobre a Lua, *Orrin Lindsay's Plan of Aerial Navigation* [Plano de Navegação Aérea de Orrin Lindsay] (1847), em que o cientista-protagonista mencionado no título usa um campo antigravitacional criado por magnetismo para guiar uma espaçonave até a Lua. Uma novela que usa a mesma linguagem, esta tendo sido mais lida, foi escrita por Chrysostom Trueman, pseudônimo que os críticos têm ainda de desvendar, embora Darko Suvin faça uma boa defesa de que seja o de James Hinton. *The History of a Voyage to the Moon, with an Account of the Adventurers' Subsequent Discoveries* [História de uma Viagem à Lua, com Relato das Subsequentes Descobertas dos Aventureiros] (1864), de Trueman, apresenta a primeira utilização de um dispositivo antigravidade para impulsionar os protagonistas rumo à Lua: um minério chamado *repellante*, extraído das montanhas do Colorado pelos dois protagonistas de Trueman, Stephen Howard e Carl Geister. Eles voam para a Lua em uma espaçonave movida a *repellante*, onde fazem um pouso acidentado. Lá descobrem uma sociedade lunar utópica de humanoides com 1,20 metro de altura chamada Notol. Depois de viver um ano entre essas pessoas explorando a Lua, gravam suas aventuras em lâminas de metal que disparam rumo à Terra, jogando-as em um vulcão lunar em erupção. O livro especula que os lunarianos sejam na verdade almas humanas reencarnadas, uma iteração das tradições dos séculos XVII e XVIII de jornadas lunares místico-materiais que, como será discutido adiante, estavam longe de ser originais.

O autor inglês Percy Greg aproveitou o conceito, que batizou de *apergy*, em seu *Across the Zodiac: the Story of a Wrecked Record* [Através do Zodíaco: a História de um Registro Destruído] (1880). Um veterano da Guerra Civil Norte-Americana naufraga, em 1867, em uma ilha estranha, onde vê um óvni cair ("Tinha um disco muito perceptível [...]. Deparei-me com fragmentos de um metal amarelo que possuía um fraco brilho [...] [e um] cimento incrivelmente duro, impenetrável" [Greg, p. 9]). Dos destroços ele extrai um manuscrito em latim que fala da invenção do *apergy* por parte de seu narrador anônimo, e de como este o usou em uma expedição a Marte, em 1820, numa espaçonave chamada *Astronaut* [Astronauta] – primeiro registro de uso do termo. Greg antecipa de modo correto a ausência de peso da viagem espacial e enche os primeiros capítulos do livro de dados científicos cuidadosamente registrados, entre eles quadros linguísticos detalhados e declinações da língua dos marcianos humanoides. A história decai na metade, com extensos relatos da sociedade e da moralidade utilitária dos habitantes marcianos, bem como de seu amor um tanto desavisado por uma jovem marciana, Eveena; mas termina de forma vibrante, com intrigas políticas e uma tentativa de assassinato. Eveena sacrifica sua vida pelo narrador, e ele vai embora de Marte angustiado. Greg prometeu um segundo volume dessas aventuras, mas ele não apareceu.

Vários romances interplanetários posteriores também usaram essa ideia. O escritor norte-americano John Jacob Astor adotou tanto a ideia quanto a palavra *apergy* como princípio móvel de seu *A Journey to Other Worlds* [Uma Jornada para Outros Mundos] (1894). *A Tale of Negative Gravity* [História de Gravidade Negativa] (1884), de Frank Stockton, é uma variação mais divertida do mesmo princípio, na qual um inventor norte-americano cria uma mochila antigravidade que usa para fazer caminhadas, escalar montanhas e levantar objetos pesados, antes de colocá-la de lado, com medo de que a fama que sucederia a invenção se ela se tornasse pública destruísse a felicidade dele e da esposa. O protagonista alienígena de grande longevidade de *Willmoth, the Wanderer, or The Man from Saturn* [Willmoth, o Andarilho, ou O Homem de Saturno] (1890), de Charles Curtis Dail, sobrevoa o sistema solar esfregando em si mesmo um unguento antigravidade. Chega a uma Terra pré-histórica e cria o *Homo sapiens* por reprodução seletiva. A dramatização mais famosa do conceito é a de *Os Primeiros Homens na Lua* (*The First Men in the Moon*) (1901), de H. G. Wells, em que a substância antigravidade é nomeada "Cavorite", em homenagem a seu inventor ficcional, e, é bem possível, também em uma alusão satírica à política italiana. A novela será discutida no Capítulo 8.

Essas espaçonaves antigravitacionais funcionam como uma tentativa convenientemente material de escapar da força gravitacional da Terra, mas fazem mais do que isso. A popularidade mesma do conceito indica o modo como a antigravidade funciona como objetivo correlato da própria liberdade imaginativa que torna a FC singular. Embora os autores do século XIX empregassem uma ampla gama de truques para alcançar o espaço, de balões a foguetes, os dois pressupostos predominantes eram antigravidade e vontade (a segunda – quando os personagens querem estar no espaço ou viajam como espíritos desencarnados – tem uma longa linhagem na FC; ver a seção "Ficção Científica Mística" adiante). A primeira envolve uma lógica materialista; a segunda participa de discursos espirituais ou místicos, mas ambas funcionam exatamente como exteriorizações da liberdade imaginativa da FC.

Contemporâneos de Verne

Durante a década de 1860, Júlio Verne começou a publicar suas *voyages extraordinaires* (a primeira dessa série, *Cinco Semanas num Balão* [*Cinq semaines en ballon*], surgiu em 1863). Verne será discutido com mais detalhes no capítulo seguinte, mas, sem querer pular partes, basta observar que a popularidade crescente da viagem extraordinária nas décadas de 1860 e 1870 apoiava-se em antecessores muito anteriores a Verne, ainda que grande parte dessa popularidade tenha recebido enorme impulso da popularidade internacional do próprio Verne. Na verdade, ter uma noção da extrema variedade de viagens extraordinárias e ficções do futuro publicadas nesse período torna a imaginação de Verne, ao contrário, um tanto reduzida.

Voyage à Vénus [Viagem a Vênus] (1866), de Achille Eyraud, é elogiado por historiadores da ciência balística como a primeira criação ficcional de um sistema de propulsão a reação, neste caso o bombeamento de água para trás a fim de mover a espaçonave para a frente. Um tanto insegura, a novela desenvolve sua plausibilidade científica em termos dos mais extravagantes pilares do gênero. Descrevendo seu plano para visitar Vênus, Volfrang é interrompido pelo amigo Leo: *"Oh, oh! Explique-nous d'abord comment tu y es allé. Est-ce comme Cyrano de Bergerac ou comme Hans Pfaal?"* [Oh, oh! Me diga como exatamente você vai para Vênus. É ao modo de Cyrano ou Hans Pfaal?] (Eyraud, p. 44). Volfrang demole de modo bombástico as duas metodologias e explica um modo de propulsão concebido por ele mesmo. Essa novela se mostrou muito menos popular que *Da Terra à Lua* (*De la terre à la lune*), de Verne, publicada no mesmo ano, a despeito do fato de sua premissa ser a balística de foguetes, muitíssimo mais plausível que a espaçonave atirada como um obus de um gigantesco canhão, embora a surpresa do leitor seja atenuada quando ele realmente lê sobre o planeta Vênus que os viajantes de Eyraud finalmente exploram. O planeta se revela uma espécie de França aperfeiçoada, absoluta e drasticamente inerte, com um *"palais de justice"* [palácio da justiça] venusiano, uma *"chambre representative"* [câmara de representantes], várias *"assemblées civiques"* [assembleias cívicas] e outras *"associations"*, todas descritas em cansativos detalhes, junto com instituições educacionais, uma Bolsa de Valores, uma exibição de *"l'art vénusien"* [arte venusiana] e muitas outras coisas. A lealdade à exatidão científica não é um substituto para a capacidade de escrever histórias incrivelmente interessantes nem condição necessária da grande FC.

Na Espanha, o vigoroso *El anacronópete* (1887), de Enrique Gaspar y Rimbau, constrói sua história em torno de uma máquina do tempo eficaz; não é a primeira história de viagem no tempo da literatura mundial, mas provavelmente é a primeira a apresentar uma peça de tecnologia para transportar um indivíduo através do tempo – só no ano seguinte Wells escreveria o primeiro rascunho de sua *A Máquina do Tempo* (*The Time Machine*). Desenvolvida como uma opereta de três atos em prosa (o termo em espanhol é *zarzuela*), a novela de Gaspar dá especial destaque à sua dívida para com Verne: *"Las hipótesis del famoso Julio Verne tenidas por maravillosas eran verdadeiras"* [As hipóteses do famoso Júlio Verne consideradas maravilhosas eram verdadeiras] (Gaspar, p. 10) e um grande inventor espanhol, chamado Don Sindulfo Garcia, baseou-se nas premissas de Verne para construir uma máquina do tempo. Esse *anacronópete*, ou objeto voador antitempo, é uma caixa de ferro do tamanho de uma casa, movida a eletricidade, com quatro pilares pneumáticos curvos em cada canto que permitem que ela se desloque. Ela produz um certo *"fluido Garcia"* que protege os passageiros do contrafluxo temporal. O tempo, insiste Don Sindulfo, é uma função da atmosfera da Terra, algo que ele afirma ser provado pelo fato de comida lacrada dentro de latas não apodrecer. Com seus amigos a bordo, Don Sindulfo voa para trás contra a rotação da Terra, movendo-se assim para trás no tempo: uma teoria de tão patente (mesmo pelos padrões da década de 1880) idiotice não deixa de indicar a extravagância cômica do todo. Os viajantes observam a história acontecendo para trás e acabando na China do século III; daí a capa "sinochic", com o *anacronópete* em seu centro (Figura 7.1).

Figura 7.1 Capa para *El anacronópete* (1887), de Enrique Gaspar y Rimbau, mostrando a máquina do tempo.

A guinada no final da novela – revela-se que tudo não passou de um sonho – desfaz a coerência estrutural de sua fabulação; Garcia caiu no sono num teatro durante a apresentação de uma peça baseada numa das novelas de Verne (*"el teatre de la Porte Saint Martin que, concluída la representación de una*

comedia de Julio Verne, premiaba la inventiva del autor" [o teatro da Porta
Saint Martin que, concluída a representação de uma comédia de Júlio Verne,
premiava a inventiva do autor] [Gaspar, p. 217]). As dimensões e forma da
anacronópete são reveladas como um tipo de construção teatral da lógica do
sono, sendo toda a história uma literalização do poder que tem a arte de nos
arrebatar. O fato de a máquina do tempo de Gaspar ser imaginada com menos
coerência ou sistematizaão imaginada que a versão de Wells do mesmo tropo
pode explicar a influência muito maior do segundo no gênero, mas o modo
como essa história é rodeada por Verne indica como o próprio francês passou
cada vez mais a defender essa possibilidade imaginativa.

Uma lista de novelas europeias de FC diretamente inspiradas por Verne
logo se tornaria cansativa. Um exemplo, selecionado pela falta de vergonha de
seu plágio, é *Dalla Terra alle Stelle: viaggio meraviglioso di due italiani ed un
francese è un romanzo avventuroso di fantascienza* [Da Terra às Estrelas: A
Extraordinária Viagem de Dois Italianos e um Francês] (1887), do escritor
italiano Ulisse Grifoni. Ele fez algumas alterações superficiais em *Da Terra à
Lua*, de Verne (a cápsula espacial de Grifoni é impulsionada pela antigravidade em vez de ser atirada por um canhão; seu destino é Marte, não a Lua), mas
fora isso é profundamente calcado nela. Mais tarde, como um dono de
açougue que trabalha em uma oferta especial, Grifoni corta cinco oitavos da
viagem no tempo de Verne para seu *A Volta ao Mundo em 30 Dias* (*Il giro del
mondo in 30 giorni*) (1899). Fora algum plágio ostensivo, os escritores tomaram de Verne um tipo de otimismo franco que funcionava muito bem com os
leitores. Um exemplo é o romancista húngaro Mór Jókai, um escritor cuja
"popularidade foi enorme" apesar de "críticos sérios cultivarem, desde o início, fortes reservas sobre as qualidades estéticas de suas obras" (Pynsent e
Kanikova, p. 166). Entre seus muitos livros estão vários contos intrigantes de
FC, especialmente *A jövö század regénye* [Uma Novela do Século que Vem]
(1872): uma história positivista do futuro em que novas tecnologias impul-
sionadas por (e na verdade construídas de) uma nova substância chamada
"icor" levam, através da guerra, a um mundo de paz e prosperidade, e daí à
colonização do sistema solar. Sintomático da difusão global da FC é o aparecimento de *Páginas da História do Brasil Escrita no Ano de 2000* (*Pages from
the History of Brazil written in the year 2000*) (1868-1872), do escritor brasileiro Joaquim Felício dos Santos, uma obra que extrapola o que vê como
vantagens naturais do Brasil em termos de geografia e recursos naturais para
um futuro no qual o país superou os Estados Unidos como líder mundial.

Esse tipo de extrapolação otimista para o futuro continuou a ser popular
no final século XIX, o que se choca um pouco com a percepção de que o *fin
de siècle* foi dominado por fábulas sombrias de ruína e decadência. Um

corolário dessa especulação futura foi uma especulação paralela sobre como o passado poderia ter se desenvolvido de modo diferente, um subgênero hoje popular de FC conhecido como história alternativa. Falando em termos conceituais, a gramática inglesa é, a esse respeito, singularmente impeditiva, na medida em que não não apreende a relação íntima entre o subjuntivo futuro e o subjuntivo passado. Charles Renouvier escreveu um primeiro exemplo desse tipo de livro, cujo título é às vezes tomado como forma resumida de todo o modo histórico-alternativo: *Uchronie (L'Utopie dans l'histoire), esquisse historique apocryphe du développement de la civilisation européenne tel qu' il n' a pas été, tel qu' il aurait pu être* [Ucronia – a Utopia na História – Esboço Histórico Apócrifo do Desenvolvimento da Civilização Europeia não como Ela Foi, mas como Podia Ter Sido] (1874), que narra a trajetória que a história poderia ter tomado se o Império Romano não tivesse caído em decadência após a morte de Marco Aurélio.

Um tipo de utopia mais convencional foi escrito por James Davis Ellis; seu *Pyrna, a Commune, or Under the Ice* [Pyrna, uma Comuna, ou Sob o Gelo] (1875) trata de uma sociedade ideal localizada sob a superfície da Terra, nesse caso sob uma geleira. O uso no título do termo comuna, carregado de sentido político, dá uma ideia da complexidade ideológica dessa forma de utopia (os radicais *communards* socialistas-reformistas tinham tomado Paris em 1870, antes de serem reprimidos com brutalidade por tropas francesas e prussianas em 1871). A sociedade severamente racional de Ellis, organizada em bases eugênicas, chocará muitos leitores modernos, que vão considerá-la um tanto repugnante. *Etymonia* (1875), do mesmo autor, é outra história utópica, dessa vez ambientada em uma ilha.

Um tom diferente é apresentado pelo escritor inglês Anthony Trollope, que, prolífico como era, publicou apenas uma obra de ficção científica, *The Fixed Period* [Prazo Fixo] (1882). Essa novela curta se passa em uma colônia britânica imaginária, Britannula, localizada em algum lugar nos arredores da Austrália. Tendo obtido independência de seu senhor colonial, Britannula (o nome sugere tanto "Pequena Grã-Bretanha" quanto "Grã-Bretanha revogada") quis implantar eutanásia obrigatória a todos os cidadãos que atingissem a idade de 66 anos, para tirar do país o fardo de sustentar uma população idosa inútil e, segundo se supõe, também para tirar dos idosos o fardo de atravessar um período tão desagradável de sua existência. A sátira aqui não é swiftiana nem tão óbvia quanto sugerem alguns observadores. O presidente britannulano, Neverbend, além de instituir um "prazo fixo", estabeleceu ainda educação progressiva universal, aboliu a pena de morte e, sob certos aspectos, transformou o país em um ambiente muito atraente. Na novela, a Grã-Bretanha torna a colonizar Britannula, ao que parece, para impedir a prática do prazo fixo. O debate, embora a FC com frequência retorne a ele (por exemplo, no filme de 1976, *Fuga no Século XXIII* [*Logan's Run*]), acaba nos envolvendo menos como leitores que os ocasionais vislumbres do mundo futuro de Trollope: "as brilhantes agulhas de Gladstonopolis a distância" (Trollope, p. 170) ou as regras do críquete do futuro, em que a tacada é feita por uma máquina.

Outra obra difícil de classificar, charmosa mas sem profundidade (em sentido concreto) foi concebida por Edwin Abbott, um clérigo inglês. Sua *Planolândia: Um Romance de Muitas Dimensões* (1884) continua popular até hoje. Fábula espirituosa e didática em essência, destinada a elucidar certas premissas matemáticas e topológicas, o livro manifesta certo encanto apesar da exigência didática de sua premissa. O narrador, A. Square, é uma criatura bidimensional que vive em um cosmos bidimensional, descrito com alguns detalhes. Em um sonho, ele visita um mundo unidimensional ("Linolândia") e é por sua vez visitado por uma esfera proveniente de um mundo tridimensional ("Espaçolândia"). Apesar de certas observações satíricas e interessantes sobre as limitações da sociedade vitoriana e das relações de gênero em particular, a obra nunca consegue de fato materializar sua fantasia bidimensional (se é que essa não seja uma declaração por demais contraditória). Uma habilidosa sequência de Ian Stewart, professor de matemática na Warwick University, *Flatterland* (2001), tem como subtítulo "O País ainda Mais Plano" e leva sua protagonista (a tataraneta de A. Square) a atravessar um conjunto muito mais abrangente de mundos determinados de forma matemática.

Ficção Científica Mística

Como vimos, era lugar-comum, nos séculos XVII e XVIII, entrelaçar os discursos de materialismo e espiritualismo. No século XIX, muitos presumiram que a inter-relação dessas linguagens se estabelecera em bases científicas (na verdade, há gente ainda hoje que continua a acreditar nisso). Organizações como o Centro de Pesquisa Espírita Americano, fundado em 1884, tentavam dar aos fenômenos chamados sobrenaturais ou espíritas uma base científica. Quanto ao aroma de excentricidade, ou mesmo de fraude, ligado aos muitos espiritualistas do século XXI, vale a pena repetir que o espiritualismo do século XIX era um assunto muito mais respeitável e não raro seus defensores eram eles próprios cientistas eminentes. Buscando as raízes do movimento, logo encontraremos indivíduos tais como Humphry Davy, professor de química na Royal Institution, que fez muito para desenvolver o conhecimento humano da química e da física e que inventou a lâmpada de segurança do minerador, batizada com seu nome. Davy foi também um crente comprometido com fenômenos espíritas. Sua fantasia de FC, *Consolations in Travel; or, The Last Days of a Philosopher* [Consolações em Viagem; ou, Os Últimos Dias de um Filósofo] (1830) trata do encontro entre o protagonista, Philalethes (Amante da Verdade) e um espírito desencarnado que ele chama seu Gênio. Esse Gênio relata a verdadeira natureza do cosmos, segundo a qual átomos materiais existem ao lado de átomos espirituais ("a quantidade ou o número de essências espirituais, assim como a quantidade ou o número de átomos no mundo material, são sempre os mesmos; mas seus arranjos [...] são infinitamente diversificados" [Davy, pp. 41-2; ver também Stableford em Flammarion, pp. xx-xxii]), dos quais são construídos seres espirituais que podem viajar pelo universo sem o constrangimento das leis físicas. O universo físico ambiciona sempre se elevar para a preferível existência espiritual; após a morte, os humanos progridem por meio de uma série de encarnações espirituais cada vez mais elevadas, como extraterrestres em outros planetas – uma descrição de alienígenas com seis asas e muitos tentáculos sobrevoando a atmosfera de Saturno é particularmente impressionante. Esse modelo de um cosmos espiritual interpenetrando o material como destino desejado era comum no discurso espiritualista do século XIX, assim como a ideia de extraterrestres poderem, de fato, ser criaturas dessa natureza. *Eureka*, de Poe (1849; discutido antes) pertence a essa tradição.

A figura principal da FC mística do século XIX é o astrônomo francês Camille Flammarion. Quando jovem, ele trabalhou no Observatório de Paris, e sua primeira obra publicada recorreu à ciência astronômica para uma sóbria especulação sobre a probabilidade de vida em outros planetas do sistema solar, obra que publicou com o fontanelleano título *A Pluralidade de Mundos Habitados* (*La pluralité des mondes habités*) (1862). O sucesso dessa obra (ela teve treze edições nos trinta anos seguintes) encorajou-o a tentar a carreira de escritor; mas, de modo significativo, sua obra seguinte foi um trabalho de especulação física sobre a vida após a morte, *Les inhabitants de l'autre monde: révélations d'outre tombe* [Os Habitantes do Outro Mundo: Revelações de Além-Túmulo] (1862), baseada em revelações feitas por uma médium espírita, Mlle. Huet. Brian Stableford argumenta que Flammarion tinha esse livro "como complemento de seu predecessor" (Flammarion, *Lumen*, p. x), podendo ter sido suficientemente encorajado por sua cautelosa recepção a separar os interesses místicos da ciência mais convencional. Assim, por exemplo, seu *As Forças Naturais Desconhecidas* (*Des Forces naturelles inconnues*) (1865) foi lançado sob o pseudônimo Hermès. Mas o místico e o científico se acham entrelaçados de forma tão íntima em quase toda a ficção científica de Flammarion, que é difícil crer que tal separação tenha sido algum dia experimentada. Na verdade, o estilo de Flammarion de FC mística – não raro muito vigoroso e por certo influente – não foi apenas característico da época em que ele viveu, mas reflete também o que a presente obra tem afirmado ser a dialética fundamental e determinante do gênero.

Les mondes imaginaires et les mondes réels [Os Mundos Imaginários e os Mundos Reais] (1864) era não ficção, e incluía uma especulação astronômica sóbria acerca do sistema solar, com um resumo abrangente de anteriores viagens imaginárias ficcionais pelo sistema solar, tendo um compreensível viés em favor da tradição literária francesa. Flammarion continuou fazendo observações astronômicas e empreendeu viagens em balão para experimentos sobre a atmosfera, publicando os resultados em *L'Atmosphère* [A Atmosfera] (1871). Sua introdução geral ao tema da astronomia, *Astronomie populaire* [Astronomia Popular] (1875), conheceu sucesso imediato e (atualizada com frequência) ainda está à venda. Ele se mudou para uma propriedade em Juvisy-sur-Orge, ao sul de Paris, onde construiu um grande telescópio e também realizou frequentes sessões espíritas. Essas duas formas de pesquisa integraram sua ficção.

Lumen (incluído em *Récits de l'infini* [Relatos do Infinito] [1872]) dramatizou grande parte do mesmo material que *Les mondes imaginaires et les mondes reels*. A história consiste de cinco conversas consecutivas entre um homem mortal e um espírito desencarnado, o Lumen do título, que está livre para viajar por todo o cosmos. Lumen – "luz" em latim – esclarece o primeiro sobre muitos aspectos da vida alienígena, bem como sobre as verdades espirituais da reencarnação e o Deus benigno que providencialmente a tudo governa. Duas outras histórias de FC de *Récits de l'infini* expressam essa natureza dual do interesse de Flammarion. "Histoire d'une comète" [História de um Cometa] faz uma digressão sobre o sistema solar do ponto de vista de um cometa, enquanto "Dans l'infini" [No Infinito] trata de uma comunicação misteriosa do mundo espírita.

O ponto onde essas duas facetas do interesse de Flammarion coincide é uma afeição pelo sublime. *Lumen* é uma leitura que produz um vigoroso efeito, sugerindo a escala completa do universo com, nos últimos dois "*récits*", um elenco de quadros brilhantemente inventivos relativos às formas que a vida alienígena poderia tomar. Isso gera, de modo primoroso, uma noção da enorme escala e variedade, sendo uma história que abre os horizontes da mente do leitor.

Lumen também usa suas premissas materiais para prenunciar um assunto especificamente ético e religioso. Esse tema principal é o modo como a finita velocidade da luz determina o cosmos; se a luz da Terra leva 65 anos para alcançar certa estrela distante, um observador dessa estrela (presumindo que pudesse, de forma improvável, controlar forças eficientes de ampliação) veria a vida na Terra como ela foi 65 anos atrás – em 1854 veriam a Revolução

Francesa. Flammarion explora as várias implicações disso: se alguém viajasse à velocidade da luz, a cena pareceria congelada; se alguém viajasse a uma velocidade ligeiramente menor que a velocidade da luz, a cena se desenrolaria em câmera lenta, e assim por diante. A opinião de Flammarion é que essa circunstância torne todo o cosmos sempre presente e apreensível; nada se perde, atos bons e maus de qualquer período histórico são acessíveis de modo instantâneo. Descobrimos, por exemplo, que Napoleão, tendo sido a causa da morte de 5 milhões de homens, cada um dos quais tendo vivido em média mais 30 anos se não tivessem sido mortos, é responsável por 185 milhões de anos de vida humana, e que, de acordo com esse fato, seu espírito estará impedido de se desenvolver durante esse período.

Stella (1877) e *Uranie* (1889) são duas novelas que se preocupam com a reencarnação. *Stella* flerta com o sentimentalismo em uma história de amantes separados pela morte, mas depois unidos de novo. *Uranie* é um acúmulo pouco articulado de uma miscelânea mística de FC, embora algumas descrições de estranhas formas de vida em outros mundos tenha a força de *Lumen*. Mais eficiente, porém ainda saturado de um discurso religioso e místico, é *La fin du monde* [O Fim do Mundo] (1893-1894). Nessa obra, um cometa deixa por um triz de se chocar com a Terra do século XXV, e o prenúncio e o período do desastre são relatados com toda a considerável qualificação astronômica de Flammarion, combinada a uma descrição eficaz do pânico social na espera do evento. Flammarion, como é o caso na maior parte de sua obra, mescla muita informação factual relativa a desastres históricos anteriores, obtendo com frequência um bom efeito. Mas, depois de o esperado desastre ser evitado, Flammarion, em uma corajosa manobra narrativa, acelera e faz a história avançar. No século C, os seres humanos evoluíram para formas radicalmente diferenciadas, com capacidade sensorial muito refinada e extensa capacidade mediúnica. A Europa está abandonada e em ruínas. Flammarion então avança decididamente vários milhões de anos à frente, rumo ao resfriamento do Sol e ao lento congelar do mundo. Os últimos humanos sobreviventes são um menino e uma menina, Omegar e Eva; mas parece não haver possibilidade de um repovoamento; a Terra está condenada. Em outras palavras, Flammarion recicla o casal dos últimos amantes humanos de Grainville em *Le dernier homme* [O Último Homem] (1805), discutido no Capítulo 6, embora dê a eles uma nuance positiva e um tanto bizarra: a falecida mãe de Eva revive para informar os dois de que Júpiter é onde a humanidade, agora limpa e purificada, vive em forma espiritual. Omegar e Eva, que estavam à beira da morte, são levados pelo espírito de Quéops, rei do Egito, para a utopia espiritual de Júpiter. De maneira um tanto abrupta, Flammarion então conclui a história relatando a morte final de todo o sistema solar e do próprio cosmos, abrindo caminho para um novo universo infinito. Flammarion expõe a relação cada vez mais íntima entre impulsos materialistas e místicos na FC do final do século; com base em um meticuloso conhecimento astronômico e científico, suas ficções devem grande parte da extrema popularidade à tônica espiritualista das narrativas.

Algo similar se aplica à literatura dinâmica e muito popular (em sua época) da escritora britânica Marie Corelli. Sua primeira novela, *The Romance of Two Worlds* [Um Romance de Dois Mundos] (1886), é concebida como um retorno especialmente prolixo às jornadas místicas de Kircher e Swedenborg. Ela narra uma viagem ao redor do sistema solar empreendida pela narradora-heroína na companhia de Azùl, um anjo, ambos visitando aprimoradas sociedades de vida espiritual em Saturno, Vênus e Júpiter, uma jornada realizada por meio de uma variante mística da eletricidade. Sua continuação, *Ardath, the Story of a Dead Self* [Ardath, a História de um Morto] (1889), possui ênfase ainda mais mística, incluindo uma viagem no tempo de volta a 5000 a.C. O idiossincrático *Gospel of Electricity* [Evangelho da Eletricidade] de Corelli conquistou muitos fãs, embora tenha sido ridicularizado já em sua época e enfrente hoje um escárnio ainda mais severo.[1] Pode estar na hora de dar outra olhada nas ousadas fantasias de Corelli, lendo-as menos como refugo populista e mais como excêntricas intensidades textuais, em tom de fábula, de uma mulher que se fez sozinha, cujo estilo de vida discretamente lésbico e atitudes socialmente progressistas são discerníveis em muitas de suas obras. A reelaboração da lenda de Fausto, *The Sorrows of Satan* [As Aflições de Satã] (1895), foi um *best-seller* internacional, admirado, entre outros, por Oscar Wilde. Apesar de um sumarento excesso estilístico e da caracterização do Demônio – um aristocrata estrangeiro muito rico chamado Lúcio – apresentada com certa volúpia, é um livro que tem coisas sérias a dizer sobre expiação e redenção, além de defender de modo explícito o voto das mulheres e o Estado do bem-estar social. Na verdade, os últimos anos do século XIX assistiram a um notável aumento da preocupação com assuntos espíritas e sobrenaturais, com especial interesse por telepatia, batidas espíritas (comunicação com fantasmas em sessões por meio de batidas no tampo da mesa), aparições fantasmagóricas e reencarnação; um conjunto de crenças com frequência dignificado por pseudoexplicações científicas e não raro endossado por cientistas respeitáveis.

Tomado no contexto mais amplo de desenvolvimento da FC, essa obscuridade na fronteira entre o místico e o material pode ser vista como uma dialética determinante do próprio gênero. Não deve, portanto, surpreender-nos que, tão no final do século XIX, a FC transponha precisamente essa fronteira.

Realmah (1868), de Arthur Helps, inclui entre suas várias histórias uma espécie de exteriorização do céu, como um planeta que recebe a alma dos mortos – uma ideia que Ian Watson adaptou, para obter melhor efeito, em seu *God's World* [Mundo de Deus] (1979). *Transmigration* [Transmigração] (1873), de Mortimer Collins, uma fantasia de múltiplas encarnações, fala de uma temporada em um utópico Marte, concebido mais ou menos como a antiga Atenas. *A Journey in Other Worlds, A Romance of the Future* [Jornada em Outros Mundos, um Romance do Futuro] (1894), do escritor norte-americano John Astor, é ambientado em 2000 d.C., e relata um passeio pelo sistema solar em uma espaçonave movida a antigravidade. O livro começa com uma impressionante reunião de detalhes concretos do mundo futuro: de projetos em grande escala – a Terra é expurgada da inclinação de seu eixo para assegurar a temperatura panglobal e um clima regular – a projetos menores: navios oceânicos transportam moinhos de vento metálicos usados, nos portos, para estocar energia eólica, obtendo assim "grande parte da energia requerida para conduzi-los no mar" (Astor, p. 43). Há também uma agenda eugenista que não deixa de ser familiar nos discursos de espíritas e teosofistas; as raças não brancas, dizem-nos, "mostram uma tendência constante para se extinguir", e "os lugares que ficam vagos são gradualmente ocupados pelos anglo-saxões, mais progressistas" (Astor, p. 74). Mas o tom se altera nas partes finais; os viajantes do espaço encontram uma série de espíritos, entre eles, a alma de um bispo norte-americano morto que os instrui, nos termos místicos que correspondem aos padrões do século XIX, sobre a natureza da vida após a morte, flutuando pelo éter do espaço. "Embora muitos de nós já possam visitar as remotas regiões do espaço como espíritos, por enquanto ninguém pode ver Deus, mas sabemos que, à medida que a visão que devemos receber com nossos novos corpos se aguçar, os puros de coração O verão, embora ele continue tão invisível aos olhos dos mais desenvolvidos aqui quanto o éter do espaço é invisível para vocês" (Astor, pp. 385-86). O livro termina com um sermão em que suas especulações de FC reconciliam-se com sua escritura; é difícil imaginar um recurso dramático mais opaco.

O prolífico escritor inglês Edward Bulwer-Lytton chegou aos romances místico-científicos só no final de sua carreira. Seu *A Strange Story* [História Estranha] (1862) racionaliza o espiritualismo e a sobrevivência póstuma da alma em termos pseudocientíficos. *A Raça Futura* (*The Coming Race*) (1871) conduz seu viajante, na agora tradicional modalidade de FC, a um mundo subterrâneo habitado por seres superiores ao *Homo sapiens* sob uma série de aspectos. Essas criaturas utilizam uma energia sem definição muito clara, mas bastante poderosa: *vril* – algo entre eletricidade e força espiritual –, para fortalecer suas vidas. A novela termina com o protagonista fugindo de volta à superfície e tentando avisar seus complacentes moradores de que os habitantes do mundo subterrâneo estão prestes a emergir e assumir o controle do mundo – uma perspectiva alarmante. O livro foi um grande sucesso, e *vril* se tornou um termo de grande aceitação cultural (os criadores de uma marca de patê de carne faturaram em cima dessa moda chamando seu produto de *vril* bovino ou Bovril). O mais interessante no sucesso do livro, porém, é o modo como ele trata a ciência e o misticismo.

Outro escritor místico de certo interesse para o desenvolvimento do gênero, devido à sua influência sobre H. G. Wells (discutido no Capítulo 8), é o matemático inglês Charles Howard Hinton. Hinton ansiava por codificar seus pontos de vista religiosos e espirituais apreendendo-os em termos matemáticos. Sua coleção *Scientific Romances* [Romances Científicos] (1884-1885) reúne ensaios e outros textos breves, muitos deles do tipo místico-científico; por exemplo, os algoritmos matemáticos necessários para a quantificação precisa de pecados e virtudes a que uma alma poderia estar sujeita quando de seu julgamento após a morte. Um tema das obras de Hinton era que o tempo podia ser conceitualizado como uma quarta dimensão, algo que, é bem possível, tenha influenciado Wells enquanto imaginava seu próprio livro: *A Máquina do Tempo*. Uma vez que o tempo fosse uma dimensão, como comprimento, largura e profundidade, talvez as pessoas pudessem viajar por essa dimensão.

Fantasias de Guerra e Invasão Futuras: Extrapolação Militarista

Reinos espirituais imaginados são uma arena em que a sublimidade egoísta pode dar forma a suas fantasias de perfeita mobilidade. Sob certos aspectos, a fantasia bélica é um correlato materialista dessa fantasia, e histórias de guerra são bons veículos para dramatizar não só a mobilidade, mas também a mobilização, no sentido discutido antes. Isso nos leva a um significativo filão das narrativas de invasão da FC britânica e, em menor extensão europeia, do final do século. A voga desse tipo de história começou com *The Battle of Dorking* [A Batalha de Dorking] (1871), de Chesney, uma fábula do futuro próximo em que um exército alemão muito eficiente invade a Grã-Bretanha e derrota as tropas de reserva britânicas, entusiásticas, mas precariamente organizadas, treinadas e armadas. O tenente-coronel George Tomkyns Chesney (ele foi nomeado cavaleiro em 1890 e promovido a general em 1892) serviu com os Engenheiros Bengalis na Índia britânica. Inválido e em casa, preocupava-se com o que via como falta de preparo militar dos britânicos, oferecendo assim uma série de sugestões de reorganização militar ao Ministério da Guerra. *The Battle of Dorking: Reminiscences of a Volunteer* [A Batalha de Dorking: Reminiscências de um Voluntário], uma história publicada como folheto em 1871, foi parte dessa campanha. Em essência, seu interesse era simples: uma narrativa um tanto branda em primeira pessoa mesclada a um irritante e intimidador militarismo conservador: "Um pouco de firmeza e abnegação, ou coragem política", lamenta seu narrador, "poderia ter evitado o desastre", cuja causa ele atribui ao fato de "as classes mais baixas, sem educação, inexperientes no uso de direitos políticos", terem usurpado o poder "da classe que se acostumara a governar [...] e que conduzira a nação com honra incorruptível em meio a lutas passadas". Mas não há como negar a tremenda popularidade de que a história desfrutou, e a melodia do anseio imperial britânico que ela fez soar. A *Blackwood's Magazine*, na qual a história foi publicada pela primeira vez, teve seis reimpressões para atender à demanda; lançado como folheto, vendeu 110 mil exemplares em dois meses. Gladstone, o primeiro-ministro, condenou-o na Câmara dos Comuns como alarmista. Foi traduzido na maioria das línguas europeias, e outros autores apressaram-se em escrever plágios ou reações enérgicas ao modesto livro de Chesney.

Não foi de modo algum a primeira história sobre guerra e invasão futuras – já mencionamos *Eureka: A Prophesy of the Future* (1837), de R. F. Williams, e poderíamos acrescentar *The Invasion of England (A Possible Tale of Future Times)* [Invasão da Inglaterra (Possível História de Tempos Futuros)] (1870), de Alfred Bate Richards –, mas nenhuma dessas duas obras alcançou o enorme sucesso de que Chesney desfrutou. Os compositores Frank Green e Carl Bernstein escreveram uma popular canção de *music-hall*: "The Battle of Dorking: A Dream of John Bull's"* (1871), que recontou a história em favor da Inglaterra ("A Inglaterra invadida, que ideia estranha!/Ela, a invencível, nada tem a temer" [Clarke, p. 37]). *Punch*, a revista de humor e sátira, também insistiu em que "JOHN BULL ainda não é o asno desmiolado em que o profeta de *Blackwood* o transformaria" (Clarke, p. 76). O vigoroso debate público sobre se o rearmamento britânico era desejável, e até que ponto, foi afetado por isso na medida em que se o expressava com frequência, em tom sério ou zombeteiro. Um exemplo é este logicamente extrapolado supercanhão-encouraçado da *Punch* em 1875 (Figura 7.2).

Chesney procurou capitalizar seu sucesso. Uma segunda narrativa de guerra futura, *The New Ordeal* [Nova Provação] (1879), imaginava o progresso de armamentos que acabaria por tornar a guerra obsoleta, tendo sido, porém, muito menos popular. Sua novela *The Lesters* [Os Lesters] (1893) revisita *Os Quinhentos Milhões da Begum* (*Les Cinq cents millions de la Bégum*) (1879; ver o capítulo seguinte), de Verne, reformulando-o em uma modalidade

---

* *John Bull* é a personificação da Grã-Bretanha e, em especial, da Inglaterra (assim como Tio Sam é a personificação dos Estados Unidos). (N. do T.)

Figura 7.2 O navio de guerra do futuro (remoto), *Punch,* 1875.

mais utópica: o herói encontra por acaso uma enorme fortuna que lhe permite fundar uma nova cidade idealizada, batizando-a em sua própria homenagem como Lestertia e incorporando-lhe todas as extravagâncias direitistas de Chesney.

Nas palavras de I. F. Clarke, *The Battle of Dorking* "foi o começo de uma grande torrente de histórias de guerras futuras que se prolongou até o verão de 1914" (Clarke, p. 15). Há livros e histórias demais desse tipo para elencar todos aqui (mais de sessenta títulos poderiam ser citados), embora valha a pena observar que, na década de 1870 e início da de 1880, tendia-se a trabalhar com uma atmosfera de medo e paranoia (um exemplo pode ser o paranoico *The Taking of Dover* [A Tomada de Dover], de Horace Lester [1888]), enquanto nas décadas de 1890 e 1900 tais histórias não raro haviam adquirido uma aura mais triunfalista que, como observa Brian Stableford: "ajudou a gerar o grande entusiasmo que os britânicos levaram para a guerra real contra a Alemanha quando ela enfim chegou" (Clute e Nicholls, p. 1297). Louis Tracy, um jornalista popular, escreveu vários livros desse tipo. *The Final War* [A Guerra Final] (1896) assiste à futura Grã-Bretanha e seu império oporem--se (com êxito, tenho de acrescentar, embora pesaroso) ao restante do mundo. Em *The Lost Provinces* [Províncias Perdidas] (1898), um norte-americano que foi ferido ao atravessar a França lidera esse país em uma guerra bem-sucedida contra a Alemanha. Outras obras tiveram ainda maior impacto contemporâneo: em particular *The Riddle of the Sands* [O Enigma das Areias]

(1903), de Erskine Childer, que trata, de modo empolgante, da descoberta de planos secretos de uma invasão alemã. William Le Quex também explora esse filão em especial, obtendo grande efeito. Le Quex criou enorme agitação pública com ficções antialemãs como *The Great War in England in 1897* [A Grande Guerra na Inglaterra em 1897] (1894) e, em especial, *The Invasion of 1910: with a Full Account of the Siege of London* [A Invasão de 1910: com um Relato Completo do Cerco de Londres] (1906), ambas publicadas em fascículos no *Daily Mail*, um popular jornal de direita. John Sutherland coloca muito bem a situação ao dizer que, "em estilo pseudodocumental", *The Invasion of 1910* "traçava o avanço alemão sobre partes da Inglaterra onde o público leitor do jornal era particularmente forte". Sutherland também menciona o fato de que as opiniões políticas de Le Quex, "tais como refletidas em suas inúmeras novelas", tornaram-se, com o tempo, cada vez mais "antissemitas e pró-fascistas" (Sutherland, p. 372). Tal fato, penso eu, vale como comentário para todo este sombrio subgênero.

Albert Robida

A história de guerra futura *La Guerre au vingtième siècle* [A Guerra no Século XX] (1887) de Robida é às vezes incluída na categoria anterior de fantasias militaristas, mas de modo injusto. Robida foi uma figura singular na FC do século XIX, tendo trabalhado como ilustrador e escritor, e produzido o que Philippe Willems, de forma anacrônica, mas sugestiva, chamou de "novela hipermídia de FC" (Robida, p. xiii) – obras em que o texto inventivo e espirituoso era suplementado por esplêndidas imagens.

A primeira de suas três obras-primas sobre a França futura foi *Le vingtième siècle: Roman d'une parisienne d'après-demain* [Século XX: História de uma Parisiense de Depois de Amanhã] (1882). Na verdade, nessa obra as ilustrações chegam a sobrepujar a linha narrativa, às vezes um tanto superficial. A protagonista, Hélène, uma bela e jovem órfã adotada pela rica família Ponto, retorna à Paris do futuro ao encerrar sua temporada em uma escola do litoral. Robida a utiliza como uma ingênua a quem todos os traços da Paris inabitual para seu público leitor dos anos 1880 podem ser explicados. Na verdade, a ignorância de Hélène acerca dos traços da futura sociedade francesa é tão completa, que vai além do que um leitor racional consegue engolir. Ela fica alarmada ou perplexa com a rede de telecomunicações (talvez porque essa rede seja global), através da qual são projetadas imagens do mundo inteiro, acompanhadas de som e em "telas de cristal". É preciso que lhe expliquem o funcionamento das fábricas centralizadas de alimentos (que levam por meio de dutos sopa e mantimentos diretamente para as donas de casa; em determinada ocasião, a casa da família Ponto chega a ser inundada de *potage* quente devido a um duto rompido), das academias de política, do direito e da literatura com igualdade de gêneros e assim por diante. Mais adiante na novela, Philippe, filho de M. Ponto, tem de ser resgatado da Grã-Bretanha, que se tornou uma colônia mórmon fanática, onde a poligamia é obrigatória e os solteiros são aprisionados como criminosos de grande perigo. Depois dessa fuga bem-sucedida, Hélène se casa com Philippe e parte com ele em uma lua de mel pelo mundo afora. No Pacífico, o submarino em que viajam colide com uma mina deixada pela Guerra Mundial de 1910 e os passageiros ficam abandonados em uma das muitas ilhas artificiais esparsas pelas rotas marítimas. Lá Philippe concebe um plano para construir um sexto continente no Pacífico e a novela se encerra com esse plano sendo colocado em prática.

Descobrimos, mais ou menos por acaso: que a Lua foi arrastada para mais perto da Terra (na verdade, "para meros seiscentos e setenta e cinco quilômetros"), sem nenhuma razão aparente a não ser "clarear nossas noites"; que a Rússia foi inteiramente explodida e inundada durante uma guerra; que a Itália foi comprada por interesses comerciais e transformada em uma gigantesca colônia de férias. Mas, se a vivacidade deliberadamente divertida de toda essa invenção tende a distrair o leitor de um investimento emocional mais completo na história como algo real, as gravuras o envolvem. Trata-se de ilustrações para se examinar com cuidado, situadas em algum ponto entre Phiz e Heath Robinson, saturadas de detalhes fascinantes; dirigíveis, canhões e maquinário futurista são apresentados com todos os seus acessórios e penduricalhos, com toda a ornamentação de ferro trabalhado e os trajes com babados da moda de final de século (Figura 7.3).

O sucesso de *Le vingtième siècle* encorajou Robida a estender sua criação imaginativa da vida no século XX em *La Guerre au vingtième siècle* (1887), que narra uma guerra em 1945 com proporção ainda maior de ilustrações, e em *La vie électrique* [A Vida Elétrica] (1892), um tributo às possibilidades da força que, segundo Robida presumiu, iria acionar a maior parte da tecnologia do século XX. Por mais cativante, no entanto, que sejam os imaginários da prosa de Robida, sua maior antecipação foi com relação à forma da FC: ele prevê, quase cem anos antes, o mais importante desdobramento da FC de fins do século XX, quando deixa de ser meramente uma coisa escrita para se tornar um texto visual-verbal plenamente integrado.

Utopias do Final do Século

Embora tivessem sido escritas utopias durante todo o século, tornando-se progressivamente mais populares nas últimas décadas, um exemplo em par-

Figura 7.3 A Lua trazida para mais perto da Terra. Ilustração de *Le Vingtième Siècle* (1882), de Robida.

ticular desse modelo teve impacto maior que qualquer outro: *Looking Backward 2000-1887* [Olhando para Trás 2000-1887] (1888), de Edward Bellamy – um autor que H. Bruce Franklin chamou "o mais influente escritor norte-americano de ficção científica do século XIX" (Franklin, p. 255). *Looking Backward 2000-1887* leva seu protagonista, Julian West, para o ano 2000 por meio de um transe hipnótico. Ao despertar, West descobre uma harmoniosa América coletivizada com base nos princípios do "nacionalismo" e da "religião da solidariedade". A pobreza e a miséria associadas ao capitalismo individualista do passado foram extintas. Todos, homens e mulheres, são recrutados para o "exército industrial" entre os 21 e os 45 anos de idade, onde executam tarefas para as quais, segundo avaliação, são considerados mais adequados. Aqueles que não se empenham no trabalho são enviados a um confinamento solitário até se livrarem do desânimo. Todos recebem a mesma renda nacional, embora, como o dinheiro tenha sido abolido, o pagamento tome a forma de um cartão de crédito. São relatados também diversos avanços tecnológicos, entre eles, uma máquina que canaliza música em via direta para a casa das pessoas. A novela termina com West despertando na América de 1887, horrorizado por sua visita ao ano 2000 ter sido apenas um sonho, e deprimido pela miséria e degradação da vida no século XIX. Mas, em uma reviravolta final, revela-se que a nova visita a 1887 é que era um sonho; West está em segurança, vivendo de fato no mundo futuro ideal de Bellamy.

A utopia de Bellamy, embora não sem interesse, surge como apenas mais um exemplo da fertilidade desse subgênero no século XIX, com pouco para separá-la das demais em termos de qualidade de escrita e originalidade de ideias. É, portanto, um pouco desconcertante constatar como foi grande a popularidade que alcançou (John Carey afirma que ela teve "impacto maior que qualquer outra utopia considerada isoladamente" [Carey, p. 284]).[2] No prazo de alguns anos após sua publicação, mais de um milhão de cópias tinham sido vendidas, e o livro fora traduzido para todas as principais línguas do mundo. Centenas de clubes foram formados para fazer *lobby* em prol dos ideais coletivistas e "nacionalistas" de Bellamy, e foi formado nos Estados Unidos um partido político nacionalista que desfrutou de considerável popularidade. Opositores, ainda que motivados por política partidária ou preocupações ideológicas mais amplas, apressaram-se com suas publicações. Segundo Tony Barley: "em 1900 mais de sessenta títulos inspirados em Bellamy tinham sido publicados nos Estados Unidos", entre eles, diversas refutações elaboradas por autores como o norte-americano Ignatius Donnelley, cujo livro *Caesar's Column, a Story of the Twentieth Century* [Coluna de César, uma História do Século XX] (1890) levava às premissas de Bellamy em uma trilha antes distópica que utópica. "Bellamy foi também debatido em folhetos políticos 'sérios', como o intitulado, com ironia, *Our Benevolent Feudalism* [Nosso Feudalismo Benevolente] (1901), de W. J. Ghent" (Barley, p. 156). O mais famoso antibellamista foi o poeta, escritor e *designer* britânico William Morris, cujo *News from Nowhere, or An Epoch of Rest* [Notícias de Lugar Nenhum ou Uma Época de Tranquilidade] (1891) fala de uma futura Inglaterra anti-industrial, rural e idílica, que lembra antes a Idade Média que qualquer extrapolação *high-tech* de progresso industrial. O belo livro de Morris foi deliberadamente o antípoda da visão coletivista de Bellamy da sociedade como uma gigantesca máquina. Sua apresentação da vida social perfeita é generosa e envolvente, com ênfase muito interessante na beleza. Ainda em catálogo hoje, é para muitos socialistas uma espécie de texto sagrado, embora não tenha mais a mesma força como resposta enérgica a *Looking Backward 2000-1887*.

Que Bellamy pudesse ter alcançado tal impacto explica-se, pelo menos em parte, pela linguagem que usou: a recriação imaginativa da utopia como um gênero popular dá vida e abrilhanta com simpatia o que seria um programa social um tanto repugnante. Como Chris Ferns observa, os Estados Unidos futuros de Bellamy estão "baseados de forma explícita em um modelo militar"; trabalhadores e mulheres são privados de seus direitos civis; e há um fascínio quase eugenista pela pureza da raça. Além disso, há "um abismo significativo entre o que é descrito e o que é dramatizado. Embora a ênfase da descrição de Bellamy recaia com vigor sobre o *trabalho* [...] seu retrato de como a vida utópica é *vivida* mostra apenas os utópicos em situações de lazer" (Ferns, pp. 76-83). Com algo que equivale à dissimulação, Bellamy retrata todos os benefícios de sua sociedade centralizada, mas nenhum de seus custos. Algo similar pode ser dito do modelo para mudança social de Morris, escrito com maior elegância, mas, infelizmente, ainda menos plausível como projeto de transformação social: os passos concretos ou mesmo a lógica geral das mudanças que levam à sua paródia medieval de idílio simplesmente não constam dela. Um modo, no entanto, de expressar a diferença entre esses dois trabalhos é perceber até que ponto Bellamy *mobiliza* seu futuro imaginário.

O sucesso de Bellamy por certo deu vida nova ao modelo utópico (e, portanto, a certas formas de FC) nas décadas de 1890 e 1900; dezenas e mais dezenas de utopias foram publicadas, com variados méritos e interesses. Um aspecto importante desse movimento foi o aumento de utopias femininas ou protofeministas. De fato, a utopia da condição da mulher na ficção precedeu o discurso cultural mais amplo (debatido com ansiedade na sociedade britânica nas décadas de 1890 e 1900) sobre a chamada "nova mulher" – mulheres que, em uma ou outra medida, rejeitavam os tradicionais papéis subservientes oferecidos pela sociedade vitoriana. Espetáculos teatrais burlescos, desde os de Gilbert Arthur até *In the Clouds: A Glimpse of Utopia* [Nas Nuvens: um Lampejo de Utopia], de Beckett (montado pela primeira vez no Alexandra Theatre, em 1873), que se passa em uma "Ilha de Mulheres Voadoras", de governo matriarcal, concretizam uma abordagem necessariamente frívola do tópico.[3] Seguiram-se, no entanto, exercícios de intenção mais séria sobre problemas e experimentos de gênero. *Mizora: A World of Women* [Mizora: um Mundo de Mulheres] (1880-1881), de Mary E. Bradley Lane, é ambientado dentro de uma Terra oca, onde as mulheres se levantam para derrubar uma catastrófica ditadura militar e chegam a ponto de exterminar, para grande proveito de sua qualidade de vida, todos os homens da comunidade. A um tanto austera Irlanda futura, livre da dominação masculina, em *New Amazonia: A Foretaste of the Future* [Nova Amazônia: uma Amostra do Futuro] (1889), de Elizabeth Corbett, envolve homens domesticados e privados de direitos, poderosas mulheres governantes e guerreiras, vegetarianismo obrigatório e uma crueldade eugênica na eliminação de bebês deformados e bastardos. O longo poema *Women Free* [Mulheres Livres] (1893), da sufragista britânica Elizabeth Clarke Wolstenholme Elmy, é prudente em comparação. Seu futuro, apresentado com veemência, em que as mulheres têm *status* legal igual ao dos homens, é também um futuro em que não existem mais ciclos menstruais – os homens eram culpados por todas as cólicas menstruais (uma "herança de dor" provocada por "cicatrizes não curadas da destemperada avidez dos homens"). *Unveiling a Parallel: a Romance* [Desvendando um Paralelo: Um Romance] (1893), das escritoras norte-americanas Alice Ilgenfritz Jones e Ella Merchant, leva um protagonista (homem) a Marte de "aeroplano". Duas sociedades diferentes compartilham aquele mundo: uma, a Paleveria capitalista em que as mulheres, para a infelicidade de ambos os sexos, assumiram os traços negativos dos homens; a outra, a Caskia socialista em que os sexos vivem juntos em harmonia. Uma dúzia ou mais de outros exemplos poderiam ser invocados, revelando a rica cultura literária da qual foi produzida a mais famosa fantasia feminista do período, *Herland* [Terra das Mulheres] (1915), de Charlotte Perkins Gilman.

Três homens voam de biplano para uma parte remota do mundo e descobrem uma sociedade apenas de mulheres. De início aprisionados, são mais tarde instruídos na língua e costumes dessa Herland, sendo-lhes concedido um giro pela comunidade utópica, onde os bebês nascem por uma espécie de partenogênese e a propriedade tem posse em comum. Os homens acabam se livrando de suas premissas sexistas ocidentais e se casam com *herlanders*. A reeducação de um dos homens, contudo, mostra-se incompleta; quando tenta estuprar a esposa, é sedado e expulso do paraíso. Ele parte com seu amigo, deixando um último homem em Herland. Gilman escreveu uma sequência, *With Her in Ourland* [Com as Mulheres em Nossa Terra] (1916), em que este homem leva a esposa *herlander* para o mundo ocidental nas vésperas da Primeira Guerra Mundial. A última obra demonstra com que completude Gilman investiu nos ideais de gênero de sua utopia, pois, apesar de comentar inumeráveis horrores e executar o que equivale a uma necrópsia textual desses horrores da sociedade dominada pelo homem, o livro termina com Herland concordando em abrir suas fronteiras para salvar o mundo de si mesmo.

Herland é apenas a mais famosa da meia dúzia de fábulas utópicas de Gilman. Originalmente serializada na revista da própria Gilman, *The Forerunner* [A Precursora], só foi publicada em livro em 1979, quando seu lançamento se articulou com perfeição ao início da expansão da segunda onda do feminismo. Na verdade, o livro se mostrou um instrumento heurístico tão eficaz para as questões de gênero e foi, durante algum tempo, tão discutido e ensinado que a tardia redescoberta de opiniões mais discutíveis de Gilman foi um verdadeiro choque para muitas feministas. De fato, quando vistos não como excepcionais, mas como um aporte tardio a um subgênero caracterizado tanto pelo eugenismo e racismo quanto pelo protofeminismo, tais aspectos são menos surpreendentes, embora não menos deploráveis. Judith Allen tentou defender Gilman, argumentando que, se os críticos identificaram "um embaraçoso compêndio de discursos elitistas, racistas, antissemitas, nativistas e imperialistas" em Perkins, tais críticas "estão distorcidas em diferentes graus pelo presentismo*, revelando falta de atenção ao contexto e à contingência" (Allen, p. 331). Como é evidente, poderia se argumentar que esse segundo critério de atenção não está menos sujeito aos perigos do primeiro, o "presentismo". A pobre opinião de Gilman sobre os negros norte-americanos, sua suspeita dos judeus, o medo de que a "pureza reprodutiva" do EUA esteja sendo diluída por imigrantes e o orgulho de sua "condição anglo-saxã" foram opiniões dominantes entre as pessoas de sua geração, classe e raça, e tais opiniões não costumavam ser exteriorizadas envoltas no algodão da sutileza. O ponto central é que a "ginotopia" de Gilman se apoia na mobilização sistemática e cruelmente aplicada de um imaginário social e que tal mobilização – ainda que drástica e mesmo ideologicamente eficaz – elimina a sutileza e o contexto individual em suas visões mais grandiosas. Em toda a sua obra, Gilman esperava mesmo salvar o mundo.

A Eva Futura (1886): O Androide de Edison

Perspectiva muito diferente sobre as mulheres será encontrada em *A Eva Futura* (*L'Eve future*) (1886), uma curiosa, mas misógina, novela simbolista de Auguste Villiers de l'Isle-Adam. O simbolismo foi um movimento literário do final do século associado a uma filiação informal de poetas franceses (entre os quais Baudelaire, Mallarmé, Verlaine e Rimbaud) que escreviam em reação contra as modalidades literárias dominantes do realismo e naturalismo. Oblíqua e sugestiva, a escrita simbolista tem por objetivo criar certo clima sonoro nas obras, usando uma série de símbolos para evocar uma destilação, não raro

---

* Aqui no sentido de ver o passado com os olhos do presente. (N. do T.)

misteriosa, do material e do espiritual. Influenciado, como eram vários simbolistas, por Poe, Villiers de l'Isle-Adam escreveu uma prosa que aspirava à condição de poesia, fato que pode torná-lo uma leitura cansativa; durante muito tempo, porém, foi tido em alta conta por muita gente (o estudo do simbolismo de Edmund Wilson, *O Castelo de Axel* [*Axel's Castle*] [1931], tira seu título do grandiloquente drama *Axel*, de 1890, de Villiers de l'Isle-Adam).

Experimentando, em grau maior que outros simbolistas, ansiedade e repugnância pelos avanços contemporâneos na tecnologia, Villiers de l'Isle-Adam escreveu vários contos que satirizavam o *mécanisme* do século XIX. "L'Affichage céleste" [Anúncio Celestial] (1873) trata de uma nova máquina que transformará o céu em um espaço para objetivos publicitários. "L'Appareil pour l'analyse chimique du dernier soupir" [Aparelho para Análise Química do Último Suspiro] (1874) se diverte com a esterilidade emocional da burguesia – alvo preferido do humor carregado do aristocrático Villiers –, postulando uma máquina que os descendentes podem usar para analisar, em termos científicos, o último suspiro dos pais moribundos, aliviando-os da necessidade de sentir qualquer espécie de tristeza. "La Machine à Gloire" [Máquina da Glorificação] (1874) imagina de forma satírica a criação de uma máquina de resposta-audiência automatizada para o teatro, a fim de aplaudir ou vaiar quando solicitado: "*vingt Andréides sortis des ateliers d'Edison* [...] *automates electro-humains*" [vinte androides provenientes das oficinas de Edison [...] autômatos eletro-humanos] (Villiers, p. 593).

Essa menção do inventor norte-americano real, Thomas Alva Edison, antecipa a fantasia peculiar de *A Eva Futura* (1886), uma novela em que Edison é o principal personagem. A reputação popular da ilimitada capacidade de invenção de Edison havia-no transformado, como observa Villiers, em uma lenda em seu próprio tempo: "*l'enthousiasme* [...] *en son pays et ailleurs, lui a conféré une sorte d'apanage mystérieux, ou tout comme, en maints esprits*" [o entusiasmo por Edison em seu país e no exterior lhe conferiu uma espécie de aura mística especial, ou algo desse tipo, em muitas mentes] (Villiers, p. 765). Durante várias décadas, era previsível que Edison aparecesse como personagem em novelas de FC que celebrassem a força inexaurível de sua mente inventiva. Um exemplo é *Edison's Conquest of Mars* [Conquista de Marte por Edison] (1898), de Garrett P. Serviss, que foi escrito como uma sequência norte-americana mais otimista – não autorizada, é evidente – à história de invasão marciana de H. G. Wells: *A Guerra dos Mundos* (*The War of the Worlds*) (1898); a novela de Serviss põe em cena um Edison supercompetente ao inventar armas de guerra, assim como o equipamento antigravidade necessário para transportar homens a Marte, onde a ameaça alienígena é neutralizada, são mortos muitos marcianos e os que sobram são colonizados.

Comparado ao militarismo que serve de instrumento nas diversas jornadas empreendidas por "Edisons", o tratamento místico-simbolista de Villiers de l'Isle-Adam parece decididamente pacífico.[4]

A Eva Futura inicia-se com Edison em sua mansão de Nova York. Um amigo, o inglês Lorde Eward, o visita, levado à loucura por seu amor por Alicia Clary, fisicamente bela, mas espiritualmente superficial. Eward resolvera cometer suicídio. Edison jura que salvará sua vida construindo uma réplica perfeita de Miss Clary em cada detalhe, mas com maior profundidade de alma. Assim é feito, e esse simulacro se prova, sob todos os aspectos, melhor que o original – na verdade, um dos temas de Villiers na novela é que, sob a lógica da modernidade, a réplica é preferível ao protótipo. Eward, após certa dúvida inicial, apaixona-se pela mulher androide batizada de Hadaly, renuncia ao suicídio e parte para a Europa com a nova noiva. No final, em uma reviravolta, um naufrágio destrói Hadaly, deixando Eward "inconsolável".

Um medo quase histérico do poder de sedução das mulheres permeia a novela. As mulheres são, *en masse*, mentirosas; são bonitas para os homens graças apenas ao "embuste" da maquiagem, sendo o "embuste" de uma mulher androide que parece humana preferível a esses outros embustes. Alicia Clary e mulheres como ela são apresentadas não só como superficiais e fúteis, mas como ameaça efetiva à saúde e mesmo à vida do sexo masculino. Segundo Edison: "*en Europe et en Amérique, il est, chaque année, tant de milliers et tant de milliers d'hommes raisonnables qui, – abandonnant de véritables, d'admirables femmes [...] se laissent ainsi assassiner*" [cada ano, na Europa e na América, milhares e mais milhares de homens racionais, abandonando as verdadeiras e admiráveis esposas, deixam-se assim assassinar] por semelhantes sedutoras (Villiers, p. 904). Em um mundo desses, infestado de *femmes fatales* letais, a criação de mulheres artificiais perfeitas e puras é tão só um serviço à humanidade masculina. A fantasia aqui é antes a realização de um desejo adolescente muito pouco edificante em um homem em meados da faixa dos quarenta, como era Villiers quando da publicação de *A Eva Futura*, que uma fantasia sexista (embora sem dúvida *também* seja isso). Hadaly é uma boneca em tamanho natural exato, anatomicamente precisa, que pode ser programada (ao se mexer nos vinte anéis que usa em seus dedos, inclusive nos polegares) para executar qualquer ação e assumir qualquer personalidade em perfeita submissão. Ela, além disso, é programada para matar quaisquer outros homens que possam tentar uma investida sexual: "*elle ne pardonne pas la plus légère offense; elle ne reconnaît que son élu*" [ela não perdoa a menor ofensa; só reconhece o homem que lhe foi designado] (Villiers, p. 860).

A desdenhosa rejeição de Villiers – por exemplo – da própria ideia de que um branco pudesse escolher uma mulher de outra raça (Villiers, p. 864), combinada com suas repetições, entediantes e ofensivas, de vários libelos an-tifemininos, tornam *A Eva Futura* um livro muito difícil de ser apreciado. Contudo, é uma novela que desfrutou de considerável reputação póstuma, em grande parte devido à absoluta determinação com que Villiers persegue os temas da artificialidade da existência contemporânea. Os fragmentos do livro que funcionam melhor são aqueles em que ele integra sua visão de sedução da artificialidade técnica em uma estética completa. Em busca da noiva androide, Eward percebe que passou a ver o próprio cosmos como irreal:

> *L'horizon donnait la sensation d'un décor* [...] *Du sud au nord-ouest se roulaient de monstrueux nuages pareils à des monceaux de ouate violette, bordés d'or. Le cieux paraissaient artificiels.*
> [O horizonte dava a impressão de ser apenas uma pintura decorativa... Do sul para o noroeste rolavam nuvens monstruosas que lembravam montes de enchimento violeta e orlas douradas. Os céus pareciam artificiais] (Villiers, p. 976).

Na medida em que antecipava um conjunto de preocupações que, em fins do século XX, passariam a ser chamadas de pós-modernas, *A Eva Futura*, uma precessão de simulacro ao estilo *Blade Runner*, ainda que conspurcada de racismo e misoginia, é um trabalho importante. Forma uma dupla bastan-te interessante com *Frankenstein* (escrito tantos anos antes do final do século quanto os anos que separam a novela de Shelley de sua publicação. O mons-tro de Shelley, ainda que uma criação artificial, era em muitos sentidos mais autêntico, mais "real" (mais apaixonado, mais inteligente, mais vibrante) que seu criador. A mulher artificial de Villiers é menos real e sua artificialidade ontológica contamina não só as "mulheres em geral" (uma função do sexismo de Villiers), mas, passo a passo, o próprio cosmos. O medo sartriano de falta de autenticidade do século XX já havia chegado.

Ficção Científica na Década de 1890

Para empregar um clichê, a FC deslanchou nos anos 1890 influenciada pelo sucesso crescente de Verne e Wells, sem mencionar a grande aceitação de utopias lançada por Bellamy. Muitas centenas de títulos foram publicados nessa década; na verdade, a explosão do interesse pelo gênero se manterá na entrada século XX como gradiente sempre em progresso no gráfico de produ-tividade dos autores de FC. Dos muitos escritores dessa década, só alguns que conheceram particular sucesso, ou tiveram especial influência no desenvolvi-mento do gênero, podem ser mencionados aqui.

Em *Dix mille ans dans un bloc de glace* [Dez Mil Anos em um Bloco de Gelo] (1890), de Louis Boussenard, o protagonista é congelado no bloco mencionado no título pela extensão específica de tempo lá mencionada também e, quando desperta, encontra um Estado mundial utópico povoado pelos diminutos descendentes da humanidade chinesa e africana. Boussenard foi muito popular na França e também na (então) amplamente francófona Rússia, mas permaneceu quase desconhecido na Grã-Bretanha e na América. O personagem-título de seu *Les secrets de Monsieur Synthèse* [Os Segredos do Senhor Síntese] é um homem "sintético" (ele não precisa ingerir alimentos, por exemplo, e sobrevive tomando dez pílulas e dez ampolas de fluido por dia, que ele mesmo prepara). Exemplo precoce do tipo "cientista louco", o "senhor Sintético" espera influenciar a evolução humana em uma direção "sintética". Seu *Monsieur Rien* [Senhor Nada] (1907) trata das aventuras de um homem invisível na Rússia czarista.

A FC norte-americana também florescia. *Six Thousand Years Hence* [Daqui a Seis Mil Anos] (1891), de Milton Worth Ramsey, se inicia espetacularmente quando a passagem de um planeta perigoso arrasta toda a cidade do herói para o espaço. Ele experimenta uma série de aventuras variadas, voltando depois dos seis milênios do título a descobrir a Terra utópica. *Sub-Coelum: a Sky-built Human World* [Sub-Coelum: um Mundo Humano Construído no Céu] (1893), aventura aérea de Addison Peale Russell, combina a cruel eugenia padrão-do-gênero com a defesa precoce do que hoje chamamos behaviorismo. "A polícia pune as mulheres por beber, assobiar, roncar, cozinhar mal e cometer erros de gramática – hábitos que estão, de forma não surpreendente, desaparecendo" (Pfaelzer, p. 102). *Messages from Mars by Aid of the Telescope Plant* [Mensagens de Marte com a Ajuda do Telescópio] (Nova York, 1892), de Robert D. Braine, diz respeito à descoberta de uma ilha do Pacífico que esteve em contato com marcianos. Outros escritores iniciavam carreiras que entrariam bastante pelo século seguinte. J. H. Rosny *aîné* (significando o mais velho) foi o pseudônimo do escritor belga Joseph-Henri Boëx (ele às vezes compartilhava o pseudônimo com o irmão mais novo, Julian). Rosny começou como discípulo de Zola e, em 1887, após ter mergulhado na paleontologia, deu início à recriação de uma história humana mítica, das origens da humanidade à época em que o homem é destronado por uma espécie nova e superior, os *"ferromagnétaux"* [ferromagnéticos], nos livros *Les Xipéhuz* (1887), *Un Autre Monde* [Outro Mundo] (1888), *La Mort de la Terre* [A Morte da Terra] (1910), *La Guerre du feu* [A Guerra do Fogo] (1911) e *Les Navigateurs de l'Infini* [Os Navegadores do Infinito] (1925). Em *Le Cataclysme* [O Cataclismo] (1896), uma entidade eletromagnética do espaço sideral chega à França, o que resulta em perturbação das leis habituais da natureza. Os exploradores do espaço de *A Trip to Venus* [Uma Viagem a Vênus] (1897), do inglês John Munro, descobrem em Vênus uma utopia idílica e estética ("'De que isto serve?', responde o venusiano; 'É bonito e nos dá prazer!'" [Munro, ix. 173]). Essa novela, sem dúvida nada excepcional, é de certo modo interessante por ser a primeira a apresentar, de forma presciente, um foguete movido a combustível líquido como nave espacial (Munro era professor de engenharia mecânica em Bristol). O famoso estudo do grande cientista russo Konstantin Tsiolkovsky sobre o uso de foguetes movidos a combustível líquido para viajar pelo espaço, *The Probing of Space by Means of Jet Devices* [Exploração do Espaço por Meio de Aparelhos a Jato], só foi publicado em 1898.

Poucas novelas de FC desse período, no entanto, apoiavam-se na ciência mais atualizada. As criaturas lunares habitantes das cavernas de *Repülögépen a Holdbar* [De Aeroplano até a Lua] (1899), do húngaro István Makay, devem tanto ao *Somnium*, de Kepler, quanto a qualquer especulação moderna; e *Mirrikh, or, A Woman from Mars: A Tale of Occult Adventure* [Mirrikh, ou uma Mulher de Marte: uma História de Aventura no Oculto] (1892), de Francis Worcester Doughty, força a credulidade racional a chegar exatamente tão longe quanto seu subtítulo insinua que fará.

Um dos melhores romances interplanetários do final do século foi *Auf Zwei Planeten* [Sobre Dois Planetas] (1897), do filósofo e escritor alemão Kurd Lasswitz. Lasswitz é às vezes chamado "*der deutsche Jules Vernes*", mas na verdade sua ficção científica tem uma tônica muito diferente da do eminente francês. Uma expedição em balão ao Polo Norte encontra por acaso um assentamento instalado por exploradores marcianos. Os humanos descobrem que os marcianos são social e tecnologicamente superiores aos humanos, cujo código ético os impede de se aproveitarem de outros, mesmo de alienígenas como os humanos. À medida, porém, que o livro avança, os marcianos, cada vez mais convencidos de sua superioridade, começam a tratar os humanos com um ar de condescendência e mesmo desprezo. É revelado que os marcianos esperam explorar recursos naturais da Terra. Os acontecimentos se deterioram a tal ponto, que irrompe uma batalha entre os marcianos e um navio de guerra britânico (vencida com facilidade pelos marcianos). A hostilidade entre o Império Britânico e outras nações da Terra dá aos marcianos a desculpa para declarar a Terra um protetorado marciano, uma ocupação militar que começa de forma branda, mas logo progride para uma autocracia opressiva. Contudo, a resistência humana, utilizando em parte tecnologia marciana, é eficiente, e o livro termina com um tratado de paz.

Auf Zwei Planeten é uma hábil combinação de especulação tecnológica da FC (os marcianos possuem comunicadores antigravidade de longa distância e uma máquina chamada Retrospektiv, com a qual são capazes de examinar o

passado) com um simples, mas eficiente, exame sociopolítico da natureza inevitavelmente maligna de qualquer suposto imperialismo benigno. A combinação desses dois aspectos pode, na verdade, ser considerada uma definição
compacta da FC *hard* da Era de Ouro: tecnologia futurista e ideologia individualista. Talvez seja por isso que uma série de luminares da Era de Ouro,
entre eles, Arthur C. Clarke, expressaram admiração por esse livro. Mas, por
melhor que seja, *Auf Zwei Planeten* não se encontra no mesmo patamar de *A
Guerra dos Mundos*, de Wells, publicado no ano seguinte (quase com certeza
sem sofrer influência da novela de Lasswitz). É para o gênio peculiar de Wells
que agora nos voltamos, após a mais breve das digressões finais.

Vontade

Essas fábulas variadas de mobilidade aperfeiçoada alcançam uma espécie de
apoteose na fetichização da própria vontade humana – vontade encarada não
como um simples processo de neuropsicologia pelo qual os agentes escolhem
uma ação em detrimento de outra, mas como algo muito maior, uma expressão metafísica das verdades fundamentais sobre o universo – como, na realidade, uma espécie de literalização da superação de todas as restrições mundanas.
Os textos que têm sido discutidos neste capítulo são todos, em um ou em
outro grau, orientados para essa assíntota, nem que apenas no sentido de que
a vontade codifica as fantasias capitalistas burguesas do século XIX de perfeita
circulação, perfeita fungibilidade, perfeita troca e franquia liberal.

Na verdade, passando em revista o século XIX, podemos ver determinada
clivagem começando a se abrir entre culturas que continuariam a se separar
com mais nitidez no século XX. De um lado, havia otimistas racionais quanto
à tecnologia, trabalhando com frequência em um estado de espírito quase (ou
explicitamente) militarista, que imaginavam colocar a sociedade como um
todo sob a lógica da máquina para a imensa melhoria de todos; e, de outro,
um grupo nebuloso, um tanto desconfiado da tecnologia, com tendência para
o consolo espúrio do misticismo pseudocientífico. Os correlatos desses dois
campos mais amplos eram, de um lado, a antigravidade (como símbolo da
capacidade da ciência para romper os limites da Terra), e, de outro, a vontade
(noção, muito comum na FC desse período, de que, apenas por desejar, o
corpo, ou talvez o corpo astral, poderia viajar para onde bem entendesse). A
posteridade mostrou que nenhuma das duas estratégias era eficaz em nenhum
sentido prático, mas, enquanto os cientistas de modo geral encaram com desdém a antigravidade (um objeto com antigravidade presumivelmente também possuiria anti-inércia e anti-momentum), a doutrina da vontade tem
uma linhagem filosófica perfeitamente respeitável.

O filósofo alemão Arthur Schopenhauer fazia uma distinção do mundo entre como ele *parece* aos nossos sentidos (o que chamou *vorstellung*, ou "representação") e o modo como o mundo *de fato* é, atrás do véu da aparência. Essa realidade básica do universo, ele argumentou, não era senão a vontade. Acreditava não apenas que a vontade era anterior a nossos corpos e a outros pensamentos na experiência humana, mas também que era a natureza fundamental do cosmos, manifestada nas ações de animais, na ação magnética dos polos da Terra e mesmo na gravitação. A influência de Schopenhauer é evidente em outro influente filósofo alemão, Friedrich Nietzsche, que tomou a vontade um tanto pessimista de Schopenhauer e reinterpretou-a como vontade de poder – um princípio agressivamente amoral e jubiloso. Nietzsche desprezava o cristianismo como uma religião de escravos e fracassados, antecipando um vindouro *Homo superior*, o *Übermensch* [Super-Homem], que viveria além do bem e do mal e encarnaria por via direta a vontade de poder.[5] Se alguns escritores de FC do século XX podem ser classificados como adeptos de Schopenhauer (o exemplo mais notável é o do escritor britânico Olaf Stapledon, cujo protagonista usa a vontade para atravessar o espaço e o tempo em *Star Maker* [Criador de Estrelas] [1937]), um número muito maior pode ser considerado nietzschiano, em particular se usarmos o termo para nos referirmos à versão um tanto caricatural da filosofia de Nietzsche que circulou em muitos quadrantes na primeira metade do século. John Carter, o herói *Übermensch* de *Uma Princesa de Marte* (1912), de Edgar Rice Burroughs, viaja para Marte no início dessa novela apenas querendo fazê-lo, sem nenhuma explicação prévia sobre como chegou até lá. A vontade de poder de Nietzsche não significava a princípio poder sobre os outros (poderia muito bem ser apresentada como poder criativo ou autoconhecimento), mas foi adotada por muitos, em especial pelos que tinham simpatias fascistas, para significar exatamente isso; as aventuras triunfalistas de John Carter em Marte – ou Barsoom, como os nativos o chamam – veem-no derrotar em batalha uma desconcertante variedade de oponentes alienígenas e se gabar, embora manchado de sangue e extenuado: "Ainda estou vivo!". Por mais que empolgue os leitores, em particular leitores adolescentes, dessa empolgação faz parte um senso quase fascista da vontade de poder. Um livro mais sofisticado a esse respeito é o muito valorizado *The Stars My Destination* [Estrelas, o Meu Destino] (1956), de Alfred Bester. No futuro imaginado por Bester (que poderíamos definir como *cyberpunk* se a novela não precedesse por várias décadas esse movimento dentro da FC), os indivíduos aprenderam a se teletransportar pelo mero pensamento claro em seu destino, processo mencionado como *jaunte*. Trata-se aqui, é claro, de uma concreta exteriorização da vontade, levando um herói peculiar, o além-do-bem-e-do-mal Gully Foyle, a refinar e desenvolver essa habilidade em benefício, em última instância, da humanidade.

Sob esse aspecto, os escritores de FC do século XX seguiram uma tradição estabelecida por pensadores e escritores do século XIX. A seu próprio modo, os protagonistas espirituais de Flammarion, que podem querer estar em qualquer ponto do cosmos, são parte do mesmo amplo discurso cultural que também produziu a filosofia de Schopenhauer e Nietzsche. Se hoje a vontade continua a ser importante para a FC (testemunha disso é a Força em *Star Wars*, os personagens extraordinários de *Matrix*, ou o Super-Homem voando pelo simples fato de querer voar), ela deve sua longevidade a raízes que estão estreitamente enlaçadas ao redor do desenvolvimento da FC como gênero.

Notas

1. Darko Suvin é especialmente mordaz sobre *The Romance of Two Worlds:* "Fraudulento […] protofascista […] uma narrativa baseada em ideologia sem o controle de qualquer lógica cognitiva […] remendada por restos e migalhas de metafísica esotérica" (em James, p. 30).

2. Outra utopia desse período, embora muito menos conhecida hoje, poderia ser aqui mencionada como um desafio para os lauréis de "extremamente influente" de Carey. Nikolai Chernyshevsky foi um ativista e radical político russo. Aprisionado pelo czar, contrabandeou para fora da prisão a novela Что делать? *Chto delat?* [Que Fazer?] (1863), que inclui um programa utópico para uma futura sociedade baseada nos princípios da igualdade socialista. Lênin (que, é claro, também publicou um livro chamado *Chto delat?*) foi influenciado por Chernyshevsky, e suas ações, sem dúvida, tiveram um efeito prático muito maior para mudar o mundo que o Partido Nacionalista Belamita: "Como projeto de mudança social e política, o livro de Chernyshevsky exerceu influência generalizada e, por meio de seu efeito sobre Lênin, contribuiu diretamente para mudar o mundo" (Moser, p. 262).

3. Uma série de "contos de fadas" burlescos e alegres extravagâncias teatrais adaptaram a FC do século XVIII sobre humanoides voadores; por exemplo, *Peter Wilkins; or, Harlequin and the Flying Women*, de E. L. Blanchard (Drury Lane, 1860), ou *The Invisible Prince* (1846), de James Planche. Agradeço a Jane Brockett por ter chamado minha atenção para esses textos.

4. O artigo de John Clute sobre "Edisonade" (em Clute e Nicholls, pp. 368-70) discute o apelo icônico de Edison durante este período e menciona várias outras histórias elaboradas de FC apresentando o grande inventor, entre elas: *L.P.M.: The End of the Great War* (1915), de J. S. Barney, em que armas avançadas fabricadas por um inventor chamado "Edestone" acabam com a Primeira Guerra Mundial e estabelecem um Estado mundial; e *The Conquest of America* (1916), de Cleveland Langston Moffett, em que o próprio Edison aparece como inventor de superarmas.

5. Comparando Nietzsche e Schopenhauer, Maudemarie Clark observa que "ambos os filósofos retratam o mundo como vontade e, ao fazê-lo, excluem um objetivo ou estado

final do processo mundial que poderia ser sua justificação [...] [mas] Schopenhauer o vê em termos de necessidade ou falta – seu mundo é uma vontade faminta devorando a si mesma –, enquanto o de Nietzsche é pintado em tons de força e abundância – seu mundo é uma vontade superabundante cuja energia transborda. Schopenhauer idealiza o ascético, alguém que se volta contra a vida e o querer [...] O ideal de Nietzsche é oposto, é a pessoa voltada para a vida que não encontra valor no processo [...] [e que vê] o mundo antes sob o aspecto da abundância que da falta, como o transbordamento de energia sem meta ou objetivo supremos, como jogo – em suma, como vontade de poder" (Clark, p. 144).

Referências

Aldiss, Brian, com David Wingrove. *Trillion Year Spree: The History of Science Fiction*. Londres: Gollancz, 1986.

Alkon, Paul K. *Origins of Futuristic Fiction*. Athens, GA: University of Georgia Press, 1987.

_____ . *Science Fiction before 1900: Imagination Discovers Technology* (1994). Londres: Routledge, 2002.

Allen, Judith A. *The Feminism of Charlotte Perkins Gilman: Sexualities, Histories, Progressivism*. Chicago: University of Chicago Press, 2009.

Astor, John Jacob. *A Journey in Other Worlds, A Romance of the Future* (1894; org. Charles Keller, Electronic Text Center, University of Virginia Library: http://etext.lib.virginia. edu/toc/modeng/public/AstJour.html, 1999).

Baldick, Chris. *In Frankenstein's Shadow: Myth, Monstrosity and Nineteenth-Century Writing*. Oxford: Oxford University Press, 1987.

Barley, Tony. Prediction, Programme and Fantasy in Jack London's *The Iron Heel*. In: *Anticipations: Essays on Early Science Fiction and its Precursors*, org. David Seed. Liverpool: Liverpool University Press, 1995, pp. 153-71.

Carey, John (org.). *The Faber Book of Utopias*. Londres: Faber, 1999.

Claeys, Gregory (org.). *Modern British Utopias 1700-1850*, 8 vols. Londres: Pickering and Chatto, 1997.

Clark, Maudemarie. Nietzsche's Doctrines of the Will to Power. *In: Nietzsche*, org. John Richardson e Brian Leiter. Oxford: Oxford University Press, 2001.

Clarke, I. F. (org.). *The Tale of the Next Great War 1871-1914*. Liverpool: Liverpool University Press, 1995.

Clute, John e Peter Nicholls. *Encyclopedia of Science Fiction*, 2ª ed. Londres: Orbit, 1993.

Davy, Humphry. *Consolations in Travel; or, The Last Days of a Philosopher*, 1830.

De l'Isle-Adam, Villiers. *In: Oeuvres Complètes*, orgs. Alan Raitt, Pierre-Georges Castex e Jean-Marie Bellefroid. Paris: Gallimard, Bibliothèque de la Pléiade, 1986.

Disch, Thomas. *The Dreams Our Stuff Is Made of: How Science Fiction Conquered the World*. Nova York: Simon and Schuster, 1998.

Fern, Chris. *Narrating Utopia: Ideology, Gender, Form in Utopian Literature*. Liverpool: Liverpool University Press, 1999.

Flammarion, Camille. *Lumen* (1887); trad. e introd. de Brian Stableford. Middletown, CT: Wesleyan University Press, 2002.

Franklin, H. Bruce (org.). *Future Perfect: American Science Fiction of the Nineteenth-Century: An Anthology*. Ed. rev. e ampliada. New Brunswick, NJ: Rutgers University Press, 1995.

Gaspar y Rimbau, Enrique. *El anacronópete*. Barcelona: Daniel Cortezo, 1887.

Grainville, Jean-Baptiste François Xavier Cousin de. *The Last Man* (1805). Trad. I. F. Clarke e M. Clarke. Wesleyan Early Classics of Science Fiction Series, org. Arthur B. Evans. Middletown, CT: Wesleyan University Press, 2002.

Greg, Percy. *Across the Zodiac: The Story of a Wrecked Record* (1880); e-book em www.bookrags.com/ebooks/10165/1.html.

Hood, Thomas. *Complete Poetical Works of Thomas Hood*, org. J. Logie Robertson. Londres: Oxford University Press, 1907.

James, Edward. Science Fiction by Gaslight: An Introduction to English-Language Science Fiction of the Nineteenth-Century. *In: Anticipations: Essays on Early Science Fiction and its Precursors*, org. David Seed. Liverpool: Liverpool University Press, 1995, pp. 26-45.

Lagarde, André e Laurent Michard. *XXe Siècle: Les grands auteurs français – Anthologie et histoire littéraire*. Bordas, 1988, atualizado em 1993.

Moser, Charles A. *The Cambridge History of Russian Literature*. Ed. revista. Cambridge: Cambridge University Press, 1992.

O'Brien, Fitz-James. The Diamond Lens (1858). *In: Future Perfect: American Science Fiction of the Nineteenth-Century: An Anthology*, org. H. Bruce Franklin. Ed. rev. e ampliada. New Brunswick, NJ: Rutgers University Press, 1995, pp. 285-306.

Pfaelzer, Jean. *The Utopian Novel in America 1886-1896: The Politics of Form*. Pittsburgh: University of Pittsburgh Press, 1984.

Philmus, Robert. Science Fiction: From its Beginnings to 1870. *In: Anatomy of Wonder: Science Fiction*, org. Neil Barron. Nova York: R. R. Bowker, 1976, pp. 3-32.

Pynsent, Robert e S. I. Kanikova (orgs.). *The Everyman Companion to East European Literature*. Londres: Dent, 1993.

Robida, Albert. *The Twentieth Century*. Trad. e introd. de Philippe Willems, Wesleyan Early Classics of Science Fiction Series, org. Arthur B. Evans. Middletown, CT: Wesleyan University Press, 2004.

Sutherland, John. *The Longman Companion to Victorian Fiction*. Londres: Longman, 1988.

Suvin, Darko. *Metamorphoses of Science Fiction: On the Poetics and History of a Literary Genre.* New Haven, CT: Yale University Press, 1979.

_____ . *Victorian Science Fiction in the UK: The Discourses of Knowledge and of Power.* Boston: G. K. Hall, 1983.

Taylor, Charles. *A Secular Age.* Cambridge, MA: Harvard University Press, 2007.

Trollope, Anthony. *The Fixed Period* (1882); org. David Skilton. Oxford: Oxford University Press, 1993.

CAPÍTULO 8

Verne e Wells

Ofrancês Júlio Verne e o inglês H. G. Wells continuam sendo, de modo compreensível, os dois escritores mais famosos de ficção científica na história do gênero. Os nomes de ambos, como convenção, estão sempre associados, como no presente capítulo, embora eles nunca tenham se encontrado, tendo vindo de gerações diferentes (Verne tinha 38 anos quando Wells nasceu) e, na verdade, tendo pouco em comum como escritores. Mas, por motivos relacionados ao período em que escreveram e pela excelência que caracterizou a obra dos dois, seus principais trabalhos de FC consolidaram a crescente abrangência cultural da FC como formato.

Não que exista um consenso entre os críticos sobre qual é, de fato, a natureza de suas realizações. Certos críticos negam que Verne tenha mesmo escrito FC. Trevor Harris sugere que é um "engano" considerar Verne um escritor de ficção científica, e cita a negação frontal de Jean-Pierre Picot de que haja qualquer traço de FC em seu trabalho (Harris, p. 109). Andrew Martin, cujo *The Mask of the Prophet: the Extraordinary Fictions of Jules Verne* [A Máscara do Profeta: as Extraordinárias Ficções de Júlio Verne] (1990) continua sendo um dos melhores estudos detalhados sobre o escritor, se vê suficientemente constrangido, como representante de Verne, para expressar o desejo de resgatá-lo da classificação como escritor de ficção científica, uma categoria que Martin considera (citando Kurt Vonnegut) limitadora e até mesmo rudimentar.[1] Na verdade, Verne é tão inteiramente um escritor de ficção científica que aqueles cujos preconceitos os deixam cegos para esse fato é que deviam se sentir constrangidos.

Esses críticos querem defender a ideia de que Verne é um escritor "sério", embora muitos o tenham encarado como mero autor de entretenimento, e o modo como repelem o pensamento de vê-lo escrever FC faz parte disso.

Infelizmente, é verdade que Verne enfrenta, ainda hoje, a crença de ter sido um fornecedor de mera forragem intelectual, sendo seus livros apenas um composto de narrativas de aventuras em geral misturadas com "curiosidades" de natureza em grande parte geográfica, geológica ou relativa à flora e à fauna. Muitos leitores por certo têm desfrutado com descontração suas histórias de aventura e imprevistos como "mero entretenimento". Isso não significa, entretanto, que seus livros se esgotem em uma tal leitura.

Na verdade, a enorme popularidade que Verne alcançou, primeiro com suas novelas e mais tarde com muitas adaptações e versões cinematográficas de algumas de suas principais histórias, consolidou um tipo particular de ficção tecnológica como essencial à FC enquanto gênero: não só uma história baseada em um ou outro artefato tecnológico (ou, em certos casos, na habilidade técnica de certos indivíduos, a *technê* apresentada com base em invenção, construção, espeleologia e semelhantes) – mas uma história que *enquadre* o mundo de certa maneira. É bem possível que esse enquadramento se encontre por trás do duradouro apelo de Verne: global, competente, móvel e, no entanto, ancorado em todos os pontos em reconfortantes convicções sociais e culturais burguesas. Como assinala Sarah Capitanio, apesar do vaivém incessante em seus livros, há uma espécie de estase no cerne das figuras de Verne: "as situações tendem a se concluir em isolamento, e os personagens então retornam ao mundo 'como nós o conhecemos', que permanece em grande parte inalterado e incontestado". Isso está ligado ao fato de que "os personagens em si não passam por nenhuma evolução fundamental como resultado de suas experiências extraordinárias":

> No fim das novelas, os objetos especulativos e máquinas maravilhosas são destruídos, o mundo retorna a uma ordem confortável, e o leitor [...] é encorajado a aceitar um *status quo* não problemático (Capitanio, pp. 70-1).

O que há de interessante nessa inércia estética é precisamente o modo como ela ocorre em poderosa dialética com o princípio do movimento. Os elementos de quase todas as narrativas de Verne são bem resumidos por Thomas D. Clareson: "Um homem ponderado ([não raro] um cientista) [...] viaja para um destino exótico, em geral algum lugar da Terra, e [experimenta] uma série de aventuras em grande parte desconectadas, envolvendo com muita frequência a ameaça de perseguição e captura" (Clareson, p. 38). A viagem, tanto em sentido literal quanto metafórico, é o apelo central das obras de Verne. Não é coincidência que a grande era de exploração estivesse, de fato, chegando ao fim nesse último período do século XIX. O mundo fora em sua maior parte explorado e, assim, as ficções de Verne tocavam o substrato do desejo humano de que ainda houvesse lugares misteriosos por descobrir. Outro modo de formular isso seria dizer que Verne criava um espaço imaginativo em que o ímpeto exploratório podia se mover, um enquadramento do mundo como um desconhecido a ser ainda desvendado. Esse espaço estava sempre baseado em discursos contemporâneos sobre o possível e o conhecido; Verne quase nunca extrapolava ou especulava, seu domínio imaginativo não era escapista e, de fato, estava sempre se trazendo de volta ao mundo com que seus leitores estavam familiarizados. Tudo isso representava, é claro, uma trajetória determinada em termos ideológicos; está na natureza da ficção tecnológica retornar ao *status quo* exatamente porque ela enquadra o mundo como um recurso sempre pronto para ser usado e, ao fazê-lo, reinscreve a perspectiva burguesa sobre o mundo como recurso. Não seria exagero dizer que Verne foi o primeiro grande mestre da subjetividade burguesa – ainda mais que Dickens, que estava sempre meio desconfiado das novas tecnologias e mais interessado em seus personagens periféricos que nas suas figuras centrais. Para Verne, produtos tecnológicos (caros) tornavam possível uma espécie de esplêndido isolamento do indivíduo burguês. Roland Barthes expõe muito bem a questão:

> Verne construiu uma espécie de cosmogonia autossuficiente, que tem suas próprias categorias, seu próprio tempo, espaço, desempenho e até mesmo princípio existencial. Esse princípio, me parece, é a ação incessante de isolar-se. A imaginação acerca de viagens corresponde em Verne a uma exploração da clausura e a compatibilidade entre Verne e infância não se origina de uma mística banal de aventura, mas, ao contrário, de um deleite comum no finito, que também encontramos na paixão das crianças por cabanas e tendas: enclausurar-se e resolver-se, tal é o sonho existencial da infância e de Verne. O arquétipo desse sonho é uma novela quase perfeita: *L'Ile mystérieuse* [A Ilha Misteriosa], em que o homem--criança reinventa o mundo, preenche-o, fecha-o, encerra-se nele e coroa esse esforço enciclopédico com a postura burguesa da apropriação: chinelos, cachimbo e lareira, enquanto lá fora a tempestade, isto é, o infinito, campeia em vão (Barthes, p. 65).

O contraste com Wells é significativo. Embora em certo sentido um ser humano menos atraente que Verne, Wells proporcionou um modelo diferente e mais adaptável à FC; uma série de protocolos feyerabendianos mais completos dramatizavam não uma estase, mas uma mudança radical – muitos dos quais sendo tão profundamente arraigados em uma ideologia de mudança que poderíamos chamá-los de revolucionários. Ao contrário dos estáticos personagens em movimento de Verne, os personagens de Wells são, na maioria das vezes, indivíduos complexos que experimentam a aventura mais ou menos *passivamente*, não se aventurando para muito mais longe de casa que o necessário, sendo com frequência complacentes e um tanto pacatos. Wells primava por descrições de indivíduos convencionais da baixa classe média. Na verdade, os personagens que não se ajustam ao leito procustiano da respeitabilidade paroquial inglesa são com frequência caracterizados, de modo meticuloso, como perigosos e até mesmo diabólicos (os dois exemplos mais proeminentes são o Homem Invisível e o Dr. Moreau).

A história arquetípica de Wells trata da erupção do extraordinário no ordinário. Em outras palavras, a dialética, para Wells, trabalhava em uma versão invertida se comparada com a de Verne. Personagem e ação eram com frequência estáticos, mas os elementos conceituais e imaginativos estavam não só em constante movimento, mas também relacionados à crença fundamental no primado da mudança. Para muitos (entre eles, eu mesmo), isso torna Wells de longe o escritor mais interessante; embora dizê-lo não seja subestimar nem o impacto, nem a perícia excepcional das histórias de aventura de Verne.

Verne

Júlio Verne nasceu no porto francês de Nantes em 1828, em uma afluente família burguesa (o pai era advogado). Em 1839, tentou fugir de casa, conseguindo embarcar como grumete em um navio com destino à Índia. Foi apanhado pelo pai em Paimboeuf, descendo a costa de Nantes, e diante da desaprovação paternal, teria prometido: "*je ne voyagerai plus qu'en rêve*" [não vou mais viajar, a não ser nos sonhos]. Quando ficou mais velho, seu vínculo persistente com um romantismo amante da aventura, como o de Lorde Byron, restringiu-se a uma recusa em seguir os passos profissionais do pai e a uma mudança para Paris, em 1848, vivendo lá com a permissão paterna e se devotando à vocação de escritor. Durante vários anos escreveu de forma prolífica, compondo muitas peças de teatro, das quais só algumas foram encenadas, junto com uma série de contos e outros textos. Alguns deles são interessantes quando vistos à luz do desenvolvimento posterior de Verne – por exemplo, a história de catástrofe "Un voyage en ballon" [Viagem em um Balão], que foi publicada na revista *Le Musée des Familles* [Museu de Família] em 1851. Mas nenhum foi particularmente bem-sucedido. Seu primeiro trabalho longo em prosa, *Martin Paz*, era uma narrativa histórica sobre o conflito entre exploradores espanhóis e índios peruanos; publicado em 1852, foi outra obra que fracassou por completo ao tentar inflamar a tocha de sua reputação literária. Apesar da inicial falta de sucesso como escritor, Verne resistiu à pressão do pai para fazer um estágio como advogado, embora em 1854 tenha se tornado corretor da Bolsa em Paris, uma carreira que seguiu durante oito anos e que lhe possibilitou casar-se em 1856. Mas continuou escrevendo: contos, poesia e mesmo libretos para várias operetas, entre elas uma ópera que tinha macacos como tema, *Monsieur de Chimpanzé* [Senhor de Chimpanzé] (1858). A maioria das obras desse período continua sem publicação. Ele fez duas visitas ao exterior – uma viagem à Escócia em 1859 e à Escandinávia em 1861 (um livro baseado na primeira dessas viagens, *Voyage en Angleterre et en Écosse* [Viagem à Inglaterra e à Escócia], permaneceu inédito até 1989). O único filho de Verne, Michel, nasceu em 1861, embora sua esposa tivesse duas crianças de um casamento anterior.

Essa carreira um tanto medíocre foi transformada em 1862. Tendo sido apresentado ao editor parisiense Pierre-Jules Hetzel, Verne entregou-lhe o manuscrito de *Cinco Semanas num Balão*, uma aventura de balonismo pela África. Hetzel não só o publicou, como também assinou um contrato com Verne para lançar uma série de livros sob o título geral "*voyages extraordinaires*". O contrato requeria três volumes por ano (algumas novelas de Verne foram publicadas em três volumes, outras em dois), embora isso fosse mais tarde reduzido para dois volumes. Nas décadas que se seguiram, essa parceria transformou-se em um fenômeno editorial mundial.

Como as *voyages extraordinaires* eram apresentadas em volumes, Hetzel criou uma revista voltada para crianças e jovens adultos, *Le Magasin illustré d'Éducation et de Récréation* [Revista Ilustrada de Educação e Recreação], em 1864, da qual Verne foi colaborador assíduo. *Educação* combinada a *Recreação* resume o espírito da ficção científica de Verne: aventuras empolgantes vêm sempre entrelaçadas a extenso material factual, não raro copiado por Verne de toda uma gama de manuais e fontes científicas, sendo inserido na narrativa (um uso que a FC mais tardia descreveria com um neologismo nada eufônico: *infodumps**). O texto típico Verne-Hetzel combina didatismo enciclopédico com aventuras diversificadas em uma narrativa desenvolvida com vigor, em geral estruturada em torno de uma viagem motivada por uma força externa (fuga de perseguidores, a busca urgente de solução para um mistério ou de algum outro objetivo específico; mais raramente o motivo é a simples exploração). Os livros também incluíam ilustrações. Na verdade, reeditados sob o título coletivo *Collection Hetzel: les Voyages Extraordinaires* [Coleção Hetzel: Viagens Extraordinárias], esses livros foram farta e magnificamente ilustrados, quase a ponto de se tornarem (como a obra de Robida) compreensíveis em essência como imagem-textos. Sob esse aspecto formal, antecipam

---

* "Despejos de informação" ("despejos" como nos depósitos de lixo). (N. do T.)

os desenvolvimentos mais tardios da FC como fenômeno de peso cultural. A enorme popularidade de Verne na França logo se estendeu para nações não francófonas em traduções que, embora servissem para disseminar a obra de Verne, eram bastante incompetentes sob muitos aspectos, cortando, alterando e às vezes traduzindo os originais de forma incorreta.[2]

Por mais fértil e bem-sucedida que tenha eventualmente se tornado, a relação com Hetzel não começou de maneira suave. O segundo original que Verne submeteu ao editor foi a fantasia futurista *Paris au XXe siècle* [Paris no Século XX], escrita em 1863. Inventiva e envolvente, mesmo que sem grande força narrativa, essa versão distópica de uma França futura foi escrita no que era, conforme já vimos, o contexto de uma vigorosa tradição de ficções futuras no século XIX. Mas Hetzel rejeitou de imediato a obra (ela só foi publicada em 1994), ao que parece dizendo ao jovem autor: "*Vous avez enterprisé une tâche impossible*" [Você assumiu uma tarefa impossível] (Harris, p. 120). Isso parece ter afastado Verne da especulação imaginativa mais livre.

Desencorajado do trabalho em linguagem de utopia/distopia futura, Verne escavou uma modalidade mais velha, ainda que menos popular (dos anos 1860) de ficção científica em *Viagem ao Centro da Terra* (*Voyage au centre de la Terre*) (1864). O professor Lidenbrock descobre rotas para o centro da Terra nos escritos de um *viking* chamado Arne Saknussemm, morto havia muito tempo, e chefia um grupo que seguirá os passos de Saknussemm formado por ele próprio, pelo sobrinho Axel e um guia, Hans. Enquanto as fantasias subterrâneas anteriores tendem a introduzir com rapidez os protagonistas nos domínios subterrâneos, para que os diversos prodígios utópicos ou de algum outro tipo possam ser elaborados, o leitor chega à metade da novela de Verne antes de ter sequer um vislumbre do interior do extinto vulcão islandês através do qual é feito o ingresso ao "*centre de la Terre*". Ainda mais notável, o grosso das aventuras subterrâneas de Verne são mostradas em um clima intensamente claustrofóbico de espaços fechados, escuros, perigosos. Onde Nils Klim (por exemplo) transita em um enorme espaço arejado, iluminado por um brilhante Sol central, os protagonistas de Verne se debatem em meio a uma sucessão de cavernas, túneis e fendas escuras. A certa altura, separado dos companheiros, o narrador Axel se desespera: "*J'étais enterré vif, avec la perspective de mourir dans les tortures de la faim et de la soif* [...] *perdu, dans la plus profonde obscurité!*" [Estava enterrado vivo, com a perspectiva de morrer em meio às torturas da fome e da sede [...] perdido, na mais profunda escuridão!] (*Voyage au centre de la Terre*, pp. 176, 183). A eficiência da narrativa depende parcialmente do senso de realismo com o qual ela barganha sua história, isto é, da crença tácita do leitor de que uma expedição subterrânea seria de fato como essa visão de extrema e perigosa exploração de cavernas, sem o acesso imediato às terras férteis de *Symzonia*. Há mais na novela, porém, que sua abordagem de verossimilhança. O texto como um todo é impelido pelo mistério: posto em movimento por um mistério criptográfico (um conjunto de runas que Lidenbrock, durante vários capítulos, decodifica para que o caminho do mundo subterrâneo seja revelado) e mantido em avanço por dispositivos narrativos mais convencionais (o que encontrarão no centro da Terra? Saknussemm realmente percorreu os mesmos passos que eles? Vão sobreviver?). A escuridão que encontram, em outras palavras, funciona como uma exteriorização exata do princípio do desconhecido.

O que encontram por fim é algo que funciona como o simbólico ou emblemático *locus classicus* do mistério na obra de Verne: um vasto mar (*"un océan veritable* [...] *desert e d'un aspect effroyablement sauvage* [um verdadeiro oceano... deserto e com um aspecto horrivelmente selvagem] [*Voyage au centre de la Terre*, p. 193]). Uma vez nesse espaço iluminado (luz criada, somos informados, pelos *"nappes électriques"* [lençóis d'água elétricos] que brilham com *"une remarquable intensité"* [uma notável intensidade]), o grupo constrói uma balsa com as árvores que encontra às margens desse "mar interior" (Axel chama o oceano *"cette Méditerranée"*, p. 203) e prossegue com determinação em sua jornada. Veem cogumelos gigantescos crescendo na costa e presenciam dinossauros que nadam e brigam na água. A jornada subterrânea foi, de fato, uma jornada de retorno no tempo. Enfim, a balsa é arrastada para um poço, elevada com rapidez por uma explosão de lava, e os três aventureiros são atirados vivos ao topo do vulcão Stromboli, na Itália. Que uma novela tão repleta de detalhada informação técnica e científica tenha se resolvido, por si só e sem muito esforço, em uma grandiosa narrativa simbolista (o misterioso mar no centro do mundo funcionando de modo eloquente como um significante polivalente: a cena primal; o subconsciente; o Mar da Fé) efetivamente cimentou uma das estratégias textuais básicas da FC. Em particular quando escrita na tradição verneana, a FC mescla com bastante frequência realismo formal e simbolismo estético.

Viagem ao Centro da Terra foi sucedida por uma aventura de FC orientada em direção oposta: não para baixo, mas bem para cima. *Da Terra à Lua* (*De la terre à la lune*) (1865), a terceira *voyage extraordinaire* de Verne, fala sobre o plano de veteranos da Guerra Civil Americana – membros de um clube de armas de Baltimore sob a liderança de um personagem com o nome improvável de Impey Barbicane – de viajar para a Lua em uma nave lançada de um gigantesco canhão. Na realidade, a novela está inteiramente voltada à concepção, ao planejamento e à construção desse veículo espacial: acaba com o projétil tripulado sendo disparado da Flórida, mas, de modo torturante, limita-se a nos dizer que *"un nouvel astre"* [um novo astro] está então visível no céu. Cinco anos depois, Verne publicou uma continuação: *Viagem ao Redor da Lua* (*Autour de la Lune*) (1870), que enfim revela o que foi feito dos exploradores. Há uma tendência entre os críticos de tratar esses dois livros como se fossem um só. Na verdade, não são.

Da Terra à Lua, embora contenha certa quantidade de informação científica sobre a Lua (e uma quantidade um pouco maior de informação sobre a história e a física da balística e da pólvora), não diz respeito, de modo algum, a assuntos extraterrestres. Ao contrário, a ênfase está na obstinada confiança dos protagonistas norte-americanos e em suas ambições francamente beligerantes e imperialistas. Um membro do clube de armas, refletindo sobre o fim da Guerra Civil Americana, lamenta: "*et nulle guerre en perspective!* [...] *Et cela quand il y a tant à faire dans la science de l'artillerie!*" [nenhuma guerra à vista! [...] E isso quando há tanto a se fazer na ciência da artilharia!] (Verne, *De la terre à la lune*, p. 12). Barbicane anuncia o voo à Lua não no interesse da ciência, mas da "*conquête*", prometendo que o nome da Lua "*se joindra à ceux des trente-six États que forment ce grand pays de l'Union*" [se juntará aos 36 Estados que formam esse grande país da União] (Verne, *De la terre à la lune*, p. 22). Toda a trabalhosa preparação serve para definir o discurso de expansão e triunfo marciais, carregando todos os Estados Unidos com ele. O emblema da novela é o enorme canhão, maior e mais poderoso que qualquer outro já construído.[3] *Autour de la Lune*, por outro lado, diz respeito de fato a um voo espacial; sua atmosfera e tom, bem apartados do balanço de seu conteúdo científico, são muito diferentes.

Um fato histórico sobre o qual, é evidente, Verne não tinha controle determinou sem dúvida o modo como lemos hoje *Da Terra à Lua*: as viagens reais à Lua que se deram nas décadas de 1960 e 1970. É raro quem comenta o trabalho de Verne resistir à tentação de ler seu relato ficcional com a lente dessas missões, o que com frequência provoca um enfadonho itinerário de pontos em que Verne estava "certo" ou "errado" (portanto: ele estava certo ao pensar que o projétil para a Lua seria lançado da Flórida e que o veículo espacial em voo seria guiado por foguetes, mas errado ao pensar que o mecanismo de lançamento seria um gigantesco canhão). O fato de esse impulso ser tão difundido mostra reiteradamente como é inapropriado. Embora Verne aproprie-se de muitas das linguagens preocupadas com o "fato científico", seus livros não são factuais e com certeza tampouco proféticos. Seus livros mobilizam várias pertinências ideológicas e culturais contemporâneas, mas não o futuro.

Não obstante, talvez seja instrutivo examinar alguns pontos levantados por pessoas que seguem essa última interpretação. Um crítico, por exemplo, elogia Verne por ele ter percebido que um voo para a Lua seria "um grande feito de engenharia", requerendo "o trabalho de milhares e o dispêndio de milhões" (em vez de um "gênio solitário" que constrói uma espaçonave "em um quintal", imaginado por muitos escritores de FC); mas depois reavalia Verne, por ele "não ter feito cálculos da resistência do ar", sugerindo que a cápsula seria "pulverizada antes mesmo de sair da boca do canhão" e, além disso – um ponto observado por muitos que lança descrédito à imaginação de Verne voltada à FC nesse livro –, "com o choque inicial, a aceleração teria espalhado os heroicos viajantes sobre a base do interior da cápsula" (Hammerton, p. 104). A primeira objeção presumivelmente considera a avaliação superotimista feita por Verne da força tênsil do alumínio. A segunda é mais interessante. Em uma novela abarrotada de cálculos sobre as dimensões da nave, a aceleração requerida para livrá-la da gravidade da Terra, o material explosivo necessário para providenciar isso e assim por diante, é estranho que nenhum dos personagens considere os efeitos sobre o corpo dos viajantes, tendo em vista uma aceleração tão rápida. Isso parece ainda mais estranho quando recordamos o extenso discurso do século XIX sobre os efeitos debilitantes da aceleração rápida sobre o corpo humano. Isso nos leva ao seguinte pensamento: talvez eles *sejam* mortos pelo lançamento no final da novela.

Na continuação do livro, *Viagem ao Redor da Lua* (1870), como é evidente, os astronautas estão vivos. Mas isso não contradiz necessariamente o que estou dizendo. É interessante que apenas em *Viagem ao Redor da Lua* Verne mencione (pela primeira vez) um elaborado sistema de "*tampons* [...] *cousins d'eau* [...] *cloisons brisantes*" [amortecedores (...) almofadas de água (...) seções retráteis] projetado de modo específico para amortecer o efeito de "*cette vitesse initiale d'onze mille mètres qui éut suffi à traverser Paris ou New York en une seconde*" [essa velocidade inicial de 11 mil metros que teria sido suficiente para atravessar Paris ou Nova York em um segundo] (Verne, *Autour de la Lune*, p. 20). Não obstante, podemos querer deduzir que, até a continuação ter sido escrita (com as considerações de salvamento de vida feitas depois por Verne), os astronautas estavam, de fato, mortos pelos efeitos inesperados da aceleração. Isso ao menos faz sentido ante o tom um tanto lamurioso das páginas finais de *Da Terra à Lua*, em que todos, exceto o otimista por definição J. T. Maston ("[*le*] *seul homme* [*qui*] *ne voulait pas admettre que la situation fût désespérée*" [o único homem que não queria admitir que a situação fosse desesperadora]) (Verne, *De la terre à la lune*, p. 243), se desesperam. *Da Terra à Lua* termina com uma explosão que Verne descreve em específico como mais destrutiva do que seus criadores haviam previsto. Ela não destrói apenas uma grande extensão da Flórida; os efeitos são sentidos "*à plus de trois cents milles des ravages américains*" [a mais de 300 milhas náuticas da costa americana]. Ler o livro sob essa vertente é sugerir, sem dúvida, que ele opera como uma sátira do amor da América por armas, uma beligerância nacional que Verne via inabalada por anos de sangrenta guerra civil e que, nesse livro, embora supostamente canalizada para uma simples expedição, leva de fato a uma destruição de explosão catastrófica.

Minha hipótese em última instância é sugerir que a maneira como Verne concebia seus livros mudava, às vezes de forma radical, entre publicar um livro inicial e escrever, mais tarde, sua continuação. Em *Vinte Mil Léguas Submarinas* (*Vingt mille lieues sous les mers*) (1869-1870), a misteriosa figura que comanda o submarino *Nautilus*, sob o pseudônimo latino de *Nemo*, é um aristocrata polonês revolucionário cuja família foi chacinada pelos russos. Hetzel insistiu para que Verne removesse a maioria das alusões diretas a essa identidade, que seriam demasiado controversas e poderiam ofender leitores russos, cujo efetivo demográfico proporcionava um grande mercado para livros franceses no século XIX (ver Butcher, pp. 434-43). Na continuação do livro, *L'Ile mystérieuse* [A Ilha Misteriosa] (1874), revela-se que Nemo é um príncipe indiano, cuja animosidade é antes contra os britânicos que contra os russos, embora muitos detalhes de sua idade e história pessoal não combinem com o primeiro livro. Em outra obra, *Voyage à travers l'impossible* [Jornada pelo Impossível] (1882), em coautoria com Adolphe d'Ennery, Nemo, o radical amigo do oprimido, tornou-se um "reacionário e racista", expressando opiniões "ao estilo Coronel Blimp" (Butcher, p. 443). Isso significa dizer que Nemo não pode ser encarado como alguém fixo ou determinado. Como acontece com qualquer personagem ficcional, ele é uma construção textual em fluxo, moldada pelas demandas locais de histórias específicas e o contexto cultural em que Verne escrevia em determinado momento.

Dizer isso não é criticar Verne. Ao contrário, é sugerir que o projeto em andamento das *voyages extraordinaires* era um movimento formalmente *interno*, assim como *acerca de*: um acúmulo textual determinado (para citar o lema de Nemo) *mobilis in mobile* [móvel no elemento móvel]. Outro modo de dizer isso seria colocar em primeiro plano a fascinação quase obsessiva de seguir em frente, de viajar continuamente para novos destinos, que está no cerne de todas as novelas de Verne e encontra expressão não apenas no tema, mas também na forma. Em outras palavras, as novelas de Verne não dizem respeito apenas ao inquieto ímpeto de seguir em frente, de explorar mais longe; elas também integram essa temática em sua forma. Aqui há uma tensão temática evidente entre o impulso para fixar e definir (a apreensão científica russelliana da natureza) e o ímpeto esmagador de *seguir em frente* (em uma viagem, não raro galvanizada por uma perseguição). Essa inquietação tão frequente assume uma trajetória circular – *ao redor* do mundo, não *para* a Lua, mas *ao redor* da Lua, e assim por diante – justamente porque Verne está articulando uma estase ideológica.

Chamar de turismo o vigoroso desejo pela viagem que caracteriza muitos dos primeiros livros de Verne é minimizar tanto o alcance quanto a importância da ideia. Os três protagonistas ingleses de sua primeira publicação, *Cinco Semanas num Balão* (1863), passam, como diz o título do livro, "cinco semanas num balão", sendo levados por suas explorações a percorrer a África, mas não a ultrapassá-la. *Os Filhos do Capitão Grant* (*Les Enfants du Capitaine Grant*) (1867-1868) é mais abrangente. O inglês Lorde Glenarvan apanha um tubarão em seu iate *Duncan* e tira uma garrafa de sua barriga, dentro da qual encontra três fragmentos de mensagens rudimentares em inglês, alemão e francês. A reconstituição das mensagens conduz o *Duncan* a uma viagem de volta ao mundo em busca dos sobreviventes de um naufrágio, de onde as mensagens vieram. Mas o impulso principal dessa longa novela (que chega a cerca de 250 mil palavras) é identificado no subtítulo, "*voyage autour du monde*" [viagem ao redor do mundo], uma circum-navegação relatada com minuciosos detalhes geográficos, zoológicos e culturais. O frontispício da "edição Hetzel" coloca em primeiro plano esse objetivo global com o nome de Verne estendido sobre um mapa de toda a Terra, como se ele fosse antes um continente que um escritor; e, abaixo disso, o *Duncan*, o agente da viagem, preenche o céu com tanta fumaça quanto o vulcão em erupção do lado esquerdo (Figura 8.1).

Essa escala global é também incorporada a um dos títulos mais famosos de Verne, *A Volta ao Mundo em 80 Dias* (*Le Tour du monde en quatre-vingts jours*) (1872), em que de novo outro inglês, Phileas Fogg, combina o balão de *Cinco Semanas num Balão* e a ambição circum-navegadora de *Os Filhos do Capitão Grant*, vencendo uma aposta para dar a volta ao globo nos oitenta dias mencionados no título.

Não é por acaso que todos esses heróis que se esparramam pelo mundo sejam ingleses – Verne descreve Phileas Fogg como "*anglais, à coup sûr*" [com toda a certeza inglês]. Verne apreende assim, em termos de extrapolação ficcional, a ideologia expansionista que escorava o desenvolvimento imperial britânico. Em sentido mais amplo, podemos ver o novo primado da ciência como um discurso que ia sendo mapeado de forma global, refletido nas ficções de Verne. Mas isso não quer dizer que Verne, por mais que fosse um burguês respeitável, *aprovasse* o imperialismo. Pelo contrário, muitos de seus livros valorizam as revoluções dos povos contra o domínio imperial: o movimento de independência franco-canadense dos anos 1830 em *Famille-sans-nom* [Família sem nome] (1889) e a luta pela autonomia na Irlanda em *P'tit bonhomme* (1893) são dois exemplos entre tantos outros. Andrew

Figura 8.1 Frontispício de *Os Filhos do Capitão Grant,* de Verne (1867-1868).

Martin observa que "Verne parece especialmente crítico em relação às atrocidades cometidas em nome do Império Britânico", em particular em *Os Filhos do Capitão Grant* e em *A Mulher do Capitão Branican (Mistress Branican)* (1891), embora acrescente que muitas novelas "parecem tolerar ou mesmo celebrar a incontestável necessidade de dominação colonial" (Martin, p. 23).

Mas no Capitão Nemo, o mais duradouro arquétipo de Verne, encontramos (para citar de novo Martin) "o mais lírico e compromissado dos anti-imperialistas, um defensor dos oprimidos" (Martin, p. 23). A novela em que Nemo predomina, *Vinte Mil Léguas Submarinas* (1869-1870), é provavelmente o mais louvado título de Verne. Começa com um mistério: o desaparecimento de uma série de navios no mar, atribuído a um monstro marinho. O oceanógrafo dr. Pierre Aronnax, seu parceiro, Conseil, e um arpoador canadense, Ned Land, são contratados pelo governo dos Estados Unidos para se unirem a uma expedição do *Abraham Lincoln* a fim de encaminhar o assunto. Após meses de busca, o navio encontra o monstro, que se revelou um enorme submarino movido a eletricidade, a bordo do qual Aronnax, Conseil e Ned Land são mantidos como prisioneiros pelo excêntrico, mas carismático, Capitão Nemo. O Capitão permite que o trio viva a bordo de sua embarcação, o *Nautilus*, como convidados, mas diz a eles que, para preservar seu segredo, nunca poderá libertá-los. O restante dos três volumes da obra de aventura detalha a viagem do *Nautilus* ao redor do globo e Aronnax testemunha uma abundância de magníficas visões submarinas, tanto da biologia marinha quanto de locais como as ruínas de Atlântida. Nemo revela sua simpatia por pessoas oprimidas e afunda um destróier de um poder imperial não especificado. Enfim, os três conseguem escapar, enquanto o *Nautilus* cai em um terrível redemoinho junto à costa da Noruega. O livro termina de forma ambígua: "*Mais que'est devenu le* Nautilus? *A-t-il résisté aux étreintes du maelström? Le capitaine Nemo, vit-il encore?*" [Mas o que aconteceu ao *Nautilus*? Sobreviveu às pressões do redemoinho? Nemo ainda vive?] (Verne, *Vingt mille*, p. 616).

Já tinham existido aventuras submarinas antes da de Verne. As origens do gênero podem ser encontradas no bispo John Wilkins, com quem já nos encontramos – um capítulo da *Mathematical Magick* [Mágica da Matemática] (1638), de Wilkins, é intitulado "Concerning the Possibility of Framing an Ark for Submarine Navigations" [Sobre a Possibilidade de Conceber uma Arca para Navegações Submarinas]. Verne batizou o *Nautilus* em homenagem a um verdadeiro submarino construído pelo americano Robert Fulton, na França, para Napoleão I, e Butcher lista três fantasias ambientadas em submarinos publicadas na França só em 1867-1869 (*The Depths of the Sea* [As Profundezas do Mar], *Submarine Adventures* [Aventuras Submarinas] e *The Submarine World* [Mundo Submarino] [Butcher, p. xiv]). Mas a história de Verne absorveu a imaginação do público de um modo como nenhuma das antecedentes conseguiu.[4] Nemo pode viajar para onde bem quiser, e ainda assim nunca sair de casa – aliás uma casa excepcionalmente bem equipada e luxuosa. Tudo de que precisa é manufaturado com os materiais fornecidos pelo mar. Ele é pura reciclagem e, ainda assim, pura estabilidade burguesa (isto é, embora alegue-se ser um príncipe, encarna de fato uma concepção de riqueza fundamentalmente burguesa). É a primeira figura de herói da novela da FC burguesa que satisfaz seus desejos inconscientes.*

Vinte Mil Léguas Submarinas é também uma leitura agradável em termos didáticos. Verne assimilou e reproduziu com clareza uma enorme quantidade de dados sobre o mar (as ilustrações, em sua maioria, também são instrutivas). Essa é outra faceta da estase da expressão verneana de ficção; ele se sente muito mais confortável com o conhecido do que com o desconhecido. O leitor de *Viagem ao Redor da Lua* descobre em toda parte como Verne estava pouco à vontade com a especulação sem fundamento. A narrativa *dessa* novela mescla de maneira muito deliberada uma cuidadosa extrapolação sobre o estado do conhecimento astronômico contemporâneo (não raro com o apoio de notas de rodapé) com uma especulação mais fantasiosa, esta última sempre colocada na boca de personagens e quase sempre refutada por interlocutores. Passando sobre o lado escuro da Lua, os viajantes reparam em *"étranges rayons"* [raios estranhos], para os quais não encontram explicação. Michel insiste que estão vendo luz refletida em um vasto ossário, um deserto de ossos esbranquiçados de mil gerações de lunarianos (*"cette plaine ne serait alors qu'un immense ossuaire sur lequel reposeraient les dépouilles mortelles de mille generations éteintes"* [Verne, *Autour de la Lune*, pp. 171-72]). Mas o assunto não pode chegar a um consenso; os viajantes não pousam, e os mistérios do outro lado ficam preservados.

O que surpreende é o simples fato de esse elenco de hipóteses ser um dispositivo literário eficiente. Em vez de desvendar o mistério da Lua, Verne consegue aumentar esse mistério precisamente ao investigá-lo. Há vida nas crateras e vales do outro lado da Lua? Mesmo que agora esteja estéril, a Lua foi algum dia habitada por humanoides? Poderiam as manchas mais esbranquiçadas na superfície serem vastos campos de ossos? Estaria o outro lado recoberto de monumentais ruínas arquitetônicas, ou isso é mera ilusão de mentes aficionadas a padrões dos observadores? Sem ter de se comprometer com uma narrativa racionalista específica, Verne consegue fazer alusões a narrativas poderosamente sugestivas – tempo profundo, desastre ambiental, habitantes humanoides lunares fugindo do globo moribundo e chegando (talvez) à Terra – enquanto, ao mesmo tempo, fornece ao leitor um elenco de estatísticas que nada têm de familiares e que de fato nada esclarecem.

Como em muitas novelas de Verne, a tensão dramática é gerada por uma falta particular de preparação científica. Tendo caído no Pacífico, presume-se que o projétil tenha afundado, sendo então montada uma expedição submarina;

---

* No original: *He is the first wish-fulfillment hero-figure of the bourgeois SF novel*. A expressão inglesa *wish-fulfillment* (satisfação de desejo) remete a uma terminologia freudiana e indica o desejo de realização ou satisfação de um anseio inconsciente. (N. do T.)

mas, é claro, o projétil – um recipiente hermético cujo deslocamento é muito maior que seu peso – flutua (*"tous ces savants"*, Verne nos conta, *"avaient oublié cette loi fondamentale"*; "todos os peritos tinham esquecido essa lei fundamental" [*Autour de la Lune*, p. 318]). Como devemos encarar esse esquecimento francamente condenável por parte dos *"savants"*? Repetidamente nos livros de Verne, os desenlaces dependem da percepção tardia de fatos científicos dos quais, seria muito lógico, os protagonistas deviam ter conhecimento – cálculos simples que foram concluídos com equívoco proporcionam um clímax eucatastrófico em *Os Quinhentos Milhões da Begum* (1879) e em *Sans dessus dessous* [Fora dos Eixos] (1889). É quase como se Verne quisesse dramatizar uma mobilização humana de ciência e tecnologia que, embora permitindo realizações fenomenais, tem enormes pontos cegos; uma combinação de percepções brilhantes em meio a enganos e omissões tolas. Eu argumentaria que, inteiramente à parte do ajuste narrativo que capacita Verne a gerar finais satisfatoriamente dramáticos com reviravoltas, essa aporia de fato expressa a inabilidade fundamental de fechar a lacuna entre as ambições realistas e tecnológicas (e burguesas) de Verne, além da estética místico-simbólica que, às vezes de modo inconsciente, age como força propulsora de suas mais notáveis ficções.

Em meados da década de 1870, os sucessos de Verne ainda estavam sendo moldados pelo êxito de *Vinte Mil Léguas Submarinas*. Sua continuação dessa obra, *A Ilha Misteriosa* (1874), só se revela como sequência no terceiro de três volumes extensos. De fato, é uma dupla sequência, pois dá prosseguimento à história de um personagem, Aytoun, que tinha sido previamente abandonado em uma ilha deserta no final de uma novela completamente diferente, *Os Filhos do Capitão Grant*. *A Ilha Misteriosa* começa também como uma aventura verneana em um balão; cinco homens escapam do cerco de Richmond durante a Guerra Civil Americana em um balão, mas são levados brutalmente pelo vento para fora de seu curso, acabando por descer na ilha que dá nome ao título do livro. Grande parte dessa obra tão longa diz respeito aos esforços empreendidos pelo grupo para sobreviver na ilha, com muitas digressões sobre vida selvagem, história natural, engenharia e estratégias de autossuficiência. O fato de não morrerem, apesar das naturais condições hostis e de um ataque de piratas, deve-se em parte à ajuda que recebem de modo misterioso em momentos cruciais. A fonte desse socorro é enfim revelada como sendo o Capitão Nemo.

O efeito da revelação (que ocorre perto do final de uma novela muito longa) é reforçar a inquestionável lógica de circularidade essencialmente verneana; o desconhecido é revelado como conhecido desde o início. Isso toca mais uma vez no tema da estase da estética de Verne. Em *Hector Servadac*, *voyages et aventures à travers le monde solaire* [Hector Servadac, Viagens e Aventuras pelo Sistema Solar] (1877), um meteoro relampejante colide com a Terra, mandando um fragmento considerável do norte da África para o espaço sideral, no qual está não apenas o titular Servadac (um oficial militar francês) e seu criado, Ben Zoof, mas vários outros personagens europeus: um conde russo; a tripulação de seu iate; um grupo de espanhóis; uma menina italiana; um comerciante judeu; e um professor francês. É o professor o primeiro a compreender que encontram-se viajando pelo espaço em um objeto que, em uma alusão patriótica, ele batiza de Gália. Esse novo minimundo (ainda detentor de atmosfera e, ao que parece, de plena gravidade) alcança as áreas mais remotas do sistema solar, congelando-se ao fazê-lo – os humanos sobrevivem retirando-se para cavernas aquecidas por vulcões. Por fim, e depois de passar por muitos locais astronômicos interessantes, o novo meteoro retorna ao sistema solar interior. Os humanos constroem um balão com o pano da vela de um navio e deixam seu mundo, esperando transferir-se para a atmosfera terrestre e, assim, voltar para casa. E, em uma conclusão que de certo modo bizarro lembra um sonho, fazem exatamente isso, encontrando o mundo como o haviam deixado. Ao que parece, Verne queria retratar um mundo devastado pela catástrofe, mas Hetzel deu para trás, impondo a seu autor a necessidade de não deixar um gosto demasiado trágico na boca do público leitor. O resultado essencial é um livro que, depois de aparentar ter conduzido o leitor à mais fantástica das viagens fantásticas, acaba revelando não tê-lo conduzido a parte alguma.

Os Quinhentos Milhões da Begum (1879) retorna ao ícone do enorme canhão. Begume é um termo do hindustani que significa "rainha ou senhora de posição elevada", e Verne usa esse dispositivo em teoria orientalista como trampolim para uma esquemática fantasia utópica/distópica ambientada do outro lado da Índia, na América. As duas figuras principais da história são o francês dr. François Sarrasin e o professor alemão Schultz, que, em virtude de serem ambos aparentados com a *begum*, comprovam ser os únicos herdeiros da fortuna nominal de 525 milhões de francos (os advogados cortam uma interessante fatia de 25 milhões de francos por seus serviços, arredondando a soma com elegância). Com sua parte do dinheiro, Sarrasin constrói uma comunidade ideal, chamada France-ville, nos ermos do noroeste norte-americano. O professor Schultz usa o dinheiro para construir sua própria cidade, Stahlstadt (Cidade do Aço); um lugar de rígida mecanização e implacável adesão à ordem social e tecnológica. A produção principal de Stahlstadt é o armamento, culminando em um canhão gigantesco com o qual Schultz pretende destruir France-ville, lançando um enorme projétil cheio de gás carbônico comprimido que, em simultâneo, sufocará e congelará os colonos

Figura 8.2 Fronstispício de *Os Quinhentos Milhões da Begum*, de Verne (1879).

franceses. O frontispício na edição da novela da Coleção Hetzel é dominado pela representação dessa enorme peça de artilharia com o enlouquecido professor Schultz de pé ao lado da boca, enquanto embaixo estão colocadas a utopia rural idealista de France-ville e as escuras fábricas satânicas de armas de Stahlstadt, opostas de modo esquemático, respectivamente nos cantos esquerdo e direito da base da página (Figura 8.2).

Essa novela, publicada poucos anos depois da humilhante derrota que a França sofreu nas mãos do exército alemão na Guerra Franco-Prussiana de 1870, tem sido lida por vários críticos como uma peça crua de satisfação de um desejo (Andrew Martin sugere que "Verne recapitula e reescreve de maneira oblíqua a derrota da França pela Alemanha [...] tornando então a França plenamente vitoriosa e reinscrevendo os fatos irrevogáveis da história em uma versão mais simpática" [Martin, pp. 60-1]). Com certeza, o libelo da novela contra a relevância alemã parece significativo. Mas o livro funciona com muito mais nitidez como comentário sobre a tradição utópica em si. Como comentário político, a própria dicotomia "cidade boa-cidade má" parece sem consistência em termos conceituais, muito distante da realidade, alojada como está em uma locação norte-americana perceptível apenas de forma superficial (nunca ficamos sabendo o que pensam as autoridades federais dos Estados Unidos sobre essas duas comunidades que forjam seus respectivos exércitos e o armamento de destruição em massa de Stahlstadt em solo norte--americano). Mas como metatexto utópico o livro está repleto de ideias penetrantes sobre a relação entre dois diferentes modelos de idealismo utópico: o pastoral e o autoritário. O fato de Verne simbolizar a mediação entre essas duas cidades com um canhão gigantesco reúne destruição, militarismo, certo grau de otimismo (afinal, é um canhão que poderia, no cosmos de Verne, transportar homens para a Lua) e um familiar gigantismo tecnológico.

No final, Schultz dispara seu canhão, mas – como acontece com tanta frequência com os cientistas de Verne – erra nos cálculos: com uma velocidade de saída de "*dix mille metres à la second*", o projétil não só ultrapassa France-ville, mas também o horizonte, entrando em órbita e proporcionando à Terra "*un second satellite*" (Verne, *Cinq cents mille*, p. 183). Furioso com esse fracasso, Schultz planeja um ataque generalizado a France-ville com a intenção de destruí-la por completo, transformando-a em "*une Pompéi moderne*", de modo que se tornasse "*l'effroi et l'étonnement du monde entier*" (o objeto de terror e espanto do mundo inteiro) (Verne, *Cinq cents mille*, p. 230). Mas, antes que possa enviar essa ordem, ele próprio é morto, congelado pela detonação acidental de um de seus projéteis venenosos.

A novela de Verne de 1880, *A Casa a Vapor* (*Le Maison à vapeur*) (1880), contém um "elefante a vapor", uma engenhoca mecânica em forma de paquiderme em que um engenheiro chamado Banks viaja pelo norte da Índia. Essa é uma evidente carona que Verne tomou com o autor *pulp* norte-americano Edward S. Ellis, cujo *The Steam Man of the Prairies* [O Homem a Vapor das Pradarias] (1868) fala de uma máquina a vapor do Meio-Oeste norte-americano, dotada de movimento, tendo a forma de um homem gigantesco (o assunto será discutido em mais detalhes no próximo capítulo). "Carona" é um modo brando de falar de plágio, claro. De fato, dada a escala do sucesso financeiro de Verne isso dificilmente pode ser encarado como bagatela. É, na realidade, outra faceta do modo como Verne mobilizava os recursos criativos de sua era. Um modo anacrônico de abordar o assunto seria dizer que Verne tinha uma percepção sagaz da própria marca. A mercantilização de novas ideias faz parte do modo como o capitalismo mobiliza, e põe em movimento, as matérias-primas de seu tempo. O título de *L'Étoile du Sud* [A Estrela do Sul] (1884) refere-se a um diamante gigante de 243 quilates, ao que parece criado de modo artificial por Victor Cyprien, um engenheiro francês que trabalha na África do Sul. Embora publicada como sendo de Verne, essa aventura *love story* foi de fato escrita por Paschal Grousset, ex-membro da Comuna de Paris que escrevia sob o pseudônimo de André Laurie. Verne se apropriou do manuscrito como um todo ou submeteu-o a uma reelaboração superficial, algo que, é bem possível, aplica-se a *Os Quinhentos Milhões da Begum* (que também foi ideia de Grousset). No final da carreira de Verne, seu filho Michel divulgou as próprias histórias usando o nome do pai, um caso um pouco diferente de mera desorientação editorial, pois já então o nome de Verne era um patrimônio extremamente valioso, que funcionava como marca.

Robur, o Conquistador (*Robur, le Conquérant*) (1886), junto com sua sequência, *O Senhor do Mundo* (*Maître du Monde*) (1904), reelabora uma versão do mitológico Nemo ao remanejá-lo da água para o ar. O primeiro livro começa, como *Vinte Mil Léguas Submarinas*, com acontecimentos inexplicados que ocorrem pelo mundo afora, neste caso trombetas no ar, luzes estranhas e bandeiras fincadas em locais inatingíveis; e, também como em *Vinte Mil Léguas Submarinas*, a solução do mistério é antes um artefato tecnológico que qualquer explicação sobrenatural ou monstruosa. *Robur, o Conquistador* continua com um prolongado debate no "Weldon Institute", na Filadélfia, entre os que acreditam que o futuro da viagem aérea se encontra em aparelhos mais-leves-que-o-ar (*aérostat*), como os balões, e o próprio Robur, que zomba do balonismo e insiste no aparelho mais-pesado-que-o-ar (*aéronef*). Para provar sua hipótese, Robur sequestra membros do instituto e os coloca a bordo de seu aparelho voador com propulsão a hélice, o *Albatroz* Essa aeronave é aparentemente inexpugnável (a fuselagem é construída de papel compactado e tratado para torná-la impermeável a ataques – toque que ao mesmo tempo é provavelmente um contrassenso e um tanto habilmente simbólico da verdadeira fonte da força com que as publicações de Verne se estendiam pelo globo). Robur revela que pretende usar sua expressa superioridade para patrulhar o mundo. Como exemplo, ataca e massacra africanos nativos devido à suposta barbárie de seu comportamento. A continuação, como acontece com frequência em Verne, reconfigura a concepção original de forma bastante radical. Robur retorna, mas como um perfeito criminoso em vez de uma benevolente-embora-mal-orientada figura nemoesca. Seu *Albatroz* é substituído por um aparelho chamado *L'Épouvante* [Pavor] e o livro está essencialmente interessado nas tentativas das autoridades para capturar Robur.

Fora dos Eixos (1889)[5] leva-nos de volta ao clube de armas de Baltimore, que tinha proporcionado material bélico para o lançamento da nave lunar em *Da Terra à Lua* (1865). Nesta novela, o plano deles é ainda mais ambicioso: alterar a própria rotação do globo. Sob o disfarce de uma Associação Prática Norte-Polar, o clube de armas compra terras sem valor no Polo Norte. Planejam agora disparar um projétil de um canhão muito comprido, de modo tal que o coice da arma lance a Terra em uma rotação mais regular, dando fim às estações e tornando todo o globo temperado – também disponibilizando assim a terra que compraram para exploração lucrativa. Em outras palavras, é uma novela que funciona quase como versão hipertrófica do fascínio verneano pela mobilidade-em-estase. Se o clube de armas for bem-sucedido, uma regularidade e consistência pseudotécnicas se aplicarão em nível global. O mundo ainda vai girar e a vida continuará, mas com maior emprego de máquinas e de modo mais controlado. Seja como for, os cálculos do clube de armas estão errados; o canhão é disparado, mas a explosão é insuficiente, em larga medida, para causar a rotação do mundo. Uma forma de estase (o retorno, no final da novela, ao *status quo*) substitui um sonho mais ambicioso de estase (a rotação do mundo absolutamente regularizada).

A Ilha de Hélice (*L'Île à hélice*) (1895) tem como base outra premissa tecnológica de bom tamanho; uma enorme ilha artificial projetada para viajar sobre o Pacífico. Mas Verne, na verdade, não tem uma história para contar à altura dessa enorme construção. A narrativa, que coloca um grupo de músicos no meio de um esquemático desacordo político entre os ocupantes do lado esquerdo e do lado direito da ilha, não consegue prender a atenção. *A Invasão do Mar* (*L'Invasion de la mer*) (1905) narra as aventuras de certos engenheiros franceses que planejam criar um novo mar na África saariana e são atacados por tuaregues. Algumas obras publicadas postumamente foram, é quase certo, escritas pelo filho de Verne, Michel entre elas, *A Caça ao Meteoro* (*La Chasse au météore*) (1908) e *O Segredo de Wilhelm Storitz* (*Le Secret de Wilhelm Storitz*) (1910). A primeira é sobre um meteoro de ouro sólido que se lança em direção à Terra e a caça frenética para alcançá-lo depois que ele cai no Círculo Ártico – apesar do fato de, como assinalado várias vezes na novela, a introdução de tanto ouro provocar o colapso de todo o sistema financeiro global. O meteoro é inclusive interpelado de forma direta: *"C'est l'universel appauvrissement, la ruine générale que s'y précipiterait avec toi!"* [É o empobrecimento universal, a ruína generalizada que chegaria contigo!]

(Verne, *La Chasse*, p. 229). No final, o meteoro imensamente quente resvala no oceano polar, perdendo-se para sempre, evitando assim uma catástrofe econômica (embora não fique claro por que um supersubmarino verneano, saído de alguma outra porção do universo megatextual das *voyages extraordinaires*, não poderia ser empregado para recuperá-lo). Em *O Segredo de Wilhelm Storitz* (escrito nos anos 1890; publicado em 1910), o segredo de Storitz é a invisibilidade, e ele o usa para tentar impedir o casamento de uma mulher que o havia desprezado; o conjunto é um derivativo atenuado do homem invisível de Wells. A coleção de contos *Hier et demain* [Ontem e Amanhã] (1910) foi também lançada com o nome de Verne, embora muitas de suas histórias sejam parcial ou talvez inteiramente escritas por Michel. Duas histórias são de algum interesse: "Au XXIX Siècle: la Journée d'un Journaliste Américan en 2889" [No Século XXIX: o Dia de um Jornalista Norte-Americano em 2889]. Outro conto passado no futuro distante, embora muito mais bem-sucedido, é "L'Éternel Adam" [O Eterno Adão], conhecido às vezes pelo título alternativo "Edom", em que um humano futuro chamado Zartog Sofr-Aï-Sran relembra os milhares de anos de história que levaram ao império de extensão mundial em que ele vive. Ele descobre um antigo manuscrito escrito em francês (uma língua já esquecida) em que uma figura de nossos dias relata a cataclísmica inundação do mundo e as tentativas, feitas pelos poucos sobreviventes, de começar de novo a civilização. Depois de ler essa história, Sofr-Aï-Sran é dominado por *"l'intime conviction de l'éternel recommencement des choses"* [uma íntima convicção do eterno retorno das coisas]. E essa citação do conceito filosófico nietzschiano não é pedante nem está fora de lugar; como vários críticos assinalaram, essa breve novela recapitula os temas da descoberta, catástrofe e circularidade, tão centrais em todo o acervo das obras de Verne. *Mobilis in mobile* revela-se como o princípio segundo o qual, no longo prazo, o mundo funciona em sua totalidade. Nas palavras bem escolhidas de Selenick: "os temas e tensões recorrentes [de Verne] revelam um medo do potencial ambivalente da imaginação para deslocar um mundo estável" (Selenick, p. 2). O enorme e inventivo jogo de *fort-da* na ficção de Verne desenrola e enrola as possibilidades imaginativas de mudança e afastamento radicais. Um vetor dominante da FC do século XX, direta ou indiretamente influenciada por ele, continuou a explorar essa mesma inquietante ambivalência.[6]

Wells

Se, sob pena de alguma punição desagradável, eu fosse pressionado a dar o nome do maior novelista a trabalhar com a linguagem da ficção científica, eu diria o nome de Herbert George Wells. Ele trouxe algumas novas premissas para a FC. Com grande frequência adaptou tropos mais antigos de FC, mas tudo o que tocava ganhava vida de um modo nitidamente moderno, com um senso poético implícito e profunda compreensão, em geral intuitiva, da dialética que determina o gênero como um todo. Em seus melhores livros, ele é mais eloquente, instigante e surpreendente, embora discreto, se comparado a qualquer outro escritor de FC. É difícil negar, segundo o crivo de Patrick Parrinder, que seja "a figura crucial na evolução do romance científico para a moderna ficção científica. Seu exemplo fez tanto para moldar a FC quanto qualquer outra influência literária considerada à parte" (Parrinder, *Science Fiction*, p. 10).

Um dos fatores básicos que moldaram a vida de Wells, e portanto sua ficção, é algo difícil de transmitir aos que não experimentaram as complexidades peculiares e envolventes do sistema de classes inglês. A origem de Wells não era nem pobre nem pouco respeitável, mas também não chegava a ser de classe média. O pai tinha sido jogador profissional de críquete (os participantes desse jogo, então como agora sagrado para alguns ingleses, costumavam ser divididos em "cavalheiros" amadores e "jogadores" profissionais, sendo os últimos de categoria inferior) e, na época do nascimento de Wells, era gerente de loja. A mãe, sempre importante na vida de Wells, prestava serviços domésticos em uma grande mansão de Kent. A princípio, Wells foi ajudante de um negociante de tecidos local, mas, fortemente motivado, maximizou seus dons de estudante, tornando-se professor estagiário no ginásio Midhurst. Graças a esse cargo conseguiu ganhar uma bolsa para a Normal School of Science, em Londres, uma instituição sem *status* universitário, mas com o benefício da pedagogia do eminente biólogo e darwinista Thomas Huxley. Wells sustentou mais tarde que o ano que passou no curso de Huxley foi "sem a menor dúvida, o ano mais educativo" de sua vida; "no final desse período eu tinha adquirido uma visão bastante clara, completa e ordenada do universo aparentemente real" (Wells, *A Modern Utopia*, p. 226). Embora tanto o humanismo científico de Huxley quanto seu vigoroso proselitismo pela teoria da evolução sejam muito evidentes na obra de Wells, eles medeiam uma animosidade social mais profunda. Em uma meritocracia, um indivíduo com os talentos de Wells teria ascendido com facilidade, mas a Grã-Bretanha nas décadas de 1880 e 1890 não era uma meritocracia. A mobilidade social de Wells foi conquistada a duras penas, deixando-o com uma percepção da luta social que se harmonizava com sua compreensão das teorias de Darwin e do potencial do discurso da "ciência", útil para substituir os discursos de "classe" e "religião". Isso acrescentou ao brilho imaginativo e habilidade narrativa da obra de Wells uma profundidade e uma sofisticação de relevância social amplamente ausentes no Verne mais confortavelmente burguês.

Wells trabalhou como professor do ensino fundamental, primeiro no País de Gales e, mais tarde, no norte de Londres, casando-se em 1891. Começou escrevendo jornalismo científico, vendendo um e outro artigo para diversos jornais. Alguns deles são ciência especulativa em seu sentido mais pleno. "The Man of the Year Million" [O Homem do Ano Um Milhão] (publicado na *Pall Mall Gazette*, 1893) extrapolava o darwinismo para a longuíssima escala de tempo mencionada no título, imaginando como os humanos poderiam evoluir. Em 1894, ele abandonou a esposa e, no ano seguinte, casou-se com uma ex-aluna, Amy Catherine Robbins, uma mulher que parece ter trazido ordem à sua vida um tanto agitada. As infidelidades sistemáticas de Wells não destruíram esse relacionamento, embora evidenciem sua crença de que as regras e a moralidade convencionais não se aplicavam a ele – algo que também faz parte de suas novelas. Há, podemos dizer, vantagens e desvantagens em uma vida levada assim, e em uma literatura criada com base nessa premissa fundamental.

A carreira de escritor de Wells foi prolongada e, no final dela, Wells havia se tornado um dos escritores mais famosos do planeta. Os críticos às vezes distinguem entre seus escritos até 1914, quando ele produzia na maior parte ficção, e seus escritos desde a Primeira Guerra Mundial até sua morte, em que o jornalismo e a não ficção desempenharam um papel maior. Para nossos objetivos, porém, a reviravolta evidente em grande parte de seus (não tão conhecidos) últimos escritos para a fábula místico-religiosa e teológica pode ser encarada como a mera expressão de uma essência dialética presente em sua obra desde o início; aquela entre, de um lado, uma perspectiva *científica* e, do outro, uma perspectiva *mística* acerca do cosmos, o que significa dizer, a tensão formal e genérica entre "ficção realista" (que Wells também escreveu) e "ficção científica", dois modos que existem em uma dialética incomum e íntima em sua obra. Na verdade, embora Wells tenha escrito de modo prolífico nos anos 1940, e embora quase nada do que escreveu deixe de ter algum interesse, foi a década de 1895 a 1905 que assistiu à produção de quase toda a sua mais importante FC. A primeira novela, *A Máquina do Tempo* (1895), mostrou-se uma de suas mais perenes, embora uma lista de suas obras significativas durante essa década seja uma lista de obras-primas da FC: *A Ilha do Dr. Moreau* (*The Island of Doctor Moreau*) (1896); *O Homem Invisível* (*The Invisible Man*) (1897); *A Guerra dos Mundos* (1898); *O Dorminhoco* (*When the Sleeper Wakes*) (1899); *Anticipations* [Antecipações] (1901); *Os Primeiros Homens na Lua* (1901); *O Alimento dos Deuses* (*The Food of the Gods and How it came to Earth*) (1904) e *A Modern Utopia* [Uma Utopia Moderna] (1905).

Wells publicou a primeira versão de *A Máquina do Tempo* no *Science School Journal*, uma revista de pequena circulação, ainda em 1888, sob o ostensivo título "The Chronic Argonauts" [Argonautas Crônicos] – uma expressão que lembra antes um diagnóstico médico que o nome de uma novela. Essa narrativa conheceu "não menos que sete versões diferentes" antes de aparecer em forma de livro em 1895 (Hammond, p. 79). O "viajante no tempo" (seu nome não nos é revelado) inventou uma máquina que permite que se desloque para trás ou para a frente no tempo. Ele viaja para o ano 802.701 e descobre que a humanidade evoluiu ou se "desdobrou" em duas raças distintas: os belos mas estúpidos elóis, que levam vidas hedonísticas na superfície, e os selvagens e horrendos *morlocks*, que vivem sob a terra e que (a história revela) saem à noite para devorar os elóis. Depois o viajante parte para um futuro ainda mais remoto e vê uma nova "involução", com os humanos se tornando primeiro criaturas parecidas com coelhos (episódio cortado da edição de 1895) e, enfim – no cenário de uma paisagem esplendidamente desolada –, monstros parecidos com caranguejos, correndo por uma última praia sob um Sol moribundo.

As reações críticas convencionais a essa novela tendem a vê-la como uma reflexão sobre a estrutura de classes da Grã-Bretanha *fin-de-siècle* ou, de modo alternativo (ou adicional), como uma tentativa bastante condensada de pensar "o tempo longo" e, em particular, as implicações da teoria darwinista que Wells tinha absorvido através de Huxley. Os elóis, "aquele povo pálido, decadente, artístico", que vive acima do solo em um paraíso neo-helênico, coletivista e pastoral – a forma plural grega de seu nome é uma revelação aqui – "trazem um sabor do esteta dos anos 1870" (Aldiss, p. 118). Em contrapartida, os morlocks são identificados na história como a extensão darwinista do proletariado industrial: "Mesmo hoje, um trabalhador do East End não vive em condições tão artificiais que, na prática, parece ter sido cortado da superfície natural da Terra?" (Wells, p. 52). Esses morlocks canibais, que literalmente comem os elóis imbecilizados, ainda que belos, é algo interpretado com facilidade como sátira feroz, ou sátira-reversa, da violência de classe na Grã-Bretanha do final do século XIX, mas a alegoria swiftiana dos morlocks e elóis é intensificada por uma explicação, por parte de Wells, quase científica para o fantástico e extremo estado de coisas. "A trama de *A Máquina do Tempo*", diz John Lawton, "é a trama da Evolução e, como aos poucos vai se tornando claro, a Evolução corre para trás" (Lawton, p. xxxii). Mas esse não é o único modo de ler essa brilhante história. Pensar em Wells como um filósofo, um quase cientista ou profeta, ponto de vista endossado, é claro, pelo próprio Wells, pode nos impedir de observar suas extraordinárias habilidades como escritor; e quero afirmar, reivindicando primazia, que esse livro – antes de ser sobre classe, darwinismo, degeneração ou profecia – diz respeito a narrativa e gênero. Contra críticos que veem a premissa da novela (uma máquina que pode viajar pelo tempo) como meio de examinar a evolução em ação ou como facilitadora de uma sátira de classe, podemos interpretá-la como um *novum* suviniano para a própria narrativa, uma peça de textualidade autorreflexiva.

Vemos uma forma consistente em grande parte de seus contos: de um ambiente contemporâneo comum, um estratagema, objeto ou circunstância abre visões de mundos novos e estranhos. Em "The Door in the Wall" [A Porta no Muro] (1906), o protagonista encontra uma misteriosa porta verde que lhe permite deixar a imunda realidade da Londres do século XIX e entrar "em um mundo de diferente qualidade, uma luz mais quente, mais penetrante e mais branda, com uma leve, clara alegria no ar" (Wells, *Complete Short Stories*, p. 148). Há muitas histórias subsequentes que empregam o mesmo esquema. Em "The Remarkable Case of Davidson's Eyes" [O Caso Impressionante dos Olhos de Davidson] (1895), um experimento científico que funciona mal substitui a visão comum do protagonista por uma visão do ponto do globo exatamente oposto. Em "The Crystal Egg" [O Ovo de Cristal] (1897), o objeto do título da história dá a seu possuidor, dono de um ferro-velho em Londres, inesperado acesso visual a uma cena em Marte, incluindo uma casa marciana e marcianos em voo. A última história exemplifica o modo como opera esse tipo de conto. Wells faz uma distinção nítida entre a miserável existência de baixa classe média do lojista que possui o ovo de cristal (sr. Cave tem uma esposa rabugenta e filhos ingratos) e o mundo fantástico, exótico, aberto pelo ovo. O contraste é essencial ao funcionamento do conto. Como Wells disse mais tarde em *Experiment in Autobiography* [Experimento de Autobiografia] (1934), com referência à *Máquina do Tempo*, "eu tinha percebido que quanto mais impossível era a história que eu tinha de contar, mais banal tinha de ser o cenário" (citado em Lawton, p. xxxiv). Em "The Crystal Egg", o ovo, de fato, é a própria ficção científica. É essa coisa que nos dá visões fantásticas, visões do outro mundo. Ao pôr o encardido ferro-velho de Seven Dials contra o exótico palácio marciano, a história equilibra o estilo da ficção realista do final do século – do tipo que Wells também escreveu, mas que está associada com mais força a escritores como Gissing e Bennett – com as brilhantes possibilidades da própria FC.

Essa é a chave não só para *A Máquina do Tempo*, mas para toda a ficção da "grande década" de Wells. Em vez de ler a história como uma "codificação" alegórica de circunstâncias contemporâneas de classe, podemos lê-la como mediação deliberada da representação genérica dessas circunstâncias (realismo) e fuga de uma representação cotidiana, corriqueira (a própria máquina do tempo ou ficção científica). A máquina do tempo é "como" um relógio, um carro, uma arma e todas as coisas variadas que os críticos têm lido na história construída em torno dela; mas a Máquina do Tempo é um dispositivo literário. Podemos colocar isso de outra maneira lembrando como a novela começa. O (anônimo) viajante do tempo "estava nos expondo um assunto obscuro", explicando a noção de "espaço-tempo":

> Qualquer corpo real deve ter extensão em quatro direções: deve ter Comprimento, Largura, Espessura e – Duração. Mas através de uma fragilidade natural da carne [...] nos inclinamos a negligenciar esse fato. Há realmente quatro dimensões, três das quais chamamos os três planos do Espaço e uma quarta, Tempo (Wells, *The Time Machine*, p. 10).

A quarta dimensão só é invisível para nós porque "nossa consciência se move de forma intermitente" por ela através de todas as nossas vidas. Essa invisibilidade é um dos temas básicos da novela de Wells, sendo evidenciada pela noção de que a máquina do Viajante do Tempo se torna literalmente "invisível" quando viaja. O que é explicado em termos quase científicos: "Não podemos vê-la [...] assim como não podemos ver o raio de uma roda que gira ou uma bala atravessando o ar. Se ela está viajando pelo tempo, cinquenta vezes ou cem vezes mais rápida que nós [...] a impressão que cria será de apenas um cinquenta avos ou um centésimo da que causaria se não estivesse viajando no tempo" (Wells, *The Time Machine*, p. 17). No final da história nos é demonstrado esse princípio em ação, quando o narrador vislumbra a Máquina do Tempo "fantasmagórica, indistinta [...] transparente" (Wells, *The Time Machine*, p. 90) à medida que o Viajante do Tempo se lança a uma nova expedição. Na lógica da história que o próprio Viajante do Tempo relata, essa "invisibilidade" ou "indistinção fantasmagórica" acaba sendo percebida como a relação entre os elóis e morlocks, e, mais materialmente, pelos próprios *morlocks* escondidos nos subterrâneos.

Sob certos aspectos, *A Ilha do Dr. Moreau* (1896) é uma reelaboração pós-darwinista do *Frankenstein* de Shelley. Mais que isso, ou em relação a isso, trata-se de um livro sobre *nomear*. Nomes, afinal, são humanos. Os animais vivem sem eles, e o monstro de Frankenstein é anônimo, mas nós, humanos, gostamos de nomear a nós mesmos e ao mundo ao redor; além disso, gostamos de articular elaboradas teias e tramas de nomes em – por exemplo – novelas. Ao escrever uma novela sobre a proximidade da humanidade e da animalidade, Wells tinha alguma coisa em mente, alguma coisa darwinista. Antes de Darwin, os humanos consideravam-se únicos, criados por Deus, diferentes em essência dos animais. Darwin afirmou que não era bem assim. Os humanos são meramente animais submetidos, pela evolução, a uma mutação. *A Ilha do Dr. Moreau* é a primeira grande novela sobre essa revolução de pensamento, escrita três décadas após o aparecimento de *A Origem das*

Espécies (*Origin of Species*), pois foi esse o tempo que a chocante ideia de Darwin levou para se imiscuir do modo devido na cultura popular.

Um inglês de boa família, Edward Pendrick, se vê abandonado em uma ilha do Pacífico habitada apenas pelo vivisseccionista dr. Moreau, seu assistente Montgomery e os vários semi-homens que Moreau modelou por intervenções, cirúrgicas e outras, na vida animal – cirurgias praticadas sem auxílio de anestesia. Essas criaturas-animais desenvolveram uma religião rudimentar, tendo o próprio Moreau como um Deus que mesclava Misericórdia e Dor (*"Dele* é a Mão que fere", diz a cantilena, *"Dele* é a Mão que cura"). O Éden científico da novela também inclui uma versão do mandamento bíblico de não comer da "Árvore do Conhecimento do Bem e do Mal": Moreau ordenou que seus homens-animais não provassem sangue. Esse mandamento, claro, é transgredido, e as criaturas revertem à origem animal. Mais tarde, Wells disse que o livro era "um exercício de blasfêmia juvenil" e "teologia grotesca" (Kemp, p. 211).

A menos da metade da história, o narrador de repente exclama: "'Moreau!', disse eu. 'Conheço esse nome'". O que podemos nós saber desse nome? Bem, *moreau* em francês significa "de pele parda" (como um mouro) e, embora o Moreau retratado por Wells seja exageradamente branco, com uma barba comprida e também branca (paródia do Deus-Pai), ele é o fulcro da novela por suas inquietações acerca de raça, miscigenação e poluição – elementos bem característicos do contexto cultural da Grã-Bretanha imperial nos anos 1890. Segundo a sugestão de alguns críticos, a primeira sílaba do nome Moreau evoca *mors*,* morte, *death*; assim como a segunda (*eau* significa água) indica o isolamento da ilha ou, talvez, a fluidez com que ele trata a carne. Sempre me pareceu que Moreau é uma versão estendida, ou mais encorpada, do nome More, o homem que escreveu a primeira Utopia do mundo, outra fábula ambientada em uma ilha distante onde a natureza humana foi retrabalhada e refinada. A ilha de Moreau é chamada de Ilha do Nobre no mapa, um nome que é um indício irônico da nobreza ao mesmo tempo que inclui um eco da história original de More na primeira sílaba. A utopia de More como *no-place* (lugar nenhum) leva à *no-bles* de Wells, um lugar sem sombra de dúvida não abençoado (*unblessed*), distorcendo o feliz paradigma utópico de More ao transformá-lo em formas monstruosas, distópicas.

A Ilha do Dr. Moreau é uma novela cujos significados simbólicos se somam com tanta riqueza que, como acontece nesta breve nota sobre os nomes, é fácil se deixar empolgar. Margaret Atwood escreveu certa vez uma breve introdução à novela na qual apresentou, em rápida sucessão, *Moreau* em dez

---

* *Mors* era o deus romano da morte. (N. do T.)

diferentes leituras: como experimento do pensamento evolucionista; como anseio de aventura imperial dos anos 1890; como romance científico; como uma reescrita de *A Tempestade*; como a Bíblia; ou como *A Balada do Velho Marinheiro (Rime of the Ancient Mariner)*, de Samuel Taylor Coleridge. É divertido ser apanhado em uma hermenêutica tão lúdica, embora eu não possa deixar de me perguntar se tamanha prodigalidade de interpretação não deixa escapar o essencial da novela de Wells. Porque, na realidade, *A Ilha do Dr. Moreau* é algo simples. Sua clareza bruta é uma das razões de seu permanente apelo. É simples porque animais são simples, falando em termos relativos. Temos animais de estimação, e algumas pessoas preferem animais de estimação a gente, porque eles nos dão coisas cruciais – companhia, lealdade, amor – sem todas as complicações provocadas por relacionamentos humanos adultos.

A simplicidade dos animais não é inocente, claro; seria ingenuidade de nossa parte pensar assim. E Wells é soberbo ao tratar das ramificações dessa simplicidade, não apenas do potencial para a violência – sua *barbárie*, para usar um termo pesado –, mas também de seu misterioso *glamour*, composto de charme e estranhamento. Todos os seres genuinamente simples compartilham esse *glamour*, penso eu, porque a riqueza e a complexidade intrínsecas da existência humana lançam a verdadeira simplicidade em um contraste total, fascinante, mas inumano. Daí, por exemplo, a qualidade maliciosa dos primeiros homens-cães, homens-pumas, homens-porcos e homens-macacos que Prendrick encontra: "Também usavam turbantes e, sob eles, espreitavam-me com seus rostos delicados, faces com maxilares salientes e olhos brilhantes" (Wells, *The Island of the Doctor Moreau*, p. 32). Daí, também, as insólitas "orelhas pontudas e olhos luminosos" do assistente de Montgomery.

Freud mapeou com habilidade esse território em seu *O Mal-Estar na Civilização (Civilisation and its Discontents)* (1930), mas Wells chegou lá primeiro. *A Ilha do Dr. Moreau* compreende com perfeição que a violência é simples onde a civilização (negociação, compromisso, repressão) é complicada. Moreau mantém seus homens-animais sob controle com uma Lei que é a nominalização da Dor, seu instrumento para criá-los; uma estratégia simples, ainda que precária. O esboço da novela é a desintegração ou degeneração dessa estrutura imposta. Se pensarmos um instante nisso, a dor que Moreau inflige a suas criaturas deveria nos incomodar bastante. Não falo em sentido ético (é evidente!), mas em sentido prático. Por que ele não usa anestésicos? A história se passa em 1887. O éter e o clorofórmio já eram bastante usados em cirurgia desde os anos 1840. Mas não; Moreau se recusa a anestesiar suas vítimas porque a dor, tanto quanto os bisturis ou os fios de sutura, faz parte de seu *kit* de instrumentos cirúrgicos. Nas próprias e assustadoras palavras: "Cada vez que mergulho uma criatura viva no banho de dor ardente, eu digo:

desta vez vou queimar todo o animal, desta vez vou criar uma criatura racional" (Wells, *The Island of the Doctor Moreau*, p. 106). Há um nome para isso: sadismo. Uma das coisas que Wells faz nessa novela é dramatizar uma espécie de apoteose do sadismo. A dor como um horizonte metafísico do ser.

Ao mesmo tempo, há muito mais na novela do que pode ser abrangido por essa descrição – sadismo. Prendrick pergunta a Moreau por que "ele tomou a forma humana como modelo". "Pareceu-me então", acrescenta Prendrick, "e me parece agora haver uma estranha perversidade nessa opção". A resposta de Moreau (que havia "escolhido tal forma por acaso"), como é evidente, não é a verdade da coisa. Prendrick talvez admita que a "estranha perversidade" que o deixa nauseado seja uma blasfêmia, mas acho que a novela diz algo mais, conduzindo-nos a um tipo um tanto diferente de nome: amor. *A Ilha do Dr. Moreau* está povoada de homens-animais moreaunianos de formas variadas, mas há apenas uma mulher na novela, dolorosamente (falando de modo literal) criada de um puma modificado. Vários críticos observaram nesse ponto um subtexto sexual; Wells, que fora toda a vida sexualmente promíscuo, adotava o nome carinhoso de Jaguar quando estava com a amante, Rebecca West, que por seu lado era a Pantera. Parece-nos, por certo, que Moreau está empenhado em criar um parceiro para si mesmo. Mas isto é também sua derrota. Embora seja o gosto por sangue que encoraja os homens-animais à revolta, é a fuga da mulher-puma que pressagia a tragédia individual de Moreau. É bem apropriado para a fábula de Wells que o desencadeamento de uma potência feminina seja a força que destrói o jardim do Éden de Moreau. A novela está dizendo: o amor não é simples – e é o amor que faz desabar o idílio brutal de Moreau. Esse destino também é enterrado em nome do homem, como se Wells tivesse escavado o nome de Moreau da carta de tarô que pudesse prever sua derrocada, LAMOUREAUX, os amantes.

A Guerra dos Mundos (1896) é uma novela escrita com tanto vigor, e tão popular na cultura contemporânea (foi adaptada muitas vezes para rádio, TV e cinema), que esquecemos como a paranoica história da "invasão futura da Grã-Bretanha" (discutida no capítulo anterior) coroava o subgênero da FC do final do século XIX. A novela de Wells deve muito ao subgênero definido pela *The Battle of Dorking*, de Chesney, embora expanda sua premissa de modo significativo. Como é hábito nessas histórias, a narrativa centraliza-se na vida de um inglês comum e depois dramatiza o extraordinário que nela irrompe. Em vez de alemães, a invasão se dá por alienígenas. Um gigantesco cilindro de metal faz um pouso acidentado perto de Woking; marcianos com tentáculos saltam do cilindro para travar uma guerra contra a humanidade de dentro de gigantescos tripés mecânicos, devastando o sudeste da Inglaterra antes de enfim sucumbirem a bactérias terráqueas, contra as quais (somos informados) não possuem defesa natural.

Os marcianos de Wells são imaginados de acordo com a ortodoxia científica da época. Luzes brilhantes tinham sido recém-observadas por telescópio sobre esse antigo mundo: poderiam ser sinais de comunicação ou mesmo o lançamento de projéteis no espaço? Acreditava-se que Marte fosse um mundo muito mais velho que a Terra. Os marcianos de Wells, planejando adquirir novos recursos na Terra porque seu mundo agonizava, visto que era muito mais antigo do que o nosso, assim como eles eram hiperevoluídos em relação aos humanos. Wells nos conta que "eram cabeças, meramente cabeças. Entranhas, não tinham nenhuma" (Wells, *The War of the Worlds*, p. 119). Não digerem a comida, mas o sangue das presas é logo absorvido pelo sistema circulatório. Sua vida é governada por um racionalismo superior e um tanto cruel. São, além disso, monstruosos aos olhos terrestres:

> Aqueles que nunca viram um marciano vivo mal podem imaginar o estranho horror da aparência deles. A boca peculiar em forma de V, com o lábio superior pontudo, a ausência das sobrancelhas e seus contornos, a ausência de um queixo sob o lábio inferior em forma de cunha, o tremor incessante da boca, os grupos de tentáculos de górgone (Wells, *The War of the Words*, p. 19).

Esse ícone, descrito com clareza, de monstruosa e medonha qualidade alienígena é o que faltava às outras fantasias de invasão do período, agora esquecidas, sendo a chave da permanência cultural de *A Guerra dos Mundos*.

De fato, do início ao fim da novela, Wells exibe um extraordinário controle e expressividade em sua escrita. Poucos escritores, seja qual for o gênero, podem rivalizar com a desoladora beleza que ele evoca em uma Londres evacuada pela ameaça marciana e invadida pela alga vermelha que haviam trazido do espaço. Nesse ponto do livro, o último marciano está prestes a silenciar seu grito estranho e morrer:

> De repente, quando atravesso a ponte, o som de "ulá, ulá, ulá, ulá" para. Foi, por assim dizer, cortado. O silêncio chegou como um estrondo de trovão.
>
> As casas sombrias ao meu redor permaneciam vagas, altas, pálidas; as árvores em direção ao parque ficavam negras. Por todo o meu entorno a alga vermelha ascendia entre as ruínas, retorcendo-se para ficar acima de mim na obscuridade. A noite, mãe do medo e do mistério, caía sobre mim. Mas, enquanto aquela voz soava, a solidão, a desolação tinham sido

suportáveis; graças a ela, Londres ainda parecia viva, e a sensação de vida ao meu redor me preservara. Então, de repente, uma mudança, o término de alguma coisa – não sabia o quê –, e depois uma tranquilidade que quase podia ser tocada (Wells, *The War of the Worlds*, p. 159).

O grito pseudoárabe "ulá, ulá", com ecos de "Alá", é um detalhe interessante e sugestivo (sempre me pareceu um tipo de som muito difícil de fazer com a boca em forma de bico). *A Guerra dos Mundos*, assim como os outros livros de invasões fantásticas das décadas de 1880 e 1890, capta um medo essencialmente xenófobo do que vem de fora. Seriam os marcianos meros códigos para diferença racial e nacional? Darko Suvin acha que sim:

> Os marcianos de *A Guerra dos Mundos* são descritos, em termos goebbelsianos, como uma horrível alteridade "racial", repugnante e viscosa, sendo-lhes concedida a função exclusiva de agirem como predadores sedentos de sangue (uma função que funde poder de fogo genocida – ele próprio descrito como um eco do tratamento aplicado pelas potências imperialistas aos povos colonizados – com o vampirismo sanguessuga das fantasias de horror) (Suvin, 1979, p. 78).

A novela de Wells destila, de modo simbólico, as preocupações da época. Seus marcianos são, é claro, imperialistas, lançando mão de uma tecnologia superior para invadir uma nação (Inglaterra) cujo império foi crescendo durante todo o século, graças, em grande parte, a uma sofisticação tecnológica superior. Em outras palavras, a chegada dos marcianos e sua brutalidade mecanizada são as formas simbólicas que Wells escolheu para explorar um conjunto mais profundo de preocupações acerca da violência da construção de um império e sobre os temores e o encontro com a alteridade que o império impõe aos povos imperiais. Mas é subestimar a força desse livro reduzi-lo a uma mensagem política, como essa espécie de análise tende a fazer. O que funciona tão bem nessa obra sem sombra de dúvida apaixonante é a exatidão com que Wells domina os detalhes de seu drama imaginário.

Há muitos traços desta novela que parecem, em retrospectiva, extraordinariamente prescientes – não proféticos (muitos dos futuros imaginados de Wells apresentam coisas centrais de maneira equivocada), mas antes uma antítese dialética futura jamesoniana que tenta influenciar as teses históricas e contemporâneas com as quais Wells se envolveu para produzir uma síntese de ambas. O raio de calor dos alienígenas antecipa a tecnologia a laser; a fumaça negra letal que usam prefigura a utilização do gás mostarda na Primeira Guerra Mundial. Mais perceptiva entre outras coisas, no entanto, é a reviravolta no final da novela. Ele escreve uma fábula invertida da agressão colonial ocidental, que agora é derrotada não por força militar, mas por micróbios. Foi só muitas décadas depois que historiadores de impérios europeus deixaram claro até que ponto foram esses agentes que, antes de qualquer outra coisa, tornaram a colonização possível. O estudo *Guns, Germs e Steel* [Armas, Germes e Aço] (1997), de Jared Diamond, aborda com brilhantismo o modo como foi a resistência europeia a certas doenças, e a falta desses mesmos micróbios no resto do mundo, que lançaram as bases para a Europa conquistar a América e a África em vez de, como poderia ter acontecido, dar-se o inverso. Wells foi o profeta tanto da higiene social quanto da individual, um escritor que raramente escondia seu desprezo pela humanidade inepta, decadente e desprezível. Quando nos diz nessa novela que "a ciência sanitária marciana eliminou há muito tempo a doença. Uma centena de enfermidades, todos os contágios e febres da vida humana, tuberculose, espécies de câncer e tumores, e outros males de idêntica morbidez, nunca entraram no esquema de vida deles" (Wells, *The War of the Worlds*, p. 131), podemos levar em conta esse tom de admiração. Mas o final de *A Guerra dos Mundos* deixa claro que uma busca demasiado cruel de higiene social é algo mais enfraquecedor que fortalecedor. A doença, assim como o império, é uma questão mais complexa, e o talento de Wells em sua ficção (mesmo que talvez não em sua não ficção) sempre se voltou antes para as confusas complexidades que para a simplicidade genuína.

Os marcianos viajam entre mundos em um cilindro lançado de um enorme canhão, alusão wellsiana a *Da Terra à Lua*, de Verne. Uma aceleração tão extrema seria, no mínimo, muito mais debilitante para as criaturas marcianas, delicadas do âmbito físico, e Wells nunca mais tornou a propor em sua ficção lançar uma espaçonave dessa forma – *Os Primeiros Homens na Lua* (1901), por exemplo, postula uma nave impulsionada por antigravidade. Mas, tal como acontecia com Verne, o importante é compreender que *A Guerra dos Mundos* é tanto ficção metafórica quanto extrapolação racional, e que os vários detalhes de cuidadosamente observada verossimilhança reforçam, mais que contradizem, essa metaforicidade. Armas pesadas são explosivas. Armas pesadas são a tecnologia da guerra pesada, e a guerra, ainda maior que aquela prevista pelo tenente-coronel Chesney, era o que estava adiante. Podemos, em outras palavras, considerar com seriedade a "guerra" no título de Wells. É mais um exemplo de como ele foi surpreendente em sua presciência, tratando a guerra não como um encontro de guerreiros em um campo de batalha, mas como uma massa monumental de refugiados, como civis aterrorizados e massacrados vivendo sob bombardeio e ataques a gás. O capítulo final do primeiro livro da novela (16: "O Êxodo de Londres") não é apenas uma das primeiras, mas uma das representações ficcionais mais poderosas do modo como a guerra passaria a figurar no século XX, com multidões de não beligerantes fugindo do conflito para salvar a própria vida. A guerra em *A Guerra dos Mundos* não seria mais uma interação horizontal entre dois exércitos. Seria então um terrível vetor vertical – algo que o mundo do século XX passaria a conhecer com bastante amargura – de minas e bombas V2s, mísseis de cruzeiro e drones mergulhando das alturas. Quando o narrador diz "de repente, como uma coisa vindo lá de fora e caindo sobre mim, veio o medo" (Wells, *The War of the Worlds*, p. 24), ele descreve a exteriorização do estado mental causada por marcianos. Na verdade, em sentido crucial, é em torno disso que gira *A Guerra dos Mundos* (Figura 8.3).

Um dos trechos mais vigorosos dessa breve novela é a representação sutil e alusiva da Inglaterra pós-invasão. Das pistas que Wells deixa escapar, podemos intuir uma Grã-Bretanha mudada com profundidade. Algumas dessas mudanças são óbvias: a alga vermelha que os invasores trouxeram com eles de Marte; o "espécime quase completo" de um marciano morto "conservado em formol no Museu de História Natural". Mais impressionantes, no entanto, são as engenhosas referências que parecem descartáveis nos primeiros capítulos da novela:

> Estava em casa nessa hora, escrevendo em meu escritório; e, embora minhas janelas envidraçadas deem para Ottershaw e a cortina estivesse recolhida (pois naquele tempo eu gostava muito de contemplar o céu noturno), não vi nada disso (Wells, *The War of the Worlds*, p. 10).

"Naquele tempo...", presume-se, tal como no momento em que essa narrativa foi escrita – *aquele tempo* é um passado perdido, e o céu noturno tornou-se um espaço de medo em vez de admiração. Páginas depois, o narrador observa que "naquele tempo, poucos dentre o povo comum na Inglaterra tinham algo além de vagas ideias sobre astronomia"; *naquele tempo*, de novo, apontando um agora em que todos conhecem o sistema solar e os perigos que ele encerra. A meu ver, o mais impressionante de tudo é uma sentença quase no final do capítulo de abertura: "As pessoas, nesses últimos tempos, mal percebem a abundância e a iniciativa de nossos jornais do século XIX". Nunca ficou claro para mim por que o resultado da invasão marciana teria uma provisão tão reduzida de notícias. Estaria aí implícito que uma infraestrutura destruída não poderia dar apoio a essas coisas? Mas li um significado diferente nessa referência; que os desastres curaram a humanidade de sua paixão por notícias. As notícias são um modo de contarmos a nós mesmos histórias sobre nós, e uma das coisas mais radicais a respeito de *A Guerra dos*

Figura 8.3 Tripés marcianos atacam uma localidade inglesa, ilustração da publicação serializada de *A Guerra dos Mundos,* de Wells, na *Pearson's Magazine* (maio-dezembro de 1897).

Mundos é, de modo bastante paradoxal, sua desconfiança na narração de histórias. O narrador de Wells concorda com um pároco, cuja narrativa da invasão (que os marcianos são agentes do julgamento de Deus contra um mundo pecador) revela-se inadequada aos acontecimentos. Mais tarde ele conhece um artilheiro que tece uma narrativa futura, utópica, com a humanidade criando uma nova civilização subterrânea de alta tecnologia. Mas o artilheiro se mostra um sonhador inútil, contando uma história irrelevante para a sinistra realidade. A ironia desse esquema repetido é que *A Guerra dos Mundos* é, sem dúvida, uma história, uma narrativa da qual somos convidados a desconfiar. O narrador diz mais ou menos o seguinte:

> Talvez eu seja um homem de humores excepcionais. Não sei até que ponto minha experiência é comum. Às vezes experimento a mais estranha sensação de isolamento de mim mesmo e do mundo à minha volta (Wells, *The War of the Worlds*, p. 30).

O humor quixotesco do narrador é essencial para a história: às vezes ele se encontra dedicado de forma racional à autopreservação; outras vezes, humores estranhamente suicidas tomam conta dele ("Uma insana determinação me possuía. Eu morreria e acabaria com aquilo"); às vezes, ainda, ele viaja na paisagem da novela com um propósito – investigar o cilindro, encontrar a esposa; outras vezes, comporta-se de modo passivo ou mesmo aleatório. É um homem comum o bastante para transmitir a visão de Wells de que a espécie humana é inconstante, passiva, e pode ser dominada com facilidade.

O Homem Invisível (1897) é uma história simples, desenvolvida de modo breve. O cientista Griffin, um homem antissocial e (no final da história) efetivamente um individualista sociopata, inventa um meio de se tornar invisível, mas é incapaz de reverter o tratamento. Ele chega a um povoado inglês, envolvido em roupas e ataduras para disfarçar sua condição, e tenta de seu quarto na estalagem levar adiante suas pesquisas. Como não é difícil de compreender, os habitantes locais ficam desconfiados dele, em particular depois de uma série de roubos e outros acontecimentos inexplicáveis. Despido, o homem invisível revela desejos megalomaníacos e é enfim encurralado e morto, quando então se torna visível de novo. Trata-se de um livro, é claro, "sobre" a capacidade de ver, mas não é coincidência que o homem invisível seja um cientista. A invisibilidade, segundo sugere a novela, remove um homem da interação social e, portanto, da responsabilidade social, com maléficas consequências. Assim como *A Máquina do Tempo* reforça suas antecessoras e se torna o padrão para todas as futuras viagens no tempo da FC; assim como *A Guerra dos Mundos* se torna o texto padrão da invasão alienígena; e *A Ilha do Dr. Moreau* ainda assombra o imaginário coletivo sobre as fronteiras entre animais e humanos, *O Homem Invisível* é o protótipo para uma grande torrente de histórias subsequentes de invisibilidade. Filmado, adaptado e recontado com muita frequência, o idioma pseudocientífico de Wells recria um antigo mito para a era moderna. Esse mito é a história de "O Anel de Giges", que é muito antiga, quase com certeza mais velha que seu primeiro aparecimento registrado em *A República*, de Platão (380 a.C.). Havia outrora, segundo conta a história, um humilde pastor no antigo reino da Lídia (a Turquia dos dias atuais). Esse pastor, chamado Giges, encontrou por acaso uma caverna recém-revelada por um terremoto, dentro da qual havia um túmulo esplêndido contendo o corpo de um homem. O cadáver usava um anel de ouro, que Giges descobriu ter o poder mágico de torná-lo invisível. Na sequência desses acontecimentos, encontramos Giges usando seu dom recém-descoberto de invisibilidade para se infiltrar na corte de Candaules, o rei lídio, seduzir a rainha, esposa de Candaules, matar o rei e se apoderar do trono.

Platão cita essa história para justificar um argumento sobre ética. Só agimos de modo virtuoso em termos morais, Platão afirma, porque não desejamos enfrentar a desaprovação e punição dos semelhantes; a virtude é uma construção puramente social. Se tivéssemos certeza de que nunca seríamos descobertos, agiríamos sem inibições morais – por roubo, assassinato, traição. A virtude, em outras palavras, consiste em *ser visto*.

Sabemos que H. G. Wells leu e foi inspirado por Platão. Em seu *Experiment in Autobiography*, Wells descreve a influência de Platão sobre ele "como a mão de um irmão forte me segurando e me levantando". *O Homem Invisível* (1897) é uma narração moderna da antiga fábula de Platão, substituindo a magia do anel pela nova lógica da ciência. Mas a força moral da história é similar. Como assinala o velho marinheiro, no capítulo 14, lendo um relato de jornal sobre o homem invisível: "Suponhamos que ele queira roubar – quem poderá impedi-lo? Ele pode invadir, pode arrombar, pode atravessar um cordão de isolamento com a mesma facilidade com que eu ou você podemos dar uma rasteira em um homem cego!". Como é evidente, o cientista de Wells, como Giges, tem ambições maiores que o simples roubo. Ele explica a Kemp, no capítulo 24, que planeja usar o homicídio como uma trilha para o poder: "Não matança gratuita, mas assassinato com critério [...] um Reino de Terror". A população de Port Burdock deve ser aterrorizada para obedecer. Ele informa a cidade sobre seus planos:

> Port Burdock não está mais submetido à rainha, digam isso ao chefe de polícia e aos outros; está submetido a mim – o Terror! Este é o dia um do ano um da nova época – a Época do Homem Invisível. Sou o Homem Invisível I.

Esse, contudo, é "O Plano que Fracassou" – a ambição grandiosa, como a de Giges, anunciada na proclamação de Griffin dá em nada. O problema de Griffin não é a ambição ou a crueldade, mas um nível mais humano de incompetência agravado pelos problemas práticos de sua invisibilidade. É onde a visão de Wells faz companhia à de Platão. O limite não é a moral generalizada, mas as frustrações e atritos da vida diária. Não é o usurpador real, mas o homem sem importância. Para Wells, mesmo os desenvolvimentos mais surpreendentes da ciência não podem alterar o fato de que não levitamos magicamente, livres de distrações cotidianas e dos embaraços da vida comum. Homens não são reis. Nesse sentido, nem mesmo reis são reis.

A invisibilidade dá a Griffin as vantagens de Giges sobre a humanidade ordinária, visível, mas essas vantagens têm um preço. O homem é invisível, mas suas roupas não – por isso Griffin tem de andar nu, não importando o tempo nem a temperatura, se deseja impedir que alguém o veja. Não pode nem comer ("Tenha sempre em mente", disse Kemp a um interlocutor, que "sua comida aparece. Depois de comer, a comida aparece até ser assimilada. Por isso, ele tem de se esconder depois das refeições"), nem impedir que seu cheiro seja sentido por cães de caça. A sátira de Wells sobre a grandiosa e perversa visão a longo prazo do cientista nessa novela se transforma, como sempre acontece na ficção de Wells, em uma reflexão sobre como o avanço científico não dá conta dos problemas práticos da vida ordinária.

Como muitos críticos observaram, há uma falha na extrapolação quase científica de Wells sobre a invisibilidade de Griffin. O homem invisível de Wells deveria, é claro, ser cego (uma retina invisível não intercepta fótons). Wells sabia desse fato, mas preferiu ignorá-lo, assim como muitos escritores e cineastas dos séculos XX e XXI, que seguiram o exemplo de Wells ao criar histórias sobre homens, mulheres e *hobbits* invisíveis. Ou talvez fosse melhor dizer: Wells não só ignorou a questão da cegueira de Griffin como a transferiu do domínio físico para um domínio ético. Como imagem de um cientista (irascível, egoísta, com mentalidade ao mesmo tempo mesquinha e pedante), Griffin não foi construído para lisonjear a profissão, mas esse é um ponto específico, não um ponto geral. Griffin é cego; e não é apenas fisicamente cego. Julgando-se privilegiado em sua invisibilidade, ele se vê como um tirano no mundo; é cego para os obstáculos práticos que impedirão essa eventualidade. Desde *Frankenstein*, a FC tem se mostrado fascinada por consequências inesperadas de avanços científicos ou tecnológicos, e falar de consequência inesperada é apenas outro modo de mencionar o futuro invisível. Na medida em que o futuro é o domínio da ficção científica, a novela vem dizer que a FC é cega.

Anthony West (filho de Wells) escreveu que, embora a novela comece como pouco mais que uma ideia engenhosa, ela ganha estrutura conforme se desenvolve, crescendo nas últimas seções rumo a algo vigoroso em especial. "Meu pai está se movendo da aparência – o relato simulado do que aconteceu e não pode acontecer na natureza das coisas – para algo mais criativo em essência. Já não está apenas mantendo o interesse do leitor, mas transformando-o em um parceiro voluntário de seu imaginário." West, no entanto, acrescenta:

> Mas ele não consegue manter isso por todo o livro, que, em pouco tempo, colide com a falha fundamental que G. K. Chesterton não hesitou em assinalar logo depois de sua publicação original. O título se mostra desorientador: a história não trata da interação de um homem invisível com o mundo que conhecemos, mas com o que sucede a um louco invisível, uma pessoa impenetravelmente oculta dentro de sua moldura especial de referências, ressentimentos, obsessões e compulsões privadas, e segregada por completo da generalidade humana (West, p. 234).

Essa avaliação, porém, não parece correta. Antes de tudo, deixa escapar o que é fundamental na novela. Por um lado, falar sobre um indivíduo enredado em "referências, ressentimentos, obsessões e compulsões privadas" é descrever cada exemplo de *homo sapiens* no mundo hoje – West diz que Griffin é "uma pessoa impenetravelmente oculta" nessas coisas, mas faz parte da ressonância existencial da brilhante ideia de Wells dramatizar de forma precisa esse sentido: como não somos telepatas, estamos todos ocultos uns dos outros. Apenas a indumentária exterior de uma pessoa pode ser "lida", como as roupas que usa o homem invisível ao chegar à estalagem no início da história.

É um texto, em outras palavras, sobre os perigos do invisível (o místico, o desconhecido) como oposto ao conhecido, ao técnico, ao maquínico – razão pela qual o aparato que Griffin usava para se tornar invisível nem aparece no livro, tampouco é descrito. É também uma fantasia sobre as convenções formais da própria narrativa; o narrador invisível e onisciente que pode viajar sem ser percebido pelos personagens e, no entanto, privar de suas mais íntimas ações e pensamentos. Como acontece com todos os melhores livros de Wells, este combina o político, o cultural, o formal e o especulativo em um único, controlado à perfeição, conjunto textual.

Podemos ir mais longe e observar que Wells usa sua imaginada invisibilidade para destacar nossas expectativas, assim como as de Griffin. Comparemos o literalismo quase científico da fábula de Wells com a abordagem adotada, por exemplo, por Ralph Ellison em sua vigorosa novela de 1952, *Homem Invisível* (*Invisible Man*), ou Christopher Priest no mais tardio *The Glamour* (1984). Ambas as novelas dizem respeito a personagens invisíveis, mas em ambos os casos eles só são invisíveis no sentido de que as pessoas, por alguma razão, não reparam neles. Fora isso, a carne desses personagens é tão boa para interceptar fótons quanto a sua ou a minha. O contraste com o Griffin de Wells é instrutivo. A ciência (ou pseudociência) tornou-o literalmente invisível. Mas, graças a isso, em vez de apesar disso, as pessoas estão sempre reparando nele. Sua ambição de ser como Giges o compele a intrometer-se no mundo, a incomodar as pessoas e perturbar a cidade, o que faz dele o centro das atenções. Essa é a ironia, belamente expressiva, que está no centro da fábula de Wells. Fica claro que não podemos apenas escapulir do mundo.

É bem possível que *O Homem Invisível* seja o último dos livros de Wells a ter permanecido em ampla circulação cultural (o que significa dizer: o último dos livros que ainda hoje seria do agrado de pessoas comuns e o último a ter sido adaptado para diversas outras linguagens e formatos). Embora ele ainda fosse escrever um grande número de livros, entre eles algumas obras-primas, e embora fosse se tornar bastante famoso na própria época, a posteridade tem sido muito mais seletiva que seus contemporâneos. Isso acontece em parte porque o próprio Wells começou, na altura da virada do século, a conceber sua vocação como escritor de maneira diferente.

O Dorminhoco (1899; Wells reescreveu esse livro com afinco para sua segunda edição de 1910) é outro livro religioso em tom de paródia, embora esse fato fique bem disfarçado. Graham, um inglês comum do século XIX, entra em coma e, quando acorda no futuro, descobre que os misteriosos acréscimos de juro composto sobre suas economias o transformaram em Senhor do Mundo, tendo em seu nome um grupo de doze empresas fiduciárias (as pessoas, é evidente, apesar das exclamações de satisfação, ficam bastante incomodadas com seu renascimento). A megalópole em que Londres se tornou e as maquinações políticas que ameaçam a vida de Graham são o tema para o livro servir de entretenimento. Mas, como observa Peter Kemp, o que está no cerne talvez seja o "burlesco religioso" dessa fábula sobre uma "ressurreição milagrosa" ("Graham, Senhor do Mundo, encontra suas ações sendo administradas por discípulos não confiáveis, os Doze Curadores, e [...] o discurso às vezes se torna uma espécie de cantilena zombeteira: 'Em verdade é o Dorminhoco'" [Kemp, p. 211]).

Os Primeiros Homens na Lua (1901) toma os tropos familiares do final do século XIX sobre um metal antigravitacional (Wells o chama de Cavorite) e a *voyage extraordinaire* lunar como moldura para uma aventura agradável de se ler, mas não particularmente impressionante. Dois terráqueos, sem querer, transferem-se para a Lua, onde correm um bocado de um lado para o outro para escapar dos selenitas insectoides. *Anticipations*, antes um trabalho de extrapolação teórica séria que de ficção, desfrutou de considerável sucesso na época e continua sendo de grande interesse em sua sóbria tentativa de meditar sobre como o futuro realmente poderia ser. Mas em certo sentido representa um desenvolvimento pernicioso na carreira de Wells. O leitor que siga um avanço cronológico pela produção de Wells vai começar a observar uma dicotomia, às vezes disfarçada de modo um tanto precário, entre a concepção especificamente dramática que se destacava nos primeiros livros e a ambição especificamente generalizante, panorâmica, da abordagem inspirada por *Anticipations*. Na verdade, uma nota de rodapé na primeira página de *Anticipations* evidencia detalhamento fictício e certeza (o facilitador de alguns dos melhores efeitos de Wells) *como um problema* que, a implicação é essa, Wells espera superar:

> A ficção é necessariamente concreta e definitiva; ela não permite a abertura de alternativas. Seu objetivo de ilusão impede uma amplitude apropriada de demonstração [...]. A forma mesma de ficção, no entanto, transporta com ela certo elemento de refutação; na verdade, uma parte muito grande da Ficção Futurística abandona o profético com toda a franqueza e por completo, tornando-se polêmica, acauteladora ou idealista: mera nota de rodapé e comentário para nossos atuais descontentes (Wells, *Anticipations*, pp. 1-2).

Estamos autorizados a perguntar: como um gênio da ficção, como Wells, pôde captar isso de forma tão errada? A resposta pode ser que mais tarde Wells tenha se tornado cada vez mais dominado pelo que lhe parecia ser a extrema obviedade de suas premissas ideológicas e práticas. Havia uma última obra-prima de ficção científica nele, e ela deixa escapar o flagelo da pregação de sermões ao tratar de sua própria obviedade. Trata-se de *O Alimento dos Deuses* (1904). Embora tratada por alguns críticos como uma criação menor de Wells, essa novela sempre me pareceu se classificar entre o melhor de sua obra. Bensington e Redwood, os cientistas míopes de Wells do ponto de vista existencial, criam a "herakleoforbia", ou *boomfood*, um estimulante alimentar que provoca gigantismo nas criaturas que o comem. A substância escapa para o meio ambiente, e o sudeste da Inglaterra é assolado por ondas de vegetação, vespas, ratos e outros animais gigantes, incluindo, por fim, seres humanos gigantes. Talvez falte ao relato que Wells faz desses eventos algo do impulso narrativo e da seriedade lastimosa, tocada pela tragédia, de *A Guerra dos Mundos* ou *A Máquina do Tempo*. Mas ele contém um soberbo conceito central, algumas reviravoltas fascinantes e, o mais importante de tudo, a memorável e eloquente capacidade de acossar a imaginação, que se encontra na melhor FC.

Como é evidente, Wells não foi o primeiro escritor a lidar com esse tópico. Há milênios os gigantes têm feito parte de contos infantis; os gigantes que Gulliver, de Jonathan Swift, encontra, e o gigante que ele se torna, foram discutidos acima; devemos também mencionar *Alice no País das Maravilhas* (*Alice in Wonderland*) (1865), de Lewis Carroll. São duas grandes novelas de fantasia com as quais *O Alimento dos Deuses* está em óbvio diálogo. Mas Wells está fazendo algo novo. O objetivo de Swift era, em termos amplos, satírico, e seus gigantes brobdingnaguianos e miniaturas liliputianas falam em parte sobre dramatizar um senso de proporção, com o devido lugar do homem no cosmos. Alice come um protótipo de *boomfood* (seu cogumelo mágico) e cresce de maneira prodigiosa, dando assim a Carroll, de modo apropriado a uma obra-prima da literatura infantil, uma metáfora para a infância – aquela época da vida em que literalmente experimentamos abruptos desenvolvimentos de estatura. Mas Wells faz algo mais com sua metáfora central, além de usá-la como plataforma tanto para uma ação vibrante quanto para a comédia social.

Para falar com mais precisão, a novela de Wells faz uma coisa que nem Swift nem Carroll conseguem: ela se mantém fiel por completo a seu conceito. Os gigantes de Swift são apenas uma parte fixa de uma imaginada paisagem global. A Alice de Carroll experimenta mudanças de escala na infância, mas ela mesma não cresce – quem desejaria, aliás, deixar para trás uma terra tão maravilhosa quanto a dela? Mas crescer é precisamente o tema de *O Alimento dos Deuses*, não apenas no sentido individual, mas no sentido mais amplo, social, em que Wells antecipava a vinda de uma maturidade adequada por parte da humanidade. Os jovens gigantes no final da novela são uma versão de uma "raça vindoura", traço frequente de sua escrita especulativa – o samurai ou o *Übermenschen*, esperava Wells, conduziriam a humanidade como espécie de um estágio infantil beligerante para as amplas e ensolaradas terras altas do futuro utópico que ele imaginava. Para falar de outra forma: se os livros de Alice são sobre a infância de uma menina, a novela de Wells é sobre a infância da sociedade como um todo.

O livro articula a transição de um mundo inteiro do pequeno ao grande, da trivialidade à grandeza. Em função disso, a primeira parte não apenas nos sacia do pseudocientífico "alimento" de Wells, mas também pinta um retrato da sociedade como desastrada, incompetente e imatura. A *pequenez* dessa visão da Inglaterra progride com naturalidade para a comédia. Mesmo os mais capazes dos adultos de Wells se envolvem em travessuras de criança: descer em buracos, jogarem-se em lagos; e seus cientistas fazem tanta bagunça com a *boomfood* quanto qualquer garotinho faria. No início, parece não haver nenhuma autoridade constituída de modo apropriado, ninguém para se encarregar de resolver a situação cada vez mais alarmante. Mesmo quando, mais tarde, o governo se envolve, isso toma a forma da mediocridade de Caterham, uma espécie de demagogo pigmeu. Por outro lado, Wells concebe os jovens gigantes humanos com muita dignidade e mesmo (no final) com uma grandeza de tom compatível com suas dimensões físicas. Sua estatura é maior que a nossa não só em termos físicos.

O que há de crucial nesses gigantes é que eles são o futuro. Eis aqui Redwood, no final, contemplando seu filho gigante e seus camaradas gigantes preparando-se para a guerra: "Os dois gigantes que trabalhavam na esquina deram início a um martelar compassado que criou uma poderosa música para a cena [...]. Sobre ele estavam os jovens gigantes, enormes e belos, brilhando em sua cota de malha". Nesse estágio, o tom wagneriano substituiu por completo a comicidade das primeiras seções:

> As vozes das crianças gigantes falavam umas com as outras, um semitom a essa estrepitosa melodia dos ferreiros. Sua maré de dúvida recuou. Ouvia as vozes gigantes, ouvia seus movimentos ainda em torno dele. Era real, com toda a certeza era real – real como atos malévolos! Mais real até, pois essas coisas grandes, talvez, fossem as coisas que vêm, e a pequenez, bestialidade e debilidade dos homens são as coisas que se vão (Wells, *The Food of the Gods and How it Came to Earth*, p. 208).

Isso sintetiza a moral do livro; e é por isso que Wells prefere contar a história por meio de gigantes. Não é apenas que seu grande tamanho corresponda à grandeza que ele antecipa em substituição à pequenez, bestialidade e debilidade da humanidade – embora, é óbvio, isso aconteça. Mas trata-se de algo mais. Os gigantes de Wells são imperdíveis. São a própria obviedade das situações que pareciam a Wells perfeitamente claras e inevitáveis, apesar do fato de a maior parte de seus contemporâneos não conseguir vê-las: a extinção do mesquinho e velho mundo, e a chegada da nova grandeza. É por isso que seus gigantes, por mais que fossem forasteiros ignorantes, destacavam-se, digamos assim, naturalmente com posições ideológicas progressistas idênticas às do próprio Wells: o jovem gigante Caddles ao perguntar, com aparente ingenuidade, por que os ricos ociosos têm todo o dinheiro e os pobres têm de fazer todo o trabalho, por exemplo; ou o jovem Redwood repudiando, junto com a princesa gigante (como fazia Wells na própria vida), as restrições da convencional moralidade sexual eduardiana. Seus gigantes são a enorme verdade das coisas que pessoas pequenas dão, de certa forma, um jeito de ignorar; são, para empregar um clichê, o elefante na sala. Tal como a novela em que aparecem, não devem ser ignorados.

Novelas mais tardias de Wells são trabalhadas de modo menos descontraído quando certos temas estão em jogo. *Os Dias do Cometa* (*In the Days of the Comet*) (1906) fala (a exemplo de "The Conversation of Eiros and Charmon" [A Conversa de Eiros e Charmion] [1839], de Poe) de como o mundo passa pela cauda de um cometa. Mas onde a história de Poe trata isso como o fim do mundo, os "vapores esverdeados" de Wells têm um efeito tão benéfico sobre a população que transformam a Terra em uma utopia. Assim como *O Alimento dos Deuses*, embora para efeitos desiguais, este livro se divide em duas partes. A primeira é uma evocação brilhante e claustrofóbica da vida da classe média baixa; absorvente e intensa, ela descreve, com um terrível senso de inevitabilidade, a queda de seu frustrado narrador rumo ao ciúme sexual e à raiva homicida. Mas a segunda parte do livro substitui esse foco no particular por uma crença na abrangência como uma virtude estética em si. Foi isso que o sucesso fatal de *Anticipations*, a primeira obra panorâmica de Wells, fez à sua visão de escritor.

O mundo reformado de *Os Dias do Cometa* é interessante, mas distante. Não meramente por se tratar de uma utopia particularmente inacreditável (pelo menos é logicamente isso que se deduz de sua premissa), mas por ser insuficientemente particularizada. Algo semelhante também se aplica a *The War in the Air* [A Guerra no Ar] (1908), um livro que extrapola as então nascentes tecnologias de voo (o primeiro voo de Louis Bleriot através do Canal da Mancha só se deu em 1909). Bert Smallways, um "homenzinho" de baixa classe média, é o herói wellsiano. Ele é apanhado pelos eventos da guerra global travada nos céus. O livro termina de modo pessimista – essa nova e devastadora forma de guerra está trazendo um desastre mundial ("por toda parte há ruínas, mortos não enterrados e sobreviventes encolhidos, de cara assustada, em uma apatia mortal [...] é uma dissolução universal" [Wells, *The War in the Air*, p. 201]) –, mas é difícil nos importarmos com esse apocalipse um tanto abstrato – uma estranha observação para fazer sobre um escritor que conseguiu captar (em *A Máquina do Tempo*) a tristeza manifestada de modo quase inexpressivo pelo simples fato de situar um homem solitário em uma praia repleta de criaturas que parecem caranguejos.

O início dos anos 1900 marcava um ponto de transição na visão de mundo de Wells e, portanto, no tipo e na variedade da obra que publicou. Nas palavras de Patrick Parrinder:

> Os cálculos de resfriamento planetário levados em conta tanto em *A Máquina do Tempo* quanto em *A Guerra dos Mundos* [perderam] importância para a opinião científica contemporânea. Em *The Interpretation of Radium* [A Interpretação do Rádio] (1908) – o livro que levou Wells a considerar a possibilidade de guerra atômica –, Frederick Soddy escreveu que "nossa visão do universo físico tem sido continuamente alterada. Não somos mais habitantes de um universo que morre devagar pela exaustão física de sua energia, mas de um universo que tem na energia interna de seus componentes materiais os meios de se rejuvenescer perenemente durante consideráveis períodos". Wells [se desviou], pouco antes da

303

Primeira Guerra Mundial, do pessimismo entrópico para uma posição muito mais próxima do otimismo termonuclear de Soddy (Parrinder, *Shadows of the Future*, pp. 46-7).

A primeira manifestação dessa mudança de perspectiva foi, talvez contrariando as expectativas, uma lacuna de cinco anos em que Wells deixou quase por completo de publicar ficção científica. Produziu, em vez disso, uma série de novelas de tipo tradicional. Considerava-as obras mais importantes; uma avaliação que alguns críticos, embora não todos (e não este), endossam. A questão radioativa aparece, como o pernicioso, mas valioso *quap*, em *Tono--Bungay* (1909): uma história cuja origem provém de uma semiautobiografia em que o duplo de Wells, George Ponderevo, escapa da classe limitada em que nasceu e, junto com um tio que lembra um personagem de Dickens, faz fortuna por meio do remédio charlatanesco do título da novela, perdendo em seguida todo o seu dinheiro. Enviar um barco para colher o *quap* se torna uma estratégia desesperada para protelar o desastre fiduciário (que fracassa). Na verdade, a ideia de "radioatividade" na novela acentua suas propensões patológicas: o navio trazendo a coisa para a Inglaterra se deteriora e desmorona durante a viagem.

Outras novelas dissecam e contestam os costumes da Inglaterra eduardiana. A representação de uma mulher autoconfiante no âmbito sexual em *Ann Veronica* (1909) provocou escândalo na época, mas foi uma repercussão datada. A comédia de *The History of Mr. Polly* [A História de Mr. Polly] (1910) é encantadora, embora exista talvez alguma coisa condescendente no retrato do desafortunado herói de baixa classe média. *The New Machiavelli* [O Novo Maquiavel] (1911), uma novela sobre um político cuja carreira é arruinada por um caso de amor, é tão bem localizada no cenário político da Londres do início dos anos 1900 que a perda dessa topicalidade é fatal para sua potencialidade como novela. Assim como *Marriage* [Casamento] (1912), uma novela sobre a união infeliz de um casal, todos esses livros se mantêm perto dos contornos da própria vida de Wells. Mas o irromper da Primeira Guerra Mundial em 1914 pareceu regalvanizar o interesse de Wells pela FC. Embora continuasse escrevendo um elenco de novelas mais tradicionais, ele também produziu seu segundo grande conjunto de obras de FC.

The World Set Free [O Mundo Libertado] (1914) é outro conto de guerra futura que olha da perspectiva de 1970 para a guerra mundial de 1956. Armas atômicas trazem enorme devastação, mas em contraste com *A Guerra no Ar* (*The War in the Air*) a catástrofe final é evitada pela intervenção de uma elite de políticos de visão ampla liderados pelo "Inglês de Deus" King Egbert. Como J. R. Hammond assinala, a noção de que só o governo de uma oligarquia de homens brilhantes, cientistas e reis-filósofos poderia assegurar o futuro da humanidade se tornou uma *idée* cada vez mais *fixe* para Wells na fase posterior de sua vida: "Várias vezes encontramos em seus escritos essa ênfase em uma renascença mundial que se torna realidade por e através de uma elite: os novos republicanos de *Anticipations*, o samurai de *A Modern Utopia*, os franco-conspiradores de *The World of William Clissold* [O Mundo de William Clissold] e o movimento 'Estado Moderno' de *The World Set Free* e *The Shape of Things to Come* [Coisas Vindouras]" (Hammond, p. 110). Wells não estava de modo algum sozinho nessa crença nos primeiros anos do século XX; na verdade, muitos dos que acreditavam nisso se converteram ao fascismo na Europa da década de 1930. Não seria correto chamar Wells de fascista, embora muitos que comentam sua obra considerem sua simpatia quase nietzschiana por uma elite suprema, aliada à defesa de teorias eugenistas, repulsiva.

Mas, talvez por instinto, Wells tivesse se deparado com uma genuína linguagem científica do século XX. Apenas alguns anos antes, a lógica química da mudança global em *Os Dias do Cometa* fora implausível, mesmo pelos padrões de 1906 (o cometa reage com "o nitrogênio do ar [...] [que], em um abrir e fechar de olhos, tinha suas características alteradas e, mais ou menos em uma hora, tornava-se um gás respirável, na verdade diferente do oxigênio, mas ajudando e escorando sua ação" [Wells, *In the Days of the Comet*, p. 172]). Em 1914, com *The World Set Free*, essa compreensão "química" ingênua foi substituída por uma visão "atômica" mais contemporânea.

Muitos livros mais tardios de Wells ensaiam opiniões autoritárias, mesmo que irreverentes em relação ao sistema. Em *Men Like Gods* [Homens como Deuses] (1923), os viajantes atravessam uma "dobra do espaço" para um mundo alternativo governado em linhas utópicas. O sonhador de *The Dream* [O Sonho] (1924) é Sarnac, um cidadão do futuro distante, e o sonho que ele tem é a vida de um certo Harry Mortimer Smith, nascido em 1895, morto em 1920. Ao tentar relatar os detalhes dessa envolvente experiência durante o sonho a seus colegas do futuro, Sarnac fornece uma perspectiva distante sobre a vida contemporânea. A engenhosidade e a destreza intelectual de Wells não poupam o livro de um sufocante tom de sermão.

Mais uma vez, Wells foi ainda capaz de refletir com espirituosidade sobre as próprias certezas de orador de praça pública. Em *The Autocracy of Mr. Parham* [A Autocracia de Mr. Parham] (1930), o homem comum do título – um professor universitário com opiniões políticas de direita – acredita estar possuído pelo espírito de um chefe guerreiro do planeta Marte ("percebeu que uma imensa força de vontade tinha se apossado dele"). Lidera um novo movimento político, a Liga do Dever Supremo, planeja um golpe de Estado, autoproclama-se Senhor Supremo da Inglaterra e trava uma guerra santa.

As principais personalidades políticas da época (entre elas, Churchill e Mussolini) são apresentadas sob diversos nomes ficcionais. Trata-se de uma sátira vigorosa, um tanto viciada pela guinada do "e tudo não passou de um sonho", com a qual termina.

Wells teve sucesso comercial muito maior com *The Shape of Things to Come* (1933), que foi objeto de uma crítica negativa e pedante. A humanidade desce para o vale da morte coletiva após uma guerra global; predomina a anarquia, os senhores da guerra pilham a humanidade. Mas tudo é salvo por uma elite de tecnocratas que reconstroem a civilização como um Estado mundial unitário, orquestrado em bases racionais. O livro é escrito como se fosse uma narrativa histórica (Wells havia publicado sua mordaz e provocante *Uma Breve História do Mundo* [*A Short History of the World*] em 1922), o que dá aos panoramas do sofrimento humano e da reconstrução social um sentimento um tanto frio, distante, embora tenha a virtude de sugerir uma escala de tempo adequadamente histórica. Um filme feito a partir desse livro, *Things to Come* [Daqui a Cem Anos] (William Cameron Menzies, 1936), é bem considerado por alguns críticos, embora seja difícil entender exatamente por quê. O filme de Menzies faz um arranjo da novela como um melodrama em três atos e retrata a vinda dos tecnocratas de um modo muito mais ofensivamente fascista, figuras heroicas descendo dos céus, em uma aeronave branca, para resgatar a humanidade sofredora.

A pouco conhecida e tardia novela *The Croquet Player* [O Jogador de Críquete] (1936) revisita alguns dos temas de *A Ilha do Dr. Moreau*, expressando o desânimo que Wells sentia durante o ressurgimento do fascismo europeu. A história tem como premissa a noção de que o *Homo neanderthalensis* (caracterizado no livro como "insuperavelmente bestial, invejoso, malicioso, ganancioso") ainda está geneticamente presente dentro do *Homo sapiens* e está, de fato, a ponto de irromper no homem moderno, destruindo a civilização com uma epidemia de barbárie atávica. O clima da novela é esplendidamente sombrio e perturbador. Não capta apenas o pessimismo integral dos últimos anos de Wells, mas também funciona como um pequeno e brilhante comentário sobre a ascensão do totalitarismo na Europa. Por outro lado, Wells também escrevia fantasias espúrias sobre o *Übermensch*, como *Star Begotten* [Estrela Gerada] (1937), que sugere que os "grandes homens" devem sua grandeza a certos raios emitidos para a Terra por formas de vida marcianas muito superiores. Os indivíduos que são suscetíveis a esses raios buscam uns aos outros e planejam uma ordem mundial purificada e aperfeiçoada; mas essa ideia (que a novela aparentemente encara com bastante seriedade) parece quase obtusa por entre a escalada da situação política europeia. No momento da morte de Wells, outra guerra mundial estava em vias de cravar seu bico nas entranhas da Europa, e o pessimismo de Wells aumentou. Em seu octagésimo e último ano, ele publicou *Mind at the End of its Tether* [Mente no seu Limite] (1945), um pequeno livro que, como o título deixa claro, expressa com clareza como Wells encontrava pouca esperança para a humanidade.

Em relação a um escritor tão eclético e brilhante quanto Wells, que teve uma produção profícua durante um período tão longo, é muito difícil fornecer um resumo e uma avaliação concisos. Sua importância indiscutível para o desenvolvimento da FC é reiterada com tanta frequência pelos críticos, que as pessoas se acostumaram a isso e passaram a considerá-la evidente. E de fato há algo singular nos feitos de Wells: uma capacidade imaginativa que, em seus melhores livros, mescla-se a uma soberba precisão estética.

O louvor, no entanto, não basta para dar conta de Wells ou de seu lugar na FC. Parte da lógica da FC não se deve apenas ao fato de conter ideias definidas pelas novidades que apresenta, ainda que expressivas, mas também ao fato de as implicações desses *novums* serem trabalhadas de modo sistemático. Os esquemas de Verne eram, em geral, concebidos em termos técnicos, funcionando por meio de uma nítida apreensão daquele lugar onde se cruzam mecânica em grande escala e drama humano. Os esquemas de Wells eram com bem mais frequência sociais que técnicos. Quando suas máquinas maravilhosas estão envolvidas, ele se contenta com bastante frequência em acenar para a explicação: uma espaçonave impulsionada pela "antigravidade", uma máquina do tempo acionada por ninguém-sabe-o-quê. Montagens com seres humanos são algo diferente, e em livro após livro ele dava minuciosa atenção ao desenvolvimento sistemático de planos para o futuro da espécie. "Classificações grosseiras e falsas generalizações são a maldição de toda a vida humana organizada", insistia ele (Wells, *A Modern Utopia*, p. 167), mas o foco de sua reprovação era *grosseiras* e *falsas*, não *generalizações*.

O problema de Wells a esse respeito não era que fosse parcial a respeito de generalizações sociais, mas, pelo contrário, que fosse sistemático a ponto do radicalismo. É outra de suas estranhas presciências, embora seus defensores possam preferir minimizá-la, que ele antecipe a dedicação totalitária do século XX à limpeza e esterilização sociais, e a campos de concentração. Nas ocasiões em que fala sobre essas coisas, Wells adiciona, digamos assim, insulto à injúria com certa vibração de tom e uma cômoda utilização do "nós". É anacrônico, mas não impreciso por completo, chamar de fascista esse aspecto de sua ética. Em *Anticipations*, ele sintetiza seu programa social como algo destinado a "favorecer a procriação do que é nobre, eficiente e belo na humanidade – corpos belos e fortes, mentes claras e poderosas, e um acervo crescente de conhecimento", acrescentando o necessário correlativo – "e a controlar a procriação de tipos baixos e servis, de almas acovardadas, guiadas pelo medo, de tudo que é vil, feio e bestial na alma, no corpo ou nos hábitos humanos" (Wells, *Anticipations*, p. 323). Gramsci comenta em algum lugar que o fracasso ético do fascismo procedia de uma confusão deliberada entre categorias estéticas e políticas; um ideal estético – digamos, racialmente ariano, atlético, determinado – era tratado como uma verdade sociopolítica absoluta. Sua oculta colaboração com um ideal erótico implícito, até mesmo inconsciente, também é significativa, em especial no caso de um escritor como Wells, cuja visão é tão sexualizada. E aqueles não incluídos na categoria de belos, fortes e assim por diante?

> O método que a natureza seguiu até agora na moldagem do mundo, em que se impediu a fraqueza de propagar a fraqueza, e em que se impediram a covardia e a debilidade de dar cumprimento aos seus desejos, o método que tem apenas uma alternativa, o método que deve em certos casos ser convocado em auxílio do homem é a morte. Na nova visão, a morte não é horror inexplicável, nem terror sem sentido dando término às misérias da vida; é o fim de toda a dor da vida, o fim da amargura do fracasso, a misericordiosa obliteração das coisas frágeis, idiotas e sem sentido (Wells, *Anticipations*, p. 323).

Só é possível falar de morte dessa maneira descontraidamente "higiênica" quando o que se tem em mente é a morte de outra pessoa. Trata-se de algo na verdade chocante. *A Modern Utopia* (1904), de Wells, é em sua maior parte um *Cook's Tour**, sistemático e monótono, pelo paraíso imaginado pelo autor: um lugar de saúde física e exercícios extenuantes (há muitas bicicletas), vegetarianismo em massa e assim por diante. Mas também é tratada a questão das "raças inferiores".

> Suponhamos agora que exista algo como uma onipresente raça inferior. Existe alguma razão pela qual deveríamos propor preservá-la para sempre? [...] Existe uma única coisa sã e lógica a ser feita com uma raça de fato inferior, e é exterminá-la. Há, no entanto, vários modos de exterminar uma raça, e a maioria deles é cruel. Você pode acabar com ela a ferro e fogo, seguindo a velha maneira hebraica; pode escravizá-la e fazê-la trabalhar até a morte, como fizeram os espanhóis no Caribe; pode demarcar suas fronteiras e depois envená-la aos poucos com produtos deletérios, como os norte-americanos fazem com a maioria de seus índios; pode

---

*   Série exibida na TV norte-americana com viagens a lugares exóticos e destaque para os hábitos alimentares. (N. T.)

incitá-la a usar roupas às quais não está acostumada e a viver em novas e estranhas condições que vão expô-la a doenças infecciosas às quais você está imune, como fazem os missionários com os polinésios; pode recorrer ao assassinato puro e simples, como nós, ingleses, fizemos com os tasmanianos (Wells, *A Modern Utopia*, p. 162).

"Assassinato puro e simples", em particular, atinge um tom muito desconfortável, de uma franqueza falsamente calorosa. Poderíamos dizer que Wells, na primeira década do século, não poderia ter previsto com que monstruosa sinceridade os ditadores fascistas tentariam pôr essa ética em prática; a não ser, é claro, que Wells promovesse de forma ativa tal ação. É o que Wells parece fazer quando está sendo, pensa ele, razoável e mantendo-se distante dos extremos acerca da "questão judaica". "De que modo", pergunta em *Anticipations*, "a Nova República tratará as raças inferiores [...] [como] os judeus?"

É dito que o judeu é um parasita incurável no sistema de crédito [...]. Se o judeu tem certa tendência incurável para o parasitismo social e tornarmos o parasitismo social impossível, nós aboliremos o judeu, e se ele não tem essa tendência, não há necessidade de abolir o judeu (Wells, *Anticipations*, p. 341).

É o "nós" aqui que é tão repugnante. Já se define o "judeu" como forasteiro, mesmo quando Wells promete, com efusividade, que não vai exterminá-lo no primeiro impulso. Só *se surgir a necessidade* de a frase angustiosamente casual "aboliremos os judeus" ser atualizada. O restante do século XX provou que a marca estabelecida para esse critério ser colocado em prática era pouco exigente.

Nenhum tópico das teorias de Wells sujeitou-se a provocar discussão mais acalorada que esse problema de sua afiliação ao eugenismo e racismo do início do século. O melhor que pode ser dito a respeito é que Wells reconhece que o extermínio em massa é "cruel" e que, portanto, prefere explicitamente impedir por completo que "raças inferiores" e deficientes procriem. Em um encontro público em 1904, em conversa com um dos principais eugenistas da época, Francis Galton, Wells comentou:

O método da Natureza tem sido sempre matar o mais fraco, e ainda não há outro método, a menos que possamos impedir que nasçam aqueles que se tornarão os mais fracos. É na esterilização de fracassos, e não na seleção de sucessos para reprodução, que reside a possibilidade de aprimoramento da linhagem humana (Sutherland, p. 19).

John Sutherland chama essa citação de "o revólver fumegante das teorias wellsianas". Patrick Parrinder argumentou contra essa declaração de Sutherland, insistindo que os comentários de Wells são "bastante inofensivos no contexto de 1905" e acrescentando:

> O que não significa dizer que sejam defensáveis com facilidade hoje em dia. Em 1905, o mundo intelectual se deixara envolver por um pânico moral em grande escala acerca da "rápida multiplicação dos incapazes" – hoje temos outros tipos de pânico moral [...]. Quando ele falava que o "método da Natureza" era matar o mais fraco, referia-se aos efeitos humanos da Seleção Natural; se fizermos objeção a isso, como tenho certeza de que sim, deveríamos observar os fatos da comparação de expectativas de vida em nossa própria sociedade antes de dar início a uma caça às bruxas protonazista.

Talvez sim. Mas o significado do envolvimento de Wells com essas questões (um prolongado e dedicado envolvimento, mantido durante um longo período) é maior que a questão de sua reputação individual. Os costumes sociais mudaram ou, de modo mais preciso, foram mudados pelos horrores de meados do século XX. Para nossos objetivos aqui, a questão é até que ponto a tradição wellsiana se mostrou uma tradição em que a extrapolação sistemática de *novums* abrange mais que meramente máquinas e estruturas, envolvendo também a natureza humana. Uma razão pela qual alguns críticos acham as fantasias de Verne juvenis em essência é o fato de ele se contentar em parar nessas primeiras. A visão de Wells está quase por completo voltada à segunda.

Considerando as consequências catastróficas que essas opiniões tiveram no mundo real, parece uma tolice a preocupação com seus efeitos nos discursos da ficção científica; mas o fato é que nosso interesse aqui é a ficção científica. A influência dupla sobre Verne e Wells, duas espécies de gênio um tanto diferentes, não foi menor que o papel que essas visões tiveram na formação da FC escrita durante o século XX – para o bem e para o mal. Uma das tarefas do historiador da FC, e um dos desconfortáveis pactos que o aficionado tem de fazer consigo mesmo sobre seu gênero favorito, é acomodar o equilíbrio de material/externo e novidade especulativa pessoal/interna que a FC propõe. Uma coisa é imaginar a mobilização de recursos humanos para construir estações espaciais, naves estelares e qualquer outra parafernália semelhante. Outra é insistir em aplicar os implacáveis protocolos da física às variadas peculiaridades da individualidade humana. Fora de contexto, "o engenheiro de almas humanas" pode parecer um admirável título para um pensador especulativo adotar, mas só se esquecermos que foi uma frase cunhada por Josef Stalin.

Essa, no entanto, é uma nota amarga para fechar uma discussão sobre Wells. Podemos ao menos dizer, claro, que, se não houvesse nada em sua visão além de uma crueldade quase eugenista, não valeria a pena lhe darmos atenção. A não ficção de Wells às vezes deixa transparecer um ofuscamento dos olhos de seu autor, composto tanto da imensa fama popular quanto da tendência a confundir um tipo de impiedosa extrapolação de antibenevolência com lucidez. Mas a ficção de Wells, na maior parte do tempo e *a fortiori* em seus melhores momentos, é profundamente humana na mobilização de todos os recursos da imaginação para a ação no mundo de homens e mulheres.

Notas

1. "As preocupações e técnicas de Verne me pareciam ligá-lo a muitos outros escritores, mais considerados [do que os escritores de FC]. No mínimo, ele resistiu a se deixar encerrar nas categorias que lhe tinham sido atribuídas. Quando me deparei com o comentário de Kurt Vonnegut de que 'tenho sido um rabugento proprietário de uma gaveta de arquivo etiquetada "ficção científica" e gostaria de sair de lá, em especial pelo fato de que muitos críticos sérios costumam confundir com regularidade a gaveta com um urinol', tive a impressão de ouvir a voz de Verne. O objetivo deste livro, então, é libertar Verne do confinamento a essa gaveta" (Martin, p. xi).

2. Nas palavras exaltadas de John Clute: "a reputação [que Verne] teve durante muito tempo em países de língua inglesa de imperícia narrativa e ignorância de matérias científicas deveu-se, de modo fundamental, a seus tradutores ignorantes de matemática e iletrados, que [...] cultivavam de forma impenetrável a convicção de que ele era um escritor de excessos juvenis e que, portanto, era necessário apará-lo, eliminar quaisquer complexidades inapropriadamente adultas e descascar o desorientador material científico, levando-o a um mínimo absoluto" (Clute, pp. 1276-77). Devia ser acrescentado que traduções mais recentes têm sido muito mais fiéis ao original.

3. Foi um emblema a que Verne retornou várias vezes em sua carreira de escritor, com mais persistência em *Os Quinhentos Milhões da Begum* (1879) e *Fora dos Eixos* (1889).

4. O médico inglês Benjamin Ward Richardson ficou tão impressionado com o submarino de Verne que ele próprio inseriu um (feito de madeira) em uma novela histórica ambientada em tempos romanos, *The Son of a Star: A Romance of the Second Century* (1888).

5. Andrew Martin discute a dificuldade de traduzir esse título: a expressão francesa *sens dessus dessous* significa "fora dos eixos" ou "de cabeça para baixo", mas o título de Verne, "ao substituir o *e* de *sens* por um *a*, significa algo como o oposto disso [...], podendo ser livremente apresentado como: 'Sem Mais Altos e Baixos' ou 'Um Fim para a Inversão'" (Martin, pp. 179-80).

6. Há mais um ponto que deve ser esclarecido a respeito do duradouro impacto de Verne sobre o gênero. Além de serem obras multimodais, que combinam elementos visuais e textuais, as novelas de Verne migram de maneira promíscua para uma variedade de outras linguagens. Por exemplo, ele se tornou mais conhecido para a maior parte do público do século XX graças às muitas adaptações cinematográficas de seus livros.

Mesmo no século XIX, houve diversas versões teatrais e operísticas dos livros de Verne. O próprio Verne adaptou algumas de suas *voyages extraordinaires* para o palco, em colaboração com Adolphe Dennery. *A Volta ao Mundo em Oitenta Dias* (encenada pela primeira vez em 1875) conseguiu (nas palavras de Laurence Senelick) "bater um recorde com 652 noites [...] [e] definiu o estilo da *pièce à grand spectacle*" (Selenick, p. 3). A *opéra bouffe* de Offenbach, *Le Voyage dans la lune* (1875), tirou da novela de Verne o título e o modo de viajar (pelo tiro de um grande canhão), embora a história se desenvolva em direções um tanto não verneanas: as 23 cenas dessa longa ópera fazem na verdade os atores desembarcarem em uma Lua satírica, fora dos eixos, familiar desde os séculos XVII e XVIII. O trabalho foi um sucesso, estendendo-se por 185 apresentações. Outros escritores de FC também retornaram a Verne, escrevendo sequências e adaptações. Uma novela anglófona do século XXI ostenta o improvável título *Twenty Trillion Leagues Under the Sea*.

7. Ver, por exemplo, E. S. Holden, "Bright Projections at the Terminator of Mars", *in Publications of the Astronomical Society of the Pacific* (dezembro de 1894), pp. 284-85. Holden discute se essas luzes poderiam indicar vida alienígena, mas com o devido cuidado acadêmico minimiza tal possibilidade.

Referências

Aldiss, Brian, com David Wingrove. *Trillion Year Spree: the History of Science Fiction.* Londres: Gollancz, 1986.

Alkon, Paul K. *Science Fiction before 1900: Imagination Discovers Technology.* Londres: Routledge, 1994.

Barthes, Roland. *Mythologies* (1957), trad. A. Lavers. Londres: Paladin, 1972.

Bergonzi, Bernard. *The Early H. G. Wells.* Manchester: Manchester University Press, 1961.

Butcher, William (org. e trad.). *Jules Verne: Twenty Thousand Leagues Under the Sea.* Oxford: Oxford University Press, 1998.

Capitanio, Sarah. "L'Ici-bas" and "l'Au-delà" [...] but Not as they Knew it. Realism, Utopianism and Science Fiction in the Novels of Jules Verne. *In: Jules Verne: Narratives of Modernity*, org. Edmund Smyth. Liverpool: Liverpool University Press 2000, pp. 60-77.

Clareson, Thomas D. The Emergence of the Scientific Romance 1870-1926. *In: Anatomy of Wonder: Science Fiction*, org. Neil Barron. Nova York: R. R. Bowker 1976, pp. 33-78.

Clute, John, Jules (Gabriel). Verne. *In: Encyclopedia of Science Fiction*, orgs., John Clute e Peter Nicholls, 2ª ed. Londres: Orbit, 1993, pp. 1275-9.

Disch, Thomas. *The Dreams Our Stuff Is Made of: How Science Fiction Conquered the World.* Nova York: Simon and Schuster, 1998.

Hammerton, M. Verne's Amazing Journeys. *In: Anticipations: Essays on Early Science Fiction and its Precursors*, org. David Seed. Liverpool: Liverpool University Press, 1995, pp. 98-110.

Hammond, J. R. *An H. G. Wells Companion*. Londres: Macmillan, 1979.

Harris, Trevor. Measurement and Mystery in Verne. *In: Jules Verne: Narratives of Modernity*, org. Edmund Smyth. Liverpool: Liverpool University Press, 2000, pp. 109-21.

Kemp, Peter. *H. G. Wells and the Culminating Ape*, 2ª ed. Basingstoke e Londres: Macmillan, 1996.

Lawton, John (org.). *H. G. Wells: The Time Machine*. Londres: Dent, "The Everyman Library", 1995.

Luckhurst, Roger. *Science Fiction*. Londres: Polity, 2005.

Martin, Andrew. *The Mask of the Prophet: The Extraordinary Fictions of Jules Verne*. Oxford: Clarendon, 1990.

Parrinder, Patrick. *Science Fiction: Its Criticism and Teaching*. Londres e Nova York: Methuen, 1980.

_____. *Shadows of the Future: H. G. Wells, Science Fiction and Prophecy*. Liverpool: Liverpool University Press, 1995.

Senelick, Laurence. Outer Space, Inner Rhythms: The Concurrences of Jules Verne and Jacques Offenbach. *In: Nineteenth Century Theatre and Film* 30/1 (verão 2003), pp. 1-10.

Smyth, Edmund (org.). *Jules Verne: Narratives of Modernity*. Liverpool: Liverpool University Press, 2000.

Sutherland, John. Devil Take the Hindmost. *In: London Review of Books* 17(24): 18-9, 1995.

Suvin, Darko. *Metamorphoses of Science Fiction: On the Poetics and History of a Literary Genre*. New Haven, CT: Yale University Press, 1979.

Verne, Jules. *Voyage au centre de la terre* (1864). Paris: Livres de Poche, 2000.

_____. *De la Terre à la Lune* (1865). Paris: Livres de Poche, 2001.

_____. *Autour de la Lune* (1869). Paris: Livres de Poche, 2000.

_____. *Vingt Mille Lieues sous les mers* (1869). Paris: Livres de Poche, 2000.

_____. *L'Ile mystérieuse* (1874). Paris: Librarie Hachette, 1919.

_____. *Hector Servadac, voyages et aventures à travers le monde solaire* (1877). Paris: Librarie Hachette, 1919.

_____. *Les Cinq cents millions de la Bégum* (1879). Paris: Livres de Poche, 2000.

_____. *Le Maison à vapeur* (1880).

_____. *L'Étoile du Sud* (1884).

_____. *Robur-le-conquérant* (1886).

_____. *Sans dessus dessous* (1889). Paris: Magnard Collège, 2002.

_____. *L'Ile à Hélice* (1895).

Verne, Jules. *Maître du Monde* (1904).

_____. *L'Invasion de la Mer* (1905).

_____. *La Chasse au météore* (escrito em 1904-1905; publicado em 1908), org. Olivier Dumas. Paris: Gallimard, 2002.

_____. *Le Secret de Wilhelm Storitz* (escrito em 1904-1905; publicado em 1910).

Verne, Jules e Michel Verne. *Au XXIXme siècle: la journée d'un journaliste américain em 2889* (primeira edição em 1891; incluído em *Hier et demain*, 1910).

Verne, Jules e Michel Verne. L'Eternel Adam, também conhecido como "Edom" (incluído em *Hier et demain*, 1910).

Wells, Herbert George. *Anticipations of the Reaction of Mechanical and Scientific Progress Upon Human Life and Thought*. Londres: Harpers 1901.

_____. *Complete Short Stories*. Londres: Ernest Benn, 1927.

_____. *The Food of the Gods and How it Came to Earth* (1904). Londres: Gollancz, 2010.

_____. *The Invisible Man* [1897]. Londres: Gollancz, 2010.

_____. *The Island of Doctor Moreau* (1896). Londres: Gollancz, 2010.

_____. *The War of the Worlds* [1898]. Londres: Gollancz, 2012.

_____. *Anticipations of the Reaction of Mechanical and Scientific Progress upon Human Life and Thought*. Londres: Chapman and Hall, 1902.

_____. *In the Days of the Comet* [1906]. Londres: Hogarth Press, 1985.

West, Anthony. *H.G. Wells: Aspects of a Life*. Nova York: Random House, 1984.

Winandy, André. The Twilight Zone: Imagination and Reality in Jules Verne's Strange Journeys, trad. Rita Winandy, *Yale French Studies* 43, 1969, pp. 97-110.

CAPÍTULO 9

O Início do Século XX, 1: Ficção Científica do Alto Modernismo

Pode parecer, pelo modo como fechei o capítulo anterior, que esteja ansioso para demarcar pontos ideológicos precários à custa da FC. Também é possível que negar essa intenção – uma negação na qual insisto – não consiga convencer. A questão é se, ao criar um novo espaço discursivo para o sublime fundamentado não nos antigos paradigmas religiosos, mas em uma lógica secularizada de materialidade mobilizada, sistemática, a FC necessariamente não se alinharia ao fascismo e a outros totalitarismos semelhantes. Assim como eles, a FC gosta da visão arrojada, da novidade radical, com totalidade e figuras redentoras. Assim como eles, a FC se entusiasma com as possibilidades da nova tecnologia mecânica, o que Roger Luckhurst (em um dos melhores estudos que temos da FC do século XX) chama de "mecanismo". Luckhurst também observa que qualquer "equação monolítica" do futurismo e do fascismo do início do século ignora "os aspectos progressistas e socialistas desses futuros" (Luckhurst, p. 204). Não queremos ser culpados de falta de sutileza. No entanto, em um ensaio discreto, embora devastador, Aaron Santesso lista os muitos autores e críticos de FC que têm insistido em que a ficção científica é liberal e progressista por natureza ("de forma essencial, a literatura do progresso", diz Ken McLeod; "a filosofia política da FC é, em essência, liberal"; "aliada à teoria marxista, feminista e gay", sugere Mark Bould, "e cada vez mais a estudos críticos sobre raça"), propondo que os vetores centrais do gênero devam ser...

> Reconhecidos como nada além de "naturalmente" progressistas, em vez de estarem aliados com mais vigor a políticas fascistas. No entanto, certos tropos e tradições basilares do gênero carregam, digamos assim, o DNA do fascismo com tamanha intensidade, que mesmo escritores liberais e

progressistas, que trabalham dentro das variedades mais refinadas do gênero, com frequência empregam (não de forma deliberada) tropos e estratégias de caráter fascista. Esses tropos e estratégias quebram e desapontam certas expectativas ideológicas anunciadas como, ou que se presumam ser, intrínsecas ao gênero (Santesso, p. 139).

O objetivo de Santesso é conturbar o quadro ideológico do gênero, em vez de ficar repisando que a FC é monolítica no âmbito ideológico, seja em um ou em outro sentido.[1] Contudo, não se trata de questões meramente arbitrárias ou vagas. Nem que possuam um mero interesse histórico. Enquanto escrevo esta edição revista do livro, a FC está mais uma vez envolvida em uma febril batalha sectária sobre sua identidade ideológica e, por certo, há gente na extrema direita que quer reivindicar o gênero como seu de modo particular.

Isto é muito mais uma questão de forma que de conteúdo. Um protagonista super-heroico, uma guerra contra monstros sub-humanos, o suave esboço de máquinas futurísticas são em si e por si triviais e, com frequência, tratados de forma trivial. Uma questão mais profunda, por assim dizer, é se as formas de FC podem ser neutras em termos ideológicos: o sublime materialista; o viés para uma apreensão totalizante e sistematizante do mundo; a linha direta de Adorno-Horkheimer do Iluminismo (quando a FC pela primeira vez assume uma feição definida) ao hitlerismo. Outro componente relevante é o estranho casamento no fascismo de um ideal "de elite" com uma dinâmica popular de massa. Fascismo e nazismo voltaram-se ao mesmo tempo para um passado nobre, aristocrático, *e* recorreram à cultura popular contemporânea; agregaram a nostalgia por um mítico passado remoto com um agora, ou melhor, um futuro iminente orientado de forma futurista – o ariano ou cavaleiro romano e as tecnologias de guerra do amanhã. Nisso está a lógica cultural mais ampla do início do século XX, quando a "arte elevada", que chamamos às vezes de modernismo, separou-se das linguagens *pulp* da arte popular, definindo-se na verdade de modo autoconsciente em oposição a elas.

A tese do presente estudo é que a FC precede o surgimento coerente dessas ideologias. No entanto, há um grau de correlação com o forte incremento na popularidade do modo. O século XX é o período em que a FC começa a se aproximar do que é dominante em termos culturais, pois foi nesse século que o gradiente do gráfico que marca a mudança tecnológica e cultural contra o tempo ficou quase na vertical. Os primeiros anos do século foram moldados por uma nova consciência do futuro. Para citar Stephen Kern:

A nova tecnologia da ficção científica, a arte futurista e a política revolucionária olhavam para o futuro como um predador observando sua presa.

Foi uma época para planejadores e guerreiros: para o grande amanhã dos Carnegies e Rockefellers, terroristas anarquistas e revolucionários bolcheviques, a marinha alemã e o novo exército russo (Kern, p. 104).

Essa noção do futuro tomando o presente, os dentes e as garras das implicações dessa declaração evocam o aparecimento da mais selvagem e predatória das ideologias políticas, aquela abraçada em suas diferentes formas por Hitler e Mussolini.

A FC se torna nesse período talvez o instrumento básico por meio do qual escritores e leitores tentaram chegar a um acordo sobre o que essas mudanças significavam. E é "na máquina" que localizo, com todas as necessárias ressalvas que acompanham as simplificações, o nexo ideológico do fascismo. A máquina é um termo que chega pré-valorizado, digamos assim, como um gesto para um futuro utópico-totalizante, com estratégias para mobilizar a energia ideológica da nação dividida em raças. Isso não exagera as coisas a ponto de se sugerir que o ideal fascista é transformar a sociedade em uma máquina ou, sendo mais preciso, aperfeiçoar a "máquina" da sociedade ao modernizá-la, lubrificando-a e fazendo-a rodar bastante. A FC é outra máquina e, na medida em que sua função maquínica é a geração de novos modos de pensamento, de visões quase científicas da sociedade e do mundo recém-sistematizadas, ela cai com facilidade em algo com vestígios de caráter fascista (Figura 9.1).

Figura 9.1 Wladyslaw T. Benda, "Monstruosa locomotiva fumegante destruindo uma cidade" (1922).

Completando o que estive dizendo, os próximos dois capítulos devem trabalhar com uma dicotomia crítica que corre o risco da rudeza e da simplificação. Declaro isso aqui com franqueza, em prol da transparência. A primeira metade do século XX vê a abertura de uma clivagem entre "arte elevada" e cultura popular de uma severidade sem precedentes. Por um lado, com esse movimento literário hoje ensinado nas universidades como modernismo, temos um grupo de escritores, muitas vezes extraordinariamente talentosos, dedicados a um programa estético de *making it new* [fazer o novo] e de experimentação, concentrando-se de modo mais deliberado na forma e no estilo que no enredo e em personagens, trabalhando reiteradamente densos tópicos de intertextualidade e alusão em seus textos. Por outro lado, no rastro da difusão da alfabetização de massa no final do século XIX, houve uma enorme audiência para narrativas populares, que foi atendida por um grupo de escritores com o mesmo talento e grandiosidade, mas hoje em dia menos conhecidos. Foi Ezra Pound quem definiu o modernismo em termos de sua novidade – o título de sua coleção de ensaios de 1930, que ele achou que serviria de *slogan* para o novo movimento, é *Make It New* [Faça o Novo]. É razoável pensar que Pound tinha em mente um tipo de *novum* diferente do identificado mais tarde por Darko Suvin como constitutivo da FC. É também uma estratégia razoável não dar demasiada importância ao que Pound tinha em mente.

Frederic Jameson, em *The Political Unconscious* [O Inconsciente Político], fala da situação polêmica da cultura literária no final do século XIX da qual emergiu "não apenas o modernismo, mas duas distintas estruturas culturais literárias, inter-relacionadas do ponto de vista dialético, uma pressupondo necessariamente a outra": modernismo da "alta cultura" ou "da elite" por um lado e cultura de massa por outro (Jameson, p. 207). Maria DiBattista, na coleção de ensaios que organizou sobre essa dicotomia, *High and Low Moderns: Literature and Culture* [Modernos Altos e Baixos: Literatura e Cultura] (1889-1939), identifica o primeiro grupo como "formalistas acanhados que lutam com instabilidades de linguagem e significado recém-percebidos [...] escritores cuja moral lhes era atribuída, assim como a 'dificuldade' estética os removia ou elevava da cultura baixa e média que prevalecia na época". Os "baixos" modernistas, por outro lado, são encarados como "mais acessíveis (isto é, populares, assim como legíveis com mais facilidade) [e] transparentes em termos morais" (DiBattista, pp. 3-4). Como DiBattista continua a argumentar, a realidade era que de fato não existia uma distinção tão nítida. Os dois movimentos estavam sempre íntima, e até mesmo dialeticamente, inter--relacionados. Tanto os artistas "elitistas" quanto os ligados à cultura popular enfrentavam uma problemática cultural similar. A grande diferença é que os elitistas, ou adeptos do Alto Modernismo, reagiam em geral com hostilidade à crescente mudança tecnológica, enquanto os artistas ligados à cultura popular reagiam, falando em termos gerais, com emoção e contentamento. Os dois capítulos seguintes vão dar consistência a essa declaração.

Essa consistência deve começar, é claro, pela menção das várias exceções à regra. Nem todos os alto-modernistas eram hostis à máquina. Na verdade, um subgrupo, os futuristas, compreendiam de modo positivo o desarranjo das convenções burguesas que as máquinas, e em especial máquinas de *velocidade*, como os veículos a motor e os aeroplanos, traziam com elas. O poeta italiano Filippo Marinetti lançou o movimento futurista com um manifesto em fevereiro de 1909:

> *Un'automobile da corsa* [...] *un'automobile ruggente, che sembra correre sulla mitraglia, è più bella della Vittoria di Samotracia. Noi vogliamo inneggiare all'uomo che tiene il volante, la cui asta ideale attraversa la Terra, lanciata a corsa, essa pure, sul circuito della sua orbita.*
> [Um automóvel de corrida [...] um automóvel que ronca, que parece metralhar enquanto corre, é mais bonito que a Vitória de Samotrácia. Entoaremos hinos ao homem que segura o volante, que arremessa da Terra a lança de seu espírito, ao longo da curva de sua órbita] (Marinetti, *Il manifesto del futurismo*, pp. 4, 5).

Essa emoção pueril com a ideia de máquinas rápidas – e, em particular, *presentes no mundo todo* – existe na poesia, na arte visual e em outras obras dos diversos futuristas. Fornece um contexto desconfortável para o *pulp*, linguagem populista que também valorizava o tecnológico. Desconfortável porque o futurismo estava no centro de uma negação da vida e no centro do movimento fascista. Marinetti, ao declarar "guerra contra o *passadismo* italiano", na verdade comprometeu os artistas futuristas com uma estética de guerra total. "Dinâmico e agressivo", escreveu em 1914, "o futurismo está sendo agora plenamente realizado na grande guerra mundial que ele – sozinho – previu e glorificou [...] *A guerra presente é o mais belo poema futurista que se viu até agora*" (citado em Griffin, p. 26). A consonância ideológica entre futurismo e fascismo foi tal que Marinetti e seus seguidores endossaram com entusiasmo o regime de Mussolini, louvando-o como um super-homem especificamente futurista.

O maior grupo de modernistas de *avant-garde* que odiavam máquinas era, de modo geral, menos repugnante que este. Mas os pontos comuns são mais impressionantes que as diferenças. Em termos da dialética da FC que venho discutindo no presente estudo, os antimaquinistas e os alto-modernistas tendem para uma visão mitopoética que, com muita frequência, deságua no misticismo ou na religião; tendem para formas de arte incorporadas à tradição (tradições sociais, antecedentes literários, citação, alusão e intertextualidade), mesmo quando aspiram com timidez à novidade. Obras como *Em Busca do Tempo Perdido* (*A la Recherche du Temps Perdu*) (1913-1927; sete volumes), de Proust, *Pilgrimage* [Peregrinação] (1913-1967; 13 volumes), de Dorothy Richardson, *Ulysses* [Ulisses] (1922), de Joyce, *Apes of God* [Macacos de Deus] (1930), de Wyndham Lewis, *A Terra Devastada* (*The Waste Land*) (1922), de T. S. Eliot, *Cantos*, de Pound (o primeiro apareceu em 1917, o último em 1970), *O Homem sem Qualidades* (*Der Mann ohne Eigenschaften*) (1930-1932), de Robert Musil, todas compartilhavam uma ambição experimental estilística ou formal. De modo similar, a FC produzida por escritores alto-modernistas visava fragmentar e reagrupar a prática da escrita para apreender uma comparável consciência mítico-transcendente. A FC *pulp*, por outro lado, mediava seus aspectos teológicos por meio de um sublime tecnológico que era muito mais materialista, embora um grande número de obras *pulp* abram caminho para o leitor através de uma fetichização schopenhaueriano-nietzschiana da vontade. De fato, é possível reverter a dicotomia sugerida em geral por "grande arte" *versus* "cultura popular" nesse período. Por um lado, J. R. R. Tolkien "fazia o novo" de modo tão radical quanto qualquer outro alto-modernista (embora sua "novidade" estivesse no gênero e no modo, antes de no estilo ou forma de prosa), mesmo que retornando de maneira incondicional a uma fantasia "mágica" deliberadamente antiquada, constituída de religiosidade. Por outro lado, a grande realização da era *pulp* – as próprias revistas *pulp* – fragmentava a prática da leitura com as tintas brilhantes e coloridas do alcatrão de carvão de suas ilustrações, e com o agitado etos, de inquietante antecipação, de suas histórias; narrativa, emoção, criatividade e uma consistente *objetividade* harmonizavam-se com as expectativas dos leitores, mas também antecipavam a ímpia fragmentação da cultura mundial que foi enfim denominada pós-modernismo.

Como Luckhurst argumenta de modo persuasivo, isso por sua vez provocou uma, digamos assim, marginalização "oficial" ou canônica de Wells e da literatura que ele inspirou.

> Esse, então, é o primeiro legado de H. G. Wells ao romance científico e à ficção científica. Apesar dos elogios iniciais a seus romances, essas obras foram enterradas sob subsequentes objeções à reviravolta para a futurologia política e à redução da novela à condição de veículo utilitário para a política social. Usado como um verniz para uma emergente estética modernista, Wells interpretou mal como o novo *establishment* literário

trabalhou para marginalizar sua obra. Na verdade, suas reações aceleraram essa marginalização. A defesa modernista do experimental, da exterioridade e da profundidade aliou-se à recusa da modernidade mecanizada. Textos que foram inspirados por Wells – a menos que se opusessem ao suposto anti-humanismo do *Mecanismo* – passaram a ser vistos na nova formação disciplinar da literatura inglesa como uma literatura um tanto "forasteira". As condições peculiares nos anos 1890 – as formações híbridas de alto e baixo, a superposição de ciência e cultura – não duraram. Desenvolveram-se hierarquias que mobilizaram a literatura *contra* formas de cultura de massa (Luckhurst, p. 46).

Um dos argumentos do livro de Luckhurst é que essa narrativa "oficial" do modernismo (em poucas palavras, que Henry James e sua gangue "ganharam" o modernismo e que Wells e a dele o perderam) está equivocada – apesar de ser, com exatidão, a narrativa consagrada em estudos universitários da história literária do século.

Antimaquinistas

A hostilidade com relação à tecnologia assumiu diversas formas e graus de intensidade entre os alto-modernistas. Para alguns, o perigo era a crescente mecanização da esfera social, com a crença de que os indivíduos humanos passariam a ser tratados como meras engrenagens de uma máquina. Para outros, toda a deriva da sociedade contemporânea rumo à tecnologia envolvia uma perda deplorável da "naturalidade" primitiva e do contato com o orgânico, o não tecnológico e o espiritual. Valentine Cunningham identifica *Admirável Mundo Novo* (1932), de Aldous Huxley, como a "ficção distópica básica" dos anos 1930, sustentando que ela cristaliza uma "inquietação ocidental generalizada acerca do triunfo do materialismo da era da máquina" (Cunningham, p. 399). Cunningham segue o rastro dessas influentes "surras na máquina" desde as opiniões polêmicas de D. H. Lawrence e T. S. Eliot nos anos 1910 e 1920, na

> [...] mesma linha que Q. D. Leavis (mas nem Naomi Mitchison em *We Have Been Warned* [Fomos Avisados] nem Annabel William-Ellis, a irritada sra. Leavis, em *To Tell the Truth* [Para Dizer a Verdade] [...] foram capazes de questionar a "máquina" como "valor absoluto" ou nutrir "quaisquer dúvidas sobre a máquina que surgia como possibilidade de uma boa vida") [...] Foi natural o bastante para Evelyn Waugh associar-se a esses ataques à máquina, bem como para Robert Byron ("reflexos

condicionados, caminhões Ford e clínicas de aborto"), Osbert Sitwell ("Magnetogorsk, o Estádio de Nuremberg e a Great West Road") e J. R. R. Tolkien [...] George Orwell se aliou a *Wigan Pier* com *Admirável Mundo Novo* ("provavelmente expressa o que uma maioria de gente que pensa imagina sobre a civilização da máquina") (Cunningham, p. 399).

Cunningham acrescenta Charles Williams, Wyndham Lewis, Peter Fleming e Julian Symons aos que "surram as máquinas". A essa hostilidade integrava-se a crença de que a negação do mundo orgânico, natural, era parte do que Stephen Spender chamou em 1937 de "desejo de morte" cultural, caracterizado por "masoquismo sentimental". Malcolm Muggeridge, que escreveu no último ano da década, diagnosticou uma "ânsia pela morte" e "um reservatório de ânsia-pela-morte pronto a ser utilizado" (Baker, p. 58). Huxley se inspirou, para criar seu personagem Mark Rampion em *Point Counter Point* [Contraponto] (1928), em seu amigo D. H. Lawrence; e por certo Rampion expressa opiniões tipicamente lawrencianas: "o amor pela morte está no ar", ele se queixa, em relação à fascinação dos filhos por "automóveis, trens, aeroplanos, rádios".

> Tento persuadi-los a gostar de outra coisa. Mas não conseguirão. O maquinário é só o que existe para eles. Estão contaminados pelo amor à morte. É como se o jovem estivesse determinado por completo a levar o mundo a um fim – mecanize-o primeiro para a loucura, depois para o pleno assassinato (Huxley, *Point Counter Point*, p. 320).

A opinião de Rampion sobre a massa da população ativa é que "vivem o tempo todo como idiotas e máquinas, no trabalho e em seu lazer. Como idiotas e máquinas, mas imaginando que vivem como seres humanos civilizados" (Huxley, *Point Counter Point*, p. 305).

Tal visão da deriva do mundo é encontrada com frequência na obra dessa porção da autoproclamada "elite" da arte modernista. Dificilmente será exagero dizer que, para tais escritores, a "ficção científica" é um modo exclusivo de distopia; as máquinas e tecnologias, celebradas tão amiúde e mesmo fetichizadas na FC *pulp* do período, são apresentadas como perniciosas e desumanizantes em obras como *Os Robôs Universais de Rossum* (*R.U.R. – Rosumovi Uměli Roboti*) (1921), de Karel Čapek, *Nós* (*Мы*) (1920), de Yevgeny Zamiatin (que teve sua primeira tradução para o inglês [*We*] em 1924), o filme *Metropolis* (1927), de Fritz Lang, *Admirável Mundo Novo* (1932), de Aldoux Huxley, *Ravage* [Devastação – Ou a Volta à Natureza] (1943), de René Barjavel, *Die Stadt hinter dem Strom* [Cidade atrás do Rio] (1946), de Hermann Kasack, *Seven Days in New Crete* [Sete Dias na Nova Creta] (1949), de Robert Graves, *1984* (1949), de George Orwell, e *Gläserne Bienen* [Abelhas de Vidro] (1957), de Ernst Jünger. Em cada um desses casos uma idealizada sociedade futura foi organizada segundo parâmetros tecnológicos ou científicos, em detrimento da qualidade individual da vida dos cidadãos dessa sociedade.

Apresso-me em analisar esse considerável conteúdo como um todo. Em particular, ele distorce um pouco o *Admirável Mundo Novo,* para colocá-lo na companhia de distopias que são, sem ambiguidades, desprezíveis ou restritivas. Essa classificação tende a ignorar as sutilezas da abordagem de Huxley. É um erro interpretar essa novela apenas em nível de conteúdo, para então, em seguida, considerá-la como um protesto contra a sociedade tecnológica, a sociedade de consumo ou a cultura de massa em geral. John Carey acredita que a novela tenha "a intenção de demonstrar a superioridade da 'alta' cultura e a inferioridade dos passatempos preferidos pelas massas" (Carey, pp. 86-7). Mas essa é uma visão parcial. Na realidade, *Admirável Mundo Novo* é uma exposição sobre as lógicas da ficção utópica, além de uma abordagem das questões metatextuais de gênero que incluem a dinâmica entre ficção científica e ficção realista.

Admirável Mundo Novo é ambientado em "637 d.F.", isto é, 637 anos depois de Ford (Henry Ford, industrial norte-americano cujo automóvel Modelo T foi o primeiro a ser montado por métodos de produção em massa). Huxley imagina uma sociedade inteira baseada nos princípios da engenharia especializada, da uniformidade e de uma ideologia comunal taylorizada. Os dois bilhões de cidadãos do Estado Mundial se desenvolvem em incubadoras comerciais, em vez de nascerem do útero de uma mulher – na verdade, eles consideram o parto biológico uma ideia repugnante. Quando ainda se encontram no estado fetal de desenvolvimento, condicionam-se a uma série de virtudes, entre elas, obediência passiva, consumo material e promiscuidade sexual. Sendo também classificados antes do nascimento em castas separadas: os alfas estão no ápice da sociedade e ocupam cargos profissionais; os betas ocupam posições de média hierarquia; e os gamas, deltas e épsilons, de nível inferior, são destinados a trabalhos subalternos. A todos são dadas rações, fornecidas pelo Estado, de uma droga chamada soma, que causa "euforia, [é] narcótica, agradável e alucinante" (*Brave New World*, p. 48). A solidariedade comunitária é promovida por meio de uma variedade de estratégias ideológicas, de doutrinação hipnopédica* a Cantos Comunitários e Serviços de Solidariedade. Os cidadãos gozam de longevidade, são livres de doenças, felizes,

---

* Doutrinação por repetição de frases durante o sono. (N. do T.)

e todos produtivos e (ainda mais importante para esse ideal capitalista) consumistas em termos materiais. Possuem uma variedade de passatempos: sexo, composições odoríferas que são "tocadas" pelos sentidos olfativos e "sensos" táteis, que substituíram os "filmes" visuais do século XX. A novela começa com uma visita a uma incubadora e continua com um homem alfa-plus comum, embora obscuramente insatisfeito, chamado Barnard Marx (seu descontentamento é explicado em termos de uma disfunção secundária no tratamento pré-natal). Marx viaja para uma reserva no Novo México, onde pequenas comunidades de "selvagens" vivem uma existência mais primitiva. Lá ele encontra um rapaz, filho de uma mulher do Oeste dos Estados Unidos, que, décadas atrás, tinha sido abandonado por engano na reserva. Marx traz esse selvagem de volta à "civilização", onde sua ingênua perspectiva permite a Huxley expor vários aspectos de sua criação imaginativa. Em *Admirável Mundo Novo*, a religião e a arte foram abolidas, porque tendem a desestabilizar a harmonia comunal. O selvagem, que se instruiu ao sorver inebriantes goles de Shakespeare, fica intensa e destrutivamente apaixonado pela vazia Lenina – comportamento inadequado em uma sociedade na qual "família, monogamia e romance" foram eliminados. A intensidade das emoções de John, o Selvagem levam-no ao desespero. Cada vez mais alienado do suave hedonismo do mundo civilizado, ele se isola em uma torre; chicoteia a si mesmo, sentindo repulsa por si próprio. Por fim, enforca-se.

Um clímax na construção do livro é uma extensa discussão entre o Selvagem e Mustafá Mond, um dos Dez Controladores do Mundo, em que os méritos relativos da miséria, ideal em termos poéticos, e da felicidade, prática em termos científicos, são debatidos. A sensibilidade de total fluência da *Weltanschauung* [Visão de Mundo] de Mond, criada com ironia huxleyana e com tanta habilidade que se aproxima de uma estranha assíntota de sabedoria sem ironia, é em si mesma uma grande realização da sátira da novela:

> A verdade é uma ameaça, a ciência é um perigo público [...]. É curioso ler o que as pessoas na época de Nosso Ford costumavam escrever sobre progresso científico. Elas pareciam imaginar que poderíamos continuar avançando de modo indefinido, independentemente de qualquer coisa. O conhecimento era o bem maior, a verdade, o valor supremo: todo o resto era secundário e subordinado a isso. É claro que as ideias já então começavam a mudar. O próprio Nosso Ford fez muito para deslocar a ênfase da verdade e da beleza para conforto e felicidade. A produção em massa exigiu a mudança. A felicidade universal mantém as engrenagens girando com firmeza; verdade e beleza não fazem isso. E, é evidente, sempre que as massas se apoderavam do poder político, era a felicidade,

antes da verdade e da beleza, que importava. Apesar de tudo, no entanto, a irrestrita pesquisa científica ainda era permitida. As pessoas continuavam falando sobre verdade e beleza como se elas fossem bens soberanos. Até a época da Guerra dos Nove Anos. *Isso*, sem dúvida, fez com que mudassem de tom. Qual era o sentido de verdade, beleza ou conhecimento quando bombas de antraz explodiam por toda parte? Foi quando a ciência começou pela primeira vez a ser controlada – após a Guerra dos Nove Anos. As pessoas estavam prontas para ter inclusive seus desejos controlados. Qualquer coisa por uma vida tranquila. Desde então, continuamos a controlar. O que não foi, é claro, muito bom para a verdade. Mas foi muito bom para a felicidade. Não se pode ter algo a troco de nada. A felicidade precisa ter sua paga (Huxley, *Brave New World*, p. 210).

Huxley traçou um mundo em que a felicidade humana e a estabilidade dessa felicidade são a qualidade definidora. Pensadores utópicos tinham, até então, aceitado sempre um dentre dois princípios como indicador de sucesso utópico: ou a maior eficiência do funcionamento mais amplo da sociedade, concebido com frequência em moldes quase militares, ou então – o mais comum – o critério benthamita da maximização da felicidade para o maior número de pessoas.[2] Huxley não estava interessado na utopia militar; sua inovação, tão engenhosa quanto profunda, foi interrogar as utópicas associações da felicidade *em si*. Na verdade, esse é um tema constante em sua obra. Antes de Huxley, era em geral considerado evidente que a crescente felicidade humana era algo bom. Huxley questionou essa suposição. Seu frustrado personagem poeta, Francis Chelifer, de *Those Barren Leaves* [Folhas Inúteis] (1925), pergunta-se:

[...] se o ideal de felicidade pelo qual lutamos não pode se revelar irrealizável por completo ou, se realizável, repugnante demais à humanidade? As pessoas querem ser felizes? Se houvesse uma possibilidade real de alcançar uma felicidade permanente e invariável, elas não se esquivariam, horrorizadas de sua tediosa consumação? (Huxley, *Those Barren Leaves*, p. 86).

Esse é o esquema de *Admirável Mundo Novo*, uma sociedade de permanente e invariável felicidade. "Felicidade", observa Mustafá Mond, "é um árduo mestre – em particular a felicidade alheia" (Huxley, *Brave New World*, p. 207). Nas mãos de Huxley, torna-se um mestre ainda mais severo que o Grande Irmão de Orwell, pois, como ideologia, é bem mais internalizada pelo indivíduo.

George Orwell considerou *Admirável Mundo Novo* "uma brilhante caricatura do presente", mas insistiu em que o livro "não lança luz sobre o futuro. Nenhuma sociedade desse tipo duraria mais que algumas gerações". A razão para essa instabilidade da ditadura, Orwell considerou, era o fato de que a casta dominante no mundo de Huxley carecia de "uma moralidade estrita, uma crença quase religiosa em si mesma, uma mística" (citado em Baker, p. 13). O interessante em particular acerca da opinião de Orwell é sua leitura equivocada do texto de Huxley – pois todo o sentido de *Admirável Mundo Novo* é, de modo preciso, sua deliberada falta de mística, de crença quase religiosa. O hedonismo banal desse mundo imaginado adquire um amargo sabor devido à ausência, na verdade, à cruel repressão de determinada qualidade numinosa. Não se trata da religião como tal, embora a religião convencional seja uma de suas manifestações. Perto do fim do livro, John, o Selvagem, discute com Mustafá Mond, o segundo dizendo que "Deus é incompatível com as máquinas, a medicina científica e a felicidade universal", e explicando como a droga soma substituiu o impulso religioso, sendo "o cristianismo sem lágrimas" (Huxley, *Brave New World*, pp. 214, 217). Deus é uma "inconveniência" para essa civilização em particular, e a insistência do Selvagem em desejar a inconveniência pelo que ela representa em si é um traço de masoquismo mais integral, que também o assiste quando se autoflagela e enfim se enforca. "Não quero conforto", ele diz a Mond. "Quero Deus. Quero poesia. Quero perigo real. Quero liberdade, quero graça. Quero pecado." Mond sugere que ele está "reivindicando o direito de ser infeliz" e, quando o Selvagem aceita isso, Mond lembra que tal direito também inclui "o direito de ficar velho, feio e impotente; o direito de ter sífilis e câncer; o direito de ter muito pouco para comer; o direito de ser repugnante; o direito de viver em contínua apreensão sobre o que possa acontecer amanhã; o direito de contrair febre tifoide; o direito de ser torturado por todo tipo de dor indescritível" (Huxley, *Brave New World*, p. 219). É difícil não admitir que ele tem certa razão.

A sátira aqui é plenamente antifreudiana. A definição de Freud de saúde mental – a capacidade de trabalhar e amar – é caricaturada no cidadão típico do mundo de Mond, "um cidadão feliz, que trabalha com afinco, que consome bens", com acesso ilimitado ao amor sexual e, desse modo, "perfeito" (Huxley, *Brave New World*, p. 215). O outro correlativo óbvio da sátira de Huxley é a Rússia bolchevique. Nos anos 1950, Huxley observa que "a antiquada ditadura ao estilo *1984* de Stalin começou a dar lugar a uma forma mais moderna de tirania", e "o sistema soviético combina elementos de *1984* com elementos proféticos em relação ao que se passaria entre as castas superiores no *Regresso ao Admirável Mundo Novo* (*Brave New World Revisited*, pp. 4-5).

De novo, em contraste com o ataque mais severo de Orwell ao comunismo de Estado, a genialidade na abordagem de Huxley é seguir a lógica de uma ideologia stalinista até suas próprias e declaradas conclusões. Huxley por certo se opunha ao bolchevismo segundo o compreendia, e sua oposição interpreta-se em um comentário sobre o *Admirável Mundo Novo*:

> Para o idealista bolchevique, a Utopia é indistinguível de uma das fábricas do Sr. Henry Ford [...]. No Reino Cristão do Céu, os homens só podem entrar se tiverem se tornado como os pequeninos. A condição de entrada no Paraíso Terrestre Bolchevique é que tenham se tornado máquinas (Huxley, *Music at Night and Other Essays*, p. 152).

Na contramaré, Huxley considerava essa crença "extravagantemente romântica" e apelidou o bolchevismo de "novo romantismo". Mas, embora indique algumas ressalvas banais no estilo da classe média inglesa (no sentido de que "os homens não podem viver sem certo mínimo de privacidade e liberdade pessoal"), Huxley compreende o apelo visceral do romantismo. Em outras palavras, a maior realização de *Admirável Mundo Novo* não é retratar uma distopia; é retratar uma distopia *como utopia*. Ensinando o texto durante muitos anos a universitários, ficava impressionado com frequência ao ver como eram poucos os que considerariam uma vida longa, livre de doenças, devotada ao lazer e ao sexo promíscuo de fato um fim desejado.

É possível ignorar, como muitos críticos têm feito, a absoluta *racionalidade* da extensa justificativa que Mond faz de seu sistema. Também é possível – mesmo – simpatizar com o idealismo pueril, desajeitado e masoquista-shakespeariano do Selvagem. Mas é, tão somente, errado argumentar (como faz John Carey) que "Huxley está comprometido com uma ideia do espírito humano que requer uma existência de dor e adversidade", pois, "ao superá-las, o espírito se põe à prova" e, sem elas, "a vida se torna ociosa e ordinária". Carey segue adiante com uma conexão entre *Admirável Mundo Novo* e *Além do Bem e do Mal* (*Beyond Good and Evil*), de Nietzsche, sugerindo que as duas obras expressam uma "noção do espírito humano como combativo e aspirante [...] ao sofrimento, [sendo este] necessário para que a planta, o homem, cresçam com vigor" (Carey, p. 88). Mas Huxley não tem ilusões sobre a dor; e não é *sofrimento* que falta aos cidadãos hedonistas, satisfeitos, covardes, que lembram um rebanho em seu Admirável Mundo Novo. É outra coisa muito diferente.

O elemento ausente desse panorama foi descrito em um ensaio de 1931 chamado "Meditation on the Moon" [Meditação sobre a Lua], em que Huxley define deus:

Como definiremos Deus? Expresso em termos psicológicos (que são primários – nada se apreende com eles), um deus é algo que nos dá o tipo peculiar de sensação que o professor Otto chamou de "numinosa" [do latim *numen*, um ser sobrenatural]. Sensações numinosas são a essência divina original, da qual a mente que faz teorias extrai os deuses individualizados do panteão (Huxley, *Music at Night and Other Essays*, pp. 60-1).

Para Huxley, essa sensação numinosa é um aspecto crucial da psique saudável. Ela não tem relação com a verdadeira existência ou não existência de um ser divino, mas com a constituição psicológica do animal humano. A felicidade implacável em *Admirável Mundo Novo* não é distópica porque exclui o sofrimento, mas porque exclui esse elemento numinoso. Na novela, Huxley compara o ridículo da autoflagelação do Selvagem com a beleza de suas repetidas citações de Shakespeare – o elemento numinoso da poesia enevoando a fundamental implausibilidade de um camponês mexicano autodidata do século XXVII se tornar versado, de forma tão competente, na obra de um poeta e dramaturgo inglês do século XVI. Na poesia, essa qualidade numinosa huxleyana é chamada beleza; mas, durante sua vida, Huxley passou a argumentar que, falando em termos práticos, era necessária uma fórmula farmoquímica do numinoso se as massas tivessem de ser satisfeitas. As próprias experiências com mescalina e LSD nos anos 1950 persuadiram-no de que as soluções sociais se estendem nessa direção. Seus famosos relatos do consumo de drogas e do numinoso sentimento de espanto que elas lhe provocaram na experiência cotidiana estão em *As Portas da Percepção* (*The Doors of Perception*) (1954) e *Céu e Inferno* (*Heaven and Hell*) (1956). Ao contrário da droga soma de *Admirável Mundo Novo*, Huxley considerou o LSD uma droga *sacramental*; ele se descreve observando tanto o mundo exterior quanto sua paisagem interna sob a influência da droga e julgando ambos "manifestamente infinitos e sagrados" (Huxley, *The Doors of Perception*, p. 38). Sugere que a droga deveria ser colocada ao alcance do público em geral em vez dos estupefacientes e mais usados álcool e tabaco. Utilizando a metáfora de Wells da "porta no muro", ele adverte:

> Não é preciso dizer que os problemas levantados pelo álcool e pelo tabaco não podem ser resolvidos pela proibição. A ânsia universal e sempre presente de autotranscendência não há de ser abolida trancando as Portas no Muro, que são populares hoje em dia. A única política razoável é abrir outras portas, portas melhores [...]. O que é necessário é uma nova droga que alivie e console nossa espécie sofredora sem causar, no longo prazo, maior dano do que causa no curto prazo [...] (Huxley, *The Doors of Perception*, p. 53).

Em suma, é essa filosofia subjacente que torna *Admirável Mundo Novo*, sem dúvida, uma das grandes novelas de FC do século XX; porque leva a FC como gênero a uma espécie de conclusão lógica antimística, a um mundo – feliz, saudável, brando – purgado de magia religiosa. Em outras palavras, *Admirável Mundo Novo* elabora, de fato, a exata dialética que vem dando forma à FC desde os anos 1600.

Ficção Científica Mística e Religiosa

Também expressivas dessa dialética "profunda" da FC são as diversas novelas híbridas do período que mesclam tropos de FC com aspirações explicitamente religiosas ou espirituais. Em parte, livros desse tipo retratam a continuidade do subgênero da "ficção científica mística" desde fins do século XIX. Observa-se uma cadeia ininterrupta de tais obras ao longo do século.

O artista austríaco Alfred Kubin publicou apenas uma novela, que também ilustrou: *Die andere Seite* [O Outro Lado] (1909), uma dispendiosa e elegante composição literária apocalíptica em que uma jornada para a fantástica cidade de Perle reflete a jornada do protagonista rumo à própria alma. As pessoas comparam o absurdo, não raro, opressivo da atmosfera evocada por Kubin nesse livro com aquele do seu concidadão austríaco: Franz Kafka. Kafka é de longe o melhor escritor entre os dois, embora sua apreensão da alienada vida moderna fosse mais severa, menos tolerante. Em *A Metamorfose* (*Die Verwandlung*) (1915), Gregor Samsa, de modo inexplicável, descobre ao acordar que sofreu uma mutação, tendo assumido a forma de algum tipo de inseto do tamanho de um homem (o alemão *ungeziefer* não significa inseto em específico, tendo um campo semântico mais amplo: verme, percevejo, larva). As reações da família de Samsa a essa situação – a princípio de perturbação, mais tarde de indiferença e negligência – constituem o cerne da história. Ficção científica mais evidente ocorre na obra *O Processo* (*Der Proceß*) (1925). Josef K. é preso, depois importunado, de forma meticulosa e um tanto misteriosa, por agentes sombrios, bem possível que sejam do governo. Nunca lhe dizem qual é seu crime. O fato de se tratar de uma novela que foi, com efeito, traduzida de sua linguagem de distopia para a linguagem do realismo por uma série de regimes totalitários do século XX não a torna menos FC e, na verdade, só realça sua poderosa aura materialista-fantástica. Na dramatização da arbitrariedade absurda dos acontecimentos de uma sociedade vienense apresentada com desoladora falta de importância, assim como na vigorosa insistência na passividade e desesperança radicais da vida humana individual, talvez ela continue sendo a visão mais implacável e pessimista do que a tradição iluminista havia feito da vida comum.

O penúltimo capítulo de *O Processo* leva Josef K. à catedral, onde um padre oferece não a esperança da salvação, mas uma fábula de viés depressivo que dizia respeito a um porteiro misterioso e como era inacessível a justiça no mundo.

"Nein", sagte der Geistliche, "man muß nicht alles für wahr halten, man muß es nur für notwendig halten". "Trübselige Meinung", sagte K. "Die Lüge wird zur Weltordnung gemacht."
["Não", disse o padre, "você não precisa aceitar tudo como verdade, só tem de aceitá-la quando necessário." "Visão deprimente", disse K. "A mentira convertida na regra do mundo"] (Kafka, p. 388).

A fé em Kafka é algo perceptível de forma dolorosa por sua ausência. A comparação, por exemplo, com o muito menos sofisticado escritor britânico Guy Thorne, cuja novela *Made in His Image* [Criado à Sua Imagem] (1906) idealiza uma distopia futurista como mero prelúdio para uma fábula do homem redimido pelo amor de Cristo, só tende a mostrar como a visão de Kafka era muito mais penetrante.

Um idiossincrásico romance planetário com implicações místico-religiosas marcantes é *A Voyage to Arcturus* [Expedição a Arcturus] (1920), do excêntrico escritor escocês David Lindsay. Essa novela continua sendo relativamente pouco conhecida, embora tenha discípulos que a louvam de modo exuberante. Narra a história de Maskull, um homem dos anos 1920 transportado para o planeta Tormance, um mundo na constelação de Sírius. Lá ele desperta com o corpo alterado para uma forma humanoide, mas alienígena, e dá início a uma série de aventuras bastante criativas, embora um tanto desorientadoras. Assim como em *Pilgrim's Progress* [O Progresso do Peregrino] (embora Lindsay, como Tolkien, repudiasse a alegoria), Maskull avança para a compreensão da natureza espiritual do cosmos. Dois seres alienígenas, Muspel e Crystalman, revelam-se como espíritos maniqueístas em disputa. Muspel é a fonte de luz espiritual, que é despedaçada em fragmentos materiais por Crystalman. Lindsay representa esses fragmentos (isto é, o mundo material e, em particular, *nós*) como "corpúsculos verdes", parecidos com vermes, tentando avançar "na direção de Muspel", mas "fracos e pequenos demais para fazer qualquer progresso" e, "sendo, contra sua vontade, jogados de um lado para o outro" por Crystalman, em um processo no qual eram vítimas de "vergonha e degradação excruciantes" (Lindsay, *A Voyage to Arcturus*, p. 296). O livro termina com um transformado Maskull reconhecendo que só por meio da dor a salvação de Crystalman pode ser alcançada.

A Voyage to Arcturus lembra um pouco Marmite: um sabor que ou você ama ou odeia.* Alguns leitores consideram suas intrincadas complexidades frustrantes e um tanto negligentes. Para outros, são revelações perspicazes e eloquentes sobre a verdadeira natureza da vida. O que torna o livro característico do Alto Modernismo vai além da elevada seriedade com que é redigido. O mais importante é que todas as suas aventuras barrocas, personagens estranhos e bizarrices tendem para a elaboração da mitologia privada de Lindsay, um etos e um *weltanschauung* que valoriza a mortificação da carne. É fácil considerar a aversão ao desejo sexual expressa tantas vezes por Lindsay e seu fetiche pela pureza ("centelhas de espírito vibrante, ardente, irremediavelmente aprisionado em uma sinistra papa mole de prazer" [Lindsay, *A Voyage to Arcturus*, p. 298]), assim como sua crença fundamental na vida como dor (que, diz ele, mesmo que intensa e contínua, deve ser suportada e mesmo celebrada como nossa única legitimação), sem sombra de dúvida repulsivos. Outros podem achar essas profundas e excêntricas percepções na subjacente lógica espiritual do cosmos. Trata-se, com certeza, de uma novela diferente de qualquer outra, um trabalho de grandeza mitopoética genuíno e surpreendente, mesmo que cause desconforto.

Um pouco dessa mesma grandeza evidencia-se na música clássica do período. O compositor russo de nascimento, Alexander Scriabin, passou da inspiração recebida pela doutrina nietzschiana da vontade de poder a crenças mais místicas, combinando linguagens musicais atonais e experimentais com uma visão quase religiosa. Morreu antes de completar *Mysterium*, uma peça de tamanha ambição, que Scriabin literalmente acreditou que sua performance (ele esperava que ocorresse no Himalaia) anunciasse o fim do próprio mundo – uma ambição um pouco menos cômica se vista como parte de uma tradição apocalíptica mais antiga de milenarismo ou de ficção científica. Um impulso místico e quase religioso é também visível na fantasia orquestral, inspirada pela astrologia em *The Planets* [Os Planetas] (primeira apresentação pública em 1920), do compositor britânico Gustav Holst. A suíte começa com uma composição musical que caracteriza os planetas em correlação às preocupações humanas, como seu tropo astrológico em essência poderia sugerir: o ritmo explosivo e entrecortado da metralhadora do primeiro movimento, chamado "Marte, o Portador da Guerra"; a sensualidade na escala humana de "Vênus, a Portadora da Paz". Mas, quando os planetas representados estão mais recuados em relação à Terra, um nítido calafrio do outro mundo invade a composição. "Júpiter, o Portador da Jovialidade", é bastante

---

* Marmite é um produto alimentar britânico, realçador de sabor, feito com extrato de levedura. O *slogan* comercial do produto diz que você pode "amá-lo ou odiá-lo". (N. do T.)

divertido, mas "Saturno, o Portador da Velhice", expressa menos a decrepitude humana que a idade avançada da própria galáxia. "Urano, o Mágico", e "Netuno, o Místico", beldades um tanto frias, proporcionam uma distante estranheza, que é rara, mesmo na boa FC. É difícil negar que isso seja, em essência, inspiração religiosa.

Também religiosa, sem sombra de dúvida, é a obra de C. S. Lewis, mais famoso hoje como autor da série de fantasia cristã-alegórica, *As Crônicas de Nárnia*, de *O Leão, A Feiticeira* e o *Guarda-Roupa* (1950) até *A Última Batalha* (*The Last Battle*) (1956), mas sua "trilogia cósmica" de FC (às vezes chamada de "trilogia Ransom") é anterior à obra de fantasia e, sob certos aspectos, mais interessante. Em *Além do Planeta Silencioso* (*Out of the Silent Planet*) (1938), o protagonista Elwin Ransom é sequestrado por dois cientistas perversos e voa para Marte (ou Malacandra, como é chamado). Essa jornada revela que o sistema solar é plenamente pré-copernicano, imbuído, de maneira palpável, da graça divina – só a Terra é exceção, conhecida no resto do sistema como planeta silencioso, porque vive isolada pelos demônios que a dominam. A viagem pelo espaço revela-o não como "um vácuo negro, frio", mas como a própria linguagem de Deus: "O 'Espaço' parecia um libelo blasfemo para o oceano empíreo de radiância por onde eles nadavam" (Lewis, *The Cosmic Trilogy*, p. 26). Essa euforia diminui quando descem na superfície de Marte, mas o fundamental na intrincada civilização alienígena que Ransom descobre lá é que ela não experimentou a queda. Não precisa, assim, de Cristo para redimi-la (com a subsequente confusão de uma multiplicidade ou mesmo uma Giordano Brunoesca infinidade de Cristos). Em *Perelandra* (1943), Ransom viaja para Vênus (o título é o nome aborígene desse mundo) e observa um Adão e uma Eva venusianos, em um paraíso antecedente à queda, sendo tentados por um Satã bastante irritante e tolo, que toma a forma de Weston. Ransom consegue pôr fim aos planos de Weston, de novo preservando o sistema solar de Lewis do desvendar conceitual de uma pluralidade de redentores. Enfim, a trilogia fecha o círculo, terminando, como começou (tal como a lógica pré-copernicana do todo exige que aconteça), na Terra. *Uma Força Medonha* (*That Hideous Strength*) (1945) é um "conto de fadas para adultos" menos eficiente sobre a Universidade de Oxford, onde uma organização de pesquisa chamada N.I.C.E. serve na realidade de fachada para um grupo satânico e a ressurreição de Merlim do mito arturiano. De fato, a redução nessa novela da figura redentora de Cristo a Artur é uma tentativa de evitar a mesma problemática teológica. Mas em certo sentido é errado ler a FC deliberadamente medieval de Lewis de um modo pós-copernicano. A motivação principal de *Aquela Força Medonha* deixa claro o projeto central de toda a trilogia: demonstrar que o materialismo não é apenas incompatível com a ética, mas também tem de ser eliminado pela raiz, pelo tronco e pelo próprio conceito (Lewis o chama de "objetivismo", apresentando-o com clareza como invenção de Satã). Para Lewis, as realidades espirituais são verdadeiras. O mundo material é uma espécie de aberração, e a dedicação a ele – por exemplo, a dos cientistas modernos – é mera blasfêmia:

> As ciências físicas, em si mesmas boas e inocentes, já tinham, mesmo no tempo de Ransom, começado a se perverter [...]. Se isto [esse desdobramento] fosse bem-sucedido, o Inferno estaria enfim encarnado. O homem mau, embora ainda em corpo, ainda rastejando neste pequeno globo, entraria naquele estado em que, até essa data, ele só havia encontrado após a morte (Lewis, *The Cosmic Trilogy*, p. 560).

A ficção científica de Lewis faz parte de suas investigações teológicas. Na verdade, *Aquela Força Medonha* é uma ficcionalização da moral de seu *A Abolição do Homem* (*The Abolition of Man*) (1943), um ataque unilateral espirituoso, mas fatal, ao relativismo filosófico que termina com uma distopia futura ficcionalizada na qual o "valor objetivo" foi descartado. Se vemos a FC como uma dialética entre materialismo e espiritualismo; entre compreensões Eu-Isto e Eu-Tu da relação da consciência com o cosmos, Lewis é um defensor imperturbável dessa segunda abordagem.

Zamiatin

O escritor russo Yevgeny Zamiatin foi um bolchevique revolucionário que mais tarde transgrediu as ortodoxias ideológicas de Stalin da Rússia soviética, tendo acabado seus dias em Paris, em um exílio odiado tanto pela esquerda quanto pela direita. Sua obra-prima distópica *Nós* (*Мы*) circulou em manuscrito em 1920, sendo traduzida para o inglês (com o título de *We*) em 1924, embora uma edição em idioma russo só tenha sido lançada – e nos Estados Unidos – em 1952. A novela só foi publicada na terra natal de Zamiatin depois da derrocada soviética.

Мы descreve um Estado totalitário baseado na crença de que a privacidade, a personalidade e em especial o livre-arbítrio são as causas da infelicidade. Os cidadãos, ou "Números" do "Estado Único", têm suas vidas controladas com precisão matemática. Todos moram em apartamentos de vidro, todos exibindo-se para todos; o dia de cada um é ditado por um rígido cronograma. Na verdade, sob certos aspectos, Zamiatin não está disposto a levar esse esquema à sua conclusão lógica. Por exemplo, seus Números estão autorizados a ter duas horas por dia para uso pessoal e, com discrição, fecham as cortinas dos quartos de vidro para fazer sexo. Uma sociedade em que a privacidade fosse um anátema tão grande a ponto de não existirem atos privados é talvez corrosiva demais em relação às convenções da ficção dramática para os propósitos de Zamiatin, embora fosse por certo essa a lógica mais provável do Estado Único. Mais familiar ao ambiente soviético é o fato de todos viverem sob o governo do Benfeitor, uma figura estilo Big Brother *avant la lettre*. O narrador-protagonista chama-se D-503 e descreve suas funções como parte do trabalho da equipe que está construindo "A INTEGRAL", uma espaçonave cujo objetivo é alcançar e converter quaisquer civilizações extraterrestres à felicidade ao estilo Estado Único. Ele acaba, no entanto, envolvendo-se com um grupo de resistência que procura eliminar o Benfeitor. O sistema responde a isso insistindo em que todos os Números têm uma Operação, uma espécie de lobotomia pré-frontal que tornará a oposição impossível. O narrador enfim sucumbe à Operação, mas só após lutar para encontrar uma linguagem com que possa pelo menos compreender, e então levar a cabo, a rebelião. A novela termina de maneira sombria, embora com sugestões, via consciência purificada de D-503, de que as coisas possam estar mudando ("nos bairros ocidentais ainda existe caos [...] infelizmente, muitos Números que traíram a própria razão [...]. Tenho certeza de que venceremos. Porque a razão tem de vencer" [Zamiatin, p. 225]). Zamiatin não só rejeita a razão iluminista como cruel e, em sentido literal, ditatorial; ele também equipara de modo explícito essa racionalidade opressiva à religião cristã. Em um encontro com o Benfeitor, D-503 é informado de que o Estado deles é o paraíso que surge quando o Fardo do Livre-Arbítrio é removido da humanidade por Deus ("aquele que torra devagar nos fogos do Inferno todos que se rebelam contra ele"). Segundo o Benfeitor, a própria crueldade de Deus é inerente ao conceito de expiação:

> Um verdadeiro amor algébrico pela humanidade será inevitavelmente desumano, e o signo inevitável da verdade é sua crueldade [...]. Lembre: no paraíso, eles [os seres humanos] perderam todo o conhecimento de desejos, compaixão, amor – são abençoados com a remoção cirúrgica de sua imaginação (a única razão pela qual são abençoados) – são anjos, escravos de Deus [...] (Zamiatin, pp. 206-07).

A poesia e o humor que impregnam essa distopia, sem os quais ela seria implacável, impedem-na de ser demasiado sombria. E, apesar dos obstáculos encontrados no caminho de sua publicação, ela exerceu, durante todo o século, enorme influência sobre a escrita distópica. George Orwell, por exemplo, leu uma tradução francesa da obra em Paris e trabalhou com base em suas premissas para criar *1984* (discutido mais adiante).

Čapek e Bulgákov

Há dois importantes escritores do Alto Modernismo que não exemplificam o antimaquinismo mais unidimensional dos autores discutidos antes. O primeiro é o escritor tcheco Karel Čapek, cuja peça teatral de 1921, *Os Robôs Universais de Rossum* (*R.U.R.* – *Rosumovi Umělí Roboti*) (literalmente *Robôs Artificiais da Rossum*, mas em geral traduzida para o inglês como *Rossum's Universal Robots*, para preservar o acrônimo], colocou muito da devoção modernista de cabeça para baixo. O drama é ambientado em uma fábrica localizada em uma ilha do Pacífico Sul, que está manufaturando humanoides sintéticos. Esse é o texto em que a palavra *robô* foi cunhada (*robota* é o termo tcheco para trabalho forçado ou servidão), embora os robôs de Čapek não sejam metálicos, mas de carne. Do mesmo modo, o nome da companhia, Rossum, é um jogo com a palavra tcheca *rozum*, que significa razão ou intelecto. A estrutura, com clareza quase excessiva, é a de uma hipostasiada dicotomia mente/corpo ou patrões/empregados.

Os robôs têm sido manufaturados para libertar a humanidade do trabalho estafante, mas por essa razão têm se tornado, eles próprios, uma subclasse oprimida. A peça começa com a idealista Helena Glory pressionando o gerente da fábrica, Harry Domin, para libertar os robôs. Domin acredita que eles não tenham alma, mas a peça nunca deixa em dúvida a humanidade essencial dos robôs, apesar do jeito um tanto reservado que têm. Sua rebelião contra a servidão é drasticamente inevitável. Eles irrompem no palco matando todos os humanos, exceto Alquist, chefe de obras e o único humano que ainda trabalha com as mãos.

Mas sem ajuda humana não podem se reproduzir. A peça termina com uma enjoativa nota religiosa, quando dois robôs modificados, um macho e uma fêmea, são rebatizados de "Adão e Eva" por Alquist e introduzidos no mundo para procriar sem o estigma do pecado original. Como alegoria socialista, a peça é demasiado óbvia, mas como FC mexe de modo interessante com as inquietações teológicas na essência do gênero. Coisa semelhante se aplica às outras obras de FC, não tão conhecidas, de Čapek. A novela *A Fábrica de Absoluto* (*Továrna na Absolutno*) (1922) diz respeito a uma nova tecnologia de geração de energia pelo aniquilamento de matéria, o Karburator. Na verdade, esse aparelho funciona trazendo o absoluto, ou Deus, para o mundo real por meio de um sifão. O grande número de emissões de Deus provoca milagres e uma profusão de versões concorrentes dessas revelações divinas leva, de forma inevitável, a uma devastadora guerra religiosa. Em *A Guerra das Salamandras* (*Vàlka s mloky*) (1936), a humanidade descobre, e explora com rapidez, uma espécie de gigantescas e inteligentes salamandras do gênero

Andrias scheuchzeri. Elas são usadas a princípio como trabalhadoras aquáticas, cooptadas por exércitos humanos como fuzileiras navais, sendo compradas e vendidas; mas essa exploração e opressão conduzem a um levante por parte das salamandras. Obtendo explosivos de exércitos humanos, as salamandras fazem afundar grandes extensões de terra (entre elas, uma considerável porção da Europa e da Ásia), deixando-as sob águas rasas. O fim da humanidade parece inevitável, até que, no último capítulo, o autor entra em sua própria narrativa para impedir a extinção e considerar as alternativas. Se faz o livro soar como uma sátira óbvia demais, este resumo, então, está longe de captar a verdadeira densidade da novela de Čapek. Em parte narrativa, em parte um compêndio de todos os estilos de diferentes relatos, textos, fontes, alfabetos e ilustrações, *A Guerra das Salamandras* pensa sua premissa satírica de tantos ângulos (humanos) diferentes, que as salamandras adquirem completa verossimilhança, e o mundo da novela é exposto com impressionante profundidade. Mais uma vez, a visão de Čapek é propriamente de ficção científica, no sentido de mediar uma premissa religiosa por meio de um discurso tecnológico e biológico. Enfrentando o dilúvio apocalíptico, um personagem observa que "o mar já cobriu tudo uma vez e o fará de novo. Será o fim do mundo [...]. Acho que também naquela época as salamandras provocaram isso" (Čapek, p. 338). Os homens-peixes da novela se tornam estranhas recriações do homem-peixe-deus original, o próprio Cristo.

Aptidão igualmente competente para a sátira criativa encontra-se na obra do escritor russo Mikhail Bulgákov. Sua história *Роковые яйца* [Os Ovos Fatais] (1924) é um brilhante e curto pastiche de *O Alimento dos Deuses*, de Wells (um dos personagens menciona de modo específico a novela de Wells para descrever os eventos que experimenta). Ambientada no futuro próximo de 1928, em uma Moscou bolchevique iluminada por neon, "Os Ovos Fatais" dizem respeito ao cientista e professor Persikov – um típico personagem de Bulgákov, atormentado de forma hilariante pela burocracia soviética e francamente consciente da própria inaptidão e incapacidade de agir como um ser humano decente. Por acaso, Persikov descobre um "raio de vida", um feixe de luz capaz de acelerar o crescimento de um organismo, produzido quando a lente de um microscópio é girada de certa maneira (no tocante à ciência, o trecho é espúrio, o que é de esperar em uma fantasia bulgakoviana). Quase de imediato, sua descoberta lhe é tirada por agentes do governo, que a usam para a produção em massa de aves em fazendas coletivas a fim de combater uma praga aviária mortal, que ameaça desestabilizar a União Soviética. Mas as coisas ficam realmente ruins quando os ovos importados usados para incubação produzem galinhas e avestruzes gigantescos, monstruosos, e em especial quando se constata que os ovos de determinada remessa são de sucuri, não de galinha. O Exército Soviético se lança então a um combate desesperado com esses últimos. A história satiriza de modo implacável a burocracia irracional, o dogma de visão curta, a rápida e imposta mudança de natureza, a pesquisa desatenta e o endeusamento da tecnologia, atributos que caracterizam as sociedades modernistas, tanto capitalistas quanto comunistas. No final, a natureza corrige o equilíbrio, quando as cobras, assim como os nazistas depois delas, são eliminadas pelo inverno russo e multidões em fúria matam os cientistas. A obra-prima e mais famosa de Mikhail Bulgákov é *O Mestre e a Margarida* (Мастер и Маргарита) (escrita em 1928-1940, mas só publicada em 1967), uma fábula soberba, divertida e instigante sobre o aparecimento, na União Soviética ateia, do próprio Diabo, acompanhado de seu séquito. Como comentário dramático sobre a dialética da qual a ficção científica como um todo é sintetizada, dificilmente poderia ser melhor.

Stapledon

Olaf Stapledon, apesar do nome de ressonância escandinava, foi um escritor britânico. Conquistou um doutorado em filosofia na Universidade de Liverpool em 1925 e, inspirado pelos grandes filósofos da vontade do século XIX, em particular Schopenhauer, começou a escrever ficções criativas que dramatizavam as mais longas escalas de tempo. A primeira delas, *Last and First Men: A Story of the Near and Far Future* [Os Últimos e os Primeiros Homens: Uma História do Futuro Próximo e do Futuro Remoto] (1930), foi elaborada como uma história do futuro que começa à maneira de Wells (um escritor com quem Stapledon se correspondia e com relação ao qual reconhecia uma dívida profunda). Mas sem demora o enredo estruturado como um logaritmo nos arrasta para um futuro distante; o *Homo sapiens* evoluiu para uma nova espécie cujo modo de vida no planeta é descrito. Isso acontece e acontece de novo, repetidas vezes. O livro concebe a evolução como um equilíbrio repetidamente interrompido, com o ponto de interrupção sendo em geral a quase destruição de toda vida, um processo que resulta em dezoito espécies distintas de homens, a última em um sistema solar abrangendo um aglomerado de telepatas que, em última análise, são condenados à extinção por uma colisão cósmica. Uma sequência, *Last Men in London* [Últimos Homens em Londres] (1932), explica como a novela original acabou sendo escrita, com um dos últimos homens vivenciando a estranha (para ele) existência de um londrino do século XX através de telepatia temporal. *Odd John: A Story between Jest and Earnest* [Estranho John: A História entre a Pilhéria e o Sério] (1935) encara com seriedade a possibilidade de "super-homens", revelando sua superioridade em termos espirituais e intelectuais. John Wainwright e outros membros do *Homo superior* fundaram uma sociedade utópica em uma ilha do Mar do Sul. Eles se matam para não correr o risco de destruir o *Homo sapiens*, ou talvez – o final é apresentado com ambiguidade – tenham detonado a ilha como cobertura para fugir rumo a uma dimensão superior. Um complemento desse trabalho sério e bem-conceituado é *Sirius: A Fantasy of Love and Discord* [Sírius: Uma Fantasia de Amor e Discórdia] (1944), escrita do ponto de vista de um cachorro superevoluído.

Mas a obra-prima de Stapledon é *Star Maker* (1937), uma novela para a qual mesmo os superlativos mais extravagantes são insuficientes. Os eventos de *Last and First Men* abrangeram vários bilhões de anos; uma pequena microfração da enorme escala de tempo dessa última novela. Um narrador postado em uma colina inglesa projeta sua consciência pelo cosmos, procurando vida alienígena – a princípio de forma humanoide, depois de formas diferentes – com a qual combine em termos psíquicos. Não há espaçonave envolvida; a viagem se dá por pura vontade do narrador, mas ainda assim o leitor nunca duvida da premissa (ao contrário das "viagens espirituais" discutidas antes), porque ela se relaciona, sob todos os aspectos, de modo minucioso e completo, à tese abrangente do livro: por trás do véu da realidade nada existe, a não ser a própria vontade.

Um dos pontos altos do livro é a fluidez controlada da invenção de Stapledon, com uma miríade de formas de vida e sociedades alienígenas descritas com irresistível detalhamento. Além disso, apesar da falta de uma narrativa convencional, o livro adquire um vigoroso *momentum* à medida que vai se aproximando da suprema revelação da natureza do Criador de Estrelas. Bilênios são vencidos; as próprias estrelas revelam-se compartilhando consciência; a totalidade do tempo e do espaço é abrangida, o universo inteiro – e depois revelado como mera fração infinitesimal do feixe completo de hiperuniversos.

Encarada desse ponto de vista, não *sub specie aeternitatis* por completo, mas próxima o bastante para não criar disparidade, a aversão modernista às máquinas parece antes superficial e irrelevante. Exceto, é claro, que os modernistas antimaquinistas não se opunham a máquinas como tal (camas, canetas, panelas e frigideiras); eram contra a *techné*, contra o sofisma e a artificialidade, e a favor de uma autenticidade especulativa. A esse respeito, Stapledon é um autor profunda e imaginativamente epistemológico. O propósito de seus livros não é alardear a inventividade pela inventividade (embora fosse um escritor esplêndido e muito inventivo), mas representar o contínuo acúmulo de conhecimento. E a novela avança para um clímax terrível, apavorante, quando o conhecimento se torna quase esmagador. O Criador de Estrelas, descobrimos, criou uma série interminável de cosmos em meio à qual o nosso é apenas um, e não um exemplo muito bem-sucedido. A maioria deles Ele (Ela? A

Criatura?) descartou, assim como o nosso está prestes a ser descartado em favor de outro. Com "angústia e horror e, no entanto, com resignação, e até mesmo devoção", o narrador compreende a frieza desumana da consciência do Criador de Estrelas:

> Aqui não houve compaixão, nem oferta de redenção, nem auxílio benevolente. Ou aqui foi tudo compaixão e tudo amor, mas dominados por um êxtase glacial. Nossas vidas fragmentadas, nossos amores, nossas asneiras, nossas traições, nossas desesperadas e garbosas defesas, foram todas dissecadas, avaliadas e classificadas com toda a calma (Stapledon, p. 248).

O Criador de Estrelas não está inteiramente desprovido de simpatia ou mesmo de amor; mas nenhuma das duas qualidades é absoluta: "a contemplação era [...] o frio, claro, cristalino êxtase da contemplação". O que é de fato esse êxtase (a palavra, de *ék-stasis*, significa uma posição fora de si mesmo) não fica claro, a menos que sejam os múltiplos universos da criação mesma do Criador de Estrelas – nossa realidade e todas as outras. Por que o Criador de Estrelas criou essas coisas? Sabemos apenas (somos informados de) que "um ímpeto criativo apossou-se dele" (Stapledon, p. 242). Tanto em sua incerteza radical quanto na corajosa tentativa de reconfigurar a metafísica da criação, da ética e da escatologia como assunto propriamente cosmológico, *Star Maker* é uma obra-prima sem precedentes e ainda não superada.

Alto Modernismo: Proust e Richardson

O lugar do chamado Alto Modernismo na história da ficção científica é complicado pelo *status* que esses escritores ganharam em cursos universitários e narrativas acadêmicas sobre a cultura literária do século XX em sentido mais amplo, e a pouca atenção reservada à FC por tais instituições, em comparação. H. G. Wells e Henry James eram bons amigos, ou pelo menos foram, até Wells inserir paródias de estilo jamesiano, dolorosas de tão precisas, em sua novela cômico-satírica *Boon* [Dádiva] (1915), e surgir uma fenda entre eles. Ambos estavam bem cientes de que escreviam tipos muito diferentes de livros: James era o alto-modernista que acreditava na primazia estética e na unidade da obra de arte; Wells era o populista cuja estética era jornalística em essência; James era voltado para dentro e estilista; Wells voltava-se para o exterior, e sua prosa estava a serviço da história e das ideias na história. É perigosamente fácil superestimar essa dicotomia, é claro, mas é correto afirmar que existe, em geral, um consenso nos círculos da literatura acadêmica inglesa de que James "ganhou" essa particular batalha literária, e, durante um longo tempo, foi o paradigma jamesiano que governou o senso crítico do valor literário. A polêmica insistência de Roger Luckhurst de que a vitória coube de fato a Wells e seus herdeiros pede uma análise mais detida. Contudo, a tensão entre cultura elevada e arte popular ou "revistas *pulp*" é apenas uma dimensão da dinâmica da FC à medida que, no decorrer do século, ela foi ganhando maior importância cultural.

Tomemos dois exemplos do que mais se destaca na alta literatura modernista: *Em Busca do Tempo Perdido* (1913-1927; sete volumes), de Proust, e *Pilgrimage* (1913-1967; treze volumes). São dois romances muito extensos que, de forma intencional, não giram em torno de muita coisa ou, de maneira mais precisa, são romances que tomam por tema as complicações e descontinuidades da vida cotidiana, banal e mesmo entediante, escavando esse tópico em uma prosa experimental, com riqueza de detalhes. As duas obras recorrem com profundidade à experiência autobiográfica de seus autores, e cada uma conta a história abrangente de seu protagonista (Marcel em *Em Busca do Tempo Perdido*, Miriam Henderson em *Pilgrimage*), que, aos poucos, vai se tornando escritor e criando os livros que contam a história desse processo. Ambas, em outras palavras, parecem ser, e são com frequência, encaradas como obras na extremidade da escala que vai da ciência à ficção.

E, no entanto, o grande romance de Proust, não importa o que seja além disso, é uma história sobre viagem no tempo, como o é *A Máquina do Tempo*, de Wells. Proust, é claro, está interessado no passado, enquanto Wells tem fascinação pelo futuro; mas o fato de que o primeiro atualize sua viagem no tempo comendo uma *madeleine* enquanto o segundo o faça por meio de uma máquina imaginária importa menos do que as pessoas às vezes pensam. Ao menos, é uma distorção da especificidade da *recherche* de Proust sugerir que ela tão só "analisa a lembrança". Ao contrário, ela tenta encarnar e escavar, em termos textuais, o tempo como dimensão, além de exteriorizar o processo do tempo como um componente ativo do cosmos. No final do último volume, *O Tempo Reencontrado* (*Le Temps retrouvé*) (1927), Marcel Proust, participando de uma festa, fica impressionado ao ver como seus amigos envelheceram. O narrador experimenta uma estranha percepção das pessoas ao redor, como se sua permanência ao longo do tempo as tivesse transformado em mutantes cujas pernas se tornaram pernas de pau vivas: "*comme si les hommes étaient juchés sur de vivantes échasses grandissant sans cesse, parfois plus hautes que des clochers, finissant par leur rendre la marche difficile et périlleuse, et d'où tout d'un coup ils tombent*" [como se esses homens estivessem todos empoleirados sobre pernas de pau de carne viva, que não paravam de crescer, chegando às vezes mais alto que campanários, acabando por lhes tornar a marcha difícil e perigosa, e de onde, de repente, eles caíam] (Proust, p. 432). Como é evidente, há um elemento polêmico em minha apropriação desse livro "para" a FC. Não obstante, eu sugeriria que esses monstros um tanto contundentes, como os monstros estruturados de modo diferente, mas tão contundentes quanto esses anteriores, com que Wells povoa sua praia terminal, são a substância de uma mobilização radicalmente ficcional-científica da corporalidade humana para os propósitos de apreender uma nova concepção do tempo como dimensão. Acho que poderíamos dizer, em poucas palavras, que Proust cria sua imagem como um derivado de um "foi como se" (*"comme si"*), enquanto Wells se move de maneira mais direta para um "foi assim". Mas essas duas estratégias textuais não estão tão distantes uma da outra.

Pilgrimage, de Richardson, é de certa forma até mais interessante, pois suas estratégias textuais estão concentradas com cuidado em expor a riqueza da subjetividade *feminina*, através da absoluta banalidade do que era a experiência da vivência feminina, durante a maior parte do século, para a maioria das mulheres. A protagonista de Richardson leciona durante algum tempo em uma escola para moças da Alemanha; depois em outra escola ao norte de Londres; em seguida, trabalha como recepcionista de um dentista ganhando uma libra por semana. O "conteúdo" da novela é sempre mundano, como o ambiente de trabalho de Miriam e suas noites e fins de semana de folga, documentados com meticulosidade: as amigas que visita; as palestras a que assiste; os passeios de bicicleta que dá. Talvez nada, pensaríamos nós, poderia estar mais longe de espaçonaves e pistolas de raios. E no entanto essa vagarosa, criteriosa recreação da experiência de vida de uma mulher está tão envolvida com o que eram, nas primeiras décadas do século, novas teorias de espacialidade quanto Proust está envolvido com temporalidade. Na verdade, tanto Henry James quanto H. G. Wells (o segundo sob o nome um tanto grandioso de Hypo Wilson) são personagens na novela. Miriam chegou até mesmo a ter um caso de amor com ele. Em uma entrevista a *The Little Review*, perguntaram a Richardson: "O que você mais gostaria de fazer, de conhecer, de ser?" Suas respostas são ao mesmo tempo esclarecedoras do que *Pilgrimage*, como novela, tem como tema, e uma declaração mais ampla do princípio novelístico:

> De fazer: construir um chalé num penhasco.
> De saber: como estar perfeitamente em dois lugares ao mesmo tempo.
> De ser: membro de uma associação mundial para irradiar os comportamentos das metáforas (citado em Bronfen, p. 1).

Não uma praia terminal, porém o mais doméstico e confortável chalé na encosta do penhasco. Não uma cabala de super-homens cientistas governando o mundo, garantindo assim os princípios racionais de uma utopia wellsiana, mas a charmosa e sonora "associação mundial para irradiar os comportamentos das metáforas". E se, como afirma Bronfen, *Pilgrimage* adota como "*leitmotiv* temático" o desejo de estar com perfeição em dois lugares ao mesmo tempo, ela o faz de formas evidentemente diversas do transporte de matéria, dos clones e da misteriosa duplicação quântica típica da FC. E no entanto o crucial é o modo como novas espacialidades reconfiguram as percepções humanas de espaço e o desejo de encontrar um meio textual de apreender isso. Não em termos de conteúdo, mas em termos de forma, de suas estratégias de conceito; isto é FC, separada pela mais tênue das membranas da ficção científica "real", ou reconhecida, pelo profilático "como se" em vez de "como". E, como é evidente, a estrutura e o processo da metáfora são exatamente "a arquitetura" da FC. Falando por mim mesmo, eu ficaria feliz se a organização profissional de críticos e resenhistas de FC fosse formada sob o título de associação mundial para a irradiação do comportamento de metáforas.

Parece que as questões do fascismo levaram-nos longe demais, e seria de fato monstruoso alinhar Proust ou Richardson aos movimentos políticos que passaram a ter uma influência tão nefasta na vida mundial dos anos 1930 e 1940. Eles não eram (ao contrário, digamos, de Pound e Wyndham Lewis) filiados de forma específica a tais políticas. E nenhum dos dois escritores era contrário em particular às máquinas: o livro de Proust está fascinado por telefones e se estende sobre a "sublime aparição" de um aeroplano em voo; Richardson emprega formas e estruturas cinematográficas em sua novela. Não obstante, há algo aqui. Um meio de abordá-lo talvez fosse dizer que (por exemplo, na tradição de James) os alto-modernistas descreveram o impacto interior das novas tecnologias, impacto para o corpo individual e, portanto, para a subjetividade individual. Tanto *Em Busca do Tempo Perdido* quanto *Pilgrimage* são novelas totalizadoras, mas o que totalizam é a subjetividade do indivíduo. Outros escritores (que trabalharam, de certo modo, na tradição de Wells) tendiam a projetar suas visões totalizantes para o exterior, sobre grupos sociais inteiros ou, na verdade, sobre a sociedade como um todo. A crítica Sara Danius encara como axiomático que "certa lógica de difusão tecnológica é inerente à estética do alto modernismo" (Danius, p. 7), tratando o suposto "viés antitecnológico" do modernismo como um "mito". Mas vê o feixe de fascinações alto-modernistas como mediador dos domínios somáticos e perceptivos; como, em outras palavras, um problema de reconfiguração da subjetividade individual, fazendo com que o modernismo rastreie "a relação sempre mais íntima entre o sensual e o tecnológico" (Danius, p. 194). O perigo é que a subjetividade fundamental desses experimentos modernistas acabe ficando dissociada de seu mundo social, mesmo que esse mundo seja traçado (em *Pilgrimage*, em *Ulysses*) com detalhes cada vez mais específicos. Os parâmetros ideológicos formadores do verdadeiro fascismo, no entanto, ficam obstruídos.

Conclusão

É possível que o que identifico como graça redentora do modo exteriorizado wellsiano seja, na verdade, sua relativa *aspereza* de abordagem. A anatomia de Richardson do panorama social de gênero das primeiras décadas do século é extraordinariamente nuançada, quase a ponto da opacidade. Sua quase contemporânea Katherine Burdekin adota uma estratégia diferente ao tratar a problemática de gênero na sociedade do século XX. *Proud Man* [Homem Orgulhoso] (1934), uma novela publicada a princípio sob o pseudônimo masculino de Murray Constantine, é narrada por um viajante do tempo hermafrodita do distante futuro em visita à Grã-Bretanha nos anos 1930. Isso dá a Burdekin bastante margem para uma crítica, às vezes conduzida de forma pesada, sobre as tolices da vida contemporânea. O narrador tende a se referir a nós como "sub-humanos", devido ao modo como permitimos que os preconceitos racial e de gênero arruinem nossa existência.

> Uma das grandes diferenças entre sub-humanos e seres humanos, ao lado da diferença entre uma criatura semiconsciente com uma mente dividida e um ser plenamente consciente com uma mente integral, e talvez brotando dessa diferença, é provocada pelo conceito sub-humano de privilégio. Não é possível de fato explicar o privilégio de qualquer modo humano, já que não se trata de uma coisa humana [...]. [Mas] eles acreditam que alguns sub-humanos, em virtude da cor de sua pele, da criação que tiveram ou de seu sexo, são melhores e mais dignos que outros sub-humanos de diferente cor, classe e sexo (Burdekin, p. 17).

A falta de sutileza aqui não desvaloriza sua verdade e, ao acrescentar franqueza à mensagem, em pelo menos um sentido lhe dá até realce. Não que *Proud Man* não tenha pontos controversos. (Achamos mesmo que a diferença de gênero provoque toda a desigualdade social? Um viajante vindo de um futuro em que tal diferença de gênero tivesse sido eliminada ficaria de fato tão perturbado pelo *status* relativo de diferentes grupos dentro de uma espécie que eles consideram, de forma explícita, globalmente "sub-humana"? Estamos sujeitos a ficar perturbados pelo *status* social relativo de ratos ou escorpiões machos e fêmeas?) Mas o fato é que o meio utilizado para o fio condutor de Burdekin não está integrado com tanta perfeição à lógica de sua própria construção de mundo quanto poderia estar. Essa é uma das razões pelas quais sua novela posterior, *Noite da Suástica* (*Swastika Night*) (1937), funciona muito melhor. Setecentos anos após Hitler, "o império nazista se estende sobre a totalidade da Europa e da África [...] e há séculos a civilização vem agonizando". A história pré-guerra de Burdekin surge como uma presciência horrível, e sua ênfase feminista (as mulheres são reduzidas à condição de animais reprodutores, e Hitler é cultuado como Júpiter, o Trovejante) proporciona uma crítica do fascismo tão focada quanto válida. A novela também está consciente dos perigos de usar a especulação da FC em um mero sentido compensador. Ela resiste à tentação de compor suas personagens femininas como oprimidas, mas sim bravas heroínas; a implacável miséria de seu ambiente criou um gênero tão tímido e ignorante quanto os animais aos quais a ideologia dominante as compara; e, embora nem todos os personagens masculinos de Burdekin sejam igualmente vis, nenhum deles deixa de ser tocado pela maligna força modeladora do mundo em que foram criados.

Ainda que não seja, de forma estrita, uma história alternativa (afinal, em 1937 havia um risco genuíno de que o futuro imaginário de Burdekin pudesse se tornar real), *Noite da Suástica* permanece não obstante à frente do prolífico subgênero de elementos contrários aos fatos conhecido como "Hitler Vence". É possível que uma das razões pelas quais Hitler atraiu tantos escritores de FC para a maligna gravidade de sua posteridade seja a existência de algo hitlerista nas variadas fantasias de poder de grande parte da FC do século XX. O escritor norte-americano Norman Spinrad compreende isso. Sua história alternativa *O Sonho de Ferro* (*The Iron Dream*) (1972) imagina Hitler tornando-se um ilustrador e escritor de FC em vez de ditador, despejando suas fantasias no tipo de novela (a maior parte do livro é dedicada ao texto de uma novela-dentro-da-novela, de autoria de Hitler, chamada *O Senhor da Suástica* [*Lord of the Swastika*]) com a qual os leitores da FC *pulp* estão muito familiarizados. Spinrad ofendeu muita gente na comunidade da FC com a acusação implícita no livro de que a FC é, em certo sentido, cúmplice do fascismo. Mas Caliban nunca gostou de se olhar no espelho. A sátira de Spinrad é, não obstante, muito precisa. Assim como o alto modernismo não raro se deixou levar pela euforia de uma vontade nietzschiana, a ficção *pulp* articulava, às vezes, uma embriaguez semelhante, mesmo que simplificada.

Deixemos Adolf Hitler transportá-lo para uma Terra no futuro distante, onde apenas FERIC JAGGAR e sua poderosa arma, o Comandante de Aço, encontram-se entre os remanescentes da verdadeira humanidade e o aniquilamento nas mãos dos Dominators, totalmente maléficos, e das estúpidas hordas mutantes que controlam por completo. *O Senhor da*

Suástica é reconhecido, por fãs do mundo inteiro, como o mais vibrante e popular dos livros de ficção científica de Hitler, tendo recebido sua distinção com um prêmio Hugo como "melhor novela de ficção científica de 1954" (Spinrad, p. 7).

O *fortissimo* pastiche de Spinrad tem menos relação com as estratégias textuais da *avant-garde* que os outros textos mencionados neste capítulo. Baseia-se na mistura de afeto e desdém que leitores contemporâneos sentem pelo mundo da FC *pulp* – objeto do capítulo que virá a seguir. O que pode acontecer com essas novelas *pulp*, de um modo que não aconteceria com textos do alto modernismo interiorizados com maior sensibilidade, é terem as implicações fascistas da própria herança. Uma coisa é difícil de negar. As políticas fascistas, que dominaram a primeira metade do século, fundamentavam-se no mito de uma figura materializada do redentor, integrada ao âmbito político, e esse é um tropo que vai direto à parte central da ficção científica.

Notas

1. Ele fecha seu ensaio apontando o que vê como assombrações fascistas ainda moldando o trabalho de escritores que se autoidentificam de forma explícita como progressitas e liberais: "Todavia, mesmo dentro do trabalho de grandes autores contemporâneos de FC que anunciam um compromisso com causas progressistas, anti-imperialistas, podemos encontrar versões não irônicas dos velhos tropos *pulp* – e, em decorrência, ecos das velhas políticas *pulp*. Um gigantesco e carismático gênio se esforça para inspirar os habitantes espezinhados de uma sociedade 'degradada' e decadente, lutando ao mesmo tempo contra um culto fanático que difunde sua influência por toda a população (*The Memory of Whiteness*, de Kim Stanley Robinson [1985]); um herói 'talentoso' enfrenta uma cultura corrupta, alienígena, concluindo por fim que extremismo e violência a serviço de uma sociedade superior não é falta grave (*The Two of Them*, de Joanna Russ [1986]); um homem de aptidão e habilidade quase divinas é recrutado – por uma cultura 'avançada' e moralmente superior – para enganar e derrotar um sociedade alienígena rival, 'bárbara' e 'catastroficamente má' que vem fazendo incursões em seu território (*The Player of Games*, de Lain M. Banks [1988]); ou, enfim, um indivíduo especial, talentoso, desperta para a presença de uma raça alienígena de controladores de mentes que estão capacitados para submeter a lavagem cerebral uma decadente população terráquea – até resolver liderar seu povo e recuperar os antigos modos de vida (*City of Illusions*, de LeGuin [1967])" (Santesso, 157).
2. "Historiadores de ideias não raro atribuem o sonho de uma sociedade perfeita aos filósofos e juristas do século XVIII, mas houve também um sonho militar de sociedade; sua referência fundamental não era um estado da natureza, mas as meticulosas e subordinadas engrenagens de uma máquina; não um contrato social primordial, mas coerções permanentes" (Foucault, p. 169).

Referências

Baker, Robert S. *Brave New World: History, Science, and Dystopia*. Boston, MA: Twayne, 1990.

Bronfen, Elisabeth. *Dorothy Richardson's Art of Memory: Space, Identity, Text*, trad. Victoria Appelbe. Manchester: Manchester University Press, 1999.

Burdekin, Katherine. *Proud Man* [1934]. Nova York: Feminist Press at the City University of New York, 1993.

apek, Karel. *The War With the Newts* [1936], trads. M. Weatherall e R. Weatherall. Introd. Ivan Klíma. Evanston: Northwestern University Press, 1996.

Carey, John. *The Intellectuals and the Masses: Pride and Prejudice Among the Literary Intelligentsia, 1880-1939*. Londres: Faber, 1992.

Cunningham, Valentine. *British Writers of the Thirties*. Oxford: Oxford University Press, 1988.

Danius, Sara. *The Senses of Modernism: Technology, Perception and Aesethetics*. Ithaca: Cornell University Press, 2002.

DiBattista, Maria. *High and Low Moderns: Literature and Culture 1889-1939*. Oxford: Oxford University Press, 1996.

Foucault, Michel. *Discipline and Punish*, trad. Alan Sheridan. Nova York: Vintage, 1979.

Griffin, Roger (org.). *Fascism*. Oxford: Oxford University Press, 1995.

Huxley, Aldous. *Brave New World* (1932; com uma introdução de David Bradshaw). Londres: Flamingo/HarperCollins, 1994a.

_____. *Brave New World Revisited* (1958). Londres: Flamingo/HarperCollins, 1994b.

_____. *The Doors of Perception, and Heaven and Hell* (1954, 1956). Harmondsworth: Penguin, 1963.

_____. *Music at Night and Other Essays* (1931; reeditado para incluir "Vulgarity in Literature"). Londres: Grafton, 1986.

_____. *Point Counter Point* (1928). Harmondsworth: Penguin, 1972.

_____. *Those Barren Leaves* (1925). Harmondsworth: Penguin, 1967.

Jameson, Fredric. *The Political Unconscious: Narrative as a Socially Symbolic Act*. Londres: Routledge, 1981.

Kafka. *Der Proceß*, 1925.

Kern, Stephen. *The Culture of Time and Space 1880-1918*. Cambridge: Harvard University Press, 1983.

Lewis, C. S. *The Cosmic Trilogy* (*Out of the Silent Planet*, 1938; *Perelandra*, 1943; *That Hideous Strength*, 1945). Londres: Pan Books, 1989.

Lindsay, David. *A Voyage to Arcturus* (1920). Edimburgo: Canongate "Canongate Classics 47", 1992.

Luckhurst, Roger. *Science Fiction*. Cambridge: Polity, 2005.

Proust, Marcel. *In Le Temps retrouvé* [1927], org. Brian G. Rogers. Paris: Gallimard, 1990.

Santesso, Aaron. Fascism and Science fiction. *In: Science Fiction Studies*, 41(1): 136-62, 2014.

Spinrad, Norman. *The Iron Dream* (1972). Edgbaston: Toxic Books, 1999.

Stapledon, Olaf. *Star Maker* (1937). Londres: Gollancz 'SF Masterworks 21', 1999.

Zamiatin, Yevgeny. *We* (escrito em 1920-1921), trad. Clarence Brown. Harmondsworth: Penguin, 1993.

CAPÍTULO 10

O Início do Século XX, 2:
As Revistas *Pulp*

O capítulo anterior sustentou que o modernismo literário do início do século XX, fascinado pelo discurso cultural da ciência e, portanto, produtor de uma grande quantidade de FC, tendia a representar desenvolvimentos científicos e técnicos como uma *techné* negativa, e não como uma *episteme* em aberto. Mas ao mesmo tempo que modernistas timidamente elitistas ansiavam por uma senha mística que, talvez sim, talvez não, houvesse se instituído sob o nome de "fascismo", um modo novo de literatura florescia com vigor; um modo que encontrava nas tecnologias uma libertadora vontade de poder epistemológica: a cultura de massa.

A criação de uma cultura literária de massa vinculava-se a uma série de mudanças sociais e culturais que podemos datar de fins do século XIX. Na Grã-Bretanha, por exemplo, o Education Act de 1870 aumentou de forma considerável os níveis de alfabetização, criando um mercado, em rápida expansão, para um conjunto de jornais, revistas e livros populares. Na França, as Leis de Jules Ferry, que tornavam obrigatória a educação fundamental, foram aprovadas em 1882. As coisas mudaram de modo mais gradual nos Estados Unidos, embora em 1910 72% das crianças norte-americanas já fossem obrigadas pelas leis de seus estados a frequentar a escola até os catorze anos de idade. A publicação de livros, em particular, assistiu a profundas mudanças. Mais no início do século XIX, a forma dominante de publicação de livros havia sido custosa, com edições em três volumes e capa dura conhecidas como triplex. Poucas pessoas podiam se dar o luxo de comprar esses livros, e a maioria dos leitores os emprestava de bibliotecas. Algumas edições "baratas" de escritores mais populares, como Walter Scott ou Charles Dickens, foram lançadas, mas no geral os livros eram itens muito caros, e o número de novos títulos que apareciam em um ano podiam ser contados às centenas. Como mostra o relato detalhado de Peter Keating, *The Haunted Study: A Social History of the English Novel 1875-1914* [O Escritório Assombrado: Uma História Social do Romance Inglês 1875-1914] (1991), esse mundo mudou com bastante rapidez sob a pressão da demanda crescente de leitores com menos dinheiro. As edições triplex saíram de moda e no lugar delas os livros passaram a ser publicados como volume único em capa dura ou, então, e cada vez mais durante o século XX, como títulos mais baratos em brochura.

Esses últimos, como apareceram no século XIX, são com frequência chamados folhetins por historiadores do livro, sendo originalmente mais semelhantes a revistas que às tradicionais novelas em capa dura. Podem, em retrospectiva, ser apropriados pela história mais ampla do que os especialistas chamam de *pulps*, formatos de revistas baratas de FC, faroeste, romance policial ou aventuras românticas. Edward S. Ellis escreveu várias centenas de folhetins, a maior parte na linguagem das aventuras de faroeste, e seu *The Steam Man of the Prairies* (1868) conduziu o gênero a uma nova e curiosa direção com a introdução do dispositivo mencionado no título, um motor a vapor na forma de um homem gigante que andava aos solavancos pelo Meio-Oeste (embora não tivesse marcha à ré) transportando seus passageiros para várias aventuras. A ideia foi plagiada por mais de um escritor (Figura 10.1).

Harold Cohen, um prolífico autor de trabalhos encomendados, apropriou-se do dispositivo para *Frank Reade and his Steam Man of the Plains* [Frank Reade e seu Homem a Vapor das Planícies] (1876), que obteve sucesso e foi sucedido por uma série de outras aventuras centradas no ficcional Frank Reade, muitas delas envolvendo tecnologia movida a vapor. Em 1882, o herói original foi substituído pelo filho, Frank Reade Jr., e, em 1892, uma revista *pulp* começou a publicar *The Frank Reade Library* [A Biblioteca de Frank Reade]. Ela chegou a quase duzentas edições semanais (mais tarde quinzenais), a princípio reimprimindo as várias histórias de Frank Reade publicadas na década de 1880 e mais tarde encomendando novos trabalhos. Muitos críticos consideram *The Frank Reade Library* como o arquétipo *pulp* (Everett F. Bleiler e John Clute descrevem-na como "a mais antiga publicação em série dedicada unicamente à FC, com mais edições que as somadas por todas as revistas de Hugo Gernsback" [Clute e Nicholls, p. 450]). A mescla de aventura, energia e determinação heroica está envolvida em uma inegável efervescência cinética, embora o racismo, o sadismo, o massacre banalizado e a morosa apresentação estereotipada do mundo e da temática tornem hoje intragável a leitura de muitas histórias. Porém, o crucial acerca de Frank Reade, em certo sentido, é o modo como ele medeia a satisfação do desejo. Seus vários dispositivos expressam não uma apreciação desinteressada das possibilidades da tecnologia, mas sua própria vontade de poder.

Figura 10.1 "Júlio Verne Ultrapassado!!!" O *New Steam Horse* [Novo Cavalo a Vapor] de autor anônimo (1894).

Mike Ashley data o "declínio" do folhetim na virada do século, observando que ele iria "sobreviver até a Primeira Guerra Mundial", momento em que "se rendeu à imensa popularidade da revista *pulp*" (Ashley, p. 21).

Pulps

Pulp é uma palavra usada para indicar um tipo particular de história publicado em uma série de revistas vendidas em certo nicho de mercado. As histórias eram escritas por prolíficos autores de trabalhos encomendados (portanto, não tão caras para os editores comprarem) e impressas em papel barato, fabricado a partir da polpa de madeira tratada – daí o nome* –, e não dos papéis tradicionais, mais caros. O que importava era manter os custos baixos, vender barato e em grande volume, e assim fazer dinheiro. Nos anos 1920 havia revistas *pulp* para uma variedade de preferências por um ou outro gênero, entre eles, *pulps* de aventura em geral (com frequência dirigidas a um mercado mais juvenil), policiais, de faroeste, especializadas em amor romântico e as de não ficção.[1] A essência da FC *pulp* não é o formato de revista, mas o preço reduzido. Por muito tempo, porém, durante a primeira parte do século XX, a revista foi a forma periódica mais acessível. A linguagem *pulp* e sua enorme popularidade recriaram a FC. Dentro dessa forma bastante segmentada, eram publicadas histórias que apelavam para um público leitor de diversidade social cada vez maior. A ênfase estava na narrativa movimentada, nos personagens sólidos, em um código ético binário de bem e mal, bem como (em particular nas *pulps* de FC) em locais exóticos, maravilhosos.

Identifica-se, não raro, a primeira revista *pulp* como *The Argosy* [A Frota], uma revista norte-americana publicada a partir de 1886 que trazia uma variedade de textos de ficção, entre eles, FC (o título foi tirado de uma revista britânica um tanto diferente que fora publicada a partir de 1865). Revistas britânicas como *The Strand Magazine* (mensal, de 1891 a 1950) e *Pearson's Magazine* (mensal, de 1895 a 1939) apresentaram muita FC entre os anos 1890 e as primeiras décadas do novo século. A *The Strand Magazine* publicou como série *Os Primeiros Homens na Lua* (1900-1901), de Wells, e *The Lost World* [O Mundo Perdido] (1912), de Conan Doyle; *Pearson's* publicou *A Guerra dos Mundos* (1897), de Wells, além de várias outras coisas. Tão importante quanto as histórias foi o fato de as revistas trazerem muitas imagens, gravuras em preto e branco e, mais tarde, desenhos coloridos para ilustrar as histórias.

---

* *Pulp* é "polpa" em inglês. (N. do T.)

Como explicar o estranho apelo que a FC *pulp* continua a ter sobre o gênero? Suas limitações são demasiado óbvias e inegáveis para precisarem de muita elucidação. Ela foi, em geral, uma literatura pueril e limitada em termos estéticos, voltada para o denominador mais baixo, com frequência reacionária no âmbito ideológico, raramente mais que um passatempo, uma literatura de distração. Contudo, há mais alguma coisa. Flaubert disse uma vez que gostava mais de ouropel que de prateado porque aquele possuía todas as qualidades do prateado e uma a mais – *páthos*. Assim como aumentou o número de escritores do século XX que faziam de forma tímida, e às vezes complacente, uma literatura "intelectual", também aumentaram a amplitude e o vigor das tradições literárias cuja lógica era puramente popular. De todas as *pulps*, as de FC eram as mais vistosas; em parte porque seu conteúdo era mais excitante, mais cheio de estrelas, mais propenso a erguer, com metáforas, os olhos de seus leitores para o que brilha acima de nós; em parte, também, porque estavam *conscientes* e até mesmo se regozijavam com a própria simplicidade e o estilo *kitsch* (uso a palavra em seu sentido mais positivo). As *pulps* policiais, uma literatura sôfrega, criavam um clima concebido de forma estreita, mas pungente; as *pulps* de faroeste eram uma espécie de literatura-cigarro-de--chocolate, convidando os leitores a uma adocicada versão em miniatura da Terra de Marlboro; as *pulps* de romance ou *love story* estavam mais fixadas na fantasia realizadora de desejos e tinham o mais elevado teor de açúcar, mas as *pulps* de FC tinham o impacto maior sobre uma grande tradição literária (a FC propriamente dita), sua própria crueza correspondendo com frequência a um vigor significativo em termos estéticos. E o ímpeto luminoso, assim como as nocivas fumaças de descarga do gênero, acumulava energia para a velocidade de escape.

A "Era *Pulp*" tem outro significado, associado à sua principal figura editorial, Hugo Gernsback, em homenagem a quem ela é às vezes chamada de "era Gernsback". Gernsback esperava estabelecer uma nova literatura apoiada em termos estritamente científico-didáticos; queria reformular a FC purgando-a de todos os elementos místicos ou mágicos da dialética ciência-espiritualismo que a princípio a formara. Mas, apesar do carinho que as comunidades da FC nutriam com relação a ele, a ponto de batizar de Hugo o prêmio mais importante do gênero, Gernsback fracassou nesse projeto. Em 1930, como observa Mike Ashley, Gernsback fora forçado a alterar os termos de seu projeto, mudando o nome da revista *Science Wonder Stories* [Histórias Espantosas da Ciência] para *Wonder Stories* [Histórias Espantosas], sob a alegação de que "a palavra 'ciência' tendeu a retardar o progresso da revista", uma posição que "teria sido anátema para Gernsback cinco anos atrás" (Ashley, p. 71). Seu público queria mais do que apenas ciência. É provável ser verdade, como

Gary Westfahl sustenta, que "Gernsback tornou possível acreditar em ficção científica; e essa crença, mais do que a qualidade literária ou as amostras iniciais, viabilizava sua ideia de um gênero a ser cultivado" (Westfahl, p. 27), embora o gênero a que Gernsback se referia tenha se desenvolvido de modo um tanto diferente do que ele havia previsto em seu manifesto de 1926. Pesquisa mais recente tendeu a minimizar a influência de Gernsback. Falando das décadas de 1920 e 1930, Jess Nevins demonstra que "cerca de 60% de toda a ficção científica durante esse período foi publicada antes em coleções comuns de *pulps* que nas *pulps* de FC por editores que prestavam pouca atenção ao que Gernsback fazia" (Nevin, p. 97). Ele acrescenta:

> Apesar da alegação de Peter Nicholls de que "a revista de FC estava em uma situação difícil" na década de 1930, a quantidade de ficção científica publicada em coleções comuns de *pulps* continuou a crescer durante esse período, como vinha crescendo desde 1919. A história da FC *pulp* durante o período de 1926-36 não é apenas a história da ficção científica gernsbackiana, mas da FC de duas comunidades: as *pulps* de FC e as *pulps* gerais. A distância entre as duas era grande. As *pulps* de FC pagavam menos que as *pulps* de outros gêneros, sendo lançadas com menos frequência e constituindo-se, na maior parte, em produções gernsbackianas [...]. Além disso, as regras de Gernsback para a ficção científica em suas *pulps* – de que ela tinha de ser ao mesmo tempo instrutiva e promover a pesquisa e a experimentação – impunham limitações aos escritores: os editores das *pulps* de outros gêneros não impunham tão abertamente sua visão a seus escritores. A definição de ficção científica de Gernsback [...] ignorava a pujante ficção científica que saía nas *pulps* comuns (Nevin, p. 97).

Para muitos críticos e fãs, embora não para o presente estudo, Gernsback continua sendo a figura que o crítico norte-americano Sam Moskowitz definiu: "o Pai da Ficção Científica". Nascido em Luxemburgo, veio para os Estados Unidos em 1903 e aproveitou com entusiasmo as possibilidades de sua nova pátria. Seu interesse por eletricidade e pela invenção de aparelhos elétricos conduziu-o a uma série de empreendimentos, um dos quais, uma revista chamada *Modern Electrics*, lançada em 1908. *Modern Electrics* trazia, entre outras coisas, histórias de FC, sem esquecer a presença entre elas da novela do próprio Gernsback, *Ralph 124C 41+: A Romance of the Year 2660* [Ralph 124C 41+: Um Romance do Ano 2660] (lançada como série em 1911-1912 e em formato livro em 1925) – o título numérico é uma espécie de ideograma para a frase "um a prever para 'mais-um' (o que significa dizer) muitos". Essa história longa e repleta de digressões descreve as máquinas incríveis do século

XXVII, a maioria delas, como poderíamos esperar do criador de *Modern Electrics*, sendo elétricas de um modo ou de outro. Trata-se de uma novela bastante canhestra, estruturada de maneira precária, com uma narrativa dificilmente capaz de envolver o leitor, abarrotada de exemplos do que seria mais tarde chamado *infodumps* (trechos de exposição técnica e científica inseridos no texto, não importando se seriam ou não oportunos). Ela tem seus defensores, porém; menos por razões estéticas e mais porque formula muitos dos princípios que Gernsback mais tarde codificaria como definitivos para a ficção científica como gênero.[2]

Foi como editor, e não como escritor, que Gernsback deu sua maior contribuição ao gênero. Suas revistas continham com frequência histórias de FC, e a edição de agosto de 1923 de *Science and Invention* foi toda dedicada ao tema. Convencido da demanda por esse suporte, Gernsback anunciou, em 1924, que planejava criar uma revista dedicada a histórias de FC, a ser chamada "Cientificção" (devemos ser gratos ao fato de o desajeitado neologismo de Gernsback, com seu ritmo convulsivo de trava-línguas, não ter vingado). No fim das contas, sua primeira revista dedicada à FC só apareceu em abril de 1926, sendo posta à venda com o título *Amazing Stories: The Magazine of Scientifiction*. A sugestão de que a função primária das histórias nessa revista seria "assombrar" os leitores parece cair em uma curiosa contradição em relação à opinião não raro expressa por Gernsback de que a FC deveria ser tanto uma forma didática quanto uma forma de entretenimento. Embora ele sempre enfatizasse a importância da segunda característica, é a consagrada presença da primeira que mais impressiona os leitores. Em seu editorial, "A New Sort of Magazine" [Um Novo Tipo de Revista], do primeiro número de *Amazing Stories*, ele insistia em que:

> Além de constituírem uma leitura muito interessante [...] essas histórias espantosas também são sempre instrutivas. Fornecem um conhecimento que não poderíamos obter de outro modo [...] e fornecem-no de modo bastante palatável. Pois os melhores desses escritores modernos de cientificção têm o dom de transmitir conhecimento e mesmo inspiração sem, em nenhum momento, tornar-nos conscientes de que estamos sendo ensinados (Ashley, p. 50).

Brian Aldiss acredita que esse imperativo "instrutivo" atuou como camisa de força sobre a imaginação da FC, "introduzindo um opressivo literalismo na ficção" (Aldiss, p. 204). Com certeza é difícil negar que a ficção publicada em *Amazing Stories* e nas subsequentes edições de FC de Gernsback tendiam para o lado não feyerabendiano da dialética da ficção científica. Era uma forma inicial de FC *hard SF*, tendo influenciado uma importante manifestação do gênero.

Gary Westfahl vê Gernsback não só como o inventor, mas o primeiro teórico e historiador de FC, um homem cujo trabalho "lançou, antecipou e sintetizou todo o gênero" (Westfahl, p. 135). John Clute, por outro lado, tem uma opinião negativa sobre "o terrível, esquisito e ridículo filisteu Hugo Gernsback". Ele fez "algo bom" (ao lançar *Amazing Stories*), mas, "fora isso [...] a influência de Gernsback foi desastrosa":

> A personalidade que cavalgou no minúsculo não-ainda-campo por quase uma década não tinha senso de humor, era didática, prosaica, deprimida, fatalmente propensa à defesa de uma ciência reles [...]. A FC entre 1926 e 1936 foi, em consequência disso, sem humor, didática, prosaica, deprimida e fatalmente propensa à defesa de uma ciência reles (Clute, *Scores*, pp. 221-22).

Clute, é claro, exagera a coisa de propósito, mas não está de modo algum sozinho em sua aversão (Brian Aldiss: "É bem possível que Gernsback tenha sido um dos piores desastres que já atingiu o campo da FC" [Aldiss, p. 82]). Há certa compreensão de que esses e outros golpes fatais do mesmo estilo, dirigidos para o queixo metafórico de Gernsback, sejam motivados pela convicção de que ele foi responsável pela deplorável transformação em algo juvenil de um gênero que devia ter se desenvolvido como uma modalidade de arte profunda, filosófica e, sobretudo, adulta (denúncias tão acaloradas quanto essa foram provocadas pelo filme *Star Wars*, de 1977). Mas isso é interpretar mal tanto o gênero em si quanto a força de seu desdobramento em um fenômeno cultural de massa no século XX.

Em 1929, Gernsback entrou em falência, presume-se que como resultado das tramoias do editor norte-americano Bernarr Macfadden, que encampou a *Amazing Stories*. A resposta de Gernsback foi criar não uma, mas quatro novas revistas de FC: *Air Wonder Stories* e *Science Wonder Stories* (na qual ele cunhou pela primeira vez o termo ficção científica) foram criadas em 1929, fundindo-se um ano mais tarde em *Wonder Stories* (publicada em edições mensais entre 1930 e 1936, quando foi vendida, tendo o título mudado para *Thrilling Wonder Stories*), outros dois títulos, *Science Wonder Quarterly* e *Scientific Detective Monthly*, não duraram mais de um ano. O que ele descobriu foi que o público, embora interessado e disposto a ficar maravilhado pela Superciência, também queria o tempero de uma abordagem menos rigorosa de FC (poderíamos chamá-la menos materialista). O sucesso de Gernsback encorajou a criação de um grande número de outras revistas, muitas das quais encerradas após um breve período. A mais notável entre essas foi *Astounding Stories of Super-Science* (fundada em 1930; de 1933 em diante, o título tornou-se apenas *Astounding Stories*, para finalmente em 1936 se chamar *Astounding Science-Fiction*, sua mais famosa encarnação, que durou até 1959, passando a ser conhecida como *Analog Science Fact & Fiction* a partir de 1960). A *Astounding Stories* se tornaria uma das mais importantes publicações da Era de Ouro da Ficção Científica, em parte por ter começado sua existência minimizando a insistência de Gernsback na ciência didática, apresentando, em vez disso, histórias cuja ênfase na grande aventura, na emoção e no exotismo ganhava prioridade.

O que pode ser esquecido com o foco em *novums* tecnológicos e científicos é que o solo de apelo das *pulps* era afetivo em essência. Esses textos se propõem a engendrar certos sentimentos, com ênfase particular em entusiasmo, espanto, excitação sexual e autossatisfação, mediando a resposta emocional dos leitores por meio da tecnologia e ciência. É precisamente por investirem tanto em afetos particulares que as *pulps* são às vezes interpretadas como toscas; mas isso nos ajuda a chegar ao centro de seu generalizado apelo popular. O que as *pulps* encarnam, de fato, é um profundo apego à estética da sensibilidade e, para ser mais específico, a uma versão masculinizada (às vezes hipermasculinizada) do venerável estilo do século XVIII. O melhor estudo da sensibilidade como modo literário é talvez *The Poetics of Sensibility* [A Poética da Sensibilidade], de Jerome McGann (1996); embora ele trate apenas do romantismo e não faça nenhuma menção à FC, o estudioso da ficção científica tem muito a aprender com essa obra. Como McGann observa, embora a "cultura elevada" considere essas tradições "um tanto embaraçosas", ao se estruturarem segundo um estilo afetivo em vez de clássico ou ético, os novos textos efetuaram uma reveladora "revolução" na literatura. Dos parâmetros dessa revolução investigados por McGann, só um ("lágrimas") não se aplica de fato à FC *pulp*. Fora isso, "a desordem dos sentidos" (McGann, p. 13), o modo como "a atividade do pensamento pode ser vista como o objeto do pensamento" (McGann, p. 23) – em particular, na FC, pela literalização da metáfora, necessariamente a objetivação da lógica do pensamento – e o estabelecimento sobre novas bases de "uma poética do conhecimento" (McGann, p. 33), tudo se relaciona de forma direta ao apelo das *pulps*.

A Era das Revistas

Tão influente foi o veículo revista como força formadora na produção de FC durante meados do século XX, que Brian Attebery chega a ponto de rotular todo o "período da história da FC que vai de 1926 a 1960" de "Era da

Revista" (Attebery, p. 32). Uma mera lista de títulos de revistas dá uma ideia da fecundidade e correspondente popularidade dessa modalidade de FC em prosa, dando uma degustação da característica agressivo-chique que fazia parte da escolha dos títulos – quanto mais chamassem atenção e causassem espanto, melhor.[3] O desenvolvimento posterior da publicação de revistas de FC viu sobretudo o abandono dessa linguagem do Espantoso! Incrível! Fantástico!, em favor de uma elegante obliquidade (como *Analog*, *Omni*, *Interzone* e assim por diante); embora houvesse uma charmosa pertinência no arrebatamento original dos títulos.

Durante as décadas de 1920 e 1930, e prosseguindo, com um pouco menos de vigor comercial, até as décadas de 1940 e 1950, um número muito grande de revistas norte-americanas oferecia histórias completas ou séries de grandes aventuras no espaço para um público ávido. Os dois autores mais importantes a alcançar um lugar de destaque graças às revistas desse período foram Edgar Rice Burroughs e E. E. "Doc" Smith, que serão vistos adiante com um pouco mais de detalhe. Mas entre as centenas de escritores e muitos milhares de novelas e histórias, algumas são especialmente dignas de nota. Jack Williamson publicou de maneira prolífica em várias revistas *pulp*. *A Legião do Espaço* (*The Legion of Space*) (publicada como série em *Astounding*, em 1934, e seguida por várias continuações) é um *space opera* melodrama espacial carregado de diversão em que o herói, John Ulnar, e a bela Aladoree Anthar enfrentam a monstruosa alienígena Medusa. Em *The Legion of Time* [A Legião do Tempo], sem nenhuma relação com a história anterior (publicada em série em *Astounding*, 1938), Williamson atinge algo mais duradouro: um engenhoso conceito de viagem no tempo em que futuros alternativos se debatem pelas linhas do tempo, tentando e assegurando a própria sobrevivência. Das muitas centenas de novelas que Williamson escreveu (não conheço nenhuma bibliografia completa de sua obra), a maioria se adapta às demandas de seu público com relação à narrativa e ao espetacular. Por isso ele é às vezes visto com desaprovação pelos críticos. Gary Westfahl elogia a história de Williamson, "The Prince of Space" [O Príncipe do Espaço] (*Amazing*, 1931), porque "ela descreve de modo impressionante o primeiro e verdadeiro *habitat* espacial da ficção científica – um imenso cilindro com parques e casas em sua superfície interior", mas relega a um nível mais baixo a história como um todo por usar essa peça de *hardware* como mero pano de fundo para uma história sobre um pirata do espaço que combate "uma espécie marciana de plantas-vampiros" (Westfahl, p. 153). É de fato difícil resistir ao impulso de fazer uma escolha seletiva entre o vasto repertório da FC *pulp* em busca de pepitas que possam ser consideradas, por critérios mais tardios, de interesse ou excelentes, mas o essencial das revistas *pulp* é, com exatidão, antes a crua emoção das plantas-vampiros que a antecipação ocasional de um estilo mais sóbrio de FC de "proeza de engenharia".

Contudo, a retrospectiva pode ser um ponto cego para aficionados dedicados a visões de futuridade, e os escritores *pulp* que hoje estão mais em voga são com frequência os que têm menos em comum com as correntes mais amplas de seu tempo. Dois exemplos. Stanley Weinbaum publicou relativamente pouco, embora sua descrição de astronautas humanos confrontando marcianos anarquistas muito bem concebidos ("A Martian Odyssey" [Uma Odisseia Marciana], *Wonder Stories*, 1934) seja encarada como um clássico do gênero. Um astronauta humano tem um acidente em Marte e, durante sua caminhada para a segurança, faz amizade com um marciano em forma de pássaro chamado Tweel. A reputação da história deve-se à habilidade de Weinbaum para retratar este último personagem como alienígena "de verdade", o bastante para ser remoto, mas sem sacrificar a simpatia da entidade. Tweel envolve o leitor e, por meio desse retrato, lhe é dado um vislumbre de uma sociedade recriada de modo sistemático, radicalmente não humana. A obra sofre por ter de abrir novo terreno de um modo que se tornaria em detalhes o padrão para a FC, parecendo hoje um tanto obsoleta. Indo mais direto ao ponto, o tom de Weinbaum – urbano, moderado em excesso, cansativo – e a maneira limitada como expõe as várias aventuras vivenciadas pelos dois é, com nitidez, distinta da estética mais sentimental, mais extravagante e colorida das revistas *pulp*. Depois há Catherine Moore (o nome C. L. Moore que adotou como escritora tinha por objetivo ocultar seu gênero no mundo da FC do início do século, em que predominava o gênero masculino; ela também usou outro pseudônimo masculino: Lawrence O'Donnell). Moore publicou sua primeira obra em revistas *pulp* da década de 1930, ancorando sua fluência às vezes onírica em uma vivacidade emocional e sensual muito bem concretizada. Em sua história "The Black God's Kiss" [O Beijo do Deus Negro] (publicada em *Weird Tales*, 1934), uma guerreira desce ao Inferno para recuperar uma arma mortal, cuja natureza estranha está de fato telegrafada no título do conto. A história se destaca pela forma convincente como consegue levar seu estilo "espada e feitiçaria" a uma sublimidade mais materialista, evocativa da grandiosidade da melhor tradição da Terra oca:

> Por todo o entorno, tão de repente quanto o despertar de um sonho, o vazio se abrira para distâncias jamais imaginadas. Estava parada em um topo de colina, sob um céu cintilando de estrelas estranhas [...]. As coisas que haviam construído o túnel talvez não tivessem sido humanas. Não tinha o direito de esperar que houvesse homens ali. Estava um pouco chocada por encontrar céu aberto em um ponto tão subterrâneo, embora

fosse inteligente o bastante para perceber que, fosse como fosse que tivesse chegado lá, não estava agora embaixo da terra (Moore, p. 29).

O posterior "No Woman Born" [Nenhuma Mulher Nascida] (1944) diz respeito a uma bela atriz que morre e é trazida de volta em um corpo robótico. Isso se configura como um milagre de real *páthos*, quando a protagonista retorna ao palco para tentar estancar o inevitável sentimento de perda de sua genuína humanidade. Mas, sem querer ser repetitivo, tamanha nuance emocional não era comum na vasta maioria das histórias *pulp*. Mais típicas eram as aventuras objetivas de ação, conflitos descritos de modo vigoroso envolvendo humanos do futuro ou invasores alienígenas, como a batalha climática de "The Messiah of the Cylinder" [O Messias do Cilindro], de Victor Rousseau (serializada na *Everybody's Magazine,* em 1917, com o primeiro emprego em ficção da expressão "pistola de raios"):

> Faixas de luz, lastimavelmente finas, piscaram de seus bastões de Raios, e, com gritos exultantes, o Guarda saltou à frente para encontrá-los. Transportavam pistolas de Raios mais leves pela retaguarda deles. Por um instante, pareceu que os revolucionários escalariam os muros antes que a pesada artilharia de Raios pudesse ser reorganizada. As primeiras colunas das forças que se opunham se chocaram e se avolumaram, balançando em uma chuva de clarões de meteoro. Os corpos enegrecidos se amontoavam nas pontes, ficavam pendurados, tombavam e iam inchar os montes lá embaixo (Rousseau, pp. 294-95).

Ou, um pouco mais tarde, como a história do último homem, "Omega, the Man" [Ômega, o Homem], de Lowell Howard Morrow (em *Amazing Stories*, 1933), complementada por uma subutilização da vírgula e um uso bastante enfático de letras maiúsculas:

> Água! Água! O grito insistente vibrou loucamente pelo seu cérebro. Por fim, na mais baixa depressão da Terra, encontrou em uma pequena cavidade da rocha uma simples poça de água. Como um animal enlouquecido pela sede, empurrou os lábios para ela, sorveu-a em grandes goles e depois lambeu a rocha seca. ERA A ÚLTIMA GOTA! Ômega se levantou, o rosto calmo e resignado [...]. Foi então para a espaçonave e disparou rumo ao azul, para uma volta ao redor do mundo em um giro de despedida. Em algumas horas estava de volta. Com reverência, fez a espaçonave descer em seu local de pouso. Agora acertara as contas com ela. Já não era mais útil, os grandes motores pulsantes estavam para sempre silenciosos (Morrow, p. 941).

Poderíamos chamar isto de melodrama, embora o termo seja, sem sombra de dúvida, impreciso. O trecho, no entanto, indica a natureza do sentimento com que esses textos lidavam. À sua maravilhosa maquinaria (para exploração ou destruição) e aos monstros hediondos, podemos acrescentar mais duas intensidades sentimentais básicas com que as revistas *pulp* lidavam. Uma é o sexo, quase sempre apresentado da perspectiva heterossexual e focada de um homem. A outra é a vontade, imaginada como *tão* importante para a constituição do herói quanto sua musculatura bem desenvolvida e seu acesso à tecnologia futurista. A ficção científica *pulp* tende a interpelar determinado tipo de leitor: jovem, do sexo masculino, libidinoso, aberto à atraente fantasia de que poderia existir outro mundo, ou outra época, em que ele teria maior sucesso sexual e individual do que na vida presente. Mediando a dimensão erótica por meio da tecnologização extrapolada, de forma sistemática, da sociedade, essas histórias concebem o sexo como vibrante e perigoso, ao mesmo tempo que o tornam (julgado pelos costumes sexuais do Ocidente na década de 1920 e 1930) magicamente acessível. A imagem mental que tendemos a reter é de um tipo particular de ilustração da FC *pulp*, talvez uma mulher seminua sendo resgatada de um monstruoso ataque pelo herói espacial de cara comprida. Não se trata de ilusão; há centenas de exemplos de tais visualizações. Mas as revistas *pulp* também eram capazes de representar a mulher atraente como uma perigosa *femme fatale*, às vezes roboticamente fatal. De maneiras que as histórias reais não podiam expor de forma explícita, o erotismo da FC *pulp* está empenhado em abrir um espaço onde a "simples" satisfação do desejo pode ser complicada por possibilidades que são tabus excitantes. Exemplo dessa ideia maior que defendo é a ilustração da Figura 10.2, criada para acompanhar "Out of the Atomfire" [Fora do Fogo Atômico] (*Future Science Fiction*, maio de 1951). O "conteúdo" manifesto da imagem fala do perigo em que nosso herói Phaon se encontra e também da crueldade da mulher, Rhea – a história nos conta que "ele tinha medo dela. De sua sofisticação, sua amoralidade, sua crueldade". O medo, no entanto, é tão capaz de aumentar quanto de sufocar o desejo, e o conteúdo latente dessa imagem é mais lascivo: uma mulher parecida com Rita Hayworth, vestida com pouca roupa, os mamilos aparentes, os lábios entreabertos em um gesto sensual, cutucando o homem com sua arma de aspecto fálico e... É de êxtase a expressão que ele tem no rosto? À primeira vista parece que sim.

Todas as revistas *pulp* apresentam, de forma mais ou menos explícita, fantasia sexual codificada. O que é significativo na FC é o modo como seus espaços imaginários, diferenciados de forma mais radical, e suas vigorosas possibilidades tecnológicas servem de intermediários ao desejo erótico. Podemos conceber os feixes de potência que piscam na pistola de raios do herói

"There was a slight distortion in the air, and Phaon was falling..."

Figura 10.2 Ilustração de Gene Fawcett para "Out of the Atomfire", de Bryce Walton e Ross Rocklynne (*Future Science Fiction*, maio de 1951).

como um símbolo psicológico quase transparente demais. E a vontade, que está materializada nesses acessórios e cenários, tem um duplo significado em inglês, pelo menos tão antigo quanto Shakespeare.*

Edgar Rice Burroughs

A vontade está no cerne da visão *pulp* de Edgar Rice Burroughs, um ex-soldado de cavalaria norte-americano que chegou tarde à literatura, incapaz de prosseguir em sua carreira militar devido a um coração fraco. Sua primeira publicação, *Under the Moons of Mars* [Sob as Luas de Marte], saiu em *All--Story*, uma revista de pequena circulação, em 1912. Mais tarde surgiu em forma de livro como *Uma Princesa de Marte* (1912), título pelo qual é agora conhecida. Essa aventura vê o heroico homem de ação (e ex-oficial de cavalaria) John Carter viajando para Marte apenas por força da vontade:

> Fechei os olhos, estendi os braços para o deus de minha profissão e me senti arrastado com a rapidez do pensamento pela imensidão sem trilhas do espaço. Houve um momento de extremo frio e completa escuridão [...]. Abri os olhos em uma paisagem estranha, bizarra. Sabia que estava em Marte (Burroughs, *A Princess of Mars*, p. 20).

O próprio cosmos cede diante da vontade viril de nosso herói supercompetente. No planeta vermelho, Carter abre caminho por entre vários inimigos alienígenas: monstros de pele azul; guerreiros de pele verde, muito altos e com seis membros; e humanoides de pele vermelha, a materialização erótica da qual resulta uma grande parte da trama da história. Carter se casa com uma princesa da última espécie e gera filhos (apesar do fato de os marcianos serem ovíparos). O teor do livro é a aventura de ritmo rápido com ênfase em combates estilizados, mas violentos, e elegantes paisagens alienígenas. O título de seu capítulo 26 resume a trajetória do todo: "Through Carnage to Joy" [Da Carnificina à Alegria].

É possível dizer que Burroughs apenas transferiu aventuras ao estilo Frank Reade do Oeste Selvagem para uma pradaria marciana apresentada de maneira mais exótica; há, no entanto, algo a mais em seus livros – ainda hoje publicados; ainda (apesar de uma aura inevitavelmente datada) fascinando leitores. Em parte é a qualidade do exotismo destilado, a perfeita autenticidade do retrato que Burroughs faz de Barsoom (como seu Marte é conhecido pelos nativos); algo difícil de um escritor recriar, e muito fácil para um leitor

---

* *Wish* é "desejo", mas também pode ser "vontade". (N. do T.)

se apaixonar. Em parte, por outro lado, é a visão determinada de John Carter como um *Übermensch* de desenho animado, mas carismático – a reinvenção da vontade de poder como heroína da ação.

Houve uma grande quantidade de continuações, seguindo as novas aventuras de Carter e sua família, três que se tornaram séries em *All-Story*: *Os Deuses de Marte* (*The Gods of Mars*) (1913); *The Warlord of Mars* [O Comandante de Marte] (1913-1914); *Thuvia, Maid of Mars* [Thuvia, Donzela de Marte] (1916)); e cinco publicadas em outras revistas ou como volumes isolados (*The Chessmen of Mars* [As Peças do Xadrez de Marte] [1922]; *The Master Mind of Mars* [A Mente Superior de Marte] [1927]; *A Fighting Man of Mars* [O Combatente de Marte] [1931]; *Swords of Mars* [As Espadas de Marte] [1936]; *Synthetic Men of Mars* [Os Homens Sintéticos de Marte] [1940]). Duas histórias, muito aquém em relação às demais, foram então publicadas em série em *Amazing: Llana de Gathol* (1941) e *John Carter of Mars* [John Carter de Marte] (1941-1943). A qualidade de cada parte individual nessa série varia, embora alguns títulos sejam muito bons e um ou dois tragam não só entretenimento e exotismo, mas algo mais. Em particular, sempre achei que *The Chessmen of Mars* consegue, talvez apesar de si mesmo, dizer coisas genuinamente interessantes sobre o relacionamento amo-escravo e questões de controle.

Logo após a primeira história da série *Barsoom*, Burroughs publicou a primeira história do que também se tornaria uma série de grande longevidade entre os contos de aventura; uma série que revelaria um aprofundamento cultural muito maior. Tratava-se de *Tarzan dos Macacos* (*Tarzan of the Apes*) (publicada em série em *All-Story* [1912]), que pressupõe um bebê inglês criado, como Rômulo e Remo, por macacos africanos e se desenvolvendo como um idealizado selvagem nobre, tão forte e pronto para o que for preciso quanto John Carter, ainda que limitado à Terra. Burroughs chegou a publicar 26 novelas, dando continuação à primeira história de *Tarzan*, e a série tornou-se ainda mais popular que a de John Carter. Tarzan vive aventuras repletas de incidentes pela África afora e além dela, enfrentando todo tipo de criatura fantástica: com os minunianos, que parecem liliputianos, de *Tarzan e os Homens-Formiga* (*Tarzan and the Ant-Men*) (1924), passando por homens-leopardos e homens-leões, até, de modo bizarro, com um grande unicórnio cavalo-marinho (em *Tarzan e a Cidade Proibida* [*Tarzan and the Forbidden City*] [1938]). Apesar de todo o colorido local e variedade, o fundamental do apelo desses livros é o acesso imaginário que proporcionam a uma masculinidade heroica que é tanto sensualmente animal quanto a encarnação de força manifestada em uma vontade implacável. Em *O Tesouro de Tarzan* (*Tarzan and the Jewels of Opar*) (1918), La, a bela e impiedosa alta sacerdotisa do

Flamejante Deus de Opar, apaixona-se de imediato pelo homem-macaco: "A mulher se precipitou para o homem-macaco e pôs as mãos dele nas suas. 'Não me deixe!', ela gritou. 'Fique e será o alto sacerdote. La o ama. Escravos o servirão. Fique, Tarzan dos Macacos, e deixe o amor recompensá-lo'." A reação de Tarzan a essa oferta tentadora é: "O homem-macaco empurrou para o lado a mulher ajoelhada" (Burroughs, *Tarzan and the Jewels of Opar*, p. 80). É claro que ele é irresistível para as mulheres em termos sexuais; e é claro que tem força de vontade suficiente para não sucumbir a essa tentação. Os livros têm como base a crença de que essas duas coisas existem em uma relação mútua determinada de forma muito precisa.

Duas outras séries com vários livros burroughsianos mantiveram-se populares: *Tarzan no Centro da Terra* (*At the Earth's Core*) (1914) foi o primeiro dos seis livros Pellucidar, isto é, passados dentro de uma Terra oca [Pellucidar] concebida com base nas teorias de John Symmes; e os livros de Vênus, um registro das aventuras de um astronauta da Terra, Carson Napier, que se iniciaram com *Os Piratas de Vênus* (*Pirates of Venus*) (1932). Mais que isso, a enorme fama de Burroughs encorajou imitações de suas heroicas aventuras repletas de ação. Como Mike Ashley observa: "A ficção burroughsiana dominaria a FC *pulp* pelos próximos quarenta anos", e, de fato, muitos escritores foram mais tarde diretamente influenciados por ele, em especial após a extensa reimpressão de seus títulos em formatos baratos de brochura nos anos 1960 e 1970 (Ashley o considera "o mais influente escritor dessa área depois de Verne e Wells" [Ashley, p. 36]). A atitude de Burroughs para com as rubricas da ciência é – o que é apropriado a um cavaleiro – distante; sua ênfase estava em um tipo particular de narrativa em que um personagem masculino prova sua coragem, força e o que poderíamos também chamar sua vontade de poder por meio de provações, resistência e, de modo muito especial, através do combate. É como representação caleidoscópica da fetichização da vontade (masculinizada e configurada em termos de beligerância) que a ficção de Burroughs é mais eficiente.

E. E. "Doc" Smith

A vontade é também o cerne da obra de outro importante escritor *pulp* norte-americano, Edward Elmer Smith. Smith possuía justificativas suficientes para ser conhecido como "Doc" [Doutor], pois possuía um doutorado em nutrição – sua tese foi "O Efeito do Branqueamento com Óxidos de Nitrogênio sobre a Qualidade de Cozimento e Valor Comercial da Farinha de Trigo". Smith se aproximou das letras com um etos metodológico de cientista: oxidando as tradições da aventura espacial, conseguindo que a esposa o ajudasse a escrever o que, sem ela, seriam apenas esboços, francamente precários, de histórias de amor; e sempre incrementando tanto a escala das aventuras quanto a animada hipérbole de seu estilo. Seja como for, as *space operas* de Smith, fulminantes e nada sutis, reuniram uma ampla audiência, parte da qual mais tarde se sentiria um tanto envergonhada do gosto adolescente por esses livros escritos de modo rudimentar e com personagens mal definidos.

A primeira novela de Doc Smith, *The Skylark of Space* [A Cotovia do Espaço], foi escrita no final da década de 1910, embora tenha se mantido inédita por quase duas décadas, até ser enfim serializada em *Amazing Stories*, de agosto a outubro de 1928. Esse primeiro livro da série *Skylark* [as continuações são: *Skylark Three*, serializada em *Amazing*, em 1930; *Skylark of Valeron*, serializada em *Astounding*, de 1934 a 1935; e *Skylark DuQuesne*, serializada na revista do pós-guerra *Worlds of If*, em 1965] deu início às aventuras de um herói bem-apessoado e um vilão de barba preta. O livro recebe seu nome da espaçonave do herói, uma esfera de doze metros (mais tarde, de acordo com a estética de escala cada vez mais inflada de Smith, a Skylark é reconstruída como uma esfera cujo diâmetro é de 1.600 quilômetros). Voando pelo espaço interestelar, as tramas de Smith orquestram uma variedade de espécies alienígenas, algumas boas e outras más: um cosmos com muitas aventuras de piratas, sequestradores, meliantes e paladinos espaciais.

Mais bem-sucedida que os livros da série Skylark e de importância mais permanente é a segunda série extensa de Edward E. "Doc" Smith, as novelas do personagem Gray Lensman (as datas são da primeira serialização na revista; todas saíram em *Astounding*, exceto o primeiro título, que foi serializado em *Amazing*): *Triplanetary* [Triplanetário] (1934), *Galactic Patrol* [Patrulha Galáctica] (1937-1938), *Gray Lensman* [Suicídio no Espaço/Heróis Galácticos] (1939-1940), *Second-Stage Lensman* [A Lei do Espaço] (1941-1942), *Children of the Lens* [Os Filhos do Cosmo] (1947-1948). Uma novela mais tardia, *First Lensman* [O Planeta Secreto] (1950), encaixa-se na cronologia entre os acontecimentos do primeiro e do segundo títulos da série. A premissa desses livros é uma casta de humanos íntegros, cujas aptidões telepáticas concentram-se através de certas "lentes" misteriosas, usadas no punho. Eles entram em batalha com diversos elementos malignos e forças do mal.

A cada novo capítulo da aventura, Smith revela que as várias espécies e organizações das novelas anteriores são, de fato, fachadas para forças maiores, ocultas. A Frota Negra, contra a qual os homens da lente fazem guerra, revela-se uma faceta de Boskone, uma conspiração do mal abrangendo toda uma galáxia. Por trás de Boskone, mais tarde é revelado, está o perverso Império Thrale-Onloniano, embora a fonte suprema do mal na galáxia, o cerne da conspiração, seja enfim exposto como uma espécie camuflada de alienígenas do planeta Eddore. Contra os perversos eddorianos, ficamos sabendo por fim, é jogada a força dos igualmente poderosos e igualmente misteriosos, mas virtuosos, arisianos. Tudo na história cósmica revela-se como sendo manifestações fenomenais da guerra primal entre essas duas espécies divinas e alienígenas. As lentes, por exemplo, são uma tecnologia arisiana quase mágica. (Mais tarde, entre 1948 e 1954, a série inteira foi publicada sob a forma de livro; nesse período, Smith reviu seus primeiros títulos para tornar mais nítida essa fundamental dualidade cósmica). É difícil pôr em dúvida a eficiência da apresentação dessa série de revelações, cada qual aproximando com clareza o leitor do segredo no centro do cosmos – embora os livros sejam toscos, um tanto maníacos e sem dúvida pueris. Na verdade, é agora rotina para críticos do gênero, mesmo (ou talvez em particular) críticos do sexo masculino que leram os livros com entusiasmo na juventude, descartarem como lixo a obra de Smith. Russell Letson expõe bem o assunto quando descreve as séries *Skylark* e *Gray Lensman* como "a acne literária da FC e da ficção em geral, uma dolorosa e constrangedora memória adolescente" (Letson, p. 1).

Tem havido tentativas, por parte de alguns críticos, visando defender os exageros de Smith. Joseph Sanders, por exemplo, sugere que as revelações por etapas e os contínuos atos heroicos e batalhas da série representam uma "luta moral por contato/crescimento" (Sanders, p. 60). Mas pressupor uma seriedade moral nos personagens unidimensionais e nos incessantes, mesmo que inventivos, feitos heroicos de *Gray Lensman* é por certo não compreender direito a coisa. A extravagância e o excesso são, em um importante sentido, o *todo* das histórias de aventura espacial de Smith. Trata-se de livros que se materializam na medida em que articulam o excesso.

A obra de Smith sempre se esforça para ser enfática e, em função disso, é quase sempre muito prolixa, fatalmente atraída para superlativos (em particular, superlativos referentes a tamanho: titânico, colossal, enorme, gigantesco), melodramática e repleta de arroubos. "Contudo, por trás da prosa canhestra e do diálogo constrangedor", sugere Edward James, "esconde-se a capacidade de inspirar assombro e surpresa. Smith sabia que tamanho e poder tremendos eram a chave para o assombro" (James, p. 47). Com certeza, a primeira coisa que ocorre a um leitor acerca de Smith é seu amor pela grandeza: bilhões de anos e de anos-luz são abrangidos; espaçonaves do tamanho da Lua ou "antiesferas" (esferas de realidade negativa com imensa capacidade destrutiva) do tamanho de planetas acabam envolvidas em enormes batalhas; impérios se chocam entre si; uma miríade de mundos e espécies alienígenas são enfrentados. Isso é denominado com amabilidade por Brian Aldiss como "a glamorosa enfermidade do gigantismo", mas ele acrescenta que há uma qualidade frágil nos cenários gigantescos de Smith: seu "estilo vibrante, mas banal [...] não transmite experiência visual e não torna suas imensas distâncias reais" (Aldiss e Wingrove, pp. 209-11).

Menos sensualmente físico que as aventuras de Burroughs, o persistente apelo da FC de Smith está menos relacionado com essa sublimidade de tamanho e mais com sua entusiástica entrada nos discursos da vontade. Esse, como venho argumentando de modo mais geral, é um dos discursos formadores da FC dos séculos XIX e XX, ideias que foram filtradas através de Schopenhauer e Nietzsche. Proporcionar fantasias compensatórias de competência telepática para adolescentes frustrados ou com pouca autoestima é, em outras palavras, apenas parte do que Smith faz. Ainda que banal, seu acesso ao "sentimento de espanto" se apoia na valorização da vontade sobre a tecnologia. O que fica evidente em especial na série *Skylark*. Lá a telecinese é chamada "o Talento", que está latente em muitos e pode ser consideravelmente desenvolvido. Como um correlato das coisas que mais tendem a preocupar rapazes adolescentes, esse "Talento" serve de intermediário para o sexo ("funciona melhor com polos complementares masculinos e femininos de poder" [Ellik e Evans, p. 246]) e fornece a indivíduos – de outro modo incapazes de – uma potência esmagadora. No clímax da série, o alinhado herói Richard Seaton se junta a seu arqui-inimigo humano Marc C. DuQuesne para deter a invasão dos malevolentes alienígenas cloranos. A decisão se dá em uma batalha de psiônicos, um grupo de humanos contra "furiosos inimigos cloranos [...] mentes que clamam pela destruição deles". O resultado é um holocausto bastante chocante de vida alienígena, narrado com um descuido ainda mais chocante: Seaton e DuQuesne deslocam estrelas (quinhentos milhões delas) através de milhões de anos-luz, fazendo-as colidir para transformá-las em armas: os cloranos "morrem em incontáveis trilhões [...] a carne halógena carbonizada e esturricada na fração de segundo da passagem da frente de onda de cada estrela dupla em explosão". Os humanoides são poupados, já que para cada sol destruído "um planeta contendo oxigênio, povoado por humanos, era sequestrado pelo quadriespaço, para a segurança da Galáxia B" (Smith, *Skylark DuQuesne*, pp. 244-47). O livro termina com DuQuesne declarando seu amor e sendo aceito pela bela física nuclear de seios fartos e cintura estreita, Stephanie de Marigny. Não há um último olhar para o estupendo genocídio da vida clorana.

Como é evidente, isso leva a fantasia da capacitação individual pela vontade a um extremo hiperbólico e muito repugnante, mas a psicopatologia limítrofe dessa fantasia adolescente de poder mental também expressa até que profundidade a obra de Smith está enraizada em uma concepção teológica. Não é o mundo da matéria, "o *continuum* espaço-tempo do estritamente

material" que é real: a *verdadeira* dimensão é "o domínio do Talento [...]
conhecido de alguns estudiosos como psiônica e dos zombadores como magia ou feitiçaria" (Smith, *Skylark DuQuesne*, p. 240). De maneira similar, em
Gray Lensman, o poder das várias espaçonaves titânicas e enormes não é nada
comparado ao poder do Pensamento (definido como "vibração gerada pela
mente no subéter" [Smith, *Gray Lensman*, p. 41]). A ética na série está ligada em específico à divisão entre espiritual e material. Os malignos eddorianos
vivem uma existência completa e repulsivamente física (em um planeta denso
cuja atmosfera líquida é corrosiva e mortal para a vida humana), reforçada
por muita tecnologia. Os perfeitos arisianos, por outro lado, tendo há muito
tempo abandonado a forma corporal, vivem como puro pensamento ou vontade. Esse esquema não é maniqueísta, pois os arisianos, quase teístas, são
sempre superiores aos malignos eddorianos físicos na área crucial do pensamento, isto é, da vontade.

Esses extermínios de espécies inteligentes inteiras só poderiam parecer
irrefletidos e improvisados a alguém que ignorasse o fato de que a década de
1930 terminou em uma guerra na qual um lado procurou literalizar tais planos de extermínio em massa. Protótipos da spinardiana fantasia fascista do
Iron Dream [Sonho de Ferro] podiam ser vistas em todo lugar nas revistas
pulps das décadas de 1920 e 1930. Em *Out of the Silence* [Longe do Silêncio]
(1925), do autor australiano Erle Cox, uma câmara de alta tecnologia é descoberta no interior australiano, contendo, em animação suspensa, a bela mulher branca Earani, última sobrevivente de uma antiga raça humana superior.
Entre as muitas maravilhas tecnológicas preservadas desse tempo passado está
um "raio da morte", usado para "purificar" o mundo de suas várias raças inferiores. "Seu problema", Earani diz a seu descobridor, o charmoso australiano branco Alan, "não é nada comparado com aquele que o mundo teve então
de enfrentar [...]. Três bilhões de pessoas no globo, das quais mais de quatro
quintos eram da raça inferior." As "pessoas de cor" começaram a fazer protestos pedindo igualdade, por isso o "raio da morte" foi desenvolvido. "As pessoas de cor, velhas e jovens, caíam diante dele com chocante certeza" (Cox,
p. 260). A novela endossa, sem nenhuma ambiguidade, esse assassinato em
massa racista, e Alan não consegue se mostrar em completo acordo com a
insistência de Earani de que seu povo enfrenta o mesmo desafio. Mas ele pensa com seriedade no assunto, e a consumação da imensa paixão por Earani só
é frustrada quando sua namorada Marian, tratada com desprezo, a esfaqueia.

Não raro, como na novela de Cox, essas narrativas de uma defesa "heroica", à maneira fascista, contra o assalto do massificado e monstruoso outro
deram-se, de forma específica, em termos raciais. Tanto revistas *pulp* de
aventura quanto nas de FC, histórias ambientadas na África opunham com

frequência exploradores brancos a estereótipos racistas de africanos negros. Narrativas com o "perigo amarelo" proliferavam, satanizando os chineses como uma horda sub-humana de perigosas pestes, às vezes sob o apelido ideologicamente carregado de *celestia* (referência à China como império celestial; imigrantes chineses eram às vezes chamados *celestias* em zombaria por parte dos brancos). Em *The Celestial Hand: A Sensational Story* [A Mão Celestial: Uma História Sensacional] (1903), de Vincent Joyce, os chineses invadem primeiro a Austrália e depois a Europa, embora, a despeito de seus enormes efetivos, sejam derrotados pelos brancos "superiores". *Celestalia: A Fantasy AD 1975* [Celestalia: Uma Fantasia em 1975 d.C.], de A. J. Pullar, imagina uma invasão futura de Sydney e Melbourne pelos chineses. Um dos mais populares personagens *pulp* das décadas de 1920 e 1930 foi Fu Manchu, do escritor britânico Sax Rohmer, antagonista em treze novelas e a própria síntese de racismo orientalizante: insondável, maligno, manipulador e criminoso ao extremo. Rohmer escreveu treze novelas com Fu Manchu antes de sua morte em 1959, começando com *O Mistério do Dr. Fu Manchu* (*The Mystery of Dr. Fu Manchu*) (1913). Nessas histórias, o sinistro médico apresentou-se imortal com um "elixir *vitae*", e seu plano o envolve no sequestro dos maiores cientistas da Europa para construir na China uma superarma futurista. Fu Manchu migrou de forma promíscua para revistas e quadrinhos *pulp*, para o teatro, o rádio e, por fim, para uma grande quantidade de filmes. Como observa Abraham Kawa, o vilão é a reversão do imperialismo ocidental sobre si mesmo, "o medo do colonizado retaliando por meio de rebelião e sabotagem", um aspecto evidenciado pelo fato de que "os atores escalados para interpretá-lo" eram "caucasianos caracterizados para se parecerem com pessoas estereotipadas de origem oriental" (Kawa, p. 51).

Mas, com a mesma frequência, o Outro racial era concebido como extraterrestre. Tomem-se por exemplo as muitas histórias dos irmãos Earl Andrew Binder e Otto Oscar Binder (escritas sob o pseudônimo, que agrega elementos dos dois nomes, "Eando Binder") publicadas em *pulps* dos anos 1930. Em "The Black Comet" [O Cometa Negro] (*Science Fiction*, junho de 1939), um grupo de colonizadores marcianos é forçado a se defender de frenéticas hordas marcianas, o que fazem liquidando seu avanço em massa com uma superarma que lembra uma metralhadora. Em "Eye of the Past" [Olho do Passado] (*Astounding Science-Fiction*, março de 1938), um cronovisor revela uma invasão futura da Terra por alienígenas implacáveis que só podem ser combatidos pelo canhão atômico inventado por Henry Vorday, "talvez o maior gênio da época". "Logo começaria uma luta decisiva entre o novo armamento da Terra e os poderes demoníacos dos alienígenas" (como se viu, começou mais cedo do que a maioria das pessoas em 1938 imaginavam). Histórias desse tipo galgavam com facilidade a escala da hipérbole, em termos estilísticos e conceituais. O escritor norte-americano Edmond Hamilton começou a carreira produzindo histórias *pulp* de variadas intensidades sobre catástrofe cósmica, nas quais se combatiam alienígenas malignos em nível global, do sistema solar ou cósmico. "Os leitores", comenta John Clute, "recompensaram Hamilton com vários apelidos, reconhecendo seu talento, que iam de 'Destruidor do Mundo' e 'Demolidor do Mundo', a 'Hamilton, Salvador do Mundo'".

As Revistas *Pulp* Europeias

As revistas *pulp* tornaram-se populares em particular nos Estados Unidos, onde ajudaram a criar um público leitor tímido, porém aficionado por ficção científica. No final dos anos 1930, diz Edward James, a FC se tornara "plenamente reconhecida", com "suas revistas especializadas e seus leitores especializados", embora, "como a FC nos Estados Unidos estava em grande parte restrita às *pulps*, não desfrutava um mínimo que fosse do prestígio literário que, com relutância, fora concedido a uma parte da FC na Europa" (James, p. 53). Grande parte da FC discutida antes no capítulo sobre o Alto Modernismo era de fato europeia, mas não significa dizer que não existiam revistas *pulp* europeias. Ao contrário, uma audiência de massa para a FC abastecia todo o continente.

Na França, a popularidade da FC no século XIX continuou até a Segunda Guerra Mundial, embora depois tenha mudado de caráter. Entre séries *pulp* populares estavam *Sâr Dubnotal* (1909-1910; o personagem do título era um super-herói que fora treinado por yogues hindus em técnicas mágicas) e *Nyctalope*, uma série de *dime novels** de Jean de la Hire sobre as aventuras interplanetárias de um vingador super-humano (entre os títulos estavam *L'homme qui peut vivre dans l'eau* [O Homem que Pode Viver dentro d'Água] [1908]; a história ambientada em Marte *Le mystère des XV* [O Mistério dos XV] [1911]; *Lucifer* [1923]; *Le roi de la nuit* [Rei da Noite] [1923]; e a explicitamente religiosa *L'Antéchrist* [O Anticristo] [1927]). Jacques Spitz escreveu uma série de novelas muito elaborada de FC, mas com apelo popular: duas delas são *L'agonie du globe* [A Agonia do Globo] (1935), em que a Terra se quebra em dois pedaços; e *La guerre des mouches* [A Guerra das Moscas] (1938), em que moscas mutantes se apoderam do mundo e destroem quase toda a humanidade.

---

* As *dime novels* (novelas de dez centavos) eram edições muito baratas de ficções populares em fins do século XIX e início do século XX. As primeiras revistas *pulp* foram, por vezes, incluídas nesse rótulo. (N. do T.)

Na Alemanha, uma série de 165 revistas do tipo *dime novels*, sob o título geral *Der Luftpirat und Sein Lunkbares Luftschiff* [O Pirata Celeste e sua Navegável Nave Celeste] (1908-1911), desfrutou de considerável popularidade. *Luftpirat* é o comandante Mors, que viaja pelo mundo combatendo o mal em uma aeronave construída por ele. Hans Dominik tornou-se um autor *pulp* alemão de *best-sellers* com *Die Mach der Drei* [O Poder dos Três] (1922), o primeiro de dezesseis títulos que mesclavam aventura cinematográfica com um exotismo científico-mágico. *Die Spur des Dschingis-Khan* [O Legado de Gêngis Khan] (1923) e *Atlantis* [Atlântida] (1925) confirmaram sua popularidade, embora a hiperinflação na Alemanha entreguerras tenha aniquilado sua riqueza. Otto Willi Gail é um pouco mais conhecido no mundo anglófono porque dois de seus títulos (*Der Schuss ins All* [O Tiro no Universo] [1925] e *Der Stein von Mond* [A Pedra-da-Lua] [1926], ambos histórias de lançamentos de foguetes construídos segundo corretos princípios tecnológicos como então compreendidos) foram traduzidos e lançados em *Science Wonder Stories*, de Gernsback (1929-1930). Karl Hans Stroble fundou a primeira revista *pulp* de FC da Áustria, *Der Orchideengarten: Phantastische Blätter* [O Jardim de Orquídeas: Páginas Fantásticas]; embora ela só tenha durado 24 edições, publicou uma grande variedade de FC, reeditando histórias clássicas e encomendando novas. Histórias com continuação mostraram-se mais permanentes, como *Sun Koh, Die Erbe von Atlantis* [Sun Koh: Legado da Atlântida], de Paul Alfred Müller-Murnau, que chegou a 150 números entre 1933 e 1936. O essencial da história diz respeito a um herói de ascendência centro-americana e atlante, e suas aventuras, com frequência abertamente racistas, pelo mundo afora. Na Suécia, Otto Witt, conhecido como o Hugo Gernsback sueco, fundou uma revista pioneira de FC, *Hugin* (1916-1920). *Der Orchideengarten* foi editada de 1919 a 1921, antes de falir; mais voltada a "contos estranhos" e horror gótico do que para a ficção científica, não contou com uma vendagem popular que pudesse sustentá-la.

A Alemanha liderou o mercado da FC *pulp* europeia durante os anos 1920, embora tais extravagâncias não fossem encorajadas pelos nazistas nos anos 1930 – e a oferta tenha diminuído nessa década. Na Espanha fascista, contudo, a mesma década conheceu uma grande expansão de *pulps* de FC; por exemplo, *Los Vampiros del Aire* [Os Vampiros Aéreos], de José Canellas Casals e Francisco Darnis, saiu em 45 edições entre 1933 e 1934: os vampiros, apesar do nome, não são sobrenaturais, mas um grupo privado de justiceiros que usam a tecnologia para capacitá-los a voar e a se precipitarem sobre os criminosos. Anteciparam Batman durante a maior parte de uma década. As séries de revistas chamadas *Aventuras*, embora ambientadas no Oeste

Selvagem norte-americano, continham uma alta proporção de histórias de FC e foram populares do início ao fim das décadas de 1930 e 1940.

Na Rússia pós-revolucionária, houve uma explosão de ficção científica popular, vista pelas autoridades até os anos 1930 como um veículo legítimo para histórias que expressavam a superioridade dos ideais comunistas sobre os capitalistas. Revistas como *Всемирная Следопыт* [Guardião de Todo o Globo] e *Мирприключений* [Mundo de Aventura], que com frequência traziam FC, desfrutavam de uma enorme quantidade de leitores, em parte porque a Rússia era (e é) uma nação muito populosa e que ama os livros. Escritores como Aleksandr Belyaev eram os intermediários do estilo de Wells e Verne para o idioma russo. A primeira história de Belyaev, *Голова Профессора Доуэля* [A Cabeça do Professor Douellia] (1925), imagina com nitidez a paralisação da cabeça do professor do título, cortada mas mantida viva por uma tecnologia de transplante de órgãos. *Звезда КЭТ* [A Estrela KET] (1940) toma as iniciais de seu título do pioneiro da viagem espacial Konstantin Eduardovich Tsiolkovsky. A novela celebra e dramatiza as ideias de Tsiolkovsky sobre foguetes a reação. Belyaev é ainda editado na Rússia, sendo considerado como um autor clássico.

Textos Visuais

Quase tão importante quanto as histórias era o aspecto visual da revista *pulp*; na verdade, podemos ir mais longe e identificar o componente visual da FC *pulp* como, sob muitos aspectos, mais importante que o componente prosa. As revistas colocavam nas capas uma gravura atraente, brilhante, multicolorida, para chamar a atenção dos potenciais compradores; e as histórias em seu interior eram ilustradas em preto e branco. Embora houvesse variação na qualidade dos artistas empregados, em particular quando julgados por critérios representacionais (alguns, por exemplo, sabiam desenhar pessoas com aparência mais realista que outros), é um erro julgar as dezenas de artistas da FC do período com base em tais critérios. A realização da arte da FC *pulp* não era representacional: consistia na criação de um modo bastante original de representação visual, bastante variado e, no entanto, logo reconhecível, que ainda hoje corresponde à FC.

Apesar da enorme variedade de imagens publicadas entre 1920 e 1950, a maioria das pessoas faz uma ideia do que é uma capa típica de revista *pulp*. O tema envolveria com certeza homens heroicos, mulheres atraentes seminuas e alienígenas monstruosos ou robôs retratados em plena ação. Por vezes, a capa detalharia uma tecnologia futurista monumental. O estilo, embora em geral aspirando à representação "realista", não era realista como uma foto, mas sim repleto de energia e vigor. A apresentação mais comum utilizava cores primárias brilhantes impressas com tintas baratas de alcatrão de carvão. Em termos de composição, a maioria das capas *pulp* trabalhava com um pronunciado arranjo horizontal e vertical, em geral utilizando pelo menos uma diagonal forte e às vezes duas diagonais cruzadas para dar vigor à imagem, assim como (com frequência) uma curva proeminente. As letras, em especial o título da revista, mas também outros detalhes verbais (das histórias e de autores) contribuíam para o efeito com fontes de um colorido brilhante, muito decorativas, entrecruzando-se às vezes com o desenho – de modo que um foguete poderia disparar *na frente* do título da revista – como se as palavras fizessem mesmo parte do campo visual.

Quatro artistas em particular estão associados a esse estilo característico das capas de revistas de FC. O mais famoso é Frank R. Paul, nascido na Áustria, mas cidadão norte-americano na época em que Gernsback o empregou para fazer a capa e as ilustrações internas da primeira *Amazing Stories*, em 1926. Ele continuou ilustrando várias outras revistas, com ênfase em maquinaria e arquitetura gigantes, mais que em seres humanos. O pintor norte-americano Howard V. Brown esteve particularmente associado à *Astounding Science Fiction*, mas também trabalhou para *Thrilling Wonder Stories* e *Startling Stories*. Especializou-se em pinturas de vida alienígena estranha, deixando-a mais impressionante ao trabalhar com uma paleta de cores mais restrita que muitos de seus colegas. Também norte-americano, Leo Morey trabalhou em especial para *Amazing Stories* de 1930 até os anos 1940, criando imagens mais coloridas, com um uso mais imaginativo da composição. A quarta figura foi Hans W. Wesso. Nascido na Alemanha como Hans Wessolowski, emigrou para a América em 1914 e trabalhou em uma variedade de revistas. Embora menos popular que Paul, alguns críticos preferem sua obra, mais sofisticada em termos artísticos; Jon Gustafson e Peter Nicholls, por exemplo, elogiam suas composições "mais francas", menos tumultuadas, que "parecem mais preocupadas com a concepção global de cada elemento [...] criando uma beleza quase abstrata com os ícones convencionais da Aventura Espacial" (Clute e Nicholls, pp. 1316-317) (Figura 10.3).

A conexão com a arte abstrata é interessante. É difícil negar que há uma qualidade abstrata em boa parte dessas obras, mesmo que pretendessem ser representacionais – em especial, embora seja um paradoxo, mais nas capas desse período do que nas capas de revistas a partir dos anos 1960, quando verdadeiras imagens abstratas eram às vezes usadas. O efeito global está mesmo em sintonia com as principais correntes de arte norte-americana de fins dos anos 1920 e da década de 1930. A melhor arte em capas de FC combina as virtudes dos dois artistas, que Robert Hughes chama os "excelentes pintor(es) norte-americanos dos anos 1930", o cuidadoso, bruto realismo arquitetônico de Edward Hopper e a energia brilhante, quase jornalística, de Stuart Davis. Hughes descreve a arte do último como "extrovertida, eloquente, espirituosa e otimista, com forte inclinação para o estilo do jornalismo com imagens" (Hughes, p. 430); ele poderia estar falando sobre a arte de FC do período.

Figura 10.3 Arte de Hans W. Wesso para a capa de *Amazing Stories*, agosto de 1930.

Além de *pulps*, a década de 1930 assistiu ao surgimento dos quadrinhos de FC, trabalhos em que o componente visual era ainda mais importante. Os jornais não raro lançavam quadrinhos curtos todo dia, em preto e branco, como os dos heróis espaciais Buck Rogers (vendido para jornais diários desde 1929) e Flash Gordon (vendido para edições dominicais e publicação diária desde 1934); mas esses quadrinhos, embora populares, eram limitados. Dick Calkins, o principal artista das tiras de Buck Rogers, produzia desenhos em preto e branco um tanto artificiais, que hoje parecem toscos, embora a arte de Alex Raymond para as tiras de Flash Gordon fosse mais vital, mais agressiva e mais bem desenhada. Revistas especializadas (revistas de histórias em quadrinhos), no entanto, logo apareceram. A empresa Detective Comics Inc. (como o nome sugere, especializou-se em histórias *pulp* policiais, sendo mais conhecida hoje como editora, sob as iniciais DC Comics) publicou *action comics*, ou quadrinhos de ação, em 1938, nos quais a FC entrava em maior quantidade. Foi esse o veículo da primeira história em quadrinhos do *Superman*, do escritor Jerry Siegel e do artista Joe Shuster. O humanoide alienígena com força sobre-humana e inclinação para socorrer humanos em perigo tornou-se tão popular que, em 1939, ganhou a própria revista: *Superman Comics*. Ainda mais que John Carter, Superman é o *Übermensch* como herói da ação, já que transforma a vontade em poder bruto. A proeza de desafiar a gravidade, a princípio apresentada sob a forma de saltos gigantescos, desenvolveu-se depois em aptidão para um genuíno voo nas alturas, tão só pela força de sua vontade. Mais importante ainda, fez isso em um veículo novo, visual; os leitores podiam "ver" os feitos sendo executados diante de seus olhos, em vez de meramente fantasiar sobre eles com base em descrições em prosa. Além disso, o Superman era uma resposta consciente ao *Übermensch* associado ao fascismo; como criação de dois jovens judeus norte-americanos, era o oposto do super-homem ariano e, como filho do etos do New Deal de Roosevelt, usava seus poderes para defender os oprimidos, a princípio, inclusive, contra as autoridades corruptas. Seguiram-se imitadores, entre eles o Capitão Marvel, que apareceu pela primeira vez em *Whiz Comics* em 1940, e uma série de outros super-heróis, seres cujos poderes sobrenaturais os convertiam no equivalente pictórico contemporâneo de antigos deuses e heróis mitológicos, não raro com uma racionalização desses poderes pela FC, tornando-os mais verossímeis para o público do século XX (ver também o próximo capítulo). Na Europa, os quadrinhos norte-americanos foram com frequência publicados em traduções, embora também tenham sido publicados vários quadrinhos de produção doméstica. *L'Avventuroso*, na Itália, publicou o bangue-bangue espacial *Saturno contra la Terra*, em que saturnianos ameaçam destruir a Terra, de 1937-1943. A revista francesa *Junior* apresentou *Futuropolis*

(1937-1938) em série, com elegantes ilustrações de René Pellarin e seu enredo sobre a última cidade da Terra. Uma continuação, *Electropolis*, apareceu em 1940. A tradição de Robida torna-se aqui mais complexa, mais comprometida e, portanto, mais satisfatória em termos estéticos. Na Inglaterra, Garth, o herói musculoso que protagonizava aventuras de ação, começou a aparecer no *Daily Mirror* a partir de 1943. Embora esses textos instituíssem o super-herói como tópico dominante dos quadrinhos de FC, foi só no final do século que revistas e livros com histórias em quadrinhos atingiram o nível de arte importante. Mas seu surgimento nas décadas de 1930 e 1940 abre caminho para a tendência cada vez mais visual do gênero.

A importância das revistas *pulp*, em outras palavras, foi dupla: primeiro, fizeram o público leitor de FC aumentar, em particular nos Estados Unidos (enquanto ao mesmo tempo segregavam os aficionados de FC em uma clausura criada por eles próprios); em segundo lugar, e talvez até de modo mais significativo, criaram pela primeira vez um estilo visual *específico* de FC e fizeram seu papel na transição cultural mais ampla da FC de uma forma de arte verbal a visual, algo que se tornaria cada vez mais comum à medida que o século avançasse.

Ficção Científica Cinematográfica: a Era dos Filmes Mudos

Olhando em retrospecto, parece claro que a manifestação mais importante de FC visual é a do cinema; mas isso não era evidente à luz dos primeiros desdobramentos do gênero. Os primeiros filmes de FC foram excentricidades; curtas representações de bizarrices pantomímicas concebidas como diversão. Um dos primeiros é *Le Voyage dans la lune* (1902), dirigido pelo pioneiro francês Georges Méliès. Exploradores lunares alcançam a Lua em uma espaçonave verneana lançada por um canhão e descobrem alienígenas insectoides wellsianos antes de voltar à Terra (Méliès reconheceu a influência tanto de *Da Terra à Lua*, de Verne, quanto de *Os Primeiros Homens na Lua*, de Wells). Há uma excentricidade um tanto forçada no filme, efeito colateral do passado de Méliès como ilusionista e prestidigitador: coristas com bermudas de babados carregam a espaçonave para o canhão; guarda-chuvas, plantados na superfície lunar, crescem e dão flores. Mas há traços compensatórios na imaginação visual. Em particular, a aterrissagem na Lua é mostrada a princípio – em uma imagem brilhantemente icônica – como um projétil que acerta o olho da face humana rechonchuda, repleta de crateras, da Lua (Figura 10.4).

Essa imagem, ainda corrente (isto é, passível de ser reconhecida por muitos até hoje) é para lá de eloquente: parece condensar uma série de pressupostos sobre a exploração da natureza pelo homem, e sobre a alteridade como uma compreensível singularidade, de maneira espirituosa e compacta. Há outro significado na imagem de Méliès. Ela simboliza de que modo o cinema de FC iria provocar seu maior impacto estético – como linguagem de impressionantes e belas imagens, antes que como um instrumento de (digamos) caráter narrativo, ou mesmo, em particular, de espetáculo. Os momentos fundamentais na FC do último meio século são, em essência, momentos poéticos: a ressonância e o mistério, assim como a beleza de uma imagem poética, é o que tornam brilhante (como era de esperar) o hominídeo atirando ao céu o osso que vai se transformar em espaçonave em *2001: Uma Odisseia no Espaço*; o céu repleto de estrelas do parágrafo final de *O Cair da Noite (Nightfall)*, de Isaac Asimov; as desconcertantes crianças "alienígenas" no filme *A Aldeia dos Amaldiçoados*, baseado no livro de John Wyndham, ou Carrie-Anne Moss congelada em um golpe de kung-fu em pleno ar, enquanto a câmera passeia com velocidade ao seu redor em *Matrix*, ou ainda os sinistros silêncios dos primeiros dois livros de *The Years of Rice and Salt* [Os Anos a Arroz e Sal], de Kim Stanley Robinson. Há centenas de exemplos de FC da melhor qualidade, e todos funcionam com exatidão como o fazem as imagens poéticas. Algumas das imagens mais ressonantes e belas, no entanto, vêm do cinema de FC.

Figura 10.4 Fotograma de *Le Voyage dans la Lune* (1902), de Méliès.

378

É verdade, por certo, que as narrativas nos primórdios do cinema eram rudimentares; a ênfase estava antes no espetáculo, em proporcionar ao público impressionantes novidades visuais. No curta norte-americano *The ? Motorist* (1905), um casal em um carro desliza da Terra para o espaço e (entre outras coisas) gira em volta de Saturno utilizando os anéis como uma estrada circular. Na segunda década do século XX, porém, as plateias tornaram-se mais exigentes. Na busca por histórias envolventes, os cineastas de FC voltaram-se para os clássicos em prosa do gênero como fonte para narrativas cinematográficas mais ambiciosas. Muitas versões de *O Médico e o Monstro* (*Strange Case of Dr Jekyll and Mr Hyde*) (1886), de Stevenson, foram criadas: uma em 1908, duas em 1910, uma em 1912, três em 1913, quatro em 1920. Uma versão cinetoscópica de *Frankenstein* (J. Searle Dawley, 1910) perdeu-se quase por completo, embora sobrevivam fotografias de cena e uma breve sequência do ator norte-americano Charles Ogle no papel do Monstro, com cabelos revoltos e a face pálida. Seguiram-se filmes mais ambiciosos e muito mais longos. *Homunculus* (1916), série do cinema alemão, do diretor Otto Rippert, estendeu-se por seis episódios e mais de seis horas. A história diz respeito a um cientista que cria um *künstliche Mensch* – um homem artificial – fisicamente perfeito (interpretado pelo belo ator dinamarquês Olaf Fønss), que descobre não poder amar e então se volta para o mal. Do mesmo ano veio a adaptação norte-americana do livro de Verne, *Vinte Mil Léguas Submarinas* (Stuart Paton, 1916); a narrativa do filme de duas horas é incompleta, mas a fotografia submarina (captada de uma "fotosfera" de aço, especialmente desenhada, suspensa sob uma barcaça) é de fato impressionante.

Depois da Primeira Guerra Mundial, a narrativa cinematográfica tendeu a se encaixar em estruturas mais convencionais, mas os efeitos especiais e a estética visual de novidade e espetáculo que criou desenvolveram-se com rapidez. Em *Paris qui dort* [Paris Adormecida] (1923), do diretor francês René Clair, um cientista inventa um raio invisível que detém toda a ação humana. Ele o lança em Paris. Os únicos parisienses que escapam de seus efeitos são os que estão no ar (no topo da Torre Eiffel ou em aeroplanos), estes retornando ao solo para perambular pela cidade paralisada. A trama é menos importante que as cenas impressionantes de personagens em movimento caminhando pelas paisagens imóveis da vida parisiense. Na verdade, uma das coisas que torna esse filme tão interessante é a consciência tácita que ele tem de seu veículo, o modo como subverte a premissa de seu próprio modelo recém-forjado nas palavras de Garrett Stewart, ele representa "a *de*cinematização virtual da ação contínua do mundo" (Stewart, p. 166). A ficção científica, que tratava com tanta frequência de novas tecnologias, era agora, ela mesma, incorporada a uma nova tecnologia: o cinema – circunstância que encorajou um transgênico metatextual. A nova mídia visual (TV, computadores) forneceu injeções similares de energia criativa mais no final do século.

АэлиТьа (*Aelita, a Rainha de Marte*) (Yakov A. Protazanov, 1924) surgiu da Rússia recém-comunista. Mais uma vez, a trama um tanto desarticulada é menos significativa que a eloquência do projeto, da realização e do formato global do filme. Um rapaz russo chamado Los viaja para Marte em um foguete. Há um flerte com uma bela humanoide marciana, a rainha Aelita – que, de modo conveniente, já se apaixonara por Los ao observá-lo de um telescópio –, e uma tentativa de provocar um levante popular – a casta dominante conserva os trabalhadores em *freezers* quando não estão trabalhando. No final, em um anticlímax, toda a viagem marciana revela-se um sonho. Os cenários angulares, estilizados, os trajes bizarros e curiosos (ambas as coisas exerceram influência direta sobre a série de filmes *Flash Gordon*), e o modo vigoroso como o filme corta e reúne múltiplos planos para criar um senso panorâmico de um mundo maior (em particular na primeira terça parte do filme, ambientada na Terra), são todos ainda memoráveis e eficazes. Segundo Denise Youngblood, *Aelita* foi "um dos filmes mais populares exportados para a Alemanha" na década de 1920 (Youngblood, p. 60). É provável que tenha influenciado *Metropolis* (Fritz Lang, 1926), mas, se assim foi, essa segunda obra o eclipsou. *Metropolis* é com certeza o filme mais icônico de FC do período anterior à guerra. É ambientado na cidade futurista do título, dividida na vertical entre os trabalhadores (que labutam em fábricas subterrâneas) e a classe dominante (que vive no topo dos gigantescos arranha-céus e se exercita em ensolarados campos olímpicos).

Freder Fredersen, filho do principal aristocrata da cidade, apaixona-se por Maria, uma santa mulher que presta auxílio aos trabalhadores oprimidos. Por motivos que não são claros a princípio, o velho Fredersen faz o excêntrico cientista Rotwang criar uma duplicata robótica de Maria, cuja dança erótica incita entre os homens um tumulto pela sua posse, logo provocando uma insurreição em toda a cidade. Os trabalhadores abandonam suas máquinas, o que faz se precipitar uma inundação que ameaça as viúvas e famílias dos trabalhadores. A Maria de carne e osso evita a catástrofe, e o filme termina com as relações industriais sendo colocadas em um âmbito mais racional, embora, é evidente, ainda de forma desigual.

Não é a história rudimentar e ideologicamente ingênua que faz dele um grande filme. É verdade que *Metropolis* foi editado com severidade para distribuição nos Estados Unidos, e a versão mutilada sem dúvida faz menos sentido narrativo que a versão mais longa, que havia estreado em Berlim. Ainda assim, a versão mais longa – e transformada em novela pela esposa de Lang, Thea von Harbou – é mal articulada e fatalmente esquemática.[4] Os governantes representam "a cabeça" e os trabalhadores, "a mão", e com uma banalidade de tirar o fôlego as cenas finais tentam nos convencer de que a moral do filme é que "cabeça e mão têm de trabalhar juntas, e não lutar uma contra a outra". Se Lang tivesse de fato conseguido dramatizar um clichê tão tolo, sem dúvida o filme teria sido merecidamente esquecido. Mas algo interessante entra em cena. *Metropolis* em si é um espaço urbano futurista, embora Rotwang more em uma antiga mansão gótica e lute com Fredersen no telhado de uma catedral medieval. O filme não apresenta justificativa para esses estilos visuais conflitantes; na verdade, é possível argumentar que a justaposição perturbadora seja parte da proposta do filme. A justaposição fundamental do filme é o humano e a máquina.

Isso parece se aplicar tanto à encenação quanto aos efeitos especiais. É como se Lang, como diretor, ainda não tivesse a essa altura compreendido que o cinema requer um estilo diferente, menos enfático de atuação que o teatro; em função disso, todas as performances em *Metropolis* são excessivas ao ponto do delírio, melodramáticas beirando a comicidade, com distorcidas e exageradas expressões faciais bem como movimentos corporais impetuosos, fazendo lembrar o gestual e as expressões de atores de uma ópera. É verdade que os filmes mudos não raro apresentavam uma atuação bastante enfática; mas a atuação em *Metropolis* é hiperbólica, mesmo levando em conta os padrões do cinema mudo. Isso, é claro, é apenas dizer que os agentes humanos no filme atuam como máquinas. É por essa razão que o desempenho mais eficiente em *Metropolis* não é de um ser humano e sim de um manequim: as belas cenografias *art déco* do robô Maria antes de ela ser transformada no simulacro de Maria. Parada em sua plataforma enquanto arcos de luz brilhante passeiam em seu corpo para cima e para baixo, a própria tranquilidade do robô contribui para uma poderosa presença na tela. Michael Benson pensa que "ela tem o semblante assombroso de uma máscara mortuária micênica" e que "destila sensualidade" (Benson, p. 23). O fato de conseguir fazer isso é, em si mesmo, algo notável. É essa a essência erótica da estética *pulp*; uma narrativa que medeia seu sentimento, incluindo a sexualidade, por meio de uma complexa estética tecnológica. Assim como a Lua com um foguete no olho de *Le Voyage dans la Lune*, de Méliès, as linhas graciosas, insolitamente sedutoras do robô Maria criaram um ícone visual que resiste até os dias de hoje.

O filme seguinte de Lang, *Die Frau im Mond* [A Mulher na Lua] (1929), tem seus defensores, em particular para as primeiras seções, em que um foguete é montado e lançado para a Lua (parece que os nazistas mais tarde suprimiram o filme e destruíram os modelos de seus efeitos especiais, com medo de que isso revelasse os segredos do programa V2). A tripulação com destino à Lua espera encontrar ouro lunar; há um passageiro clandestino e várias aventuras. Mas não há nada no filme que rivalize com o impacto icônico dos panoramas da cidade em *Metropolis* ou com a originalidade do robô Maria. Foi com esses momentos visuais, embora fossem não raro apenas minúsculas porções de narrativas visuais muito mais longas, que o cinema deu sua maior contribuição para a arte em desenvolvimento da FC.

Ficção Científica Cinematográfica dos Anos 1930

O som alterou o modo como o cinema funcionava em mais do que apenas o sentido óbvio do caráter auditivo sendo acrescentado ao visual. Filmes mudos poderiam ser feitos e exibidos em qualquer país, com as legendas passando de uma língua para outra conforme necessário. O cinema sonoro, embora possa ser dublado ou provido de legendas, é muito menos portátil. Traz, em grau muito maior, a marca do país e da cultura que o produziu. Uma consequência para o cinema de FC foi que, dos anos 1930 em diante, os filmes mais importantes de ficção científica foram produzidos em países de língua inglesa. O bom cinema de FC também era feito, é claro, em outras línguas, mas, em um século XX dominado pelo inglês, com frequência não conseguia atingir a penetração cultural do cinema anglófono.

O primeiro filme a ser lançado com uma trilha sonora pré-gravada foi o romance histórico *Don Juan* (Alan Crossland, 1926). A trilha sonora desse filme era apenas um acompanhamento musical de orquestra, mas *The Jazz Singer* [O Cantor de Jazz] (Alan Crossland, 1927) acrescentava um diálogo suplementar gravado. Como resultado do imenso sucesso deste último, no início dos anos 1930, todos os estúdios de Hollywood já tinham convertido a produção, com o acréscimo do som.

O primeiro filme sonoro significativo de FC foi um dispendioso fracasso: a comédia musical ambientada em 1980, *Fantasias de 1980* (*Just Imagine*) (David Butler, 1930). A Nova York futura foi criada com algumas maquetes e cenários muito bem construídos. Lembra uma Metrópolis melhor, mais límpida (faltam-lhe os níveis distópicos mais baixos). O filme também inclui uma viagem a Marte. Críticas e bilheteria precárias fizeram o filme afundar e, na época, alguns acharam que o cinema sonoro de FC seria um natimorto. Mas uma série de adaptações, excelentes e populares, de livros clássicos de FC foi criada nos anos seguintes, filmes ainda hoje exibidos.

Entre eles estão *Frankenstein* (James Whale, 1931), um perdurável clássico cinematográfico que sintetiza o brilho com que a nova mídia podia se apropriar do vigor melodramático e da eloquência sentimental do *pulp*. O monstro de Whale não é criado como *tabula rasa*, como é o caso na novela de Shelley (uma montagem revela que lhe foi dado o cérebro de um criminoso executado), mas a mistura de terror e *páthos* em sua representação é inesquecível. Grande parte do mérito por isso tem de ser creditado ao ator Boris Karloff. Nascido como William Henry Pratt, em Dulwich, na Inglaterra, Karloff adotou seu sonoro nome artístico russo apenas para se mostrar mais interessante aos agentes de Hollywood. Seu desempenho em *Frankenstein* mostra notável sutileza e eficiência, mesmo sob uma pesada maquiagem (cuja aplicação deixou o ator com cicatrizes). O desdobramento relativamente novo da gramática do filme levado a cabo por Whale foi também impressionante. O sombrio monstro de cabeça retangular de Whale tornou-se a imagem visual primordial da criação de Shelley.

A Ilha das Almas Selvagens (*The Island of Lost Souls*) (Erle C. Kenton, 1932), uma versão de *A Ilha do Dr. Moreau*, de Wells, também é fruto da qualidade do talento de seu protagonista, Charles Laughton, que encarnou Moreau com um sadismo sinistro, talvez um tanto cansativo. Wells não gostou do filme, porque achou que era infiel à sua concepção de Moreau como um idealista, mas apesar disso trata-se de um filme de terror muito vigoroso, que compreende como é muito mais eficiente *sugerir* a sordidez do que mostrá-la. *O Médico e o Monstro* (*Dr Jekyll and Mr Hyde*) (Rouben Mamoulian, 1932) continua sendo para muitos a melhor versão desse título tão recriado. O ator Fredric March conquistou um Oscar por seu convulsivo e expressivo retrato dos personagens *doppelgänger* mencionados no título, mas é a hábil manipulação que Mamoulian faz do conjunto de efeitos cinematográficos que deixa a impressão mais forte no espectador, do uso da montagem na primeira transformação de Jekyll em Hyde a planos subjetivos e movimentos de câmera. Whale retornou, após o enorme sucesso de *Frankenstein*, à direção de *O Homem Invisível* (1933), baseado na novela de Wells. O retrato feito por Claude Rains do personagem do título limita-se (exceto por um breve plano no final) à sua voz, mas o personagem mantém do início ao fim uma impressionante presença visual com seu rosto repleto de ataduras e os olhos ocultos por óculos escuros. Transmite a macabra megalomania do cientista invisível Griffin com elegante crueldade e uma arrepiante lógica fascista (diz ele ao relutante assistente Kemp: "começaremos com alguns assassinatos: pequenos homens; grandes homens. Só para mostrar que não fazemos distinção", e faz um discurso inflamado, ao estilo Hitler, sobre a nova ordem que vai impor, com pessoas tremendo de horror sob seu poderio invisível).

Por mais duradouros que esses quatro filmes tenham se mostrado, o mais notável filme de FC da década não foi uma adaptação de um livro preexistente. *King Kong* (Merian C. Cooper, Ernest B. Schoedsack, 1933) continua sendo o mais famoso "filme de monstro". Kong é uma criatura colossal, uma espécie de gorila gigante, que vive em uma ilha remota. A equipe de um filme norte-americano que foi até a ilha para filmar um documentário de aventuras descobre Kong, e Kong descobre a bela, mesmo que (para ele) diminuta, Ann Darrow (Fay Wray), que faz parte da equipe. A besta se apaixona pela mulher e a leva consigo. Mas os norte-americanos entorpecem Kong e o embarcam, em cativeiro, rumo a Nova York, para exibi-lo como "A Oitava Maravilha do Mundo". Kong escapa, pega Darrow em seu quarto de hotel e sobe no topo do mais alto arranha-céu da cidade, antes de ser metralhado por aviões de combate e morrer. Trata-se, em certo sentido, do episódio liliputiano de *As Viagens de Gulliver* imaginado do ponto de vista dos liliputianos.

Esse filme estabeleceu uma série de poderosos ícones visuais que permearam a cultura do século XX: a ilha selvagem, na qual nativos aterrorizados construíram uma enorme muralha para impedir a entrada de Kong (dada a facilidade com que o gorila escala o muito mais alto Empire State Building, não fica claro como essa muralha poderia funcionar); Fay Wray na palma da gigantesca pata de Kong; Kong acorrentado, em exibição em Nova York, assustado com os flashes das câmeras dos fotógrafos e, enfurecido, rompendo suas correntes; Kong no topo do Empire State Building enquanto biplanos roncam ao seu redor. É um filme com uma narrativa cadenciada com habilidade, com um drama poderoso e vigorosa premissa; mas ainda assim é difícil afastar a sensação de que foram essas imagens (criadas pelo que na época havia de melhor em Hollywood em termos de efeitos especiais), em vez de qualquer outra coisa, que imiscuíram o filme na consciência popular. É da natureza das melhores imagens visuais resistirem a uma definição demasiado precisa de sua eficiência, e é o caso neste filme, embora os críticos tenham sido férteis em suas variadas interpretações.

Com certeza, o que todos esses filmes têm em comum – exceto, é claro, sua enorme e duradoura popularidade – é a configuração da FC em torno de uma monstruosa ameaça. Sendo mais específico: cada um pode ser lido, de modo geral, como uma fábula que prega contra a interferência da humanidade na "Natureza". Dessa maneira, a influência deles levou a FC a um polo da dialética que a define. A "Natureza" nessas obras não está baseada em uma relação objetiva "Eu-Isto" propriamente científica, mas em uma relação pseudorreligiosa "Eu-Tu". É ao procurar definir uma FC especificamente *pulp* que Scott McCracken apresenta a sugestão de que "nas raízes de toda a ficção científica se encontra a fantasia do contato alienígena. O encontro do eu com o outro é talvez o mais temível, mais emocionante e mais erótico de todos os encontros" (McCracken, p. 102). É difícil negar que os diversos Outros monstruosos desses filmes servem de mediadores para o medo, a emoção e o erotismo; e uma leitura alotrópica do gênero pode proporcionar contextos sociais e culturais convincentes para textos de FC. O que pretendo dizer é que, durante a década de 1930, uma série de detestáveis ideólogos políticos desfrutaram de amplo poder devido, em parte, à uma satanização sistemática do Outro como algo monstruoso que o corpo político saudável precisava erradicar. O exemplo mais famoso disso ocorreu na Alemanha nazista, onde não apenas judeus, mas eslavos, homossexuais, ciganos, negros e vários outros foram identificados como alienígenas patológicos e encaminhados para a destruição; mas, em graus variados de extremismo, versões dessa ideologia dolorosa e eficaz tornaram-se evidentes por todo o globo. A América era talvez mais inclusiva que outras nações, mas, fundada como foi por puritanos (para quem a separação da humanidade em ovelhas e bodes expiatórios era um tópico de verdade religiosa), houve durante a maior parte do século um preconceito bastante enraizado (e particular) contra pessoas de ascendência africana, como também contra americanos nativos e vários outros grupos étnicos. Os negros americanos, em especial, arcaram com o peso opressivo da simbolização branca, segundo a qual eles são feitos para "representar" uma série de características humanas negativas, em particular sexualidade bestial, violência e inferioridade. É por exemplo impossível (eu argumentaria) interpretar *O Médico e o Monstro*, de 1932, fora de um contexto racial – a caracterização do monstro de Fredric March tem nítida aparência negroide – como um tácito libelo sobre a masculinidade negra, um filme que explora as angústias dos brancos a respeito de raça e, de modo mais específico, a respeito da proximidade e do perigo da América Negra. Alguns críticos interpretam *King Kong* em termos similares.

Mas o que não é tão observado pelos críticos é a ambiguidade crucial desses monstros. Em todos os filmes, mas em particular nos mais duradouros (*Frankenstein* e *King Kong*), o monstro é, ao mesmo tempo, aterrorizante *e* simpático, evocando um complexo de medo e *páthos*. Quando King Kong é morto, o clima está muito longe de ser triunfalista.

Seriados dos Anos 1930

É, sobretudo, como idioma popular que a FC prosperou no cinema nos anos 1930; em particular, na forma de seriados cinematográficos que eram exibidos a cada semana. A apropriação desse formato pela televisão conservou, mais tarde, os primeiros seriados cinematográficos em circulação mesmo durante as décadas de 1960 e 1970.

Houve, é claro, tentativas deliberadas de se realizarem filmes mais "sérios" ou "intelectualizados", mas eles se mostraram muito menos bem-sucedidos: *Daqui a 100 Anos (Things to Come)* (William Cameron Menzies, 1936) foi uma versão com alto orçamento de *Shape of Things to Come*, de H. G.

Wells, que fracassou em bilheteria. Os acadêmicos têm sido generosos com esse filme opressivo, "artrítico" e pouco convincente ("um dos filmes mais importantes na história da FC" [Clute e Nicholls, p. 1219]), e é difícil entender por quê. Ele lança mão de um texto em prosa complexo, com tendência a sermão, e o reduz a um drama simplista em três atos, ainda com tendência a sermão, do declínio de um futuro próximo (primeiro ato), da anarquia de um futuro intermediário (segundo) e (por fim) do resgate neofascista, por parte da elite, de cientistas que voam em um aeroplano. Os realizadores possuíam um senso tão superficial de tensão ou trajetória dramáticas, que tentativas de gerar emoção são injetadas de modo artificial, em momentos inapropriados (como um tumulto momentâneo, perto do final do filme, quando um foguete é lançado para as estrelas), o que acrescenta chiliques canhestros a um filme que, de outro modo, seria fúnebre. J. P. Telotte, analisando o filme de forma mais inteligente que a encontrada no trabalho de muitos críticos, sugere não obstante que *Daqui a 100 Anos* é "um dos filmes mais impressionantes de sua época em termos visuais" (Telotte, p. 151), e isso é verdade, embora, como o próprio Telotte observe, os efeitos especiais, em particular perto do fim, sejam "monumentais" de uma maneira fria e um tanto distante. Relacionei antes um apanhado de momentos visuais icônicos de *King Kong*, momentos que seriam hoje reconhecidos pela maioria das pessoas; não há tais momentos em *Daqui a 100 Anos*.

O primeiro e mais bem-sucedido seriado de história espacial foi *Flash Gordon* (13 episódios; Frederick Stephani, 1936), versão cinematográfica das aventuras do popular herói das histórias em quadrinhos. O heroico terráqueo Flash (Larry "Buster" Crabbe) e sua namorada Dale Arden (Jean Rogers) voam na espaçonave de um amigo, dr. Zarkov (Frank Shannon), para o planeta Mongo a fim de impedir que ele colida com a Terra. Lá entram em batalha com o perverso imperador Ming (interpretado, com uma petulância repleta de pantomimas, por Charles Middleton) e vários homens-falcões, homens-leões, homens-tubarões, gorilas com chifres e coisas do gênero. Onde os efeitos especiais de *Daqui a 100 Anos* eram produzidos à perfeição, sendo monumentais e sem vida, os de *Flash Gordon* são espantosamente primitivos: as espaçonaves estão penduradas em arames visíveis, o escapamento do foguete sobe em baforadas que lembram fumaça de cachimbo, e fica evidente que os alienígenas são os atores com novos figurinos (muitos dos quais tirados de *Fantasias de 1980*). Contudo, a própria crueza da cinematografia é emblemática do entusiasmo e da energia redentores do todo. Não se trata, é claro, de um texto neutro no âmbito ideológico; a representação de Ming, em particular, leva a noções essencialistas de "tirania oriental e decadência", noções que são racistas e que se intensificaram em 1940, quando os Estados Unidos entraram em guerra com o Japão (embora possa ser acrescentado que, enquanto os mongonianos nas histórias em quadrinhos eram desenhados com traços raciais do Extremo Oriente, a versão para o cinema os estiliza com traços raciais caucasianos; após o sucesso do seriado, isso também foi adotado pelos quadrinhos).

O seriado teve tanto êxito que foram produzidas várias continuações, entre elas, *Flash Gordon no Planeta Marte* (*Flash Gordon's Trip to Mars*) (15 episódios, Ford Beebe e Robert F. Hill, 1939) e *Flash Gordon Conquista o Universo* (*Flash Gordon Conquers the Universe*) (12 episódios; Ford Beebe e Ray Taylor, 1940). Outros seriados logo entraram em produção, a evidenciar o interplanetário *Buck Rogers* (12 episódios; Ford Beebe e Saul A. Goodkind, 1939). *Império Submarino* (*Undersea Kingdom*) (12 episódios; B. Reeves Eason, 1936), estrelado por "Crash" (homófono de *Flash*) Corrigan, transferiu o enredo de *Flash Gordon* para baixo d'água, com a Atlântida – liderada por um correlato do temível Imperador Ming, chamado Unga Khan (Monte Azul), ameaçando a Terra em vez de Mongo.

Como era de esperar, os seriados populares de FC dos anos 1930 também eram com frequência tolos e propensos a um tipo de estrutura e forma narrativas hesitantes e inorgânicas, mas não tinham pretensões a nada mais que um vigor narrativo e, em função disso, foram muito mais bem-sucedidos. *Daqui a 100 Anos* tinha a pretensão de abordar o futuro, mas seu caráter relativamente estático foi incompatível com uma era em que o movimento da humanidade rumo ao futuro ganhava nítida velocidade (algo que, na época, muitos dos que comentavam a respeito notaram). O impetuoso avanço dos seriados de FC captou, por outro lado, de forma precisa, a corrida frenética da época para o desconhecido.

A Guerra dos Mundos (1938), de Welles

Uma adaptação para o rádio de *A Guerra dos Mundos* feita pelo novato Orson Welles, que foi transmitida nos Estados Unidos em 1938, coloca-se como um fecho adequado para o capítulo – é emblemática do grau em que a FC alcançava penetração na sociedade, e tão significativa que muita gente, pelo menos nos Estados Unidos, começava a acreditar que os temas de FC eram reais, não fantásticos. Como se tornou célebre, a peça radiofônica de Welles, que representava a novela na forma de noticiário sobre uma invasão em curso, causou pânico em massa quando muita gente (talvez mais de um milhão de pessoas) acreditou que eram notícias reais sobre uma invasão alienígena real. Quando ouvimos hoje essa confusa dramatização, achamos difícil acreditar que tenha conseguido enganar as pessoas; ela contém muitos indícios circunstanciais de ser uma ficção, e não uma reportagem, por exemplo, alertas que eram ficcionais, uma escala de tempo não realista que transformava dias em horas e frequentes intervalos para comerciais. Mas o pânico que provocou tornou-se um tópico de mitologia popular e foi ele próprio tema de livros e filmes, como *The Night that Panicked America* [A Noite em que a América Entrou em Pânico] (Joseph Sargent, 1975). Isso expressa a verdade de que a FC, seus ícones e pressupostos eram então parte do cabedal mental da maioria dos norte-americanos – e da maioria dos europeus também. Bons motivos explicam por que as décadas que se seguiram, de 1940 e 1950, ficaram conhecidas como a Era de Ouro.

Notas

1. Peter Nicholls fez sua evocadora descrição dos *pulps*: "impressos em um papel barato manufaturado de polpa de madeira tratada quimicamente, um processo inventado no início da década de 1880. O papel é grosseiro, absorvente e ácido, com um cheiro forte e característico, muito apreciado por colecionadores de revistas. O papel feito de polpa não envelhece bem, em grande parte devido ao conteúdo ácido, amarelando e ficando quebradiço. Devido à espessura do papel, as revistas *pulp* tendem a ser bastante volumosas, não raro com 1,3 centímetro ou mais de espessura. Em geral, tinham beiradas irregulares, não aparadas, e, mais no final de sua história, capas flagrantemente berrantes, brilhantes e coloridas, muitas com as tinturas de alcatrão de carvão usadas para fazer as tintas chegarem aos tons mais sensacionalistas" (Clute e Nicholls, p. 979). "Berrantes", "brilhantes", "coloridas" e "sensacionalistas" também descrevem bem o conteúdo e o estilo da maioria dos *pulps*.

2. Gary Westfahl, no melhor e mais detalhado relato da importância de Gernsback para o desenvolvimento da FC, admite o "fracasso estético" de *Ralph 124C 41+*, mas insiste em que a novela "é o único texto essencial para todos os estudos de ficção científica, uma obra que antecipa e contém o gênero inteiro" (Westfahl, pp. 92-3). Ele faz uma defesa interessante, embora a definição de Westfahl de "ficção científica", da qual ele vê Gernsback como inventor e gênio negligenciado, seja concebida de modo muito mais rígido (talvez ele dissesse "preciso") do que a minha (ver Westfahl, pp. 287-318).

3. O grande historiador da revista de FC é Mike Ashley, de cujo *The Time Machines* (2000) retiro a lista a seguir (indicativa, mas não abrangente) de títulos *pulp*, com os exemplos mais importantes (em termos de longevidade e/ou influência) em negrito: *Air Wonder Stories* (1929-1930); ***Amazing Stories*** (1926 até o presente); *A. Merritt's Fantasy Magazine* (1949-1950); *Astonishing Stories* (1941-1943); ***Astounding Science-Fiction*** (de 1930 até o presente, como *Analog*); *Captain Future* (1940-1944); *Captain Hazard* (1938); *Captain Zero* (1949-1950); *Comet* (1940-1941); *Cosmic Stories* (1941); *Doc Savage* (1933-1949); *Doctor Death* (1935); *Dynamic Science Stories* (1939); *Fanciful Tales of Space and Time* (1936); *Fantastic Adventures* (1939-1953); *Future Fiction* (1939-1943, mais tarde relançada); *Futuristic Stories* (1946); *Marvel Science Stories* (1938-1941; mais tarde relançada); *Marvel Tales* (1934-1935); *Miracle Science and*

Fantasy Stories (1931); *Planet Stories* (1939-1955); *Science Fiction* (1931-1941); *Scientific Detective Monthly* (1930); *Science Wonder Stories* (1929-1930); **Startling Stories** (1944-1955); *Strange Tales* (1931-33); *Super Science Stories* (1940-1943, mais tarde relançada); *Tales of Wonder* (1937-1942); *Uncanny Stories* (1941); *Uncanny Tales* (1940-1943); *Unknown* (1939-43); **Weird Tales** (1923-54, mais tarde relançada); **Wonder Stories** (1929-1953; mais tarde *Thrilling Wonder Stories*).

4. A história das diferentes versões de *Metropolis* é complicada, com muitas metragens diferentes sendo apresentadas em épocas diferentes; a mais longa foi a versão de 4.189 metros exibida na pré-estreia em Berlim; a metragem norte-americana tinha 3.100 metros; restaurações recentes produziram metragens de 3.153 metros. Para uma discussão mais detalhada, ver Thomas Elsaesser, *Metropolis* (Londres: BFI, 2000).

Referências

Aldiss, Brian. *The Detached Retina: Aspects of SF and Fantasy*. Liverpool: Liverpool University Press, 1995.

Aldiss, Brian, com David Wingrove. *Trillion Year Spree: the History of Science Fiction*. Londres: Gollancz, 1986.

Ashley, Mike. *The Time Machines: the Story of the Science Fiction Pulp Magazines from the Beginning to 1950*. Liverpool: Liverpool University Press, 2000.

Attebery, Brian. The Magazine Era: 1926-1960. *In: The Cambridge Companion to Science Fiction*, orgs. Edward James e Farah Mendlesohn. Cambridge: Cambridge University Press, 2003, pp. 32-47.

Benson, Michael. *Vintage Science Fiction Films, 1896-1949*. Jefferson, NC e Londres: McFarland, 2000.

Burroughs, Edgar Rice. *A Princess of Mars* (1912). Nova York: Ballantine Books, 1979.

_____. *Tarzan and the Jewels of Opar*. Chicago: McClurg, 1918.

Clute, John. *Scores: Reviews 1993-2003*. Harold Wood, Essex: Beccon, 2003.

Clute, John e Peter Nicholls (orgs.). *Encyclopedia of Science Fiction*, 2ª ed. Londres: Orbit, 1993.

Cox, Erle. *Out of the Silence* [1925]. Melbourne, 1927, http://gutenberg.net.au/ebooks06/0604821.txt.

Ellik, Ron e Bill Evans. *The Universes of E. E. Smith*. Chicago: Advent, 1966.

Hughes, Robert. *American Visions: the Epic History of Art in America*. Londres: Harvill Press, 1997.

James, Edward. *Science Fiction in the Twentieth Century*. Oxford: Oxford University Press, 1994.

Kawa, Abraham. Skewed Villainy: The Problematic Image of the Eastern Antagonist (or, Dr. No Was a Monkey). *The International Journal of the Image*, 14(4): 51-6, 2014.

Letson, Russell. Something to Think About: Joseph Sanders. *In: E.E. Smith*, http://www.depauw.edu/sfs/birs/bir44.htm (acesso em novembro de 2004).

McCracken, Scott. *Pulp: Reading Popular Fiction*. Manchester: Manchester University Press, 1998.

McGann, Jerome. *The Poetics of Sensibility: A Revolution in Literary Style*. Oxford: Clarendon Press, 1996.

Moore, Catherine Lucille. *"The Black God's Kiss"* [1934]. *In: Jirel of Joiry*. Londres: Gollancz, 2013.

Morrow, Lowell Howard. Omega, the Man. *Amazing Stories,* 7(10): 929-41, 1933.

Nevin, Jess. Pulp Science Fiction. *In: The Oxford Handbook of Science Fiction*, org. Rob Latham, pp. 93-103. Oxford: Oxford University Press, 2014.

Rousseau, Victor. *The Messiah of the Cylinder* [1917]. Charleston: Bibliolife, 2013.

Sanders, Joseph. *E.E. Smith*. Mercer Island, WA: Starmont Press, 1986.

Smith, E. E. *Gray Lensman* (1939-1940). Nova York: Pyramid, 1965.

_____. *Skylark DuQuesne* (1965). Londres: Panther Books, 1979.

Stewart, Garrett. The Videology of Science Fiction. *In: Shadows of the Magic Lamp: Fantasy and Science Fiction in Film*, orgs. George E. Slusser e Eric S. Rabkin. Carbondale, IL: Southern Illinois University Press, 1985, pp. 159-207.

Westfahl, Gary. *The Mechanics of Wonder: The Creation of the Idea of Science Fiction*. Liverpool: Liverpool University Press, 1998.

CAPÍTULO 11

A Era de Ouro da Ficção Científica: 1940-1960

Descrever a FC publicada nas décadas de 1940 e 1950 como Era de Ouro é – obviamente – abrir mão de uma descrição neutra ou sem juízos de valor. Cunhada por um faccioso conjunto de aficionados, a expressão valoriza um determinado tipo de obra: FC *hard,* narrativas lineares, heróis resolvendo problemas ou combatendo ameaças em uma história espacial ou um idioma de aventura tecnológica. Outra abordagem da definição seria ligar a Era de Ouro ao gosto pessoal de John W. Campbell, que teve um papel mais influente que qualquer outra pessoa na disseminação de ideias normativas sobre o que a FC deveria ser.

Campbell começou sua carreira em FC como um escritor da ficção *pulp* gernsbackiana, e algumas de suas histórias são muito boas, em particular a mais famosa, "Who Goes There?" [Quem Vai Lá?] (1938), que mais tarde foi adaptada para o cinema duas vezes, como *O Monstro do Ártico* (*The Thing from Another World*) (Christian Nyby, 1951) e *O Enigma de Outro Mundo* (*The Thing)* (John Carpenter, 1982). Mas foi como editor da *Astounding Science Fiction,* que rebatizou de *Analog* em 1961, cargo que assumiu em 1938 e manteve até a morte, que Campbell provocou seu maior impacto sobre o gênero. Foi um editor proativo, com ideias muito definitivas sobre o que constituía uma boa história, sem medo de pressionar os autores a fazer revisões, de rever ele próprio a obra deles sem autorização ou, com frequência, apenas de rejeitá-la, na busca de uma platônica história ideal de FC. Uma definição compacta da Era de Ouro da FC poderia ser: "período em que o gênero foi dominado pelo tipo de história que saía na *Astounding,* de Campbell, de fins da década de 1930 até a década de 1950".

O tipo de história de que Campbell gostava eram ficções conceituais enraizadas em uma ciência reconhecível e, mais no final de sua longa carreira, em pseudociências como a telepatia; histórias dinâmicas sobre heróis resolvendo problemas ou vencendo inimigos, narrativas expansionistas humanocêntricas (e com frequência falocêntricas); extrapolações de tecnologias possíveis e de seus impactos sociais e humanos. O próprio Campbell falava sobre uma nítida mudança na ênfase genérica da FC *pulp* para uma nova forma de literatura. Em 1946, ele admitiu que, "para a maioria das pessoas, a FC parecia um lixo sinistro, fantástico e absurdo"; a nova era requeria "histórias de pessoas vivendo em um mundo onde uma Grande Ideia, ou uma série delas, e uma Máquina, ou máquinas, formam o pano de fundo. Mas é o homem, não a ideia da máquina, que é a essência" (citado em Westfahl, p. 182).

Os aficionados discutem com prazer sobre as datas relacionadas de modo mais apropriado a essa era, conhecida por Era de Ouro. Há um consenso de que começa em 1938-39, alguns dizem que termina quando acaba a Segunda Guerra Mundial, outros, que perdura até os anos 1950, mas não precisamos nos distrair com isso. Se levarmos em conta uma perspectiva mais ampla, o período das décadas de 1940 e 1950, embora contenha muitas obras-primas de FC, é menos interessante que as décadas de 1960 e 1970. Ambos os períodos viram o gênero ganhar uma proeminência cultural de novo estilo, mas foi só na segunda década que a dialética alternativa viável à restritiva visão campbelliana alcançou massa crítica (a chamada New Wave), e foi durante essa época que a FC russelliana e feyerabendiana interagiram de modos abrasivos, férteis, para produzir as maiores obras-primas em prosa do século. Nos anos 1980, o sucesso de *Star Wars* e seus sucessores tinha deslocado o centro de gravidade do gênero da prosa para os textos visuais, e o contínuo debate dos aficionados sobre a forma específica da FC em prosa se torna assim muito menos importante.

A geração mais velha de críticos, que foi criada lendo material desse período, pode, é claro, ser perdoada pela parcialidade com relação a ele, mas a Era de Ouro não é a totalidade da FC; boa parte dela não está sequer particularmente próxima da raiz principal do gênero. No sumário atento de Westfahl, Campbell "faz da escrita uma espécie de experimento-de-pensamento, em que o autor cria com cautela um conjunto de hipóteses com relação a eventos futuros e deixa a história originar-se dessas hipóteses" (Westfahl, p. 185). O problema não é apenas o fato de essa visão trazer uma receita constrangedora e estreita, embora eu tenda a pensar que é isso o que acontece (outros discordarão). O problema é que ela não descreve a FC no sentido mais amplo, como foi sendo desenvolvida durante todo o século. Na verdade, sou tentado a afirmar que mesmo a melhor FC campbelliana carregava dentro dela elementos parasíticos anticampbellianos, e que são tanto esses quanto os componentes mais óbvios que a tornam grande. Os aficionados invocam uma Era de Ouro porque o ouro é muito valioso e ornamental. Mas é também inerte, pesado e, uma vez removido da troca simbólica (na qual é cobiçado unicamente porque as pessoas o cobiçam), apesar de surpreendente, tem pouca utilidade. A FC, por outro lado, tira sua flexibilidade feyerabendiana dessa precisa reatividade universal.

Asimov

Isaac Asimov é um forte candidato a mais famoso autor de FC do século. Nascido na Rússia, mas criado e residente nos Estados Unidos desde muito cedo, foi um escritor excepcionalmente prolífico que começou a publicar no final dos anos 1930 e cuja produção aumentou à medida que ficava mais velho, como se sua carreira funcionasse conforme um princípio literário de antiatrito. A maior parte de sua produção mais tardia não foi ficcional, e ele quase não escreveu FC entre 1958 e os anos 1980 (década em que começou de novo a publicar livros do gênero). A não ficção é sempre profissional, esclarecedora e em geral vale a pena ser lida; as novelas mais tardias em grande parte são fracas, menos interessantes em si mesmas, como sintomas de um plano incubado na idade madura de sintetizar e unificar todos os seus distintos universos anteriores. Mas foi a obra que ele criou durante os anos 1940 e no início da década de 1950, no centro mesmo, cronológica e culturalmente, da FC da era dourada, que tem mantido sua reputação.

Uma de suas maiores realizações foi também uma de suas primeiras, o conto "O Cair da Noite" ("Nightfall") (1941). Trata-se de um mundo civilizado que orbita múltiplos sóis, de modo que há sempre, pelo menos, uma fonte de luz no céu. Os arqueólogos estão intrigados pelo fato de que civilizações anteriores daquele mundo parecem todas ter acabado em uma destruição catastrófica a cada dois mil anos. Os astrônomos descobrem que, uma vez a cada dois milênios, todos os sóis se põem ao mesmo tempo e a noite cai. A história se desenvolve de modo engenhoso para a conclusão inevitável: a escuridão enfim chega, revelando uma plenitude inimaginada de estrelas no céu noturno, cuja visão causa um colapso na mente da população. "Nighfall" tem sido citado como a mais popular ou a melhor história de FC já publicada em diversos estudos; e conquistou esse lugar graças, a princípio, ao vigor do sentimento de espanto em seu final, o esplendor estrelado revelando a grandeza do cosmos para um povo que não tinha compreendido a verdadeira escala das coisas e sua diminuta condição nele. Em outras palavras, essa hábil e pequena história recapitula a crise conceitual que tinha, antes de tudo, gerado a ficção científica. Ela acaba com a revolução copernicana em uma única noite. Se é por isso que tem tanta ressonância para leitores envolvidos no gênero, é por isso também que é tão pouco conhecida fora do gênero.

Também escrita no idioma do conto, embora mais tarde reunida em três novelas conectadas, estava a série *Fundação*, de Asimov. Composta originalmente por oito contos relacionados, mas distintos, publicados na *Astounding Science Fiction* entre maio de 1942 e janeiro de 1950, concentrou-se em três livros: *Fundação* (1951), *Fundação e Império* (*Foundation and Empire*) (1952) e *Segunda Fundação* (*Second Foundation*) (1953). De modo um tanto constrangedor, toda a narrativa é uma tradução de *Declínio e Queda do Império Romano* (*Decline and Fall of the Roman Empire*), de Edward Gibbon, para uma cena cósmica. O Império Galáctico está à beira da desintegração, e a única pessoa que previu isso foi o cientista Hari Seldon, inventor da "psico-história", uma disciplina que pode prever com precisão o futuro de grandes populações (embora não de indivíduos, em que há muitas variáveis). Sob o disfarce de uma organização que faz a compilação da *Encyclopedia Galactica*, ele estabelece uma Fundação para guiar a galáxia ao longo dos inevitáveis milênios de anarquia, encurtando materialmente o tempo requerido para a civilização se reorganizar.

A série *Fundação* é muito apreciada por vários aficionados de FC, embora para alguns leitores esteja viciada por uma ubíqua aridez de tom. As histórias são quase compostas por completo de diálogos, não raro de uma natureza expositiva ou explicativa; há pouca descrição, tornando as sequências inertes em termos visuais, e a construção dos personagens é rudimentar. Por que tantos aficionados gostam dela? Em parte porque lida com grande ideias: a lógica que governa a história, a possibilidade de uma profecia adequadamente científica, que papel têm os indivíduos, se é que têm algum, na circunstância histórica mais ampla. São bons temas e temas importantes, que Asimov sabe interrogar muito bem: com lucidez e ponderação. Mas exercem hoje muito menos atração que nas décadas de 1940 e 1950; não porque a história tenha deixado de ter importância, mas porque o desenvolvimento da Teoria do Caos nos anos 1980 pôs enfim uma pá de cal na velha quimera filosófica positivista de uma ciência tão abrangente que poderia prever o futuro por completo. A história, claro, é um sistema caótico. E embora não possamos supor que Asimov tenha previsto a Teoria do Caos, o fato é que na série *Duna*, uma das grandes realizações da FC das décadas de 1960 e 1970 (ver o próximo capítulo), Frank Herbert se voltou, de modo intuitivo, para uma compreensão de que a história era governada por leis antes irracionais que racionais. *Duna* continua se destacando hoje de um modo que a fé cega de *Fundação* na ciência tornaria impossível.

Mas isso não é uma emboscada contra a centralidade de Asimov na FC do século XX. Na realidade, é tirar o foco de *Fundação* e concentrá-lo na outra contribuição genuína que Asimov deu à FC e, em menor extensão, à cultura de um modo mais geral, em suas histórias de robô. Onde antes os robôs tinham sido, quase com exclusividade, materializações insensatas ou perigosas da ameaça da tecnologia, Asimov imaginou robôs artificialmente inteligentes que eram não só humanos, mas, sob muitos aspectos, *mais* humanos que a humanidade. Os muitos contos de robôs e cerca de mais ou menos uma dúzia de novelas de robôs compartilham todos um foco bastante destacado, a exploração de questões éticas. Neles, de forma muito mais incisiva que na rigidez comteana-positivista da série *Fundação*, Asimov consegue fazer a investigação sutil, persuasiva e dramática de questões morais vitais e imperiosas.

Um exemplo é a primeira novela de robôs de Asimov, *As Cavernas de Aço* (*The Caves of Steel*) (1954), uma brilhante e híbrida novela policial de FC. É ambientada em um futuro de duas sociedades humanas diferenciadas: de um lado a massa torpe, amontoada de vida na Terra superpovoada, que está confinada ao planeta pelos próprios medos e preconceitos; e, do outro lado, os costumes altivos, aristocráticos, condicionados pelo amplo espaço livre dos *spacers*, que levam vidas prósperas em vastos planetas colonizados. A trama do livro é simples. Um eminente cientista *spacer* foi assassinado na Terra. Dada a hostilidade entre as duas populações, trata-se de uma investigação delicada. É confiada a um detetive da Terra, Lije Bailey, a tarefa de investigar o crime assistido por um robô *spacer* chamado R. Daneel Olivaw. Ao contrário dos robôs da Terra, que são metálicos e sem dúvida artificiais, Olivaw é construído para se assemelhar de modo exato a um ser humano. Bailey compartilha o preconceito terráqueo contra robôs e, a princípio, é hostil ao novo parceiro, chegando a ponto de acusá-lo publicamente do crime. O absurdo dessa acusação é demonstrado; nenhum robô pode assassinar um ser humano, porque todos os robôs estão sujeitos às "três leis da robótica" – Asimov de fato formulou essas famosas regras em colaboração com John W. Campbell:

[1] Um robô não pode causar dano a um ser humano ou, por meio da inação, permitir que um ser humano sofra algum mal.

[2] Um robô tem de obedecer às ordens que lhe forem dadas por seres humanos, exceto quando tais ordens entrarem em conflito com a Primeira Lei.

[3] Um robô tem de proteger sua existência desde que tal proteção não entre em conflito com a Primeira ou a Segunda Lei.

É impressionante quanta variedade dramática e conceitual, através de dezenas de livros e centenas de histórias, Asimov foi capaz de engendrar a partir dessas três pequenas regras. Os livros de robôs são uma tocata e uma fuga em relação a questões de lógica, identidade, diferença e semelhança. As dicotomias que os livros aparentemente estabelecem já estão de fato no processo de entrar em colapso e formar uma unidade, assim como o próprio Asimov passou seus últimos vinte anos tentando sintetizar uma identidade"mais ampla dos diversos universos imaginários dos livros *Fundação*, dos livros dos robôs e dos Eternos de *O Fim da Eternidade* (*The End of Eternity*).

Na raiz de todas as histórias de robôs estão ficções éticas em que Asimov coloca uma espécie de seres éticos devidamente kantianos (os robôs) contra a ética muito mais nebulosa que caracteriza a atividade humana real. Para Kant, questões éticas eram consideradas absolutas. "Só posso agir de um modo", ele declarou em *Princípios Fundamentais da Metafísica da Ética* (*Fundamental Principles of the Metaphysics of Ethics*) (1785), "em que possa ao mesmo tempo querer que minha máxima se torne uma lei universal". O que significa que, antes de cometer um homicídio ou contar uma mentira, tenho de me perguntar se esse meu modo de agir poderia de alguma maneira se aplicar como lei universal – como seriam as coisas se *todos* matassem, se *todos* mentissem? Em outras palavras, a ética é uma questão de levar em conta não minha vantagem pessoal, mas um código moral universal. Há, Kant insistia na mesma obra, um imperativo que impõe, *de modo categórico*, certa conduta e proíbe outras. O imperativo categórico funciona, em muitos casos, em sentido contrário a impulsos humanos: se um louco assassino com um revólver me perguntasse onde meu amigo está escondido, eu poderia julgar não apenas prudente, mas moralmente justificado o fato de mentir; para Kant, no entanto, mentir infringe o imperativo categórico, e a coisa certa a fazer seria dizer a verdade, mesmo nesse caso extremo. É esse absolutismo que torna a ética kantiana intragável para muitas pessoas.

Com seus robôs, Asimov criou uma espécie de seres sencientes, ponderados, em quem o imperativo moral kantiano é internalizado. Robôs não consultam a consciência quando se defrontam com um dilema ético; eles obedecem às três leis que governam por completo seu comportamento. A genialidade da invenção é que essa espécie de seres não é determinada em termos absolutos. Os robôs de Asimov não andam em trilhos, seu comportamento não é absolutamente previsível, eles não são figuras que funcionam como um relógio em termos morais. Na verdade, o grande tema de quase todas as novelas e histórias de robôs é o que resulta das implicações de como seria levar a vida sob esse triplo imperativo categórico. Em sua famosa frase no começo da *Crítica da Razão Prática*, Kant falava sobre "os céus estrelados sobre mim e a lei moral dentro de mim". Asimov representa com precisão essa posição filosófica. A análise feita por Terry Eagleton da ética kantiana é também, de forma involuntária, uma descrição precisa das energias do robô asimoviano:

Agir de forma moral para Kant é pôr de lado todo desejo, interesse e inclinação, identificando a vontade racional de uma pessoa com uma norma que ela possa propor a si mesma como lei universal. O que torna uma ação moral é algo que ela manifesta para além de qualquer qualidade ou efeito particulares, a saber, sua voluntária conformidade à lei universal. O importante é o ato de desejar, de modo racional, a ação como um fim em si mesmo (Eagleton, p. 78).

Ao seguir essa lógica, Asimov lança luz sobre os dilemas éticos da vida humana comum e, em particular, sobre a noção de que a ficção científica deveria incorporar os valores da ciência em sua ética – de acordo com a *vontade racional*. Essa é uma crença (disseminada entre escritores de FC) tão descaradamente iluminista quanto a própria obra de Kant. Bailey, a princípio desconfiado de R. Daneel, recusa-se a acreditar que ele/a coisa possua um "impulso para a justiça". A "justiça", ele insiste, "é uma abstração. Só um ser humano pode usar o termo". Seu interlocutor, o *spacer* Fastolfe, concorda, mas sugere que Bailey pergunte a R. Daneel o que ele entende por justiça.

> – Qual é sua definição de justiça?
> – Justiça, Elijah, é o que existe quando se fazem cumprir todas as leis. Fastolfe assentiu inclinando a cabeça.
> – Uma boa definição, sr. Bailey, para um robô... [mas] os humanos podem reconhecer que, com base em um código moral abstrato, algumas leis podem ser más e sua imposição, injusta. O que me diz disso, R. Daneel?
> – Uma lei injusta – disse R. Daneel com tranquilidade – é uma contradição, em termos (Asimov, *The Caves of Steel*, pp. 83-4).

Quando insiste em que "você não devia confundir sua justiça [humana] com a de R. Daneel", Fastolfe está fazendo a distinção entre justiça como absoluto ético e como relativismo subjetivo.

É fácil subestimar Asimov como escritor. O estilo árido, monótono da prosa, os personagens mal desenvolvidos, uma falta de encanto visual e descritivo, essas coisas todas podem afastar o leitor crítico de seus consideráveis poderes artísticos. Nem os críticos favoráveis a ele foram efetivamente capazes de conceber a defesa da importância de Asimov, a não ser como um bom autor de entretenimento, um criador de quebra-cabeças e humorista, um popularizador polimata e assim por diante. Christopher Priest, ele próprio um autor de FC de enorme talento, discutiu *As Cavernas de Aço*, de Asimov, com estudantes da Universidade de Londres em 1974. "Gostei da história", lembrou ele em uma entrevista a John Brosnan, "um material incrível, mas não havia absolutamente nada a *dizer* sobre o livro. Tudo era trama e não parecia haver qualquer conteúdo" (citado em Ruddick, p. 46). Nicholas Ruddick vê essa resposta como típica de uma vertente de autores de FC mais novos, mais "literários", reagindo à antiga falta de profundidade, ao divertimento vazio impelido pela trama da velha escrita da Era de Ouro. Mas há muito mais em Asimov que isso. Ele usou a forma para criar ficções brilhantes com uma ética materialista e grande poder imaginativo.

A Primeira Fase de Heinlein

Robert Heinlein ganha destaque nas histórias da FC de muitos críticos. Lá pelo fim de sua carreira, ele próprio sabia que seria assim e, ao que parece, isso lhe deu prazer, pois na escrita de Heinlein há uma conjugação entre os conceitos de autor e o tom de uma autoridade literária. Preciosa e inerte como ouro, a obra de Heinlein é a mais representativa da ficção da Era de Ouro. Se isso parece demasiado caricatural como sinopse de sua importância, vou reafirmar: mais de uma geração (incluindo a minha) cresceu lendo a ficção de Heinlein como uma espécie de arquétipo de como a FC deveria ser – narrativas vigorosas, instigantes, escritas com uma empolgante fluência e de forma acessível; personagens que faziam viagens eletrizantes pelo sistema solar ou através de prováveis Terras sem jamais perder a plausibilidade ou o charme. Isso pode explicar por que seu lugar na FC do século XX se torna cada vez menos central à medida que o tempo passa. Ele é, em geral, por certo menos lido hoje que antigamente. Mas sua visão de FC estava muito mais próxima do ideal campbelliano de FC da Era de Ouro que a do próprio Asimov, e suas melhores obras conservam um peso único, inconfundível.

A carreira de Heinlein passou por três estágios. A primeira fase, antes de *Tropas Estelares* (*Starship Troopers*) (1959), contém o que muitos veem como sua melhor obra, o que Brian Aldiss identifica como uma "capacidade para extrapolar", uma "atenção a peculiaridades sociais", uma "poesia simples" e, sobretudo, uma capacidade de ser "genuinamente inovador" (Aldiss, p. 389). O período intermediário é visto com frequência como uma renúncia a essas virtudes em favor de uma estridente, até mesmo desesperada, *persona* autoral mestra de marionetes, que manipula de modo incessante, e às vezes desagradável, uma estreita gama de preocupações ideológicas – a importância da liberdade individual concebida do modo libertário americano, complementada por uma desconfiança do governo e uma fetichização da autoridade como tal. O período final, de *The Number of the Beast* [O Número da Besta] (1980) até sua morte em 1988, é desprezado por Darko Suvin em uma só palavra: "*senilia*" (Suvin, 1988, p. 262). Mas essa classificação subestima a cabal estranheza do maior sucesso e obra-prima de Heinlein, *Um Estranho numa Terra Estranha* (*Stranger in a Strange Land*) (1961); um sucesso que se tornou muito difícil de analisar, já que todos os diversos livros subsequentes de Heinlein pressupunham a permanência de seu fascínio com o *status* do Messias em um autoritarismo concebido de forma bem mais estreita. Na época de *Amor sem Limites* (*Time Enough for Love*) (1973), uma novela árida e encorpada (mais ou menos mil páginas) sobre a interminável extensão da vida de um personagem porta-voz de Heinlein chamado Lazarus Long, a figura autoritária foi definida com mais precisão como o patriarca e o estudado não convencionalismo de Heinlein se contrai em uma fantasia sexista do ego mais óbvia. O incesto, com o qual essa novela está preocupada a ponto da obsessão, torna-se o objeto correspondente à crença tácita de que não há ninguém que Heinlein possa preferir a Heinlein em termos sexuais.

Mas seria errado permitir que uma visão *a posteriori* maculasse o vigor conceitual e o brilho narrativo de sua obra mais antiga. O Heinlein da Era de Ouro quase nunca dava um passo em falso, falando em âmbito fictício. Ele possuía uma compreensão profunda dos meios de se usar um idioma populista para defender coisas sérias.

Heinlein começou escrevendo ficção mais curta para o mercado das revistas, em geral a *Astounding Science Fiction*, de Campbell. *The Roads Must Roll* [As Estradas Devem Rolar] (1940) era ambientada em uma América futura em que as pessoas viajavam não em carros individuais em estradas estacionárias, mas em vastas redes de estradas rolantes (nas quais podiam ficar paradas ou entrar em cafés de viagem e fazer um lanche). Heinlein, que nunca se deixaria seduzir abertamente por uma simples peça engenhosa de equipamento futuro, usou essas estradas para uma brilhante e pequena história sobre o poder do trabalho coletivo. Os trabalhadores que cuidam das estradas rolantes representam, como em uma sinédoque, o trabalho como tal; e nas estradas rolantes Heinlein encontrou um tropo muito expressivo para a própria revolução" – é a revolução, em seu sentido político e literal, o tema real da história. O conto "Universe" [Universo] (1941), logo sucedido por "Common Sense" [Senso Comum] (1941) (foram reunidos em uma novela chamada *Orphans of the Sky* [Órfãos do Céu] em 1964), continua sendo uma das histórias clássicas da geração-nave estelar; os descendentes de viajantes em uma jornada interestelar de muitos séculos esqueceram inclusive que estão em uma espaçonave. A história "Waldo" (1942) sobre um inventor deficiente físico que usa controles remotos artificiais para fazer o trabalho que o corpo incapacitado não consegue fazer, deu à linguagem a palavra *waldo*.*

---

* A palavra inglesa *waldo* indica um dispositivo para manipular objetos por controle remoto. (N. do T.)

Os Manipuladores (*The Puppet Masters*) (1951) é uma história bem montada de invasão alienígena que faz a narrativa avançar de modo tão eficiente e cria um clima tão convincente que é só depois de chegar ao final do livro que o leitor começa a duvidar da coerência do todo. A novela curta *Estrela Dupla* (*Double Star*) (1956) combina aventura eletrizante e espirituosa sátira política, quando um ator contratado para encarnar um político do sistema solar se vê confundido com o papel. *Have Space Suit – Will Travel* [Vista um Traje Espacial – Viagem pela Vontade] (1958) é uma novela penetrante, construída de modo magnífico para o "jovem adulto", na qual um garoto comum acaba envolvido em aventuras galácticas totalmente verossímeis e retorna mais sábio à escola. *A Porta para o Verão* (*The Door into Summer*) (1957) se agita por engenhosas aventuras de viagem de um lado para outro no tempo (com um empresário que inventa um robô e é traído pela noiva), articulando, de passagem, uma determinada e individualista ideologia de livre empresa.

Esse último traço, que se tornou cada vez mais proeminente à medida que a carreira de Heinlein avançava, é crucial. Até o ponto em que for útil fazer a distinção, Asimov era um escritor ético enquanto Heinlein era um escritor *político*. Ambas as posições são claramente ideológicas, mas o trabalho e a vida de Heinlein tiveram um lugar muito mais evidente na arena da política. Em 1938, ele participou de campanha (malograda) para a indicação pelo Partido Democrata para um assento na assembleia da Califórnia e teve contatos com um grupo da esquerda radical (pelos padrões norte-americanos) chamado EPIC. Mais tarde, seu comprometimento político mudou por completo para um libertarismo de direita, militarista. Essa reviravolta de 180 graus também envolveu a supressão de seu radicalismo da juventude, cuja história só foi revelada nos anos 1990 por Thomas Perry e só foi relatada a uma audiência mais ampla no livro de 1998, de Thomas Disch, *The Dreams our Stuff Is Made Of* [Os Sonhos de que nossas Coisas São Feitas] Disch faz o sumário da produção pós-guerra de Heinlein de modo impiedoso, mas preciso:

> A motivação principal da FC nos anos de Guerra Fria era defender a perpetuação e o crescimento do complexo militar-industrial [...]. [Ele] se colocou contra as restrições aos testes nucleares em 1956. Na Convenção Mundial de FC, em 1961, defendeu abrigos contra bombas e a posse não regulamentada de armas. Foi um falcão nos anos do Vietnã [...] Essas posições e outras mais extremas podem ser inferidas com facilidade da FC que escreveu no mesmo período. Nenhum falcão poderia se gabar de garras mais afiadas (Disch, p. 165).

Tropas Estelares (1959) é uma das novelas de FC mais direitistas já escritas; uma novela absolutamente apaixonada por todos os ornamentos da existência militar: acampamentos em serviço, treinamento militar, transformação de adolescentes preguiçosos em soldados profissionais disciplinados – em particular a capacidade de desempenhar as tarefas da vida cotidiana (lavar-se, alimentar-se, deslocar-se de um lado para o outro) "uma atrás da outra!", não naquela insolência morosa, no modo "lesma", tão típica do adolescente moderno. As tropas são necessárias para enfrentar um implacável inimigo insectoide alienígena, com quem os tratados seriam inúteis e que extermina com crueldade a vida humana onde quer que a encontre. Encaixada nessa moldura moral artificialmente preta e branca, a carga de cavalaria de Heinlein é, sem dúvida, difícil de conter; mas, despojado de suas premissas deliberadamente bombásticas, o romance é, no mínimo, *quase* fascista. Heinlein ficou ofendido desde o início com as acusações de fascismo (e essas acusações foram feitas logo após a publicação do livro). No universo das *Tropas Estelares*, só os veteranos têm voto, e muitos leitores entenderam que isso significa que o direito de voto está limitado a ex-soldados; Heinlein reage dizendo que "19 de cada 20 veteranos" na história "*não* são veteranos militares [...] [mas] o que hoje chamamos de 'antigos membros dos serviços federais'". O livro, diz ele, celebra o serviço público na sua *totalidade*, não apenas o serviço militar. Ele continua e insiste que, em qualquer democracia, votar deveria ser algo conquistado em vez de um direito (trata com um desdém fulminante a democracia como o termo é compreendido hoje em dia, o voto "entregue a qualquer um que tenha dezoito anos e uma temperatura corporal perto de 37 ºC") (Heinlein, *Expanded Universe*, pp. 398-99). Há um elemento de dissimulação aqui; *Tropas Estelares* não apresenta ao leitor quase nenhum outro personagem além dos militares e o tom é tão zeloso e celebratório que nem um leitor em mil conseguiria entendê-lo como qualquer outra coisa que um hino às forças armadas – além disso, como mostra James Gifford, "pelo texto da novela o Serviço Federal é inteiramente militar" (Gifford, p. 11).[2] Mas chamar Heinlein de fascista é sugerir que seus livros pregam o conformismo a um *volk* nacional militarista ou a subordinação a um líder, o que deturpa por completo seu tipo particular de reação ideológica. Embora sempre um norte--americano patriota, Heinlein não estava comprometido, em termos ideológicos, com ideais raciais nem geográficos, e seus livros defendem com consistência uma posição contrária estudadamente responsável, em especial com relação ao governo dos Estados Unidos. Em outras palavras, ele era um libertário de direita e seus livros pregavam um evangelho libertário. O que se pergunta é até que ponto essa problemática libertária, carregada do ponto de vista ideológico, se encontra no centro da própria FC da Era de Ouro. Parece que a resposta é: encontra-se bem no centro, embora outros possam discordar. Heinlein é singular de outra forma; é um autor característico, até mesmo representativo, da Era de Ouro, que nos anos 1960 passou a se tornar um autor característico da New Wave. Esse não foi um golpe baixo, embora queira dizer que a segunda parte da minha discussão sobre Heinlein deve ser adiada para o próximo capítulo.

Escritores da Era de Ouro Norte-Americana

A Era de Ouro foi dominada por escritores norte-americanos brancos do sexo masculino, um fato que pode tentar os historiadores a ver coesão em mais ou menos uma dúzia de escritores importantes da época, quando de fato não existia nenhuma. Houve, é verdade, alianças não oficiais ou clubes informais, como os Futurianos (escritores de tendência política mais liberal da área de Nova York, que se encontrariam de vez em quando no início da década de 1940).

Houve também convenções de aficionados, a que compareciam muitos escritores (a primeira Worldcon, ou Convenção Mundial de FC, teve lugar em Nova York, em 1939), embora só décadas mais tarde elas tenham se transformado em célebres comemorações. Em geral, contudo, os principais nomes não formaram uma liga coerente.

Jack Vance é um dos gigantes subvalorizados da FC do século XX e, de fato, de um modo mais geral, da literatura do século XX. Não pertenceu a nenhum grupo ou clube, e seus livros, trabalhados com esmero, de produção prolífica, não parecem defender nenhuma agenda ideológica específica. Sua linguagem é o romance, no sentido genérico de aventuras movimentadas e exóticas que se movem ruidosamente por cenários alienígenas. Talvez seus muitos livros, quando lidos em grande quantidade, pareçam se desdobrar em versões da mesma história; um herói solitário, um tanto lacônico, abre caminho por muitas culturas entrelaçadas, expostas com precisão, variadas com ingenuidade, derrotando adversários ou buscando vingança. Mas é um erro ler Vance pela narrativa, por mais que essas narrativas tenham uma sedutora legibilidade. Ele era um construtor de mundos, um antropólogo imaginário e, sobretudo, um estilista; e é a conjunção da fertilidade infatigável de sua imaginação e dos maneirismos elegantes, contidos, de sua prosa que geram a distintiva essência Vance. A primeira novela, *A Agonia da Terra* (*The Dying Earth*) (1950), retrata as complexidades maduras de uma cultura em profunda decadência em uma prosa forense que beira a glacialidade. É um livro absolutamente inebriante que teve grande impacto no subsequente desenvolvimento das ficções do Último Homem, um subgênero de FC que (como vimos) remonta a um período bem recuado no passado do gênero. Mas onde um livro como *Le dernier homme* (1805), de Grainville, só pode conceber o fim do mundo em termos religiosos, os personagens amorais, vigorosos e um tanto estranhos de Vance não reconhecem nenhuma autoridade espiritual superior além da própria engenhosidade

Big Planet [O Grande Planeta] (1957) é uma aventura apimentada sobre o planeta do título, grande demais e desprovido de metal. *The Dragon Masters* [O Planeta dos Dragões] (1963), como *A Agonia da Terra*, trata tropos de fantasia à maneira da FC. *Emphyrio* [Enfírio] (1969) talvez seja a novela mais perfeita de Vance. Está ambientada em um mundo claustrofóbico, onde artistas e artesãos trabalham em uma complicada coletividade para produzir obras de arte sob o domínio opressivo de uma casta de lordes; e Vance apresenta cada mínimo detalhe dessa sociedade com a clareza de um entalhe no aço. As aventuras do herói de Vance, Ghyl Tarrok, levam-no a uma compreensão de que seu mundo, então familiar pelas descrições detalhadas de Vance, é na realidade alienígena e estranho. Esse, de fato, é o cerne da genialidade de Vance. Sua prosa de estilo cuidadoso desliza sem esforço do familiar ao exótico, tratando ambos com a mesma imparcial exatidão. O efeito é o traçado espirituoso, ainda que frio, de como a alteridade de fato é. No trecho a seguir, Ghyl viaja por um descampado com alguns dos lordes, que não estão acostumados a tais sacrifícios. É o momento em que tanto Ghyl quanto nós começamos a compreender que esses aristocratas, que tínhamos presumido fossem humanos decadentes, são na verdade seres alienígenas, com percepções e atitudes radicalmente inumanas:

> Ghyl acendeu o fogo na velha lareira de pedra, o que irritou os lordes.
> – Precisa ser tão quente, tão brilhante, com todos esses pequenos açoites e estalos de chama? – queixou-se Lady Radance.
> – Acho que ele quer preparar algo para comer – disse Ilseth.
> – Mas por que o idiota tem de se torrar como uma salamandra? – Fanton perguntou com irritação.
> – Se tivéssemos mantido o fogo ontem à noite – Ghyl respondeu –, e se Lady Jacinth tivesse seguido meu conselho de subir no alto da árvore, ela agora poderia estar viva.
> Nesse ponto, lordes e ladies calaram a boca, e seus olhos estremeceram com nervosismo, indo de um lado para o outro. Então recuaram para os cantos mais escuros do barracão e se espremeram contra as paredes: uma forma de conduta que Ghyl considerou alarmante (Vance, *Emphyrio*, p. 149).

Isso não se limita a satirizar a vacuidade das classes superiores; é um meio de apreender uma alteridade radical. As outras realizações importantes de

Vance são todas sequências de novelas. A série *Planet of Adventure* [Planeta da Aventura] (um título muito pouco inspirador para alguns dos livros mais inspirados, mais incríveis de Vance) é constituída de *City of the Chasch* [Cidade dos Chasques] (1968), *Servants of the Wankh* [Servos de Wankh] (1969) e *The Dirdir* [Os Dirdir] (1969), contendo familiaridade e genuína alteridade em perfeito equilíbrio. Vance e seus editores norte-americanos não estavam cientes do significado vulgar da gíria *wank* na Grã-Bretanha (masturbar-se) e, quando lhes chamaram atenção para isso, eles alteraram o título para *Servants of the Wannek* [Servos de Wanneck], que não era muito melhor que o anterior. O livro, no entanto, é esplêndido, profunda e estranhamente apaixonado pela alteridade radical. Reith está viajando de balsa por uma terra desértica com um grupo variado de pessoas, quando vê um exército alienígena se aproximando.

– Os chasques verdes – diz Traz. – Eles sabem que estamos aqui.

Os chasques verdes, com seus cavalos-saltadores, eram agora visíveis a olho nu: corpúsculos escuros pulando e presos a seus saltadores de ossos salientes. Ylin-Ylan soltou o ar dos pulmões.

– Estão vindo nos pegar?

– Imagino que sim.

– Podemos rechaçá-los? Cadê nossas armas?

– Temos jatos de areia na balsa. Se subirem nos penhascos depois do anoitecer, podem causar algum prejuízo. Durante o dia não precisamos nos preocupar.

Reith achava que não mostravam grande entusiasmo por aquela coisa de escalar o paredão. Montando acampamento, amarraram os cavalos--saltadores e empurraram pedaços de uma substância escura e viscosa para os estômagos sem cor. Acenderam três fogueiras, sobre as quais ferveram pedaços da mesma substância com que tinham alimentado os cavalos--saltadores e, por fim, instalando-se em montes que lembravam sapos, devoraram sem alegria o conteúdo dos caldeirões. O sol embaçou por trás da bruma do oeste e desapareceu. Um crepúsculo marrom caiu sobre a estepe. Anacho se afastou da balsa e examinou os chasques verdes.

– Zants menores – opinou ele. – Estão vendo as protuberâncias em cada lado da cabeça? É assim que se distinguem dos Grandes Zants e outras hordas. Esses não têm grandes pretensões.

– Eles me parecem bastante pretensiosos – disse Reith (Vance, *Planet of Adventure*, p. 232).

Até agora, bem planetário-romântico. Mas é nesse ponto da história que Vance nos apresenta a um Phung.

Traz fez um movimento repentino, apontando. Em uma das fendas, entre duas quinas de rocha, havia uma sombra escura e alta.

– Phung!

Reith olhou pelo escanoscópio e viu que a sombra era de fato um Phung. E não podia imaginar de onde aquilo viera.

Tinha quase dois metros e meio de altura. Com o chapéu de feltro preto e capa preta, parecia um gafanhoto gigante com vestes de catedrático.

Reith estudou o rosto, observando o lento trabalhar de placas de quitina ao redor da grosseira seção inferior da face. O Phung observava os chasques verdes com um inquietante desinteresse, embora se agachassem sobre suas panelas a menos de dez metros de distância.

– Uma coisa maluca – sussurrou Traz, os olhos brilhando. – Olhe, agora isso brinca!

O Phung estendeu para baixo os braços compridos e finos, ergueu uma pequena rocha e atirou-a bem alto. A pedra desceu entre os chasques, caindo em cheio nas costas desajeitadas de um deles.

O chasque verde pulou e olhou, feroz, para o topo do monte. O Phung permaneceu quieto, perdido entre as sombras. O chasque que fora atingido caíra em cheio sobre o rosto, fazendo convulsivos movimentos de natação com braços e pernas.

O Phung ergueu com astúcia outra grande pedra, atirou-a de novo bem alto, mas desta vez os chasques viram o movimento. Soltando guinchos de fúria, apoderaram-se de suas espadas e se lançaram para a frente. O Phung deu um passo monumental para o lado. Depois, saltando em um grande esvoaçar de capa, sacou uma espada, que empunhou como se fosse um palito, cortando, dançando, girando, apunhalando de modo selvagem, aparentemente sem objetivo ou direção. Os chasques se dispersaram; alguns jaziam no chão, e o Phung pulava pra lá e pra cá, cortando e fatiando, sem discriminação, os chasques verdes, o fogo, o ar, como um brinquedo mecânico funcionando sem controle.

Agachando-se e se reorientando, os chasques verdes se agigantaram. Retalhavam, rasgavam; o Phung soltou a espada como se ela estivesse quente e foi feito em pedaços. A cabeça girou para fora do tronco, caindo no chão a três metros de uma das fogueiras, o chapéu de feltro ainda no lugar. Reith observou aquilo pelo escanoscópio. A cabeça parecia consciente, serena. Os olhos observavam o fogo; as partes da boca trabalhavam devagar.

– Ela vai viver durante dias, até secar – disse Traz com voz rouca. – Aos poucos vai endurecer.

Os chasques não deram mais atenção à criatura, mas aprontaram de imediato os cavalos-saltadores.

Carregaram seu equipamento e cinco minutos depois tinham entrado na escuridão. A cabeça do Phung contemplava a brincadeira das chamas.

Lembro-me do vigor com que esse breve interlúdio na narrativa maior me afetou quando o li pela primeira vez na adolescência. Há alguma coisa que resiste à compreensão, sem ser meramente casual ou surreal, em torno do desrespeito aparentemente caprichoso do Phung pela própria vida. Um gafanhoto de dois metros e meio vestido como um viajante do século XVIII; a cabeça decapitada, secando devagar, embora ainda lançando um olhar filosófico para o movimento das chamas. Raramente a escrita fantástica ou qualquer espécie de escrita gera uma imagem de tamanha força.

Quase toda história de Vance tem momentos como esse, em que interagem o estranhamento e um tipo incomum de elegância. A trilogia *Durdane* (*O Homem sem Rosto* [*The Anome*] [1973], *The Brave Free Men* [Homens Valentes] [1973], e *The Astura* [1974]) é ambientada em um mundo fragmentado em inumeráveis cantões, cada qual com as próprias leis e costumes, ligados apenas pelo medo da justiça imposta pelo sinistro "homem sem rosto". A série dos *Príncipes-Demônios* (*The Star King* [Star King, a Saga dos Príncipes-Demônios] [1964], *The Killing Machine* [A Máquina Assassina] [1964], *The Palace of Love* [O Palácio do Amor] [1967], *The Face* [O Rosto] [1979] e *The Book of Dreams* [O Livro dos Sonhos] [1981]) é uma história de vingança em que cinco supervilões ricos são despachados, um por volume, pelo protagonista ofendido.

A série não consegue evitar certa repetição, embora seja tão engenhosa e complexa quanto qualquer coisa escrita por Vance. O escritor manteve sua produção até a décima década de vida, e continuou escrevendo e publicando até a morte. Mas volto àquela eloquente imagem em *Servants of the Wankh*. Traz e Anarco dão início a uma discussão sobre a natureza do Phung ("Traz declarou que eram produtos da união não natural entre Pnumekin e os cadáveres de Pnume [...]. 'Pura besteira, rapaz!', disse Anacho com amável condescendência [...]. Os cantos dos lábios [de Traz] caíram em um ar de zombaria. 'Não! Eles andam sozinhos, são malucos demais para procriar!' Agitando o dedo, Anacho fez um gesto de severo didatismo"). A realidade desse desacordo e a maneira elegante como é expresso importam muito mais que seu conteúdo. Uma coisa maluca! Isso brinca. Mas brincadeiras são o grande detalhe na escrita de Vance. "Pense na mente humana!", aconselha Apollon Zamo em *Showboat World* (1975). "É capaz de feitos espantosos quando usada de modo adequado. Por outro lado, sem exercícios, ela fica atrofiada como um pedaço amarelado de gordura." A escrita de Vance nos mostra a mente humana em movimento apropriado. Mesmo decepada e pousada no chão, a cabeça vanceana imagina coisas com mais elegância, com mais reflexão e mais assombro burlesco que a de qualquer outro escritor de sua geração.

O fácil estranhamento de Vance se compara de forma instrutiva com a estranheza mais forçada, mais ruidosa da escrita do canadense A. E. Van Vogt. Van Vogt tem nos dias de hoje poucos defensores entre os críticos acadêmicos do gênero, muitos dos quais descartam suas novelas de enredo intrincado, mas descontínuo, considerando-as meramente incoerentes. Os livros, não se pode negar, são rococós, com frequência implausíveis, e por certo demonstram um fascínio adolescente pela fantasia compensatória de super-heróis mal compreendidos por um mundo grosseiro. Costumava-se dizer que Van Vogt era um escritor demasiado manhoso e refratário ao senso comum para o honesto racionalismo técnico da FC da Era de Ouro norte-americana – que era, de fato, um autor europeu de *avant-garde* nascido no continente errado. Por certo é verdade que alguns de seus livros conheceram uma popularidade muito maior do outro lado do Atlântico. Por exemplo, os leitores franceses foram muito mais receptivos que os norte-americanos à complexa multirrealidade dos truques de *The World of Ā* [O Mundo de Ā] (1948); o último caractere do título é pronunciado e impresso por algumas editoras como *Null-A*). Mas ainda assim existe algo inegavelmente norte-americano em torno das fantasias de Van Vogt, a começar por seu gosto por armas. Assim, o direito de portar armas (segundo se supõe, armas de FC que sabem, de forma mágica, se quem a possui está atirando em autodefesa ou em um ataque criminoso, só permitindo a primeira circunstância) se torna simbólico de toda a liberdade pessoal contra a tirania em *As Casas de Armas* (*The Weapon Shops of Isher*) (1951), e, no estilo evasivo, associativo do texto de Van Vogt, também está de certa forma vinculado a nada menos que a criação do universo inteiro, ao Big Bang, que encerra o livro e começa todas as outras coisas. O livro, no entanto, mais característico de Van Vogt é *Slan* (1946), a história do *slan* ou *Homo superior* mutante chamado Jonny Cross, com pequenos chifres brotando da cabeça, dois corações e vasta capacidade intelectual. Cross é perseguido por humanos normais e o encontramos pela primeira vez fugindo de um mundo assassino. Mas a história se bifurca ou entra em múltiplos desvios em uma desconcertante série de direções e, no final, é governada por uma lógica quase de sonho na montagem de seus vários elementos. Para muitos isso só aumenta a potência indireta da novela. Na verdade, muitos aficionados de FC têm encarado o "slan" como uma metáfora óbvia para os fãs de FC (o *slogan* diz: "fãs são *slans*"), perseguidos por um mundo tosco, apesar de serem, intrinsecamente, não só mais inteligentes e melhores, como também – pois a estranha história de Van Vogt funciona por meio de seus emaranhados associativos –, de certa maneira e de modo obscuro, os governantes secretos do mundo. Uma conexão mais pertinente a fazer, com relação a essa história e a boa parte da produção de Van Vogt, é a religiosa. Não só pela possibilidade de Van Vogt, com uma estética de escrita quase automática, ter penetrado de modo intuitivo a oculta raiz principal da FC, mas também pela fase mais avançada de sua carreira ter tornado literal o subtexto teológico de grande parte de sua obra por meio de um compromisso pessoal com a nova religião que estava sendo fundada por um colega seu, o autor de ficção científica L. Ron Hubbard. Van Vogt foi apanhado de jeito pela dianética, embora não tenha se envolvido no culto religioso mais tardio de Hubbard, a cientologia. Mas parece claro que esse anseio pelas complexidades místicas da religião inventada por Hubbard se harmonizava com um senso quase gnóstico de significado que se escondia por trás dos floreios da ficção *pulp* de sua obra.

O círculo dos fãs de FC conserva a memória do escritor norte-americano Cleve Cartmill, reconhecido em particular devido a um acaso da Era de Ouro Seu conto "Deadline" [Prazo Final] (publicado em *Astounding*, de Campbell, em 1944) descrevia em detalhe a bomba atômica um ano antes de a verdadeira bomba estar pronta. Agentes da Unidade de Contraespionagem do exército norte-americano investigaram a sede da *Astounding* convencidos de que tinha havido vazamento na segurança militar, mas de fato Cartmill se limitara a fazer deduções da informação científica de domínio público. Mais tarde Campbell se vangloriou do fato como sintomático da capacidade da FC para averiguar o futuro.

O prolífico e respeitável escritor norte-americano Poul Anderson já figurou entre os mais importantes escritores de FC. "Ele é crucial para o campo da FC", opinou John Clute na década de 1990, "embora às vezes – este é o lado negativo da confiabilidade – tenda a ser visto como um autor *mainstream*" (Clute, p. 150). Agora ele é pouco lido, o que é uma pena, pois seus melhores livros não são apenas excelentes, mas também uma expressão eloquente da essência dialética da própria FC. Sua primeira novela, *Brain Wave* [Onda Cerebral] (1954), toma como premissa o fato de que a Terra tem se movido através de uma zona de radiação cósmica, esta retardando de modo artificial nosso desenvolvimento intelectual. Quando ultrapassamos essa área, o intelecto de repente se desenvolve de forma exponencial e tudo muda. Trata-se de uma novela, em outras palavras, sobre a transcendência, acentuando os mesmos aspectos quase religiosos que *O Fim da Infância* (*Childhood's End*), de Clarke (discutido adiante), embora de um modo menos apocalíptico. Anderson chegou a publicar quase cem livros, muitos deles *space operas* baseadas em atividades militares, todos elaborados de modo profissional e divertido. Vários deles são assombrados por uma inquietação teológico-ontológica. Em *Tau Zero* (1970), uma espaçonave avariada ganha cada vez mais velocidade, aproximando-se da velocidade da luz e (como Einstein previu) expandindo-se para um tamanho quase infinito, tirando galáxias de seu caminho. Com a dilatação do tempo, a tripulação sobrevive ao fim do universo e acaba voando para um cosmos renascido. A maioria dos problemas que enfrentam são práticos e técnicos, mas tudo que fazem é obscurecido pelo que uma integrante da tripulação, Ingrid Lindgren, chama "aquela pergunta. O que é o homem, se ele sobreviver a seu Deus?" (Anderson, *Tau Zero*, p. 171).

De modo semelhante, é difícil dizer por que o lituano-americano Algis Budrys não é mais lido hoje. Em sua época, suas novelas tiveram muitos admiradores e ainda parecem muito boas: *Who?* [Quem?] (1958) diz respeito a um homem resgatado de um estado de quase morte por inumeráveis próteses técnicas; transformado em um ciborgue, pode ou não ser um espião da Guerra Fria. A novela (embora não o filme um tanto simplista feito a partir dela, *Who?* [Jack Gold, 1974]) consegue extrair de uma premissa precária uma meditação interessante sobre existência e alienação.

O Satélite Proibido (*Rogue Moon*) (1960) diz respeito à descoberta de um artefato alienígena na Lua, que é indispensável investigar (por algum motivo não revelado) para a segurança nacional dos Estados Unidos. O problema é que o artefato mata qualquer explorador que não siga um passo a passo muito particular e arbitrário, que parece um contrassenso. Além disso, o artefato parece distorcer as leis da física. Após as primeiras mortes, os EUA desistem de enviar cópias físicas de exploradores criadas por um transportador de matéria, convenientemente inventado pelo herói da novela pouco antes da descoberta. Quando as cópias são mortas na Lua, os originais permanecem vivos na Terra. Mas há um problema: experimentar a morte deixa os exploradores loucos. Só um ex-espião, tipo James Bond, definido por sua atitude indiferente, do âmbito existencial, ao perigo e à morte, mostra-se capaz de suportar repetidas vezes a morte e também de chegar ao fim do misterioso labirinto.

Vale a pena nos determos um pouco na obra de Budrys, pois, ainda que hoje ela seja negligenciada, tanto seus pontos fortes quanto suas limitações são expressivos da lógica da Era de Ouro em termos mais gerais. *Who?* trabalha sua tensão apresentando um contraste entre o mundo da ciência, concebido em termos de engenharia e tecnologia, e o mundo da subjetividade humana, a natureza interior da essência de um ser humano. O primeiro é apresentado como patentemente incompreensível; o segundo, como um mistério além do poder da experiência. A considerável tensão narrativa da novela analisa uma questão não resolvida "é-ele-não-é-ele?" nas tentativas metódicas de autoridades norte-americanas para decifrar o mistério do protagonista. O pano de fundo da história, uma exagerada Guerra Fria entre o Oriente soviético e o Ocidente capitalista, jamais é questionado. O mundo da educação neste futuro é inusitado e utilitário.

> Tec-instrutores eram pessoas que nunca davam a uma resposta duvidosa o benefício da dúvida [...]. Presumia-se que tec-estudantes fossem capazes de digerir a quantidade de texto designada para eles e de ficar inteirados com exatidão sobre seu significado. Os instrutores faziam suas exposições de modo calmo, competente e cruel, jamais voltando atrás para rever um ponto ou, nas provas, jamais reavaliando a nota de um estudante bom em geral que tivesse tropeçado uma única vez (Budrys, *Who?*, p. 651).

A admiração da novela por essa zelosa filosofia pedagógica se irradia das páginas (o protagonista, Lucas Martino "admirava-a como o sistema ideal para seu objetivo"). Em termos ideológicos, a história toma por evidentes certos pressupostos sobre, por exemplo, gênero. Edward Hawks, o herói de *O Satélite Proibido*, é um cientista e inventor supercompetente cuja ingênua perplexidade ante a natureza das mulheres em geral soa de forma muito estranha para um leitor moderno: "O que me preocupava [acerca das mulheres] era que houvesse esses outros organismos inteligentes no mesmo mundo que eu e que tinha de haver algum propósito para essa inteligência". Ele continua:

> Se todas as mulheres existissem para a continuação da raça, para que precisavam de inteligência? Um simples conjunto de instintos teria tido o mesmo e exato efeito. E, na realidade, os instintos estão lá; então, por que havia a inteligência? O número de homens era bastante grande para se encarregar de tornar o ambiente físico confortável. Não era para isso que as mulheres serviam (Budrys, *Rogue Moon*, p. 114-15).

Aqui Budrys está, até certo ponto, zombando do próprio personagem, é claro: um engenheiro brilhante que compreende com perfeição as máquinas, mas está confuso pelo fato de ter se apaixonado – o pronunciamento anterior é transmitido à namorada dele, Elizabeth, que, segundo o livro: "Sentou-se olhando ao redor, um sorriso leve no rosto. Mas a *Rogue Moon* não está *criticando* o profundo sexismo de Hawks. Está expondo o tipo de divertido reconhecimento que mexe com a extremidade, não com a natureza da incompreensão de Hawks". A física, diz a novela, é reconhecível; o fato de as mulheres não o serem contribui para seu descrédito como gênero. Na verdade, dou uma olhada no resumo do livro no parágrafo anterior e reparo que, embora situe com correção a exploração do artefato alienígena no cerne da história, o modo como Budrys conta de fato sua história deixa relativamente pouco tempo *para* a Lua. Três quartos da novela acontecem na Terra e tratam da competição pelo predomínio entre três autodefinidos machos alfa: Hawks, o explorador Barker e Connington, um administrador que manipula a equipe e deseja a namorada de Barker, a bela Claire. Barker trata Claire assim: "A mão de Barker estalou e Claire recuou, tocando o rosto. Depois ela deu um sorriso forçado" (Budrys, *Rogue Moon*, p. 30). Quando Claire enfim o deixa por Connington, o herói-explorador lhe diz em um tom de repugnância: "Nunca pensei que fosse gostar de carniça" (Budrys, *Rogue Moon*, p. 112). Connington não é um verdadeiro homem, segundo esse código específico de masculinidade; e nenhuma mulher poderia achar atraente alguém que se afastasse do arquétipo do "homem real". Não é preciso dizer que Barker por fim domina o labirinto alienígena, pois o artefato localizado na inconstante Lua surge como correspondente objetivo do irracional caráter incognoscível da espécie feminina. A cabal bravura e persistência masculinas, unidas a uma recusa de ceder à dúvida existencial mesmo na iminência da morte, provam o fundamental. Connington consegue sua garota e Hawks resolve o problema técnico do artefato, ficando com a deliciosa Elizabeth. O homem está no seu céu e tudo vai bem com o mundo. Aqui estou sendo um pouco injusto com Budrys, que trata essas metáforas centrais com mais sofisticação do que a que se vê em muitos *pulps*. Mas uma razão pela qual esses antigos arautos da FC saíram da aceitação geral é que a especulação deles se apoia, com muita frequência, em uma base ideológica que hoje muita gente considera insustentável. Bater em uma mulher não é uma coisa máscula; e as mulheres na ponta receptora de um dano físico tão real não vão sorrir como cúmplices do agressor. Na verdade, parece-nos incompreensível que alguém possa sequer pensar nesses termos.

Essa não é apenas uma questão de representação de gênero, embora seja impressionante a raridade (em muitos casos, a *ausência*) de personagens femininos com iniciativa aparecerem na escrita desses "mestres" masculinos da FC da Era de Ouro. Há, em várias dessas histórias, uma identificação tácita da ciência com a autoridade masculina branca e um correspondente desprezo por quem não reconhece a inevitabilidade dessa conexão. Cyril M. Kornbluth escreveu uma grande quantidade de histórias inteligentes, divertidas, antes de sua morte precoce, quase todas caracterizadas por um engenhoso teor sarcástico. Mas essas histórias tendem a orbitar um foco ideológico implícito em que certas pessoas (na ficção de Kornbluth, sempre homens, instruídos do ponto de vista científico, em geral brancos) devem ser respeitadas e outras (um grupo muito maior que ele chama de idiotas) devem ser ridicularizadas. "The Little Black Bag" [A Sacolinha Preta] (*Astounding Science Fiction*, julho de 1950) é uma história engraçada de escape do tempo em que uma tecnologia médica avançada, que o futuro inadvertidamente "deixa cair", transforma o presente. Como o foco da história está quase por completo no presente, é quase improvável a necessidade de que o futuro de Kornbluth seja um mundo onde um grupo de homens brancos competentes e associados governe as coisas para uma população muito maior de idiotas e imbecis com QI médio de 45. Contudo, é o que acontece. Na verdade, essa ideia foi tão atraente para Kornbluth que ele a revisitou em "The Marching Morons" [A Marcha dos Idiotas] (*Galaxy Science Fiction*, abril de 1951), uma história futura de técnicas de gestão em que o problema é como a minúscula minoria da elite, que de fato faz com que o mundo não pare, pode exterminar os 5 bilhões de "idiotas" que constituem a verdadeira população mundial. A solução é recrutar um vigarista do passado século XX, chamado Barlow (ele chegou por acaso ao futuro através de animação suspensa), que concorda em "resolver" o problema se depois o fizerem Ditador do Mundo. O esquema de Barlow é seduzir os idiotas para uma vida nova em Vênus, retratado pela propaganda como um paraíso, embora todas as naves que transportam os idiotas se autodestruam quando estão distantes da Terra. A implicação é que os "gênios" do mundo futuro eram íntegros demais para conseguir chegar a um plano tão desonesto, embora essa integridade não os impeça de eliminar Barlow depois que o plano dele teve êxito. O fato de uma história escrita meia década após Auschwitz poder tratar o extermínio em massa de bilhões de seres considerados "sub-humanos" de modo tão complacente é algo genuinamene alarmante. Além disso, membros da minoritária casta dominante explicam a Barlow que são os herdeiros de uma secreta cabala eugenista:

> Algumas gerações atrás, quando enfim perceberam que ninguém ia prestar a menor atenção ao que diziam, os geneticistas trocaram as palavras por atos. Sendo mais específico, formaram e recrutaram uma corporação fechada destinada a conservar e melhorar a espécie. Os descendentes deles somos nós, que somamos cerca de 3 milhões. Mas, como há 5 bilhões de outros, nós somos seus escravos (Kornbluth, p. 157).

Uma estranha definição de escravidão, poderíamos pensar, já que a ignorância dos 5 bilhões que mascam chicletes e leem quadrinhos deixam a minoria no controle de todos os elementos da vida moderna: "Nos últimos dois anos", alguém se vangloria, "projetei um arranha-céu, mantive o funcionamento aqui, em Chicago, do Billings Memorial Hospital, impedi uma guerra com o México e dirigi o tráfego aéreo no aeroporto LaGuardia, em Nova York". Mais significativo é o modo como a história em momento algum questiona a *Herrenvolk*idade autojustificada dessa elite autosselecionada. H. G. Wells teria sentido orgulho. Uma novela posterior de Kornbluth, *Search the Sky* [Busca no Céu] (1954), envolve uma espaçonave que retorna à Terra após uma longa viagem e a encontra sob o controle da Marcha dos Idiotas. Mesmo a sátira bastante apreciada sobre a indústria publicitária que Kornbluth escreveu em colaboração com Pohl, *The Space Merchants* [Os Mercadores do Espaço] (1953), não consegue manter por completo o desprezo pelas massas, manipuladas com facilidade, dentro dos limites de uma comédia descontraída.

Determinada história da Era de Ouro, escrita por um autor pouco conhecido, tornou-se emblemática das divisões ideológicas em torno das quais faço minha discussão circular aqui. É "The Cold Equations" [As Equações Frias] (*Astounding Science Fiction*, agosto de 1954), de Tom Godwin. Um cargueiro espacial está transportando suprimentos médicos vitais para um mundo distante. O comandante (como é evidente, um homem) descobre uma passageira clandestina (uma mocinha), cujo peso extra passa a indicar que a nave não terá combustível suficiente para desacelerar quando atingir seu destino; vai inevitavelmente se acidentar, condenando não apenas os dois, mas os milhões que dependem dos remédios que a nave transporta. Em função disso, e apesar de ambas as partes lamentarem essa necessidade, a menina é ejetada por uma eclusa de ar. A história diz que não é possível contornar nem barganhar com as "equações frias" da física. Mas diz isso para justificar, e de fato valorizar, a rigidez de pensamento, a capacidade de tomar decisões difíceis, codificada como masculina, e que nada tem a ver com a física, mas sim tudo a ver com uma ideologia de direita. No entanto, o mundo da história é tão restritivo, os parâmetros de seu problema de xadrez organizados com tanta estreiteza, que o privam de uma correspondência com o mundo da vida real. É o que os filósofos chamam de dilema do bonde, sendo um dilema formulado para produzir determinada resposta. John W. Campbell, o editor que comprou a história para a *Astounding*, devolveu-a três vezes a Godwin para que ele a revisse (Godwin continuava encontrando engenhosas alterações para salvar a vida da menina). Apresentar a morte da menina como trágica necessidade provocada pela física, confrontando-a com a delinquência moral da empresa que construíra uma espaçonave sem suprimentos extras de combustível ou algum dispositivo à prova de avarias, indica um tipo de tendência ideológica. Apresentar a morte da menina como absolutamente inevitável indica outro tipo. O comandante não poderia mandar uma mensagem para que outra nave viesse resgatar a menina ou lhe trazer combustível extra? Não havia mesmo nada a bordo com massa equivalente à da garota que pudesse ser jogado fora? Não havia cadeiras, camas ou instrumentos? Não poderia uma frenagem aérea, uma manobra de ricochete ou alguma outra transferência de massa ser efetuada no sistema-alvo?

Na realidade, especulações dessa espécie deixam escapar o que é importante. O dilema do bonde de "The Cold Equations" é uma pedra de toque, no sentido estrito de que serve para provocar uma reação específica, tribal-ideológica. Minha resposta é uma reação dessas; um direitista empedernido estaria sujeito a reagir de modo diferente. E deve ser observado que nem todos os autores de FC da Era de Ouro, nem mesmo aqueles que por acaso eram homens brancos e héteros, estavam satisfeitos com esse endosso da frieza como valor básico a ser levado da ciência para os assuntos humanos. Cordwainer Smith (pseudônimo do escritor norte-americano Paul Linebarger) escreveu uma grande quantidade de contos bastante apreciados, todos ambientados no mesmo universo futuro, cuja cronologia Smith calculou de forma bem detalhada. Sua escrita é vigorosa e equilibrada, suas ideias são multifacetadas e marcantes, tendo sido muito copiadas.[3] Um dos pontos mais fortes de Smith, no entanto, é o modo como equilibra a frieza sublime da física masculina com as necessidades sociais da humanidade. Em sua história mais famosa, "Scanners Live in Vain" [Scanners Vivem à Toa] (*Fantasy Book*, junho de 1950), a sociedade depende da viagem espacial, mas a exposição espontânea ao espaço deixa as pessoas loucas. Uma casta de 68 *scanners*, isolados de suas emoções humanas e mesmo das sensações físicas pela tecnologia, controla todo o voo espacial, deslocando passageiros humanos dentro de tubos blindados de estase. Vez por outra, esses *scanners* "rangem", ou revertem-se a uma existência humana mais normal, para fazer coisas como se casar e ter filhos; mas só agem assim por períodos curtos. A história diz respeito a um *scanner* chamado Martel que, por acaso, "rangeu" quando um encontro de emergência de *scanners* foi convocado porque um cientista, Adam Stone, inventara um meio de pessoas comuns poderem voar pelo espaço. De modo desapaixonado, os *scanners* votaram pelo assassinato dele, preservando assim seu monopólio. Devido a seu "ranger", Martel vê esse encontro através de olhos humanos.

> A maioria das reuniões a que compareceu pareciam formais, reconfortantemente cerimoniais. Quando não estava rangendo, não reparava em seu corpo mais do que um busto de mármore repararia em seu pedestal de mármore [...]. O enfadonho ritual transpunha a terrível solidão por trás de seus olhos, fazendo-o sentir que os *scanners*, embora fossem uma confraria de amaldiçoados, estavam não obstante para sempre premiados pelos requerimentos profissionais de sua mutilação. Desta vez era diferente.

Chegara rangendo [...]. Vira os amigos e colegas como um grupo de fantasmas motivados pela crueldade, revelando o absurdo ritual de sua irrevogável danação (Smith, p. 18).

A história de Smith é uma das mais humanas interrogações até hoje escritas sobre a lógica rigorosa da ciência.

O nova-iorquino Alfred Bester, embora mais áspero, ainda assim se destaca, em parte pelo modo como critica de forma tácita a masculinidade em torno da qual também constrói suas empolgantes histórias. Bester publicou relativamente pouca ficção científica, mas seu impacto sobre o gênero foi enorme. Sozinho, como às vezes parece, inventou tanto a "New Wave" quanto o "cyberpunk". Sua primeira novela de FC, *O Homem Demolido* (*The Demolished Man*) (1953), acompanha as tentativas feitas por Ben Reich – em um mundo de *espers** telepáticos, que podem detectar a maioria dos crimes antes mesmo que sejam cometidos – para evitar a prisão pelo assassinato que praticou. É escrita de maneira vibrante, evocativa e lacônica; "vigoroso" não faz justiça ao domínio que Bester tem de sua linguagem, que nunca é convencional ou derivativa. Sua melhor novela, *Tigre! Tigre!* (*Tiger! Tiger!*) (1956); publicada nos Estados Unidos como *The Stars My Destination* (1956), é apontada por alguns como a melhor novela de ficção científica do século. É um *Bildungsroman*** encenado contra o pano de fundo, desenvolvido com brilhantismo, de um hipercinético sistema solar futuro devastado pela guerra. Gully Foyle começa a novela como precariamente humano, um resmungão e analfabeto ajudante de mecânico de terceira classe. Ele sobrevive à destruição da espaçonave *Nomad* e, quando uma nave em trânsito se recusa a resgatá-lo, é tomado por uma sede de vingança que o motiva a escapar de sua prisão e perseguir aqueles que o abandonaram, transformando-se ao longo do processo em um indivíduo extremamente inteligente, educado, engenhoso e, por fim, em uma espécie de salvador da humanidade.

Fica implícito que o destino da *Nomad* estava ligado à sua carga secreta, um misterioso material de guerra chamado PyrE, que funciona com brilhantismo como elemento de uma trama McGuffin.*** Ainda assim, a história dessa novela, por mais eletrizante e absorvente que seja, é menos importante que o clima e a cabal exuberância da construção de mundo de Bester. No sistema

---

* *Esper* é um indivíduo habilitado em telepatia e outras aptidões paranormais. (N. do T.)

** Os críticos literários empregam a palavra alemã *Bildungsroman* (romance de formação) para se referirem à narrativa que expõe o processo de amadurecimento físico, moral, psicológico, estético, social ou político de um personagem, partindo em geral de sua infância ou adolescência. (N. do T.)

*** Trama na qual há um dispositivo central que atrai a atenção do leitor. A história sempre o mantém como referência, mesmo que, no final, sua importância se mostre muito relativa. (N. do T.)

solar do século XXV de Bester, as pessoas se teletransportam de modo instantâneo, algo efetivado nesse universo por um ato de pura vontade, não mediado pela tecnologia. Assim que uma pessoa entende o procedimento, e desde que saiba visualizar o destino, ele ou ela podem pipocar de imediato de um lugar para o outro, uma prática chamada "lépida" ("um termo que", como Scott Bukatman assinala, "descreve não apenas a técnica de teletransporte, mas também a estrutura narrativa hiperativa e o estilo 'lépido' de Bester" [Bukatman, p. 352]). As únicas barreiras para a "lépida" são a incapacidade de visualizar o destino (o que significa que a segurança se torna uma questão de construir lugares elaborados e manter sua localização em segredo) e – de maneira mais fundamental – o vácuo do espaço, que não pode ser cruzado.

À medida que Foyle vai cumprindo a trajetória da trama da novela, passamos a compreender que ele, sem perceber, descobriu o truque de saltar pelo espaço e, assim, o otimista título americano da novela condensa a história de modo ressonante, mesmo messiânico. De várias maneiras, o livro tem como modelo dramas de vingança jacobianos,* mas Bester não está interessado de fato na limitada especulação teológica de causa e efeito dos vingadores (Deus tem um lugar reduzido com severidade em seu imaginado sistema solar, e a religião organizada foi posta na ilegalidade). Na realidade, é um livro sobre a vontade, imaginada com fervor positivamente nietzschiano. Os dois conceitos centrais do livro elaboram esse tema-chave. A "lépida", por exemplo, significa que é possível viajar de modo instantâneo de um lugar para o outro apenas pensando nisso, visualizando o destino e, em última instância, desejando estar lá; em outras palavras, a "lépida" é a exteriorização do desejo de viajar, o símbolo que liga "desejo" e "destino". PyrE, de modo semelhante, é uma forma de matéria explosiva detonada ao se pensar nela. "Por meio da Vontade e da Ideia", explica Presteign, o vilão patrício do livro, "PyrE só pode ser detonada por psicocinese. Sua energia só pode ser liberada pelo pensamento. É preciso estar determinado a explodi-la e com o pensamento voltado para isso" (Bester, *Tiger! Tiger!*, p. 217). Isto é, PyrE é a externalização concreta da vontade de destruição da humanidade, o símbolo que liga desejo a destruição. Nesse sentido, a novela de Bester, que teve influência incalculável sobre a New Wave e a escrita *cyberpunk*, carrega dentro de si o germe do triunfo nietzschiano da vontade. Isso, em poucas palavras, é o verdadeiro sonho da Era de Ouro: a manifestação tecnológica da vontade do herói/leitor (masculino).

A leitura aprofundada e ideológica da ficção científica norte-americana da Era de Ouro é, sem dúvida, inevitavelmente deformadora. A ênfase em uma estética masculina branca ignora o fato de que várias mulheres norte-americanas

---

* Da época de Jaime I da Inglaterra. (N. do T.)

também publicaram uma notável FC durante as décadas de 1940 e 1950. Mencionemos apenas duas. Leigh Brackett alcançaria mais tarde renome duradouro na FC ao escrever o roteiro do melhor filme de *Star Wars: O Império Contra-Ataca* (*Star Wars: The Empire Strikes Back*) (1980), mas publicou de modo intenso durante as décadas de 1950 e 1960. A naturalidade profissional com que se situou nos variados idiomas da aventura espacial das revistas dos anos 1950 indica que muitas dessas histórias têm pelo menos certos atributos que agradam à classe média branca norte-americana. Não obstante, há contracorrentes encontradas com menos frequência na escrita mais masculinista dessa era. Por exemplo, as histórias que Brackett escreveu sobre seu personagem Tarzan do espaço, Eric John Star, um órfão humano criado por aborígenes mercurianos (a primeira foi "Queen of the Martian Catacombs" [Rainha das Catacumbas Marcianas] [*Planet Stories*, junho de 1949]), têm mais afinidade com os espezinhados e colonizados alienígenas do sistema solar futuro de Brackett do que acontece na maioria de tais aventuras sub-burroughsianas. E em *The Sword of Rhiannon* [A Espada de Rhiannon] (1953), escreveu uma história vigorosa e memorável em que uma máquina do tempo alienígena manda seus personagens voltarem ao planeta Marte de milhões de anos atrás, antes que os oceanos evaporassem. Raramente a FC consegue equilibrar com tanta perfeição novidade e nostalgia.

No caso de Andre Norton, temos uma mulher que começou a publicar inventivos romances planetários e aventuras de Espada e Magia no início dos anos 1930 e continuou publicando no início do século XXI, o que torna difícil classificá-la em termos de movimentos cronológicos. Suas histórias retornam repetidas vezes às narrativas em que protagonistas jovens superam a adversidade em um rito de passagem, embora não sejam estritamente *Bildungsromans*, pois a função dessas histórias não é investigar a maturidade, mas celebrar a desenvoltura e a energia da juventude. Ela escrevia ficção para "jovens adultos" antes que essa categoria de marketing tivesse sido criada, e, na esteira das várias centenas de títulos, a FC a homenageou batizando seu primeiro prêmio para YA [*Young Adult fiction*] de Andre Norton Award.

Outras escritoras que trabalhavam nos anos 1950 são mencionadas em outros pontos do presente estudo: C. L. Moore, no capítulo anterior, e Marion Zimmer Bradley, no capítulo seguinte.

O Cenário Britânico do Pós-Guerra

Se a FC da Era de Ouro norte-americana foi, na maioria das vezes, decidida, dinâmica e aberta ao exterior, a FC do pós-guerra britânico teve, e manteve até certo ponto, um tom um pouco diferente: mais introvertido, mais negativo e pessimista. Tal estado de coisas é sem dúvida o que poderíamos esperar. Os Estados Unidos nas décadas de 1950 e 1960 eram uma nação em expansão; a Grã-Bretanha estava encolhendo. Por certo é difícil exagerar como foi profunda a mudança cultural experimentada pela Grã-Bretanha, em particular pela Inglaterra, após o término da Segunda Guerra Mundial. Uma nação que já governara um império abrangendo um quinto da população do globo sujeitava-se a uma inevitável diminuição, a um recuo de império e líder mundial para uma posição mais de acordo com uma pequena ilha nas margens da Europa. Para falar de modo bem mais geral, essa transformação se manifestou em fenômenos culturais metafóricos. A severidade da vida no pós-guerra (o racionamento de comida, por exemplo, continuou por muitos anos após a guerra) se filtrou para uma série de obras de arte mais ou menos negativas, pessimistas. A FC foi uma modalidade que permitiu a inflação desse sentimento de perda – um sentimento obscuro e enfurecido, já que "nós" tínhamos, afinal, ganhado a guerra, mas ainda assim uma perda palpável – nas esferas global ou cósmica. A obra-prima dessa linguagem particular, depressiva e pessimista, é *1984* (*Nineteen Eighty-Four*) (1949), de George Orwell.

A distopia de Orwell é uma extrapolação dos regimes totalitários das décadas de 1930 e 1940. Seu mundo futuro é dividido entre Oceania (os antigos Estados Unidos, Grã-Bretanha, Australásia e África do Sul), Eurásia (as antigas Rússia e Europa continental) e Lestásia (China e Ásia Oriental). O território global remanescente está sendo continuamente disputado em uma interminável guerra mundial. Cada um dos três Estados mundiais é governado por regimes absolutistas. O Partido de Oceania, para o qual a novela volta-se em particular, governa de acordo com os princípios do Ingsoc, ou socialismo inglês – um sistema estatal stalinista. O ponto principal da novela é dissecar a anatomia desse tipo de realidade política, tanto de seu verdadeiro fundamento ideológico quanto da miserável qualidade de vida que impõe a seus súditos.

A novela *1984* diz respeito a Winston Smith, um habitante da Pista Um (as velhas Ilhas Britânicas) que leva uma existência vergonhosa, depauperada, miserável, caracterizada por carências crônicas de bens de primeira necessidade, suprimentos racionados de comida de pouca qualidade e gim de quinta categoria ingerido a qualquer hora. A população vive sob a constante vigilância do partido; todos os cidadãos têm uma teletela no quarto, um dispositivo bidirecional que transmite propaganda e permite que os monitores os observem em todos os momentos. A lealdade ao partido está concentrada na figura conceitual de um homem, o Grande Irmão, cuja face está em cartazes espalhados por toda parte: "Um homem de cerca de 45 anos, com um espesso bigode preto e traços severos, mas harmoniosos [...]. O GRANDE IRMÃO

O OBSERVA diz a legenda embaixo dele" (Orwell, *Nineteen Eighty-Four*, p. 5). Através do sistema de teletelas, esse slogan é concretizado. A narrativa da novela fala da insatisfação de Smith com o mundo em que vive. Ele mantém um diário ilegal no qual registra suas opiniões dissidentes e tem um caso ilegal com uma colega de trabalho chamada Júlia – sendo o sexo, exceto para fins de reprodução, um ato criminoso para os membros partidários em Oceania. Esse caso dá a Smith a esperança de que, embora o Grande Irmão seja poderoso demais para que haja oposição a ele em escala social, as pessoas continuem tendo a possibilidade de serem livres em segredo, como nos contatos puramente pessoais. Mas com o correr da novela o caso secreto é descoberto, Smith e Júlia são presos pela Polícia do Pensamento, torturados e subjugados por completo. Em uma prolongada conversa com um funcionário veterano do partido, O'Brien, Smith aprende a dura lição de que a própria realidade é apenas o banquinho onde o poder repousa seus pés. O'Brien põe a coisa nos seguintes termos: "Não há nada que nós [o Partido] não possamos fazer. Invisibilidade, levitação – qualquer coisa. Eu poderia, se quisesse, sair flutuando do chão como uma bolha de sabão". Smith o desafia:

> – Mas o universo inteiro está fora de nós. Olhe as estrelas! Algumas estão a um milhão de anos-luz de distância. Estão para sempre fora do nosso alcance.
> – O que são as estrelas? – disse O'Brien com indiferença. – Pedacinhos de fogo a alguns quilômetros daqui. Se quiséssemos, poderíamos chegar lá. Ou poderíamos apagá-las. A Terra é o centro do universo. O Sol e as estrelas giram em volta dela (Orwell, *Nineteen Eighty-Four*, p. 213).

De certo modo, esse trecho resume a desconfortável relação de *1984* com a ficção científica. É uma novela de FC deliberadamente pré-copernicana. Sob certos aspectos, ela utiliza de fato tropos de ficção científica: as teletelas, as bombas-foguetes, as avançadas tecnologias da guerra. Mas em outro sentido, no regime da novela a tecnologia não tem utilidade. A divisa sobre controlar o futuro é circular por completo; não *há* futuro em Oceania, só um contínuo presente de poder partidário. Até mesmo a data do título reforça essa noção; escrevendo em 1948, Orwell apenas inverteu os dois últimos algarismos para obter sua data fictícia. Ao contrário da tradição da ficção futura (livros como *Looking Backward 2000-1887*, de Bellamy), que ele desconstrói com ironia, *1984* não é ficção futurística, porque, com bastante exatidão, não existe futuro para o qual os habitantes da sociedade de Orwell possam avançar.

Ainda assim, a fantasia de Orwell é ficção científica. O modelo é menos a FC tecnológica dos anos 1920 e as ficções *pulp* da década de 1930, e mais a

FC teórica e sutil de Stapledon. Começamos a ter uma noção disso na seção final, durante o detalhado interrogatório de Smith por O'Brien. Em certo sentido, essas páginas não correspondem a um interrogatório convencional. Smith tem pouco a dizer, pois há pouco que possa dizer – o Partido sabe de tudo antes que o interrogatório comece. Por outro lado, O'Brien fala durante um longo, eloquente e arrepiante período de tempo. Certos críticos encontram aqui uma falha no livro e sem dúvida não é óbvio, à primeira leitura, por que O'Brien mostra tão extraordinário empenho com relação a Smith. O que faz Smith, um indivíduo bastante insignificante, valer esse tratamento especial? Mas em um importante sentido essa novela não pode ser lida de acordo com a lógica de uma novela-com-personagens à maneira do século XIX. A qualidade ficcional-científica do livro não é seu suposto cenário futuro. Em vez disso, é um mundo em que o indivíduo foi sobrepujado por completo pela identidade corporativa do (neste caso) Partido. O Partido é o marxismo sem ilusões, sátira sombria de Orwell sobre a noção mesma de um *Homo superior*; o Partido é a "coisa" em que a humanidade se transforma. De acordo com isso, podemos ler o livro como um sombrio romance evolucionário. O próprio O'Brien é direto com relação ao Partido como uma nova forma de ser imortal. "Será que você não entende que a morte do indivíduo", ele diz a Smith, "não é a morte? O Partido é imortal" (Orwell, *Nineteen Eighty-Four*, p. 216). É também todo-poderoso, onisciente, uma forma de Deus secular que se originou da humanidade. Isso é o que torna *1984* tão importante para o desenvolvimento da novela do século XX, o modo como apresenta uma narrativa absolutamente sem personagens. É um trabalho muito mais de vanguarda do que a maioria das pessoas pode se dar conta.

"Catástrofe Confortável" e Crianças Alienígenas

O memorável *slogan* crítico de Brian Aldiss, "catástrofe confortável", criou raízes profundas no solo acadêmico como descrição do estilo dominante da FC britânica do pós-guerra. Enquanto a FC norte-americana (diz a argumentação) explorava cada vez mais as possibilidades expansivas da aventura global, solar e galáctica, a FC britânica projetava uma estética cada vez mais insular. A situação não era tão nítida quanto se sugere aqui, mas não pode se negar que foi escrita uma série de novelas importantes nas quais britânicos de classe média enfrentavam desastres ou o apocalipse; assim como, na vida real, os britânicos de classe média enfrentavam o encolhimento, ao estilo Alice, de um Reino Unido de poder mundial para uma nação de tamanho mediano. O que torna essas catástrofes "confortáveis" é a falta de qualquer genuína sensação de ameaça; elas transformam em ficção antes o *playground* de aventuras que os terrores da extinção ontológica: "A essência da catástrofe confortável é que o herói deve se divertir bastante (garotas, suítes gratuitas no Savoy, automóveis para impressionar) enquanto todos estão morrendo" (Aldiss e Wingrove, p. 254). Existe certa veracidade nessa imagem em miniatura da FC britânica no pós-guerra, mas só em parte. De fato, as catástrofes de John Wyndham (pseudônimo de John Harris), Arthur C. Clarke e John Christopher (pseudônimo de Sam Youd) são mais autênticas e perturbadoras, ao lidar com temáticas escatológicas de um modo fértil e profundo.

Há, por exemplo, pouca coisa confortável nas áridas paisagens pós-catástrofe dos ameaçados pela fome de Christopher em *The Death of Grass* [A Agonia do Verde] (1956), nos presos no gelo em *The World in Winter* [O Longo Inverno] (1962) ou nas turbulências sismológicas em *A Wrinkle in the Skin* [Uma Ruga na Pele] (1965). Uma versão norte-americana bastante considerada da mesma coisa está na única novela de FC de George Stewart, *Earth Abides* [Só a Terra Permanece] (1949), um tratamento ponderado e melancólico da história pós-desastre. *O Dia das Trífides* (*The Day of the Triffids*) (1951), de Wyndham, congrega (de um modo um tanto implausível) duas catástrofes: um desaparecimento quase universal da espécie humana e a voracidade das plantas ambulantes, do tamanho de um homem e com hastes venenosas, do título do livro. *The Kraken Wakes* [O Kraken Desperta] (1953) é um conto de invasão alienígena que ganha mais impacto em virtude de a ameaça alienígena nunca ser vista, pois coloniza nossos oceanos profundos em vez de nossas massas de terra. Isso, no entanto, não significa que evitamos sua depredação, pois eles atacam a navegação e, por fim, começam a derreter as calotas polares para inundar o mundo inteiro. Mas o livro mais interessante de Wyndham não é estritamente catastrófico. Na verdade, é um caso em que o gênero catástrofe confortável atinge seu ápice com um livro que diz respeito não à mortalidade global, mas à natividade. *A Aldeia dos Malditos* (*The Midwich Cuckoos*) (1957) é uma das maiores realizações desse período. Certo dia, sem nenhum aviso prévio, todos os habitantes do povoado inglês de Midwich entram em transe; quando acordam, todas as mulheres férteis estão grávidas. As crianças nascidas delas crescem com rapidez, manifestando estranhos poderes de telepatia e sensibilidade para uma consciência coletiva entre elas. Excluídas e atacadas por sua estranheza, respondem por telepatia, impelindo os moradores a cometer suicídio ou colocando uns contra os outros. Percebendo a ameaça que representam, Gordon Zellaby, um dos moradores que vinha supervisionado a educação das crianças em uma casa chamada "a granja", reúne todas elas e detona uma bomba, matando a si próprio junto com todas as crianças. Um resumo tão precário não pode transmitir a reação incrivelmente assustadora do mundo normal inglês e a intensa estranheza das crianças que o livro evoca.

O caráter alienígena das crianças é um dos temas mais gerais de Wyndham, como vários críticos têm observado. Por exemplo, David Ketterer mostra que, de *Planet Plane* [Planeta Plano] (1936) e *As Crisálidas* (*The Chrysalids*) (1955) e *A Aldeia dos Malditos* (1957), passando por *Chocky* (1968) e uma série de contos (entre eles "It's a Wise Child" [É uma Criança Esperta], até "A Life Postponed" [Uma Vida Adiada]), Wyndham retornou repetidas vezes ao tropo da criança diferenciada, seres superiores e alienígenas na forma infantil, um fascínio que David Ketterer relaciona de modo convincente às próprias circunstâncias psicobiográficas de Wyndham (Ketterer, pp. 154-55). O que torna *A Aldeia dos Malditos* diferente de *As Crisálidas* ou *Chocky* é que Wyndham não pede nossa simpatia pelas crianças. Na realidade, podemos reapresentar a premissa central da novela nos seguintes termos: sob que circunstâncias seria não apenas possível, mas também necessário, e até mesmo heroico, assassinar um grupo de 58 crianças? Acho que pensar na novela nesses termos faz dela um trabalho muito mais óbvio de pós-guerra do que se tem admitido em geral. Por pós-guerra, entendo, é claro, pós-Holocausto; sendo mais específico, sugiro que é necessário ler a novela como primeiro exemplo do gênero de ficção do holocausto. Em 1956, quando Wyndham estava escrevendo, apenas uma década tinha se passado desde a libertação dos campos. O próprio Wyndham estivera no exército no final da guerra, como acontece com o narrador da novela, que recorda-se do conflito: "as praias, as Ardenas, a floresta de Reichswald e o Reno" (Wyndham, *The Midwich Cuckoos*, p. 32), colocando-o com aquelas mesmas forças armadas que acabaram descobrindo e libertando os primeiros campos de concentração. Os campos eram aquele lugar na guerra onde um povo tinha sistematizado o assassinato de crianças (junto com o de mulheres e homens) sob o pretexto de defender a civilização e a espécie humana contra uma ameaça de dentro. Em certo sentido, a novela é uma tentativa de entrar, em termos imaginativos (via fábula de FC), na mentalidade de um povo que podia cometer um ato desses.

A incumbência final de assassinato em massa é, quando se medita sobre ela, uma alarmante e mesmo monstruosa conclusão para o livro. Ketterer assinala que Zellaby não só minimiza seu "heroico ato de suicídio", sugerindo "que de qualquer modo não vai viver muito tempo devido a uma doença cardíaca", mas, além disso:

Harris [nome real de Wyndham] evita o pleno horror de sua conclusão fazendo com que ela ocorra nos bastidores. Além disso, Harris simplificou ou talvez, mais precisamente, camuflou e contornou as questões morais envolvidas, assegurando que nenhum membro notório da família do próprio Zellaby estivesse entre as crianças aniquiladas (Ketterer, p. 165).

É impressionante como a novela é conceitualizada em termos *raciais*. As crianças alienígenas, segundo o membro do exército Bernard Wescott, representam "um perigo racial do tipo de extrema urgência". Os russos aniquilaram uma população de tais crianças em uma de suas cidades recorrendo à medida extrema de eliminar a cidade inteira por "canhão atômico". O governo russo, relata Wescott, "exorta todos os governos, por toda parte, a 'neutralizar' quaisquer desses grupos de que se tenha conhecimento no menor prazo possível". Outro personagem, Leebody, insiste que matá-los não é assassinato, já que "eles têm a *aparência* do *gênero homo*, mas não a natureza". Zellaby resume, pouco antes de seu bombardeio suicida: "É nosso dever para com nossa raça e cultura liquidar as Crianças", ou então "a cultura delas [...] extinguirá a nossa" (Wyndham, *The Midwich Cuckoos*, pp. 191, 158, 208). Além disso, a descrição que Wyndham faz das crianças as torna nitidamente semitas: todas compartilham "pele parda", "cabelo louro-escuro", "nariz reto, estreito", criando em torno delas a atmosfera de "procedência estrangeira" (Wyndham, *The Midwich Cuckoos*, p. 148). O ímpeto da novela se volta, poderíamos dizer, para nos alinhar com determinada linha de raciocínio e de força emocional, até atingirmos o mesmo lugar que os nazistas ocuparam; essas crianças têm de ser mortas para a proteção de nossa raça. O que não é o mesmo que sugerir que o humano e atento Wyndham fosse de algum modo nazista; trata-se, na realidade, do inverso. Sua novela é um criptograma ético brilhantemente reverso; ela nos interpela como um guarda de campo: "Ei, você não deve só matar essas crianças" (ou não matar, mas *aniquilá-las*, *neutralizá-las*), "mas também acreditar que está fazendo o bem". A sátira de Wyndham sobre a ideologia ocidental de civilização e raça ainda tem seu vigor contemporâneo; não há nada de confortável em torno dessa catástrofe.

O tropo da criança como alienígena foi popular, nos anos 1950, em ambos os lados do Atlântico. Houve, por exemplo, uma profusão de histórias de FC que dramatizam crianças humanas coligadas com alienígenas ou como os próprios alienígenas. Poderíamos mencionar *Slan* (1946), de Van Vogt; *Mimsy Were the Borogoves* [Frágeis e Afetados Eram os Borogoves] (1943), de Henry Kuttner e C. L. Moore, em que duas crianças utilizam assistência educacional de um futuro distante, voltando no tempo, para escapar dos pais; e *Zero Hour* [Hora Zero] (1947), de Ray Bradbury, em que crianças humanas ficam ao lado dos invasores alienígenas. Há uma série de outros livros, talvez mais famosos, de Wyndham: em particular *As Crisálidas*, com suas supercrianças telepáticas que representam um novo desenvolvimento evolucionário a respeito de pais limitados e infanticidas; outro é *Chocky*, em que uma criança humana tem um "irmão" alienígena vivendo em sua mente. Algo, podemos dizer, assomava na cultura especulativa dos anos imediatos ao pós-guerra, uma inquietação cultural generalizada sobre a natureza e a condição das crianças – uma apreensão, de fato, do estranho aspecto infantil.

Mas o verdadeiro laureado em crianças alienígenas é o escritor nascido na Grã-Bretanha, Arthur C. Clarke. Sobrecarregado por vezes com o título de maior escritor de FC do século, a reputação de Clarke baseia-se na fabulação de FC *hard*. Seus *Collected Short Stories* [Contos Reunidos] estão repletos de histórias competentes em que um *novum* tecnológico é desenvolvido de modo engenhoso e impressionante. Alguns de seus livros mais interessantes são dramatizações de demandas tecnológicas da viagem espacial: *As Areias de Marte* (*The Sands of Mars*) (1951) descreve o que era, segundo o conhecimento da época, um Marte colonizado realista por completo; *Ilhas no Céu* (*Islands in the Sky*) (1952) acompanha as aventuras de um garoto de 16 anos em um futuro de estações espaciais em órbita da Terra; *A Fall of Moondust* [Uma Queda de Poeira Lunar] (1961) enterra um ônibus lunar em um mar de poeira, em um reconhecido estilo de cinema-catástrofe, com as tentativas das vítimas para sobreviver e escapar apresentadas de modo perfeitamente plausível. A própria formação de Clarke em matemática, eletrônica e engenharia sempre molda sua ficção com uma estudada lógica científica. No conto "A Slight Case of Sunstroke" [Um Leve Caso de Insolação] (publicado pela primeira vez em *Galaxy*, 1958), uma torcida inteira de futebol foca pequenos espelhos em um árbitro impopular, incinerando-o. Se fosse outro escritor, o leitor poderia deixar a descrença entre parênteses, concedendo ao autor uma licença para criar um efeito metafórico. Com Clarke, contudo, o leitor jamais duvida de que ele fez todos os cálculos e de que haverá plausibilidade científica. Eric Rabkin observa que um único conto, "Jupiter Five" [Júpiter Cinco], "exigiu de vinte a trinta páginas de cálculos orbitais para se assegurar de que tudo reportado na narrativa era fiel à mecânica clássica" (Rabkin, p. 19). Esse alicerce mecanicista-russelliano do universo ficcional é, na maioria das vezes, manipulado com descontração por Clarke. Mas o que é talvez mais interessante é até que ponto esse escritor racionalista, ateu, iluminista foi atraído para os tropos fundamentalmente religiosos da transcendência.

Sua primeira novela, *O Fim da Infância* (1953), concentra o fim da humanidade nas crianças. No início do livro, alienígenas dotados de grande poder chegam à Terra, dão fim à guerra e ao sofrimento, e estabelecem uma ditadura benigna. Sob seu governo secreto (os alienígenas a princípio não se revelam à humanidade; mais tarde descobre-se que essa reticência se dá por pura prevenção devido à semelhança física que têm com demônios), e tem início uma nova era dourada. Mas no final da novela descobrimos que esses alienígenas vêm de fato agindo como pastores, protegendo o *Homo sapiens* enquanto uma nova geração de crianças humanas cresce para transcender a realidade física e se unir à "supermente". Essa transcendência, embora seja uma coisa maravilhosa, é também catastrófica; assinala o término da humanidade e, de fato, da própria Terra. Uma geração de pais veem os filhos se tornarem algo estranho e alienígena, sendo eles próprios incapazes de acompanhá-los. A transcendente ascensão das crianças destrói a Terra por completo. Edward James observa que "o final apocalíptico e visionário de *O Fim da Infância* foi sem dúvida o que lhe rendeu a entrada na maioria das pesquisas como uma das três primeiras das Dez Maiores Novelas de FC de Todos os Tempos". Mas James também busca com astúcia as contradições mal dissimuladas da novela: "É notável (embora crie perplexidade) que a novela de Clarke traga na página do *copyright* a seguinte mensagem: 'As opiniões expressas neste livro não são as do autor'" (James, p. 78). Clarke explicou mais tarde que a opinião em questão era a insistência dos Senhores Supremos de que "as estrelas não são para o homem", mas uma fértil contradição corre com muito mais profundidade que isso pela obra de Clarke.

Um meio óbvio de ler *O Fim da Infância* é ver a incerteza inicial sobre os motivos dos Senhores Supremos resolvida com clareza; a intenção deles era sempre benévola para com a humanidade, a transcendência da humanidade para a supermente que os Senhores Supremos acompanham é uma Coisa Boa. Mas, como Peter Fitting comenta: "embora muitos críticos descrevam [*O Fim da Infância*] como uma versão do tema do alienígena benevolente, é possível defender o oposto, encarando-a como um exemplo da narrativa de invasão alienígena. A vinda dos Senhores Supremos [...] provoca o fim da espécie humana e a destruição da Terra". Como Fitting observa, ler essa conclusão como um desdobramento positivo "implica a anuência de que 'o pai é que sabe', que os Senhores Supremos estão agindo em favor de nossos melhores interesses, mesmo que não consigamos compreender isto" (Fitting, pp. 143-44). Fitting traça paralelos com o paternalismo imperialista britânico, mas é o investimento psíquico e emotivo em sua atração/aversão ao Pai (ou, de modo mais preciso, ao Nome do Pai) que, penso eu, dá à novela seu impacto direto junto aos leitores.

Alguma coisa semelhante acontece com a criança estelar dos planos finais de *2001: Uma Odisseia no Espaço*, de Clarke/Kubrick (discutido no próximo capítulo). O mais estranho no filme não é o aparecimento em si da criança estelar, mas as cenas que precedem de imediato esse aparecimento – Bowman preso em alguma sala de estar ao estilo Luís XV na outra extremidade de um buraco de minhoca cósmico, assombrado por si mesmo e envelhecendo diante de nossos olhos. Em outras palavras, a coisa estranha (a novidade da criança estelar e a mudança, talvez destrutiva, que isso pressagia para a Terra) é transferida de forma reversa para Bowman, o "progenitor". É seu envelhecimento acelerado que é a coisa fantasmagórica, porque reforça a trajetória para a morte e a substituição sugerida, antes de tudo, pela figura da criança. Isso, por sua vez, diz alguma coisa interessante sobre a relação de *O Fim da Infância* com a ficção científica como um todo e ilumina a interessante observação de Peter Nicholls sobre o que ele chama "o paradoxo ACC":* "O homem que, dentre todos os escritores de FC, identifica-se com mais intimidade com a FC *hard* culta, tecnológica, está bastante atraído para a metafísica, até mesmo para o místico" (Nicholls e Clarke, p. 230). A mediação particular feita por Clarke da dialética determinante original da FC parece tender para a vertente materialista ou protestante; mas de fato aquela vertente católica mística/fantástica está muito presente de forma subconsciente. Mas esse subconsciente é um órfão, e mais que um órfão: um matador-do-pai, uma encarnação alienígena e monstruosa de *jouissance*. Uma das histórias mais famosas de Clarke é *Os Nove Trilhões de Nomes de Deus* (*The Nine Billion Names of God*) (publicada pela primeira vez em 1953). Dois cientistas de computação estão de fato muito contentes em vender um avançado e caro sistema de computador a um lama tibetano para ajudar na fútil tarefa (até onde cabe aos cientistas avaliar) de listar todos os nove trilhões de nomes de Deus. Assim que a tarefa se completar, acredita o lama, o mundo acabará, e os cientistas guardam para si mesmos uma condescendência irônica para não pôr a venda em risco. Na verdade, partem com rapidez depois para não terem de se defrontar com o desapontamento do lama quando a tarefa estiver completa e se revelar em vão. Estão quase na pista de pouso quando o mundo de fato termina no belamente contido trecho final:

> – Queria saber se o computador acabou seu turno. Está mais ou menos na hora.
>
> Chuck não respondeu, por isso George girou na sela. Só pôde ver o rosto de Chuck, um branco contorno oval virado para o alto.
>
> – Olhe – murmurou Chuck, e George ergueu os olhos para o céu. (Há sempre a última vez para tudo.)
>
> Sobre eles, sem nenhum alvoroço, as estrelas iam se apagando (Clarke, *The Collected Stories*, p. 422).

---

* ACC são as iniciais de Arthur Charles Clarke. (N. do T.)

O sentimento de espanto evocado por essa história se mantém em interessante contraste com o excesso estelar de *O Cair da Noite*, de Asimov (discutido antes). Ambas as histórias trabalham de modo semelhante, ainda que diametralmente oposto. Onde Asimov representava a revolução copernicana no avanço conceitual de seus personagens com relação à imensidão do cosmos, Clarke alcança o mesmo efeito ao revelar, de modo paradoxal, que o universo é *pré*-copernicano, com estrelas mais ou menos equidistantes de uma Terra central no cosmos e, portanto, capazes de se extinguir em uníssono. Edward James se recorda de ter lido a história de Clarke aos "13 ou 14 anos": "Um senso quase religioso de reverência (ou espanto) foi criado em mim, enquanto tentava perceber a imensidão do universo e contemplar a não existência de Deus" (James, p. 107). É exatamente assim que Clarke funciona.

Ficções "Religiosas" da Era de Ouro

A dialética religiosa que coloca a FC moderna em movimento continua sendo um procedimento cada vez mais secular no século XX. Ao contrário, um número cada vez maior de escritores de FC exploraram o discurso religioso escrevendo livros sobre figuras religiosas, como Cristo em *Behold the Man* [Eis o Homem] (1969), de Michael Moorcock; ou *Lord of Light* [O Senhor da Luz] (1967), de Roger Zelazny; ou ainda livros ambientados em comunidades religiosas; ou em sociedades dominadas por restrições religiosas fundamentalistas. Essa última categoria é de longe a mais ampla e inclui uma série de obras-primas de FC, entre as quais *As Crisálidas* (1955), de John Wyndham, *Um Caso de Consciência* (1958), de James Blish, *O Conto da Aia* (*The Handmaid's Tale*) (1985), de Margaret Atwood, *Grass* [Relva] (1989), de Sheri Tepper, *Hyperion* (1989), de Dan Simmons, além do trabalho de Gene Wolfe.

Uma das mais notáveis entre essas obras-primas é *Um Cântico para Leibowitz* (1960), de Walter Miller. A novela começa algumas centenas de anos após uma devastadora guerra nuclear. A civilização entrou em colapso e, nessa nova era, apenas alguns livros e relíquias de sabedoria são preservados por monastérios católicos. No decorrer dos vários séculos, o monastério se constitui um ponto tranquilo em um mundo selvagem. Enfim a civilização recupera os níveis do pré-guerra, mas de novo tensões políticas trazem a ameaça de uma guerra nuclear. A igreja equipa uma nave espacial para viajar à nova colônia em Alpha Centauri e escapar do inevitável holocausto.

A prosa de Miller é cuidadosa, elegante, e sua linha narrativa é ritmada e cadenciada com habilidade, nem apressada nem enfadonha. Mas, presume-se que devido à profunda fé católica de Miller, a novela adota uma abordagem diferente da FC religiosa mais transcendental dos livros desse período. Onde estes tendem a evitar a aplicação política ou social de uma crença religiosa específica, Miller corre o risco de estupidez ideológica ao interpretar de modo explícito o holocausto nuclear como função do pecado original da humanidade, não como um dilema político ou tecnológico. Olhando para nossa época de uma perspectiva pós-holocausto, um estudioso visitante pergunta: "como uma civilização grande e sábia pode ter se destruído tão completamente?" "Talvez", responde um monsenhor, "sendo materialmente grande, materialmente sábia e nada mais" (Miller, *Canticle for Leibowitz*, 139). Em termos práticos, isso equivale a uma afirmação tácita de que apenas injetando religião no discurso político materialista o desastre pode ser evitado; uma crença conhecida por fundamentalismo religioso, direito cristão ou uma variedade de outros rótulos. Pode se afirmar que a história mais tardia dos Estados Unidos, a história com Reagan ou Bush, tende a sugerir que é mais, e não menos, provável que um governante crente em uma certeza religiosa absoluta traga o Armagedom. Como é evidente, o que é tão interessante aqui não são as simpatias políticas de Miller (compartilhadas por milhões), mas a abertura da FC a esse tipo de ficção teológica. A tensão entre material e espiritual está ainda no cerne da FC. Não é apenas a questão do Pecado Original; é o anúncio – sedutor e atraente para os que vivem no monastério dos aficionados pela FC – de que a *vocação* legitima uma vida de outro modo marginalizada.

No conto de Miller "Crucifixus Etiam" (1953), Manue Nanti consegue um emprego para trabalhar em um projeto marciano de terraformação. Pretende economizar seus salários e voltar à Terra, mas o dispositivo que usa para oxigenar o sangue na rarefeita atmosfera marciana acaba resultando na atrofia de seus pulmões. Impossibilitado de voltar à Terra, encontra ainda assim paz interior no conhecimento de que é parte de um plano maior para tornar o mundo habitável, embora o projeto vá demorar 800 anos. "Alguns semeiam, outros colhem", seu supervisor lhe diz. "Se não pode ser os dois, qual deles preferia ser?" Manue encontra consolação em seu sentimento de uma vocação maior que ele próprio: "Ele sabe agora que Marte era [...] uma paixão de oito séculos de fé humana no destino da Espécie Humana". Que essa vocação secular tenha um aspecto religioso é indicado pelo título da história. "Que homem já criou sua própria salvação?", pergunta um dos personagens.

Algumas das mais longevas FC dos anos 1950 ainda indagavam, de um modo surpreendentemente similar, as inquietações ideológicas que tinham dado origem ao gênero no início dos anos 1600. O escritor norte-americano James Blish é um desses casos. O padre-protagonista de seu *Um Caso de Consciência* (1958) é perturbado por dúvidas sobre o motivo de os alienígenas do planeta Lithia, que levam vidas sem pecado em um paraíso terrestre, não terem ideia de Deus ou alma. Em um prefácio para uma reedição do livro, Blish observa que recebeu cartas de "teólogos que conheciam a atual [isto é, de 1958] posição da Igreja sobre o problema da 'pluralidade dos mundos'" e cita a opinião de Gerald Head: "Se há muitos planetas habitados por criaturas sencientes como a maioria dos astrônomos (incluindo jesuítas) agora suspeitam, então cada um desses planetas [...] tem de cair dentro de uma das três categorias": os sem-alma; aqueles com almas que decaíram; e aqueles com almas que nunca decaíram. Blish acrescenta com orgulho evidente: "O leitor constatará [...] que os lithianos não se encaixam em nenhuma dessas categorias". Ruiz-Sanchez, o jesuíta protagonista da novela, passa a acreditar que os lithianos racionais, civilizados, foram de fato criados pelo Demônio para induzir a Terra ao desastre. No fim da novela (em um trecho que um não crente teria dificuldade em considerar como outra coisa senão uma monstruosa celebração do genocídio), Ruiz-Sanchez exorciza o mundo inteiro para *fora da existência*, coincidindo o rito de exorcismo com uma reação nuclear em cadeia posta em ação por trabalhadores terráqueos que exploravam recursos naturais lithianos. A enorme violência dessa conclusão desenterra uma pressão subterrânea de hostilidade para com a noção mesma de uma pluralidade de mundos habitados. Também serve de mediadora entre a visão *pulp*, com um *Übermensch*, de holocausto alienígena de E. E. Smith (por um lado) e (por outro) o angustiante subterfúgio teológico de C. S. Lewis sobre um conjunto de alienígenas dançando na cabeça de um alfinete. A novela de Blish efetivamente acrescenta uma nova categoria à análise teológica da vida alienígena feita por Gerard Head, que talvez diga algo do tipo: "Habitado por criaturas sencientes sem almas que foram produzidas por Satã para tentar e prejudicar a criação de Deus". Mas isso, ao chamar atenção para outras "omissões" da análise católica ortodoxa, sugere ainda, necessariamente, outra possibilidade: que outros mundos possam ser habitados por criaturas que nada têm a ver com o Deus da Bíblia terrena e que não foram criadas por ele. Como essa mesma lógica pode ser aplicada também à Terra, ela corrói a certeza teológica, o que, presume-se, foi uma das razões para a Igreja achar que tinha de matar Bruno.

A sequência *Cities in Flight* [Cidades em Fuga], de Blish (compreendendo, segundo a cronologia interna do livro, *They Shall Have the Stars* [Eles Hão de Ter as Estrelas] [1956]; *A Life for the Stars* [Uma Vida para as Estrelas] [1962]; *Earthman, Come Home* [Terráqueo, Volte para Casa] [1955]; *The Triumph of Time* [O Triunfo do Tempo] [1958]), parece, em uma primeira leitura, um projeto muito mais direto de FC *hard*. Dispositivos antigravidade, chamados *spindizzies* poderosos o bastante para erguer paróquias inteiras, capacitam cidades da Terra a voar para o espaço, fugindo de um mundo nativo exausto em termos econômicos e politicamente claustrofóbico, dando início a inúmeras *voyages extraordinaires* pelo espaço profundo. Uma tecnologia antienvelhecimento permite que Blish mantenha continuidades de personagens através das longuíssimas escalas de tempo envolvidas. As primeiras novelas são dominadas por uma visão um tanto sombria do modo como uma ilimitada economia de livre mercado – que governa a futura galáxia; as cidades têm de praticar o comércio para sobreviver – pode levar a dificuldades bastante persistentes, mesmo para a mão de obra não especializada. Mas, tendo navegado para fora de nossa incômoda galáxia e se estabelecido em um planeta plausível, a cidade de Nova York (principal protagonista de Blish) e seu herói-prefeito Amalfi se veem diante de uma crise antes transcendental que econômica. *The Triumph of Time* combina um pessimismo shelleyano a seu título shelleyano; o universo, descobre-se, está agonizando muito mais cedo que o previsto, tendo apenas alguns anos mais à frente. Em vez de ficar vendo tudo desaparecer por completo, Amalfi e alguns outros arquitetam um meio de se posicionarem no epicentro da catástrofe cósmica, de modo que – e apesar de suas próprias mortes – haverá matéria da qual um novo universo poderá nascer. Partes da novela estão abarrotadas de um balbuciar tecnológico de FC *hard* de sala de seminários e de equações do gênero:

$$\frac{d^2G}{dx^2} + \frac{d^2G}{dy^2} + \frac{d^2G}{dz^2} = a^2 \frac{dG}{dr}$$

Mas, no fim, o livro reverte a uma fábula de criação mais reconhecida como teológica. Quando Amalfi e seus companheiros, flutuando em um literal nada, apertam o botão dos trajes espaciais que os transformarão nos Big Bangs de cosmos inteiramente novos, somos lembrados de que a única coisa que levarão com eles (e que, é presumível, moldará a estrutura profunda dos novos universos) é amor. "Não me sinto carente", Amalfi diz aos outros diante da morte iminente. "Amo todos vocês. Têm meu amor para levar com vocês, e eu também tenho o de vocês." "Isso", medita mais alguém, "é a única coisa no universo que se pode dar e ainda ter" (Blish, *Cities in Flight*, p. 595). O sentimento de espanto tecnológico do texto da Era de Ouro leva a essa revelação final do amor como o logos. *Cities in Flight* termina com a profética sentença: "A Criação começou". Em favor dos talentos de Blish, há o fato de essa última declaração carregar o peso de tudo o que se passou antes, em vez de ser (como poderia ter sido) uma irritante artificialidade à maneira das comédias românticas, que substituem o crédito "Fim" por outro que diz "O Começo...".

O amor nesse sentido quase teológico (junto com sua sombra, a perda) está no centro da considerável realização literária de Ray Bradbury. Seu título mais famoso, *As Crônicas Marcianas* (*The Martian Chronicles*) (1950), é uma compilação de histórias relacionadas sem muita firmeza, que narram uma futura colonização humana de Marte não em termos dos detalhes práticos (tecnológicos ou sociais) de tal empreendimento, mas como uma ocupação quase onírica de espaços vazios ainda assombrados pela presença enigmática dos ardilosos nativos marcianos. Escrito em uma prosa que foi muito bem avaliada, poética sem jamais ser pretensiosa ou exibir ostentação, o livro interpreta o futuro que imagina através do passado americano da infância de Bradbury em uma pequena cidade. Existe essa mistura de conforto nostálgico e terrores noturnos da infância nas obras de Bradbury. Certezas se evaporam, e a alteridade é, em simultaneidade, externalizada e internalizada. *Uma Sombra Passou por Aqui* (*The Illustrated Man*) (1951) também reuniu histórias relacionadas, desta vez sintetizadas nas mágicas tatuagens animadas do personagem titular. A breve novela *Fahrenheit 451* (1953) parece ser uma sátira do desejo totalitário de suprimir o livre pensamento: no futuro de Bradbury, os cidadãos vivem em cidades à prova de fogo e o trabalho do bombeiro protagonista é queimar livros; uma tarefa que, à medida que ganha conhecimento, ele passa a lamentar. Mas descrever a novela nesses termos não consegue captar o insólito, a estranheza à flor da pele da poesia de Bradbury. Em vez de ser uma obra no estilo de raiva e indignação de *1984*, é uma fábula branda, comovente, sobre os meios e sobre até que ponto é possível transcendermos nossas limitações cotidianas e nos tornarmos mais do que éramos. A literatura, no sentido mais pleno, representa para Bradbury esse potencial de crescimento. Pode parecer estranho agrupar aqui Bradbury com escritores com uma inclinação religiosa mais óbvia, como Miller e Blish. Contudo há, correndo entre as fábulas de Bradbury, uma ânsia quase milenar de fuga. Em 1979, Bradbury descreveu a viagem espacial como "emocionante, capaz de abrir a alma, e como reveladora"; e as duas últimas qualificações me parecem as importantes para sua obra ("porque", ele continua, "podemos escapar, podemos escapar e escapar é muito importante, muito estimulante, para o espírito humano" [citado em Disch, pp. 72-3]). A escapada, e os terrores, de sua obra estão desse modo associados, penso eu, a uma narrativa nitidamente norte-americana da alma.

Ficção Científica Europeia das décadas de 1940 e 1950

A Europa continental sofreu com muita intensidade durante os anos de guerra de 1940 a 1945, e a FC do período pós-guerra é em grande parte produto dessas convulsões. Em *Ravage* [Devastação] (1943), do escritor francês René Barjavel, um mundo futurista *high-tech* vê de repente a eletricidade cortada e mergulha na anarquia. A partir do desastre se desenvolve uma nova e, diz o livro, muito superior cultura agrária. Na verdade, a tese antitecnológica do livro é desenvolvida de maneira claramente supersticiosa: "*Tout cela*", diz um personagem, "*est notre faute. Les hommes ont libéré les forces terribles que la nature tenait enfermées avec precaution* [...] *ils ont nommé cela le Progrès. C'est un progress accéléré vers la mort*" [Tudo isso é culpa nossa. Os homens liberaram forças terríveis que a natureza, com prudência, tinha deixado trancadas [...] chamam isso de *Progresso*, mas é apenas um progresso acelerado para a morte] (Barjavel, *Ravage*, p. 85).

O idílio pastoral com que o livro se encerra é também um tanto ilusoriamente, mesmo que isso seja corriqueiro, uma fantasia falocêntrica de gratificação heterossexual e egotismo. O patriarca de *Ravage* se diverte com todas as mulheres que o agradam ("*les generations nouvelles*", somos informados, "*ont accepté la polygamie comme une chose naturelle*" [Barjavel, *Ravage*, p. 298]) enquanto respira o ar puro e come boa comida, despachando seus muitos filhos para colonizar "*un Monde vide*" [um mundo vazio]. A visão é tão radicalmente antifuturista, que completou a curva do globo ideológico para se encontrar de novo consigo mesma, desprezando um amor marinettiano pelo maquínico enquanto abraça um entusiasmo, do mesmo modo antivida, pelo grande abate. Menos totalizada e um pouco mais divertida é a novela de viagem no tempo *Le voyageur imprudent* [O Viajante Imprudente] (1944). Dois cientistas experimentam viajar pelo tempo; quando um morre, o outro tenta voltar e desfazer o acidente, ficando emaranhado no paradoxo do avô. Os entusiastas de Barjavel às vezes defendem que tenha sido esse o primeiro tratamento do famoso tema, embora existam vários exemplos anteriores em *pulps* norte-americanos. Em *A Noite dos Tempos* (*La Nuit des temps*) (1968), uma sobrevivente, com a idade de um milhão de anos, de uma civilização arcaica mas avançada em termos tecnológicos, desperta da hibernação no Polo Norte. Essa mulher, Éléa, está feliz em doar seu conhecimento ao mundo, proporcionando a todos energia e comida gratuitas; mas as autoridades políticas globais não estão preparadas para serem despojadas de seu poder por esse progresso – como certamente ocorreria –, e por isso impedem que ele se torne realidade. Em *O Grande Segredo* (*Le Grand Secret*) (1973), um vírus contagioso que confere imortalidade é considerado tão desastroso em potencial para a humanidade que acaba sendo confinado em uma ilha. Durante algum tempo, desenvolve-se no lugar uma comunidade utópica, até que as autoridades a destroem. Barjavel retornou ao tema utópico de forma mais satírica em *Une Rose au paradis* [Uma Rosa no Paraíso] (1981), em que o maluco, mas muito rico, Monsieur Gé decide liquidar o mundo usando bombas-U e começar tudo de novo com um novo Adão e uma nova Eva que ele selecionou pessoalmente, Jim e Jif Jonas. Em seu plano, ele passará as décadas de venenosa radiação pós-apocalipse em animação suspensa dentro de uma câmara subterrânea, vigiado por um computador. As coisas, é claro, dão errado. O proposta de Barjavel é que não podemos escapar de nossas limitações interiores. Ele não chama essas limitações de pecado original, mas poderia tê-las chamado assim:

> On ne construit un monde imaginaire qu'avec des matériaux pris dans le monde connu. L'imagination, c'est de la mémoire passée à la moulinette et reconstituée en puzzles différents. Un être humain qui aurait été élevé uniquement dans du rouge, derrière des vitres rouges, ne pourrait jamais imaginer le bleu.
>
> [Só podemos construir um mundo imaginário com materiais tirados do mundo conhecido. A imaginação é a memória passada por um moinho e reconstituída em diferentes quebra-cabeças. Um ser humano que tivesse sido criado unicamente em um mundo vermelho, atrás de vidraças vermelhas, não poderia jamais conceber o azul] (Barjavel, *Une Rose au paradis*, p. 91).

Como breve e conservadora estética de um utópico e novo imaginário, talvez não houvesse como isso ser exposto de forma mais concisa.

O escritor Franz Werfel, nascido na Boêmia, foi forçado, como judeu, a fugir da Europa durante a guerra e morreu logo depois de chegar à Califórnia. Sua última novela foi *Stern der Ungeborenen* [Estrela do Não Nascido] (1946), de publicação póstuma, uma reflexão utópica sobre alienação e sofrimento ambientada em um futuro distante. Ressuscitando da própria morte, o protagonista (que compartilha as iniciais do autor) se depara com uma sociedade de um futuro distante na qual há tremendos feitos tecnológicos. O problema é que, ao derrotar o sofrimento, a humanidade sabotou suas chances de salvação. Embora judeu, Werfel foi criado em um ambiente católico, e sua obra explora uma sensibilidade panreligiosa influenciada tanto pelo Extremo Oriente quanto pela teologia europeia. No cerne de sua ficção estava a crença de que "*Der sicherste Reichtum ist die Armut an Bedürfnissen*" [a riqueza mais segura é a pobreza das necessidades], algo evidente nas extensas digressões de *Stern der Ungeborenen*, que lembram um pouco Thomas Mann. A tecnologia, diz a novela, afasta-nos dessa verdade humana crucial, fornecendo serviços e, portanto, abastecendo os apetites humanos. Como acontece com Barjavel, há uma reação contra o maquinismo por parte de escritores que experimentaram em primeira mão a força destrutiva das máquinas de guerra.

Nas inteligentes *space operas* do escritor soviético russo Ivan Yefremov a visão soviética "oficial" da vida alienígena foi articulada com mais clareza: qualquer espécie alienígena avançada o suficiente para ter dominado o voo interestelar tem de ser comunista, pois o capitalismo (inerentemente dividido, em detrimento de si mesmo, pela competição por meios de produção) jamais poderia mobilizar o enorme esforço coletivo requerido para uma realização tão gigantesca. Os alienígenas encontrados em *Cor Serpentis* [Coração de Serpente] (1959; o título original estava em latim, o título russo é *Сердце Змеи*) se ajustam a isso. Agora que o século XX se encerrou e os sonhos de uma rápida colonização do espaço acalentados por escritores de FC desse século se dissolveram em nada mais que alguns satélites comerciais e algumas sondas-robôs subfinanciadas, podemos desejar mais tempo para refletir sobre a probabilidade de que Yefremov, desde o começo, tivesse razão. Com certeza é difícil afirmar se um não marxista acharia *Туманность Андромеды* [A Nebulosa de Andrômeda] (1957) tão atraente quanto um leitor com simpatias marxistas, mas seu envolvente retrato de uma Terra socialista no quarto milênio, explorando o espaço e fazendo contato com alienígenas da galáxia de Andrômeda, é ainda inspirador.

Filmes

Historiadores do cinema descartam com frequência os anos 1940 como uma década de fracasso, caracterizada por produções caça-níqueis baratas e continuações desse mesmo nível. Filmes que passam do horror à comédia sem o delicado toque de seus progenitores. É o caso de *O Fantasma de Frankenstein* (*The Ghost of Frankenstein*) (Erle Kenton, 1942), *Frankenstein Encontra o Lobisomem* (*Frankenstein Meets the Wolf Man*) (Roy William Neill, 1943) e o aborrecido *Abbott and Costello Meet Frankenstein* [Abbott e Costello Encontram Frankenstein] (Charles T. Barton, 1948). Contudo, algumas poucas séries populares ou filmes isolados tiveram sucesso com uma ostentação barata e febril inventividade. Os exemplos incluem a maluca aventura de humanos em miniatura *O Delírio de um Sábio* (*Dr. Cyclops*) (Ernest B. Schoedsack, 1940) ou a imitação de *O Monstro do Mundo Proibido* (*King Kong: Mighty Joe Young*) (Ernest B. Schoedsack, 1949). Mas deve ser correto dizer que só na década de 1950 podemos falar de forma significativa de cinema de FC da Era de Ouro.

A Conquista da Lua (*Destination Moon*) (Irving Pichel, 1950), baseado na novela *Rocket Ship Galileo* (1947), de Heinlein, é bem apreciado por aficionados por seu retrato "realista" sobre a viagem espacial. Na verdade, Heinlein participou como consultor técnico no projeto. Mas é um filme monótono, com personagens que nada têm de notável e um enredo que se desenvolve com extrema lentidão. Combinando com as opiniões políticas libertárias de Heinlein, é a iniciativa privada, e não os governos, que lança o foguete. O prolongado período de produção criou muita expectativa no público (os cartazes do filme traziam a frase de efeito "DOIS ANOS DE FILMAGEM!"), e um menos que escrupuloso filme caça-níqueis foi concluído às pressas para tentar se aproveitar do burburinho. Na ocasião, uma ação legal impôs que *Da Terra à Lua* (*Rocketship X-M*) (Kurt Neumann, 1950) tivesse de mandar uma retratação, quando do envio aos exibidores, declarando que "este não é *A Conquista da Lua*". A história de *Da Terrra à Lua* abre mão da credibilidade científica (um foguete destinado à Lua sai do curso e pousa, ao contrário, em Marte, descobrindo uma sociedade guerreira pós-atômica de trogloditas humanoides), mas ainda assim é um filme de FC melhor que *A Conquista da Lua*, porque compreende melhor sua linguagem cinética, ágil.

Durante toda a década de 1950, os cineastas experimentaram o equilíbrio entre pretensiosa plausibilidade científica e aventuras grandiosas com a pouca verossimilhança dos *pulps*. De um lado dessa cerca está o filme apocalíptico *O Fim do Mundo* (*When Worlds Collide*) (Rudolph Mate, 1951), uma produção em que o empenho nas tentativas de construir um arco espacial para conduzir certos sobreviventes humanos para um mundo melhor é apresentado com ostensiva apatia. Embora a espaçonave (desenhada pelo ilustrador de FC Chesley Bonestell), empoleirada no alto de uma plataforma de lançamento que parece uma rampa de esqui, ainda tenha força icônica.

Muito menos respeitoso em relação à plausibilidade científica é *O Monstro do Ártico* (*The Thing from Another World*) (Christian Nyby e Howard Hawks, 1951), um *thriller* muito eficiente em que um vegetal alienígena, que tem de se alimentar de sangue humano para sobreviver, aterroriza uma isolada estação de pesquisa no Ártico. Enfim, os humanos eletrocutam a criatura, e o filme termina com dizeres que se tornaram um *slogan* para aficionados de FC e ufólogos: "Preste atenção nos céus! Continue prestando atenção nos céus!" A versão cinematográfica do clássico de Wells, *A Guerra dos Mundos* (Byron Haskin, 1953), também recorre a uma linguagem populista, espetacular, sendo bem-sucedida ao apresentar máquinas marcianas e a destruição que criam. Do orçamento do filme de 2 milhões de dólares, 1,4 milhão de dólares foi gasto em efeitos especiais. *O Dia em que a Terra Parou* (*The Day the Earth Stood Still*) (Robert Wise, 1951) atinge o equilíbrio correto entre seriedade e *pulp*. A título de comparação, o exagerado *remake* de 2008, dirigido por Scott Derrickson, inclina-se demais para o primeiro prato da balança. Um humanoide alienígena chamado Klaatu (interpretado com real dignidade por Michael Rennie) e seu robô gigante prateado pousam um enorme disco voador em

Washington D.C. para advertir a Terra de que devemos abandonar nossos métodos beligerantes e autodestrutivos. O exército se apresenta para confrontar essa aparição, e Klaatu é acidentalmente baleado por um soldado nervoso. Ele se recupera do ferimento fatal e mais tarde vai viver entre pessoas comuns sob o pseudônimo cristão de Carpenter. Após executar certos "milagres" para demonstrar seu poder (por exemplo, interrompendo, durante várias horas, todo o fornecimento de eletricidade do mundo), é mais uma vez morto pela humanidade. Mas de novo, tal como Cristo, retorna à vida. Nesse ponto revela que o robô, não o humanoide, é o poder real – membro de uma espécie de força policial interestelar que "reduzirá essa Terra de vocês a cinzas" se não desistirmos da violência empregada por meio de armas nucleares. Os que consideram essa ameaça uma contradição com a generosa abertura liberal do filme deveriam lembrar que Cristo também foi dado a fazer ameaças: o templo de Jerusalém seria demolido por completo; ou o próprio mundo seria e os que não se arrependessem seriam mandados ao Inferno. A alegoria teológica do filme se choca, para alguns, com a direção simpática e discreta dessa história ainda clássica, mas sua presença é sintomática não tanto do discurso religioso contemporâneo, mas mais do subtexto teológico que apoia o gênero como um todo.

O final da década de 1950 assistiu a um nítido *boom* dos filmes de monstro, em que pessoas específicas ou ainda a humanidade como um todo eram ameaçadas por diferentes criaturas hediondas ou bestiais, a maioria delas geradas por testes nucleares e radiação nociva. Um dos filmes mais influentes foi o japonês *Gojira* (Inoshiro Honda, 1954), traduzido de forma equivocada em inglês como *Godzilla* (até o momento, houve mais de cinquenta *remakes* e sequências, entre eles o recente sucesso de bilheteria *Godzilla* [Gareth Edwards, 2014] e *Godzilla Resurgence* [*Shin Godzilla*], de 2016, escrito e dirigido por Hideaki Anno e Shinji Higuchi). Essa criatura gigantesca, parecida com um dinossauro, despertada por meio de testes atômicos, emerge das profundezas do oceano para atacar Tóquio. Seu nome, ao que parece, é uma mistura de gorila e *kujira* (que significa baleia). Muitos críticos se juntaram ao público contemporâneo ao interpretar o filme como uma alegoria da destruição nuclear de duas outras cidades japonesas menos de uma década antes, mas, acompanhando a sequência dos filmes *Gojira*, fica difícil definir a condição do monstro. Com frequência ele se torna um aliado do homem contra outros gigantes monstruosos – Mothra, uma gigantesca mariposa; Ebirah, um caranguejo colossal; Hedora, o Monstro da Névoa; e assim por diante. O filme norte-americano *O Mundo em Perigo* (*Them!*) (Gordon Douglas, 1954) também evoca os testes nucleares como gatilho de uma gigantesca mutação, dessa vez em formigas no deserto do Novo México. O conjunto é orquestrado por Douglas em um tom moderado, sem histeria, o que produz alguns momentos de grande vigor. Menos eficiente, mas ainda interessante, é *O Monstro da Lagoa Negra* (*The Creature from the Black Lagoon*) (Jack Arnold, 1954) – e suas continuações são *A Revanche do Monstro* (*Revenge of the Creature*) (Jack Arnold, 1955) e *À Caça do Monstro* (*The Creature Walks Among Us*) (John Sherwood, 1956) –, com seu icônico monstro humanizado nadando de modo ameaçador pelas águas ou movendo-se, pesado e pegajoso, sobre a terra. Em *Tarántula* (*Tarantula*) (Jack Arnold, 1955), cientistas inventam um composto que provoca acromegalia deformante em humanos, mas faz os animais atingirem um tamanho enorme. O objetivo original era resolver o problema da fome no mundo, mas a tecnologia criou uma aranha colossal que escapa para o deserto e ataca pessoas e gado. Ela é enfim destruída pelas forças armadas.

Uma lista completa de filmes com monstros ocuparia um capítulo inteiro, e a maior parte da produção seria inconsequente. Nas palavras de Peter Nicholls:

> O *boom* atingiu o clímax, com uma verdadeira erupção de filmes de monstros, em 1957 [...] a cascata continuou em 1958, com as variações sobre o tema ficando mais inteligentes [...] mas a rigidez genérica logo degenerou em declínio e queda. Foram feitos mais filmes de monstros em 1959-62 que no período de 1951-8, mas foram, quase sem exceção, iniciativas sem nenhuma qualidade, voltadas para o mercado adolescente dos *drive-ins* (Nicholls, "Monster Movies", p. 817).

Na outra ponta da escala orçamentária foi produzida, na segunda metade da década, uma série de títulos caros, repletos de efeitos especiais. *Guerra entre Planetas* (*This Island Earth*) (Joseph Newman, 1955) é um filme estranhamente desequilibrado. Dois terços dele é um mistério com bom ritmo, realizado com sobriedade. Cientistas eminentes recrutados para trabalhar em um laboratório secreto na Geórgia tentam descobrir quem são seus misteriosos empregadores. Descobre-se que são alienígenas do mundo agonizante de Metaluna, esperançosos de que a criatividade humana possa encontrar um meio de salvar seu mundo. Mas então, de repente, o filme muda de rumo: o sujeito bonitão e as belas protagonistas femininas são carregados para Metaluna; lutam com um hediondo monstro mutante; há explosões e, no último minuto, os humanos escapam. É um filme que mostra com mais brilhantismo que qualquer outro a falha sísmica entre pretensão séria e extremismo *pulp* para agradar multidões, que determinou grande parte do cinema de FC do período. *O Planeta Proibido* (*Forbidden Planet*) (Fred McLeod Wilcox, 1956) continua sendo um dos filmes mais amados de FC do período. Apesar de ter pretensões artísticas (reinterpreta de modo deliberado *A Tempestade*, de Shakespeare, em linguagem de ficção científica), jamais compromete sua energia e entusiasmo *pulps*. Uma espaçonave da Terra visita o mundo alienígena de Altair, onde vive o cientista terráqueo dr. Mórbius com sua filha Altaíra. Os altairanos originais há muito se foram, mas Mórbius continua a usar (em segredo) a tecnologia alienígena Krell (uma raça desconhecida até mesmo pelos altarianos) de amplificação mental, liberando o que o roteiro, um tanto pitorescamente, chama de "Monstros do Id!": gigantes invisíveis que perambulam, deixando enormes pegadas com garras e, às vezes, matando pessoas.

Produto mais óbvio daquele período socialmente paranoico da história americana recente conhecido como pânico macarthista é *Vampiros de Almas* (*Invasion of the Body Snatchers*) (Don Siegel, 1956). O dr. Miles Bennell (Kevin McCarthy) descobre que *doppelgangers* alienígenas estão a ponto de matar e substituir todos os habitantes de sua pequena cidade por réplicas perfeitas de seres humanos, mas sem emoções. A arrepiante paranoia do filme avança em um poderoso *crescendo*; a primeira versão do filme terminava com Bennell em uma estrada, gritando para os carros como um lunático: "Você é o próximo, você é o próximo!" (Em detrimento do filme, o estúdio insistiu em um final mais positivo, que foi acrescentado para o lançamento nos cinemas.) O espectro de Jonathan Swift teria por certo se deliciado com *O Incrível Homem que Encolheu* (*The Incredible Shrinking Man*) (Jack Arnold, 1957), um filme cujo título sensacionalista não faz justiça à sua genuína e forte pungência. É a história de Scott Carey, que começa a encolher depois de ser exposto a uma névoa radioativa, ficando cada vez menor. Nas sequências iniciais, ele encontra uma felicidade temporária com uma mulher anã, mas, à medida que o incessante processo o torna ainda menor, acaba sozinho, lutando contra uma aranha e encarando sua redução a um completo nada. O crescimento lento do desespero nesse filme notavelmente sutil é diferente de quase tudo o que foi feito no cinema popular na década de 1950, um efeito evidenciado pela estranha dignidade do monólogo final de Carey, acrescentado pelo diretor no meio da produção, ao roteiro de Richard Matheson. Nele, o agora minúsculo herói encontra consolo na ideia de que, para Deus, o tamanho não importa e "o zero não existe". Muito mais tolo, embora ainda memorável, é *A Mosca da Cabeça Branca* (*The Fly*) (Kurt Neumann, 1958), em que um cientista, inadvertidamente, devido ao acidente com um protótipo de aparelho de teletransporte, troca cabeças e um braço com uma mosca. Que o cientista esteja equipado com uma gigantesca cabeça de mosca (que ele cobre, de modo discreto, com um pano) em vez de uma cabeça de mosca de tamanho normal, ou que a mosca tenha ficado com uma cabeça humana em miniatura, ainda capaz de falar (em um belo momento de pesadelo, vemos a mosca gritando, embora em um tom inaudível, "socorro! socorro!", pois caiu em uma teia de aranha), não faz, é claro, sentido nenhum. Mas, apesar de toda essa tolice, há certo rigor no pesadelo que faz lembrar Poe.

Artistas Visuais

Assim como o cinema de FC, com sensibilidade cada vez mais precisa, criava ícones visuais de duradoura exatidão, poder e beleza, os artistas do mundo da FC desenvolviam sua arte. Talvez a contribuição mais significativa nesse sentido tenha sido feita pelos quadrinhos de FC da Era de Ouro (ver adiante), mas os inúmeros títulos de revistas de contos de FC e, cada vez mais, a publicação de livros, gerando encomendas para artistas, também representaram um fórum para o progresso estético. Edmund Alexander Emshwiller (conhecido como Emsh) criou uma ampla variedade de estilos visuais para seu vasto trabalho com capas de revistas; da quase realista arte *brushstroke* a peças que se aproximam do abstrato (como a representação, tipo Ben Nicholson/Max Ernst, de astronautas em uma cápsula, que adornou a capa da *Galaxy Science Fiction*, de agosto de 1951; uma bela imagem que dissocia com criatividade o campo visual em compartimentos harmoniosos de vermelho, roxo, cinza e preto). Frank Kelly Freas conquistou onze Hugos e muitos outros prêmios por suas imagens pintadas com habilidade. O trabalho de Freas é sempre inventivo, com frequência espirituoso e só colorido demais ou demasiado vistoso de modo ocasional. Várias imagens suas têm mesmo hoje um amplo apelo de identificação. A imagem de um robô de metal gigante segurando com a mão enorme um corpo humano fraturado, e um ar de dor e compaixão na face de metal, é inabitualmente econômica na composição e surpreendentemente vigorosa (foi em suas origens a capa da *Astounding Science Fiction* em 1953, tendo sido reciclada como capa para o álbum *News of the World*, do grupo de *hard rock/glam pop* Queen nos anos 1970). Mais dotadas em termos técnicos, embora um pouco menos dinâmicas, foram as ilustrações quase fotográficas de Chesley Bonestell. Imagens na revista *Life* e em outros lugares, no final dos anos 1940, de pontos famosos do sistema solar causaram sensação com sua verossimilhança (elas foram reunidas no livro *The Conquest of Space* [A Conquista do Espaço] [1950]). Richard Powers adotou um idioma visual mais deliberadamente surrealista e chegou a se descrever como "um norte-americano surrealista" em essência, um modo apropriado para as visões de estranhamento da FC. O livro e as capas de revista de Powers quase nunca tinham relação direta com o que eles se propunham a ilustrar; a lógica era associativa, onírica, e articulava uma sinceridade subconsciente.

Quadrinhos

As décadas de 1940 e 1950 foram a grande era dos super-heróis das histórias em quadrinhos. A enorme e contínua popularidade do Superman, de Siegel e Shuster, levou ao desenvolvimento de um grande número de narrativas com super-heróis, a maioria delas ainda hoje publicadas e muitas tendo sido transferidas, com notável sucesso, para a telona. Os super-heróis apareciam, falando em termos gerais, em dois tipos. Primeiro, eram heróis cujos poderes ou aptidões eram maiores que os dos humanos – eram semideuses contemporâneos e heróis da ação, como o próprio Superman. O mais notável desses *Übermenschen* de ação foi o Capitão Marvel, que apareceu pela primeira vez em *Whiz Comics*, em 1940, mas logo ganhou uma publicação própria, *As Aventuras do Capitão Marvel* (*Captain Marvel Adventures*) (1941-1953). O jovem Billy Batson é capaz de se transformar no super-herói Capitão Marvel ao pronunciar a palavra mágica "*shazam!*" (um acrônimo derivado de Salomão Hércules Atlas Zeus Aquiles Mercúrio). A enorme popularidade desse personagem provocou uma contestação legal da DC Comics, sustentando que o Capitão Marvel era um plágio do Superman e, portanto, uma violação de direito autoral. O personagem foi aposentado; tentativas posteriores de ressuscitá-lo como Shazam mostraram-se infrutíferas. Na Grã-Bretanha, onde as aventuras do Capitão Marvel foram reeditadas com grande sucesso após a Segunda Guerra Mundial, a suspensão incitou a criação de um personagem britânico, uma imitação chamada Marvelman (que usava uma nova palavra mágica: "*kimota!*" – mais ou menos "atômico" (*atomic* em inglês e ao contrário). Quanto a outros personagens que se transformavam de humanos em super-humanos, os mais orientados para a FC foram:

- Namor, o Príncipe Submarino (criado por Bill Everett), um mutante semi-humano e semiatlante, e o Tocha Humana (criado por Carl Burgos), um androide que explode quando exposto ao ar (ambos de 1939).
- O ícone nacionalista Capitão América (de 1941; criado por Joe Simon e Jack Kirby), com estrelas e listras em seu traje, que começou enfrentando os nazistas e foi transformado de jovem doente em um super-herói por uma combinação de "soro de supersoldado" e irradiação por "raios vita". Ele foi aposentado em 1953, mas trazido de volta em 1964, e, desde então, manteve-se em circulação.
- Flash (de 1940; criado por Gardner Fox e Harry Lampert), um atleta universitário chamado Jay Garrick que, após inalar "vapor de água dura", torna-se um supervelocista.

- O Lanterna Verde, inspirado em Aladim (de 1940; criado por Martin Nodell e Bill Finger), é um engenheiro chamado Alan Scott, cuja posse da fonte de poder em forma de lanterna do título e de um "anel de poder" carregado por ela lhe dava a capacidade de dar forma concreta a qualquer coisa que imaginasse (e poder sobre qualquer substância, exceto madeira). O Lanterna Verde foi reinventado em um idioma mais explícito de FC, em 1959, por John Broome e Gil Kane, como o piloto de testes Hal Jordan, que recebe o anel de poder de um membro alienígena agonizante de uma entidade de proteção galáctica, a Tropa dos Lanternas Verdes.

Como mencionado no capítulo anterior, as implicações mitológicas e mitopoéticas de todos esses personagens são tão óbvias que não precisam de explicação complementar – mesmo o Tocha Humana, que não é reminiscente de um deus específico, é uma personificação antropomórfica de um elemento, o fogo. Contudo, ainda mais interessante para nossos objetivos é o modo como elas evoluem. Quando, por exemplo, o Capitão Marvel foi transmutado em Marvelman na Grã-Bretanha, sua nova palavra mágica, seu novo mantra, em vez de derivado de antigos deuses e heróis é um jogo de palavras com energia atômica, o "novo deus" do período pós-guerra. Tão fascinante quanto é o caso da reinvenção do Lanterna Verde como um herói de FC e membro da Tropa dos Lanternas Verdes. Concebida por John Broome (um dos primeiros criadores pós-modernistas de quadrinhos), em uma época pós-Sputnik, na aurora da Era de Prata dos quadrinhos e da FC, a Tropa é uma homenagem direta a *Lensmen* de E. E. "Doc" Smith. Contudo, por terem os membros dessa força policial intergaláctica empunhado os tremendos anéis de poder (em essência, lâmpadas de Aladim em forma de anel), Broome não só substitui uma velha "religião" (mitologia) por uma nova (FC), mas também projeta o super-herói como uma criatura com vontade de poder na escala mais grandiosa, a escala iconográfica. Auxiliado por Gil Kane, um artista excepcionalmente versátil a quem foi concedido o título honorário de *imagineer* no final de sua carreira, Broome construiu as bases do verdadeiro e icônico apelo dos super-heróis de quadrinhos e da FC visual. Assim como cada aptidão do anel de poder dependia apenas do genuíno poder da vontade do portador, o potencial dos quadrinhos de FC para o sentimento visual de espanto era limitado apenas pelas imaginação dos criadores de quadrinhos. Na FC visual, tudo pode acontecer, porque ela é um produto da vontade de poder artística.

Essas figuras representam o primeiro tipo de super-herói. O segundo tipo consiste de super-heróis que não eram nada além de humanos, ainda que humanos treinados e equipados em grau avançado. O protótipo deles é Doc

Savage (cujas aventuras mantiveram-se de 1933 a 1949), o herói da ficção *pulp* que havia treinado o corpo e a mente até quase a perfeição, mas não possuía poderes sobrenaturais. Mas aqui o ícone principal é Batman, um vigilante urbano prejudicado em seus direitos, criado por Bob Kane e Bill Finger (apareceu pela primeira vez em 1939; a revista em quadrinhos *Batman* foi publicada em 1940). A disseminação cultural e contínua proeminência global dessa figura é impressionante, uma repetição mais sombria, mais urbanizada e mais gótica do "salvador". William Moulton Marston e Harry G. Peter criaram a Mulher-Maravilha (que apareceu pela primeira vez em *All Star Comics*, 1941) como um corretivo deliberadamente feminino à masculinidade do Superman. Esperando proporcionar às mulheres um modelo positivo, Marston e Peter apresentaram a Mulher-Maravilha como uma amazona, equipada com diversos itens de tecnologia (braceletes especiais que ela usa para fazer as balas desviarem, por exemplo), mas sem nenhuma aptidão mágica, pelo menos nas primeiras encarnações.

A Mulher-Maravilha merece uma discussão mais extensa do que o espaço que temos aqui. Marston, psicólogo e inventor entre outras coisas do teste do detector de mentiras, concebeu o personagem para promover a paz, a igualdade de gênero e a submissão, sendo esta última qualidade algo que ele teorizou, através de um sexualizado jogo de servidão, como necessidade neutra em termos de gênero para a futura cooperação pacífica dos seres humanos. Seu raciocínio era de que a forte necessidade de aprender a desfrutar da passividade e da submissão para superar o ímpeto de opressão e perseguição convenceria, talvez, alguns mais que outros; e, em encarnações mais tardias, esse tema da submissão é minimizado na representação do personagem. O que não é minimizado é a combinação na Mulher-Maravilha de apelo sexual, independência, força e compromisso com a igualdade utópica, e o que torna o personagem tão duradouro é o modo como esses quatro atributos são apresentados como elementos que interagem um com o outro. Quando Gloria Steinem fundou a influente revista feminista liberal *Ms* em 1971, escolheu uma imagem da Mulher-Maravilha para a capa de estreia, tendo escrito mais tarde:

> A Mulher-Maravilha simboliza muitos dos valores da cultura feminina que as feministas estão agora tentando introduzir no *mainstream*: força e autoconfiança para as mulheres; irmandade e apoio mútuo entre mulheres; serenidade e estima pela vida humana: diminuição tanto da agressão "masculina" quanto da crença de que a violência é o único meio de resolver conflitos (Steinem, p. 1).

Por que os quadrinhos de FC em língua inglesa foram tão esmagadoramente dominados por super-heróis dos anos 1940 até os dias de hoje? Na verdade, mais ou menos os últimos dez anos foram tão dominados pelas franquias cinematográficas DC e Marvel Comics Universe, que essa pergunta possui uma urgência bem contemporânea. A tese do presente estudo é que essa voga expressa, em um idioma cultural-popular, a preocupação que está na origem da FC: o papel do Salvador e o lugar da redenção em um cosmos pós-copernicano moderno, científico. Em outras palavras, o tropo do super-herói expressava preocupações que, por razões locais, culturais – angústia ocasionada pela sangria da Segunda Guerra Mundial, medo da possível catástrofe nuclear, culpa pela crescente afluência material e incerteza quanto a que forma tomaria um salvador para aliviar essas preocupações –, reproduzia as mesmas inquietações culturais que se encontravam na origem da FC como gênero. Para dizer de outro modo, a consagrada mediação feita pela FC da dialética entre a compreensão material (científica) e a compreensão espiritual (religiosa) do cosmos está também implícita nas várias inflexões do super-herói na arte dos quadrinhos nos anos 1950. Algumas são mais materiais, o componente humano do arquétipo do salvador; outras são mais sobrenaturais, dotadas de poderes quase mágicos.

O que não quer dizer que esses super-heróis sejam "tipos" de Cristo. Na realidade, sugiro que respondem a inquietações culturais similares àquelas que também geram receptividade pública a discursos religiosos, embora seja difícil ignorar os paralelismos entre os fundamentais super-heróis e o arquétipo cristão. Roger Sabin, o mais respeitado historiador de quadrinhos, cita os comentários de Siegel sobre a criação do Superman ("de repente a coisa bate – concebo um personagem como Sansão, Hércules e todos os homens fortes de que tinha ouvido falar embrulhados em um só"), acrescentando:

> É claro que o escritor [Siegel] também deve ter tido consciência das analogias com Jesus: o Superman era também um homem enviado dos céus pelo pai para usar seus poderes especiais em prol do bem da humanidade (Sabin, p. 61).

Em lugar de um idioma religioso (um salvador divino combate o pecado e faz uma expiação de nosso inerente caráter pecador com um sacrifício), os quadrinhos de FC proporcionavam uma nova lógica cultural popular que resolvia as inquietações fundamentais (um super-herói combate várias encarnações do mal, em geral só conseguindo derrotá-las com grande esforço pessoal).

Isso não aconteceu da noite para o dia. Depois de florescer nos anos 1940 e no início da década de 1950, os quadrinhos começaram a perder terreno. Mas por volta do início dos anos 1960, no umbral da Era de Prata dos quadrinhos, uma editora (Marvel) e dois autores – Jack Kirby e o escritor Stan

Lee, sem dúvida as duas figuras mais importantes dos quadrinhos do século XX – vieram a conhecer um novo sucesso. Nas palavras de Sabin: "o sucesso da Marvel teve o efeito de um pontapé inicial para fazer reviver a indústria inteira" (Sabin, p. 74). Em pouco tempo, Kirby e Lee criariam os mais icônicos personagens de histórias em quadrinhos (depois do Superman). A primeira história em quadrinhos de grande sucesso da Marvel foi *O Quarteto Fantástico* (*The Fantastic Four*) (1961-presente), com um grupo de super-heróis elementais que incluía o herói supermaleável e flexível, Senhor Fantástico (o elemento água), a renovada versão do Tocha Humana (fogo), *Thing* (o Coisa) (um monstro aparentemente composto de rochas alaranjadas, com enorme energia, portanto análogo à terra) e a Mulher Invisível (ar). Em *Homem-Aranha* (*Spider-Man*) (1962-presente), um adolescente é mordido por uma aranha radioativa e recebe certos poderes aracnídeos especiais (criado por Stan Lee e pelo artista Steve Ditko), Marvel propõe o primeiro super-herói "realista" em termos psicológicos, um jovem tão volátil, sensível e inseguro quanto qualquer pessoa de sua idade, cujos superpoderes têm um custo pessoal e sempre acabam lhe causando o mesmo número de problemas que resolvem. Duas criações adicionais de Kirby/Lee também se mostraram duradouras em especial. *O Incrível Hulk* (*The Incredible Hulk*) (1962-presente) foi uma reformulação para os quadrinhos de *O Médico e o Monstro* de Stevenson combinada com a encarnação de Karloff do monstro de Frankenstein, pois Hulk, o enorme, verde, monstruoso, mas estranhamente inocente monstro do Id, acomodado no jeitão tranquilo do cientista Bruce Banner, não expressa o brutal caráter pecaminoso do "homem desajustado" de Stevenson. *X-Men* (1963-presente) produziu outro time de super-heróis, lumiares de um novo estágio evolutivo do desenvolvimento humano em que os mutantes com poderes especiais são comuns. A criação mais obviamente messiânica de Kirby/Lee é o *Surfista Prateado* (*The Silver Surfer*) (primeiro lançamento em 1966; série a partir de 1968), que apresenta uma entidade divina, devoradora de planetas, chamada Galactus. Norrin Radd, um alienígena do idílico mundo de Zenn-la, oferece a si próprio como sacrifício para salvar seu mundo natal das devastações de Galactus; Galactus aceita e transforma Radd no Surfista Prateado. Após servir Galactus por um período de tempo não especificado como descobridor de mundos adequados para o consumo, o Surfista chega à Terra, onde, movido pela nobreza de algumas das criaturas que encontra, rebela-se contra Galactus, lutando para impedi-lo de devorar nosso planeta. Tem êxito nisso, mas, como punição, fica confinado à Terra. O tom da série, como é, não raro, o caso com a linguagem um tanto prolixa e operística de

Lee, trata esse quadro fantasioso com grande seriedade e expressa, em seus melhores momentos, algo importante sobre o papel de intermediários entre a Terra e forças cósmicas, recapitulando também o núcleo dialético da FC.

Quadrinhos Europeus

As histórias em quadrinhos também desfrutaram de uma grande expansão na Europa. Na Grã-Bretanha, a revista *Eagle* publicou uma tira em quadrinhos muito popular, "Dan Dare: Pilot of the Future" (criada por Frank Hampson), de 1950 até 1967. Dare, corajoso, de queixo proeminente, acompanhado do servil Digby e de inúmeros outros companheiros, voava ao redor do sistema solar e além dele, vivenciando aventuras variadas e completas. Em particular, entravam com frequência em conflito com um "gênio do mal" alienígena chamado "o Mekon", um venusiano megacéfalo e microcorpóreo de pele verde, que flutuava sobre o que parecia ser um gigantesco prato. Hampson e sua equipe de artistas usavam fotos e modelos em escala para atingir um elevado grau de precisão descritiva, de verossimilhança brilhantemente colorida, para as diversas espaçonaves e acessórios da história; e é a aparência global desses quadrinhos, mais que as narrativas com frequência derivativas, que constitui sua realização mais significativa. Dan Dare também conheceu sucesso popular como seriado radiofônico britânico (transmitido toda semana pela Rádio Luxemburgo, 1953-1956).

Na França, quadrinhos como *Espace* (1953-1954) e *L'an 2000* [O Ano 2000] (1953-1954) mostraram-se com vida relativamente curta. Mas a França pós-guerra ia se tornar um dos mais importantes fóruns para a criação de revistas e, mais tarde, *graphic novels*. Uma estética especificamente doméstica foi desenvolvida, em parte devido a uma sobrevivência da ocupação alemã dos anos 1940: "um decreto nazista banindo personagens de histórias em quadrinhos norte-americanas, como Mickey Mouse e Flash Gordon, nunca foi revogado, dando a uma tradição doméstica a chance de florescer" (Rambali, p. 145). Na verdade, após um período de depressão no pós-guerra, a Europa emergiu nos anos 1950 ávida para estabelecer uma tradição doméstica diferenciada de FC.

Fantax foi publicada de 1946 a fins da década de 1950, criada por Pierre Mouchotte. Fantax é um super-herói, derivação de certos modelos norte-americanos. Pretendia ser um nobre inglês e, no entanto, carregava o nome improvável de Lord Horace Neighbour. À noite, punha um capuz e lutava contra o crime.

De 1946 a 1947, a revista *Coq Hardi* publicou *Guerre a la Terre* [Guerra contra a Terra], uma intrincada história em quadrinhos em preto e branco na qual marcianos de cabeça pequena invadem nosso mundo e são repelidos por uma heroica resistência pan-europeia. Com um toque contemporâneo, os marcianos se aliam a inamistosos soldados japoneses, embora ambos sejam enfim derrotados. *Les Conquérants de L'Espace* [Os Conquistadores do Espaço] foi publicada em edições mensais, de 1953 a 1964, na revista *Meteor*, narrando as aventuras, em protoestilo de *Jornada nas Estrelas* (*Star Trek*), da tripulação da nave estelar *Space Girl*. Foi popular o bastante para que várias imitações (como *Aventures en L'Espace*, de 1958) tentassem publicações caça-níqueis. A revista *Super Boy* foi fundada em 1949, embora as primeiras aventuras do herói Super Boy (que não tem relação com o Superman da DC) só saíssem na revista em 1958. Mas depois disso as tiras, desenhadas ao estilo norte-americano por Félix Molinari, tornaram-se muito populares, sendo publicadas até a década de 1980.

A rádio francesa apresentou um seriado longo e muito popular, *Signé: Furaux*, de 1951 a 1960 (com quebras de continuidade). Esse inventivo drama burlesco acompanha as bizarras aventuras do supervilão Furax, que mais tarde muda de lado e se junta às forças do Bem, com quem (por exemplo) frustra uma tentativa de dominação do mundo por meio de um raio de controle mental e viaja de foguete para o planeta Asterix. Outra série dizia respeito a invasores de corpos alienígenas que viviam dentro de um queijo suíço, de modo que quem comesse o queijo era infectado por eles. Todos esses seriados foram transformados em novelas pelos roteiristas Pierre Dac e Francis Blanche, e novas novelas baseadas neles foram escritas por outras mãos nos anos 1970.

No Japão, Osamu Tezuka começou desenhando o seriado em quadrinhos *Tetsuwan Atomu* ("Poderoso Átomo", traduzido no Ocidente como *Astroboy*) para a revista juvenil *Shonen*, em 1952. O protagonista do título é um menino-robô com o poder de voar que, assim como Pinóquio, anseia por ser humano e age como um Superman metálico em miniatura, resgatando pessoas de monstros, de cientistas loucos e de acidentes industriais. Muito popular no Japão, Tezuka supervisionou a criação de uma série de desenhos animados para a TV, *Tetsuwan Atomu* (1963 até o presente, com algumas brechas na produção), que ajudou a difundir a popularidade do ícone.

Conclusão

Para muitos leitores, e em particular para aqueles de uma certa geração, a Era de Ouro da FC é a coisa real, o coração da FC, o paradigma ao qual as definições do gênero deveriam aderir. Pode-se considerar discutível até que ponto essas grandiosas operetas espaciais embriagadas de tecnologia e histórias com ideias luminosas podem ser vistas como exemplos do que o presente estudo tem apresentado como raízes profundas da FC: a dialética entre os discursos científico-materialistas e religioso-espirituais. Contudo, como Alexei e Cory Panshin sustentaram, o impulso principal da Era de Ourto da FC era a "busca da transcendência". O desvio tardio de Campbell para o misticismo, a dianética, a telepatia e toda essa parafernália não foi uma aberração; é algo incluído na lógica dialética da própria FC.

Notas

1. Ele continua sendo "a personalidade mais influente na história da FC norte-americana [...]. Tinha a capacidade de fazer a mais extravagante ou a mais pessoal das visões soar como senso comum" (Clute, p. 128); "De fato, Heinlein foi provavelmente a figura mais influente na história da FC" (James, p. 65).

2. O que é interessante em especial neste artigo, acho eu, é o modo como, mesmo quando destaca a disparidade entre a novela real e o relato de Heinlein da novela em *Expanded Universe*, Gifford usa um tom apologético e francamente servil. Argumenta que Heinlein pretendia fazer 95% de seu Serviço Federal em *Starship Troopers* de fato federal em vez de militar, mas de certa forma se esqueceu disso; e conclui: "Eu queria ter tido a chance de discutir isso direto com Heinlein antes de sua morte [...] mas é tarde demais, tarde demais – e só posso esperar que sua sombra possa me perdoar por eu dizer que ele estava errado" (Gifford, p. 11). Cito isso porque me parece bastante representativo do ponto até o qual uma parte do universo dos aficionados da FC pactuou com a construção que Heinlein fez de si mesmo como figura autoritária patriarcal; um indício, na melhor das hipóteses, de timidez; na pior, de servilismo, e não, penso eu, de algo bom.

3. Smith compartilhou com Olaf Stapledon a duvidosa honra de ter tido, sem reconhecimento, ideias de sua obra fisgadas e reutilizadas, em uma extensão notável, por outros escritores de FC. Entre os exemplos indicativos estão os Navegadores da Corporação, humanoides alterados das novelas *Duna*, de Frank Herbert, que controlam todo o voo espacial e são claramente tirados do *scanner* e dos *habermen* de Smith; a novela *Não me Abandone Jamais* (*Never Let Me Go*) (2005), de Kazuo Ishiguro, que reutiliza as comunidades no planeta Shayol, de Smith, onde indivíduos são criados para doar seus órgãos para transplante; e o filme das Wachowski, de 2014, *O Destino de Júpiter* (*Jupiter Ascending*), em que as castas dominantes mantêm seu poder controlando a droga da imortalidade, que reutiliza os Norstrilians, de Smith, cuja imensa riqueza depende de seu controle da droga da imortalidade *stroon*, colhida de gigantescas criaturas parecidas com ovelhas.

Referências

Aldiss, Brian, com David Wingrove. *Trillion Year Spree: the History of Science Fiction*. Londres: Gollancz, 1986.

Anderson, Poul. *Tau Zero* (1970). Londres: Gollancz, 2000.

Asimov, Isaac. The Bicentennial Man (1976). *In: The Complete Robot*. Londres: Grafton, 1982.

_____. *The Caves of Steel* (1954). Londres: Grafton, 1987.

Barjavel, René. *Une rose au paradis*. Paris: Presses de la cité, coll. Pocket, 1981.

_____. *Ravage* (1943). Paris: Folio, 2000.

Blish, James. *Cities in Flight* (1956-1962). Londres: Gollancz "SF Masterworks", 1999a.

_____. *A Case of Conscience* (1958). Londres: Gollancz "SF Masterworks", 1999b.

Budrys, Algis. *Rogue Moon* [1960]. Nova York: Coronet, 1968.

_____. *Who? In: American Science Fiction: Five Classic Novels 1956-1958*, org. Gary K. Wolfe. Nova York: Library of America, 2012.

Bukatman, Scott. *Terminal Identity: The Virtual Subject in Postmodern Science Fiction*. Durham, NC e Londres: Duke University Press, 1993.

Clarke, Arthur C. *The Collected Stories*. Londres: Gollancz, 2000.

Clute, John. *Science Fiction: The Illustrated Encyclopedia*. Londres: Dorling Kindersley, 1995.

Disch, Thomas. *The Dreams our Stuff Is Made of: How Science Fiction Conquered the World*. Nova York: Simon and Schuster, 1998.

Eagleton, Terry. *The Ideology of the Aesthetic*. Oxford: Blackwell, 1990.

Gifford, James. The Nature of "Federal Service". *In:* Robert A. Heinlein's *Starship Troopers*, www.nitrosyncretic.com/rah/ftp/fedrlsvc/pdf (acesso em dezembro de 2004).

Huntington, John. *Rationalizing Genius: Ideological Structures in the Classic American Science Fiction Short Story*. New Brunswick, NJ: Rutgers University Press, 1989.

James, Edward. *Science Fiction in the Twentieth Century*. Oxford: Oxford University Press, 1994.

Ketterer, David. "A part of the … family(?)": John Wyndham's *The Midwich Cuckoos* as Estranged Autobiography. *In: Learning from Other Worlds: Estrangement, Cognition and the Politics of Science Fiction and Utopia*, org. Patrick Parrinder. Liverpool: Liverpool University Press, 2000, pp. 146-77.

Nicholls, Peter. Arthur C. Clarke. *In: Encyclopedia of Science Fiction*, de John Clute e Peter Nicholls, 2ª ed. Londres: Orbit, 1993a, pp. 229-32.

_____. Monster Movies. *In: Encyclopedia of Science Fiction*, de John Clute e Peter Nicholls, 2ª ed. Londres: Orbit, 1993b, pp. 816-18.

Panshin, Alexi e Cory Panshin. *The World Beyond the Hill*. Los Angeles: Jeremy P. Tarcher, 1989.

Rabkin, Eric. *Arthur C. Clarke*, 2ª ed. Mercer Island, WA: Starmont, 1980.

Rambali, Paul. *French Blues: A Journey in Modern France*. Londres: Minerva, 1989.

Ruddick, Nicholas. Out of the Gernsbackian Slime: Christopher Priest's Abandonment of Science Fiction. *In: Modern Fiction Studies,* 32 (1986) 1: 43-52.

Sabin, Roger. *Comics, Comix and Graphic Novels: A History of Comic Art.* Londres: Phaidon, 1996.

Smith, Cordwainer. *The Rediscovery of Man.* Londres: Gollancz, 2009.

Steinem, Gloria. Introduction. *In: Wonder woman,* org. Phyllis Chesler. Nova York: Holt, Rinehart and Winston, 1972.

Vance, Jack. *Emphyrio* (1969). Londres: Gollancz "SF Masterworks", 1999.

Westfahl, Gary. *The Mechanics of Wonder: The Creation of the Idea of Science Fiction.* Liverpool: Liverpool University Press, 1998.

Wyndham, John. *The Midwich Cuckoos* (1957). Londres: Penguin, 1975.

CAPÍTULO 12

O Impacto da New Wave: a Ficção Científica dos Anos 1960 e 1970

O lançamento bem-sucedido do satélite artificial Спутник (*sputnik*, palavra russa para "satélite" ou "camarada") pela União Soviética transformou a viagem espacial de um futuro imaginado em realidade presente. John Clute coloca bem a situação:

> Talvez tenha havido um tempo, na aurora do mundo, antes do Sputnik, em que os impérios de nossos sonhos de FC eram governados segundo regras reveladas nas páginas da *Astounding Science Fiction* e todos nós podíamos entrar no jogo de um futuro que todos nós compartilhávamos: leitores, escritores, aficionados [...] Mas algo aconteceu. O futuro começou a se tornar real (Clute, *Look*, p. 17).

A trajetória da aventura espacial do homem traçava o que Thomas Pynchon chamaria mais tarde de "arco-íris" da gravidade, o percurso de subida de um foguete balístico, voando numa elipse e tornando a cair. No final dos anos 1950, em particular com as missões orbitais tripuladas e a missão à Lua com a *Apolo*, efetuadas pela Nasa em 1969, houve enorme entusiasmo e esperança. Muita gente, em particular em uma comunidade de FC alimentada pelos sonhos de expansão da fantasia da Era de Ouro, acreditava de verdade que uma versão do futuro sobre o qual tinham lido ganhava raízes na realidade. Mas, na década de 1970, ficou claro que a viagem espacial era (sussurrava-se) um tanto desinteressante. Os recursos foram desaparecendo; o programa Apolo sofreu cortes severos; a viagem espacial ficou reduzida a satélites comerciais e militares em órbita da Terra, acrescidos por alguma eventual sonda-robô aventurando-se a se afastar mais de casa. Vez por outra, os políticos ainda faziam promessas relativas, digamos, a uma missão tripulada a Marte, mas poucos acreditavam neles, e nada reacendeu aquele transcendente entusiasmo inicial.

A realidade desapontou a FC. Tornou-se cada vez mais difícil manter o otimismo da Era de Ouro à medida que a década de 1970 avançava, e ele começou a parecer meramente folclórico enquanto os anos 1980 se desenrolavam. A resposta da ficção científica a esse estado de coisas foi complexa. Incluiu o retorno de alguns escritores à visão da FC *hard*, com uma insistência em olhar além das limitações da Nasa, enquanto outros insistiam em uma reconfiguração das lógicas do gênero, um processo mencionado pela breve expressão New Wave.

Ficção Científica New Wave

Os críticos usam o termo *new wave* para descrever uma associação informal de escritores das décadas de 1960 e 1970 que, de um modo ou de outro, reagiam contra as convenções da FC tradicional e produziam ficções científicas de vanguarda, radicais ou fragmentadas. Todos esses rótulos para movimentos literários são problemáticos, mas o rótulo *new wave* é mais problemático que a maioria. A expressão em si se apropria de uma descrição aplicada a um movimento do cinema francês, a *nouvelle vague*, mas os paralelismos entre a FC dos anos 1960 e os exercícios elegantes, os cortes arrojados da evidente contemporaneidade de diretores como François Truffaut e Jean-Luc Godard são muito inexatos.

Como Damien Broderick observa, a New Wave foi "uma reação contra a exaustão do gênero", que "nunca foi formalizada por inteiro e com frequência foi repudiada pelos seus exemplos mais importantes" (Broderick, p. 49). O termo em si foi provavelmente cunhado por Christopher Priest nos dias em que ele era um jovem aficionado (ainda não o importante novelista que se tornaria). Foi a princípio associado à revista *New Worlds*, de Londres, que fora publicada, com muitas interrupções, desde 1946, mas que foi relançada nos anos 1960 como um local de ficção pioneira e experimental. Seus dias de glória estão associados à editoria de Michael Moorcock, de 1964 a 1971. Em um editorial, Moorcock pediu uma forma mais apaixonada, sutil, irônica e original de FC, selecionando quatro escritores como promissores padrões do novo estilo: J. G. Ballard, E. C. Tubb, Brian Aldiss e John Brunner. Se estamos, como podemos perfeitamente estar, tentando definir a FC *new wave* como uma tentativa deliberada de reunir as sensibilidades literárias associadas ao alto modernismo com a energia da popular FC *pulp*, então esses quatro nomes devem nos lembrar de que nunca se tentou isso como uma mistura igualitária, meio a meio. Houve sempre uma ênfase maior no lado *pulp* da FC.

Tubb, por exemplo, publicou 33 novelas em sua saga *Dumarest da Terra* (de *The Winds of Gath* [Os Ventos de Gath] [1967], a *Child of Earth* [Filho da Terra] [2003]), e cada um dos títulos inclui aventuras vibrantes e variadas em diferentes ambientes planetários, com todo tipo de humanoides e alienígenas exóticos. Essas novelas poderiam ter sido publicadas dez ou vinte anos antes.

Tampouco a New Wave foi meramente um assunto do Reino Unido. Nas palavras de Edward James: "Moorcock reuniu em torno de si um grupo de talentosos escritores britânicos", ao mesmo tempo que recrutava "uma nova geração de escritores norte-americanos, como Samuel Delany, Thomas M. Disch e John Sladek, que vieram todos morar em Londres para compartilhar a vibração daqueles anos" (James, *Science Fiction in the Twentieth Century*, p. 169). Talvez isso forneça de fato uma boa noção de que a New Wave foi produto da agitação da contracultura de Londres nos anos 1960. Na verdade, a FC *new wave* foi parte do interesse internacional mais amplo por técnicas literárias experimentais e de vanguarda. Também em *New Worlds*, Ballard pede uma rejeição completa do clichê da FC:

> A ficção científica devia dar as costas ao espaço, à viagem interestelar, às formas de vida extraterrenas, às guerras galácticas e à superposição dessas ideias que se propagam pelas margens de nove décimos da FC das revistas. Por mais que fosse um grande escritor, estou convencido de que H. G. Wells teve uma influência desastrosa sobre a trajetória subsequente da ficção científica [...]. Do mesmo modo, acho eu, a ficção científica deve rejeitar suas atuais formas narrativas e tramas (James, pp. 169-70).

Não raro a New Wave pode ser encarada como uma tentativa deliberada de elevar a qualidade literária e estilística da FC, mas o que os comentários de Ballard deixam claro é até que ponto ela foi também uma reação ao peso sedimentar do catálogo de livros do gênero, que os novos escritores começavam a achar opressivo. Na década de 1960 fora publicada tanta ficção científica, tantas ideias engenhosas se desenvolveram e perderam substância que pensar em alguma coisa nova, que trouxesse o inusitado para a novela de FC, estava se tornando cada vez mais difícil. O que a New Wave fez foi pegar um gênero que estivera, em sua modalidade popular, mais preocupado com conteúdo e ideias do que com forma, estilo ou estética, e reconsiderá-lo sob a lógica dos últimos três termos.

Para muitos aficionados isso era nada menos que uma traição ao que a FC sempre tinha sido. De seu característico jeito mal-humorado, o autor e aficionado por FC Kingsley Amis declarou que "os efeitos da New Wave" foram "uniformemente nocivos":

O novo modo abandonou os padrões da ficção científica tradicional: sua ênfase no conteúdo antes que no estilo e no tratamento, a prevenção contra a fantasia desarticulada e o compromisso com a lógica, a motivação e o senso comum [...] [Em vez disso] vieram táticas de choque, truques com tipografia, capítulos de uma só linha, metáforas forçadas, obscuridades, obscenidades, drogas, religiões orientais e política de esquerda (Amis, p. 22).

Isso é uma deliberada caricatura do movimento, é claro; e a satisfação com que Amis anunciou que, "por volta de 1974, a New Wave era declarada como encerrada de modo oficial" foi não só imprópria como também descabida. Para aficionados do poder de persuasão de Amis seria mais verdadeiro dizer que a Era de Ouro nunca chegou ao fim. A ficção científica continuou a ser escrita de acordo com os protocolos contra os quais a New Wave reagia: Murray Leinster, Edmond Hamilton, Clifford C. Simak, Mack Reynolds, Gordon Dickson, Fred Saberhagen, Ben Bova, H. Beam Piper e vários outros produziram grande quantidade de FC *hard* dura como o tungstênio, mecanicamente instruída e com frequência militarista. Sua casa espiritual foi a revista *Analog* (nome adotado pela *Astounding* após 1960) de Campbell, e suas histórias eram consumidas com entusiasmo por muitos aficionados de FC.

De fato, em uma soma total de novelas e histórias, o grosso da FC escrita nos anos 1960 (e desde então) foi FC *hard* desse tipo. Muita gente considera que é o melhor tipo de FC, a variedade de que mais gostam e que, portanto, encaram como mais característica do gênero. Não posso discutir com o gosto pessoal das pessoas. Ainda assim, é difícil negar que as maiores realizações ficcionais da FC dos anos 1960 estão muito menos preocupadas com o apoio e protocolos da FC *hard* da Era de Ouro. A meia dúzia de textos mais importantes desse período estão fascinados por um tema em particular: o valor do Messias. Embora abordem o tópico com uma variedade de inovações técnicas e formais, e tenham desfrutado de variados graus de sucesso na época, certo número de novelas dos anos 1960 e início dos anos 1970 resistiram à prolongada exposição ao calor que incinera a maioria dos livros publicados em qualquer ano específico (mesmo os bons), tornando-se clássicos: *Um Estranho numa Terra Estranha* (1961), de Heinlein; *Duna* (1965), de Frank Herbert; *Giles Goat Boy, or the Revised New Syllabus of George Giles Our Grand Tutor* [Giles, o Menino-Bode, ou o Novo Sumário Revisto de George Giles, nosso Grande Tutor] (1966), de John Barth; a sequência *Jerry Cornelius*, de Michael Moorcock, cujo primeiro livro (*The Final Programme*) [O Programa Final] foi publicado em 1968; e as novelas da grande fase de Philip K. Dick, em particular *The Three Stigmata of Palmer Eldritch* [Os Três Estigmas de Palmer Eldritch] (1965); *O Caçador de Androides* (*Do Androids Dream of Electric Sheep?*) (1968); e *Ubik* (1969). Não estou apenas selecionando com esses livros um punhado de textos que, por acaso, compartilham tropos messiânicos para sustentar meu argumento; eles são todos obras sólidas e influentes da FC dos anos 1960, por certo incluídos entre a mais importante literatura do período. Uma obra similar, publicada antes e, no geral, fora do escopo da presente história, mas que alcançou sólida proeminência cultural na década de 1960, foi *O Senhor dos Anéis* (1951-1953), de Tolkien – uma obra profundamente sacramental, fascinada quase ao ponto da obsessão por questões teológicas de expiação, livre-arbítrio e encarnação. Vemos o mesmo impulso messiânico no filme de Stanley Kubrick, *2001: Uma Odisseia no Espaço* (1968).

É provável que haja muitas explicações a serem dadas para esse persistente fascínio dos anos 1960 com o Messias. Afinal, esse foi o período em que os Beatles se declararam em pé de igualdade com Jesus e em que floresceram religiões e cultos alternativos; um período que muitos diagnosticaram como fim dos tempos e muitos outros como um novo início cósmico, a vinda da Era de Aquário. Havia por certo um sentimento de que a tecnologia humana tinha enfim se emparelhado à imaginação apocalíptica de gerações anteriores de profetas do fim do mundo; e muita FC da década de 1960 se engalfinhou – em geral de modo um tanto desajeitado, marcado por uma cega ansiedade – com o medo do aniquilamento nuclear.[1] Mas essa possibilidade foi levantada até o século XXI (na verdade, nossas armas são, de forma lamentável, um pouco mais destrutivas do que eram as deles) sem provocar uma literatura também messiânica. Além disso, não é apenas que houvesse uma grande oferta de produção cultural sobre o tópico do Messias; houve uma série de obras-primas sobre esse tema, e essas obras-primas tomaram a forma de FC.

Só a título de esclarecimento. Penso que a virada messiânica nos anos 1960 está conectada, por razões profundas, às lógicas determinantes do próprio gênero. Enquanto a viagem espacial (a narrativa original da FC) se manteve como antecipação de um futuro imaginado, o evento futuro modulava a linguagem da FC como transcendência, uma metáfora para uma velocidade de escape mais literal. Mas a verdadeira viagem espacial ia se revelar com rapidez (de forma inevitável, é claro) como um assunto mundano, mesmo que se movendo para além do *mundus*. Relatos com detalhes técnicos de viagem espacial em um idioma ficcional pareciam menos atraentes. A viagem espacial como passagem mística harmonizava-se mais com o espírito da época. Em lugar, então, da transcendência, a FC voltou-se para uma de suas preocupações centrais, originárias. Tudo o que temos aprendido, toda a nossa nova ciência e tecnologia, tudo o que agora sabemos acerca do cosmos, fatalmente não degrada a singularidade e a eficácia da própria ideia do Messias? Preocupações quiliásticas (ou, de modo mais específico, biquiliásticas) podem ter sido parte disso, mas o fato é que a FC da década de 1960 estava olhando para trás em vez de olhar para a frente. A problemática determinante do gênero encontrava o caminho para superar os obstáculos.

Heinlein, Herbert, Barth, Moorcock

Não desejo passar a impressão de que a FC *new wave* era de interesse de uma minoria ou apenas da vanguarda. Como John Huntingdon observa, na década de 1960 a FC "tinha deixado de ser a literatura de uma minoria muito dedicada. A ampla popularidade de *Um Estranho numa Terra Estranha* e *Duna* é um fenômeno inteiramente diferente da popularidade de certa forma seleta" que a FC tinha desfrutado antes (Huntingdon, p. 2). Uma razão para o sucesso comercial de *Um Estranho numa Terra Estranha*, *Duna* (e também de *O Senhor dos Anéis*) é que esses títulos se tornaram livros dos *campi*, comprados e lidos com avidez por centenas de milhares de estudantes como manifesto contracultural. Com certeza, o misticismo e a apresentação de drogas como portais para a transformação transcendental em *Duna* ajudou a obra a merecer a estima de jovens usuários de droga com inclinações místicas – embora a novela tenha muito mais que isso. Um caso ainda mais notório (em sua época) foi *Um Estranho numa Terra Estranha*.

A história está centrada em Valentine Michael Smith, um humano criado por marcianos antes de ser devolvido à Terra com poderes místicos. Ele funda o que é, sem dúvida, uma religião, acumulando discípulos, embora seu culto seja deliberadamente rizomático e de forma livre, reproduzindo a lógica do "ninho" marciano ao compartilhar água e ter certa dose de sexo.[2] Smith por fim morre ou "desincorpora" nas mãos de uma furiosa multidão humana. Embora estar desincorporado não seja nenhuma espécie de contrariedade para um marciano, que existe com a mesma satisfação no plano material ou espiritual. Um conceito trazido por ele é o de *grokking*, uma palavra que os aficionados adotaram com tanto entusiasmo que acabou entrando para a língua inglesa (*Oxford English Dictionary*: "**grok**, v. trans. [também com *obj. clause*], compreender de modo intuitivo ou por empatia; estabelecer conexão com"). O conhecimento que se obtém pelo *grokking* (isto é, "sacando", ou tendo um *insight*) é super-racional, total e quase místico; mas é também ardiloso. É só depois de completados três quartos do livro, após estabelecer uma religião muito bem-sucedida e realizar muitos milagres, que Smith pode dizer à sua namorada principal: "Agora eu *saco* as pessoas, Jill [...]. Agora eu também *saco* o 'amor'" (Heinlein, *Stranger in a Stranger Land*, p. 127). No final, *o que* a novela saca é quase mera banalidade. Questionado se ele se considera

Deus, Smith responde "em um descontraído tom de alegria: 'Eu *sou* Deus. Tu és Deus e qualquer idiota que eu afasto é Deus também [...] Quando um gato persegue um pardal os dois são Deus, cumprindo os pensamentos de Deus'" (Heinlein, *Stranger in a Stranger Land*, p. 421). Uma mente afiada poderia interpretar isso como sabedoria mística; um racionalista mais sóbrio poderia encontrar implicações mais alarmantes nessa mistura de ingredientes. Brian Aldiss diagnostica "um sinistro embaçamento de fato e ficção" no "irracional quase mistiscismo" que assombra o livro e cita com aprovação o crítico de Heinlein, Alexei Panshin, quando este diz que "as premissas religiosas das novelas de Heinlein são falsas e superpoderes não existem":

> Sem eles, qualquer um que tente praticar a religião do livro (que inclui uma grande quantidade de relações sexuais) está condenado a ter problemas. Em outras palavras, a religião não tem sentido para ninguém (Aldiss e Wingrove, p. 290).

Por outro lado, *Um Estranho numa Terra Estranha* é uma novela, não um manifesto. Antes de a descartarmos como sem sentido, sua religião pode ser interpretada como uma rearticulação eloquente, mesmo que às vezes incipiente, das inquietações centrais que determinaram o surgimento da FC no século XVII. Em certo nível, Smith funciona como uma paródia de Cristo, pregando a "água compartilhada" do batismo, encorajando o canibalismo – os marcianos, ficamos sabendo, comem seus mortos; e Jubal Harshaw (porta- -voz de Heinlein no livro) lembra a boquiabertos terráqueos que o "canibalismo simbólico" desempenha um papel "decisivo" na liturgia cristã (Heinlein, *Stranger in a Stranger Land*, p. 127). Mas o livro reverte a força da encarnação cristã e trabalha para contradizer o subjacente princípio de equivalência da expiação. Um *insight* adequado nos permite perceber o erra- do em certas pessoas, um estado de coisas que reduz toda a estrutura ética cristã a uma simples dicotomia – embora uma dicotomia com sérias conse- quências, das quais aprendemos que os marcianos sacaram o que havia de errado em um planeta inteiro e, em função disso, o destruíram, deixando apenas seus destroços como o cinturão de asteroides. Existe a ameaça no livro de que poderiam fazer o mesmo com a Terra. Enfim, a conclusão "Tu És Deus" da novela articula com vigor uma compreensão "Eu-Tu" da natureza do universo, embora o livro seja sempre salvo da mera piedade por sua carac- terística e iconoclasta força heinleiniana.

Frank Herbert assumiu uma perspectiva um tanto diferente sobre a figura do Messias em sua obra-prima, *Duna* (1965). Na época, *Duna* disputou com

Um Estranho numa Terra Estranha o lugar de mais importante novela de FC da década, e agora é bem provável que seja a mais famosa das duas, graças em parte a uma saturação cultural mais abrangente e à criação de um megatexto *Duna*, compreendendo cinco sequências (*O Messias de Duna* [*Dune Messiah*] [1969], *Os Filhos de Duna* [*Children of Dune*] [1976], *O Imperador-Deus de Duna* [*God Emperor of Dune*] [1981], *Os Hereges de Duna* [*Heretics of Dune*] [1984] e *As Herdeiras de Duna* [*Chapterhouse: Dune*] [1985], um filme [David Lynch, 1984], duas minisséries de TV, *videogames*, duas sequências autorizadas do filho de Herbert, Brian e seu colaborador Kevin J. Anderson: *Os Caçadores de Duna* [*Hunters of Dune*] [2006] e *Os Vermes da Areia de Duna* [*Sandworms of Dune*] [2007]), e não menos que onze prelúdios autorizados da mesma equipe. Aficionados têm escrito a própria ficção não autorizada, em geral de boa qualidade, grande parte dela disponível *on-line*. Tem havido uma proliferação de *videogames* ambientados no universo Duna (o melhor é provavelmente *EA Games Emperor: Battle for Dune*, de 2001) e interpretações musicais, como a instável eletrônica instrumental de *Duna*, do sintetista Klaus Schulze (1979). A hospitalidade do megatexto de Herbert a esse tipo de participação ajuda a explicar a influência que teve no desenvolvimento subsequente da FC. Como Isaac Asimov antes dele e como os criadores de *Doctor Who* (1963 em diante), *Jornada nas Estrelas* (1966 em diante) e *Star Wars* (1977 em diante), Herbert inventou um mundo que se expandia de forma criativa à medida que os fãs se envolviam com ele.

O aspecto mais óbvio de *Duna* é que se trata de uma novela ambiental. O planeta do título tem toda a superfície coberta por um deserto, a água é um produto precioso e a vida é árdua; mas os vermes da areia em Duna (animais alienígenas que vivem e nadam sob a areia) produzem um determinado *pharmakon* conhecido como "especiaria" ou "melange", uma droga viciante que também concede visões do futuro a alguns e que é vital – de que modo, Herbert não diz com clareza – para os pilotos espaciais que conduzem naves estelares pelo hiperespaço. A especiaria só é manufaturada em Duna, o que torna esse mundo uma valiosa peça imobiliária. Quando a família do protagonista, Paul Atreides, recebe o mundo como feudo (a política do cosmos imaginado por Herbert é medieval, com um imperador e uma rígida hierarquia de castas), isto provoca manobras maquiavélicas por parte do maligno barão Harkonnen, que assassina o pai de Paul para se apoderar do mundo. Paul escapa com a mãe para o deserto, onde os *fremen* nativos (inspirados em beduínos árabes) o acolhem e para os quais ele se torna uma figura messiânica, o Muad'Dib. Por fim, Paul recaptura Duna de Harkonnen, liderando uma rebelião *fremen* e tornando-se ele próprio imperador.

A mãe de Paul participa de um culto só para mulheres conhecido como Bene Gesserit, inspirado (como Herbert admitiu) em suas memórias da Ordem Jesuíta da Igreja Católica. Elas vinham promovendo havia muitas gerações um programa secreto de reprodução humana na esperança de produzir por conta própria um Messias, o *kwisatz haderach* – supunham que a filha de Paul fosse esse Messias, embora o próprio Paul acabe inviabilizando seus planos e assuma o manto messiânico. Poderíamos chamar o livro de católico (a religião oficial do Império Galáctico é uma combinação de católico-romana e protestante, baseada no que Herbert chama "a Bíblia Católica de Orange"). A novela se associa a um aspecto particular das tradições da FC: antitecnológico, místico e transcendente. No Império Galáctico de Herbert, os computadores são proibidos por decreto religioso ("Não farás uma máquina à semelhança de um homem"); humanos com talentos especiais, chamados *mentats*, capazes de uma rapidez de cálculo e pensamento parecida com a de um computador, tomaram o lugar deles. Embora existam espaçonaves e alguns itens de tecnologia, a vida em geral é vivida de acordo com uma lógica pré-Revolução Industrial. Mas Herbert usa o cenário do deserto para investigar as duas grandes tradições religiosas do deserto: o salvador humano islâmico (Muad'Dib, somos informados, significa "camundongo do deserto", mas nos faz lembrar bastante de "Mahdi"*) e o Messias divino judaico-cristão.

O livro compartilha com a maior parte da FC dominante uma compreensão dialética da relação entre o técnico-racionalista e o místico. A especiaria concede a Paul poderes transcendentais de visão do futuro e sabedoria interior, mas ele só pode derrotar Harkonnen recorrendo a armas atômicas – armamento que foi, com muita sensatez, há muito tempo proscrito por uma espécie de acordo de limitação estratégica. Sua utilização por parte de Paul é apresentada como um elemento estratégico brilhantemente heterodoxo, como Hitler mandando seus tanques através das Ardenas. Aliás, um dos pontos mais fortes do livro é a detalhada e plausível apresentação do contexto político; uma realização ficcional muito mais impressionante que a representação esquemática e cheia de erros do ambiente extremo de Duna. Herbert disse mais tarde que sua ideia para a novela

> [...] começou com um conceito: escrever uma extensa novela sobre as convulsões messiânicas que se impõem de forma periódica às sociedades humanas. Tive a ideia de que super-heróis eram desastrosos para os humanos (O'Reilly, p. 38).

---

* Numa escatologia islâmica, Mahdi é o redentor que permanecerá alguns anos na Terra antes do Dia do Juízo e livrará o mundo do Mal. (N. do T.)

Menos de duas décadas após a Segunda Guerra Mundial (a culminância das convulsões bastante letais provocadas por vários autonomeados "super--homens" políticos), Herbert podia muito bem ter escrito uma extensa novela sobre a figura de um Hitler ou um Stalin. Mas Paul Atreides é um líder político que é também o fundador de uma religião. Os títulos das continuações do livro deixam nítido o viés teológico: *O Messias de Duna* (1969), em que Paul, cego por uma tentativa de assassinato, se martiriza caminhando sozinho no deserto; *O Imperador-Deus de Duna* (1981), o quarto na série, em que o filho de Paul, Leto, transforma-se em um gigantesco verme que governa por mil anos como tirano. Herbert não escreveu *Fuhrer of Dune* [*Führer* de Duna] ou mesmo *President of Dune* [Presidente de Duna] e, por certo, não há *Separação de Igreja e Estado em Duna*. Na realidade, à medida que a série avança, ela aprofunda e torna mais complexa sua percepção inicial quanto à lógica fundamentalmente religiosa de extrapolação da FC. Em *Duna*, o Messias se mostra "desastroso para os humanos" meramente em função da comoção política que causa – guerra, incerteza e assim por diante –, mas esse é o tipo de desastre que qualquer líder político convencional pode provocar. Na época de *O Imperador-Deus de Duna*, a compreensão de Herbert desse desastre é muito mais profunda. Leto, monstruosamente personificado como um verme gigantesco, embora mantendo a consciência em essência humana, é ao mesmo tempo governante e Deus; sua tirania ultrapassa em muito as opressões comuns do governo totalitário. Como é um deus, seu total conhecimento do cosmos cerceia a humanidade de um modo muito mais metafisicamente restritivo. O problema aqui é a viabilidade do livre-arbítrio humano e, portanto, da exposição (em vez do encobrimento) da vitalidade humana. Só desejando sua própria morte e enviando a humanidade em um êxodo em massa para a galáxia inexplorada pode Leto sair do impasse. A realização de Herbert, em outras palavras, foi apresentar a vinda do Messias em um contexto político examinado com precisão, mencionando, ao fazê-lo, como o impulso messiânico estava próximo do impulso fascista (*O Imperador-Deus de Duna* leva meu voto como uma das sátiras mais eficientes já escritas sobre o fascismo).

Não que *Duna*, como novela, não tenha falhas. Como em toda a sua obra, o estilo de Herbert é pesado e incapaz de concisão (até mesmo nas epígrafes apotegmáticas das inúmeras obras filosóficas e históricas que encabeçam cada capítulo e que se estendem com frequência por muitas centenas de palavras). Sua prosa, na maioria das vezes entregue ao diálogo e monólogo interior, carece de sabor e não raro range sob o peso da exposição – da trama, porém, em geral, mais das ideias. Além disso, a forma como Herbert constrói os personagens é com frequência essencialista, para dizer o mínimo. Há, por exemplo, um forte odor de homofobia em torno do modo como a perfídia do barão Harkonnen é representada em função de sua decadência predatória, homossexualizada. Mas, como os pontos fortes do livro ofuscam suas debilidades, *Duna* é uma novela que alcança genuína grandeza. O filósofo francês Guy Lardreau – é provável que a influência de Herbert tenha sido maior na Europa que no Ocidente anglófono – a chama de "obra notável", comparando-a às "grandes tragédias de Shakespeare" e louvando "sua riqueza e coerência", assim como "a especificidade" de sua visão imaginativa (Lardreau, pp. 179-82). Poucos críticos do Reino Unido ou dos Estados Unidos seriam tão ditirâmbicos, embora a maioria provavelmente concordaria com a avaliação que Gwyneth Jones fez de *Duna* como "o mais admirado dos mundos imaginários que temos hoje" (Jones, 2003, p. 169).

É fácil confundir a potência (inegável) da *mise en scène* de Herbert com uma construção de mundo no sentido usual da expressão. São duas coisas diferentes, e, na verdade, a segunda tem sérios problemas – sendo o mais óbvio a ausência de algum meio pelo qual a atmosfera de Arrakis pudesse ser oxigenada (cobrado a respeito disso, Herbert afirmou mais tarde que seus vermes de areia peidam oxigênio, o que parece um improvável mecanismo quando se trata de fornecer gás suficiente para um mundo inteiro). Na verdade, os desertos de Duna funcionam de modo eloquente como metáfora e significante topológico, destituído o bastante de traços convencionais (o mapa do frontispício é uma página branca pouco manchada por linhas pontilhadas que mostram um ou outro detalhe) para introduzir o despojado espaço estético e imaginativo. A novela medeia percepções ocidentais da Arábia e do islã de forma imaginativa e envolvente.

Em mais dois aspectos, a novela se mantém excepcional: o alcance e a complexidade de sua representação da história; e sua presciente antecipação do tipo de preocupações ambientalistas (ecologia no idioma dos anos 1960) que, mais tarde, tornaram-se centrais do ponto de vista cultural. *Duna* foi, na verdade, a primeira novela com um tema ecológico a ter um impacto cultural importante, já que *Primavera Silenciosa* (*Silent Spring*) (1962), de Rachel Carson, não era ficção. Os *fremen* de Herbert vivem e prosperam na extrema aridez de seus ambientes por estarem finamente sintonizados com eles, mas acumulam água, esperando um dia terraformar Arrakis em um lugar mais amável, mais úmido – uma esperança que é satisfeita no decorrer da série. As novelas *Duna* são uma dramatização detalhada da maneira como o ambiente, em seu sentido mais pleno, molda tanto povos quanto indivíduos. De forma apropriada, Herbert dedicou a novela "às pessoas cujas obras vão além das ideias para o reino das 'matérias reais' – aos ecologistas da terra árida".

O relato que Herbert faz da história também está à frente de seu tempo. *Duna* foi escrita em oposição explícita à trilogia *Fundação* (1951-1953), de Asimov, ou, mais em particular, em oposição ao antiquado positivismo da versão de Asimov da história, algo que ele acreditava ser passível de exata previsão científica. Herbert, ao contrário, vê a história, em sua escala mais ampla, como caótica e encontra uma série de metáforas expressivas para isso na novela (por exemplo, os redemoinhos dentro de uma tempestade de areia através da qual Paul tem de navegar seu ornitóptero se não quiser ser despedaçado pela fúria do tempo). Embora Paul possa ver o futuro, o futuro que ele vê está repleto de pontos cegos e permanece, sob aspectos cruciais, indeterminado. A profecia se mostra muito ambígua. Herbert vê também com bastante agrado a história como *longue durée*, algo que o simples conteúdo maciço da edição completa das novelas agrega ao leitor. Na verdade, *Duna* procura chegar a um quadro político-histórico mais plenamente realizado do que até então se tentara fazer no gênero e consegue produzir uma impressão de complexidade que evita se tornar confusa ou indigesta. Em certo sentido, o mérito de Herbert em *Duna* é descobrir tropos simples, mas eloquentes, para assuntos importantes, complexos. Reduzir por completo a paisagem de seu mundo imaginado ao deserto capacitou-o mais efetivamente a colocar em cena as dificuldades e os perigos de nichos ambientais de sobrevivência e mudança. Sua sociedade futura está envolta nos simplificados delineamentos feudais de uma fantasia medieval, não porque Herbert considere isso um desenvolvimento provável na história humana futura, mas porque lhe permite esboçar com mais clareza as grandes questões de interação social e política humana, autoridade, movimento de massa e evolução social.

Isso, por sua vez, leva a um último ponto sobre Herbert e o sucesso global que ele desfrutou com *Duna*. Ler o restante da obra de Herbert é se deparar com o fato de que seu desejo de representar a complexidade em sua escrita nem sempre encontrou uma forma tão feliz. Muitas de suas últimas novelas, às quais falta a simplicidade da clareza metafórica de *Duna*, parecem, em comparação, emperradas e áridas. *The Dosadi Experiment* [O Experimento Dosadi] (1977), um exemplar de uma série de novelas de Herbert ambientadas em uma futura federação multialienígena chamada *ConSentiency*, compartilha similaridades de forma e enredo com *Duna*, mas faltam-lhe a objetividade imagética central e a metaforicidade da novela mais antiga – além de ser muito menos marcante. A sequência *Void* [Vácuo], começando com *Destination: Void* [Destino: Vácuo] (1966) e continuando com várias novelas extensas da carreira mais tardia de Frank Herbert (*O Incidente Jesus* [*The Jesus Incident*] [1979], *O Efeito Lázaro* [*The Lazarus Effect*] [1983] e *The Ascension Factor* [O Fator Ascensão] [1988], todas em coautoria com Bill Ransom), mostra percepções entediantes e escolásticas em sua elaboração aparentemente interminável de sutilezas quase teológicas e questões sociais abstratas, todas derivadas da premissa pouco envolvente da inteligência artificial de uma espaçonave que se torna um deus.

Duna, em outras palavras, é atípica de seu autor. É um livro *extenso*, uma novela antes de revelação que de confinamento, e possui, apesar dos louros de seus vários enredos e reviravoltas, um toque quase minimalista. A transformação do livro em megatexto coletivo indica a convidativa pouca definição de sua estética. Mas não é isso que encontramos se nos voltarmos para o restante do trabalho de Herbert. Pelo contrário, a estética predominante é agora uma estética de claustrofobia. Sua primeira novela, *The Dragon in the Sea* [O Dragão no Mar] (1956), aumenta de forma incessante a pressão sob a tripulação confinada de um submarino, que fica cada vez mais paranoica, assim como os humanos de *Destination: Void*, encurralados no limite de uma espaçonave. Herbert retornou em vários livros a versões da vida humana modeladas pela apinhada existência de colmeias de insetos – *The Green Brain* [O Cérebro Verde] (1966), *Hellestrom's Hive* [A Colmeia de Hellestrom] (1973) –, e o *Dosadi Experiment* faz 850 milhões de indivíduos acotovelarem-se em 49 quilômetros quadrados. Tanto na série *Vácuo* quanto na série *Duna*, os personagens são reciclados várias vezes, indivíduos mortos ressuscitam como clones ou outras criaturas postas de novo para caminhar sozinhas, uma economia de caracterização que empresta um toque um tanto limitado aos milhares de páginas de verborragia. Não que essas manifestações formais de claustrofobia não sejam interessantes, mas não foi isso que trouxe a Herbert seus muitos fãs. Isso aconteceu graças ao envolvente espaço textual aberto de *Duna* e seus sucessores, graças ao tropo do salvador que inaugura em vez de encerrar a liberdade existencial.

Ao contrário do Messias quase fascista e metafísico de Herbert, e do muito improvável Messias *grokmeister* alienígena de Heinlein, o Messias do romancista e acadêmico norte-americano John Barth é, de modo deliberado, caprino. *Giles Goat-Boy, or The Revised New Syllabus of George Giles Our Grand Tutor* (1966) conta a história de um humano, criado como bode em uma fazenda, que passa a acreditar que é o Messias. Barth ambienta sua novela em um mundo futuro dividido entre duas grandes universidades, traduzindo como paródia as geografias da Guerra Fria no idioma das novelas dos *campi* (vários outros livros de FC do período imaginavam o mundo como um *campus* gigante, em particular *The Last Starship from Earth* [A Última Nave Estelar da Terra] [1968], de John Boyd – também uma história maliciosamente complexa sobre um Messias salvando o mundo). O *Campus* Ocidental é governado por um supercomputador conhecido como WESCAC, assim como o *Campus* Oriental é governado pelo EASCAC, e o menino-bode mencionado no título pode ser ou não o filho do WESCAC, o primeiro homem "programado". Ele aspira ao papel do Grande Tutor messiânico, pregando um evangelho de "Tudo Passa Tudo Falha". Esse livro-compêndio (com mais de 350 mil palavras) acumula muita coisa da sátira e do jogo de palavras da época; embora a divisão entre alma e corpo mostre um excesso de esquematismo. Giles traduz as divisas de Cristo para o idioma do *campus* ("aprovados são os que levaram bomba!"), mas é tudo coisa de bode, não só em termos de comer capim, mas de uma incessante e um tanto tediosa excitação que o faz copular com cabras e com um grupo de mulheres que revelam uma resignação deprimente. A novela lida de forma tão descontraída com tantas cenas de estupro que ultrapassa a sátira e entra na agonia. O sexo e a blasfêmia indireta talvez tivessem parecido mais chocantes nos anos 1960 do que parecem hoje, embora haja muito mais no livro que a iconoclastia.

O elemento central da novela é uma longa versão modernizada de *Oedipus Tyrannus* (Οἰδίπους Τύραννος), em inventivos dísticos de versos rimados com gíria e palavras de baixo calão. O objetivo é menos estabelecer um paralelo entre Giles e Édipo, e mais enfatizar a origem da palavra grega tragédia (que é derivada de τράγος, *tragos*, bode). A tragédia caprina de Giles está em seu repetido fracasso de alcançar ou mesmo compreender o que é requerido dele como salvador; ele fracassa inclusive na tentativa de se martirizar por enforcamento. A religião que se desenvolve em torno dele não consegue sequer distinguir entre Giles e seu adversário, o diabólico Stoker. Um prefácio do livro declara ser o Messias "um tal de Foguista Giles ou Giles Foguista – paradeiro desconhecido, existência questionável" (Barth, *Giles*, p. 7). Mas no final do livro compreendemos que essa confusão é o ponto crucial da novela. Ao confrontar o WESCAC, Giles o submete a um curto-circuito ("'Provoquei um curto-circuito', eu admiti [...]. 'mas não acho que o WESCAC tenha sido prejudicado'" [Barth, *Giles*, p. 780]). Barth enraíza sua sátira messiânica no caráter caprino não apenas para chocar, mas também para inverter as premissas do misticismo – os opostos se encontram, passar e falhar são transformados na mesma coisa – antes em um subidioma que em um idioma super-racional, no volátil guisado de impulsos caprinos, das luxúrias e confusões que estruturam o livro. O Messias da FC de Barth é importante precisamente porque exterioriza o materialismo do idioma materialista da própria FC. Giles, se engalfinhando com o Computador Mundial, é o salvador bestial em um cosmos intelectual.

O personagem Jerry Cornelius, invenção do fértil escritor britânico Michael Moorcock, interpreta o tipo Jesus Cristo (cujas iniciais compartilha) em mais um novo caminho. Cornelius é o Messias como patafísico, um personagem heterogêneo e pomposo, se é que o termo "personagem", com suas associações tradicionais de coerência psicológica e verossimilhança, pode ser sequer aplicado a ele. Cornelius inventa a própria arlequinada enquanto avança, ultrapassando o multiverso desconectado e multifacetado de Moorcock, e lançando-se como protagonista.

Moorcock começou escrevendo muito cedo, trabalhando com um estilo vertiginoso e produzindo uma série ininterrupta de aventuras genéricas de fantasia do início dos anos 1960 até, mais ou menos, os dias atuais. Jerry Cornelius apareceu pela primeira vez em *The Final Programme* (1968), um livro escrito, Moorcock afirmaria mais tarde, em nove dias. Essa novela-mosaico, com o texto coberto de ilustrações esquemáticas e diagramas, a narrativa marcada de guinadas e delírios, tem (digamos assim) uma energia efervescente. Cornelius aparece como uma espécie de James Bond surrealista, voando como piloto, em uma sucessão de máquinas fantásticas, por paisagens europeias devastadas pela guerra, matando sem remorso, entregando-se aos excessos da bebida e do sexo. A vilã ambígua, Miss Brunner, usa um enorme computador chamado DUEL – Decimal Unit Electronic Linkage [Conexão Eletrônica de Unidade Decimal] – para criar um híbrido programado de si mesma e de Cornelius, um transexual pós-humano ("era hermafrodita e belo [...] [o] crânio continha a soma do conhecimento humano" [Moorcock, *Cornelius Quartet*, pp. 138-40]). Esse ser destrói a Europa. Em *A Cure for Cancer* [Uma Cura para o Câncer] (1971), Cornelius é um negativo fotográfico de si mesmo: de pele negra e dentes negros; cabelo branco. Fica emaranhado em uma série desconcertante de aventuras não lineares através de uma Inglaterra devastada pela guerra, encontrando de novo personagens que, agora nos damos conta, são arquétipos: a irmã condenada, Catherine; seu irmão maligno, Frank; a amante dele, Una Persson, e assim por diante. O terceiro volume da tetralogia, *The English Assassin* [O Assassino Inglês] (1972), começa com Cornelius morto e segue sua lenta e incerta ressurreição. O subtítulo da novela, *A Romance of Entropy* [Um Romance de Entropia], fornece um indício do foco da série caleidoscópica: a única coisa tratada de forma mais casual que sexo nos livros de Cornelius é a morte, imposta a milhões em um parágrafo ou desviada por Cornelius. De fato, Cornelius não é apenas um Messias da contracultura, mas um Shiva pós-moderno, simultaneamente demiurgo e destruidor. *The Condition of Muzak* [A Condição de Muzak] (1977) abrange com amplidão a Europa de Moorcock, que o tempo fragmentou, e recapitula os primeiros livros como algo que Moorcock, com uma pretensão que não é típica dele, viu "se aproximando da forma da sonata" (Moorcock, *The Cornelius Quartet*, p. 144). Esses últimos dois livros de Cornelius estão um tanto apaixonados por uma elegante versão eduardiana da criação do mundo de sua

FC, algo que antecipa o *steampunk* em uma década e meia. Seguiram-se vários outros contos e novelas de Cornélio, em número muito grande para serem listados aqui (estão reunidos nas antologias *The Cornelius Chronicles Volume II* [As Crônicas de Cornelius – Volume II] [1986] e *The Cornelius Chronicles Volume III* [As Crônicas de Cornelius – Volume III] [1987]), e uma grande proporção deles foram escritos por amigos de Moorcock, entre eles, Brian Aldiss, M. John Harrison e Norman Spinrad. Cornelius também apareceu, com uma ênfase um tanto diferente, em outros livros de Moorcock. A extravagante sequência no futuro distante *The Dancers at the End of Time* [Os Dançarinos no Fim do Tempo] (*An Alien Heat* [Calor Alienígena] [1972]; *The Hollow Land* [A Terra Oca] [1974]; e *The Ends of All Songs* [Os Finais de Todas as Canções] [1976]) apresenta Jherek Carnelian como um dândi pós-humano decadente, cujas aventuras de viagem no tempo causam prejuízo ao próprio tempo, visto que ele corteja a respeitável dona de casa do século XIX, sra. Amelia Underwood, através do seu e de outros universos.

Na verdade, em algum momento na década de 1960 ou 1970, Moorcock começou a conceber sua obras como ocorridas no multiverso, um neologismo que descreve a rede infinita de possíveis universos alternativos que se enredam de modos complexos e imprevisíveis. Cornelius, sob esse modo de pensar, se torna inseparável de outros personagens heroicos de Moorcock – os guerreiros da alta fantasia Elric e Hawkmoon, por exemplo –, todos facetas de um arquetípico Campeão Eterno lutando para manter caos e ordem em equilíbrio. Mas Jerry Cornelius figura como algo muito mais interessante que isso, uma tentativa de conceber o Messias como um ser que ultrapassa ordem e caos, uma encarnação patafísica de sátira, pastiche e excesso. Lido com a devida atenção, o livro de Cornelius representa um experimento de pensamento messiânico agradavelmente chocante. Um tanto como Cristo, Cornelius não vem para preservar a ordem/o caos, *yin/yang*, mas para derrubá-los; inclusive, em seu egoísmo antientrópico, para derrubar o princípio da derrubada (Figura 12.1).

Moorcock por certo tentou chocar com mais severidade que a maioria de seus contemporâneos, e muitos momentos permanecem chocantes mesmo em nossa época menos inibida (o conto de 1971 "The Swastika Set-Up" [O Levantar da Suástica] começa com Cornelius cometendo incesto com a mãe; ela está "deitada na cama com as pernas de boa musculatura bastante abertas, a saia puxada até o estômago, a buceta sorrindo" [Moorcock, *New Nature of the Catastrophe*, p. 264]). Táticas textuais como essa, de *épater les bourgeois* (e os livros de Cornelius estão repletos delas), têm uma nítida conexão com o desarranjo da linearidade e tipologia narrativas convencionais da maior parte dos livros. Mais tarde, Moorcock não daria importância a esse traço de sua escrita: "Estilo e técnica eram meramente um meio para um fim – com

Figura 12.1 Jerry Cornelius: um Cristo patafísico (ilustração de *A Cure for Cancer*, 1971).

frequência um meio muito moral para fins muito morais" (Moorcock, *New Nature of the Catastrophe*, p. viii); mas isso não soa muito verdadeiro. Afinal, mesmo Charles Manson citava a guerra do Vietnã, a indústria de armamentos e "as hipocrisias da burguesia liberal", como Moorcock faz aqui, para justificar suas transgressões. O sentido de Cornelius ultrapassa a politicagem festiva, mesmo nessas posições bastante louváveis de oposição a Nixon, à guerra e à hipocrisia burguesa. A importância das novelas como ficção experimental não é limitada e nem mesmo resumida em particular pelo formato elegantemente fragmentado. Ela se encontra antes no rigor com que o próprio Cornelius desconstrói noções do "salvador", redefinindo a expiação em termos entrópicos e embutindo uma arbitrariedade muito perturbadora na redenção. "Por que", Cornelius se pergunta em *A Cure for Cancer*, "a ressurreição foi tão fácil para alguns e tão difícil para outros?" (Moorcock, *The Cornelius Quartet*, p. 313). As novelas sugerem que talvez não haja resposta para essa profunda indagação.

Philip K. Dick

Mas um escritor fundamental da década foi ainda mais longe em sua intervenção na questão do Messias: o norte-americano Philip K. Dick. Dick tem de ser tratado em maior extensão que outros autores em um estudo como o presente, pois pode muito bem ser o mais importante escritor de FC do século. Sob certos aspectos, foi em sua época um típico escritor de FC *pulp* e *new wave*, publicando onde podia, escrevendo com rapidez, de modo prolífico e em uma variedade de modalidades, para maximizar uma renda precária. Isto levou a certa rudeza de conteúdo em sua obra – muitos de seus livros e histórias são construídos de forma um pouco tosca e lidos, digamos assim, como bobagens sub-revisadas. Ele conquistou poucos prêmios e atraiu pouca atenção em seu tempo de vida. Desde sua morte, porém, críticos acadêmicos de FC mostraram uma estima toda especial por Dick; na verdade, e de maneira um tanto surpreendente, muito mais que os aficionados. Embora se mantenha em catálogo e Hollywood continue a escavar seus livros em busca de ideias para filmes, Dick nunca conquistou um universo de fãs proporcional à sua genialidade, exceto entre esse grupo de fãs especialistas conhecidos como críticos acadêmicos, que têm sido em geral notórios em sua aprovação. Como pertenço a esse último grupo, não estou dizendo isso à toa.

Dick é mais celebrado pela complexidade e o rigor com que interroga a noção de que a realidade pode não ser o que parece. Suas melhores novelas apresentam personagens cotidianos por completo, com frequência suburbanos, em geral sem nada de excepcional, que são examinados através de seus (e nossos) preconceitos sobre o mundo à sua volta. Realidade e individualidade dependem da percepção, diz Dick, e a percepção é radicalmente indigna de confiança. Drogas, catástrofe externa, trauma interior, tudo isso pode alterá-la. As tradições do escritor visionário (Christopher Smart, Blake, Burroughs) – onde é adequado colocar Dick – com frequência postularam uma realidade "real" ou básica escondida atrás do véu das aparências, mas Dick leva essa visão um passo à frente. Nenhuma realidade tem primazia suprema em sua indócil imaginação; não se pode confiar em nada. Se leva a certo grau de paranoia (uma emoção que Dick parece ter encarado como apropriada e, mesmo saudável, para a subjetividade moderna) e, de fato, de instabilidade mental, isso também é parte da aura sedutora da obra de Dick.

Começamos distinguindo o primeiro Dick do último Dick, sendo os dois períodos em sua carreira de escritor separados por um episódio visionário que ele experimentou em 1974, discutido a seguir. Dick começou sua carreira de forma vigorosa, escrevendo uma grande quantidade de contos para o mercado de revistas de FC dos anos 1950. Isso muda quando ele passa a escrever e publicar principalmente novelas, o que segue a nova lógica na publicação de FC associada às décadas de 1960 e 1970. Seus contos foram reunidos em cinco volumes em 1987, com os quatro primeiros incluindo material dos anos 1950. Na década de 1960, as novelas – breves, escritas com rapidez e, em consequência disso, em geral com ritmo e trama caóticos – foram sua principal produção. Sempre sob pressão para produzir, Dick adquiriu o hábito de acelerar o trabalho com estimulantes durante o dia e depois, à noite, abrandar o ritmo com álcool, um procedimento que não ajudou em nada seu estado de saúde a longo prazo e pode ter contribuído para uma morte de certo modo prematura. Em um escritor de menor expressão, tal descontrole teria produzido um trabalho sem disciplina e inferior, mas com Dick propiciou acesso mais direto à sua singular e poderosa imaginação. O resultado foram histórias em geral escritas com simplicidade e não raro construídas de maneira convencional, que, ainda assim, efetuaram uma espécie de brilhante dilapidação dos tropos do gênero, impelindo-os para formas fantásticas, novas e expressivas.

É por essa razão que *O Homem do Castelo Alto* (*The Man in the High Castle*) (1962), embora seja hoje uma das novelas mais famosas de Dick, ocupa um lugar inabitual em sua obra. Foi a única de suas novelas a receber um prêmio importante enquanto ele estava vivo (ganhou um Hugo em 1963) e, para ser mais preciso, ocupa um lugar inabitual devido ao que esse fato diz sobre o livro. Diz que é um livro propenso a contar com a aprovação de aficionados regulares de FC. Diz que é desenvolvido com habilidade por meio de uma premissa engenhosa, que é bem escrito e possui uma trama montada com rigor; que cria personagens envolventes por meio de bons e eloquentes detalhes tirados de um mundo construído de modo adequado. O que é uma longa digressão para dizer que isso não é característico de Dick. Seus melhores livros são ótimos não apesar, mas porque são concebidos de modo mais irregular. *O Homem do Castelo Alto* é um exemplo de história alternativa vencida por Hitler, ambientado na década de 1960, em que os Estados Unidos foram divididos em áreas leste e oeste entre a Alemanha nazista e o Japão imperial. Frank Frink ganha a vida com esforço criando bijuterias e falsas antiguidades para colecionadores, uma ocupação que permite a Dick enfatizar o assunto delicado da "autenticidade", daquilo que Walter Benjamin chamou de "aura" (a novela usa o termo), inerente a toda premissa de uma história alternativa. Juliana, a ex-esposa de Frink, apaixona-se por um ex-soldado italiano, mas, como a maioria das coisas nessa novela, ele também é uma fraude, ou, de modo mais específico, sua identidade italiana é um disfarce. Na realidade, é um assassino nazista suíço. Há um enredo de *thriller* de leitura muito empolgante e desenvolvido com eficiência. Tem relação com micropontos e a secreta e sinistra "Operação Dente-de-Leão" para dar início à Terceira Guerra Mundial e atacar o Japão com arma nuclear. Mas é difícil nos livrarmos da sensação de ser desnecessário Dick nos prover de *thrillers* competentes de história alternativa; o mundo literário está repleto de escritores medianos que podem fazer isso, que produzem livros como *SS-GB* (1978), de Len Deighton, ou *Pátria Amada* (*Fatherland*) (1992), de Robert Harris. Dick tem precedência sobre esses dois autores, claro, embora ele não possa reivindicar ter inventado o subgênero "vitória de Hitler" (Clute e Nicholls relacionam dez antecedentes, e apenas com relação a Hitler; há várias dezenas a mais de precedentes de história alternativa, que remontam a *Napoléon Apocryphe*, de Geoffroy). O que Dick pode nos dar é uma profunda *distorção* criativa, e o polimento literário um tanto constrangedor de *O Homem do Castelo Alto* não capta isso.

Um elemento da novela que escapa dessas críticas, diria eu, é o personagem principal que surge no título, uma figura marginal na origem da trama, mas crucial sob outros aspectos. O nome do homem é Hawthorne Abendsen e seu Castelo Alto é uma casa no Colorado. Guiado pelo I-Ching, Abendsen escreveu um livro chamado *O Gafanhoto Torna-se Pesado* (*The Grasshopper Lies Heavy*), uma narrativa de ficção científica com história alternativa ambientada em um mundo em que os Aliados, não os nazistas, ganharam a Segunda Guerra Mundial. Dick, com habilidade, deixa claro que essa história alternativa não é a mesma que a nossa – nela, por exemplo, os britânicos libertam Berlim e levam Hitler a julgamento –, e a incerteza existencial que ela acarreta poderia, talvez, ter agitado um pouco mais a suave superfície do restante do livro. No final, Juliana acaba se encontrando com Abendsen para fazer perguntas metafísicas sobre a natureza do livro e, através dele, da ficção como um todo, mas as respostas de Abendsen não são esclarecedoras, exceto em um ponto. "A Juliana [Hawthorne] disse: 'Você tem uma [...] mente não natural. Está ciente disso?'" (Dick, *Four Novels of the 1960s*, p. 226). É como se todo o ingênuo pré-pós-modernismo metaficcional da maior parte da novela fosse uma espécie de orientação falsa, a ponto de podermos quase deixar escapar a importância dessa declaração para a estética de Dick; deixar escapar, em outras palavras, como seria contraditório ou monstruoso dizer a alguém "você tem uma mente *natural*", no cosmos de Dick.

Dick escreveu poucas histórias alternativas. Na maior parte de seus livros, ele modela suas realidades contingentes e proliferantes em formas religiosas.

Isso já era verdadeiro na época de *Eye in the Sky* [Olho no Céu] (1957), a novela cuja premissa esquemática (um campo *"bevatron"**) resulta em oito personagens inconscientes encontrando-se na realidade pessoal do personagem que estivesse retornando à consciência, realidade na qual cada personagem é literalmente "deus", o temível Olho no Céu que os outros personagens devem temer. A atmosfera de angústia paranoica do livro é a essência destilada de Dick. O impressionante não é apenas a liberdade, mas a precisão com que sua imaginação trata de questões doutrinárias que teriam fascinado os sacerdotes do século XVII. *Os Três Estigmas de Palmer Eldritch* (*The Three Stigmata of Palmer Eldritch*) (1965) faz mais do que descrever o personagem do título como um Messias para um sistema solar futurista; e faz mais do que apontar de modo vago para a noção de que drogas psicodélicas têm qualidades "religiosas" ou "transcendentais". Eldritch, um personagem baseado em Cristo, afirma ter encontrado sua droga – Chew-Z, jogo de palavras (pronuncia-se *choose*, optar) que funciona com o inglês norte-americano, mas não com o inglês britânico – em Proxima Centauri. A embriaguez com a droga leva ao que parece ser um mundo real, em vez de alucinatório, onde Eldritch é a presença dominante. Joe de Bolt e John Pfeiffer chegaram ao conceito crucial, que está no cerne da novela, de que "a transubstanciação é real, não meramente simbólica". Afirmam que o livro é um "entrelaçamento dos símbolos mais importantes da crença judaico-cristã, primeiro como paródia, depois como reintegração deles em um significado renovado" (De Bolt e Pfeiffer, p. 178).

Os Três Estigmas de Palmer Eldritch é um livro tão frenético e irregular quanto tudo o que Dick escreveu, sendo em decorrência muito mais vigoroso e assombrado por sonhos que *O Homem do Castelo Alto*. Consegue reunir uma multidão de ideias diferentes: um mundo-futuro distópico do qual as pessoas escapam para jogos infantis com bonecos, reforçados de modo ilícito por uma droga chamada Can-D; um programa para fazer avançar a evolução humana; um Messias alienígena. Mas suas pontas soltas se emaranham com criatividade a seus conceitos centrais. Por que Leo Bulero, segundo se supõe, um *Übermensch* "evoluído" para humano, é tão simplório e cauteloso? Como Eldritch conseguiu fazer uma viagem de ida e volta a Proxima Centauri com tanta rapidez? Por que os usuários de Can-D precisam dos bonecos petulantes Pat e Walt no estilo de Barbie e Ken para orquestrar sua fantasia? A resposta ostensiva fornecida pela novela é um tipo de realidade consensual acessada através dessa Can-D ou através da Chew-Z de Eldritch. Existe algo de sacramental em torno disso, embora o simbolismo nunca seja pesado. É possível

---

* O *bevatron* era um acelerador de partículas. (N. do T.)

que o conceito pareça decrépito a olhos modernos; poderíamos, por exemplo, dizer que é mais provável sermos persuadidos por uma realidade eletroencefálica de massa e consensual, como a *Matrix* das Irmãs Wachowski, mas mesmo assim, recordamos, a entrada era efetivada por um comprimido vermelho, e a comida se mantinha como foco semiológico do início ao final do filme. Talvez isso evidencie o viés oral, antes que anal, da fantasia imaginativa da FC. "É uma coisa oral", observa o Leo Bulero de Dick (Dick, *Four Novels of the 1960s*, p. 392). Em *VALIS* (1981), Dick deixou claro que sabia qual era a palavra alemã para gordo. Na vida real, Dick era adequadamente esbelto. Na verdade, existe algo de magro e faminto na ficção de Dick. A comida quase nunca é descrita em seus livros, e não há refeições em família ou banquetes (com bebidas já é diferente). É uma ausência intrigante e tem relação, acho eu, com a desconfiança que Dick tinha da posse de bens, algo que encarava como ao mesmo tempo desejável e inatingível. Quando comemos alguma coisa, nós a tornamos sem ambiguidades *nossa*. Eu e você podemos discutir sobre de quem é este biscoito de chocolate, mas, assim que o faço descer para minha barriga, o debate acaba. Essa é uma das razões que explicam por que os prazeres de comer e beber conservam sua intensidade infantil; por que essa parte de nossa vida, quando possuímos coisas e não deixamos que outros ponham as mãos nelas, pode ter uma importância tão vital. Mas faz parte essencial da visão de Dick que coisas que presumimos serem nossas raramente, se é que ocorre de fato alguma vez, o são; nem bens externos (os bens materiais de Ubik), nem mesmo as partes íntimas de nosso próprio corpo ou mente.

Tornou-se fato célebre como Descartes, procurando alguma coisa que pudesse absoluta e certamente chamar de sua, deparou-se com alegria com o *cogito ergo sum*. Era algo que, ele tinha certeza, nenhum demônio malicioso poderia lhe tirar. Mas Dick é um anti-Descartes. Aborda o "penso, logo existo" com um contra-argumento de certo modo brilhante: por que você presume que os pensamentos na sua cabeça sejam *seus*? É um indício da centralidade do *cogito*, como pilar ou caução metafísicos para o pensamento ocidental, o fato de essa questão brilhante e penetrante ser tão perturbadora.

A essência de *Os Três Estigmas de Palmer Eldritch* é, em última análise, o pesadelo de cair no mundo imaginário de outra pessoa. Isso tem relação com a natureza da literatura; o horror de se ver como um escravo do artista ou escritor; o sacramento de uma arte que, penetrando no corpo, nos tranca dentro dele. Essa claustrofobia existencial, algo que Dick captou de forma tão precisa como escritor do século XX, encontra uma expressão em particular ressonante em *O Caçador de Androides*. Rick Deckard, o caçador de androides, é cercado pela inautenticidade: seus animais são falsos, as emoções da esposa são decantadas por uma máquina, ele não consegue ter certeza se as pessoas ao redor são reais ou artificiais, o deus de sua religião não passa de um ator idoso interpretando um papel. Convenciona-se observar como a adaptação cinematográfica, *Blade Runner* (Ridley Scott, 1982), é diferente do livro original, uma constatação que pode, talvez, ser exagerada. Mas, no tocante a essa percepção de claustrofobia existencial, ela continua sendo verdadeira. Ridley Scott, tentando encontrar um correlativo visual para o sentimento de claustrofobia da história, apresentou-o de modo literal: com ruas entupidas, multidões, escuridão, espaços estreitos. Os instintos de Dick eram mais sagazes; seus personagens cercados existem, como um contrassenso mas *sem sombra de dúvida*, nos ecoantes e enormes espaços vazios de um planeta basicamente abandonado. Os replicantes de Scott, perseguidos pelos carros alados do tempo, são *pressionados* a agir do modo desesperado e cruel com que agem. Os androides de Dick, por outro lado, existem em um mundo estranho e arrasado, sem abertura, onde vazios e vastidões são exteriorizações de uma possibilidade moral indeterminada muito mais horripilante, um universo em que podemos fazer qualquer coisa, boa ou má, sem sanção ou apoio. Parece-me que é por isso que a estilização que Dick faz dos androides como crianças em essência (a cena em que Pris se entrega à tortura peculiarmente infantil de cortar as pernas de uma aranha não perdeu sua capacidade de chocar) funciona tão bem. Crianças, falando de modo geral, habitam mundos onde a autoridade é próxima, pessoal, íntima – os pais ou responsáveis nunca estão muito longe, vivendo o Deus Pai em suas cabeças infantis como versões do mesmo princípio. Os androides de Dick são como as crianças em *O Senhor das Moscas*, só que ainda mais infantis, pois não têm sequer as estruturas convencionais da moralidade social para perder.

Por outro lado, ainda que estejam quase inteiramente alienados de suas emoções, os personagens humanos de Dick confiam em emoções sintéticas geradas por órgãos de humor, uma premissa manipulada com a sagacidade característica de Dick. Antes de sair para o trabalho, no início da novela, Deckard disca "uma criativa e renovada atitude com relação ao trabalho" para si mesmo e marca 594 para a esposa, "reconhecimento satisfeito da sabedoria superior do marido em todos os assuntos" (Dick, *Four Novels of the 1960s*, p. 438). A religião é também mediada pela máquina e mercantilizada; o Messias é um homem idoso chamado Wilbur Mercer. Os humanos se conectam com as experiências dele por meio de uma caixa de empatia, experimentando o que ele experimenta quando sobe um monte, quando é apedrejado até a morte por perseguidores misteriosos, quando desce para o mundo das tumbas, sendo ressuscitado para subir de novo ao monte. Essa religião curiosa, deliberadamente artificial, equilibra o bagulho ou lixo que suja o mundo imaginado de Dick. Um personagem expõe a coisa de forma explícita: o bagulho entrópico "se reproduz [...] afasta o não bagulho"; "ninguém pode vencer o bagulho", somos informados, "exceto, é claro, se for subir ao monte de Wilbur Mercer" (Dick, *Four Novels of the 1960s*, pp. 480-81). Mercer seria, supõe-se, um Messias alienígena, mas acaba se revelando uma fraude. Em um desfecho complexo, vem a se saber que o jornalista que expõe o mercerismo como farsa é na verdade um androide que espera desestabilizar a sociedade humana; mas esse reconhecimento de Mercer como fraude demonstra não ter efeito sobre a crença religiosa. Deckard encontra Mercer e até mesmo, em certo sentido, funde-se com ele para ouvir essa lição final.

> Sou um farsante", disse Mercer [...]. "Sou um idoso aposentado um pouco jogador chamado Al Jarry. Tudo isso, a revelação deles, é verdadeira [...]. Eles [os androides] terão dificuldade para compreender por que razão nada mudou. Pois você ainda está aqui e eu ainda estou aqui [...]. Agora mesmo levantei você do mundo das tumbas e continuarei a levantá-lo" (Dick, *Four Novels of the 1960s*, p. 587).

É como se Dick tivesse destituído a noção de "Messias" de todo conteúdo transcendental, religioso ou mesmo prático, e mesmo assim descobrisse que ela ainda funciona (o nome real de Mercer, Jarry, faz alusão ao precoce escritor patafísico pós-moderno Alfred Jarry). A visão desoladora e espirituosa de Dick de um mundo pós-moderno em ruínas, construída de nada além de aparência, simulação e detrito, ainda assim denota uma genuína expiação.

Ubik (1966) está baseado em duas premissas. Uma é um futuro em que os indivíduos com talento paranormal, telepatas e precognitivos, são usados de modo rotineiro por corporações para espionagem industrial. Glen Runciter ganha a vida nesse mundo dirigindo uma corporação que emprega pessoal *anti*paranormal para neutralizar o perigo paranormal. A segunda premissa (adaptada da história de Dick de 1964, *What the Dead Men Say* [O Que Dizem os Homens Mortos]) é que certos indivíduos mortos são mantidos em um armazenamento frio, em uma meia-vida, em que suas ondas cerebrais podem ser lidas e os vivos podem se comunicar com elas. Essa meia-vida declina devagar para a morte completa, mas enquanto ela dura os mortos não estão mortos por completo. A história, no entanto, move-se em uma direção surpreendente a partir dessas premissas de FC razoavelmente padronizadas. Runciter é assassinado e sua equipe o coloca em armazenamento frio, e os sobreviventes logo descobrem que o mundo real está decaindo de maneiras estranhas. Café recém-comprado já é de semanas e mofa na xícara, a tecnologia volta aos níveis de 1930 (por exemplo, a TV de um personagem volta a ser um rádio de válvulas); o rosto de Runciter aparece em moedas e cédulas. Parece que Runciter está tentando se comunicar do além-túmulo com seus empregados deixando mensagens bizarras em vários lugares. Aos poucos se torna claro que, embora Chip e seus colegas presumissem que tinham sobrevivido à explosão de uma bomba e que Runciter tinha morrido, era de fato o inverso. Como Runciter coloca em um estilo circunstancial, as palavras surgindo como grafite colorida no espelho de um banheiro:

DESAPAREÇAM E NÃO ABORREÇAM. E PENSEM COM A CABEÇA,

SOU AQUELE QUE ESTÁ VIVO. VOCÊS ESTÃO TODOS MORTOS
(Dick, *Four Novels of the 1960s*, p. 715).

O grupo inteiro, parece, está em armazenamento frio na Suíça, com o vivo Runciter tentando se comunicar com eles. A entropia que cai sobre membros individuais só pode ser combatida por um misterioso produto chamado *ubik*, que se apresenta na forma de um *spray* aerosol. Pulverizar o conteúdo em si mesmo produz um novo vigor e energia, enquanto a falta de ubik leva à exaustão e morte.

Em outras palavras, *Ubik* é um livro sobre a morte. Quase todos os protagonistas estão mortos na maior parte da novela e, em sua existência *post-mortem*, ainda vão decair para uma forma mais completa de morte. É também, no estilo das quantidades temáticas de Dick, estranha, mas poderosamente agrupadas, uma novela sobre a cultura da mercadoria; como se morrer e consumir fossem de alguma forma relacionados com naturalidade. Joe Chip, o protagonista da novela, pondera no final do livro que a vida é consumo.

O metabolismo, ele refletiu, é um processo de queima, uma fornalha ativa. Quando cessa de funcionar, a vida está acabada. Devem estar errados sobre o inferno, ele disse a si mesmo. O inferno é frio; tudo lá é frio. O corpo significa peso e calor; agora o peso é uma força à qual estou sucumbindo e o calor, meu calor, está escapulindo. E a não ser que eu me torne um renascido, ele jamais retornará. Esse é o destino do universo (Dick, *Four Novels of the 1960s*, p. 726).

A entropia é aqui imaginada como uma forma de *consumo*, em vez da tendência dos padrões a se desintegrarem ou da energia a descer com rapidez para uma baixa constante universal. Se em *O Caçador de Androides* o salvador era um homem artificial, em *Ubik* a salvação está literalmente transformada em mercadoria: Cristo como um *spray* aerosol.

Essas três novelas, *Os Três Estigmas de Palmer Eldritch*, *O Caçador de Androides* e *Ubik*, chegam mais perto de sintetizar a voluntariosa genialidade de Dick. Mas ele foi um escritor bastante fértil e, embora quase todas as suas obras contenham notável energia, algumas se deixam emaranhar na própria armadilha de falsas realidades, caixas chinesas, conspirações veladas e sua leitura pode ser meio desconcertante. A situação foi complicada em 1974 pela própria epifania religiosa de Dick. Submetido a pressões variadas, Dick experimentou uma série de "visões" ou "comunicações" de um ser que chamou de Vast Active Living Intelligence System [Vasto Sistema de Inteligência Viva e Ativa], ou VALIS. Eis aqui o penetrante resumo de Jonathan Lenthem, expresso no presente do indicativo:

> Em fevereiro, após uma cirurgia oral para um dente do siso com problemas, durante a qual lhe dão pentotal sódio, [PKD – Philip Kindred Dick] experimenta a primeira de uma sequência de contundentes visões que se prolongarão e se intensificarão durante o mês de março, repetindo-se depois, de modo intermitente, até o final do ano. A interpretação dessas revelações, que são atribuídas a diversas influências, benignas e malignas, tanto religiosas quanto políticas (entre elas, mas não limitadas a Deus, cristãos gnósticos, Império Romano, bispo Pike [um amigo de Dick que havia morrido em 1969] e KGB), preocuparão Dick durante grande parte do resto de sua vida. "Ela não me deu mais uma palavra desde que escrevi *A Invasão Divina* (*The Divine Invasion*). A voz está identificada como Ruah*, que é a palavra do Antigo Testamento para o Espírito de Deus. Ela fala com uma voz feminina e tende a fazer declarações relativas à expectativa messiânica. Ela me guiou durante algum tempo. Falou comigo de forma esporádica desde meus tempos de escola secundária. Espero que, se surgir uma crise, diga de novo alguma coisa" [...]. Ele começa a escrever comentários especulativos sobre o que passa a chamar "2-3-74" [03/02/74] (Dick, *VALIS*, pp. 833-34).

O processo de escrever esse comentário tocou as raias da hipergrafia com a agregação de mais de um milhão de palavras em um diário que ele chamou de *Exegesis*. Constituiu também a matéria-prima para vários livros posteriores: *VALIS* (escrito em 1978, publicado em 1981); *A Invasão Divina* (1981); *A Transmigração de Timothy Archer* (*The Transmigration of Timothy Archer*) (1982). *VALIS* dá o relato mais detalhado da experiência, só se desviando um pouco para a forma ficcional. Os deuteragonistas do livro são Philip Dick e

---

* Palavra hebraica que significa *sopro, vento, ar, respiração*. (N. do T.)

um *alter ego* chamado, em um toque de excentricidade etimológica (via o grego do primeiro nome de PKD e o *deutsch* [alemão] de seu sobrenome), Horselover Fat. Esse conceito esquizoide é fomentado por um jogo metaficcional em que os detalhes da vida de Philip Dick (solteiro e sem filhos) não combinam com os do verdadeiro Philip K. Dick. Na novela, Fat é o que tem a revelação de Deus e, junto com Dick e dois outros amigos, tenta compreendê-la. Acham pistas ocultas em um filme comercial chamado *Valis*, feito pelo astro de *rock* Eric Lampton e sua esposa Linda – com base em *O Homem que Caiu na Terra* (*The Man Who Fell to Earth*), de Bowie. Na novela, Fat, Dick e os amigos visitam Lampton e encontram uma mocinha bastante eloquente chamada Sophia (isto é, sabedoria). Parece que o Messias está mesmo no mundo, e que é ela; mas então Sophia morre, e Fat sai pelo mundo em busca do quinto salvador.

Alguns críticos têm *VALIS* na mais alta conta. Não sou um deles. O livro me parece cansativo, fazendo com que o leitor acabe fascinado com as minúcias dispersas da obsessão de Dick ou se veja abandonado em um ermo de afirmações e especulações estéreis. Para ser exato, há uma novela interessante lutando em algum lugar sob esse pacote de intragável carne de cavalo – uma novela que faz pelo excesso religioso da Califórnia da década de 1970 o que *O Homem Duplo* (*A Scanner Darkly*) (1977), de Dick, fez pela cultura da droga na Costa Oeste nesses mesmos anos. Mas essa novela tem os tornozelos quebrados, e o coração se cansou de tentar transportar *Exegesis*, o peso-morto de Dick, pedaços indigestos do qual, alguns muito extensos, alastram-se pelo texto. O mais difícil de digerir nesse material é a seriedade maliciosa: "A sibila de Cumas protegia a República Romana", somos informados, "e no século I d.C. previu os assassinatos dos irmãos Kennedy, do dr. King e do bispo Pike". Ao que a reação mais plausível é: "Não, ela não fez isso". O pior momento vem na voz de Von Däniken:

> A fonte primordial de todas as nossas religiões reside nos ancestrais da tribo dogon, que tirou sua cosmogonia diretamente dos invasores de três olhos que há muito tempo os visitaram. Os invasores de três olhos eram mudos, surdos e telepáticos, não podiam respirar nossa atmosfera, tinham o crânio alongado e deformado como o do faraó Akhenaton e provinham de um planeta no sistema estelar de Sírius (Dick, *VALIS*, pp. 396-97).

Há muito disso na narrativa obscura, mística e cósmica de Dick. "Dois reinos há, superior e inferior. O superior, derivado do hiperuniverso I ou Yang, a Forma I de Parmênides, é senciente e volitivo. O reino inferior, ou Yin, a Forma II de Parmênides, é mecânico, impelido por causa cega, eficiente" (Dick, *VALIS*, p. 283); "o tempo real cessou em 70 d.C. com a queda do templo em Jerusalém. Ele começou de novo em 1974 d.C. O período intermediário foi uma interpolação perfeitamente espúria macaqueando a criação da Mente" (Dick, *VALIS*, p. 322). A sintaxe arcaica ("dois reinos há") repete-se como um tique nervoso, assim como pródigas pitadas de latim (de modo pretensioso, Dick outorga à sua *Exegese* o subtítulo de *Tractates Cryptica Scriptura*), ambas sintomáticas da abnegada confiança autodidata, uma espécie de supercompensação. O tiro sai pela culatra – na verdade, tais coisas não proporcionam seriedade ou um senso de intemporalidade; parecem apenas irritantes e pretensiosas. Fora qualquer outra coisa, intemporalidade ou seriedade não são o forte das visões de Dick. "Ele se deparou com um trecho do Livro de Dainel que lhe pareceu descrever Nixon. 'Nos últimos dias daqueles reinos,/Quando têm o pecado no coração,/Aparecerá um rei, sombrio e rude, um mestre do estratagema'" (Dick, *VALIS*, p. 319). Não é comum que se façam interpretações tão catastróficas quanto politicamente específicas da profecia bíblica.

É verdade que *VALIS* admite múltiplas explicações possíveis para 2-3-74, entre elas, a ideia de que Dick (ou Fat) seja apenas insano; mas o livro rejeita isso com base no contrassenso de que tal diagnóstico seria tranquilizador. "Não importava qual fosse a explicação", diz Dick, "o que fora agora estabelecido era que a experiência de março de 1974 de Fat era real" (Dick, *VALIS*, p. 318). Ele se qualifica de imediato ("Tudo bem; a explicação importava"), mas se recusa a desistir da realidade: "Pelo menos uma coisa fora provada: Fat podia ser louco do ponto de vista clínico, mas estava trancado na realidade – uma realidade de algum tipo, embora por certo não a normal". Isso é algo desmoralizante para qualquer cabeça-Dick verdadeira. O sentimento de que aquilo que no primeiro PDK fora uma desconstrução brilhante, intuitiva, do modelo convencional de ilusão e realidade – que, em poucas palavras, na verdade fica de pernas para o ar e cai –, foi aqui mais uma vez decantado em velhas garrafas gnósticas. Embora nossa realidade seja falsa, há uma verdadeira realidade logo atrás do véu.

VALIS, em suma, é uma novela de tédio prodigioso, quase heroico. Na realidade, dizer isso não é descartá-la por inteiro. Ao contrário, podemos querer afirmar que isso de fato define a especificidade do livro. Istvan Csicsery-Ronay expõe o assunto muito bem:

> Para Dick, as conexões entre gnose religiosa, duplos-cegos éticos e distúrbios mentais eram estabelecidas de forma cada vez mais restrita à medida que sua carreira avançava. A esse respeito, ele compartilhava uma das crenças nutridas pelos românticos alemães que amava. Mas os deuses de

Dick não eram alienígenas remotos, imponentes; trabalhavam no mais prosaico nível concebível. Não existe o sublime na ficção de Dick. A natureza quase desapareceu. Para Dick, a banalidade é tanto um aspecto de nossa condição decaída quanto a morte (Csicsery-Ronay, 1995, p. 431).

É difícil pensar em outro escritor ou teólogo que nos dê essa percepção sobre o caráter precisamente *trivial* da revelação religiosa – talvez uma banalidade emocionante, mas ainda assim banalidade. Afinal, a esmagadora maioria da população mundial tem crenças religiosas de um tipo ou de outro. A revelação divina é, de fato, a mais trivial de todas as coisas humanas. A desordenada narrativa de *VALIS*, apinhada de fatos retirados de uma interpretação livre-associativa feita por Dick, expressa de modo formal uma espécie de revelação *em desordem*, que prega com agudez contra a suposta exortação de uma opressiva unidade panteísta ("Uma mente há [...] a imortal Una que cultuamos sem conhecer-lhe o nome"). No caos, e em nível prosaico, estão aquelas porções da novela de que é mais fácil gostar: certa caracterização hábil diferenciando Dick/amigos de Fat; certo diálogo elegante; certo humor fervilhante. Mas existem as partes que estão o mais longe possível das trepadeiras do 2-3-74 e sua elaboração, e elas sufocam a novela.

Bastaram, no entanto, uma pequena alteração no equilíbrio do tratamento do mesmo e exato material, a elevação da contingência ao nível da trama e a contenção do intimidador instinto interpretativo para transformar outra grande ficcionalização desse material feita por Dick, *A Invasão Divina* (1981), em uma novela muito mais efetiva. Concebida por Dick como sequência de *VALIS*, ela relança o material "exegético" como narrativa ficcional mais palatavelmente distanciada. Herb Asher, um personagem de Dick, vive em um domo individual do planeta CY30 II. No domo vizinho está Rybys Ronmey. Ela, embora sofrendo de câncer e apesar de ser virgem, está grávida do novo Messias. O profeta Elias informa aos dois que devem levar a criança às escondidas para a Terra, o que não é uma tarefa fácil. A Terra é governada por um partido que combina comunismo/Igreja cristã, cujos seguidores cultuam, de forma equivocada, o perverso demiurgo em vez do verdadeiro deus. A governança global é efetuada através da Grande Cachola, uma espécie de internet senciente. Herb e Rybys voam para a Terra e chegam a cruzar a alfândega, mas seu táxi aéreo sofre um acidente, matando Rybys e deixando Herb em coma, estado em que ele revive sua antiga vida em CY30 II. A criança, no entanto, é transferida para um útero sintético. Ela nasce, é nomeada Emmanuel e vai para a escola. As autoridades acham que sofreu dano cerebral em virtude do acidente, embora na realidade ela seja Deus, mesmo que seja uma divindade que, de forma deliberada, esqueceu sua natureza divina. Isso funciona melhor que *VALIS* porque consegue dramatizar a trivialidade de sua premissa messiânica com um senso, dramático e envolvente, da contingência e precariedade divinas. Na maioria das vezes, os saltos associativos singularmente dickianos do livro o resgatam do convencionalismo.

Talvez pudéssemos chamar a experiência de "2-3-74" de colapso nervoso, e o próprio Dick estava ciente das possibilidades de que suas contínuas visões fossem meramente alucinatórias. Mas ele preferiu uma explicação mais complicada: "Em minha opinião, a própria Sabedoria Sagrada assumiu o comando da minha vida e me dirigiu [...]. Eu levava uma vida desregrada, instável, desesperada, quixotesca, e logo teria morrido. Portanto não foi por acaso que a Sabedoria Sagrada chegou até mim; eu precisava muito dela" (Suvin, p. 217). Em outros pontos de *Exegesis*, o salvador é chamado de Cristo, de Espírito Santo, de Apolo, e até mesmo de Jane, a irmã gêmea de Dick, (que morrera com apenas seis semanas de idade), de seres tecnologicamente avançados do futuro, além de várias outras possibilidades. O que fica claro não é apenas a importância capital desses modelos de salvação para o subconsciente de Dick, mas também – e de forma mais crucial – até que ponto o Cristo de Dick é um Cristo de indeterminação. Essa é sem dúvida a percepção central da obra de Dick: adotar uma visão do mundo como radicalmente indeterminado não era apenas radicalmente corrosivo da racionalidade, mas também da certeza e mesmo da coerência. Voltando à plena controvérsia teológica do século XVII sobre a pluralidade de mundos habitados: como William Empson coloca, a Igreja negava essa pluralidade porque, se aceita, então "Cristo foi crucificado também em Marte; na realidade, em todos os planetas habitados", e "sua identidade sob qualquer aparência única se tornava precária". Dick dá o passo surpreendente de aceitar isso ao pé da letra. O aparecimento de seu Cristo é de fato precário, mas, além de não negar seu potencial messiânico, a precariedade é de fato revelada como o *próprio fundamento* de seu poder de redenção.

Ursula K. Le Guin

Ursula K. Le Guin é uma escritora genial e toda a sua carreira tem sido um diálogo entre as linguagens mística e materialista. Suas primeiras novelas revelam a influência, mais ou menos em igual medida, de Tolkien e da FC *hard* (*O Mundo de Rocannon* [*Rocannon's World*] [1966]; *O Planeta do Exílio* [*Planet of Exile*] [1966]; *A Cidade das Ilusões* [*City of Illusions*] [1967]). Segundo ela própria diz: "tive minha veia de pura fantasia separada de minha veia de ficção científica" em 1967-1968, "escrevendo *O Feiticeiro de Terramar* (*A Wizard of Earthsea*) e depois *A Mão Esquerda da Escuridão*; e a separação marcou um avanço muito grande tanto na técnica quanto no conteúdo. Desde então, tenho continuado a escrever, por assim dizer, com ambas as mãos, a esquerda e a direita" (Le Guin, *The Language of the Night*, p. 23). Sua obra ambígua de fantasia tem sido incomparável: a série *Terramar* (*Earthsea*) (*O Feiticeiro de Terramar* [1968]; *Os Túmulos de Atuan* [*The Tombs of Atuan*] [1971]; *A Praia Mais Longínqua* [*The Farthest Shore*] [1972]; *Tehanu* [1990]; *Num Vento Diferente* [*The Other Wind*] [2001]) talvez seja a melhor série de alta fantasia já escrita, delineando um arquipélago imaginário tradicionalista em que magos celibatários praticam uma magia cuidadosamente equilibrada, e, nos últimos dois livros, todo o conjunto é revisto com elegância de um ponto de vista feminino bastante vigoroso. Sua FC é vista com extrema consideração, e por um bom motivo – alguns defendem que ela é uma das melhores escritoras anglófonas do século XX.

A *Mão Esquerda da Escuridão* (1969) é talvez seu livro de ficção científica mais notável e com certeza o mais famoso. No mundo glacial do planeta Inverno, a população humanoide não tem gênero fixo, movendo-se em um estado assexual de homem para mulher em função das circunstâncias. Um embaixador do mundo externo, Genly Ai, vive há vários anos entre esse povo, observando os diferentes modos em que a sociedade é modulada sem as pressões do gênero fixo. Existe alguma coisa sólida e atraente na sociedade que Le Guin retrata, embora seja, ao mesmo tempo, uma sociedade muito conservadora, com a paisagem congelada que ocupa exteriorizando uma *stasis* interior. A novela também incorpora um aspecto místico, algo que o racionalista Genly considera difícil assimilar. Após viajar do quase ocidental Karhide para o quase comunista país totalitário de Orgoreyn, Genly enfim toma o rumo das geleiras e volta a Karhide com seu companheiro Estraven.

Uma divisão ideológica similar (baseada nos blocos ocidental e oriental da época da Guerra Fria) e um padrão igualmente circular da jornada de um para outro que acaba levando a um percurso de retorno a casa são encontrados em *Os Despossuídos* (*The Dispossessed: An Ambiguous Utopia*) (1974), uma novela que continua sendo uma das análises mais maduras e inteligentes do impulso utópico. O planeta Urras (rico, capitalista e desigual em termos sociais) é circundado pela árida Lua Anarres, colonizada por anarquistas. Um desses últimos, o brilhante cientista Shevek, acha as sub-reptícias mas inevitáveis pressões sociais de *status* e competitividade insuportáveis (em uma sociedade em que todos são, supõe-se, iguais) e foge para Urras. Lá percebe que as autoridades desejam explorá-lo e volta, embora por caminhos tortuosos, para casa. A circularidade faz parte da visão da novela. Le Guin evita dicotomias simplistas e, influenciada por uma perspectiva taoista do universo, aspira a um sutil equilíbrio de abordagens.

A Mão Esquerda da Escuridão é com frequência discutido, e na verdade ensinado, como ferramenta para reflexão sobre gênero, desempenhando essa função de modo admirável. Mas há muito mais na obra que sua função heurística, e na verdade existe, de forma polêmica, um essencialismo de gênero, um tanto perigoso, inerente à suposição de que Le Guin, sendo mulher, deva ter subordinado seu projeto estético ao proselitismo feminista. A verdade disso é que a obra de Le Guin é sempre muito equilibrada, e, de fato, o equilíbrio em si constitui uma de suas maiores preocupações. Tanto *A Mão Esquerda da Escuridão* quanto *Os Despossuídos* equilibram forma e tema, do símbolo à narrativa, de maneira impecável.

Um modo de examinar as duas mãos de Le Guin, a da fantasia e a com impulsos de FC, é configurá-las como observações reflexivas sobre a artista criativa. Uma parábola como *O Tormento dos Céus* (*The Lathe of Heaven*) (1971), em que o personagem principal descobre que seus sonhos reescrevem a realidade para os outros, transformando as fantasias dele em realidade efetiva, pode ser lida como um comentário sobre a força e o perigo da imaginação criativa. Por outro lado, nos últimos tempos, Le Guin tendia a ser muito menos *esemplastic* (usando o termo de Coleridge para imaginação criativa, formadora) e muito mais observadora. Há uma frieza antropológica em *Always Coming Home* [Eterno Regresso para Casa] (1985) que, através de uma variedade de documentos, histórias, poemas e outros dados, revela a sociedade matriarcal do Kesh em Napa Valley, numa Califórnia pós-apocalíptica. Não que Le Guin esteja interessada em jogos metatextuais. Na realidade, como afirma Warren Rochelle, ela está interessada no princípio de comunicação materializado em termos sociais, na circulação de comunidades: ela "se manifesta por uma comunidade verdadeiramente humana, feita com o coração, em que a vida humana possa ser vivida com dignidade, honra e sentido" (Rochelle, p. 173). Um personagem de *Os Despossuídos*, Odo, expõe muito bem a situação:

> Uma criança livre da culpa da propriedade e do fardo da competitividade econômica crescerá com a vontade de fazer o que precisa ser feito e com o potencial para a alegria ao fazê-lo. É o trabalho inútil que entristece o coração. O deleite da mãe que amamenta, do estudioso, do caçador bem-sucedido, do bom cozinheiro, do criador habilidoso, de qualquer um que esteja trabalhando, e trabalhando bem – essa alegria durável é talvez a fonte mais profunda do afeto e da sociabilidade humanos como um todo (Le Guin, *The Dispossessed*, p. 207).

Em uma entrevista para a *Paris Review* em 2013, Le Guin, relembrando sua obra, negou que fosse uma "pesquisadora" ou uma "exploradora", e de fato há, em sentido profundo, uma circularidade em sua visão de gênero. Pode inclusive haver em algum lugar aqui uma alegoria da transição da Era de Ouro para a lógica da ficção científica New Wave: na primeira, um foguete disparado em vertical linear se afasta; na segunda, há um processo mais consciente, mais reflexivo de circulação renovada. "Estou profundamente interessada tanto no taoismo quanto no budismo, e eles me deram muita coisa", diz Le Guin. "A essa altura, o taoismo já faz parte da estrutura de minha mente [...]. Não sou uma exploradora ou uma pesquisadora da verdade. Como não acho, na verdade, que exista uma resposta, nunca fui procurar por ela. Meu impulso é menos questionador e mais lúdico" (Wray). Para aficionados voltados para uma ficção científica que proporcione maior número de prazeres lineares, que desejam (parafraseando Nietzsche) uma linha direta para o objetivo, as satisfações complexas e brandas da escrita de Le Guin podem se mostrar desafiadoras. Mas há também neste ponto uma grande verdade. Como Shevek percebe no final de sua jornada circular em *Os Despossuídos*:

> Você não descerá duas vezes até o mesmo rio, nem pode voltar de novo para casa. Isso ele sabia; na verdade foi a base de sua visão do mundo. Contudo, dessa aceitação do transitório desenvolveu sua vasta teoria, na qual o que é mais mutável é mostrado como o mais pleno de eternidade, e sua relação com o rio, e a relação do rio com você e para com ele próprio, revela-se de imediato mais complexa e mais tranquilizadora que uma mera falta de identidade. Você pode voltar de novo para casa, afirma a Teoria Temporal Geral, desde que compreenda que o lar é um lugar onde você nunca esteve (Le Guin, *The Dispossessed*, p. 254).

Há, nesse avanço para além de Heráclito, algo importante sobre o perene interesse da ficção científica pelas questões de expiação e redenção. Onde muitos escritores de FC *new wave* eram, de maneira mais ou menos elegante, niilistas quanto às perspectivas da humanidade, Le Guin permanecia, e permanece, uma escritora profundamente associada à redenção.

Brian Aldiss

O escritor britânico Brian Aldiss começou a publicar nos anos 1950 e continuou sendo um produtor constante e confiável de excelente ficção (em várias modalidades) até os dias de hoje. O momento de seu nascimento fez com que servisse durante a Segunda Guerra Mundial na Birmânia e em Sumatra, uma experiência que ele transformou em vigorosa ficção na saga de Horatio Stubbs *The Hand-Reared Boy* (1970); *A Soldier Erect* [Soldado Aprumado] (1971);

e *A Rude Awakening* [Súbito Despertar] (1978). Depois assistiu ao desmantelamento do Império Britânico e às mudanças da década de 1960. Mais velho que alguns dos outros escritores da New Wave, Aldiss estava em condições de dar uma das mais significativas contribuições à evolução criativa da prosa de FC nos anos 1960.

Hothouse [Estufa] (1962) é uma novela ambientada no futuro distante de uma Terra que parou de girar e cujo lado iluminado é dominado por uma titânica figueira-de-bengala, entre cujos galhos os diminutos e degenerados descendentes do *Homo sapiens* passam apressados e a galope. Gigantescas criaturas que lembram aranhas flutuam pelo céu, viajando até tão longe quanto a Lua, onde a vida é também abundante. Um resumo não pode fazer justiça à brilhante, astuta, cintilante *estranheza* desse livro. Embora com uma escrita e um enredo convencionais, este é um livro que desconstrói noções de personagem com notável efeito. Seu principal humanoide, Gren, é quase irracional – na verdade a consciência, como nós compreendemos o termo, é nesse mundo um tipo letal de parasita fungoide. Aldiss sobrecarrega de modo deliberado nas convenções mais coerentes da narrativa de aventura, lançando uma fervilhante massa de imagens e novidades para o leitor e usando a modesta consciência de Gren como meio de enfatizar o esmagamento mental da sensação.

> Gren afundou com suas mãos e joelhos entre as dolorosas pedras na boca da caverna. Caos completo havia surpreendido suas impressões do mundo externo. Imagens brotavam como vapor, contorcendo-se no interior de sua mente. Viu uma parede de minúsculas células, pegajosas como um favo de mel, crescendo em toda a sua volta. Embora tivesse mil mãos, elas não derrubavam a parede; desprendiam-se engrossadas por um melaço que atolava seus movimentos [...]. A miragem enevoou-se e desapareceu. Em um estado miserável ele caiu contra a parede, e as células da parede começaram a pipocar e se abrir como úteros, gotejando coisas venenosas. As coisas venenosas tornaram-se bocas, lustrosas bocas marrons que excretavam sílabas (Aldiss, *Hothouse*, p. 162).

Esse tipo de escrita alucinatória funciona porque grande parte da novela é tão precisa no traçado de seu ambiente futuro que ele é interpretado como real. Tal nitidez se apoia, em grande parte, na criancice habilmente concebida das consciências pós-humanas que Aldiss cria. Na verdade, embora violenta, sexual e bizarra, *Hothouse* me parece uma das grandes evocações do que é ser uma criança. Capturado pela "tribo do Verdadeiro Mundo", um grupo de humanos é colocado diante de um grupo de idosos deformados, mantidos cativos em grandes urnas: "Um não tinha pernas. Outro não tinha carne no maxilar inferior. Um tinha quatro braços anões repletos de nódulos". A resposta do personagem humano é uma repugnância sem dúvida infantil; que é por sua vez enfrentada com uma lógica infantil:

> – Vocês são horríveis demais para viver! – Harris resmungou. – Por que não são mortos por causa dessas formas horríveis?
> – Porque sabemos todas as coisas – disse o Cativo Supremo [...]. – Ser uma forma padrão não é tudo na vida. Saber também é importante. Como não podemos nos mover muito bem, podemos pensar (Aldiss, *Hothouse*, p. 34).

Mais à frente na novela, um fungo inteligente chamado *morel* prende-se à cabeça de Gren, escravizando-o ao mesmo tempo que acentua seu poder de pensamento. O parceiro de Gren, Yattmur, pega-o e guarda-o em uma cuia, livrando Gren: "Ele ficou olhando para o morel ainda vivo. Agora indefeso e imóvel, jazendo como excremento na cuia" (Aldiss, *Hothouse*, p. 179). Em outras palavras, essa novela institui a *inteligência em si* – esse fetiche da FC (como literatura de ideias) – como repugnante, parasitária, deformada. Aldiss desconstrói o próprio pensamento; uma surpreendente e brilhante estratégia que sobrepuja o remendo literário vanguardista da trama ou do estilo em prosa convencional para subverter os alicerces da literatura. Mas, tal como representado na novela, a maior parte da vida é irracional e não há nada intrínseco ao pensamento que indique ser ele alguém privilegiado; é só uma estratégia evolucionária entre muitas outras. (Stephen Baxter defende a mesma ideia em uma novela de 2002, *Evolution* [Evolução].)

Talvez o traço mais significativo de Aldiss como escritor seja a própria inquietação. Algumas de suas primeiras histórias foram reunidas no emaranhado de uma narrativa de história futura, mas vista como um todo sua obra se recusa a se encaixar ou se concretizar sob qualquer forma determinada. Do início ao fim da década de 1960, Aldiss continuou a pressionar as fronteiras da ficção com uma série de novelas experimentais e arrojadas. Porém, por melhores que sejam, a própria exuberância indica menos sucesso que a fecunda negligência de *Hothouse*. *Relatório sobre a Probabilidade A* (*Report on Probability A*) (1968) é uma história sobre paranoia em que múltiplos *voyeurs* – talvez uma cadeia infinita delas – espiam uns aos outros, escrita em estilo deliberadamente desordenado e indiferente. *Barefoot in the Head* [A Cabeça Descalça] (1969) é um exercício de exuberante surrealismo sob influência de drogas. Começa de forma até que convencional, com o protagonista Colin Charteris viajando por uma Europa futura, mas o resíduo de uma guerra recente em que drogas psicodélicas foram usadas como armas contamina aos poucos não só o personagem, mas a própria narrativa. Peter Stockwell constata a crescente "fragmentação tipológica e grafológica [do livro], com a prosa narrativa interrompida por poemas e letras de música", bem como "a técnica de mistura léxica e desvio sintático, que aumenta em anormalidade e complexidade à medida que a narrativa progride e Charteris, por entre uma série de engavetamentos maciços e tumultos na estrada, lidera um comboio messiânico de usuários de LSD" (Stockwell, p. 63).

David Pringle e John Clute argumentam que o tema dominante de grande parte da obra de Aldiss é "o conflito entre fecundidade e entropia, entre a rica variedade da vida e o silêncio da morte" (Clute e Nicholls, p. 11). O fato de a fecundidade se manifestar com frequência de modo patológico em Aldiss (câncer e febre são temas comuns) dá à sua obra certo caráter sombrio. Uma novela controlada com excelência como *Greybeard* (1964), ambientada em um futuro no qual a humanidade é estéril, a população envelhece e enfrenta a morte, trata o *memento mori* de seu tema de modo elegante e comovente. O tom mais sombrio, por mais que seja tratado de forma inventiva e espirituosa, é um traço sem dúvida aldissiano. Em uma de suas últimas novelas, *Affairs at Hampden Ferrers* (2004), um pároco enfrenta, ante o tamanho e a hostilidade do cosmos, a mesma crise espiritual que uma ponderada pessoa religiosa de 1600. O universo, ele afirma, é uma entidade: "Essa entidade não está viva. É uma espécie de processo, um câncer em uma escala tremenda". Indagado sobre "onde Deus entra em toda essa mórbida cosmologia", o pároco responde que Deus "só impera sobre esse planeta Terra e talvez sobre os outros planetas do sistema solar, mas provavelmente não sobre planetas de estrelas distantes" o que, ele admite, torna Deus "muito insignificante" (Aldiss, *Affairs at Hampden Ferrers,* pp. 230-31). Essa visão sombria é mais que mero pessimismo; é uma reafirmação das inquietações fundamentais que estão no centro do nascimento da FC. Na verdade, várias das melhores novelas de Aldiss reelaboram clássicos do gênero de um modo que, mais tarde, se tornaria característico do pós-modernismo. *Frankenstein Unbound* [Frankenstein Desacorrentado] (1973) mistura com descontração norte-americanos viajando no tempo com Mary Shelley e seu monstro. A história fragmenta e oferece nuances ao *Frankenstein* original de modo bastante criativo, quando o próprio mundo está fragmentado por tremores de tempo (resíduo de uma guerra futura). No final, o monstro de Frankenstein se torna quase um tipo de Cristo ("Minha morte", diz ele a seu matador, "pesará mais sobre você que minha vida... Embora procure me enterrar, você me ressuscitará para sempre"; ao morrer, ele anuncia que está livre para enfrentar o inferno [Aldiss, *Frankenstein*, p. 156]). Seguiram-se dois livros em linguagem similar: o wellsiano *A Outra Ilha de Moreau* (*Moreau's Other Island*) (1980) e o stokeriano *Dracula Unbound* [Drácula Desacorrentado] (1991). Após as reinvenções vibrantes da New Wave, esses últimos títulos agem como reconhecimento tácito de que o peso da FC preexistente tornava-se um empecilho cada vez maior, algo com que os escritores da nova ficção *tinham de lidar* de alguma maneira.

Ficção Científica Anglófona

O escritor e compositor inglês Anthony Burgess foi um prolífico autor de fábulas de enorme talento e alcance que, por razões em grande parte relacionadas a esnobismo cultural e religioso (sua origem de baixa classe média e seu catolicismo), foi bastante subestimado em seu país nativo. Não tanto no exterior e talvez não tanto entre a posteridade que agora vai surgindo. Por certo, *Laranja Mecânica* (*A Clockwork Orange*) (1962) é uma obra-prima de enfoque, uma novela de ficção científica profundamente católica. Burgess definiu seu cenário – um Reino Unido futuro controlado pelo Estado, muito influenciado pela Rússia soviética – menos por meio da descrição e mais – de modo brilhante – por meio de um inventado jargão futuro, um idioma que mescla gíria, americanismos e russianismos, no qual o narrador em primeira pessoa, Alex, conta sua história. Ele é um desajustado, encrenqueiro e estuprador que é preso pelo Estado e submetido a uma lavagem cerebral, transformando-se "em uma maquininha capaz apenas de fazer o bem" (Burgess, *A Clockwork Orange*, p. 122). Os crimes de Alex são muito graves, mas seu condicionamento é muito pior; esse é o significado do título evasivo, a inerente monstruosidade do choque cibernético entre o orgânico e o mecânico ("a tentativa de impor ao homem, uma criatura que se desenvolve e é capaz de doçura, um gotejar suculento no último *round* dos lábios barbados de Deus, para tentar impor, digo eu, leis e condições apropriadas a uma criação mecânica" [Burgess, *A Clockwork Orange*, p. 21]). A principal falha na novela é a recusa rabugenta de Burgess em acreditar que a música *pop*, pelo menos para Alex, pudesse ser algo mais que uma babaquice. Alex, tão convincente em sua bandidagem adolescente, acalenta um improvável amor por Beethoven, cujo coral da Sinfonia nº 9 o joga em um estado de emoção violenta. O metal extremo, como *death*, *black* ou *grindcore* (ou, em 1962, o *rock and roll* de garagem) seria por certo mais adequado para Alex. Mas a excelência da novela está ligada ao modo determinado de elaborar seu tema; é muito melhor a humanidade possuir livre-arbítrio, mesmo que algumas pessoas o usem para um mau comportamento, que ver essa liberdade lhe ser retirada e sua humanidade ser condicionada de forma imposta por um governo tão ou mais violento, ainda que o condicionamento resulte no bom comportamento geral. É por causa dessa tese explicitamente católica, e não apesar dela, que *Laranja Mecânica* é uma grande novela de FC.

Alguns outros títulos da década parecem menos importantes hoje em dia, mesmo que tenham sido muito elogiados em sua época. *Stand on Zanzibar* (1968), do autor britânico John Brunner, é uma extensa dissertação concentrada em uma espécie de trama de espionagem e ambientada em um mundo monstruosamente superpovoado. Mas o estilo entrecortado e experimental de sua escrita, tirado dos experimentos literários do modernista norte--americano John dos Passos, parece de segunda mão, como algo requentado, e a premissa da novela tem uma falta flogística de vigor contemporâneo. A superpopulação não levou o mundo a um impasse no início do século XXI e não fará isso também no início do século XXII. Como é evidente, Brunner não foi o único a julgar sua premissa tão relevante; muitos escritores na décadas de 1960 e 1970 adotaram posições de um mau humor malthusiano sobre a questão da superpopulação – um tratamento do tema melhor que o de Brunner (melhor porque enraizado antes em uma concisão *pulp* que em uma prolixidade alto-modernista) está em *Make Room! Make Room!* [Abram Espaço! Abram Espaço!] (1966), de Harry Harrison.

Uma perspectiva muito mais duradoura sobre catástrofe iminente é encontrada nas novelas de FC, obsessivas e desarticuladas à perfeição, do escritor britânico J. G. Ballard. Ballard situa seus apocalipses de um futuro próximo em algum lugar entre precisão literal e generalidade simbólica. As quatro primeiras novelas de catástrofe de Ballard constroem o ar, a água, o fogo e a terra cristalina, mas esse isolamento de padrões temáticos não capta a singular estranheza dos textos em si. Em *The Wind from Nowhere* [O Vento de Lugar Nenhum] (1962), um gigantesco vendaval sopra a Grã-Bretanha para a destruição. Em *The Drowned World* [O Mundo Submergido] (1962), o derretimento de calotas polares submergiu grande parte do Hemisfério Norte, mas o foco da novela é antes psicológico que meteorológico. Em *The Drought* [A Seca], uma camada de poluição sobre a superfície do oceano impede sua evaporação e provoca uma seca global. Há uma aura de certa forma didática em torno desse livro (o homem altera o mundo e põe a si próprio em risco), e a ausência de moralização implícita nele torna *The Crystal World* [O Mundo de Cristal] (1966) uma novela muito melhor. A floresta tropical africana, com tudo e todos dentro dela, está sendo transformada em uma forma cristalina por algum estranho efeito cósmico. A novela poderia ser chamada de surreal se o termo não sugerisse uma correlação inapropriada de imaginário e sentimento subconsciente. O melhor da obra de Ballard não pode ser reduzido a um esquema simples. Trabalha-se com uma linguagem antes poética que racionalista. Seus vários experimentos estilísticos e formais do final da década

(reunidos em *The Atrocity Exhibition* [Exibição de Atrocidades] [1970])
pressionam talvez em excesso para exterminar a resposta racional do leitor,
embora alguns – por exemplo, a bizarra reflexão sobre a violência da década
de 1960 nos Estados Unidos intitulada "The Assassination of J. F. K. Considered as a Downhill Motor Race" – assediem a mente. Nos anos 1970, Ballard
afastou-se das convenções mais reconhecíveis da FC e ficou fascinado com a
realidade da desolação urbana. Se não há nada de realista em sua versão da
vida londrina é porque Ballard não considera que as vidas das pessoas que de
fato vivem nas grande cidades compartilhem de realismo: uma ideia desenvolvida de modo eloquente, talvez severo, em sua fusão de acidente de automóvel com erotismo em *Crash* (1973), no isolamento beckettiano do
protagonista em uma ilha de tráfico em *Concrete Island* [Ilha de Concreto]
(1974) e na novela atávica do gueto de um condomínio em um arranha-céu,
Arranha-Céus (*High Rise*) (1975). É possível argumentar que, mais para o
final da carreira, Ballard tenha perdido algo de seu frescor selvagem, embora
por certo tenha conquistado um público leitor muito maior e ganhado muito
mais dinheiro ao se voltar para um mundo mais reconhecível nas ficções
autobiográficas dos anos 1980.

O poeta e novelista britânico D. M. Thomas apropriou-se do que chamou
"mitos sugeridos pelas histórias de ficção científica de Ray Bradbury, Arthur C.
Clarke, Damon Knight" para uma série de poemas que mesclam de modo os-
tensivo a poesia modernista da corrente principal da cultura com tropos *pulp*.
"Missionary" [Missionário] (1968) recria "A Jornada dos Magos", de T. S.
Eliot ("Um severo início me coube, Grasud;/o pequeno vaivém levado a seus
limites"), com seu Messias alienígena que era ao mesmo tempo Mago e Messias
("Eu os amei e eles/me mataram" [Thomas, pp. 91-3]). Em "A Dead Planet"
[Um Planeta Morto], um comandante alienígena com tentáculos pousa sua
nave na "planície de colunas quebradas" de uma Terra morta e instrui a tripulação a ressuscitar um dos cadáveres humanos. O "Homem"/– assim essa
coisa foi chamada, volta a viver, regozijando-se de que "sua fé não foi em vão":

> "*Cristo querido!* [...] *Com que alegria Tu fazes diminuir*
> *Aqueles do túmulo...*" Seu olhar abrangeu a planície;
> O anel de esferas desprovidas de amor ou ódio,
> As armas de raio prontas a dizimá-las de novo
> Quando tivessem classificado sua verdadeira condição (Thomas, p. 110).

Muitos dos poemas de Thomas ("Two Sonnets from Drifting Worlds"
[Dois Sonetos de Mundos à Deriva], "Elegy for an Android" [Elegia para

um Androide]) alcançam essa postura, um tanto corrosiva e elegíaca, registrando tristeza em substituição ao mistério religioso pela ciência livre de amor ou ódio.

O escritor norte-americano Samuel Delany, que começou a carreira ainda rapaz nos anos 1960, continua sendo um dos escritores mais refinados e desafiadores que trabalham hoje na FC. *The Jewels of Aptor* [As Joias de Aptor] (1962) e a trilogia *The Fall of the Towers* [A Queda das Torres] (*Captives of the Flame* [Cativos do Fogo] [1963]; *The Towers of Toron* [As Torres de Toron] [1964]; *City of a Thousand Suns* [Cidade de Mil Sóis] [1965]), todos escritos quando ele tinha seus 20 poucos anos, mostram um pouco da falta de tato dos jovens ao lado de um poético complexo de imaginário e tema. *Babel-17* (1966) atrela uma exuberante trama de *space opera* a uma séria investigação filosófica sobre até que ponto a linguagem molda e de fato cria realidade. *Nova* (1968) apresenta uma mistura semelhante de salpicos pitorescos, cinematográficos, de uma *space opera* com intensidades mais profundas. Nas melhores de suas muitas preciosas histórias curtas, ele abre alçapões em convenções genéricas que soltam o leitor em estranhos e novos territórios. "Aye, and Gomorrah..." [Ah, e Gomorra...] (1967) inventa uma nova perversão sexual e depois trata os *frelks* que a praticam (eles são atraídos para astronautas que foram castrados pelas experiências no espaço) de forma simpática e franca. "Time Considered as a Helix of Semi-Precious Stones" [O Tempo Considerado como uma Espiral de Pedras Semipreciosas] (1969) é uma complexa meditação sobre culpa, tempo e poesia, feita em uma linguagem estilizada, mas totalmente convincente, com muita coisa em comum com o mais tardio subgênero *cyberpunk*. A maioria dos críticos considera *The Einstein Intersection* [A Interseção Einstein] (1967) o mais importante dos primeiros trabalhos de Delany: "curta, mas ainda assim uma obra de extrema complexidade e ressonância [...] estruturada com rigor", nas palavras de George Slusser (Slusser, p. 42). Vários personagens aparentemente arquetípicos interagem em uma Terra da qual a humanidade foi removida; o arquétipo do Messias encontra vida vigorosa e rizomática como Orfeu, Cristo, até mesmo Ringo Starr. A grande novela *Dhalgren* (1975), de Samuel Delany, ambientada na cidade futura de Bellona, multifacetada e fragmentada pelo tempo, tem sido, talvez, mais admirada que amada. Vendeu muito bem, apesar de sua forma experimental, inspirada no *Finnegans Wake*, e sua extensão (presume-se que porque era, para a época, bastante explícita em termos sexuais), mas talvez tenha se mostrado demasiado grandiloquente para realizar sua considerável ambição. Gwyneth Jones a chama de "obstinadamente opaca", um livro com uma "reputação contraditória: em definitivo, uma obra-prima modernista, mas bastante impenetrável para o público em geral", observando que os defensores da novela a descreveram "de forma pouco agradável" como um quebra-cabeça sem solução, um enigma que jamais pretendeu ser resolvido (Jones, 2010, p. ix). O enigma admite certo nível de resolução, talvez; a estranha cidade exterioriza a vida interior esquizofrênica do personagem principal, Kid, um escritor *manqué*, um mistério para o próprio Delany, e o foco do sexo polimorficamente promíscuo do livro. *Dhalgren* é um livro repetitivo, trabalhando de maneira contínua o mesmo episódio ou episódios similares, e preenchendo boa parte de sua grande extensão com relatos divagantes de conversas divagantes, desconexas ou embriagadas de grupinhos fechados, regadas a sexo. O sexo também é repetitivo, sempre e sempre a mesma coisa, ainda que esse fato não pareça nos desanimar. A recirculação mais explicitamente joyceana é o modo a que o livro submete uma das frases que Kid rabiscou em seu caderno ("Vim para ferir a cidade outonal"), abrangendo com ela a narrativa como um todo: as últimas palavras da novela são o trecho sem pontuação "vim para", e o livro se abre com "ferir a cidade outonal". A comparação com a estética da circularidade de Le Guin, discutida antes, impressiona. O que em Le Guin diz respeito à totalidade torna-se em Delany algo mais direcionado, mais psicopatológico, uma compulsão como a de Lady Macbeth que *Dhalgren*, como novela, ata a encontros sexuais caracterizados em grande parte em termos de agressão, impessoalidade ou predação. O Kid, no meio de uma das várias orgias do livro, comenta consigo mesmo que "quando vou trepar com alguém por quem não estou muito interessado ou quando faço um sexo desinteressante em particular com alguém que me interessa, consigo uma imagem (ou palavras):

> Uma imagem de mim mesmo, de mãos dadas com alguém [...] e correndo entre árvores desfolhadas, rendilhadas pelo luar, enquanto a pessoa atrás de mim continuava repetindo [...] "Grendel, Grendel, Grendel..." (Delany, p. 678).

O monstro de *Beowulf*,* uma espécie de figura original de rapinagem masculina, assombra as inúmeras promiscuidades e intimidades do livro. É só mais tarde que o Kid percebe que "pisara no freio no lugar errado. O verdadeiro mundo que ouvira no orgasmo e que, nos últimos poucos minutos, estivera se repetindo em minha cabeça era: "[...] Dhalgren..." (Delany, p. 679). Existe algo de maquínico no princípio pulsante, palpitante, que estrutura a novela; a máquina como agente de apocalipse íntimo em vez de veículo para a *voyage extraordinaire*.

---

* Isto é, Grendel. (N. do T.)

Algumas das novelas posteriores de Delany foram mais extrovertidas. *Triton* [Tritão] relata os preparativos e a destruição ocasionados por uma guerra entre, de um lado, planetas mais socialmente restritivos [Terra e Marte] de um futuro sistema solar e, de outro, diversos satélites menores com políticas mais libertárias. Esse é um livro que investiga e detalha, em vários sentidos, as tensões entre centro e margens. O personagem central, Bron Hellstrom, serve de mediador para uma série de aspectos familiares (pelo menos para certa crítica) e não familiares da sexualidade humana. O próprio Hellstrom se transformou por cirurgia de homem em mulher, e a novela como um todo trabalha sem cessar para desfazer as noções tradicionais de sexo como algo de alguma maneira inerente aos corpos biológicos. O compromisso com uma completa perversidade polimórfica e a inflexível aceitação da violência que isso às vezes acarreta faz do livro uma leitura absorvente. Mas alguns críticos talvez compartilhem as reservas de Robert Elliot Fox sobre a novela: "Em *Triton*, Delany critica com severidade sistemas sobredeterminados – por exemplo, a burocracia do governo –, mas me ocorre que o compulsivo polimorfismo das relações sexuais que ele descreve [...] é ele próprio sobredeterminado, como as variedades mais extremas da Libertação Gay e do Feminismo ou o fundamentalismo da chamada Maioria Moral" (Fox, p. 49). Uma novela melhor é *Stars in my Pocket Like Grains of Sand* [Estrelas no meu Bolso como Grãos de Areia] (1984), tão densamente compacta e desafiadora quanto qualquer coisa que Delany tenha escrito: uma espécie de história de amor entre Marq Dyeth e Rat Korga (um escravo liberto e um criminoso). A predileção de Delany por personagens barra-pesada como Korga é evidente em toda a sua obra, uma questão *de gustibus* que tende a envolver os leitores ou a deixá-los indiferentes.

Existe às vezes um tímido tempero crítico-teórico nas obras mais tardias de Delany, produto de sua imersão na mais recente teoria crítica dos anos 1970, em particular na obra do filósofo e historiador francês Michel Foucault e nas estratégias pós-derridianas de Desconstrução. Elas integraram, em parte, uma série de intervenções críticas ferozmente inteligentes e exigentes na FC e em outros discursos culturais, entre as quais *The Jewel-hinged Jaw: Notes on the Language of Science Fiction* [O Queixo Articulado com Joias: Notas sobre a Linguagem da Ficção Científica] (1977), *Starboard Wine; Some More Notes on the Language of Science Fiction* [Vinho de Estibordo; Mais Algumas Notas sobre a Linguagem da Ficção Científica] (1984), *Silent Interviews* [Entrevistas Silenciosas] (1994) e *Longer Views* [Visões mais Longas] (1996). A ferocidade e a atitude onívora do intelecto de Delany deixam-no em posição ideal para enfrentar a semiótica inovadora da FC, tanto como escritor criativo quanto como crítico. Ele continua a produzir a obra mais cabalmente interessante do gênero.

Harry Harrison produziu uma série consistente de *space operas* bastante divertidas, em geral em uma linguagem cômica. *The Stainless Steel Rat* [O Rato de Aço Inoxidável] (1961) foi a primeira de muitas aventuras para seu anti-herói explorador do espaço. Mesmo a história de desesperada sobrevivência em um planeta extremamente hostil, *Deathworld* [Mundo da Morte] (1960) (seguida por *Deathworld 2* [1964] e *Deathworld 3* [1968]) é fermentada por uma espirituosa humanidade, e seu *A Transatlantic Tunnel Hurrah!* [Um Túnel Transatlântico Viva!] (1972; um título muito melhor que o monótono título norte-americano *Tunnel through the Deeps* [Túnel pelas Profundezas]) é uma das mais fascinantes e divertidas narrativas alternativas da história vitoriana já escritas. No outro extremo ficou a adocicada falta de humor de Harlan Ellison, um dos *enfants* (ou mesmo *hommes*) *terribles* do período. A perpétua angústia adolescente da história *I Have no Mouth and I Must Scream* [Não Tenho Boca e Preciso Gritar] (1967) é captada com precisão pelo seu título *outré*; o protagonista da história, atormentado por um malévolo computador dentro de uma realidade virtual, torna literal o grito sem boca do título.. O também intitulado, de modo significativo, *"Repent Harlequin!" Said the Ticktockman* ['Arrepende-te, Arlequim!', disse o Homem do Tique-Taque] (1965) é um relato um tanto mais sofisticado de uma sociedade superregulada. Grande parte da obra de Ellison envolve essa mal temperada estética *beatnik* (pense em *Howl!* [Uivo] [1956], de Ginsberg) por meio de estruturas adolescentes do gênero. Talvez venha a se comprovar que sua contribuição mais importante à FC foi a organização da coleção *Dangerous Visions* [Visões Perigosas] (1967), que levou a vanguarda dos melhores escritores do gênero do período a uma ampla audiência.[3]

James Tiptree Jr. (pseudônimo de Alice Sheldon) foi uma escritora muito menos histriônica e muito melhor. Na verdade, talvez as delicadas e sutis complexidades de suas histórias, às vezes de aparência simples, tenham menos aceitação entre aficionados do século XXI que a história de sua vida. Adotando o pseudônimo masculino (o sobrenome veio de uma marca de marmelada) e respondendo a consultas com muitos detalhes biográficos – como seu trabalho restrito no Pentágono e seu papel na organização da CIA – exceto seu gênero, muitos presumiram que ela fosse homem. A revelação completa, no fim da década de 1970, embaraçou em particular duas figuras notáveis da FC: Robert Silverberg, que tinha escrito uma introdução para a coleção *Warm Worlds and Otherwise* (1975), de Tiptree, criticando a sugestão de que ela pudesse ser mulher[4] e Ursula K. Le Guin, que impedira Tiptree de pôr sua assinatura numa petição feminista sob o pretexto de que ela era homem. Como um ícone da inventividade feminina ante o viés intrinsecamente masculinista na cultura em geral, Tiptree foi adotada com entusiasmo por críticos feministas da FC, e com boa razão. Não obstante, é possível que essa situação tendesse a desviar a atenção de como a escrita de Tiptree era variada e não doutrinária. Possivelmente, tópicos da mulher como oprimida e do homem como um tipo opressor não punham em relevo o melhor de Tiptree como escritora. Há uma exceção notável a essa declaração – o brilhante conto de 1973, "The Women Men Don't See" [As Mulheres que os Homens Não Veem], que é famoso e inesquecível por transformar os homens em alienígenas. Suas duas protagonistas femininas são uma maravilha de caracterização, alcançada por um processo de, por assim dizer, colorir a área em volta delas com tamanha habilidade que os espaços vazios moldados pelas duas personagens alcança extrema credibilidade. O fundamental, é claro, é que essa presença pela ausência é o exato tema (de gênero) da história. "Mulheres não têm direitos, Don, exceto os que os homens nos concedem", diz uma das mulheres. "O que as mulheres fazem é sobreviver. Vivemos de forma isolada e aos pares nas brechas de sua máquina-mundo" (Tiptree, p. 142). Quando a dupla de mãe e filha trocam um mundo humano masculino por uma jornada numa espaçonave, isso é apresentado como repetição de antigos gestos.

Ainda assim, é provável ser verdade que, quando Tiptree manipula a opressão das mulheres como tema, quase nunca o faz com a mesma perícia. A moral claro-escuro de "Your Faces, O My Sisters! Your Faces Filled of Light" [Seus Rostos, Oh, Minhas Irmãs! Seus Rostos Cheios de Luz!] (1976) é enfatizada de modo pesado demais; a radiante inocência da protagonista feminina (que acredita, de forma equivocada, que vive em um mundo futuro ginotopiano desprovido de homens) colide de maneira muito desajeitada com a violência estupradora e assassina do que é masculino. E "Houston, Houston, Do You Read?" [Houston, Houston, Está me Ouvindo?] (1976), embora tenha trazido um Hugo para a autora, parece hoje demasiado panfletário, com os personagens masculinos convertidos pela menor provocação em caricaturas, em que a mais fina camada de pseudocivilização cobre um núcleo de misoginia estupradora ou mania religiosa enlouquecida de poder. Isso, é claro, não significa negar que haja uma grande quantidade de homens misóginos e sexualmente violentos no mundo. Mas a realização de Tiptree como escritora foi dar uma vida verossímil a uma versão menos cartunista do infortúnio que há nas relações humanas. "The Screwfly Solution" [A Solução da Mosca-Varejeira] (1977; publicado originalmente sob outro pseudônimo de Tiptree, "Racoona Sheldon"), uma fábula muito engenhosa e assustadora, produz maior densidade tanto de afeto quanto de percepção ao imaginar um mundo em que não apenas misóginos inclinados ao estupro, mas *todos os homens*, entre eles os amáveis e os civilizados, impelidos por um oculto plano alienígena de purgar o cosmos da humanidade, dedicam-se ao assassinato de suas mulheres.

Há, sob a ostentação estilística e o vigoroso repertório de ideias de Tiptree, uma sensibilidade genuína e trágica. As histórias de Tiptree não têm ilusões acerca do sofrimento e não se esquivam das responsabilidades que essa visão acarreta, mas nunca são meramente pessimistas ou severas (na realidade são, com frequência, muito engraçadas). Veja "The Girl Who Was Plugged In" [A Moça que Foi Ligada na Tomada] (1973), outra ganhadora do prêmio Hugo. Sem dúvida é uma peça um tanto cruel, mas cruel de um modo tão brilhante e afetuoso, com uma metáfora central tão eloquente e impiedosa, que você não pode deixar de se apaixonar por ela. É ofertada a uma moça, que lembra uma gárgula magricela e se chama P. Burke, a chance de operar por controle remoto (e, no processo, de *tornar-se*) uma deslumbrante e sensual princesa chamada Delphi. Ganha essa chance para que uma corporação comercial possa driblar as leis antipropaganda da Terra futura, fazendo essa gatinha manipular determinados artigos de consumo em uma telenovela de visão holográfica. Mas P. Burke não se importa com isso; só está contente por se ver livre dos grilhões de sua antiga hediondez. Ela se apaixona por um rico e jovem garotão chamado Paul. Tudo acaba mal. A metáfora central da história fala de uma ansiedade humana universal, uma ansiedade espantosamente presciente da estratégia preferida no século XXI de mediar a interação social pelo discurso *on-line* das mídias sociais. E se meu amigo ou amante pudesse me ver como de fato sou, pálida e monstruosa em minha cabine subterrânea, uma Burke "como um esquelético golem feminino, flácida, nua e cuspindo fios e sangue"? Com certeza deixaria de me amar. Embora eloquente sobre os papéis de gênero, a essência da história transcende o gênero.

Istvan Csicsery-Ronay argumenta que a genialidade de Tiptree estava em desenvolver o que ele, seguindo Patricia Yeager, chama de "sublime feminino", um sublime que renova o tradicional "sublime masculino" burkeano ou kantiano substituindo a "força 'vertical' dominante, avassaladora", que perturba o ego com "as pancadas 'horizontais' de diversos outros egos cujas reivindicações têm de ser acomodadas, mas que em última análise não iriam requerer nem a purificação ritual do eu nem a repressão dos outros". A escrita de Tiptree, pensa Csicsery-Ronay, "não tem paralelos em seu uso" do sublime (Csicsery-Ronay, 2008, pp. 176-77). Por certo, faz sentido relacionar o profundo envolvimento de Tiptree com a alteridade a um sentimento de espanto mais veemente que aquele que seria sugerido por (digamos) uma leitura levinisiana, embora me pareça uma distorção insinuar que sua escrita se contenta apenas em "deparar-se" com o outro em sua alteridade. Csicsery-Ronay cita Adorno com aprovação para completar o argumento de que a obra de Tiptree repudia "o imperialismo filosófico de anexar o alienígena" em benefício de deixar o alienígena "permanecer distante e diferente, além do heterogêneo". Ocorre-me que Tiptree raramente é tão equilibrada. É uma escritora muito menos confortável, menos reconfortante, do que isto sugere e parte de seu brilho está no modo como ela se apropria de figuras sexistas e as reconfigura. "A Momentary Taste of Being" [Um Momentâneo Gosto de Ser] (1975) situa toda a viagem espacial como um ato sexual cósmico ou, de modo mais específico, situa toda a exploração espacial *humana* como uma extensão fálica:

> Flutua ali visivelmente sanguínea [...] [A Terra] é um planeta-testículo empurrando um pênis monstruoso para as estrelas [...]. O falo com a extensão de parsecs pulsa, sonda cegamente sob intolerável pressão vinda de dentro; sua ponta é uma enorme glande enevoada, iluminada por uma faísca (Tiptree, p. 275).

Podemos ler essa abertura e presumir que ele seja uma deliberada peça de hipérbole, talvez com intenções cômicas. Mas, de fato, toda a história de 85 páginas elabora essa metáfora em detalhes maciços, masculinos. E, no que é talvez a obra-prima de Tiptree, "And I Awoke and Found Me Here on the Cold Hill's Side" [E Acordei e Me Vi Aqui, ao Lado de Cold Hill] (1972), estamos muito distantes do equilibrado respeito pela alteridade do sublime feminino de Csicsery-Ronay. A história fala de um homem a bordo de uma estação espacial chamada Big Junction [Grande Junção] que manifesta obsessão sexual por uma forma de vida alienígena chamada Sellice, apesar da incompatibilidade e diferença física entre os dois. Não é só esse cara. Todos os homens na estação sentem o mesmo:

> Chegamos a um estímulo supranormal. O homem é exógamo – toda a nossa história é uma longa pulsão para encontrar e impregnar o estranho. Ou ser impregnado por ele; funciona também com as mulheres. Qualquer coisa de cor diferente, nariz ou bunda diferente, qualquer coisa, o homem tem de foder ou morrer tentando. Isso é uma pulsão, você sabe, é uma coisa embutida. Porque funciona bem desde que o estranho seja humano. Durante milhões de anos isso manteve os genes circulando. Mas agora encontramos alienígenas que não podemos foder e estamos prestes a morrer tentando (Tiptree, p. 40).

Essa é uma história que *quase* nos convence de que sua extrapolação fantástica é na verdade uma percepção da natureza sexual humana. Se nos deparássemos com alienígenas, segundo diz Tiptree, não poderíamos nos conter.

Uma mulher de boa aparência, que era criada de um garoto do Cu'ush-bar. Um defeituoso – seu próprio povo o teria deixado morrer. Esse infeliz estava limpando o vômito da coisa como se fosse água benta. Cara, isso é profundo – um culto do que a alma carrega. Fomos construídos para sonhar para fora. Eles riem de nós. Eles não têm a coisa (Tiptree, pp. 40, 41).

A franqueza sexual desse tipo de escrita ("o homem tem de foder ou morrer tentando") é caracteristicamente New Wave, assim como a agudeza da crítica existencial. O Prêmio James Tiptree foi criado após a morte de Sheldon para recompensar a ficção especulativa que interroga noções de gênero. Sua própria escrita realizou isso, e muito mais.

Robert Silverberg é talvez o escritor mais fértil em um campo onde não faltam escritores férteis. Começou a trabalhar na valiosa tradição das obras encomendadas de FC, sendo pago por uma grande quantidade de novelas de FC e outras formas de ficção nos anos 1950; e de fato anunciou seu afastamento da FC em 1959. Supõe-se que Frederick Pohl, então editor da *Galaxy*, o tenha atraído de novo para o gênero ao convencê-lo de que o mercado estava pronto para uma forma mais literária de FC. Silverberg (que tinha parado de escrever para o gênero, mas não parado de escrever por completo) tornou a emergir como figura importante, talvez o autor mais tecnicamente equipado e prolífico de sua geração. Apesar de um outro hiato (ele declarou outra aposentadoria da FC em 1976, aparentemente desiludido com a insularidade da cultura da FC, embora estivesse de novo publicando o gênero em 1980), manteve uma taxa impressionante de produção. Seu *site* "semioficial" (www.majipoor.com) relaciona 1.200 títulos em sua bibliografia, um número quase por certo incompleto. Grande parte da obra inicial de Silverberg, em particular a erótica, foi publicada sob pseudônimo e nem todos os pseudônimos foram identificados. O que é impressionante acerca do melhor período de Silverberg, ao contrário da maioria dos escritores criados na superprodução por encomenda, em que *bom o bastante* era o principal critério estético, é como seus livros são bem escritos e desenvolvidos com perícia. Talvez não seja surpreendente, em vista de como ele imergiu por completo na escrita ao longo de sua vida, a frequência com que suas melhores novelas se tornam reflexões sobre os protocolos da própria narrativa. Uma de suas novelas mais plenamente elaboradas, *Dying Inside* [Morrendo por Dentro] (1972) diz respeito a um telepata apenas receptor chamado David Selig que vive de trapaças na Nova York da década de 1970. O arco da história acompanha o enfraquecimento gradual das aptidões de Selig, mas o maravilhoso do livro é a nitidez com que Silverberg expõe seus saltos promíscuos de uma mente para outra, alguns ocorrendo em um fluxo de consciência, outros de forma mais imagística; inclusive, de passagem, ocorre o deslize para a mente de uma abelha ("Não há produtos verbais vindos da abelha, nem quaisquer produtos conceituais [...]. Como é *seco* o universo de uma abelha: exangue, desidratado, árido. Ele plana. Ele mergulha" [Silverberg, *Edge of Light*, p. 655]). Em outras palavras, Selig é uma espécie de autor que pratica por telepatia essa entrada empática nas memórias de todo tipo de consciência que um bom escritor deve fazer. De modo semelhante, *A Time of Changes* [Tempo de Mudanças] (1971), a anatomia equilibrada de uma sociedade em um mundo alienígena em que o uso do eu, comigo e meu é uma obscenidade (a locução favorecida é um *se* de indeterminação, como em "*se* desejaria um estímulo mais caloroso de nosso irmão do peito"; embora o narrador viaje para uma sociedade ainda mais puritana onde as únicas locuções decentes estão na voz passiva). O livro é uma escavação da premissa da narrativa em primeira pessoa, além de ser uma história muito persuasiva da repressão da subjetividade (talvez de maior ressonância para uma sensibilidade de classe média inglesa, onde tal repressão é também *de rigueur*).

Qualquer perspectiva mais ampla sobre a variada produção de Silverberg tem de reconhecer até que ponto ele modificou e reproduziu a fascinação da New Wave com o Messias. *Thorns* [Espinhos] (1967) reúne variedades de dores física e emocional ao indagar não apenas se tal sofrimento tem um propósito, mas se a dor além de certo nível é compatível com o amor. *Downward to the Earth* [Descendo para a Terra] (1970) transpõe uma ficção conradiana sobre a exploração inerente ao imperialismo (Silverberg é não raro conradiano) para um planeta de selvas, seguindo a peregrinação de Gundersen, um ex-governador colonial, em busca de expiação para os métodos opressivos que adotara em tempos passados. O livro termina com uma união mística entre Gundersen e os nativos alienígenas que, enfim entendemos, transformam-no de forma bem literal do Messias (o livro termina com a compreensão de Gundersen do "sou a ressurreição e a vida. Sou a luz do mundo [...]. Um novo mandamento vos levo, que vos amais uns aos outros" [Silverberg, *Edge of Light*, p. 392]). *Lord Valentine's Castle* [O Castelo de Lorde Valentine] (1980) é uma aventura agradável de se ler e um tanto pretensiosa, ambientada em um "grande planeta chamado Majipoor" ao estilo de Vance, que envolve, entre muitas outras coisas, decepções, sonhos, turismo, intriga política e batalhas com monstros. Em *Valentine Pontifex* [Pontífice Valentine] (1983), o terceiro livro do ciclo *Majipoor*, os habitantes humanos devem fazer expiação por seus crimes contra a vida indígena do mundo (os monstros do primeiro livro). Isso envolve uma formulação literária um tanto sufocante da noção de expiação: no último livro, as colheitas de Majipoor só se desenvolvem quando

Valentine expia a carnificina humana dos dragões do mar, que lembram baleias, como se a culpa contemporânea ante a agressão ambiental pudesse abranger inteiramente o conceito de pecado. Mas em sua obra mais notável, Silverberg tange melhor que quase todos a corda oculta da FC. *Son of Man* [Filho do Homem] (1971), talvez sua melhor novela, ressuscita um homem do século XX em um futuro tão distante que a Lua desapareceu e os nativos nunca ouviram falar do *Homo sapiens*. Através de uma série de encarnações como diferentes formas de (em certo sentido) vida humana, o protagonista personifica a identidade messiânica indicada pelo título da novela, algo reforçado pela repetida citação do Novo Testamento, deixando claro um fascínio com as problemáticas de encarnação presentes em toda a obra de Silverberg.

O escritor britânico Christopher Priest é, como Silverberg, um grande novelista que tem sido mal recebido pelo *establishment* literário. Em parte isso acontece porque é difícil isolar a excelência específica da obra de Priest. Há (embora eu não queira ser essencialista) uma natureza inglesa no trabalho de Priest – um controle de tom; um esquema de cores no estilo de Burne-Jones; um sentimento de perda que paira no limiar do inexprimível; um timbre particular. A paranoia maliciosa, pessimista, de sua primeira novela, *Indoctrinaire* (1970), foi chamada de kafkiana por críticos da época, embora seu livro inquietante crie um tom bastante diferente do de Kafka. A burocracia misteriosamente opressiva de *O Processo* é, por extensão, pelo menos eficiente em âmbito germânico (ou eficiente à maneira tcheca). A atmosfera opressiva de *Indoctrinaire* é mais desengonçada, exposta pelo hábito antes que pela consciência, algo nas fronteiras da inteligibilidade. O mais próximo dela em termos de clima é Ballard, mas há um aspecto elegíaco e atenuado da prosa de Priest que está ausente na escrita mais agressiva de seu compatriota. A segunda novela de Priest, *Fugue for a Darkening Island* [Fuga para uma Ilha ao Anoitecer] (1972), está impregnada de um sentimento peculiarmente britânico de decadência social da década de 1970. Ambientada em uma Inglaterra de um futuro não muito distante imersa na anarquia, coloca seu protagonista um tanto antipático no centro de uma pequena narrativa eficiente e austera, desenvolvida de modo deliberadamente fragmentado. Priest justapõe, de forma específica, pontos de vista narrativos do antes e depois, amarrando uns nos outros, de modo que a história avança de forma estereoscópica. Podemos ler até o fim um diálogo de passado e futuro que cria um conjunto artístico mais profundo, mais vigorosamente árido. *Inverted World* [Mundo Invertido] (1974) toma a inversão como ideia básica; o planeta em que vivemos é um mundo finito existindo dentro de um universo infinito. Como seria viver em um mundo *infinito* que existisse dentro de um universo *finito*? Priest desdobra com engenhosidade sua premissa, avançando para um dos grandes finais surpreendentes em FC. Mas a maior realização de *Inverted World* é sua estética holística, o modo como a premissa é intimamente entrelaçada a cada aspecto da novela. O amadurecimento de Helward Mann, a forma como avança pela vida, funciona como um modelo em miniatura do modo como todo o seu universo (a cidade em que vive) tem de se mover sem cessar através de seu estranho mundo, tendo sempre em vista uma localização ideal que está, ela própria, deslocando-se sem cessar. A realidade física da vida que esse desafio acarreta – mover uma cidade inteira para a frente em trilhos através de um ambiente em constante mutação, tirando os trilhos enormes da parte de trás e transportando-os para a frente, explorando a terra à frente e assim por diante – é apresentada de maneira econômica, mas nítida. A primeira frase de *Inverted World* lança a ideia fundamental: "Eu tinha alcançado a idade de 1045 quilômetros". Em outras palavras, essa novela é muito mais que apenas uma metáfora para a vida (embora funcione com perfeição, nesse sentido, como fábula simbólica). É sobre a *espacialização* do tempo, o modo como pensamos com tanta frequência na qualidade não espacial "tempo" como se ela tivesse extensão, largura, profundidade, como se fosse um rio ou uma estrada. Heidegger tem coisas interessantes, embora escritas de forma indigesta, a dizer sobre isso. A escrita de Priest nunca é indigesta. Sua novela nos leva de forma simples, eloquente, a uma transformação dessa crença em literatura, de maneira tal que, quando ele aplica seu *coup de théâtre* final, somos sacudidos de um modo mais profundo que aquele que um mero efeito narrativo na história teria alguma possibilidade de conseguir.

The Space Machine [A Máquina do Espaço] (1976) é uma interpretação recursiva de *A Máquina do Tempo* e *A Guerra dos Mundos*, de H. G. Wells, que reconfigura a década de 1890 em uma história em que o próprio Wells faz uma aparição, levando-nos do sul da Inglaterra para Marte e vice-versa. É um livro que interroga a natureza da ficção, a integração dialética de mundos criados pela imaginação e mundos reais da experiência com grande agilidade. Esse tema encontrou vigorosa expressão em sua novela seguinte, *A Dream of Wessex* [Sonho com Wessex] (1977), uma novela intensamente inglesa, de intensa ficção científica, concebida e executada com esmero. Isto é, na verdade, algo inteiramente novo na ficção: a FC mediada através de Thomas Hardy. A conexão Hardy é sinalizada pela evocação feita por Priest de um Wessex futuro, mas corre com muito mais profundidade que isso. Tem mais relação com uma percepção dos modos em que personagem e destino moldam-se um ao outro. A trama diz respeito a 39 mentes humanas conectadas juntas a uma realidade virtual consensual em que Wessex foi separado do Reino Unido. Esse mundo imaginário é um futuro possível (de fato um século e meio no futuro) e seus habitantes não percebem que suas consciências o estão determinando.

Alguns críticos se referiram ao conceito da novela como representação da primeira manifestação de ciberespaço (publicada sete anos antes de *Neuromancer*, de Gibson), mas não é bem assim. A exploração de realidade e simulação é muito mais complexa em *A Dream of Wessex* que nas matrizes da ficção e do cinema *cyberpunk*. Priest explora o modo como a realidade é formada tanto por nossa inconsciência quanto por nossa mente consciente. O próprio Priest descreveu *A Dream of Wessex* como

> [...] uma espécie de despedida da FC tradicional, pois descreve de maneira explícita o processo da imaginação futurística, subvertendo então toda a coisa. Tem sido descrita como a novela que previu a realidade virtual, mas quem quer que tenha dito isso não tinha identificado a subversão.

O que não significa dizer que Priest não passe de um subversivo, um autor de jogos narrativos que goste de enganar os leitores, um negociante de finais inesperados e nada mais. Suas novelas penetram de fato uma verdade mais profunda. É uma não ficção que propõe jogos com nossa consciência; é a natureza da própria mente. Trata-se de uma visão freudiana, claro; a posição da mente inconsciente à qual a mente consciente não tem acesso, mas que de fato pensa, sob muitos aspectos, *contra* a mente consciente. Algo desse tipo é a ambiguidade fundamental da obra de Priest.

Uma ponte para o exame da FC não anglófona das décadas de 1960 e 1970 pode ser fornecida por uma breve notícia da multifacetada carreira de Ian Watson, um escritor inglês que passou boa parte dos anos finais de sua vida domiciliado no continente, colaborando com autores europeus e desenvolvendo uma visão mais cosmopolita das possibilidades do gênero. Discutir toda a sua carreira tomaria mais espaço do que temos disponível aqui e nos levaria bem além dos anos 1970, por isso talvez seja suficente comentar sua obra mais significativa a partir dessa década. *The Embedding* [O Encaixe], primeira novela publicada de Watson, saiu em 1973 e foi muito aclamada. Uma sequência, *The Jonah Kit* [A Baleia de Jonas], rendeu-lhe prêmios e consolidou sua posição como um destacado escritor de FC britânico de sua geração. *Orgasmachine* [Orgasmáquina] tem uma história mais complicada. Escrito ainda mais cedo que *The Embedding*, e com uma série de infelizes recusas na publicação, motivadas por uma prudência hostil (talvez puritana), postergou-o até que fosse enfim lançado em 2001, em japonês, e em 2009, em inglês. Watson aproveitou a oportunidade para rever o texto; mas ele ainda encara *Orgasmachine* como sua primeira novela.

Esses três livros suscitaram uma série de mudanças estimulantes no âmbito mental sobre o tema da comunicação, concebida em termos amplos. Em

The Embedding, Chris Sole, um cientista do Reino Unido, executa uma experiência um tanto cruel. Três grupos de órfãos do Terceiro Mundo foram isolados em ambientes diferentes de três porões, cada grupo sendo criado com uma diferente linguagem artificial. A ideia era investigar até que ponto diferentes lógicas de comunicação e autorrealização linguísticas mapeiam a capacidade do pensamento humano. O ex-namorado da esposa de Chris, um antropólogo francês chamado Pierre, vive com uma remota tribo amazônica. Essa sociedade bastante unida e incestuosa tem uma linguagem fantasticamente complicada, diferente de qualquer outra, e Pierre devagar a aprende. A terceira vertente da história envolve uma espaçonave alienígena com a missão de negociar cérebros humanos. Os Estados Unidos recrutam Chris (devido à sua experiência linguística) para um cargo de assessoria. A história é distribuída com engenhosidade entre esses três enredos. *Encaixe* é um termo linguístico, referindo-se a um encaixe de cláusulas dentro de cláusulas, como em bonecas matrioskas. Mas a noção de encaixe tem relevância maior; aqui a relação entre os diferentes elementos da história é encaixada de maneira engenhosa, diferente de uma linearidade mais banal de causa e efeito. As identidades sexual, linguística e nacional entrelaçam-se de um modo complexo, que dissolve as margens. Watson é fascinado pela maneira como a comunicação, em simultâneo, conecta e desconeta pessoas; pelo modo como a língua é tanto lúcida quanto desconcertante.

The Jonah Kit apresenta um elenco internacional de personagens, da Europa à União Soviética (como então existia), do Japão à América do Sul. Um garoto russo parece ter tido impressa na sua mente a alma de um cosmonauta morto. Uma baleia (*kit* em russo) luta com uma consciência humana recém-carregada nela. Um cientista desequilibrado, Paul Hammond, acredita que decodificou a voz de Deus em remanescentes cosmológicos do Big Bang e que Sua mensagem é nossa irrelevância ontológica. Tal como acontecia na primeira novela de Watson, esta esconde um perturbador conjunto de ideias, como fazia Polônio, por trás de uma bem tramada tapeçaria narrativa. *Orgasmachine* pode parecer, à primeira vista, um tipo de novela um pouco diferente das outras duas. *The Embedding* e *The Jonah Kit* fazem, de modo não convencional, um entrelace de múltiplas narrativas para pôr em destaque ideias fundamentalmente filosóficas sobre linguagem, conhecimento e nosso lugar no universo. *Orgasmachine* postula um mundo em que as mulheres são cultivadas para o sexo, assim como pérolas artificiais são cultivadas para serem usadas em joalheria. A fantástica bizarrice do (notável e) inventivo itinerário das alteradas e despersonalizadas escravas sexuais de Watson dá à novela uma riqueza superficial; mas, ao contrário das primeiras duas novelas aqui incluídas, sua história subjacente é de fato muito simples. Trata-se da dominação masculina das mulheres, o abismo de crueldade e abuso que as mulheres enfrentam. É uma sátira, claro, e, apesar de toda a sua sexualidade explícita, está o mais longe que possamos imaginar do universo erótico. *Orgasmachine* toma um dos modos mais íntimos e universais de comunicação entre duas pessoas – o sexo – e extrapola a partir dele uma distopia. O sexo deveria ser, e na verdade pode ser, uma linguagem compartilhada infinitamente flexível em que um número infinito de expressões mútuas podem ser alegremente faladas e alegremente compreendidas. Há muito mais a se dizer das dezenas de livros subsequentes de Watson, mais do que pode ser acomodado aqui, mas em todos eles o senso da beleza grotesca das possibilidades humanas é analisado por meio de um (às vezes desapiedado) poder inovador.

Ficção Científica Europeia nas décadas de 1960 e 1970

A Europa continuou produzindo uma torrente de soberba FC durante esse período, embora deva ser feita a observação lamentável de que, à medida que a FC foi se tornando cada vez mais comercializada e, em especial, à medida que foi se envolvendo com a maioria das linguagens norte-americanas da cultura de massa na TV e no cinema, o relativo impacto causado por escritores não anglófonos diminuiu. Quando a cultura norte-americana reservou-se o direito de uma infiltração global sem precedentes, muita ficção científica boa acabou sendo submersa pelo chauvinismo anglófono em que o falante do inglês sentia-se cada vez menos pressionado para aprender outra língua e só se dignava a prestar atenção na literatura que tivesse sido traduzida para o inglês.

Após dominar o gênero na maior parte do século XIX, a FC literária francesa adentrava uma era menos brilhante – embora a FC visual francesa e, em particular, as *bandes dessinées* (quadrinhos publicados tanto em série como em forma de álbum) alcançassem seu glorioso florescimento com a criação de textos adultos, com frequência controversos, como a variante erótica de *Alice no País das Maravilhas: Barbarella* (1962), de Jean-Claude Forest; a publicação em antologia da extremamente influente *Métal Hurlant* (A Matriz original da revista, Heavy Metal, (1975); e o surgimento de criadores como Jean Giraud (escrevendo sob o pseudônimo de Moebius) e Phillippe Druillet, que usaram a arte dos livros de quadrinhos como rampa para o lançamento de investigações arquetípicas do inconsciente coletivo, domisticismo introspectivo e de um modo de filosofar existencialista, com frequência com inclinação para o surreal e o psicodélico. As razões dessa mudança de ênfase – hesito em chamá-la de declínio – não são claras; Jacques Goimard, um jornalista francês, escreveu em 1970 que *"la science-fiction française ne manque donc pas d'inspiration. Sa veritable maladie est d'origine économique"* [a ficção científica francesa não tem falta de inspiração; seu verdadeiro problema é de origem econômica (Gattégno, p. 32)]. Por uma razão ou por outra, relacionadas, é evidente, às mudanças sociais e culturais radicais que se deram na França do pós-guerra, a FC escrita tornou-se menos digna de nota.

Embora René Barjavel continuasse a escrever até sua morte em 1985, sua ficção tardia é muito menos concentrada e vigorosa que as primeiras obras. Mas mesmo um livro como *Toi, ma nuit* [Você, Minha Noite] (1956), do belga Jacques Sternberg, que trata de modo espirituoso da vinda de uma nova era de tolerância sexual, não conseguiu encontrar público fora da França. Alguns livros franceses provocaram um impacto maior. Talvez a obra mais famosa da FC francesa do pós-guerra seja *O Planeta dos Macacos* (*La planète des singes*) (1963), de Pierre Boulle, embora a fama se deva mais ao bem-sucedido filme de Hollywood de 1968 que à forma corrosivamente engenhosa de *conte philosophique* da novela original. O novelista argelino Robert Merle é mais conhecido por sua ficção tradicional, mas ele criou com *Un animal doué de raison* [Um Animal Dotado de Razão] (1967) e *Malevil* [O Dia Zero] (1972) dois livros vigorosos e influentes; o primeiro lida com um grupo de golfinhos ensinados a falar com humanos, e o segundo, com as consequências da guerra nuclear e o precário processo de reconstrução. Mais uma vez, a fama extracontinental desses livros deveu-se antes a versões cinematográficas que às novelas em si – os filmes foram, respectivamente, *The Day of the Dolphin* [O Dia do Golfinho] (Mike Nichols, 1973) e *Malevil* (Christian de Chalonge, 1981).

Na Alemanha, por outro lado, os anos 1960 assistiram ao renascimento da FC popular. Isso se deveu, em grande parte, ao sucesso mundial da série *Perry Rhodan*. Fruto da imaginação de Walter Ernsting e Karl-Herbert Scheer, a primeira novela de Perry Rhodan foi publicada em 1961; novelas subsequentes da série apareceram com regularidade (às vezes com a frequência de uma por semana, produzidas por uma equipe de autores que trabalhavam rápido). Rhodan é um astronauta norte-americano que descobre uma espaçonave alienígena acidentada na Lua e acaba envolvido em uma série fantástica e fértil de aventuras que o levam a assumir o papel de Senhor da Paz da Galáxia. O norte-americano Forrest J. Ackerman organizou uma série de traduções para o inglês das primeiras 118 novelas de 1969 a 1977, e uma considerável comunidade anglófona de aficionados se desenvolveu, para juntar-se ao grupo maior de admiradores alemães, com os acessórios habituais da cultura de fãs: convenções, *fanfictions*, modelos da espaçonave, arte, quadrinhos, várias séries derivadas de livros (*Atlan*) e revistas (*Dragon* e *The Planet Series*), além de um filme europeu de baixo orçamento, *Perry Rhodan: SOS aus dem Weltall* [SOS do Espaço Sideral] (Primo Zeglio, 1974). Os mercados norte-americano e britânico sumiram no final dos anos 1970. Não obstante, a série tem circulado sem interrupção em sua Alemanha nativa desde o aparecimento do primeiro título em 1961. Mais de 2.200 títulos saíram até agora, cerca de 80 milhões de palavras, dando a *Perry Rhodan* uma longevidade sem precedentes em termos de FC.

Encarar toda a série como uma espécie de megatexto, uma extraordinária extensão do conceito do *roman fleuve* para o idioma da FC *pulp*, traz-nos uma problemática particularmente fascinante de interpretação crítica. Sem dúvida, Perry Rhodan leva a extremos radicais uma das formas mais persistentes de FC em termos culturais: a aventura em série *pulp*, megatextos como *Flash Gordon*, a franquia *Jornada nas Estrelas* ou os seis títulos de *Star Wars*. Mas nenhuma dessas obras múltiplas tem de fato a proporção e a complexidade de Perry Rhodan. Um sucesso semelhante, embora muito menor, foi desfrutado pelas 150 novelas da sequência *Orion* (muitas escritas por Hans Kneifel, 1936-2012), derivadas de uma série bem-sucedida da TV alemã na linha de *Jornada nas Estrelas – Raumpatrouille: Die phantastischen Abenteuer des Raumschiffes Orion* [Patrulha Espacial, as Fantásticas Aventuras da Espaçonave Orion] (1965-1966).

Outros autores de FC europeia trabalharam com uma linguagem mais literária. O austríaco Herbert Franke publicou uma série de novelas bem-conceituadas, começando com *Das Gedankennetz* [A Rede de Pensamento] (1961) e *Der Orchideenkäfig* [A Gaiola da Orquídea] (1961), em que astronautas exploram um planeta misterioso. Sua ficção mais antiga tende a descrever humanos dominados por forças superiores hostis ou indiferentes, mas a obra mais tardia esteve mais interessada nas possibilidades dos super-homens humanos, com frequência indivíduos cujo extremo potencial não é óbvio de imediato; exemplos notáveis serão encontrados na coleção de contos *Zarathustra kehrt Zurück* [Zaratustra Retorna] (1977) e na novela *Schule für Übermenschen* [Escola para Super-Homens] (1980). O escritor italiano Italo Calvino é famoso por seus metatextos espirituosos e enlaçados com cuidado, histórias que refletem o processo de criar narrativas e se incorporar nelas. Muitas são fantásticas, e poucas sem sombra de dúvida FC; por exemplo, os contos interligados *Ti con zero* [T em Zero] (1967) e *Le cosmicomiche* [Os Quadrinhos Cósmicos] (1968), em que um narrador imponderavelmente velho, chamado Qfwfq, reconta a história do cosmos com base em uma série de perspectivas engenhosas e engraçadas.

É bem provável que o maior escritor continental da FC do pós-guerra seja o polonês Stanislaw Lem, um autor europeu intransigente que, ainda assim, conquistou enorme reputação internacional. Contribuiu para isso o fato de ter sido bastante traduzido, e de dois filmes de FC muito bem recebidos (*Solaris*

[Солярис], Andrei Tarkovski, 1971; e *Solaris*, de Steven Soderbergh, 2003) terem sido adaptados de sua novela *Solaris* (1961). Essa novela, a mais famosa de Lem, toma como premissa um planeta oceânico que não só é consciente, mas também movimenta-se para criar simulacros humanos que perturbam os ocupantes humanos de uma estação espacial de observação e interagem com eles. Como reflexão sobre a tendência da consciência humana a reduzir a condição alienígena a variações da identidade humana, o livro foi raramente superado. Mas a verdadeira essência da escrita espirituosa, muito reflexiva e engenhosa de Lem foi captada com precariedade pelo cinema. Peter Swirski comenta que "não pode haver dúvida sobre a centralidade do pensamento filosófico e científico nos escritos de Lem" e acrescenta que "seria preciso um polimata como Lem para articular de forma crítica suas hipóteses e cenários", que percorrem um assombroso conjunto de ciências humanas e artes. Swirski acredita que esse "*embarras de richesse* pode explicar, em parte, por que até o momento um número tão pequeno de estudiosos da literatura desvendaram, de forma sistemática, [suas] estruturas conceituais" (Swirski, pp. xi-xvi).

Os contos interligados *Opowieści o pilocie Pirxie* [Histórias de Pirx, o Piloto] (1968) são bastante imaginativos e de amplo alcance, embora sempre relacionados a uma meditação profundamente desenvolvida sobre a condição humana. De modo semelhante, as histórias reunidas em *Cyberiada* (1965) constituem a paródia, divertida e provocadora, embora de certo modo sombrio, de uma epopeia centralizada em robôs. Quase como se se vangloriasse de sua imaginação heroicamente fértil, Lem publicou um grande número de resenhas de livros imaginários, uma noção que tirou de Jorge Luís Borges: *Doskonala próżnia* [Vácuo Perfeito] (1971) e *Wielkość urojona* [Magnitude Imaginária] (1973) contêm mais ideias e percepções que as encontradas na carreira toda da maioria dos autores ocidentais de FC de médio gabarito. *Katar* surge como síntese e término de todas as novelas de detetive, seguindo o rastro de um mistério desconcertante através de sua miríade de circunstâncias essenciais e acidentais até uma explicação satisfatória, que reforça a contingência da existência humana.

Os irmãos russos Arkady Strugatski e Boris Strugatski colaboraram em uma série de livros muito interessantes de FC. O primeiro grande sucesso deles foi *Trudno byt' bogom* [Difícil ser Deus] (1964), em que agentes humanos de uma Terra comunista trabalham em segredo em um mundo alienígena, ajudando-o a ultrapassar seu nível tecnológico medieval sem cair na trilha do fascismo. Mas ser encarados como deuses pelo povo indígena os corrompe, embora não das formas mais óbvias que um escritor menor poderia ter sido levado a conceber. A novela *Piknik na obochine* [Piquenique na Beira da Estrada] (1977) é uma trama de clima manipulado à perfeição. Trata de uma zona misteriosa no Canadá onde alienígenas, ao que parece, desfizeram-se de vários artefatos. Foi filmada pelo diretor russo Andrei Tarkovski como *Stalker* (1979), que é o filme mais belo e profundo, ou então o mais truncado e enfadonho já realizado. É difícil mesmo ter certeza sobre qual dessas alternativas.

Ficção Científica Japonesa

Como produção cultural europeia e norte-americana, a FC primeiro se espalhou pelo resto do mundo com a exportação de obras traduzidas. Foi mais tarde, e em muitas partes do mundo só nas décadas de 1960 e 1970, que uma versão autenticamente nativa do modo começou a se desenvolver. O Japão constitui a esse respeito um interessante estudo de caso. É uma nação com uma longa e rica tradição de fabulação mágico-fantástica que foi, após 1945, ocupada pelos Estados Unidos e passou por um processo de industrialização bastante rápido que acabou inserindo uma variedade "ocidental" na estética cultural mais ampla do país. Isso se manifestou, em parte, numa crescente cultura de FC.

Hoshi Shin'ichi, talvez o mais famoso escritor da moderna FC do Japão, descreveu os anos 1960 como "a era dourada da FC japonesa" (Matthew, p. 41). As mudanças profundas que remodelaram a sociedade japonesa depois da guerra, transformando uma sociedade feudal antiquada em um centro de poder industrial e consumidor, desencadearam um poderoso complexo de forças e a FC – como o gênero mais capaz de mediar e analisar o impacto da rápida mudança tecnológica – cresceu com rapidez. Na década de 1990, a FC representava uma parte importante da cultura popular japonesa; Shibano Takumi estima que, na década de 1990, "400 originais japoneses e 150 livros traduzidos de FC são publicados a cada ano" (Takumi, p. 640). O ano de 1960 viu o primeiro lançamento da *S. F. Magajin* [Revista de FC], publicando FC japonesa original; a revista ainda é publicada hoje. Hoshi Shin'ichi acabou publicando mil histórias, a maiora delas FC. Sua história "Bokkochan" (1958) é uma narrativa brilhante e engenhosa em que uma moça-robô, programada com um nível de resposta meramente básico, torna-se a agente involuntária de destruição dos vários homens solitários que chegam ao bar onde ela trabalha. Isso pode ser lido como uma sátira sobre os limitados papéis sociais permitidos às mulheres no Japão tradicional. *Daiyon Kanpyo-ki* [Em Meio à Era Glacial 4] (1959), de Abe Kobo, é uma novela complexa em que um supercomputador, programado de forma meticulosa para prever o futuro, exerce efeito maléfico sobre a vida de seu programador, dominando-a e depois arruinando-a. O computador é chamado MOSCOU II. Abe, um comunista, foi expulso do Partido Comunista Japonês em 1962. Komatsu

Sakyo desfrutou de sucesso considerável com *Nippon Chinbotsu* [Japão Afunda] (1971), uma novela-catástrofe em que o arquipélago japonês começa a deslizar para o oceano e toda a população tem de ser evacuada; foram vendidos mais de 4 milhões de exemplares do livro. *Nippon Apatchi-zoku* [Os Apaches Japoneses] (1964), de Komatsu, diz respeito a uma tribo de japoneses sem direitos que vivem numa terra inculta cercada e que, comendo aço, tornam-se indomáveis ciborgues, repelindo ataques e sendo, enfim, os únicos japoneses a sobreviver a uma guerra nuclear.

Conclusão

A New Wave se mostra, no final, um símbolo um tanto insatisfatório para o que "aconteceu" à ficção científica durante as décadas de 1960 e 1970. Sem dúvida houve um esforço consciente de muitos escritores para tornar outra vez *novo* o modo do *novum*, para renovar o *novum*. Houve uma tentativa conjunta de escrever FC com mais sofisticação literária e mais ambição formal, de dar tanta atenção ao espaço interior quanto ao espaço exterior e de integrar de modo mais completo os marginalizados – mulheres, minorias étnicas, modos alternativos de vida e sexualidade – como expressão do fascínio central da FC com a alteridade. É uma ironia, ou talvez um simples índice da variedade e diversidade do gênero em evolução, que um capítulo como o presente desague num delta de uma miríade de especificidades. Qual é o foco maior? Autores da Era de Ouro continuaram publicando FC do velho estilo por todo esse período: *The Gods Themselves* [Os Próprios Deuses] (1972), da velha escola de Asimov, ganhou todo tipo de prêmios; *Man Plus* (1976), de Frederik Pohl, apresenta um homem transformado em ciborgue de modo detalhado, mas inteiramente exteriorizado; e seu *thriller* espacial, *Gateway* (1977), bastante agradável de ler, mas que poderia ter sido publicado da mesma e exata maneira nos anos 1950, conquistou o Hugo de 1978, graças em parte a uma onda de nostalgia pelos bons e velhos tempos. De modo algum todos os aficionados da FC ficaram satisfeitos com as ingerências experimentais da New Wave em "seu" gênero.

Como Helen Merrick destaca, todo esse fazer o novo do novo teve o contraditório efeito de deixar o gênero mais obsoleto que antes, como muitos afirmaram:

> A década de 1970 não tem uma boa avaliação em muitos relatos críticos, sendo sua FC rejeitada como "confusa, egocêntrica e obsoleta" [Bruce Sterling] e descrita como um período de crescente insularidade a despeito da, ou talvez devido à, diversificação do gênero para outras formas.

Alguns lamentaram o "lento sumiço" da New Wave, que foi "absorvida pelo sistema" acompanhada pelos barulhentos (mesmo que prematuros) anúncios de sua partida feitos por Ellison, Silverberg e Barry Malzberg (Merrick, p. 107).

Merrick levanta a questão delicada de tais narrativas críticas não raro deixarem na sombra "os elos entre a New Wave e o impacto do movimento das mulheres sobre a FC" (Merrick, p. 108). Aqui ela estiliza "a invasão 'feminina'" com um debate novo e contestado com vigor entre "FC *hard*", estilizada como masculina, e "FC *soft*", estilizada como a forma feminina do modo. A relativa rigidez ou flexibilidade da FC sugerida por esses descritores (usados com frequência) me parece um estorvo. Talvez faça mais sentido ver na New Wave uma circularidade le guiniana, o gênero refletindo sobre si mesmo para reconsiderar sua lógica original. Um dos livros mais discutidos dos anos 1970 é *The Female Man* [O Homem Feminino] (1975), de Joanna Russ, uma utopia feminista e uma crítica polêmica dos homens e da masculinidade – que se torna de fato vigorosa pela franqueza e honestidade de sua raiva. Com certeza não é uma novela *soft*. Não indicada para o Hugo, é interessante compará-la com o livro que ganhou o prêmio de Melhor Romance daquele ano, *The Forever War* [A Guerra Eterna] (1975), de Joe Haldeman. O livro de Haldeman é uma boa história, muito bem considerada em círculos do gênero, mas é *hard* no sentido de contar uma inflexível história de guerra e é uma obra insistentemente masculina. A dilatação do tempo na viagem pelo espaço interestelar no universo de Haldeman significa que a guerra com os alienígenas tauranos leva muitos séculos e o treinamento militar (*hard*) dos protagonistas, a experiência de combate (muito *hard*) e a vida individual alongada pelas equações *hard* da física einsteiniana provocam a alienação do soldado comum. Haldeman recorreu à sua experiência pessoal ao servir no Vietnã para escrever isso, e o fez de modo convincente. A novela usa a dilatação do tempo para tornar complexas as simplicidades da narração linear, enfatizando a psicodinâmica da alienação. Russ alcança efeitos similares, com um alcance emocional muito mais amplo, pela estratégia mais simples de reestruturar *de modo formal* a linearidade. *The Female Man* entrelaça quatro importantes realidades alternativas: o Mundo de Joanna, similar à América do Norte dos anos 1970 em que Joanna Russ de fato viveu; o Mundo de Jeannine, uma terra de história alternativa em que a Segunda Guerra Mundial nunca aconteceu e a Grande Depressão nunca terminou; o Mundo de Jael, distópico, em que a batalha dos sexos é literalizada como verdadeira guerra de gênero; e, mais memoravelmente, *Whileaway*, uma utopia num futuro distante em que todos os homens morreram, cerca de oitocentos anos antes, devido a uma praga específica do gênero, as mulheres levaram a espécie adiante via partenogênese e todos vivem uma existência principalmente rural, *high-tech*, mas de baixo impacto. Os personagens deslizam de um mundo para o outro, e Russ é bastante enfática sobre o modo como diferentes circunstâncias sociais podem afetar o mesmo indivíduo e reconstruir a ele ou a ela de modo radical. É uma obra-prima da ficção científica, e sua circularidade é evidente no modo como amarra a narrativa em paralelo antes que em sequência. Nesse movimento simples e brilhante, Russ expõe a força crucial de sua Newer Wave.

A exaustão que alguns críticos detectaram na FC dos anos 1970 não era verdadeira. Uma visão *a posteriori*, no entanto, é difícil de ser abalada. Algo estava prestes a acontecer no gênero, algo que marcaria a reconfiguração da FC como uma forma de arte genuinamente popular e, na verdade, dominante em termos globais; e esse algo não era literário, experimental ou pseudo-modernista. Era linear, simplista, colorido, da velha escola e, acima de tudo, visual. Estou falando de *Star Wars* (1977).

Notas

1. Essa é a explicação apresentada por James Blish para a efusão de uma FC religiosamente articulada no final dos anos 1950 e na década de 1960 (efusão para a qual, como vimos, ele contribuiu com alguns dos textos mais vigorosos e eloquentes). Essa escrita, ele afirmou, indicava "uma crise quiliástica de uma magnitude que não tínhamos visto desde o pânico quiliástico de 999 d.C." (citado em Clute e Nicholls, p. 1001).

2. Thomas Disch, que tem uma opinião negativa sobre o livro, comenta de forma mordaz: "Foi esse elemento de comunas apresentando uma promiscuidade estilo dormitório, sob os auspícios de [um] macho alfa intimidador, que tornou o livro particularmente estimado pela contracultura dos anos 1960, incluindo Charles Manson, que fez do livro *Stranger* leitura obrigatória para seus seguidores" (Disch, p. 234). Não pode ser negado que o toque soturno do aval de Manson desonrou a novela de Heinlein (embora de fato não se possa dizer o mesmo de outros entusiasmos de Manson – o Álbum Branco dos Beatles, por exemplo), mas pode ser mais adequado ver o messianismo homicida de Manson como mais um sintoma (um sintoma singularmente nefasto) de uma lógica cultural mais ampla.

3. Abraham Kawa discorda do julgamento que faço aqui e elenca as maiores realizações de Ellison em outras modalidades de FC: "Ele é muito influenciado por quadrinhos de super-heróis, em particular pelo modo hiperbólico de escrita, como exemplificado por Stan Lee ('Repent' é, sob muitos aspectos, uma história de super-herói) e chegou a fazer contribuições ocasionais de enredos para o gênero, como a história de Hulk, 'The Brute that Shouted Love at the Heart of the Atom!' [O Brutamontes que Gritava Amor no Coração do Átomo!] (*Incredible Hulk*, nº 140, 1971), em que o contraído mastodonte verde torna-se o soberano de um reino subatômico, e o conto sinistro de Batman

"Night of the Reaper" [Noite do Ceifador] (*Batman*, nº 237, 1972). Essa disposição de 'jogar' com personagens de outros criadores também lhe foi útil no roteiro para 'The City At the Edge of Forever' [A Cidade à Beira da Eternidade] (1967), um dos episódios mais bem considerados da série original de *Jornada nas Estrelas*" (Kawa, correspondência particular). Vale a pena acrescentar que a obra de Ellison é muito valorizada por uma grande quantidade de pessoas no mundo da FC, e minha restrição é uma posição minoritária.

4. A crítica Sarah Lefanu cita a excêntrica certeza de Silverberg: "Tem se sugerido que Tiptree é mulher, uma teoria que acho absurda, pois para mim existe algo incontestavelmente masculino na escrita de Tiptree [...] compacta, musculosa, flexível, tipo Hemingway", e cita depois sua retratação, mais elegante ("Ela me enganou com perfeição, a mim e a todo mundo, e colocou em xeque toda a noção do que é 'masculino' ou 'feminino' em ficção"). Mas, como a própria Lefanu assinalou: "existe algo de perigoso em ver masculinidade e feminilidade em termos tão essencialistas" (Lefanu, pp. 122-23).

Referências

Aldiss, Brian. *Hothouse* (1962). Londres: Sphere, 1976.

_____. *Frankenstein Unbound* (1973). Londres: Pan, 1975.

_____. *Affairs at Hampden Ferrers: An English Romance*. Londres: Little, Brown, 2004.

Aldiss, Brian, com David Wingrove. *Trillion Year Spree: The History of Science Fiction*. Londres: Gollancz, 1986.

Barth, John. *Giles Goat-Boy, or, The Revised New Syllabus* (1966). Londres: Penguin, 1967.

Broderick, Damien. New Wave and Backlash: 1960-1980. In: *The Cambridge Companion to Science Fiction*, orgs. Edward James e Farah Mendlesohn. Cambridge: Cambridge University Press, 2003, pp. 48-63.

Burgess, Anthony. *A Clockwork Orange* (1962). Londres: Penguin, 1972.

Csicsery-Ronay, Istvan. Review of Philip K. Dick: Contemporary Critical Interpretations by Samuel J. Umland. *Science Fiction Studies,* 22(3): 430-32, 1995.

_____. *The Seven Beauties of Science Fiction*. Middletown: Wesleyan University Press, 2008.

De Bolt, Joe e John Pfeiffer. The Modern Period, 1938-1975. In: *Anatomy of Wonder: Science Fiction*, org. Neil Barron. Nova York: R. R. Bowker, 1976.

Dick, Philip K. In: *Four Novels of the 1960s*, org. Jonathan Lethem. Nova York: Library of America, 2007.

_____. In: *Five Novels of the 1960s and 1970s*, org. Jonathan Lethem. Nova York: Library of America, 2008.

Dick, Philip K. *In: VALIS and Later Novels*, org. Jonathan Lethem. Nova York: Library of America, 2009.

Disch, Thomas. *The Dreams our Stuff Is Made Of: How Science Fiction Conquered the World.* Nova York: Simon and Schuster, 1998.

Fox, Robert Elliot. The Politics of Desire in Delany's *Triton* and *Tides of Lust. In: Ash of Stars: On the Writing of Samuel R. Delany*, org. James Sallis. Jackson, MI: University of Mississippi Press, 1996, pp. 43-61.

Gattégno, Jean. *La Science-fiction*. Paris: Presses Universitaires de France, 1971.

Heinlein, Robert. *Stranger in a Strange Land* (1961). Nova York: Ace Books, 1987.

Huntington, John. *Rationalizing Genius: Ideological Structures in the Classic American Science Fiction Short Story.* New Brunswick, NJ: Rutgers University Press, 1989.

James, Edward. *Science Fiction in the Twentieth Century.* Oxford: Oxford University Press, 1994.

Jones, Gwyneth. The Icons of Science Fiction. *In: The Cambridge Companion to Science Fiction*, orgs. Edward James e Farah Mendlesohn. Cambridge: Cambridge University Press, 2003.

_____. Introduction. *In: Dhalgren* [1975], org. Samuel Delany. Londres: Gollancz, 2010.

Lardreau, Guy. *Fictions Philosophiques et Science-fiction: Recreation Philosophique.* Paris: Actes Sud, 1988.

Lefanu, Sarah. *In the Chinks of the World Machine: Feminism and Science Fiction.* Londres: Women's Press, 1988.

Le Guin, Ursula K. *The Language of the Night: Essays on Fantasy and Science Fiction*, org. com uma introd. de Susan Wood. Londres: Women's Press, 1989.

Matthew, Robert. *Japanese Science Fiction: A View of a Changing Society.* Londres/Oxford: Routledg/Nissan Institute of Japanese Studies, 1989.

Merrick, Helen. Fiction 1964-1979. *In: The Routledge Companion to Science Fiction*, orgs. Mark Bould, Andrew M. Butler, Sheryl Vint e Adam Roberts. Londres: Routledge, 2009, pp. 102-11.

Moorcock, Michael. *The Cornelius Quartet (The Final Programme, A Cure for Cancer, The English Assassin, The Condition of Muzak)* (1968-1977). Londres: Phoenix, 1993.

Moorcock, Michael *et al. The New Nature of the Catastrophe*, org. Langdon Jones e Michael Moorcock. Londres: Orion, 1997.

O'Reilly, Timothy. *Frank Herbert.* Nova York: Ungar, 1981.

Rochelle, Warren G. *Communities of the Heart: The Rhetoric of Myth in the Fiction of Ursula K. Le Guin.* Liverpool: Liverpool University Press, 2001.

Silverberg, Robert. *Edge of Light: Five Classic Science Fiction Novels* (*A Time of Changes* [1971]; *Downward to the Earth* [1971]; *The Second Trip* [1972]; *Dying Inside* [1972]; *Nightwings* [1968/9]). Londres: HarperCollins, 1998.

Slusser, George. *The Delany Intersection: Samuel R. Delany Considered as a Writer of Semi-Precious Words.* San Bernando, CA: Borgo Press, 1977.

Stevenson, Randall. *The Last of England?* The Oxford English Literary History, vol. 12, 1960-2000. Oxford: Oxford University Press, 2004.

Stockwell, Peter. *The Poetics of Science Fiction.* Harlow: Longman, 2000.

Suvin, Darko. Afterword: With Sober, Estranged Eyes. *In: Learning from Other Worlds: Estrangement, Cognition and the Politics of Science Fiction and Utopia*, org. Patrick Parrinder. Liverpool: Liverpool University Press, 2000.

Swirski, Peter. *Between Literature and Science: Poe, Lem, and Explorations in Aesthetics, Cognitive Science, and Literary Knowledge.* Liverpool: Liverpool University Press, 2000.

Takumi, Shibano, Japan. *In: Encyclopedia of Science Fiction*, 2ª edição, orgs. John Clute e Peter Nicholls, Londres: Orbit, 1993, pp. 639-41.

Thomas, D. M. Two Voices. *In: Penguin Modern Poets 11: D. M. Black, Peter Redgrove, D. M. Thomas.* Harmondsworth: Penguin, 1968.

CAPÍTULO 13

Ficção Científica nas Telas, 1960-2000: Cinema de Hollywood e TV

D uas coisas fundamentais acontecem com a FC nas últimas décadas do século XX. A mais importante das duas é que ela passa por uma transformação, tornando-se cada vez mais um gênero dominado pela mídia visual e, em especial, pelo que poderíamos chamar *espetacularismo visual*, um subgênero especial de cinema que se baseia na escala e grandiosidade, nos efeitos especiais, na criação de mundos alternativos visualmente imponentes, na concepção de acontecimentos e seres capazes de impressionar. A segunda coisa, ligada a essa, é que a FC se torna de modo menos marcante uma literatura de ideias, ficando cada vez mais dominada por uma estética imagística. Isso envolve tanto imagens poéticas ou literárias mais convencionais quanto um imaginário visual mais acentuado e poderoso, que penetra a cultura de forma mais geral (um osso, atirado para o céu por um macaco pré-histórico, corte para uma espaçonave em órbita...). Faz parte da natureza das imagens não poderem ser analisadas, explicadas e racionalizadas do modo como as ideias são – por exemplo, como extraídas de uma literatura de ideias nocional. Em função disso, existe algo não linear em torno das obras da melhor FC do último século, algo alusivo e afetivo que pode ser difícil definir com exatidão.

Associar, como faço aqui, a ascensão à proeminência da FC visual e a sutil eficácia da imagem poética pode soar para alguns como um estranho movimento nesse contexto. É mais habitual comentar a ascensão da FC no cinema e na TV em tom de lamento, como diluição da eficiência e sofisticação do gênero. Mas isso, acho eu, é um erro. É verdade que passou a existir uma nova modalidade básica de FC, em particular depois de 1977 – uma forma de texto conhecida coloquialmente como sucesso de Hollywood. Hollywood assumiu agora as conotações negativas de arte cinematográfica popular, e tal definição é usada com esse sentido aqui. Para muitos, Hollywood denota o mais baixo denominador comum do comercialismo, mas, embora tenha havido muitos filmes de baixa qualidade, visando com exclusividade o lucro, ou películas reacionárias produzidas sob essa lógica cultural, tem havido também muitas obras-primas. Além disso, o populismo inerente dessa linguagem tem indicado que tais obras alcançam uma penetração cultural muito mais profunda do que acontecia com novelas ou poemas.

Estou trabalhando aqui com base na suposição de que a cultura humana está profundamente investida em dois modelos de arte em particular: história (isto é, narrativa mais personagens); e lirismo (isto é, momentos de intensidade estética que mexem conosco e nos comovem, arte que capta "epifanias" que levantam os pelos da nossa nuca, e assim por diante). O que quero dizer com isso é que quase todos os seres humanos precisam de histórias e a maioria precisa de intensidades: encontramos as primeiras em mexericos, jornais, novelas, biografias, narrativas históricas, ideologias e muitas outras formas; e as segundas no que Wordsworth chama de "marcas do tempo" evocadas pela arte ou literatura, mas também, e de modo mais generalizado, na experiência religiosa, no sexo, na arte sexual e sob várias outras formas.

Durante grande parte dos últimos trezentos anos, a modalidade dominante de história na cultura ocidental foi a novela e a modalidade dominante de lirismo foi a poesia. Esse, eu acho, não é mais o caso. Embora existam hoje milhões de pessoas pelo mundo afora que leem novelas com grande prazer, o fato é que a maior parte da população global (inclusive a maioria dos leitores de novelas) tem acesso às *histórias* de que precisa através da mídia visual, em particular cinema e TV. Acho que uma coisa semelhante aconteceu ao lirismo. O público para a poesia definhou de maneira alarmante nos últimos cem anos, mas bilhões de pessoas encontram agora seus momentos de intensidade epifânica na música pop e, talvez, nos *games*.[1] Essa é uma generalização um tanto bruta e exagerada de modo proposital, mas acho que se coloca como pano de fundo cultural geral na ascensão à proeminência da mídia visual na história da FC.

O visual tem uma longa linhagem, é claro. Em capítulos anteriores, demos uma olhada em obras como as elaborações de imagem mais o texto de Robida, e a revista *pulp* deve grande parte de sua eficiência ao forte componente visual. Artistas profissionais da FC, muitos bastante talentosos, ganharam uma importância cada vez maior à medida que o século avançava. A tecnologia da reprodução em cores permitiu a publicidade em massa, revistas e jornais totalmente em cores, o que, com a onipresença final da TV e do cinema, resultou em uma supersaturação do visual na cultura como um todo. Isso é mais verdadeiro no mundo desenvolvido, mas é verdadeiro até certo ponto na maior parte do planeta. Na verdade, hoje há muitos textos em que uma sofisticação visual, além de beleza, de fato extraordinária está casada à construção de personagens, narrativa e diálogos assustadoramente primitivos – que *Star Wars: A Ameaça Fantasma* (1999), de George Lucas, fique como representação emblemática do que estou falando. Em tal cultura, o crítico que desperdiça energia meramente denegrindo o texto por suas insuficiências (algo que com frequência é muito fácil de fazer) articula, penso eu, a resposta menos interessante. A tarefa do crítico é antes elucidar até que ponto a grandiosidade dos textos fundamentais pode ser explicada com referência a suas potencialidades visuais. Em outras palavras, o que se exige é uma análise do desenvolvimento do cinema de FC que, em vez de ver os efeitos especiais como mera decoração que pode ser ignorada, os enxergue como essenciais ao texto; uma percepção do cinema de FC como modo consciente, em termos autorreflexivos, da própria linguagem visual e tecnológica, e por isso ainda mais poderoso.

Cinema de Ficção Científica no Início dos Anos 1960

Eis aqui um exemplo do que estou falando. Um dos principais êxitos de *A Máquina do Tempo* (1960), de George Pal, reside no uso da fotografia em *stop-motion* para transmitir a rápida passagem do tempo do ponto de vista do viajante do tempo. Na verdade, a eficiência de tais cenas torna esse filme colorido um tanto assimétrico, falando em termos formais. As cenas iniciais, ambientadas quando o século passa de 1899 para 1900, vê o viajante do tempo (Rod Taylor), em meio a uma última e bem realizada farra vitoriana, contando aos amigos sobre sua invenção de uma máquina do tempo. O filme então avança para uma série brilhante de vinhetas em que a viagem no tempo é apresentada de forma variada – com o Sol tomando altura no céu, com uma sequência espirituosa em que as bainhas de vestidos na loja do outro lado da rua sobem e descem seguindo as modas anuais e com paradas em pontos significativos da história futura – incluindo o bombardeio nuclear de Londres nos anos 1960. De fato, essas cenas são apresentadas com efeitos especiais tão vigorosos, que se tornam muito mais que mera transição para o futuro distante da novela de Wells; na realidade, dominam o conjunto. Quando o viajante se vê entre os morlocks e os elóis, não há tempo para o desenvolvimento complexo e a sátira de classe do original de Wells. O personagem de Taylor logo deduz a natureza do mundo futuro, leva os elóis à liberdade contra os monstruosos opressores morlocks e retorna a Londres para coletar livros para a continuidade do trabalho recivilizatório. O pessimismo hiperevolucionário de Wells está perdido por completo, mas de certa maneira isso não importa, pois a sequência entre os elóis tem pouco significado no filme. As imagens que ficam com o espectador são as da perspectiva acelerada éons à frente – tanto o sentimento de poder que isso lhe transmite (engolido por lava, o viajante do tempo de Taylor faz seu dispositivo avançar até a rocha ser desfeita pela erosão natural e emerge em um ensolarado mundo pastoril) quanto o horror (Taylor acelera para o futuro após matar um morlock e a câmera, de modo chocante mas admirável, comprime a decomposição do cadáver em alguns segundos). Em outras palavras, *A Máquina do Tempo* se encontra no limiar de um novo tipo de cinema; um cinema baseado nos efeitos especiais da câmera que reflete sobre o próprio meio.

Não que efeitos especiais fossem desconhecidos nos primeiros tempos do cinema, é claro. Deu-se justamente o contrário. *Metropolis* (1927), por exemplo, incorpora alguns efeitos especiais muito impressionantes, mas a maior parte deles – grandes cenários construídos de forma especial, um grande elenco, modelos em escala para interagir com *performance* ao vivo – são, em essência, os efeitos especiais do Grande Teatro do século XIX. Criam um senso de espetáculo, como fez o épico trans-histórico de D. W. Griffith, *Intolerância* [*Intolerance*] (1916), também através da criação de enormes cenários teatrais, mas não criam um senso de espetáculo especificamente *cinematográfico*. A FC, sempre enamorada da tecnologia, encontra nessas novas tecnologias do cinema desenvolvido na última metade do século XX não só um meio de concretizar sua visão, mas também de materializar sua própria estética.

Efeitos especiais (menos sofisticados, mas já usados para impressionar) são também o único mérito de *O Homem dos Olhos de Raio-X* (*The Man with the X-Ray Eyes*) (1963), uma produção de baixo orçamento dirigida por Roger Corman. Após um início convencional, em que um cientista fazendo experiências em si mesmo desenvolve uma visão de raio X, o filme passa a revelar um tipo estranho e um tanto imperioso de angústia existencial, já que seu protagonista compreende o vazio essencial do universo e enlouquece. Um pessimismo similar, vigoroso embora um pouco pueril, também dá forma ao filme B de Joseph Losey, *The Damned* [Os Condenados] (1961), sobre um programa secreto do governo britânico para aplicar radiação em crianças de modo a torná-las invulneráveis à precipitação atômica.

Mas, falando de modo geral, o clima cultural do início da década de 1960 nos Estados Unidos e no Reino Unido não afeta o cinema de FC do mesmo modo libertador que o faz com a FC escrita da New Wave. Isso acontece, presume-se, porque os custos muito mais elevados de produzir um filme deixam a produção cultural mais envolvida com interesses empresariais e de investimento, havendo menos espaço para o caráter contracultural explícito. Tanto Corman quanto Losey estavam trabalhando fora do sistema dos grandes estúdios. Os filmes de FC mais convencionais do período tendiam a refletir as preocupações políticas da Guerra Fria, a crise dos mísseis cubanos (1963) e o medo persistente de guerra nuclear. Filmes como o sombrio e acanhado *A Hora Final* (*On the Beach*) (Stanley Kramer, 1959) – baseado na novela de 1957 de Nevil Shute e ambientado na Austrália, o único lugar que não foi destruído pela guerra nuclear, embora a nuvem de poeira radioativa trouxesse consigo um inevitável aniquilamento – e *Limite de Segurança* (*Fail Safe*) (Sidney Lumet, 1964), que apresenta a destruição do mundo não em termos de explosões espetaculares, mas como uma autópsia, miserável e tagarela, dos fracassos da humanidade. Filmes não americanos com ação em ambientes pós-nucleares eram com frequência menos moralizantes. Na ambiciosa produção japonesa *Dai-sanji Sekai Taisen: Yonju-ichi Jikan No Kyofu* [Terceira Guerra Mundial: 41 Horas de Horror] (Shigeaki Hidaka, 1960), os Estados Unidos jogam por acidente uma bomba atômica sobre a Coreia, o que leva a uma guerra em que a maior parte do mundo é destruída. O fato de o apocalipse atômico que muitos esperavam na década de 1960 não ter se materializado (ou não ter ainda se materializado) não nos dá o direito de olhar de forma condescendente para o medo muito real que ele gerava.

Sem dúvida, a comédia de humor negro de Stanley Kubrick, *Dr. Fantástico* (*Dr. Strangelove or: How I Learned to Stop Worrying and Love the Bomb*) (1964), é o único exemplo de produção desse subgênero a não ter sido transformada, pela passagem do tempo, em um filme datado. Essa película ainda hilariante conta a história de um general norte-americano lunático, obcecado com o asseio pessoal e preciosos fluidos corporais, que lança um ataque nuclear não autorizado contra a Rússia. As frenéticas tentativas das autoridades ocidentais para contrariar essa ordem são relatadas em parte através de um estilo visual de quase documentário, com cortes bruscos e movimentos de câmera na mão, e em parte por uma representação mais hipertrópica e caricaturada do Comando de Guerra norte-americano. A certa altura oficiais rivais do exército começam a trocar socos, levando o presidente (interpretado por Peter Sellers) a repreendê-los: "Cavalheiros! Não podem lutar aqui... Estamos no Comando de Guerra!". O personagem do título, também interpretado por Sellers, é um cientista de foguetes ex-nazista confinado a uma cadeira de rodas e com um braço postiço, presumivelmente uma sátira nada contida do destacado perfil público de Wernher von Braun, então diretor do Centro de Voos Espaciais Marshall da Nasa e supervisor do então programa Apolo. Mas o Strangelove de Sellers está muito distante de qualquer verdadeira nuance humana. Sua satisfação insana ante a perspectiva do desastre iminente, sua ridícula paródia do sotaque alemão (é difícil acreditar como Sellers consegue se tornar ainda mais engraçado com a simples pronúncia defeituosa *compiüder* em vez de *computer*) e o fato de o braço protético parecer ter vida própria, acenando em saudações *Heil Hitler* além do controle de seu dono, tudo contribui para um clima hilariantemente burlesco, que é ainda mais vigoroso por ter como contraponto seções com sequências em forma de quase documentário. O filme fez muito sucesso.

Outro filme marginal de FC do mesmo período, que também conta com a caricatura, com a hipertrofia nos cenários e nos objetos de cena, e com um certo humor negro, foi o primeiro filme de James Bond, *007 contra o Satânico Dr. No* (*Dr. No*) (Terence Young, 1962). Esse filme perde para *Dr. Fantástico* ao colocar seu supervilão – que também tem mãos mecânicas e um desejo maníaco de ver o mundo mergulhar no apocalipse – *fora* do sistema ocidental, e não, como na obra-prima de Kubrick, dentro dele. Mas mostrou ser o primeiro de uma série muito popular que mapeava as aventuras repetitivas do superespião Bond, o herói de ação na melhor tradição da FC, que usa tecnologia avançada e, às vezes, viagens espaciais como meio de incrementar a supercompetência de sua força física e vontade.

Mas os filmes da década de 1960 que iam ter o maior impacto sobre o cinema de FC e o cinema de modo mais geral usavam a modalidade FC como meio de trabalhar, em termos formais, as possibilidades da nova gramática e a linguagem do próprio cinema. Um exemplo é o filme francês de meia hora, em preto e branco, *La Jetée* [O Terraço] (Chris Marker, 1962), encarado por muitos, o presente autor entre eles, como um dos melhores filmes de FC já realizados. Ambientado após um holocausto nuclear em uma Paris que a lei de causa e efeito está destruindo, esse sutil e sugestivo drama de viagem no tempo revela, na verdade, a própria lógica da montagem cinematográfica. Quase todo o texto visual é constituído de uma sucessão de imagens fotográficas, mantidas na tela por variados intervalos de tempo. Procurando anular os danos da guerra nuclear, cientistas tentam enviar cobaias para o passado e o futuro. A cobaia principal é um homem escolhido devido ao vínculo peculiar que ele tem com determinada fotografia, do rosto de uma mulher. O efeito é concentrar o espectador na força da imagem, assim como na eloquência que pode ser atingida pela justaposição direta de imagens. No trágico final do filme, o movimento floresce na sucessão estática de fotos fixas para cada efeito móvel. A natureza despojada de *La Jetée* é parte de seu extraordinário efeito; mas o modo como compele o espectador a refletir não apenas sobre a história que está sendo contada, mas também sobre o veículo usado para transmiti-la, torna-o uma ficção científica distinta e brilhante. O evasivo *policier* de FC *Alphaville* (1965), de Jean-Luc Godard, é preferido por alguns, embora pareça confuso se comparado às complexidades luminosamente imóveis de *La Jetée*. Quando o diretor norte-americano Terry Gilliam – um tipo de talento muito diferente – refilmou a película de Marker em 1996 como *Os Doze Macacos* (*Twelve Monkeys*), a substituição da sóbria tranquilidade do original pela robusta energia e hiperatividade que são marcas registradas de Gilliam corroeu o impulso emocional, embora tenha se produzido um texto de FC, apesar de desarticulado, interessante. Em retrospecto, a importância de *La Jetée* reside nos modos como ela antecipa a estética e, até certo ponto, o clima da primeira inegável obra-prima do cinema de FC, *2001: Uma Odisseia no Espaço* (1968), de Kubrick.

A FC de meados da década de 1960 produziu um número menor de grandes filmes. Por um lado, houve uma série de filmes *pulp* de FC. Por exemplo, no japonês *Matango* (Inishiro Honda, 1963; lançado nos Estados Unidos como *Fungus of Terror* [Fungo do Terror]), sobreviventes de um naufrágio são obrigados a ingerir um estranho cogumelo para sobreviver. Um por um, eles se transformam *em* cogumelos. O único sobrevivente parece voltar intacto à civilização, mas logo descobre mudas de cogumelo brotando no rosto. É um filme que, com seu decisivo vigor, resgata uma ideia tola. Por outro lado, houve os filmes considerados mais artísticos. *Fahrenheit 451* (1966) é um dos filmes menos interessantes do diretor francês François Truffaut. Com espetacular aptidão para captar ritmos e texturas da vida cotidiana, Truffaut, um dos diretores da *nouvelle vague*, tropeçou um pouco na novela clássica de Ray Bradbury sobre um mundo futuro bibliofóbico. A quase evanescente sutileza de efeitos de Bradbury é transferida para uma sátira antiautoritária demasiado óbvia. Houve, no entanto, filmes que contornaram a fronteira arte/*pulp*. *Barbarella* (Roger Vadim, 1967) foi uma produção italiana, embora estrelada pela atriz norte-americana Jane Fonda no papel principal. O filme, uma brincadeira bizarra e erótica que se passa em um futuro distante, preservou certo apelo *cult* (na década de 1980, o grupo pop Duran Duran, de perfil marcante, tirou seu nome de um dos personagens de filme), mas ficou, sob a maioria dos aspectos, bem datado. O sexo parece minuciosamente infantil, e o enredo de FC, risível. Um filme de FC erótico deveria, talvez pudéssemos pensar, ter se aproveitado melhor da coragem de suas convicções sexuais.

2001: Uma Odisseia no Espaço

O filme monumental de Kubrick ficou vários anos em produção, sendo por fim lançado em 1968. Kubrick tinha trabalhado em contato estreito com Arthur C. Clarke, expandindo seu conto "The Sentinel" [A Sentinela] para algo mais transcendente e místico. O filme está dividido em quatro seções desiguais. A primeira, ambientada na África, "na aurora do tempo", relata sem palavras as aventuras de um grupo de hominídeos pré-humanos. Um estranho monólito negro, algo parecido com uma colossal lápide negra, surge em seu meio enquanto eles dormem, ampliando nitidamente o intelecto deles; depois desse aparecimento eles passam a usar ferramentas. A transição do prólogo para o corpo principal do filme é efetuada pelo corte mais famoso de toda a história do cinema. Um hominídeo, satisfeito por ter matado um adversário usando o maxilar de um animal como arma, arremessa o osso para o azul do céu africano. A câmera de Kubrick segue o osso até seu apogeu e, quando ele começa a cair, há um corte para uma espaçonave do século XXI. Ela rola pelo espaço em órbita ao redor do mundo. A implicação (que a espaçonave, embora mais complexa, é apenas outra ferramenta, tal como o osso) é antes insinuada com elegância que enfatizada em tom de pregação; e, de fato, o efeito da transição se dá menos em termos de raciocínio que em termos poéticos – é estranhamente afetivo, inspirador e belo de um modo um tanto sombrio. Na verdade, a coisa de longe mais importante a se observar em *2001: Uma Odisseia no Espaço* é apenas que belo artefato visual ele é.

A segunda sequência, situada no ano citado no título, mostra um dr. Floyd viajando para uma base lunar e pela superfície lunar, onde outra amostra do monólito foi descoberta. Mas o mistério conceitual do monólito é menos envolvente que a lenta, fluida beleza da *mise en scène* de Kubrick, a prolongada sequência da viagem espacial combinada com uma valsa de Strauss como trilha sonora. O monólito envia um sinal na direção de Júpiter e a terceira (a mais longa) seção do filme diz respeito aos eventos da espaçonave *Discovery* viajando para Júpiter para investigar. A tripulação da *Discovery* está toda em hibernação, com exceção de Bowman, de Poole e do computador de fala suave e sinistra, HAL. O principal evento do filme é a insanidade insidiosa de HAL; o computador acaba com Poole e quase tem êxito em assassinar Bowman, embora este último seja capaz de entrar no ponto mais central da máquina e desligá-la. Mais uma vez, e por mais emocionantes que sejam essas ações, a vagarosa, elegante tranquilidade da direção de Kubrick é o elemento mais eficaz. A *Discovery* é um ambiente plenamente integrado, e Kubrick, o primeiro diretor a transmitir a ideia de que a viagem espacial (em relação às enormes distâncias que são abrangidas) é dolorosamente lenta, de que ela sem dúvida *demora mesmo muito tempo*. À medida que Hollywood, nas décadas de 1960 e 1970, foi mostrando um fascínio cada vez maior com relação à velocidade (revelado na hilariante aceleração do automóvel de *Grand-Prix* [John Frankenheimer, 1966]; em *Bullitt* [Peter Yates, 1968] e em *Operação França* [*The French Connection*] [William Friedkin, 1971]), esse fascínio alcançava um tom gloriosamente contemplativo e melancólico. Bem, nem todos os críticos ficaram enamorados desse aspecto do filme. Segundo Vivian Sobchack, filmes como *A Conquista da Lua* (1950), *O Fim do Mundo* (1951) e *O Planeta Proibido* (1956) retratam suas espaçonaves como "belas de tirar o fôlego" e "suntuosas", mas 2001 "nos dá com a 'Discovery' um mecanismo que não tolera bem e por fim rejeita a existência humana", além de uma sensação de "aprisionamento e confinamento", também presente em *Sem Rumo no Espaço* (*Marooned*) (John Sturges, 1969) e *Corrida Silenciosa* (*Silent Running*) (1972) (Sobchack, pp. 5-6). Muitos podem considerar esse julgamento estranho, em parte porque do início ao fim a ênfase de Kubrick está precisamente na "bela de tirar o fôlego". Mais importante, no entanto, é por certo o fato de as limitações da *Discovery* serem as limitações de um eremitério. Uma natureza reflexiva domina *2001: Uma Odisseia no Espaço* como filme, uma potente materialização de atributos de isolamento quase monacal.

A seção final do filme, embora breve e funcionando como uma conclusão para o todo, tende a dominar as análises, como se proporcionasse algum tipo de chave para penetrar o "mistério" de *2001: Uma Odisseia no Espaço*. Bowman, então sozinho, encontra uma versão gigantesca do monólito alienígena em órbita ao redor de Júpiter. Isso abre uma espécie de passagem ou portal e Bowman é levado por um corredor interestelar composto exclusivamente de imagens transitórias, multicoloridas. No fim dessa transcendência psicodélica, ele se vê em uma suíte de quartos estilo Luís XV, iluminados de um modo estranho por neon. É onde ele envelhece – de novo entre o belo prolongamento e o equilíbrio de um conjunto de planos –, antes de renascer como "criança estelar", um feto luminoso e, ao que parece, enorme em órbita da Terra. Mas embora muita gente na época, e de lá para cá, não tenha conseguido desenterrar do filme uma mensagem substancialmente significativa, mesmo que tortuosa, por meio dessa conclusão, ela é de fato uma versão perfeita e direta de um tema duradouro da FC – a transcendência da humanidade, nossa ascensão, com a ajuda de alienígenas, para uma forma de existência mais elevada. Na verdade, esse é um dos temas centrais da Era de Ouro da FC e, sendo assim, a moral redutora do filme tem uma aparência um tanto retrógrada. O que *2001: Uma Odisseia no Espaço* trouxe de verdadeiramente novo à FC não estava em seu conteúdo, mas em sua *forma*; em particular, no forjar de um léxico visual específico da era espacial, desenvolvido por Kubrick como um poema visual poderosamente alegórico. Algumas pessoas acham *2001: Uma Odisseia no Espaço* um filme um tanto frio, pouco atraente, e alguns estudantes (com os quais tive o prazer, durante anos, de discuti-lo) consideram-no demasiado longo, arrastado e – palavra devastadora – chato. Reações desse tipo são compreensíveis. Os personagens do filme são todos meio distantes, desapaixonados, quase mecânicos; a "moral" do filme, se quiséssemos interpretar o filme desse modo redutor, é a da suprema passividade humana com o conjunto da história humana é revelado como nada mais que uma espécie de vírus mental de computador inserido, através dos monólitos, por alienígenas atuando nos bastidores. Em tudo isso nosso mérito é nulo. No entanto, interpretar o filme não como um tratado sobre a natureza da humanidade, tampouco, por certo, como um manifesto, mas sim como um poema, revela sua grande elegância. Ele se aproxima do que Wallace Stevens solenemente chamou "a Ficção Suprema" – Stevens, como poeta, é também às vezes acusado de ser frio, um tanto inumano, em sua obra. Os três mandamentos incorporados no poema "Notes toward a Supreme Fiction" [Notas para uma Ficção Suprema] (1947) ("ela deve ser abstrata", "ela deve mudar", "ela deve dar prazer") estão por trás da "nítida transparência" e "tédio celestial" da obra-prima de Kubrick (Stevens, pp. 329-30).

A posteridade, até onde podemos avaliar essas coisas, endossou o sentimento que existiu na época em que o filme de Kubrick trouxe nova seriedade e respeitabilidade estética ao modo da FC visual. O filme pode ser a maior obra de Kubrick, e ele não brincava quando se tratava de dirigir grandes filmes. Istvan Csicsery-Ronay o interpreta em termos do sublime kantiano, mas só para apontar o "convencionalismo, simetria, geometria, solidão e vazio" da visão da obra. "O filme", ele sugere, "é a expressão visualmente sublime de uma sensibilidade espiritual exausta para a qual todo progresso evolutivo é técnico. É uma obra profundamente irônica sobre a ausência da conexão supersensível entre o universo e a mente humana" (Csicsery-Ronay, p. 167). Isso me parece um erro de análise. Progresso evolutivo, afinal, é um conceito dúbio, tendencioso, e a própria ironia do filme – que, eu concordo, é crucial para o modo como o texto funciona – se aproxima de um tipo de sublimidade, em parte porque é a manifestação daquela passagem metafórica do conhecido para o desconhecido que define a própria ficção científica. Como acontecia com o épico homérico do qual ele tira seu título, *2001: Uma Odisseia no Espaço* é um poema de *nostos**, de estrutura tão circular quanto a interminável corrida em círculos que Bowman faz dentro da principal cabine da *Discovery*. O bebê espacial com o qual o filme se encerra voltou para casa e, com a eloquência do tema de *Zaratustra*, de Strauss, reforçando musicalmente o plano, somos convidados a aceitá-lo como um *Übermensch*. A jornada de Bowman manifestou a recirculação característica da FC *new wave*. "Aquilo" retornou como um salvador? A tripulação humana, todos os quais (incluído Bowman) morreram no decorrer de sua via sacra, completou sua expiação e, portanto, retornou à vida nessa nova forma? Ao deixar de decifrar as especificidades, Kubrick torna-se apenas mais expressivo da possibilidade transcendental.

---

* O termo se referia, na literatura grega, à volta para casa de um herói épico. (N. do T.)

Ficção científica na TV: *Jornada nas Estrelas* e *Doctor Who*

As origens da FC televisual podem ser encontradas no final da década de 1940 e inícios da de 1950, com programas como *Captain Video and His Video Rangers* [Capitão Vídeo e seus Videocomandos] (1949-1955) e *Tom Corbett, Space Cadet* [Tom Corbett, Cadete do Espaço] (1950-1955). Se, como o crítico Mark Bould observa de modo perspicaz: "os recursos de produção desses programas parecem agora extraordinariamente amadorísticos, isso indica até que ponto [para nós, hoje] a existência da TV não parece mais milagrosa" (Bould, p. 88). Com frequência transmitidos ao vivo, esses programas muitas vezes transferiam as convenções dramáticas das histórias de faroeste ou policiais para um fictício espaço sideral: um heroico protagonista que lutava contra o mal. Do início ao fim da década de 1950 e na de 1960, formatos genéricos como o *Science Fiction Theatre* (1955-1957) ou seriados com episódios independentes como o sóbrio, contemplativo *Além da Imaginação* (*The Twilight Zone*) (1959-1964) e o mais *outré* e surreal *Quinta Dimensão* (*The Outer Limits*) (1963-1965) criaram recursos de produção e expectativas narrativas.

Muitos desses primeiros seriados de TV desapareceram do radar coletivo do universo dos fãs de FC (por exemplo, *The Man and the Challenge* [O Homem e o Desafio] [1959-1960] e *Men into Space* [Homens no Espaço] [1959-1960]), às vezes porque as *tapes* dos episódios foram literalmente apagadas. Mas muitos programas conservam ainda hoje seguidores dedicados, talvez especialistas. Nas telas norte-americanas, a série em desenho animado *Os Jetsons* (*The Jetsons*) (1962-1963) confrontava, para efeito cômico, a estranheza de uma família viajante do espaço com as convenções da vida familiar suburbana dos norte-americanos, às vezes de forma razoavelmente divertida. *Viagem ao Fundo do Mar* (*Voyage to the Bottom of the Sea*) (1964-1968) foi uma série tipicamente norte-americana de aventuras submarinas ambientadas a bordo de um submarino futurista que, embora vigoroso, não se mostrou à altura das pretensões verneanas mencionadas no título. O conceito implícito em *Perdidos no Espaço* (*Lost in Space*) (1965-1968) era uma futurista "Família Robinson Suíça" vagando no espaço e, em função disso, as minúcias da interação familar sobrepujavam os elementos um tanto triviais de FC. *Túnel do Tempo* (*The Time Tunnel*) (1966-1967), graças ao persistente mau funcionamento do dispositivo do título, atirava os infelizes protagonistas de um evento histórico memorável a outro. Aonde quer que chegassem, do Mundo Antigo à Segunda Guerra Mundial, os viajantes não deixavam de encontrar celebridades históricas falando inglês.

A FC na TV britânica foi um fenômeno de menor amplitude, já que a TV, na Grã-Bretanha, é um negócio menor se comparado aos Estados Unidos. Nigel Kneale, o escritor que criou o requintado cientista inglês Quatermass, colocou-o em perigo ante uma invasão alienígena e monstruosidades subterrâneas em um seriado de seis episódios *Terror que Mata* (1953), e em uma trilogia de filmes bem-sucedidos, *Terror que Mata* (*The Quatermass Experiment*) (1955), *Quatermass II: Usina de Monstros* (1955) e *Uma Sepultura na Eternidade* (*Quatermass and the Pit*) (1967); o personagem foi ressuscitado, embora com menos êxito, em *Quatermass* (1979). Em todos os casos, o programa se conectava com a raiz primária da própria FC, os vários enredos vertendo (para citar Peter Nicholls) "nos obsessivos trinta anos de repetição por Kneale do tema ciência-encontra-superstição" (Clute e Nicholls, p. 983). Kneale foi também o autor do drama sem sequências *The Year of the Sex Olympics* [O Ano das Olimpíadas do Sexo] (1968), uma dramatização um tanto requentada, mas ainda intrigante, de um mundo futuro em que o grosso da humanidade vive só através da TV, mesmo em termos de vida sexual. Gerry Anderson e Sylvia Anderson estiveram por trás de uma série de programas muito bem-sucedidos, com marionetes e público predominantemente infantil, entre eles *Fireball XL-5* (1962-1963), centrado em espaçonaves; *Contrato de Risco* (*Stingray*) (1964-1965), centrado em um submarino; e o triunfante *Thunderbirds* (1965-1966), que dizia respeito a um serviço de emergência e resgate global, ao que parece sem fins lucrativos, organizado por um bilionário excêntrico. *Thunderbirds*, com seus simpáticos foguetes, estação espacial, gigantescos aviões cargueiros e submarinos, foi o mais bem-sucedido dos programas dos Anderson, ainda que, sob muitos aspectos, possa ter sido ultrapassado por dois programas mais tardios dos mesmos Anderson: *Joe 90* (1968-1969), baseado na intrigante premissa de um jovem para quem o conhecimento e as habilidades de uma variedade de adultos podiam ser transferidos; e *Capitão Escarlate* (*Captain Scarlet*) (1967-1968), que se contrapunha o painel coordenado por cores dos agentes de proteção à Terra à ameaça de um maligno, desencarnado e perigoso marciano, conhecido apenas como "os *mysterons*". A premissa um tanto arbitrária desse programa dizia respeito ao personagem do título, "um homem que o destino tornou indestrutível" (a canção tema, trinta anos mais tarde, ainda ecoa na minha cabeça: "*In-des-tru-tível*! Capitão Escarlate!"), o que talvez desse à Terra uma vantagem um tanto injusta no conflito interplanetário. Não importa quantas vezes os *mysterons* acabassem com Escarlate, ele sempre ressuscitava. Mas as aventuras animadas, que ultrapassavam as de Bond, desses marionetes sem cordões captavam alguma coisa da energia caleidoscópica dos anos 1960 e ainda hoje funcionam bem.

O traço, no entanto, mais importante da FC de TV nos anos 1960 foi o desenvolvimento dos dois mais influentes seriados de TV de ficção científica, programas que revelariam poderes de permanência muito maiores que aqueles que seus criadores originais pudessem ter concebido: o seriado norte-americano *Jornada nas Estrelas* (*Star Trek*) (cuja versão original foi exibida de 1966 a 1969) e o seriado britânico *Dr. Who: O Senhor do Tempo* (*Doctor Who*) (1963-1989, 2005 até o presente). O sucesso extraordinário e contínuo dessas duas franquias diz coisas importantes não apenas sobre a crescente preponderância da TV como veículo cultural, mas também sobre o desenvolvimento mais amplo da própria FC. À medida que o século avançava para sua conclusão, a TV foi se tornando a mais importante forma narrativa do mundo, desfrutada toda noite por bilhões de seres humanos, algo que não pode ser dito de nenhuma outra forma de arte. Quanto àquele desenvolvimento mais amplo da FC, pretendo duas coisas: primeiro, reiterar o que já afirmei, que ele é sintomático de uma crescente tendência visual do gênero; segundo, expor um argumento sobre as mudanças no foco textual da FC. Até certo ponto, é o seriado de TV – uma disposição de textos individuais subordinada a uma premissa ou a uma particular identidade imaginativa – que se torna o padrão de toda a produção textual de FC. Em vez de produzir textos singulares, isolados, escritores e criadores de FC produzem cada vez mais "megatextos", sequências interligadas de textos, não raro abrangendo várias mídias. Como foi observado antes, um simples conceito, uma simples novela como *Duna*, de Frank Herbert, pode se tornar, no final do século, uma dezena de novelas, um filme, dois seriados de TV, *videogames*, histórias em quadrinhos, ilustrações feitas por uma dúzia de artistas e assim por diante. O mesmo se aplica à maior parte das obras significativas de FC das últimas quatro décadas do século XX e continua a ser o caso hoje; a única diferença é que, em vez de aceitar essas múltiplas adições textuais, as obras de FC são agora planejadas antecipadamente como megatextos. Assim, por exemplo, *Star Wars* (1977) são até o momento seis filmes interligados, com mais três em produção, mas é também um grupo de novelas relacionadas que se passam no universo de "Star Wars", assim como muitos livros de histórias em quadrinhos, alguns *videogames*, revistas, sites na internet, *fanfictions*, bonecos e muitas outras formas de produção cultural. A franquia *Matrix* (1999) foi configurada como uma trilogia de filmes com muita ação à qual (para tornar compreensível o arco da história) o verdadeiro aficionado precisava adicionar uma compilação de seis filmes de animação mais curtos, *The Animatrix*, e um *videogame*, *Enter the Matrix*, todos ambientados no universo imaginário do texto. Discuto adiante, com mais detalhes, esse desenvolvimento do gênero; neste ponto a questão é relevante na medida em que elucida de que modo os dois seriados de TV penetraram na consciência popular do início ao fim da década de 1960 e no início dos anos 1970.

Dr. Who: O Senhor do Tempo (*Doctor Who*) é anterior em termos cronológicos. O "Doutor" (ele não tem, parece-me, outro nome) surgiu pela primeira vez como um idoso rabugento, interpretado por William Hartnell, viajando pelo espaço e tempo com alguns companheiros em uma espaçonave em forma de "Cabine Telefônica Policial". Essa máquina, chamada de TARDIS, é muito maior por dentro do que por fora; embora a maioria das máquinas TARDIS possa metamorfosear seu exterior para combiná-lo com qualquer ambiente em que elas se encontrem, a nave do Doutor perdeu essa capacidade. Ficamos sabendo que o Doutor é um alienígena humanoide, um exemplar de uma raça chamada Senhores do Tempo que, de modo nebuloso e inespecífico, devem "policiar" as vias do tempo. Os Senhores do Tempo desfrutam de prolongados períodos de vida pelo fato de regenerarem seus corpos, um estratagema que permitiu a Hartnell ser substituído no papel por Patrick Troughton, diferente dele fisicamente, em 1966. O mais inquieto doutor de Troughton foi seguido, em 1970, por Jon Pertwee, de cabelo prateado e afetado (por grande parte do tempo de Pertwee no papel, o Doutor ficou confinado à Terra como punição). Tom Baker assumiu o papel de 1974 a 1981 e, para muitos, continua sendo o Doutor definitivo, tendo desempenhado o papel com cativante excentricidade, sempre guarnecida por um indefinível senso de perigo. O fato de Baker ter sido o mais jovem e – para usar um termo meio fora de moda – mais viril dos atores a interpretar o papel também acrescentou um subtexto sexual eficaz, ainda que oculto, aos relacionamentos dele com as assistentes – com frequência mulheres casadouras. Embora menos relevante para a extensa audiência de crianças que assistiam o seriado, isso adicionou, para a audiência adulta, um tempero a um programa que, em termos de trama, estava se tornando um tanto repetitivo. Depois da época de Baker, o programa se defrontou com retornos cada vez menores com Peter Davison, Colin Baker, Sylvester McCoy e (após interrupções) Paul McGann no papel principal. A BBC perdeu a fé no programa e o cancelou, mas sua grande e internacional base de fãs manteve a franquia viva por meio de livros conexos e seriados de rádio, até que enfim o programa foi relançado, obtendo prodigioso sucesso. Em sua segunda versão, dois ingleses (Christopher Ecclestone e Matt Smith) e dois escoceses (David Tennant e Peter Capaldi) encarnaram o papel. Tennant interpretou o Doutor com um sotaque inglês, deixando transparecer um sentimento de que ele, em certo sentido, encarnava um etos cavalheiresco, especificamente inglês em termos culturais. O rico tom escocês de Capaldi fez cair por terra, com habilidade, os pressupostos de classe e culturais dessa crença. Falando em termos práticos, a premissa da série dava margem a um conjunto indefinidamente prolongado de aventuras. O mais comum era o Doutor e seu(s) companheiro(s) chegarem a algum ponto (um período interessante da história da Terra, um mundo alienígena ou o interior de uma espaçonave), vivenciarem várias aventuras, enfrentarem um adversário e resolverem tudo antes de partir. Os atos anti-heroicos do Doutor (ele nunca apontou um revólver, preferindo enganar os oponentes; e o personagem é interpretado, na maior parte de suas encarnações, com uma natureza inglesa quase caricatural – cortês, bem-humorado, um pouco estranho) são bem equilibrados por uma série de enfáticos vilões. Os primeiros deles, os *daleks*, em forma de postes de atracação com 1,80 metro, apareceram cedo na trajetória do programa. Esses ciborgues sem escrúpulos, quase nazistas, com seus desagradáveis gritos de "exterminar!", "exterminar!", são genuinamente memoráveis e reapareceram muitas vezes no decorrer dos anos, chegando inclusive a monopolizar o papel dos vilões nos dois lançamentos do título nos cinemas: *Dr. Who e a Guerra dos Daleks* (*Doctor Who and the Daleks*) (1965) e *Ano 2150, A Invasão da Terra* (*Daleks: Invasion Earth 2150 AD*) (1966).

    Dr. Who foi exibido de forma mais ou menos contínua pela TV britânica até o fim dos anos 1980, sendo muito bem-sucedido pelo mundo afora. A qualidade dos enredos era variável e com frequência atingia um nível assustadoramente baixo (os orçamentos quase nunca estavam à altura da visão do escritor, mesmo quando essa visão não era espetacular em particular), mas o programa criou uma base de aficionados muito grande e dedicada. John Tulloch, em especial, fez uma análise bastante atenta do universo de fãs de *Dr. Who* (ver Tulloch e Jenkins). O interessante é o modo como as limitações do programa, seu personagem central e seu característico tom britânico se misturam com as liberdades radicais da premissa central (afinal de contas, a aventura pode se passar em qualquer ponto no tempo e no espaço), possibilitando uma série aparentemente inesgotável de novos textos a serem gerados. Quase duzentas novelas derivadas ou casadas com as aventuras do *Dr. Who* foram publicadas, junto com uma grande quantidade de *fanfiction* inédita (que circulou entre amigos e em convenções sobre *Dr. Who*, e agora *on-line*); há também revistas, numerosos sites e outras formas de produção cultural. Compreender esse megatexto muito significativo de FC seria, para o não iniciado, um trabalho de muitos anos.

    Jornada nas Estrelas foi concebida como uma premissa igualmente passível de ser moldada e resultou em um corpo ainda mais vasto de produção textual, grande parte dela criada por fãs. O programa original acompanhava as viagens da USS *Enterprise*, vasta nave estelar da Federação (uma comunidade interestelar dominada por humanos), comandada pelo carismático, enérgico e às vezes zeloso em excesso James T. Kirk (William Shatner). A *Enterprise* estava, como a narração nos letreiros iniciais anunciava, em sua missão de cinco anos... para a explorar novos mundos... para pesquisar novas vidas... e novas civilizações..., audaciosamente indo aonde nenhum homem jamais esteve". Esse famoso infinitivo acompanhado de um advérbio parece de alguma forma captar com exatidão a energia ingênua e o encanto um tanto desconcertado da série original. O elenco equilibrado foi construído ao redor de um trio de personagens: Kirk, o macho alfa interpretado por Shatner, e seus dois amigos – o impassível alienígena oficial de ciências Spock (Leonard Nimoy); e o superemotivo oficial médico "Bones" [Magro] McCoy (DeForest Kelley). Foi o desenvolvimento das interações entre esses três personagens, assim como as várias premissas de FC e mundos alienígenas, que conquistou para a série seguidores tão dedicados, em particular entre suas espectadoras. Na verdade, alguns críticos sugerem que *Jornada nas Estrelas* é mais responsável que qualquer outro texto de FC pelo aumento do interesse feminino no gênero.

Jornada nas Estrelas se estendeu por três temporadas antes de ser cancelada, mas, num movimento sem precedentes, uma ação conjunta de fãs insatisfeitos fez pressão sobre os estúdios de TV para ressuscitar a franquia. De início, ela voltou sob a forma de uma versão em desenho animado, um tanto superficial, também chamada *Jornada nas Estrelas* (1973-1974), mas os planos para um filme acabaram dando frutos em *Jornada nas Estrelas: O Filme* (*Star Trek: The Motion Picture*) (Robert Wise, 1979) – um trabalho espetacularmente monótono e arrastado, cujo subtítulo foi talvez um lembrete necessário às plateias de que elas não haviam tropeçado, por engano, em uma obra antinarrativa de vanguarda, de ritmo agressivamente lento. O filme, no entanto, embora ruim, rendeu muito dinheiro – testemunho da ardente lealdade dos *trekkers* (como os fãs são conhecidos). Muito mais fiel ao espírito da série original foi vigorosa *space opera Jornada nas Estrelas II: A Ira de Khan* (*Star Trek II: The Wrath of Khan*) (Nicholas Meyer, 1982). Embora meio tolo em termos de premissa e trama, esse filme proporcionava aos espectadores uma série de empolgantes batalhas espaciais, um vilão de excepcional energia no vigoroso *Übermensch* Khan (o super-humano interpretado por Ricardo Moltalbán) e um final efetivamente surpreendente em que Spock morre salvando a *Enterprise*. A continuação *Jornada nas Estrelas III: À Procura de Spock* (Leonard Nimoy, 1984) ressuscitou Spock através de um "dispositivo gênese" experimental e, ao fazê-lo, tornou manifesto um tema latente de "ressurreição" que corre através de grande parte da série original – em muitos episódios originais, diversos personagens são mortos, mas logo renascem. O fato de haver um risco de pedantismo crítico ao interpretarmos isso como uma secularização da mitologia cristã não deve nos impedir de reconhecer aí outra manifestação da lógica oculta do gênero como um todo. Filmes subsequentes foram obras menos interessantes, embora fossem às vezes divertidos – como no cômico *Jornada nas Estrelas IV: A Volta para Casa* (*Star Trek IV: The Voyage Home*) (Leonard Nimoy, 1986) e o feito com seriedade, mas mesmo assim risível, *Jornada nas Estrelas V: A Última Fronteira* (*Star Trek V: The Final Frontier*) (William Shatner, 1989).

Após duas décadas de inatividade, a franquia de filmes *Jornada nas Estrelas* foi relançada com *Jornada nas Estrelas* (2009) e *Além da Escuridão – Star Trek* (*Star Trek: Into Darkness*) (2013), e *Star Trek: Sem Fronteiras* (*Star Trek Beyond*) (2009) os dois primeiros dirigidos por J. J. Abrams e o terceiro produzido por ele, que em conjunto tiveram uma bilheteria de quase um bilhão de dólares, testemunho do contínuo apelo popular da franquia.

A campanha para restabelecer o programa na TV foi uma das primeiras a mostrar o tipo de alavancagem que uma audiência de massa pode pôr em ação. Uma sequência para a TV, *Jornada nas Estrelas: A Nova Geração* (1987-1994), começou com uma bombástica primeira temporada, embora um elenco simpático tenha em geral conseguido torná-la assistível. O ator shakespeariano Patrick Stewart trouxe seriedade ao papel do comandante Picard, e o trio emocional da série original foi transferido para o primeiro oficial shatneriano Riker (Jonathan Frakes), o androide sem emoções Data (Brent Spiner) e Worf (Michael Dorn), o passional oficial tático klingon, um trio complicado por diversos personagens femininos, incluindo uma emocionalmente telepática consultora da nave, Troi (Marina Sirtis), que na série mais tardia participa de um triângulo amoroso novelesco com Riker e Worf. A supercompetência do superego de Picard flutuava com serenidade sobre todas essas interações. Só na terceira temporada, quando a sutilmente sinistra ameaça alienígena representada pelos Borgs transformou Picard no inimigo, a qualidade dos episódios melhorou. No final da década de 1980, *Jornada nas Estrelas: A Nova Geração* foi o seriado de FC na TV mais assistido no mundo. A Paramount investiu em várias séries paralelas, uma delas ambientada em uma estação espacial da Federação, *Jornada nas Estrelas: Deep Space Nine* (*Star Trek: Deep Space Nine*) (1993-1999), outra em uma espaçonave perdida longe de casa e comandada por uma mulher, *Jornada nas Estrelas: Voyager* (*Star Trek: Voyager*) (1995-2001), e outra ainda como prelúdio da série original, chamada apenas *Enterprise* (2001-2005). Na verdade, um dos grandes sucessos do programa foi sua icônica espaçonave, desenhada não segundo o padrão da forma convencional de um foguete, mas como uma desajeitada estrutura branca – um grande pires do qual vários cilindros compridos se estendem para trás, como se Marcel Duchamp, em um trabalho de escultura experimental, tivesse combinado uma luminária de mesa com um disco de arremesso. Além de o protótipo de um ônibus espacial da Nasa ter sido batizado de *Enterprise* em homenagem à popularidade da série, foram recentemente anunciados planos para voos espaciais comerciais, em um futuro próximo, utilizando uma nave também chamada *Enterprise*.

Talvez mais importante que o crescente acervo de textos de cinema e TV seja o papel que *Jornada nas Estrelas* tem desempenhado como ponto focal para uma base vigorosa e mundial de fãs. Centenas de novelas foram publicadas, algumas adaptadas de roteiros, mas a maioria delas eram ficções originais ambientadas no universo de *Jornada nas Estrelas*. Apesar de os críticos descartarem (ou apenas ignorarem) com frequência o fenômeno de novelizações casadas com TV/filme, alguns dos livros de *Jornada nas Estrelas* são obras bastante respeitáveis de ficção. Escritores tão bem-conceituados quanto James Blish, Greg Bear e Joe Haldeman escreveram ficção original ambientada no universo de *Jornada nas Estrelas* e, com o excelente *Jornada nas Estrelas: Mundo de Spock* (*Spock's World*) (1988), Diane Duane escreveu talvez a melhor novela de FC daquele ano. Revistas, livros ilustrados e em quadrinhos, diversos *videogames*, uma profusão de *fanfiction* inédita ou de publicação particular, além de estudos críticos criaram uma enorme reserva cultural. Se um recém-chegado levasse anos para absorver por completo o material paratextual associado a *Dr. Who*, esse mesmo indivíduo precisaria de uma década ou mais para absorver o material associado a *Jornada nas Estrelas*. Mesmo na cultura muito difundida do megatexto de FC das décadas de 1980 e 1990, as minúcias a que têm chegado os fãs de *Star Trek* é fora do comum. Um dos povos alienígenas mais populares, os guerreiros klingons, aparecem com destaque, em especial nas últimas séries. Os fãs têm correspondido a isso não apenas se vestindo como klingons em convenções de fãs,[2] mas também desenvolvendo uma língua klingon real e, conforme venho sendo informado, uma língua que funciona. Dicionários e gramáticas dessa fala inventada têm sido publicados, e trechos da Bíblia, assim como peças de Shakespeare, têm sido traduzidos para ela. A soma de engenhosidade e esforço despendido nessa (alguns poderiam dizer) atividade inútil podem ser vistos como indicadores das possibilidades criativas que *Jornada nas Estrelas* abriu para um amplo conjunto de escritores e artistas criativos não profissionais.

Filmes de *2001: Uma Odisseia no Espaço* a *Star Wars*

O êxito financeiro de certos filmes de FC (em particular *2001: Uma Odisseia no Espaço*) e o continuado apetite do público pela FC televisiva convenceu os produtores de que havia dinheiro a ser ganho com o gênero. Embora resultasse em muitos filmes fracos e diversos fracassos, às vezes essa fé se mostrou justificável. Um sucesso, por exemplo, foi *Planeta dos Macacos (Planet of the Apes)* (Franklin J. Schaffner, 1968), adaptado de forma livre de *O Planeta dos Macacos (La planète des singes)* (1963). O astronauta Charlton Heston acaba indo parar no que parece ser um planeta distante, onde macacos eloquentes são a forma de vida dominante, e os seres humanos são bichos mudos. Baleado, infelizmente, na garganta, o personagem Heston só consegue se comunicar com os macacos que o capturam perto do final do filme, quando, para o espanto simiesco, insiste com seus sequestradores: "Tirem as patas fedorentas de mim, seus macacos malditos e sujos!". A simplicidade dessa inversão satírica é bem interpretada, embora talvez exista certa incoerência na concepção (essa inversão, em que macacos inteligentes maltratam humanos estúpidos, é uma sátira dos que defendem os direitos dos animais sobre a cueldade da humanidade com relação à fauna mundial? Será, de forma mais indireta, uma sátira sobre o preconceito racial? É uma sátira sobre a insensibilidade do complexo industrial-militar do ponto de vista de hippies inarticulados?). O famoso e intrigante final, em que o personagem de Heston descobre a Estátua da Liberdade semienterrada em um litoral desolador e percebe que não está em um planeta distante, mas em uma Terra de um futuro longínquo, teve o impacto diluído pela sua extrema familiaridade, embora conserve a força como ícone visual. O que é especialmente interessante no filme é o modo como ele gerou não apenas toda uma série de sequências bem-sucedidas, mas também uma série de TV (1974), quase uma dúzia de novelas e algumas ficções originais ambientadas no universo de *Planeta dos Macacos*. Em *De Volta ao Planeta dos Macacos (Beneath the Planet of the Apes)* (Ted Post, 1969), um novo astronauta (James Franciscus) se depara por acaso com um culto de adoração à bomba atômica sob as ruínas de Nova York. Ele acaba detonando o dispositivo e destruindo o mundo inteiro – uma reviravolta final que consegue se equiparar às surpresas do filme original. O pessimismo intransigente e a absoluta estranheza desse filme são, no mínimo, ainda mais vigorosos que os do filme original. Indiferentes ao fato de o filme ter destruído, de um modo ambíguo, o universo imaginário em que a franquia estava baseada, novos filmes se seguiram: *Fuga do Planeta dos Macacos (Escape from the Planet of the Apes)* (Don Taylor, 1971) faz três macacos falantes do futuro retornarem ao século XX através da viagem no tempo e consegue algumas boas passagens satíricas. *A Conquista do Planeta dos Macacos (Conquest of the Planet of the Apes)* (J. Lee Thompson, 1972) e *A Batalha do Planeta dos Macacos (Battle for the Planet of the Apes)* (J. Lee Thompson, 1973) preenchem a história entre o terceiro e o primeiro filmes. Até então, o apelo dos filmes vinha sendo compreendido como alegoria das relações de raças – um assunto quente nos Estados Unidos em fins dos anos 1960 e início dos anos 1970 e que hoje dificilmente esfriou. Eric Greene sustenta que os filmes contêm uma "dupla alegoria", uma alegoria que "codifica humanos brancos como humanos brancos" e "codifica humanos negros como macacos", e outra que "codifica humanos gentios brancos como orangotangos, judeus brancos como chimpanzés e afroamericanos como gorilas" (Greene, p. 55). As variadas reflexões da série sobre racismo e sobre como não se deseja o conflito como meio de resolver a diferença estão, contudo, um tanto subjacentes. A premissa sem dúvida substitui uma fantasia de FC (um mundo em que os humanos negros são o poder dominante, no sentido de *Farnham's Freehold*, de Heinlein) por outra (um mundo em que os *símios* são o poder dominante), confundindo ambas. É difícil negar que, para citar Greene mais uma vez, "as questões de conflito racial e opressão racial" são "as questões centrais" dos cinco filmes de *O Planeta dos Macacos*, e seu sucesso foi em parte resultado do modo como eles "se conecta[ara]m com a experiência individual ou coletiva de grandes efetivos do público consumidor" (Greene, pp. 1, 8). O relativo fracasso em 2001 do *remake* de *O Planeta dos Macacos* (Tim Burton), embora devido em parte à incoerência narrativa e estética, também pode ser explicável como função do índice mais baixo da preocupação cultural acerca do racismo, trinta anos depois.

Mas a franquia teve ímpeto suficiente para ser relançada uma segunda vez, obtendo maior respeito crítico e melhor resultado financeiro. *Planeta dos Macacos: A Origem* (*Rise of the Planet of the Apes*) (Rupert Wyatt, 2011) usou a captura de movimentos em vez de próteses para apresentar seus símios e, apesar do excesso de *ofs* no título original, rendeu a seus financiadores meio bilhão de dólares. Uma sequência, *Planeta dos Macacos: O Confronto* (*Dawn of the Planet of the Apes*) (Matt Reeves, 2014), saiu-se ainda melhor, com um enredo ágil sobre a possibilidade de amizade entre humanos e macacos emoldurada pela guerra entre eles. A história era ambientada em uma Califórnia pós-apocalíptica em que quase todos os humanos tinham sido mortos por um supervírus, o mesmo que deixou os macacos superinteligentes. A bilheteria chegou perto de três quartos de um bilhão de dólares. O terceiro filme dessa sequência, *Planeta dos Macacos: A Guerra* (*War of the Planet of the Apes*) (Matt Reeves), foi lançado em 2017. Uma coisa que esses novos filmes deixam claro é que o teor da franquia mudou; os textos visuais não são mais "sobre" raça, mas "sobre" desastre ambiental e as responsabilidades do homem para com o mundo natural.

Não é muito útil dizer que, no cinema de FC do início dos anos 1970, as mais importantes preocupações culturais da década estavam presentes nos filmes, algo, claro, que se aplica a todos os filmes e que (dado o amplo alcance das preocupações culturais) não nos leva muito longe. De modo geral, eram filmes impregnados por uma sensibilidade muito sombria. O eficiente *thriller* de Robert Wise, *O Enigma de Andrômeda* (*The Andromeda Strain*) (1971), imagina uma reação científico-governamental, um tanto improvisada, mas enfim bem-sucedida, a uma praga mortífera vinda do espaço sideral. O bem apresentado, embora um tanto pedante, drama ecológico de Douglas Trumbull, *Corrida Silenciosa* (*Silent Running*) (1972), transcorre a bordo de uma espaçonave contendo a última vegetação da Terra, plantas não desejadas por um planeta livre da flora em um pós-guerra nuclear (não é explicado como o mundo nativo oxigena sua atmosfera). O protagonista vagamente *hippie* (Bruce Dern) é um tripulante assistente que atua como jardineiro da espaçonave; ele desobedece as ordens de destruir essa carga e acaba por enviá-la ao espaço como um tipo de mensagem em uma garrafa. Embora Dern só possa fazer isso matando os colegas tripulantes, o fim do filme não escapa ao sentimental. A sequência de Stanley Kubrick a *2001: Uma Odisseia no Espaço* foi o ultraviolento *Laranja Mecânica* (1971), trabalhado de um modo ao mesmo tempo estiloso e clássico, doando à cultura *pop* vários ícones duradouros, do Alex de chapéu-coco, macacão branco e protetor genital à sequência genuinamente horripilante em que Alex é reeducado pela técnica Ludovico. Ao pôr, no entanto, em imagens visuais a prosa enfática de Anthony Burgess, Kubrick parece ter ido longe demais. Ver Alex cometer homicídios e estupros na tela teria provocado a imitação desses crimes, e Kubrick, enquanto viveu, manteve o filme longe dos cinemas britânicos (embora não dos continentais). É verdade que, rejeitando o moralizante capítulo final do livro e apresentando a violência de Alex como mais ou menos sem consequência, o filme atinge uma intensidade desordenada e perturbadora; mas é difícil crer que uma visão do futuro tão brilhante e estranha tenha de fato atuado como modelo para os delinquentes juvenis da Grã-Bretanha.

A versão de Andrei Tarkovski de *Solaris* (1972), de Lem, foi chamada em sua época "o *2001* russo", um reflexo menos de semelhanças substantivas entre os dois filmes e mais do fato de ambos serem vistos por audiências ocidentais como muito lentos e contemplativos. Na verdade, em comparação com alguns outros filmes do glacial Tarkovski, é repleto de incidentes, mas várias sequências prolongadas sugerem um senso profundo de receptividade à natureza alienígena em si. *Stalker* (1979), do mesmo diretor, é um filme quase impenetrável para o espectador comum, mas a persistência é recompensada por novas sensibilidades, percepções e composições poéticas visuais de verdadeira e extraordinária beleza. Embora com muito mais vigor e apelo popular, *Westworld – Onde Ninguém Tem Alma* (*Westworld*) (1973), de Michael Crichton, pouco pode fazer com sua interessante premissa de uma quase Disneylândia provida de robôs que interagem com os turistas para proporcionar um ambiente ultrarreal de "faroeste" (ou do "Império Romano"), mas (quando os robôs funcionam mal, o que é inevitável) proporciona alguns efetivos momentos de choque. A distopia "ultrabranca" de *THX-1138* (1971) foi o primeiro filme de George Lucas. Ele se tornaria mais famoso por outro filme de FC feito alguns anos mais tarde, mas em *THX-1138*, limitado por um pequeno orçamento, produziu um artefato visual muito interessante. A visão de atores calvos vestidos de branco, movendo-se por corredores brancos e salas brancas, todos um tanto superexpostos, cria um elemento visual muito mais sofisticado que aquilo que o filme faz em termos de sua história derivativa, cujo humanismo, em última análise, é medíocre.

Dois filmes desse período apresentam de fato o que pouquíssimos filmes de FC têm conseguido, uma mistura viável do gênero com a comédia. *O Dorminhoco* (1973), de Woody Allen, demonstrou, entre outras coisas, que as convenções do cinema de FC eram agora tão familiares que se tornara possível extrair delas, com facilidade, situações cômicas. *Dark Star* (1974), de John Carpenter, é, apesar de seu orçamento ínfimo, uma peça mais bem-acabada de cinema, um golpe satírico na insularidade humana, e mais especificamente americana, diante dos esplendores cósmicos. Com frequência é um filme muito engraçado, cuja sátira, na maioria das vezes, é antes sinistra (como nas cenas em que a tripulação mantém uma conversa com os restos congelados da consciência do comandante morto) ou hilariante (a bomba senciente que conclui que é Deus e explode torna-se quase o herói niilista do filme) do que severa.

Outros filmes pareciam estar dizendo coisas um tanto incoerentes sobre a fascinação ocidental pelo esporte e/ou a violência (como na visceral sequência do jogo triturador de ossos em *Rollerball: Os Gladiadores do Futuro* (*Rollerball*) (1974), o filme de Norman Jewison, ou o culto da juventude *Fuga no Século XXIII* (Michael Anderson, 1976), em que pessoas jovens e belas levam idílicas vidas sensuais, mas são exterminadas aos trinta anos para que haja controle populacional, é um produto cinematográfico simplista e mesmo banal. Não obstante, a mistura de belos atores e atrizes em trajes reveladores, bem como a ameaça contínua de violência, mexeu com alguma coisa – seguiu-se uma série paralela de TV e várias novelas.

O Homem que Caiu na Terra (*The Man Who Fell to Earth*) (1976), de Nicolas Roeg, flerta com a pretensão, mas consegue, por pouco, ficar do lado certo da linha. É ajudado a esse respeito pelo lançamento do astro pop David Bowie como o protagonista alienígena. Em 1976, Bowie atravessava a fase mais estranha de uma vida, não raro, já profundamente estranha, e captou com exatidão a combinação de excentricidade e carisma que mantém o filme no rumo. A natureza alienígena de Bowie, um tanto artificial, meio distante, anglicizada, colore todo o filme. Roeg, outro inglês um tanto artificial, meio distante, encontra por toda parte correlativos visuais para o clima.

Embora haja aspectos de *Tron: Uma Odisseia Eletrônica* (*Tron*) (Steven Lisberger, 1982) que hoje em dia parecem curiosamente datados, ele foi e em parte continua sendo um filme bastante influente. A trama diz respeito a um hacker que é transportado para dentro de um computador, onde é forçado a batalhar contra um tirânico Programa de Controle Mestre. A maior conquista do filme, no entanto, não é a história; é seu estilo *clean*, minimalista (projetado por Moebius, famoso desenhista de histórias em quadrinhos): as linhas de neon de um vermelho ou azul cintilantes contra um fundo negro, os rostos humanos em troncos seccionados dirigindo variadas motos, tanques e naves esboçados sobre uma placa aparentemente infinita. É estabelecida uma gramática visual para a representação do ciberespaço, que fez parte de muita ficção *cyberpunk*. Uma refilmagem, *Tron: O Legado* (*Tron Legacy*) (Joseph Kosinski, 2010), investiu centenas de milhões de dólares em seus efeitos, tornando-os assim muito mais brilhantes e sofisticados, e, quase na mesma proporção, muito menos eficazes e memoráveis. Olhando em retrospectiva, é difícil evitar a sensação de uma década patinando em termos de cinema de FC. Um filme lançado em 1977, porém, redefiniu por completo a percepção não só do que era FC visual, mas sim de FC em termos mais gerais. Ele continua sendo hoje uma das iniciativas mais proeminentes do gênero em termos culturais.

Star Wars

A exuberante e juvenil *space opera Star Wars* [Guerra nas Estrelas] (1977), de George Lucas, marcou uma mudança radical não só no cinema de FC, mas também no cinema de uma forma geral. Apesar do *status* de Lucas como diretor indicado para o Oscar, poucos acreditaram que a ideia que ele acalentava de uma história longa, repleta de aventuras, na linguagem da FC pudesse trazer algum lucro ou ter algum mérito. Seja como for, *Star Wars* tornou-se, à época, o filme de maior receita bruta na história do cinema. Teve um custo de produção de 11 milhões de dólares, com 4 milhões adicionais gastos em impressos, distribuição e propaganda. Até o momento, sua receita bruta, ao nível global, foi de 926 milhões de dólares, uma cifra que não está ajustada pela inflação (se o ajuste for feito, o filme teve uma renda mundial de quase 2,5 bilhões de dólares, e os seis filmes subsequentes de *Star Wars* tiveram, cada um, uma receita bruta de quase 1 bilhão de dólares (ver o Apêndice ao final deste capítulo para mais detalhes). A riqueza dessa geração cinematográfica não teve precedentes.

Star Wars mudou tudo. No rastro de seu sucesso, cineastas afluíram em bando tentando replicar a fórmula campeã e um número muito grande de filmes de FC e séries de TV, com frequência de custo elevado (e às vezes muito bem-sucedidos), foi produzido do início ao fim das décadas de 1980 e 1990. Parte desse sucesso transbordou pelos campos mais tradicionais da FC escrita, com um público leitor aumentando e se espalhando por uma série de redutos antes resistentes; mas o fato é que, falando em termos globais, pouquíssimas pessoas leem FC, mas muitas assistem a ela. É a maior mudança que o gênero conheceu durante o século.

Para muitos, o carro-chefe do sucesso de *Star Wars* foi algo deplorável. O filme de Lucas é visto como responsável, às vezes sozinho, por nivelar por baixo a cultura da FC, ou mesmo mundial. É sem dúvida um filme pueril no sentido de que sua audiência primária era voltada para as crianças e, em função disso, não lida com uma série de interesses adultos – a sexualidade, por exemplo, está quase ausente desde o primeiro filme, sendo tratada com desconcerto nas sequências. Os que condenam *Star Wars* veem o filme como um escapismo reacionário contaminado do início ao fim por um sentimentalismo juvenil. Não raro, é apontado pelos críticos como algo que liquida a "boa" FC, considerada de modo implícito "uma literatura de ideias".[3] Talvez seja verdade que o cinema é pobre na comunicação de ideias; personagens verbalizando complexas noções intelectuais constituem uma dura experiência para o público de cinema. No que o cinema é bom em termos de imagem, ação, narrativa e (até certo ponto) no personagem. Mas o cinema conversa com às pessoas em uma grande escala e tem um nível de penetração que nenhuma outra forma de arte consegue atingir. É sem dúvida exagero dizer que o sucesso de *Star Wars* ressuscitou, literalmente por si só, a FC, mas ele por certo consolidou o que já era uma mudança de maré no gênero. Do fim dos anos 1970 até os dias atuais, a FC metamorfoseou-se de literatura de ideias, basicamente escrita, em uma linguagem basicamente visual, de imaginário poético e espetáculo. Para muitos críticos do gênero (cujo gosto pessoal vai para a primeira) trata-se de um consumo que não devemos desejar, mas com certeza é inútil protestar contra essas mudanças no oceano cultural. A FC é agora a forma mais popular de arte no planeta *porque* colonizou a mídia visual; em 2016, dos vinte filmes de maior arrecadação de todos os tempos, só três não eram de FC ou fantasia. Livros e revistas em quadrinhos, embora publicados na maioria dos gêneros, são esmagadoramente FC, fantasia ou textos de horror. *Videogames* são lançados em uma variedade mais ampla de gêneros (simulações de esportes, aventuras de espionagem e títulos de base histórica são todos populares), mas ainda assim a FC é a linguagem mais comum.

Podemos mesmo fazer tudo isso remontar a *Star Wars*? O que havia nesse texto particular que o destinava a ter tamanho impacto no desenvolvimento do gênero? Falar sobre o filme em termos de seu conteúdo manifesto não ajuda muito a responder a essa pergunta: o enredo, embora envolvente, é baseado em outros e banal. Luke Skywalker (Mark Hamill) é um jovem em um planeta árido e provinciano nas margens de um opressivo e quase fascista Império Galáctico. Ele conhece o sábio e velho mago Obi Wan Kenobi (Alec Guinness), um dos últimos remanescentes de uma ordem galáctica de cavaleiros com poderes sobrenaturais chamada Jedi, esses poderes vêm da utilização e controle de uma forma de energia onipresente e mística simplesmente denominada a Força. Por meio de Obi Wan Kenobi, Luke acaba se envolvendo em uma conspiração para libertar a bela princesa Leia (Carrie Fisher) do aprisionamento na temida Estrela da Morte – uma espaçonave do tamanho da Lua com poder de fogo suficiente para destruir planetas inteiros. A princesa é de fato libertada, embora Kenobi "morra" no processo ao enfrentar o sinistro Darth Vader, que usa roupa e máscara negras. Vader é o pupilo do perverso imperador e uma encarnação do próprio mal (o papel foi desempenhado por David Prowse, mas dublado por James Earl Jones). Skywalker e seus novos amigos – Han Solo (Harrison Ford), um piloto espacial pretensioso, seu peludo copiloto alienígena Chewbacca e dois robôs que proporcionam a nota cômica – juntam-se à rebelião contra o império do mal. Um ataque à Estrela da Morte, ajudado pela crescente consciência de Skywalker de que ele também está dotado com a Força, resulta em espetacular destruição, embora Darth Vader escape para voltar à luta mais à frente.

Lucas deixou claro que seu roteiro não lidava com personagens em nenhum sentido significativo, mas antes com *tipos*, em particular arquétipos narrativos tirados por ele de elucubrações estruturalistas e de caráter junguiano de *O Herói de Mil Faces** (1949), de Joseph Campbell. O próprio Lucas creditou de modo parcial o apelo universal do filme a esse fato, embora em termos práticos isso torne os personagens esquemáticos, algo que o diálogo escrito de Lucas, rígido e unidiomático, só evidencia. Mas como artefato visual o filme não tinha precedentes e continua sendo deslumbrante. Não era o conteúdo do filme que era tão louvável, por certo não o conteúdo ideológico, que é conservador e beira o militarismo racista de grupos de milicianos dos Estados Unidos, mas o genuíno sentimento de espanto em sua forma: a concepção brilhante, os admiráveis efeitos especiais, a *mise en scène* visual. Um elemento particular do conteúdo do filme que conheceu um sucesso à parte foi a doutrina místico-religiosa da Força.

Na sequência, *O Império Contra-Ataca* (*The Empire Strikes Back*) (Irvin Kershner, 1980), os rebeldes se encontram sob intenso ataque imperial, Luke treina para se tornar um jedi com o diminuto muppet de pele verde, o mestre

---

* Publicado pela Editora Pensamento, São Paulo, 1989. (Fora de catálogo.)

jedi Yoda (na voz de Frank Oz), e finalmente luta com Vader, descobrindo assim – no que foi uma autêntica surpresa para as primeiras audiências – que Vader era de fato seu pai. O terceiro filme, *O Retorno de Jedi* (*Return of the Jedi*) (Richard Marquand, 1983), volta-se em especial para o ataque rebelde definitivo a uma segunda Estrela da Morte, que está sendo construída pelo império. Luke, agora um experiente jedi, enfrenta Vader pela segunda vez. Após uma luta entre eles com sabres de luz, Vader redescobre o amor pelo filho, assassina o imperador e morre. A princesa Leia (que se revela como irmã de Luke) encontra o amor com Han Solo.

Muitos fãs consideram o segundo filme o melhor, porque é o mais tenebroso dos três filmes e porque assume o risco narrativo de acabar com a trama ainda no ar, um fato que, combinado com a terrível revelação do parentesco de Luke, acrescentou uma gravidade temporária à trilogia em curso. Mas o potencial foi em grande parte desperdiçado. Há de fato algo demasiado confortável na revelação, em *O Retorno de Jedi*, no qual a batalha abrangendo todo o cosmos entre o Bem e o Mal tem sido de fato uma espécie de drama familiar hipertrópico, um conforto também exemplificado, de forma lamentável, pelos ewoks, que parecem ursinhos e habitam a Lua florestal de Endor sob a Estrela da Morte em construção – com certeza os mais irritantes alienígenas já apresentados em um filme. O fato de que a explosão da Estrela da Morte na atmosfera de sua Lua florestal exterminará quase com certeza toda a vida desse mundo traz certa consolação para a ultrajada sensibilidade dos espectadores do filme.

Uma observação óbvia a fazer sobre a trilogia é que ela é derivativa. Alguns críticos têm sugerido que só esse fato já é suficiente para explicar seu enorme sucesso. O problema com tal argumento é que tem havido um número muito grande de filmes de FC que são igualmente ou até mais derivativos e que não conseguiram replicar a popularidade de *Star Wars*. Com certeza, toda a série *Star Wars* é elaborada com base na própria leitura de Lucas: o planeta Tatooine é uma versão de *Duna*, de Herbert; a Estrela da Morte se deriva das mega-armas interplanetárias de E. E. "Doc" Smith; o planeta Coruscant é tirado da *Fundação*, de Asimov; os ewoks, que parecem ursinhos de pelúcia, estão próximos das criaturas de *Little Fuzzy* [Pequeno Peludo] (1962), de H. Beam Piper; Darth Vader é um amálgama de dois personagens dos quadrinhos de Jack Kirby, Dr. Doom e Darkseid; e a Força tem muita coisa em comum com a Fonte, da série *Novos Deuses* (*New Gods*), de Jack Kirby, e assim por diante. Mas isso não é particularmente importante. Mais pertinente são aqueles momentos nos filmes de absoluta beleza visual, tendo muitos alcançado uma condição icônica na cultura ocidental: o enorme Destróier Estelar Imperial, em forma de cunha, aparecendo com estrondo no topo da tela de cinema logo no início de *Star Wars: Uma Nova Esperança*

(*Star Wars: A New Hope*) (icônica externalização da ideia de tirania política); Luke contemplando o poente de sóis geminados na fazenda do tio; o capacete da morte negra de Darth Vader; várias das intrincadamente coreografadas batalhas espaciais; pai e filho lutando um contra o outro com sabres de luz; além de muitos outros. O nível em que *Star Wars* funciona de forma mais eficiente é, com exatidão, como mito *visual*.

O Pós-*Star Wars: Alien, Blade Runner, Matrix*

O imenso número de filmes de FC lançados após *Star Wars* transformaria, se tentássemos elencar todos eles, o restante do capítulo em uma lista extensa e tediosa de títulos e datas. Isso posto, é bem difícil selecionar os títulos que tenham se mostrado mais importantes para a continuidade do desenvolvimento do gênero desde o emaranhado (ou, se preferirmos uma metáfora diferente, desde a colheita abundante) do cinema de FC das décadas de 1980 e 1990. Isso acontece devido à íntima associação entre FC visual e o universo dos aficionados, o que significa que a maioria dos filmes de FC, entre eles os relativamente menores, os que dão prejuízo ou não conseguem aplausos da crítica, têm criado em torno deles um microclima cultural em que são discutidos por fãs devotados e a partir do qual se tornam a semente, em pequena escala, de megatextos de FC. A ubiquidade da internet facilita essa produção cultural.

Quatro títulos, no entanto, destacam-se como inabitualmente bem-sucedidos – gerando não apenas outras sequências e prelúdios de filmes, mas uma ampla variedade de material paratextual e permanecendo vivos e significativos em termos culturais. Três deles foram registrados por Will Brooker, escrevendo no final dos anos 1990:

> *Star Wars: Uma Nova Esperança; Alien, o 8º Passageiro* e *Blade Runner, o Caçador de Androides* foram todos lançados entre 1977 e 1982; contudo, quase duas décadas mais tarde, as narrativas de Luke Skywalker, Ellen Ripley e Rick Deckard conservam sua influência sobre a cultura popular. Enquanto obras do mesmo período, como *Tubarão, Contatos Imediatos do Terceiro Grau* e *Os Embalos de Sábado à Noite*, são hoje consideradas documentos nostálgicos da "história" do cinema, essas três sagas de ficção científica resistem com bravura no "presente" de fins da década de 1990 (Brooker, p. 51).

Aos três exemplos de Brooker, talvez queiramos acrescentar *Matrix*, um filme que, embora lançado muito mais tarde (1999), gerou a combinação de alcance cultural de massa e extenso interesse de aficionados necessária para estabelecê-lo como um megatexto de importância contemporânea. Também relevantes são os muitos filmes do universo da Marvel Comics no século XXI, discutidos em um capítulo adiante.

Alien, o 8º Passageiro (Ridley Scott, 1979) foi tratado, de modo geral, com maior respeito por críticos e acadêmicos que *Star Wars*. Sua violência excluía uma audiência de crianças e o monstruoso alienígena é visto como polissemicamente simbólico de uma série de preocupações que combinavam-se à perfeição com os interesses dos acadêmicos que pesquisavam e publicavam nas últimas três décadas – em particular nas áreas dos estudos feministas e raciais. Além disso, o filme marcou uma mudança de ênfase na representação do alienígena no cinema de FC. Após os filmes de invasão da Guerra Fria, nos anos 1950, e antes de *Alien*, a maioria dos filmes de FC de Hollywood seguiu o exemplo de *2001: Uma Odisseia no Espaço* ao tratar os alienígenas como criaturas benignas, mesmo que às vezes misteriosas. Duas películas de Steven Spielberg marcaram o apogeu desse tipo de filme. *Contatos Imediatos do Terceiro Grau* (*Close Encounters of the Third Kind*) (1977) começa com um encontro potencial com um alienígena como algo assustador, mas acelera com facilidade pelos dois terços que faltam para o clímax adoçado, musical, com sons de flauta, em que alienígenas que parecem crianças se envolvem e se misturam com os humanos em sua cena final. Ainda mais bem-sucedido foi *E.T., O Extraterrestre* (*E.T. the Extra-Terrestrial*) (1982), cujo principal alienígena, de aparência feia, lembrando uma benigna e superinteligente tartaruga sem casco, provoca um efeito emocional muito vigoroso. O sentimental *Starman: O Homem das Estrelas* (*Starman*) (John Carpenter, 1984) e o ainda mais sentimental *Cocoon* (Ron Howard, 1985) aparecem como complementos dessa tradição – obras menores, sob todos os aspectos, que os dois filmes de Spielberg já surgiam datadas. Em meados dos anos 1980 quase todos os alienígenas em filmes bem-sucedidos eram de fato muito ruins – um tropo cujas origens podem ser encontradas no impacto causado por *Alien*.

Alien se passa a bordo de uma cavernosa nave cargueira interestelar batizada com o conradiano nome de *Nostromo*. Despertada da hibernação pela transmissão de um sinal intermitente vindo de um planeta próximo, a tripulação encontra uma espaçonave alienígena acidentada, onde existem inúmeros ovos coriáceos. Em um movimento rápido, uma criatura alienígena de forma crustácea com garras e uma cauda longa salta de um desses ovos e se cola ao rosto de um membro da tripulação. O membro da tripulação (Kane, interpretado por John Hurt) parece ter escapado ileso, mas de fato o alienígena depositou uma larva em seu torso. Essa criatura se desenvolve dentro do seu corpo e depois estoura no peito para "nascer", de modo sangrento, enquanto a tripulação almoça – um momento de angustiante poesia visual e um dos mais citados e genuinamente chocantes momentos do cinema. A criatura transforma-se com rapidez em um gigantesco alienígena carnívoro de 2,15 metros, muito escuro, com ácido em vez de sangue e, sobre uma língua retrátil, um segundo conjunto de dentes em uma boca com dentição já bastante afiada. Um por um, os membros da tripulação vão sendo mortos, até que enfim Ripley (Sigourney Weaver) destrói o monstro.

Parte do apelo do filme reside em seu *design* e recursos visuais, um duplo triunfo. Por um lado, houve o olho perito da direção de Scott, assegurando que a espaçonave parecesse de verdade, corroída, maltratada, gasta, sombria – alteração radical em uma tradição cinematográfica em que as espaçonaves tendiam a ser cintilantes exemplos brancos de lustrosa tecnologia. Por outro lado, houve a contribuição do artista suíço que concebeu o próprio alienígena e grande parte dos cenários, Hans Rudolf Giger. Giger tinha exposto sua obra e publicado vários livros de sua marcante arte (em especial *H. R. Giger's Necronomicon*, 1977), o que chamou a atenção dos produtores de *Alien*. Os desenhos para o filme desenvolveram ainda mais seu estilo: sinistro, distorcido, com imagens negras de estranhas formas orgânicas; máquinas que pareciam antes ter crescido que ter sido construídas, em geral apresentadas em tintas escuras, em pinturas em acrílico muito brilhantes na superfície, a fim de realçar os temas das figuras convolutas, quase biológicas; e formas reminiscentes de órgãos sexuais, imagens que carregavam um caráter quase palpável de morte e violência. Nas palavras de Peter Nicholls, Giger "revolucionou a tal ponto o estilo do cinema de FC que seria difícil exagerar o seu feito" (Clute e Nicholls, p. 495). É bem possível ser sua obra que impeça *Alien* de ser um bem executado, mas, fora isso, convencional filme B com um "monstro de olhos esbugalhados atacando humanos", transformando-o em uma obra de arte (expressão inevitável, mas da qual se abusa com frequência). Por certo *Alien* foi bem-sucedido por ser um belo, ainda que perturbador, artefato visual. A sequência de momentos chocantes do filme, orquestrada com competência, funciona muito bem em um primeiro encontro com o texto, mas, de modo inevitável, tem sua eficácia reduzida em subsequentes visualizações. Por outro lado, como acontece com toda boa arte visual, as concepções de Giger atraem grande atenção e tornam o filme digno de ser visto outra vez.

O significado de tudo isso tem sido bastante discutido. Críticas feministas têm interpretado o filme como se fosse, em certo sentido ambíguo, uma obra "sobre" a natureza do feminino. Ripley surpreendeu nesse filme de fim dos anos 1970 sendo uma heroína ativa da ação em vez da passiva coadjuvante que enfraquecia um homem. Barbara Creed assinala que, no filme, "praticamente todos os aspectos da *mise en scène* foram concebidos para simbolizar o feminino: interiores que lembram úteros, corredores como trompas de falópio, pequenos espaços claustrofóbicos". O argumento de Creed é que, na cultura do final do século XX, "o corpo, em particular o corpo da mulher, passou a significar o desconhecido, o aterrorizante, o monstruoso" (Kuhn, pp. 215-16). O sucesso de *Alien* pode na verdade ser explicável nesses termos; como um texto que penetra em uma ampla mistura cultural de fascínio e repulsa com "o corpo" como tal e com "o corpo feminino" em particular.

A sequência, *Aliens, o Resgate* (*Aliens*) (James Cameron, 1986) troca o fascinado apego de Scott à magnificência visual dos desenhos de Giger por uma aventura de ação muito mais imediata, com ritmo acelerado, mas mesmo aqui a adequação absoluta da arte de Giger dá ao filme uma ressonância que ultrapassa o enredo vertiginoso. Sigourney Weaver reprisou seu papel como Ripley, dessa vez viajando para um mundo-colônia com um grupo de fuzileiros espaciais para enfrentar uma grande infestação das criaturas alienígenas. Entre os colonizadores, só uma pessoa tinha sobrevivido, uma garotinha chamada Newt (Carrie Henn), e os alienígenas derrotam com facilidade os fuzileiros nervosos e inexperientes. Mais uma vez, Ripley salva a situação, combatendo a enorme rainha alienígena que põe os ovos. O filme de Cameron cresce em ritmo e emoção, chegando a um clímax genuíno na sequência das cenas finais. O terceiro filme, *Alien*[3] (David Fincher, 1992), faz uma acidentada aterrissagem de Ripley em um ameaçador mundo-prisão povoado inteiramente por sociopatas, assassinos e estupradores. Enquanto um alien clandestino faz estragos entre essa desagradável multidão corre o boato de que a própria Ripley teria sido contaminada pelo monstro. O filme termina com Ripley mergulhando em metal derretido, imolando-se junto com um alien que parece um feto (e que parece irromper de seu peito durante o mergulho). A agressiva desolação desse filme, seu incessante pessimismo e a estética, realizada de modo consistente, de austera antibeleza (a em geral bela Sigourney Weaver aparece no filme com a cabeça raspada e esquelética) torna-o por certo um dos filmes menos hollywoodianos já produzidos em Hollywood. Só o tamanho e a receptividade do grupo de fãs de *Alien* poderia ter persuadido os estúdios da Fox a investir o dinheiro necessário à sua produção. *Alien: A Ressurreição* (*Alien Resurrection*) (Jean-Pierre Jeunet, 1997) idealiza um meio de trazer Ripley de volta à vida e é, a seu modo, um filme ainda mais estranho que *Alien*[3], fascinado com o hibridismo monstruoso e a mutação repulsiva. Embora lhe falte a coerência e o foco dos filmes mais antigos, pois mistura o que poderia ter sido um enredo hollywoodiano bastante padronizado a uma abordagem mais europeia em termos de direção, repleta de momentos visuais de descontraída ênfase estilística e *non-sequiturs* narrativos. O quinto filme da série é o fraco e pouco coerente prelúdio *Alien vs. Predador* (*Alien versus Predator*) (Paul Anderson, 2004). Ridley Scott decidiu retornar ao cosmos de *Alien* para dirigir um prelúdio desajeitado e pouco atrante – *Prometheus* (2012).

Tem havido novelas paralelas, mas em número menor que no caso de *Star Wars* ou *Blade Runner*. Presume-se que o motivo seja a franquia de *Alien* ter menos possibilidades narrativas e conceituais. E, de fato, examinada mais de perto, revela certas dificuldades. O *alien* no primeiro filme estava basicamente interessado em comer os humanos que encontrava, apesar do fato de esses humanos serem essenciais à fertilidade alienígena e só poderem incubar suas larvas se estivessem vivos. O desenvolvimento de uma criatura que devora seus meios de reprodução é antievolucionário. Mas o estilo do filme inspirou toda uma gama de arte visual derivada, incluindo *graphic novels* (na verdade, o conceito de *Alien vs. Predador* originou-se primeiro em quadrinhos), *videogames*, artes-finais e estatuetas da criatura alienígena. É como um triunfo do *design* e a materialização de certo estilo de sombria arte visual neogótica (arte correlacionada à ameaça e violência, assim como à elegância) que *Alien* sobrevive.

Blade Runner, o Caçador de Androides (Ridley Scott, 1982) é um filme de categoria um tanto diferente. Enquanto os filmes da série *Star Wars* geraram uma receita de muitos bilhões de dólares, cada filme *Alien* mostrou-se muito lucrativo (até mesmo *Prometheus*, de Scott, teve uma bilheteria de meio bilhão) e os filmes *Matrix* faturaram quase dois bilhões de dólares pelo mundo afora, *Blade Runner* não foi um sucesso explosivo de bilheteria (custou 28 milhões de dólares para ter uma renda bruta de 35 milhões no primeiro lançamento) e nenhuma sequência ou prelúdio foram feitos até agora.[4] É, no entanto, considerado um clássico do cinema de FC, não só pelos críticos, mas também por uma grande comunidade de fãs. Isso acontece, em parte, porque é visto por muitos aficionados como a melhor adaptação da obra de Philip K. Dick à tela grande (e Dick continua sendo uma figura talismânica para muitos aficionados de FC). Também acontece, em parte, porque o *estilo* do filme se mostrou muito duradouro.

É mais que apenas a questão de um bom projeto, embora o projeto, os efeitos especiais e a estética cinematográfica do filme sejam de categoria internacional. É um reflexo da concordância de estilo e substância. Como em *Blader Runner, o Caçador de Androides*, de Dick, em que o filme foi baseado, Rick Deckard (Harrison Ford) é um caçador de androides conhecidos como "replicantes". Um grupo desses seres escapou da servidão e veio para a Terra, esperando encontrar um modo de estender seu período de vida de quatro anos. Um por um, Deckard mata esses humanos artificiais, caçando-os através do intrincadamente concebido espaço urbano multiétnico e pós-moderno. No caminho, ele perde sua certeza sobre o que distingue real de artificial, descobrindo que a bela Rachel (Sean Young), com quem mantém um relacionamento, é uma replicante que implantou memórias (ela própria não percebe que não é humana). Existe a possibilidade de que Deckard seja também artificial, embora o filme nunca resolva a ambiguidade acerca dessa questão.

O filme é às vezes criticado por não conseguir captar as sutilezas da novela original de Dick e é verdade que há muita diferença entre as duas obras. Falta a *Blade Runner* o fascínio com a noção de um Messias artificial e sua interrogação da diferença entre simulado e real, entre superfície e profundidade se dá sob uma lógica cultural mais nova, chamada pós-modernismo (*Blade Runner* talvez seja o texto a que os críticos recorrem com mais frequência como paradigma para esse termo tortuoso). Mais importante ainda, *Blade Runner* reconfigura a imaginação de Dick em termos visuais. A transferência de uma obra-prima em prosa para outra obra-prima visual expõe as mudanças mais amplas da FC.

Blade Runner é tão só um *olhar* requintado. O filme vibra na densidade de seu efeito visual (o próprio Scott falou sobre sua abordagem da direção como a "caleidoscópica acumulação de detalhe [...] em cada canto da estrutura [...] [fazendo] um bolo de 700 camadas"); mais que isso, sob muitos aspectos, é um filme sobre o "olhar", sobre o visual. Nas palavras de Scott Bukatman: "*Blade Runner* é todo sobre a visão. A visão de certa forma faz e desfaz o ego no filme, criando uma dinâmica entre uma subjetividade centrada e autônoma (olho/eu) e o ego como objeto manufaturado, comercializado (Obras do Olho)" (Bukatman, p. 7). Obras do Olho é o nome de um empório comercial que vende olhos artificiais. O principal replicante, Roy Batty (interpretado por Rutger Hauer com uma brilhante mistura de atitude simplória e ameaça ariana), visita-o e o técnico o reconhece como replicante. "É o Nexus, hã?", diz ele. "Desenhei os seus olhos!" Batty responde com indiferente profundidade: "Se ao menos você pudesse ver o que eu vi com os *seus olhos*".

A tentação é interpretar o filme como uma glosa sobre o próprio cinema, o olho artificial através do qual vemos maravilhas. No final do filme, ao morrer, Batty diz a Deckard: "Tenho *visto* coisas em que seu povo não acreditaria: naves de ataque ardendo no Cinturão de Órion". Mas a FC cinematográfica oferece ao artista visual possibilidades que não estão disponíveis para outros cineastas. Quando o roteirista Hampton Fancher preparava múltiplos rascunhos do roteiro, Scott aconselhou-o, para ajudá-lo a imaginar a aparência daquele mundo futuro, a ler exemplares dos quadrinhos franceses *Métal Hurlant*. Elementos de *Metropolis* e *The Shape of Things to Come* eram apropriados, além de modismos emaranhados do *punk* de Nova York e Los Angeles ou histórias de detetives refinados dos anos 1930. Tudo estava unido em uma áspera miscelânea visual. Onde tanto os filmes *Star Wars* quanto os filmes *Alien* elaboraram um reconhecível estilo visual, *Blade Runner* conseguiu moldar uma enciclopédica estética visual.

A franquia *Matrix* também alcança seus maiores efeitos no idioma visual. A premissa do filme original (*The Matrix*, das Irmãs Wachowski, 1999) não é original; forjada com base em Phillip K. Dick, no *Neuromancer* de Willian Gibson e em várias outras fontes, diz respeito a um herói comum, Thomas Anderson (Keanu Reeves), que trabalha como programador em uma empresa de *softwares*, em um emprego burocrático sem perspectivas no que parecem ser os dias atuais. Ele rompe as barreiras de seu mundo, o que lhe revela novas e estonteantes profundezas. Anderson encontra o *hacker* e terrorista digital Morpheus e é informado que o que ele toma por realidade é, de fato, uma elaborada simulação de computador chamada Matrix, programada por malignas inteligências artificiais que escravizaram a humanidade. Desligado dessa simulação inconsciente, Anderson se torna Neo, e se junta à rebelião de Morpheus, uma rebelião da humanidade remanescente de Zion, a última cidade humana encravada nas profundezas do planeta, contra as máquinas no sombrio e tenebroso mundo "real". Morpheus acredita que Neo seja *O Escolhido*, um profetizado salvador que livrará a humanidade da servidão maquínica. Neo duvida disso, mas a trajetória do filme o vê retornar à Matrix (com *upgrades* no estilo *Joe-90*, que lhe proporcionam energia e agilidade super-humanas) para ser morto e depois retornar à vida. Ele sai da enrascada e aceita seu destino como Messias.

Mas o que impressionou muitos espectadores quando viram o filme pela primeira vez foi menos a narrativa que o modo elegante, visualmente esplêndido e envolvente como ela foi realizada na tela. Os efeitos especiais, o tratamento cinematográfico, o *design*, todo o *frescor* da coisa tomou conta do coração dos aficionados. Um truque cinematográfico celebrado em particular foi um plano-sequência inventado para o projeto e chamado pelos cineastas de *bullet-time* [tempo de bala]. Em vários momentos-chave, o quadro parece congelar no tempo e a câmera corre em um ângulo de 180 graus (ou mais) em volta dos atores estáticos. A primeira imagem *bullet-time* é a mais famosa do filme. Dentro da Matrix, a polícia tenta deter a bela Trinity, que consegue escapar por meio de um frenético combate de *kung fu*. Em determinado ponto da luta, ela salta no ar, os braços em curva afastados do corpo, as pernas no meio de um chute. A imagem congela quando ela está em pleno ar, e o ponto de vista faz uma panorâmica por todo o seu entorno antes que a imagem descongele; Trinity acerta um policial no peito e cai de novo no chão.

Outros momentos importantes de *bullet-time* selecionam, ou destacam em termos visuais, momentos semelhantes em sequências de ação. Em um deles, Neo cai para trás para evitar uma saraivada de balas disparadas por uma Sentinela; quando ele se inclina para trás, a câmera gira em torno de seu corpo se debatendo e as balas se tornam visíveis em linhas de ondulações aéreas. Em outro ponto, Neo e a temível Sentinela chamada Sr. Smith, no meio da luta, atiram-se um contra o outro, a câmera circundando seus corpos em pleno ar. O *bullet-time*, em outras palavras, parece ser uma forma de itálicos visuais, um método de sublinhar momentos de particular emoção. Emoção aqui conota os convencionais momentos de clima do gênero *thriller*-de-ação: armas, brigas de socos e assim por diante. Mas também existe algo muito bonito em torno deles; a expressão coreografia de cenas de ação nunca foi mais apropriada. De fato, esses momentos materializam a ânsia dos fãs de penetrar no mundo da Matrix, de dar uma boa olhada em volta em vez de simples e passivamente aceitar a imagem em 2D.

O enorme sucesso do primeiro filme levou a duas sequências (*Matrix Reloaded* [Irmãs Wachowski, 2003] e *Matrix Revolutions* [Irmãs Wachowski, 2003]), e a uma série de subprodutos, em especial os nove curtas de animação ambientados no universo Matrix reunidos em *Animatrix* (Peter Chung, Andy Jones, Yoshiaki Kawajiri, Takeshi Koike, Mahiro Maeda, Koji Morimoto, Shinichiro Watanabe, 2003). Em termos de trama, as sequências ajudaram a história se tornar mais difusa e incoerente, e os filmes são menos apreciados pelos fãs, embora tenham rendido muito dinheiro para os cineastas (adaptando a frase de Arthur Miller: eles são apreciados; só não são *bem* apreciados). Mas em termos visuais acrescentaram uma série de imagens bastante icônicas ao todo: Neo enfrentando um exército de versões replicadas de seu arqui-inimigo Agente Smith; uma extraordinária sequência de perseguição, com os carros na contramão em uma rodovia movimentada; o arquiteto da própria Matrix, de barba branca, sentado em um quarto estranho, cujas paredes estão cobertas de telas de televisão; milhões de sentinelas, em forma de lulas robôs assassinas, que afluem torrencialmente pela última cidade do mundo real e assim por diante.

Em todos esses casos, esses filmes, ou, para ser mais exato, essas *franquias*, perduraram não só porque forneciam a satisfação habitual às plateias de cinema sentadas para assisti-los, mas porque ofereciam algo mais: um ambiente fictício de FC suficientemente bem realizado para permitir o acesso imaginativo dos fãs. Em cada caso, foi o mundo imaginado do filme que o fez conquistar a plena estima de sua base de fãs. O grosso do material paratextual permite, com efeito, aos espectadores ir para trás dos cenários e dos efeitos especiais, perambular de um planeta a outro no universo de *Star Wars*, fantasiar sobre mundos em que mulheres tão bonitas quanto Sean Young podem ser compradas em uma loja de androides; ou em que podemos nos livrar da rotina de um trabalho servil de escritório com um golpe de *kung fu*; em que, de fato, um conhecimento detalhado de computadores se torna um indício não de natureza *nerd*, mas de um salvador do potencial da humanidade super-legal, incrível e bonitão como Keanu Reeves.

Mas há nisso mais que um mero conceito escapista. A razão pela qual essas quatro franquias atingiram seu alvo, em oposição a centenas de outros filmes (muitos mais bem concebidos e mais bem resolvidos), tem relação com seu específico poder visual. As quatro são belas, empolgantes e obras de arte visuais. É antes com base nesse critério que no nível dos personagens, trama ou mesmo premissa, que sua grandeza deve ser avaliada. Cada qual tem uma fisionomia característica, um reconhecível e potente estilo visual; e, como as maiores pinturas, são obras de arte nas quais o espectador ou a espectadora podem se perder durante longas horas.

Grandes Êxitos da Ficção Científica nos Anos 1980

Uma série de outros filmes de FC desfrutou de sucesso considerável e também gerou muito material paratextual e atividade de aficionados, sem atingir o nível de saturação cultural desses quatro títulos. O mais importante desses títulos é *E.T., O Extraterrestre* (1982), de Steven Spielberg, um filme de considerável força emocional que consegue ser muito comovente sem ser sentimental em excesso, um truque que lhe rendeu três quartos de 1 bilhão de dólares. Em parte porque Spielberg é um excelente diretor de crianças, os principais intérpretes nesse drama. O enredo fala de uma baixinha, mas encantadora criaturinha do espaço, que fica isolada de sua espaçonave e se esconde no meio dos brinquedos de um simpático amigo humano, Elliot, de 10 anos (Henry Thomas). Elliot vive com o irmão, a irmã e a mãe divorciada em um subúrbio de Los Angeles e forma um laço sobrenatural com o E.T., que possui poderes extrassensoriais. À procura do alienígena, o mundo adulto se intromete de forma rude, lacrando a casa e submetendo o estranho E.T. a testes, então ele morre. Tudo parece perdido, mas o E.T. ressuscita a si mesmo e, com a ajuda das crianças, escapa dos cientistas adultos, volta para a espaçonave e deixa o planeta. O filme atinge um clímax genuinamente numinoso, por meio de todo esse vigor pela generosidade da infância. Não é distorção vê-lo como uma elaboração do texto do Novo Testamento sobre sermos de novo como criancinhas, pré-requisito para entrarmos no céu. Em várias dezenas de pontos específicos, numerosos demais para serem listados em detalhe aqui, a história ecoa a vida de Cristo. A ressurreição é apenas o mais óbvio deles. Há boas razões para explicar o sucesso do filme em termos de suas emocionais e potentes qualidades numinosas, exemplo de como um conteúdo que parece simples (o resumo da trama exposto antes não dá noção da força do filme para quem não o assistiu) pode alcançar um efeito luminoso, quase espiritual, como um mito quase religioso secularizado. A esse respeito, *E.T.* é um filme em contato com as raízes profundas da FC como gênero.

Outro filme que logrou um impacto significativo foi *O Exterminador do Futuro* (*The Terminator*) (James Cameron, 1984), que gerou quatro sequências: *O Exterminador do Futuro 2: O Julgamento Final* (*Terminator 2: Judgment Day*) (James Cameron, 1991), *O Exterminador do Futuro 3: A Rebelião das Máquinas* (*Terminator 3: Rise of the Machines*) (Jonathan Mostow, 2003), *O Exterminador do Futuro: A Salvação* (*Terminator: Salvation*) (dirigido pelo laconicamente chamado "McG", 2009), *O Exterminador do Futuro: Gênesis* (*Terminator: Genisys*) (Alan Taylor, 2015) e cuja franquia também inclui livros em quadrinhos, obras com pegada *crossover* dentro desse universo, *video games*, e novelizações dos filmes (pelo menos uma delas – *T2: A Guerra Futura* (*T2: The Future War*) (2004), de S. M. Stirling – é muito boa). O exterminador do futuro mencionado no título é um ciborgue em forma de homem, projetado para matar humanos num mundo futuro em que a humanidade está empenhada em uma guerra total, de destruição mundial, com as máquinas. Prestes a perder a guerra, o sistema dominante e misantropo de inteligência articial conhecido como Skynet envia um exterminador (interpretado com uma brutalidade centrada nos músculos, apropriadamente pesada, por Arnold Schwarzenegger) de volta no tempo até a década de 1980, para matar a mãe do homem, John Connor, que pôs a humanidade na iminência da vitória e assim, neutralizar a rebelião numa espécie de aborto retroativo. Com Sarah Connor morta, John jamais nascerá, e as máquinas vencerão. Com uma arbitrariedade nascida da necessidade de maximizar a emoção da narrativa, o futuro Connor só é capaz de mandar um solitário soldado humano para proteger sua mãe. O filme então se desenvolve como uma longa aventura de ação, muito eficiente, com perseguição e combate ambientados na Los Angeles dos anos 1980, com o implacável exterminador sendo enfim despojado do revestimento de carne humana, o que revela um brilhante esqueleto metálico, recriação moderna do velho *memento mori*. O tema se torna mais claro na continuação, em que mais uma vez um assassino potencial e um protetor são enviados para Sarah Connor (agora ao lado de seu jovem filho John). A reviravolta é que Schwarzenegger, ainda um exterminador, é agora o protetor, um exterminador do modelo T-800 reprogramado pelo John Connor do futuro para proteger a si mesmo; o outro exterminador (o esguio, mas aterrorizante Robert Patrick) é um modelo mais novo, o T-1000, feito de uma liga metálica polimimética, cibernética e nanotecnológica formada por células artificiais inteligentes, e revestida de fragmentos de citoplasma vivo, que pode assumir quase qualquer forma. *O Exterminador do Futuro 2* é um filme mais puro que o primeiro, descartando quase tudo, exceto a perseguição, uma estratégia que chama ainda mais atenção para o caráter absoluta e incontrolavelmente implacável do exterminador. Essa máquina é, percebemos, um tropo para a própria morte, da qual podemos tentar fugir, mas sem nunca conseguir ultrapassá-la. As tentativas de Sarah Connor para alterar o futuro e evitar a guerra nuclear que levará à ascensão das máquinas parecem bem-sucedidas no fim do segundo filme, mas *O Exterminador do Futuro 3* (em que Schwarzenegger interpreta outro "bom" exterminador e o papel do oponente, um exterminador modelo TX, feito de liga polimimética é desempenhado por uma mulher, a temível Terminatrix) devolve o destino à sua trilha de destruição do mundo. Apesar da atração gravitacional para os "finais felizes" de Hollywood, a franquia de *O Exterminador do Futuro* tem suficiente inércia em sua visão da violência e destrutividade inerentes à humanidade para evitar ser otimista. Sem dúvida os fãs não estão muito interessados na resolução das tensões éticas da premissa a favor de soluções do bem (não violentas, preocupadas com os outros, solidárias) e são atraídos para a figura do próprio Exterminador, uma eficaz exteriorização do que Freud, em um contexto um pouco diferente, chamou de *Pulsão de Morte*. Em *O Exterminador do Futuro 2*, o jovem John Connor, a quem o bom Exterminador esteve programado para obedecer, ordena a ele que "não mate ninguém, OK?" Mas esse mote que endossa visivelmente a paz é desconstruído de forma decidida e hilariante pela ação do filme. O Exterminador não mata, mas mutila e aterroriza muitos dos humanos que estão em seu caminho. Parece que a futura guerra nuclear só pode ser evitada por uma destruição maciça do aqui e agora; prédios explodem, carros e helicópteros colidem, provocam-se bilhões de dólares de prejuízo, e, tal como aprendemos em *O Exterminador do Futuro 3*, tudo em vão. Este filme é apaixonado pela destruição, parcialmente como um fim em si mesma (como emocionante espetáculo cinematográfico), mas também como meio de atingir outro fim: o vazio maquínico e a regularidade da própria morte. Os últimos filmes, embora caros de gelar os ossos, são diluídos e decepcionantes, tendo *O Exterminador do Futuro: A Salvação* como um ponto baixo em particular no cinema de FC.

Como ocorreu com *E.T.*, muitos críticos da época perceberam implicações religiosas no filme – do fato de John Connor (o futuro salvador da humanidade na guerra contra as máquinas) compartilhar suas iniciais com Jesus Cristo ao subtítulo apocalíptico do segundo filme. Mas, embora exista certo discurso místico marginal – ao que parece, só tecido vivo pode viajar pelo tempo, devido a um mal definido campo gerado por ele; daí a necessidade de os exterminadores revestirem seus esqueletos mecânicos de carne clonada –, esses filmes estão de fato apaixonados por completo pela maquinaria que teoricamente satanizam. São filmes que valorizam a tecnologia como precisa, impermeável, eficiente, de aspecto sereno e bastante desejável; e os fãs, como é evidente, concordam.

Tais visões de monstruosa e violenta alteridade causaram muito mais impacto cultural que o outro filme de grande orçamento de FC produzido por Cameron nos anos 1980, *O Segredo do Abismo* (*The Abyss*) (1989). Aqui, misteriosos alienígenas no fundo do mar fazem contato com a tripulação humana de uma instalação submarina de pesquisa. Após certa tensão, eles se mostram benignos, mas alienígenas amigáveis estavam fora de sintonia com o que o público de cinema queria nas décadas de 1980 e 1990, e a bilheteria do filme foi decepcionante. Mais bem-sucedida foi a tetralogia de anarquia e colapso social no futuro próximo, *Mad Max* (1979), *Mad Max 2: A Caçada Continua* (*Mad Max 2*) (1981), *Mad Max 3: Além da Cúpula do Trovão* (*Mad Max: Beyond Thunderdome*) (1985) e o absolutamente soberbo *Mad Max: Estrada da Fúria* (*Mad Max: Fury Road*) (2015). No primeiro filme, um policial rodoviário, Max Rockatansky (Mel Gibson), fica embrutecido pelo assassinato de sua família e se lança a uma vingança engenhosamente violenta contra a gangue de motoqueiros responsável por aquilo. O sucesso modesto desse filme de baixo orçamento tornou possível a continuação muito mais estranha, pós-apocalíptica, em que gangues rivais entram em disputa por gasolina no anárquico interior australiano. O terceiro filme é ainda mais estranho, uma estranheza imaginativa e criativa, gastando menos tempo com as trituradoras batalhas nas estradas que fizeram a reputação dos dois primeiros filmes e mais com uma intrigante sociedade de crianças em um oásis em que Max, agora de meia-idade, tropeça. Ele é tratado pelos garotos como um Messias que os levará ao paraíso.

No quarto filme, feito muito mais tarde, Tom Hardy substitui Gibson, e o filme triunfa por meio do espetacularismo visual deslumbrante, louco e consistentemente onírico do que se reduz a uma prolongada sequência de caça pelo tipo de deserto que teria deliciado o coração de Salvador Dalí. Outro alienígena horrível que se deu bem como ícone foi o que inspirou o filme *O Predador* (*Predator*) (John McTiernan, 1987), que chega à Terra (no primeiro filme da franquia, às selvas da América Central) para caçar humanos (nesse caso, se depara com um grupo de tropas norte-americanas liderado por Arnold Schwarzenegger), usando variadas armas e camuflagens de alta tecnologia. O Predador mata todas as tropas, menos Schwarzenegger, que o mata. Na sequência, *Predador 2: A Caçada Continua* (*Predator 2*) (Stephen Hopkins, 1990), o alienígena vai caçar em uma Los Angeles dilacerada pelo crime, matando muitos bandidos e alguns caras legais antes de ser despachado pelo policial Danny Glover. Como essa franquia é sem dúvida derivada dos filmes *Alien*, é compreensível que uma série bem-sucedida de histórias em quadrinhos e depois um filme, em 2004, de menor sucesso, colocasse essas duas espécies de extraterrestres uma contra a outra. Uma das coisas mais interessantes acerca do filme *Alien vs. Predador* é o fato de que os personagens humanos, apanhados no meio dessa batalha, preferem se aliar à segunda criatura. A tecnologia nos une, o que por sua vez sugere que, em certo sentido, o Predador é uma projeção da autoimagem humana.

Um alienígena ainda menos agradável apareceu na soberba refilmagem que John Carpenter fez de *O Monstro do Ártico* (*The Thing from Another World*) (1982). Trata-se de um *tour de force* de repulsivos e surpreendentes efeitos especiais. O alienígena do título (ou humanos se fazendo passar por ele) muda de aspecto em um torrencial pesadelo de formas monstruosas.

O diretor holandês Paul Verhoeven fez uma série de notáveis *blockbusters* de FC. *Robocop – O Policial do Futuro* (1987) é uma sátira sombriamente engenhosa e ultraviolenta sobre o policiamento de tolerância zero. Um policial assassinado é trazido de volta à vida como um robusto ciborgue, com próteses cromadas e voz robótica. Ele cumpre uma inevitável vingança contra os que o mataram, mas o brilho do filme é encontrado nos interstícios; pastiche de anúncios em geral e comerciais de TV, momentos de hábil extrapolação. As continuações do filme (nenhuma das quais dirigida por Verhoeven) têm sido, sem exceção, lamentáveis. A vigorosa adaptação feita por Verhoeven de "We Can Remember It for You Wholesale" [Podemos Recordar para Você por um Preço Razoável], de Philip K. Dick, que se tornou o filme *O Vingador do Futuro* (*Total Recall*) (1990), não funcionou tão bem (o primeiro nome de Dick foi, de modo agourento, escrito errado como Phillip nos créditos de abertura); Arnold Schwarzenegger foi mal escolhido para o papel de um trabalhador regular comum que é arrastado para aventuras de espionagem e mistério em Marte ou pelo menos pensa que foi. Há certos tipos de descrença que é impossível eliminar, e a ideia do monstruosamente sarado Schwarzenegger como um cara comum trabalhando em um escritório é uma delas. O filme do homem invisível de Verhoeven, *O Homem sem Sombra* (*Hollow Man*) (2000), no qual existe tal premissa, apesar de impressionantes efeitos especiais vai perdendo coerência e tensão ao avançar de modo tumultuado para a cada vez mais improvável violência do ato final. Mas a versão de Verhoeven de *Tropas Estelares* (1997), de Heinlein, não fica a mais de um bíceps de distância de ser uma obra-prima. A novela original de Heinlein é um intenso, terrível e sincero endosso do militarismo e do exército como fontes de toda a virtude. Verhoeven lê o texto que lhe serve de base, nitidamente de má vontade lançando uma série de belas e plásticas atrizes novatas de TV quando o exército ronca e se deliciando nas cenas de batalha, nas quais muitas delas são feitas em pedaços. O filme como um todo clama por ser visto como sátira picaresca dos costumes norte-americanos. O esqueleto de um filme de guerra convencional ainda é visível, sem dúvida (o sargento durão atira o grupo pouco promissor em uma severa unidade de combate), mas sobreposto a ele há tamanha ostentação visual e tantos toques espirituosos que o espectador deixa de prestar atenção na baba reacionária e é envolvido pela brincadeira visceral, desconstrutora.

As décadas recentes de 1980 e 1990 viram uma enxurrada de filmes de super-heróis. O Superman foi transferido dos quadrinhos para a tela grande (*Superman* [Richard Donner, 1978]; *Superman II* [Richard Lester, 1980]; *Superman III* [Richard Lester, 1983]; *Supergirl* [Jeannot Szwarc, 1984]; *Superman IV: Em Busca da Paz* [*Superman IV: The Quest for Peace*] [Sidney J. Furie, 1987]. Seguiu-se o *Batman* [Tim Burton, 1989]; *Batman: O Retorno* [*Batman Returns*] [Tim Burton, 1992]; *Batman Eternamente* [*Batman Forever*] [Joel Schumacher, 1995]; *Batman e Robin* [*Batman and Robin*] [Joel Schumacher, 1997] e, depois, com êxito ainda maior, o *Homem-Aranha* [*Spider-Man*] [Sam Raimi, 2002]; *Homem-Aranha 2* [*Spider-Man 2*] [Sam Raimi, 2004]). O Incrível Hulk perdeu seu superlativo (em mais de um sentido) para *Hulk* (Ang Lee, 2003), enquanto os filmes dos X-Men (*X-Men* [Bryan Singer, 2000]; *X2* [Bryan Singer, 2003]) conheceu sucesso popular e de crítica. Essas franquias de histórias em quadrinhos foram todas relançadas pelo cinema nas décadas de 2000 e 2010, conhecendo às vezes um tremendo sucesso comercial – e uma discussão mais detalhada do que está acontecendo nessas simplificadas fábulas de ação, expiação e salvação está reservada para um capítulo à frente. Por ora basta observar que o afastamento do Superman (um salvador alienígena dotado de poderes sobrenaturais) em direção ao Batman e ao Homem-Aranha (humanos mais comuns, com fraquezas humanas) segue o rastro de um deslocamento similar da fascinação cultural pelo Messias como deus para o Messias como homem.

Uma série de filmes japoneses *anime*, ou animados, de FC também conseguiu penetração cultural global nas décadas de 1980 e 1990. O mais famoso ainda é *Akira* (Katsuhiro Otomo, 1988), baseado em uma longa série de *mangás* (histórias em quadrinhos) (1982-1990). Conta uma história rápida e, para o espectador comum, incoerente sobre a Nova Tóquio, uma gangue de garotos em motocicletas envenenadas e a vinda de um mutante meta-humano com poderes muito destrutivos. Mas, como acontece com todos os principais filmes de FC do período, é no aspecto visual do todo que reside sua grandeza.

Do mesmo modo, se tentássemos compreender *O Fantasma do Futuro* (*Kōkaku kidōtai*) (Mamoru Oshii, 1995; o filme é conhecido em países anglófonos como *Ghost in the Shell*) como uma reflexão sobre a separação mente-corpo com base apenas na história textual e nos diálogos, a película pareceria confusa e pueril. Mas o filme se supera graças ao belo texto visual de múltiplas camadas, cada imagem falando um mundo de coisas sobre o tema do filme. Como muitos filmes *anime*, ele se torna compreensível, até mesmo poético, em um nível intuitivo, não linear, associativo. A continuação *O Fantasma do Futuro 2: Inocência* (*Innocence: Kōkaku kidōtai*) (Mamoru Oshii, 2004) é mais pretensiosa (um personagem declara: "vida e morte vão e vêm como marionetes dançando em uma mesa; assim que os cordões são cortados, elas logo desmoronam"), embora também alcance, em certos momento, uma beleza numinosa.

Anos 1990

Os anos 1990 de Spielberg também viram uma série de importantes filmes de FC. *Jurassic Park: O Parque dos Dinossauros* (1993) adaptou uma novela de Michael Crichton sobre dinossauros renascidos por meio de técnica de DNA recombinante invadindo um zoo-safári no futuro próximo e comendo pessoas. Foi muito, talvez extraordinariamente bem-sucedido. Sua continuação, *O Mundo Perdido: Jurassic Park* (*The Lost World: Jurassic Park*) (1997, também dirigido por Spielberg) reelabora *King Kong* com dinossauros, em vez de um gorila gigante. Os dinossauros aterrorizam ocidentais em uma ilha remota antes de serem transportados para San Diego, onde entram em fúria. Como homenagem deliberada a Kong, o filme tem certo charme pós-moderno. Infelizmente, *Jurassic Park III* (Joe Johnston, 2001) revelou-se uma recauchutagem malfeita do primeiro filme e parecia ter arruinado a franquia. A marca, no entanto, é forte, e um quarto filme, *Jurassic World: O Mundo dos Dinossauros* (*Jurassic World*) (Colin Trevorrow, 2015), tornou-se, em um prazo ofegantemente curto, o quinto filme de maior renda de todos os tempos. O apetite do público por dinossauros parece ilimitado.

    A.I. – Inteligência Artificial (*A.I.: Artificial Intelligence*) (Spielberg, 2001) foi baseado em uma história de Brian Aldiss, *Superbrinquedos Duram o Verão Todo* (*Supertoys Last All Summer Long*), sobre um menino robótico projetado para ter sentimentos e inteligência, que se torna filho adotivo de um casal cujo filho verdadeiro está em suspensão criogênica com uma doença incurável. Stanley Kubrick desenvolvera o projeto do filme nos doze anos que antecederam sua morte e o passara a Spielberg. A primeira parte do filme revela uma genuína força, mas então o filho real se recupera e a família não precisa mais do filho robô, cujo programado amor pela "mãe" talvez não possa ser desfeito. Há um frio, belo clima de tristeza em algumas partes do filme que ganha uma significativa força emocional, embora essa contribuição seja arruinada por um final feliz improvisado e inverossímil por completo, a ponto de quase estragar o conjunto. Kubrick adiou a produção do filme porque esperava que a tecnologia desenvolvesse um verdadeiro robô que ele pudesse colocar no elenco como o garoto; e, para funcionar de forma adequada, o projeto precisava ser blindado contra quase toda emoção humana. Spielberg, com frequência um perito em modular o sentimento, foi menos habilidoso neste caso. Observem que, dado que o título foi alterado de *A.I.* para *A.I.: Inteligência Artificial* porque audiências de teste nos Estados Unidos presumiram que as duas iniciais se referiam a "A1", uma marca popular de caldo de carne, talvez o mundo em que o filme estava sendo lançado não se mostrasse preparado para uma experiência tão tarkovskiana na hora de ir ao cinema. Melhor se saiu *Minority Report: A Nova Lei* (*Minority Report*) (Spielberg, 2002), baseado na história homônima de Philip K. Dick: uma divisão pré-criminal, que utiliza dados precognitivos do futuro para impedir, antes de tudo, que crimes sejam cometidos, tornou Washington, D. C. de meados do século XXI quase livre de crimes violentos. Mas o importante policial "pré-criminal" John Anderton (Tom Cruise) é acusado do assassinato futuro de alguém de quem nunca sequer ouviu falar. O mundo futuro é concretizado com brilhantismo, até porque Spielberg reuniu em Santa Mônica um time de dezesseis peritos em futurologia para pensar o ano 2054; os equipamentos são muito convincentes e o elemento aventura e ação, bem trabalhado. Mas o filme como um todo é de fato sobre o livre-arbítrio e, como tal, conecta-se à principal raiz teológica da FC. Anderton enfrenta o dilema teológico de saber se a onisciência do futuro é compatível com a liberdade da vontade. Spielberg, de modo pouco convincente, quer nesse filme sugerir que é.

Muitos *blockbusters* de FC das décadas de 1980 e 1990 trabalharam, como aconteceu com *A.I.*, com esse tipo de constructo teológico. Onde foi encarado de forma literal, o elemento religioso fez com frequência o tiro sair pela culatra. Um exemplo é *O Enigma do Horizonte* (*Event Horizon*) (Paul Anderson, 1997), em que um experimento de propulsão mais-rápido-que-a--luz abre por acidente um portal para um não reconstruído Inferno medieval, condenando toda a tripulação a tormentos como os de Bosch. A espaçonave de *O Enigma do Horizonte* tomou como modelo, de forma deliberada, a catedral parisiense de Notre-Dame, sendo repleta de crucifixos, mas o efeito geral é absurdo. A ideia de Inferno como um lugar em termos literais não tem mais credibilidade no *mainstream* da cultura. Em vez disso, as importantes questões da expiação, da condição e problemática do Messias têm sido traduzidas em termos metafóricos e visual-materialistas: como o cristológico Neo nos filmes *Matrix*, como os super-heróis (tipo Superman e Homem-Aranha) e mesmo, em termos de quadrinhos, como o alienígena mecânico *O Gigante de Ferro* (*The Iron Giant*) (Brad Bird, 1999) ou *Os Incríveis* (*The Incredibles*) (Brad Bird, 2004), pastiche engenhosamente profundo e hilariante de *O Quarteto Fantástico*. As forças formadoras no centro da FC são ainda evidentes, embora tenham se transformado, no cinema de FC, em uma rica e estranha iconografia visual.

Viagem no Tempo

A lista dos filmes de maior bilheteria – ver Apêndice no final deste capítulo – deixa claro que FC e fantasia, concebidas em termos amplos, tornaram-se a forma cultural dominante da arte cinematográfica no mundo de hoje. Dos vinte filmes de maior renda, só três não são da área *fantastika*: *Titanic*, de James Cameron (1997), o *thriller* de ação *Velozes e Furiosos 7* (*Furious 7*) (James Wan, 2015) e um *thriller* de espionagem de James Bond, *007: Operação Skyfall* (*Skyfall*) (Sam Mendes, 2012). Mesmo esses três, porém, se inserem em um modo de espetacularismo visual que tem íntimas afinidades com a FC. Fora eles, cada filme da lista teve êxito por oferecer à sua audiência um correlativo visual para o sentimento de espanto – escala, magnificência, sublimidade e grandeza – do filme de maior receita de todos os tempos, *Avatar* (James Cameron, 2009). Se esse visual sublime é um dos componentes da afinidade que a FC tem com filmes, outro componente tem relação com o próprio tempo e explica por que a viagem no tempo é com tanta frequência um tema ou premissa dessa espécie de filme. Os filmes encarnam o tempo, em termos materiais e formais; mostram o desenrolar dos eventos pelo tempo, de tal modo que não é possível discuti-los sem reconhecer até que ponto o tempo é o eixo fundamental de suas visualizações.

Uma pergunta que parece relevante: a viagem no tempo em FC tem a ver com permanência ou impermanência? Poderíamos dizer que a resposta é a primeira, pois o simples fato de sermos capazes de viajar no tempo fala de certa maneira de uma arquitetura subsistente de temporalidade, permanente do mesmo modo como a casa pela qual andamos é permanente. A permanência da casa é o que capacita a transitoriedade do andar. Ou, então, talvez pudéssemos dizer: a viagem no tempo *escora* toda coisa que, de outra maneira, poderia ser impermanente. Se um objeto, uma ação, uma pessoa estão condenados à transitoriedade, a existência da viagem no tempo nos capacitaria a retornar a determinado momento tantas vezes quanto quiséssemos – evitando a morte, ressuscitando os caídos e assim por diante. Mas um contra-argumento sugeriria que uma vez que o tempo, o veículo necessário de qualquer viagem no tempo, é o idioma da impermanência, os filmes, que encenam suas

narrativas em movimento *através* do tempo, encarnam essa lógica impermanente. As figuras estáticas ao lado da *Grecian Urn* [Urna Grega], de Keats,
estão em condição diferente; de fato, tudo o que importa no poema é estabelecer um contraste entre essa perfeita, mas nada consumível inércia, com as
alegrias passageiras da vida triste. Esse ápice, penso eu, é o que de fato importa; refiro-me ao ápice entre imagens em movimento e imagens em estase. As
primeiras nos dão o dinamismo cinético dos filmes, um dinamismo não restrito pela real flecha do tempo, que pode percorrer suas metragens para trás ou
para a frente, podendo deixar mais lenta ou acelerar a passagem do tempo e
assim por diante. As segundas, no entanto, têm uma aura de que o filme carece, precisamente porque permanecem fora da lógica entrópica dos filmes.

Acho que é por isso que o filme sobre viagem no tempo usa com tanta
frequência a fotografia fixa como um ideograma visual crucial. Em *De Volta
para o Futuro* (*Back to the Future*), por exemplo, uma fotografia fixa representa a autêntica realidade "padrão" que é ameaçada quando mexemos com as
cronologias, com indivíduos literalmente sumindo do artefato fotográfico
diante de nossos olhos. Em *O Exterminador do Futuro* original, é uma foto de
Sarah Connor, obtida de alguma forma pelo guerreiro do futuro Kyle, que
motiva suas ações e, portanto, o arco narrativo de todo o filme – ele se apaixona pela imagem na foto, volta no tempo para encontrá-la e a engravida do futuro salvador do mundo. E, como discutido antes, *La Jetée*, de Chris Marker,
é composto quase por completo de imagens de fotos fixas e muitos críticos
trataram essa obra como um dos filmes mais significativos de viagem no tempo,
e não apenas pelo fato de ele ter sido tantas vezes imitado e refilmado.

Essa estrutura de volta no tempo tira sua inspiração da ficção científica
escrita, é claro. Nas décadas de 1950 e 1960, foram escritas centenas de histórias de viagem no tempo, codificando com efetividade os parâmetros do
conceito. Elas se agrupam ao redor de duas variedades principais do paradoxo
temporal que a viagem no tempo, se ela fosse mesmo possível, poderia gerar
– poderíamos chamá-las de arquétipos positivo e negativo ou, talvez, *produti-
vo* e *destrutivo*:

1. O paradoxo do *loop* no tempo, pelo qual poderia ser possível, para
   mim, voltar no tempo e me tornar meu próprio ancestral, ou mesmo
   meu pai ou mãe.
2. O chamado paradoxo do avô em que, se eu voltasse no tempo e ma-
   tasse meus avós, meus pais não teriam nascido, e eu, portanto, também não; mas então eu não existiria para ser capaz de voltar no tempo
   e matar meus avós, caso em que eles existiriam, e eu teria nascido com
   a possibilidade de voltar no tempo e matá-los – e assim por diante.

Os textos-chave no que diz respeito ao primeiro paradoxo são dois contos de Robert Heinlein: "By His Bootstraps" [Pelos Cordões de suas Botas] (1941) e "All You Zombies" [Somos Todos Zumbis] (1958). No segundo, as contorções de uma trama deslocada em termos temporais levam o personagem principal a engravidar uma antiga versão feminina de si mesmo (antes de ser alterado numa cirurgia que o torna um transexual masculino), de quem ele nascerá. Isso, poderíamos dizer, é uma espécie de caso-limite de controle; a suprema fantasia masculina de perfeita autoconfiança e contenção, uma existência vazia criada por uma autopurificação da interação com outros. O fato de existir algo de claustrofóbico e mesmo psicopatológico em torno dessa fantasia não a impediu de ser um marco do gênero. O cinema foi particularmente seduzido pela pureza estrutural desse tropo repleto de círculos: *Feitiço do Tempo* (*Groundhog Day*) (Harold Ramis, 1993), *Donnie Darko* (Richard Kelly, 2001), *Déjà Vu* (Tony Scott, 2006), *Contra o Tempo* (*Source Code*) (Duncan Jones, 2011), *No Limite do Amanhã* (*Edge of Tomorrow*) (Doug Liman, 2014) e *Looper: Assassinos do Futuro* (*Looper*) (Ria Johnson, 2012), todos ensaiam essa estrutura.

Um paradoxo convida com naturalidade a tentar uma solução, e este habitualmente tem sido "resolvido" em ficção com a possibilidade de que a viagem de volta no tempo resulte em uma realidade, ou cronologia, alternativa, que diverge desde o momento de nossa chegada. Uma versão influente e muito parodiada disso é *Um Som de Trovão* (*A Sound of Thunder*) (1952), de Ray Bradbury. Em uma viagem turística ao passado, que inclui um safári com caça a um tiranossauro rex, um caçador comete o erro de pisar em uma borboleta, o que o faz voltar ao próprio tempo, onde ele acha tudo diferente. Essa é uma premissa que tem feito parte, de várias maneiras, de milhares de histórias e filmes de FC; mas podemos dizer, com um pouco mais de precisão, que o tropo quase sempre supõe a cronologia alternativa para explicar o cruzamento de pontes, umbrais, trilhas, conexões – em uma palavra, *loops* – entre a realidade "base" e a nossa. O objetivo quase nunca é apenas apresentar uma versão da história em que as coisas são, cada uma à sua maneira, diferentes; com muito mais frequência, é refletir sobre nosso próprio curso da história, dando a um herói a chance de "mudar" o futuro em sentido prático.

Há, em outras palavras, uma espécie de conservadorismo existencial na história cinematográfica de viagem no tempo, algo que torna a associá-la à própria forma. Os pontos de analogia entre as qualidades formais da representação cinematográfica e a viagem no tempo são múltiplos e patentes. Filmes podem acelerar ou retardar com facilidade a aparente passagem do tempo; fazer o filme correr para trás dá uma sensação de como o mundo exterior poderia parecer a alguém viajando contra o vetor da flecha do tempo. O corte entre planos descarta facilmente a intervenção do tempo (o corte brusco entre o osso do homem-macaco pré-histórico atirado no ar e a complexa espaçonave descendo pela trajetória orbital da Terra em *2001: Uma Odisseia no Espaço* é uma ilustração bem extrema disso). Claro que não podemos literalmente viajar centenas de milhares de anos à frente no tempo assistindo a um filme, mas a ilusão de tal viagem é mais convincente para o espectador por ter sido apresentada em termos visuais. O *loop* que define esses filmes se revela um percurso em curto-circuito que leva apenas à morte. Isso parece acontecer porque o *loop* é uma topografia de aparência passada, associando o presente (onde quer que ele esteja para o filme) ao passado. O *loop* é sempre um emaranhado, e a natureza do movimento dessas imagens que se movem sempre leva esse emaranhado a um nó cego. A viagem no tempo para o futuro é diferente, mas um tanto menos popular. Suponho que isso aconteça devido aos tropos profecia (em si mesmo bem pouco confiável), predição, planejamento e assim por diante; na maioria das vezes, exercícios variadamente áridos e intelectuais. Mas o tropo da viagem para o passado é a memória, e a memória, em sua tirania, assim como em sua flexibilidade e intermitência, sempre assombra o agora. Ela é constitutiva do agora. Todas as histórias são a história do homem ou da mulher marcados pelo momento congelado da infância; e a revelação em *La Jetée*, de Marker, é a verdade secreta de toda viagem no tempo – de que essa visualização estática do passado profundo é na verdade a própria morte.

Notas

1. Não quero estender sem necessidade essa pequena discussão, mas poderia ser objetado que a "música", não a poesia, sempre foi a forma dominante da arte "lírica" ou "epifânica". Eu discordo, embora uma tal posição possa ser defendida. Parece-me que a forma da música romântica, que mexe em particular com intensidades (o movimento coral da Nona Sinfonia de Beethoven, digamos, ou o momento de Nimrod em *Enigma Variations*, de Elgar) é um desenvolvimento razoavelmente recente na arte e um tanto raro. A maior parte da música durante os últimos mil anos – por mais bela, infinita e flexível que seja essa forma de arte – esteve subordinada a outras necessidades: igreja, corte, dança e assim por diante. Grande parte da música pop está também subordinada, em especial às necessidades da dança (e do comércio). Mas uma grande porção do pop funciona agora culturalmente do modo como antes fazia a poesia. O que significa dizer: pouquíssima gente ouvia música no passado do modo como um adolescente arrebatado ouvirá hoje seu álbum favorito, repetidas vezes, revivendo a emoção fugidia, encontrando nela um sentido formidável e até mesmo místico, tornando-se extraordinariamente íntimo dela.
2. Na série original, os klingons são criaturas brutais, de pele escura, vestidas em um estilo de samurais japoneses. Nos filmes e em *Jornadas nas Estrelas: A Nova Geração*, os klingons são apresentados de forma mais simpática e equipados com certas diferenças físicas dos humanos, sendo mais altos e tendo uma estrutura proeminente do osso craniano, que lembra uma gigantesca barra de chocolate derretida na testa.

3. Brian Aldiss é apenas um dentre os muitos que lamentam a transformação da FC em "moeda comercial" pela mídia visual. "Grande parte da vitalidade da FC escrita reside em seu conflito de ideias", ele escreve; em função disso, "fazemos bem em ter reservas acerca desse sucesso fantástico da FC [visual]. Como Pamela Sargent assinalou em *Science-Fiction Studies* (julho de 1997), 'a ficção científica visual é quase um museu virtual das formas e ideias encontradas na FC escrita, intelectualmente rebaixadas em variados graus'" (Aldiss, p. 2). Vale a pena acrescentar que nem todos os críticos concordam com a noção da FC como uma literatura de ideias. Mark Bould, por exemplo, faz duas boas observações: "Primeiro, a maioria das histórias de FC não tem mais ideias que uma novela mediana de Mickey Spillane; segundo, o que não raro passa por ideia na FC seria mais precisamente descrito como conceito" (correspondência particular).

4. *Soldado do Futuro* (*Soldier*) (Paul W. S. Anderson, 1998), um filme muito ruim de FC, supõe-se que ambientado no mesmo universo de *Blade Runner*, quase não tem pontos de continuidade com o filme mais antigo. Conversas sobre uma verdadeira continuação de *Blade Runner*, a ser chamada *Metropolis*, vêm circulando há uma década ou mais, mas nada ainda foi mostrado do projeto. O escritor norte-americano K. W. Jeter publicou três sequências bastante boas em forma de novela: *Blade Runner 2: The Edge of Human* (1988); *Blade Runner 3: Replicant Night* (1996); *Blade Runner 4: Eye and Talon* (2000).

Apêndice:

Quinze Filmes com a Maior Bilheteria Global (Receita Bruta em Dólares) até o Final de 2015

1. *Avatar* (2009)	2.787.965.087
2. *Titanic* (1997)	2.186.772.302
3. *Os Vingadores – The Avengers* (2012)	1.518.594.910
4. *Velozes e Furiosos 7* (2015)	1.518.594.910
5. *Jurassic World: O Mundo dos Dinossauros* (2015)	1.384.037.000
6. *Vingadores: Era de Ultron* (2015)	1.383.499.000
7. *Harry Potter e as Relíquias da Morte: Parte 2* (2011)	1.341.511.219
8. *Frozen – Uma Aventura Congelante* (2013)	1.279.852.693
9. *Homem de Ferro 3* (2013)	1.215.439.994
10. *Transformers: O Lado Oculto da Lua* (2011)	1.123.794.079
11. *O Senhor dos Anéis: O Retorno do Rei* (2003)	1.119.929.521
12. *007 – Operação Skyfall* (2012)	1.108.561.013
13. *Transformers: A Era da Extinção* (2014)	1.119.929.521
14. *Batman: O Cavaleiro das Trevas Ressurge* (2012)	1.084.439.099
15. *Piratas do Caribe: O Baú da Morte* (2006)	1.066.179.725

Para referência, veja a seguir a lista na época da publicação da primeira edição deste livro (2006):

1. *Titanic* (1997)	1.835.400.000
2. *O Senhor dos Anéis: O Retorno do Rei* (2003)	1.117.202.779
3. *Harry Potter e a Pedra Filosofal* (2001)	975.800.000
4. *Star Wars: A Ameaça Fantasma* (1999)	925.800.000
5. *O Senhor dos Anéis: As Duas Torres* (2002)	922.986.073
6. *Jurassic Park* (1993)	920.100.000
7. *Harry Potter e a Câmara Secreta* (2002)	869.400.000
8. *O Senhor dos Anéis: A Sociedade do Anel* (2001)	867.683.093
9. *Procurando Nemo* (2003)	844.400.000
10. *Shrek 2* (2004)	840.581.107
11. *Homem-Aranha* (2002)	821.700.000
12. *Independence Day* (1996)	813.200.000
13. *Star Wars* (1977)	797.900.000
14. *Harry Potter e o Prisioneiro de Azkaban* (2004)	781.767.207
15. *E.T. – O Extraterrestre* (1982)	775.913.554

Esses valores não estão corrigidos pela inflação. Quando essa correção é feita (abrangendo o século passado), os cinco primeiros títulos são:

Receita Bruta Mundial

1. *E o Vento Levou* (1939)	3,44 bilhões
2. *Avatar* (2009)	3,02 bilhões
3. *Star Wars* (1977)	2,83 bilhões
4. *E.T. – O Extraterrestre* (1982)	2,37 bilhões
5. *A Noviça Rebelde* (1965)	2,06 bilhões

Fonte: www.the-numbers.com/movies/records/#world. Consultado em dezembro de 2015.

Referências

Aldiss, Brian. Speaking Science Fiction: Introduction. *In: Speaking Science Fiction: Dialogues and Interpretations*, orgs. Andy Sawyer e David Seed. Liverpool: Liverpool University Press, 2000.

Bould, Mark. Film and Television. *In: The Cambridge Companion to Science Fiction*, orgs. Edward James e Farah Mendlesohn. Cambridge: Cambridge University Press, 2003), pp. 79-95.

Brooker, Will. Internet Fandom and the Continuing Narratives of *Star Wars*, *Blade Runner* and *Alien*. *In: Alien Zone II: the Spaces of Science Fiction Cinema*, org. Annette Kuhn. Londres: Verso, 1999.

Bukatman, Scott. BFI Modern Classics. *In: Blade Runner*. Londres: BFI, 1997.

Csicsery-Ronay, Istvan. *The Seven Beauties of Science Fiction*. Middletown: Wesleyan University Press, 2008.

Greene, Eric. *Planet of the Apes as American Myth: Race, Politics and Popular Culture*. Hanover, NH: Wesleyan University Press, 1996.

Kawa, Abraham. *Eikonika Vlemmata (Virtual Gazes: Postmodern Narrative in Comics, Film and Fiction)*. Athens: Futura, 2002.

Kuhn, Annette (org.). *Alien Zone: Cultural Theory and Contemporary Science Fiction Cinema*. Londres: Verso, 1990.

Sobchack, Vivian. Images of Wonder: The Look of Science Fiction (1997). *In: Liquid Metal: The Science Fiction Film Reader*, org. Sean Redmond. Londres: Wallflower Press 2004, pp. 4-10.

Stevens, Wallace. *In: Collected Poetry and Prose*, org. Frank Kermode e Joan Richardson. Nova York: Library of America, 1997.

Tulloch, John e Henry Jenkins. *Science Fiction Audiences: Watching Doctor Who and Star Trek*. Londres: Routledge, 1997.

CAPÍTULO 14

Ficção Científica em Prosa das Décadas de 1980 e 1990

Duas observações aparentemente contraditórias sugerem que algo de peculiar aconteceu à FC escrita nas últimas décadas do século XX. A primeira é que, ao longo desse período, um número cada vez maior de novelas e histórias apareceram anualmente, entre as quais muitas realizações importantes e algumas inegáveis obras-primas, fazendo a FC se tornar um dos ramos mais bem-sucedidos da indústria editorial. Mas uma segunda observação é que, durante esse período, a novela deixou de ser o modo primordial de FC. À medida que a FC visual (em particular cinema e TV) passava cada vez mais a dominar os principais canais da cultura, a prosa de FC ia ficando marginalizada – uma margem energética, com muitos aderentes apaixonados, mas ainda assim margem. Dezenas e dezenas de novelas nas décadas de 1980 e 1990 tornaram-se *best-sellers* e foram aclamadas, em sua época, como clássicos, mas um número muito pequeno desses títulos ainda estão vivos hoje em algum sentido significativo. Por vivo me refiro a um livro ainda em catálogo, ainda objeto de discussão e recomendação entre leitores (fora de bases, em pequena escala, de fãs dedicados), ainda influenciando novos escritores, ainda criando um impacto cultural.

Em outras palavras, a FC publicada de 1980 a 2000 incorpora um estranho paradoxo, um animado florescimento que é também uma espécie de perda de vitalidade. Alguns podem discordar dessa avaliação: talvez insistam em que não tem havido esmorecimento, que eles pessoalmente leem dezenas de livros de FC por ano que não são nada limitados de inspiração; que continuam tirando enorme prazer e mensagens da prosa de FC e que, longe de agonizante, o livro de FC está mais forte e mais vivo que nunca. Isso é bastante correto. Se as pessoas obtêm prazer e conteúdos ao ler a com frequência (eu não negaria) brilhante prosa de FC que é escrita hoje, que sejam felizes.

Mas é necessária uma perspectiva menos otimista. Vou sugerir que a novela de FC, embora viva, é hoje em dia um fenômeno cultural de menor expressão.

A primeira coisa a dizer é que essa obsolescência crescente (cuja realidade vou defender) pode perfeitamente ser apenas uma função da obsolescência mais ampla do romance como um todo. Os críticos andaram anunciando com confiança, durante boa parte do século passado, que o romance é uma forma de arte moribunda. Já nas décadas de 1920 e 1930, o renomado crítico Ortega y Gasset declarava:

> É errôneo pensar na novela – e me refiro à novela moderna em particular – como um campo interminável, sempre capaz de apresentar novas formas. Ela pode, ao contrário, ser comparada a uma jazida rica, mas finita. Existe um determinado número de temas possíveis para a novela. O trabalhador, na primeira hora, não tem dificuldade de encontrar novos tijolos – novos personagens, novos temas. Mas os escritores de hoje encaram o fato de que só lhes sobraram veios estreitos e escondidos (Ortega y Gasset, pp. 57-8).

Um crítico do Reino Unido, Bernard Bergonzi, respondeu a isso em 1970:

> Em que momento foi o último pedaço de território ocupado, o último veio da jazida esgotado? Inevitavelmente a resposta deve ser que foi nas décadas entre 1910 e 1930, na obra de Proust e Joyce, a quem Moravia se referiu como "os coveiros do romance do século XIX". *Em Busca do Tempo Perdido* e *Ulisses* marcam a apoteose do romance realista, em que a minuciosa investigação do comportamento humano sob todos os seus aspectos – físico, psicológico e moral – é levada o mais longe possível, desde que se mantenha dentro das fronteiras da coerência (Bergonzi, p. 23).

Segundo Bergonzi, nos anos 1970, a novela teve de aceitar o fato de não ser mais (como seu nome nos diz que outrora acontecia) definida pela novidade. As reações novelistas ao fato de "a novela não ser mais o novo" variaram, em termos de abordagem e de eficiência. Uma tentativa de injetar novidade na forma tradicional foi o chamado *nouveau roman*, um autoconfessado "novo" tipo de novela que se originou na França com escritores como Alain Robbe-Grillet e Michel Butor, mas que foi assumido por escritores anglófonos e de outras línguas. Segundo o manifesto de Robbe-Grillet, *Pour un nouveau roman* (1963), o *nouveau roman* desafia as suposições, tomadas como evidentes, do "romance tradicional", convenções como um narrador onisciente e oculto, coerência narrativa, personagens verossímeis com quem o leitor ou a leitora podem se relacionar do modo como se relacionam com as pessoas reais em sua vida e, em geral, a compreensão de que o romance funciona como uma espécie de janela através da qual a "vida real" (digamos assim) pode ser vista. Todas essas coisas são, com efeito, tratadas como mentiras. Não articulam a realidade da experiência moderna, que é mais alienada, mais fraturada e muito mais consciente do que isso sugere. *Nouveaux romans* clássicos apresentam agentes de comportamento pouco racional movendo-se entre mundos deslocados; a ênfase está na artificialidade da construção ficcional, com um destaque para o efeito linguístico e o compromisso com uma forma de distanciamento estético. Não obstante, esse movimento de relativa vida curta nutriu-se de um fenômeno cultural mais amplo, que invocamos pelo contestado rótulo de pós-modernismo, ao qual logo devemos retornar.

Tudo isso me parece muito interessante do ponto de vista, por assim dizer, da FC. Na verdade, eu poderia me perguntar se os paralelismos entre o *establishment* literário dos principais canais da cultura e o mundo da FC durante esse período não são assustadoramente próximos.[1] A primeira coisa a dizer é que grande parte das estratégias textuais que encontramos na ficção científica da New Wave é direta ou indiretamente derivada do *nouveau roman* – embora não fosse correto dizer, penso eu, que a New Wave é apenas a forma do *nouveau roman* na FC. Não obstante, a hostilidade que o *establishment* literário evidenciava para com o *nouveau roman* encontra seu correlativo na hostilidade da FC *hard* dos canais principais da cultura para com a FC *new wave*. Bergonzi, por exemplo, é muito condescendente acerca das injunções de vanguarda de Robbe-Grillet, mas não dispensa os contaminados atributos do romance tradicional com "personagens, enredo, atmosfera... Robbe-Grillet mostra uma forte tendência para jogar fora a criança com a água do banho" (Bergonzi, p. 22). Bergonzi gosta de personagens, enredo, atmosfera. A maioria dos leitores de FC em prosa das últimas três décadas também gostam deles e os têm cobrado (com uma pitada de novidade tecnológica por cima) da prosa de FC.

Para me fazer entender. Parece-me que houve outro meio de criar de novo a novela nas últimas décadas do século, uma alternativa ao extremismo vanguardista de experimentação estilística e formal associado ao *nouveau roman*. Residiu na polinização cruzada da ficção com modos de discurso diferentes dos tradicionais idiomas humanistas (o que Bergonzi denomina os atributos "físicos, psicológicos e morais" da vida humana). No final do século XX, os discursos da ciência tinham se distanciado ao máximo daqueles com que vitorianos ou eduardianos teriam se sentido familiarizados. Uma forma adequada de ficção científica na novela poderia ter injetado uma vibrante vida nova no formato. Como o presente capítulo mostrará, espero eu, foram escritas algumas novelas que procuraram fazer isso, com frequência muito bem. Mas, falando em termos amplos, esse hibridismo não revigorou a forma da novela, fosse de FC ou em geral.

Um indício dessa transformação é a recepção de *O Arco-Íris da Gravidade* (*Gravity's Rainbow*) (1973), a enorme novela do escritor norte-americano Thomas Pynchon. Há quem reivindique de forma plausível que seja essa a maior novela de FC dos anos 1970 e, no entanto, ela tem sido quase ignorada por completo pelo universo de aficionados da FC. Embora louvada pela comunidade acadêmica, é talvez demasiado longa, complexa, repugnante e obscena para desfrutar de sucesso popular (que continue sendo publicada hoje se deve quase certamente ao fato de as universidades pedirem que os alunos a comprem). Mais importante, no entanto, que a recepção geral que a novela tem desfrutado é a resposta, ou não resposta, do mundo da FC. Os dois prêmios de maior prestígio na FC são o Hugo (o prêmio principal do universo dos fãs, votado por gente que frequenta a anual SF World Convention) e o Nebula (votado por escritores profissionais que são membros da Associação dos Escritores de Ficção Científica e Fantasia da América). Em 1973, o Hugo foi para uma hesitante novela tardia de Asimov, *Os Próprios Deuses* (*The Gods Themselves*) (1972). O livro de Asimov, em certo sentido, refletia as preocupações de seu tempo, como a crise de energia que começava a abocanhar o Ocidente. Na novela de Asimov, descobre-se que uma fonte livre de energia aparentemente ilimitada está drenando força de um universo alternativo, com terríveis consequências para a vida alienígena nesse lugar. Mas o tratamento dessa premissa é moroso e vulgar, e o livro é medíocre em termos de personagens, estilo e forma. O Nebula foi para *Encontro com Rama* (*Rendezvous with Rama*) (1973), de Arthur C. Clarke, em que uma misteriosa espaçonave alienígena de tamanho considerável voa para o sistema solar e logo vai embora, proporcionando a alguns astronautas tempo apenas suficiente para um contato com a vida alienígena e um questionamento acerca dos arquitetos da nave.[2] Devido às peculiaridades das normas de votação e ao fato de que brochuras de venda em massa (lançadas às vezes um ano mais tarde) geram com frequência o voto do fã que atribui os Hugos, é possível que uma novela ganhe em um ano o Nebula e no ano seguinte o Hugo: aconteceu exatamente isso com *Os Próprios Deuses* e *Encontro com Rama*, o primeiro texto ganhando o Nebula de 1972 e o segundo o Hugo de 1974.

Não pode ser sustentado que uma ou outra dessas novelas representasse a melhor novela de FC do ano. Na realidade foram novelas de escritores com grandes reputações, apoiadas por bases de aficionados preexistentes e muito grandes; como ficção eram consideradas boas o bastante. Está, é claro, na natureza das comunidades de aficionados valorizar antes uma lealdade às vezes canina a suas vacas sagradas tribais que uma visão mais ampla de mérito artístico. Continua sendo, por exemplo, inconcebível que *Os Próprios Deuses* conseguisse um ou outro prêmio se tivesse sido publicada por um autor estreante.

Em 1998, Jonathan Lethem escreveu um artigo para o *Village Voice* chamado, de forma polêmica o bastante, "The Squandered Promise of Science Fiction" [A Promessa Desperdiçada da Ficção Científica]. Ele começa dizendo:

> Em 1973, *O Arco-Íris da Gravidade*, de Thomas Pynchon, foi agraciado com o Nebula, a mais alta honraria disponível no campo antigamente conhecido como "ficção científica" – um termo agora em grande parte esquecido.
>
> É brincadeira, desculpem. Embora *O Arco-Íris da Gravidade* tenha sido realmente indicado para o Nebula de 1973, foi passado para trás por *Encontro com Rama*, de Arthur C. Clarke, que o resenhista Carter Scholz considerou corretamente "menos um romance que um esquemático diagrama em prosa". A indicação de Pynchon permanece agora como uma lápide oculta indicando a morte da esperança de que a ficção científica estivesse prestes a se integrar ao *mainstream*.

Lethem não é o único que pensa que o verdadeiro significado dos prêmios de 1973 era serem um indício da virada decisiva, por parte da comunidade de FC, para o isolamento, esquivando-se não só do mundo literário mais amplo, mas também do tipo de FC híbrida, mais experimental, que tinha saído da New Wave. Desse ponto em diante, o universo de aficionados da FC mostrou a tendência – não exclusiva, mas ampla – a julgar sua FC preferida por um preceito restritivo e autossuficiente. Em certo sentido, esse preceito estava mais flexível do que fora até então: por exemplo, um número crescente de aficionados eram mulheres e as escritoras estavam sendo elogiadas, premiadas e tendo suas causas adotadas com maior frequência. Mas em outro sentido, ele fornecia uma medida única. Uma das coisas que aconteceram nos anos 1980 é que alguns dos escritores mais talentosos de FC em prosa se distanciaram da ficção do gênero e passaram a trabalhar como ou foram promovidos como autores do *mainstream* ou não-autores-de-FC: Michael Moorcock, J. G. Ballard, Christopher Priest, Margaret Atwood e muitos outros. Que certas declarações, para ser franco, irrelevantes de não filiação à FC fossem encaradas como traições monstruosas por inúmeros fãs indignados é um indicador do partidarismo que atormentava cada vez mais esse mundo.

Sustentei mais cedo que, embora às vezes alvo de zombaria, o universo de aficionados da FC é de fato (como Henry Jenkins mostrou) um fenômeno tremendamente energético, criativo, apaixonado e significativo; um aspecto da cultura *pop* merecedor de um estudo cuidadoso. Este continua a ser o caso. Mas, ao mesmo tempo, o universo de aficionados da FC tem – de um modo geral – manifestado um gosto lamentável e conservador em termos de ficção. Os aficionados de FC podem valorizar a originalidade da *premissa* e com frequência gostam de livros que se dedicam às questões maiores, que dramatizam a cabal vastidão do universo, que evocam um sentimento de espanto, que fazem a cabeça girar. Mas, ao mesmo tempo, a maioria dos aficionados prefere que essas grandes ideias sejam concretizadas em novelas baseadas (para usar de novo a frase de Bergonzi) em personagens, enredo, atmosfera. O que pretendo dizer com isso é que, nos livros que os aficionados da FC aclamaram durante as décadas de 1980 e 1990, há uma inequívoca preferência: a) pelos personagens com quem os leitores possam se identificar e desenvolver uma relação de empatia, de quem gostem e com os quais se importem; b) por uma história que proporcione as satisfações (situações, desenvolvimento e desfecho, com a amarração de todas as pontas soltas) de uma novela do século XIX e não brinque com a cronologia ou a narrativa; e c) por um estilo de prosa transparente e prático, em vez de um estilo que faça experimentos com a linguagem ou prefira usar um idioma demasiado "literário". A maioria das novelas discutidas no presente capítulo apresenta resultado positivo para um ou dois desses tópicos a, b e c, e muitas apresentam os três. Não, é claro, que haja algo de errado com esses gostos rotineiros *como tal*. Mas o resultado da força de moldagem dessa subcultura tem sido um grande número de novelas e histórias que tratam premissas arrojadas e originais com uma forma ficcional grosseira, antiquada, limitadora e bidimensional. A novela de FC, em geral, não é mais novela; ou, de modo mais preciso, as novelas de FC que procuram a novidade são com frequência ignoradas ou desprezadas pela maioria dos fãs de FC.

O Arco-Íris da Gravidade, de Pynchon, por outro lado, é uma novela de vigorosa, triunfante e com frequência revoltante inovação. Seus personagens, embora fascinantes, são com frequência grotescos, amorais ou bizarros; a trama é tão peripatética que surge disforme por completo ao olhar casual, embora a miríade de maravilhas do livro esteja de fato organizada segundo um princípio temático estruturante (a parábola do voo balístico), mas não segundo as convenções tacanhas de princípio, meio e fim. E o estilo é uma das maravilhas da escrita anglófona contemporânea; incessantemente inventivo, desconcertante, obsceno e brilhante, que muda sempre de registros e pontos de vista, conseguindo de alguma forma se adaptar ao leque enciclopédico da novela. *O Arco-Íris da Gravidade* se passa durante os últimos estágios da Segunda Guerra Mundial e nos dias que se seguiram imediatamente a ela. Tyrone Slothrop, um oficial norte-americano estacionado em Londres, cumpre uma missão peripatética pela Europa. Parece que mapear os encontros sexuais de Slothrop produz um mapa de onde os foguete V2 vão cair. O foguete se mantém no centro simbólico da novela. O fato de que os V2 viajavam supersonicamente – e que, portanto, explodiriam nos alvos primeiro, e só *depois* as pessoas os ouviriam chegar – se mantém, para Pynchon, como sintoma de um desarranjo mais amplo de causa e efeito no mundo da história. O arco do voo do foguete (do qual o livro tira seu título) também governa a forma da novela. Na verdade, a ambição do livro é tão grande, e tão plenamente realizada, que o foguete se torna um símbolo prodigioso e expressivo. Nas palavras de Richard Poirier: "o personagem central é o próprio foguete" e o "segredo" em que o livro está envolvido "é que sexo, amor, vida, morte foram todos fundidos na montagem do Foguete e em sua trajetória final" (Poirier, p. 15).

Uma coisa que a novela faz, e com muito vigor, é explorar a dialética de bem/mal expressa por esse "foguete", o mesmo foguete, essencialmente, que voa pelos sonhos interplanetários da FC. O equilíbrio é entre o que um personagem chama de "um bom foguete para nos levar às estrelas, um mau foguete para o suicídio do mundo, os dois perpetuamente em luta" (Pynchon, p. 727). São questões éticas da maior importância. Estaria o feito norte-americano de enviar astronautas (por foguete) para caminhar na Lua comprometido pelo fato de seu programa de foguetes ter recorrido à pesquisa nazista instituída pelo programa V2 sob o comando de Wernher von Braun, um nazista que foi mais tarde utilizado com satisfação pelos norte-americanos para chefiar o próprio programa espacial? O fato de haver uma inevitável escuridão no centro da visão radiante do voo espacial, algo ligado ao mecanismo do voo em si, não está em parte alguma explorado de forma tão impressionante ou brilhante. Isso converte o taxiamento linear da FC da Era de Ouro em algo que se aproxima do tropo de recirculação característico da New Wave.

O Reino dos Fãs

A comunidade de aficionados da FC tornou-se muito eficiente em disciplinar a literatura escrita no interior do gênero. Há, todo ano, muitas conferências em que os fãs se reúnem para ouvir os autores falarem, para discutir entre si os méritos de vários livros e para comprar de revendedores itens de FC novos ou raros. Em acréscimo aos prêmios mais importantes de FC (Hugo, Nebula, John Campbell, Philip K. Dick e, na Grã-Bretanha, Arthur C. Clarke, BSFA e Kitschies), há mais de noventa prêmios mais especializados de FC, alguns votados por fãs, outros atribuídos por júris de peritos, a maioria concedida anualmente – na realidade são tantos (superando vinte vezes os de qualquer outro gênero literário) que se torna bem difícil um autor ou autora de FC séria não ganhar um prêmio em algum momento de sua carreira.[3] Durante o período em consideração, foi publicado um número de fato muito grande de revistas amadoras de aficionados (fanzines), que também discutiam em grande detalhe os livros do gênero que eram editados. Embora de natureza transitória, algumas dessas publicações continuam vivas hoje. Algumas encarnam valores produtivos bastante elevados e têm circulação ampla o bastante para serem conhecidas como "semiprozines".* Desde o advento da internet, a troca de opiniões e julgamentos entre a comunidade mundial de aficionados da FC tem se tornado muito mais fácil. Não tenho ideia de quantos sites de FC existem agora e não tenho tempo para tentar contá-los: estão por certo na faixa dos milhares, e os melhores sites contêm algumas das melhores críticas (em geral sob a forma de resenhas e ensaios) disponíveis sobre o gênero. Essa situação indica que uma grande audiência, ávida, inteligente e com opinião própria, espera a publicação de novas obras de FC; e que esses livros serão quase com certeza analisados de forma ampla – o que não se aplica à ficção tradicional, em que os livros, com bastante frequência, não são absolutamente comentados. Os aficionados de FC são, com muita frequência, pessoas articuladas e informadas – mais informadas, às vezes, que acadêmicos assalariados que estudam o gênero, como eu mesmo (embora eu também seja, é claro, um aficionado). Tudo somado, o tamanho e vigor da comunidade de aficionados chegou a tal ponto que agora representa uma proporção muito significativa do mundo da FC; uma realidade refletida no fato de algumas premiações, como o Hugo, darem um prêmio anual para aquilo que os fãs escrevem. Histórias de círculos de aficionados de FC têm sido publicadas por vários grupos interessados.[4] Nos últimos tempos, os Hugos se tornaram o campo de batalha para o que podemos chamar de luta pela alma ideológica do gênero, sintomática, não importa a filiação política, de um grande efetivo de pessoas que, de um modo ou de outro, se interessam de forma apaixonada pela ficção científica.

Em parte porque os editores sabem que podem confiar nesse corpo de aficionados para comprar nova FC e em parte também porque os aficionados se mostram tão empenhados em disseminar sua apreciação do gênero, são hoje anualmente publicadas mais novelas de FC que em qualquer época da história. Como é natural, uma proporção razoável dessa produção é de má qualidade, com livros repletos de clichês, meramente convencionais ou apenas ruins. Mas novelas muito boas, e algumas magistrais, são publicadas a cada ano. Poderíamos deduzir disso que, de fins dos anos 1970 até o presente, a ficção em prosa de FC tem se mostrado em um bom estado de saúde e vem se tornando, de forma consistente, cada vez mais saudável.

---

* Abreviatura de *semi-professional magazines*, revistas semiprofissionais. (N. do T.)

Mas seria uma dedução errônea. Dentro da comunidade de aficionados há com frequência um endosso entusiástico em excesso de autores de estimação, e os fãs se entregam com demasiada facilidade à linguagem do clássico – no sentido de que "tal ou qual livro viverá para sempre nos anais da literatura mundial". Existe uma ampla corrente de supercompensação nessas reivindicações, já que é um princípio de fé no mundo de aficionados que "eles" – quem quer que sejam (o *establishment* literário, por exemplo) – estão ignorando ou suprimindo a ficção científica de forma deliberada; que a FC tem sido confinada a um gueto por um mundo hostil; que jamais "se permitiria" que um autor de FC ganhasse o Pulitzer, o Booker ou o prêmio Nobel de literatura e assim por diante. Parece paradoxal que uma forma de literatura que tem desfrutado de tão boa saúde deva também estar presa desses delírios de perseguição. A mentalidade de cerco não é muito simpática nem útil. Compreendemos, é claro, que leitores queiram defender os livros de que gostam e alguns aficionados de FC têm gostado muito mesmo de certos livros, mas o caráter agressivo e impositivo de muitos aficionados é contraproducente. Não persuadimos pessoas a gostar das coisas que nós gostamos agindo com prepotência com relação a elas. Além disso, não está claro por que incomoda tanto a aficionados que os outros às vezes não gostem das coisas que eles gostam. Acho que a comunidade de aficionados de FC é a maior e mais ativa comunidade literária do mundo – desprezando, é claro, as linhas de montagem, mantidas por meios artificiais, do ensino de literatura em colégios e universidades. Cada ano ela tem centenas de excelentes livros para discutir, palestras a assistir, convenções onde se encontrar, salas de bate-papo *on-line* das quais participar. É a energia mesma do universo de aficionados da FC que torna a maioria de suas queixas irrelevantes.

Há outra consideração, que se aplica em particular à FC escrita nos anos 1980. É difícil sermos objetivos acerca de livros que tiveram um impacto em nossas vidas, embora esses mesmos livros possam ter tido pouco impacto cultural mais amplo. Além disso, como Peter Nicholls explica de modo espirituoso, pode ser dito que "a Era de Ouro da FC são os catorze anos" (Clute e Nicholls, p. 506); críticos que cresceram lendo a FC das décadas de 1970 e 1980 (sou um deles) tenderão a olhar de forma mais branda para a ficção desse período.

Mas na realidade pouquíssimas novelas de FC publicadas nos anos 1980 são ainda hoje obras vivas de literatura. Mesmo títulos que desfrutaram de considerável popularidade, talvez na categoria de *best-sellers*, se apresentam agora, a maioria deles, irremediavelmente datados e superados. Por exemplo, Julian May desfrutou de ampla popularidade e de um total invejável de vendas com sua *Saga of the Pliocene Exiles* [Saga dos Exílios do Plioceno], quatro longas novelas relatando as aventuras de viajantes no tempo, vindos de nosso futuro próximo, que se estabelecem na Europa pré-histórica (*The Many-Colored Land* [A Terra de Muitas Cores] [1981]; *The Golden Torch* [A Tocha Dourada] [1982]; *The Nonborn King* [O Rei Não Nascido] [1983], e *The Adversary* [O Adversário] [1984]). Esses livros são todos exemplos de histórias bastante agradáveis, uma competente mistura de tecnologia futura e capacidade humana mágica, com tramas bem estruturadas, dignas de uma leitura compulsiva. Foram lidos por milhões na época. Mas a *Saga* não é mais um livro em circulação. Em certo sentido, isso não reflete um menosprezo do livro ou do autor; a obra de May cumpriu sua tarefa. Mas como a esmagadora maioria da prosa de FC dessa década, ela se tornou um elemento no espólio geral do passado.

Meu argumento é que, durante a década de 1980, o modo dominante de FC passou de paradigmas escritos a visuais, rumo ao cinema, à TV e às histórias em quadrinhos. É a explicação básica, penso eu, para o caráter relativamente escasso da prosa de FC desse período que ainda está viva. Mas não estou sugerindo que a FC das décadas de 1980 e 1990 seja uma zona morta na história crítica do gênero, como uma selva muito exuberante cuja fecundidade tenha se extinguido por completo. Sem dúvida alguns livros dos anos 1980 continuam vivos, entre eles (para citar apenas as obras-primas indiscutíveis): *O Livro do Novo Sol* (*The Book of the New Sun*) (1980-1983), de Gene Wolfe; *Riddley Walker* (1980), de Russell Hoban; *Neuromancer* (1984), de William Gibson – um livro que, inteiramente à parte dos próprios méritos, fundou um novo subgênero chamado *cyberpunk*; *O Conto da Aia* (1985), de Margaret Atwood; *O Jogo do Exterminador* (*Ender's Game*) (1985), de Orson Scott Card; novelas da série *Culture* de Iain M. Banks, começando com *Consider Phlebas* [Pense em Flebas] (1987); *The Gate to Women's Country* [A Porta para o País das Mulheres] (1988) e *Grass* [Relva] (1989), de Sheri Tepper, e também é possível citar *Hyperion* (1989), de Dan Simmons. Essas obras são discutidas a seguir com a minúcia permitida pelo espaço. Mas muitos outros títulos, mesmo alguns muito bem-sucedidos em seu tempo, foram extraídos à força. Do ponto de vista do círculo de aficionados da FC, era como se a novela x ou a novela y fossem mudar o mundo. Quase sempre, elas não o fizeram.

Ficção Científica em Prosa dos Anos 1980

O sucesso de *Star Wars* (1977) penetra na ficção assim como influencia o cinema. Muitos leitores novos foram atraídos para o gênero, querendo ler aventuras tipo *Star Wars* e as editoras atenderam às suas necessidades. Em 1989, a revista *Locus* relatou um aumento de cinquenta por cento no número de títulos de FC sendo publicados anualmente desde 1980 (Clute, *Science Fiction*, p. 87). Sem dúvida, a maior parte da FC publicada durante a década era "comercial" e tendia, em geral, antes a se voltar para os formatos e convenções da FC da Era de Ouro (para a alegria de muitos, para quem tal FC representava o clímax do gênero) que a se basear nos avanços estéticos da New Wave. O fato de muitos desses livros serem de direita refletia apenas uma mudança política generalizada, a hegemonia do republicanismo de terra arrasada de Reagan nos Estados Unidos e o conservadorismo monetarista de Thatcher no Reino Unido.

Larry Niven e Jerry Pournelle foram coautores de uma série de sucessos de venda, incluindo a novela-catástrofe *Lúcifer e o Martelo* (*Lucifer's Hammer*) (1977), sobre as tentativas feitas pela Terra de evitar a maciça colisão de um asteroide, *Oath of Fealty* [Juramento de Fidelidade] (1981), em que autocratas prudentes reprimem um ataque de ecologistas idiotas e outros liberais e, de modo mais notável, *Footfall* [Passos] (1985). Este último livro, nas palavras de Damien Broderick, "captou os anos 1980 de Reagan ainda com mais nitidez que o filme *Rambo II*" (Broderick, p. 83). Alienígenas que se parecem fisicamente com pequenos elefantes invadem a Terra. São seres que vivem em comunas, código para a ameaça comunista que os ideólogos de direita ainda disseminavam como o maior perigo com que o Mundo Livre se defrontava na época (disseminavam de maneira equivocada; o comunismo estava de fato à beira do colapso). A Terra retalia e a coragem, a determinação e o espírito de luta humanos esmagam os invasores. A novela é tão enfática que se aproxima de uma paródia de si mesma, embora sua grande e em geral solidária audiência leia as simplificações e os ofuscamentos ideológicos como visões reais do mundo. Muito menos tosca, embora ainda constituída por uma ideologia libertária de direita, foi a escrita pós-heinleiniana de John Varley. Varley entrou na década de 1980 com uma trilogia de muito êxito: *Titan* [Titã] (1979), *Wizard* [Mago] (1980) e *Demon* [Demônio] (1984). Uma exploração no futuro próximo descobre Gaia, um *habitat* espacial em forma de roda com raios, de tamanho prodigioso. Gaia é também um ser senciente e orbita Saturno. A tripulação se choca com esse artefato, sendo absorvida, através da parede, pelo interior, com alguns de seus membros experimentando, no processo, mudanças profundas. O interior, eles descobrem, é uma série variada e colorida de ecologias entrelaçadas, todas geradas pela própria Gaia e muitas delas adaptadas da cultura popular da Terra (que Gaia vem monitorando). Algumas funcionam melhor que outras; os centauros inteligentes, com seus complexos protocolos sexuais (possuem genitais tanto humanos quanto equinos, e Varley não nos poupa nada dos detalhes), recebem talvez demasiado espaço na história. Mas o ponto em *Demon* onde a própria Gaia, agora enlouquecida, toma a forma de uma Marilyn Monroe de proporções brobdingnaguianas alcança uma vigorosa estranheza que quase substitui a força satírica. A colônia lunar de *Steel Beach* [Praia de Aço] (1992) é heinleiniana (falando em sentido estrito – alguns dos colonizadores basearam-se nas obras de Heinlein) e contém muitos elementos interessantes, mas o livro como um todo não escapa do solipsismo claustrofóbico de um escritor talentoso voltando-se para novelas anteriores em vez de olhar para fora, para o cosmos. O solipsismo não é exatamente uma falha na obra de Varley; antes reflete a natureza cada vez mais obstruída e engasgada do gênero, que por sua vez foi fruto de seu sucesso. Conservar o *novel* (o novo) (para usar termos de Bergonzi) da novela de FC significa encontrar novas premissas, nova tecnologia, assim como novas formas e estratégias textuais. Mas cada vez mais os escritores de FC reciclavam velhas premissas e tecnologias. Isso é menos tendência para o plágio que função de uma nova lógica cultural, em geral indicada pelo termo restritivo "pós-modernismo". O conto mais bem-sucedido de Varley articula em termos simbólicos, e de modo preciso, essa reviravolta. "The Persistence of Vision" [A Persistência da Visão] (1978), uma inteligente e emocionante atualização da história de Wells "O Reino dos Cegos", termina com uma involução transcendental do narrador para longe de seus sentidos externos, rumo a um sugerido êxtase.

O escritor norte-americano Greg Bear publicou sua primeira história em 1967, mas só começou a ficar conhecido na década de 1980. *Hegira* (1979) é uma novela impressionante, embora em última análise insatisfatória, ambientada em um vasto mundo oco que é o lar de muitas espécies. Mal chegando a duzentas páginas, o texto parece a versão condensada de uma novela muito mais extensa. Mais eficiente é *Beyond Heaven's River* [Além do Rio do Céu] (1980), que trata uma premissa padrão de FC (sobre alienígenas misteriosos, divinos, usando humanos como peões em seus jogos) com considerável vigor e originalidade. Kawashita, piloto da força aérea japonesa durante a Segunda Guerra Mundial, é poupado de morte certa por uma espaçonave alienígena; ele passa séculos vivendo em um ambiente artificial, em um mundo distante, representando cenas da história do Japão. Por fim é resgatado pela humanidade em viagem para as estrelas e encara o duplo desafio de reintegrar-se a um mundo humano e tentar compreender quem o abduziu e por que estranha razão. Também esse livro, embora pequeno, está repleto de grandes ideias (esferas de probabilidade, oceanos vivos, pólen alucinógeno, histórias de um milhão de anos jogadas em um parágrafo e assim por diante). Mas existe algo em sua ambição estética ainda mais antigo que a FC da Era de Ouro. Bear dedica o livro à memória de Joseph Conrad, o que não é um gesto vazio. Digna de Conrad é a representação habilmente realizada de um indivíduo, um marinheiro do Oriente, topando com graus de estranheza que crescem em espiral e ultrapassam todas as expectativas. Bear conheceu maior sucesso com *Blood Music* [Música do Sangue] (1985), uma história bastante assustadora em que a nanotecnologia assimila (quase) toda a humanidade em uma massa de lodo do tamanho do globo, viva, senciente. Os trilhões e mais trilhões de computadores do tamanho de moléculas dos quais ela é composta, cada um deles inteligente, enfim criam uma noosfera de tamanha densidade pensante que a Terra em si se converte em uma nova dimensão. Como *O Fim da Infância*, com o qual a novela tem coisas em comum, é um livro inteiramente implicado na dialética da FC, expressando-se por meio de uma moldura científica aplicada com rigor, ainda que entrando, no final, em uma transcendência mística (mágica). Bear conheceu ainda mais sucesso com a *space opera* mais convencional de *Eon* (1985) e sua sequência *Eternity* (1988), na qual asteroides ocos viajam pelo espaço e depois pelo tempo; mas seu melhor livro é sem dúvida *Queen of Angels* [Rainha de Anjos] (1990), uma novela de genuína riqueza e profundidade. A profundidade não é evidente de imediato; a trama de assassinato exuberante e bem manipulada impede que paremos de ler, e as muitas ideias futurísticas, que grudam na cabeça, ficam pipocando para nos fazer pensar. Mas no cerne do livro há uma exploração da natureza da consciência tão profunda quanto outras presentes na literatura. Martin Burke é um psicólogo que investiga as motivações para um assassinato em uma sociedade, usando a nanotecnologia para explorar o País da Mente. AXIS é um sofisticado computador que viajou para um planeta distante. As duas jornadas de exploração são feitas em paralelo, mas em seus diferentes caminhos chegam a impasses equivalentes. O golpe de mestre de Bear é delinear, de modo furtivo, a passagem de outro computador sofisticado, JILL, de uma inteligência linear baseada em processamento de dados para uma inteligência senciente, perceptiva de si, que é uma verdadeira consciência. No todo, essa novela encarna com exatidão o que a FC em prosa pode fazer bem – a investigação filosófica sobre o mistério da consciência, expressa em uma forma popular e acessível.

A escritora norte-americana C. J. Cherryh tem uma grande base de aficionados e escreve tanto Fantasia quanto FC, às vezes combinando as duas. Seu romance arturiano *Port Eternity* [Porto Eternidade] (1982), por exemplo, passa-se a bordo de uma espaçonave encalhada em que androides (programados para representar personalidades arturianas) começam a encarar os papéis como reais. É uma novela de texto rigoroso, competente e talvez seja sua melhor obra, mas não é típica da produção da autora. Sua fama na FC deriva das muitas e extensas *space operas* que ela escreve prolificamente e que, com frequência, têm uma textura um tanto parecida com uma versão novelesca do isopor. *Downbelow Station* [Estação do Inferno] (1981), que ganhou o Hugo como melhor novela do ano, reúne uma grande quantidade de personagens, espécies, tramas e ideias (na maior parte veneráveis ideias de FC) em um universo futuro, sem viagem mais-rápida-que-a-luz, onde espaçonaves são lares de geração após geração de famílias espaciais cada vez mais feudais e brigonas. Mais ou menos uma dúzia desses títulos, reunidos sob a denominação coletiva *As Novelas de Merchanter*, ligam-se a outras mais ou menos doze novelas da *Aliança-União*, ambientadas na mesma imaginada galáxia futura. A *Saga Chanur* reúne uma série de novelas centradas no encontro de alienígenas e humanos, o que também se ajusta à história futura mais ampla que Cherryh está desenvolvendo. Às vezes parece que tudo que ela escreveu se ajusta a essa única e ambiciosa história futura, reminiscente de Niven ou Heinlein. O zênite (ou, se preferirmos, o nadir) desse amor pela vastidão é *Cyteen* (1988), um livro com a grandeza de um enorme zigurate: bem mais de mil páginas de disparates sobre clones, androides e humanos. Livros como esse testemunham a tendência geral, que se tornou cada vez mais proeminente nas décadas de 1980 e 1990, para um número cada vez maior de palavras, lombadas cada vez mais grossas, como se a qualidade pudesse ser medida a princípio em termos de quantidade. Mas a única inovação formal nos livros de Cherryh é a escala: maior e maior, tramas empilhadas sobre tramas, miríades de personagens. Inegavelmente, o fato de ela ser capaz de fazer construções em tal escala, e de associar cada bloco monumental ao edifício maior de sua história futura, evidencia certa habilidade técnica. Mas o estilo de prosa é desolador e enervante, os personagens são antiquados, e há pouco nas novelas além das várias histórias. Uma vida é muito curta e a eternidade, difícil e longa o bastante para lermos toda a produção de C. J. Cherryh.

Muito mais interessante foi o leviatã de meados da carreira de Brian Aldiss, *Helliconia*; publicado como *Helliconia Spring* [A Primavera de Helicônia] (1981), *Helliconia Summer* [O Verão de Helicônia] (1983) e *Helliconia Winter* [O Inverno de Helicônia] (1985). Quando saíram, esses livros foram tratados como um dos grandes acontecimentos na publicação de FC dos anos 1980: um processo magistral, absorvente, complexo e aberto de construção do mundo. Que pareçam ter perdido sua força nos últimos tempos pode resultar antes da má avaliação geral de Aldiss (que é representativo, como discutido antes, do punhado de escritores de FC verdadeiramente importantes do século XX) que de uma reflexão sobre os méritos que lhes são próprios. Helliconia é um planeta cuja órbita excêntrica em torno de várias estrelas lhe proporciona miniestações (como na Terra), assim como um Ano Grande muito longo, em que todo o clima muda, como indicam os títulos de cada volume.

Humanos e alienígenas coabitam o mundo e a civilização como um todo se desenvolve do caçador-coletor para algo análogo ao final do século XIX. À medida que a história avança, descobrimos que a população de uma debilitada Terra futura está observando os eventos em Helliconia, reagindo a eles por meio de uma infinidade de controles remotos. Quando digo que essa enorme novela é uma obra-prima, espero não estar dizendo apenas que ela teve um efeito condutor de minhas sensibilidades quando a li pouco antes dos vinte anos. Acho que existe algo de genuinamente clássico em torno desse livro. Além disso, o texto encontra modos interessantes de expressar a dialética entre materialismo e misticismo. Por um lado, a grande quantidade de detalhes é exposta com um nítido e extraordinário senso de verossimilhança, como um conjunto de possibilidades reais (James Kneale e Rob Kitchin observam que, para essa novela "Aldiss se aconselhou com acadêmicos, incluindo Jack Cohen, um especialista em biologia da reprodução que atuou como 'consultor' de vários autores de FC que queriam formas de vida extraterrestres plausíveis" [Kneale e Kitchin, 10-1]). Por outro lado, Helliconia possui uma dimensão de alma ou espírito (que Aldiss – nessa dramatização – não dá à Terra), uma vida após a morte para os que se foram, e assim por diante.

Mas a complexidade e inovação (sutis, mas palpáveis) da grande novela de Aldiss dos anos 1980 não são características do subgênero de grandes novelas de FC da década em geral. A maioria delas casa premissa inovadora com olhar retrógrado tradicional ou modelos reacionários de trama e caracterização, produzindo obras que quase nunca se destacam do corriqueiro. Há, por exemplo, muitos admiradores da obra de David Brin, mas ninguém poderia afirmar que ele fez qualquer inovação formal de avanço no aspecto técnico da estética de ficção. Os muitos e grossos volumes de sua série *Uplift* [Elevação] (*Sundiver* [1980]; *Startide Rising* [Maré Alta Estelar] [1983]; *The Uplift War* [A Guerra da Elevação] [1987]; *Brightness Reef* [Filhos do Exílio] [1995]; *Infinity's Shore* [Fronteiras do Infinito] [1996]; *Heaven's Reach* [O Céu como Limite] [1998]) avançam com suas descargas como se acionados por motores de dois tempos, reunindo humanos, golfinhos e chimpanzés inteligentes criados por engenharia genética, além de muitas espécies alienígenas, em uma trama construída em torno da premissa de que espécies alienígenas podem ser *elevadas* a estados superiores de consciência, um processo iniciado pelos "progenitores", agora desaparecidos. Ler esses livros é um meio bastante razoável de passar o tempo, e a escala e invenção são grandes. Mas não são livros notáveis em particular. John Barnes realizou algo interessante com sua segunda história, *Sin of Origin* [Pecado de Origem] (1987) – um livro que, em certo sentido, reverte às origens teológicas da própria FC no século XVII (missionários encontram uma forma de vida alienígena que vive como uma simbiose de três partes e mapeiam sua compreensão da Santíssima Trindade com o que veem, convertendo os alienígenas, mas com resultados malignos).

Tem havido muitas histórias pós-apocalípticas de FC, mas nenhuma como *Riddley Walker* (1980), do escritor norte-americano Russell Hoban. Não se trata apenas do estilo inabitual em que ela é escrita, um dialeto corrompido e muito compacto falado pelos sobreviventes, os habitantes mais ou menos selvagens do pós-apocalíptico condado de Kent – embora isto seja feito de modo brilhante, consistente, insólito, poético, vigoroso e visceral. Mas seria um erro reduzir a novela à sua ortografia não convencional porque, oculta dentro do estilo – como o *Littl Shynin Man the Addom* [Homenzinho Brilhante o Adão] oculto no centro da madeira de pedra –, há uma fábula brilhante sobre destruição, sobrevivência e os complicados, comprometidos meios como o renascimento ocorre. Para Hoban, o fosso circular rodeando Cambry, indicando Canterbury como o local de impacto da detonação atômica que leva a essa paisagem futurista e desolada, identifica uma verdade pessoal e, de fato, místico-religiosa antes que uma avaliação realista da probabilidade de os ICBMs (mísseis balísticos intercontinentais) serem apontados para essa área não militar. Ele falou muitas vezes, em entrevistas e outras ocasiões, do impacto de sua primeira visita à catedral de Canterbury em 1974. "Assim que entramos na nave", recordou em 1998, "pude experimentar a ação do local e, quando atingimos A Lenda de Santo Eustáquio, eu já estava à espera de que algo acontecesse."

> Quando parei em frente à tela ocorreu-me o pensamento da Inglaterra desolada milhares de anos após a destruição da civilização em uma guerra nuclear; as pessoas estariam vivendo em um nível tecnológico da Idade do Ferro e o governo que havia tornava suas ações conhecidas através de espetáculos de marionetes itinerantes. Sei que parece estranho, mas era assim (Hoban, p. xiii).

Achamos nosso caminho para o mundo de Hoban, testando, num nível instintivo, sua "adequação". Só na metade do livro ficamos sabendo, por intermédio de Abel Goodparley [Bom de Papo], que *"after Bad Time dint no 1 write down no year count for a long time"* [após o Mau Tempo ninguém registrou, durante muito tempo, qualquer contagem dos anos] e que, desde que a contagem voltou *"its come to 2347 o.c. which means Our Count"* [chegou-se a 2347 n.c., que significa "nossa conta"]. Acreditam, com sombria pertinência, que a inscrição AD [d.C.] com que às vezes se deparam significa *All Done* [tudo feito]. Podemos aceitar essa escala de tempo de mais de dois milênios com uma pitada de sal. O mundo da novela parece estar em um futuro muito mais próximo que isso. A linguagem em que *Riddley Walker* é escrita é algo maravilhoso, mas não há uma tentativa sistemática de especular como a linguagem poderia ter mudado em 2.300 anos – e, na verdade, na falta de âncoras linguísticas de versões escritas e gravadas de como as pessoas falam, a língua inglesa por certo se desenvolveria durante 23 séculos para alguma coisa *muito* menos reconhecível que a fala peculiar de Riddley. Na realidade, acho que Hoban inclui essa data de um futuro distante e impalpável como meio de aglutinar passado e futuro: dois mil e alguns anos atrás nos leva para antes do nascimento de Cristo, para um mundo não salvo; e dois mil e alguns anos à frente direciona personagens, e leitor, para uma terra primitiva inteiramente definida por sua queda. Às vezes os críticos comparam *Riddley Walker* com uma novela anterior, escrita em uma versão estranha e distorcida, mas poeticamente expressiva do inglês, *Laranja Mecânica* (1962), de Anthony Burgess. Sem dúvida, porém, não é uma comparação muito útil. Burgess, fascinado toda a sua vida por línguas e linguística aplicada, criou o idioma de *Laranja Mecânica* como uma experiência trabalhada cuidadosamente com base na premissa de uma fusão de inglês, russo e gíria dos jovens. A novela de Hoban não tem essas ambições. Quase sem exceção, tudo na história pode ser reconhecido como o inglês corrente no século XX, embora escrito com uma ortografia – ou heterografia – não convencional, deliberadamente desorientadora. Em particular, quando a lemos em voz alta, ela se esclarece por si mesma em um exercício de ficção dialética, como a fluência nos estados sulistas de Faulkner ou a síntese dos falares da Escócia em Macdiarmid; ou, para escolher um exemplo mais relevante em termos topográficos (embora posterior ao livro de Hoban), a fala da classe operária de Londres em *Last Orders* [Ordens Finais] (1996), de Graham Swift. Ou talvez uma comparação ainda melhor fosse com o *Finnegans Wake* (1939), de Joyce, esse gigantesco exercício de uma linguagem elaborada com trocadilhos de inglês e irlandês, em que cada palavra tem, aglutinados nela, significados duplos ou triplos. A escala de Hoban é mais manipulável, e a narrativa está mais presente no que parece literal, mas ele expressa um fascínio joyceano por conexões semânticas. Os *soar vivers* são sobreviventes; aqueles que vivem (*vive*) uma *sore, sorry existence* (uma existência dolorida, triste); ou talvez aqueles que "*soared*" *above destruction and death* [que se elevaram, se colocaram acima da destruição e morte]. O "*Pry Mincer*" [afetado e intrometido] é tanto uma figura de respeitável autoridade, o primeiro-ministro, quanto uma figura mais sinistra, que se intromete em nossa vida e tem o poder de nos picar em pedaços. Um gesto de *no kind of fents* [nenhuma cerca] exterioriza um receio quando da completa ausência de cercas protetoras – traço crucial dos assentamentos na época de

Riddley, quando matilhas de cães que matavam gente perambulavam pelas terras ermas. *Sharna Pax* significa "amolar o machado", preparar-se para a guerra falando em *pax* ou paz. Ou, mais substantivamente, retornando à questão da pintura na parede da catedral de Canterbury que desencadeou a imaginação de Hoban, existe *Eusa*, uma peça central na mitologia futura, imaginada com riqueza, do mundo de Hoban. Como nome, Eusa se relaciona a Santo Eustáquio e USA; e o Homenzinho Brilhante o Adão, quebrado em duas partes por Eusa, é uma memória popular da fissão do átomo pelos cientistas norte-americanos, o ato que permitiu a criação das bombas nucleares que destruíram o mundo de Riddley. E Riddley é também uma versão do Adão bíblico (em termos de sua queda) e de Cristo, o Novo Adão (em termos de seus poderes de redenção). Seu nome é particularmente sonoro, pois no tamanho reduzido da pequenez está sua luz (mais iluminado, mais brilhante, lembramos, que mil sóis), assim como esse mesmo brilho incorpora uma timidez esquiva que é central a seu ser. Essa linguagem não parece recém-cunhada, como faz o *nadsat* de Burgess. Ao contrário, parece velha e comum – em outras palavras, vulgar. Está mais próxima da gíria de East Kent que qualquer outra coisa e encarna regiamente o que Baudelaire descreveu um dia como "a imensa profundidade de pensamento contida em expressões que são lugar-comum – buracos cavados por gerações de formigas". O templo que está no coração de Riddley Walker, a catedral de Canterbury, é também uma floresta de pedra. O brilho do Homenzinho Brilhante o Adão, traz iluminação a Riddley no capítulo XII, quando pela primeira vez ele vê uma luz artificial.

> – Sempre usei a palavra brilhante como qualquer um podia usar. O Sol está brilhante ou a Lua está brilhante. Veremos um brilho na água ou em um cabelo de mulher. Quando se fala do Homenzinho Brilhante ela é apenas a palavra do meio de como ele é chamado, não tem um sentido real. De repente, quando vi o brilho dessas máquinas quebradas, comecei a fazer uma ideia do brilho do Homenzinho. Lágrimas começaram a rolar de novo pelo meu rosto e minha garganta.
>
> – Qual é o problema? – Lissener sussurrou.
>
> – Oh, o que fomos! – sussurrei de volta. – E o que nos tornamos! (Hoban, pp. 99-100).

O mistério religioso da existência não é a continuidade, Hoban está dizendo, é a queda. A palavra é "torto", algo tão envergado quanto as costas de Punch, e é com essa madeira que temos agora de construir ("não tirem da cabeça", Riddley nos adverte, "que foi a inteligência que nos deixou tortos"). A linguagem vigorosa e degradada da novela, sua arruinada paisagem pós-apocalíptica, a nitidez de suas descrições de violência e corrupção, tudo materializa esse drama de queda. Mas também há esperança; e ela passa a viver através da queda de nossa queda. "Não é na luta pelo poder que existe o poder", Riddley percebe mais no final da novela. "O poder existe quando nos deixamos estar onde ele está." Penetrar no mundo de *Riddley Walker* é ser impelido para um novo modo de ler – e ver; é ao mesmo tempo desaprender e aprender.

O Livro do Novo Sol (1980-3), de Gene Wolfe, e suas sequências

Para muitos críticos, o escritor norte-americano Gene Wolfe é o mais importante escritor de ficção, no gênero ou fora dele, das últimas décadas. Talvez esses críticos tenham mesmo razão. Nos anos 1990, tinha se tornado claro que, ao lado de alguns contos e novelas isoladas, o prolífico Wolfe estava mesmo empenhado em escrever uma enorme novela, um tanto como Proust – com quem ocasionalmente, embora de modo equivocado, foi comparado.[5] *O Livro do Novo Sol* [*The Book of the New Sun*] (que foi lançado pela primeira vez em quatro volumes: *A Sombra do Torturador* [*The Shadow of the Torturer*] [1980]; *A Garra do Conciliador* [*The Claw of the Conciliator*] [1981]; *A Espada do Lictor* [*The Sword of the Lictor*] [1982]; e *A Cidadela do Autarca* [*The Citadel of the Autarch*] [1983]) é ambientado em Urth, uma versão muito longínqua do futuro da Terra, onde o Sol está morrendo e a sociedade humana ganhou uma estrutura intrincada, quase medieval, fermentada por toques ocasionais de alta tecnologia (voo espacial, viagem no tempo), mas ainda assim lembrando um mundo das obras de Fantasia. Severian, o protagonista, um torturador aprendiz, deixa a cidade em que foi treinado para peregrinar pela superfície de Urth, encontrando muitos povos e tendo uma variedade de aventuras estranhas. Ele renuncia à sua vocação e viaja para mais longe, tornando-se por fim o autarca ou governante de Urth. Um volume único de continuação de *O Livro do Novo Sol, Urth do Novo Sol* (*The Urth of the New Sun*) (1987), leva Severian para o espaço em busca do flutuante buraco branco que será usado para reativar o moribundo sol da Terra. Essa miniatura de sumário não chega nem perto de captar a complexidade barroca da novela de Wolfe, suas muitas narrativas encadeadas e dezenas de personagens, as mudanças de tom e ênfase, às vezes escrita em prosa, às vezes em forma teatral.

O Livro do Novo Sol se liga de forma oblíqua, mas certa ao que se tornaria o próximo projeto importante de Wolfe, *The Book of the Long Sun* [O Livro do Sol Longo] (compreendendo *Nightside of the Long Sun* [Lado Obscuro do

Novo Sol] [1993]; *Lake of the Long Sun* [Lago do Novo Sol] [1994]; *Caldé of the Long Sun* [Caldé do Novo Sol] [1994]; *Exodus from the Long Sun* [Êxodo do Novo Sol] [1996]). O herói desse vasto mundo é um sacerdote (de estilo muito católico, embora na realidade esteja a serviço de várias divindades pagãs) chamado Patera Silk, que vive de maneira modesta a bordo de uma colossal nave estelar Generation, chamada *Whorl*, uma palavra que soa mais como *world* [mundo] se pronunciada em certas variedades do sotaque norte-americano. Essa nave, com inúmeros habitantes, faz há tanto tempo sua jornada que a maioria dos passageiros se esqueceu até mesmo de que está em uma nave – uma venerável ideia de FC, mas tratada por Wolfe com uma nova seriedade e rigor, como um fato espiritual em essência. A trilogia seguinte de Wolfe deu continuidade direta à história do Sol Longo. *The Book of the Short Sun* [O Livro do Novo Sol] (*On Blue's Waters* [Nas Águas do Azul] [1999]; *In Green's Jungles* [Em Selvas Verdes] [2000]; *Return to the Whorl* [Retorno ao Whorl] [2001]) é ambientada em sua maior parte nos dois planetas, Azul e Verde, que eram o destino das naves estelares do Sol Longo e que elas orbitaram durante muito tempo. Silk e sua família se envolvem em novas aventuras, viajando entre os dois mundos e retornando, de forma periódica, ao Whorl.

Em termos estilísticos, Wolfe é um escritor talentoso, embora alguns considerem sua linguagem, deliberadamente amenizada e arcaica, um empecilho, e seus livros mais recentes talvez se apoiem em demasia em diálogos muito extensos e expositivos entre os personagens. Sua grande realização, no entanto, é formal, a criação de um texto que constrói narrativa, personagens e atmosfera com as ambiguidades e complexidades de que são feitos. Pouca coisa é simples em uma novela de Wolfe; os livros podem ser lidos e relidos para revelar novas perspectivas. Como um *nouveau romancier* ou um pós--modernista (embora Wolfe – católico praticante e conservador – talvez ficasse surpreso ao saber que está sendo chamado de "pós-moderno"), ele desconstrói nossos pressupostos sobre conclusão da narrativa, sobre descrição e manejo do personagem, bem como, de uma série de modos provocadores, sobre o sentido. Embora seus livros sejam todos religiosos, nenhum deles se resolve em uma alegoria ou mesmo em um simbolismo simples, embora todos estejam repletos de símbolos cristãos: rosas, peixes, o Sol, trindades e assim por diante. Mas o empenho do principiante em decifrar os símbolos acaba criando mais insegurança textual. O efeito dessas três obras complexas é, talvez, desconcertar o leitor acostumado a iguarias mais triviais.

Devido a isso, a exegese pode se tornar um fetiche entre os fãs de Wolfe.[6] O lema desses aficionados é que suas novelas longas devem ser não apenas lidas, mas relidas, várias vezes, antes que sua beleza e profundidade se tornem visíveis: a insistência dos adeptos de Wolfe sobre esse ponto às vezes se mistura com um mau humor generalizado acerca do ritmo frenético da vida moderna e das virtudes de uma atenção rigorosa, cuidadosa ao texto. Isso é razoável, mesmo que seja antiquado sustentar essa opinião. Mas também vale a pena observar que, de todos os principais escritores ainda vivos de FC, Wolfe é o mais capaz de dividir a base de aficionados da FC. Muitos aficionados jamais o leram ou tentaram ler *O Livro do Novo Sol,* mas desistiram. Livrarias *on-line,* como a amazon.com, que permitem que os leitores postem suas avaliações aos livros que compraram, atribuindo-lhes de uma a cinco estrelas, proporcionam instantâneos interessantes, mesmo que limitados, das respostas gerais às suas obras. Os livros de Wolfe provocam, mais ou menos em igual medida, tanto elogios extravagantes e avaliações cinco estrelas quanto rejeição ou hostilidade também extravagantes e as classificações mais baixas. Mas antes de rejeitar as segundas reações como fruto de ignorância e resistência teimosa às belas complexidades de um autor deliberadamente difícil, os adeptos de Wolfe precisam encarar o fato de que certos críticos de FC, de grande distinção, têm compartilhado essa aversão. "Não consigo suportar os pós-modernistas", anuncia Darko Suvin, acrescentando:

> Não consigo acompanhar as contorções semânticas e diegéticas de Gene Wolfe fugindo da Narrativa Principal [...]. Confesso descaradamente que prefiro uma boa história de Heinlein, Cherryh ou Gwyneth Jones à maioria das filosofias, desde que me mostrem mundos com ações e resistências e domínios psicológicos onde ambas signifiquem alguma coisa (Suvin, p. 241).

Contorções é um pouco injusto; embora seus livros sejam complexos, sinuosos e teçam camas de gato, dá uma visão errada de Wolfe (sempre um escritor elegante, controlado) chamá-lo de "contorcido". Mas Suvin dá voz a uma suspeita generalizada, não exatamente de que Wolfe seja um mau escritor (Suvin admite que há "alguns traços notáveis em sua principal série"), mas que o tipo de escrita que ele pratica é um desvio impróprio no desenvolvimento da FC em prosa. Estamos de volta, em outras palavras, ao lamento sobre a perda dos critérios do século XIX de Bergonzi: personagens, história, atmosfera...

Minha impressão é que Wolfe tem mais a temer de alguns de seus entusiastas que de seus oponentes. É bastante justo, se alguém gosta de jogos e enigmas, tratar a ficção de Wolfe como uma gigantesca caixa textual de jogos e enigmas. Mas ler apenas de modo lúdico é deixar escapar o sentido principal da obra de Wolfe, que é sempre séria. Divertidamente séria parece paradoxal, mas chega perto da verdade. Sua obra está envolvida em uma escavação genuína e profunda do núcleo dialético da FC, a relação entre o material e o espiritual. *O Livro do Novo Sol* é construído com muita delicadeza para se equilibrar com precisão nesse gume de faca: pode ser lido do início ao fim como Fantasia heroica (em que as coisas são explicáveis em termos de magia) ou como ficção científica (em que as várias maravilhas têm uma explicação técnica, material) e é classificado com igual frequência tanto em um gênero quanto no outro. O essencial não é a classificação em si; é antes o fato de a estética de Wolfe estar envolvida com essas preocupações, pois elas se relacionam com o mundo de um modo realmente problemático. Muitas coisas que a humanidade costumava, antes, atribuir a Deus podem agora ser explicadas de uma forma que não deixa espaço para o divino. Mas se a busca é levada o mais longe possível, rumo às estrelas e através do tempo, não chegamos a um *pou sto*, um derradeiro ponto de parada que temos de admitir que seja Deus? Os dramas de Wolfe em geral apresentam essa jornada, com muitas criaturas que a princípio parecem ser deuses reveladas mais tarde como artefatos tecnológicos. Há muitos becos sem saída, muita orientação errada, e os pontos cruciais parecem, à primeira vista, com frequência menores, fáceis de ignorar. As involuções e evoluções dessa busca agem como padrão para o desdobramento dos enredos de Wolfe. A conclusão a que Wolfe chega é de que há um Incriado ou *Outsider*, que poderíamos chamar de Deus. "Um dia acreditei que vocês três eram deuses", diz Severian a algumas entidades que aparecem, "e depois que os Hierarcas eram deuses ainda maiores [...]. Mas só o Incriado é Deus, inflamando a realidade e soprando para apagá-la. Todos os restantes, mesmo Tzadkiel, podem apenas manejar as forças que ele criou" (Wolfe, *Urth of the New Sun*, p. 353). Esse monoteísmo um tanto convencional está ainda mais explícito em *The Book of the Long Sun*, onde os deuses cultuados a bordo do Whorl não demoram a ser revelados como simulacros das personalidades de aristocratas mortos há muito tempo, preservados no banco de dados de um grande computador, aparecendo de modo ocasional para o populacho através de telas chamadas Janelas Sagradas. O protagonista Patera Silk é um sacerdote desses deuses, devotado à verdade, ao celibato, absolutamente dedicado a fazer as opções morais corretas em um mundo complexo e em transformação. Na verdade, ele não escapa por completo da acusação de puritanismo (embora esteja preparado para roubar ou mesmo matar se acreditar que isso serve a um propósito mais elevado). No decorrer do texto, Silk chega à compreensão de que os deuses a quem serviu e que considerou bons não eram deuses, e não eram bons em particular, embora essa perda de fé seja compensada pela apreensão do Deus maior que existia fora do Whorl. De fato, de modo um tanto corajoso, Wolfe começa sua extensa novela com um momento dessa revelação divina que só se torna compreensível depois que o leitor já avançou bastante no livro. A primeira frase de *Nightside of the Long Sun* é: "A iluminação chegou a Patera Silk na quadra de esportes; nada jamais poderia ser igual depois disso". Somos também informados que "poucas dessas coisas ocultas faziam sentido, e nem serviam umas às outras" (Wolfe, *Nightside*, p. 9).

O Livro do Novo Sol trata de revelação. Por um lado seus personagens viajantes-da-nave-estelar, que têm presumido estar seu destino muito à frente deles, percebem que não apenas chegaram, mas que já estão há muito tempo naquele destino. Mais importante, no entanto, é de certo modo a iluminação que Patera Silk experimenta logo no início, descrevendo-a não como uma percepção repentina, mas como um reconhecimento de algo que soubera havia muito tempo: "Foi como se alguém que sempre estivera atrás dele e parado (por assim dizer) na altura de seus ombros tivesse começado, após tantos anos de sugestivo silêncio, a lhe murmurar nos dois ouvidos" (Wolfe, *Nightside*, p. 9). Esse alguém é o *Outsider*, também chamado Ah Lah. Pode ser que essa introdução mais direta do Deus ecumênico de Wolfe na narrativa desequilibre o todo. O primeiro volume, embora maravilhoso, é uma realização menor que *O Livro do Novo Sol* devido, em parte, a esse viés teológico inequívoco. É também escrito com menos emoção, com um excesso de diálogos e uma prosa não descritiva nem meditativa o bastante. Algumas das muitas conversas do livro se aproximam do interminável, embora alguns críticos não tenham visto isso como uma fraqueza. Segundo John Clute, "o diálogo, uma vez compreendido como artéria central e pulsação de todo o empreendimento, parece tudo menos diversão. O tom incessantemente interrogativo é, poderíamos dizer, a canção da epistemologia da revelação" (Clute, *Scores*, p. 144).

Em *O Livro do Novo Sol*, Severian é revelado como um tipo de Cristo – ele inclusive se levanta dos mortos –, embora do início ao fim vejamos as coisas de seu ponto de vista e fiquemos, portanto, a par de suas próprias falhas de caráter, de sua descrença em si mesmo. Uma coisa é ver certas pessoas não acreditarem em Cristo; outra, diferente por completo, é ver o próprio Cristo não acreditar em Cristo. Severian é um personagem bem mais complexo, mais convincente que Silk e, sendo mediado por meio de sua consciência, o mundo de Urth compartilha sua profundidade e estranheza. Comparando Severian e Patera Silk, o segundo, embora humilde e discreto em um grau irritante, é na verdade muito mais seguro de si, detentor (ao contrário de Severian) de uma forte bússola moral e senso do certo e do errado. Mas a defasagem entre Silk, esse personagem um tanto simplório, de pés no chão, e a riqueza relativista, incerta, da trama e da *mise-en-scène* tende a drenar, acho eu, a força de toda a obra; enquanto a tensão criativa entre Severian e o mundo através do qual ele viaja em *O Livro do Novo Sol* lhe acrescenta imenso vigor. Horn, o protagonista de *The Book of the Short Sun*, é uma terceira tentativa de trabalhar em uma área temática similar e é a menos bem-sucedida das três, precisamente por se concretizar de forma demasiado literal. Ele é identificado como o autor de *O Livro do Sol Longo* e passa a trilogia buscando três mundos para Silk. Sua narrativa, no entanto, fica deslocada e distorcida à medida que ele a vai desenrolando, com a identidade de Horn se tornando cada vez mais indefinida. Wolfe continua friccionando, uma contra a outra, as ásperas fronteiras da Fantasia e da FC. Horn, em *In Green's Jungles*, é encarado como feiticeiro por alguns, embora ele insista que não lança feitiços, só direciona certos truques técnicos. Uma espécie importante nessa trilogia são os *inhumi*, um tipo de vampiro capaz de mudar de forma que pode ser encarado como criatura sobrenatural (assim como faz a narrativa de terror) ou que pode ser explicado em termos pseudocientíficos. Wolfe opta por uma linha ponderada com cuidado entre essas duas abordagens. Horn pode ou não se transformar em uma nova forma de vida no decorrer da trilogia.

Tudo isso é um modo de dizer, com rodeios, que *O Livro do Novo Sol* é a grande realização de Wolfe. Quanto maior o número de livros acrescentados à sua criação, menos ambígua ela se torna, mesmo que esses livros adicionais estejam cheios, nas palavras de David Langford, "de enigmas torturantes [...] de sombras de Borges e Escher, e de vínculos estranhos" (Langford também fala, de modo apropriado, "daqueles trechos de ofuscante simplicidade em que esse autor extremamente não simples gosta de se mascarar" [Langford, pp. 288-90]). Mas existe em *O Livro do Novo Sol* algo que se aproxima de um relativismo radical, de uma visão da ambiguidade que vai direto para o núcleo da existência, apesar da invocação ocasional do Incriado. No final de *The Book of the Short Sun* ficamos cientes de que essa ambiguidade não é radical, mas um mero tipo de ketchup metafísico aplicado ao prato ontológico em benefício dos habitantes do cosmos. Nas palavras hesitantes de outro personagem, Patera Remora, "o que todos os homens e a maioria das... ah... mulheres requerem não é teofania, a palpabilidade divina. A tangibilidade. É a... ha!... possibilidade" (Wolfe, *Return*, p. 402). Remora sugere que Horn (ou Silk, que talvez ele agora seja) institua o culto do *Outsider*, que não perturbará o gosto dos seres humanos antes pela possibilidade que pela realidade fazendo algo tão perturbador quanto se encarnar ou se revelar para sua congregação ("ele, pelo menos [...] não lhe aparecerá na Janela, Sua Cognição, creio que posso garantir isso à Sua Cognição"). Acho que é uma tentativa de despistar. Estamos demasiado certos da existência de "Ah Lah" no final de toda a sequência, algo que não se aplica ao Incriado do *O Livro do Novo Sol*. Mas, para citar mais uma vez John Clute, assim como "*The Book of the Short Sun* é integralmente sobre a salvação" (Clute, *Scores*, p. 260), o mesmo acontece com toda a coleção. Wolfe não apenas revisita muitas convenções da ficção científica do século XX; recua mais que isso, penetrando nas raízes profundas do gênero, interrogando as muitas maneiras com que noções de "salvação" são articuladas por nossa mais ampla compreensão materialista do cosmos.

Neuromancer (1984), de William Gibson, e o *Cyberpunk*

À medida que o número de títulos de FC comercial em prosa aumentava, ficava cada vez mais difícil para um escritor criar impacto. Um, no entanto, que conseguiu fazê-lo foi o norte-americano William Gibson; e o livro que, é provável, tenha causado maior repercussão que qualquer outra novela de FC nos anos 1980 foi seu *Neuromancer* (1984). O *cyberpunk* talvez tenha sido a invenção crucial do gênero nos anos 1980. O termo foi cunhado pelo pouco conhecido escritor norte-americano Bruce Bethke em um conto chamado "Cyberpunk" (1983). A primeira novela importante escrita nessa linguagem, segundo muitos, é anterior à terminologia: *The Artificial Kid* [A Criança Artificial] (1980), do escritor norte-americano Bruce Sterling. Ambientada em um planeta distante, no futuro longínquo, concentra-se com vigor na "criança" do título, que usa suas destacadas habilidades em artes marciais como meio de vida, como peça de entretenimento em uma cultura pós-escassez. Mas essa novela, por mais que seja boa, dificilmente seria característica do grande arrastão de ficção *cyberpunk* que viria depois. A obra de Sterling, sem dúvida vista hoje como violenta e urbana, é não obstante expansiva, picaresca, colorida e ambientada em sua maior parte nas paisagens mais vastas de seu mundo imaginário. Na maioria das vezes, os livros *cyberpunk* que vieram depois eram claustrofóbicos, sombrios e dotados de uma estreita visão urbana, o que é sintomático de uma avaliação mais pessimista dos perigos da computação (que era a indústria que explodia no mundo ocidental dos anos 1980) e do foco da vida contemporânea cada vez mais centrado na cidade.

Foi *Neuromancer* (1984), de Gibson, que definiu muitas das premissas do *cyberpunk*. O livro combina a premissa do filme *Tron* (1982) – uma realidade virtual, ou simplesmente ciberespaço, gerada em computador, que Gibson chama de Net ou Matrix – com o estilo *noir* soturno-chique de *Blade Runner* (1982): um enredo *noir*, um certo grau de violência e uma inovação conceitual no fim. O herói de Gibson, Case, é um hacker malandro que se envolve em uma trama complexa para roubar dados protegidos do ciberespaço. A aventura o conduz pela superfície do mundo e depois para um *habitat* espacial em órbita, antes que o centro do mistério seja revelado como um computador com IA que está tentando se tornar consciente – o que por fim consegue. Sem essa vigorosa literalização do tropo *deus ex machina*, as duas sequências de

Gibson (*Count Zero* [1986] e *Mona Lisa Overdrive* [1988]) – exercícios derivativos, de inspiração LeCarréana, em misteriosas aventuras de espionagem em um futuro urbano próximo – teriam alcançado muito menos êxito. Suas novelas posteriores quase sempre contêm elementos interessantes, mas nenhuma tem a mesma coesão irresistível de *Neuromancer*. *Virtual Light* [Luz Virtual] (1993) tira muito pouco proveito da intrigante metáfora de seu título, degenerando em uma aventura de perseguição e correria. Na época de *Idoru* (1996), as novelas de Gibson estavam sendo definidas quase por completo pelo senso de *déjà-vu*, pelos constrangimentos do nome-marca Gibson. Seu livro mais recente, *The Peripheral* (2014), é quase ostensivamente pastoso e fechado em si mesmo, abordando, com base em um futuro possível, um presente pessimista. Para isso, emprega uma ideia supercomplexa de viagem no tempo que, como a arte de Jackson Pollock, manifesta-se em algum ponto entre ter um formato excitante e livre, e ser meramente confusa. Mas Gibson continua sendo um escritor talismânico para muita gente no mundo da FC, alguém que definiu um estilo particular, um frescor pós-industrial, leve e pós-moderno. Sua influência espalhou-se em um grande número de direções por toda a década de 1980, adentrando a de 1990.

Na época, muitos viram o *cyberpunk* não apenas como outro estilo, mas como parte (nas palavras de Larry McCaffery) de certos desenvolvimentos "incrivelmente empolgantes" na cultura em geral e como um componente-chave do "pós-modernismo", que McCaffery vê como um "conjunto complexo de rupturas radicais – tanto no interior de uma cultura e estética dominantes quanto no interior do novo sistema midiático social e econômico (ou 'sociedade pós-industrial') em que vivemos" (McCaffery, pp. 1-2). Há quase tantas definições diferentes de pós-modernismo como há de FC, mas, na medida em que privilegia a superfície em vez da profundidade, o presente em mudança em vez do passado, a colagem, a citação e a intertextualidade em vez da originalidade, e preside um eufórico esvaziamento do conteúdo emocional ("o declinar do afeto"), o pós-modernismo se coloca contra idiomas espiritualistas ou místicos. Incrustado na gloriosa variedade rizomática da cultura material, é entusiasticamente não místico. Mas talvez desejássemos saber até que ponto o *cyberpunk* de fato se aloja em um idioma materialista. Por um lado, escritores de *cyberpunk* despendem muita atenção com as coisas de seu mundo, com distinções sutis, a textura e o sabor da experiência real. Mas, quanto mais os autores de *cyberpunk* investigavam o material de suas distopias urbanas, mais a outra metade da dialética da FC se afirmava em sua obra. Como diz Dani Cavallaro:

> Em um nível contemporâneo, a tecnociência parece perpetuar a abordagem racionalista pregada pelo Iluminismo. Em outro nível, a configuração

gibsoniana do ciberespaço como experiência alucinatória faz alusão ao envolvimento da ciência com o irracional [...]. A cibercultura prospera nessas ambiguidades: racionalidade e irracionalidade coexistem dentro de seu território [...]. Uma das principais contribuições do *cyberpunk* a reavaliações contemporâneas do conhecimento e da iniciativa reside em sua fusão de motivos mitológicos e tecnológicos (Cavallaro, p. 52).

Esse é um traço inevitável dos universos de bolso específicos da premissa de realidade virtual do *cyberpunk*: ele transforma o ambiente "Eu-Isto" da ciência em um ambiente (religioso em sua raiz) "Eu-Tu" com uma literalidade quase engraçada. Cavallaro cita tanto Darko Suvin quanto Samuel Delany, procurando enfatizar o componente religioso do ciberespaço gibsoniano: uma ficção escrita, sugere ela, a partir de um desejo de escapar da miséria da existência megalopolitana de cada dia, de forjar formas alternativas de coesão entre indivíduos cada vez mais alienados. Segundo Darko Suvin, "uma solução que se agarra de modo lógico ao ciberespaço e permite a reconexão (*religio*) entre pessoas desiguais e seus destinos [...] é então religião". Essa leitura é corroborada por Samuel Delany, que sustenta que "as duras arestas das tecnologias desumanizadas de Gibson ocultam um misticismo inerente" (Cavallaro, pp. 57-8; supressão do original). Esse é o misticismo que redime, por assim dizer, o caráter duro e implacável dos livros de Gibson.

Alguma coisa comparável a esse misticismo está presente, em variadas formas, nos mais importantes escritores de *cyberpunk* (alguns nomes louváveis entre um grande número de autores que pularam nesse trem) das décadas de 1980 e 1990. A norte-americana Pat Cadigan é, depois de Gibson, a praticante mais importante desse tipo de escrita. Sua versão de *cyberpunk* trata mais de perto a interface entre humano e computador precisamente para ser capaz de articular esta dialética. *Synners* (1991), provavelmente seu melhor livro, articula a problemática, em geral, em termos de enfermidade (vírus de computador que podem ser conscientes e estão implicados em certas mortes humanas). Em *Tea From an Empty Cup* [Chá de uma Xícara Vazia] (1998), a dialética é dramatizada com mais clareza em linhas culturais. A premissa (uma realidade virtual que dá ao usuário acesso a certas sensações sexuais extasiantes) é encarada como um meio adequado para a revelação espiritual e a verdade cósmico-mitológica de um personagem japonês da novela; mas é encarada também como uma experiência não mágica, puramente materialista, de um personagem branco. Outro escritor norte-americano, John Shirley, superaqueceu as convenções do *cyberpunk*, levando-as a uma intensidade ainda maior, exagerando tanto o materialismo pesado quanto as possibilidades gnósticas. Sua trilogia *Eclipse* (*Eclipse* [1985]; *Eclipse Penumbra* [Penumbra do Eclipse] [1988] e *Eclipse Corona* [Corona do Eclipse] [1990]) é notável em particular.

Pode ser que os prazeres, escuros como breu, do *cyberpunk* ultraviolento e distopiano só refletissem as ansiedades e comoções dos anos 1980 de Reagan/Thatcher. Quase todos os muitos livros desse tipo publicados durante a década se revelam hoje dolorosamente datados – não porque falte, em nossa época, ansiedade ou comoção, mas porque a natureza dessas emoções mudou sua lógica cultural. O problema não é com subgêneros e convenções como tal, mas com a calcificação dessas convenções. Muitas novelas "*cyberpunk*" são bem escritas e bem realizadas, mas um número muito grande delas é incapaz de chegar a uma conclusão que não se ajuste a seus preconceitos iniciais. Isso não acontece com *Neuromancer*, embora, em geral, caracterize o subgênero a que ele deu origem.

Escritores Fora-do-Gênero

"Escritores fora-do-gênero sempre escreveram novelas de FC", observa John Clute (*Science Fiction*, p. 230). É difícil contestar isso, embora os mais zelosos possam se irritar um pouco ante a percepção tácita de que o gênero tem aspectos claramente definíveis de dentro e fora. Alguns escritores se identificam como de FC, outros continuam a insistir que nesse campo não pode haver obra literária. Joan Gordon cita uma resenha de Sven Birkerts que se recusa a aceitar que a novela pós-apocalíptica *Oryx e Crake* (*Oryx and Crake*) (2003), de Margaret Atwood, seja um exemplo de ficção científica, porque é muito boa:

> Vou esticar o pescoço e dizer com clareza: a ficção científica nunca será literatura com L maiúsculo, porque ela se desenvolve, de modo inevitável, da premissa, não do personagem. Sacrifica a sutileza moral e psicológica em favor de temas mais conceituais e promove antes a ação que a sensibilidade (Gordon, p. 106).

Seu pescoço está lá, convidando-nos a cortá-lo, empinado como a gente gosta. Aqui se trata de um problema explícito de qualidade literária, e a resposta mais simples poderia ser meramente negar que o mérito está inteiro de um lado do debate, sem nada que sobre para o outro. As coisas se complicam pela existência de uma identidade cultural definida. Alguns escritores ficam felizes em se identificar como de FC. Outros, nas palavras de Gordon, "trabalham tanto dentro do campo quanto fora dele, à medida que seus interesses mudam" (ela dá como exemplo: Jack Womack, William Gibson, Neal Stephenson, China Miéville e Geoff Ryman). Outros "escreveram uma ou duas amostras de ficção científica sem publicá-las dentro do campo: P. D. James, Philip Roth, Michael Cunningham, Kazuo Ishiguro". Ela continua:

> A última categoria costuma produzir os exemplos mais problemáticos. Sem muito conhecimento do campo, esses escritores costumam reinventar suas ideias, mas nem sempre com êxito [...]. Não raro, lutam com as dificuldades básicas de construir histórias de FC: usar uma ciência plausível, evitar excessos expositivos, desenvolver ideias inovadoras e formas originais de especulação (Gordon, pp. 112-13).

O idealista que tenho em mim gostaria apenas de fingir que não existe distinção significativa entre FC e ficção literária, e o imperialista cultural dentro de mim gostaria de tudo reivindicar para o gênero. Mas a autoidentificação genérica, estratégias de marketing dos editores e filiação a gêneros culturais são todos aspectos reais do mundo e, portanto, moldam como a literatura é tanto produzida quanto recebida. E na verdade um dos argumentos principais do presente estudo é sugerir que alta cultura e *pulp* constituem, falando em termos estritos, uma dialética que tem sintetizado as energias específicas e os sucessos específicos da moderna FC.

O que não pode ser negado é que as décadas de 1980 e 1990 viram escritores fora-do-gênero tentar a FC às vezes apenas por diletantismo. Isso, por sua vez, é um indicador do grau de proeminência cultural que o gênero estava começando a demonstrar. Aquilo que, antes de *Star Wars*, havia sido o interesse subcultural de uma minoria estava com rapidez tornando-se dominante no âmbito cultural. Essa migração do literário para o *pulpish* tem sido às vezes marcada por arrogante menosprezo dos títulos antigos ainda em catálogo por parte dos autores de literatura e, infelizmente, pela hostilidade dos aficionados de FC. Vez por outra, escritores que construíram reputações com livros que ninguém chamaria de FC tentam trabalhar com tropos de FC e às vezes, ao fazê-lo, exibem uma vergonhosa ignorância do vasto acervo de abordagens preexistentes de FC. A história alternativa, por exemplo, é às vezes trazida à luz por escritores do sistema com gritos de alegria, como se a tivessem descoberto pela primeira vez. Beryl Bainbridge, em *Young Adolf* [O Jovem Adolf] (1978), imagina Hitler vivendo em Liverpool em 1913; Philip Roth, em *The Plot Against America* [A Conspiração contra a América] (2004) postula o aviador Charles Lindbergh se tornando um presidente semifascista dos Estados Unidos em 1940, com malignas consequências para a família judia no centro da trama. Mas há uma precaução debilitante do ponto de vista estético em ambos os livros, com a verdadeira história logo se reafirmando, e, nem em um caso nem em outro, o tropo é usado de modo particularmente iluminador ou original. O caso mais notório dessa situação é *Time's Arrow* [Flecha do Tempo] (1992), de Martin Amis, que foi celebrada pelo *establishment* literário de seu tempo como uma obra de excepcional originalidade e profundidade.[7] De fato, a originalidade (a premissa do tempo correndo para trás) é mais bem manipulada no livro em que surgiu pela primeira vez, *Regresso ao Passado* (*Counter-Clock World*) (1967), de Philip K. Dick; e a profundidade (o livro conta a história de um velho nazista movendo-se para trás no tempo através de sua experiência do Holocausto) parece rasa comparada à complexa e comovente meditação sobre o mesmo e exato tema, também apresentado através de uma cronologia fragmentada, de *Matadouro 5* (*Slaughterhouse 5*) (1969), de Kurt Vonnegut. O livro de Amis é profundamente derivativo e profundamente conservador, pois não há equívoco em sua tese implícita de que "o passado é melhor que o presente". Para entendermos como pode ter provocado tamanho impacto, é preciso imaginar um pintor do século XVIII anunciando ao *establishment* artístico que tinha inventado o princípio da perspectiva e – o que é de fato algo notável – conseguindo que acreditassem nele.

Contudo, muitos dos chamados "escritores fora-do-gênero" escreveram uma FC bastante interessante. Maureen Duffy, em *Gor Saga* [A Saga de Gor] (1981), tratava da criação de um híbrido homem-gorila. Ambientado em uma bem concebida Grã-Bretanha futura em ruínas, o herói Gordon (Gor) tem muitas aventuras, permitindo que Duffy dramatize de forma eloquente questões sobre o valor da vida, embora em certa medida, ela faça a balança pesar para o lado que lhe convém (pró-animal). As excursões ocasionais de Paul Theroux pela FC têm sido marcadas por uma melancolia distópica. A superficial, consumista América neoinfernal de *O-Zone* (1986) deixa um gosto amargo na boca do leitor, mas é no mínimo apresentada com energia, mesmo que com certo descuido. Na verdade, o pessimismo de Theroux influenciou inclusive seus escritos de viagem, a modalidade em que é mais elogiado. Em *Sailing through China* [Navegando pela China] (1984), sua perspectiva sobre a China moderna superpovoada, desmatada, poluída, é expressa com vigor por meio de uma imaginação distópica de FC. "Mais ou menos daqui a cem anos, sob uma Lua não colonizada e fria, o que chamamos de mundo civilizado estará todo parecido com a China, barrento, senil e obsoleto [...]. Nosso futuro é essa Terra ligeiramente envenenada e seu ar enfumaçado" (Theroux, p. 22). As funestas implicações da expressão eloquente "Lua não colonizada" são atribuídas à exuberância e ubiquidade culturais de antigas suposições positivistas da ficção científica.

A romancista canadense Margaret Atwood tem, vez por outra, irritado membros da comunidade de FC ao negar que escreva essa coisa de "ficção científica", um gênero *pulp* que ela denegriu como algo que só dizia respeito a "lulas inteligentes no espaço". Mas a despeito das negativas, as três melhores novelas de Atwood são todas francamente de FC. *O Conto da Aia* (1985), seu título mais famoso, ganhou o primeiro prêmio Arthur C. Clarke pelo nítido retrato de um futuro Estados Unidos distópico, onde o fundamentalismo cristão estabeleceu uma sociedade repressiva e misógina baseada, de forma ostensiva, em princípios bíblicos. A protagonista da novela, Offred [Defred] (anônima, exceto na medida em que pertence, como criada, a seu amo – ela é *"of Fred"* [de Fred]), torna-se o foco para a indignação mais generalizada do livro ante os muitos meios como os homens transformam as mulheres em objeto e as escravizam. As seções iniciais são incrivelmente claustrofóbicas, não só na representação da existência precária que Offred suporta, mas também da vida limitada que o próprio Fred leva. Atwood levanta uma questão muito importante sobre a psicologia humana e, antes de tudo, sobre como as estruturas de opressão são capazes de subsistir; por que razão seres humanos oprimidos não (como Shelley coloca) se erguem como leões depois do sono. Não acho que seja um livro impecável. O leitor pode sentir certo desapontamento na cena da última metade da novela em que o comandante leva Offred para uma boate-bordel sancionada pelo governo. Até esse momento, *O Conto da Aia* parece estar fazendo algo mais complexo e interessante que apenas deplorar a hipocrisia da masculinidade. Parece retratar um mundo em que os homens, tendo erigido um proibido edifício teoideológico para manter as mulheres em seu lugar, encontram-se agora enredados nas próprias teias, com as vidas despojadas das gratificações do poder pelas próprias estratégias empregadas para obtê-lo – o que significa dizer, tornaram-se infelizes (menos infelizes que as mulheres que oprimem, é claro, mas ainda assim infelizes) devido às próprias narrativas de autojustificativa. Mas a visão de Atwood é que os homens não acabam na verdade sendo vítimas das hierarquias repressivas que constroem; todos estão se embebedando e fazendo sexo com prostitutas em clubes secretos. Isso, no entanto, me parece questionável. Hitler, afinal, não voltou para seu *bunker* de Berlim para compartilhar cocaína incrementada por orgias sexuais; voltou para comer aspargos cozidos e chatear os companheiros com entediantes monólogos antes de deitar em uma cama de beliche para sonhar os sonhos áridos de dominação ariana. Um dos (muitos) toques de mestre em *1984*, de Orwell, ocorre quando O'Brien revela o nível de opulência negado à ralé, mas concedido pelo Partido aos escalões superiores – e ele é terrivelmente baixo; uma marca *ligeiramente melhor* de Victory Gin, um conjunto *ligeiramente menos surrado* de mobiliário. Isso nos gratifica, eu acho. Seja como for, após aquela cena, o Fred de Atwood se torna um vilão mais bidimensional – não o menos verossímil, é evidente, pois muitos autocratas entram apenas com protestos de fidelidade às ideologias que lhes dão suporte, enquanto desfrutam, em segredo, de prazeres ilícitos; mas um personagem menos interessante segundo a lógica fictícia do mundo criado por Atwood. A conclusão da novela, com Offred escapando dos mundos limitantes de Nova Galaad, traz também um certo anticlímax.

Um considerável conteúdo de FC está presente em *O Assassino Cego* (*The Blind Assassin*) (2000), com que Atwood conquistou o prestigiado prêmio Booker, uma novela cuja história convencional (ambientada no Canadá do século XX, sobre uma vida familiar desmantelada e cheia de segredos) ajusta-se em torno de uma aventura muito extensa e, sob muitos aspectos, bem mais interessante das revistas *pulp* de ficção científica, um romance planetário de boa qualidade, no estilo de Edgar Burroughs, ambientado no exótico planeta Zycron, a partir do qual a novela recebe seu nome. O fácil domínio por Atwood do idioma *pulp* contrasta de modo nítido, gerando um interessante efeito estético, com o modo um tanto sufocado em que a metade contemporânea da novela é narrada. A realização mais duradoura de Atwood, no entanto, talvez seja a trilogia que escreveu mais no final de sua carreira: *Oryx e Crake* (2003), *The Year of the Flood* [O Ano da Enchente] (2009) e *Maddadam* (2013). Desses três, *Oryx e Crake* é o que funciona melhor: uma novela pós-apocalíptica de genuína força, concentrada em Jimmy, também conhecido como Snowman [Boneco de Neve], aparentemente o último humano vivo depois que uma praga, disseminada por inseto, liquidou a humanidade. Ele, no entanto, não está sozinho, pois grande parte da novela diz respeito a suas interações com pós-humanos, frutos de engenharia genética, chamados *crakers*. A novela nos dá muita coisa de história pregressa: o que houve de irregular na infância solitária de menino rico de Snowman, a mãe difícil, a adolescência, a vida adulta insatisfatória. Tudo parece convincente, sendo escrito de um modo envolvente e, com frequência, com emoção. Quando Jimmy era garoto, seu melhor amigo era Crake, o homem que ia crescer e produzir os *crakers* por engenharia genética, mas também o homem que criaria a praga para eliminar o *homo sapiens* da Terra a fim de abrir caminho para eles – Crake inocula Jimmy em segredo contra a doença, o que explica como Jimmy teve condições de se manter na novela. Quando garotos, Crake e Jimmy viam muitos filmes pornôs e uma menina asiática, vista em um desses filmes, chamou a atenção dos dois em particular. Mais tarde, de modo suficientemente improvável, ela não apenas toma o caminho da América, aprende inglês e recebe instrução, como também se torna braço direito e amante de Crake. A construção do personagem da moça, Oryx, é manipulada com habilidade por Atwood. Sua história pregressa – vendida, quando criança, como escrava sexual, traficada pelo mundo afora – é genuína e horrível, mas Atwood a caracteriza como enigmática o bastante para frustrar a expectativa de Jimmy, e a nossa, por cenas picantes do pós-traumático e emocional *Sturm und Drang*. Obcecado por ela, Jimmy faz de tudo para descobrir detalhes mais penosos e excitantes de sua antiga degradação sexual. Com brandura, com firmeza, ela sempre contorna suas perguntas.

> Não conseguia deixar de importuná-la sobre a vida que ela tinha levado, estava decidido a descobrir. Nessa época, nenhum detalhe lhe parecia pequeno demais, nenhum doloroso fragmento de seu passado insignificante. Talvez estivesse procurando desenterrar sua raiva, mas nunca a encontrou. Estava enterrada muito fundo ou não estava absolutamente lá (Atwood, *Oryx and Crake*, pp. 314-15).

Atwood sem dúvida compreende muito bem esse impulso masculino: o doloroso prazer de se afligir como os parceiros anteriores da amante, a peculiar intensificação do desejo erótico baseada em uma espécie de fascinação repelida, contaminada neste caso pelo conhecimento de que não só o passado de Oryx é de estupro e abuso, mas também que ele, Jimmy, foi indiretamente um dos que abusaram – pois assistia, com bastante avidez, os filmes pornôs explorando a condição de Oryx. É uma boa oportunidade para Atwood nos deixar, como leitores, na posição de Jimmy, sem saber se a raiva de Oryx pelo modo como foi tratada está enterrada fundo demais para ser recuperada ou se apenas não está mais lá. Nosso desejo como leitores é menos venal que o de Jimmy, mas não deixa de ser mais invasivo. Um dos traços mais desconcertantes do livro de Atwood é a implicação de que o romance literário está tão afinado com um voyeurismo utilitário-emocional quanto um filme pornô. Ursula K. Le Guin não gosta das caracterizações de Atwood nesta novela (em sua resenha do livro, ela disse que a "personalidade e sentimentos" dos personagens "não tinham grande interesse; eles eram figuras a serviço de uma alegoria de fundo moral"). Acho errado acreditar que a caracterização de Atwood não seja construída para lidar com o interesse do leitor, mas, em específico, e de forma ostensiva, para repeli-lo. Pegamos uma novela esperando que todos os meandros das motivações e sentimentos dos personagens, seus padecimentos e alegrias (mas em especial os padecimentos) sejam colocados diante de nós. Com o personagem de Oryx e, até certo ponto, com o personagem de Crake, Atwood apenas se recusa a nos atender. E com o terceiro de seu trio, Jimmy, obtemos uma ostentação repugnante de um *excesso* de conhecimento íntimo: cada desagradável volta e reviravolta de sua precoce vida sexual; Snowman se masturbando em uma casa de árvore no fim do mundo; Snowman examinado como um escravo, como "carne fresca", por aqueles espertos porquinhos chauvinistas, os *pigoons**. Uma das coisas que o fim do mundo provoca é, ao que parece, transformar o consumidor de pornografia, digamos assim, no produto que ele consome. Essa é uma novela sobre como o sujeito é feito objeto. Os dois livros que se seguiram a *Oryx e Crake* acrescentam alguma precisão, mas pouca substância a essa visão central, concentrando-se (necessariamente, já que o mundo acabou) mais na história pregressa que em possibilidades futuras.

O Melhor da FC dos Anos 1980: Orgulho, Livre-Arbítrio e Expiação

Sheri Tepper, como Atwood, é muito estimulada por preocupações ambientais e as delinquências da relação da humanidade com o mundo natural. Como mulher publicando FC nos anos 1980, e com base na força da fábula de gênero *The Gate to Women's Country* [O Portão para o País das Mulheres] (1988), ela é às vezes classificada sob o guarda-chuva multicolorido de FC feminista. Mas isso não é de todo correto – não porque a obra de Tepper seja hostil ao pensamento feminista (ao contrário, toma grande parte do feminismo como um *sine qua non*), mas porque sua revolta é provocada pelo que é, em sua raiz, uma categoria *teológica*: orgulho. Materializações do poder destrutivo do orgulho assombram os protagonistas de sua novela na linha de Riverworld: *The Awakeners* [Os que Despertam] (1987). É orgulho que ameaça o ambiente como meramente um recurso a ser explorado e orgulho (sobretudo na forma masculina) que ameaça a humanidade (em especial, na forma de mulheres e crianças) no mundo pós-holocausto de *The Gate to Women's Country*, onde homens embriagados de guerra vivem em cidades diferentes do restante da população mais civilizada. É por isso que o humanismo agnóstico das novelas de Tepper relaciona-se de modo central com uma percepção religiosa que penetra na raiz da própria FC, algo evidente na obra-prima de Tepper, *Grass* (1989), um livro vasto, bem tramado, provocador e sábio que reescreve, de modo interessante, a mitologia de a bela e a fera.

A população humana do planeta Grass é dominada pelos "bons" aristocráticos, uma casta de elite de famílias muito entrelaçadas cuja vida é dominada pela caça – não caça a raposas usando cavalo e cães como na Terra, mas caça a uma "raposana" alienígena mais temível (um borrão informe de dentes e garras) com *hippae* alienígenas, criaturas parecidas com o velociraptor, de grande astúcia e inteligência. O mundo é muito fechado e não acolhe forasteiros,

---

* Porcos transgênicos da novela. Foram criados para desenvolver órgãos para implante em humanos. (N. do T.)

mas parece possuir a cura para uma praga galáctica e, assim, uma terráquea que ama cavalos, Marjorie Westriding Yrarier, e sua família viajam ao planeta para tentar se insinuar no mundo dos "bons" e aprender o segredo da imunidade de Grass. A jornada de Westriding para esse conhecimento também revela o mistério do ciclo de vida no planeta e reflete o próprio afastamento de um marido inadequado – por meio da possibilidade de um caso de amor com um dos "bons" – até uma conclusão surpreendente, mas muito mais satisfatória. As raposanas aparentemente selvagens revelam-se como vítimas, os *hippae* perseguidores, como diabólicos. No final, em vez de transformar com seu amor uma raposana em um ser humano, Marjorie deixa o marido e foge com a Fera, desfrutando de uma união bestial. A sátira de Tepper sobre o catolicismo convencional dos Westriding e sobre a sufocante religião oficial quase-mórmon de sua Terra é um pouco pesada, mas a monstruosa história de amor mais do que compensa isso, acumulando uma impressionante carga emocional. Em uma continuação informal dessa novela, *Raising the Stones* [Erguendo as Pedras] (1990), o fundamentalismo é vergastado com maior vigor. Mas Tepper nunca perde o humor em seus ataques ao pensamento organizado. Em *Raising the Stones*, Marjorie e sua raposana aparecem de modo breve, através do portal para um buraco de minhoca, diante de uma assembleia de pessoas chamada Baidee, à qual ela transmite certa sabedoria (por exemplo: "Não há pecado inerente a qualquer mente, salvo o pecado do orgulho em acreditar que se viu ou que nos foi ensinada a verdade absoluta"), guardando seu "maior mandamento" como última, sábia e verdadeira declaração: "Mesmo quando as pessoas estão bem-intencionadas, não as deixe mexer com sua cabeça" (Tepper, *Raising the Stones*, p. 155). Tepper acelera a narrativa várias centenas de anos e descobrimos que as palavras de Marjorie, tomadas como revelação divina, foram codificadas, resultando em uma sociedade tão restritiva e opressora quanto a anterior, com o detalhe adicional de que neurocirurgiões, psiquiatras e cabeleireiros foram banidos com base no motivo, deliciosamente literal, de impedir a mexida em nossas cabeças. A sátira sobre a reificação da revelação é focada e hilariante. Por exemplo, a do mandamento de Marjorie "não sejam porcos sexistas":

> Onde a Baixa Baidee encontrou uma proibição contra a discriminação sexual nas palavras da profetisa (não sejam sexistas), os Observadores homens da Alta Baidee encontraram uma advertência contra comportamento animalesco (não sejam porcos). Não demorou muito para o comportamento animalesco ser definido como associado ao outro gênero, isto é, à Baixa Baidee (Tepper, *Raising the Stones*, p. 156).

Livros mais tardios de Tepper estiveram preocupados de forma mais direta com a degradação ambiental. *The Margarets* [As Margarets] (2007) projeta agressão masculinista e cuidado ecofeminista num estágio interplanetário e no ambiente de uma vibrante *space opera*. *The Waters Rising* [A Subida das Águas] (2010) e sua sequência *Fish Tails* [Caudas de Peixes] (2013) narram uma enchente catastrófica e as extremas exigências que a vida enfrenta para se manter.

Connie Willis tem desfrutado de um nível notável de amor por parte do universo de fãs, que se manifestou, entre outras coisas, em prateleiras cheias de prêmios (ela foi, por exemplo, indicada 24 vezes para o Hugo e ganhou 11 deles). Em certo sentido, é uma escritora que nada tem de pós-moderna, tendo criado apenas as histórias que tem vontade de contar, povoadas por seres humanos verossímeis e simpáticos. Seu interesse na expiação ganhou forma pela sua maior preocupação como escritora: a viagem no tempo. Todos os seus livros mais bem-sucedidos partem da premissa da invenção da viagem no tempo em Oxford, na década de 2050, e das aventuras que os viajantes enfrentaram no passado, tentando, a partir de detalhes, direcionar os eventos para longe de suas manifestações mais nefastas e dos modos complexos como fracassam. *Doomsday Book* [O Livro do Dia do Juízo] (1982) envia seus viajantes de volta ao final do século XIV, na Inglaterra, embora um equívoco os acabe depositando no meio da Peste Negra, meio século antes. Apesar de muitas imprecisões históricas na escrita, é uma novela que gera em seu final um considerável peso trágico, e a tragédia, ou, para ser mais preciso, a elegia é o modo com o qual Willis alcança seus melhores efeitos. Alguns leitores têm apreciado o devaneio de sua comédia de viagem no tempo para o século XIX, *To Say Nothing of the Dog* [Para Nada Dizer do Cachorro] (1998), embora outros o considerem um retrocesso. Uma novela posterior em duas partes, *Blackout/All Clear* [Blecaute/Tudo Claro] (2010) levou viajantes para os ataques aéreos a Londres nos anos 1940, mas está viciada não só pelos inúmeros erros factuais, mas por uma interpretação incorreta do tom exato do que significa ser britânico, desculpável em uma escritora norte-americana. Por outro lado, Jo Walton é também norte-americana, e suas novelas – por exemplo, a trilogia de história alternativa das décadas de 1930 e 1940, *Farthing* [Vintém] (2006), *Ha' penny* [Meio Centavo] (2007) e *Half a Crown* [Meia Coroa] (2008) – são precisas em termos factuais e de tom.

Octavia Butler pegou a ideia de abdução alienígena como ponto de partida de sua vigorosa trilogia *Xenogenesis* (*Dawn* [Aurora] [1987]; *Adulthood Rites* [Ritos da Maturidade] [1997]; *Imago* [1998]). Lilith Iyapo, uma mulher afroamericana bem de vida, descobre ao acordar que está num aposento cinzento, fechado, a bordo de uma espaçonave. Não se lembra de como chegou lá, embora se recorde da guerra nuclear que destruíra seu mundo e se lembre da morte de sua família. Os alienígenas a quem pertence a espaçonave, os *oankali*, removeram os remanescentes da humanidade nos dias que se seguiram ao conflito nuclear e os preservaram, durante 250 anos, em animação suspensa a bordo da espaçonave em órbita, até que a Terra voltasse a se tornar habitável e a humanidade pudesse retornar a ela. Como recompensa por agirem como salvadores, pedem genes humanos. Esse é o modo de existência deles; viajar pela galáxia aumentando de forma contínua os próprios corpos com a diversidade genética de outras espécies, um processo que podem controlar num nível molecular. Os *oankali* são, em outras palavras, uma personificação simbólica do Salvador como princípio da diversidade. É o que Lilith comenta no segundo livro da trilogia, falando com o filho, um híbrido humano-*oankali* chamado Akin:

> "Seres humanos temem a diferença", Lilith lhe dissera um dia. "Os *oankali* anseiam pela diferença. Os humanos perseguem os seus diferentes, mas precisam deles para dar a si próprios definição e *status*. Os *oankali* procuram a diferença e a colecionam. Precisam dela para se proteger da estagnação e da superespecialização [...]. Quando experimentar um conflito (dentro de você mesmo), tente seguir o caminho *oankali*. Abrace a diferença" (Butler, *Adulthood Rites*, p. 80).

Talvez, tirado de seu contexto, isso pareça meramente banal, mas a trilogia como um todo articula a beleza assim como a necessidade da diferença com total energia e veracidade. Os *oankali* de Butler constituem um dos mais convincentes experimentos utópicos da FC, uma profunda e empolgante exploração das possibilidades que a alteridade poderia trazer.

A inserção de uma mulher negra no cerne dessa história nos leva, como é inevitável, de volta a problemas de diferença racial, um dos tópicos a que Butler retorna com frequência em sua ficção. Descobrimos que Lilith foi despertada pelos *oankali* por uma determinada razão específica: ela deve cuidar de um grupo de humanos recém-despertos, guiando-os para uma postura de aceitação de sua nova condição. Não quer a tarefa, mas essa é a razão mesma pela qual a tarefa lhe foi dada pelos alienígenas: "Alguém que não quer a responsabilidade a ponto do desespero, que não quer liderar, que é uma mulher" (Butler, *Dawn*, p. 157). Em outras palavras, como Jenny Wolmark coloca, é uma novela sobre os modos como "a marginalidade de um personagem, articulada em termos tanto de gênero quanto de raça, [pode] se tornar sua força" (Wolmark, p. 32). Como mulher negra, Lilith poderia ser tradicionalmente representada como marginal, mas o contexto da FC de Butler redefine o conceito do marginal através dos híbridos alienígenas espaciais em cuja esfera a história tem lugar.

Butler é uma importante romancista afro-americana, cujas fabulações vigorosas, eloquentes, voltadas para a herança da escravidão na cultura norte-americana e mundial ganham impulso a partir do estranhamento tácito que essas fabulações acarretam. Talvez seu livro mais importante, com certeza o mais lido dentro e fora do gênero (uma leitura não raro indicada em nível escolar e universitário), seja *Kindred – Laços de Sangue* (*Kindred*) (1979). É uma novela que usa a viagem no tempo para confrontar uma jovem escritora afroamericana, Dana, com a experiência vivida da escravidão antes da Guerra Civil. Dana viaja entre sua casa na Califórnia dos anos 1970 e uma plantação de tabaco em Maryland, no pré-guerra, onde passa a conhecer seus ancestrais, além de um branco proprietário de escravos e a mulher negra que ele escravizou e estuprou. O que torna a narrativa uma peça tão vigorosa é o modo como descreve as complexidades da sociedade escrava, o dano causado a escravizadores e escravizados, e o modo como as estruturas de poder impõem um compromisso prático e psicológico em nome dos próprios escravos. É uma novela à frente de seu tempo em sua sensível apreensão do que agora é chamado interseccionalidade, o modo como tanto raça quanto classe e gênero incluem e refletem a dinâmica do poder. Uma obra posterior de Butler, o par de Parábolas (*Parable of the Sower* [Parábola do Semeador] [1993], *Parable of the Talents* [Parábola dos Talentos] [1998]), é no mínimo uma representação ficcional ainda mais devastadora da opressão e da tenacidade, nem que apenas por ser – em especial no segundo volume – tão implacável na descrição minuciosa dos custos humanos da escravidão. Ambientada no futuro próximo de um Estados Unidos em desagregação, a novela investiga o meio como o pensamento fundamentalista colabora com o verdadeiro poder em pequenas comunidades, reforçado por certos incrementos tecnológicos da autoridade hierárquica, e as terríveis consequências humanas desse estado de coisas. A morte prematura de Butler, aos 58 anos de idade, nos privou de um futuro terceiro livro das Parábolas, *Parable of the Trickster* [Parábola do Impostor], que poderia ter fermentado um pouco a aspereza da visão ficcional.

Na década de 1980, Orson Scott Card parecia ter se tornado com rapidez (sua primeira história foi publicada em 1977) uma das figuras dominantes da FC mundial. Essa preponderância parece um pouco menos assegurada no início do século XXI; não porque sua produção tenha fraquejado, mas porque os últimos livros de Card – embora sempre uma leitura interessante – pouco têm acrescentado à sua obra mais precoce. Tudo o que Card escreve é formalmente conservador, reciclando repetições, a maioria do século XIX, de personagens, história e atmosfera. Mas em *O Jogo do Exterminador* (1985), ele encontrou uma engenhosa premissa central para um livro que conseguiu dramatizar um genuíno dilema ético. A Terra futura da novela teme um ataque arrasador de uma espécie alienígena com atributos de inseto e cujos membros são desagradavelmente chamados de *buggers*.* As autoridades recrutam indivíduos promissores e muito jovens e os criam em uma academia militar para maximizar seu potencial beligerante. O herói, o jovem Ender (finalizador/exterminador) Wiggin, é o mais talentoso estrategista, executando jogos de batalha e de guerra cada vez mais complexos num ambiente de realidade virtual. Apenas no final da história é revelado que, embora Ender achasse que só estava jogando, estava de fato guiando a verdadeira frota espacial humana na batalha final contra os *buggers*, que a liquidou por completo. Duas coisas tornam a história mais que uma engenhosa fábula de FC repleta de reviravoltas. Uma é o retrato sem ilusões, mas sonoramente fiel do caráter intimidador, manipulador e perigoso do mundo das crianças na academia. A outra é o livro de continuação de Card, *Speaker for the Dead* [Orador dos Mortos] (1986), em que o eletrizante clímax militar da guerra contra os *buggers* – eletrizante para o triunfante Ender, mas também para o leitor, que vira as páginas encorajando Ender – torna-se cinzas na boca de Ender e nas nossas. Essa continuação dramatiza as consequências éticas de cometer genocídio ou, de modo mais estrito, para citar o título do terceiro livro na série de Ender, de cometer *Xenocídio* (1991). Ender acaba viajando pela galáxia, tentando corrigir seu crime de guerra. O sentido moral é bem dramatizado, mesmo se Card, às vezes, guina para o esquemático; e o que torna a coisa interessante em particular é a sensação de que Ender, embora responsável pelo crime, não estava em uma posição que lhe permitisse desejá-lo de forma consciente. O fascínio de Card com essa questão de livre-arbítrio tem ressonâncias cristãs evidentes. Mórmon, Card tem retornado frequentemente à fé como inspiração para sua obra. A coleção *Tales of Alvin Maker* [Histórias de Alvin Maker] (*Seventh Son* [O Sétimo Filho] [1987]; *Red Prophet* [O Profeta Ruivo] [1988]; *Prentice Alvin* [1989]; *Alvin Journeyman* [O Artífice Alvin] [1989]; *Heartfire* [1988]; *The Crystal City* [A Cidade de Cristal] [2003] e *Master Alvin* [Mestre Alvin] [2005]) reelabora a vida do fundador da religião mórmon, Joseph Smith (1805-1844). Mais impressionante é sua série *Homecoming* [Volta ao Lar], em cinco volumes (*The Memory of Earth* [A Memória da Terra] [1992]; *The Call of Earth* [O Chamado da Terra] [1992]; *The Ships of Earth* [As Naves da Terra] [1994]; *Earthfall* [Desmoronamento] [1995]; *Earthborn* [Telúrico] [1995]). Essa sequência reescreve a Bíblia como FC, contando uma história do Antigo Testamento como êxodo interestelar. O planeta

---

* Sujeitos, caras, mas também malandros, patifes, "sodomita". (N. do T.)

Harmonia foi colonizado por humanos há quarenta milhões de anos. Agora o computador em órbita, Oversoul [Superalma], que governou o planeta durante todo esse tempo, está começando a falhar. Ele seleciona alguns humanos para fazer a longa viagem de volta à Terra e estabelecer contato com um Guardião ainda mais poderoso, para descobrir como proceder. Mais uma vez a história se mostra bastante interessada em questões de livre-arbítrio, nas razões por que Deus (o Guardião de Card) o concede e no fato de algumas pessoas o usarem para fazer coisas más. Essa síntese parece árida, e Card não consegue escapar por completo de uma sufocante devoção em seu tratamento. Mas ao construir suas novelas em torno de personagens comprometidos e dilemas morais bastante precisos, ele sempre atinge um patamar acima da massa do mercado.

Hyperion (1989), de Dan Simmons, criou um tremendo burburinho entre fãs de FC quando de sua publicação (ganhou o Hugo em 1990). Com uma *space opera* complexa, desenvolvida de modo magistral, *Hyperion* e sua sequência, *The Fall of Hyperion* (1990), são novelas que expressam as inquietações originais da FC de uma forma inabitualmente pura. Esse livro conciso começa com uma história sobre um padre católico, Lenar Hoyt, cuja fé foi corroída pela pluralidade de mundos habitados da futura civilização galáctica de Simmons. Ele descobre uma espécie de alienígenas mudos com uma cruz brilhante no peito que, com grande prazer, toma como prova da verdade da encarnação de Cristo. Na realidade, as cruzes são uma forma específica de um nocivo parasita alienígena, e o padre fica desiludido, mas a trajetória das duas novelas de fato trabalha para reinscrever certos valores cristãos fundamentais. Um ser chamado Shrike está empalando um grande número de pessoas nos espinhos de uma vasta árvore de metal. O Shrike, é revelado, espera instigar um princípio universal de compaixão que, embora não identificado de modo explícito com Cristo, expressa uma forma similar de divindade. Simmons aumentou a série com *Endymion* (1996) e *The Rise of Endymion* [A Ascensão de Endymion] (1997), ambientados no mesmo universo, embora um universo em que uma versão um tanto caricatural da Igreja Católica tornou-se o poder político dominante, tirânico.

Os Anos 1990

Estabelecer um julgamento dos livros publicados nos anos 1990, na ausência da necessária extensão de um tempo de pós-edição para avaliar longevidade e influência, é algo traiçoeiro. Lois McMaster Bujold continua a ser indicada e a receber muitos prêmios do gênero, em especial por sua interestelar *Vorkosigan Saga* (de *Shards of Honor* [Estilhaços de Honra] [1986] por mais dezoito ou mais volumes até *Captain Vorpatril's Alliance* [A Aliança do Comandante Vorpatril] [2012]), embora o impacto provavelmente tenha sido maior nos Estados Unidos que fora dele. Escritora prolífica que começou publicando nos anos 1980, Bujold ganhou merecida fama na década de 1990 (seu primeiro prêmio Hugo veio em 1990). Nos seus melhores momentos, ela consegue alterar uma ficção científica militarista, de apelo comercial, com alguns toques genuinamente humanos e desestabilizantes. O herói da saga, Miles Vorkosigan, é um guerreiro interestelar exemplar (*miles* é a palavra latina para *soldado*) e, no entanto, é um indivíduo tímido, fisicamente desinteressante e portador de deficiência. Como observa Edward James, "a incapacidade física ou, pelo menos, uma variação da norma humana" surge em todos os volumes da saga (James, p. 132). *A Máquina Diferencial* (*The Difference Engine*) (1990), de William Gibson e Bruce Sterling, também provocou um impacto quando de sua publicação, com sua bem preparada história alternativa do século XIX (em que funciona o computador 1820, de Charles Babbage, do qual a novela tira seu título). A transferência de truques *cyberpunk* para a era do vapor [*steam*] ganhou um rótulo subgenérico de vida curta (*steampunk*), embora as limitações dessa modalidade de escrita tenham mantido em um mínimo seus exemplos notáveis. O próprio *steampunk*, no entanto, ia se tornar uma forma cultural muito significativa no século seguinte e isso será discutido adiante.

A escritora britânica Gwyneth Jones publicou uma série de novelas muito inteligentes, sutis e eficientes; talvez sutilmente bem-acabadas demais para o círculo de aficionados da FC, que ainda não conseguiu adotar Jones de forma incondicional. Um livro como *White Queen* [Rainha Branca] (1991) imagina com eloquência uma sutil raça alienígena de visitantes humanoides, traçando suas variadas interações com uma humanidade do futuro próximo. Jones é melhor que quase qualquer outra escritora ou escritor vivo para articular um contexto científico ou técnico, concebido de modo convincente, com uma compreensão profundamente avaliada das codependências e hostilidades da interação interpessoal. O idioma em que ela está mais à vontade é o que ajusta FC e Fantasia num complexo padrão de difração. Isso está mais claro em sua trilogia arturiana (*Bold As Love* [Valente como o Amor] [2001]; *Castles Made of Sand* [Castelos de Areia] [2002]; *Midnight Lamp* [Luz da Meia-Noite] [2003]), uma série redigida com vigor, ambientada no futuro próximo, em que um astro de *rock* se torna o governante de uma Inglaterra futura, mas arturiana. Explorando a dialética entre ciência e magia (no sentido mais amplo desses termos), a série não poderia ser mais central no projeto básico da FC.

O norte-americano Neal Stephenson conseguiu grande reputação com uma série de novelas, com frequência muito extensas, repletas de ideias e

605

incidentes a ponto de parecerem, às vezes, francamente abarrotadas. Seu impacto na década de 1990 refletiu o sentimento de que ele não era apenas um contador de histórias divertido e provocador, mas uma espécie de profeta contemporâneo. Seus livros inovadores *Snow Crash* [Nevasca] (1992) e *The Diamond Age* [A Era do Diamante] (1995) eram *thrillers* de ciberliteratura, que alguns chamaram pós-*cyberpunk*, ambientados em mundos mais bem descritos como anarcocapitalistas, cujos inúmeros traços distópicos ganham um brilho quase atraente pela energia com que Stephenson os descreve. No primeiro livro, os *burbclaves* (ou enclaves suburbanos), inteiramente privatizados, podem ser governados pela indústria privada ou pela Máfia, como se essas duas coisas fossem a mesma. Muitos personagens se retiraram para um jogo de realidade virtual compartilhada chamado Metaverso. No segundo livro, os contextos individuais são menos sociais, familiares ou religiosos e estabelecidos antes por espécie ou tribo – talvez em um mapeamento por entre identidades subculturais, como a de um fã de FC ante a política global. Mas, embora essas afiadas e violentas histórias de aventura pareçam aos leitores dolorosamente contemporâneas, a carreira posterior de Stephenson deu na verdade uma virada para a história. *Cryptonomicon* (1999), de mil páginas, está tão preocupado com a Segunda Guerra Mundial como ponto de origem da moderna computação como está com a década de 1990; e seu *Baroque Cycle* [Ciclo Barroco] (*Quicksilver* [Explosivo] [2003], *The Confusion* [A Confusão] [2004], *The System of the World* [O Sistema do Mundo] [2004]) nos leva de volta ao fim do século XVII e início do XVIII na Europa. Alguns críticos consideram essas obras clássicos modernos; outros, incluindo o presente autor, veem-nas como zigurates indigestos, uma espécie de apoteose do *infodump*. Mais divertido, embora tão extenso quanto, é *Anathem* [Anátema] (2008), que com efeito nos leva de volta até Platão, embora num mundo alienígena. *Reamde* (2011) retorna ao idioma da crítica social contemporânea e a mundos absorventes de realidade virtual (aqui chamados *T'Rain*), que fizeram a fama de Stephenson nos anos 1990, e se move com tanta rapidez em seu passo de *technothriller* que o leitor quase esquece que o livro tem 1.100 páginas. Quase.

O australiano Greg Egan vem, de modo contínuo e sem estardalhaço, acrescentando alguma coisa nova à história de FC ao desdobrar suas premissas de forma mais completa que outros escritores. Alguns podem achar que uma frieza quase não humana envolve os contos de Egan sobre inteligência artificial, matemática e física. Poucos autores chegaram tão longe na exploração das possibilidades de extrapolação da ciência real. O fraco do coração e o cientificamente preguiçoso podem hesitar ante o rigor com que Egan faz isso, mas ele realiza coisas únicas em termos conceituais e estéticos. Em *Diaspora*

(1997), a maioria dos humanos carregou sua consciência para a realidade virtual onde vivem como infomorfos. Mesmo a possível destruição da galáxia material não pode ameaçar as maravilhosas possibilidades da vida antes como informação que como átomo. *Schild's Ladder* [A Escada de Schild] (2002) é ambientada numa civilização galáctica de um futuro distante em que (como em boa parte do que Egan escreveu) a humanidade está dividida por aqueles que escolhem viver em seus corpos e os que preferem as possibilidades do não corpóreo, vivendo como informação em complexos bancos de dados. De forma inadvertida, um cientista cria uma nova variedade de vácuo, chamada de novo-vácuo, que se lança como esfera para fora de seu ponto original à metade da velocidade da luz. Seiscentos anos mais tarde ele já engoliu dezenas de estrelas e sistemas habitados, e a humanidade vem há muito tempo fugindo de seu alcance. Mas o tratamento dado por Egan a esse cenário razoavelmente padronizado de "novela-catástrofe" é sólida ciência rigorosa, sendo brilhantemente insólito. A descoberta de vida dentro dessa esfera em expansão exibe uma genuína alteridade. É provável que a obra-prima de Egan seja sua trilogia *Orthogonal* (*The Clockwork Rocket* [O Foguete Regular] [2011], *The Eternal Flame* [A Chama Eterna] [2012], *The Arrows of Time* [As Flechas do Tempo] [2013]), livros que não só contam uma história absorvente de uma perspectiva inteiramente alienígena, mas que reinventam, em sua maior parte, o conjunto da física, de forma sistemática, desde a formulação de novos princípios fundamentais. Duvido que exista outro escritor em atividade hoje que pudesse ter empreendido essa tarefa stakhanovista, falando em termos intelectuais, e com a mesma riqueza e profundidade conceituais.

Nem todos os autores abandonaram o sonho de refazer a FC segundo uma estética antes pynchonesca que heinleiniana. A enorme novela *Infinite Jest* [Graça Infinita] (1996), do escritor norte-americano David Foster Wallace, ambientada em uma América futura ainda mais interpenetrada por interesses comerciais do que hoje, configura seu tema conforme a lógica de uma dispersa e detonada enciclopédia do mal-estar e do vazio contemporâneos. É o excesso mesmo dessa visão que a torna interessante para a FC (alguns críticos veem tal excesso como deplorável – o crítico norte-americano Dale Peck acha que "*Infinite Jest* pode com perfeição ser a primeira novela a superar *O Arco-Íris da Gravidade*" e ele não pretende elogiar Wallace [Peck, p. 43]). Mas o excesso, como um correlativo estético das possibilidades feyerabendianas da ciência que agora governa nossa vida, pode ser a mais frutífera abordagem da difícil tarefa de escrever romances em nossa época. Parte da melhor FC dos anos 1990 segue essa rota, embora não necessariamente vertendo, como Wallace, por bem mais de mil páginas. O escritor norte-americano Douglas Coupland consegue transmitir de modo preciso esse excesso, com menos de trezentas páginas, em *Girlfriend in a Coma* [Namorada em Coma] (1998), a melhor novela de fim do mundo publicada na década de 1990.

Menos excessivo (embora por certo dado a escrever com grandeza, incluindo livros grandes) é o autor britânico Stephen Baxter, uma figura que exemplifica com muita precisão a dialética da FC que o presente estudo tem procurado estabelecer. Fértil autor de FC *hard*, sempre apoiado em discursos de plausibilidade científica, Baxter é melhor que quase todos os escritores atuais na criação do sentimento de espanto: bilhões de anos de história cósmica, incomensurável disseminação de possíveis realidades alternativas brotando como uma flor fantasticamente complexa do miolo do Big Bang. Mas Baxter é também um escritor bem informado por uma lógica religiosa oculta. Nascido em família católica, Baxter fez seu nome com a série *Xeelee* (*Raft* [Balsa] [1991], *Timelike Infinity* [Infinito como o Tempo] [1992], *Flux* [Fluxo] [1993], *Ring* [Anel] [1993], *Vacuum Diagrams* [Diagramas do Vácuo] [1997]), que registram uma história futura em que o sistema solar é invadido e a humanidade escravizada por uma espécie alienígena. Livrando-se desse jugo, o futuro distante da humanidade acaba envolvido numa guerra em escala universal com alienígenas de uma dimensão diferente, feita de matéria bariônica ou matéria escura, que estão tentando resfriar ao máximo o fogo das estrelas para favorecer suas próprias vidas. Isso, como o próprio Baxter tem deixado claro em entrevistas, é uma guerra no céu com implicações fortemente miltonianas – um de seus contos, "The Tyranny of Heaven" [A Tirania do Céu] (1990), é inclusive construído em torno da noção de que uma citação de *Paraíso Perdido* poderia ser o gatilho oculto com habilidade de uma profunda mudança genética na humanidade. Sua vigorosa novela *Coalescent* [Em Ponto de Fusão] (2003) ficcionaliza como FC a própria Igreja Católica Romana, uma espécie de mente-colmeia marista que habita uma oculta cidade subterrânea bem no centro da Roma dos dias atuais. Não – e dizer isso é reiterar toda a tese deste longo estudo crítico – que as novelas de Baxter sejam alegorias religiosas ou que sejam confissões secretas de fé católica. Mas estão conscientes de que aquilo que a FC faz melhor que outras formas de literatura é mediar as perspectivas científica e mística do cosmos – a racionalidade e o inominável – e de que a FC faz isso porque as condições moldadoras que deram origem ao gênero também determinaram seu crescimento. A lógica subjacente da FC ainda lida com essas mesmas ansiedades, encontrando um veículo mais novo, menos teológico, mas ainda assim de raiz metafísica para tratar delas.

O muito bem considerado romancista japonês Haruki Murakami tem escrito ficção científica, mas suas novelas de FC devem mais às tradições das histórias de fantasmas e da fábula sobrenatural que à dinâmica cultural particular que deu forma ao gênero no Ocidente. Em *Minha Querida Sputnik*

(*Supūtonku no koibito*) (1999), *sputniks* movendo-se em círculo emblematizam a alienação e a distância da conexão emocional humana, e um elemento sobrenatural, tratado de maneira branda, pode ou não ser explicável em termos científicos. *Kafka à Beira-Mar* (*Umibe no Kafuka*) (2000) poderia, de maneira similar, ser descrito como realismo mágico se os personagens de Murakami não fossem tão passivos, num sentido tão maquínico, e seu mundo não estivesse tão imerso por completo no idioma da tecnologia contemporânea. O escritor francês Michel Houllebeq alcançou um *succès de scandal* com o livro *Partículas Elementares* (*Les Particules élémentaires*) (1998), a história de dois irmãos, um deles um biólogo molecular quase inteiramente sem uma vida sexual e o outro, um libertino. O que começa como sátira de extrema comicidade desloca-se de forma inexorável para a distopia de FC; com um efeito brilhante.

Iain M. Banks

A primeira das novelas da série *Culture**, uma competente *space opera* do escritor escocês Iain M. Banks, foi *Consider Phlebas* (1987). Desde o início, estava claro que Banks tinha algo de especial. Na época de sua morte, em 2013, era um dos escritores de FC mais famosos e mais apreciado. Poderia parecer, à primeira vista, haver pouca novidade nas criativas narrativas com saltos entre as estrelas de Banks, exceto, é possível, uma bem controlada contemporaneidade e engenhosidade de tom. A *Culture* tecnologicamente capacitada de Banks vive um sonho libertário de esquerda: uma sociedade cujas possibilidades de realização pessoal parecem intermináveis e que, ainda assim, tem uma consciência social. Para muitos, era uma mudança bem-vinda do viés direitista de grande parte da FC norte-americana da Era de Ouro; e Banks trazia um tremendo entusiasmo e simpatia, assim como um dom para tramas engenhosas e gratificantes a adicionar à mistura.

Embora Banks tenha continuado a escrever até sua morte, não distorcemos as coisas ao identificá-lo como uma figura da década de 1990. A sequência *Culture* continuou com *The Player of Games* [O Jogador] (1988), com um enredo bem montado e um uso habilidoso da violência; depois moveu-se para o que pode ser chamado seu período áureo com os romances *Use of Weapons* [Uso de Armas] (1990); *Excession* (1996); *Inversions* [Inversões] (1998); e *Look to Windward* [Olhe na Direção do Vento] (2000). Em uma entrevista em 1998, para a revista *Science Fiction Weekly*, perguntaram a Banks:

---

* *Culture* é uma série de FC escrita por Banks. As histórias giram em torno de uma comunidade espacial chamada *Culture*, espalhada pela Via Láctea e formada por humanoides, alienígenas e inteligências artificiais. (N. do T.)

Excession é particularmente popular [entre suas novelas] graças aos detalhes abundantes referentes a Naves e Mentes da *Culture* e a suas grandes inteligências artificiais: seus nomes absurdos, seus perigosos sensos de humor. Os deuses seriam mesmo assim?

Sua resposta foi: "Se fôssemos afortunados". Alan Jacobs, que cita essa entrevista, explica o argumento de Banks da seguinte maneira:

> É através do trabalho das Mentes – em sua impressionante desenvoltura e talvez sabedoria – que *Culture* possui seu traço mais interessante: o fato de ser o que Banks chamou uma sociedade "pós-escassez", em que cada um, homem ou mulher, tem tudo que quer. Um cidadão de *Culture* pode viver em qualquer ambiente, sob qualquer clima, em qualquer tipo de habitação, e pode usar qualquer tipo de roupas e possuir todos os objetos que imaginar. Destreza e prazer sexuais são assegurados por modificação genética e drogas administradas com precisão: glândulas secretas sob o comando dos cidadãos produzem o clima ou a energia que forem necessários. *Culture* não tem leis e nada que pudéssemos chamar de governo. Todo o poder se mantém nas mãos das Mentes onipotentes e universalmente generosas. Como o próprio Banks escreveu: "Nada e ninguém, em suma, é explorado em *Culture*" (Jacobs, p. 46).

A utopia de Bank em *Culture* foi alcançada por meio de estratégias tanto de ascensão quanto de descenso. Por um lado, seus constituintes humanos não têm escrúpulos em se alterarem geneticamente para se tornarem pessoas melhores – em uma entrevista para a revista *Wired*, em 1996, Banks comentou:

> Não estou convencido de que a humanidade é capaz de se transformar na *Culture* porque acho que as pessoas em *Culture* são boas demais. Alteraram sua herança genética para se tornarem relativamente sãs e racionais, e não os bastardos genocidas, criminosos, que parecemos ser na metade do tempo (Jacobs, p. 50).

Mas isso é apenas metade do quadro. Do outro lado da equação estão as Mentes, ditadoras da sociedade humana, embora inteiramente benignas e generosas (ainda que com repentes de perigosa imprevisibilidade). Estão formando, guiando, controlando e, em suma, conservando a natureza utópica de *Culture*.

Que Bank estivesse disposto a escrever uma utopia sem constrangimentos e sem ironia numa época tão tardia da ficção científica é em si mesmo notável. O que estava em voga nos anos 1990, e inclusive em maior grau nas décadas de 2000 e 2010, era o exato oposto, sociedades distópicas num ou noutro grau de hediondez. Fredric Jameson, por exemplo, acha impossível "escrever utopia" nos dias de hoje e na época atual. O melhor que podemos fazer, segundo ele, é defender um "antiantiutopismo" (Jameson, p. 15), escrevendo histórias distópicas para pôr em destaque e exagerar os aspectos da vida moderna que estão se colocando no caminho de nossos imaginários utópicos. Não é o que Banks faz. E isso é verdade num sentido mais amplo. Quando *Consider Phlebas* apareceu pela primeira vez em 1987 foi saudado como algo novo. E era novo em termos de tom: dinâmico, espirituoso e não onerado por opiniões passadas. Mas sob outros aspectos, era profundamente antiquado. Todos os adereços, tropos e muitos clichês da *space opera* da Era de Ouro são mais uma vez empregados. Todos os outros escritores estavam indo para o *cyberpunk*, o que fazia a espaçosa, ensolarada combinação de dureza e charme de Banks se destacar ainda mais. Escrever uma narrativa ostensivamente antiquada revelou-se, de forma contraditória, um brilhante passe estratégico.

À medida que avança, no entanto, a série perde uma parte dessa distinção. Com as novelas mais tardias de *Culture – Matter* [Matéria] (2008), *Surface Detail* [Detalhe Superficial] (2010), *The Hydrogen Sonata* [Sonata do Hidrogênio] (2012) –, a massa imaginativa de Banks dá sinais de esgotamento, não porque sua mente esteja menos engenhosa do que estivera antes, mas porque a ideia da *Culture* dissolve a tensão dramática e o ímpeto da narrativa. É o antigo problema da utopia: se todos estão felizes, se tudo são rosas no jardim, sobre o que se vai escrever? Infelicidade e vulnerabilidade são os elementos que fazem as histórias acontecerem. Digo isso não só para me referir às necessidades técnicas da construção de uma história, mas também para destacar algo mais importante. Podemos achar que lemos histórias para alimentar nossas fantasias de poder e competência. Se "nós" somos fãs de FC, podemos acreditar nisso mais que a maioria das pessoas. Mas não é verdade. O que nos interessa em *Homem de Ferro* não é que seu traje lhe dê poderes super-humanos, mas que seu traje possa falhar. O fracasso motiva a arte de um modo que o sucesso nunca consegue fazer. *Consider Phlebas* coloca *Culture* em segundo plano de forma astuta, tornando o Idiran, um coletivo adversário, não apenas forte o bastante (efetivamente imortal, avançado em termos técnicos, com guerreiros gigantes bastante motivados), mas atraente o suficiente para sugerir que *Culture* poderia ser derrotada – e que uma pessoa sensata (como Horza) poderia ter motivos sólidos para ter esperanças em tal derrota. *Player of Games* mexe com isso e vemos as coisas da perspectiva de *Culture*. A série ainda está no início, mas a ideia da vulnerabilidade de *Culture* já se dissolveu; então Banks procura uma história na infelicidade de seu protagonista, uma espécie de anomia existencial em que a própria perícia no jogo que define o personagem principal, Gurgeh, é também a coisa que parece extrair uma satisfação mais profunda da vida.

À medida que a série avançava, a vulnerabilidade e a infelicidade retiraram-se para o sombrio segundo plano das novelas. Há um foco aumentado em máquinas sensatas, megaestruturas, complexa construção de mundo e mais espaço dado às interações, como em salas de bate-papo, das próprias Mentes divinas. *Use of Weapons* gira em torno de um personagem importante, cuja infelicidade existencial é aos poucos revelada (por meio de uma rica variedade de episódios casuais e inventivas construções de mundo) como efeito de culpa individual. O problema dos livros mais tardios é que toda a sua infelicidade é desviada para os antagonistas de *Culture*, sociedades alienígenas de variados graus de sociopatia e hediondez. Em *Look to Windward*, há um tradicionalista obstinado, o general chelgriano Sholan Hadesh Huyler, que parece inteiramente representativo de sua sociedade na medida em que está tão tomado de ódio pela decadência de *Culture* que tenta articular uma atrocidade terrorista para matar milhões de seus cidadãos. No final, descobrimos que ele sempre trabalhou para *Culture*. "Eles me mostraram tudo que havia para ser mostrado sobre minha sociedade e a deles e, no final, eu preferi a deles" (Banks, *Look to Windward*, p. 356), diz Huyler em tom de desânimo. Na época de *Surface Detail*, os tipos *extraculture* eram sádicos horríveis, metódicos, que tinham inventado verdadeiros infernos virtuais onde podiam atormentar pessoas para sempre e a quem *Culture* bem corretamente se opõe. Na verdade, os Infernos são apresentados de forma tão medonha e desproporcionada que *ninguém* poderia endossá-los de verdade, o que descaracteriza o drama moral e substitui o verdadeiro *momentum* narrativo por uma série de trechos sinistros encaixados com engenhosidade. Contudo, embora sua opinião acerca do estado moral do mundo lance uma sombra em seus últimos anos, Banks, graças a uma visão mais ampla, nunca mergulhou numa angústia banal e nunca cultivou a autopiedade. O melhor meio de apreender o mundo, diz ele, é com humor, com espírito, com elegância. Suas novelas se conservam como testemunho disso.

Marte e Confluência

Encerro este capítulo com uma breve discussão do que considero as duas novelas mais significativas de FC da década de 1990, ambas publicadas originalmente como trilogias: *Mars* [Marte] (1993-1996), de Kim Stanley, e *Confluence* [Confluência] (1997-1999), de Paul McAuley.

Quanto mais perto nossa história se aproxima dos dias atuais, mais difícil se torna fazer julgamentos sobre que escritores e que livros vão ficar, mas uma figura que parece ter garantida a continuidade de sua ótima reputação é o norte-americano Kim Stanley Robinson. A trilogia *Orange County* imagina três tipos diferentes de futuro para a Califórnia, estado natal de Robinson. Uma distopia pós-nuclear é o cenário para *The Wild Shore* [A Costa Selvagem] (1983), que funciona de maneira esplêndida recusando-se a se tornar demasiado sombrio (a simples adição de uma janela à cabana rudimentar do protagonista proporciona um final otimista surpreendentemente eficaz). *The Gold Coast* [O Litoral do Ouro] (1988) extrapola as atuais poluição, superlotação e corrupção californianas para um futuro bem resolvido; e, por fim, talvez de forma menos bem-sucedida, *Pacific Edge* [Orla do Pacífico] (1990) coloca a Califórnia como Utopia: uma sociedade futura limpa, justa, sustentável em termos ambientais. *Aurora* (2015), de Robinson, é uma história ambientada numa nave geracional com tamanha habilidade, sabedoria e perspicácia que merece ser chamada de melhor exemplo do subgênero já escrito. Mas até agora é provável que a maior realização de Robinson em FC seja sua trilogia *Mars* – *Red Mars* [Marte Vermelho] (1992), *Green Mars* [Marte Verde] (1993) e *Blue Mars* [Marte Azul] (1995) –, três novelas vastas, bem orquestradas, que rastreiam, de um futuro próximo, a terraformação de Marte em uma visão a longo prazo do novo mundo. Isso se realiza com tamanha precisão, verossimilhança e esplendor estético que cria um conjunto vigoroso e convincente. O melhor dos três livros é provavelmente *Red Mars*, uma história impregnada do início ao fim com as possibilidades de uma futura terraformação e fascinada pelos detalhes da tarefa. Robinson manipula, com desenvoltura, um grande e bem desenhado elenco de personagens, construindo um conflito progressivo entre Terra e Marte muito bem enraizado nas plausibilidades de interação política. Para manter certos personagens presentes numa série de novelas que devem (em virtude das escalas de tempo requeridas para a terraformação) cobrir um período de vários séculos, Robinson introduz um tratamento de longevidade ligeiramente dissonante, dando aos personagens uma potencial imortalidade. Mas embora isso pareça oportunista nos dois primeiros livros, em *Blue Mars*, de forma brilhante, Robinson traz o tema para o centro do palco – ou, para ser mais preciso, aborda a tensão que tal longevidade cria na memória dos que vivem tanto tempo. Isso significa que o livro final da trilogia, além de relatar a vida num Marte dotado de ar e oceanos, medita sobre a natureza da memória, conseguindo uma penetração quase proustiana nas questões da memória humana e da subjetividade.

A prosa de Robinson é limpa e expressiva, e ele trabalha com maestria uma soma impressionante de *hard science* e de extrapolação plausível para cada história. Não hesita, por exemplo, em inserir explicações detalhadas da práxis científica, em incluir equações e, às vezes, extensos *infodumps*. Os livros, contudo, são sempre absorventes, não monótonos, porque Robinson tem o dom de selecionar o tipo de dado que ilumina seu mundo imaginário. Não há falta de uma fantástica tecnologia futura e enorme maquinário na trilogia, sem esquecer um elevador espacial marciano, cujo colapso (explode na guerra que ocorre entre a Terra imperial e a resistência dos colonizadores marcianos) contribui para um trecho decididamente impressionante perto do final de *Red Mars*. Contudo, alguns dos aspectos mais memoráveis da novela estão enraizados no tipo de coisa cotidiana com muita frequência ignorada em outras FC. Por exemplo, o que torna o solo bom? Claramente vital se quisermos cultivar alimentos, revela-se que o solo é uma máquina orgânica de prodigiosa complexidade, e os primeiros povoadores procuram tratá-lo enfrentando problemas complexos, que lançam dúvidas sobre até onde ia o conhecimento que tomávamos como evidente em nossa vida diária na Terra.

É isso que a arte de Robinson de fato representa. Ele se ocupa com a grande questão dos dias atuais – degradação ambiental e que providências vamos tomar –, mostrando com meticulosa e convincente nitidez e precisão como seria difícil agregar, a partir do zero, todos os elementos de um ambiente vital que fosse viável. É o escritor contemporâneo mais envolvido com as questões ecológicas e mais eloquente sobre elas, o que é algo muito positivo. É também bastante habilidoso em manipular um grande elenco de personagens, em parte porque raciocina não só em termos de indivíduos, mas de redes, grupos e de uma sociedade como um todo que funcione. O lado negativo, se é que podemos chamar de negativo, é uma tendência do personagem padrão de Robinson para a generosidade. Com apenas algumas exceções, todos os seus personagens são seres humanos decentes, com funcionais quantidades de empatia e um desejo generalizado de fazer as coisas funcionarem para o todo. A posição de Robinson parece ser a de que, desvios estatísticos à parte, todos nós queremos basicamente fazer o melhor, não prejudicar outras pessoas, viver em equilíbrio. Seu livro posterior, *2312* (2012), a história futura do sistema solar em expansão, também é assim. Os personagens humanos são numerosos e diversificados, e alguns são muito afirmativos, mas no fundamental todos eles se mostram bastante generosos; e essa generosidade – a capacidade de trabalhar em coletividade para um objetivo comum, a tendência para não oprimir ou explorar – é comum a quase todos os personagens da escrita de Robinson. Falta quase sempre a suas criações uma crueldade interior ou qualquer rancor injustificado, o que pode ser uma boa coisa. Também não estou dizendo que ele esteja errado acerca da natureza humana – embora isto corresponda antes a um desejo meu que a uma crença. O que pretendo dizer é que Robinson escreve novelas que tendem a ser tangentes à utopia, sem de fato tentar representar essa meta impossível. Ele não subestima as dificuldades desse caminho, mas sem dúvida é o caminho seguido por sua ficção. "O que precisamos", como observa um personagem em *Green Mars*, "é de igualdade sem submissão". E nessa trilogia, nessa impressionante combinação de minuciosa particularidade e visão grandiosa, Robinson cria uma moderna refutação da ideia de que a ficção utópica não é mais possível. Quando *Blue Mars* termina, com o planeta domado, aquecido e coberto de lagos e rios (o azul do título da novela), o coração do leitor começa a bater no ritmo da última ação descrita, o impulso súbito de correr "para Marte, para Marte, para Marte".

McAuley é um tipo de escritor muito diferente de Robinson e, embora sua *Confluence* tenha semelhanças superficiais com a trilogia *Mars* – *Confluence* é uma trilogia (*Child of the River* [Filho do Rio] [1997], *Ancients of Days* [Tempo Ancestral] [1998] e *Shrine of Stars* [Santuário de Estrelas] [1999]), livros que se agregam num todo único e extenso detalhando as intrincadas sociedades que se entrelaçam num enorme mundo artificial –, sem dúvida tem origem numa tradição um tanto diferente. McAuley tem formação acadêmica como biólogo e a reputação de ser um dos autores vivos de FC *hard* mais informado e preciso em termos científicos, mas sua melhor obra transcende o rigor da ciência. Em parte isso tem relação com sua prosa, que é bela e liricamente trabalhada, sendo sempre muito mais rica que a utilitária prosa funcional da maior parte da FC, nunca exagerada ou rebuscada de modo gratuito. Ele é também um observador atento dos seres humanos (embora tenha, acho eu, uma noção menos segura de como grupos e sociedades funcionam do que Robinson) e um refinado intérprete da tradição e da forma literárias. Embora a trilogia *Mars* me pareça uma enciclopédia de conteúdos relacionados a geologia, geografia, terraformação e engenharia, *Confluence* é enciclopédica de outra maneira. *Confluence* não é apenas o nome do mundo artificial onde os eventos da novela têm lugar; é o processo pelo qual todos aqueles fluxos fluem *em conjunto* para o reservatório do reino imaginário de McAuley: mito e história, religião e ciência, parágrafos narrativos lineares e abrangentes recirculações e renascimentos. O modo preferido de Robinson é uma espécie de extrapolado realismo de sentido, cheio de dados e detalhes, com um consequente nivelamento do contraste ético entre personagens individuais.

McAuley escreve com lirismo, com afeto, e sente-se muito confortável com os traços de melodrama – o vilão de sua grande novela, dr. Dismas, é um vilão esplendidamente pitoresco, mas, ao que parece, de um modo que não diminui a complexidade do livro. *Mars* conta uma história vertical da humanidade atingindo a velocidade de escape, nas melhores tradições da FC da Era de Ouro. McAuley conta uma história de redenção, expiação e retorno magnificamente compactada e alusiva, liricamente circular e potente.

Uma das coisas que fluem juntas em *Confluence* de McAuley é a tradição ou as origens da própria ficção científica. Criada em épocas passadas pelos "preservadores", *Confluence* é uma plataforma de vinte mil quilômeros de comprimento construída sobre uma vasta quilha em forma de barco, dentro da qual máquinas colossais esperam para ser despertadas. Esse mundo artificial é povoado pelos privilegiados descendentes de uma miríade de espécies animais, algumas reconhecidas como sendo terráqueas, outras alienígenas, todos dotados de inteligência e de um respeito pela Lei dos Preservadores, não muito diferentes dos homens-animais de *A Ilha do Dr. Moreau*, de Wells. Na verdade, o livro de McAuley é em parte uma meditação sobre esse texto wellsiano, tão envolvido quanto ele com religião e utopia, embora consideravelmente mais longo e mais complexo no modo como opera as consequências da situação. Metade de *Confluence* é um ermo arruinado, resultado de uma guerra antiga; a outra metade é dominada por um grande rio, no qual o protagonista da novela, Yama (abreviação de Yamamanama), aparece quando bebê, flutuando sozinho como Moisés. Parece um bebê humano, não um animal privilegiado e contém em seu sangue nanomáquinas que podem gerar novas espécies e que lhe dão algum controle sobre a miríade de máquinas aglomeradas que atendem a todos os aspectos da vida no mundo. Como o Severian de Gene Wolfe (cujo *Livro do Novo Sol* é uma das obras que McAuley está reelaborando de forma consciente), Yama empreende uma complexa e difícil jornada por seu mundo decadente, num futuro distante, e encontrará seu fim em seu próprio começo. McAuley consegue, sem distorcer o foco, apresentar isso *tanto* em termos das racionalizações da FC *pulp* (a viagem no tempo é efetuada manipulando as bocas dos buracos de minhocas e o grande rio que flui do retângulo vasto, aparentemente plano de *Confluence*, não apenas se dissipa no espaço, mas desce como cachoeira por um portal para alimentar suas próprias fontes) *quanto* em termos de significado simbólico literário. E se Severian é um tipo de Cristo, Yama é uma iteração mais complexa da figura messiânica.

Confluence é ficção científica e é sobre ficção científica – atenta às forças subjacentes que impulsionaram o desenvolvimento do gênero. Por exemplo, personagens da novela não param de se atormentar com o mesmo tipo de questões fundamentalmente religiosas que animam a FC dos séculos XVII e XVIII. Importante, por exemplo, é a questão do livre-arbítrio. Bem cedo Yama conclui que "os preservadores colocaram o mundo em movimento" para que

> [...] as linhagens dos animais que haviam sido enobrecidas pudessem se elevar ainda mais, até se tornarem iguais a eles, e isso poderia não

616

acontecer se os preservadores interferissem no destino [...]. Por essa razão era necessário que os indivíduos fossem capazes de escolher entre o bem e o mal – eles têm de ser capazes de escolher, como o dr. Dismas, não se esforçando para atingir a bondade, mas servindo a seus apetites fundamentais. Sem a possibilidade do mal, nenhuma linhagem poderia definir sua melhor natureza (McAuley, *Confluence*, pp. 155-56).

Falando em termos teológicos, John Milton reconheceria isso, e cada volume da trilogia *Confluence* se inicia com uma epígrafe explicitamente cristã. Mas também é dado à figura do messias de McAuley um conjunto materialista, não espiritual de razões. Recorrendo às teorias do físico especulativo norte-americano Frank Tipler, McAuley equilibra narrativas espirituais e materialistas. "Milhões de anos atrás", diz um personagem a Yama, numa de suas viagens, "havia uma religião que ensinava que os indivíduos não precisavam morrer nunca":

A humanidade [...] adotou cada tipo de tecnologia que pudesse promover esse objetivo, o que reconhecidamente de nada serviu, exceto levantar a possibilidade de que, no devido fim do universo, todos os seus seguidores pudessem se unir numa entidade única que teria acesso a uma soma infinita de energia e, assim, seria capaz de recriar todas as possibilidades, incluindo cada humano que já viveu ou que poderia ter vivido (McAuley, *Confluence*, pp. 490-91).

Essa novela não requer que optemos por uma explicação com exclusão de outra. As aventuras cheias de incidentes de Yama atualizam tanto a história quanto sua forma. Um dos ditos mais famosos de Arthur C. Clarke (outro escritor com quem o livro está em diálogo) é que "qualquer tecnologia avançada o bastante seria indistinguível da magia". Podemos, é claro, optar por isso como meio de explicar os elementos sobrenaturais, por exemplo, a religião. Ou podemos tomar o caminho inverso, como uma afirmação da qualidade sacra da tecnologia, da possibilidade de que um sublime materialista (sentimento de espanto) possa ser capaz de atravessar para um modo de genuína religiosidade transcendental. "Mesmo as histórias mais fantásticas eram verdade", *Confluence* nos diz, "porque todas as histórias eram derivadas da realidade. Caso contrário, como poderiam elas ser contadas por homens, que eram criaturas desta palavra, não de alguma fantasia" (McAuley, *Confluence*, pp. 490-91). Como defesa concisa da verdade inerente a fantasias como a ficção científica, é difícil que isso possa ser melhorado.

Tanto *Mars*, de Robinson, quanto *Confluence*, de McAuley, foram aclamadas dentro do gênero (embora a primeira tenha sido um pouco mais aclamada, sob a forma de prêmios e assim por diante) sem causar grande impacto fora dele. Mas *houve* uma série de livros, antes de literatura fantástica que de ficção científica em sentido estrito, que começaram a ser publicados na década de 1990 e que iriam ter uma enorme repercussão tanto no interior do gênero quanto fora dele, atingindo uma audiência global e criando uma espécie de fenômeno. Estou falando de *Harry Potter e a Pedra Filosofal* (*Harry Potter and the Philosopher's Stone*) (1997), de J. K. Rowling, mas uma reflexão sobre ela e a mudança radical no gênero que representou terão de esperar até o capítulo final.

Notas

1. Uma excelente discussão desse ponto pode ser encontrada no ensaio de Brian McHale: "POSTmodern-CYBERpunkISM".

2. Essa concepção ligeiramente interessante, mas sem originalidade, foi prolongada numa série de sequências, cada uma das quais ilustrando a tese de retornos cada vez menores: *Rama II* (com Gentry Lee, 1989), *The Garden of Rama* (com Gentry Lee, 1991), *Rama Revealed* (com Gentry Lee, 1993).

3. Ver http://www.sfadb.com para uma lista completa, correntemente ativa, de prêmios de FC.

4. Ver, por exemplo, *Then: A History of UK Fandom*, de Rob Hansen (http://ansible.uk/Then/); Harry Warner, *A Wealth of Fable* (SCIFI Press, 1992); Peter Weston, *With Stars in My Eyes: My Adventures in British Fandom* (NESFA Press, 2004).

5. Presume-se que a comparação seja feita porque Wolfe é visto por alguns como interessado na memória. Mas Severian tem a capacidade inumana de se lembrar literalmente de tudo o que lhe aconteceu, enquanto todo o interesse do narrador de Proust é o modo bastante humano, incerto, intermitente como sua memória funciona. Wolfe substitui um narrador capaz de lembrar com perfeição, mas pouco confiável (Severian não conta a história toda e às vezes mente, embora seja difícil saber com certeza quando está fazendo isso), pela descrição proustiana muito mais precisa, feita por um narrador que é, no mínimo, demasiado confiável, demasiado dedicado a captar os contornos precisos de sua memória imperfeita.

6. Vários publicaram extensas chaves para o mistério e os três que vale a pena mencionar são: *Lexicon Urthus* (1994), de Michael Andre-Driussi; *Attending Daedalus: Gene Wolfe, Artifice and the Reader* (2003), de Peter Wright; e *Solar Labyrinth: Exploring Gene Wolfe's BOOK OF THE NEW SUN* (2004), de Robert Borski.

7. Minha indignação encorajou-me a simplificar demais a recepção do livro. Embora muitas resenhas tenham exaltado o livro nesses termos, e embora ele tenha sido indicado ao Prêmio Booker, vários críticos discordaram do que viam como uma impertinente apropriação do Holocausto por um "trapaceiro *videogame* gentio"; e um dos juízes do Booker (Nicholas Mosley) renunciou à comissão de avaliação em protesto pela indicação.

Referências

Banks, Iain M. *Look to Windward*. Londres: Orbit, 2000.

Bergonzi, Bernard [1972]. *The Situation of the Novel*. Harmondsworth: Pelican, 1970.

Butler, Octavia [1997a]. *Dawn*. Nova York: Warner Books, 1987.

_____ [1997b]. *Adulthood Rites*. Nova York: Warner Books, 1988.

Cavallaro, Dani. *Cyberpunk and Cyberculture: Science Fiction and the Work of William Gibson*. Londres: Athlone.

Clute, John. *Science fiction: The Illustrated Encyclopedia*. Londres: Dorling Kindersley, 1995.

_____. *Scores: Reviews* 1993-2003. Harold Wood Essex: Beccon, 2003.

Clute, John e Peter Nicholls, orgs. *Encyclopedia of Science Fiction*, 2ª ed. Londres: Orbit, 1993.

Gordon, Joan. Literary Science Fiction. *In: The Oxford handbook of science fiction*, org. Rob Latham. Oxford: Oxford University Press, 2014, pp. 104-14.

Hoban, Russell. *Riddley Walker* [1980]. Londres: Victor Gollancz, 2012.

Jacobs, Alan. *The Ambiguous Utopia of Iain M. Banks*. The New Atlantis, Summer: 2009, pp. 45-58. http://www.thenewatlantis.com/publications/the-ambiguousutopia-of-iain-m-banks.

James, Edward. *Louis McMaster Bujold*. Champagne, IL: University of Illinois Press, 2015.

Jameson, Fredric. *Archaeologies of the Future: The Desire Called Utopia and Other Science Fictions*. Londres: Verso, 2005.

Kneale, James e Rob Kitchin. Lost in Space. *In: Lost in Space: Geographies of Science Fiction*, orgs. James Kneale e Rob Kitchin. Londres: Continuum, 2002, pp. 1-16

Lethem, Jonathan. Close Encounters: The Squandered Promise of Science Fiction.*The Village Voice*, junho, 1998. http://hipsterbookclub.livejournal.com/1147850.html.

McAuley, Paul. *Confluence* [*Child of the River* (1997), *Ancients of Days* (1998) e *Shrine of Stars* (1999)], edição completa. Londres: Gollancz, 2012.

McCaffery, Larry, org. *Storming the Reality Studio: A Casebook of Cyberpunk and Postmodern Science Fiction*. Durham/Londres: Duke University Press, 1991.

Ortega y Gasset, José. *The Dehumanisation of Art and Notes on the Novel*. Princeton: Princeton University Press, 1948.

Peck, Dale. *Hatchet Jobs. Writings on Contemporary Fiction*. Nova York: The New Press, 2004.

Poirier, Richard. Rocket Power. *In: Thomas Pynchon's Gravity's Rainbow: Modern Critical Interpretations*, org. Harold Bloom. Nova York: Chelsea House, 1986, pp. 11-20.

Pynchon, Thomas [1975]. *Gravity's Rainbow*. Londres: Picador, 1973.

Suvin, Darko. Afterword. *In: Learning from Other Worlds: Estrangement Cognition and the Politics of Science Fiction and Utopia*, org. Patrick Parrinder. Liverpool: Liverpool University Press, 2000, pp. 233-71.

Tepper, Sheri S. [1991]. *Raising the Stones*. Nova York: Bantam, 1990.

Theroux, Paul. *Sailing Through China*. Boston: Houghton Mifflin, 1984.

Wolfe, Gene [1988]. *The Urth of the New Sun*. Londres: Futura, 1987.

Wolmark, Jenny. *Aliens and Others: Science Fiction, Feminism and Postmodernism*. Nova York/Londres: Harvester, 1994.

CAPÍTULO 15

Ficção Científica de Fins do Século XX: Multimídia, Ficção Científica Visual e Outras

Quadrinhos e *graphic novels*

Os quadrinhos, e em especial os de super-heróis, foram assumindo de forma progressiva um lugar central na FC do final do século XX. Do início ao fim das décadas de 1980 e 1990, uma nova sofisticação entrou no mundo dos quadrinhos anglófonos. Além dos tradicionais quadrinhos no formato próprio das revistas, chegou ao mercado uma nova modalidade conhecida como *graphic novel*, lançada a princípio como coleção de fascículos e, mais tarde, compilada e encadernada em um único volume.

Em capítulos anteriores, argumentei que a onda de super-heróis como ícones da FC expressava, em uma linguagem de cultura *pop*, uma das preocupações originais da FC: o papel do Salvador e as circunstâncias da expiação em um cosmos pós-copernicano moderno, científico. Poucas pessoas hoje em dia pensam nessas questões em termos teológicos. De fato, é uma das realizações da FC ter tratado em minúcias, por meio de discursos novos, materialistas, essas questões profundamente entranhadas. Vale a pena lembrar isso, pois qualquer discussão do que é, quase por certo, a mais significativa novela de FC dos anos 1980 – a *graphic novel Watchmen* (1986-1987), de Alan Moore e Dave Gibbons – deve admitir que ela deriva boa parte de sua força precisamente desse contexto. Trata-se de um texto rico e complexo, mas seus principais temas são: o papel e a natureza do Salvador em um mundo nuclear, avançado em termos tecnológicos; o que deve ser feito para salvar a humanidade da morte e da corrupção; e o preço que deve ser pago por tal redenção. Isso não é sugerir que ela pode ser reduzida a uma alegoria cristã ao estilo de C. S. Lewis (de fato, não pode). A questão não é sobre a FC ser *mesmo* um discurso cristão, ocultando a iconografia religiosa convencional sob um exterior *high-tech*. São essas as preocupações que condicionaram, em suas origens, o moderno gênero e que, por conseguinte, continuam a moldá-lo, pois são os pontos em que uma visão de mundo propriamente copernicana entrou em atrito com a *weltanschauung* ocidental. Moore por certo se deixou fascinar pela problemática mais profunda da figura redentora do super-herói, as contradições de sua (dele/dela) simultânea divindade e humanidade, bem como o preço que ele/ela paga para expiar a destrutividade humana. Isso pode ser visto em *Miracleman* (1982-1988), uma atualização satisfatoriamente desenvolvida de um super-herói das décadas de 1950 e 1960, conhecido em sua encarnação inicial como "Capitão Marvel", um nome mais tarde alterado para Miracleman a fim de evitar confusão com um nome semelhante do super-herói da Marvel Comics. Capaz de se transformar em um super-homem quase invulnerável pronunciando a palavra "*kimota*", Michael Moran acha que Miracleman destrói seu casamento. "Suas emoções são tão puras", ele diz à esposa, falando de seu *alter ego*. "Quando ele a ama, é absolutamente incrível. O amor dele é tão forte, direto e claro. Quando eu a amo, tudo está emaranhado com quem não está fazendo sua parte de lavar e enxugar os pratos, coisinhas neuróticas desse tipo" (Miracleman, v. 7, p. 4). É difícil encontrar um resumo mais eloquente da dolorosa separação entre amor divino e humano. "Miracleman" é um tropo para o Messias de modo mais explícito que a maioria dos super-homens em quadrinhos: ele salva o mundo de um destino diabólico e o reconstrói como uma utopia um tanto bizarra e restritiva.

Watchmen é ambientado nos anos 1980, num Estados Unidos alternativo (Nixon ainda é presidente), sendo imerso na ansiedade nuclear daquela era. Um aspecto da vigilância da qual o livro tira seu título se refere ao chamado relógio apocalíptico, no qual a guerra nuclear foi metaforicamente registrada em um mostrador de relógio como meia-noite, e o número de minutos para a meia-noite registrava a iminência desse apocalipse. No decorrer da novela, o ponteiro dos minutos chega cada vez mais perto da meia-noite e a destruição atômica do mundo parece inevitável (como parecia para muita gente nos anos 1980).

Mas o mundo de *Watchmen* é também um mundo em que os super-heróis são membros reais da sociedade. De fato, o tratamento pragmático do ícone Superman é um dos traços mais consistentes da obra do escritor Alan Moore. Ele imagina um mundo onde personagens como Batman e Superman de fato existem e depois escava as minúcias de como poderiam funcionar na realidade. Em nosso mundo, é bem provável que os vigilantes fossem pessoas atraídas para a violência, disfuncionais em termos sociais, e alguns dos super-heróis de Moore são assim. Outros poderiam ser idealistas ou artistas, atraídos para a publicidade (personalizada) da função. Moore retrata-os com um mesmo grau de detalhe psicológico e verossimilhança. Em *Watchmen*, há dois tipos de super-heróis. A maioria, como Batman, são humanos comuns que passaram por treinamento ou construíram máquinas para reforçar suas habilidades. Ao mesmo tempo, há um super-herói com poderes sobrenaturais, Dr. Manhattan; um humanoide de pele azul que sofreu mutação durante um acidente nuclear e passou a ser capaz de mudar de tamanho, teletransportar a si ou a outros e manipular a matéria no nível atômico apenas pela vontade. Dr. Manhattan, ainda com alguns vestígios humanos, embora frio e distante, é talvez o verdadeiro herói de *Watchmen*: o mais próximo que a novela chega de um salvador sobrenatural.

A novela pergunta depois o preço da salvação. "Ozymandias", a identidade de super-herói de Adrian Veldt (o homem mais inteligente do mundo), evita o apocalipse nuclear forjando, em Nova York, a materialização de uma criatura alienígena com uma forma colossal de lula, que mata dezenas de milhares de inocentes. Esse evento, encenado para parecer o ato inaugural de uma invasão alienígena em pleno andamento, une as superpotências da Guerra Fria em uma atemorizante aliança. Sem dúvida muito mais gente teria morrido em uma guerra nuclear, mas essa salvação não é conquistada com excessiva facilidade? No que talvez seja uma resposta medíocre a essa pergunta, Moore faz o dr. Manhattan – o mais perto que a novela chega de um deus – desistir da humanidade. "Compreendo", Manhattan diz a Veldt, "sem consentir nem condenar. Os assuntos humanos não podem ser minha preocupação. Estou deixando esta galáxia e indo para uma menos complicada" (Moore e Gibbons, *Watchmen*, v. XII, p. 27). E se Cristo, além de negar a existência de Deus ("O mundo não está criado", é o julgamento do Dr. Manhattan: "Nada está criado... É um relógico sem um artesão" [Moore e Gibbons, *Watchmen*, v. IV, p. 28]), abdicasse das responsabilidades de sua expiação e, indo para outra galáxia, abandonasse de vez a humanidade?

O sucesso artístico e comercial de *Watchmen* ajudou a criar um microclima de *graphic novels* sérias, adultas, em fins dos anos 1980 e inícios da década de 1990. A maior parte deles estava fascinada pela condição do salvador/super-herói no mundo moderno. O escritor escocês Grant Morrison e o ilustrador Dave McKean publicaram *Asilo Arkham* (*Arkham Asylum*) (1989), uma sofisticada revisão de Batman como um tremendo lunático. Essa *graphic novel* recicla *Alice no País das Maravilhas*, *Psicose* e Lovecraft na história dentro da história de Amadeus Arkham, o fundador do asilo do título. Mais importante, no entanto, é que a novela coloca tanto Batman quanto os internos do asilo – os vilões de sua galeria de patifes – como personificações de arquétipos junguianos e do tarô, e explora as possibilidades narrativas de cada um, fazendo

Batman perambular pelo submundo dos corredores do asilo como Alice, enfrentando cada um deles em sucessão. Talvez um homem com aspirações messiânicas apenas projete cenários de sua mente sobre o mundo, como assinala o vilão Mad Hatter, influenciado por *Alice*: "Às vezes penso que o asilo é uma cabeça. Estamos dentro de uma enorme cabeça que sonha com todos nós e nos faz existir. Talvez seja sua cabeça, Batman. Arkham é um espelho. E nós somos você" (Morrison e McKean). Em uma modalidade um tanto relacionada, o artista plástico e escritor japonês Masamune Shirow alcançou certa sofisticação cartesiana em sua *graphic novel cyberpunk O Fantasma do Futuro* (*Kōkaku Kidōtai*) (1991). Aqui, no entanto, o sublime tecnológico é fetichizado, para a satisfação de muitos aficionados, de modo mais diretamente erótico.

Arte Visual: Pintura, Escultura, Arte Performática

A arte da FC, em grande parte um complemento do mercado de ilustrações e capas para revistas do gênero dos anos 1920 até os anos 1960, começou a penetrar na corrente artística principal nas décadas de 1970 e 1980. Uma explosão de livros baratos, em brochura, exigiu um grande volume de imagens brilhantes e atraentes de FC para a arte de capa, em especial depois que os filmes de FC de 1977 precisaram de uma produção de alta qualidade de arte e material relacionado. O artista britânico Chris Foss desenvolveu um estilo muito característico de pintura de FC; o uso da pistola de pintura em vez do material convencional lhe permite criar uma pátina fotorrealista para imagens não realistas. Foss se especializa em enormes espaçonaves, em geral representadas em voo, robustas, maciças, o trabalho arquitetônico apresentado com uma precisão colorida e de modo brilhante, ao mesmo tempo monumental e exato. Ele não é conhecido por seus retratos ou pinturas figurativas (embora os desenhos de nus para o inovador manual *Joy of Sex* [A Alegria do Sexo] [1972], de Alex Comfort, sejam muito convincentes), mas por fornecer uma escala visual para composições titânicas. O trabalho de Foss foi aparentemente ubíquo nas capas das brochuras de FC dos anos 1970, em particular seu trabalho como capista nos relançamentos da *Fundação*, de Asimov, e dos livros *Lensman*, de E. E. "Doc" Smith. Hoje Foss é considerado em alguns círculos, de modo injusto, como um pouco piegas. Injusto porque, em seus melhores momentos, a arte dele alcança uma impressionante fusão do – digamos – pintor apocalíptico do século XIX John Martin com as abstrações monumentais de Mark Rothko. Um indício do ressuscitar de sua reputação é o modo como Glenn Brown, artista britânico do *establishment*, plagiou várias imagens de Foss, repintando-as e exibindo-as como arte de vanguarda. Brown foi indicado para o Prêmio Turner de 2000 e provocou uma celeuma quando uma de suas pinturas mais vigorosas, *Ornamental Despair (painting for Ian Curtis)* [Desespero Ornamental (tela para Ian Curtis)] (1994) – uma montanha rodeada por um vasto anel de gelo em órbita da Terra –, foi reconhecida pela comunidade da FC como repintura de uma das peças do livro de Foss *Diary of a Spaceperson* [Diário de um Espaçonauta] (1990; o original de Foss inclui uma espaçonave brilhante, vermelha e negra, que Brown omite).

Jim Burns, embora tão popular quanto Foss, é um artista mais limitado, cuja considerável habilidade técnica está concentrada em um fascínio muito parecido com o de Jeff Koons com as possibilidades eróticas da pele, tecidos e metal. Dito isto, o fato é que ele nunca chega aos níveis da pornografia branda, que se tornou popular pelo artista Boris Vallejo, nascido no Peru, ou pela norte-americana Julie Bell. Não há nada de errado com o erotismo, é claro, mas a objetivação somática desses últimos artistas é repetitivamente repleta de clichês – músculos fortes para os homens quase nus, grandes seios para as mulheres quase nuas –, o que faz que se cometa o pior crime do qual qualquer arte erótica pode ser acusada: a monotonia. Mais interessante em termos estéticos é o artista Roger Dean, natural de Kent, que alcançou fama generalizada graças às capas que fez para álbuns de grupos como Yes e Asia. A arte de Dean é reconhecível de imediato: intrincadas paisagens alienígenas, muito coloridas e exóticas, com árvores e traços completando hélices, ondas sinusoidais, curvas $x = y^2$ e uma riqueza de detalhes em filigranas. Os espaços retratados são mais surreais que reais, mas expressos com um fluxo liberador, mesmo que estilizado.

Outros artistas têm explorado as possibilidades somáticas da FC. O australiano – cipriota de nascimento – Stelarc tem trabalhado desde o fim da década de 1960 com uma série de obras performáticas com inspiração em ciborgues. Seu corpo humano obsoleto (o termo é dele) é aumentado por uma ampla variedade de próteses técnicas. Stelarc está interessado na estocagem e coleta de informação tanto quanto em adições puramente físicas, e tem um site que arquiva um extenso acervo de trabalho (http://goo.gl/vbLpTr). Em 2007, teve uma orelha humana cirurgicamente atada a seu braço, um elemento de arte performática que teve resenhas não só em todas as publicações de arte performática, mas também, talvez em um caso único, no *British Medical Journal*, que expressou dúvidas quanto a se aquilo constituía um "novo e revolucionário movimento artístico" (embora admitissem que "a exposição traz arte interessante feita por algumas pessoas engenhosas" [Carter, p. 343]). O artista de Nova York Rammellzee criou pinturas, esculturas e arte performática, influenciado pelo *rap*, que se constituem de elaboradas colagens de materiais orgânicos e metálicos. Tão fascinado por grafite e detritos urbanos quanto pelo maquínico, Rammellzee adotava uma modernidade quase medieval. Ele descrevia sua arte em grafite como "iluminação" e considerava estar seguindo as tradições "dos monges". Não obstante, a energética criação do que poderíamos chamar (para nos apropriarmos do termo de Philip K. Dick) arte do refugo de fato captura as forças sociais centrífugas de um mundo se chocando com um futuro urbano. Outra artista performática da FC, ou talvez fosse mais preciso descrevê-la como escultora, é a francesa Orlan (ela tirou seu *nom de travail* de uma variedade de trajes espaciais russos). Seu projeto mais famoso foi um prolongado *self-fashioning*: submetendo-se a cirurgia plástica para alterar a aparência; inserindo nódulos e caroços subcutâneos no rosto; e alterando seus traços. Bem além de apenas desconstruir noções de beleza convencional (o que faz de um modo bastante salutar), ela atingiu agora um estágio em que ficou muito parecida com um alienígena de filme de FC de alto orçamento. Com certeza, seu objetivo de tornar literal uma variedade de identidades físicas pós-humanas é característico da lógica cultural mais ampla da FC.

Considerando os vários pontos de passagem da FC para o chamado *mainstream* no último meio século, é talvez surpreendente que o mundo fértil, não raro extraordinário, da pintura e das ilustrações da FC tenha tido relativamente pouco impacto no mundo artístico "oficial". O fenômeno da *pop art* da década de 1960, por exemplo (que poderíamos julgar maduro para o imaginário da FC), é quase por inteiro desprovido de tropos de FC. Os artistas *pop* saqueavam outras formas de cultura *pop* – quadrinhos de guerra, histórias de amor, revistas femininas, anúncios –, mas não FC. Possível exceção é a obra de um artista pop do Reino Unido, Richard Hamilton, cuja pintura de 1960, *Towards a Definitive Statement on the Coming Trends in Men's Wear and Accessories* [Para uma Opinião Definitiva sobre as Próximas Tendências no Vestuário Masculino e Acessórios], retrata o que parece ser um Presidente Kennedy ciborgue, possivelmente usando um traje espacial, com certeza olhando para o futuro.

Mas há um subúrbio da cidade da arte contemporânea que tem sido objeto de uma frutífera polinização cruzada pela FC, a arte digital. Talvez tenha sido o fato de uma nova geração de artistas andar explorando as possibilidades técnicas de uma nova linguagem, já associada à FC, que levou a isso. Muitos artistas digitais podem ser examinados com proveito sob a rubrica de FC. Usar o computador para trabalhar com fotos permite que a artista digital australiana Patricia Piccinini crie imagens como *Last Days of the Holidays* [Últimos Dias das Férias] (2001), em que, em um ensolarado estacionamento para carros, um garoto andando de *skate* se depara com um estranho ser alienígena, parecido com uma salamandra. A crítica Christiane Paul chama o trabalho de Piccinini de "realismo sintético" (Paul, p. 37), que não é uma má descrição para a maior parte da FC como gênero.

Para muitos, mais características da arte digital na FC são as formas repetidas e as esculturas fractais em espaço virtual do artista britânico William Latham (http://latham-mutator.com/) ou as contorcidas formas orgânicas e fotos alteradas do austríaco Dieter Huber (www.dieter-huber.com). A obra de Latham, em particular, exemplifica um olhar icônico: a concretização de formas alienígenas cuja espúria verossimilhança orgânica contorna por completo a questão do surrealismo. Trata-se de criaturas que são "cultivadas" no computador segundo certos algoritmos, não pintadas ou construídas de modos mais convencionais. Latham disse que sua arte foi inspirada pelos experimentos do darwinista Richard Dawkins, que usou o computador como ambiente evolucionário.[1]

Muitos artistas têm se interessado pelas possibilidades de usar ambientes digitais para criar formas de vida alienígenas com as quais possam interagir. O artista norte-americano Karl Sims (http://www.karlsims.com) produziu obras interessantes, formando ambientes virtuais darwinistas. Um de seus trabalhos mais famosos chama-se *Galápagos* (em homenagem a Darwin e instalado em Tóquio, 1997-2000), em que criaturas de aspecto bizarro habitam complexos cibersistemas influenciados pelos espectadores, que são encorajados a interagir. Em comparação, a *Autopoesis* (2000) interativa de Kenneth Rinaldo (www.accad.ohio-state.edu/~rinaldo), em que o espaço de uma galeria é adornado com membros de robôs que se sacodem e se movem em resposta aos visitantes passando no meio deles, parece um tanto bizarra, desajeitada e datada; lembra-nos (como talvez devesse fazer) de que o espaço real é muito menos maleável e esteticamente possível que o espaço virtual.

Com determinada arte digital, o espectador pode ser tentado a pensar que os artistas estão fazendo coisas que, ainda que interessantes, são mais bem administradas no mundo comercial. O artista australiano Jeffrey Shaw (http://www.jeffreyshawcompendium.com) criou uma instalação chamada *The Legible City* [A Cidade Legível] (exibida pela primeira vez em 1989, em Nova York) em que os espectadores se sentavam em uma bicicleta ergométrica e pedalavam para se deslocar por um espaço citadino virtual em que os prédios eram substituídos por palavras grafadas com gigantescas letras maciças em 3D. Há uma literalidade um tanto deprimente nessa conceitualização de realidade virtual como dominada por hipertexto verbal (não diferente da literalidade na sem dúvida simbólica Matrix do *Neuromancer* de Gibson) e falta ameaça ou profundidade às mensagens soletradas pelos prédios (por exemplo, "FIQUE PIOR NO FUTURO"). Trabalho muito mais empolgante, falando em termos estéticos, estava sendo feito nas muitas centenas de espaços virtuais navegáveis criados por programadores comerciais, em parte na área de vídeo e jogos de computador (adiante), em parte em aplicações comerciais de arte digital. Industrial Light & Magic (ILM), a empresa de efeitos especiais fundada por George Lucas, em 1975, para fornecer efeitos para *Star Wars*, transformou-se em uma das maiores empresas SFX na produção de filmes. Embora grande parte de seu trabalho seja a provisão funcional dos efeitos de uma variedade de filmes, muito do que ela faz é incrivelmente belo e, em muitos casos, a iconografia visual criada pela equipe da ILM é o que mais chama atenção em determinado filme.[2] Pode ser afirmado que esse aspecto comercial da arte digital – popular, imaginativo, descontraído em termos visuais – representa um dos desenvolvimentos mais significativos da FC no último século.

Fliperama, jogos de computador e *videogames*

Há três diferentes formatos de *hardware* para jogos em tela de FC: jogos de fliperama, jogados em máquinas especializadas, em geral em fliperamas públicos; jogos de computador, jogados em computadores domésticos; e *videogames*, jogados em consoles plugados a televisões comuns. Esses últimos foram de longe os mais populares até o final do século XX, superando em quase quatro vezes os jogos de computador.

O mais antigo dos três são os jogos de fliperama operado por fichas; uma caixa volumosa, com 1,50 ou 1,80 metro de altura, com uma tela e controles na frente, colocada em um local isolado em bares e restaurantes ou instalada com outras em áreas específicas. O fliperama se desenvolveu de jogos operados por fichas e máquinas de pinball populares no Ocidente desde as décadas de 1930 e 1940 (essas máquinas ainda são populares no Ocidente; existe uma variante chamada *pachinko* no Japão). Com o rápido desenvolvimento da tecnologia de computação nos anos 1970, vários jogos eletrônicos de fliperama tornaram-se prodigiosamente populares. O primeiro jogo de fliperama foi criado pela empresa Atari (fundada em 1972 por Nolan Bushnell e Ted Dabney); *Pong* (1972) reproduzia em formato de vídeo plano, em preto e branco, a lógica do pingue-pongue. O sucesso desse jogo encorajou um grande número de concorrentes a entrar no mercado com variantes. Taito, uma companhia japonesa, lançou *Invasores do Espaço* (*Space Invaders*) (1978), o primeiro jogo de fliperama genuíno e clássico. Seu criador, Toshihiro Nishikado, afirmou ter sido inspirado pela leitura de H. G. Wells. O jogo é uma galeria de tiro bidimensional em que um canhão a laser desliza pela parte inferior da tela alvejando fileira após fileira de invasores alienígenas em lenta descida. Embora sem narrativa, o jogo consegue evocar com imagens e ações mínimas uma genuína tensão e um conveniente sentimento da implacabilidade dos ofensores inumanos. É um texto importante de FC, tanto em si mesmo quanto em termos de sua grande influência sobre o desenvolvimento do gênero.

Esses primeiros dois jogos notáveis de fliperama são emblemáticos da distinção essencial que os jogos continuariam a desenvolver: de um lado, jogos que reproduzem esportes ou jogos existentes (corrida de carros, futebol e assim por diante) em forma eletrônica; e, de outro lado, jogos que criam um ambiente marcado por um *novum* ou por vários *novums*. Esse último tipo tem sido o idioma de uma série de textos importantes de FC. *Asteroids* (Atari, 1979) colocava os invasores com asteroides em curso de colisão e posicionava o canhão de *laser* em uma espaçonave plenamente rotativa no meio da tela. *Galaxian* (Namco, 1979) era um plágio meio diluído de *Invasores do Espaço*, mas fez avançar o componente gráfico ao ser o primeiro fliperama com tela colorida. *Battlezone* (Atari, 1980) dava ao jogador o comando de um tanque futurista, apresentando o campo de batalha em três dimensões, embora com um primitivo algoritmo visual com moldura de fios. O desenvolvimento seguinte foi a criação de jogos de fliperama que se vinculavam a textos de cinema: em particular *Tron* (Midway, 1982), que foi de fato lançado antes do filme, e *Star Wars* (Atari, 1983), tão bem-sucedido que continuações mais sofisticadas (em especial *O Retorno de Jedi* [Atari, 1984] logo o sucederam. Esses jogos rebateram sobre a narrativa dos filmes, imitando ao máximo o aspecto visual dos textos dos filmes e incluindo registros vocais de alguns de seus astros: após perder todas as vidas de uma pessoa, o fliperama zumbiria com a voz de Alec Guinness anunciando que: "A força estará com você... sempre".

Em meados dos anos 1980, o computador pessoal tinha penetrado em muitas casas, e um mercado especializado em jogos de computador para serem jogados domesticamente crescia. Várias empresas produziam consoles especializados e, a princípio, os maiores jogos eram as fantasias voltadas ao público infantil *Super Mario Bros.* (Nintendo, 1985) e *Sonic the Hedgehog* (Sega, 1900). Mas a FC logo se seguiu. O primeiro título de maior importância foi *Final Fantasy* (1987) que tomou de assalto o Japão (e, depois de 1990, os Estados Unidos), levando a um grande número de sequências. Os primeiros jogos pertenciam ao gênero fantasia, embora mais tarde os jogos cruzassem a fronteira genérica entre fantasia e FC, com um grupo de personagens heroicos viajando por um mundo complexo. Um filme paralelo de médio orçamento, *Final Fantasy* (*Final Fantasy: the Spirits Within*) (Hironobu Sakaguchi, 2001), foi o primeiro a apresentar de modo realista humanos animados em computador, embora sua trama (alienígenas sequestradores de almas ameaçam uma estação espacial) tenha pouca relação com os jogos originais.

Star Fox (Nintendo, 1993), em que o jogador comandava caças espaciais em várias missões, usava um novo chip processador para produzir visuais em 3D muito rápidos, com boa nitidez.

Em *Doom* (Id Software, 1993), o jogador é um fuzileiro naval espacial que foi banido para Marte por insubordinação. Como resultado da falha em um teletransportador, criaturas do inferno começam a afluir pela base em Marte e o jogador tem de circular pelo lugar e alvejá-los. Hiperviolento e sangrento, o jogo tornou-se muito popular. Todo um subgênero de jogos tipo *Doom* se seguiu, jogos hoje conhecidos como jogos de tiros em primeira pessoa, entre eles o pastiche de FC e humor negro *Duke Nukem 3D* (1996) e a continuação *Doom II: Hell on Earth* (1994), que foi aprovado pelos fuzileiros navais americanos e se transformou em uma ferramenta de treino, o *Marine DOOM*.

Myst (Cyan, 1993) foi o jogo de computador mais vendido durante grande parte da década de 1990. Nesse jogo, o jogador passeia por uma paisagem interativa, o estranho mundo-ilha de Myst. Ao contrário do que é habitual em um jogo de computador, não há inimigos a combater, nem vidas para serem perdidas pelo jogador: a diversão se deriva de resolver os enigmas encontrados e desenterrar com lentidão a misteriosa história do lugar (os desenvolvedores do jogo, Robyn e Rand Miller, afirmaram que sua inspiração foi *L'Île mystérieuse*, de Júlio Verne, embora a associação seja antes de ambiente que de aspectos específicos). O sucesso de Myst levou a muitas sequências (*Riven: the Sequel to Myst* [1995]; *Myst III: Exile* [2001]; *Uru: Ages Before Myst* [2003]; e *Myst IV: Revelation* [2004]) e a uma vibrante base de aficionados *on-line*. O megatexto também saiu do idioma eletrônico, com três novelas escritas por David Wingrove e pelos criadores dos jogos (*Myst: the Book of Ti'ana* [1996]; *Myst: the Book of Atrus* [1997]; e *Myst: the Book of D'ni* [1998]) e uma série de histórias em quadrinhos publicadas pela Dark Horse. Mas é como artefato visual que o jogo é mais significativo; uma grande parcela de seu enorme sucesso deveu-se a suas ilustrações características e não raro belíssimas. Myst criou um universo de FC eficaz e infinitamente expansível no qual os aficionados poderiam entrar.

Em meados dos anos 1990, alguns *videogames* tinham alcançado considerável troca cultural. Um conhecido dispositivo estava centrado no jogo japonês *Pokémon* (Nintendo, 1996), em que os jogadores recebiam vários "monstros de bolso" (o nome é uma abreviação japonesa dessa expressão) para enfrentar uns aos outros. Desenvolvido por Satoshi Tajiri, o jogo resultou em uma franquia em rápida expansão, com mangás inspirados em Pokémon, cartões colecionáveis (introduzidos nos Estados Unidos e na Europa em

1999, que entraram freneticamente em moda, durante vários anos, entre muitas crianças), jogos de tabuleiro, mais de uma série de TV e alguns filmes. Em fins da década de 1990, dezenas e dezenas de *videogames* de FC muito bem produzidos estavam sendo lançados a cada ano, um número muito grande para listar aqui. Tanto a franquia de *Jornada nas Estrelas* quanto a de *Star Wars* geraram um grande número de jogos paralelos, fora os títulos plagiados e derivativos – como a série *Star Ocean* (Square Enix, 1996), calcada em *Jornada nas Estrelas*. Quanto a produtos casados e novelizações, alguns desses subprodutos foram de excelente qualidade. *Star Wars: Cavaleiros da Antiga República* (*Star Wars: Knights of the Old Republic*) (LucasArts, 2003) combina a disputa de um jogo absorvente com imagens quase cinematográficas, muito bonitas, acrescentando detalhes materiais ao universo imaginário da franquia do filme. Outros títulos foram desenvolvimentos originais, entrando nas profundezas das tradições da FC. *Halo: Combat Evolves* (Microsoft, 2001) passa-se a bordo de Halo, um *habitat* espacial, por meio do qual fuzileiros navais do espaço lutam contra membros de uma espécie alienígena chamada "o Pacto". Embora se trate em essência de um jogo de tiros ao estilo de *Doom*, o universo imaginado de Halo representa um detalhado e absorvente ambiente de *space opera*. No final da década de 1990, os gráficos dos *videogames* eram tão detalhados, tão bem apresentados e fluidos, que começaram a constituir uma nova forma de arte. O traço importante que compartilham com a FC cinematográfica e televisual é o grau em que são envolventes, permitindo que os participantes explorem um mundo virtual visualmente imaginativo e esteticamente atraente.

Ficção Científica em Áudio

Os seriados radiofônicos de FC têm uma antiga linhagem, remontando ao popular *Buck Rogers* (desde 1932), programa norte-americano de rádio, ou a uma produção da BBC lembrada com carinho, *Journey into Space* [Jornada no Espaço] (1953-1955). Porém, no final do século, a passagem de uma lógica verbal a visual deixou um tanto encalhada a experiência de puro áudio na FC. A única exceção a isso deveu seu êxito ao fato de que, sendo comédia, baseava-se antes na lógica da piada (como foi cada vez mais o caso de outras obras de FC) que na lógica da imagem espetacular/fantástica. A BBC a princípio transmitiu duas temporadas de *O Guia do Mochileiro da Galáxia* (*The Hitchhiker's Guide to the Galaxy*) (a primeira temporada em 1978, a segunda em 1980), escritas pelo autor cômico Douglas Adams. Foi um sucesso imediato. O íntimo conhecimento de Adams dos tropos de FC interagia maravilhosamente com sua engenhosa imaginação cômica, fazendo o programa funcionar tão bem como FC, ainda que em uma linguagem do absurdo, quanto como comédia. Arthur Dent, um terráqueo nada excepcional, com o tipo de banalidade impenitente que só as classes médias inglesas podem produzir, escapa por um triz da destruição de seu mundo quando, no último minuto, seu amigo Ford Prefect o teletransporta para fora do planeta. Os dois iniciam uma odisseia por uma galáxia no estilo de Monty Python e têm por companhia Zaphod Beeblebrox, um pinguço de duas cabeças, e o deprimido robô Marvin, "o androide paranoico". Uma versão para a TV (1981), romances baseados na história, uma versão cinematográfica (Garth Jennings, 2005), infelizmente tosca, além de um grande acervo de textos paralelos criados pelos aficionados, acabou levando a três sequências em séries radiofônicas (*Guia do Mochileiro da Galáxia: Fase Terciária*, *Fase de Incerteza* e *Fase Perfeita* [2003-2004]), embora a morte de Douglas Adams, em 2001, as tenha deixado sem o comando que poderia tê-las feito conquistar grande destaque. Mas, em geral, se falamos sobre áudio de FC, estamos falando da interseção do gênero com a música *pop*. É só na década de 1960 que a FC penetra de fato na música popular (ninguém tomaria "Fly Me to the Moon", de Sinatra, por ficção científica). A vibração dos programas espaciais em curso e aquilo que Harold Wilson, então primeiro-ministro do Reino Unido, descrevia de modo otimista como "a incandescência da tecnologia" não poderiam evitar uma polinização cruzada com o *pop*, uma linguagem que entrava em súbito e espetacular florescimento naquela mesma década. Os primeiros exemplos não são inspiradores: a trilha instrumental "Telstar" (1962), inspirada pelo lançamento do satélite homônimo e interpretada pela banda de *pop-rock* The Tornados, é uma *pretensiosa peça* de música montada em estúdio que deve seu vigor redentor, ressonante, quase metálico ao produtor Joe Meek.

O compositor norte-americano de *jazz* Sun-Ra (nascido Herman Poole Blount) declarou-se não humano, e sim nascido no planeta Saturno como parte de uma "raça de anjos". Sua música, com forma inventiva e livre, nutria essa mitologia pessoal com grande potência e beleza, embora sem grande precisão. Alguns de seus fãs (que tomam a história em sentido literal) podem não se sentir muito gratos por eu me referir a isso como mitologia. De seus mais de cem discos, muitos são excelentes, entre eles, *We Travel the Spaceways* (gravado em meados dos anos 1960 e lançado em 1967), *The Heliocentric Worlds of Sun Ra, Volume One* (1965) e *Sun-Ra and his Solar Arkestra Visits Planet Earth* (1966). Um filme de baixo orçamento, *Space is the Place* [O Espaço é o Lugar] (John Coney, 1974), representa a chegada de Sun-Ra à Terra e sua missão de salvá-la e, em especial, de salvar a América Negra.

O compositor e *performer* britânico David Bowie alcançou seu primeiro sucesso significativo em uma linguagem de FC: a princípio através do futurismo *hippie* da canção "Space Oddity" (1969), que fala do astronauta Major Tom, condenado com elegância, e mais tarde com seu "Starman" (de *The Rise and Fall of Ziggy Stardust and the Spiders from Mars* [1972]), que rouba e altera um pouco a melodia de "Somewhere over the Rainbow" para contar uma história, tão sentimental quanto, de um alienígena benevolente que só pretende nos visitar quando se sentir seguro de que não vai "explodir nossas mentes"; menos melosa é "Life on Mars" (de *Hunky Dory* [1971]), uma canção de limpidez quase bradburyana, em que a questão crucial, "Existe vida em Marte?", concentra a alienação e a trivialidade da existência ligada à Terra. A coisa, no entanto, mais FC em torno de Bowie era sua *persona* no palco, baseada em uma estranheza desenraizada, como a de um alienígena, que tinha certa relação com seu uso de drogas e sua bissexualidade (um bravo estilo de vida, honestamente falando, na década de 1970). Seu papel como o alienígena em *O Homem que Caiu na Terra* (Nicolas Roeg, 1976) sedimentava essa *persona*, mesmo quando Bowie se reinventava como o frio Thin White Duke [O Magro Duque e Branco]. Nos anos 1980, "Ashes to Ashes" (*Scary Monsters and Super Creeps*, 1980) tinha remodelado seu personagem Major Tom, em sua inocência de olhos arregalados, como um *"junkie/strung out in heaven high/reaching an all time low"* [Viciado/estendido no céu chapado/ atingindo o fundo do poço] – e a aventura de FC de Bowie tinha conseguido um calmante permanente.

Outros cruzamentos entre o *pop* psicodélico dos anos 1960 e FC seguiram uma trilha similar. A banda psicodélica britânica Pink Floyd começou sua carreira com hinos hipnóticos, pulsantes, ao espaço sideral como uma manifestação de transcendência interior, como em "Astronomy Domine" [Domínio da Astronomia] (de *Piper at the Gates of Dawn* [1967] ou "Set the Controls for the Heart of the Sun" [Ajuste os Controles para o Centro do Sol] (de *Saucerful of Secrets* [1968], mas nos anos 1970 eles se voltaram para dramas simbólicos da tristeza em pátios de escola ou da depressão suburbana. *Lifehouse*, a ambiciosa "ópera *rock*" de FC foi escrita pelo compositor britânico Peter Townsend para sua banda The Who no final dos anos 1960. Essa é uma fábula sobre um concerto de *rock* transcendental, em uma poluída distopia, em um futuro próximo, que faz a audiência literalmente desaparecer no nirvana; mas ficou inacabada, embora muitas canções apareçam no álbum *Who's Next* (1971), do Who, uma obra-prima do *rock*, com certeza o maior trabalho deles e um texto oblíquo de FC. A onda presente nas décadas de 1960 e 1970 de álbuns conceituais temáticos, conectados ao *rock* progressivo ou *progrock*, foi bem apropriada para a especulação de FC. *In the Court of the*

Crimson King (1969), de King Crimson, em especial sua longa primeira faixa, "21st Century Schizoid Man", dava voz a uma visão de futuro soturna. Hawkwind, uma banda britânica que um dia incluiu Michael Moorcock entre seus membros, retornou muitas vezes com seu *space rock* psicodélico extravagante, de expansão mental, à FC com álbuns como *In Search of Space* (1971), *Space Ritual* (1973) e *Warrior at the Edge of Time* (1975). *Tarkus* (1971), da banda britânica Emerson Lake & Palmer, é um álbum conceitual sobre as batalhas da criatura ciborgue do título, parte tanque, parte animal. A banda norte-americana Grateful Dead produziu uma grande quantidade de álbuns de músicas inspiradas no caos, com base em guitarra, entre eles *Anthem of the Sun* (1968), uma suíte psicodélica vagamente de FC, e a longa canção "Dark Star" (de *What a Long Strange Trip It's Been* [1977], cuja música de várias camadas é o apoio para letras de uma obliquidade um tanto canhestra e *hippie*:

> Estrela escura entra em colapso derramando sua luz em cinzas
> A razão se esfarrapa, as forças se rasgam e se soltam do eixo...
> Fazendo girar um conjunto de estrelas através do qual os contos esfarrapados do eixo rolam em torno do vento de cera

A banda de *rock* canadense Rush tem encontrado, em várias ocasiões, inspiração na FC. A faixa-título de *2112* (1976), de vinte minutos, é uma fábula distópica sobre a redescoberta da música no ano do título, baseada na breve novela *Anthem* [Cântico] (1938), do escritor norte-americano de origem russa Ayn Rand. Outros álbuns da Rush, como *Fly by Night* (1975) e *Hemispheres* (1978), recorreram mais à fantasia que a tropos da FC. Esse gosto por álbuns conceituais enraizados em uma distopia de FC não desapareceu. *OK Computer* (1997), da banda britânica Radiohead, situava as novelas cômicas de FC de Douglas Adams (o nome do álbum, e o título da música principal, "Paranoid Android", são ambos citações de *O Guia do Mochileiro das Galáxias*) em uma visão muito mais sombria, menos suavizada do inferno futuro. *A Guerra dos Mundos* (1978), do norte-americano de nascimento Jeff Wayne, é uma elaborada versão *progrock* (no estilo "rococó sinfônico" de Rick Wakeman) da novela de Wells, narrada pelo ator galês Richard Burton e com muitas frases de Wells encaixadas nas músicas, em alguns momentos de forma um tanto absurda (por exemplo: "as chances de vir alguma coisa de Marte é de um milhão para um disse ele"). E no entanto há certo prazer, festivo até demais, a ser tirado da precariedade mesma da adaptação.

Em estilo muito diferente está *Funkadelic*, o coletivo musical organizado pelo músico de *funk* psicodélico norte-americano George Clinton, que invocava uma linguagem de óvnis e naves-mães, tirando parte de sua inspiração de

Sun-Ra, o poeta, filósofo e músico de *jazz* que lançou vários álbuns experimentais nos anos 1970 envolvendo temáticas de nítida influência sci-fi. A banda britânica ELO ("Electric Light Orchestra") moldou um derivativo de óvni/nave-mãe para promover seu álbum duplo *Out of the Blue* (1977). Embora a música desse álbum não tivesse conteúdo de FC, um álbum mais tardio, *Time* (1981), era uma ópera *rock* ambientada no futuro. Mas esse tipo de projeto foi antes a exceção que a regra. Falando por mim mesmo, sinto uma simpatia por *Time* – e pelos vários outros álbuns conceituais de FC que tenho – porque ouvia esse tipo de música quando criança. Contudo, por mais paixão que eu sinta por eles, não pode ser negado que a maioria das pessoas vê esse tipo de música (e esse tipo de FC) como pretensioso, repugnante, datado, até mesmo risível. Não foi nessa modalidade que a música de FC provocou um significativo impacto cultural.

A música de FC esteve conectada de modo especial com a nova instrumentação desenvolvida nas décadas de 1960 e 1970. Onde guitarras elétricas (a espinha dorsal da maior parte do *pop* e do *rock*) têm implicações tradicionais, recordando a música "autêntica" do *blues* e R&B, os sintetizadores eletrônicos foram vistos, desde sua invenção, como instrumentos futuristas, avançados. Robert Moog inventou o primeiro sintetizador em 1963, e a partir de então as possibilidades do instrumento foram desenvolvidas com rapidez. O músico japonês Isao Tomita executou versões de música clássica exclusivas para sintetizador, conseguindo com frequência – por exemplo, com sua versão de *The Planets* (1976), de Gustav Holst – dar um timbre sobrenatural, quase FC, a elas O mesmo se aplica às composições originais para sintetizador do francês Jean-Michel Jarre. Não há um contexto explícito de FC nas suítes instrumentais do álbum *Oxygene* (1976) ou *Equinoxe* (1978), mas é difícil escapar do sentimento de que essas paisagens sonoras eletrônicas agudas, pulsantes, crescentes como uma espécie de FC sonora. O compositor grego Vangelis fez uma coisa similar com seus álbuns compostos em sintetizadores, como *Earth* (1974), *Heaven and Hell* (1975) e *Albedo 0.39* (1976), entre muitos outros ao longo das décadas de 1970 e 1980. Os alemães do Tangerine Dream ancoravam sua música espacial em suas composições eletrônicas espiralantes e pulsantes na FC, dando nomes conceituais a seus álbuns, como *Alpha Centauri* (1971) e *Stratosfear* (1976).

Mas transpirou que aquilo que poderíamos chamar composição livre envolvendo instrumentos eletrônicos também não era o futuro da música de FC. Na realidade, a música de FC encontrou seu fórum popular como linguagem na música dançante. A banda fundamental desse gênero são os alemães do Kraftwerk, que começou nos anos 1970 desenvolvendo uma estética musical ainda próxima do *krautrock*, usando sintetizadores eletrônicos aos quais

só às vezes eram acrescentadas vocalizações humanas, influenciando um sem-
-número de expressões musicais dançantes que vão desde a música eletrônica
de Giorgio Moroder até a *space disco* dos anos 1970/80, chegando à cultura
house music/trance/techno de meados dos anos 1980 que se estende aos dias
de hoje. Em 1991, um dos fundadores do grupo, Ralf Hütter, explicou que
"a alma das máquinas sempre foi uma parte de nossa música. O *techno/tran-
ce* está quase sempre associado à repetição, e todos estão procurando transe
na vida [...] no sexo, no emocional, no prazer, em qualquer coisa [...]. Assim,
as máquinas produzem um transe absolutamente perfeito" (citado em Savage, p. 310). O álbum inovador do Kraftwerk, *Autobahn* (1974), encontrou
essa mistura do humano e do maquínico na jornada de um carro por uma
superautoestrada, a monotonia e a repetição liberadoras da jornada captura-
das com perfeição nos pulsos eletrônicos e efeitos sonoros da música. Na
época do laçamento do álbum *Die Mensch-Machine* (1978), porém, o ciber-
gue era explicitamente robótico; ao ponto de os quatro membros da banda
serem substituídos por manequins animados em alguns *shows*. Essa música
robótica, provavelmente influenciada pela FC, encontrou expressão em vários
álbuns subsequentes, incluindo *Computerwelt* (1981) e *Techno-pop* (gravado
em 1983, e lançado somente em 1986, com o nome de *Electric Café*). O
techno, um estilo de música feita para dançar, que foi influenciado pelo Kraftwerk, tornou-se um importante fenômeno cultural a partir da segunda metade dos anos 1980. Encontros em massa organizados para se dançar *techno*,
chamados de *raves*, ocorriam sob o acompanhamento de uma música eletrônica deliberadamente repetitiva, maquínica ("se há uma ideia central no
techno", opina Jon Savage, "é a da harmonia entre homem e máquina" [Sa-
vage, p. 312]). Dezenas de bandas e músicos trabalharam com o estilo,
entre eles, The Orb, um duo britânico que combinava Kraftwerk, Jean-Michel Jarre e Pink Floyd em longas, arrastadas e dançantes *performances* eletrônicas com títulos extravagantes como "A Huge Ever Growing Pulsating
Brain that Rules from the Centre of the Ultraworld" (1990) e "Toxygene"
(1997). Uma ramificação dessa somática cultura dançante homem-máqui-
na é a música do compositor britânico Gary Numan. As músicas de Numan
são construídas com base em um paladar eletrônico mais denso, repleto de
camadas e têm mostrado a tendência de serem mais sombrias, áridas e até
gélidas, resultado de sua fusão de *glamrock* com música eletrônica, gerando
um som *synthpop* com toques de *cold wave*, tornando-a bem mais complexa
do que a norma comum e repetitiva do *techno*, que é mais escapista. Alta-
mente influenciado por Kraftwerk, Gary Glitter, David Bowie e Marc Bolan,
ele também tem trabalhado a partir de padrões específicos de FC; o *hit-single*
de 1979, *Are "Friends" Electric?*, de sua banda, o Tubeway Army, é uma

versão glacial *cold wave*, conduzida por sintetizadores, de *Do Androids Dream of Electric Sheep?*, de Philip K. Dick, com as aspas na palavra *friends* [amigos], capturando o tédio adolescente da faixa.

O sucesso do *techno* como música associada à FC se apoia menos no impacto musical e mais nas possibilidades somáticas; o que significa dizer: é como paisagem sonora em que os fãs podem entrar, podem explorar via dança e estilo, que ela consegue o êxito entre as massas. É uma coisa parecida com as possibilidades de ingresso imaginativo proporcionadas pelos megatextos mais bem-sucedidos de FC (a relação simbiótica dos fãs com o universo de *Star Wars* ou o de *Matrix*).

Por meio de uma nota de rodapé deveria ser feita alguma menção do tipo de texto cultural que seria difícil caracterizar como ficção científica, mas que ainda assim tem grande circulação entre pessoas que se identificam como aficionadas de FC e, portanto, têm uma espécie de proximidade, por definição, com a FC. Alguns exemplos poderiam ser: as histórias de Sherlock Holmes; os filmes de James Bond; ou a série da rede NBC de televisão *Hannibal* (2013-2015) (produzida por Bryan Fuller). Com frequência, esse *status* de proximidade é literalizado, como quando as pessoas escrevem histórias de FC *steampunk* que incluem Holmes ou quando James Bond vai para o espaço. Mas, digamos assim, a catexia das energias do universo de fãs da FC nesses textos culturais não é arbitrária. Eles tendem a exibir qualidades cruciais que também estruturam, de forma radical, a FC propriamente dita: Holmes é uma figura salvadora que opera no idioma materialista de pura racionalidade; Hannibal, um sociopata que canibaliza carne humana, dramatizando em uma forma horrenda e estilizada questões relacionadas à materialidade ou à divindade do sacramento.

Óvnis

O fim do século XX leva essa história crítica da ficção científica de volta ao mundo real. Existe um equívoco muito grande quando se discute as interseções entre ficção e fato como se os dois territórios se enevoassem um no outro, já que a maioria das pessoas sabe muito bem distinguir entre eles. Não obstante, e em particular no campo da FC, a extensão em que a ficção se insinuou nos pressupostos da vida real depõe a favor da completa penetração da FC em todos os aspectos da cultura e da sociedade ocidentais, assim como da porosidade (alguns chamam de credulidade) dessa cultura.

O ponto mais óbvio de interseção é o óvni, ou objeto voador não identificado. Avistados pela primeira vez pelo aviador norte-americano Kenneth Arnold sobre o estado de Washington, em 1947, a frequência dos avistamentos dessas naves supostamente extraterrestres aumentou a partir do fim da década de 1940 e por toda a década de 1950, tornando-se um lugar-comum cultural nos anos 1960.[3] Muita gente hoje aceita como axiomático o fato de alienígenas visitarem a Terra com regularidade, e alguns acreditam que essas criaturas abduzem seres humanos e fazem experimentos com eles. Uma dessas naves, segundo se supõe, acidentou-se em Roswell, Novo México, em 1947, sob a alegação de que os destroços e o corpo do piloto estão sendo mantidos pelo governo norte-americano em uma instalação militar secreta conhecida como Área 51, em Nevada (EUA). As negativas do governo só calcificam a certeza na mente dos que acreditam nos óvnis, já que um dos princípios paranoicos da ufologia é que o governo está acobertando a verdade para evitar pânico em massa ou então está mancomunado com os alienígenas.

É, para dizer o mínimo, uma bizarra coincidência que os alienígenas começassem a visitar a Terra de modo tão flagrante exatamente quando a FC da Era de Ouro, em particular na sua forma cinematográfica, provocava seu primeiro impacto significativo sobre a cultura ocidental. Os que fazem comentários mais criteriosos apontam as íntimas correlações entre o idioma cultural com que as pessoas estão familiarizadas e as explicações que dão aos fenômenos inexplicados. Howard E. McCurdy, após observar que a sociedade pré-científica falava, segundo determinação cultural, não de ETs, mas de demônios e magia, mostra que os avistamentos de óvnis no início da década de 1950 deveram-se antes ao sucesso do disco voador alienígena de *O Dia em que a Terra Parou*, de 1951, que à realidade objetiva. Ele acrescenta:

> Após um surto inicial de interesse, a erupção de avistamentos de óvnis diminuiu durante meados da década de 1950 para uma média de 46 por mês. Isto se alterou de repente em seguida ao lançamento do *Sputnik 1*, quando o número de relatos aumentou de modo brusco, com mais de 600 avistamentos nos últimos três meses daquele ano. Excluindo a possibilidade improvável de que alienígenas de fato intensificassem as observações da Terra, ficamos com a explicação plausível de que o lançamento do satélite soviético despertou medos que fizeram as pessoas detectar mais objetos desconhecidos no céu (McCurdy, p. 74).

Nos anos 1960, a ufologia começou a adquirir sua própria lógica interna autojustificadora. A primeira abdução alienígena amplamente relatada (os canadenses Betty e Barney Hill afirmaram ter sido sequestrados de New Hampshire [EUA], em 1961, por alienígenas) levou a diversas alegações plagiadas. Tendo sido alimentada, antes de tudo, pela lógica fictícia da FC, a ufologia logo começou a fazer uma polinização cruzada do gênero. Um residente do

Arizona, Travis Walton, afirmou ter sido abduzido por vários dias em 1975; seu relato da experiência foi filmado como *Fogo no Céu* (*Fire in the Sky*) (Robert Lieberman, 1993), fornecendo a uma nova geração de aspirantes a crentes uma moldura imaginativa para suas fantasias. O autor norte-americano de livros de terror Whitley Strieber afirmou ter recuperado, sob hipnose, memórias reprimidas de abdução alienígena; um livro bem articulado que relata as sessões hipnóticas, *Communion* [Comunhão] (1985), foi *best-seller*, tendo sido feito um filme baseado nele (*Estranhos Visitantes*, de Philippe Mora, 1989). No fim dos anos 1980, a "verdade" dos óvnis estava tão entranhada, que programas de TV bastante populares puderam tomá-la como premissa. O seriado de TV de Chris Carter, Arquivo X (*The X-Files*) (1993-2002), cavalgou o mundo frágil da cultura de TV como um gigante maluco do início ao fim da década de 1990. Seus dois agentes do FBI, Fox Mulder (David Duchovny) e Dana Scully (Gillian Anderson), investigavam todo tipo de extravagâncias bizarras e paranormais, mas a espinha dorsal do seriado era um permanente arco narrativo sobre a inflitração alienígena na Terra, o que pressupunha um programa de reprodução para misturar humanos e alienígenas, e um sempre iminente apocalipse de invasão e tirania alienígenas, tudo isso com a colaboração de um governo norte-americano traidor. O mais significativo em relação ao seriado era o modo como muitos de seus fãs o encaravam não como FC, mas como fato encoberto. Outros seriados semelhantes, como *Dark Skies* (1996-1997) ou as minisséries *Taken* (Breck Eisner e outros, 2002) se ligavam a estruturas de crença similares.

Seria mero desperdício de energia desaprovar a ufologia, que pode ser defendida como uma abordagem feyerabendiana das possibilidades de vida alienígena (ou, pelo menos, como algo que adiciona tempero e potencialidades a vidas de outro modo insípidas), pois a FC como linguagem serve de exato mediador das inquietações *religiosas*, e a ufologia faz isso de modo mais explícito que a FC fictícia. Alguns ufólogos interpretam a dialética de suas crenças determinadas pela FC em termos materialistas – o que significa dizer: acreditam que alienígenas físicos têm viajado pelo espaço em espaçonaves avançadas em termos tecnológicos. Outros, no entanto, intepretam-na em termos especificamente religiosos, não raro com resultados trágicos. Em 1997, 39 adultos cometeram suicídio na Califórnia por ordem de Marshall Herff Applewhite, líder da seita Heaven's Gate. Applewhite tinha persuadido seus seguidores de que uma espaçonave alienígena seguia o cometa Hale--Bopp, guiada por um membro da seita chamado Ti, que ascendera a um plano espiritual mais elevado após ter morrido de câncer em 1985. Também pregava que, ao se matarem, eles próprios seriam, em êxtase, transportados para lá. Ele e seus seguidores amarraram sacos plásticos em volta da cabeça e tomaram fenobarbital, para sufocarem durante o sono. Há uma legião de seitas similares no religiosamente promíscuo Estados Unidos.

A mais famosa religião baseada em FC é a cientologia, criada no início dos anos 1950 pelo autor de FC L. Ron Hubbard como um desdobramento de seu lucrativo programa de autoaperfeiçoamento, a Dianética. Hoje essa igreja possui centenas de milhares de membros em muitos países, entre eles várias celebridades de perfil destacado. Hubbard ensinava que os humanos eram seres espirituais imortais (chamados por ele de thetans) que, embora atravessando inúmeras reencarnações, têm acumulado vários tipos de energia espiritual negativa. Os membros da igreja podem se purgar desses chamados engramas por meio de uma extensa série de cursos (chamados audições) fornecidos pela Igreja. Esse dispendioso procedimento (uma audição completa pode custar entre 300 mil e 500 mil dólares) transforma-os de pré-claros em claros. Segundo se supõe, emanados da alma do thetan pela audição estão os vários traumas que Hubbard acreditava bloquearem a trilha "da ponte para a total liberdade", de casos de tortura ou crueldade em vidas passadas a encontros com desagradáveis espécies extraterrestres (a Confederação Macarb e várias Forças Invasoras). A audição às vezes revela vidas anteriores ocupadas com viagens pela galáxia.

Os cientologistas podem defender de forma agressiva sua fé (a igreja tem a reputação de ser uma das mais litigiosas do mundo); e de minha perspectiva, ateia e não espiritualista, não há nada nessa religião *intrinsecamente* mais absurdo que aquilo que pode ser encontrado em muitas outras fés mais integradas ao *mainstream*. Dito isso, porém, é difícil negar que Hubbard fosse um vigarista ou, no mínimo, um homem profundamente equivocado e um explorador alheio. Ninguém que leia as várias exposições do culto – a melhor delas é *Bare-Faced Messiah: The True Story of L. Ron Hubbard* [Messias Sem-Vergonha: a Verdadeira História de L. Ron Hubbard] (1987), de Russell Miller – pode duvidar da motivação primária do fundador: "Se um homem quisesse ganhar um milhão de dólares", disse Hubbard em uma convenção de escritores de FC em Nova Jersey, no final da década de 1940, "o melhor meio de conseguir isso seria fundar sua própria religião" (diversas versões dessa conhecida declaração têm sido registradas por inúmeras fontes). Isenta de impostos e protegida por convenção social de um excesso de críticas, uma religião é o disfarce ideal para abrigar o inescrupuloso. Muitas pessoas têm sido enganadas e espoliadas por essa igreja. Naturalmente, como costuma acontecer com quem passa por tais experiências, muitas delas não consideram que tenham sido exploradas.

A linguagem da igreja está profundamente envolvida com a FC. Um cientologista foi informado, durante uma audição, que chegara pela primeira vez à Terra 74 mil anos atrás para lutar contra magos que praticavam magia negra e que estavam "usando a eletrônica para propósitos maléficos". O relato da audição continua: "Depois ele vai de espaçonave para outro planeta. Uma fraude é executada por hipnose e implantes para o prazer (com efeitos semelhantes aos do ópio), por meio da qual é envolvido em um caso de amor com um robô adornado como uma bela moça de cabelo ruivo" (Miller, p. 203). O próprio Hubbard anunciou que, em uma de suas vidas passadas, tinha morado em um planeta alienígena, manufaturado humanoides metálicos e os vendido aos thetans locais, às vezes vendendo-os de forma direta, às vezes alugando-os com opção de compra. A banalidade e os clichês dessas aventuras *subpulp* são o mais interessante. Para capturar os corações de tantos milhares de pessoas não é sequer necessário, ao que parece, escrever poesia do calibre do Alcorão ou do Evangelho de São João; tudo que se precisa fazer é saquear as tradições da FC *pulp* de segunda classe, do tipo que o próprio Hubbard andou escrevendo (a um centavo por palavra) nos dias em que ainda não encontrara uma fonte de renda mais compensadora.

Notas

1. Ver o livro que Latham escreveu com Stephen Todd: *Evolutionary Art and Computers* (San Diego, CA: Academic Press, 1992).
2. Folhear um livro como *Industrial Light & Magic: Into the Digital Realm*, de Mark Cotta Vaz e Patricia Rose Duignan (Nova York: Del Rey, 1992), proporciona evidência de como esses efeitos visuais podem ser incrivelmente belos.
3. Há uma vasta literatura sobre esse fenômeno. Um bom lugar para começar é *Watch the Skies! A Chronicle of the Flying Saucer Myth*, de Curtis Peebles (Washington, D.C.: Smithsonian Institute Press, 1994).

Referências

Carter, Sally. The Emergence of Art-Science. *BMJ*, 343-44: d5133, 2011.

McCurdy, Howard E. *Space and the American Imagination*. Washington, D.C.: Smithsonian Institute Press, 1997.

Miller, Russell. *Bare-Faced Messiah: The True Story of L. Ron Hubbard*. Londres: Michael Joseph, 1987.

Moore, Alan e Dave Gibbons. *Watchmen*. Nova York: DC Comics, 1986-1987.

Moore, Alan, Gary Leach e Alan Davis. *Miracleman. Book One: A Dream of Flying*. Eclipse Books, 1988.

Paul, Christiane. *Digital Art*. Londres: Thames and Hudson, 2003.

Savage, John. *Time Travel: Pop, Media and Sexuality 1976-1996*. Londres: Chatto, 1996.

CAPÍTULO 16

Ficção Científica do Século XXI

E m seu estudo de 2010, *Evaporating Genres* [Gêneros que se Evaporam], o crítico norte-americano Gary Wolfe discute tanto a "evaporação" (como ele diz) da ficção científica quanto a sua subsequente condensação pelas superfícies da cultura mais bem concebida. Isso reflete em parte o estado da produção cultural hoje, em que tropos e traços antes associados unicamente à ficção científica aparecem em todas as formas de textos culturais, indicando a necessidade que tem a arte de lidar com uma realidade social cada vez mais tecnológica, alienada e mediada. Os argumentos de Wolfe, no entanto, vão além disso. Ele acha que a FC contém dentro de si uma lógica corrosiva que incita sua disseminação genérica:

> Os gêneros fantásticos contêm dentro de si mesmos as sementes de sua própria dissolução, um conjunto nascente de modos retóricos pós-modernos que, durante um período de várias décadas, começaria a suplantar não só a noção do próprio gênero, mas as fundações mesmas das barricadas modernistas que, durante muito tempo, se acreditou que isolariam a cultura literária da ficção vernacular dos *pulps* e outras formas de expressão não canônica (Westfahl, p. 23).

Se observarmos a cultura literária do século XXI até aqui, isso parece difícil de negar. Por exemplo, todos os livros que foram grandes "acontecimentos" na primeira década desse novo século atualizaram a literatura fantástica em formas que alcançaram popularidade global, conhecendo um sucesso notável, até mesmo espantoso. Isso deve ser avaliado levando em consideração mais do que as simples vendas, embora vendas na casa de dezenas e mesmo centenas de milhões sejam um indicador de impacto difícil de ignorar. Mas também devemos voltar nossa atenção para aqueles pontos em que aspectos da FC e da fantasia se transformaram nas metáforas globais para toda uma geração cultural. Três séries de vendas gigantes são particularmente relevantes aqui. Primeiro, os livros de Harry Potter, de J. K. Rowling (*Harry Potter e a Pedra Filosofal* [*Harry Potter and the Philosopher's Stone*] [1997]; *Harry Potter e a Câmara Secreta* [*Harry Potter and the Chamber of Secrets*] [1998]; *Harry Potter e o Prisioneiro de Azkaban* [*Harry Potter and the Prisoner of Azkaban*] [1999]; *Harry Potter e o Cálice de Fogo* [*Harry Potter and the Goblet of Fire*] [2000]; *Harry Potter e a Ordem da Fênix* [*Harry Potter and the Order of the Phoenix*] [2003]; *Harry Potter e o Enigma do Príncipe* [*Harry Potter and the Half-Blood Prince*] [2005]; e *Harry Potter e as Relíquias da Morte* [*Harry Potter and the Deathly Hallows*] [2007]), que venderam aproximadamente quinhentos milhões de exemplares, foram adaptados em oito filmes (com vários deles figurando entre as maiores bilheterias de todos os tempos), inspiraram a criação de inúmeros parques temáticos de sucesso e geraram uma cultura de fãs com alcance global e enorme fertilidade. A premissa das histórias parece bastante trivial: Potter, um garoto inglês comum, descobre que herdou poderes mágicos dos pais assassinados e passa a frequentar a Escola de Magia e Bruxaria de Hogwarts, onde o currículo se concentra no desenvolvimento da aptidão mágica. Rowling descreve com espirituosidade seu mundo, onde a existência comum de pessoas não mágicas como eu e você (trouxas) se desenrola em paralelo a um reino mágico oculto, equipado com suas próprias repartições governamentais, serviço postal, bancos e assim por diante. A história mais abrangente se preocupa com o retorno, de uma suposta morte, do bruxo maligno Voldemort, que estabelece um governo explicitamente fascista entre as bruxas e bruxos, e que Harry e seus amigos acabam derrubando. Como exemplos da categoria editorial "jovem adulto" [*Young Adult – YA*], essas aventuras simpáticas, cativantes, foram indicativas de uma mudança cultural muito mais ampla, pois a sigla YA (como a expressão é abreviada) dominou a paisagem literária do século XXI. Duas outras séries YA foram populares de modo global durante o período. A primeira foi a saga, com uma história de amor de vampiros, de Stephenie Meyer, que começou com *Crepúsculo* (*Twilight*) (2005) e continuou com *Lua Nova* (*New Moon*) (2006), *Eclipse* (2007) e *Amanhecer* (*Breaking Dawn*) (2008). Esta série vendeu cerca de 150 milhões de cópias e foi também adaptada para o cinema com grande êxito comercial. Embora tanto Potter quanto Crespúsculo sejam fantasias, estando portanto um pouco além da alçada de uma história como a presente, a outra grande série de *best-sellers* do início do século é mais diretamente ficção científica – a trilogia *Jogos Vorazes*, da escritora norte-americana Suzanne Collins: *Jogos Vorazes* (*Hunger Games*) (2008), *Em Chamas* (*Catching*

Fire) (2009), *A Esperança* (*Mockingjay*) (2010). Essa distopia de um futuro próximo, também YA, acompanha sua heroína adolescente, Katniss Everdeen, não só no televisionado combate mortal de gladiadores dos jogos do título, mas também no levante revolucionário contra o tirânico presidente Snow. Os livros venderam perto de cem milhões de cópias em todo o mundo e, mais uma vez, foram adaptados para uma bem-sucedida franquia cinematográfica.

Houve, é claro, muitos outros livros de sucesso comercial publicados nos primeiros anos do século, mas essas três séries dominaram a paisagem editorial.[1] Por um lado, demonstram que tropos de FC e fantasia se tornaram tão disseminados na corrente principal da cultura que ficaram quase isentos de qualquer ressalva. Mas o fato de todas as três serem séries YA é também significativo. Um número incalculável de crianças e adolescentes leram e continuam a ler esses livros. Chegando mais ao ponto, um número incalculável de adultos têm feito o mesmo (a Bloomsbury, editora de Rowling, publica as histórias em dois formatos: com ilustrações muito coloridas, feitas por desenhistas, para o mercado juvenil; e com mal-humoradas capas fotográficas, em preto e branco, para o mercado adulto).

Alguns têm visto esse deslocamento de maré para YA como sintomático de uma deplorável infantilização da cultura em sentido amplo. Peguemos os livros da série *Crespúsculo*, por exemplo. É difícil negar que, sob inúmeros aspectos, são livros muito ruins: mal escritos, derivativos e regressivos em termos emocionais. Por outro lado, conversam e emocionam milhões, e deveríamos ter uma sensação de desconforto se apenas zombássemos deles. Tal reação (e esses livros foram bastante ridicularizados em alguns círculos) é sintomática de uma atitude que se limita a definir esteticamente o mérito em termos de inovação estilística e formal. Essas novelas tratam de uma coisa importante – sexo – e falam sobre isso de um modo particular, como uma força capaz de mudar nossa vida, mas que é, ao mesmo tempo, *algo que não acontece*. A casta heroína humana, Bella, espera fazer sexo com Edward, o namorado vampiro, e o livro estiliza isso como ao mesmo tempo imperioso e alarmante, que em igual medida a atrai e a deixa assustada. Esse foco é de fato notável na ficção moderna. O romance pós-*Chatterley* admite como mais ou menos axiomático que o sexo é algo a ser retratado na escrita de forma explícita e prolongada. A atitude dominante da ficção no que tange à representação sexual é adulta, nos vários sentidos da palavra. Não precisamos ser puritanos ou defensores da moral sexual vitoriana para observar que não é realmente assim que o sexo se manifesta na vida de uma grande quantidade de pessoas.

Os livros de Harry Potter, embora conservadores em termos formais e rasos em termos estilísticos, são ainda assim uma das grandes representações da escola na cultura ocidental. A escola domina nossa vida dos 5 aos 18 anos ou mais, se formos para a universidade. Quando uma pessoa tem, digamos, 25 anos e está lendo ficção, a escola já tomou um terços de sua existência. É nosso portal para o mundo adulto, nossa primeira experiência de socialização fora da família. Dada a sua importância, é impressionante como é raro vê-la ser retratada na ficção literária dominante. Um dos pontos muito fortes dos livros de Potter é sua ênfase na importância da amizade, além e acima do vínculo romântico (embora ele também importe), e o modo astucioso como os terrores emocionais e existenciais da escola são exteriorizados como monstros e prodígios. Os livros também desenvolvem, em um estilo abrangente e persuasivo, uma agenda de justiça social: as meninas são tão inteligentes quanto os garotos; pureza racial é uma mentira perniciosa e destrutiva; justiça, decência, amizade e amor são tão importantes ao nível social quanto ao nível pessoal.

O sucesso dos livros da trilogia *Jogos Vorazes* cristalizou uma noção de que o modo dominante da FC contemporânea é distópico. Panem é os Estados Unidos sob a lógica da pobreza pós-desastre e do poder centralizado; o distrito *high-tech* do Capitólio acumula riqueza, e os outros doze distritos lutam contra a subnutrição. Para agir como descarga de ressentimentos sociais, que de outra forma poderiam levar à revolução, a televisão do Capitólio transmite os jogos vorazes do título do livro. Cada distrito tem de mandar dois jovens por ano como tributo. Eles serão armados e soltos num ambiente cercado, com a imposição de se matarem uns aos outros até que apenas uma pessoa, o vencedor, sobreviva. Tal ideia sinistra parece ter sido extraída da novela *cult Battle Royale* (*Batoru Rowaiaru*) (1999), do escritor japonês Takami Koshun, também transformada em filme, em que adolescentes, armados e informados de que devem matar uns aos outros, são largados numa ilha. A diferença é de tom: a novela de Takami é inventiva e selvagem, de um modo que nada tem de sentimental; Collins filtra sua violência por uma comovente história de amor que tende a ganhar precedência sobre a sátira política e o sonho utópico. Na verdade, a distopia do universo de *Jogos Vorazes* é de um tipo muito particular. Está muito distante (por exemplo) da angustiante força anticatártica da nihiltopia pós-apocalíptica de *A Estrada* (*The Road*) (2006), de Cormac McCarthy – um dos livros mais devastadoramente emocionantes da década, como um Samuel Beckett com rifle de alta velocidade. A história de McCarthy, de um pai lutando para manter o filho vivo em uma terra tão erma oprime os corações de seus leitores e os deixa arrasados. Collins está fazendo uma coisa diferente e os leitores acompanham Katniss quando ela demonstra sua competência, seu jogo de cintura e a força de seus companheiros para superar as adversidades e – por fim – derrubar a tirania do presidente Snow. Pode ser mais útil pensar nos livros da trilogia *Jogos Vorazes* não como uma distopia, mas, para ressuscitar o descritor que Brian Aldiss aplicava às narrativas de aventuras dos anos 1950 (ver acima), como confortáveis catástrofes.[2] A ênfase de uma confortável catástrofe está mais no primeiro que no segundo termo; o desastre que molda a narrativa existe para nosso herói ou heroína terem mais opções de aventura e para mostrar como superam as adversidades. Em *Jogos Vorazes*, toda a superestrutura de Panem existe de fato para dar maior relevo à habilidade de Katniss com arco e flecha e sua recusa categórica a se render. Do mesmo modo, a entrada de Bella na sociedade vampira dos livros da série *Crepúsculo* revela um mundo paralelo distópico, tirânico e cruel; e a subida ao poder de Voldemort nos livros de Harry Potter renova um regime fascista distópico. Mas a função de ambos os mundos é criar fricção dramática para os protagonistas adolescentes dos livros e antes reforçar suas especialidades que (digamos) criticar mais a sociedade. Na verdade, podemos caracterizar a diferença entre *Crepúsculo* e *Harry Potter* dizendo que a primeira série pode de fato pensar apenas em termos de determinada história de amor, enquanto o segundo pelo menos tenta apreender um contexto social e geracional mais amplo.

A pergunta central é se esta imensa onda da literatura YA (e, de modo mais específico, da distopia para o YA) indica uma lógica cultural maior no século XXI. Sua harmonia com a ficção científica, um gênero historicamente pesado para audiências mais novas, mas que com frequência renova a espontaneidade cinética e as visões de mundo voltadas para o futuro dos jovens, por certo não é casual. Sob o risco de avançar demais na generalização, poderíamos sugerir que, mais ou menos no século passado, vimos três grandes mudanças nos parâmetros da vida humana que alteraram de forma radical os modos como homens e mulheres tocaram suas vidas neste planeta. Uma delas tem relação com avanços tecnológicos, cuja dimensão e caráter repentino ganharam força no século XX, reconfigurando de mil e uma formas a vida. Como a FC, sem a menor dúvida, é mais adequada para articular o ritmo subitamente acelerado da mudança tecnológica que outros tipos de literatura, isso pode explicar, pelo menos em parte, por que o gênero se tornou tão dominante em termos culturais. Como é evidente, é também verdade que, embora a nova tecnologia *tenha* transformado a vida, em especial a mídia social e a tecnologia de computação, ferramentas e máquinas já existem há milhares de anos e sua inclusão na literatura mundial remonta a milênios. Tem-se produzido um maior impacto social e cultural pela globalização e seu acessório, a diversidade étnica. Os humanos deixaram de passar toda a sua vida em uma pequena área geográfica, convivendo com um pequeno grupo de aldeões da mesma etnia e religião (só se deparando, o que nem sempre ocorria, com uma alteridade cultural e racial quando fossem homens jovens e estivessem no exército), para viver numa aldeia global, esbarrando em gente de todas as etnias, credos e culturas. Isso, eu diria, é uma coisa muito boa (diversidade é força), mas a forma repentina como aconteceu é algo que os historiadores do ano vinte mil vão por certo apontar como a grande revolução da era, de longe maior que a Revolução Industrial. Estamos ainda nos primeiríssimos estágios de aprender a lidar com isso, de aprendemos a viver uns com os outros; e um dos grandes temas da ficção de fins do século XX, início do XXI, é precisamente este – a situação pós-colonial surgindo com extrema proeminência, refletida num maior acervo de escrita realista mimética ou mágica. Talvez você discorde de mim quando sugiro que a arte representa melhor essa diferença através da metáfora que através do realismo; o alienígena, o monstro, o simbólico outro fala com mais eloquência à nossa real experiência de estar no mundo.

A terceira mudança cultural tem relação com a infância. Não infância como uma categoria biológica – que, é claro, sempre esteve conosco –, mas infância como um novo idioma cultural. Com isso não pretendo dizer apenas que o conceito de adolescente foi inventado nos anos 1950 (embora em termos amplos isso seja verdade). Refiro-me ao modo como o conceito se transformou com rapidez em um traço definidor de uma proporção tão grande da produção cultural contemporânea. Agora existe uma coisa nova, algo que a vida humana nunca tinha possuído de verdade, um período de transição entre ser mais ou menos adolescente e ter "virado adulto". Na verdade, essa transição se expandiu a tal ponto que, para muitas pessoas nos dias de hoje, ela se estende literalmente por décadas (muita gente no Ocidente chega à faixa dos vinte e mesmo dos trinta anos sem se sentir propriamente adulta, ainda desfrutando, por exemplo, os prazeres, textos, filmes e músicas da adolescência, ainda se interessando por *games*, brinquedos e assim por diante). Mais que tudo, no entanto, existe a sensação de que essa categoria determina agora quase toda a produção cultural contemporânea.

A cultura dominante agora é isso. A cultura jovem começou como uma categoria específica de marketing, inventada para motivar os adolescentes a gastar sua mesada nos anos 1950 – música pop, filmes, TV, *pulp fiction*, histórias em quadrinhos e jogos. Essas coisas são agora o centro da cultura *tout court*, com outras formas de cultura pressionando pelas margens. A música pop surgiu de uma subcultura para se tornar uma das grandes formas de arte da segunda metade do século XX e o pop é, por toda parte, jovem. O cinema só se torna de grande sucesso quando atende à juventude – adaptações de quadrinhos e assim por diante. Esse é o contexto de onde se pode fazer comentários sobre o que liga os textos que constituem a manifestação dominante da FC no cinema do século XXI. Pondo de lado o filme de maior bilheteria, *Avatar*, de Cameron (2009; discutido a seguir e dificilmente adulto no sentido mais pleno), trata-se sempre de franquias cinematográficas com um nítido tempero de YA. Em poucas palavras, é sempre um dentre dois tipos de filme: ou adaptações diretas das três sequências de livros discutidas acima ou filmes com os super-heróis dos quadrinhos.

Esses filmes das histórias em quadrinhos se tornaram tão lucrativos que os estúdios têm corrido para adaptar quase toda e qualquer obra em quadrinhos da era de prata. O personagem Superman da DC Comics tem sido, é claro, filmado com frequência, embora com um sucesso comercial apenas modesto. Outro personagem-chave da DC Comics – Batman – tem se saído melhor: a trilogia de Christopher Nolan, elegante quando não pretensiosa, *Batman Begins* (2005), *Batman: O Cavaleiro das Trevas* (*The Dark Knight*) (2008) e *Batman: O Cavaleiro das Trevas Ressurge* (*The Dark Knight Rises*) (2012), faturou quase 2,5 bilhões de dólares de bilheteria. Não obstante, o mundo do cinema dos quadrinhos pertence a uma empresa diferente, a Marvel. Sua corrente de personagens – Homem-Aranha, o Incrível Hulk, Homem de Ferro, Thor, Capitão América e muitos outros – desdobrou-se em um delta de películas paralelas e interligadas que dominaram o cinema popular no final da primeira década do século XXI e um público na faixa etária dos vinte. O MCU (Marvel Cinematic Universe) é o universo onde os filmes da franquia se desenrolam e foi posto em movimento depois que o diretor-executivo dos Studios Marvel firmou um acordo de distribuição com a Paramount em 2008. É estupidez um estudo crítico se voltar com muita ênfase para a enumeração bruta dos dólares ganhos em bilheteria global, pois esses dados quase nunca correspondem ao mérito estético. Por outro lado, são dados que revelam com frequência o impacto cultural popular e, sob tal ângulo, o fato de mais ou menos uma dúzia de filmes da MCU terem arrecadado alguma coisa próxima dos 10 bilhões de dólares de renda mundial de bilheteria em 2015 é digno de nota. A qualidade dos filmes tem variado, embora muitos tenham sido obras notáveis de FC contemporânea.

A fase um da MCU montou uma programação destinada a dar a cinco super-heróis das histórias em quadrinhos as próprias plataformas cinematográficas. Depois queria ser capaz de unir todos eles em um filme conjunto, que capitalizaria em dobro com o interesse que tivesse criado no fã. Falando em termos comerciais, a estratégia funcionou. *Homem de Ferro* (*Iron Man*) (Jon Favreau, 2008) foi um grande sucesso; *O Incrível Hulk* (*The Incredible Hulk*) (Louis Leterrier, 2008), *Homem de Ferro 2* (*Iron Man 2*) (Jon Favreau, 2010), *Thor* (Kenneth Branagh, 2011) e *Capitão América: O Primeiro Vingador* (*Captain America*) (Joe Johnston, 2011) tiveram um sucesso um pouco menor. Mas o habilidoso desempenho corporativo do círculo de fãs, efeitos especiais espetaculares e a reafirmação do tropo do salvador tão inerente à FC acertaram as contas quando o filme conjunto *Os Vingadores – The Avengers*

(*Marvel's The Avengers*) (Joss Whedon, 2012) tornou-se, e continua sendo enquanto escrevo isto, o filme com a terceira maior renda de todos os tempos. Nele, os quatro super-heróis dos primeiros filmes juntam-se a um arqueiro chamado Hawkeye e a uma figura feminina, conhecida como Viúva Negra (a política de gênero e raça da MCU está muito longe de ser não controversa), primeiro lutando uns com os outros, depois se unindo para derrotar Loki, o maléfico deus asgardiano, irmão de criação de Thor, o deus asgardiano bom. Sob muitos aspectos, o primeiro filme dos Vingadores é um texto cinematográfico não de todo satisfatório, que sacrifica de forma consciente a coerência e ressonância do conjunto em prol das sequências de luta que o constituem. Mas o filme atinge um ponto cultural ideal, a unidade diante do mal – a "guerra contra o terror" ocidental como fábula de história em quadrinhos, algo evidente em particular nos filmes do Homem de Ferro – e a irrupção da divindade em sentido literal (Thor, mas por extensão as capacidades sobrenaturais de todos esses super-heróis) num papel de mediadora entre a humanidade e a malignidade cósmica. Todas essas coisas tocam em medos contemporâneos e dão forma a fantasias contemporâneas.

A fase dois do plano comercial do MCU começou com *Homem de Ferro 3* (*Iron Man 3*) (Shane Black, 2013), talvez o melhor de todos os filmes do MCU. O *playboy* bilionário Tony Stark, interpretado com um charme real pelo quase idoso, mas ainda atraente Robert Downey Jr., usa um incrível traje metálico acionado por reator nuclear compacto (reactor ARC) instalado em seu peito. O traje do Homem de Ferro é, classicamente, a realização de um desejo de invulnerabilidade, seja em um cavaleiro medieval ou na modalidade de Ned Kelly. O que esse filme acrescenta é um adorno duplo a essa milenar fantasia humana: primeiro, o sonho do tapete mágico com a mobilidade de um voo a jato e, em segundo lugar, o sonho também poderoso de uma perfeita opção moral. Pois o traje de Stark vem equipado com um *software* de inteligência artificial que lhe permite não apenas ver tudo, mas concentrar o foco e diferenciar o bem do mal. No primeiro filme, Stark é capaz de ir para o Afeganistão, matar apenas os maus afegãos, deixar todos os afegãos virtuosos, homens, mulheres e crianças, vivos e depois, tendo Feito o Bem, dar um salto e desaparecer no céu. Não é preciso dizer que é profundamente falsa a crença de que um julgamento moral preciso e uma ação ética eficiente têm como base uma ontologia de perfeita e mecânica invulnerabilidade. A verdade é o extremo oposto. Nosso potencial ético está baseado em nossa vulnerabilidade. Ainda assim, o filme original consegue nos distrair dessa problemática com sequências de ação orquestradas com habilidade e, sobretudo, com a sensível interpretação de Downey Jr. *Homem de Ferro 3*, no entanto, trata dela de forma mais direta. O filme apresenta "o Mandarim", arquiteto de ações terroristas tipo Osama bin Laden, um antagonista cuja única finalidade é enganar o espectador com alguma engenhosa e genuinamente engraçada contenção narrativa. O Mandarim é, na realidade, apenas um mau ator, contratado pelo verdadeiro inimigo para tomar a frente de seu programa e distrair as forças da lei e da ordem. O verdadeiro inimigo é ocidental, corporativo, e o livro explora com elegância tanto os pontos fracos quanto os pontos fortes da confiança de Stark na tecnologia.

A fase dois do MCU continuou com *Thor: O Mundo Sombrio* (*Thor: The Dark World*) (Alan Taylor 2013), que parece uma versão melhorada do primeiro filme desse super-herói, e *Capitão América: O Soldado Invernal* (*Captain America: The Winter Soldier*) (Anthony e Joe Russo, 2014), um improvável melhoramento do primeiro filme do Capitão América. Que *Guardiões da Galáxia* (*Guardians of the Galaxy*) (James Gunn, 2014) tenha sido um grande sucesso surpreendeu muita gente; numa realização desconjuntada e um tanto estranha, o filme se apoia com vigor na vibração de seu "grupo de amigos se divertindo", cujo entusiasmo e humor quase compensam a ausência de uma ameaça, de um sentido ou de um enredo mais coerente. *Vingadores: Era de Ultron* (*Avengers: Age of Ultron*) (Joss Whedon, 2015) trouxe de novo todos os heróis para uma segunda peça conjunta. Como o primeiro filme dos Vingadores é irregular, mistura tudo, mas tem alguns momentos eficientes. No momento em que escrevo, a Marvel está no meio do desenvolvimento da fase três, incluindo *Homem-Formiga* (*Ant Man*) (Peyton Reed, 2015), *Capitão América: Guerra Civil* (*Captain America: Civil War*) (Anthony e Joe Russo, 2016), *Doutor Estranho* (*Doctor Strange*) (Scott Derrickson, 2016), *Guardiões da Galáxia Vol. 2* (*Guardians of the Galaxy Vol 2*) (James Gunn, 2017), os novos filmes de Thor, Homem-Aranha e Capitão Marvel e *Vingadores: Guerra Infinita* (*Avengers: Infinity War*) (Anthony e Joe Russo, 2018-2019), partes 1 e 2. É provável que esses filmes deem MUITO dinheiro.

Voltando ao ponto principal. Apesar de certa violência às vezes explícita, todos esses filmes são para jovens adultos [YA]. Sua apreensão do mundo político e social é simplificada ao nível da caricatura; ética e ideologia tornam-se uma questão do "bem", fisicamente atraente, *versus* o "mal", fisicamente feio. Mais debilitante, talvez, é a inércia que o sucesso comercial tende a dar a qualquer franquia. O drama se apoia nos personagens sendo colocados em perigo mortal, já que só pelo exagero hiperbólico o que está em jogo nos nivelados *playgrounds* desses mundos imaginários pode ser elevado a níveis perceptíveis. Mas os personagens "populares" são lucrativos demais para os estúdios algum dia os matarem, o que torna sem sentido todo esse exercício.

A coisa não precisa ser assim. O livro *As Incríveis Aventuras de Kavalier & Clay* (*The Amazing Adventures of Kavalier & Clay*) (2000), de Michael

Chabon, é uma reflexão completa, madura, sobre a origens e o contínuo apelo dos personagens heroicos das histórias em quadrinhos. Mas a abordagem de Chabon, tão engenhosamente espirituosa e divertida quanto profunda, revelou uma reverência a Ulisses que poucos podem acompanhar. A adaptação cinematográfica de *Watchmen* (1986-1987), a vigorosa *graphic novel* de Alan Moore e Dave Gibbons, depois de ter definhado durante anos no que é chamado de *development hell**, foi enfim lançada em 2009, dirigida por Zack Snyder. O filme é uma tentativa respeitosa de repetir o que Moore e Gibbons conseguiram fazer, ou seja, criticar toda a prática de apresentar super-heróis como agentes de salvação material acompanhando uma trupe desses heróis, no estilo dos Vingadores, até a meia-idade e a dúvida pessoal. Mas o filme é pesado e monótono onde a *graphic novel* é vigorosa e surpreendente, e ficou muito longe dos níveis de sucessos de bilheteria do MCU.

No âmbito da novela, o sucesso de *Harry Potter*, *Crepúsculo* e *Jogos Vorazes* levou a um microclima, digamos assim, em que floresceram as distopias YA. A saga *Divergente*, de Verônica Roth (*Divergente* [2011], *Insurgente* [*Insurgent*] [2012] e *Convergente* [*Allegiant*] [2013]), é ambientada numa Chicago distópica, pós-apocalíptica, que segrega a população em várias castas, mas que se justifica como um ambiente onde a protagonista, Beatrice "Tris" Prior, de 16 anos de idade, pode manifestar sua flexibilidade e as qualidades especiais de sua leveza. A trilogia *Maze Runner: Correr ou Morrer*, de James Dashner (*Correr ou Morrer* [*The Maze Runner*] [2009], *Prova de Fogo* [*The Scorch Trials*] [2010] e *A Cura Mortal* [*The Death Cure*] [2011]), é mais uma história grupal. Um grupo de adolescentes criativos se vê descarregado de modo misterioso em um enorme labirinto móvel, cujos segredos eles têm de descobrir para escapar antes que criaturas chamadas *grievers* os matem. O herói Thomas escapa, mas logo descobre um mundo distópico pós-praga, onde um grupo chamado *wicked* [perverso] (alguém pode achar que esta talvez não tenha sido uma escolha muito feliz para o nome de uma organização) andou conduzindo experimentos de alta tecnologia em uma tentativa de salvar a humanidade. Tanto *Divergente* quanto *Maze Runner* foram adaptados para o cinema e ambas as séries conheceram um sucesso não de todo proporcional a suas limitadas naturezas estética e derivativa.

Nem toda a obra escrita para jovens adultos no decorrer deste século foi tão precária. Dois autores em particular merecem menção. Um deles é a escritora Malorie Blackman, cujo *Noughts and Crosses* (2001) volta a contar

---

* *Development hell* (inferno do desenvolvimento) é um jargão da indústria de mídia para um filme ou outro projeto que permanece sempre em desenvolvimento, sem avançar para a produção. (N. do T.)

Romeu e Julieta numa Grã-Bretanha alternativa racialmente reconfigurada. Na linha do tempo alternativa do livro, a África conquistou a Europa, não o contrário, os negros são a raça privilegiada (conhecidos como "cruzes") e os brancos, a oprimida (conhecidos de modo pejorativo como "zeros"). A história de amor inter-racial genuína e comovente da novela é contada de modo franco e, ao fazê-lo, Blackman desafia com engenhosidade os preconceitos com relação aos quais é provável que muitos de seus leitores fossem ignorantes. O que torna o livro um clássico moderno é o modo como ele nunca sacrifica a integridade dramática à mensagem, algo talvez comprometido pela entrada de algumas de suas sequências no melodrama: *Knife Edge* (2004), *Checkmate* (2005) e *Double Cross* (2008). Patrick Ness é um dos poucos autores contemporâneos escrevendo para o público jovem que merece ser colocado ao lado de Blackman em termos tanto de sucesso comercial quanto de competência literária. Sua trilogia *Chaos Walking* [*Caos Caminhante*] (*O Motivo* [*The Knife of Never Letting Go*] [2008], *A Missão* [*The Ask and the Answer*] [2009] e *A Guerra* [*Monsters of Men*] [2010]) é ambientada numa colônia fora da Terra sem povoadoras mulheres – foram todas mortas, somos logo de início informados, por uma praga liberada por aborígenes alienígenas conhecidos como *spackles*. Os homens foram atingidos telepaticamente pela mesma doença, o que resultou em um Ruído opressivo e ensurdecedor. A claustrofobia desse assentamento cristão fundamentalista e a cacofonia de seu Ruído telepático são apresentadas com habilidade por Ness. É claro que as coisas não são como parecem, e uma das grandes forças da trilogia é o modo como ela nunca perde de vista seus temas maiores de apaziguamento e culpa, de expiação e escolha, ao traçar as trajetórias de seus personagens adolescentes e adultos.

A Novela de Gênero no Século XXI

Tão dominante tem se tornado a literatura para jovens adultos que qualquer relato do que, na falta de um termo melhor, poderíamos chamar de novela adulta de gênero tem de se concentrar em textos que não alcançaram o impacto cultural do tipo de textos discutidos acima. Um meio de discutir esse conjunto de obras seria situá-lo no contexto do universo de fãs. A proeminência decisiva da cultura de fãs na FC já foi discutida e o que importa observar sobre o universo de fãs no século XXI é como ele se tornou muito maior e mais significativo, tanto em seus próprios termos quanto como um determinante do gênero mais amplamente. A razão principal disso é a internet, algo que os aficionados da FC, graças a seus interesses pela tecnologia inteligente e compromisso com possibilidades futuras, adotaram desde muito cedo. O universo dos fãs nos velhos tempos era uma tranquila performance subcultural.

Como a distância tornava difíceis as interações com outros fãs, eles se concentravam em coisas como páginas de cartas dos leitores nas suas revistas preferidas e em ocasionais convenções de FC. As convenções continuam sendo elementos importantes na cultura dos fãs. Elas são agora mais numerosas que nunca, e algumas (Comicon nos Estados Unidos, Finncon na Europa, Worldcon em diversos lugares) são, sem a menor dúvida, festanças enormes com dezenas ou mesmo centenas de milhares de participantes. Mas as redes sociais eliminaram os obstáculos às conexões globais entre fãs com a mesma mentalidade, transformando o universo dos aficionados em um fenômeno caloroso, ventilado pelas rajadas do alto-forno do entusiasmo em massa – por exemplo, quando o mais novo trailer de um filme que vai estrear é divulgado *on-line* – ou da cólera em massa, quando os protocolos do comportamento certo e do errado são policiados com escândalos e ameaças. Este último é um aspecto particularmente proeminente e problemático das culturas de fãs que passam à idade adulta, sendo discutido a seguir com mais detalhes. Por ora, para me concentrar nos aspectos positivos, a cultura de fãs, no que ela tem de melhor, é um hospitaleiro espaço discursivo em que os fãs compartilham seus entusiasmos, expressam sua criatividade através de fanfics*, memes e vídeos feitos por eles, *cosplay* (cujas fotos são compartilhadas através de uma variedade de redes sociais) e resenhas da produção cultural corrente de FC em blogs e outros fóruns *on-line*. A cultura de prêmios de FC, parte notável da produção literária no gênero desde os anos 1950, tem se tornado nos últimos tempos uma alavanca fundamental na seleção e promoção dos títulos de cerca de setecentos originais de novelas de FC e fantasia publicados a cada ano. Há mais prêmios agora do que nunca e os mais importantes, junto com prêmios para categorias específicas do gênero (o Sidewise Award para a melhor história alternativa do ano, o prêmio Tiptree para a melhor FC do ano escrita por uma mulher e assim por diante), atuam como pontos focais para a discussão *on-line* da cultura dos fãs.

Não há espaço aqui para dar ao universo de aficionados da FC a discussão e a análise detalhadas que ele merece, embora o estudo da produção cultural do fã e os fãs de um modo geral seja uma área em expansão nas pesquisas sobre FC. A International Association of Audience and Fan Studies [Associação Internacional de Estudos sobre a Audiência e o Fã] foi fundada em 2008, e tem se escrito uma grande quantidade de importantes livros e ensaios sobre o tema (ver, em particular, Bury; Gray *et al.*; Jenkins; Sandvoss). Por outro lado, os prêmios de FC não são um guia infalível para o mérito de qualquer autor de FC. Iain M. Banks, por exemplo, ganhou pouquíssimos prêmios durante sua

---

* Isto é, *fanfictions*, ficções criadas por fãs. (N. do T.)

longa carreira, mas poucos colocariam em dúvida sua centralidade para a FC escrita no final do século XX. Do outro lado da linha divisória, existem autores (não seria adequado nomeá-los, mas os aficionados poderiam pensar em uma meia dúzia) que conquistaram inúmeros prêmios por uma obra profundamente medíocre.

As percepções dos fãs são mais confiáveis que as dos escritores. Houve várias ocasiões nas últimas décadas em que foram lançados manifestos encabeçados por escritores, filiações a isto ou aquilo foram declaradas e foram feitas tentativas de anunciar com antecipação "o que vem de grande por aí". Como tentativas de impor prescrições de manifesto à caótica fecundidade da escrita de FC, elas fracassaram, mais ou menos como aconteceu com o rei Canuto. Tivemos, por exemplo, os *mundanes* [mundanos], um grupo de escritores associado em particular ao escritor canadense Geoff Ryman, que restringe sua FC ao interior do sistema solar e se esquiva da viagem mais-rápida-que-a-luz, viagem no tempo, magia e outras improbabilidades semelhantes. O rótulo se ajusta bem aos dons de Ryman, um mestre de fábulas enraizadas no emocional que são tão plenamente realizadas e bem escritas que atingem com facilidade a velocidade de escape da própria intertextualidade. *Was...* (1992) traz uma desoladora maturidade emocional para o material de *O Mágico de Oz*, de Baum; e *Air, or Have Not Have* (2004) anatomiza com brilhantismo o efeito de um tipo de tecnologia de internet via satélite sobre as comunidades de um país chamado Karzistão (que lembra o Casaquistão). Mas excluindo Ryman, o manifesto mundano teve relativamente pouco impacto no desenvolvimento do gênero.

Por outro lado houve o *New Weird* [Nova Coisa Estranha], um grupo de escritores do início do século promovendo uma estética irregular e sombria, baseada em uma paixão pelas fantasias de H. P. Lovecraft, Mervyn Peake e, mais recentemente, M. John Harrison. A criação de título irônico *Light* [Luz], de Harrison (2002), foi recebida de modo extasiado como uma obra-prima por muita gente no mundo da FC e, nesse caso, os muitos podem perfeitamente ter razão. Sua aceitação abrangente de quase todas as antigas convenções da *space opera* é impressionante, embora seus leitores menos corajosos possam hesitar ante o modo como Harrison as faz passar por um prisma, desviando-as para uma implacável crueldade e uma calculada feiura. Mas o livro, considerado por quaisquer padrões, é uma imensa realização. Alguns escritores do New Weird provocaram um considerável impacto no gênero, e alguns até mesmo fora dele, com mais evidência o inventivo, áspero e esplêndido escritor britânico China Miéville. Miéville conseguiu destaque no gênero com uma série de novelas de alto perfil ambientadas em uma urbe (e em torno dela) no estilo de Gormenghast, chamada New Crobuzon.

Estação Perdido [*Perdido Street Station*] (2000), *The Scar* [*A Cicatriz*] (2002) e *Iron Council* [Conselho de Ferro] (2004) estabeleceram-se com rapidez como clássicos do gênero contemporâneos, em parte devido à grande competência de Miéville para combinar monstruosidade como tema com uma desfiguração de forma que arrebata de maneira incansável os clichês compactados da interação humano-alienígena. Para muitos, a obra-prima de Miéville é *A Cidade & a Cidade* (*The City & the City*) (2009), um insólito *thriller* policial ambientado na imaginária cidade europeia de Beszel, que existe numa estranha superposição com seu próprio *alter ego*, a cidade de Ul Quoma, esta última "não vista" pelos habitantes de Beszel, embora esteja lá. *A Cidade & a Cidade* trabalha sua densidade metafórica com grande destreza e é eloquente sobre o modo como a moderna vida urbana depende de uma cegueira tácita para certos elementos (os sem-teto, por exemplo). Seria exagero criticar a novela por ela ter evitado as digressões, mas a própria fluência foi uma das coisas que a ajudou a passar do gênero para o sucesso literário no *establishment*. Ainda assim, pode ser que o gênio de Miéville se expresse melhor num tipo diferente de texto. As 23 histórias curtas de *Three Moments of an Explosion: Stories* [Três Momentos de uma Explosão: Histórias] (2015), livres da expectativa de que se agreguem a um todo unificado, expressam algo mais centralmente miévilleano: o sentimento de que a estranheza do mundo seja inerente a uma espécie de frenética fragmentação, uma separação violenta que arrasta de modo contínuo o cotidiano para o estranho. De início poderia parecer que a escritora britânica Justina Robson era adepta do New Weird, ao menos a julgar pelas máquinas imensas, esplêndidas e monstruosas que se movem pelo vácuo de sua *space opera* ironicamente intitulada *Natural History* [História Natural] (2003). Mas a carreira subsequente de Robson mostra o perigo dessa classificação. Sua obra é *sui generis*, tão fascinada pela elegância quanto pela monstruosidade (com frequência por aqueles pontos onde as duas categorias se encontram), voltada ao mesmo tempo para o grande panorama e a intimidade do afeto. Seus livros da série *Quantum Gravity* [Gravidade Quântica] (cinco volumes de *Keeping it Real* [Caindo na Real] [2006] até *Down to the Bone* [Até os Ossos] [2011]) dizem respeito às aventuras de um operativo de segurança ciborgue no multiverso, mas elas são contadas de uma maneira eloquente e que formalmente ciborguiza diferentes modos: alta fantasia, valentia *cyberpunk*, romance alienígena.

Uma tentativa de transformar essa genérica polinização cruzada num movimento como a intersticialidade também tropeçou em vez de avançar. Uma intersticial Arts Foundation, baseada nos Estados Unidos, prometia defender um louvável universalismo de abordagem estética, mas não provocou qualquer impacto cultural perceptível. Jeff VanderMeer, ele próprio um talentoso escritor de fantasia bizarra, foi a princípio persuadido, em 2003, pelas promessas do movimento ("um verdadeiro renascimento aconteceu [...]. [A intersticial] capturou não apenas o momento, mas a natureza dessa mudança radical na literatura"). Apenas um ano mais tarde, ele já reavaliava seu apoio (disse que tinha ficado um pouco "azedo" com o termo, afirmando que a coisa se tornara "insular e unilateral") (VanderMeer, pp. 44, 50). Encaixado, às vezes, como um escritor New Weird, VanderMeer amadureceu para algo distintamente *sui generis*. Sua trilogia bastante aclamada *Southern Reach* [Comando Sul] (*Annihilation* [Aniquilação], *Authority* [*Autoridade*] e *Acceptance* [Aceitação], todos os volumes publicados em 2014) é, entre outras coisas, uma tentativa de escrever um novo e estranho tipo de narrativa pastoral para o século XXI, ambientada em uma estranha zona denominada Área X, um local (talvez) de intervenção alienígena em que a natureza se tornou estranha aos humanos e os próprios personagens são alterados pela vida misteriosa, pulsante dessa zona selvagem. Como metáfora para o corrente estado de perigo ambiental no mundo e nossa curiosa indiferença como espécie a esse fato, a série dificilmente poderia ser melhor. Mas só é estranha no geral, não em termos de filiação literária, no senso da palavra e na pertinência intersticial.

Um quarto movimento tem sido descrito de forma menos programática. É a *New Space Opera* ou *New Hard SF*, que inclui o trabalho de escritores que conseguem executar de modo devidamente hábil, com frequência escrupulosa e detalhada, uma pesquisa científica rigorosa com sensibilidade literária. Paul McAuley (discutido antes), por exemplo, com sua série *Quiet War* (*The Quiet War* [A Guerra Calma] [2008], *Gardens of the Sun* [Jardins do Sol] [2009], *In the Mouth of the Whale* [Na Boca da Baleia] [2012], *Evening's Empires* [Impérios do Entardecer] [2013]), compõe novelas sutis, multifacetadas, que aderem com rigor à ciência como ela é compreendida hoje em dia, a ponto de incorporarem as últimas pesquisas das sondas espaciais jupiterianas. O resultado são narrativas corretas, que também transmitem notícias atualizadas do sistema solar por meio das quais suas histórias futuras vão se desenrolando. O escritor galês Alastair Reynolds formou-se em astrofísica e a série *Revelation Space* [Espaço de Revelação] que o tornou conhecido (*Revelation Space* [Espaço de Revelação] [2000], *Chasm City* [Cidade do Abismo] [2001], *Redemption Ark* [Arco de Redenção] [2002], *Absolution Gap* [Fosso da Absolvição] [2003], *The Prefect* [O Prefeito] [2007]) se estende pelo seu cosmos futuro, acentuando um sentimento neogótico de espanto, mais sombrio e com um gosto mais característico que muitos outros sentimentos de espanto, mas sem sacrificar sua adesão à ciência real. Uma trilogia posterior de Reynolds, *Poseidon's Children* [Filhos de Poseidon] (*Blue Remembered Earth* [Lembrança da Terra Azul] [2012], *On the Steel Breeze* [Na Brisa do Aço]

[2013], *Poseidon's Wake* [O Despertar de Poseidon] [2015]), é um cálice de luz comparado à estudada escuridão das primeiras obras de Reynolds; humanos e (mais tarde) transumanos se expandem para colonizar a galáxia numa visão grandiosa que se propõe a englobar a variedade humana em uma miríade de formas. A série *Jean le Flambeur* [Jean, o Apostador] (*The Quantum Thief* [O Ladrão Quântico] [2010], *The Fractal Prince* [O Príncipe Fractal] [2012], *The Causal Angel* [O Anjo Causal] [2014]), do autor finlandês Hannu Rajaniemi, consegue o feito nada insignificante de misturar em colorida perfeição aventura planetária com a física avançada mais atualizada e mais precisamente exposta do gênero. Também há pouco a norte-americana Anne Leckie tomou posse do acervo de prêmios do gênero com um livro inteligente, desconstrutor de gênero, ainda que seja uma tradicional história militar de FC, *Ancillary Justice* [Justiça Auxiliar] [2013].

Mais característico da FC é o contexto menos árduo e exigente da New Space Opera, em que as audiências balançam a cabeça admitindo a impossibilidade da viagem mais-rápida-que-a-luz, da gravidade artificial e assim por diante. O escocês Charles Stross tem conquistado prestígio e uma ampla audiência por sua variada e divertida FC *hard* que, como Rajaniemi, gosta de polinizar com tropos de fantasia. De seus muitos livros, a aventura pós-singularidade *Accelerando* (2005) talvez seja o melhor. Lois McMaster Bujold (discutida num capítulo anterior) continua a ganhar e a ser indicada para inúmeros prêmios. Os círculos de fãs se organizam em torno desses escritores. Às vezes esses círculos criam um autor próprio. Talvez o exemplo fundamental desse último fenômeno seja o escritor norte-americano John Scalzi, que tendo atraído um grande número de seguidores através de um blog espirituoso e franco aproveitou a popularidade para se tornar um dos principais autores do gênero. Sua primeira novela, escrita na linha de Heinlein, *Old Man's War* [Guerra do Velho] (2005), começou sendo serializada em seu blog antes de ser selecionada por um editor do *mainstream*, tornando-se um *best-seller* e ganhando uma indicação para o Hugo. O décimo-primeiro livro de Scalzi, *Redshirts* [Camisas Vermelhas] (2012) – uma história arguta, do tamanho de um romance, sobre a antiga anedota que circula entre aficionados de que os seguranças da série *Jornada nas Estrelas*, identificáveis pela cor carmesim dos uniformes, estavam, em qualquer um dos episódios, condenados a morrer de modo precoce para produzir o devido efeito dramático –, ganhou o Hugo. Nos anos 2010, Scalzi já havia se tornado um grande trunfo da FC. Caminho um tanto diferente, embora também refletindo o envolvimento *on-line* dos fãs, foi trilhado por Andy Weir, um cientista de computação norte-americano que publicou por conta própria seu primeiro livro, *Perdido em Marte* (*The Martian*), em 2011. A história diz respeito a um astronauta, Watney, retido no planeta vermelho, que tem de inventar e organizar um *habitat* para sobreviver aos anos que precisará esperar pela vinda de um resgate da Terra. A ciência é tratada com escrúpulo e, embora a prosa seja utilitária e a trama repetitiva e previsível, Watney é um protagonista decidido, simpático, e o conjunto é bem agradável de ler. *Perdido em Marte* foi originalmente publicado de modo gratuito no site de Weir em 2011, depois saiu como um *e-book* por 99 centavos, antes que uma importante editora o adquirisse e o lançasse em uma edição padrão em 2014. O livro conseguiu sucesso mundial e foi adaptado para o cinema.

O sucesso de Weir aponta para a lógica mutável da publicação comercial. A internet diminuiu os entraves para uma publicação e levantou-se um tsunami de obras originais. A maior parte dessa onda gigantesca, como seria de esperar, é refugo e a pequena parcela de trabalho válido fica sujeita a se afogar na enchente. Editoras convencionais tentam se posicionar como guardiãs da qualidade, embora se possa duvidar de se um modelo de mercado que requer que o consumidor seja cobrado por um produto que, em outros formatos, está sendo entregue, de forma tão promíscua, gratuitamente *on-line* é sustentável. Só podemos esperar que seja.

A liquidez que as interações *on-line* criaram entre os aficionados de FC vem se mostrando algo tanto bom quanto mau. No lado positivo, ela tem aberto aos fãs tanto a FC em si quanto os prazeres da comunidade numa escala genuinamente global. Um aspecto negativo está em parte relacionado com o anonimato da interação *on-line*, em que pessoas perversas em particular, ou sociopatas, sentem-se desinibidas para direcionar agressões lesivas, de caráter sexista, racista ou homofóbico, a pessoas que, se tivessem de encontrar cara a cara, sem dúvida tratariam com a cortesia habitual. O resultado é que as interações *on-line* podem ser espaços de ódio e nocivas, algo observado acima e discutido com mais detalhe a seguir. Por ora, quero me concentrar numa consequência específica da aculturação em massa da FC. É o fato de ela abrir um fosso debilitante entre privilégio e desvantagem; entre, digamos, os textos de FC que atraem investimentos financeiros em grande escala na expectativa de retornos ainda maiores e todo o resto. Ou, para falar em termos mais gerais, entre um pequeno conjunto de textos de FC branca, ocidental e o resto do mundo.

É um dos axiomas da produção cinematográfica que a FC enfrenta um problema desconhecido por outros gêneros. O produtor de um filme de ficção científica tem de arcar com todas as despesas habituais de produzir um filme, reservando ainda um orçamento extra para os efeitos especiais (SFX) que as audiências se acostumaram a esperar. Efeito especial barato é ridículo, mas a despesa para proporcionar efeitos de alta qualidade pode igualar ou mesmo superar os custos de todos os outros elementos da produção do filme. O resultado prático disso é que filmes de FC só se tornam viáveis quando se pode contar com um orçamento muito grande, o que limita o tipo de filme sendo produzido aos grandes êxitos de bilheteria. Isso pode se revelar lucrativo, como mostra a lista dos filmes de maior receita, no Apêndice do Capítulo 13, embora fracassos em grande escala também sejam comuns. Tendem, no entanto, a ficar excluídos do circuito os filmes de médio orçamento que caracterizam gêneros como romance, comédia e (estranhamente, em vista do que tenho comentado) horror, o que acaba produzindo uma nítida mudança, na verdade um embrutecimento, na cultura da FC. Sem dúvida filmes de grande orçamento sempre foram parte da FC; *Metropolis*, de Lang, custou 1,3 milhão de dólares, e isso em moeda dos anos 1920. Mas, antes, filmes de médio ou micro-orçamento conseguiam desempenhar um papel na história do gênero desproporcional a seu financiamento, com obras como *La Jetée* (1962), de Marker, e *Dark Star* (1974), de Carpenter, tendo um grande impacto na FC, apesar dos custos modestos de produção. Em certo sentido, a produção de filmes está mais democrática que nunca, com tecnologias modernas e baratas e a possibilidade de distribuição através de sites como o YouTube. Ainda assim, é difícil identificar filmes do gênero com micro-orçamentos que tenham genuinamente aberto caminho para a consciência mais ampla do fã de FC. Mesmo filmes de médio orçamento muito divulgados, como *Lunar* (*Moon*) (Duncan Jones, 2009), tiveram apenas um impacto limitado. Um filme como *Looper: Assassinos do Futuro* (Rian Johnson), *thriller* de viagem no tempo entrelaçado com a engenhosidade de uma cama de gato, é notável, mas os trinta milhões de dólares de seu orçamento dificilmente seriam considerados uma ninharia. O resultado é uma cultura de cinema de FC não só dominada em termos comerciais, mas também definida no âmbito estético por Hollywood: filmes do MCU, grandes franquias cinematográficas criadas a partir de formatos empresariais; e a ocasional exceção à regra, como *Avatar* (James Cameron, 2009). Como hoje o principal determinante na produção de um filme de FC é uma cultura empresarial avessa ao risco nos retornos do investimento, só "produtos" experimentados e testados tendem a conseguir a luz verde. A aventura planetária multicolorida de Cameron é uma exceção, embora só um Cameron (diretor do absurdamente lucrativo *Titanic* e criador da franquia de *O Exterminador do Futuro*) pudesse levar adiante o projeto. A história bastante simples, que se estende por mais de três horas, fala de um fuzileiro naval espacial paraplégico, chamado Jake Sully, que explora o distante planeta de Pandora por meio de um avatar clonado, construído com base em espécies aborígenes humanoides de pele azulada e 2,5 metros de altura. Os humanos estão explorando comercialmente Pandora e perturbando seu natural equilíbrio Yin-Yang, e Sully enfim transfere sua lealdade aos pandoranos, ajudando-os a promover uma resistência aos colonizadores da Terra. O sucesso do filme, avançando para três bilhões de dólares de renda só em bilheteria, reflete menos a narrativa um tanto de segunda mão que o rico, extraordinário e envolvente ambiente visual que Cameron criou, fauvista na coloração, detalhado e exótico, com paisagens como as das capas de álbuns de Roger Dean. Evidentemente, isso é *kitsch*, mas *kitsch* elevado a um nível sem precedentes.

Em filmes, o dinheiro é o regulador. FC em prosa é mais barata de fazer e, portanto, mais diversa, mas a diversidade na história da FC do século XXI só vai até aqui. Aqui o determinante, também comercial em sua raiz, é linguístico. Para um livro causar impacto, ele precisa de fato estar disponível em inglês. Isso, sem dúvida, não serve aos interesses da diversidade e deixa de refletir que a FC é agora um fenômeno genuinamente global. Mas embora os fãs de FC venham das mais diferentes culturas e partes do globo, a FC em prosa continua sendo dominada pela publicação anglófona.

Tal afirmação, no entanto, simplifica uma situação muito mais complicada. É possível, é claro, escritores de FC não anglófonos construírem boas carreiras fora do eixo Estados Unidos-Reino Unido. Um exemplo poderia ser o escritor alemão Frank Schätzing, que produz *thrillers* de FC muito bem-sucedidos, como a ameaça alienígena no fundo do mar, recordista de vendas, *Der Schwarm* [O Enxame] e o *thriller* de exploração espacial *Limit* [Limite] (2009). Schätzing é um escritor populista e não muito interessante em termos estéticos, mas a grande receita de vendas, presume-se, serve-lhe de compensação pela falta de respeito da comunidade de críticos de FC alemães. O inverso pode ser verdadeiro no que tange a escritores tão vigorosos e imaginativos quanto Andreas Eschbach e Dietmar Dath, ganhadores de inúmeros prêmios, mas cujas vendas não são proporcionais a seus talentos e cujas obras têm sido muito esporadicamente traduzidas. Na China, uma inventiva saga de invasão alienígena de FC *hard*, a trilogia *Three Body Problem* [O Problema dos Três Corpos], de Liu Cixin (*Santi* [*Três Corpos*] [2006], *Hei'an Senlin* [A Floresta Escura] [2008] e *Sǐshén yǒngshēng* [Morte Eterna Vida] [2010]), vendeu milhões. Como Schätzing, ele se beneficia do fato de escrever numa língua que tem muitos falantes, embora até agora a popularidade global lhe tenha fugido, algo que pode mudar quando sua obra for traduzida para o inglês. Autores cuja língua nativa é compartilhada por uma população menor têm de se tornar bilíngues – por exemplo, o autor israelense Lavie Tidhar, cujas novelas entrelaçadas, perspicazes, misturam estética *pulp* e literária; *Osama* (2011) e *A Man Lies Dreaming* [Um Homem Repousa Sonhando] (2014) são escritas (com a devida competência) na segunda língua do autor.

Escritores menos dotados em termos linguísticos têm de confiar em traduções para apresentar seus livros aos mercados anglófonos, sem dúvida nenhuma conservadores em termos de língua. Haikasoru, um editor que se dedicou a traduzir FC escrita em língua japonesa, formou-se em 2009 nos Estados Unidos e tem alcançado enorme sucesso. A trama bem estruturada de *Ōru Yū Nīdo Izu Kiru* ["Você só Precisa Matar", em tradução livre] (2004), de Hiroshi Sakurazak, foi lançada em uma versão em língua inglesa em 2009 e recebeu um grande impulso com o sucesso da versão cinematográfica hollywoodiana, *No Limite do Amanhã* (Doug Liman, 2014). *Hāmonī* [Harmonia] (de Project Eto, 2008, lançado em tradução para o inglês em 2010), embora sendo uma novela melhor, saiu-se não muito bem. Ao mesmo tempo, a escritora suíça Laurence Suhner, cuja trilogia *Quan Tika* (*Vestiges* [Vestígios] [2012], *L'ouvreur des chemins* [O Abridor de Caminhos] [2013], *Origines* [Origens] [2015]) está entre as melhores séries de FC *hard* dos anos recentes, empenhou-se em financiar a traduçãoque, com certeza, traria uma audiência mais ampla para sua obra. Há gente como ela escrevendo em praticamente cada língua do mundo.

Em outras palavras, a globalização de fato da ficção científica como gênero tem resultado num grande acervo de trabalho multinacional que possui pouquíssimo impacto na cultura do gênero como um todo e numa pequena monocultura de títulos comerciais que têm um impacto enorme. A escritora jamaicana Nalo Hopkinson combina cultura caribenha com tropos de FC para um vigoroso efeito em sua obra. *Brown Girl in the Ring* (1999) foi recebida com respeito pelo *establishment* da FC, embora o aumento de sofisticação literária e potência imaginativa em suas últimas novelas – primeiro na pandimensional *Midnight Robber* [Ladrão da Meia-Noite] (2000), ambientada em um futuro remoto, depois na rica fantasia quase histórica *The Salt Roads* [As Estradas de Sal] (2003) – não tenha sido acompanhado por um incremento equivalente em sua fama global. Talvez a maior contribuição de Hopkinson à FC do século XXI tenha sido a edição feita por ela de uma série de influentes antologias que forneceram uma plataforma importante a escritores negros: *Whispers from the Cotton Tree Root: Caribbean Fabulist Fiction* [Sussurros da Raiz do Algodoeiro: Ficção Fabulista Caribenha] (2001); *Mojo: Conjure Stories* [Mojo: Histórias de Conjuração] (2003); e em especial *So Long Been Dreaming: Postcolonial Science Fiction & Fantasy* [Há Tanto Tempo Sonhando: Ficção Científica Pós-Colonial & Fantasia] (2004). Em certo sentido, Hopkinson fornece uma ponte metafórica do século XX, em grande parte branco, para o mundo cultural mais multirracial e multinacional do século XXI. Escritores como o afro-americano N. K. Jemisin e o nigeriano Nnedi Okorafor têm, em certo sentido, conseguido maior atenção em parte devido a essa ponte, embora ambos os autores sejam sem dúvida ajudados pelo fato de escreverem em inglês. Estou consciente da possibilidade de haver preconceito aqui. Como é evidente, pessoas de meia-idade (como eu) tendem com frequência a supervalorizar a cultura que lhes é familiar desde a juventude e a denegrir com vigor culturas mais novas pelo simples fato de serem novas. Assim, podemos dizer que a situação contemporânea na FC replica a lógica do gênero nas décadas de 1940 e 1950 em termos de superestrutura monolítica e infraestrutura variada. No passado, muitas variedades em pequena escala de FC ocupavam os nichos multifacetados fornecidos pela segunda, enquanto um *mainstream* avesso à FC ignorava, na maior parte das vezes, tudo que fugisse de seus próprios interesses. A diferença é que hoje o *mainstream* cultural é uma versão monolítica da própria FC/fantasia – filmes que estouram bilheterias, games de FC, *best-sellers* no molde de *Harry Potter* ou *Jogos Vorazes* – enquanto as pequenas subculturas de FC tornaram-se cada vez mais heterogêneas e diversas. Essa talvez não seja uma situação insalubre por completo, falando em termos culturais. Uma proliferação de FCs LGBTs, FCs pós-coloniais, FCs pós-modernas, FCs escritas por fãs, FCs retrô, FCs experimentais e todo tipo de outras espécies é produzido e consumido em diferentes microclimas do gênero. Contudo, e infelizmente, é raro esses textos alcançarem destaque maior e, quando material gerado por fãs "abre caminho", é mais provável (como Scalzi e Weir) para se aproximar da cultura dominante.

A cultura dominante tem sem sombra de dúvida se tornado menos empreendedora e menos empolgante no decorrer das últimas décadas, embora seja difícil livrar essa tese do atoleiro da mera hipótese, já que a evidência tem de ser buscada em termos de avaliação estética, não de consumo de massa – afinal, se o segundo critério é adotado, os textos de FC nunca foram tão populares quanto agora. Dois indicativos estudos de caso – o primeiro de Joss, o segundo jurássico – são aqui apresentados como uma tentativa muito rala no sentido de conseguir uma evidência. O escritor norte-americano Joss Whedon adquiriu uma dedicada base de fãs com uma série *cult* de TV, *Buffy, a Caça-Vampiros (Buffy the Vampire Slayer)* (1997-2003), uma reconfiguração dos tropos do vampiro em torno de modernas concepções de gênero e cultura jovem. O programa sempre foi alegre e alguns episódios equivalem a autênticas obras-primas de engenhosidade, verbal e conceitual. É possível que uma coisa pela qual Whedon mereça mais crédito seja seu compromisso com o feminismo como um fato da vida representacional e de experiência vivida; Whedon continua sendo uma prova bastante nítida de que não é preciso ser mulher para ser feminista. A aguda inteligência de Whedon o levou a um faroeste espacial do século XXVI, *Firefly* [Vagalume] (2002). Essa série despertou muita simpatia, mas foi pouco vista, já que o grupo de pessoas que mais a apreciavam não era numeroso o suficiente para satisfazer os executivos do estúdio. Cancelada após uma única temporada, foi ressuscitada em forma de filme (*Serenity* [Serenidade], Joss Whedon, 2005), que foi um fiasco. A série e o filme não merecem esse destino, pois ambos foram de uma rara competência, engraçados e inesquecíveis. Mas o capitalismo tardio está interessado em dinheiro, não em casos meritórios. A criação de Whedon de um programa para exibição exclusiva *on-line*, o de fato hilariante *"Dr Horrible's Sing-Along Blog"* [Blog para Cantar com o dr. Horrível] (2008), viu-o, com efeito, retornar a uma linguagem de fã e o blog foi muito elogiado. Foi também razoavelmente lucrativo; mas com seu trabalho de roteirista e diretor do sucesso de bilheteria *Os Vingadores* (2012), da Marvel, Whedon se deslocou para uma categoria diferente de êxito financeiro. Também escreveu e dirigiu a sequência, *Vingadores: Era de Ultron* (2015). Avaliar, contudo, o inferior produto corporativo desses dois filmes, em que a inteligência, a peculiaridade e o espírito da marca Whedon foram reificados em gracejos dispersos e bordões, e besuntados com os efeitos especiais em lutas precárias e permutáveis, explosões e absurdos, é comprometer uma reputação que trocou um brilho singular pelo clima insípido dos textos de franquia de um bilhão de dólares.

Por outro lado, comparemos os filmes *Jurassic Park* (Steven Spielberg, 1993) e *Jurassic World: O Mundo dos Dinossauros* (Colin Trevorrow, 2015). O primeiro, que lançou a franquia jurássica de aventuras com dinossauros--comendo-pessoas, é quase um modelo de filme hollywoodiano. A premissa é a exibição ao público, em um parque temático especialmente projetado, de dinossauros geneticamente reconstituídos (a maioria deles são, em termos técnicos, criaturas cretáceas, não jurássicas; mas não vamos recorrer ao pedantismo). As inesperadas consequências do projeto levam ao tumulto entre os dinossauros e aos acidentes com humanos. O filme constrói de modo impecável os momentos de emoção, de tensão e do nervosismo das corridas e perseguições que associaríamos a uma tal premissa; mas parte do gênio de Spielberg como artista popular – e gênio não é um termo demasiado forte – é sua capacidade de entrelaçar momentos grandiosos com um modo em particular vigoroso de *intimidade*: o terror nos olhos dos garotos quando velociraptores correm atrás deles em uma cozinha de aço inox; a sugestão da aproximação de um gigantesco T. Rex via ondulações vibrando na superfície de um copo d'água (esse último plano se tornou icônico em termos culturais). Como é evidente, *Jurassic Park* não é nem Shakespeare nem Bergman, mas é inteligente, divertido e agradável. Rendeu muito dinheiro, ainda que a última sequência (de cinco delas), *Jurassic World*, tenha rendido muito, muito mais, apesar do fato de ser um trabalho consideravelmente mais vulgar. Para começar, duas décadas de dinossauros na cultura *pop* (as criaturas fazem um sucesso especial entre crianças novas) tem com a mesma frequência os valorizado ou satanizado. *Jurassic World* é substancialmente confuso sobre se os raptores são predadores perigosos que poderiam comer, a qualquer momento, algum dos personagens principais (como no *Park*), ou aliados dos humanos na guerra contra os sauros, que são piores que os raptores, e a escolta pessoal do herói Owen Grady (interpretado por Chris Pratt). Não podem ser as duas coisas e continuar coerentes dentro da história, embora o filme passe de uma para a outra e vice-versa, em busca de efeitos locais de tensão e vibração. A franquia, agora, é mais que um Parque; é um Mundo, e, como tal, o filme é em parte *sobre* diversidade. A biodiversidade do parque dos dinossauros leva a uma real diversidade ambiental e humana, mas a diversidade, nesse texto, é um emaranhado de coisas. Os personagens que opinam são todos brancos. Não por acaso, todos sobrevivem. Dos quatro, dois são crianças e, portanto, zeros universais à esquerda. Dos adultos, um, o Owen de Chris Pratt, é uma figura tão dúbia quanto o último dos moicanos. O outro, Claire (Bryce Dallas Howard), é uma WASP (branca, anglo-saxônica, protestante) tensa cuja salvação requer, em sentido figurado e literal, que ela baixe a crista e encontre redenção sexual com o belo homem que está no comando. Um texto não precisa empurrar para o espectador um estereótipo racial ou cultural para esse estereótipo entrar no modo como o filme funciona. Basta que os personagens combinem com naturalidade as crenças tácitas da audiência (branca, ocidental). Por exemplo, o indiano Simon Masrani (interpretado por Irrfan Khan), CEO da Masrani Corporation e dono do *Jurassic World*, é um cara legal que aparece resistir às tentativas de militarizar seus dinossauros, caracterizando-se tanto pela compaixão quanto pela sagacidade nos negócios. Em parte isso combina com o estereótipo – "todo mundo sabe" que os indianos (Gandhi e assim por diante) são bons em compaixão; ao mesmo tempo, o filme não leva Masrani a sério de verdade. Ele é um pouco piadista, meio palhaço, acha que pode pilotar um helicóptero quando de fato não pode. Dizer que os indianos têm algo de ridículo e algo de incompetente é promover um estereótipo racista muito mais destrutivo. Há um africano negro, Omar Sy Barry, um tratador dos dinossauros ("nobre", "em casa na selva"), cuja função é servir de coadjuvante ao Owen de Chris Pratt e que é salvo *por* Chris Pratt de ser morto pelos dinossauros, em vez (digamos) de Chris ser salvo por ele. O filme nos dá um personagem do Extremo Oriente, o cínico dr. Henry Wu, interpretado por B. D. Wong. É o geneticista-chefe do parque e descobrimos que, por trás de um sorriso impenetrável, ele esconde uma natureza conspiratória, desonesta e má, atendendo quase a cada item da ofensiva lista de estereótipos atribuídos aos orientais. O que teria acontecido com o filme se algum dos quatro personagens brancos e principais (homem, mulher, duas crianças bonitas) tivesse sido morto? Ele teria sido trágico, ou pelo menos mais trágico. A audiência fica aliviada por eles sobreviverem, sem se preocupar com as muitas outras pessoas que morrem, pois esse é um filme que diz que as outras pessoas que morrem não são gente *nossa*. Isto pode ser interpretado como exagero, mas é uma abertura para uma crítica menos limitada. De fato, o problema com *Jurassic World* não é que, em nível do conteúdo, ele priorize e valorize a privilegiada experiência branca sobre a de outras culturas, raças e classes. O problema é mais estrutural; a vacuidade de um produto em que velhos preconceitos ideológicos determinam tudo o que há no texto e no qual o texto em si reforça (por exemplo) a necessidade do consumo capitalista, o heroísmo da ação individual e o potencial redentor da violência.

Textos Visuais

A proliferação de textos visuais de FC postulada no capítulo anterior acelerou-se no século XXI. A TV, embora tenha se expandido prodigiosamente neste século em termos de número de canais, alcance global (graças à nova tecnologia de satélite) e orçamentos disponíveis para (algumas) obras de ficção que possam ser lucrativas, talvez não tenha proporcionado uma FC definitiva para o século XXI. Os seriados de TV que mais têm combinado respeito crítico com boas audiências – programas como *The Sopranos* (seis temporadas, 1999-2007), *Breaking Bad* (cinco temporadas, 2008-2013) e *Mad Men* (sete temporadas, 2007-2015) – não foram de FC. Como é evidente, produziu-se muita ficção científica em TV, mas pouca coisa na miríade de programas abriu realmente caminho para o sucesso. Uma tentativa de ressuscitar *Jornada nas Estrelas* para a tela pequena – o prelúdio em série, *Enterprise* (2001-2005), foi encerrado após apenas duas temporadas, embora o relançado *Doctor Who* (2005 até o presente) tenha se saído um pouco melhor. J. J. Abrams criou algumas séries notáveis de FC, entre as quais um seriado *cult*, de orçamento reduzido, *Fringe* (2008-2013), parente um tanto distante e inconsistente de *Aquivo X*. Abrams conheceu maior sucesso de audiência com *Lost* (seis temporadas, 2004-2010), um seriado que acompanha as aventuras de sobreviventes de um voo *charter* que se acidenta em uma remota ilha do Pacífico. Durante o período em que *Lost* atraiu espectadores, muitas coisas estranhas acontecem na ilha, e o seriado deixa um bom tempo o enigma de se se trata de algo sobrenatural ou uma situação que envolva artefatos de tecnologias fictícias de uma ciência avançada – o modo como personagens morrem e retornam à vida sugere a primeira hipótese, o uso de viagem no tempo sugere a segunda. A temporada final de *Lost*, no entanto, amarrou a miríade de pontas soltas de um modo que denunciava uma concepção central tão tola quanto banal (a ilha se revelava um campo de batalha mágico entre duas entidades imortais, uma boa e outra perversa, a primeira recrutando auxiliares mortais e a segunda tentando destruí-los), que frustrou muitos dos aficionados que tinham acompanhado a série. Em retrospectiva, parece um texto menor do que muitos de nós julgamos na época. De modo similar, embora de forma menos catastrófica, o relançamento do seriado de TV dos anos 1970, *Battlestar Galactica* (cinco temporadas, 2003-2009), desperdiçou alguns episódios iniciais muito promissores com trechos insípidos no meio da série e uma surpresa previsível no desenlace. No que teve de melhor, no entanto, a série analisou personagens humanos reconhecidamente frágeis e complexos por meio de uma aventura espacial de fato verossímil e repleta de sombrios pontos de atrito. Outro seriado de TV bem-sucedido merece ser mencionado aqui, *The Walking Dead* (2010 até o presente), uma história árida e pessimista em que humanos comuns lutam para sobreviver num mundo destruído pelo apocalipse zumbi. O programa foi adaptado de uma série em quadrinhos homônima, bem considerada, escrita por Robert Kirkman e ilustrada por Tony Moore (2003 até o presente). O modo contínuo como essa obra pune seus personagens aproxima-se da mera crueldade, embora quanto mais os personagens sofrem, mais os fãs parecem gostar. Isso sem dúvida tem relação com a maior predileção cultural pela distopia, que tanto vem caracterizando a ficção do século XXI. Um tratamento em história em quadrinhos, ligeiramente menos sinistro, de um apocalipse parcial é *Y: the Last Man* [Y: O Último Homem] (2002-2008), escrito por Brian K. Vaughan e ilustrado por Pia Guerra. A premissa dessa série é uma praga misteriosa que mata todos os portadores do cromossomo Y – todos os machos de todas as espécies – exceto o protagonista, Yorick Brown, e seu animal de estimação, um macaco-prego-de-cara-branca. A história é variada, com frequência espirituosa e, não receando o potencial sexual desse mundo desequilibrado em termos de gênero, aborda problemas sérios de poder e gênero em seu caminho para um final, em termos amplos, feliz.

Scott Pilgrim (2004-2010), uma *graphic novel* de Bryan Lee O'Malley, também está bastante preocupada com as relações entre os gêneros, tratadas nesse caso por meio de uma anatomia envolvente e bem observada da cultura *nerd* contemporânea. Só de modo marginal considerados FC em termos de conteúdo, esses quadrinhos de grande sucesso – e sua adaptação cinematográfica, *Scott Pilgrim contra o Mundo* (*Scott Pilgrim versus the World*) (Edgar Wright, 2010) – fazem uma metarreflexão sobre o gênero: os fãs são os sujeitos da narrativa e os meios de perceber o mundo da FC movimentam os eventos da série. Considerada, de forma mais convencional, ficção científica é *Saga* (2012 até o presente), escrita por Brian K. Vaughan e ilustrada por Fiona Staples. *Saga* é uma longa aventura espacial influenciada por *Star Wars* e *Flash Gordon* e bastante envolvida (se me permitem as imagens) no malfadado romance entre sua dupla de amantes, Alana, equipada com asas, e Marko, que tem chifres de cordeiro, nascidos em planetas diferentes que estão em guerra um com o outro. É uma obra brilhante, inventiva e deslumbrante em termos visuais.

FC e fantasia ocupam um lugar importante na cultura dos *videogames*, embora talvez não tão dominante quanto o lugar que têm nos filmes. É difícil avaliar. Se classificarmos segundo as vendas, é provável que os *videogames* mais vendidos, em todas as plataformas (o surgimento de smartphones e tablets como modos para jogos tem, é claro, expandido enormemente o mercado), sejam os jogos com quebra-cabeças abstratos, como *Tetris* (Alexey Pajitnov, 1984) e *Candy Crush Saga* (King, 2012) – este último, apesar do nome, não é uma saga em nenhum sentido narrativo ou relativo à sua natureza. Alguns comentadores consideram o Twitter um jogo, e ele por certo demonstra atributos de jogo, embora não intrinsecamente de ficção científica. Se nos restringirmos a jogos que criam um mundo imaginário em que personagens integrados ao jogo se movem e interagem, então a série mais vendida é sem dúvida *Grand Theft Auto*, lançada pela primeira vez em 1997. Ambientada em uma Califórnia contemporânea, capacita o jogador a entrar num mundo de crime/*noir* ou num *thriller*. *Grand Theft Auto V* (Rockstar, 2013) vendeu 85 milhões de cópias e *Grand Theft Auto: San Andreas* (2004) 30 milhões. Esses jogos, ao lado dos que simulam atividades esportivas regulares (futebol, tênis, corridas de automóveis e assim por diante) respondem pela maioria das vendas de *videogames*. Mas jogos são perfeitamente adequados ao visual espetacular da FC e a detalhada construção de mundos dos jogos de FC, não raro complexa em termos visuais, pode ser maravilhosa de se ver. A franquia *Halo* (*Halo 2* [Bungie/MS, 2004] e *Halo: Combat Evolved* [Bungie/MA, 2001] são os melhores), um jogo de tiro de FC militar em primeira pessoa, cria seu próprio e variado universo de *aventura espacial* em que supersoldados são enviados para combater uma misteriosa espécie alienígena chamada Covenant. *Destiny* (Bungie, 2014), na época de seu lançamento, era o jogo mais caro já desenvolvido. A ação do jogo está espalhada pelo sistema solar antigamente colonizado por uma humanidade próspera que, mais tarde, foi derrotada por misteriosas forças alienígenas. Saindo da última cidade segura da Terra, os guerreiros viajam para uma gama de ambientes belamente apresentados a fim de explorá-los e, o que é inevitável, para lutar. Esses mundos visuais são dignos de admiração, mais dignos que outros componentes narrativos um tanto limitados ou a repetitiva experiência de matar-os-alienígenas. O jogo *Star Wars Battlefront* (EA, 2015) apresenta os ambientes familiares dos filmes *Star Wars* com extraordinário vigor e detalhe, transformando-os em um *playground* devidamente interativo e absorvente. É uma vergonha a narrativa ser tão fraca.

O crítico de cultura John Lanchester considera os jogos uma espécie de deslocamento sísmico invisível na cultura e uma das coisas que comenta com eloquência é o nível de *dificuldade* da maior parte dos *videogames*. Abaixo ele se refere ao jogo *BioShock* (2 K Boston/2 K Austrália, 2007), de Ken Levine – ambientado numa cidade submarina projetada como utopia, um lugar onde um agente genético desenvolvido para transformar pessoas em super-heróis teve um mau funcionamento. Lanchester gosta muito do jogo:

> Como *videogame, Bioshock* cumpre plenamente as convenções do meio e, se você, como não jogador, tivesse de escolhê-lo e testá-lo, é provável que fosse nisso que mais ia reparar. Não apenas as convenções sobre que botões e alavancas apertar para se mover pelo mundo do *game* (aborrecidas e difíceis de recordar como elas costumam ser) e não apenas as mecânicas durante o jogo, como os "plasmídeos" que você tem de injetar para dar a seu personagem os poderes que ele precisa, ou os *tapes* que são deixados de modo conveniente ao redor para você encontrá-los, reproduzi-los e ficar conhecendo a história de Rapture*; mas também todo o pacote de convenções, códigos e manuais que se tornam a segunda natureza de jogadores de *videogame*, mas que soam para não jogadores como arbitrários, limitadores e um pouquinho estúpidos. Northrop Frye um dia observou que todas as convenções, sendo convenções, são mais ou menos insanas; Stanley Cavell salientou que as convenções do cinema são tão arbitrárias quanto as da ópera. Ambas as observações nos são lembradas pelos *videogames*, que estão cheios e abarrotados desse exato tipo de convenção arbitrária. Muitas dessas convenções tornam o jogo mais difícil. As regras do jogo são um meio muito mais resistente, frustrante, que seus competidores culturais. A velha mídia abandonou quase por completo a ideia de que a dificuldade é uma virtude; se eu precisasse nomear uma noção da alta cultura que tivesse morrido em meu tempo de vida adulta, seria a ideia de que a dificuldade é desejável do âmbito artístico. Há alguma coisa de irônico no fato de que a dificuldade prospere na mais nova de todas as mídias – e isso também não acontece por acaso. Uma das

---

* A utópica cidade submersa. (N. do T.)

queixas mais comuns que os jogadores regulares fazem ao avaliar novos *games* é que eles são fáceis demais (seria bom que um pouco disso vazasse para o mundo do livro) (Lanchester, p. 18).

Esse é um sentimento que vale a pena reiterar num estudo como o presente. Deve, infelizmente, ser admitido que, com frequência, a ficção científica e a fantasia são fáceis demais. Quanto à razão de isso acontecer – isto é, por que os mesmos fãs que prezam ativamente a dificuldade em seus *videogames* se irritam quando ela aflora em suas novelas e contos – bem, essa é uma pergunta importante para a qual a resposta não é clara de imediato.

Gênero *versus Mainstream*

Ao sugerir que, no século XXI, a FC (e a fantasia) se tornaram culturalmente dominantes, não pretendo insinuar que engoliram todos os outros gêneros ou eliminaram a distinção entre *mainstream* e *pulp*. O *mainstream* ainda é uma categoria cultural relevante e, embora nenhum título do *mainstream* tenha conhecido vendas ou impacto que pudessem rivalizar com as três séries discutidas na abertura deste capítulo (*Harry Potter, Crepúsculo* e *Jogos Vorazes*), vez por outra têm aparecido novelas que resenhas e críticas têm identificado como obras significativas do século XXI. Se Gary Wolfe estiver certo e o gênero estiver se evaporando, deveríamos talvez encontrar alguns traços de FC se condensando nessas novelas. E com muita frequência é isso o que encontramos. Por exemplo, pelo que dizia respeito a muitos resenhistas, o grande livro de 2006 foi escrito em francês pelo autor norte-americano Jonathan Littell; *Les Bienveillantes* [Os Bondosos] (2006) é um livro de memórias de mil páginas em que um agente fictício da SS, Maximilien Aue, relata sua carreira antes e depois da guerra em uma série de episódios grotescos e vigorosos em torno de atos de bravura. Grande parte da narrativa é registro de acontecimentos históricos observados de perto, embora exagerados, atingindo extremos de crueldade, erotismo bizarro e humor negro. Mas uma importante vertente da novela é sem dúvida ficção científica, quando os nazistas de Littell tentam atualizar o tipo de sonhos protofascistas tão comuns na FC *pulp*. Na verdade, há uma tese de que a FC é a melhor lente através da qual devemos ler essa obra complexa, esquiva. Aue é transferido para Stalingrado, onde é baleado na cabeça e vivencia uma extensa alucinação de fantasia e FC *pulp*; mas talvez toda a novela a partir desse ponto seja alucinação, e a crueza das visões para a planejada reconstrução pós-guerra a que vários nazistas na novela dão voz deve muito mais à FC *pulp* que a Nietzsche. Outro candidato plausível a maior título literário da primeira década é um livro postumamente publicado de Roberto Bolaño, *2666* (2004), outro monstro de mil páginas que trabalha a contemporaneidade em termos de groteco e horror. O padrão de gênero do livro de Bolaño é antes história policial que FC, mas ao mesmo tempo a data no futuro distante do título sugere que é uma obra que se volta para o insólito e reconfigura recursos ficcionais em pseudociência. É a nítida falta de um salvador, a negação mesma da possibilidade de redenção que distingue *2666* da lógica da FC com mais determinação.

Um punhado de livros mais recentes, muito elogiados, reforça a visão acima. A escritora norte-americana Jennifer Egan ganhou, entre outros prêmios, um Pulitzer por *A Visit from the Goon Squad* [Uma Visita do Esquadrão Capanga] (2010), uma novela de incrível alcance, sabor e intimidade que se desloca de uma espécie de animada linguagem mimética contemporânea para um mundo de colapso climático em um futuro próximo que é pura FC. O escritor britânico David Mitchell combina apreço literário com sucesso comercial em novelas entrelaçadas e com ambições formais: *Atlas de Nuvens* (*Cloud Atlas*) (2004) se estende da Nova Zelândia do século XVIII para uma Coreia num futuro próximo e para uma distopia em um futuro mais distante, pós-apocalíptico; *The Bone Clocks* [Os Relógios de Osso] (2015) faz algo parecido, flagrando seus elementos de fantasia por entre episódios entrelaçados, ambientados no passado e nos dias atuais, antes de tirá-los do armário no ponto culminante de um futuro pós-colapso climático. *Não me Abandone Jamais* (*Never Let Me Go*) (2005), de Kazuo Ishiguro, trata o que em outras mãos poderia ter sido uma premissa risível – clones criados em remotos ambientes parecidos com escolas para fornecer órgãos de transplante a pessoas reais – com rara sensibilidade e sutileza, criando um mundo interessante, mas devastadoramente ficcional. O *enfant terrible* da literatura francesa, Michel Houellebecq, saqueia com muita frequência a caixa de ferramentas da ficção científica, como em sua inovadora novela *Partículas Elementares* (*Les Particules élémentaires*) (1998), uma sátira ácida em que clonagens e outras inovações em tecnologia reprodutora acabam condenando a raça humana; ou na história futura de *Submissão* (*Soumission*) (2015), que esboça uma conquista muçulmana da França, concentrando sua visão em algum ponto entre a extrapolação satírica e a franca islamofobia. As visões assustadoras, de solidez contemporânea, do escritor japonês Haruki Murakami com muita frequência lidam com realidades alternativas e *loops* no tempo. O português ganhador do Prêmio Nobel, José Saramago, também gostava de reverter à fábula de FC; dois de seus melhores livros são *Ensaio sobre a Cegueira* (1995), em que a cegueira global aflige os personagens das histórias, e *As Intermitências da Morte* (2005), em que uma população inteira descobre que se tornou imortal e tem de conviver com os parâmetros de sua nova existência. Como é evidente, muitas histórias "literárias" são escritas sem nenhuma polinização ou contaminação (dependendo do ponto de vista) da ficção científica. Contudo, me parece que os melhores livros são cada vez mais ficção científica. Por exemplo, a lista de indicados para o Man Booker Prize de 2015 incluía três títulos "literários" de FC – o belo e comovente *Estamos Todos Completamente Transtornados* (*We Are All Completely Beside Ourselves*) (2014), de Karen Joy Fowler, um livro que deve muito à franquia *Planeta dos Macacos*; a distopia futura *J* (2014), de Howard Jacobson, uma história pós-apocalíptica em que o apocalipse é antes moral que físico; e a competente metaficção de viagem no tempo *Como Ser as Duas Coisas* (*How to Be Both*) (2014), de Ali Smith. Estes foram sem dúvida os três melhores livros da lista de indicados daquele ano, um fato estranhamente ignorado pelos juízes. O ganhador do prêmio de 2014, o muito festejado *Os Luminares* (*The Luminaries*) (2013), da escritora neozelandesa Eleanor Catton, fomenta sua recriação historicamente escrupulosa do final do século XIX com vários tropos de FC, entre eles, formas de teletransporte e telepatia. Com uma mescla de novela vitoriana e novela fantástica, *Os Luminares* é brilhante, original e convence o leitor que é dessa época.

Steampunk

Seria possível, em uma série de adendos, examinar em mais detalhes os vários estilos e modos subculturais da ficção científica do século XXI, mas não temos espaço para abordar todos. O *steampunk*, no entanto, é peculiarmente representativo, nem que apenas pelo fato de ter se tornado tão proeminente em termos culturais no decorrer mais ou menos da última década. Começou como uma variação do *cyberpunk*, textos que contavam histórias ambientadas não em um futuro *cyberpunk*, mas em um século XIX alternativo reequipado com avançadas (para eles) tecnologias de computação, comunicação, transporte e outras. Há vários textos precursores, mas o livro *A Máquina Diferencial* (1990), de William Gibson e Bruce Sterling, definiu muitos parâmetros; um ponto de *jonbar* envolvendo a perfeição de antiga computação à base de engrenagens leva a uma versão da Inglaterra vitoriana que combina tecnologia avançada com uma elegância, no velho estilo, de roupas, comportamentos e assim por diante. Desde os anos 1990, surgiram várias dezenas de importantes textos *steampunk* (ver Robb) e a forma foi abraçada pela cultura dos fãs, que criou uma indumentária *cosplay* (vestir-se em estilos vitorianos com o acréscimo de adornos tecnológicos) bastante popular. Dezenas de romances e contos *steampunk* são publicados anualmente, e as amostras se estendem do mais *pulp* do *pulp*, como o piegas *Chronicles of Light and Shadow* [Crônicas de Luz e Sombra] (*A Conspiracy of Alchemists* [2012], *A Clockwork Heart* [2013],

Sky Pirates [2014]), de Liesel Schwartz, à obra de um peso-pesado literário como Thomas Pynchon – e poucos (em sentido literário) são mais pesados –, cuja imponente fantasia *steampunk Contra o Dia* (*Against the Day*) (2006) pode ser sua obra-prima. Há muitos *videogames* em estilo *steampunk*: *BioShock Infinite* (2 K Games, 2013), por exemplo, que vendeu mais de 11 milhões de cópias; ou a mais antiga série de jogos *Myst* (discutida antes; até 2002 essa série foi o *videogame* mais vendido no mundo). Filmes tão diversos quanto a animação japonesa *O Castelo Animado* (*Hauru no Ugoku Shiro*) (Hayao Miyazaki, 2004) e o *reboot* hollywoodiano de *Sherlock Holmes* (Guy Ritchie, 2009) recorrem ao estilo. Essa área mostrou-se fértil em particular para a escrita voltada ao jovem leitor: muitos livros de Philip Pullman, entre eles a trilogia *Fronteiras do Universo* (*His Dark Materials*) (*A Bússola de Ouro* [*Northern Lights*] [1995], *A Faca Sutil* [*The Subtle Knife*] [1997], *A Luneta Âmbar* [*The Amber Spyglass*] [2000]); o trabalho de Philip Reeve, em particular sua tetralogia *Mortal Engines* (2001-2006); e a autora norte-americana Cassandra Clare e sua trilogia *Os Instrumentos Mortais* (*Infernal Devices*) (*Clockwork Angel* [2010], *Clockwork Prince* [2011], *Clockwork Princess* [2013]). *Doctor Who*, cujo protagonista é com efeito um cavalheiro eduardiano em posse de uma espaçonave, pode ser considerada, sob muitos aspectos, um seriado *steampunk*. Embora o foco dessa literatura seja com frequência uma versão da Inglaterra vitoriana, ela se mostrou muito popular no exterior, em obras como a *Trilogía Victoriana*, do escritor espanhol Félix J. Palma (*El mapa del tiempo* [2008], *El mapa del cielo* [2012], *El mapa del caos* [2014]), ou o vigoroso *Aurorarama* (2010), do francês Jean-Christophe Valtat. Essa lista parcial tem de ser resumida, ou logo encheria muitas páginas.

O que é *steampunk*? É um desmantelamento estudado do encadeamento lógico da história a serviço de determinado conjunto de estilos e modas. Como tal, é parte de um fenômeno maior que Fredric Jameson, já em 1984, identificou como uma "hipnotizante nova moda estética", que tinha então "recém-emergido como um elaborado sintoma do declínio de nossa historicidade, de nossa possibilidade vivida de experimentar a história de algum modo ativo". Jameson chamou isso de pós-modernismo, uma circunstância cultural caracterizada por "uma estranha ocultação do presente", em que uma espécie de nostalgia formalizada revela sintomaticamente "a enormidade de uma situação em que parecemos cada vez mais incapazes de representações mapeadoras de nossa própria experiência corrente" (Jameson, p. 26).

Estamos, em outras palavras, em uma situação em que nosso senso de história se encontra exaurido; sobrescrito por uma nostalgia estética inventiva, mas debilitante, que funciona como deliberada simplificação do passado – o que Jameson chama uma história "esterilizada" e "fetichizada", acompanhada de "nossas próprias imagens *pop* e simulacros dessa história que permanece para sempre fora de alcance". *Steampunk* é, de maneira precisa, este modo de pastiche jamesoniano, impelido por uma nostalgia dos estilos e condutas da Inglaterra vitoriana que se recusa, no entanto, a sacrificar a conveniência dos avanços tecnológicos contemporâneos. É a crença de que a euforia mesma do sublime tecnológico, na qual tanta FC é baseada, pode ser desembaraçada das circunstâncias reais de sua produção histórica e reinstaurada, digamos assim, no passado. O problema dessa crença é sua desonestidade – quero dizer, sua distorção ideológica e seu radical desprezo da história. Coisas como avanço tecnológico não são eventos casuais. São, ao contrário, determinadas em específico por suas circunstâncias históricas. A razão de os vitorianos não terem inventado a computação e a viagem espacial não é o fato de apenas não terem se interessado por elas, ou elas não terem por acaso entrado em seu caminho; é que toda a base social e cultural de sua vida coletiva não era capaz de produzir esses avanços. Se as circunstâncias tivessem sido trivialmente diferentes, Babbage poderia ter manufaturado sua máquina diferencial; mesmo que tivesse feito isso, a revolução informática não teria acontecido da noite para o dia, como sugere *A Máquina Diferencial*, de Gibson e Sterling. A verdadeira revolução do computador, dos anos 1980 até o presente, não é um evento casual ou mesmo uma série casual de eventos. É a superestrutura de uma base econômica, social e cultural complexa em particular. Requer não apenas algumas pessoas inteligentes criando projetos inteligentes para produzir computadores pessoais e a internet. Requer, antes de tudo, toda uma economia e cultura humanas receptivas, ou produtivas, de milhões de elementos que se encaixam em um todo. É preciso mais que um Babbage para fazer com que isso aconteça. Argumentação similar poderia ser desenvolvida para os tropos que aparecem com muita frequência em tantos livros *steampunk*: máquinas voadoras muito antes dos irmãos Wright, robôs antes de Toyota e assim por diante. De fato, a fantasia do *steampunk* é que o velho burguês ou um indivíduo talentoso importam mais que todo o peso da história. É a fantasia de estar livre do contexto maior da necessidade histórica. Se isso compartilhar, digamos, certas semelhanças estruturais com o protestantismo, é coisa que não nos deve espantar. Estamos falando, afinal, de ficção científica.

Sem dúvida, o *steampunk* não é de fato uma questão dessa ou daquela engenhoca tecnológica; o apelo do gênero está no modo como ele ajusta o passado ao presente. É uma estratégia estética que compartilha com a fantasia heroica (ou com grande parte dela) como modo, uma falta de inclinação para enfrentar o passado como passado. Em seu pior aspecto, o *steampunk* é apenas um exercício de escapismo em que a história é uma fantasia de carnaval. A estética brutalista dos artefatos tecnológicos em grande escala dos dias atuais é suavizada por uma pequena e elegante ostentação do *design* do século XIX – em vez da enormidade escura, em forma de bala, de um moderno submarino nuclear, somos presenteados com o belo: variantes em prateado da embarcação do Capitão Nemo, silhuetas *art déco* ornamentadas com atraentes arabescos e linhas elegantes; em lugar da vulgaridade de vocabulário e atitudes do atual Pacino-em-*Scarface*, temos personagens que falam com a polidez de frases de Johnson e Dickens, que não usam jaquetas de náilon ou calças de moletom, mas trajes primorosos feitos sob medida. Ou, para ir direto ao ponto, o *steampunk* não nos passa a angustiante desolação da insignificância existencial pós-darwinista, mas um tíquete dourado para voltarmos ao cosmos pré-darwinista (ou, sendo um pouco mais preciso, a um cosmos trêmulo, na beira de uma queda na angústia da modernidade), onde o universo está ajustado com mais conforto às esperanças e à importância do indivíduo. É civilização, mas com o mais profundo descontentamento ontológico substituído pelos desconfortos desviantes e transitórios da aventura narrativa. Em outras palavras, usar o *steampunk* de forma diagnóstica é localizar a base de seu apelo num sentimento de que o mundo moderno tem falta de *refinamento*. O que o *steampunk* nos diz é que não há nada que impeça o casamento de conveniência tecnológica contemporânea com a elegância e as boas maneiras do século XIX. Outra forma abreviada disso, é claro, é fidelidade a uma linhagem; e pensar nisso desse modo é compreender até que ponto o *steampunk* está envolvido com ideologias reacionárias de superioridade de classe.

Para Encerrar: O Retorno do Protestantismo

A primeira edição desta história da ficção científica era extensa. Esta segunda edição é consideravelmente ainda mais extensa. Mas a tese central se mantém, ainda que adaptada, fundamentalmente a mesma. Diz que a ficção científica começou não com Gernsback, Wells, Verne ou Shelley, mas com a Reforma Protestante, quando a ciência, como hoje compreendemos o termo, começou a se separar da magia como linguagem das viagens fantásticas, utopias, especulação futura e extrapolação tecnológica. Defendo que as raízes da FC mergulham fundo. Uma coisa, no entanto, é sugerir que o protestantismo está de certa forma emparelhado com as origens da ficção científica; outra, diferente por completo, é sugerir que as forças culturais que determinaram esse nascimento se manifestam no gênero, tal como ele é escrito hoje. Poderia ser argumentado, de modo razoável, que muitos traços marcantes que animaram a guerra de ideias (e, em muitos casos, as guerras reais) da Reforma e Contrarreforma só interessam hoje a uma minoria de teólogos. Se assim for, minha tese está equivocada.

Em que sentido, então, ainda é relevante falar sobre a identidade protestante da ficção científica? Essa pergunta tem força particular se outro aspecto da tese que defendo neste livro estiver correta, ou seja, se a ficção científica passou mesmo, nas últimas décadas, de subcultura em pequena escala, em especial literária (em que escritores católicos, judeus, ateus e outros eram tão importantes quanto os protestantes), para uma forma cultural genuinamente global, dominando o cinema e a ficção populares, produzidos para audiências dos mais diversos tipos de formação social, religiosa e étnica? Não é fato que qualquer protestantismo que possa ter definido a FC em seu "nascimento" foi tão diluído por sua globalização que se tornou irrelevante?

Contrariar essa objeção que-parece-razoável requer que eu repita que o que estou defendendo neste estudo não é que a ficção científica seja protestante, num sentido estrito, de filiação – nem (por exemplo) que só protestantes declarados escrevam FC ou qualquer coisa tão tola. Longe disso. Em termos empíricos, é inegável que a FC é agora produzida com uma grande riqueza de pressupostos culturais, por escritores de todos os tipos de crença religiosa e por escritores de nenhuma crença. O grande tema em FC/fantasia, assim como na cultura de forma mais ampla, é a mudança. Uma das funções da arte (se me permitem falar por um momento em termos instrumentais) é nos ajudar a viver melhor no mundo e, mais ou menos no último meio século, o mundo mudou de modo muito significativo e irreversível. Se nos concentrarmos por um momento no Ocidente – costumes sociais relativos aos direitos das mulheres; a validade dos estilos de vida dos homossexuais, trans e outros; a estupidez de crenças racistas; as vantagens sociais e culturais da diversidade –, tudo isso avançou mais na última geração que em uma centena de gerações anteriores. Algumas pessoas deploram as mudanças, um número maior de pessoas comemoram, mas de um modo ou de outro elas são agora um fato mundial. Parece ser isso o que o melhor gênero de novelas da última década tem em comum; todas interrogam: como os seres humanos lidam com mundos radicalmente mudados e em mudança; o que acontece durante uma revolução; como nos adaptamos ou o que acontece quando não conseguimos nos adaptar; como o domo da vida, de vidros multicoloridos, refrata a direção de novos comprimentos de onda e tons. Talvez seja por isso que haja tantas distopias sendo publicadas e o leitor jovem seja um traço tão comum (já que a adolescência é a época da vida em que o indivíduo experimenta o maior e mais acelerado processo de mudança). O que continua a tornar a FC relevante, assim como grande, é sua abertura ao outro, à mudança, à alteridade.

Por que, então, introduzo o protestantismo nesse último estágio do livro? O argumento que defendo é que esse conjunto de visões, tanto socioculturais quanto religiosas, tendo fornecido um impulso particular para o desenvolvimento do gênero, é ainda discernível, sob várias formas, na moderna modalidade do gênero. Ponho o dedo em um pequeno número de elementos fundamentais, embora existam por certo muitos outros. Ainda que tenha deixado bem para trás as especificidades religiosas do protestantismo, a FC do século XXI ainda se vê engajada na apreensão materialista e científica (no sentido mais amplo) do cosmos em contraste com outros modos, sacralizados, mágicos, de ver o universo (o que poderíamos chamar fantasia). Ou talvez fosse mais exato dizer que a FC contemporânea vê com frequência o sublime materialista – o sentimento de espanto, o estonteante e o maravilhoso – em termos de uma sacralização do material. Mas podemos fazer melhor que isso. Você pode não estar persuadido pelo argumento de que a FC contém um DNA protestante. Mas acho que dificilmente discordaria de que há outros aspectos da Reforma Protestante que tiveram efeitos profundamente formadores sobre a vida do século XXI, sem requerer que as pessoas ficassem sujeitas às consequências de se identificar como protestantes. O mais óbvio desses aspectos é o próprio capitalismo, uma filosofia econômica que passou a dominar a maior parte do globo e que tem suas raízes na ética do trabalho protestante em particular, e nas trocas mercantis do século XVI e (em especial) do século XVII no norte da Europa. Não seria preciso insistir que viver uma vida moldada pelo capitalismo, ou abraçar um etos fundamentalmente capitalista, desqualifica alguém de ser católico, muçulmano, hindu ou judeu. Não obstante, o DNA (para usar outra vez a metáfora inadequada) do capitalismo contém muita coisa que é protestante. O mesmo se dá com a FC. Poderíamos dizer que as conexões entre os mundos imaginários da FC de boa parte do século XX e século XXI, com frequência movidos pela mercadoria, por comerciantes e colonizadores, pelo individualismo, devem tanto às determinações do capitalismo quanto às do protestantismo. O fato é que essas duas últimas coisas não podem ser separadas com clareza uma da outra. Na verdade, alguns críticos do gênero têm celebrado abertamente essa circunstância. "Embora a ficção científica fosse criada no mercado", diz Gary Westfahl, "e sempre tenha parecido à vontade nesse meio, suas principais figuras, de forma paradoxal, lutavam constantemente contra as pressões naturais que o mercado exerce sobre seus produtos" (Westfahl, p. 81). Alguns podem fazer objeções à caracterização das forças do mercado como "naturais" e se distanciarem da tácita caracterização de tais pessoas como tolos por se oporem ao capitalismo do mercado. Não Westfahl, que acha que, "após várias décadas" de resistência, tais indivíduos "enfim perderam essa batalha". Deveríamos, insiste ele, "comemorar esse triunfo do mercado". Podemos não querer fazê-lo, mas acharemos difícil negar o fato elementar a que Westfahl se refere. A FC é um produto de mercado, não só pela casualidade contemporânea das vendas, mas porque precisamente essa lógica capitalista é, antes de tudo, parte da revolução cultural que criou a FC.

O mesmo se dá com outro aspecto: o colonialismo, e seu rebote, o pós-colonialismo. De modo evidente, não é verdade que a expansão imperial tenha sido a província exclusiva dos protestantes. Mas podemos dizer que o capitalismo mercantil deu tanto um novo ímpeto quanto uma nova forma ao imemorial empreendimento humano de conquistar e escravizar outros seres humanos. Ficou vinculado a um modelo específico de lucro e intimamente associado a uma linguagem proselitista que assegurava às pessoas não apenas a salvação, mas a possibilidade de autonomia e lucro individuais, mesmo que estivessem sendo providos por seus grilhões. Temos o direito, é claro, de chamar isso de hipocrisia, mas só se reconhecermos que ela foi com frequência um evidente paradoxo, uma hipocrisia *sincera*, precisamente porque estava temperada na lógica da ética do trabalho mercantil-capitalista do próprio protestantismo. A tendência da FC de uma visão para fora, uma visão expansionista do cosmos, com muita frequência apenas traduz o processo real de globalização imperial e pós-imperial para os espaços interestelares. De certa forma, não vemos paradoxo na Federação da Frota Estelar tragando um quarto da galáxia para valores humanistas liberais, ao mesmo tempo que baseia sua expansão em uma "diretiva central" de não interferência em assuntos planetários individuais.

Esta discussão corre o risco de se tornar prolixa e genérica, para não dizer demasiado tendenciosa em termos ideológicos. Deixe-me, então, ser mais específico ao definir o que pretendo dizer por protestante no contexto do presente estudo. Em acréscimo ao sucesso quase global do capitalismo, e sua versão de imperialismo flexionada de modo peculiar, há várias outras especificidades que vale a pena mencionar aqui, provenientes do discurso protestante do século XVII, que me parecem ter ainda uma substancial força de moldagem na FC moderna. Uma delas é que foi o protestantismo que reconfigurou o futuro de uma esfera exclusivamente religiosa para uma esfera secular. O futuro não é a totalidade da FC, é claro, nem todas as histórias de FC são ambientadas lá. Mas a maioria é, e a futuridade está agora, de forma inevitável, conectada à cultura geral como um modo ficcional-científico de ver as coisas.

> Ao contrário de profetas nacionais que, no processo de sacralizar a história inglesa, se arriscavam a perder seu passado em uma eternidade ahistórica, outros escritores elisabetanos tentaram converter a divina profecia da Revelação em história, tornando-a disponível como fonte de articulação nacional. Como John Pocock observou com lucidez, o "apocalíptico", que sacraliza o tempo secular, deve sempre num sentido

oposto secularizar o sagrado, trazendo o processo de salvação para aquele tempo que é conhecido como *saeculum*. No século XVI, talvez mais que em qualquer período anterior, os protestantes ingleses romperam com a interpretação idealista, agostiniana, da Revelação em favor de uma interpretação histórica (Escobedo, p. 81).

Esse é o fundamento das muitas histórias futuras com as quais a FC é suprida de forma tão liberal. De fato, podemos ir um pouco mais longe. Extrapolando para a atual situação do gênero depois da leitura de uma história de Elizabeth Bear, "No Decent Patrimony" [Nenhum Patrimônio Decente] (2015), Alastair Reynolds comenta:

> a emergência do que poderíamos chamar o "novo padrão futuro". O mundo de Bear é um mundo de privacidade em extinção, informação para todos, continuada desigualdade social, mudança climática como dado, radicais mudanças de estilo de vida efetuadas pela nova biotecnologia. Você pode ajustar um pouco os parâmetros, mas é como se os escritores estivessem mais uma vez começando a convergir sobre um senso compartilhado do futuro. Não, isto não envolve necessariamente colônias espaciais, estradas rolantes ou carros voadores, mas não é menos válido, nem menos fascinante.

Isso me parece apontar como a FC e a fantasia do século XXI manifestam, falando em termos amplos, uma preponderância do que poderíamos chamar branda distopia ou uma deriva para ela – ainda que branda, me atrevo a dizer, seja a palavra errada. Centralizados pesadelos orwellianos são raros (embora não ausentes por completo) no gênero contemporâneo. Mais comuns são as visões de um futuro descentralizado, esgotado, desarraigado. O mundo dos livros *Jogos Vorazes* é de pobreza generalizada, exaustão social e total opressão. O mundo dos livros de Harry Potter pode escorregar com facilidade para uma tirania semifascista. Tem emergido uma nova geração de escritores de FC/fantasia moldados pelos anos Bush/Blair de fraudes em cargos importantes, dossiês perigosos, guerras ilegais e vasto sofrimento humano. Não causa surpresa que na maioria das vezes escrevam histórias desconfiadas da autoridade oficial que são, ao mesmo tempo, histórias sobre encontrar consolo e energia entre os amigos. Os escritores começam como fãs e o reino dos fãs está agora mais forte do que nunca. Por mais forte quero dizer mais conectado, unido pela mídia social de um modo que há duas ou mais décadas seria impossível; mas também quero dizer mais alerta e responsável. Vale a pena acrescentar que este padrão futuro de autoridade política não confiável e opressiva, de estresse ou colapso ambiental, de ferocidade e escuridão, é reverenciado por escritores tanto na transgressão quanto na observância. Meu interesse é ligeiramente diferente disso. É perguntar até que ponto esse espaço ficcional compartilhado é apenas reflexo de um mundo real que enfrenta pressões ambientais alarmantes e uma "guerra ao terror" em andamento, e até que ponto é a eclosão de algo muito mais profundo, algo que um protestante do século XVII teria chamado pecado original. Tirado de seu contexto especificamente teológico, parece-me que um sentimento a respeito desse termo define de modo crucial os tipos de futuro sobre os quais muitos escritores contemporâneos de FC estão escrevendo.

Já sugeri antes que a enorme onda de textos de FC com super-heróis, que dominaram a primeira década do século e os anos 2010, é uma repetição de inquietações muito mais antigas sobre o *status* do salvador, a natureza da expiação e a disponibilidade da salvação, que por sua vez definiam em termos absolutos a Reforma. Há mais dois elementos que eu gostaria de destacar como característicos não só da FC em geral, mas em especial da FC agora, no momento em que escrevo, em 2015. São, para resumir, uma espécie de sincera prolixidade e seriedade de abordagem por um lado e uma lógica sectária mais sectária por outro. Eis aqui a definição compacta de Arnold Hunt para o que ele chama "a mente protestante", resumindo uma tentativa de "destilar a essência do protestantismo em algumas palavras" em *The Protestant Mind of the English Reformation* (1962), de Charles e Katherine George. A mente protestante, diz Hunt,

> era "compulsiva, repetitiva, insegura, agressiva". Era "extremamente, às vezes insuportavelmente, séria". Era também "arrogante e verbosa", mas era marcada por "seriedade moral e o dever e coragem da decisão". Para os George, o protestante arquetípico era Oliver Cromwell, "íntegro, veemente, ativista, devoto" (Hunt, p. 24).

Hunt está fazendo a crítica de um estudo mais recente, *Being Protestant in Reformation Britain*, de Alec Ryrie (Oxford University Press, 2013), que, ele comenta, baseia-se na definição dos George:

> O protestantismo, [Ryrie] sugere, era "veemente, inquieto, progressista". Levava a religião muito a sério; ansiava por autenticidade e temia a hipocrisia; era marcado por um "sentimento de esforço incessante", "disciplina contínua" e uma "onipresente tendência intelectual para dissecar e subdividir". Acreditava sobretudo na importância de ser sincero... Reconhecia que o protestantismo podia ser cruel e exigente, até mesmo

"francamente patológico" nos fardos que impunha a quem havia aderido a ele. Contudo, também podia ser profundamente apaixonado em suas expressões de "enlevo", "arrebatamento" e união em êxtase com Deus.

A pergunta, então, é com que precisão a FC contemporânea pode ser interpretada em termos dessas categorias e qual é a utilidade disso. Respondo que com "muita precisão" e de forma "bastante útil", embora, é evidente, eu possa estar errado. Como a FC é um discurso secular que medeia certas questões profundamente religiosas, devemos pôr Deus de um dos lados ("o que", para utilizar uma alusão de *Jornada nas Estrelas*, "Deus ia querer com uma nave estelar?"). Mas sua sublimidade materializada, e suas maiores realizações em palavras e imagens, com muita frequência proporcionam aos fãs de FC enlevo, arrebatamento e êxtase, e o círculo dos fãs *on-line* desenvolveu todo um vocabulário (de "*squee!*" [um som de aprovação] a "*mind-blown*" [chocante, superlegal] e "*o_O*" [oh-Oh]) para articular seu prazer quando a FC atinge esse ponto. O que mais? A FC do século XXI costuma ser prolixa? Quem, vendo as lombadas cada vez mais grossas dos livros de maior venda do gênero nas prateleiras das livrarias, poderia negá-lo? Ela é extremamente, às vezes insuportavelmente, séria? Nem sempre, mas com frequência. Ah, mas ela é, como uma subcultura, compulsiva, repetitiva, insegura, agressiva, marcada pela seriedade moral e o dever e coragem de decisão? Sugiro que só um indivíduo que nunca foi apanhado numa guerra de paixões *on-line* pensaria em negar isso.

Isso me leva à cultura da FC em meados da segunda década do século XXI e aqui é difícil negar que uma divisão sectária em termos ideológicos é a mais destacada força de moldagem na paisagem do gênero como ele existe neste momento. Tudo começou em 2013 e 2014 com um movimento que se autodenominou *Gamergate.** Seria desonesto de minha parte fingir imparcialidade quando se trata de resumir esse grupo de pressão. Aí vai minha melhor tentativa. *Gamergate* foi uma ação de massas de indignação e agressão levada a cabo (em particular) por fãs masculinos de *videogames* motivados por uma crença de que as forças do politicamente correto tinham combinado, numa conspiração maligna, censurar, criminalizar e satanizar certos jogos que seriam insuficientemente feministas. Para falar a verdade, ninguém pedia a proibição de todos os *videogames* proibidos para menores e há, para falar com calma, um sério problema estrutural em um movimento que defende a liberdade de expressão trabalhando com agressividade para amordaçar, via ameaças de morte e intimidação, a fala de pessoas de quem discorda. Não é coincidência

---

* Alusão a *Watergate*. (N. do T.)

que os alvos desta última campanha de linchamento e ameaças de morte fossem em sua maioria esmagadora mulheres. Um ponto de partida do movimento foi um sentimento compartilhado por alguns jogadores de que o jornalismo dos *games* era corrupto – significando, é o que posso imaginar, que as críticas de jogos traziam ideias comprometidas por interesses privados não revelados. Circunstâncias desse tipo são por certo possíveis, até mesmo prováveis, embora corrupção não seja de fato a palavra correta para isso. Situações semelhantes podem ser encontradas em todas as vigorosas comunidades em pequena escala de fãs e são mais bem abordadas pela aceitação de códigos sociais de transparência e contribuindo com críticas mais desinteressadas e objetivas para o discurso. Em vez de adotar essa estratégia, muitos *gamergaters* ameaçaram pública e repetidamente mulheres jornalistas de estupro, tortura e morte, forçando o encerramento do debate público com a advertência de que atirar em pessoas determinaria se o foco seria dado às mulheres, e muito mais nesse estado de espírito.

Um movimento relacionado (a natureza exata da relação é controvertida) foram as chamadas campanhas *Sad Puppies* [Cachorrinhos Tristes] e *Rabid Puppies* [Cachorrinhos Raivosos], que agitaram para garantir que uma ficção científica de direita, tradicional, funcionalmente no estilo da Era de Ouro estivesse representada na votação do Prêmio Hugo. Esses movimentos galvanizaram uma grande base de simpatizantes, que conseguiram assegurar que as listas de indicação para o Hugo de 2015 fossem inundadas de tais escritos, o que, ao mesmo tempo, galvanizou um grande efetivo de oponentes que providenciaram para que nenhum dos títulos *puppies* incluídos nas listas ganhasse qualquer Hugo. O que os *gamergaters* e os *puppies* compartilhavam era uma profunda restrição ideológica e política ao que chamavam Guerreiros da Justiça Social – o que significa dizer, aqueles ativistas de inclinação, em sentido amplo, para a esquerda, protestando por igualdade para as mulheres, negros e para o pleno espectro da orientação sexual humana. Ambos os lados na guerra de discursos *on-line* que hoje em dia (no momento em que escrevo) caracterizam a FC concordam, acho eu, que as coisas se exacerbaram em anos recentes e uma divisão ideológica de longa data entrou de forma aguda e um tanto dolorosa em foco. Estou tentado a relacionar isso com um dos argumentos desenvolvidos no presente estudo de que a FC se deslocou, em grande medida, de um modo cultural verbal para um visual. *Star Wars* foi o Rubicão. Antes de 1977, falando de forma bem geral, a FC fora uma literatura de ideias, de extrapolação e transcendência enraizada de modo primário em textos verbais, popular apenas entre um grupo relativamente pequeno de aficionados que se autodenominavam fãs. Depois disso, ao longo das décadas de 1980 e 1990, a FC se deslocou sobre seu eixo para se tornar um fenômeno de cultura de massa consumido de forma mais ampla e mais provavelmente consumido como modo visual. Um número relativamente reduzido de pessoas compra e lê novelas e contos de FC; todas, no entanto, assistem a *Doctor Who* e vão ver *Avatar.* Acho que essa mudança tem suas vantagens e suas desvantagens. Um filme como *O Destino de Júpiter* (*Jupiter Ascending*) (Irmãs Wachowski, 2014) é, falando em termos visuais, extraordinário e belo, mesmo que seja (avaliado por critérios não visuais, como narrativa, caracterização, coerência e eloquência conceitual) confuso e ruim. O eclipse dessas categorias pelo visual não é inevitável. *2001: Uma Odisseia no Espaço* ou *Stalker* são formidáveis em termos visuais e, ao mesmo tempo, ricos em conteúdo e estimulantes em termos intelectuais. Mas tal eclipse parece de fato ser um traço do gênero no século XXI e da cultura em termos mais gerais, um traço que avança.

Isso é parte de um fenômeno cultural maior que a FC. Walter J. Ong, crítico da cultura e padre jesuíta, tem argumentado que, assim como a passagem da oralidade para a alfabetização no mundo antigo produziu grandes mudanças estruturais na lógica da sociedade e da cultura, a atual passagem do alfabetizado – isto é, da escrita – para o que Ong chama uma nova cultura "oral-elétrica", basicamente visual, resultará em mudança similar. Uma consequência da mudança original da cultura oral para a letrada foi a estratificação daqueles que tinham comando das novas tecnologias (escribas, como Ong os chama) e daqueles que não tinham (os iletrados, agora marginalizados). Mas as vantagens do letrado sobre a oralidade são tão numerosas – em termos de clareza e precisão, possibilidade de armazenamento e conveniência – que Ong chega a ponto de dizer que Cristo veio ao mundo na época em que veio *para* tirar proveito dessa mudança. O que significa dizer que, pensa Ong, ele nasceu em uma cultura ainda basicamente oral, mas na qual existia o alfabeto para dar à Palavra, ao *Logos*, suas necessárias robustez e durabilidade sociais: "A época exata em que estruturas psicológicas asseguravam que sua entrada teria a maior oportunidade de germinar e florescer" (Ong, p. 191). Como acima, eu trouxe Deus para o assunto tratado aqui não por razões teológicas, mas para contextualizar o que Ong diz sobre um esperado retorno a um modelo mais antigo de oralidade. Ele anseia por isso porque o considera sagrado, como sintetiza Frank Kermode, pois, para Ong, "a visualidade e a tipografia desacralizaram o mundo. A Palavra oral é uma Presença; a palavra escrita não é; a Palavra oral apresenta um interior, a palavra tipográfica uma superfície" (Kermode, p. 105). Um traço interessante dessa tese é o sentimento de que nossa atual intensificação da lógica do visual é um *desdobramento* do mundo tipográfico do século XX, não um abandono dele. A pergunta, então, é se nossa cultura está se metamorfoseando em formas mais novas, menos alfabéticas. Será que o nivelamento insípido e banal da trilogia

O Hobbit (Peter Jackson, 2012-1014) ou o borrão caleidoscópico da franquia totalmente vazia de *Transformers* (Michael Bay, 2007-2017) estão desviando o gênero para novos rumos? Talvez estejamos testemunhando o retorno a um modo de acesso mais imediato, que por sua vez integra um tipo de oralidade *anônima* – para o tipo de coisa que podemos associar (por exemplo) a uma mídia social como o Twitter. Interações *on-line* perdem o alfabético rigor sequencial e lógico; funcionam como megafones antes emocionais que intelectuais. Coloque sua cabeça em interação *on-line* – sobre o novo filme *Star Wars*, sobre a representação que *Doctor Who* faz das mulheres, sobre *Gamergate*, sobre os Hugos de 2015, qualquer coisa de que você goste –, e o que encontramos com maior destaque é que as pessoas *sentem com intensidade* e são movidas a *expressar essas sensações* com uma veemência incapaz de compreender que outros possam ter sentimentos tão fortes como elas, embora de um modo diferente. "A desordem mental característica das sociedades alfabetizadas", segundo Ong, "é a esquizofrenia, mas a das sociedades analfabetas é a raiva e a polêmica. A velha cultura oral era muito zangada." Na verdade, não consigo conceber uma síntese mais perfeita da cultura *on-line* acerca do gênero, na segunda década do século, que raiva e polêmica. Talvez estejamos de fato caminhando para uma combinação de indignação oral com monotonia tipográfica. Eruditos da Renascença e da Reforma se atacavam mutuamente, com raiva furiosa, acerca de coisas que acreditavam ter a maior importância – Deus no mundo, como somos salvos, como devemos viver. Hoje as pessoas empregam a mesma raiva furiosa e grande parte das mesmas táticas retóricas em torno da questão dos punhos no sabre de luz visto de relance, por menos de um segundo, no trailer de *Star Wars: O Despertar da Força* (*Star Wars 7: The Force Awakens*) (J. J. Abrams, 2015).

Por que chegamos a esse ponto? Porque, presume-se, a importância que ele tem para nós é maior que nossa aptidão para o tato e a cortesia. Talvez as comunidades em torno da FC e fantasia *não estejam* mais zangadas nem se sentindo ofendidas com a mesma facilidade. Mas sem dúvida me parecem estar. A fúria do *Gamergate/Puppies* é um reflexo – uma reação, um coice intempestivo de tiro – contra uma lógica mais ampla. Vem à minha mente algo que Orwell escreveu perto do fim da vida:

> No decorrer das últimas décadas, em países como a Grã-Bretanha ou os Estados Unidos, a *intelligentsia* tornou-se grande o suficiente para constituir um mundo próprio. Um importante resultado disso é que as opiniões que um escritor tem medo de expressar não são aquelas desaprovadas pela sociedade como um todo. Na grande maioria das vezes, o que ainda

é vagamente considerado heterodoxia tornou-se ortodoxia. É absurdo fingir, por exemplo, que nos dias de hoje exista algo de ousado e original em se proclamar anarquista, ateu, pacifista etc. A coisa ousada, ou em todo caso a coisa deselegante, é acreditar em Deus ou aprovar o sistema capitalista. Em 1895, quando Oscar Wilde foi preso, devia ser necessária uma considerável coragem moral para defender a homossexualidade. Hoje isso não precisaria de nenhuma coragem: hoje a ação equivalente seria, talvez, defender o antissemitismo. Mas esse exemplo que escolhi me faz lembrar de imediato mais alguma coisa – a saber, que não se pode julgar o valor de uma opinião apenas pela soma de coragem que é requerida para sustentá-la (Orwell, p. 75).

O último sentimento é aquele de fato crucial. FC e fantasia me parecem ter estado, durante muitas décadas, na primeira linha de dramatização da diversidade e diferença social, cultural e sexual como uma possibilidade abrangente em termos imaginativos. O fato de os direitos à vida, à liberdade e à busca da felicidade com os quais as pessoas são contempladas não deverem estar na dependência de seu gênero, da cor de sua pele ou de sua orientação sexual é uma observação tão inacreditavelmente óbvia, e agora (após uma longa e árdua luta travada por esses direitos) tão bem-aceita pela sociedade, que por certo não requer coragem para que acreditemos nela. E no entanto tantas narrativas que compartilhamos têm como premissa a coragem física! Muitas histórias que procuramos valorizar privilegiam com muita ênfase a capacidade e a vontade de lutar, de mutilar, de matar. Isso se aplica mais aos jogos que a outras narrativas, mas também se aplica a filmes e livros. Pode não ser coincidência que existam pessoas que, percebendo em algum nível que apoiar sexismo, racismo, homofobia e transfobia requer coragem nos dias de hoje, dão o salto para acreditar que a coragem em si legitima suas odiosas opiniões. Que outros valores os jogos inculcam além da persistência e capacidade de mover nossos dedos com real rapidez?

Mas não pretendo ser pessimista. No momento em que escrevo, *Star Wars: O Despertar da Força* (J. J. Abrams, 2015) recém-desfrutou o mais lucrativo fim de semana de estreia de qualquer filme na história do cinema e parece na medida para se tornar um dos filmes, senão o filme de maior receita de todos os tempos. É uma obra de muitos milhões de dólares, engraçada, feita com habilidade, um filme de aficionado que está tirando proveito de um lastro imenso, global, de amor por essa franquia e pela própria ficção científica. Além disso, não é indiferente ao filme que seus dois heróis sejam, de forma respectiva, uma mulher competente, valente, e um homem de ascendência nigeriana. Mesmo que circule por entre velhos e confortáveis tropos e caracterizações, esse novo *Star Wars* prova o que a FC sempre soube: que ela é uma forma de arte muito receptiva à diversidade. A vitalidade das culturas contemporâneas de FC, para não mencionar sua diversidade e inventividade, nos dão motivo de esperança. A ficção científica, o presente estudo tem argumentado, é um modo de expressão cultural – um meio de fazer arte – com raízes muito mais profundas do que se percebe habitualmente. Raízes profundas são um prenúncio de longa vida tão bom quanto qualquer outro. Podemos olhar para a frente com otimismo.

Notas

1. Vale observar que uma quarta série mais vendida é o romance erótico, em várias partes, da escritora britânica E. L. James: *Cinquenta Tons de Cinza* (*Fifty Shades of Grey*) (2011), *Cinquenta Tons Mais Escuros* (*Fifty Shades Darker*) (2012), *Cinquenta Tons de Liberdade* (*Fifty Shades Freed*) (2012) e *Grey: Cinquenta Tons de Cinza pelos Olhos de Christian* (*Grey*) (2015). A primeira novela dessa sequência começou como uma *fanfic* ambientada no universo de *Crepúsculo*, sendo reescrita para não descumprir a lei de direitos autorais. Vem a calhar, além da esfera do presente estudo, que esses livros ilustrem o contínuo apelo da mistura peculiar feita por Meyer de liberação erótica e restrição sexual.
2. Estou em dívida com Farah Mendlesohn por essa noção.

Referências

Bury, Rhiannon. *Cyberspaces of their own: Female fandoms online*. Nova York: Peter Lang Publishing, 2005.

Escobedo, Andrew. *Nationalism and Historical Loss in Renaissance England: Foxe, Dee, Spenser, Milton*. Ithaca: Cornell University Press, 2004.

Gray, Jonathan, Cornel Sandvoss e C. Lee Harrington. *Fan Audiences: Cultural Consumption and Identities in a Mediated World*. Nova York: New York University Press, 2007.

Hunt, Arnold. *Hands Together, Eyes Closed. Times Literary Supplement*, fevereiro de 2014, pp. 14, 24-5.

Jameson, Fredric. *Postmodernism, or the Cultural Logic of Late Capitalism*. Londres: Verso, 1992.

Jenkins, Henry, e Convergence Culture. *Where Old and New Media Collide*. Nova York: New York University Press, 2006.

Kermode, Frank. Father Ong. *In: Modern Essays*. Londres: Fontana, 1971.

Lanchester, John. Is it art? *London Review of Books*, janeiro de 2009, pp. 1, 18-20.

Ong, Walter J. *The Presence of the Word*. New Haven: Yale University Press, 1968.

Orwell, George. *Our Job is to Make Life Worth Living: Collected Journalism 1949-1950*, org. Ian Angus e Sheila Davison. Londres: Secker and Warburg, 2002.

Reynolds, Alastair. *Asimov's Science Fiction* – fevereiro de 2015. http://approachingpavonis. blogspot.co.uk/2015/02/asimovs-science-fiction-february-2015.html. Acesso em julho de 2015.

Robb, Brian J. *Steampunk: An Illustrated History of Fantastical Fiction, Fanciful Film and Other Victorian Visions*. Londres: Aurum Press, 2012.

Sandvoss, Cornel. *Fans: The Mirror of Consumption*. Cambridge: Polity, 2006.

VanderMeer, Jeff. *Why Should I Cut Your Throat? Excursions Into the World of Science Fiction, Fantasy and Horror*. Austin: Monkeybrain Books, 2006.

Westfahl, Gary. The Marketplace. *In: The Oxford Handbook of Science Fiction*, org. Rob Latham. Oxford: Oxford University Press, 2014, pp. 81-92.

Wolfe, Gary K., e Evaporating Genres. *Essays on Fantastic Literature and Sightings*. Middletown: Wesleyan University Press, 2010.

Posfácio

É difícil saber quantas pessoas leem um posfácio, ou mesmo se alguém o lê. Além disso, depois das aulas e discussões interessantíssimas fornecidas por Adam Roberts ao longo destas centenas de páginas, fica difícil escrever algo que o leitor ainda não tenha saboreado no livro.

Então, prefiro iniciar uma pequena e breve (eu prometo) discussão em torno de um conceito que Roberts apresentou já nas primeiras páginas e que está expresso no subtítulo da obra.

Este subtítulo, *Do Preconceito à Conquista das Massas*, é muito adequado ao que pensei em escrever aqui, tanto a respeito da obra quanto de sua relação com o Brasil.

A Verdadeira História da Ficção Científica é mais um exemplo – e estupendo – de como o gênero ficção científica é levado a sério fora do Brasil. E, espero, também um exemplo de como deveria ser encarado de forma diferente em nosso país, em particular com relação aos chamados "formadores de opinião", ou seja, qualquer um que escreva para publicações ou que se comunique por rádio, televisão, internet, pombo-correio, telepatia ou sinais de fumaça.

Voltando ao subtítulo, ele é interessante nesse caso porque, de fato, a ficção científica conquistou as massas – pelo menos no que diz respeito à sua versão cinematográfica –, mas, por outro lado, continua a existir preconceito por parte da crítica, pelo menos aqui no Brasil, com relação a seu viés literário. Enquanto a crítica e a visão que se faz da FC, principalmente na Europa e nos Estados Unidos, evoluíram, por aqui as abordagens ainda rastejam, em que pese a alguns grandes pensadores e pesquisadores do gênero.

A crítica literária voltada para a FC no Brasil, publicada na mídia, deveria reunir mais interessados, como, digamos, Braulio Tavares, autor do Prefácio desta edição, ou Roberto Causo, grande pesquisador e crítico, ou seja, pessoas que entendam de fato do que trata o gênero e sua importância no cenário literário atual; pessoas que tenham algo de concreto a acrescentar. No prefácio de Braulio, ele diz que a FC foi reavaliada positivamente nos setores da crítica literária e do mundo acadêmico, e de fato isso ocorreu nos Estados Unidos e na Europa, e até no meio acadêmico brasileiro, mas a crítica diária continua apresentando muito pouco conhecimento sobre o gênero literário mais subversivo de todos os tempos, tal como aponta o texto de chamada em destaque na contracapa.

Adam Roberts, no primeiro capítulo deste livro, ao discutir as definições de FC, cita uma das mais recentes, de Norman Spinrad: "Ficção científica é qualquer coisa publicada como ficção científica". Parece que Spinrad estava ligeiramente cansado ao discutir o tema, mas aqui no Brasil existem vários exemplos que seguem no caminho contrário: livros que podem ser considerados FC mas que foram publicados com outra denominação, desde a "ficção espacial" da série *Canopus em Argos*, de Doris Lessing, até outros que foram apresentados – por puro preconceito – como obras que vão "além da ficção científica", seja lá o que isso signifique. Não desejo citar aqui uma lista dos livros que foram apresentados dessa forma, algo que já fiz em alguns artigos; apenas quero salientar que a visão preconceituosa ainda existe em nosso "puxadinho".

J. G. Ballard já tinha uma noção bem adiantada a respeito do gênero. Em um texto publicado na abertura de seu livro *Crash* – que, curiosamente, não é um livro de FC –, dedicou bastante espaço à discussão, afirmando que, se algum escritor dos chamados clássicos fosse começar a escrever hoje em dia, certamente optaria pela FC, por ser a forma literária mais aberta do planeta.

Da mesma forma, Brian Aldiss já dizia que a literatura fantástica – na qual ele incluiu a FC – não apenas tem sua validade, mas é fundamental, sendo a origem de toda a literatura já realizada em nosso planeta, em todas as civilizações existentes, citando como exemplo inicial *A Epopeia de Gilgamesh*, texto sumério que, em parte, inspirou trechos da *Bíblia*, ainda que a maioria dos cristãos não reconheça essa realidade.

Não é possível discutir seriamente um assunto sem ter informações sobre ele. Sei que alguém – segundo me recordo, Millôr Fernandes – escreveu que não é preciso ser um carpinteiro para saber que uma cadeira está incomodando sua bunda; e ele tem razão. Porém, nesse caso, estamos falando de algo um pouco diferente. Não é possível querer definir o gênero a partir das obras de alguns poucos escritores, como Isaac Asimov, Arthur C. Clarke, Ray Bradbury e Robert A. Heinlein, e, acreditem, já vi isso acontecer várias vezes; seria como querer definir o romance literário em geral baseado em obras dos escritores X, Y e Z (escolham seus nomes preferidos entre os *best-sellers*); ou, para sermos mais rasteiros, querer definir todos os livros de autoajuda a partir de *O Segredo*. Da mesma forma, não é possível definir a FC cinematográfica com base em alguns filmes, como *Guerra nas Estrelas* (ops, desculpem meu português inapropriado; *Star Wars*), por mais divertidas que as obras possam ser; ou a partir de filmes capengas como *Independence Day* ou *Invasão do Mundo: Batalha de Los Angeles*, por mais que algumas pessoas possam achar essas produções divertidas.

É preciso mais conhecimento, é preciso ter lido mais livros, visto mais filmes. E, é claro, é preciso ter acesso a discussões mais profundas sobre o assunto. É nesse ponto que chegamos ao livro de Adam Roberts.

Não importa muito se concordamos ou não com os pontos de vista apresentados por esse ou aquele crítico ou resenhista. Adams Roberts diz isso claramente em seu texto, entendendo que muitos fãs e críticos do gênero podem não gostar de suas ideias. A questão é que elas podem e devem ser discutidas de modo a ampliar nossa visão do gênero e enriquecer discussões, pesquisas e produções futuras.

No Brasil dos tempos atuais, um país de discussões e opiniões binárias imediatamente transformadas em verdadeiras brigas de rua, estapeamentos virtuais em redes (antis)sociais, divórcios e separações de todos os tipos, as pessoas parecem ter se esquecido de que opiniões contrárias não são necessariamente algo a ser demonizado. Muitas vezes, elas são o incremento necessário ao desenvolvimento de novas posturas, novos pontos de vista, novas formas de pensar e, quem sabe, portas para a evolução e novos conhecimentos.

Saber mais não é algo ruim, e só posso esperar que os que percorreram todo o livro de Roberts tenham encontrado argumentos que possam validar – ou não – seus pontos de vista, incentivando-se assim novas pesquisas, novas formas de pensar a FC, e que isso se reflita em uma maneira mais aberta de tratar o gênero nos meios de comunicação.

Gilberto Schoereder, verão de 2018

Índice Remissivo

Impresso por :

gráfica e editora

Tel.:11 2769-9056